裴章传/著

李鸿章

时代出版传媒股份有限公司
安徽文艺出版社

图书在版编目(CIP)数据

大清重臣李鸿章/裴章传著.—合肥:安徽文艺出版社,2008.11(2014.6重印)
　ISBN 978-7-5396-2935-3/01

　Ⅰ.大… Ⅱ.裴… Ⅲ.李鸿章(1823~1901)-传记 Ⅳ.K827=52

中国版本图书馆 CIP 数据核字(2008)第 026572 号

出 版 人:朱寒冬
责任编辑:裴善明　秦　雯　　封面设计:许含章　丁　明

出版发行:时代出版传媒股份有限公司　www.press-mart.com
　　　　　安徽文艺出版社　www.awpub.com
地　　址:合肥市翡翠路 1118 号　邮政编码:230071
营 销 部:(0551)63533889
印　　制:合肥晓星印刷有限责任公司　(0551)63358718

开本:700×1000　1/16　印张:64.75　字数:120 千字
版次:2008 年 11 月第 1 版　2014 年 6 月第 4 次印刷
定价:98.00 元(上、下)

(如发现印装质量问题,影响阅读,请与出版社联系调换)
版权所有,侵权必究

内容提要

合肥出了个李鸿章。

爱国？报国？误国？卖国？

一个在风云变幻的政治舞台上活跃了长达半个世纪之久的四朝元老——李鸿章，出生于安徽庐州府合肥县的一个耕读之家。此人自幼善读诗书，少时文名渐盛，科举之路畅通无阻，未几便取得功名。他创办淮军，首开洋务，组建海军，历聘欧美，几十年肩扛大清半壁江山，叱咤风云，创造出中国历史上许许多多个第一。

然而，李鸿章生活在"四海变秋气"的衰败年代，长期沉浮在腐朽与神奇、黑暗与光明、落后与先进激烈博斗的漩涡之中。他在生前和死后，引发人们议论，千秋笑骂，褒贬不一，毁誉参半。时至今日，仍有千千万万个后人为他悲，也为他喜，不断带给人们无尽的思考。这位始终摆脱不了历史阴影的复杂人物，到底在晚清政坛上扮演了什么角色、起了什么作用？尤其在今天，他一生荣辱仍然会带给我们许许多多新的思考。

对于这位非凡人物的功过是非，早已不宜以"卖国贼"来定性。他所处的时代是"盲人骑瞎马，夜半临深池。"而他却是一位"执烛炬以炫耀者"，少年科举，壮年从戎，中年封疆，晚年洋务，李鸿章实在有太多的辉煌，也有不尽的为难和孤愤！溢美是不该的，而因义愤甚至是偏见任意贬损这位晚清重臣，也不是科学的态度。

本书遵循实事求是的原则，尽力艺术地再现那段历史、那个人物，使一百年前的往事走至您的眼前，多层次、多侧面地带着您重新审视一下李鸿章那奇幻般的生涯。

目 录

引　子　财神生日……1

第一章　鱼跃龙门……9

第二章　龙足一踏……26

第三章　乱世英雄……64

第四章　买马招兵……95

第五章　痛失家园……137

第六章　投靠无门……179

第七章　湘军师爷……206

第八章　祁门内讧……244

第九章　重返曾门……289

第十章　顺水人情……320

第十一章　编练淮军……348

第十二章 升任苏抚……390

第十三章 羽翼初丰……433

第十四章 血洗姑苏……468

第十五章 钩心斗角……523

第十六章 按兵不动……549

第十七章 天京死战……578

第十八章 美梦泡影……608

第十九章 兔死狐悲……636

第二十章 剿捻入阁……674

第二十一章 禁城骑马……702

第二十二章 移督直隶……729

第二十三章 创办海军……758

第二十四章 替罪羔羊……786

第二十五章 祸起朝鲜……810

第二十六章 喋血黄海……838

第二十七章 疯狂辽东……869

第二十八章 北洋挽歌……894

第二十九章 屈约遗恨……945

第三十章 衔命西行……984

尾声 人生尽头……1012

后记……1026

引子　财神生日

公元一八二三年二月十五日，正是大清道光三年的正月初五。

正月初五，对于每一个中国家庭来说，是正月里仅次于大年初一的一个重要日子，因为，根据民间的传说，这一天是五路财神的生日。

财神生日，自然不容忽视，于是，安徽庐州府合肥县磨店乡的各家各户，从初五的大清早，就忙乎开了。而其中气氛最热闹、上下最忙碌的，当然要数磨店乡的李氏家族了。

今年六十岁的老爷子李殿华，天不亮就起了身。丫鬟伺候着洗漱完毕，便坐在堂屋里一边喝茶抽水烟，一边等着儿孙们前来"定省"。

毕竟是上了点年纪，晚上睡不着觉，白天心里放不下事，一袋水烟还没抽完，李殿华便坐不住了，他轻咳一声，低声喊道："李升！"

声音虽然不大，但马上就有了反应，李殿华话音未落，管家李升已经垂手肃立在桌前，低声下气地答道："李升在，老爷安好！"

"李升啊，财神生日的一应事体都安排好了吗？"尽管李殿华对李升办事历来都很放心，但还是禁不住要过问过问，初五的事情太重要了，这可关系到李家的兴旺发达呢！

李升从老爷的语气中揣摩到了这一点，他恭声禀道："老爷放心，一切都是照历年的老规矩办的。祭财神的席面已经让厨下预备好了，一共是十大碗，博个好彩头——'十全富贵'。有安乐菜、豆腐果烧肉、大肉圆子、红烧全鱼……"

李殿华摆摆手，道："这些不必细说了，你回头吩咐厨房大师傅，十大碗祭菜固然要丰盛，但洁净是最要紧的！事神最讲的便是一个'敬'字，'敬'，也就是'净'啊！"

李升连连点头附和道："老爷所言极是。磨店乡，不，整个合肥县，谁不知道我家老爷最是敬奉神灵，不然，我们李家哪会有今天！"

李殿华啜了一口香茗，接道："想我李家，祖上是许氏，居住在江右湖口。那年湖口洪水暴发，田宅尽毁，先曾祖迎溪公沿江而下，来到这庐州府合肥县磨店乡，举家投靠姻亲心庄李公。我先祖父慎所公也正是在那时，被过继给心庄公以承桃李氏香烟，到我李殿华已是改许为李的第三代了。唉，岁月荏苒，光阴催人哪！我李殿华自信忠厚一生、行善积德，无愧于许、李两门祖先，只是……"他顿了顿，看了一眼李升，接道："李升，你虽是管家，我却从不将你当下人看。一来，你是我李家同字，虽远房毕竟是亲戚；二来，你为人忠厚诚恳，做事精细，所以，有什么话我也不瞒你。我这一辈子，耕读为生，目下虽说田宅小有、衣食无虞，家中丁口也算兴旺，但可惜未能博得半点功名在身，只怕终此生也只是一乡绅而已！唉，我今已年届花甲，来日无多，将来又有何颜面去见许、李两家祖先于地下乎！"

说到这里，李殿华眼中珠光闪闪，声音也哽咽起来。

李升怕主人过于伤感，便柔声劝慰道："老爷，世事沧桑原无定数，名场争雄更非人力可恃。老爷您两次乡试虽未奏捷，但却是尽了人事，只是天时未和罢了。何况，您虽不入仕途，却能以诗书传家，文煜、文瑜、文球、文安四位公子，也都能苦读诗书、力求上进，十里八乡谁不知道咱磨店李家是耕读世家、书香门第？老爷您不必难过，依小的看，日后咱李家定然发达，将来出个公卿大臣什么的，也不见得是什么难事呢！"

一番话，说得李殿华复又高兴起来。他点点头，道："说得也是，儿孙自有儿孙福，将来真有朝廷封诰下来，只怕我是看不到了。不过，这财神生日倒是就在眼前，李升，除了祭神，其他事项像送穷什么的也不可忽视啊！"

李升道："老爷嘱咐极是，小的已命下人全都准备好了，府中十口大小缸，均已在四更天时换了净水，这'填穷'的事情已经完毕，只等天一放亮，先送穷，再祭财神！"

"好，好！有你这样一位得力的管家，看来我李殿华真要安享田舍翁之乐了！"

说话间，只听堂屋外一阵脚步踢踏，李殿华的夫人周氏为首，领着长、二、三、四四房子、媳和孙儿孙女，鱼贯地进了屋，老老少少，足有二三十口。

李殿华的夫人周氏,先向老爷行了礼,然后落座在丈夫的旁边,老两口一起等着接受儿孙和媳妇们的问安。

李殿华端坐在太师椅上,笑吟吟地看着满堂儿孙,心中甚是愉悦:"罢了罢了,说什么金榜题名,有这绕膝的儿孙,我意足矣!"

他睁大老眼,一个一个地逡视着四房儿孙。

长房文煜,今年四十三岁,领着长媳葛氏和三男三女六个孩子,先行跪拜。文煜道:"父亲、母亲安好!"

"嗯,起来吧!"李殿华看着垂手而立的长子,又问了一句,"文煜,你的《晴岚文集》何时付梓?"

"禀父亲,儿这几日正在最后校勘,估计正月十五便可付梓。"

"好,好!文煜,你是李门长房,要为几个弟弟做个好样子,你现在虽已开馆授徒,但学问一事,须知永无止境,要日新日日新才是!印行文集,将所学昭告天下,自是读书人本分,但也不可沉溺其中,要知道,读书的本意,是辅佐君王平治天下,你还要在科场上再下点工夫才好!"

"是,儿子记下了。"

二房文瑜领着妻子夏氏和二男一女,也近前跪拜。

李殿华也叮嘱道:"文瑜,你比你大哥年少七岁,今年也该三十而立之年喽!大正月的,不是为父说你,你喜爱吟诗作赋不是坏事,但是你要知道,如今天子取士,是靠制艺,不是看诗赋!从今日起,要多做些八股文章,才能有朝一日科场得意!"

李殿华也知道自己这个二儿子生性散淡,专好吟风啸月,却不是名场中人,因此,也不对文瑜抱多大希望。

三房文球,今年二十六岁,领了一男一女两个孩子也跪拜在地。

李殿华摆摆手:"罢了。文球,你元配储氏寿算不永,过门没几年便撒手西去,撇下一儿一女两个苦命孩子,唉!"他长叹一声,接道,"死生有命,富贵在天,这也不便强求,这样吧,等出了正月,为父再与你寻一头亲事,免得你孤雁无朋,终日里悲悲凄凄,也耽误学业!为父有一老友,日前还曾提过此事,女家姓完,据讲也是合肥县小有名气的才女哩!"

文球倒也是拿得起放得下的汉子,听了父亲的话!他毕恭毕敬地又叩了几个头,低声道:"请父亲放心,孩儿虽遭丧妻之痛,大志却不曾消磨,儿子这些日子也在开始草撰《妙香亭文集》呢!"

李殿华哈哈大笑,对周氏道:"好,好得很,我这几个儿子,倒也随我,一味地舞文弄墨,可算是痴心不改哩!"

最后跪拜的是四房的文安,他挽着妻子李氏,正要往拜垫上跪,半天没说话的老夫人周氏发话了:"文安,你自己来问问安也就罢了,怎么还把你媳妇也带了来?你不知道她不方便吗?"

李文安尚未搭话,他的妻子李氏却彬彬有礼地回复道:"婆母,媳妇的身子不碍的,郎中已计算过,临盆之期怕还有几天……"

李殿华咳嗽一声,端着老公爹的架子说道:"郎中之言不可不信,亦不可俱信,生产大事,关乎两条人命,焉能不百倍小心?我李家如今不图别的,但求一个人丁兴旺、家口平安!"他顿了顿,转对四子文安道:"虽说你在兄弟行中年龄最幼,但今年也是虚岁二十二,况又已经开馆授徒,是童蒙师生了,这些道理你应该知道。你们对父母尽孝是好事,不过,凡事均应随机而处,不可过于拘泥古礼。你媳妇临盆在即,就算是一个特例,这几日的晨昏定省,就不必让她亲来,有你每日前来问安,有我那小孙孙瀚章代母行孝,也就是抚慰我心了。快,命婢女们将四少奶奶挽回房去吧!"

婢女们挽扶起李氏,正要回房,李氏又道:"公爹、婆母,多谢二老厚爱。媳妇昨夜赶制了一个五穷媳妇,请二老过目,等会儿家里送穷时,或许可以派上用场。"

周老夫人平素最是喜爱李氏这位四少奶奶,听得这话,连忙道:"快让人取来我看!"

李氏的贴身丫鬟菊蕊,捧着五穷媳妇走近前来,众人一看,端的好手艺!

只见那五穷媳妇,有二尺来高,是用麦秸秆儿扎成,外面以各色彩纸制成衣裙,真个是活灵活现、神采飞扬,右手持着一个小小的扫帚,左手拿着一个小簸箕,里面装着五谷杂粮,肩上还背着一个纸口袋,上书两个楷字:"送穷。"

周老夫人见了大喜,道:"还是我这四儿媳妇手艺精巧!我方才也见过那三房媳妇所做的五穷媳妇,固然都不错,可惜只是剪纸,不似四房这个,是个站得起来的小人儿,好,好!"

李殿华见夫人如此高兴,也附和道:"文安媳妇果然内秀,这五穷媳妇如此精制,且又匠心独运,持帚箕负秽袋,这才是真正的'送穷'呢!看来,我李家要想发达,恐怕真就应在四房这一支上呢!好,就让各房去各自炕席下扫取少许尘土,盛放于纸袋中,少时天明,便将这五穷媳妇送出门去,置于大街之上,任人拾取,这就叫'送穷'。对了,见有别人家送出的五穷媳妇,你们也要选一个精致的,拾来焚烧,这叫做'得富'。千百年的老规矩了,你们千万不可忽视!"

李氏得了公婆夸赞,喜盈盈地挺着大肚子回房歇息去了。

转眼之间,天已见亮。

晴空里,只听传来一声吆喝:"老少街坊们,送出五穷媳妇来!"

这一声吆喝,仿佛是一道命令,磨店的大家小户顷刻之间全都敞开了街门,各式各样的五穷媳妇,统统被送了出来。送出自家五穷媳妇的人,并不立即回家,而是沿着大街小巷走去,寻觅着别人家送出来的五穷媳妇。

李家四少奶奶亲手制作的那个五穷媳妇,一来是由于太精美了;二来,因为李家是磨店数一数二的富户,他们家的五穷媳妇自然成了冀求"得富"的乡邻们拾取的首选对象。所以,当李升代表李老爷子把它送出大门的那一刻,马上就拥上来十几个乡邻,把那五穷媳妇团团围住。

"我先看到的,应该归我!"

"我早就来了,应该归我!"

"是我的!"

"是我的!"

端着水烟袋站在门楼下的李殿华,看到这种你争我夺的热闹场面,心头不禁沾沾自喜:"我李家发达有望!"

送的穷几乎不费什么事就被别人抢走,这让李老爷子着实高兴,可接下来,"得富"这件事就不那么顺利了:派出去的几路人马,腿都跑细了,也没有拾回一个像样的五穷媳妇来。

管家李升颇感内疚地向李殿华道:"老爷,今年也不知道是怎么回事,磨店的大街小巷都搜寻遍了,也没找到一个配得上咱李家身份的五穷媳妇。要不,让人到合肥县城再去找找?"

"这……"李殿华正在沉吟,忽然,一个怪腔怪调的声音在耳边响起。

"尼耗！忍次得珠牌窝来，箱尼闷吻耗！"

李殿华定睛看时，面前站着的，是一个身穿黑袍、胸佩十字架的外国传教士。

"你说什么？洋腔洋调的，我听不懂！"李殿华是个固守传统的人，对洋和尚十分看不惯，语言之间，便也带出三分的不客气。

那洋和尚却是十足的耐心，一板一眼地又说起那套洋味官话："尼耗，窝收忍次得珠得尾脱，松尼蚁哥离屋！"

这次李殿华勉强听懂了，这洋和尚，是受他仁慈的主的委托，要送他一个礼物。

李升最知主人秉性，他对那洋和尚喝道："呔！不要纠缠不清，我们主人信的是大成至圣先师孔圣人，不信你们那个什么耶稣！"

洋和尚怪声一笑："珠啊，远亮者蝎五只得忍闷！尼献刊刊,者哥离屋耗补耗？"

说着，他从黑袍的大袖里，变戏法似的拿出了一个洋娃娃！

洋人的手艺也是不得了，这小洋娃娃端的是惟妙惟肖，两只小蓝眼珠一眨一眨，一头黄发闪着金光，最绝的是，她居然会随着那洋和尚的拍打，发出婴儿的啼哭声！

"啊哇……啊哇……"

大正月的，家门口站着这么个洋和尚，还让洋娃娃弄出这么个响动，李升觉得挺不吉利，便大声喝道："我们老爷不爱你们的洋玩意，快走吧！"

洋和尚道："尼闷中国人什么都耗，就是不喜欢洋玩意，这早晚要吃亏的！"

李殿华看着洋和尚摆弄那小洋娃娃，心头一动，财神生日有人送来小洋娃娃，这可是添丁进口之兆哇！刚才见四儿媳妇步履艰难，想来临盆在即，虽说家里佣妇颇多，其中也不乏有接生经验的女仆，可是，还是应当去请一个正规一点的接生婆子……

正想着，只听自家院里一片嘈乱，文安连颠带跑地抢出门来，上气不接下气地喊道："父亲，生了，生了！"

"生了？弄璋弄瓦？"李殿华急忙问道。

"璋！弄璋！"

一颗心扑通落地，李殿华欣喜万分："我又得一孙儿！走，看看去！"

李殿华拔腿待走，却被洋和尚拉住了衣袖："离屋？妖补妖？"

被喜悦冲昏了头脑的李殿华，竟也学起了洋和尚的腔调："妖！当冉妖！"

转身对李升道："李升，赏他点钱，收了那洋五穷媳妇！"

边说，李殿华边快步向院内走去，全不管身后那洋和尚还在七高八低地说些什么。

李升捧着那"洋五穷媳妇"，却犯了难。按照规矩，拾来的五穷媳妇有两种处置方法：一种是焚烧，烧剩的灰烬，在播种时和在谷物种子中一齐播下，据说这样可以避免鸟雀啄食庄稼。另一种是不焚烧，将它留下，遇到阴雨天气，取出悬挂在屋檐下，据说这样可以祈求老天爷早些让天放晴。如今，这"洋五穷媳妇"，如此精美，烧了当然可惜，可是，如果留下来遇雨悬挂，又怕老爷见了怪罪。

左思右想，李升忽然心头一亮："我也真是转不过弯来，洋玩意不必照土规矩办，四少爷添了公子，这不正好可以给小公子当个玩具嘛……"

在财神生日这一天，和洋娃娃一齐降临李家大院的，就是我们这部小说的主人公——李鸿章。

李鸿章这个名字，是李文安取的，并没有按照宗谱的规定办。李氏这一支，因是由许氏过继而来，所以最初并没有宗谱，直到嘉庆年间，才首次纂修了《李氏宗谱》，议定了十六字的字辈排行，即"文章经国，家道永昌，福寿承恩，勋荣世享"。后来又四次续修宗谱，增十六字字辈，为：祖德积厚，克绍辉光，宗绪延长，同敦孝友。

李鸿章算是章字辈的，按照宗谱的规矩，辈分字一般应放在名的首字，如章字辈，就该叫李章什么，可这李文安有点标新立异，他一生的六个儿子，除了叫李章什么的本名外，还都另有一个把章字放在末尾的名字，叫李什么章。到后来，六个儿子的本名反倒没有什么人知道了。这六个儿子分别是：老大李瀚章，本名李章锐；老二李鸿章，本名李章铜；老三李鹤章，本名李章锬；老四李蕴章，本名李章钧；老五李凤章，本名李章铨；老六李昭庆，本名李章钊。

字渐甫、号少荃、本名李章铜的李家老二李鸿章,后来竟然成了中国近代史上的一位著名人物。有人说,李鸿章之所以热衷于洋务运动,跟他出生那天洋和尚的闯门送礼不无关系。更有人说,那个被李升当做洋五穷媳妇压在李家四房箱子底的洋娃娃,对幼年的李鸿章曾经施展过勾魂摄魄的魔力,而且把这种魔力一直保持到李鸿章登台阁入庙堂之后很久很久。这种说法到底是否合乎逻辑,我们可以不去管它,但有一点我们可以肯定:中国历史的那几页,正是因为有了合肥磨店李家这个在财神生日呱呱坠地的二小子,而变得又苦又涩,又酸又甜。

当然,这都是后话,而此刻,刚刚离开母亲那黑甜温暖子宫的李鸿章,也同其他所有新生儿一样,正扯着嗓子大声宣告自己的存在:"啊哇,啊哇……"

第一章　鱼跃龙门

日月如梭,转眼之间,距洋和尚闯门送礼的那个财神生日,已经过去了二十年。按公历算,这是一八四三年,但按大清历法,却是道光二十三年。

这一年夏天,刚刚进入二十一虚岁的李鸿章,终于干了一件让李家上下庆幸不已的事情:他通过了庐州府试,被选为"优贡"。

大清制度,每三年或五年,由各省学政考选生员入国子监读书,大省六人,中省四人,小省二人,以补岁贡之不足。能够被列入优贡的,全国也才不过百余人,而且是三五年一次,这是多么难得的机会!可如今,这天赐良机居然落到李家大院来了!到京师国子监读书,虽然并不一定能够在仕途上平步青云,但这毕竟是踏入官场的重要一步啊!

李殿华不顾八旬高龄,亲自调度,在李家大院为自己这个争气的孙子摆下酒席,一来庆贺,二来钱行。

酒酣耳热之际,李殿华放开苍老的喉咙,向着京师方向高喊道:"文安,你家老二选上优贡了,你可知道?你可知道?"

李鸿章非常理解祖父此刻的心情。父亲李文安通过多年坚持不懈的努力,终于跻身仕途,于戊戌年(道光十八年,即公元一八三八年)得中进士,在京师刑部任督捕司郎中,并因功绩卓越,被记名为御史,一旦有缺,即可奏名,实援履任。而今,自己又得赴京师就读于国子监,到时父子相见于天子脚下,那将是何等快事!

李鸿章斟满一杯酒,恭恭敬敬递到祖父手中,道:"祖父,孙儿此去京师,定不负祖父、祖母、母亲期望,学成文武艺,贷与帝王家!"

李殿华举杯在手,颤巍巍说道:"我李家有祖上阴德相佑,才有今日!唉,有道是:'万般皆下品,唯有读书高!'鸿章,此去京师,发愤攻读,定能金榜题名,耀祖光宗!"

李鸿章点头道:"孙儿记下了。孙儿若能科场得意,当为朝廷效尽犬马之劳，便是呕心沥血、肝脑涂地，也在所不辞！"

"说得好！来，大家倾此一杯，为我这好孙孙送行！"

丁零当啷，众人将杯儿碰了个山响，闹腾大半天，方尽欢而散。

次日一早，李鸿章便辞别祖父祖母和母亲李氏，直奔京师而去。

不止一日，车马劳顿，风餐露宿，终于到了他向往已久的京师。

抵京当日，天色已晚，李鸿章在安徽会馆借宿一宿，次日清晨便在狮子胡同九号赁下一处房屋，作为在京读书下榻之处，虽说房租月金是一两二钱白银，但房东马文虎温厚诚笃，且与李鸿章意气相投，倒颇让李鸿章满意。李鸿章并没有同父亲住在一处，一是因为，刑部公务繁忙，他不愿打扰父亲；二来，既是赴京攻读，便当排除杂念，若住在一起，难免被父子之情堕了青云之志。

李文安也同意儿子的这种安排，大丈夫四海为家嘛，何必作小儿女态！

在国子监读书期间，最让李鸿章高兴的是，他的老师竟然就是大名鼎鼎的曾国藩！

曾国藩与李文安是同一年的进士，长李鸿章十二岁，这时约莫三十三四岁年纪。正因为与李鸿章年岁相差不大，曾国藩并不以"年伯"和"师长"自居，而是以同辈人的身份，与李鸿章交流对于圣贤经典的心得，这更让李鸿章感动不已。

有号称湘江第一才子的曾国藩点拨，李鸿章学业进步很快。他到京师的第二年，适逢顺天恩科乡试，三场下来，李鸿章文章得意，中了第四十八名举人。

由贡生而举人，李鸿章在通往官场的道路上又前进了一大步。接下来，便是准备三年一次的大比之年了。为了让李鸿章进一步得到实践的锻炼，同时也为了让他在待考期间能有所收入，曾国藩亲自推荐李鸿章到何仲高府上就馆，为何公子讲授经书。这何仲高少年入第，是一位学识渊博的老翰林，平日燕居在家，与李鸿章切磋学问，令李鸿章受益匪浅。何公子也聪慧好学，对李鸿章这位家塾老师也很敬重。这样，李鸿章在授徒之余，便多了不少时间温习自己的学业，以待大比。

终于，在夜以继日的备考中，李鸿章与全国各地的举子一样，迎来了道光二十七年的会试，也迎来了青云直上的机遇。

各省由乡试选拔上来的举人数以千计，都从各地赶来，云集京师。应考的举人和送考的亲友加起来逾万人，好像要把一座北京城挤破了似的。由于机会难得，有些富裕人家虽未报名应考，亦专程前来见识见识，更有附近州、县的人赶来看热闹，使本来是宽阔的京城大街顿时短了、窄了，好像京城并不大，只不过一次会试，就能让它人满为患。各同乡会馆、旅店、客栈、胡同、僧寺、道观等可以暂且用做夜宿的场所，生意也为之火暴，一些举子连找三四天，没有落脚处，最后只好借宿于民宅。

　　李鸿章很欣赏这幅万人大比的匆忙场景，书读得累了，就步出门槛，伫立于街巷一侧细观着。眼前闪过的多为身穿各色布衣、头戴齐耳小帽的举子。他们行进在京城之中，囊中羞涩，只好安步当车。也有偶尔出现的阔少、老爷，倒是绸袍马褂，气宇轩昂的，身边或身后仆从呼拥，驱车奔走于大街小巷，或乘轿停留于某某深宅大院门前。他们多在京城有沾亲带故的，或有名门望族做靠山，前来应试，让仆从们肩扛手提贵重礼品，处处送礼，出手不凡，以此乞求庇护，开一道方便之门。再看那一双双举子的眼，有清秀的眼，有忧虑的眼，有兴奋的眼，有痛苦而又无奈的眼。李鸿章瞧着这一双双眼睛，最能读懂它们，理解它们。众举子人都应试，既想顷刻之间跃过龙门，从此飞黄腾达，又恐怕考试下来，名落孙山，白费了数年心血不说，也无颜叩见爹娘，甚至短缺了回乡的盘缠。李鸿章多次听说过县试、府试、乡试、会试落榜的学子，沿街乞讨回乡者有之，病死、饿死在他乡者有之。可悲，可惜啊！

　　李鸿章心里怎么也平静不下来。参加顺天恩科乡试及第后，他不敢懈怠，又在次年参加了恩科会试，不想名落孙山。李鸿章继续寒窗苦读，终于迎来了这又一次机会。

　　会试结束的一个月很快过去了，万众瞩目的龙虎榜挂出来了。金榜题名者称之为进士，这个头衔在六十五岁的道光皇帝眼中称为人才，而在得中者本人及家族说来是"千年等一回"，弄不好千年、万年也等不到一回。中了进士，就意味着步入仕途，唯有如此，才算真正拥有了升官发财的机会。李鸿章是爬在了妹婿张绍棠的身上去看榜文的。这小哥俩原以为自己有力气往榜文跟前挤，谁知愣是挤不进去。于是妹婿说："二哥，你踩上我的肩膀，站高一点看看中了没有。"李鸿章拿眼扫视了一下那水泄不通的人墙，点头道："也只好如此，那就委屈你了！"说着就扶在了妹婿的肩头上。张绍棠就势蹲下身来，靠着贡院外的一根旗杆让李鸿章高高地立在了自己的肩头之上。李鸿章看了好一会儿，终于看到了自己的名字，惊叫道："我中了，我中进士了！"

张绍棠一边用肩膀扛着李鸿章，一边说："喂，你别激动，睁大眼看清楚一点，再看看我中了没有？"

李鸿章仍然激动万分，几乎是在喊叫着说："是中了，是中了！我中的是二甲第十三名进士！"

"你再看看有没有我！"张绍棠还是提醒着。

张绍棠刚一说完，李鸿章已从他肩膀上跳了下来，纵身一跃落了地。但由于激动失衡，摔了个结结实实，他爬起来拍打身上尘土，然后摇摇头说："我只看到了张之万、李鸿章、郭嵩焘、帅远燡、陈鼐等等。我没有注意到你，还是你自己看吧！"说完丢开张绍棠，飞也似地往狮子胡同九号狂奔。

此次会试由潘世恩出任正考官，副考官由杜受田、朱凤标、福济等人担任。共有二百三十一名得中进士，三四十举人中一人为进士，真正是过五关、斩六将，一路闯荡过来，出类拔萃。李鸿章自然为自己这番脱颖而出激动万分。金榜高中，他自然想到要把喜讯告知家人。父亲已于几个月前回乡奔丧去了，祖父李殿华走了，带着没能亲耳听到孙儿告捷的遗憾走了。李鸿章心头一阵紧缩，但很快，又被喜悦之情给冲淡了悲伤。

春闱告捷的李鸿章把自己的特大喜讯一纸寄往家乡。一连几个晚上，兴奋过度的李鸿章怎么也睡不着觉，脑海里总是在翻腾着那一决命运的场景。

丁未科一甲一名状元是直隶南皮人的张之万。李鸿章没有中状元也无要紧，只要入翰林也就心满意足了。次日皇上旻宁坐镇太和殿，文武大臣和新科进士列队肃立于丹陛之下。不一会儿，庄严肃穆的丹陛突然鼓乐齐鸣。这是一个隆重的仪式，正值青春年华的李鸿章哪里见过如此令人为之心跳的场面？只见传胪官走上前列。鼓乐演奏完毕，他就高声唱名，如同在考场上点卯一样，把新科二百三十一名进士的姓名全部传唱三遍。这三唱算是皇上的正式宣布，那可非同小可，李鸿章就算是真正成了朝廷命官。李鸿章在这庄严的气氛中，在这终身难忘的场合里惊喜交加，连呼吸也变得急促起来。就要走近旻宁皇帝了，他的脚步有些慌乱，毕竟是平生第一次见皇帝。真龙天子就在眼前，他崇拜得无法形容，不敢抬头正眼瞅上一回，害怕自己一不小心犯了哪一条清规戒律：那可是他一句话能让你飞黄腾达，一句话就能让人头落地，株连九族的呀！但他还是在前移，用慌乱的零碎的小步子走着。这些新科进士是要依次走上前去，给皇帝老子行三跪九叩的大礼，以示感谢皇上龙恩。李鸿章每跪一次，都用他那略带颤抖但也算响亮的声音道："吾皇万岁、万岁、万万岁！"细听别人，也都这番鹦鹉学舌似的给旻宁皇帝谢恩。

行礼完毕，大学士进殿，从御前东侧的黄绸铺盖着的案台上，捧了丁未科二百三十一名进士的名册授予礼部尚书，礼部尚书用云盘托举着，由十名銮仪军校作前导，张了大黄伞出太和门而去。此时突然鞭炮齐鸣，旻宁皇帝启座乘舆还宫，仪式方才结束。李鸿章以"榜眼"名分由贞度门出宫，回到了暂住何仲高府。

返乡治丧的李文安料理完家中事务后，奉命入浙江学政赵光的幕府。离开合肥时，鸿章的家书捷报还未到达。到浙江后不几日，妻子李氏亲笔写下喜讯一封，派人加急送往浙江。李文安得知李鸿章会试高中，激动万分，当即喜而赋诗曰：

  年少许交天下士，书香聊慰阿翁期。
  天恩高厚臣家渥，不愧科名要慎思。

赋毕，仍觉情犹未尽，又击节吟道：

  少年气象自峥嵘，翘秀居然荷匠成。
  老辈传衣原特识，儒生报国在和声。
  品题尤重师庭誉，文字先邀海内名。
  盛世辟门资拜献，要思竹帛有殊荣。

李鸿章于京城里得到父亲这两首赞诗，喜上眉梢，暗自下定决心，争取再进一步，应朝试，点翰林，不中不罢休。他知父亲已去浙江，大

哥、三弟均离家做事或读书,唯四弟李蕴章病盲双目,居家治事,很挂念,写下一封书信,即寄合肥,曰:

"学业才识,不日进,则日退,须随时随事,留心着力为要。事无大小,均有一定当然之理,即事穷理,何处非学。昔人云:'此心如水,不流即腐。'张乖崖亦云:'人当随时用智。'此为无所用心一辈人说法。果能日日留心,则一日有一日之长进;事事留心,则一事有一事之长进。由此而日积月累,何患学业才识不能及人也。做官能称职,颇不容易。做一件好事,亦须几悉盘根错节,而后有成。昔人事业到手,即能处措裕如,均由平常留心体验,能明其理,习于其事所致,未有当前遇事放过,而日后有成者也。弟于此层,最宜留意……"

李鸿章这是给四弟蕴章讲学业阗事的道理,其实也是在讲述自己的体会,更是在暗暗表达自己的进取决心。鸿章真正是成长起来了,也稳重、成熟得多了。他一想到蕴章已是半个残废人,心里就觉得不好受。兄弟姊妹共八人,最小的弟弟昭庆这年才十三岁,多少事情还得由蕴章来调教,蕴章才是亏了。而且,就因为病盲一目,他在自己的人生道路上将要失去许多机遇。但李鸿章对四弟仍不死心,发誓要拉四弟一把,让李氏家族人人风光,个个荣耀。富有雄心,目标明确,坚定不移地往前奔,是李鸿章此时对自己的要求。他对人不说,但常常这样提醒自己。

父亲已来信,不久就会从浙江返回京城。春闱大捷,亲人都在千里、数千里之外,只有恩师曾国藩想见马上就能见到。榜发已过,报卒手持红纸捷报仍在满街飞奔,把一个个会试高中的喜讯带到深宅大院,也传遍了整座京城。料想曾国藩是不会不知道的。李鸿章明白:与自己同期考中的进士中,像郭嵩焘、帅远铎、陈鼐等人,都曾做过曾门的学生,也很受恩师曾国藩的器重。而且,与恩师沾亲带故而会试及第者也非一人两人。自己有幸被列为二甲第十三名进士,这偌大的喜讯恩师定早有耳闻。既如此,该上门去谒见的,当然一定得快快前去。

想到这里,李鸿章要了一辆双骡套车,捎带上一些礼物直奔曾国藩府上去。这礼物当然不是在京城大街上掏钱就可以买下的。大街上能买到的东西,曾国藩他不稀罕。李鸿章很动了一些脑子,把母亲从合肥带来的吃、用之物选了一些:合肥张顺兴的大麻饼两盒,安徽亳州上等的烟叶一大包。这是给恩师享用的。他还特意给曾国藩在京的夫人带上一件礼物,即用家乡的庐阳花布精工制作的挑花头巾。这头巾采用蓝线和黑线织成的底布,疏密相间的条纹,呈现黑、白、灰三种和谐的色调,表现质朴、清新的韵味。李鸿章想那恩师的在京夫人——三姨太吧,那长得真算得漂亮。送上这条挑花头巾,便更能衬托出她面庞的俊美。再细看这头巾,是一幅蜜蜂采菊的图案,正面好看,反面也好看,使用时正、反兼可,两全其美。不过,李鸿章决定把这条头巾送给曾夫人之前,倒是稍稍犹豫了一下。原因有二,一是这头巾是母亲从合肥捎来,用于李鸿章在京娶妾的礼物。此物送了出去,今后再次定亲以何物代替?二是送曾国藩夫人的礼物要格外小心,以防恩师吃醋,反闹个不欢而散。

　　李鸿章今天乘坐双骡套车,心情与往日不同。今天科场得意,他觉得自己才是这车的主人。年轻的赶车人挥动着长鞭,一声吆喝,倒不像是在驱马前行,而是在有意引人注目:"瞧,新科进士李鸿章在此!"一路上果然有人驻足观望,步履匆匆的行人也侧目一看。李鸿章心里甜蜜蜜的,不觉已到了青灰色雕花照壁前。车子停了下来,骡夫打开车门,李鸿章踩着踏板下了车,取出名帖,那上面是李鸿章亲笔写下的:"门生李鸿章。"

　　曾国藩的新来管家严泰迎上来。尽管这管家来曾府不过两月,但已很熟悉李鸿章了。他是曾府门上的常客,于是管家道:"李二少爷不必呈名帖了,我家老爷正在府上等着呢!估计你这一两天会来的。他让我留心,今科高中的李二少爷来了,要直接引到厅前会面。"

　　李鸿章微笑着,从举止上看,与以前来曾府没有什么不同,仍是那么恭敬而稳重。李鸿章道:"那就多谢管家引路了。"说着,用眼神示意随从男仆塞给严泰一个红包。严泰先是用手挡了一下,又向李鸿章深深地鞠了一躬,用眼睛的余光看了李鸿章一眼,见李鸿章是诚心要赏他的,这才收了红包,道:"谢谢了。"

　　严泰在李鸿章身旁微微躬着腰引路,边走边把右手抬起,对李鸿章道:"李二少爷请走好。"

　　走过三道大门,到了曾国藩府所在的厅前。曾国藩已起身相迎,道:"少荃来啦,恭喜你呀。功夫不负有心人,我已料定你此次会试必然高中。"李鸿章见恩师起身了,这还是李鸿章在曾府从来没有领受过的礼遇,慌忙一步跨上前去,躬身将曾国藩的身子拦在了太师椅上,说:"门生前来给恩师请安了。"说着,从随从仆人手中接过礼物,又亲手放在案台上,道:"是家母特意从皖省合肥捎来的,让门生转赠恩师及师母的。"

曾国藩笑道:"不必破费了。既是合肥你家高堂的心意,我也就领受了。"

李鸿章突然双膝跪地,给曾国藩磕头道:"门生这些年来蒙恩师训诲,耗费了您无数心血。没有这么长时间的点拨,鸿章我是不会有今日的。如今刚刚才侥幸中第,一切都得益于恩师的栽培。滴水之恩当涌泉相报,何况您对我恩重如山,今儿是特来叩谢的!"李鸿章叩谢着,眼眶已涌出泪花儿。

曾国藩见了,也动了真情,上前一把扶起李鸿章,道:"贤弟哪能行如此大礼?快快请起。"曾国藩把李鸿章搀扶到椅子上坐定后,道:"贤弟才高八斗,聪明过人,又刻苦用功,非常人所能比拟。你读了多少书,用了多少心血,我是亲眼目睹过的。为此,愚兄我常于心中叹服不止。几年来,我只是略加指点,讲了一点个人的酸甜苦辣和体会而已。你的高中,一是你的才气,二是你的勤奋,愚兄我怎敢贪天之功为已有呢……"

曾国藩正说着,忽见管家严泰上前来送过一个名帖,曾国藩接过名帖看了看,笑道:"哦,次青老弟也来啦,快快请进!"

严泰退下堂去,曾国藩对李鸿章说:"来的这个人名叫李元度,次青是他的字,比你年长两岁,虽至今还未及第,但人才难得,也是我的旧友啦!"说着,李元度已被严泰领进了客厅。只见这李元度果然风度翩翩,英气凛人,黑缎瓜皮小帽后面拖着一条乌黑的长辫,令人不敢小视。他向曾国藩行了礼后,又转向李鸿章,双拳抱在胸前,不卑不亢地说:"请问这位……?"李鸿章慌忙起身还礼,曾国藩笑了起来,道:"我来介绍一下。这位是新科进士李鸿章,字少荃,年方二十四岁。是与我同年的合肥李文安翁的二公子哩!"

李元度道:"原来是少荃呀,久仰,久仰了!我早已慕名,今日才得一见,幸会幸会。"

曾国藩又对李鸿章说："刚才我还没有说完。次青妙笔生花,下笔如神来之势。所著《国朝先正事略》考证赅博,鸿篇巨制,是我朝多年来少有的佳作,许多人研讨后都拍手称赞。愚兄我也正在啃他的书本,受益匪浅。少荃弟今后若闲来无事,也奉劝一读。"

李鸿章道："恩师指点,次青兄赐教,我一定抓紧拜读。"

李元度说："国藩大师过奖了。少荃贤弟也不必在意。拙作粗浅得很,不值一读。这一辈子或许与科举无缘,但愿潜心研究一点学问,混一碗饭吃罢了。少荃老弟前途无量,正值青春年华,还望今后多多关照!"

三人正在闲谈,只见曾国藩好像浑身奇痒起来,不停地用手在腿上抓着,而且愈抓愈猛,不过瘾时,卷起了裤管,直接在那腿皮上抓着。指甲缝中已抓得满是皮屑,轻轻一弹,皮屑如雪花般地飞落在地。椅子旁边的地上已落满了白白的一片。

李鸿章问："恩师是不是得了癣疾?"

曾国藩说："可不是么?早年在湖南老家,空气湿润,待得久了,落下了这一身牛皮癣。虽经几个郎中调治,就是除不了根,时常见犯,看来是难以痊愈了。"

李元度此时开了腔："《黄帝内经》等书中对此疾都有过相关的论说。小弟我先研读了这些资料,按照书中的配方,为大师您抓的土方,可曾用过?"

曾国藩道："用啦用啦,也确有些效果。但药一停下来,癣疾便又犯了。"

李鸿章眼珠一转,立即起身来看曾国藩的腿,笑道："如此癣疾,只凭一些中草药恐怕难以根除。洋药已进入我国,据说甚是灵验,药到病除。门生认识东交民巷法国使馆里的洋人,他那里都是洋药,等找到机会我来向他要点洋药试试,摸不准比中草药效果好。"

李鸿章刚一说完,突然见曾国藩脸上没有了笑容,满脸的阴云密布,说："洋药进了中国,我早有耳闻,可有谁用过这些药?又有谁因用洋药治好了病?听说洋枪洋炮非常厉害,一炮能把那八达岭的长城轰塌了一块,可又有谁曾见过?我们泱泱大清帝国,人口众多,堪称世界第一,四大发明不正是中国人的创造吗?中国人要用中国药,道听途说,一味相信洋玩意儿,便失了我们中国人的志气!"

"是的,是的,恩师说得也有道理!"李鸿章其实听这话很不舒服,但也只能顺着曾国藩的话诺诺称是。在李鸿章看来,恩师聪明一生,但在这样的问题上却糊涂透顶了。无论是"中"还是"洋",只要管用,都应当乐于接受,为我所用。况且,洋人的大炮枪支都是明摆着厉害,不容你不信。他那洋玩意儿既然厉害,就得承认,就得向人家学习,就得设法弄过来为我所用。你恩师什么都好,怎么在这个问题上如此不明事理呢?看来金无足赤,人无完人。李鸿章心里这么想。

曾国藩已从李鸿章的表情上看出了什么,明白他虽然点头称是,内心却是不服的。于是又道:"少荃贤弟啊,我中华民族历史悠久,自古以来多有发明创造。洋人那边到底是什么世道,老祖宗从来就没去探究过,也不指望从洋人那里沾什么光。这不,几千年也过来了,其中道理我暂时还说不清,只隐约感到一条:还是离洋人远一点好,离洋玩意远一点好!你已春闱告捷,也该是为朝廷做事的人了,这一点更要把握好。算是愚兄的忠告吧!"

李鸿章仍勉强满脸堆笑地答应着。可是在骨子里面,对曾国藩的崇敬之情却被冲淡了一些。

但曾国藩毕竟是学问大家,所言无论正确与否,用心都是好的。李鸿章能这样想,所以才不至于闹出个不愉快的局面。在曾国藩看来,既是收了李鸿章这个门生,凡事就要点拨,不管你李鸿章是在表面上接受,还是在心里面承认。想到了朝试在即,曾国藩理了一把小胡须,又打开了话匣子:"少荃老弟,如今你已中在二甲,不几日就是朝试,万万不可自满。除了三鼎甲陪考以外,所有新科进士都得参加。这次考试一看文学,二看书法。主考大臣看中的,才能选进翰林院当庶吉士,此谓点翰林,非同小可,定要认真准备。近日里除了必须应酬的事要办外,应一律潜心静居,不要枉费了不多的时间。我有个恩师叫唐鉴,由江宁藩司进京改任太常卿,此人研究程朱之学很有造诣,道光皇帝在乾清门召见他时我恰好随侍在场,皇上对他非常赞赏。当年拜他为师,我是大开了眼界。他认为检身之要在'整、齐、严、肃'四个字。而读书之法则在于专一经,一经果然能通,那就诸经能旁及了。经恩师唐鉴指点,我专攻经济之法,兼读其他功课,日渐长进。我还养成了一个习惯:

记日记。一言一行,坐作饮食,皆有日记,如实写下来,绝无虚假。多年来,我给自己立下的日课是:主敬、静坐、早起、读书、研史、写日记、记茶余偶谈、日作诗文数首、谨言、保身、临摹字帖、夜不出门共十二条,严格遵守,不轻易破例……"

曾国藩说着站起身来,李元度、李鸿章随曾国藩进了一间藏书库。这书库诗书成山,足有四五千册之多。最显眼的还要数曾国藩亲笔手书的许多条幅悬于墙上。李鸿章原来曾多次进过这间藏书室,但不曾见过曾国藩的书法条幅。正想问一声时,曾国藩开口道:"这些都是在恩师唐鉴的指点下一挥而就的。以前收在柜中,最近才装裱起来,悬于墙上,以示自勉。"李鸿章环视了一周,又有《立志箴》、《居敬箴》、《主静箴》、《谨言箴》、《有恒箴》各一首,笔迹流畅,龙飞凤舞。

李元度看了曾国藩的条幅后,很是钦服,说:"大师的书法也是笔墨老辣,落墨淋漓、功力不浅,书风独特。尤其是那《有恒箴》一幅,写得气韵生动,格调高雅,造诣精深,朴拙苍润。小弟我今生都要望尘莫及了。"

李鸿章原不大重视书法之艺,听李元度如此评价,也只好顺水推舟,说:"次青兄说得极是。不过我倒更喜欢《立志箴》和《谨言箴》两幅;这字才真叫做技艺精湛、笔墨酣畅、阔笔纵横、炉火纯青了。若能收藏一二,门生我定当视若珍宝。"

曾国藩道:"那好那好,我就为我们的新科进士送上几字。"他立刻铺开案台,写下了一幅,道:

"不为圣贤,则为禽兽。只问耕耘,不问收获。涤生与少荃弟共勉。"

李鸿章眼儿睁得老大,只觉得这字写得果然端庄而秀美,令人叹为观止,但他对恩师写的内容却不甚理解,有点不知所云的感觉。

曾国藩瞅了一眼李鸿章茫然的表情,说:"这是唐鉴恩师送我的字句,如今我直录于你。我也不很理会,但已有所悟,今天送你,不求理解,只当书法。"说完,曾国藩又取来一本字帖,递给李鸿章,要他回去好好临摹。

李鸿章捧在手中一看,这是刘墉的《清爱堂帖》。刘墉,号石庵,谥文清,乾隆朝大学士,书法冠绝一时。这本《清爱堂帖》集中体现了他的书法艺术成就,是字帖中的珍品。李鸿章将字帖捧在手中,欷歔良久。他深知恩师赠字又送这本字帖,不仅仅是让他临摹观赏,还有更深的用意。这个用意还不仅仅在于指出:你李鸿章的字写得还不算漂亮,急需加紧练习,或许还在于告诫另一层含义。这含义不在眼前,而在于将来,在于有朝一日位及人臣、重权在握时,该如何做人,如何做官,如何对待自己的生死荣辱。

李鸿章凝神观赏着刘墉的《清爱堂帖》,看起来天趣自然,既有小桥流水之美,又有远山淡墨之趣,笔笔刚健有力,字字雄放,包含着长江、黄山风光般的豪壮气概和意境。他收下了这本字帖后,对恩师说:"门生少荃明白了,一定好好临摹,朝夕用功。如果下一步能选中庶吉士,门生也不敢懈怠,继续苦读苦练三年,力争在散馆后再考优等,留院做个编修,才是正途。请恩师放心,门生已立下誓言,不到正途时,决不罢休!"

曾国藩颔首称赞道:"少荃贤弟壮志在胸,实在难能可贵。学无止境,松下来便半途而废。常言说:'学到老,用到老,还有三桩没学好。'中了进士,还要直奔翰林,才算得有了出息。多少朝代以来,朝中用官多是重京官,轻外任。那些军机大臣、大学士等,多是翰林出身。不入翰林,出京到各省做个知县什么的,虽然或许能捞到一些实惠,但终究是出息不大的哩!"

曾国藩说着转过头来,对李元度笑道:"次青老弟哇,你虽才高八斗,但在名场上的争斗就不如少荃啦。奉劝老弟回头是岸,若能步入科举之途,定当不在少荃之下。"

李元度皱起了眉头,一声冷笑道:"大师抬举我了。人各有志,我向来不以为自己才华过人,但也还能读书,只是对这个科举的考法不感兴趣了。县试、府试、乡试、会试、朝试,再来个点翰林一试,着实把人考得生厌了。如今金榜题名的幸运儿到底是极少数。人间多少读书人为此考白了头,考败了家,甚至考掉了一条性命。到头来,像少荃这样年轻得志固然可喜可贺,但那么多人却只能以泪洗面了。待到醒悟之时,已为时过晚,人也老了,财也尽了。更有一些人满肚子道德文章,让那朝中的老臣用鼻烟壶一转,壶嘴儿转错了方向,一生的机遇便打了水漂。纵然学问再好,也算白费……"

说到这里,他稍稍停了一下,见曾国藩表情还不算十分难看。突然神秘兮兮地问:"大师可知,前些年因乡试卷中犯了圣讳而落第的广东秀才洪秀全,如今闹起了一件稀奇事!"

李鸿章惊奇地望了一眼李元度,曾国藩却不动声色,淡淡地说:"什么稀奇之事?道来便是了!"

李元度道:"洪秀全落第之后,便对皇上心怀不满,到处煽风点火,在他那小村庄里闹腾起来了。起先,人们只发现经常有人从四面八方赶到这个村庄,都聚在洪秀全的名下。他们男女分座,每次先唱一首赞美上帝的诗,然后由洪秀全上台宣讲上帝的仁慈,劝大家改恶从善,真心崇拜上帝。有时候,他们还举行入教仪式,只见:神台上放着两盏明灯,三杯清茶,新入教的人大声念着自己的名字,再把一张写着自己名字的《忏悔状》当众焚烧。入教者必须跪下回答洪秀全的问话。问完以后,洪秀全就把一杯清水浇在他的头上,口中念念有词:'要洗尽从前罪恶,要除旧生新……'入教的人站起来把清茶一饮而尽,并用清水擦洗胸口,表示已经洗尽了内心,忠心不二了。"

李鸿章听到底,有些莫名其妙,道:"这不是跟洋人的基督教洗礼仪式差不多吗?有甚要紧之处?"

李元度呷了一口香茶继续说道:"正是。这些人和基督教徒一样,都只信仰上帝和耶稣,不要当今皇上。洪秀全也是在去广州参加考试时,偶尔从一个基督教徒手里得到一本传道书,回到花县官禄㘵村,才决定不求功名,组织拜上帝会的。他有个好友叫冯云山,还有个族弟叫洪仁玕,都积极参加进来,在附近乡村中进行联络,宣传宗教,反对朝廷。"

"这不是在煽动造反么?!"曾国藩拍案而起。

"这还了得,若是在京城,有一百个洪秀全的脑袋也要砍下来的!"李鸿章说。

李元度又说:"听说今年初洪秀全又去了广西桂平县的一个金田村,在那里与冯云山正式组建了一个拜上帝会,发展了三千多人啦。他们不再是只讲上帝了,而是聚众占领村舍,罢免乡官。"

"那广西的官府干什么去了?"曾国藩问。

"吃干饭去了,如此聚众煽动民心,官府眼睛瞎了吧?"李鸿章也插言道。

"官府注意到了,弄成这整个县,乃至几个县的大动作,官府岂有不管之理?"李元度说,"官府已把冯云山抓住了。可洪秀全还逍遥法外,设法拿钱买通官员,又把冯云山放出来了!"

"可恨这县、省的官府中也有见利忘义的势利小人,查了出来,该当杀头之罪。"曾国藩愤愤地说。

"坏就坏在这儿了。官府查办不力,拜上帝会的活动越来越猖獗。冯云山放了出来,活动更加频繁,还聚集在一起高呼口号,公开捣毁庙堂偶像,同有钱的地主及官府发生对抗,大有推翻官府之势。那儿的官府衙门,整天关门闭户,见了拜上帝会的人们绕道走。正不压邪了,听说洪秀全已公开声称要成立什么'团营',集中组建队伍,与当今朝廷一比高低呢!"

曾国藩已听得很不耐烦,他几乎是狂吼起来:"这洪秀全犯上作乱,痴心妄想。一百三十年前的三藩之乱,最终也没有夺了天下。这洪秀全一次科场失利,泄起私愤,也不过是螳臂当车、飞蛾扑火,没有好结果,成不了大气候的!"

李元度摇头道:"大师呀,不一定呢!依我看,那洪秀全终非池中之物,他的志向,是在九五之尊……"

曾国藩再也不吭声了。他把眉头紧锁着,咧着有胡楂的嘴巴,露出白晃晃的牙齿,眯着两只三角形的眼睛,陷入了看起来好像很痛苦的沉思之中。李鸿章张了一下口,见恩师这样的表情,把话又咽下去了。别看曾国藩的嘴巴没有出声,他那两只眼睛好像说话了:那是多么抑郁,又夹带着阴险的双眼,从他的眼神里,还能捕捉到他内心的愤怒、尴尬和慌乱。

在曾国藩家的一顿午餐吃得都没有劲,满桌的菜肴,李鸿章和曾国藩似乎都少了往日的胃口。整个气氛令人压抑,笼罩在说不清、道不明的情绪之中。或许曾国藩比李鸿章看得更远、更透一些,他吃完饭对李鸿章道:"回去潜心准备朝试,看来这个天下是有你的用武之地的。时势造英雄,莫管将来世人如何评说,正所谓'只问耕耘,不问收获'。少荃贤弟切记!"

李鸿章打躬作揖,颔首谢恩,表示永志不忘。

翌年,李文安服丧期满,从浙江学政赵光幕府重返北京。父子二人团聚事小,同在京师为官实在令人高兴。一八五〇年,即道光三十年,李鸿章喜迎庶吉士散馆,以优异成绩而改授翰林院编修。

入了翰林之后,李鸿章第一次穿上朝服,脚蹬布靴,头戴顶戴进了武英殿,任国史馆编修。这差事清闲得要命,倒是一处正好读书的"世外桃源"。此时,这泱泱大国、东南西北风云变化,扑朔迷离的《穿鼻条约》是真是假?飘扬着"米"字旗的英国战舰,怎能就耀武扬威地开进了中国美丽的香港岛?还有那刚刚签订不久的《南京条约》,为何使几万万中国人败倒在一个英国女人手里?广东省花县的那个火秀娃子怎么样了?他正闹腾到什么一个地步?数百万平方公里的国土上旱灾怎样?水灾怎样?人祸又是怎样?……这一切,此时的李鸿章都可以不管不问。他的任务就是:做翰林,搞纂修。正所谓"两耳不闻窗外事,一心只读圣贤书"。

翰林院里聚集着全国众多的一时俊杰,这使李鸿章感到自豪。面对如林名师、如云嘉朋,李鸿章踌躇满志,意气风发,决心要干出一点名堂。他写了《通鉴》一书后,又精心写作了一篇《文以载道赋》。这篇洋洋大观的长文在翰林院国史馆传开后,很有些反响。他反对雕章琢句而内容空虚的文风,赞赏以委曲婉转、平易流畅的文体宣扬纲常伦理、孔孟程朱之道的唐宋八大家及桐城派古文。在他这篇长文中,他把两者比喻为"出水芙蓉"和"苍松翠柏",说:"出水芙蓉,光华夺目,曾几何时,无复当初颜色。苍松翠柏,视似平常,而百年不谢也。"李鸿章特别推崇唐代古文大家韩愈为《论佛骨表》和北宋古文大家苏轼的《代张方平谏用兵书》。

一日,他与父亲李文安论及韩愈的《论佛骨表》,儿子向老子推荐道:"在舞文弄墨的闲暇之时,我读《论佛骨表》受益匪浅。此文的主旨是尊儒排佛,道理深刻,请父亲大人拨冗一读。"

李文安道:"此文怎讲呢?得味(合肥语)之处何在呢?"

李鸿章来了精神,娓娓道来:"唐元和十四年,宪宗派人把藏在凤翔县法门寺护国真身塔内的释迦牟尼的指骨迎进长安皇宫,供奉三天。韩愈闻此,愤然上表,斥责礼佛求福之虚妄,要求将此骨投入河中,或用火烧掉,永绝根本。却不知那唐宪宗本想借此祈求长寿,而韩愈偏偏说：信佛的皇帝必然短命。宪宗一怒之下，将韩愈贬为潮州刺史。韩愈遭此处置，和着血与泪写道：一封朝奏九重天，夕贬潮州路八千！父亲大人您看韩愈的文采和见解，是不是气盛感人，鼓舞人心呢？"

李文安其实读过这篇《论佛骨表》的，仅是初读放下，没有再深想。经二公子鸿章如此一提醒，道："韩愈之文果然气盛有力，但做人处事则不可盛气凌人，当婉转时即婉转，方不会走向绝处。"

李鸿章道："父亲大人的意思我明白，我当然不会把文章里写的统统搬到自己的举止行动中来的，仅从欣赏角度而言，我喜欢韩愈的精神。再比如苏轼的《代张方平谏用兵书》，意在宣传'好兵者必亡'的思想。当时西夏扰边，宋神宗派兵进击，以太子少师致仕的张方平建议神宗'绝意兵革之事，保疆睦邻，安静无为'。文章通篇言之痛快，丝毫没有拖泥带水，依照我们合肥话讲，叫做'捣姊姊的'，真快活！当然，也请父亲大人放心，我也只是欣赏这种痛快淋漓的文风，还主张一条：就是文以载道。文不载道，那便于国事无用，于民无益。六经便是载道之书。'文'，应是为'道'服务的，是'道'的载体。在入翰林后读了许多书，看见历代文学，虽然文体各异，但在宣扬伦理纲常、孔孟之道方面，均是大同小异。"

李文安点头称赞道："吾儿果然长进了，出息大得很哩！"

李鸿章得到父亲的夸奖，心中甜蜜蜜的，但又故作不以为然的样子说："出息大在哪里呀？整天埋在书堆里，没有风风火火干上一场的机会。毕竟正值年轻气盛之时，弄得跟老学究一般，也实在无趣、无劲，也无前途了。入朝做事这么一些时日了，连个皇上的面都没有见过，哪有机会得到赏赐呢？"

"我儿这便是牢骚怪话了。你才入翰林几天？就耐不住寂寞了。为父我已入朝十余载，头发见到花白了，不同样是没有任何抱怨吗？再说，凡最终成大器者，必须学会慎独，宠辱不惊，甘于寂寞，埋头做事。机会是有的，每个人都会在一生中遇到数不清的机会，把握住了，就可能是个转折，前途无量的。"

李文安说到这里，喝了一口老家捎来的六安"一笑堂"的瓜片，压低了声音但却很严肃地道："儿呀，按理说为父不能泼你的冷水。你恩师曾国藩公与我私下谈起过你，说你为人处事心气高傲，性格疏懒，为人也不够实在，表现得用心眼多，真说真干少，细节上还不大检点，这些都是要努力克服的哟！"

李鸿章的脸上布下了一丝阴云，低了头，仍说道："父亲大人教导极是，实为孩儿迷途指津了。"

望着父亲慈爱期望的目光，李鸿章在心里想：恩师也真是会"做夹子"（合肥语），这些毛病给我本人不讲，却偏偏对父亲满盘满碗地道来。要是父亲不对我透露，我还不知道恩师他对我也有微词呢！

一连几天里，李鸿章为此寝食不安，恩师指点的这些毛病他心里也绝大多数承认，只是从别人嘴里说出来，他心里不舒服。这天吃过晚饭，他有意走出城外，到远一点的地方去散步。时已深秋季节，草木凋零，北京城外一片萧条。李鸿章触景生情，脑子里浮起了宋玉悲秋的句子："悲哉，秋之为气也，萧瑟兮草木摇落而变衰，憭栗兮若在远行，登山临水送将归。"吟到这里，他突然觉得宋玉毕竟是宋玉，我李鸿章正值青春年华，路还很长，不会被埋在书堆里一辈子走不出来。

想到这里，他蓦地大喜过望，犹如一根拉紧的弦猛地一松，一时不能控制，双手向空中一挥，双脚猛地跳起，向远方喊："虎在深山，天生我材必有用！"

这一声在夜幕中传得很远、很远。

第二章 龙足一踏

道光三十年三月十二日深夜。

北京城万籁俱寂。正阳门东的兵部街,由南边飞也似的来了一骑快马。街道两旁民宅里已睡熟的人们被马蹄声惊醒,侧耳一听那辔铃叮当,便知是外省的折差到了。果然,那骑快马越过兵部衙门,直奔各省驻京提塘官们的公所。快马奔至门前,骑马人猛地把马缰绳一勒,唏聿聿一声刺耳的长嘶,马背上的那人被掀了下来。一顶红缨帽子滚落在街门旁的阴沟里,此人也顾不上去阴沟里打捞顶戴,挣扎着爬起了身子,跟跟跄跄地摇晃着,向前跨了几步,人还未踏进门槛,一歪身便倒了下去,口中直吐白沫,一会儿不省人事了,吓得公所的门差赶忙围了上去。

这公所里的人有人认出了他,是广西那边的折差,姓田,因跟随过僧格林沁当过亲兵,便叫做田军了。这田军据说很会些武术,平日里习武弄拳,很是机灵,几次救下过僧格林沁的性命,保一次升一次官。此时他已不在僧格林沁部下,打道回府进了广西府衙做了个把总。由于是初来乍到,府衙里没有为他补缺,拿一个把总当折差使用。

初春的北京天寒地冻,可是这田军经长途奔驰,早已是大汗淋漓,人也累得昏倒在地。公所里的门差七手八脚把田军抬进房里,一面撬他的牙关,一面把整瓶的"诸葛行军散"往他嘴里灌。这边在救人,那边有人慌忙从他的折包里取出奏折,奏折的外包装已被汗水湿透。广西的提塘官赶快接了过来,照例先看一看兵部所颁的"勘合",然后用手小心地一揭,看到油纸包上的"传票",不由惊得面如土色。

传票上盖有广西总督及府衙的紫色大印,上面还写明的是新任两江总督李星沅、广西巡抚郑祖琛、广西藩司劳崇光等会衔由广西拜发。拜折的日期三月四日,还特别用红枣一般大小的字批明:"八百里加紧飞奏,严限三月十三日到京。"

如此加紧飞奏,谁敢怠慢?这提塘官一见如此奏折,赶忙从腰间摸出银表看了看,长短针都指在十一上,只差一小时,一交午夜子时,便算违限了。一旦超过了期限,历朝以来的老规矩:军法从事,怪不得这田军不顾性命,累昏在公所门前。

现在是折差已到,责任全落到提塘官的头上了。他是广西督抚派驻在京城的官员,专门负责传递有关本省文书的,以本省武举人、进士或低级候补武官充任。责无旁贷,一想到"八百里加紧"这几个字,提塘官的细毛孔都张开了,眼睛同火似的红了起来,上颚骨同下颚骨呷呷地发起颤来,失声喊道:"是不是广西桂平县那边出事了?!"

他这失声一喊,惊动了其他省的几个提塘官,于是一齐围拢上来,想看个究竟。但这提塘官把手一推,吼叫起来:"快点闪开!"他已急得如热锅上的蚂蚁了。谁不知这驿递的规矩特别严厉,最紧急的用"六百里加紧"。这仅仅限于奏报督抚、将军、学政在任病故、阵亡,以及当地失守或者光复城池,其他一律不得滥用。广西提塘官自到任以来,还没有接过一次这样的奏折。"八百里加紧"仅次于"六百里加紧",非重大情况绝对不会破例使用严限到京的。这提塘官上任以来也仅接过一次有如此严限的奏折:那是京城里传说广东花县的落第文人洪秀全跑到广西,意欲组织暴动,公开提出反对朝廷的主张。李星沅和郑祖琛用纸包火的办法,向道光皇帝报送了一个"八百里加紧"的奏折,谎称广西暴乱倾向早已制伏,刁民一扫而尽。提塘官送出这奏折到了道光皇帝手中,他信以为真,心中甚喜,准备飞报下谕,以奖赏李星沅等的功绩。从上次这"八百里加紧"到现在不过三四个月时间,京城里传知:剿灭乱匪不仅没有成功,反而势如破竹,蔓延整个广西,有向边省发展的苗头了。提塘官心想,上次报了个假情报,这会儿该是对皇上实话实说了吧?

他正在猜想,有人推了他一把,道:"还不快快递上,不要命啦?!"

"是,是!我这就飞奔进宫去递。"说完,广西提塘官抬脚就跑,立即消失在夜幕之中。提塘官传递文书也有规矩:紧急军报递外奏事处,由外奏事处转内奏事处,然后再转上御前,到皇上手中。这样的层层转递,到了四品衔宫殿监,即敬事房大总管手里,已经下半夜快一点钟了。却不知宫内今晚似乎也不同寻常,大总管正率领有关各处首领太监,在乾清门外丹陛旁肃立伺候,大内东、西十二宫万盏黄灯齐亮,灿然如同白昼一般。

广西奏折已由内奏事处太监呈到大总管手上,正巧毓庆宫北殿皇四子奕詝位下的回事太监赵荣兴也站在一旁,问:"什么?八百里加紧?还很少见过这新鲜事呢!道光老佛爷此时龙体欠安,病情凶险,非同往常,哪还有精力管你这八百里加紧哟?!"

内奏事处太监王国营听这话,无奈正色道:"我已问过外奏事处,广西的提塘官亲口所言,那边飞奔而来的折差田军为赶限期,已累昏死了过去。一定紧急万分,请快快呈上!"

赵荣兴见这王国营回话口气生硬,道:"那好,你自个儿呈吧!现在宫中上下已陷入惶惶不安的忧思焦虑之中,担心着皇上的安危,你还拿什么八百里加紧吓唬谁呢?!"

二人说得不愉快了,大总管摆了摆手,道:"我来接内奏事处这个黄匣子吧,假使不接,内奏事处的责任未了,延误了期限,他内奏事处是万万担当不起的。"

王国营谢天谢地,立刻把那黄匣子双手举过头顶,单腿跪下,呈给了敬事房大总管。这大总管也有自己的心思:八百里加紧无论怎么僵持,最终还是要接下的,否则自己的责任也不可推卸,此其一。其二,都在传说皇上病危,又有传皇四子奕詝立为皇太子。皇帝一死,奕詝就是皇上。所以这毓庆宫北殿里的回事太监王国营才敢如此狗仗人势,出言不逊。自己接了黄匣子,既压了压王国营的威风,也有机会到皇上身边看看究竟,机会难得,不可错过。其三,若是这奏折奏得皇上高兴,弄不好还有奖赏,如此何乐而不为呢?

大总管接了黄匣子,就命小太监送内奏事处的太监由西二长街出月华门回去,自己进了敷华门,绕过了四壁绘满三国演义故事的曲径回廊,到了道光皇上的寝宫。这里果然气氛异常沉重,御医们步履匆匆,大小太监不开笑脸。坐更的太监见大总管来了,迎上前几步,说:"皇上病重。"

大总管道:"我知道了,但这里有要紧事呈奏,非得要请驾不可!"坐更太监也很为难,但大总管的话也不能不听,只好硬着头皮进去叩报。

过了一会,坐更太监出来了,忙给大总管磕头说:"大总管好运气,皇上这会儿清醒多了,还能喝汤,说既是八百里加紧,那就进去回明吧。"

大总管大喜,小声对坐更太监说:"好,明儿我给你奖赏。"说完就随坐更太监进了皇上的寝宫。道光皇帝果然面如土色,整个脸盘一点儿血丝都没有,此时正由几个宫女、太监在忙着给他喂汤。见有人进来,皇上仍微闭着双眼,用几乎听不出声音的话说:"哪里来的……奏折?"

大总管把黄匣子高举过顶,直挺挺地扑通跪下,低着头回话:"广西折差飞报皇上的。"说完,他打开了黄匣子,取出奏折,拆除油纸的包装,这才见到一块夹板。夹板上系着一根细细的黄丝绳,丝绳挽结成一个龙头,只需轻轻一扯,就全松开了。他又从夹板中取出一个黄纸包封,里面是两黄一白的三道奏折。黄奏折照例是请皇上、皇后的安,叫请安折,没有具体内容,只是礼节性的问候。大总管递上去以后,皇上看都未看,就丢在床边。再取就是最里面的一道白折,皇上已无力自己看奏折,示意御前大臣念。这一念不要紧,却把在场的人吓得目瞪口呆。

奏折上告知:广西桂平县的拜上帝会已经死灰复燃。洪秀全号召各地会员到金田村集中,成立了一个"团营"。团营里的人都在私下议论,说不久就要举行起义反清。为此,几十里开外的乡民有的扔下了农活,有的变卖了家产,有的丢下妻小,纷纷奔向金田村。有一个叫谷架塘的人,还有一个叫赖元伟的人,女儿马上就要出嫁了,一听说金田村有个团营,立即烧毁了嫁妆,带女儿们一起投奔金田村。对于这种犯上作乱的行为,广西各部已采取坚决措施,可是到底无法制止。有个叫翁振三的大地主按照官府部署,抓住了三个团营会员,拷打逼问他们:"哪些人是你们的同伙?"那三个人齐声答道:"站起来的都是团营的人,倒下去的都是清廷的狗崽子!"把翁振三气得哑口无言。

这些人到金田村洪秀全的团营后,把变卖田产家业所得的钱财全部集中到一起,说是上交"圣库",他们吃饭穿衣和杂用全都由"圣库"按规定发放。有饭同吃,有衣同穿,有钱同使,人人都兴高采烈。吃完饭,青壮之人加紧编练队伍,还用土法制造武器,俨然是一个大军营。这团营公然与地方县、府对抗,清廷大军也不许入内过问。

奏折内还抄录了洪秀全的一首《近世诗》,曰:

　　近世烟氛大不同,知天有意启英雄;

神州被陷从难陷,上帝当崇毕竟崇。

明主敲诗曾咏菊,汉皇置酒尚歌风;

古来事业由人做,黑雾收残一鉴中。

  李星沅、郑祖琛的奏折还说:上次所奏刁民铲除是事实,但几个月后死灰复燃也是事实。就在奏报的前天下午,洪秀全下令打开西北通道,分派队伍在村外扎营,开大会宣称:"天父赐给我们每人一件武器,要我们斩妖除魔,我们必须为上帝英勇战斗!"顿时,只听千万人同声高呼口号:"感谢上帝,求上帝保佑!一打南京,二打北京!斩妖逐魔!"有探子在大会散场后发现,洪秀全早已在金田村的犀牛潭埋下武器,有大捍刀、长矛、剑戟、板斧、铁杖、铁鞭上万件之多。武器上面用浮土盖着。洪秀全谎称这是上帝赐给的,要每人拿一件武器,加紧操练。

  李星沅、郑祖琛等在奏折后面请求皇上恕罪,表示伺机而动,迎头一击,剿灭民匪。

  念完奏折,皇帝寝宫内鸦雀无声,死一般的寂静。道光皇帝大口喘着粗气,气愤至极,差一点儿断了气。好一会,他才勉强用微弱的声音道:"李星沅继任钦差大臣,将功赎罪;革去郑祖琛巡抚之职,由广西藩司劳崇光署理巡抚之责……"

  谕旨传了下去,这"九州清宴"慎德堂的道光皇帝寝宫里立刻不平静起来,据御医的诊断,皇上驾崩的日子已逼到了眼前。他仰卧在床上,背后垫了一大叠枕头,两只手抖个不停,好像因为心里难受要撕抓身上的被盖。这双过去曾经重权在握、呼风唤雨的洁白的手,此刻已隐露出缕缕青筋。如今这双手看了让人害怕,变得骨瘦如柴,灰白不堪。他的嘴唇已经向里抽缩起来,每次都带着很大的痛苦在呼吸,就像有东西在嘴里却又难以吞咽一样,不停地一张一合。他的一双眼窝明显下陷的眼睛时睁时闭,一会儿瞧瞧这,一会儿瞧瞧那。有时又仿佛怀着无限忌恨似的死死盯住某一个方向。就这样终于熬到了天明,他好像只剩下一颗赤裸裸的灵魂了。可以这么说,他的肉体已接近死亡,只有灵魂还笼罩在这张脸孔上,清爽得好像刚刚刮过一场暴风雨,现在一切风平浪静了。到该吃过了早饭的时候,道光皇帝的这张脸上似乎有了一点起色,变得细腻了,显出一些微微的光彩。他甚至可以从喉咙里发出声音,想讲话了。此时自然无须他再张口指派什么,该往这儿汇集的人都争先恐后地来过了。跑得最快的,心情最复杂、最紧张的恐怕要数四阿哥奕詝了。几天里,他暗自派回事太监赵荣兴四处打探皇上的病情,一步也不敢离开毓庆宫北殿大院。直到下半夜鸡鸣时分,赵荣兴才匆匆掀开帘子进入东暖阁向他禀报道:"四阿哥,奴才打听实了,老佛爷快不行了,广西李星沅等的一个奏折更使他难过明天。哦,对了,那个落第文人洪秀全在金田村组织团营,要聚众造反了。哦,对了,还有宗人府宗令内务府大臣统统奉诏往圆明园受命去了,不知究竟要干什么。"

"知道了!"四阿哥奕詝答道。只见这奕詝此时身穿一件金黄色九蟒五爪的蟒袍,头戴一顶红绒结顶貂皮暖帽,足穿厚底建绒的尖头乌靴,不过二十岁的年纪,长得白皙瘦长,很有些英气。这夜的他心里矛盾极了,亦喜亦忧的表情始终挂在脸上。他有些失魂落魄似的,如痴如醉,一会儿想到自己该当皇上了,沾沾自喜,洋洋得意;一会儿又觉得老皇上危在旦夕,心中不免增添了几许忧伤。在他隔着花墙瞟一眼皇六子奕䜣所居的南殿时,不免又添了一份担心:传言皇阿玛近来很看中奕䜣,曾动意由他继位……这种纷纷乱乱的复杂心情折磨着四阿哥。最终,他还是平静了下来,在座椅上靠了一会儿突然想到:皇六子继位不大可能!乾清宫正殿上正大光明匾额后面的立储镡匣始终没有人去动过呀。自从皇阿玛私下对他透露:皇位继承人是四阿哥,立储谕旨就放在匣子里时,他一天也没有忘记派人监视,看有无人奉命取下来置换。好久了,那立储镡匣可能都落满灰尘了,也从来未见有人动过。

想到这里,奕詝放心了,大步迈向南炕,半躺半靠着。今晚谁也不许睡觉,皇阿玛病重,须随时听从召唤。众皇子不敢睡,也没有人能睡得着。奕詝望着炕几上那盆玲珑晶丽的御赐象牙牡丹盆景,脑袋瓜儿又转开了。父皇一生得了九位皇子,前边三个早就离开了人世。这样,他不是长子也成了长子,又是已故的孝全皇后所生,名正言顺,按常规也应由他继位。但近年来,父皇不知为何很宠爱皇六子奕䜣。奕䜣是静皇贵妃所生,脑子聪颖,读书用功,仪表端庄,相貌与举止都很像皇上。可能正是由于这些缘由,皇上格外看中皇六子。其实奕詝与皇六子关系也算甚好。奕詝十岁时,生母孝全皇后病故,由皇六子的生母静皇贵妃一手拉扯长大。多少年里,他与皇六子同出同进,同读同玩,就

31

像一娘所生一样。静皇贵妃在自己生母去世以后，有机会统摄六宫，大权在握，可是也没有把奕詝他看外，反而给予了更多的关照。对于这些，已长大成人的四阿哥心里跟明镜似的清楚。只不过，继承皇位不像争一块糖果吃那样无关紧要，这可是有你无我，有我无你的天大事情，来不得半点的马虎和谦让。

四阿哥沉浸在忆想之中，赵荣兴气喘吁吁地奔了进来，也顾不上礼节，张口就道："四阿哥，诸位王公大臣已从圆明园回城了，径直进了乾清宫，殿上首领太监已命人去取梯子，要取正大光明匾额后面的立储镡匣子了。诸位大臣都在现场，一起护送匣子去老佛爷的寝宫呢！"

"啊！赶快更衣前去慎德堂皇上寝宫！"奕詝慌了手脚，旁边早已站立一位女子，手持着风雪长袍笑吟吟地等待为他披上。这女子与一般的宫女不同，身穿绸袄丝裙，上套云纹黄缎坎肩，梳一条乌黑的长辫，耳鬓插了两朵红宝石宫花，脚穿厚底绣鞋，十分的甜美。她虽然才十四岁多一点，已透出少女的成熟和丰满的娴美。她之所以与一般宫女不同，不是因为长相，而是由于身份。她的父亲穆阳阿做过广西右江道的道台，入宫才一年多，四阿哥奕詝就不断地被她那一股温馨的柔情所倾倒，想立她为侧福晋。奕詝的嫡福晋萨克达氏于年前去世后，年轻人感情的空缺是这个名叫钮祜禄氏的姑娘来填补的。她的芳名叫瑞芬，四阿哥曾坚决地向她许过愿：如能登基，一定册立她为皇后，用一百五十两黄金制成金册，让她享不尽荣华富贵。

现在机遇就在眼前了，略显忠厚老实的瑞芬仅仅是脑子里一闪念，并没有多想，只顾为奕詝披上外衣，送他出门。而四阿哥此时已到了高度紧张的关头，两旁的宫灯由太监、宫女们为他照着，他还是步履不齐，走到路沿下去。进了父皇的寝宫，只见宗人府宗令定郡王载铨、内务府大臣文庆、御前大臣怡亲王载垣、郑亲王端华、科尔沁郡王僧格林沁、军机大臣穆彰阿、赛尚阿、何汝霖、陈孚恩、季芝昌都在这里。这些人列队在前，跪成两排，面朝皇上躺着的方向，低头不语。

在后队跪立的文武京官们人更多了，黑压压的一大片。四阿哥进来时，脚步仍然慌乱，一不小心踩到了一个人。只听这人"哎哟"一声，但一听便知他在强忍着疼痛，"哎哟"的声音轻得几乎听不见。他就是被人称作"翰林公"的李鸿章。李鸿章被踩得心里发毛，但万不敢有半点抱怨,甚至没有敢抬头看看踩住他的人是谁。他只知道此人官比他大,比跪成一片的所有文武大臣的官还大。否则,他进来时就不会直走甬道,旁若无人地往最前排而去。他心想:混在这中间的或许就数自己这正七品的编修官职最小了。原本是轮不上他来的,可以说,在这样的场合里,他是边儿也不应该沾上的。只是偏偏凑巧了:早上一进英武殿的国史馆视事,就碰到了自己的恩师礼部右侍郎曾国藩,与曾国藩一同路过于此的还有工部右侍郎吕贤基。吕贤基,字鹤田,安徽旌德人。早年以翰林院编修改御史,近日才改任工部右侍郎,与恩师曾国藩在职位上相当,平起平坐的。李鸿章入翰林时,吕贤基正在任编修,同在一个英武殿视事,又是同乡,况且父亲李文安因安徽同乡关系与他也交往甚密,无话不谈。在一起共事的时间久了,吕贤基喜欢上李鸿章。他见李鸿章年轻有为,文才尚好,也能写得一手好字,便把自己应干的那一份抄抄写写的事交于他干。在李鸿章面前,吕贤基是与李文安同辈的,年岁也大了李鸿章许多。

这天,吕贤基与李文安又凑到一起了,两个人谈笑风生,好不开心,家乡的事情怎么叙也叙不完。突然吕贤基说:"喂,老兄,我们两家结一门亲家如何?"

"怎么个结法?我的几个孩子,大的去了湖南出任县令,其他均还在乡,不能立事做人,只有老二鸿章算是有了些功名,可家中已有元配周氏了。周氏媳妇为我李家生过一个孩子,取名叫李经毓,可不久就夭折了。至今,因鸿章与我同在京城,不得返乡,小夫妻俩几年一面未见,更谈不上生儿育女了。"李文安如此说了。

吕贤基道:"正是因为如此,我才想到了此事。鸿章已授七品编修,是个名符其实的翰林了。何况鸿章才华出众,熬到个侍讲、侍读的不成问题。那时,他就可以入值内廷乾清门西侧的南书房,与当今皇上朝夕相见了,永为京城官宦是顺理成章了。这样,鸿章在京城供职,身边没有个家眷照顾着,怕也不行吧。我已想好,把我女儿淑云许配于鸿章,也算满足了我的心愿。"

"如此不是亏待了小姐了吗?鸿章已有元配,且在乡时已向他那岳丈大人讲过,一般不再另娶侧室,与周氏白头偕老的。这回再娶了你的小姐,我李家自食其言不说,亏了你的小姐做一房侧室,不就更是错上加错了吗?"李文安摆手道。

吕贤基大笑起来,说:"文安兄呀,您也太过于迂腐了。他李鸿章以前在乡是个秀才,那时还未想到来京城做翰林编修。如今位子也变了,环境也变了,条件也变了,总不能再抱着一句不成文的话不放吧?再说,鸿章照现在的情势看,三年五载也离不开京城,总不能让他当一辈子实际上的光棍汉,身边没有人侍候吧?"

李文安抓了抓头皮,也笑了,道:"说来也是。我因家父过世回乡丁忧守制,那媳妇周氏还恳切地劝我,在京城为鸿章娶一房妾,让鸿章也有一个照应。"

"这就对啦!我已想好了,实际上有一个关系,也不一定要明媒正娶,过在一块了就行。"吕贤基道。

"本来就亏了你小姐淑云了,那还是要托个媒人过来,小办一下也可。让鸿章从幕府搬出来,到正阳门内碾儿胡同西头路北朝南的寓所去住,用花轿把淑云抬过来,让他们有个新家,你我也有个两家往来共聚的地方。"李文安高兴地说。

事情就这样定下来了。没几天,吕家真的来了媒人,三言两语就把婚期定了,接着热热闹闹办了十几桌,小两口过得甜甜蜜蜜。

今天早晨在这英武殿碰到曾国藩和吕贤基,李鸿章稍稍红了一下脸。岳丈已离开翰林院,见面不太多。所以今天早晨见了,还是有几分激动,赶忙上前施礼。曾国藩一把上前搀住,道:"少荃贤弟呀,我这里就免礼了,向你岳丈大人拜一拜吧!"

吕贤基摆摆手,道:"自家人免了,还是办正经事要紧。"说完拉着曾国藩的胳膊就要走。可是,刚走出几步,这二人又回来了,道:"鸿章呀,你赶紧穿戴整齐,与我们一起到'九州清宴'慎德堂去!"

李鸿章大惊,问:"那不是皇上的寝殿吗?我如何能去得?"

吕贤基道:"顾不上那许多了,一会儿事情出来了,写写画画,忙里忙外,没有人手不行……"说到这,他小声对李鸿章耳语道,"可能要改朝换代啦!老皇上真的驾崩了,有你这编修忙些日子的!"

李鸿章听了这话,拿眼望了望恩师曾国藩,好似在征求恩师的意见。曾国藩点点头,道:"就这样,一块去吧,各道关口我来打点。"

此时李鸿章跪在这最后面的甬道旁,给那四阿哥踩了一脚,真觉得有些冤枉。可转念一想,这种场合实在难逢,有人在朝廷做了一辈子官,也不曾见过如此场面,要不是恩师和岳丈大人在朝廷里有些头脸,怕是想带也带不进来的呢!

沉浸在忆想中的李鸿章突然被一阵骚动惊了过来。忽听前面的人说:"皇上醒过来了!皇上醒过来了!"于是大家都想往前靠,想看一个究竟。无奈人人都不敢站起来,只拿个膝盖当脚板使,小心地慢慢向前移动。李鸿章也向前移动了大约几步远,队也不成队了,拥挤在一块儿,大家全部的心思都集中在前面。这时,只见一个身穿金黄色蟒袍的年轻人走上前去,然后再跪下,拉着皇上的手,已泣不成声,道:"皇阿玛,四子在此,恭请父皇圣安!……"李鸿章这才明白:刚才踩了自己一脚的原来就是四阿哥奕詝。传说由他继承皇位,如真是那样,今日倒是被"龙脚"一踩了。李鸿章想笑,但万不敢笑出声来。

又见定郡王载铨走上前去,好像是代表着满屋的文武大臣们奏道:"老佛爷,奴才与全体在京文武大臣们前来给老佛爷请安了!愿吾皇早日康复龙体,保我大清江山社稷永盛不衰!老佛爷呀,奴才们在这里候旨了……"

载铨说着也哭出声来,众文武官员预感情况不妙,都憋住了呼吸似的,满堂静得让人害怕。

旻宁皇帝终于断断续续吐着听不清的字眼,大意好像是说:朕快不行了,托各位大臣辅佐嗣君,共保江山社稷。他还用瘦弱的手指着什么,让载铨当众去办。他还说广西洪秀全什么的,点了向荣、僧格林沁、曾国藩等一串名字……李鸿章实在听不清楚。

旻宁皇帝真的驾崩了,临朝三十年整,终年六十九岁,庙号宣宗,通称道光皇帝。一个朝代结束了。满堂垂泪啼哭声。

一个黄布包袱捧上去了,上面积满了灰垢。载铨用手拂拭了几下后,解开了一层黄布。里面又是一层红绫包袱,载铨又把它解开,这才出现一具璀璨夺目的小匣子。这匣子很精美,通体的金黄颜色,远看就像是一块硕大的金砖。李鸿章哪里知道,这"金砖"上还有一把精巧无比的白铜滚轴五言四句回文密码小锁,不知这回文密码,是打不开的。这回文密码叫"镭",所以这"金砖"又叫镭匣。载铨好像也不知道究竟如何能打开这只镭匣,他在等专门的工匠前来。这工匠是内务府营造司的人,他很快受命被人领上前去。工匠果然知其秘密,不用片刻就开启了镡匣。锁是打开了,但匣子还没有掀开。只见载铨命工匠、太监、宫女等退下,所有的一般大臣均不得靠近。载铨与诸位文武要臣一同将镡匣送到皇上寝宫的炕几上,然后诸要臣闪成"人"字形的两排,不挡大家的视线。满堂跪着的官员们都紧张死了,李鸿章的一颗心也在猛烈地跳动,拿眼死盯住这神秘的镡匣。有人上前去了,那是御前大臣怡亲王载垣,他好像是不敢碰一样,极其小心翼翼地移步向前,然后慢慢地伸出双手,把镡匣的金黄色盖子掀开,从匣子里取出了一张纸,这张纸很厚,像一块硬纸板似的,上面还有梅花图案。众文武官员急忙又向前靠近,李鸿章也顾不得许多,挤到前排去了。载垣把这纸片高高举过头顶,众目同观,只见上面的有两行汉字,乃道光皇帝亲笔谕旨:

  皇六子奕䜣册封为亲王
  皇四子奕詝立为皇太子

这两行汉字下边又用满文写道:

  皇四子奕詝立为皇太子

最下面的还有一行小字,写的是:

  道光二十六年六月十六日御笔。

众人看清楚了,"啊"的一声。载铨却亮开了嗓门,道:"诸位大臣且慢,我这里还有一道立储谕旨,现在来看!"这话把李鸿章吓得一跳,难道如此滴水不漏的立储谕旨不算数吗?

载铨道:"大行皇帝临终前当我和诸位重臣的面授予我一只锦囊,这锦囊里也有一道谕旨,如果与镡匣子里的谕旨内容一模一样,那就说明这立储谕未被人从中换过。但愿一模一样!"他这话还没有说完,李鸿章留心观察了一下立在一旁的四阿哥奕詝,只见他脸色灰白,好像有人用刀顶住了他后背一般,既紧张,又不敢有所表示。

载铨把锦囊高举起来,让大家看清,表示是老皇上临终时所授的那个袋子。他撕开了密封的盖有玉玺的纸条,从袋子里取出一纸宫笺,上面仍是老皇上的御笔,内容与鐍匣子的一模一样,半字不差。此时人们的目光一下子投向了一个人,他就是皇四子奕詝。李鸿章注意到这个即将宣布为皇上的四阿哥,那微笑突然间布满了整个脸庞,那神情好像在告诉诸位大臣:我早就知道会是如此。他很得意。

李鸿章唯一不明白的是:这道光皇帝"夹子"(合肥语)做得还真牢,一个立储鐍匣不算,还又来一个锦囊藏书。想得真不简单。

好像是要举行一个重要仪式之前,诸位大臣们都在窃窃私语。李鸿章在人缝里瞅见了岳丈吕贤基,立刻向他靠过去,小声问道:"大行皇帝不放心谁呀?搞了两道立储谕旨。"吕贤基也轻声地告诉他:"这一点你年轻人就不懂啦。自从世宗皇帝(即雍正)开始,为防止诸位皇子之间因争夺皇位而互相残杀,或利用老皇帝临终之机从中玩鬼,每一位老皇上都学着世宗皇帝一样,建立了秘密的立储制度,办法就是你刚才所见的那样。"

李鸿章又问道:"那么,大行皇帝为什么在立储的谕旨前面首先赐封六皇子为亲王呢?"

岳丈道:"这是大清制度,诸位皇子在父皇死后,一般只能赐封为郡王,非有特旨,是不能封为亲王的。亲王比郡王高得多,仅次于皇太子。大行皇帝生前十分喜爱六皇子,又不能轻易另立皇太子,我以为这是他老人家从安抚皇六子考虑,让二十岁的嫡长子奕詝继承皇位,而让十九岁的奕䜣当亲王。老皇帝所封,新皇帝一般奈何不得,这便是安排得巧妙而周到呀!"

正在议论着,忽听宗令定郡王载铨以主持人的口气说话了:"诸位郡王大臣都亲眼所见了。现在我宣布:立储谕旨真实有效,皇四子奕詝立为皇太子!"

在载铨的带领下,众大臣又一次跪在堂前,也是第一次给这位新皇上叩拜,齐声喊道:"恭——请——圣——安!"这喊声在老皇上寝宫里回荡,揭开了清咸丰时代的序幕。

出了慎德堂,走在这金光灿灿的黄琉璃瓦覆盖着的那密如茂林的大片殿宇宫阙之中,曾国藩、吕贤基在深思,初为京官的李鸿章同样在揣测。他们三人一路走来,谁也无话可说,默默地踱着步儿。可以设想,此刻的毓庆宫中,正忙作一团,作为咸丰时代的最高主子奕詝,怀着既兴奋又不安的心情,跟了乾清宫的首领太监离开原只作为皇四子居住的毓庆宫,走向殿阁际天、玉阶静穆的乾清宫,迈向又一代天子的宝座。

该有他们事情干了。曾国藩是礼部右侍郎,吕贤基是工部右侍郎,老皇帝死了,新皇帝登基,白喜、红喜都得办。死者为大,老皇帝的事得先办。朝廷有令:曾国藩协助主持祭祀大礼,吕贤基等各有分工,李鸿章成了恩师和岳丈的私下里的帮手,布置现场,撰写挽联,办得庄严而隆重。

仅一天时间,皇宫里的一座座用松枝和白花扎成的牌楼耸立起来了。万盏宫灯一律换成了白绢制作的素灯,长长的、高高的招魂幡随处可见。乾清宫前的草坪正中搭起了一座比宫顶还要高的碑亭,碑亭里供奉着道光老皇帝的牌位。在这碑亭的四周,四座金山、四座银山一律用上等的色纸堆成,一经点燃,浓烟中窜出火光,将黄白相配的锡纸送到空中,在空中翻卷飘飞。在位三十年的老皇帝旻宁就这样去了。李鸿章一边忙碌着,一边仰头看这纷飞的烟火灰烬和那铺天盖地的白色幔帐,自言自语道:"是非功过,让后人如何评说?陛下您是随风而去了,今人却在由屈辱构筑的痛苦中继续艰难跋涉……"

过了一会,李鸿章来到高大的碑亭前,见碑亭之上供着影亭,影亭里竖着的是道光皇帝的画像。他仿佛看见的是个饱受屈辱的皇帝,一个愧对祖宗的皇帝。入翰林,李鸿章读史,深知自己所处的这个时代,从道光皇帝开始意味着什么。他只有一点郁积在胸:"何以一向跻身世界文明古国之列,有'泱泱大国'之称的中国一朝落到如此地步,在列强的欺侮面前又为什么如此软弱,招架无力呢?"

紫禁城这些天好像是世外桃源,一派祥和喜庆的气氛。李鸿章一进紫禁城,就想到月余前那道光皇帝弥留之际的情景。他是让恩师曾国藩、岳丈大人吕贤基"拉差"进去的。现在回想起来,那一趟去得还值得,尽管让"龙爪"踩了一下,但那毕竟是刚刚登基的咸丰皇帝的慌张所为,自己亦算得今生有幸,亲眼目睹新老交替的难得情形。现在的四阿哥已不再慌张了,他已坐上了江山,又要举行册封皇后大典了。紫禁城已不是老皇帝驾崩时的那种情形了。到处布置一新,喜气洋洋。李鸿章今天进得紫禁城,感觉得非常新鲜,就好像是平生头一回进来似的。还离这明清二代的皇宫老远时,他就贪婪地眺望着,听说这地方占地一千余亩,有高大屋宇九千多间,建筑面积就超过两百三十亩,周围宫墙都达六里地长。远看去,四角矗立着风格绮丽的角楼,墙外有十几丈宽的护城河环绕着,形成一个独立于京城正中的森严壁垒的城堡,令人望而生畏,不敢亲近。

是恩师曾国藩、岳丈吕贤基把李鸿章拖来忙活的。恩师这次露脸了,显眼了,作为礼部右侍郎,协助册立使主持整个大典活动。李鸿章能忙上的活,依然是写写画画、贴贴挂挂。眼下最热闹的还在内廷的东西六宫里头。你看那金灿灿的琉璃瓦覆盖下的东西六宫,在阳光的抚摸下华光闪烁,富丽堂皇;步步攀登高达四十余级的太和殿龙墀三重,丹陛五出。这个在康熙三十四年兴建的大殿,底座竟然是高六七尺的汉白玉石台基。台基四周矗立着成排的云龙云凤望柱。台阶中间以巨石雕刻着蟠龙,衬托以海浪和流云,这便是只能供皇帝走的御路。册立大典将在这太和殿举行,一帮工匠早已把殿内的木柱、蟠龙藻井等用沥粉金漆粉刷一新。殿中最显眼的恐怕就是金漆雕龙宝座了,那是皇权的象征,也只有皇帝才能入座,此刻也清扫得一尘不染。

内廷自乾清门开始,也是溢金飞彩、珠光闪耀。乾清门居中,东西两翼有东一、东二和西一、西二两条长街。内廷里的人都叫它内东路、内西路。内东路串起钟粹宫、承乾宫、景阳宫、永和宫等六宫;内西路连接着长春宫、储秀宫、咸福宫、翊坤宫等六宫。东西十二宫中,此时正人来人往,居住着两千多名太监、上千名宫女和数不清的妃嫔。后殿东耳房绥履殿如今是咸丰皇帝的寝宫,此刻不知有多少双妃嫔和秀女们的眼睛盯上了这里,希望自己有朝一日能在皇上身边侍奉左右。

册封皇后之前,各宫妃嫔都在忙着排选秀女。挑选的场所在养心殿。这养心殿地处紫禁城乾清宫墙外的西南角。不要小视这养心殿,它虽非正殿,但自雍正王朝以后,历朝皇帝便正是在这里阅览奏折,处理朝政。今天这儿不见文武大臣出出进进,倒见满院的美貌少女云集此殿院里,如一片彩云降落养心殿。这些少女都是清一色的满族人,大都梳理着乌黑的长辫,耳旁插着绢花。还有完全统一的地方,就是都穿着一身蓝布旗袍,旗袍右边第一颗衣纽上也都系着一块长五六寸,宽约两寸的白木牌牌。牌子上写着:"某省某官某人之女,年某某岁。"宫中挑选秀女是由内务府主办的,旗人的官宦人家之女均可报名,层层选拔,送进宫来,一般要求不仅长相俊美,年龄也须在十五岁左右。如若哪家闺女选上了,便如同汉人科举及第一般,指望将来飞黄腾达,步步高升。选上秀女还不是十足的大喜,总要有机会得到皇上恩宠,进而封嫔封妃,方才算光宗耀祖、满门荣光了。如果进宫数年,连个皇上的边还没有沾上,待到二十五岁时,放出宫去,然后再结婚生子,便是常人了。

这会儿秀女们都排着队站好了,一排又一排,一队又一队。能从中选出多少,那就要看宫中各房位主子们的眼力和秀女们自己的造化了。

秀女们今天是第一次进紫禁城,一大早先赶到紫禁城外的神武门边上。这儿除了护城河,就是高大的朱红色宫墙,上无遮盖,下无可以安坐之处。大清早又是大冷天在这样的地方集合,亏得内务府能想得出来,或许正叫做"先吃苦中苦,再享甜中甜"吧。但秀女们被冻得浑身哆嗦时免不了要自言自语地骂上几句,但又不敢不来,也不敢不早来,害怕误了入宫伴驾的好机会,终生遗憾。等到圆圆的太阳升起一竿多高了,才见几个小太监从神武门里出来,伸伸脖子,张望几眼,却一句话也不说。秀女们以为这几个小太监是要引她们进去了呢,见他们不言语,就纷纷上去打探。谁知不问还好,一下子围上去,把这些一脸娃娃相的小太监们反而吓跑了,大门一关,秀女们又没有办法了,仍旧在寒风中等待,直累得腰酸背痛,口干舌燥。这些秀女们在自己的官宦之家,那都是父母的掌上明珠,孰料来到这皇宫之下,落了个无处藏身的流浪儿一般。直到日出三竿了,神武门那门缝子才开大一点,从里面走出一个宫殿监正四品的总管。秀女们自己的父亲或祖父都是头戴顶戴的,一看他那一身穿戴,便知是多大的官。他的后面跟随着两队小太监,走得还算步伐整齐,只有四品总管大摇大摆,目不斜视。有个秀女认出他了,说他叫张名恒,在宫里是个大红人,经常陪皇上或皇后什么的去下面巡视,好不威风。秀女们都把目光投向他,也把满心的希望寄托在他身上。可是瞧着这张名恒,五十岁上下,淡黄的面孔,一双淡眉细眼眯成一条缝,眼光是从细缝里飞到左边,又飞到右边。看上去,他是佯装泰然、应付有方，因而才显得神色冷漠。只是从他头戴的暗蓝顶红缨暖帽、身穿四品雪雁补褂、胸悬楠木朝珠、足穿尖头乌靴的打扮上，秀女才看出了一种信任，窃窃私语道："终于出来了，这才可以进宫了！"

张总管在护城河石桥头上站住了，以一种傲慢的眼神向秀女们睃了一眼，把手儿一招。马上，就有一个小太监捧着名册快步来到他面前，低着头，把名册举起来。张总管拿起名册翻了一遍，然后又递回，道："一一点卯！"这太监接过了名册，站到张总管身边，把秀女们的姓名挨个念了一遍，见声声有应，才让秀女们排成两行进了神武门。七拐八弯，又来到内廷北门的顺贞门，经过御花园，才在养心殿前面的大院中停下。

秀女们还在这儿站着，又不敢姿势不端。因为张总管把她们领到这里，自己进宫请主子们去了。来挑选她们的主子说不定什么时间就进院来了，所以谁也不敢乱动。不料张总管进宫多时了，一去不见踪影，害得秀女们站也站不稳了，直嘀咕着腿痛。有胆大的秀女顺势靠在院墙上了，看着她们的太监一声吆喝，秀女们才直起身来。又有一个挺泼辣的秀女走出队去，用手扯住一个年龄大的太监问："我们什么时间才不用这么老是站着呀？腿都要站断了似的！"

老太监看样子也怪可怜的。他身穿一身旧袍子，上面打了好几块补丁。秀女们却见怪不怪。因为她们在家就听说：宫中太监大多数寒碜得很，月俸不多，加之常年无所事事，白天黑夜的聚赌为乐，偷偷地干，却不知不觉地输，最后都输到大太监、督领侍、总管们手里去了。正所谓"十个太监九个赌，还有一个空着肚"，那意思是连饭都吃不饱，穷得不像人。据说从康熙以来，历朝皇上都不断严谕申斥，严禁太监在宫中赌博，但他们无乐可取，便怎么都戒不了一个"赌"字，有的把发的衣服都变卖了，所以穿得跟叫花子似的。

这大胆的秀女问老太监，见老太监不答，想逗他几句，道："你怕是偷偷又赌了吧？新衣服输给别人穿了，这会儿破衣烂衫的，却只会在我们面前耍威风……"

老太监被逼得说话了："你小妞子少要嘴坏，待我瞅机会把你荐给难缠的女主子，叫你永远见不到皇上，还要整天在门后面站着。到那时还看你怎么喊叫腰酸腿痛，口干舌燥的？！"

41

"若有那天,叫我站着,是命中注定,我也认了。但如果命中注定该我坐着,而站着的是你,我定要罚你站上三天三夜,站得吐血才好哩!"胆大的姑娘咬牙切齿地说。

老太监本是心慈善良之人,见这姑娘也实在胆大得可爱,便笑道:"你是哪家的妞儿,离开父母才几天,就把我们老人不放在眼里了?"

姑娘撅起小嘴,答道:"怎么啦,我叫叶赫那拉氏,闺名叫兰儿,是已故安徽宁池广道道台惠徵的女儿,今年十七岁。怎么样?该不是什么坏人吧?"

老太监这才细细打量名叫叶赫那拉氏的姑娘,长得果然水灵秀气,生得齿白唇红,长长脸,高高的个条,极其美貌。已走向成熟的年龄把她身上蕴藏的少女之美表现得很充分,正所谓花儿一般,当苞儿半放花瓣的那种可爱的姿态和色泽,全体现在她的身上了。当她和老太监撅嘴时,那一半是刚强气概、一半是娇软动人的言语举止,显得格外袅娜。一对略显大一点的黑眼睛,在浓而长的睫毛下面活泼地溜软,满含着媚、怨、狠三种不同的摄人的魔力。老太监被她镇住了,想张口再刺她几句的话,到嗓子眼里又咽回去了。心想:这些年在宫廷见得多了,别看她今天是一个冻得发抖、饥渴难忍的小小秀女,一旦选入宫中,摸不准哪一天得到皇恩宠爱,转眼间就能吹你的枕头风,叫死叫活全凭她一张巧嘴。后来飞黄腾达了,弄得好还可以左右皇上,一品、二品的官也不在她眼里哩!

算是让老太监估摸到了,这叶赫那拉氏日后便是那慈禧太后,一跃而成为大权独揽的人物。不过此时,该她遭罪受惊,也是躲不过去的。

老太监轻声对兰儿说了声:"姑娘莫急,我朝那门里瞅瞅,说不定主子们马上就要来了。"

兰儿道:"那就多谢了,你快去看看!"

其实老太监哪敢进到殿里看,佯装着踱步,到了养心殿台阶之上,稍稍贴近门槛,用眼睛的余光向殿内斜视了一下,就赶紧走下台阶,又轻声对兰儿说:"快了,快了,大总管张名恒看样子要出来了,快去站好莫动。"

张名恒真的率两队尾巴似的太监来了。他依然是先前那样板着面孔,不开笑脸。兰儿心想,决定命运的时候到了。给主子们选了去,就不用在这里受冻挨饿了。想到马上就要被主子们审视、挑选，兰儿不觉紧张起来，心中像揣了个小兔子似的，怦怦乱跳。

大总管说话了："大家小声一点，脚步轻轻地跟着我走。万岁爷已到了养心殿，这会儿正在召见军机大臣，莫要惊了圣驾！"他说完，就领头在前面走了，小太监们跟在他身后，秀女们跟在小太监们身后。刚拐了一道弯，就见"养心门"三个大字悬在门楣之上。兰儿抬头正在看，突然队伍不走了。张总管转过身来，面向秀女们，说："你们等一会，主子马上过来！"

"什么？还要等一会，等到天黑呀？"兰儿脱口而出，张开的嘴捂也捂不住了。她这话让张总管听得真切，马上厉声喝道："把这丫头退回去，让她吃吃苦头！"

话音刚落，几个小太监就要来拖她。那老太监好像给小太监们使了个眼色，小太监们佯装在拖，但却不用力气。兰儿这才慌了，知是闯了祸了，索性往地上一蹲，倔犟地叫了起来："我就是不走，死也死在这皇宫中了！你们不要拖我！"

张总管见这兰儿耍起性子来，嗓门这么大，自己反而压低了声音，好像从牙缝里往外挤话似的，道："小丫头，真该死，要不是怕惊了皇上的驾，我今天非把你拖出紫禁城，扔到护城河里不可！现在说退了你，就是退了你！"他又向小太监们招了一下手，让小太监们拖。

两个小太监架起兰儿的胳膊，兰儿将双脚抬起，向空中又蹬又踢，放开声音哭叫起来："我既然来了，死也不走，就是给皇家当牛做马也心甘情愿！"

兰儿给拖得好惨，已经拖出"养心门"了，也该她幸运，只听一阵"咯咯咯"的木底细高跟鞋着地的声响。张总管突然好像顾不上兰儿了，转身就跑着迎了上去。原来是总摄六宫的贞妃瑞芬带着丽妃、玫妃、祺嫔、婉贵人、云贵人、庆贵人等彩云飘来一般到了。贞妃后面还跟了一大帮"常在"、"答应"，实在让这些秀女们眼馋、羡慕。兰儿注意到贞妃瑞芬那一身穿戴：金黄色九天霞彩银鼠绣花长袍，外罩湖绿地彩线平金团龙灰鼠坎肩，梳的是向两边翘起的如意头，发簪上珠翠绢花富贵典雅，让人看得眼花。贞妃的美不仅在于她的穿戴，这一身富贵的穿戴对她来说仅仅是陪衬。她的美可以说在乎匀称，面部的器官、躯干和手

43

臂，好像天生搭配的就是这么样的，彼此呼应，相互帮衬着。一种超然脱俗的气度，看上去就是贵妇人。奕詝没有登基时就十分喜欢她。当了皇上后，立马封她为贞嫔，不久前又晋封为贞贵妃，这便成了宫中不是皇后的皇后，与皇后一样，成了六宫之首，一呼百应，尊贵无比。眼下是未立皇后，宫中这才开始筹备册封大典，私下里议论纷纷，都说非她莫属。

贞妃瑞芬虽说春风得意，但骨子里却极能善解人意，为人厚道，谦和温雅。宫中那么多妃嫔贵人，奕詝独独对她十分敬爱，或许也正是由于贞妃的这些优点所致。这会儿她领一帮各房的主子来挑选秀女，刚到养心殿大院，就听见吵吵嚷嚷，不觉心头一惊，以为出什么大事了，忙把张总管叫过去询问。张总管见了贞妃一时间判若两人，一脸的怒气变成了一张笑脸，以十分熟练的动作放下马蹄袖，屈膝打千，扭头指着兰儿禀道："回主子的话，这丫头不安本分，胆敢在养心殿前喧闹，一上午吵着腰酸腿痛，还要茶水喝，好像就她尊贵，把她退回去吧。"

贞妃也确实听到了兰儿的哭叫，觉得这秀女性格犟了些，心中不大喜欢。但刚想允准退人，兰儿却扑通一声跪在她的面前，眼睛里慢慢地沁出一眶泪水。睫毛已经是湿湿的了，当着贞妃面眶满泪水后，那眼泪便沿着她桃红色的面颊又流了下来。兰儿温顺多了，不是高嗓门哭叫，而是用低微的声音对着贞妃边磕头，边求情，几乎是语不成声，目光迷失在泪眼里："求主子开恩，奴才是要水喝来，但绝不能被退了回去。家父为朝廷操劳不久前已经仙逝，仅母亲带我和妹妹相依为命，生活要靠亲友们接济，我死也死在这宫里了……"

贞妃允准退出去的话刚到嘴边，听这一番哭诉，不觉同情起她来。她自己也是从秀女过来的人，深知如退了回去，坏了名声，伤了家人的心，再想找个好婆家也难了。再看这兰儿，也还风姿俏丽，在六宫中也是个中上的长相，调教好了，或许能有个前途。贞妃决心留着随意分发她了，对张总管道："看这妞儿也够可怜的，无依无靠，就饶了她这一回吧，随你派遣了。"

"奴才遵命。"说完，张总管狠狠瞪了兰儿一眼，然后命兰儿站到后排去。

兰儿虽然留下来了，但心里却凉得很。有这么一出"戏"刚过，现在还是泪水盈盈的,主子们都不再挑选她了,加之张总管成心与她过不去,出头显眼的角儿没有她,只好呆呆站在后排。一个个秀女都让女主子们挑走了,剩下来的十几个秀女中,自然也是与她一样,就像一盆冷水淋透了全身,一点热乎劲都没有了。兰儿深知这挑选秀女非同小可,一锤定音,奔到好主子那里,前途就大了;若是挑完了,剩下来去看守各处的园林,或到宫外宗室的王爷府中当个使唤的丫头,那就或许一辈子也没有出头之日了。她自叹自己命好苦。

真的不挑了,各房女主子们三个两个都叫到一旁去了,剩下来的无人再要了。贞妃与其他妃嫔们准备离开了,突然听到一声:"皇上驾到!——"妃嫔们赶快转身,面朝皇上,一起屈膝请安。兰儿与选剩下的秀女们也跪下了,兰儿正好跪在张总管的身后,被他遮个干干净净。兰儿心中愤然,但仍是经不起诱惑,微微歪了点头,偷偷地看了几眼年轻的皇上。皇上是瘦瘦的,身子似乎过于单薄了点,气色还好。一身的穿戴远远不及贞贵妃,好像只是晏居的便服,蓝缎龙袍,头戴乌绒镶玉红绒结顶的小帽,显得利索。皇上向前踱了几步,正好错过了张总管那宽大的后背,兰儿能正面看清皇上了。还是她胆子大,她把低着的头抬了起来,向皇上嫣然露齿一笑。兰儿这样做是为了引起皇上注意。她的目的达到了,皇上注意到她了,但那目光仅仅是从她的脸上缓缓扫过,并没有明显的反应。兰儿是想得到皇上的注意以后,或许能动一下恻隐之心,把她点了去,但皇上并没有这么做。尤其是在这种场合,皇上那表情里还夹带着几分不屑一顾的神色。

兰儿彻底失望了,心中暗暗骂那皇上。却不知皇上日日生活在温柔富贵乡中,身边粉白黛绿不知多少,岂在意一个身穿蓝布旗袍的秀女?皇帝前呼后拥地走了,妃嫔、贵人也云飘似的离去,兰儿最后一个掩面奔离养心殿,被分发到圆明园最偏僻的所在听差去了。这圆明园虽说是皇家的御苑,但还在京城的西北,周长二十余里,有时走了半天也找不到人影。园内很美,修身养性倒是绝好的场所。内有亭榭轩馆一百四十余处,挖湖造山,种植奇花异木,搜罗名贵山石,移山缩地,建成一百余景。如上朝听政的正大光明殿,宴会用的九州清宴,祭祀用的安佑宫,藏书用的文源阁,仿桃花源建成的"武陵春色",仿西湖景建的"断桥残雪"、"柳浪闻莺"、"平湖秋月"、"雷峰夕照"、"三潭印月"等等,

45

真正把江南无数名园的胜景汇集到这圆明园中来了。兰儿无心欣赏这些人造的景致。她觉得,这绿荫深处是对她的囚禁,圆明园是她为之窒息的牢房。她在圆明园度日如年,憋得极了,真想一死了之。

秀女分发完毕,接下来便是册立皇后的大典。曾国藩、吕贤基、李鸿章等忙得不可开交,有时粗活细活都要干,人累得直不起腰。此时紫禁城里最清闲、最舒心的恐怕就剩下奕詝皇帝和他的贞妃瑞芬了。挑选完秀女,两人便甩开了文武大臣、妃嫔、贵人、太监、宫女们,这会儿双双坐在东暖阁的龙床上亲热去了。

奕詝皇帝拉着贞贵妃的手,轻轻地抚摸着,但整个心思好像又跑得很远,只是抚摸着。贞妃是个细心的女主子,把头朝皇帝胸前一靠,半是撒娇半是关心地问:"皇上在想什么呢,心不在焉的样子?"

奕詝皇帝叹了一口气,道:"朕在上午,被那老六气得直想摔杯子。"

"因为什么呢?早不是已加封他为恭亲王了吗?再说您与他自小就一块儿长大,还有什么过意不去的呢?臣妾劝您消消气,保重龙体要紧。"瑞芬贵妃惊讶得把脸贴着奕詝皇帝的脸,认真地说着。

皇帝道:"老六当上恭亲王,才不感谢我呢!他说这是皇考封的,有皇考谕旨在案。他来找我倒不是为他自己,而是为他的额娘静皇贵太妃。"

"静皇贵太妃怎么啦?"贞妃问。

"他定要朕尊她为母后皇太后,说朕若不尊封,便是忘记了十年的养育之恩。"皇帝说。

"那怎么办呢?此话也是有道理的。您的生母早已不在人世,是静皇贵太妃把您养育成人,目前也非她莫属。"贞妃道。

"那怎么行呢?自大清帝国建立以来,先帝妃嫔,若不是嗣君的生母,是绝不能晋封为皇太后的。朕不能以鞠养之恩,而废了法度,违背了祖制。所以,我再三向老六解释,并答应给太妃加一个封号,比如说,可封为'康慈皇贵太妃',这已经是朕的极大努力了。可是,老六仍不满意,还指着我鼻子说:'你忘恩负义!'瑞芬呀,你认为我这是忘恩负义吗?"

"恭亲王也真是的,钻到牛角尖里去了。您也别生气了,让他自己想想吧。"贞妃道。

"他想什么呀？他尽想的是我的不对，反正想的是没有继承了皇位，而父皇在世时也很喜欢他，分不清青红皂白了，就一心找我麻烦便是了！"奕詝道。

贞妃道："皇上您也不要这样想。在几个皇子中间，他是最能理解您的。我听说他倒确实有一点想不开：名义上是封了恭亲王的，但他的人，仍然住在毓庆宫，您也不曾给他换相应的府第，年俸和侍从与原来一样，没有丝毫的增长，这恭亲王不是有其名而无其实了吗？"

"你说得对，或许他心中窝火的正在这一点上。自登基以来，内忧外患，我也顾不上这么多，比如说恭亲王这府第、待遇，我就没有细想。毛病就出在这里了。赶明儿赶快给他安排妥当了，老六也许就没有气了。"奕詝皇帝说。

这边，皇帝一声喊，进来了内务府的总管张名恒。皇帝把话又重复了一遍，命内务府立刻照办。张名恒领旨就要离开，皇帝又把他喊住，道："内务府的确也是办事不力了，算盘珠似的，拨一下动一下，不拨不动。就说这选秀女吧，本应安排得妥帖一些。百余个秀女等了大半天，坐没有坐的地方，站没有站的地方，连一碗水都喝不上，你的内务府干什么去了？当然，朕刚即位，用的多数还是皇考在世时的老臣。比如说领班军机大臣寯藻，人老得屁都放不动了，还在朝廷中占着位子；那个御前大臣郑亲主，为人忠厚老实，但人力平庸。朕是心有余而力不足，没有能干得力的文武大臣怎么能支撑这个大清江山呢？前天端华给朕推荐了他的六弟三等辅国将军，即奉宸苑卿正三品的肃顺，我对这个肃顺还不大了解，今天召见了他一次，几番谈吐，果然人才难得，一肚子花花点子，十分的聪明干练。朕要用他，让他发挥才干，已提升他为内阁学士、正二品的差事。朕相信他一定会百倍努力，为朕分忧的。"

"臣妾听您说了这么多，好像当今朝廷能干事的不多。我想为何不可以重用一下恭亲王呢？他也是个头脑十分清楚的人，又是近支宗室，从小儿一块同出同进，定能有所作为的。肃顺的好歹，臣妾没有发言权，但比起恭亲主来，他是个远支，人心隔肚皮，总没有恭亲王用得放心。臣妾劝您一句：凡事掂一下分量，何必舍近求远呢？"

奕詝皇上把瑞芬往怀里揽了一揽，朝她脸蛋上亲了一口，笑道："你是不在其位不谋其政呀，老实巴交的心肠，看谁都顺眼。朕自有朕的路

47

数,好坏谅还能分得清。"说着,又朝瑞芬的脸蛋上亲了一口,而且是狠狠地亲,几乎是咬了贞妃一口,只听了贞妃"哎哟"一声,往皇上的怀里一钻,头脸都看不见了。

二人好好地亲热了一番,都很投入,全然忘记了前面的话。搂搂抱抱了好一会儿,还是奕詝皇帝先抬起头来,用两只手抚摸着贞妃的脸蛋说:"我已正式即位了,连日来忙于政务,不得空关心一下你的事。如今宫中还没有一个名正言顺当家的,这哪里行呢?因此,朕已部署下去了,已专门抽人,像曾国藩、吕贤基,还有那个编修李鸿章啦,都在忙着册封皇后的庆典大事。这皇后到底是谁,朕也说不清楚,只有等正式大典过后才能水落石出。"

"那太好了。我也不管是谁当皇后,只要您安安稳稳地坐住了江山就行。我还巴不得尽快册立个皇后出来,也好让我从这统摄六宫的繁重事务中解脱出来。说实在的,我不是当皇后的料,我也不想管那些闲事,我只要与您亲亲热热、美美满满就行了。"贞妃说。

依奕詝皇帝的理解,贞妃说得自然,而且是心里话。贞妃没有太高的盼头,更不喜欢与人争斗。基于这点想法,他想调动一下贞妃的情绪。他把贞妃往怀中又搂了一搂,贴着她耳边说:"皇后已经选好了,今天就给你透露一句,你可是千万不要外传哟!经文武大臣商议,选定的皇后是钮祜禄家的闺女。"

"哎呀,到底是谁呀?怎么与臣妾共了一个姓?"贞妃十分天真而且并无半点嫉妒之心地说道。

奕詝皇帝漫不经心地回答道:"其实朕心中还有更好的人选,无奈这左臣右相磨破了嘴皮,非要朕册立她为皇后不可。唉,朕也是命中注定,婚缘难违呀!"

贞妃仍很平静,照旧是天真地缠着皇帝,道:"到底是谁嘛?是丽妃呀,还是瑸妃或是祺嫔?您倒是快说呀!"

奕詝皇帝体会很深刻了,已无须再兜圈子了,他忽然把贞妃紧紧地搂在怀里,一张嘴完全贴在瑞芬的耳朵上说:"这个皇后远在天边,近在眼前,她就是你呀!"

贞妃好像并不是那样的欣喜若狂,只是稍稍提高了一点嗓门道:"皇上是在拿臣妾开心呢!不管您选谁当皇后,臣妾绝不恨您。如您讲的话当真,那臣妾也告诉您:臣妾没有那个福分,也不敢领受那个位子。因为臣妾还太年轻,没有能力替皇上分忧解愁。臣妾只想保持今天这个样子,就完心满意足了。您若是还没有定下来,就另选其他人做皇后吧。"

奕𬣞皇帝非常感动,难得有这么一个贤惠的、踏踏实实的人儿。有她在身旁,自己便没有后顾之忧了。他实在太喜欢她了,他决心已定,选她做皇后定要少了许多不必要的纷争。位子不是抢的,送到手上都不要,可见心地有多么善良。于是,奕𬣞皇帝用自己滚烫的嘴盖在贞妃的鲜红的樱桃小口上,使劲地吮吸着,恨不得要吸出她的五脏六腑。贞妃都给他吸晕了,双眼紧闭着,双手使劲地钩在奕𬣞皇帝的脖子上。奕𬣞皇帝也要晕了,只觉得心跳得厉害,已非是亲吻可以罢休的。他们二人纠缠在了一起,绝对的难舍难分,双双陶醉在一种情爱的冲动之中。

相亲相爱之中,皇上说:"瑞芬呀,朕已经想定,也已经比较审视了很长时间,嫡福晋萨克达氏不幸过世以后,我再也没有可以日夜做伴的人了,你是最佳的人选,皇后非你莫属。当然,你的确年纪轻了点,性格也柔弱了点,但治理后宫并非很难。这些天你统摄六宫,不是干下来了吗?何况,册封以后你就是皇后,那时名正言顺,比现在更好办事,我就不信有人会与你这样贤淑的皇后作对。所以,你也不要推辞了,马上就从钟粹宫搬过来,搬到养心殿东耳房绥履殿来与我同住。这样,我俩就可以朝夕相见,恩恩爱爱了。就这样定了,立后大典两天后就举行!"

瑞芬惊得立刻坐起身来,用绯红的脸庞对着奕𬣞皇上,也是惊讶也是兴奋地问:"这么快呀!不妥,不妥,还容我好好想想。"

"你要想的不是当不当皇后,而是怎样去当好皇后,不辜负朕的一片心意。好了,你快谢过圣上恩典吧!"说最后这句话时,奕𬣞皇帝故意板着面孔,就如同坐在大殿御座上的表情一样,还真把瑞芬镇住了。瑞芬来不及过多考虑,不禁起身双膝跪下。正要磕头,忽然说不出话来。她怔了一会,才道:"哦,对了,祝吾皇万岁,万万岁!"

"不行,不行,还要说:'谢过皇上龙恩!'"奕𬣞皇帝笑道。

"谢过皇上龙恩!"瑞芬不好意思地重复了一遍。然后捂着脸蛋,扑在了皇上的怀里。

册立皇后的大典是在咸丰二年(1852年)六月初十日隆重举行的。

大清皇宫在这之前,早已张灯结彩。按照大典安排,由大学士裕诚、礼部右侍郎曾国藩、翰林院编修李鸿章等,从紫禁城出发,向皇后钮祜禄氏的母亲家补送了立后彩礼及大征礼品,其中有:黄金二百两,白银一万两。主要礼品有:金银茶酒器具、白马、绸缎、布匹。皇上还特意赐给皇后父母金银绸布、貂裘、朝服等。大典之前,已制成册立皇后的金册十页,每页耗用赤金十八两。负责大典活动的朝中各级官员约一千二百名,以大学士裕诚出任册立使,礼部满尚书奕湘为副使。曾国藩协助,吕贤基、李鸿章等听差。大典的前一天,安排皇帝及未来皇后告祭天地。前后两千余人拥簇着奕𬣞和瑞芬前往太庙。这太庙位于京城西部阜成门内。门前有砖砌琉璃瓦歇山顶照壁一座,庙门之间有景德门、碑亭等。以主体建筑景德崇圣殿最为宏丽,面阔九间,绿筒瓦重檐庑殿顶。告祭天地的仪式就在这圣殿里举行的。次日黎明始,立后大典正式举行。礼部右侍郎曾国藩先向皇后恭奉金节两柄:黑漆竿,金龙首,以黄纱精绣五色彩凤,长八尺,悬在竿上。竿上缀以红丝,庄严华丽,皇后从曾国藩手接过金节,意味着从此属于皇后的尊严与权力已在她手中了。

　　册封的金册、宝玺等,都陈设在龙亭内。李鸿章此时就在这里效力。大学士裕诚一声令下,李鸿章与銮仪卫校尉把金册、玉玺搬到立后仪式的现场,交由曾国藩暂存备用。大典还为皇后准备了全副銮驾,计有十六人抬的赤金顶,装饰了十二金凤的黄漆饰金凤桥,以及凤舆、仪轿、仪舆,还有云凤金交椅,金方几,三檐直柄彩色九凤伞,彩缎旗扇,玄瓜,吾仗,红须拂尘,金提灯,金香盒,金洗,金水盂,金瓶,金银茶盅等等。这当是普天下姑娘出嫁中,最为隆重、最大富大贵的一种仪式了。文武大臣、大小太监、宫女等浩浩荡荡来到太和殿前,把整个殿前广场挤得水泄不通。李鸿章看得清楚,心中亦喜亦忧。喜的是场面宏大,一饱眼福,算是大大长了见识。忧的是自己正房、侧室尽娶在室,但无论如何也没有想到如此地办一场新婚大礼。在合肥与元配夫人周氏结婚,在合肥老家也算得像模像样了,但怎比得今日之所见。更内疚的是侧室吕淑云,家境、长相均能对得起自己了,而自己却不能尽一切所能为她讨一个脸面,甚至不算明媒正娶,至今也还没有正式通报给在老家的元配周氏。也就是说,假如哪一天能携淑云回合肥,左右沾亲带故以及家里的老小还不知称她什么为好,弄不好还不承认她已是李家的媳妇。李鸿章想到这里，心中凄然而又内疚万分。

但眼下是无比激动人心的情景：只见恩师曾国藩已率领官员列队了。李鸿章受曾国藩使唤，将刚才搬上来的金册、宝玺及金节等，一一恭敬非常地摆放在太和殿正中央和左右两旁的紫檀木案台之上。

一切都是严格按程序进行的。以上准备齐了以后，礼部满尚书奕湘领曾国藩、李鸿章等前往乾清门，在那里等候，迎接御驾。皇帝奕詝身穿朝服、头戴皇冠出来了。他今天格外满面春风，神采奕奕，乘金顶舆座出了内廷。奕湘、曾国藩二人侧身在舆座前导引，李鸿章在舆座后面，身后还跟着两队太监和宫女。奕詝皇帝的接驾队伍刚出乾清门，忽听午门那边钟鼓齐鸣，鞭炮声阵阵。奕詝皇帝一步未行，便到了太和殿后台阶，舆座降下，掀帘扶皇帝下了舆座，由台阶引进太和殿。皇帝的脚步刚踏上第一级台阶，司乐太监奏起了中和韶乐，欢快而悠扬。皇帝升座了，屁股刚着坐垫，管乐戛然而止。

皇帝坐定，銮仪卫官高喊一声："鸣鞭！"早已站在一旁的司鞭卫士手执刻了龙头的鞭柄，挥动用黄丝编成的长达四丈有余的丝鞭，向丹墀下甬道上猛甩三鞭，霎时，鞭炮声响彻云霄，好像整个紫禁城都在为之颤动。鞭炮放完了，丹陛鼓乐又起，演奏的是《庆平之章》，声音震耳欲聋。在鼓乐声中，鸿胪寺鸣赞官在前引导，裕诚与奕湘齐步走到大殿前的平台上，双双跪下，将金节、金册、宝玺捧送在皇上面前。奕詝皇上十分高兴，亲手接过它们，一一细看了一遍，满意地朝着宣制官门微微点了点头，表示赞赏。宣制官站到殿中门的左边，大声宣制道：

"咸丰二年六月丁亥（初十日），册立贞贵妃为皇后，命卿等持节行礼！"

接着，大学士裕诚奉旨进殿，取过皇后金节，正步迈至大殿前授予副使奕湘。这时，内阁及礼部官员进殿，高举供奉金册和宝玺的案台。曾国藩在前，李鸿章在后，用肩膀支撑着看上去很重的案台，缓缓步出中门，将金册和宝玺放进龙亭之中。至此，宣制仪式才算完成了。结束时，又鸣炮三响，奏乐《显平之章》。

整个立后大典就这样结束了。奕詝皇帝又乘舆座回到了养心殿，他在养心殿等候他的皇后到来。奕湘手捧金节在前，曾国藩、李鸿章等率仪仗队到保和殿后面的乾清门广场。敬事房大总管张名恒早已与内銮仪卫太监等候在那里,从奕湘手中接过金节,然后恭送奕湘。曾国藩、李鸿章等外适官员出宫。七八个太监这会儿已把那供奉金册、宝玺的龙亭抬进了乾清门东侧的左门,沿着东一长街向北,进入凝瑞门内南向的钟粹门。这儿便是东六宫之一、贞贵妃的钟粹宫。然而,此时它的主人已册立为皇后,将要欣然移居而去。钟粹宫,谁来充当它的新主人?

再说她呢,瑞芬今天自然抑制不住过于兴奋的心情。好一阵子,她惊喜交加地颤抖起来,无奈,只好口含一块香糖,以此使自己镇定下来,但眼睛里闪烁出的光芒却瞧东瞧西,一刻也不能停下。她觉得自己好像要凭临着一种媒介飘然往前飞翔了,前方是什么?她也不知道,只觉得繁杂而又深奥。她只知道自己太年轻了,并为此惶恐不安。她怀疑自己能否当好仪范天下、统驭六宫的正宫皇后,她更担心皇帝自己将要面临的内忧外患,会把他与她的荣耀与幸福大大冲淡。她想:皇帝正在一个比一个难当,皇后与皇帝的命运相连,将要面对的前景或许是扑朔迷离的。想到这个节骨眼上,她真是有些害怕当皇后。但是,立后大典这天一清早,七八个宫女们就开始侍候她起身盥洗梳妆,她仅仅是淡扫娥眉,薄施脂粉。瑞芬不喜欢浓妆艳抹,她对自己的长相的自信大大超过她对当好皇后的自信。今天,她穿的是苏州织造衙门特地为册立皇后大典而精工制作的貂袍,通身是金丝锦绣明黄色九龙彩云八宝平水图案,非皇后而不能穿戴。这貂袍的披领和马蹄袖口上也精绣了行龙两条,用料上等,故灿烂夺目。她戴的是熏貂红缨冬朝冠,顶上有三层,每层都贯有产于满洲混同江的半寸大小的东珠和金凤。这帽檐上有一个方环,环上缀着金凤七羽,整个朝冠一共缀制名贵珍珠三百零二颗。可以说,仅是这顶帽子,便价值连城了。然帽子下面还垂挂着黄色护领两条,护领上也缀了名贵宝石。她胸前悬佩着玉璇晕彩珍珠珊瑚朝珠三盘,脚穿的是三寸高花盆底金丝精绣的大红色凤头靴,周身珠光宝气,雍容华贵无比。

她梳妆打扮好以后,刚想休息一会,钟粹宫首领太监李德新扑通一下跪在她的面前,道:"禀主子,护送金节的仪仗队来到宫前了。"瑞芬一听禀报,蓦地心跳明显加快,用手捂在胸口也不顶事。宫女扶她起身时,她竟然有些战战兢兢,好像这是送她去法场似的。她失去了自制力,神情紧张,不知如何是好,任凭宫女们随意摆布,叫她干什么就干什么。一个上了年岁的女官侧身在前为她引路。首领太监李德新躬着身子在后,一起出了钟粹宫她的寝阁。这时,瑞芬好像刚反应过来似的,回头深情地望了一眼自己的寝阁。

刚出寝阁,突然鼓乐声响起,几乎把瑞芬吓倒。抬眼一看,大总管张名恒已率众太监站在宫厅中等候,金节、金册和宝玺都已供在案台之上。瑞芬向案台注目了片刻,女官搀扶着她跪拜受册,这些便都属于她一人拥有了。接着,皇后乘一顶凤轿,由全副銮驾在前面引路,如同姑娘出嫁一般,被接着走了。凤轿到了乾清门,又进乾清宫,到交泰殿升坐。与太和殿那边一样,皇后坐定,鼓乐齐鸣,宫中所有妃嫔都来了,由丽妃率领祺、玫嫔,齐集于殿内两旁,向瑞芬皇后行六肃三跪三拜之礼。宫殿外面的丹陛之下,还有众多的公主及二品以上命妇,也一同向皇后行礼。至于嫔以下的贵人、常在、答应等,只能于此后由宫殿太监请引到皇后的寝宫行礼了。等级的森严在折射着皇后的权威与尊贵。跪拜了皇后以后,大总管张名恒又引着皇后的凤轿直奔养心殿,奕詝皇帝在那儿等着哩。

不知怎的,瑞芬的心儿又一次剧烈跳动起来。以前与奕詝在养心殿亲亲热热的情景立即映入脑海。养心殿她并不陌生呀!或许今天乘舆而来与往常不同:贞贵妃已变成了瑞芬皇后,以皇后的身份前来与他相会,今天是第一次。她激动地掀开锦帘,忍不住向养心殿望了一眼。养心殿门已大开,两旁百官站立迎候。她到了,以急切的碎步直奔养心门,见皇上正坐在那里含笑等待,心中涌起一股热浪,真想一下子扑过去。但她没有失控,她还没有忘记屈膝谢过皇上,向皇上请安呢!当她羞红了脸跪下去时,奕詝皇上立即起身将她扶起,道:"免了,免了,你是当之无愧的!"

皇帝拉着皇后的手,面对面站着。两双含情脉脉的眼睛对视着,用眼神传递着各自的喜悦之情。好长一会,两个人就是这样站着,太监王国营都看得眼馋,禁不住道:"皇帝、皇后,奴才祝……"

话没有说完,被皇帝一挥手挡住。奕詝皇帝这才意识到身边还站着那么多太监、宫女,门外还有那么多王公大臣。皇帝松了瑞芬的一只手,只用另一只手牵着皇后说:"朕陪你到后殿寝宫去看看,一切布置都是朕亲自把握,不知合乎不合乎你的喜好。"

瑞芬道："全凭皇上做主,臣妾无论怎样都是喜欢的。"

二人手拉着手到后殿东耳房绥履殿去。众太监、宫女不知何意,都跟着走。奕詝皱了一下眉头,向身后挥挥手,太监、宫女们这才退下。这寝宫大变模样了,一切摆设全是崭新的,龙凤床放在正中位置,粉红色罗帐内,可见龙凤百子织锦被叠放得整整齐齐,大概有四五床吧,全是苏州府为大典特意精工巧织而成,丝光闪闪。

寝宫里就剩下他们俩人了,在这里侍候着的宫女也退到了门外。皇后这才猛扑过去,紧紧地抱着皇帝的脖颈,把那樱红小嘴合在了皇帝滚烫的嘴唇之上。皇帝热烈地亲吻着瑞芬,道："朕终于等到这一天了,我要与你朝夕相伴,白头偕老。"

瑞芬毕竟还天真幼稚,听到这话儿高兴得欢快异常,趁着奕詝皇帝抱紧了她的那势子,把两腿高高抬起,交叉着盘在了皇帝的腿上。奕詝皇帝也乘机索性把瑞芬抱起来,在龙凤床边甩起了圈子,直到甩得头晕眼花了,伴着俩人忘情的大笑声,一齐倒在了龙凤床上。

俩人相拥在床上,说不尽的亲热话。渐渐地,俩人都觉得有些累了。皇上道："还是早点歇着吧,明早朕还要去乾清门听政,并选放去各省主持乡试的主考官。"

曾国藩、李鸿章他们忙了几天的大典,待到皇帝、皇后双双拥入寝宫以后,他们才得休闲。尤其是李鸿章,虽说比恩师小了十二岁,但因跑前跑后,干的力气活多,更觉得腰酸腿痛。一到家中,浑身像散了架似的。淑云倒还体贴,要刘斗斋打了几担水,烧得烫烫的,倒进浴桶里,让李鸿章好好地泡个澡。

一个澡泡得十分舒服,在太师椅上靠了一会,反觉得来了精神,困乏全无。鸿章对淑云道："说这也怪了,刚回到家里,累得话都不想讲,这会儿稍歇了一会,一点也不累了。"淑云笑道："你这是还年轻,正值力壮之时,体力恢复得快。若是到了七老八十的岁数,怕就累倒了,再也爬不起来了。家乡安徽有一句话,叫做:'一夜吃头猪,赶不上一觉呼。'既是饭也吃了,澡也洗了,快点上床歇息吧!"

李鸿章早已摸透了淑云的温情,答应了一声便跃上床头。一想到白天见到的立后大典的场面,又少了一些精神,有些心事重重。淑云也已解衣上床,靠在鸿章的臂弯里问："翰林公在想什么呀?"鸿章叹了一口气,道:"淑云,细想来真是对不住你。一个大家闺秀,跟了我一个穷编修做二房,既没有像样地办婚事,婚后也没有让你风光过一回。瞧今天的朝廷立后大典,那真叫开了眼界。唉,我若是能让你过上一天皇后的日子,也不枉做一个大男人了。"

淑云故作嗔怪地说:"那么,你得首先要当一天皇帝呀?否则,我是到老死也享不了那种清福的哟!"

李鸿章听这话后接连叹气。淑云道:"其实呀,我想得十分开:当那皇帝、皇后的也不好过。整天的明争暗斗,提心吊胆的。恩爱没个自由,做人没个真假。你也不要羡慕那皇帝,我也不稀罕那个皇后,平平安安过日子,舒舒服服做夫妻,比什么都好。"

淑云用手推了推李鸿章,问:"你说呢?"

李鸿章道:"你说的也是实在话。不过我这心里,总觉得对不住你。干了两三年的编修了,还是不见长进。进了紫禁城,我认得皇上,可是皇上不认得我。这也罢了,收入也只够家用开支的,尚不敢大手大脚地花,恐怕这月用完了,下月没有了。从小到现在,为了这科举仕途操劳了二十年了,到头来一头钻进翰林院,都说是光宗耀祖了。可其实呢?一无重权,二无金钱。你说我这是混个啥啦?!"

"翰林公可是不能这样说,在我看来,你是才高八斗,心想事成。大清帝国几万万人,能进紫禁城,能入翰林院的又有几人?如今是比上不足,比下有余。而且这个'下'字下面,却是绝大多数。先前几年在安徽旌德乡下做姑娘时,穷的苦的难的满眼都是,吃了上顿没有下顿的人家,那还少吗?但逢遇到水旱之灾,或兵荒马乱之年,方圆几十里,能有几家有吃饱饭的日子过?所以,如今不要单跟皇上、皇后比,那是天下绝无仅有。与他们比,越比越没有劲,越比越丧气。要跟普天下的一般人家比,你就会比出满足,比出信心,比出笑脸来。如今这京城里,该是最有奔头的所在了吧?许多人见了我的小日子过得红火,都还在眼红呢!"

淑云又推了推李鸿章,道:"我说得对吗?"

李鸿章把这话听进去了,心中十分佩服淑云的劝导,心想:到底是从小读诗书长大的,不仅说话在理,心胸也很宽阔。他突然转过身来,将淑云一把揽在怀里,心潮翻腾,不觉涌起了一种甜蜜的温暖之意,与淑云紧紧相拥着。淑云娇喘低问:"我们熄灯睡了吧?"

李鸿章"嗯"了一声,表示了恩爱以后,渐渐进入梦乡之中。

李鸿章自从入了翰林院以后,生活很有规律。每天天刚亮就起床,给院中的花草浇点水,有时还帮着用人们打扫院子。然后,走出胡同,到大街的林间下去走走。从正阳门内碾儿胡同西头的家门开始走,当是京师里最中心的地带。走不出半袋烟的工夫,便见着正阳门了。老百姓管这正阳门叫"前门",相对于紫禁城为"前",又是京师内城的正门。李鸿章几乎没有一天的早晨不来这里,但到这里就为止了,再走就是向家返回,到家正好吃早饭。

今天早上日头刚露半个脸儿,他就已来到了正阳门下。或许是稍早了一些,他有时间在这正阳门下多待一会。他仰头看着这个建于明朝永乐十九年的正阳门,心头忽然觉得开阔了许多。正阳门面阔七间,灰筒瓦绿剪边重檐三滴水歇山顶,上层前后檐装饰为菱花格隔扇门窗,很有特点。下层为涂朱砖墙,明间及山面为实踏大门一座。箭楼的瓦顶形式及开间数与城楼相同,东、西、南三面墙上及两檐间,开出射孔八十二个,北出抱厦五间,有门三座通向城台顶部。城楼和箭楼下面,都辟有一座券洞,以通车来人往。李鸿章踱进券洞,还在细细观赏。他打心眼里赞叹古代能工巧匠的技艺,由建筑的辉煌想到了洋人的兵器,不禁自言自语道:"中国地大物博,人才济济,如此建筑早在四百余年前就能拔地而起,为何四百多年后,反而让那洋人踩在了脚下?"他正在嘀咕着,蓦地肩膀被人拍了一下。回头一看,原来是恩师曾国藩也散步于此。李鸿章拱手见过恩师,两人便一同走上一段。

曾国藩今早的情绪好像特别好,并肩走了一段路下来,便对李鸿章笑道:"少荃贤弟哇,我不久恐怕要去江西一趟。"

李鸿章大惊失色,问:"去江西做什么?"

"蒙皇帝圣恩,去江西做一次乡试的主考,该叫做千里迢迢了。"

李鸿章道:"这虽是千里迢迢,但却是难得的美差呀!谁不知道京官们清苦得久了,就那么一点俸银不够花销,都在钻山打洞想当一次乡试的主考。这回也算皇上讲了点良心,凭你鞍前马后地干了这么些年,也该让你去弄点'棚费'了。俗话说:'马无夜草不肥,人无外财不富',终于有这么一天了!"

李鸿章对恩师得到的机遇羡慕极了,眼珠子都兴奋得鼓了起来。

因为这乡试的主考,明白地说,就是皇上为嘉奖久坐京官的人,而成心让他去捞一次外快的。不论谁的主考,一到那省里,上下都得热情接待,细心地侍候。最后,地方上要按比例向全省商民摊派一些银两,俗称"棚费",在主考官离开时,赠送给主考官。除此以外,省里的督抚州县也有私下的馈送,还有盼望乡试得中,希望捞个举人的贡生们,也少不了偷偷地塞些银子送给主考官,不管有用没有,总算表达了心意。所以,不论谁去出任这个角色,一次回来,少说可以收入数千两银子,多的上万。你说说,这样的差事哪能不令人做梦都要得到呢?

曾国藩得此美差并非偶然。自从他入翰林、做侍郎迄今,声望日渐升高。他的学问、才华、处事能力在紫禁城里可以说名气很大,人称"道学先生"。此人信守孔孟之道,讲究理学几乎到了炉火纯青的地步。在礼部乃至整个外廷,他真正是非礼勿视,非礼勿听,非礼勿言,非礼勿动。对于一个"钱"字,他也如当年的"阿堵"先生一般,也忌讳言钱。他挂在嘴边的话就是:"君子不言利嘛!"道光皇帝在世时,对曾国藩便是赏识得很,以致在病入膏肓之中,还与皇四子、皇六子讲过曾国藩的道德学问。

新皇帝奕詝即位,更加留心观察了曾国藩,见此人果然可用,且忠心耿耿,学识渊博,尤其协办立后大典,功不可没,从撰写册文到吉日大典,带领吕贤基、李鸿章等跑前忙后,有条不紊,办得庄严而隆重。所以,在选放去各省主持考选举人的乡试主考官中,咸丰皇帝不仅传旨奖赏了曾国藩等人,而且钦点了曾国藩为江西的主考官。也是有意调剂、关照、起用他的意思。

曾国藩虽然忌讳说一个"钱"字,但也深知有钱能使鬼推磨的道理。李鸿章就曾对他讲过,他的家乡合肥流传一句话,叫做"什么都能有,不能有病;什么都可无,不可无钱"。他曾对这后一句话表示了反对,但在心中,也还是承认言之有理。眼下堂堂正正地去江西出任乡试主考,朝廷内外都知道是个大捞一把的好机会,并非挖空心思求来的,而是皇上的赏赐,这叫做"不捞白不捞,捞了也白捞"。况且,自己自京师为官以来,已有十三个年头没有回乡省亲了,心中也十分盼望能有一次衣锦还乡的机会,会会家乡父老、亲戚朋友。此番一举两得,何乐而不为呢?所以,在他获悉要去江西出任主考之际,对皇上感激涕零,一夜不曾入眠。

他当晚伏案挥笔写奏折一份,千恩万谢地感激皇上厚爱,以仰报浩荡的皇恩。奏折写好了,复读再三,确认没有文字错漏之后,又写下夹附一片,放进奏折之中,一并于次日递上去了。这夹附的一片小纸写的是:恳请皇上在江西乡试结束以后,能赏他两个月休假顺道回湖南老家一趟,在湖南长沙府湘乡县,他的家人们也在急切地盼望见到他。

夹附,是清制的规定。文武大臣专折上奏皇帝时,如果所奏的事情头绪纷繁,不宜全部写进奏折中去,可将个人要求的私事或与专奏事项不相关的事情,另外用一张纸写下来,随折另奏,这就叫"夹附"或"夹片"。奏折送上去,夹附不作保留,而奏折是要存档的。曾国藩机灵超人,脑子滑得很,每每都将私事或恐怕今后对自己不利的事,均以夹附形式上奏,由于宫中不存档,他也不怕将来被人翻出,或由皇上之手再转到他人那里,妨碍了自己。曾国藩的奏折和夹附呈上后,咸丰皇帝当然朱批俯允,同意他随机安排。

这事刚定下来,便在正阳门外碰到李鸿章了。李鸿章得知曾国藩不仅去江西主考,且能顺道风风光光,随行数人地回乡省亲,更是羡慕无比。这种羡慕之情表现在一般人身上,那是大惊、大叫、大喜地表示出来。李鸿章一切都暗中效仿着恩师,在"鬼精"这一点上,比起恩师曾国藩来,是有过之而无不及的。他对此的羡慕是以淡淡的表示祝贺的话儿表达的,而真正的情感藏在心中。

几年来,李鸿章审时度势,就自己未来的发展做过盘算,在京师中,只有曾国藩、吕贤基和自己的父亲李文安这三人可以真正依靠。而这三人中,首推曾国藩是最可利用的。李鸿章心想:多一个朋友多一条路,这话不假。但朋友绝不可乱交、滥交,处朋友、选恩师,那是要讲质量的。日后没有利用之可能的朋友,李鸿章都不想深交。因此也不会真心去处他。他把自己有朝一日飞黄腾达这块"宝"是牢牢地押在了这三个人身上的。而自己的父亲老实巴交,发展已经定形,没有多大指望。料想在自己问题上,关心胜过他人,而帮忙便心有余而力不足了。吕贤基可以利用,也有一些实力,在宫中关系甚多,但仍然远远赶不上恩师曾国藩。日后要想找一个往上爬的阶梯,非曾国藩不可。故恩师曾国藩是他最可仰仗、最想借助的人。如今曾国藩要暂离京城了,而且黄道吉日已经敲定:咸丰二年六月二十四日。

一种失落的、空荡荡的感觉啃着李鸿章的心。曾国藩也注意到：他的嘴唇变成苍白色了，抖动着想说什么，但好像又说不出来。他木然地陪着曾国藩走着，但一声不响，一句话不说。其实曾国藩已猜着了他的暂时失去恩师的情绪，所以，曾国藩也才打心眼里有些感动，以安慰的长辈似的口吻劝道："少荃哇，我也不是一去不回返了，仅仅是前后三四个月的工夫，然后还要回来的。你好好地读书、视事，希望能见长进。"

李鸿章泪水出来了，但仍是不说话。直到已走到自家胡同口时，才含着泪花说："恩师呀，六月二十四日，门生要去送行的。"曾国藩点点头，二人这才分手。

六月二十四日这天天还没有亮，鸡刚叫两遍吧，吕淑云就先起床了。天气已渐渐热了起来，她只穿了一件葱绿色的火襻绸衫，里外各加了一件藕白色滚边，上面绣了朵朵白梅的大管裤子。她匆匆对着镜子挽了一个左垂的堕马髻，又插上玉簪，便轻轻走出卧房，又关上房门，到西廊上去喊丫鬟起来烧水、烧早饭。李文安特地从老家找来给儿子当管家的刘斗斋也已经起来了，道："少奶奶，你去再歇一会儿吧，这里我会忙。"她答应了一声，转身回到正房的右首耳房中，推开卧房小门，轻手轻脚地走到床边，坐下来，看着仍在熟睡中的李鸿章。她用深情的目光在李鸿章的脸上一遍又一遍地扫过。所有火热的情感和所有温情的欲念，此刻都集中在她的目光里。他正睡着，完全可以当做仅她一人，她不必羞得脸蛋绯红，彻底自主地、完全主动地去表现自己的爱情。终于，大约已见微弱的光亮从窗外透了进来，她按捺不住心中的甜蜜感，要伸手去摸摸丈夫的脸庞。

李鸿章被摸出了一种痒酥酥的感觉，慢慢清醒过来，好像立刻明白了什么，伸出两只有力的大手抓住她那纤小玲珑的小手。吕淑云这才觉得不好意思，挣脱了李鸿章的紧握，急切切地道："翰林公，快点起来吧。今天你还要去送恩师上路哩！"

李鸿章应了响亮的一声，从床上一跃而起，道："是的，是的，恩师是辰初（早上七点）动身启程。还好，现在还来得及，才不过卯初吧？"

吕淑云道："不错，还有一个时辰呢！你先梳洗了吧。"

他只穿了一身白竹布短褂、短裤，下床以后，才套上白布袜，纳上单梁黑布鞋，走到临窗的梳妆台前，对淑云说："你再去躺一会儿吧，我来叫丫鬟替我梳这长辫子！"

吕淑云道："她们各有各的差事，给你梳洗只能由我了。再说，今天是给恩师送行，我还怕她们梳不好你的辫子哩！"

说着，吕淑云就把丈夫按在梳妆台前，对着镜子照了一下，麻利地替他把盘在头上的发辫松开，用手指划了划，沾了点刨花水，用手掌前后左右地按摩了几下，使刨花水湿透了头发，才用小木梳细细地梳起来，只轻轻几下，就梳得油光光的。发辫梳顺了。吕淑云两手飞一般的一道又一道重新把他的长辫绞了起来，一直绞到了辫梢，这才结束。

李鸿章对着镜子照了一下，见已扎好了辫结，伸手将发辫甩到胸前，很显神气。从镜子里可以看见依然犹如新妇一般的娇妻，他突然一个急转身，往淑云站个面对面。他一把搂过娇妻，把滚烫的嘴唇先贴到了她的脸上，又要亲她的嘴。吕淑云反应过来了，头往旁边一偏，低声道："斗斋和下人丫鬟们都起来了，出出进进的，又不怕别人瞧见？"

李鸿章伸了一下舌头，这才去穿白纺绸褂绸裤。丫鬟打来了洗脸水，他简单洗了一把，便去吃早饭。出门时，他已穿上了一身浅灰色绉纱长袍。淑云递给他一块方帕，他接过拢在了袖口，腰间系了一个香荷包，带了一把折扇，在大门外跨上了一匹栗色长鬃马，由刘斗斋随后，提了一包礼品，一声吆喝向西而去。曾国藩此时已搬到南横街一处大宅深院。李鸿章策马经宣武门外长街，不一会便到了门下。只见门外已停了两辆崭新的骡车，家人及亲友们正在忙碌着准备曾国藩启程。一箱又一箱东西正在往骡车上搬，但曾国藩还未出门。李鸿章快步进了曾府大门，穿过三道院落，这才见恩师已吃完早饭，正在品茗小憩。

李鸿章立刻上前见过恩师，又转身一看，众多同乡中的京官已经到来。李鸿章觉得不好意思，来晚了一步，便捧上礼品道："这里有一点土特产小吃，供恩师在路上当做零嘴吃吃。还有一套书，是门生特意去琉璃厂买来的本朝笔记掌故，让恩师在路上消遣，也好一路看着这些故事，还想着门生的心意。"

曾国藩笑道："亏得少荃贤弟想得周全，只是送礼要会送，送得让人时刻想起，这才算送得高明哪！"

这一说把满屋的人逗得哈哈大笑。笑了一阵以后，曾国藩起身，双掌抱在胸前，向大家拱手道："诸位请回吧，我这里就要登车上路了，长则三四个月,短则两三个月便可返京,请各位善自珍重。"

李鸿章不干了,道:"我这刚进门半会儿工夫,就此告别了,心中不安。我已与家里人讲好了,要送恩师一程。至少,要把恩师送到城门处,方才可以回转。"

曾国藩道:"送君千里,终有一别,何必耗费那些时间?你还是早回吧!"

李鸿章坚持道:"门生是铁定了心要送出城的。恩师此去没有什么让门生担心的,只是千里迢迢,一来一回两三个月是定然回不了的。况且皇上已朱批允准恩师探亲两月,加起主持乡试,前后总得要半年吧?说两三个月是在安慰我的。其实门生心中明白,此去半年也未必能回,万一……"

李鸿章刚说到"万一"二字,立即打住话头,改口道:"万一恩师另有高用,让皇上钦派了别处,门生恐怕就一辈子见不到恩师了。"说着,李鸿章竟闪出了泪花。

曾国藩道:"好吧,好吧,既然少荃你执意送我一程,那就快快上路吧。否则,赶不到驿站天就黑了,你想让愚兄我夜宿山林啦?"

这话又把送行的人连同李鸿章在内,都逗乐了。于是,李鸿章扶恩师上了第一辆骡车,随从严泰等上了后一辆车。李鸿章骑马跟在第一辆车后。曾国藩掀开了后面的窗帘,时不时与李鸿章还能搭上几句话。车出永定门,京师之外渐渐是满眼荒凉的景象。楼阁亭台不见了,看到的尽是低矮的民宅,平展展的一片黄土地。也有一块一块绿色的庄稼,但好像是久旱无水,大多已经枯萎。由于北方缺少雨水,宽宽的马道上,稍一加鞭快行,便尘土飞扬。

不觉已到了永定河边,这才见绿色喜人,河水虽然不多,但沿河一带还是长了一些庄稼的。在这永定河上,一座气势如虹的石拱长桥就在眼前。李鸿章提高嗓门道:"恩师,你看这卢沟桥到了呢!"曾国藩抬眼望去,自知此地已离京师三十里要有余。只见沟桥那石造连拱的造型的确非比一般。该桥全长达近九十丈,宽也有两丈多,下分十一个涵孔。桥身两侧石雕护栏各有望柱一百四十根,柱头上均雕有卧伏的小石狮共四百八十五个,神态各异,栩栩如生。桥东有一碑亭,亭内有乾隆皇帝题写的"卢沟晓月"的汉白玉牌一块,骡车上了这个桥上停了下

61

来,李鸿章不知何故,见曾国藩已下了骡车。李鸿章也赶快翻身下马。

曾国藩笑吟吟地说:"少荃啊,我们就在这卢沟桥分手吧。当年送我的九弟国荃回湖南,也是与他在这座桥上分手的。"

李鸿章手扶恩师走到桥中部位,他俩驻足南望,冥冥漠漠,浑不知飘浮的雾气和白云之下,何处是各自的家乡。李鸿章道:"恩师不久就要回到故乡了,门生我不知何日才能回合肥省亲。"他感触良多,很是伤感。

曾国藩有意转移他的注意力,用手向前一指,道:"少荃你看,远处青山叠翠,绿野如茵,看来沿河一带百姓还是富足的,全不像刚出京城那一段路。"

李鸿章道:"恩师所言极是,门生极目远跳,旷野如此辽阔,自己却好像变得微不足道了。登上卢沟桥,感觉到天文何其玄奥,连北京也不算大了。门生视事的那个翰林院,在这旷野之上,又能算作什么呢?唉,有一句话学生在临别时不得不说,否则会把我憋死的。或许是学生不知天高地厚,不把自己编修的职位放在眼里。但的确,我在这小小的翰林院中是待够了,几乎一天也不想再待下去了。"

曾国藩对这话并不吃惊,笑道:"少荃呀,其实你不讲,我也早就看出来了。为什么没有点出来提醒你注意?因为依愚兄看起来,不满足于现状,恰恰是难能可贵的。俗话说:'好男儿志在四方,有志者四海为家。'如果你在那编修的位子上一坐就不想动了,那是没有出息的。所以,我早就感觉出来你不安于现状,而并没有责怪之意,原因就在于我支持、赞同你的想法。"

李鸿章听了这句很高兴,但转而又道:"男子汉当以廓清天下为己任,但苦于没有机会,心想而事业难成。老实说,我不想再与这舞文弄墨的差事打交道了,倒想若有机会投笔从戎,在封疆大事上干一点名堂。恩师如有机会,可要给我引荐一二哟!"

曾国藩大笑起来:"少荃呀,有一件事我一直没有讲:如今不仅是英人在沿海与我们滋扰,内忧更是成为大患了。今皇上才登基几个月呀,南方已经闹腾起来了。这件今天来不及细说了,你回京师以后,相信不久就会有所耳闻的。我只向你介绍一个人:我有一个旧交,是湖南举人江忠源。此人曾出任过知县,先前书生气十足,与你无异。但渐渐地变得气宇轩昂、极有志气了。前不久,他给我写信,说在湖南老家已举办起了团练,募集乡民训练成军,在湖南一带号称楚勇,已成为一支不可多得的队伍,正式收编成官军,保卫一方平安有功,皇上一道谕旨,已升任知府了。我在想,此人胆略超群,日后定能有大的作为,就如同你一样,我是同样充满信心的。"

他略停了一会又说:"但愿江忠源一事能对少荃贤弟有所启发。不是英雄无用武之地,首先要看你是不是真正的英雄;也不是这个世界没有为我们创造机遇,而是要看我们每个人是不是会发现机遇、创造机遇,并紧紧地抓住机遇,利用机遇。少荃,你说我这番话对吗?如果心中已有三分承认,那就算是愚兄给你的临别赠言吧!"

曾国藩一席话,的确对李鸿章有所震动,更有所启发。他忽然惊喜起来,亮开嗓门道:"听君一席话,胜读十年书。今儿我是又一次听进去了,定会记在心中,永志不忘。"

曾国藩此时确信李鸿章讲的是真话,不是随口的应付,又想到此别恐怕就是久别,不禁又说:"当然,你是男儿有志,不安于现状。此为优点。从侧面说,也暴露一些弱处。人不可有傲气,傲气太甚,干一行厌一行也是没有多大出息的。这山望着那山高,终无定数便会一事无成。干什么事情,单凭一时的热血冲动,孤芳自赏,便是致命的弱点。愚兄我常以'五箴'自勉,现说与你听,是希望与贤弟共勉。这'五箴'一曰立志,二曰居敬,三曰主静,四曰谨言,五曰有恒。即志、敬、静、言、恒五字,当字字体会,落实到行动之中。今儿时候也不早了,说得也不少了,我须赶路君须回府,就此握别吧!"

李鸿章泪水夺眶而出,向恩师屈膝行礼,把曾国藩扶上骡车,送过桥去,才上马回城。李鸿章顿时觉得心里空荡荡的。自己的路在何方?他心中没底。

第三章 乱世英雄

　　转眼间半年过去了,恩师曾国藩像远飞的苍鹰,一去不见复返了。李鸿章仍在翰林院,连书肆或看书的那个案台都不曾移动半步。一切照旧,毫无变化,身边只有父亲李文安及岳父吕贤基经常来走动走动。父亲已日见衰老,身子骨大大不如以前了。他老人家对曾国藩的消息也不大了解,只是挂到嘴边嘀咕:"该回京城了!该回京城了!"吕贤基全家老小都在京城,他是两耳不闻窗外之事,只管入朝视事,然后回家,回家了再入朝,天天如此,好像也并没有其他奢望了。唯有常常来叫李鸿章帮个忙,替他给皇上起草个奏折,复一封外地的书信,草疏言事,然后到家里来闲聊一阵,吃上一顿饭,这便了事了。然而,曾国藩走了,李鸿章眼下也只有这个岳丈大人可以依靠了。他指望吕贤基在朝中能为他引荐一个可以风风火火干一场的差事。每每提及,吕贤基都说:"我正在留意,正留心替你找哩!"可是找到如今,李鸿章还是半步未移,你说这心里咋过?

　　李鸿章感到在翰林院中已是度日如年了,但还是不得不去,不得不在那个枯燥无味的国史馆中混他的太平日子。其实,这时的大清,哪有什么太平日子可过?南边的太平军已经闹翻了半边天!自金田举义起来,太平军在洪秀全的率领下,一路斩关夺寨,如今,又攻占了安庆。

　　"这帮贼匪攻占了我们安徽安庆?"翰林院里的李鸿章听到这个消息,再也坐不住了。他腾地站起身来,仿佛一下子跌入了一个伸手不见五指的深坑,感到了一种少有的窒息。他的心也愈来愈重地向下沉,沉到了非要发泄一场不可的地步。他一只手重重地拍在桌面上,重得不禁让人吓了一跳,而且担心他由此拍坏了手掌。

　　安徽的安庆,那是离他故乡合肥不远的一座江城。那里本来是有总兵王鹏飞统率山东万余清兵驻守的。怎么会一下说被攻陷就被攻陷呢?李鸿章哪里知道:洪秀全的太平军抵达安庆时,正遇南风大作,万余兵船顺流而下,以蜂拥之势聚于安庆城南。一时间,江面上喊声阵阵,陆地上也是人山人海,清一色的红头人,实在是势不可挡。王鹏飞的清军不战自溃,所有藩库饷银三十余万两,总局饷银四万余两、制钱四万余千、仓米一万余石、太湖仓米两万余石及安庆地方的储粮,全部被太平军所得。加上城头一百八十九门重炮及小型军械,也成了太平军的战利品。

李鸿章感到了一种黑暗,但又好似看出了一线光亮。回到府中,他的心好长时间还在急速跳动,随着心跳,他感到自己的思想就像一只鸟儿在飞升,仿佛要飘到空中去似的。他害怕,可也隐约感到有些儿按捺不住的兴奋。他跳动很快的心就像已裂成了两半儿,一会儿想往后撤退,一会儿又想往前闯去。

次日,李鸿章照常来到这玉堂金马般的紫禁城。紫禁城仍然同以前一样,巍然肃然,就好像是一个世外桃源。

从那层檐红柱门楼下迈进两步,便是两扇朱漆金环的大门。跨进大门,又是一座深深的庭院,古柏参天,丹枫金桂,亭亭如盖。还得进了二门去,又是一处庭院,四面都是宽广庄严、画栋雕梁的殿阁式建筑物。就在这里,留馆的一二百名历科翰林,大多数时间都泡在各个厅屋之中,或编纂书史,或撰拟诏敕,写写画画,就这么一些事情。

李鸿章走进自己的右厅厢,感到了一种死一般的寂静。院中有五十名满族的办事人员,叫做"笔帖式",他们分处在东、西二厅和四驿馆中,整天都在埋头缮写校对文史章奏,翻译满文、鞑靼、回回、缅甸、暹罗、西番等各种文字。向院中望一眼,空荡荡的,偶尔才能见到一两个人影在走动。这些人走路也是不出声的,脚步十分的小心。他们或是抱一堆文卷去"当月处"盖用院印,或送去"典簿厅"归入档案。是翰林公的,大多是去"典簿厅"取阅珍本书籍。李鸿章今天是什么事也不想干,只泡了一杯清茶,呆呆地坐在屋里。他满脑子都是太平军、安庆、合肥,犹如身临战场,心儿如何也难得平静。

同屋的翰林检讨邓文恭晚来了一步。他进屋后见李鸿章坐着发呆,也不问缘由,便慌慌张张地对李鸿章说:"少荃呀,这下坏了大事了!我听军机上的一个同乡说,太平军几十万人马攻了武昌,又打到安庆去了。这可怎么得了呀?!"

邓文恭说着,在屋里毫无头绪地来回踱着步子,然后又用自己的拳头猛击自己的手掌,跺起脚道:"小弟我的家乡里上有父母双亲,下有兄弟姐妹,一大家几十口人都在武昌。听说太平军贼匪见人就杀,见物就抢,也不知我那一大家人怎么样了……"他说着,不禁泪下。

其实,此时的李鸿章心中同样焦急万分。谈到自己家乡,他更是百般牵挂,担心受怕。他也有亲人在故乡,还有身家田产、祖上坟茔、亲戚朋友,此时或许已受到了惊扰,说不定境况更糟。对于安徽,李鸿章是清楚的:官军腐朽,多少年来少有名将,兵勇为数甚少,且属无能,怎能抵抗太平军那几十万人马?合肥难逃厄运,自己的身家田产也难逃厄运,这些恐怕是铁板上钉钉的事情。更何况,洪秀全杀富济贫,对清廷官府中人是心毒手狠的。自己一家,连同以知县分发湖南的长兄瀚章在内,就是三个清廷命官了。太平军扫荡合肥,难道放过自己这样的一家人吗?

李鸿章沉默了一会,忽然从椅子上跃起,重重的一拳捶在案台之上,厉声道:"就这样办了,回乡去!"

邓文恭惊愕地睁大了双眼,问:"回乡去干什么呢?你我一介书生,那儿可用不上你去舞文弄墨。"

李鸿章激动起来,亮开了嗓门:"听说朝廷不是在号召各省人等回乡办团练吗?我已横下一条心,丢了这翰林公不当了。当也实在没有味道,还不如回乡闯荡闯荡。古往今来,弃文从武之人屡见不鲜。湖南就出了一个江忠源,人家同样是文人出身,不是同样干得风风火火,屡建战功吗?!"

邓文恭明白了:李鸿章已早有思想准备,不完全是一时冲动,而是坚决要弃文就武了。于是,他十分欣赏,积极表示支持,道:"少荃果然志气不小,相信你回乡后定会干出名堂来的。哦,对了,我听说你的恩师曾国藩赋闲在家,也开始办理全省团练了。"

李鸿章道:"我也听说了,说是他还没有答应下来。不过,我料想他是迟早要出山的。"

"不对了,我是昨天才听说,皇上已经下了圣旨,令他帮同湖南巡抚办理团练的。"邓文恭说。

李鸿章半信半疑,问:"皇上下旨了?果有其事,老师他不办也不行了。这样太好了!"

"千真万确。我这也是从军机处同乡那儿得来的消息。"邓文恭说。

这便给了李鸿章又一个启发:皇上下旨,名正言顺地回去,岂不更好?

李鸿章归心似箭,他激动地跳起来,然后冲出这厅屋,冲出了这崇阁流丹的翰林院,自言自语道:别了,这翰林生涯;别了,这紫禁城!

李鸿章急匆匆出了翰林院,雇了一辆街头上的骡车,去了东四牌楼岳丈吕贤基家商议心中大事。不料吕贤基外出未归,只好转道回家。李鸿章下车进入家门,已是万家灯火的时候了。李鸿章大步跨进正屋厅堂,正巧老父李文安已先前一步在厅堂等候。妻子淑云已摆下了桌面、碗筷,就等李鸿章到家吃晚饭了。

李鸿章掀帘来到厅堂,向父亲大人请了安。仅仅向父亲瞥了一眼,他猛然觉得父亲老了许多,满脸的憔悴,好像刚得过一场病,瘦了。父亲的脸变得两头翘,中间洼,像个元宝筐儿,眼泡儿有些浮肿,失掉了往日的光芒。瘪了的嘴唇衬着下颚,要偶然不经心地只看一眼,就好像一个倒竖在秧田里、拿来专吓唬小雀子的粉白假人头一般。

李鸿章看了父亲一眼后,极力地把对父亲的一种怜悯、敬爱之情抑制着,恭恭敬敬地把老父扶到饭桌前。

"你今天好像回来晚了一点,公事多吗?"父亲轻声问。

"哦,我退公后,去岳丈大人家走了一趟,岳丈大人不在家,这才赶回来的。"

李文安问:"找岳丈大人有要事相求吗?"

李鸿章犹豫了一下,回道:"是的。父亲大人,你晓得洪秀全打到安庆了吗?"

李文安吃了一惊,脸色突然变得煞白,道:"我只听说武昌失守,湖北巡抚常公(常大淳)和满城藩台、臬台、司道大员都殉了难,但还没有听说安庆也失守了。不过,这安庆失守也是在意料之中的事情,顺江而下,不到十天的路程,可想而知了……"

本来已经心事重重的李文安显得更加闷闷不乐,好像已有几滴泪水从眼角溢出,嘴角有些微微颤动。李鸿章看在眼里,动情地对父亲道:"您老也不用太着急了。我有一个想法正要来与您商量。当前内忧外患已搅得朝廷不得安宁。据说皇上已下诏令曾国藩大人在湖南帮办全省团练。如今贼匪已打进安徽了,料想皇上也会派人去安徽办团练的。儿想抓住这个机会,要求回乡办团练。这样,母亲、弟弟、妹妹们都有一个照应的,儿回去后,会设法保护他们,以解您的后顾之忧。"

李鸿章的这个想法又把李文安吓了一跳。他万万没有想到二少爷好好的编修不准备干了,重返故乡去弃文从武。因此,他不无担心地惊呼起来:"这怎么能行呢?你年纪轻,还不懂血肉拼搏方面的事,拿笔杆子是行的,动枪动炮的,即便你能行,为父我也着实放不下这颗心哪!"

李鸿章预计到父亲会反对的,说:"儿虽身为翰林,但早已在这死一般寂寞的翰林院中待够了。自古乱世出英雄。儿虽不敢妄自称大,但也心中有数,不想当一个熊汉子。乱世是一场灾难,也是一次机遇,儿已经等了几年了,以为这便是机遇。我想把它抓住,接受一次锻炼,干一番事业。再说,家里也需要我回去,此所谓一举两得,儿已下了决心了。"

李文安是了解二少爷的。从内心来说,他也承认鸿章回乡,或许更有出息。但这近似于一种赌博,赌赢了才叫出息,赌输了弄不好要搭上一条命。这赌本也太大了。李文安想到这一点,害怕得浑身直发抖,于是还是坚持自己的反对意见,道:

"为父相信你能干一番事业。但安徽那地方你是知道的,官场不算清纯,人事更难处置。在翰林院,你靠文才吃饭。到了家乡那地方,你靠文才便吃不了饭了。他们不信这样的文才,只相信一个'权'字,一个'钱'字。而这两条,我李氏家族目前都还不算响当当的。再说,时局大乱,朝廷是要人回乡办团练。但在皇上眼里,你如何能跟曾国藩大人相比呢?皇上说不定能给他一个钦差大臣当当。那样便名正言顺,权也有了,钱也有了,到地方上谁敢不听?而你呢?人微言轻,皇上说不定还不知你是何许人也,即便回去,也只能充作一般办差的小人物。皇帝能把重担子往你肩上搁吗?比如说,你如果递上一份奏折,仅仅是一个编修的身份,到不了皇上手上,恐怕就要被压下来了。你说是不是?"

"这一点儿已盘算过了。我呈上奏折当然不行,这就是我今天退了公以后去了岳丈大人家的用意。我想请求岳丈大人出面,向皇上主动请战,那便是十拿九稳之事了。"李鸿章信心十足地说。

"那怎么能行呢？你岳丈大人沾亲带故的人大多数已在京城。安徽仅仅是他的第一故乡，而京城却是他全家赖以生存的地方。你让他现在丢下这一家人回乡办团练，实在是在为难他老人家呢！万一办得不好，再把一条命搭上，后悔莫及了！"

正说到这儿，吕淑云来了，捧上了热气腾腾的饭菜。李文安赶快打住话头，不敢让儿媳听见。淑云在厨房里安排饭菜，虽没有听见他们父子二人说些什么，但心中却在担心。自从得知太平军到了湖北、安徽一带后，她就放心不下：一虑安徽旌德家乡的安全；二虑朝廷要点将回乡，若是点了自己的父亲，恐怕他老人家是吃不了这份苦的。在朝廷中，侍郎以上官职的安徽人太少了，朝廷又是根据原籍点将的。若点到了自己的父亲，十有八九是要把鸿章带走的。带走了鸿章，自己又怎么办？跟鸿章回合肥，淑云心中是不太踏实的。在京城，她是李鸿章唯一的妻妾；回到了合肥，他家中还有元配夫人周氏，相处得来吗？再说……

淑云不敢想下去了，只拿一双清秀如水的眼睛在鸿章脸上扫来扫去，想从李鸿章的表情里猜出些什么。老公公在席，吕淑云也不便多问。李鸿章向妻子瞥了一眼，已看出了她的心情。但又不好当着父亲的面安慰妻子几句，突然提高嗓门道："菜都齐了，来，我们干几杯！"

李文安应了一声，一听说喝酒，精神也上来了："喝几杯，活活血，提提精神，好！"

父子二人此时都心照不宣，左一杯、右一杯地对饮起来。忽然李鸿章想到了在前面厨房里的刘斗斋，便对淑云道："去把斗斋也喊过来喝几杯！"

刘斗斋过来以后向李文安、李鸿章躬身施礼道："奴才怎么好与主人们同桌而饮？"

李文安笑道："叫你坐你就坐嘛，什么奴才不奴才的。来，坐下喝！"

喝酒讲究个气氛，桌上多了一个人，就多了一层气氛。李文安平日是举起酒杯细细地抿一口，今天却是一仰脖子整杯地喝下去了。

父亲情绪好转了，李鸿章心里也高兴，举起一杯，起身对父亲说："来，孩儿敬您老人家一杯，但愿酒助人兴，忘掉那贼匪之事。"

李文安听出了二少爷的话中之话，瞥了一眼鸿章，道："顺其自然，听天由命，为父喝了这一杯！"说完，他又一饮而尽。

李鸿章清楚,父亲李文安喜饮几杯,但酒量不大。自从上了岁数以后,只要他在场,一般都控制着父亲,最多让他喝五六杯。

刘斗斋又起身敬主人的酒了,他虽不善言辞,但性格爽快,让主人少喝一点,他自己一口喝得半滴不剩。

李文安或许真的是想借酒消愁了,刘斗斋用手抬起,挡住他举杯,他却把刘斗斋的胳膊一推,道:"喝酒也要讲个意思。你喝了,我岂能不喝?!"说完,又把一杯喝了个底朝天。

轮到淑云敬酒了,她是小心翼翼,只让老公公举一下杯子就行,谁知也没有拦住,李文安照喝不误。

四人正饮酒间,忽听一声:"好不热闹!"原来是吕贤基到了。

李文安借着酒兴,笑哈哈地起身相迎。李鸿章上前扶他一把,一起把吕贤基让到了正位上。他坐下后说:"今天去了一趟军机处,探听一些贼匪们的消息,说来也真是让人不安:这太平军攻克了我们安庆后,仅过了两天就攻下了池州,接着又占领了铜陵,再攻克芜湖,再下去就是当涂、和州,一路势如破竹,把安徽沿江及近江一带的城市几乎全部占领了。几十万贼匪呀,哪里的官军能挡得住?"

李鸿章起身敬了他一杯酒后,吕贤基面朝李文安道:"回家后就想到这儿来,听说鸿章去过我家了,更得急匆匆地往这里赶,没想到还赶上了一顿酒……"说着,举杯就喝尽了。

吕贤基放下酒杯又说:"现在岂止是我们安徽遭了殃呀?洪秀全占领半个安徽后,一下又闯进江苏去了。他们从安庆出发时,已分成几路人马,不仅占领着已攻下的城池,而且由洪秀全、杨秀清亲率一批贼匪,把金陵给包围了……"

几个人都睁大了眼睛,好像正是他们自己如临大敌一样。李文安急问:"合肥被攻了没有?"

"暂时还没有听说合肥被攻的消息。或许离大江远了一些,江北几十里以外的城市目前还未受惊扰。他们现在的目标已经很清楚了:就是要攻占南京,在金陵小天堂建立他们自己的天地。我估计是想以南京为中心,建伪都、篡正鼎,再逐步向四周扩展。所以,合肥目前还算躲过去了,他们眼下也顾不上……"

李文安这才松了一口气,与亲家公吕贤基同饮了一杯后,悄悄凑着吕贤基的耳边道:"朝廷要是点了你回安徽办团练,鸿章想随你一起回去。"

吕贤基点了点头,又赞赏地瞅了一眼李鸿章,只说了三个字:"多谢了!"

因为此时在吕贤基看来,如果朝廷万一点了自己去安徽帮办团练,不去是绝对不行的。而自己岁数已大了,既是去了,总得有几个帮手跟在左右才好。大事小事有他们去办,自己只要出出主意动动嘴。这样的人选,鸿章无疑是最合适的,又贴己,又能干,当然是求之不得的。不过他也有许多担心。还没有容他往下细想,李鸿章开了腔:

"岳丈大人,我可是不想眼看着故乡在遭受蹂躏而无动于衷、袖手旁观呀,请岳丈大人留心提携小婿,我当跟随左右,全力照应。"李鸿章说着,瞅了一眼岳丈,见他脸上漾着一种感激之情,心中不免添了几分得意之情。

李文安好像有些醉了,在儿子和亲家公的一再阻拦下又仰头干了一杯。自吕贤基入席后,淑云、刘斗斋都退了下去。李文安便更无拘无束了一些,放下酒杯后,胆子也壮了,把喝酒前的那些担心全部抛到九霄云外,一反原来的态度,道:"今天你们别拦我喝它几杯,我的心里让那贼匪闹得堵得慌。今天要喝,喝醉了才好!眼看就要家破人亡了。如若让这些贼匪统领天下,我这个记名御史就不复存在了,你亲家公那个左侍郎的官位也丢了,鸿章也不是什么翰林、编修了,统统的都成了竹篮打水——一场空啦!不是我灌了几杯酒就讲酒话了:好男儿志在四方,国家兴亡,匹夫有责。如今国难当头,我等不顾,谁顾?我等不上?谁上?所以,我细想一下,觉得还是应该让鸿章回去干一场,干出个头绪来,既是为故乡效了力,也是为我们家这帮老老小小争了光。亲家公呀,你说呢?"

吕贤基道:"亲家公言之有理。不过……"

李文安打断他的话,道:"还'不过'什么?当断则断,给皇上上一个折子,保准你能挥师千里,心想事成!"

李鸿章见议到了这个火候上,顿时兴高采烈,道:"对,给皇上递一个折子,毛遂自荐,回老家办团练去!"

吕贤基叹了一口气,说:"只恐怕我这是光着头往刺窝里钻,自找罪受哩！"

　　李鸿章道："岳丈大人多虑了。凭您的声望和才华，回到那老家，不说是衣锦还乡，料那些县呀府呀州的，一个个地方官员也要把您捧起来。更何况，皇上谕旨一下，您就是帮办团练的钦派大员，有谁敢在您老面前说一个'不'字？土生土长的，拉一帮团练起来，斗他那些长毛贼人仰马翻，这一辈子也算是风光了一回了，死而无憾！"

　　李鸿章这番话把岳丈说得动了心，也是酒助人兴，顿时来了精神，把拳头往桌拐上一搥，道："就这么定了。少荃贤婿呀，你今晚辛苦一下，以我的名义给皇上写个折子，明早就递上去。我已老眼昏花，又多饮了几杯，文采也不如你的漂亮，就请你执笔吧！"

　　"好样的！亲家公先行一步，我李文安也将随后赶到，统统打回老家去，真正为那些家乡父老乡亲们做点实事，也不枉那一方水土养育了我们一场。"李文安说完，又要举杯来饮，手往前一伸，把酒杯打翻了，酒洒了一身。

　　鸿章起身为父亲擦拭了几下，道："父亲大人，您醉了，我扶您去休息一会儿吧！"

　　李文安把手儿直摆，嘴里喃喃说道："我没有醉，你才醉了呢！哈——哈！"

　　李鸿章把父亲扶到自己书房里的一张小床上躺下，淑云绞了个滚烫的手巾把子，给他擦了个脸，又在他床上放个痰盂，以防他呕吐。但李文安并没有吐，只是很快晕晕乎乎睡着了。

　　吕贤基要走了，李鸿章与淑云、刘斗斋等送出门外。出了门，吕贤基就奏折怎么写，向鸿章交代了几句，临别时道："写一个折子，只是表明我愿意回安徽帮办团练的态度，不必坚持，言辞既要恳切，又须灵活。我想只是做做样子，皇上未必就要我这个老东西真去。朝廷那些会做表面工作的王公大臣们都写了奏折，表示要替皇上分忧的心情了。结果，我看皇上也并没有准他们的奏……"

　　门外的凉风一吹，吕贤基好似清醒多了，把拳头往桌拐上一搥的气势已消散了一多半，只不过还没有反悔罢了。李鸿章现在是不管他真的也好，假的也好，铁了心要把他推上前去，跟随他一块回乡办团练。他让刘斗斋随骡车送岳丈后，急匆匆擦了一把脸，伏案写了起来。他想把这份奏折写得铿锵有力，气冲霄汉，有声有色。写好了不仅自己可以如愿以偿，或许也可以传于后人，让自己的名字连同这篇奏折一起，流芳百世。

夜，已经很深了。李鸿章翻翻写写，改改抄抄，要以斑斓的文采、传神的文字来表达心境，感动皇上。李鸿章越写越兴奋，浑身热流滚滚。"告别枯燥无味的翰林生涯，打回老家去，在与贼匪的抗争中建功立业！"李鸿章几乎要从嗓子眼呼喊出来。

一篇长达十六页的奏折写完了，李鸿章满心的舒坦，伸一个懒腰后，再从头到尾通读一遍，署上"微臣吕贤基"姓名。本该洗一洗睡觉了，但李鸿章还是坐在椅子上，习惯性地捏着笔管。虽然写好了，但笔仍没有放下，仍在他手指之间翻来覆去地转动着。其实不是准备还要添加什么，而是在考虑：是今夜送给岳丈，还是明早再送？他终于迫不及待了，虽明知已是下半夜了，也就是说：再过个把时辰就天明了，他还是腾地一下从座椅上弹了起来，又小心移步来到刘斗斋的卧房，叫醒了他，一道给岳丈大人送了过去。他想让咸丰皇上尽快看到这份奏折，批准他们的请求。

把奏折送到岳丈家，再返回家中，已是鸡叫两遍的时分。李鸿章实在困得极了，来不及脱衣，便在刘斗斋的小床上睡着了。李鸿章做了一个梦，他梦见自己已经回到了合肥。

那是一个黄昏，他跟随吕贤基还有几个叫不上姓名的头领来到合肥西郊的蜀山脚下。李鸿章满怀衣锦还乡的喜悦心情站在一块巨石之上，指点着这里的山山水水和村镇。突然，就在他手指之处，发现了一大片红头人。只见不远处帐篷林立，旌旗蔽空，太平军有四五万人马就驻扎在丛林之中，把整个大、小蜀山围得水泄不通。那帐篷之间，有一座大营十分显眼。在营门口，还树起一根巨大的旗杆。飞飘的旌旗之上，绣着一个斗大的"洪"字，这是一面杏黄色镶黑边的五龙旗，表明要剿灭的敌人就在眼前。

李鸿章刚回故乡，就面临大敌当前，求胜心切，也想在岳丈吕贤基及其他将领面前露一手，便向吕贤基提议：暂时别惊动太平军，待天黑以后，来个偷营劫寨。这是速战速决的好办法。吕贤基沉思良久，知道太平军厉害，便对李鸿章道："贤婿呀，你我都是刚从京师回来，而且初次与洪贼打交道,不知他们有什么花招。何况眼前的洪贼人多势众,我们的民团才只有一千多号人,弄不好不等你偷袭到他们,他们却如洪水般袭来,把我们一网打尽了。"

李鸿章道:"正因为洪秀全几万人马,我们正面交锋寡不敌众,所以才向您建议偷营劫寨的。我已想好了,今夜二更,我率民团去偷袭太平军,您老回合肥府衙里休息。此仗即使不胜,也可挫伤一下洪秀全的锐气,让他尝尝我们既是回乡来了,也不是吃干饭的。若能打胜了,报到皇上那里,是旗开得胜,地方官员也会对我们刮目相看的。"

吕贤基无奈,加之又是贤婿求战心切,只好勉强答应下来。

是夜,李鸿章与兵勇们待在一起,到二更之前不敢合眼。二更已到,李鸿章派出去的侦探回来报告说:"太平军几万人马都已睡觉了,站岗巡逻的兵勇也没有几个人,一个个也在打盹。"李鸿章大喜,指挥兵勇立即出发,亲自带队伍冲在前面。后面的人一个个都躬着腰跟在后面,大气都不敢出一声,恐怕弄出了动静。李鸿章初上战场,又是亲自指挥,心儿跳动得厉害。他捂着胸口摸到太平军大营边上。只见太平军将士们果然睡得很香,没有一丝动静,甚至能听到营帐内打呼噜的声音。李鸿章用手一招,后面的队伍跟了上来,一下子冲进洪秀全的大营。

可是,李鸿章的队伍刚刚冲上去,前面忽然一阵骚乱。原来是李鸿章的民团兵勇踩着陷阱了,冲到前面的人全部掉下去了。李鸿章一脚踩在陷阱边上,要不是一直陪伴着他的刘斗斋拉了他一把,他也掉下去了。已经落入陷阱中的人在底下哇哇大叫,是让竹尖子给戳住了。李鸿章心想,这长毛贼们也真是够厉害的,竟然在大营门前和周围布下了陷阱。他正想指挥自己的队伍转移,只听一声炮响,周围喊杀声阵阵,整个营地一片灯火透明。一个年约三十岁的太平军将领横刀立马出现在李鸿章面前,道:"大胆的李鸿章,早就听说你与我天国为敌,放着好好的翰林公不当,偏偏要打回老家来。我们太平军将士在这里等候多时了,就是要在你的家乡把你杀得人仰马翻,让你人头落地!"

说着,太平军这个将领挥舞大刀,一下砍了个正着。李鸿章只感到脑瓜立刻被劈成了两半,"啊"地大叫了一声。李鸿章这才从睡梦中惊醒……

李鸿章揉揉眼睛,嘴角还在神经质地抽搐得厉害,心儿在狂跳。他坐起身来发着呆,要不是妻子淑云闻声赶来,他还不知道自己是躺在刘斗斋的小床上睡了一觉。走出门去,来到青石铺成的院子中间,他仰脸一看,已是临近中午。淑云把午饭已经备好,本想还让他多睡盏茶工夫,听到他大叫一声,知道是做了噩梦,才上前去的。

　　肚子的确饿了,李鸿章却没有心思好好地吃一顿午饭。因为这时他才把整个事情回忆起来:昨晚连夜为岳丈吕贤基赶写了奏章,到下半夜写好,连夜送过去的。今早,岳丈必然上朝具奏,递上折子。那么,现在已是中午,早朝已过,岳丈大人把事情办得怎么样? 李鸿章还不得而知。他心急火燎地要去岳丈家中打听消息,但淑云硬是叫他吃完饭再说。所以,他只能慌忙扒上几口,嘴一抹便疾步而去。

　　岳丈吕贤基家住得不远,拐过一条小巷,再走不足两百米就到了。李鸿章心中焦急,这么近的路程竟还是雇车代步的。刚到岳丈家门前,忽听岳丈家里传出男女老少一片哭声。李鸿章大惊,以为他家出了什么大祸,竟是这般哭丧似的。他两步并作一步冲进府内,听得哭声来自岳丈的书房。其中还有岳丈本人的哭诉声,凄凄惨惨,听声音就很让人心酸。李鸿章心想:一定是岳丈大祸临头无疑了。他冲进堂厅,再由堂厅闪进耳房。岳丈全家人果然在此抱头痛哭。

　　李鸿章的出现,立即引起了反响:岳丈吕贤基好像变成了疯人一般,从太师椅上一跃而起,见了李鸿章如同见了仇人似的,乱跳乱嚷:"君祸我,上命我往;我亦祸君,奉调偕行!"李鸿章惊呆了,一句安慰他的话也说不出口,只是傻乎乎地、不知所措地望着岳丈大人。吕贤基四肢乱动着,活像狂欢节里一个没有化装的老丑角。这个丑角叫李鸿章看了很不开心,而且十分令李鸿章尴尬,几乎无地自容。他们可怕的举动和哭诉声令人毛发都竖了起来。再看他那布满泪痕的脸,还有那没有理顺的发辫及那双绝望的眼睛,让人感到他马上就要被绑赴刑场了。

　　吕贤基又把手指向李鸿章:"是你! 就是你鬼迷心窍,非让我递什么奏折不可! 这下好了,皇上下诏令了:立即赶赴安徽,回乡帮办团练。"说着,吕贤基又哭了起来,他是舍不得离开家人,还是舍不得离开紫禁城,或是怕此一去,永无返回的机会了,或许……李鸿章弄不清楚。感觉起来,都好像是他痛哭的原因,好像又都不是。

但诏令既然已下,吕贤基、李鸿章此时都没有退路了。吕贤基原来只是想表一表为国分忧、报效君王的一片赤忱之心,没想到那咸丰皇帝与吕贤基想到一块儿去了。皇上得知太平军闯入安徽,又冲进了江苏,惊慌失措,且在查问宫廷中的文武大臣,有谁是安徽人呢!正在这时,吕贤基一到早朝大殿,跪拜了圣上,就双手捧呈上了由李鸿章捉刀的奏折。咸丰皇帝其实只看了几眼,最多把后一段看清了,感动得落下泪来,亲自步入堂下,将吕贤基扶起,道:"爱卿虽然年迈,仍有如此报效朝廷之心,可敬可佩。朕命你出任安徽团练大臣,明日启程,快快上路吧!"

吕贤基万万没想到自己弄假成真了,在咸丰皇帝面前,当场老泪横流。他懊悔极了,但已铸成事实,只能用无声的泪水来代替语言。他还能说什么?李鸿章替他写的那份奏折就捏在咸丰皇帝的手中,那上面是白纸黑字,不容反悔,也不能反悔了。在天子面前,他不能自己打自己的脸吧,只好硬着头皮领命谢恩了。但这次回乡,那可不是闹着玩的,多少一线的朝廷命官已死在洪秀全大队人马的乱刀之下,吕贤基还能有什么指望?所以,他忍不住哭了起来。他哭,咸丰皇帝不知底细,也受到了传染,跟着落下了泪水。

吕贤基回皖,除李鸿章跟随外,还有刑部员外郎孙家泰、刑部主事朱麟祺等皖籍官员。咸丰皇帝一一准奏,不可怠慢。

李鸿章劝了一番吕贤基,岳丈大人才停止了哭诉,擦了一把泪水道:"其实也怪不得你的。你不替我写那份奏折,皇上一一查找,也会找到我头上来的。懊悔是懊悔了,去还是得去的,只恐怕一路上需要你多多辛苦了,回到安徽后也要你去见机行事,挑上重担的。我已老了,不中用了,只能挂名敷差,死马当做活马医了……"

说到这里,李鸿章打断了岳丈大人的话,道:"您老只管放心,有小婿在身边,苦的、累的、难的,当然有我去顶着,您只管放宽心。"

吕贤基又道:"我还担心你跟我回了安徽以后,我那可怜的女儿淑云怎么办?她可真正是一个好姑娘呀!……"说到这里,吕贤基控制不住,又一次哭出声来,而且越哭声音越大,劝都劝不住了。李鸿章正在束手无策时,父亲李文安听说皇上准奏,命吕贤基回乡,匆匆赶来了。李文安挺硬气,对吕贤基道:"有什么难过的?如此一哭,知情的容易理解,不知情的还以为你对皇上阳奉阴违了,一边递折子要求回乡办团练,一边又懊悔得死去活来,如此传到皇上耳朵里去了,看你吃不了兜着走!"

李文安这几句话果然厉害,吕贤基的哭诉声戛然而止。李文安这才好声劝道:"淑云那边你尽管放心。告诉你,我也准备打道回府,去合肥助故乡一臂之力。到那时,我会把淑云一块儿带回合肥去,让她堂堂正正地做我的儿媳妇!你看怎么样?"

"那就多谢了!"吕贤基说。

当天各自准备,收拾行装,约定次日动身,前往安徽。

吕贤基、李鸿章告别京城时,就已听说洪秀全的太平军包围了南京。是时金陵城内,千家万户及各处衙门里早已人心惶惶。许多人闭门不出已有多日,有些在北方省份有亲戚朋友可以投靠的,也已举家搬迁,逃难而去。太平军从水陆两路抵达南京,江面上、陆地上连接营帐数十里。水营自新洲戴胜关上游夹江泊起,一直到七里洲下游夹江泊止,船只挨着船只,一营挤着一营。洪秀全乘坐的"龙船"位居正中,旗杆最高,非常显眼。金陵周边的陆上营垒多达二十四座,每营数百人不等。营垒大部分用黄土、砂石筑起。除了二十四座营垒,还有专门建起的高台十多座。头戴鲜红方巾的太平军将士登上高台,向城中或逃散路过的百姓宣传太平天国的主张和太平军决不扰民的纪律,还不断号召清军将士缴械投诚。

清军方面也在紧张地调遣兵力。咸丰皇帝已下谕令:要江宁总督陆建瀛严防死守,保卫金陵;令钦差大臣琦善、直隶提督陈金阁、内阁大学士胜保等人统领直隶、陕西、山东、黑龙江马步各军,迅速赶往江宁,以缓解金陵之围。金陵的防守由陆建瀛统一指挥,陆建瀛也豁出去了,带兵在外城抵抗,而令部将祥原、副都统霍隆武率兵驻防内城。也就是说,此时的南京城内外,已筑起两道防线。

这陆建瀛身负重任,但却力不从心。他本是个文吏出身,长得也文质彬彬,身架单薄。坐衙门尚可,领兵打仗实属一个门外汉。洪秀全围城已经七八天,陆建瀛凭借城中少量武器、粮草勉强坚持了下来。但是,再往下防守,陆建瀛只能是面临弹尽粮绝。外援的清军还不见踪影,陆建瀛对天长叹:"天绝我矣!"

太平军为何围定了金陵,但还迟迟不攻城?原来金陵为六朝古都,历代防筑修缮,城池十分坚固。洪秀全一抵达金陵城下,就亲自登上西北的清凉山后察看,只见城墙高耸,城基为赭红色,内有大量河光石,系自然山岩凿成。中段几块突起的红色水成岩,酷似丑脸。城墙高达六丈有余,人力根本无法攀登。依山筑城,地势十分险要;另一面因江为池,得天独厚,故有"石城虎踞"之称。环绕金陵的这些城墙,不仅高大,而且厚实,最宽处达三十七八丈,多系大条石和巨砖灌石灰糯米浆筑成,极为坚固,而各处城门,都是瓮城,前后四重,每道墙正中只留一座拱门,各门除双扇大门外,还有可以上下启动的千斤闸,说是千斤闸,其实千斤何止?首道城门就有三层千斤闸。在城门的底层外围还筑有共十个藏兵洞,内部结构复杂,规模宏大,为全国罕见。洪秀全的太平军若要死攻硬拼,难如登天。

杨秀清、石达开等早已指挥将士开挖地道,从太平军营垒一直挖到城墙内围,挖出的泥水再筑成营垒。到太平军抵达金陵城下七八天后,已有数处地道直达城内了。炸药也已经放了进去,只等一声令下,引爆炸墙。这日午夜时分,从南门内城突然跑来千余名和尚,人人身披袈裟,手持盾牌。他们好像要冲出城外,去逃命似的。守护城门的清兵哪敢开门让和尚结队而出?上前拦住,不让出城。和尚们蜂拥而上,与清兵纠缠争吵。大量守城清兵上前劝阻,不料和尚们蓦地从身上摸出短枪,一对一地向清兵开起了火。那些清兵尚未反应过来,就一个个饮弹倒下。和尚们打开城门,迎太平军进城。埋在地道里的炸药也一处处引爆了,天崩地裂一般,把那些号称"石城虎踞"的古老城墙炸得砖石乱飞,砸死清兵和百姓无数。

陆建瀛统领的外城将士一见城墙被炸开,太平军人喊马叫地冲进金陵城外城,根本抵挡不住了,下令撤回内城。石达开指挥的先锋敢死队冲在最前面,与撤退的清军只一箭之遥。石达开命令紧追不舍。清军都统富明阿率残兵败将刚刚逃进内城,正要关闭城门时,太平军已挤入内城。大门关不上,富明阿见内城又陷,策马狂奔,去报告早一步入了内城的陆建瀛。陆建瀛正跪在大堂之上对佛像焚香磕头,富明阿仓皇上前道:"大人,你还拜佛吗?正是这些和尚与太平军里应外合,才使得整座金陵城失守了!"

陆建瀛惊呼道:"坚持住!再过三两日,援军必到……"话没有说完,耳听得督衙门外已是喊杀声阵阵,枪炮声四起。陆建瀛带上妻子张氏随富明阿从后门逃奔而去。

这是咸丰三年二月十一日,即一八五三年三月二十日,洪秀全的太平军分别从南城聚宝山、水西门、旱西门大举入城,并破了内城,清军及百姓死伤惨重,总计达四万多人。大量尸体抛进滚滚长江之中,这古老的大江百余里水面顿时染成了红色。江宁将军祥厚、副都统霍隆武等人也未能逃脱于乱刀之下。而从太平军围城到占领南京,共计不过十二天。洪秀全要营造金陵小天堂的梦想实现了。攻取南京,太平军共得洋枪两万余支,白银六十万两,另有城内城外清军将士三万人投降了,使太平军威声又一次大振。

占领南京城的第二天,洪秀全召集检点以上的大员开会,显得异常激动,说:"我太平军自金田举义不过几年,以最初几千人对付庞大的清军围追堵截,到湘南扩军时已有五万兄弟踊跃加盟,至长沙攻城后,竟得十万之众。不久东出湘岳,已聚有十五万大军。攻陷武汉后,合计达五十万人马。而今一路扩兵,不久前到安庆已增至七十万。攻陷金陵,男兵已达八十万人,女兵有三十万,共计大军超过一百一十万人,真正是百万将士,今非昔比。众将士一路斗志昂扬,劳苦功高。朕应予金银犒赏,封官加爵,此当慢慢议定。如今金陵归我,而此城又系历代王气所钟。朕意欲就此建都立鼎,不知各位意下如何?"

抢先发表意见的是杨秀清,道:"弟意本欲攻取长安。因长安为历代帝王建都之地,重关叠险,可以久守。然后分兵四川,掌握险要而图全国。这是最初的想法。后来见天王决定南下东上,弟又想在河南建都。可是,昨日又听得我军水师们讲,河南水少粮缺,地平无险,若被困中原,则四面受敌。今已攻取金陵,见这里拥有长江天堑,城高池深,民富粮足,正是天国建都的好地方。幸与天王不谋而合,我看就这样定下来吧!"

杨秀清在太平军中权大势重,当然的二号人物,他最后这句话一经说出,其他将领便不敢多言了。唯有洪秀全的军师钱江犹豫了一下,还是讲了几句:"我的本意,是主张北伐,慎选可退可守的地方建都定鼎。纵观古今,定都决策的正确与否,关系重大。今天王等已决定建都金陵,我应从之。但镇江、扬州一带还是清军老巢,安徽庐州一带又系金陵的后方,不得这些地方,天朝大业难成。故应马不停蹄,从速乘势攻取,以此切断南北清军,隔开南粮北运的通道,使之连成一片,以固我天朝根本。"

钱江话刚落音,没等洪秀全表态,杨秀清就起身道:"军师之言确为高见,就这么办吧!请问诸位将领:谁敢率兵即刻攻取镇江、扬州,慢慢再谋取皖中庐州一带?"

众人闻此面面相觑,过了好一会,才有林凤祥起身领命。接着,罗大纲、李来芳、曾立昌等将领自报:愿随林将军一同前往。人选就这样定了下来。杨秀清没忘记请洪秀全发令。洪秀全允准,有关将领各自回营准备,择日开拔。

会上,洪秀全按照杨秀清的建议,把金陵改称为"天京",把陆建瀛的总督衙门改建为天王宫。又选择原金陵城里的一些知名大宅分与各位要员。

这天王府是南京城里最大的一处建筑,位于现今的长江路。洪秀全定都南京,对这清王朝设在南京的总督衙门并不满足。会上确定设立天王宫时,洪秀全又立即下令招募工匠,大兴土木,对此进行扩建与修缮。建成后的天王宫,有城两重,外城太阳城,最南为照壁,内设一排旗杆,有牌楼、钟鼓楼、天父殿、下马坊、御河、朝房等。外城多为新建项目。内城"金龙城"是一个总称,内分金龙殿,穿堂二殿、三殿。内宫七出八进,宫后筑起高台,四周为宫墙。这内宫后面建有一处林苑。除此之外,又在大殿东西两侧各建花园一座。大殿内气势恢弘,设暖阁、穿堂,非常豪华。洪秀全十分欣赏西花园中那一只石舫,这石舫建在水池正中,其上修有亭阁。洪秀全住进天王宫后,经常在这里召集会议或与女官们嬉戏。

杨秀清的官府地处瞻园路,整座建筑也十分气派。内建有戟门、前厅、后厅、工字厅等。其西部为园林,占地面积仅次于天王宫。

入了王宫,洪秀全像是完全变了一个人似的,穿上了龙袍,坐上了御座。他入天王宫的第一件事就是制定官制:以天王位最高,统摄天国一切军政要务。封杨秀清为东王、石达开为翼王、韦昌辉为北王等等。王位之下,设立丞相,有天官丞相、地官丞相、春官丞相、夏官丞相、秋官丞相、冬官丞相等名目。这些丞相兼理文武之职。而专任武职的叫做天将,有三十六检点及七十二指挥。天王宫和东、南、西、北、翼各王府中设立女官,分别担任宫府之中的女薄书。

几天后,洪秀全又一次大集群臣开会,各臣、将以职位高低入座。洪秀全重申天条法律,道:"朕已建都立鼎,今后朝仪设立君臣座位,免去一切跪拜礼仪。要求发言者起身以示,方许开口讲话。如今,国有个国法,西方国家有戒条,朕的天国有天条。这就是,蓄妾有禁,买娼有禁,缠足有禁,鬻奴有禁,吸鸦片有禁。凡天京城内军民,自今日起分为男行和女行。男人归男馆,女人进女馆。城中男人除参加太平军外,有手艺的编入各处匠营或百工衙,从事各类手工生产;女的编入女营和锦绣营,为我天京军民纺布制衣。太平天国设立天朝圣库,以此总管全国公有财产,废除一切私有财产;所有军民不得私藏私带金银财宝,一律上缴天朝圣库,登记造册,集中使用,统一配给。一经查出私藏私带财物者,斩首示众!……"

会后,钱江等留下,向洪秀全建议道:"废除私有财产是我天朝战事之必需。但令军民分文不藏,既不现实,也不利于偶尔性的单兵行动。另外,有罪也未必都斩首示众,可视其情节轻重,重则斩首,轻则鞭笞就是了。"

洪秀全一听言之有理,遂下令改为:"允许每人可拥有私钱五两,超出者有罪,按情节论处!"

由此开始,天京内一切衣食全由天朝供给,主食米粮以足食为原则。凡从事体力劳动的男人每天一斤半粮食;轻体力男人同女人们一样,每天一斤粮食。副食则有肉类、蔬菜、油盐,按官职和劳动强度不同。譬如说总制一职,每人每天可享用半斤肉类。一般人的衣服是由圣库发给的,官员们的服装可根据统一样式,由个人用公款自行备制。

洪秀全建都后,又增设了一些新军种,有金匠营、金靴营、镌刻营等;为保证生活而设立了舂人衙、宰天衙、豆腐衙、酱人衙、醢人衙、茶心衙、天茶衙、典织衙、国帽衙等,供给军民吃与穿。

天京城里还出现了许多牌屋馆,专门收容老弱病残之人。这些牌屋馆集中在东城和北城,总共收容了七八千人。这些人多数从事守馆房、清扫街道、拾字纸等轻体力劳动。

最重要的一项政策要算是洪秀全的《天朝田亩制度》，他诏令曰："天下皆天父上主皇上帝一家……凡天下田，天下人同耕……"意思是所有农民均可得到田地耕种。怎么分田分地呢？《天朝田亩制度》规定：首先按单产多少确定优劣地段，分给每户时优劣兼半。"凡天下每一夫有妻子女约三四口或五六七八口，则出一人为兵，闲时为农，战时为伍。"

天京的局势就这样初步稳定下来了，他自己也拥有了一处养尊处优的天王宫。扩建修缮后的天王宫雕龙刻凤，金碧辉煌。洪秀全把向南开的大门叫天朝门，门扇用黄缎裱糊，绘有双龙双凤，金涩兽环，五色缤纷，侈丽无匹。

天王宫四面大门外，都飘飞着黄绸十余丈，朱笔大书，字径五尺，其上写着："大小众臣工，到此止行踪；有诏方准进，否则雪云中（即杀头之意）。"每个大门两旁，均建有东西厢房两处，内外各三层，也非常宽敞漂亮。朝房门外用红黄两色绸缎绉扎成彩棚一座，风雨任其淋漓，月余更换一次。

天王宫周围新开了一条人工河，宽深各两丈，洪秀全称之为"御沟"，上横三桥以通往来。过桥一里，砌一个大照壁，高数丈，宽十余丈。照壁正中建高台，名曰"天台"，是专供洪秀全登台谢天所用，其他人不准攀登。离天台几丈远的地方又建成了一座两层木牌楼，左边写着："天子万年"；右边刻的是："太平统一"。

天王宫是天京的中心，天朝大庆，昼夜鼓乐齐鸣，鞭炮声四起，如同过年一般。

洪秀全常居龙凤殿，大殿上面悬着一块巨大的匾额，上刻"龙凤朝阳"四个金光闪闪的大字。旁边龙柱上有几副对联，其一是：

    虎贲三千，直扫幽燕之地；
    龙飞九五，重开尧舜之天。

另一联是：

    拨妖雾而见青天，重整大明新气象；

扫蛮氛以光祖国,挽回汉室大江山。

第三联是:

惟皇大德日生,用夏蛮夷,待驱欧美非澳四洲人,归我版图一乃统;

于文止戈为武,拨乱反正,尽没蓝白红黄八旗籍,列千藩服千斯年。

第四联是:

先生本仁慈,恨兹污吏贪官,断送六七王统绪;

藐躬实惭德,仗尔谋臣战将,重新十八省河山。

一段时间以来,洪秀全几乎全然不顾前方战事了,概由东王杨秀清号令各军。这日,他头戴紫金冠,前后垂三十六旒;身穿黄龙袍,龙袍上盘绣着五爪金龙。他身材不高,但却浓眉乌须,坐着一顶由三十六人抬着的轩舆,朱伞黄幄开路,后随数十个锦衣侍卫护送,十几个年轻貌美的女官挽扶在轩舆两侧。轩舆被抬上了龙凤殿,两旁早已站满了文武百官,大家屏声无息,恭迎洪秀全上殿。

洪秀全升了御座,他要以"皇上帝"的名义颁布一道圣旨。这道圣旨已在他心中考虑了多日:眼下妻妾成群,前呼后拥,得有一个整肃后宫的方案!

方案规定:在他的天王宫中,男理外事,女理内事。后宫妻妾姓名、位次等,永不准任何男人谈及,更不准所有男人与后宫妻妾们会见。这道圣旨让后宫嫔妃们暗暗叫苦:这无疑是让女人们饱受禁锢、与世隔绝。只有他洪秀全一人泡在香柔堆里。

洪秀全从此极少露面,有关天王宫里的种种传言也接踵而至。有人说洪秀全嫔妃已有七十二人之多,天王已整天沉于酒色之中。甚至有人传言,洪秀全因纵欲过度而死去了,所谓天朝天王只是用以稳定人心的一种欺骗。

对于这些传闻,洪秀全自然被蒙在鼓里。其实,他深居简出的原因是由于他正在潜心创作一部《天父诗》,旨在于为他的嫔妃们制订一系列熟记好背的清规戒律。其中曰:

　　服侍不虔诚,一该打;
　　硬颈不听教,二该打;
　　起眼看丈夫,三该打;
　　问王不虔诚,四该打;
　　躁气不能静,五该打;
　　讲话极大声,六该打;
　　有喙不应声,七该打;
　　面情不欢喜,八该打;
　　眼左望右望,九该打;
　　讲话不悠然,十该打。

《天父诗》一出,后宫嫔妃们便有事干了,整天成群结队在那里死记硬背,洪秀全时不时地逐个盘查熟背情况,背不了的,免不了一顿体罚。

后宫下了力气整治得令洪秀全满意了,但宫外却仍然谣言四起。有人说天王宫中又挑选了八十八名美貌女子入宫了。还有一位外国游客打听道:"天王宫只许女子居住,共有女子千名。"但是,无论你在宫外怎么传,洪秀全身处宫中,只能听到一个声音:好!

这日,有好事者向洪秀全禀奏:"天王呀,不得了啦!自从进入金陵建都以后,各王府都妻妾成群了,有些公开去女营中强抢,就连顶天王秦日纲也终日安居内室,贪恋女色,一概不问军政事务。一次清军兵临城下,满城慌乱之际,他依然在拥香而卧呢!"还有人向洪秀全密传:"东王杨秀清患有眼疾,据医生诊断,只因色欲太重,引起肝肾两亏所致……"

洪秀全倒并不以为这是人们在有意借此提醒他自己。对于怎么管束他人,洪秀全向来十分用功。他听得这些消息,又好几天闭门苦思,想出了一个章法暗自向各王府传令,对妻妾之事做出如下规定:一等王,娶王娘一人,贞人二十人,随身女使四十四人;降一等官职,减贞人二人,女使四人。以此类推。一品官员可娶贞人一人,随身女使十人。不入品的有职位者,可娶贞人一人,女使一人,随身女一人。

洪秀全此令一出,高兴者有之,不悦者有之。原来尚未正式娶妻纳妾的或已娶妻纳妾但人数尚不达规定者,为之欢欣鼓舞。反正都是天朝圣库养活人口,不用自己为女人们的生计发愁,便一窝蜂四处寻找美女入府,置办得热热闹闹。一时间,天京城里到处都有娶妻纳妾的鞭炮声。

东王杨秀清对天王的诏令极度不满了。进入金陵后,他已下力气将东王府装备得与天王宫不相上下,府中内藏年轻女人数百名。按照洪秀全的规定,他还必须大批精简自己的女人。因此,杨秀清暗自揣度:洪秀全这一招是针对他杨秀清的。杨秀清思来想去,决定也假借天父下凡,治一治洪秀全。

这天,机会终于来了:洪秀全因一件小事在后宫对一个小宫女大打出手,把可怜的小宫女弄得死去活来。洪秀全脾气十分暴烈,入宫后,已有相当多的臣属和后宫女人遭受他的毒打。

杨秀清暗中探得此事,立即派他的传令官前往天王宫。此时洪秀全正在后宫休息,传令官道:"东王已天父附身,令二兄火速前往东王府,聆听天父教诲!"

洪秀全一听说"天父"二字,不敢不快快赶去。前呼后拥地到达东王府后,只见杨秀清果然如同自己以前一样,端坐在太师椅上,微闭双目,好似已经入睡了一般。

杨秀清从眼缝里看到洪秀全立在一旁,道:"天父要我传令天王:天父就是我,每事必有我做主。昨日,天父得知你又在后宫无故惩罚宫女,而且日日虐待妻妾,十分气恼。令我以天父的名义,杖责天王秀全四十大板!"

洪秀全一听,知是杨秀清假传什么天父的旨意。因为这一套都是他洪秀全玩剩下来的。孰料如今让这杨秀清学了去。但他心中明白,当众又不敢不听。否则,他日后还怎么让人相信"天父附身"的神话呢?

他吓坏了的是杖责四十大板。那还不把他打个皮开肉绽?所以,他连忙屈膝跪下,连声道:"兄已知罪,兄已知罪,再也不敢了!你就奏请天父免了为兄杖责之苦吧!"

杨秀清阴沉着脸说:"岂可不按天父训诫办理?我已请求过天父了,杖责四十,是万万免不了的,弟也无奈哩!"说完,就令身边两位打手,挥起长杖,将洪秀全一五一十地打了下去,直打得洪秀全喊爹求娘,差点儿昏死过去。

打完以后,杨秀清仍正色道:"为君者常多恃其气性,经常不采纳臣谏。忠言逆耳,而你却一意孤行,不能以身则,须立即改正才好哩!"

洪秀全担心杨秀清还要往下使手段,为了好汉不吃眼前亏,连声谢了又谢,道:"自今以后,兄每逢大事,必要与弟商酌,绝不敢私自做主,请天父放心!"

杨秀清正是要他洪秀全这一句话,听了暗自得意非常,令洪秀全回宫后闭门思过。洪秀全吃了这个哑巴亏,有苦说不出,悻悻而归。

次日,杨秀清就不是天父了,而还其本来面目,故慌忙去天王宫登门谢罪,见了洪秀全道:"昨日杖责天兄,实非小弟本意。天兄您本无大错,其过错在于小弟无力为天兄承担,所以才让天兄吃了些皮肉之苦……"

洪秀全估计到杨秀清会来认罪,打断他的话,道:"自金田起义以来,弟等拥立我为天王,你为正军师中军主将。这就是说,你与前军主将萧朝贵、后军主将冯云山、右军主将韦昌辉、左军主将石达开等,统统受我的指挥。就金田起义前后来论功排座次,你本应在冯云山之后,而云山高风亮节,将第二把交椅让与你坐。我也是赞同的。此后在桂平茶地调兵的诏令中,我特意为你加了一行说明:今后宜听你杨秀清将令。攻克永安州后,朕在铺排东、西、南、北、翼五王诏令中,又重申:'所封各王,俱受东王节制!'所忆述这些,无非说明:我身为天兄,对你向来是高看一眼的。几年来,我实际上已把重权交与你行使了,不知弟以为然否?"

杨秀清听了这些话,知道洪秀全在心中不愉快了,面起羞色,道:"小弟心中感激不尽。自打起义以来,天兄待我如亲兄弟一般,我当然心中有数。但小弟所作所为,自认为一切都在为天兄考虑,全力扶主,合力打下江山,从来义无反顾,坚守破釜沉舟的决心。故弟如有什么不妥之处,于心是为天兄着想的,谅天王也能体悟,不会计较得失的。"

这一番交谈,还算得推心置腹,结果也达成了共识:共创天国大业,全力加固天京防守,及早开辟江宁、安徽后方,拓展天朝土地,亟待抓紧进行。具体由杨秀清全权决策定计,尽快见效。

从这次谈话以后,天京城里气氛变了:大街小巷,到处是各营紧张操练的场面。四处城墙及内城各街口,都在建造能守能攻的望楼。这种望楼一般高有五丈,最高的七八丈,将士们在楼上可以看得很远。望楼上设大鼓一面,有人昼夜看守。如发现东方来兵,则在望楼上麾青旗一面,如南方来兵则麾红旗,西方来兵麾白旗,北方来兵麾黑旗;如需城内出兵则竖起一面黄旗。同时可以在望楼上吹海螺,由城外传至城内,传到各王府、各兵营。各王府、各兵营出兵,一律看北王府的指令信号:如需调北兵之兵赴东门帮同拒敌,则北王府门前的更楼上就悬起黑旗;如调南门之兵赴东门支援,则北王府麾红旗……

天京城内还贴出告示,另立"九通鼓"办法:一闻城外吹号角报警,定是清军来犯了,各兵营就必须做好战斗准备。这时再听北王府首先击鼓,这是一通鼓。二通鼓就是必须立即赶往北王府听令;三通鼓则是遵照命令分出各门应战;四通鼓则是各馆、牌、尾并各书使也必须起身备战;五、六通鼓则是要各馆姐妹们也必须起身参战;八、九通鼓亦同二、三通鼓办法一样,违者不贷。

如此紧张备战,加紧练习,天京城里搞得轰轰烈烈。经洪秀全批准,杨秀清下令在天京周围的太平军占领区,广泛建楼设垒,兴造军营。一处处军营不仅建得坚固宽大,而且还内通外连,暗设机关。除加强值班警戒外,还编了一些易于上口的暗号,以防止清军突然袭击。最大的一个军营当数聚宝门外的雨花台军营。它地势险要,工程浩大,营中有望楼一座,与其他望楼呈呼应之势。雨花台其实就是天京城南一个高约三四丈的山冈,冈上因盛产五彩鹅卵石而得名。又传说六朝云光法师据此讲经,感动了天神,落花如雨,故称雨花台。其实这种石子均来自长江上游,日积月累而成。南宋抗金英雄杨邦义,金兵诱降,他骂贼不屈,在雨花台上被剖腹殉难,留下了可歌可泣的事迹。太平军也借雨花台大做文章,把它建成了一座对天京城安危举足轻重的特大营垒。

太平军在殿左王指挥唐正才的率领下,大大发展了水营,还设立了一个造船厂,已造成兵船上万条。

仅几个月里,洪秀全的太平军在金陵城里渐渐扎下根来。到咸丰三年二月二十二日,即一八五三年三月三十一日,太平军殿左一指挥罗大纲、木一总判吴如孝率兵进攻镇江、扬州二城,三日后全部得手。太平军队伍大了,地盘也在扩展,洪秀全甚为高兴,只管养尊处优,在天王宫里享他的清福了。

然而他却不知,就在他乘坐龙舆,登上雨花台纵目观景的时候,清军方面大批将士已云涌而来。钦差大臣向荣、帮办军务许乃钊、提督苏布通阿、总兵和春等在太平军攻克镇江的同一天,已率清兵万余人马驻扎了孝陵卫。孝陵卫地处金陵城东部的钟山南麓独龙阜玩珠峰下,原是明太祖朱元璋的陵寝。洪武十四年开始营建,次年葬入马皇后。马皇后谥号"孝慈",故名"孝陵"。洪武十六年完全建成,朱元璋死后葬入。殉葬宫人十余名,从葬嫔妃四十六人。向荣在这里扎下大营后,从下马坊起,到神烈山、大金门、红门、西红门、四方城、石刻止,全部搭建起了营寨。向荣走过长约两里地的神道石刻,又登石桥,经过正门、碑亭、享殿、方城等,到了廊庑。这儿有各式建筑三十间,门外有御厨,左有宰牲亭,右有具服殿。向荣就在这里住下,建立了自己的指挥中心。

清军另一路由钦差大臣琦善等统领吉林、黑龙江等各路人马由安徽滁州经浦口抵近扬州。琦善在扬州城郊的邵伯埭、帽儿墩、雷塘集等处扎下大营,兵勇数万人,基本上从三个方向把扬州城包围了。

向荣因孝陵卫地处江南,故名"江南大营"。琦善在江北,故名"江北大营"。一场鏖战就在眼前。

太平军谋求安徽,发展天京后方,此时也将面临他们的劲敌:吕贤基带领李鸿章、袁甲三、孙家泰、朱麟祺等清廷官员已抵达安徽宿州。在宿州的兵部侍郎、皖北团练周天爵备下酒宴,犒劳吕贤基、李鸿章等人,为他们接风洗尘。

酒桌之上,吕贤基无心饮酒,周天爵频频相劝。李鸿章代为还酒,道:"我等星夜就道,奉皇上之命赶赴安徽,还望周大人多多关照,尽早派下差事,举办团练要紧!"

周天爵道:"李翰林所言极是。我奉廷旨署理皖抚,实属心有余而力不足。安徽地盘大,兵力少,能率兵打仗的部将更是少得可怜。安庆被太平军攻占后,省衙只有移至合肥。但宿州一地特别重要,又不能不管。合肥离宿州又是那么遥远,鞭长莫及,正所谓顾得头,便顾不了尾了。吕大人、李翰林你们来了,我是打心眼里欢迎,皇上也正是雪中送炭,军机事务,便只有仰仗你们了。你们可先在宿州休息几日,走走看看。过几日,我们再坐下来研究,分头行动,操办正事。"

几天后,一道圣旨飞马送到宿州,咸丰皇帝诏令:改派李嘉端为安徽巡抚,命周天爵以兵部侍郎衔在安徽办理防剿太平军事宜,并命吕贤基会同周天爵、李嘉端及早办起团练。咸丰皇帝想依靠这三大要员形成支柱,"靖寇氛而固疆圉",共同携手合作,稳定安徽局势,牵制太平军兵力。咸丰皇帝想得看似周全,这吕、周、李三大员也不敢推辞,领命谢恩了。

接了圣旨以后,李鸿章心中有些隐隐不快。如今一片火热的心肠回乡帮办,咸丰皇帝竟然从未提及他,好像根本就没有李鸿章这个人似的。他坐在客栈的房间里生闷气的时候,同是正七品的袁甲三踱入了他的房间,一看便猜中了李鸿章的心思,劝道:"李翰林呀,你我都不要生闷气。在皇上眼里,我们都还是芝麻小官,只是追随吕贤基大人,来安徽随营帮助杂务的。你岳丈吕贤基是头,而我们随他回来,只是他的一个随从。皇上下达诏命,布置军政要务,自然不会提及我们。要想一展才华,在皇帝面前争得头脸,只有在下一步先干起来。干出名堂了,皇上认不认这个账,也由不得他了!"

袁甲三这话,鸿章听得入耳,一拍脑袋道:"哦,看来我还没有调整好情绪,摆正自己的位置。多谢老兄提醒了。"

李鸿章想通了。袁甲三却长吁短叹起来。李鸿章从自己对他的短促的一瞥中,也看出了袁甲三心中藏着抑郁。他冷落的面孔中深锁着焦虑与不安。在李鸿章的一再追问下,袁甲三说出了自己的焦虑所在。

他说:"太平军队伍已逾百万之众,且都是集中在江宁、安徽、湖北、江西这一带。主要是江宁和安徽。从长远计,安徽比江宁一带军务更为吃紧。因为洪秀全既然已经在金陵建都,金陵便是他的老巢了。朝廷的主要力量当然也会集中在江宁一带,要设法破了他的老巢。安徽呢?其重要性就远不及江宁了。朝廷只会在顺便之中,顾及安徽军务,钱财物及兵力的投向,都不会重点考虑安徽。此为其一……"

他略微犹豫了一下,又道:"其二是皇上现在所依靠的三大员。恕我直言,这三大员都不是领兵打仗的料,包括你岳丈大人在内。你看看这三个人吧,周天爵已是一个体弱多病、行将就木的八旬老翁,屁都快放不动了,一有紧急军务,他能干什么?他虽办理全省防务,但在皖北常住,合肥及合肥以南广大地区,他根本就无心顾及。那些地方他也不敢去,因为合肥一带才是太平军最为活跃的地区。再看吕贤基大人,虽然一片热心肠,人也极聪明,岁数也不算太大,但到了安徽,他只能是书生谈兵,与实际情况始终有一段距离。对周天爵来说,你吕贤基纯属初来乍到,吕贤基老家在旌德,对皖北,对合肥一带也不甚了解,人生地不熟。因此,在现实方面,必然不如周天爵办起事来顺手。但他既为大臣,就不能不管。一管,与周天爵的麻烦就出现了。还有一个是新任巡抚李嘉端,倒是年富力强,血气方刚。据我的观察,此人锋芒太重,且不善思考。他与周天爵这个老翁定不会合作愉快。信息不通,呼应不灵,三大员怎么办?如今这三人都是平起平坐的,谁也管不了谁,谁也帮不了谁!更可怕的是,他们不仅不会互相帮忙,而且很有可能会互相拆台。为什么会这样,毛病就出在三帅并立这一点上。三大员谁也不受谁的管束,必然是事权不一,各争雄长。而安徽目前呢?都已是兵临城下了,且门户又如此众多,纵使他们三大员不计权欲,真诚相帮,团结一致,也很难抵抗如此强大的贼匪之兵。所以,依我的估计,至少在目前,我们是凶多吉少呢!"

李鸿章听了袁甲三的这段分析,思路上清晰了许多,打心底里佩服袁甲三的见解,李鸿章正想夸奖一下袁甲三,扭头一看新任巡抚、三大员之一的李嘉端从门前走过。李鸿章立即起身,将本来不准备进来的李嘉端迎进屋里来了。由于李鸿章、袁甲三毕竟是京官回乡,李嘉端也十分注意礼貌,相互间客套了一番,便坐下来喝茶、说话。

李嘉端道:"李翰林才华出众,在家乡安徽一带,是大名鼎鼎的。本人早有耳闻,不想今天同受皇上派遣,撞到一块儿了。还有一点有幸,我与李翰林同出一宗,都是一个'木子'李,如今同宗便是一家人,一家人就不要说两家话了,今后还望李翰林多多指点。"

李鸿章道:"下官能攀上李大人,心中喜不自胜。下官系初来乍到。合肥虽是我的故乡,但很早就离乡入都,在京师里混至今日。如今人是回来了,但故乡可能不认我了。少时的同窗友人,已早无音讯,料也各奔东西了。在京都里,日日思念故乡,正所谓'举头望明月,低头思故乡'。但此次回来,并非是回乡探亲,而是正置危难之时,鸿章我必然是人不像人、鬼不像鬼的,无脸拜见各位地方大人。所以,要说关照,那小弟倒正要求李大人关照一二哩!小弟决计听从李大人派遣,尽力而为,把团练办起来。"

李嘉端并没有在意李鸿章讲的那些客套之言,只对后两句话稍加留心,频频点头,听到耳朵里去了。此话也算说上了正题,因此李嘉端开始诉苦了:"作为一省巡抚,我所管辖的省份可以说是多灾多难的。你们或许还有所不知:这么大的安徽,并非是长毛贼们一家在此兴风作浪。说出来你们可能不信:洪秀全的长毛贼,眼下并不十分可怕。可怕的倒是安徽各地其他土匪啸聚,各乡、各庄都有,少则几十人、数百人,多则数千人、上万人。官府是一股甫平,另一股又起,顾得了东边,顾不了西边。而在我省可以动用的兵力有多少呢?总共不过四千人,分散各地,又都是各自为阵,只顾看自己的门户,调遣困难。像合肥这座城池,也只有五十余名守兵,东、南、西、北门,每门分不到十人,怎么去抗击贼匪呀?兴办团练的确是当务之急。你们回来帮办团练固然是好事,但此事亦难。我未来任职之前,全省已招募了一千多名乡勇,这些乡勇不仅年岁偏大,体质不支,而且器械不齐,难以上阵参战。由于招募的是乡勇,朝廷不给军饷,要各地自筹。地方上哪有银两呀?所以,你们办团练,将要面临许多困难。鸿章贤弟说到要听从我的派遣,那我也就不客气了。我知道鸿章是合肥人氏,故待我与吕大人、周大人商议以后,就请鸿章先回合肥协办此事吧!不知贤弟意下如何?"

李鸿章正想回合肥,那儿有他的亲人们都在城南。人已回皖几天了,还没有见着他们任何一人呢。李鸿章起身谢过李巡抚,然后恭送李巡抚出门了。

次日,岳丈吕贤基来找李鸿章,道:"我们三人商量妥了,你随我一起去合肥吧。合肥兵勇奇缺,此一去不知是凶是吉,一切就要靠你支撑了。我已是一把老骨头了,不中用了,只能为你掌掌舵儿,你须好事多磨,切不可急功近利,也不要过分顾及我的安危,只管干你自己的事情。有一条必须注意:当地土匪四起,推过去了,他们就是土匪,就是我们的又一个劲敌;拉过来了,我们就是伙伴,就是可以利用的盟友。我已想好:对他们宜拉不宜推,拉过来壮大我们的队伍,定有益处。"

这一回该要轮到李鸿章来大显身手了。晚上,他陪岳丈在宿州冷清清的街头散步,聊一聊到宿州后的对策。黄澄澄的月儿,像缀在深蓝色夜幕上的一面铜镜,照着他们脚下的石板小路。在故乡这块古老的土地上,他是兴致勃勃地回来的。但很快,李鸿章又愁肠百结了。月光下,他面向南方祈祷上苍:"保佑我李鸿章旗开得胜,一路顺风!"

可是,不知为什么,李鸿章越是祈祷,却越是感到心惊肉跳。袁甲三分析的那些情况、李嘉端所诉的苦处、岳丈大人的抑郁以及洪秀全势如破竹的声势,又一一浮现在眼前。正如袁甲三所言,太平军还没有扫荡到合肥,但捻匪却早已遍地都是,那才是可怕的。对于捻匪,他到宿州后就有所了解了。他们自称捻党,又称捻军,安徽一带百姓们都称之为"捻子"。这捻子没有太平军的时候就有了,是清朝嘉庆年间以来,活动在安徽淮河流域广大地区的一种秘密的民间武装。人多的叫"大捻",人少的叫"小捻",横行乡里,与太平军一样,矛头直指清廷,也叫着要铲除赃官,杀富济贫。捻子中流传一个故事说:当初孔子带着门徒到处游说,有一天被困在陈、蔡两个诸侯国之间,好几天也吃不上饭。所以,孔子就派他的学生向范丹借粮食。这范丹也是个穷苦人,自己肚子都吃不饱。但他为了救孔子一命,毫不犹豫地把家中仅有的几把米拿出来借给了孔子。后来孔子做了官,拥有了吃不完的粮食和用不完的家产,却不承认范丹曾经借给他粮食,把账赖掉了。捻子队伍里的人都说,如今当官的人都是孔子的后代,而捻子们都是范丹的后代。他们起来反抗官府,就是范丹的后代向孔子的后代讨还旧债。

李鸿章在宿州听说这个故事,哭笑不得。又听说这些捻子们经常云来雾去,在安徽凤阳、颍上、泗县、蒙城、亳州、寿县和庐州地区神出鬼没,从事抗粮、抗差、吃大户、杀富济贫等活动。这些人多为农民、盐贩、船夫、渔夫、饥民和无家可归者。他们完全没有明确的政治纲领,随心所欲的成分很大,想抄了哪家就抄了哪家,想杀了谁就杀了谁。他们往往几十人或几百人为一股,谓之一捻。各部分自号为捻,很不统一。各部分首领通称捻头或趟主。他们居则为民,出则为捻。白天,他与你面对面有说有笑,晚上,他把那蒙头蒙脸,只露两眼的帽子一戴,把你家的钱儿粮的抢了,你还不知系谁所为。

在宿州,李鸿章亲眼见到一个被砍断了双手的财主。这财主在庄上为人处事恐怕也太心狠了一些,有一天,便被捻子们收拾了一下。说是那天,他正在家中睡觉,突然有人敲门,说他老婆在庄外偷汉子,这会儿正在干哩!让他迅速去一趟。他也搞得昏了头,就真的跟来人去了。离庄子不远的地方,有个石头岗丘,岗丘上面横七竖八地长了一些树木,岗边上有一个石洞。他定睛一看,洞里果然有些动静,还隐约听见了他老婆"哎哟、哎哟"的声音。他顿时火冒三丈,脱口骂了一声:"臭不要脸的!"径直冲进洞去。一进洞里,他傻了眼了,此时并非他老婆在偷汉子,而是几个看不清面孔的汉子把他老婆捆绑在一块大石头上。汉子们见他进了洞,飞身上来,一个按头,一个按身子,把他摔了个狗吃屎。他被两个大汉骑在身上,一点不能动弹,眼前还有自己的老婆在那里痛苦地呻吟着。

大汉用拳头雨点般的砸在他身上,边打边抽出一把大刀,将他两只手按在石头上,一刀下来,又是一刀,把他的两只手砍掉了。他痛得死去活来,喊爹叫娘,却仍然不放他走。又一个汉子抓了一把细沙子,往他眼里一揉,才一脚把他踢出洞外。他的眼睛也痛、手也没有了,跌跌撞撞地往回奔。

回到家一看,自己的衣裾襟上有了两行血字,这血也肯定是他的血,写的是:

　　欺压百姓,捻军不容;
　　砍掉双手,日后小心!

可怜他吃了这么大的亏,变成了终身残废,却报仇无门,只知是捻子,却不知是哪一帮捻子所为。

李鸿章听了这个故事,毛骨悚然。他人在宿州,心早就飞到了合肥。正好明日要回去了,且李嘉端、岳丈等都一路同行。刘斗斋也跟着他回来了。他要以最快的速度回到家中。否则,对家中亲人们,他是一天也放不下心来。

一抹抹绚丽的朝霞,把皖北平原衬得格外坦荡无垠。由宿州经蚌埠的一条马车道通向庐州城。大道两旁的树木,饱吸了一夜的清露,显得苍翠欲滴,在晨风的吹拂下枝摇叶颤,好似晃荡的绿波,在李鸿章乘坐的马车后起伏着。这条道上很久没有出现四辆马车一路同行的场面了。他们车队的出现，使天朗气清的皖北大地呈现出一种凝重、庄严而又生机勃勃的景象。

陈胜、吴广起义的涉故台在路边一闪而过。李鸿章皱了一下眉头，心想这车队怎么走到这条路上来了？同车的刘斗斋指着那北高南低、树木成荫的涉故台道："皖北大地道路交错，从这涉故台看一眼也还不错。"

李鸿章猛瞪了他一眼，什么话也不说。他只在心里暗自道：上路就见了陈胜、吴广为坛而盟的所在，实在不吉利了！陈胜、吴广因遇雨受阻，怕过期斩首而被迫举事，你洪秀全是为自己名落孙山而起义的吗？那陈胜玩的是鱼腹藏锦的把戏，自封了陈胜王，你洪秀全假借天父下凡，自封了洪天王，如此一丘之貉，怎么都让我遇上了？！

李鸿章只想闭上眼睛，他不愿再看到这些。尽管这就是他熟悉的故乡，这条路也是他多年前入都攻读时所走过的路，眼前的景物慢慢地变得愈来愈熟悉了。他还是要闭上双眼，不想让这些历史悲剧进入他的脑海，更不愿看到现实中的某一事件和自己的经历与这些过去的故事产生丝毫的巧合。多年受恩师曾国藩的影响，他也不知不觉地接受了一些"近取诸身、远取诸物"的说教，凡事希望讨一个吉利，而不愿让那凶兆扫了兴致。

"到家了！到家了！"李鸿章心儿怦怦直跳，油然体会出了"楼前绿暗分携路，一丝柳，一寸柔情"的意境。他的马车打庐州城里的淮河路穿行而过，往南不远，过了淝河石桥，再扬两鞭，便到了李家庄园了。

远远地，他看见自家门前有两抬小轿停在门口，心里猜想是家中来了贵客了，便跳下马车就狂奔进门。李鸿章万万没有料到：父亲李文安、侧室夫人吕淑云竟先他一步回到了家中。合家大团圆，李鸿章禁不住眼泪早已一串串流下来。

第四章　买马招兵

　　原来,自吕贤基与李鸿章离京回皖后,李文安听说清军在金陵败局已定,太平军择日就可能进攻庐州,更加忧虑家乡遭难。正巧儿媳吕淑云也格外为父亲吕贤基和丈夫李鸿章担惊受怕,两人一商量,也很快收拾了行装,回到了合肥。由于吕贤基、李鸿章在宿州待了好几日,结果,李文安与淑云后走反而先到,岂不是意外的惊喜吗?

　　大哥瀚章在湖南益阳做知县了,大弟鹤章与小弟昭庆都留在家中。母亲李氏身体硬朗,精神饱满。鸿章跪拜了母亲大人后,把母亲从头到脚端详了一遍,见母亲长胖了。她的面貌更加轮廓分明,并且具有了一种宁静的、柔和的、从容的贵妇人的神情。她的脸上没有了先前那种近乎于在燃烧的生气,而多了一层稳重、临危不惧的庄严。母亲是拉着鸿章的双手细细打量的。打量的时间过长以至于元配夫人周氏、侧室吕氏都有了些意见,双双拥着李老夫人,道:"您老人家让二公子去洗一把脸嘛!"李老夫人这才松开儿子的手,爽朗地大笑起来。

　　家中的房间好像缺少收拾,侧室吕淑云住在哪一间?似乎也还没有安排好。母亲说话了:"连日来庐州城到处是人心惶惶,有钱的地主豪绅之家都搬到城西大蜀山去了。那儿有多处丘陵山冈,虽不很高,但乱世中可以作为避难的屏障。所以,我们也在合肥西乡购置了一块宅地,盖了房子,准备立即搬过去。这儿暂时丢下,借与乡邻们住。待天下太平后再说。要不是你们父子二人及早赶回来了,我们怕明后天就搬走啰!"

　　李鸿章这才明白过来。他突然想到以前曾经向母亲做过的许诺:他要为家里在庐州城里造房建楼,把家搬到城里去。因而,他向母亲道:"西乡房子已建也就罢了。但从长久计,儿还是主张在城里建房,让李家大宅在庐州城里响起来。若苍天有眼,让我李鸿章发迹了,我还要把庐州城里的名胜古迹统统修缮一遍!……"

李文安笑了,道:"我儿好志气!父母就等着这一天了!"

鸿章与父亲、淑云都到家后,正好合起来帮忙,指挥用人肩扛手提地把东西搬出,运到蜀山脚下的新宅去了。这新宅建得还很有讲究,四面筑起了高墙,挖出了水渠,四角建有碉楼,俨然就是一座小城堡。水渠之上建有吊桥,可以提起或放下,比城南磨店乡的庄园安全多了。

李鸿章到了这个新宅,算是英雄有了用武之地。他按照周天爵、李嘉端与岳丈商定的办法,负责在庐州一带募集乡勇,开办了团练,操刀持枪,以求自保。

在李鸿章新宅周围,堡寨连着堡寨,大小不等,规模不一,但建造的式样都大同小异。刚搬进新宅的第二天,李鸿章家里来了许多人。这些人,李鸿章多数极为陌生,而父亲李文安却相当熟悉。他们是:桐城的马三俊、庐江的吴廷香和世袭云骑尉出身的吴长庆父子、合肥的张树声和张树珊兄弟俩、周盛波和周盛传兄弟俩。还有大名鼎鼎的潘鼎新、解光亮等等。

这些来客,在合肥一带都是名副其实的"地头蛇",是地方名人。李鸿章只是弄不明白:这些人为何都与父亲混出了交情?父亲知道鸿章大惑不解了,笑道:"这些朋友中,有长辈者都曾是我的好友。你祖父仙逝时,我回乡守制数月,交道打得更为热烈。我在京师时,还常常与他们有书信往来……"

李鸿章高兴极了,没有想到"有福之人不用忙,得来全不费工夫"!马三俊、吴廷香、张树声这些富于胆略的地方骁勇在李鸿章家的新宅里,一致推选李文安为团练的团董,李鸿章协办。大家商定,统属李文安调遣,一寨有警,寨寨出兵援救,建立一种联动的互助武装势力。

由李文安牵头,各庄各寨还凑出了银两,购买了一批武器弹药,充实到团练中去。团练每日操练刀枪,李鸿章也参加进去,摸爬滚打,满身汗水,练得有滋有味。渐渐地,李鸿章与这帮"地头蛇"们也混得熟了,有些人已经无话不谈,有了交情。

这日,李鸿章与吴长庆、周盛传带领新招的百余名乡勇苦练到日落西山了。李鸿章令停止操练,回营休息。鸿章和长庆散步来到蜀山半坡之上。长庆用手向西南一指道:"翰林公请看,那边有一个什么?"

李鸿章看了半天,揉揉眼睛又看了一会,道:"我什么也没有看见呀,要说看见了什么,无非是山林、田野和村庄。"

吴长庆笑了,道:"我知道你看不见那个地方。就在那个方向,有一个小镇,名叫官亭镇,镇西南有一个小村庄,叫刘老圩子。刘老圩子里有一个人,他叫……"

李鸿章不耐烦了,说:"长庆呀!你跟我绕什么弯子嘛!有什么照实说来!"

吴长庆仍是不紧不慢地笑着说:"这个人,确是不同凡响的,从小丧父离母,倍受地主老财们的欺压,过着非人一般的生活。他在逆境中锻炼成无比倔犟和刚强的性格。稍稍长大以后,与一帮志同道合的穷哥们结成拜把兄弟,因他排行老六,脸上又有几块伤疤,所以兄弟们都叫他刘六麻子!"

"刘六麻子?是不是那个揭竿而起,在大潜山招兵买马,办起自己武装的刘铭传?"李鸿章顿时来了精神。

"正是,正是,正是刘老圩子的那个刘铭传!"

李鸿章道:"你认识他吗?与他有无交情?"李鸿章蓦地想到岳丈吕贤基的叮嘱:对此类人宜拉不宜推。他有心要拉刘铭传加入他的团练,所以急切地问起了吴长庆。

吴长庆指着一块山石,示意鸿章坐下,自己也坐下后,道:"我不仅与他认识,而且还有交情。我不知你是不是想拉他入伙。如是想拉他入伙,定要下一番工夫才行哩!"

李鸿章问:"为什么?"

吴长庆道:"此人经历与你我不同,从小穷苦人出身,既不信太平军,也不信捻子军,更不信你们的官军。他是独来独往,天马行空,对谁都多长了一个心眼。如今已经形成气候了,有了自己的队伍了,他还会投靠我们吗?"

李鸿章又问:"他既是穷苦人出身,是如何闹腾起来的呢?"

吴长庆叹了一口气,讲起了刘铭传的故事。原来,这刘铭传果然吃尽了人间之苦。

那年冬天,是特别的寒冷。合肥西边的大潜山被厚厚的积雪压得严严实实。几只乌鸦像一团团浓墨似的,站在满是积压的枯枝上,贪婪地盯住树下雪地上的一个"死人"。"哗——哗",有一只乌鸦率先飞落

买马招兵

下来,在"死人"的上空盘旋,旋即一抖翅膀冲了下来,用长长的尖嘴在"死人"身上叮着。又是"哗啦"一声,枯枝上的乌鸦也都跟着冲了下来,一齐扑向"死人"!

蓦地,"死人"又活了,伸手抓住一只乌鸦,一骨碌从雪地上爬起来,骂道:"操你妈的!你还想吃我,我正等着吃你呢!"

这只乌鸦在他手上扑腾着翅膀,拼命挣扎着。他毫不犹豫、非常熟练地把乌鸦撕成了肉条,放到嘴里吃了起来。

他,这年已十六岁,宽宽的额头,高高的鼻梁,一张棱角分明的脸上明显可见伤疤和麻点,一条又粗又硬的辫子僵硬地盘在头顶上。他就是刘铭传,外号刘六麻子。

刘老圩村的东头就是他的家,两间破草房,屋檐下挂着一排长长的冰凌。寒风袭来,发出尖厉的呼啸声。刘铭传吃了一只乌鸦,舔舔嘴唇,担了一担柴草来到家中。他将柴草放在门外的墙边上,弯腰钻进去,立刻被眼前的一切惊呆了:一只破木箱被砸成了几片,铁锅也四分五裂了,小水缸也被砸得成了瓦片,一地是水。他母亲周氏躺在土炕上痛苦地呻吟着,父亲刘惠跪在地上,撕心裂肺地哭诉道:"这般心狠手毒的家伙……菩萨呀,救救我们全家吧!"刘铭传的几个哥哥都像挨霜打过的一样,低着头,跟着父亲在哭泣。

"这是怎么搞的?"刘铭传抓住大哥的衣襟问道。

"刚才,李三刀来逼债,还打了父亲、母亲,砸了我家的东西,说明天不交钱,就要杀了我们全家。"

这李三刀是官亭镇一带的恶霸,他有个弟弟,因长得十分瘦小,人们暗地里都叫他"瘦猴"。李三刀与瘦猴弟兄俩自恃家中有些田产,横行乡里,为非作歹,方圆许多里地的人们,没有不恨他们的。

刘铭传听说李三刀又来家中闹事,推开哥哥,道:"弄你妈的,这简直是不让人活了,我要去找他拼了!"

母亲在哭着求他不要出门,父亲及哥哥们也在阻拦,说李三刀不是好惹的。好长时间,他出不了门,可是到了下午,他借口上山,还是溜出了家门。一出家门,他两眼冒火,抄一条小路,踏着深深的积雪,直冲李三刀庄园奔去。说来也巧了,李三刀与弟弟瘦猴正骑着骡马在路上溜达着。

李三刀远远地就见到刘铭传狂奔而来,还没有等刘铭传跑到他跟前时,就喊道:"小刘六麻子,你是来找老爷我的吧?我看你是来打灯笼拾粪——找死(屎)呀?!"

"呸!弄你妈的!你也欺人太甚了!"刘铭传双手搭在腰间骂道。

"我弄你妈的!一个死鸭子,还敢嘴硬!"说话的是瘦猴子,他见刘铭传冲来,早已翻身下了骡马,举起鞭子就要向刘铭传头上打。

刘铭传眼尖手快,不等到瘦猴子鞭子落下,就左手一抬,拽住瘦猴子的一只胳膊,腰一躬,把瘦猴子高高扛起,重重地摔下,直摔得瘦猴儿哇哇直叫。刘铭传乘势夺过他手中的鞭子,没头没脸地在他身上猛抽打,直抽得他抱头在雪地上滚爬,喊爹叫娘。

李三刀见了,大吼一声:"刘六麻子,我看你是反了!"他喊叫着,翻身下马,从腰间拔出佩刀,银光闪闪地舞了起来,向刘铭传的头上劈来。

刘铭传见到李三刀举起了佩刀,头往后一缩,真险!他那长长的辫子连同一块头皮,都被刀削了下来。刘铭传忍着疼痛,脚板儿一跺,直跺得积雪四溅。只见他手舞长鞭,似一阵黑色的闪电,"噼里啪啦"地落在李三刀的脸上、身上、腿上。鞭子落处,血痕斑斑。李三刀慌用刀抵挡,但不料又一鞭子过来,正抽在他的手上,"当"的一声,佩刀落地。刘铭传上前一步就要去捡刀。李三刀哪肯让他去捡?如猛兽扑食一般将刘铭传推倒,一跃身骑在刘铭传的身上,一双大手似铁钳一般卡住了刘铭传的脖子。刘铭传顿时眼冒金星,全身使不上劲了,呼吸急促起来。

但刘铭传并不慌张,他深深地憋了一口气,趁李三刀只顾在卡他脖子的时候,双腿用力猛地一蹬,头一扬,往李三刀的鼻梁上撞去,把李三刀掀翻在地。李三刀鼻子血涌如注,慌忙用手去捂鼻子。他没有想到这穷家的小子也敢对他下手。刘铭传此时是横下了一条心,非要把李三刀教训好不可。他见李三刀又去地上抓刀,抢先一步,把刀抓在了自己手上。李三刀又要上前来抢夺,刘铭传使出全身的力气,向他身上猛戳过去。

"啊!"只听李三刀惨叫一声,痉挛了一阵,在雪地上打了几个滚,再也无声无息了。

刘铭传杀死了李三刀后,直了直身子,忽见刚才逃走的瘦猴领着七八个家丁大喊大叫地跑来。

99

这下可糟了。刘铭传自知闯下了大祸,见势不妙,拔腿就跑。刚跑出一段路,又撞见另外一个方向也有人围过来。刘铭传在无路可逃之际,急中生智,一头钻进了路边的土地庙。此时已经天黑了,土地庙里漆黑一团。外面的人都知道刘铭传手上有刀,又是一个不怕死的娃子,没有人敢往庙里钻,只能在外边大喊大叫,让刘铭传出来。

刘铭传自然不会出来送死。瘦猴急了,点名让家丁们往庙里冲。有一个家丁被逼的无奈,硬着头皮向庙门口弯着腰走去,刚移步到门下,突然从庙里飞出一块石头,正击中他的脸上,痛得他大叫着退了回来。

"给我放火,烧死刘六麻子!"瘦猴在庙外声嘶力竭地指挥着。

众家丁正要来点火烧房子,蓦地听得庙门"吱呀"一声开了。抬眼一看,是刘铭传立在大门口,双手抱着水桶粗一般东西,道:"龟孙儿们!你们听着,今晚你们是一个人也别想跑了!我早就备下了这包炸药,送你们统统上西天去!"

这话没有人敢不信,他都敢杀人了,还不敢点炸药吗?首先是瘦猴儿,他已吃过了刘铭传鞭子的苦头,一听说炸弹,吓得拔腿就跑。众家丁哪个敢送死?跑得更快了。刘铭传见这帮人跑开了,乘机突围而去,消失在夜幕之中。

瘦猴与众家丁散开以后,见炸药并未爆炸,各自又颤抖着返身回来,慢慢向那黑糊糊的东西靠近,走近了才看清:这哪是什么炸药?而是一小捆秫秸秆子。瘦猴恼羞成怒,再吩咐家丁们去庙里搜人,刘铭传早已不见了踪影。

抓不住刘铭传,瘦猴子领着家丁直奔庄子东头的他家中而来。冲进这两间破房子,瘦猴胆子大了,对刘铭传的家人拳打脚踢,下令将刘铭传的父亲和哥哥们都抓走了。

刘铭传母亲周氏从床上挣扎着下来,跪下磕头,请求放了丈夫和孩子们。但瘦猴非但不放,还上前一脚,将周氏踢得惨叫一声,当场没命了。

这天深夜,刘铭传从村外偷偷摸进家门,见母亲口吐鲜血,躺在地上死了。父亲与哥哥们也不见人影,知是被瘦猴抓去了。他含泪掩埋了母亲的尸体,操起一把菜刀,一阵风似的向瘦猴家奔去。

瘦猴家有几处老宅,真正的李府坐落在官亭镇北面的一座近似古堡的庄园里。刘铭传去过这个庄园,很大,护庄河内是高墙,高墙之上爬满了枯藤。刘铭传抓住两根粗藤上了围墙,又从墙顶上跳进大院。突然一个黑影在院正中间的假山后一闪而过。刘铭传轻手轻脚地跟踪上去。但穿过有雕栏的汉白玉小桥时,黑影不见了,却过来四五个巡逻的家丁。刘铭传慌了手脚,正不知如何躲藏时,突然从大厅的屋檐上倏地落下一个软梯。他好生纳闷,这是谁干的?但他来不及细想了,为了躲过巡逻的家丁,只好攀着软梯,上了屋顶。屋顶上有个人影儿伏在那里,刘铭传道:"你是谁?"

"六叔,是我!"

哦,原来此人是刘铭传私塾时的老师,又是他的族侄。名叫刘盛藻,字子务。刘铭传小时,在家中最小,父母虽穷,就只要这老小上了一段私塾,跟着刘盛藻学了一点文化。刘盛藻听说刘铭传父亲、哥哥被抓后,又得知刘铭传外逃,只身一人想来解救刘家父子。不想在这里碰见了刘铭传,发现他无处躲藏时,才扔下软梯,救他一把。

他向刘铭传摆摆手,又指着一处光亮让刘铭传看。这是一个斜面的天窗,刘铭传爬到天窗跟前一看:父亲和几个哥哥正被绑在大厅的木柱上,每人面前放了一只木盆,是准备开膛挖心供奠灵用的。大厅正中放着一口黑漆棺材,棺材周围香烟袅袅,棺材头上的纸盆火苗直跳,棺材后面垂着白布帷帐。

刘铭传急着想下去救人,却被刘盛藻一把拉住说:"瘦猴早有准备,已在大厅周围布置了许多家丁,正要等你自投罗网呢!"

"那怎么办呢?不能眼看着我父亲、哥哥们被害吧!"刘铭传说。

"这样,我去院那头放火,把家丁们引过去,你再乘虚而入,救出他们!"两人商量了一番,按刘盛藻的主意办。于是,他二人一闪身溜下了屋顶。

院那头是瘦猴家的粮库。不一会儿,粮库里升腾起一股火苗。李府上的人到处惊叫着跑过去,有人拿脸盆,有人提水,一片混乱。

刘铭传"嗖"的一声闪进大厅。他父亲见了,道:"小六子,你自个儿去逃命吧,不要管我们呀!你就是能把我们救出去,不是还要给他抓来吗?!"

刘铭传道:"爸!你放心,只要能逃出去,就会有办法的!"他用菜刀把捆绑父亲和哥哥的绳子割断,连推带拉地把他们弄出大厅。他自己转身又返回大厅,掀开棺材,"咔嚓"一声,把李三刀的头割了下来,将头发挽个圈挎在腰间,这才领着父亲和哥哥们逃跑。

他们刚出了古堡,就被瘦猴发现了。瘦猴去救火时就犯疑心:粮仓怎么会好端端地起火呢?他一边安排救火,一边回到大厅来看,这才发现中了调虎离山之计。他从救火的人中喊出几个家丁,打着灯笼追来了。

刘铭传父亲已经一天一夜茶饭未进,又被打得遍体鳞伤,对刘铭传说:"小六子,我实在跑不动啦,你们逃命吧!我来对付他们!"

喊声越来越近了,连人影都看得清清楚楚了。刘铭传心想,若这样跑下去,肯定又要落入瘦猴之手,他对大哥道:"你搀着父亲钻进小树林去,我来把瘦猴引开!"

大哥按刘铭传的话去做,带着父亲、弟弟溜进了西边的树林里。刘铭传松了一口气,故意停住脚步,弄出些声响,然后向东边的一条小路跑起来。瘦猴看见刘铭传了,大喊着:"抓住刘六麻子!"一群疯狗般的家丁向他扑来。

再向东跑就是一条小河了。河边有个摆渡人在河边搭建一间小房子。刘铭传敲了门,道:"给我摆过河去,家有急事!"说着,弄出些碎银子给摆渡人。

摆渡人同意了,让他上了船,嘴里唱道:

独坐池边似朵云,绿杨树下好乘荫;
春来我未先开口,哪个虫儿敢出声……

刘铭传愣住了:这不是自己写的《咏青蛙》诗吗?

刘铭传正要问摆渡人,瘦猴领着家丁们也赶到了河边。小船刚离河岸几米远,刘铭传急忙提起李三刀的脑袋舞了起来。家丁们都傻眼了:这又是啥武器呢?

"不要怕,给我上!那是我大哥的人头!"瘦猴看清了,叫着。

刘铭传抓住人头的辫梢,猛地一脱手,人头飞向瘦猴,正好砸在瘦猴的脸上。他气急败坏地"扑通"一声下了河,要追刘铭传。但已经晚了,小船箭一般的向河中心驶去。河水冷得刺骨,瘦猴刚淹到膝骨处,就冻得退了回去。

东方渐渐地吐出了鱼肚白色。这叶扁舟似剪影似的慢荡在河中。还听见瘦猴在岸边叫喊,刘铭传面向他们,发出一阵狂笑。然而他万万没有想到就在他的身后,船工已操起了木桨,向他脑后砸来。

他没有来得及看上一眼,就觉得脑袋瓜"轰"的一响,跌倒在船头上。与此同时,从小船舱里钻出一个黑脸大汉,熟练地把刘铭传捆了个结实,一团血腥的布条塞到了刘铭传的嘴里。刘铭传稍清醒以后才明白:他上了一条黑船,这些人以摆渡为名,专干杀人谋财的勾当。

黑脸大汉动手了,嘴里叼着一把匕首,两只手先在刘铭传的口袋里摸着。刘铭传看得清楚,估计自己性命难保了。人到死的关头,勇气异常地足起来。他虽被大汉骑在身上,但一扭头把嘴里的布条吐了出来,大吼一声道:"告诉你们,我刘铭传就是被你们杀了,变成鬼也会拖你俩下地狱的!"

他声音刚落,那大汉叼在嘴里的匕首"哐当"一声落了地。只见他迅速起身,将刘铭传搀扶起来,双膝"扑通"一下跪下来,与那摆渡人一起,直向刘铭传磕头。

刘铭传两眼发呆,搞不清这两个贼人玩的是什么花招。

原来,这摆渡的船工名叫唐殿奎,黑脸大汉名叫周盛波。因家中既无田产,又无住房,便弄了一条船,专门在这条河上干杀人劫物的事。他俩都是铭传老师刘盛藻的好友,从刘盛藻嘴里早已得知刘铭传文武兼备、为人仗义,很是敬佩。适才听到刘铭传骂那一句,才知道此人正是刘铭传。

唐殿奎、周盛波二人给刘铭传松了绑。刘铭传双手抱拳,表示了感谢。他这才把自己如何杀了李三刀,又如何逃到河边来的事从头到尾讲了一遍。唐殿奎、周盛波听了,更是佩服得五体投地。三人一合计:一不做,二不休,决定拉起队伍来,干他一场!

从此以后,合肥西南一带都在纷纷传着这样的消息:"刘铭传造反了!""刘六麻子要杀尽李府上的人了!"

瘦猴也听到了这个消息,心中十分害怕。这日,刘铭传果然带了一

103

帮弟兄们直奔而来,瘦猴下令关上大门,又令家丁准备好家伙,与刘铭传杀一个你死我活。

刘铭传率先跃上瘦猴家的墙头,看见大院里众家丁手持刀斧躲在门内。刘铭传在墙上还未往下跳,就有一只匕首擦肩而过,险些刺中了刘铭传。刘铭传一个"蜻蜓点水",纵身跳下院墙,朝那个飞匕首的家丁猛砍了一刀。这家丁惨叫一声,倒在血泊之中。其他家丁一看这刘铭传杀红了眼,没命地逃散了。

刘铭传冲进大厅,见瘦猴的三个小老婆挤在一堆,都吓得一阵颤抖。但刘铭传在大厅里没有找到瘦猴,只好抓住其中一个最年轻的女人问:"瘦猴在哪里?"

这女人吓得赶忙回答:"他,他在……佛堂。"

刘铭传一把揪着她的长发,推她领路,去找瘦猴。来到佛堂,仍不见瘦猴。原来他藏在罗汉像下面。刘铭传定睛一看,这罗汉像是用钢铸成的,重在千斤以上。他用手推了推,根本无济于事。他又转身向那女人问道:"门在哪里?"

那女人也不敢吭声,用手指着一个机关:罗汉的肚脐只要用手一按,罗汉像就慢慢移动开了。刘铭传定睛看着,见罗汉像移动快到一半了,下面果然有个黑洞。他正要伸头去看,突然有一把钢刀从罗汉像下面的莲花座下飞出,说时迟,那时快,刘铭传躲过一刀,可惜射中了那个女人。

过了一会,莲花座下没有动静了。刘铭传轻手轻脚地来到洞口一看,下面还有一个暗道,瘦猴已经无影无踪了。

没有抓住瘦猴,刘铭传与唐殿奎、周盛波一商量:估计瘦猴去报官,请官兵了。还不如趁早下手,揭竿而起,正式攻占肥西县县城。刘铭传的队伍已发展到两千人,取名"铭军",正式起义了。

这日,瘦猴果然领着清军将士来到肥西县,将领名叫福济,把县城包围起来。

这肥西县离庐州府不足四十里,清军包围县城,百姓就惶惶不安了。更糟糕的是,城中粮草奇缺,饥民众多。刘铭传安排在广场上搭建一个大棚,每日向饥民供应稀饭,每人一碗,勉强生活着。因此,只要到供应稀饭的时候,这广场就被饥民们挤得水泄不通。

这日,刘铭传来到广场,挤到了正在给饥民掌勺施粥的唐殿奎跟前问:"你这儿还有多少米?"

"只剩两斗多了!"唐殿奎答道。

"那就烧几碗米饭!"刘铭传说。

"啊,稀饭都越烧越稀了,还烧米饭?!"

"烧!"刘铭传毫不让步。

唐殿奎命人把米饭烧来,刘铭传却牵来了三条狼狗。他将米饭端过去,放在地上,让狗把白米饭吃了。饥民们见了眼馋,都想上前抓一把米饭,但却被刘铭传阻挡住了。

狗是吃饱了,又被刘铭传牵走了,带到东门下,从城墙上开一个小洞,把三条狗统统放出了城去。

深冬腊月,风雪交加,江淮大地每年在这季节里,都要闹很长一段时间的饥荒。围城的清军概不能出,久攻不克,清军中的粮草供应也是吃了上顿没有下顿。清军等不及了,本想攻不了城,也要把刘铭传的铭军饿死在这座小城里。但眼下是:他们自己坚持不下去了。

福济准备下令攻城,正要开火时,忽听探子来报:"启禀大人,城里跑出来三条狼狗。"

"杀了,犒劳一下将士们!"福济说。

狗被杀掉了,但福济却傻了眼:他见这三条狼狗的肚子里,吃的全是白米饭,不禁暗暗大惊:分明城里粮草充裕,我军一时难以破城!

福济下令:像模像样地打一阵枪,赶快撤退。再围下去,不是把刘铭传饿死在城里,倒要把清军饿死在城外了。

就这样,刘铭传在肥西一带站稳了脚跟。公开场合下,他也不跟清军作对,绝不轻易与清军交锋,捻子军也不敢沾他,几下子相安无事,直至今天……

李鸿章听了刘铭传这段经历,大腿一拍,说了两个字:"不凡!"

他突然转头问吴长庆:"哎,海舲(周盛波)既然与刘六麻子有这段风雨同舟的交情,怎么从来没有听他讲过呢?"

吴长庆答道:"翰林公呀,你们才接触几天?哪能什么陈芝麻、烂谷子都倒出来呢?再说,你不用看周盛波是一个黑脸汉子,粗气得很,在这方面可是很有心眼的!"

"此话怎讲?"李鸿章问。

"那一段经历,周盛波还愿意讲吗?毕竟是当过水面上的强盗,在你们名正言顺的朝廷命官面前,是羞于开口的。他不怕让你们知道了,脸上无光?"吴长庆说。

"那么,刘铭传呢?"李鸿章又问。

"依我分析来看,刘铭传虽然闹腾得队伍大了,势也壮了,但心底里或许还有一些自卑感。认为自己是穷苦人出身,不想与官们打交道。"

"这就好办啦!我们去主动找他,不是很容易就把他拉过来了吗?"李鸿章道。

吴长庆摇头,说:"我看未必吧?此事不是太好办。正因为他有些自卑,才必须与官府保持距离,以此维护自己的自尊和独立性。你说呢?"

"以你与刘铭传的交情,明日请你亲自往肥西辛苦一趟,找他谈谈。或许他就应允了呢?"李鸿章道。

"实不相瞒,自从我们推举令尊大人为我们团练的团董以后,我曾去过他那里,向他建议过。他也知道你们父子二人从京城里回来办团练了,但是,他回绝了。说万一靠过来了,朝廷有一天会说他对抗过官军,治下罪来,要闹不愉快的。所以,去那里没有谈成,我也就从未提及了。"

"嗳,我这里又猛然想起一个人来。你说那刘铭传的同族叔侄,是他的老师,叫什么来着?"李鸿章道。

"叫刘盛藻呀。"吴长庆道。

"哎呀,他一定是我小时的学友,同在费氏墨庄学馆里读过两年私塾。如若果真是那个刘盛藻,事情就好办了,再请他出面。你看如何呀?"李鸿章十分急切地说道。

"那就可以试试的。刘盛藻与铭传关系甚密,或许比我面子大。"

次日,天快要亮了。李鸿章想着要寻找刘盛藻的事,怎么也睡不着了。他准备安排周盛波去打探刘盛藻的下落,于是,披起衣服就出门了,走出了新宅,又过吊桥,来到平时舞棍弄棒的训练场上。

黎明前的天空,显得更加黑暗。不远处的蜀山脚下,有一群黑影在跳跃。那是周盛波、吴长庆他们在练拳脚。周盛波身强力壮,步伐灵活,出拳有力,李鸿章看着,心中十分羡慕。他心想:自己虽然已经从武了,但骨子里还是书生气,舞枪弄棒,是怎么也敌不过他们的。但他很想学几招,练好了,平时可用来强身健体,遇有意外的急事,还可以防身自卫。李鸿章已经练了几个早晨了,但周盛波教他那一招一式,他怎么也记不住,觉得比书本里的东西难记多了,刚耍了两招,就忘了下一个动作。他立在一边,看周盛波等人练得正起劲,也不去打搅他们,坐在一块石头上边欣赏,边呼吸一下新鲜空气。

"李二少爷,快闪身,您身后有人!"李鸿章闻声赶忙起身,闪在一边,果然见有一个黑影已冲了过来,听见周盛波大喊一声,又转身向回头方向跑去。周盛波、吴长庆等一个箭步奔上去,紧追不放,仅跑出几十步远,就把那人给抓了过来。

这人是个刺客,是冲着李鸿章而来的。他手持一把匕首,腰系一条红布带,脚蹬一双布靴,长得单薄,但机智灵活。众人将这个刺客拖到宅子里,五花大绑起来。早饭后,李鸿章亲自来到看守间审讯这个刺客。

李鸿章道:"我与你无冤无仇,你何以前来刺杀本官?"

这刺客就是不开口,问他哪方人氏,姓啥名谁,一概不答。吴长庆提议要用刑,李鸿章摆手道:"严刑逼供,说出来也未必是真话。"

李鸿章吩咐家丁去弄些稀饭来,给这刺客松了绑,亲自把一碗白米稀饭递在这刺客手上。他饿得太厉害了,只几口就把一碗稀饭喝净了。家丁奉命又端来一碗,他照喝不误。吃过以后,只见他一抹嘴,道:"好吧,我如实招来。我原是合肥城北罗集乡人,姓叶,名礼宏,从小家境贫寒,跟着表哥刘盛藻身边读了几本书,主要是帮他家做些杂活……"

李鸿章听得一惊,道:"是不是墨庄的那个刘盛藻?"

"是的,他是个有学问的人,离乡多年了。"

"他现在人在何方?"李鸿章提高嗓门问。

"刚刚从安庆一带回乡来,就住在墨庄家中。"叶礼宏答道。

"是不是他让你来刺杀本官的?"

"不是的。他根本不知道我溜到这里来,是我自己急于立功,要提一个朝廷命官的人头献给太平军的。"叶礼宏慢声慢语地说。

"你是太平军,是长毛?!"李鸿章睁大了眼睛厉声问道。

"我不是太平军,但我想加入太平军。"叶礼宏照实答道。

原来,这叶礼宏跟了表哥刘盛藻以后,没有多久,刘家的日子也难过起来。合肥地区不是干旱,就是洪水,到处民不聊生。地方穷了,能够送孩子上私塾读书的人家就少了。刘盛藻在乡,一年招不到两三个学生,养不了家,也餬不了口,就带着表弟叶礼宏投奔到和州一个亲戚家去了。那和州离长江北岸不远,水源丰富,老百姓生活要好过一些。刘盛藻就在和州乡下办了一个学馆,带了十六七个孩子读书,勉强维持生计。大抵还是在三个月前,刘盛藻和叶礼宏所在的张洼村来了一队人马,个个背刀拿枪的,威风凛凛,头上戴着红布方巾,在村口搭起了营帐,让刘盛藻把学馆抽出来两间,给队伍里的头头住,其他人全部住在营帐里。刘盛藻、叶礼宏都听说过长毛的事,说太平军是长毛,一身毛茸茸的,人不是人,鬼不是鬼。可是,眼前见到的这些长毛,并不像乡间里的人们传说的那样,为人还挺好,也很和气,不偷不抢,很有规矩。在老百姓的心目中间一比较:太平军竟比官军出色得多。多少年来,那官军耀武扬威,不可一世,好像只会欺压百姓,而很少知道要替百姓做点什么实事、好事。太平军就不同了,连女的都很出色。张洼村里太平军就有一个女头领,讲话蛮里格拉的(合肥语)。一问,才知道她的老家在广西。几天混熟了,大伙儿都称她"广西蛮子"。这女头领待人非常和气,二十来岁,还没有找婆家,是个老姑娘,因此村里又有人叫她"蛮姑"。有天晚上,乌漆巴黑的,蛮姑带一队人马出去了,不想天蒙蒙亮时,蛮姑竟被大伙抬回来了。蛮姑是被官军用箭射伤的,身上中了好几箭,血乎乎的,拉回村时,人还在昏迷中。

村里人听说蛮姑受了伤,都去看她。不几天,太平军走了,把蛮姑留在村子里休养。穷家小户的都愿把蛮姑接到自己家中照顾。蛮姑一摆手道:"你们谁家我也不能去,因为若是清军来了,知道谁家曾收留过太平军,会遭殃的。"于是,蛮姑就住到祠堂里去了,好几家轮流偷偷送饭给她吃。有一天傍晚,邻村送信来说,清军到他们那里搜太平军,没有搜到人,把鸡、鸭都抓走了,连一根毛都未剩。这消息令大家非常着慌,怕清军再搜过来,于是村上百十号人都准备暂时离开村庄躲一躲。蛮姑与大家商量一下,决定也只有这么办了。

等大家各自回家准备好以后,已经鸡叫了。蛮姑带领大家驾船渡河,船是太平军撤走时留下的,陆续装了十几条船的人,浩浩荡荡地向对岸撑去。蛮姑从广西出来好几年了,养成了心细、勇敢的脾气。她回头一看,在百十步远的芦苇丛里有一条小船。她说:要是把小船留给清军,全村百把条性命就有危险。她一个人跳下水,踉踉跄跄地摸过去,把小船拖了过来。就在这时,听到村子里人呼马嘶,浓烟和尘土迷漫着半边天。不一会儿,清军从村子冲了出来,乱哄哄地向河湾涌来。他们见十几条船已划到了河中央,拉起弓箭就放。老百姓谁见过这场面?都惊慌失措,乱成了一团。蛮姑直着腰,一面叫大家镇静,一面操起篙,自己撑起船来。只听清军在岸上喊:"女长毛,快投降,我们已摸清楚了,你们跑不了!"

蛮姑完全不理睬他们,只管撑自己的船。清军下手了,数箭齐射。蛮姑身上中了一箭又一箭,还是坚持撑着腰,而让村里人都躲在船肚里。眼看离对岸只有两步远了,蛮姑一闪身,栽到河里去了。当大家把她从水里捞出来,人已经断气了。乡亲们过了河把蛮姑埋了,村庄也回不去了。因为不是今天清军来,就是明天太平军来。叶礼宏和刘盛藻一路讨荒要饭,又回到墨庄来了。二人没有了生计,就想去投靠太平军。听说太平军就要打到肥西县了,这会儿正对三河去。还有人告诉说合肥的李鸿章就是清军的头目之一,如果能提着他的脑袋去投太平军,不仅会很容易加入太平军,而且还会受到奖赏,当上头领。所以,叶礼宏连夜摸到这里,其实也不认识谁是李鸿章。只见大清早有人披衣从李鸿章家出来,年岁又差不多,就准备下手了。没想到没有得逞,反而被抓住了。

听完叶礼宏的陈述,李鸿章叹了一口气,然后很和气地对叶礼宏说:"君子一言,说不杀你就不杀你。不过,我写下一封书信,你若能保证尽快送到你表哥刘盛藻手里,我定免你一死。"

"这好办!我保证亲手交给表哥。"叶礼宏高兴地拍了一下胸口说。

"那好,我这就去写!"李鸿章走了。

吴长庆笑着坐在叶礼宏面前,道:"你看李鸿章像坏人吗?"

"不像!"叶礼宏答道。

"就是呀!李鸿章不但不坏,而且对国家、对家乡都是很热爱的。他不仅满腹的道德文章,还有一股很强的热情。所以说,朝廷命官,有坏的,也有不坏的。关键看他是什么人。当长毛的,也有好与坏之分。那太平军在全州城,不是同样杀心大作,屠城三日。万人遭难后,始行封刀的吗?……"

吴长庆正与叶礼宏聊着,李鸿章已把书信写好,装进了信封,递与叶礼宏,道:"快快送去。把此信送到后,如不想回来,你只管走你的阳关道。如果还想到我这儿来,我表示欢迎……"说着,拍拍他的肩膀,又给了他一些碎银子,叫他去了。

次日上午,李鸿章正在书斋里读史,一个幕僚拿着名帖进了书斋,报:"刘盛藻来了。"

李鸿章道:"快快有请!快快有请!"

李鸿章刚至中门,已见刘盛藻来到了门口。他连忙迎上去拱手道:"少时一别,这才相逢,实在是多年不知下落,未能及时登门造访,原谅!原谅!"

刘盛藻一抬手臂,拱手还礼道:"少荃果然发达了,一副朝廷命官的派头,只险些误会在我那不懂事的表弟的手下。如今您是国家栋梁之才,我等乡野小儒,此来便是高攀了!"

李鸿章并不在意刘盛藻的言语,真正是少时伙伴见面,亲热占了上风。他携住刘盛藻的手,一同跨进书斋,互相叙说了这些年来的风风雨雨之后,走上了正题,谈起了刘铭传的事来。

刘盛藻知道了李鸿章的意思后,道:"拉刘铭传入伙,恐怕得要一个人的人头,方能让他感受到您的诚意。"

"人头?谁的人头?"李鸿章吃惊地问道。

"瘦猴的人头!"刘盛藻态度坚决地答道。

李鸿章慢慢起身,在书斋里踱来踱去,然后下意识地摇摇头,道:"这瘦猴我已经知道了,不仅知道了刘铭传与他那一段恩仇,还知道他的现在。有一点你或许不知,瘦猴结交上了一个人,这个人便是清军的将军福济。福济靠他的钱,他靠福济的权,现在已是绑在一条绳上的蚂蚱,谁也离不开谁了。如果杀了瘦猴,福济会善罢甘休吗?你再想想,刘铭传与瘦猴有杀母冤仇,而刘铭传自己正是统领两千人马的头目了,这些年来仍没有动得了瘦猴一根毫毛,我李鸿章初来乍到,又能拿那瘦猴如何?"

刘盛藻道:"这种分析听来似乎有些道理,但实际上您是太多虑了一些。在福济那里,不管他与瘦猴关系有多深,若他一条狗命不在了,福济会马上转向到您这一边。他不会因为一个已经死了的人与您过意不去。即便是瘦猴不死,如果叫他二者必选其一,我料定福济宁可甩了瘦猴也不敢轻易得罪您李二少爷的。这次您回安徽跟随吕贤基大人帮办团练,消息已传遍了整个庐州。您上有岳丈吕贤基,又有令尊大人李文安做后盾。就您本人而言,大小也是个朝廷命官,比县太爷不小吧?杀一个瘦猴,还怕他福济拔了您一根毫毛?"

李鸿章听了这话,既没有表示不赞同,又没有表示肯定。他只问道:"刘铭传就只要瘦猴一个人的人头吗?"

刘盛藻十分肯定地答道:"是的,我保证!"

李鸿章拿定主意了,拳头往案头上一捶,道:"就这么办!不过,容老学友寻找一个合适的时机。"

李鸿章说完,就邀刘盛藻去寨外草坪上观看新募兵勇们的操练。刚走上吊桥,突然有人来报:"从肥西官亭镇方向来了一个车队,前有官军开道,其实是护送李府上的主子往上海去的。"

李鸿章听报,心中一阵暗喜:摸不准正是瘦猴坐在车上。若真是这样,那真正是"踏破铁鞋无觅处,得来全不费功夫"了。李鸿章又派出探子前去侦察清楚,一面命令团练兵勇们拦住要道,无论是官,还是民,一律不准离乡逃奔,待查明去向后,再予放行。

瘦猴的车队共七辆骡车,除瘦猴本人及三个太太以外,另有四个家丁。车上装的全是贵重物品,由福济派兵护送前往上海。去上海是因为瘦猴听说太平军要进攻合肥,想去上海暂时躲避几月。此时瘦猴已被押到李鸿章的新宅门前。那几个清兵见拦车人是李鸿章,也没有人敢再吭气,瘦猴却满不在乎,大摇大摆地来到李鸿章面前,递上一张名帖,道:"久闻李二公子大名,京城回来的七品少爷,多日来没有登门拜访,失敬,失敬!"

李鸿章没有答理他的话,用眼睛的余光扫了一下瘦猴,果然骨瘦如柴,干瘪得就像一根棍子,但那不可一世的表情和语调倒是可以足足证明他在庐州一带与众不同,不是等闲之辈。

李鸿章一直没有正面瞅他一眼,只给兵勇们一个眼色,便扬长而去。李鸿章回到宅子里去了,剩下的事情由周盛波、吴长庆等人来收拾了。周盛波先打发护送瘦猴的几个清兵驾车回庐州城里,给福济报告,就说:李府另有安排,暂不需要官府出面护送了。

清兵一走,吴长庆亲自动手把瘦猴揪下车来,砍了他的头颅,扣了他的财物,让他的女人和家丁们各自逃命去了。这几车财物真够让人眼馋的:光是白银就有七万多两。得了这些钱物,活动在合肥城西蜀山脚下的团练便如鱼得水了,添了粮草自不必说,还购置了一百多条洋枪。

当日下午,刘盛藻带着瘦猴的人头,在潘鼎新、周盛波的陪同之下,骑快马赶到了肥西县城。见到了刘铭传,刘盛藻道:"亲不亲,家乡人;美不美,故乡水。李鸿章不仅满腹的文章,做事也有武将的风度。他对您刘铭传叹服不已,一片真心相邀。他冒着得罪福济的风险拦车杀了瘦猴,足以表示了他的果敢与诚意。瘦猴与您有杀母冤仇,如今冤仇已报,滴水之恩,当涌泉相报。这是其一。其二,长毛起事广西,一路喊杀而来,能有几天的风光?即便将来长毛得势,料您也不会拿长毛们做后盾。如今您虽有两千人马,但总不能看着一座小城等死,必须找一个靠山。靠山是谁?当然是朝廷,是替您报了大仇的李鸿章……"

刘铭传掂量着刘盛藻的话,表示了赞同。其实他与李鸿章无冤无仇,如今又是回乡协办团练的朝廷命官,他没有理由拒之于千里之外。再说,自己孤军守城,无论如何也是坚持不了长久的。清军眼下是被太平军困扰着,又由于自己没有继续与官军作对,所以暂时没有成为官军剿灭的对象。如果清军控制住了太平军,或者是自己公开以清军为敌,那自己的铭军自然是难以为继的。李鸿章既是找上门来,正好给自己下了一个台阶,也是提供了一个机会,不投靠他,又能投靠谁呢?

翌日,刘铭传随同刘盛藻、潘鼎新、周盛波一行人,来到蜀山脚下。李鸿章闻报,亲自迎出门外,当天就与李文安父子等高兴地会面了。

李鸿章家的新宅里,华灯高悬,锦幕大张,鼓乐齐鸣。摆下的酒宴多达八桌,李文安父子频频向刘铭传敬酒。

酒喝到正高兴时,李鸿章对刘铭传道:"刘将军一念归朝,既是给了我李鸿章的面子,又是为国尽忠,可敬可佩。不久的将来,一定会鹏程万里,前途大展。从今以后,铭军与我们的团练便是一家了,一致对外,于内仍由刘将军统领。不知刘将军意下如何?"

刘铭传道:"既是合为一家了,自然就是令尊文安公所统团练的一部分了。文安公是团练的团董,自今日开始,也是我铭军的主人了。这一点说到做到,一心归朝了。"

李文安听得眉飞色舞,李鸿章更是扬扬得意。收编了刘铭传的队伍,李文安、李鸿章的团练名声大起,由数百人一跃而成了数千人的队伍,庐州府署不敢小视,就连团练大臣吕贤基、兵部侍郎周天爵及安徽巡抚李嘉端也大加赞赏,要奏明咸丰皇帝,为李鸿章请功。对此,李鸿章心中暗暗欢喜,希望背靠着这几棵大树好乘凉,踩着他们的肩膀攀升。父亲李文安虽为团董,但在具体事务方面,他却把李鸿章推在前面,大小事情任由鸿章做主。鹤章也成了鸿章的好帮手,到处联络感情,发展关系,置办军械,训练兵勇等,不仅安排得周到,而且很让李鸿章放心。吕贤基那边一如既往,岳丈的家也让李鸿章当了一半。巡抚李嘉端也很顺手,李鸿章暗中给了他不少好处,凡李鸿章团练的事,李巡抚一概支持。要进一步做工作的倒是周天爵,别看他年已八旬,仍不可小视,鸿章格外用功。

到了咸丰三年九月,公元一八五三年十月,不仅在江宁、安徽一带太平军满天飞,连北京城里也很不安稳了。太平军要挥师北上、攻打北京城的消息不胫而走,一些富足人家纷纷打点行装,收拾起贵重物品,准备投奔他乡。

北京城里的大小官员比老百姓更加恐慌不安,一些官员借口休假或根本就不辞而别了。仅十多天工夫,北京城里人口少了一半,街头突然变得冷冷清清,连一向十分繁华的正阳门一带,也撂棍打不到人了。咸丰皇帝在宫中如坐针毡,连日召集文武大臣们商议对策。大臣们有许多不仅听说过,而且领教过太平军的勇猛,说太平军所到之处,见朝廷官员就杀,所有沾亲带故一个不放,斩尽杀绝。仅这一点,早就把一些文武官员吓得屁滚尿流。

咸丰皇帝见这些平日里口口声声喊着"万岁,万岁,万万岁"的朝廷命官们,大难当头时全无了主张,又听说一些人已弃官而逃,气得当堂大骂,他谕令惠亲王绵愉、科尔沁王僧格林沁和钦差大臣胜保,合力加强防范,对北京城实行全面戒严,修筑城池,一定要把太平军堵在北京城外,确保紫禁城的安全。

绵愉、僧格林沁、胜保三人领命去办,但心中也惶惶不安。他们发现:宫廷也做好了搬迁准备,咸丰皇帝自己已命人将贵重物品偷偷转移到承德行宫去了,随时准备逃离京师。

奇怪的是,谣传到底只是谣传,都说太平军已打进保定了,但过了月余,北京城周围,仍然不见一个红头人。咸丰皇帝又谕令:将防守重点推到天津,以加强天津防范,保证北京安全。

其实金陵城里,洪秀全的确已开始动作,计划"巩固金陵,再图四扰",把与清军的战争拉到天京以外的战场上去。一面北伐,矛头直指北京;一面西征,扩大安徽一带的战线。

北伐太平军由林凤祥、李开芳、吉文元率领,计两万余人从扬州向北挺进。洪秀全亲自布置了这次北伐远征。临行前,洪秀全令人快马加鞭送去了他的谕令:"师行间道,疾趋燕都,毋贪攻城縻时日。"洪秀全要求林凤祥等各位将领记取太平军自金田起义到金陵建都以来的经验教训:"略城堡,舍要地。"不要见了城市就手头发痒,方向就是:以最快的速度直取北京。到北京附近时,伺机而动,能攻则攻,攻不了可先占领天津,等待派出援军,合力攻取北京。

北伐大军遵命出发,浩浩荡荡,势如排山倒海,不多日就杀进河南境内,占领了归德府,准备取道上东,从刘家口渡过黄河,直抵北京城下。

这日,天官副丞相林凤祥站在刘家口黄河岸边,只见黄浪滔天,茫茫一片,不着边际。派出探子回来报告说:"这黄河源远流长数千里,尚未听说有过河之桥!"这使林凤祥大伤脑筋:两万人马在南岸已苦等了三日,找不到桥怎么过河?他命令:各营将士立即出动,沿岸搜寻船只,作过河之用。

两天后,各营都有一个共同的回话:黄河沿岸尚未发现一条民船!

林凤祥大吃一惊,找到当地百姓问话才知:早在太平军抵近金陵时,清军为防止太平军北上,就收缴了沿岸民船,有私藏者,一经发现,满门抄斩。所以,太平军来到这黄河边上,只能是望河兴叹,束手无策。召集各位将领商议,决定只能经宁陵、枢县、陈留县,攻占河南开封,由开封取道北上。然就在两万多人马来到开封城外时,才发现这座古城防守严密,城池坚固,重兵把守。林凤祥率兵攻打了两天两夜,死伤兵勇上千名,却没有靠近城门一步。

林凤祥失望了,因洪秀全临行前有令:不可贪恋攻城而糜费时日,只好放弃开封,退至朱仙镇,在朱仙镇一带休整一日,经中牟、郑州、荥阳、汜水,兵临巩县。

到巩县,林凤祥一阵惊喜:因为他终于在黄河岸边发现了一些渡船,只是船只不多。从五月十三日离开扬州,到今天已是六月二十八日了。北伐太平军已在黄河南岸已滞留了月余,这才开始分批过河。到七月八日,仍有一千多名将士没有过河。林凤祥心急如焚,闷闷不乐。又过几日,太平军全部渡过黄河后,林凤祥的心情仍没有好转。此地人生地不熟,茫茫一片的田野,甚至辨不清东、南、西、北。老百姓见了就跑,即便能找到几个,语言不通,交流十分不易。从广西到河南,林凤祥第一次感受到了孤独无援的苦恼。黄河既过,本可由新乡、安阳进入直隶的邯郸。但林凤祥到达温县后,莫名其妙地走向了西北。怀庆就在眼前。探子禀报:"怀庆府是清军设置的重要军器弹药生产基地!"林凤祥惊喜:自从北上以来,两万多人马弹药消耗将尽,正需要补充。怀庆的出现犹如绝处逢生,于是下令:进攻怀庆。来到怀庆城下,林凤祥又遇一喜。只见怀庆北面一条大丹河经卫水直达临清河,而临清河与运河相接。也就是说:从怀庆出发,上水路可以直达天津城下了。

林凤祥一声令下:两万大军以闪电之势从东、南、西三面包围了怀庆。清军闻风而动,一边是胜保从北京方向调兵遣将,一边是山东巡抚李德也派来了援军,从水路赶到怀庆。清军一时间在怀庆集聚的总兵力超过六万人,想在怀庆一带把北窜太平军一网打尽。林凤祥还未来得及攻城,清军便立即从水、陆两路对太平军实施了反包围。由于清军声势浩大,林凤祥进退两难,在怀庆一带被拖住五十六天,劳而无功,丢兵折将,元气大伤。

林凤祥的北上太平军所面临的已无更好的选择,派出探子侦察多日,发现山西方面清军疏于防守,兵力薄弱,只好于九月一日自河南进入山西境内,连克垣曲、绛县、曲沃、平阳、洪洞等十多个州县。清廷没有想到太平军会窜进山西,故基本无强兵抵抗。对林凤祥来说,尽管在山西节节胜利,他心中仍是万分沉重。因为他偏离了目标太远,攻占山西各城毫无意义。在山西待了二十五天,林凤祥匆忙撤退,由潞城、黎城翻越太行山进入陟县、武安。这一带经济落后,百姓十分贫苦,因而无路可走的穷人纷纷加入太平军,使北伐太平军兵力得到补充。九月三十日兵临洛关,大败巴里坤总兵经文岱,缴获了清军大量衣服、军械和旗帜。有人向林凤样献计:"将先锋队换上清军服装,为大队人马开路,前进的速度可能要快得多……"林凤祥向李开芳、吉文元使了一个眼色,次日,北上太平军的阵容变了:近五千"清军"在前,相距不过十里地,才是太平军大队人马在尾随。

这一招果然灵验:不仅行军速度快了,而且沿途各州县争相供应物资,一路畅通无阻。只是当林凤祥离保定城只有六十里时,清军才发现上了大当,清军总兵讷尔经额立即组织围剿。林凤祥又一次陷入迷茫之中。在保定旁边的深州,林凤祥主动放弃进攻保定的计划,向东南绕道经献县、交河、沧州而到了天津城郊。在天津城京郊扎下营垒后,太平军中议论纷纷,大多数人认为:放弃由深州攻进保定再攻北京的计划是错误的。林凤祥听了这些议论,一笑了之,道:"从扬州出发后洪天王不是有令吗?到天津等待援兵,再择机进攻北京。"但一些人们坚持意见认为:"洪天王远在金陵城中,对这儿的情况一无所知,早先定下的计划应随着变化的情况而及时调整。如今是机不可失,失不再来了。"

林凤祥不在乎议论,他心中只装着一条:不能违背洪秀全的谕令。到天津城郊,北伐太平军就地驻扎下来,派出十名军士骑快马飞奔金陵,向洪秀全报告一路行程情况,请求速派援军北上,按原计划合力先攻天津,再取京城。

却说北伐太平军到达天津城郊时,不知命运如何,洪秀全的西征行动即已开始了。太平军由赖汉英、曾天养、林启容、白晖怀等分别率领,自安徽安庆发兵,沿长江攻克江西彭泽、湖口、南康等州县,几天后兵临南昌城下。这时清廷命江忠源出任按察使,咸丰皇帝要江忠源与江西巡抚张芾鼎力合作,据城抵抗。江忠源早有准备,防守严密,太平军对南昌城屡攻不克。赖汉英动起了心计,决定先攻取南昌附近州县,斩去南昌外围枝叶,断其接济,再图谋南昌。依照这个计划,太平军暂时放弃了南昌,一连攻克了丰城、瑞州、饶州、乐平、景德镇、浮梁、都昌七个外围城镇,南昌城里这才一片惶恐不安。

但即便如此,太平军对南昌仍然是可望而不可即。

洪秀全、杨秀清火了,把赖汉英调回天京,已攻取的江西一带城镇由殿右八指挥林启容率兵镇守;派翼王石达开赶赴安庆,巩固扩大安徽后方阵地,兼以抚民,经营安徽;令国宗石祥祯率两万人马继续沿江西进,攻占湖北武穴等地。

此时的湖北,由湖广总督张亮基派遣阜司唐树文到田家镇设防,拦截石祥祯的西进。田家镇一带盛产木材,绿竹成林。阜司唐树义就地取材,编造了大量巨筏,在竹筏上放置大炮,横放在江面上。石祥祯的太平军到达这里,水路受阻,便分兵自南岸富池口登陆,抢占了长江南岸的半壁山要塞,对江面上的清军呈居高临下之势。这日太平军部署完毕,于鸡叫三遍时分,以殿左一检点曾天养为总指挥,水陆并进,向田家镇发起总攻。太平军在半壁山上枪炮齐鸣,当场击毙清湖北粮道徐丰玉、张汝瀛等清军要员,使万余清兵顿时慌了手脚。专程从江西南昌赶来增援的江忠源所部也无力抵抗,被打得大败。

面对太平军的强大攻势,唐树义只好率清军退至广济,所有战船、炮位均为西进太平军所得。太平军攻占了田家镇后并未就此罢休,一路直取蕲州、黄州,第二次兵临武汉三镇了。此时武汉三镇城外,尽是舍城出逃的百姓,城中只有千余名清兵据城死守。兵力悬殊,武汉城关口又太多,经不起太平军一个回合的炮火强攻,很快被太平军占领了。

湖北大面积失陷,地处金陵与武汉之间的安徽各城镇已是危在旦夕了。

翼王石达开受命率地官副丞相刘承芳、殿左二十一检点覃炳贤、殿左二十三检点梁立泰等,统领兵船六百余艘,攻占安徽沿江一带城镇;石祥祯为配合"经营安徽"的行动,退守蕲州、黄州一带;胡以晃、曾天养率两万人马向安徽北方席卷而去,一路连克集贤关、桐城、舒城。

李鸿章所在的庐州城,由于安庆失陷,便成了清廷在安徽的临时省城。庐州一带风景秀丽,物产丰富,有米乡之称,洪秀全早已瞄准了这座城市,非要拿下庐州不可!

李鸿章露一手的机会来了。正当石达开率兵船攻占安徽沿江城市时,庐州的周边地区已开始频频告急。李鸿章的团练必须走出操练场,到真枪实弹、烽火连天的战场上去拼杀了。

庐州城中，周天爵派人急召李鸿章："少荃呀，你回乡办团练劳苦功高，我已会同李巡抚禀奏皇上，为你表功了。几月来，你的队伍虽然人数不多，但操练认真，已到了该出战的时候了。本侍郎想派你去定远一趟，围剿活跃在那儿的陆遐龄。这一仗你若打好，首次出师，旗开得胜，定会奏奖加官的。"

李鸿章领命后，心情久久不能平静。这些日子里，他内心中一直萦绕着一种欲念，一种想战胜他人的渴望。在蜀山脚下，他经常呆呆地望着满山的丛林，觉得那无数挺拔的树木就是他有一天能够指挥的千军万马。他好像在渴望得到一件东西。这东西到底是什么？他自己也说不出来。他只感受到了一种模模糊糊的渴望。或许这次出征，便是呼应了他的渴望。但同时他也心惊胆战，不知他所渴望的东西是烫手还是冰了手，是凶还是吉。

陆遐龄，年已半百。他是定远县荒坡桥旗杆村人。家庭富足，本人系武秀才出身，是方圆几十里闻名的地主。三年前，他因水田纠纷，对邻里大打出手，伤人致残，被衙门捉拿归案，投进了安庆监狱。刑期未满，适逢太平军攻克安庆，将他从监狱中拯救出来。太平军成了他的救命恩人，此大恩大德，陆遐龄岂可不报？太平军派他回乡，组织百姓起兵响应。

回到故乡定远仅一个多月时间，他就竖立起了"随天王百战百胜"、"定远起义军"等大旗，公开聚众造反，与太平军遥相呼应。巡抚李嘉端、兵部侍郎周天爵得知后，曾严令定远县令督兵剿灭，但这县令在当地已无号召之力。城内虽有一些兵勇，在县太爷的带领下，只会盘剥百姓，吃喝玩乐，真正打起仗来，个个怕得要死，没有人敢于拼命。所以，定远县虽然组织了两次围剿，无奈两战两败，不仅没有动了陆遐龄的半根毫毛，而且激起民怨，许多百姓主动站出来为陆遐龄助阵，甚至当场加入了陆遐龄的地方起义军，公开对抗县衙。一时间，陆遐龄的兵勇猛增至近万人。

陆遐龄腰杆子硬了，已不满足在定远县里小打小闹，准备冲出定远，杀向省城庐州府，迎接太平军进城。他已与合肥北乡夏村的夏金书联络好了，约定了期限，准备在近日向庐州发起总攻。正是在这个节骨眼上，兵部侍郎周天爵才想到了李鸿章，让他率队出击，赶在陆遐龄进犯庐州之前给他以重挫。

李鸿章领命的当晚,就开始了一个不声不响的行动:他并未开赴定远,而是在庐州北乡布下了天罗地网,第一步先拿夏金书开刀。李鸿章派出探子,把夏金书晚上的活动摸得一清二楚:他要带自己的儿子去朋友家喝酒。李鸿章听报,亲率百余号兵勇,埋伏在夏金书可能经过的地方,只等他出现。夏金书果然落入了李鸿章设下的伏击圈,刚从朋友家出门,还没有拐过巷口,就被七八个兵勇闪身上前按倒。他的儿子尚未成年,见父亲遭到袭击,顺手从地上抓起半块青砖就向李鸿章的兵勇砸去,当场将一个兵勇砸倒,血流如注,痛得喊爹叫娘。正准备把夏金书捆绑好带走的兵勇们恼火了,也未征得上司李鸿章的应允,拔出管枪,对准夏金书父子二人的脑袋就愤然开火了。可怜一对父与子,顿时一命呜呼,倒在血泊之中。夏金书死了,他手下有队伍千余人。李鸿章及早布下了包围圈,强行宣布解散了他的队伍,派出十余名大小头目,对夏金书的乡勇进行了改编,成立"北乡团防",纳入李鸿章团练之中。李鸿章的队伍又得到壮大,次日收编仪式一结束,李鸿章就乘轿进城,面见周天爵、李嘉端、吕贤基等要员,把前后情况有声有色地讲述一番,引得满堂喝彩,鼓掌致贺。

收拾了夏金书及其乡勇,李鸿章这才亲率数千兵勇挥师定远。李家老三李鹤章陪二哥同时出发,作为帮手,来到了定远县荒陂桥一带。此地是江淮之间的丘陵地带,既无高山,又无大河,站在一处高地,方圆十几里地一览无余。抵近荒陂桥时正是日落西山,夕阳的余晖红透了半边天,就如同血染的一般。

李鸿章望着西边的一片血红天色,自知一场你死我活的血战已拉开了帷幕。他思索了一番,平定了紧张的情绪,决定乘夜间动手,分兵包围陆遐龄分散开了的营寨,争取一举歼灭,天明前结束战斗。

李鸿章召集了一个战前会议,决定由自己亲督千余人包围陆遐龄的老巢旗杆村;由李鹤章督兵五百人包剿小洼村,由吴长庆督四百兵勇包围吴店村,周盛波带领三百人剿灭三口塘村的乡勇。这几个村庄都是旗杆村的邻村,数旗杆村最大,通常情况下,陆遐龄就住在这里。大家约定:分兵以后,同时行动,各个击破,逐步向旗杆村靠拢,天明前在旗杆村汇合。

"新官上任三把火",李鸿章新组建的团练刚上阵也果然勇猛。正值午夜,李鸿章一声令下,几路人马各自冲进了自己的目标。陆遐龄的乡勇们大多数正在睡梦中,有些来不及穿上衣服,就被一剑刺死在床上。最为激烈的战斗是旗杆村。李鸿章指挥队伍还没有过护庄河,就被碉楼上的乡勇发现,一阵枪炮乱射,双方都有伤亡。但陆遐龄的主力好像不在旗杆村,只打到鸡叫头遍时,村寨内已无还击之力。李鸿章率部冲进村内,捣毁了陆遐龄的家院,杀尽他全家老小,却找不到陆遐龄及他的儿子。经盘问俘兵才知:陆遐龄在得知合肥北乡夏金书父子及乡勇出事后,已率兵数千人前往寿州东乡了。就在李鸿章的队伍刚进入定远境内时,陆遐龄先前一步离开了。几乎是擦肩而过,李鸿章懊悔不已。

天明后,各路人马会合,经清点兵勇,李鸿章这边死伤三百余人,对方伤亡惨重,共计超过了两千人。李鸿章的脸上绽出了胜利的微笑,迎着早晨初升的太阳,他决定乘胜追击,向寿州挺进,将陆遐龄的起义军一网打尽。李鸿章以吴长庆为先锋,自己与李鹤章居中,周盛波殿后,分三段出发。沿途派出探子搜寻陆遐龄的行踪,得知与陆遐龄的队伍相距约二十里左右。接近寿州东乡时,李鸿章命令大队人马加速行进。三队分右、中、左并列挺进,包剿陆遐龄的乡勇。

陆遐龄不知李鸿章的队伍尾随而至,在东乡还没有站住脚跟,李鸿章的三路人马已呐喊着杀来。待陆遐龄反应过来,乡勇们已四处逃奔,一时指挥失灵。短兵相接不过两三个钟头,寿州东乡一带已是尸横遍野,血流成河。陆遐龄被杀得大败而逃,全军人马大多数阵亡。陆遐龄逃也未能逃出多久,几天后,仍中了他的对手一个圈套,与儿子一起被诱捕杀害,一支"随天王百战百胜"的起义军队伍从此消失了。

李鸿章回安徽初战告捷,大获全胜。庐州官府里大小官员对李鸿章刮目相看,赞誉声不绝。李鸿章满面春风地回到省城合肥,周天爵奏请咸丰皇帝恩准,升李鸿章六品衔。

李鸿章陶醉了。自己数年攻读,五年多的翰林编修生涯,竟然不如一次百十里地的奔波。正七品的衔,一戴数年如一日,不曾有半点升迁的希望。如今仅一次小小的雕虫小技,就官升六品,这正是他所期望的。

李鸿章欢欢喜喜地回到家中，全家人也欢天喜地，父母连连称善，妻子周氏及偏房夫人吕氏来到跟前，恭喜鸿章高升。

　　这一夜，李鸿章在周氏的房中休息，与周氏相拥而卧，但久不能寐。墙上悬挂的一把宝剑在昏暗的烛光下熠熠发光，他注视着宝剑，好像自己的拳拳之志正是在这剑尖上找到了归宿。他在心中暗思：自己已经实现了一生中的重要转折，未来任重而道远，他为自己的明天祈祷、祈祷着。

　　周氏细软的手抚摸到他脸上来了，他这才意识到元配的夫人此时正含情脉脉地注视着自己，于是拉回飞奔的思绪，一把将周氏搂在怀里。多年来，他很少有机会像今晚这样亲近一下周氏了。进京数年，妻子周氏无怨无悔，甚至自己又从京都带回一室偏房，也能以礼相待，姊妹相称，和好相处。李鸿章忽然动情地向周氏说："鸿章能有今日，多亏了你的理解和支持。家有贤妻，是我的福分。"

　　周氏听李鸿章讲到这里，紧紧地搂住丈夫，亲热起来。一番销魂的动情之后，周氏好像仍没有困意，不禁唉声叹气道："我们是结发的夫妻，明媒正娶，生是你李家的人，死也是你李家的鬼了。不论你将来有几房几妾，我作为元配，总要替你多想一些。你有满腹经纶，一腔报国之情。但如今弃文就武，本是我不愿看到的。但于心来说，你是对的。故乡人在疾苦中，好男儿岂能安坐不管。只是安徽这地方，自古以来多是兵家争夺之地，这回轮到我们这辈人，就更是倒霉透顶了。太平天国弄得鸡犬不宁，北边的捻军也不甘示弱，南北呼应，府衙里是绝无回天之力了。恕我直言：你那乡里、县里、省里是一片腐败，拿老百姓不当人看，正所谓官逼民反，在所难免，不造反就死路一条，也难怪他们了。不知鸿章你留心了没有：凡是这匪那匪们闹得最凶的地方，一定是当地的官员最腐败。由于这个原因，你回乡办团练，个人生死暂且不论，一生功过名声事大，还不知后人如何评说呢。最近在乡间走动，无意中听得一些老百姓在私下里嘀咕，说李家父子几人都成了杀人魔王了，尽跟咱穷苦人过不去，他们到底在为谁呀，这正是：世事沧桑演变，荣华落难相继，一生功过是非，后人难断分明。你说你冤不冤？"

　　周氏说到这里忧心忡忡，几乎落下泪来。李鸿章安慰道："你不必为我如此的挂心，我自有我的主张。当然，这当中亦包括了我们许多难处。世人评说，也有正误之分，不仅是'后人难断分明'，即便是今人，也未必就能给你一个公道的说法。做人、做官、做事，当然要考虑别人怎么看，但我想也不能为别人怎么看去做人、做官、做事。绝对的公道，在这个世上从来没有。我现在只知'自古乱世出英雄'的道理。之所以要从京城里回来，就是想立志报国，以微薄之力解万民之忧，当一个有识之士。这样做结果未必就好，但古来多少王侯将相，戎马一生，未遂其志，早有'冯唐易老、李广难封'之鉴，但他们本身的贡献连同他们的名字一起，是铭镌千古的。而那些竹林酒肆、清谈妄议者，在这个世上可以说遍地皆是，但又有哪一个人留下了名声，不都是身同骨朽了吗？这样说，你别以为我想流芳百世，我做不到。但应该在这个世上留下点什么，无论是美名，还是骂名。真到有一天逼上梁山，明知要得骂名，我也在所不辞……"

　　周氏接过这话说："名声，那是以后的事情。我现在最担心的是你既已身为行伍，小命便不全抓在自己手里了。万一有个三长两短，我可是如何活下去哟！现在都有了那洋枪洋炮，这东西是不长眼的……"说到这里，周氏又紧搂起鸿章，呜呜哭了起来。

　　李鸿章为周氏抹泪，笑道："我怎想自己都是福大命大的。我出生时的那一段传说便是个吉兆，姑且不论这一点，此后的许多年来，也基本上是一帆风顺，可曾有过什么大的惊险？过去没有，相信下一步以至将来，也定会心想事成。你为我祝福吧！"

　　周氏这才止住了忧伤，破涕为笑，向鸿章怀里钻了一钻，道："我相信，我会日日焚香祈祷，求菩萨保佑你一生平安！"

　　夫妻二人亲热叙话，不觉已近天明。李鸿章稍微睡了一会，便听母亲李氏在房外叫喊："鸿章儿呀，安徽巡抚李嘉端遣人来请你去庐州府衙一趟，说有事相商哩！"

　　鸿章应了一声，匆忙穿上衣服洗漱了，吃了点面条打鸡蛋，便随省府里的人去了。拜见了李嘉端，略事寒暄后，李嘉端谈起了正事："我已与兵部侍郎周天爵大人商量好了，想请你再辛苦一趟，率兵勇赶赴皖北颍州、雉河集一带，堵剿捻匪。如今事情紧急，太平军正要向庐州扑来，北面的捻匪打算与太平军合力，南北呼应，夹击庐州城。事不宜迟，定远荒陂桥一战，你老弟劳苦功高，旗开得胜，名声大震，什么'黄牛会'

呀,'扁担会'呀,有些听了你的大名也闻风丧胆了。但愿你此行能凯旋而归,在皇帝那面再积一功。"

李嘉端请李鸿章率兵出征是经过深思熟虑的。首先,他确信李鸿章是个人才,在宿州的数日接触已使他对李鸿章有所了解。办团练的几个月来,李嘉端更是对李鸿章高看一眼:文人从武,原来也毫不逊色。队伍捡起了,枪炮购回来了,操练抓起来了。尤其是拉住了刘铭传的队伍,更是技高一筹,功不可没。李嘉端一直在心里认为:李鸿章回合肥,首先是自己发现的一个人才,应该为自己所用。不料让周天爵抢先了一步,第一个动用了李鸿章。结果,奏到咸丰皇帝那里,也成了"周天爵派李鸿章率兵勇⋯⋯"李嘉端不能等闲视之了。无论如何,自己是安徽巡抚,是一省的父母官,自己发现的人才,不为自己所用,让别人捡了一个便宜,他心中不甘。所以,他连忙找周天爵,要把李鸿章调到自己手下,协办团练。派遣之权,应由他李嘉端大人来行使。周天爵已是行将就木的人了,哪能与李嘉端一争高低?他答应了李嘉端,当了一个让贤者。不过周天爵心中有数:让李鸿章去皖北与捻军周旋,那真是为难李鸿章了。对于捻军的内情,李嘉端、李鸿章都是蒙在鼓里的人。尤其是李嘉端,初来乍到,根本不熟悉安徽北部的捻军情况,异想天开,让李鸿章出马就可以胜利在握了?不用说李鸿章,就连胜保、僧格林沁等大将出马,也多是兵败而归。周天爵自己也曾两次出兵围剿,差点儿没把自己的脑袋丢在了雉河桥!剿灭捻军难似上青天,他周天爵暗自揣度着。

李鸿章也知此去非同小可,父亲李文安也为儿子捏着一把汗,千叮嘱,万叮嘱,让他千万小心谨慎,绝不打无把握之仗,见机行事,摸清情况,搞稳妥了再动手。

按照父亲大人的提醒,李鸿章决定先带着百十名精兵,扮作盐商,到安徽北部地区实地探探路子。借机掌握捻军内部情况,然后在踩准路子后,再行发兵。

这天,阴霾笼罩着皖北大地。通往雉河集的大道上,推车、挑担及提袋的行人,组成了里把路长的人流,向前涌着。李鸿章所率领的百十名精兵,此刻全部扮成了盐商,就混在这涌动的人流中。到了岔道口,人群中有些人神情紧张起来，不时提心吊胆地互相低语："前边就是盐局子了，要小心一点哩！"

人流中有不少人是从河南贩盐回雉河集一带的。清廷在各个地方设立了许多盐局，专门缉拿私盐贩子。一经查出，盐要充官，人要下狱。离盐局子近了，有些人本能地加快了脚步。突然，前面"砰"的一声枪响，从旁边冲出来一队县衙里的盐警。其中打枪的头目道："哈哈，我说你们能上天入地呢！来呀，把这几个抓到局子里去！"

"我们有押镖的！"人流中突然有人冲上前高喊起来。

"你们的镖谁来保的？"那头目厉声问道。

"老乐！我们的老乐！"这一声非同一般，是上百人齐声喊叫。只见那众盐警听了，个个脖子顿时短了三寸，那头目也立马向路边一退，闪出了大道。盐警们躬着腰，笑吟吟地站在路边，好像见到了皇上老子，乖巧得龟孙子似的。

李鸿章把这情景看得清清楚楚，在心中骂道：一帮无用的东西！他只是纳闷：这"老乐"是谁？这些齐声高喊"老乐"的又是什么人？为什么原先凶神似的盐警一听到"老乐"二字就吓得屁滚尿流？

一路走着，李鸿章佯装与人聊天似的套着别人的话，原来，"老乐"名叫张乐行。家住雉河集张老家村，他生性豪放，广交豪杰，称雄一方。他最早靠贩盐维持生计，后来组织了捻子军，当地人叫他"趟子头"。

趟子头张乐行有两个老婆。第一个老婆马氏，她温柔善良，是个典型的农家妇女。当了趟子头后，他又娶了第二个老婆，名叫杜金蝉，中等个条，瓜子脸盘，细眉细眼，满腹韬略，还有些武功。

杜金蝉原先是贫苦人家出身，小时候被卖给张老家村的张财主。杜金蝉到十八岁时，出落得水仙花一般。有天夜里，张老财的儿子要强奸杜金蝉，被杜金蝉用镰刀砍成重伤。张老财毒打了杜金蝉后，准备把她卖到妓院去。这时正好被张乐行的老婆马氏遇见，拿出私房钱，求张乐行的大哥张向行出面，将杜金蝉买下来，收做自己的丫鬟。

杜金蝉二十一岁那年，张乐行父亲张慰祖和大哥相继去世。张乐行与二哥张敏行为分家、分遗产闹得不可开交。一天下午，亲兄弟俩争吵不休，竟打了起来。兄弟俩正在厮打，突然从内屋闯出一个人来，抓起桌上的茶壶,"啪"的一声摔碎在地上。兄弟俩一惊,松开手一看,摔茶壶的人原来是丫鬟杜金蝉。

只见杜金蝉娥眉倒竖,杏眼圆睁,对两个兄弟道:"你们俩真是丢人!忘了独山王张鸿羽了吗?!"

张乐行与张敏行面面相觑,一时无言以对。张鸿羽乃张乐行家的先祖,外号"小兰英"。雍正年间,张鸿羽率义民反清,占据了独山,树旗为王,后为了突围,死在清军刀下。

杜金蝉见这兄弟俩有了些悔悟,道:"如今清廷日渐败落,民不聊生,洪秀全高举义旗,已势如破竹,你二人还在为一点家产你抢我夺,这是愧对祖宗哩!"

杜金蝉说得兄弟二人面红耳赤,张乐行由此对杜金蝉高看一眼,家中大小事情也愿意与杜金蝉商量,不久便睡到一张床上去了。张乐行得了杜金蝉为妾,如虎添翼,由她内外一把抓,而且结交了乡间大量义士,队伍越拉越大,聚众打粮、抢当铺、砸盐局、闯官府,闹腾得方圆数百里,人见人怕,连县里衙门都躲得远远的。

杜金蝉帮张乐行出主意,想办法。一日,张乐行在雉河集摆下三十桌大宴,邀请到皖北老牛会、黄牛会、扁担会等各方头领数百人,张乐行举杯讲道:"如今太平军席卷而来,横扫半壁江山,势与清廷成鼎足,鹿死谁手还难以预料。天下各路起义军复起,反清大旗高高飘扬,抗清烈火遍地燃烧。依我之见,清朝气数将尽,到了我等大显身手的时候了。而我们安徽之势,更如沙滩一般,沙子虽多,风一起便四处飞扬,若掺进了石灰,又可以造屋。若各位能携手合作,建立一个中心,联络各路义军,结小捻为大捻,结大捻为军旅,定可以成大事,举大业,建立一个属于我们自己的天下!"

张乐行举杯喝了杯酒后,又道:"陈胜、吴广起义于我们安徽宿州,扫平了秦家天下;韩林在皖北亳州称帝,终将元朝倾覆。我们捻军也应该走向统一,尽快扩大队伍,招兵买马,待灭清以后,据地自守,占据半壁河山,进而夺得天下!"

在场的大小捻军头领热烈鼓掌,如同洪秀全在金田宣布起义一般,气氛十分激动人心。在场的人以酒桌为单位,对天盟誓:永结金兰,共举大业!大家各自列出了自己的仇人,官府里的、村庄上财主的名单,分派人马，仅在半天之内，就砍下了三十六个人头，一时风传皖北，有钱的或有官职的人纷纷逃离，搞得人心惶惶。

李鸿章率精兵穿便服闯进雉河集。这天万里无云，风和日丽。只见雉河集异常的热闹，做生意的人倒是不多，到处却都是说大鼓书的人。这大鼓书是安徽本地上一种民间的曲艺形式，一手敲着大鼓，一手摇动着竹板，边敲，边摇，边唱，老百姓十分爱听。

李鸿章等挤进一群人中间，见一中年男子，皮肤黝黑，方脸淡眉，一脸络腮胡须如钢针一般，他正在"咚咚咚"地敲着皮鼓。鼓槌一停，说书人开口道："各位老少爷们，今天不说霸王举鼎得美人，也不表岳飞沥泉得神矛，只把我们本地的豪杰表一表。"说这几句后，说书人又"咚咚咚"地敲了几槌鼓，右手举着小竹板"叭嗒、叭嗒"地打了起来，随着尖起嗓门唱道：

　　各位静心听分明，
　　我只表那好汉张乐行。
　　说的是那年这一天，
　　隆冬正午日光暖，
　　张慰祖晒太阳身舒坦。
　　猛然间，数条大蛇窜身边，
　　张慰祖情急高声喊。
　　就听得，一声惊呼出门，
　　燕氏挺身来救夫，
　　群蛇张口齐上前，
　　……

李鸿章听到这里，暗笑：尽是胡编瞎扯，隆冬时节怎么会有群蛇出洞呢？转念一想：凡想迷惑民众者，大都是如此标榜自己，也不奇怪。或听说书人不唱了，改作道白："各位老少爷们，那燕氏当时身怀有孕，眼见三条性命要归天……"

刚说这么几句，又是"咚咚咚"一阵急鼓，接着一阵不紧不慢的竹板摇个不停，唱道：

突然间,一声惊雷送冬云,
天黑对面不见人哪!
有道是:虎行从风,龙行从云,
但只见,一条金龙飞出燕氏怀,
燕氏全身金光闪;
群蛇转眼全跑完。
这一天,晴空万里光灿灿,
张乐行来到人世间。

突然间,一阵冷风吹进房,
抬头看,一蛇粗若大斗口似窗。
它盘绕门前要把乐行伤。
正这时,雷声隆隆闪电亮,
那蛇扭头钻进深草中,
呔,哪里跳?哪里逃?
一声霹雳门前大树倒,
哭声传出天放亮,
满屋硫磺香气浓。
再看那棵古树中,
巨蛇两段已被斩。
燕氏随口唤"香儿",
乐行由此乳名叫"香儿"。
……

买马招兵

  李鸿章等听得不是滋味,急急离去。只听这说书人又在旧词重唱。他们挤出人群后,拐过一个弯,又见一个说大鼓书的。李鸿章站住,不再往人堆里挤,只在人墙外侧耳听着。那说书人讲的是:两千多年前,孔丘到南方游说,被困陈、蔡之间,饥饿难当,便向范丹借粮。那范丹亦贫,仍把家中最后一点粮食借给了孔丘。斗转星移,孔丘后来做了大官,但绝口否认借范丹的粮食。所以,孔丘的继者——豪富和官僚欠范丹的后代——捻子的债，捻子有权向孔丘的后继者讨还欠债。

　　李鸿章熟悉捻子们瞎编的这个"借口"。在这里亲耳听到如此说唱，才知正是这个"借口"得以在捻军中流传的原因。李鸿章紧锁着眉头，猛生出一种惊惧之感，心想：如今洪氏猖獗尚无法剿灭，皖北大地上又闹出这个张乐行，也实在让清军头痛了。……

　　他正走着，想着，不料迎面跑过来一群孩子，打闹着，边跑边唱：

　　　　没粮下锅日难熬，跟着老乐外边跑；
　　　　州官见咱跪下地，县太爷见咱甩官帽；
　　　　穷爷们变成大阔佬……

　　李鸿章听得头皮发炸，慌忙离开街口。李鸿章不敢在雉河集久待，率随从精兵赶到涡阳县衙。他们虽百姓打扮，但身藏官文，且只须递上李鸿章自己的名帖，立刻就把那些衙役们吓得不敢直腰。涡阳县令已多日不在衙中，说是生病回乡了。李鸿章自知这是为避捻军，借故逃脱的。不见县令也好，反正自己是前来暗访捻军，只要腾出房子来让兵勇们住下就行。

　　当晚约三更时分，李鸿章却不知，已有两个蒙面人飞身跃上县衙的墙头，略一扫视，飘然而下。李鸿章没有布置自己的兵勇在院中站岗，只有亲兵在屋内监视动静，怕暴露了身份，探不到情况不说，还要惹出麻烦事。所以，在院中巡逻的只有一个更夫，"梆梆梆"地打着更。蒙面人下来，只见刀光一闪，可怜的更夫无声倒下。其中一个蒙面人捡起梆子，假充更夫，没事一般的在院子中敲了起来。另一个蒙面人则东张西望，好像在寻找什么。

　　守在屋里的值班兵勇见了这个情景，也不敢弄出半点响声，只轻手轻脚地推开了李鸿章的房门，小声把所见的经过讲述了一番。李鸿章随值班兵勇移步来到大门前，透过门缝往院内看，果然是有两个蒙面人在东张西望。一会儿，只听一个蒙面人说："下午明明看见百十个陌生的汉子来到了县衙，怎么会不见了呢？看来确实不是什么队伍，或许真是盐商，到县衙办完事就走了……"

　　李鸿章听了这话，吓出了一身冷汗。看来自己已被盯梢，当格外小心才是。大约四更过后,蒙面人才飞墙而过,出了衙门。隐约听见衙门院墙外脚步声杂乱,渐渐远去。李鸿章这才松了一口气,令兵勇四面加强防范,自己回床上休息去了。

次日,李鸿章沉思良久,觉得涡阳不是久待之地,仍扮作盐商,率众兵勇来到了蒙城。这蒙城的知县刚刚上任,正所谓新官上任三把火,很有些大智大勇的做派。李鸿章暗中到来,更给他增添了不少勇气,与李鸿章商议:要整肃地方,先拿张乐行开刀。

二人正商议到兴头上,忽然,李鸿章的探子来报,道:"张乐行率众捻子到外地打粮去了,去向不明,有说是河南,有说是山东,尚在继续查探之中。"

李鸿章叹了口气,道:"刚刚准备要拿他开刀,他倒溜了……"

蒙城新任知县戴贤沛道:"跑了和尚跑不了庙。他走了正好,把他家眷抓来问罪!"

当天,戴县令就派出十几名衙役,李鸿章也派出几名兵勇,飞骑奔向雉河集。先在集镇外埋伏下来,等天黑后摸进了张乐行的府上,把张乐行的老婆马氏、杜金蝉二人装进麻袋,摔在马背上就往蒙城赶。却不料在回蒙城的路上,突然从杂树丛生的墓地里,奔出了几匹蹄子裹着布的快马,闪电般的冲开了戴县令、李鸿章的马队,把两个麻袋抢了过去。等众衙役回过神来,这些人马却奔得远了。

其实抢劫马氏、杜金蝉的张乐行手下人,也没有能保护好张乐行的两个老婆。他们从衙役手里劫得以后,又将马氏、杜金蝉带回了雉河集。人刚一落脚,又被几个蒙面大汉抢了去,一时间四处寻找,也找不到下落了。张乐行留守在雉河集的捻子们心急如焚,不知张乐行打粮回来后,如何向他交代。

张乐行此时已跨进河南境内,一路抢劫地主豪富,收获颇丰。忽然有十几个陌生人来到张乐行的大帐中,要面见这捻头。他们道:"你家出事了,两位太太都被蒙城新任县令会同庐州来的李鸿章抓去了。我们获悉后,半路打劫,把马氏、杜金蝉救了下来,现安排在离这儿不远的一个村庄里。"

张乐行一听,二话没说,带上义子王宛儿和两个枪手上马,匆匆奔去。来报信的人们在前带路,不时回头看到张乐行,还找空儿给同伙们打手势。大约已跑出去四五里地了,张乐行开始警觉起来,留心看这些人,个个手按刀剑,一副临战姿态。张乐行双腿一用力,扬起一鞭,他那坐骑顿时冲到了前面。果然,这些陌生人不让张乐行在前,也扬鞭上前,压住张乐行的马头。张乐行一看,猛勒缰绳,那马一声长嘶,前蹄扬起,停住脚步。两边的人因来不及勒马飞闪而过。张乐行掉过马头就往回走。

"张乐行,请留下人头再走!"冲过去的马队见张乐行掉头,纷纷回马将张乐行夹在中间,舞刀弄剑地对张乐行露出了凶相。

张乐行的随从枪手已看出了异样,正准备上前保护张乐行,不料其中一个枪手已被对方一刀砍下马来。另一个枪手举枪回击,打死对方两人,这才脱身而逃。但对方人马仍紧追不舍,并开枪射击。张乐行的义子王宛儿也还机智勇猛,向自己身边的枪手使了一个眼色,两匹马陡然人立。说时迟,那时快,王宛儿的坐骑前蹄未落,紧追而来的对方已有四人被砍下马了。捻子们称这个动作叫"大漠篦沙"。

张乐行马不停蹄,继续回奔。王宛儿和枪手将马横在道中,想挡住对手们。双方一阵刀剑交锋,终于杀得对方多数人身首异处。剩下两三人胆战心虚,逃奔而去。张乐行这才脱险。

蒙城戴县令与李鸿章这边因抓到手的人却被劫去,心中大为不快。李鸿章四处派出探子搜寻,终于得知是马桥一带老牛会的捻子所为,他们要以此控制张乐行,计划把张乐行及全家铲除了以后,打通张乐行内部,收编张乐行的队伍。张乐行在河南边境被骗出门,险些丢了性命,也是老牛会的精心安排。

打听到张乐行两个妻子被关在马桥,李鸿章下令由自己的精兵出动,仅派出四人化装到了马桥,用银子买通更夫,得知马氏、杜金蝉被关的准确位置在西院,几下工夫便把张乐行的两个妻子又抢了过来,关进了蒙城郊外的一个监房里。

张乐行在河南受惊,加之得知两个妻子被俘,急匆匆地回到了雉河集。他要救出马氏和杜金蝉,便亲率一支队伍,精选几十名枪手向蒙城扑来。

入夜,阴云蔽月,几十条黑影闪进蒙城监房大院,他们砍死看守,捣破后窗,割断马氏和杜金蝉的绑绳,把人救了出去。

李鸿章与蒙城县令得知杜金蝉、马氏被救,张乐行已从河南打粮回来,立即派出一班捕快,要逮张乐行。班头带一帮人来到张乐行府第,见警卫森严,大门两旁各有四尊铜炮,自知不是张乐行的对手,脑瓜一转,便毕恭毕敬地向张乐行施礼道:"张三爷,我们戴大人及省府来的李大人久闻您的大名,请您到县衙里叙话。"

"告诉你们大人:要用文的,他书来我信往;要动武的,村外相见,兵马派来!"张乐行十分不客气地回道。

班头回去禀报,添油加醋地说了一番张乐行如何拒捕,戴县令与李鸿章自然无比愤怒,调出清兵数百人包围了张乐行的村子,大喊着要张乐行跟他们走,不然就要炮火轰去。张乐行见真的要动武,命义子宛儿将大旗插上屋顶,集合自己的队伍。

不一会,一面杏黄色大旗在张乐行的屋顶上冉冉升起,迎着劲风猎猎作响。数十只大海螺向四面八方吹响。张乐行指挥枪手们轮番向清兵射击,进行坚决抵抗。

张乐行沉着应战。清军统领见数百人攻不下一个小村庄,便派出快骑飞报李鸿章等,要求再派援兵。李鸿章与那戴县令一想:这回已经把张乐行围住了,料他这一次插翅难逃。因此,便向邻县求助,增派两千人马赶来,层层将张乐行围定。

张乐行见清兵人多,恐自己弹药不济,便组织突围。他率队执刀而出,与清兵展开了白刃战。一时间,兵刃撞击声、吼叫声响成一片。张乐行纵马来回冲杀,想杀出一条血路。突然,一套索绳向张乐行的头顶飞来,张乐行躲闪不及,被套住了脖子拉下马来。张乐行飞起一刀将索绳砍断,又挥起一刀,将手捏绳头的清兵管带"鲁班斩木",直取他的人头。清兵越上越多,步步向张乐行逼近。张乐行杀红了眼,一手抓着一把大刀,以"花开两朵"之势,顺剑进招,玩起了"鸳鸯连环腿",刀舞腿踢,但仍摆脱不了一阵又一阵冲上来的清兵。就在这时,只见马桥的清军兵营里浓烟滚滚,火光冲天。清军一见兵营被劫,大吃一惊。清军统领急忙率兵回头相救。

原来,张乐行杏黄大旗在屋顶一插便是信号,外围早有张乐行的捻子军去包围了清军的老营,以劫营调虎离山,使张乐行得以脱离险境。张乐行见清军回头而去,纵身上马,率众去追。追到马桥附近见清兵并不救马桥兵营，丢下大火不管，一阵人喊马叫地向蒙城方向逃奔。

眼见血战在即，清军忽然逃散了，张乐行不知何故。这时，捻子军里三个探子来报：

"永城捻首冯金标、张凤山前来支援！"

"河南巨捻之首苏天福率军来援！"

"王贯三两千捻军到达！"

张乐行心情异常激动，立即下马拜见了几位首领，然后同回雉河集。在雉河桥，张乐行以东道主的身份摆下酒宴，盛情接待四方捻首。张乐行道："自上次十八家捻军携手结盟后，皖北一带捻军有很大发展，但时聚时散，威力没有得到充分发挥，所以地方州县的清军才敢如此不断与捻军作对。现在看来，还要真正结为一家，共举大义。"

众捻首一致赞同。说：此次既是来驰援张乐行，也是前来结盟的。于是，张乐行向周边孙葵心、任化邦、侯士伟等发出结盟邀请，决定结为一军。

这日，雉河集到处是人山人海，到处旌旗飘扬。雉河集捻军会馆里，首领们共同在后院后排房子里议事。众首领们走进了会场，闻得满室檀香，由八仙桌拼凑而成的大会议桌上，摆着二三十个描凤涂金的匣子，匣子上都插着香。众首领刚落座，只见张乐行义子宛儿急匆匆地走上来，呈上一封刚刚收到的官方来函。张乐行当众拆开一看，勃然大怒，道："众家兄弟，我这儿刚刚收到蒙城县令及李鸿章的联名来信，说：'我们以朝廷命官的名义，奉劝众捻匪们悬崖勒马，回头是岸，归附朝廷。如能杀了苏天福、任化邦、孙葵心等捻首以明心迹，保证相安无事。如能率众投奔团练，与官军联合共御洪秀全的长毛，则保证加官晋爵。'众家兄弟，你们看看如何是好呀?!"

众首领大哗，一致要求捣毁蒙城县衙，杀了戴、李两个人。

张乐行将信丢在脚下，一拍桌子，道："宛儿，送信的人给我宰了！"

苏天福也亮开了嗓门道："兄弟们，老乐将官府要痛剿我等的书信公之于众，其心其志天理可鉴。小弟我提议：推举老乐为捻军结盟之主！"

众捻首一致拥护，会上议定张乐行为"大汉明命王"。又根据张乐

行的提议,按五种不同颜色,将捻军分五旗,选出五位总旗主:

黄旗总旗主:张乐行;

白旗总旗主:孙葵心;

蓝旗总旗主:任化邦;

黑旗总旗主:苏天福;

红旗总旗主:侯士伟。

接着,众捻首讨论了各旗内部如何编制,制定了军律。

结盟会议仍在进行中,张乐行见自己面前匣子上的香快要燃尽,便动手换香,没留神把香碰断了一根,小孔里的香头取不出来,只得翻转匣子来倒,哪知一磕磕下许多黑色粉末,惊呼:

"炸药!这是炸药!"

众首领一惊,一齐动手,掐断了燃香,待撬开匣子一看,里面果然装满了炸药。

张乐行把义子宛儿喊来,斥道:"会场是你负责布置的,这炸药是不是你放的?!"

宛儿大呼冤枉,也不知炸药是什么人在何时放进去的。于是赶快查看其他匣子,结果又找出了三只匣子里装满了炸药。

张乐行十分恼火,要下令杀了宛儿。众捻首一齐上前阻拦,苏天福道:"宛儿多年跟您出生入死,绝不会干这种事情。依愚之见,既然有人在此安放炸药,必有人埋伏在附近。待我等被炸后,他们再包围过来!"

于是,几个头领私下商议,想出一个计策,分别开始行动。

张乐行装做没事一般,以吵嚷声太大、扰乱议事为由,传令各路捻军后撤二里。张乐行带众捻首来到前院,命人在后院将炸药点燃,只听得山崩地裂一阵爆炸,后院房屋墙倒顶塌。硝烟刚过,果然从周围矮墙后、草丛中窜出一百多名彪形大汉,手持各种兵器扑来。为首的清兵头领冲到爆炸现场,一见瓦砾之中没有尸体,知情不妙,掉头就跑。此时哪还能跑得掉?张乐行一声大吼,众捻军蜂拥而上,拦住了这一百多清军兵勇,杀死过半,其余被俘。

据清兵俘虏交代:此乃李鸿章和蒙城知县共同定下的计策。他们得知上万捻军要在雉河集结盟举义,自知强攻无效,便派出兵勇,打入捻军内部,装上炸药,布下伏兵,想一举把众捻首剿灭。不想此计被识

133

破，前功尽弃了。

雉河集结盟已经完成，还确定了军制：百人为一小捻；十小捻为一帐子；十帐子为一大捻。大捻的旗子在本总旗上嵌色边；大捻之上为总旗；另设女营，女营打水草花旗。张乐行还制定了五项信条、十九项行军条例，将尹沟定为首都，将雉河集定为陪都。

张乐行完成了结盟以后，决定要给蒙城官衙一点颜色瞧瞧，连同李鸿章，决不轻饶。他率队出发，先要踏平蒙城四周的清军营垒，然后直冲县衙，活捉仇人。

这日夜，张乐行来到蒙城郊外的清军营垒附近，观察了一会，见营外竟然没有岗哨，便命大队人马在营垒外里把路的地方隐蔽下来，自己带精兵飘然溜进营寨，在寨内转了一圈，杀了几个熟睡的清兵，然后悄悄打开大门，发出信号，让捻军士兵高抬腿，轻落步，分成小队按手势向各营帐摸去。一时间寨内砍脖子的"咔咔"声响成一片。

"有人摸营了！"突然有清兵惊呼，接着有三四十人跳上马就跑。

"吹号！"张乐行下令。数十只海螺在夜幕下吹响。捻军各队听得号声，纷纷上马，奋勇拼杀。这一仗，清兵死伤超过五百人，损失惨重。

李鸿章从庐州一带调集的团练计五千余人抵达蒙城、颍州、亳州一带。经探子侦察，张乐行的捻子军大部分向蒙城集结，准备攻占蒙城，并口口声声要活捉县令戴贤沛和六品团练帮办李鸿章。其势如洪水一般来得猛烈，在蒙城死守定然一败涂地。李鸿章还得知：张乐行的老巢雉河集仍有四千多名捻子驻扎，大量军械、粮草都藏匿于此。李鸿章在心中盘算：你张乐行要到蒙城来取我的人头，还不如让你前来，我却打到你的老家去，直捣你的老窝。主意一定，便令自己的团练大军分头向雉河集靠拢，彻底捣毁张乐行的老巢。

刘铭传带两千人从肥西出发，已进驻涡阳城，吴长庆、张树声带一千五百兵勇就到雉河集南部二十里待命，周盛波、周盛传兄弟俩所统一千五百人已越过雉河桥，准备从北部靠上去。如此几面包围，料张乐行的老窝此次是在劫难逃了。

一边是张乐行包围了蒙城，一边是李鸿章包围了雉河集。真正是鸭子吃稻——一还一报。李鸿章早已出了蒙城，带上自己的护身兵勇到了涡阳城。与刘铭传见面后，李鸿章道："多多拜托，将军辛苦了！"

刘铭传也拱手道："不吝赐教,我尽力而为!"当日,李鸿章与刘铭传共同商量了进攻方案,决定乘黑夜埋下伏兵,天明就打,速战速决,进占雉河集。方案部署下去以后,李鸿章随铭军一同出发,在雉河集西面扎下营帐。派出几十名探子连夜已摸到了雉河集几处民房内,与四面包围过来的团练兵勇们里应外合。天色刚刚能看出人影,太阳尚未出山,刘铭传开出第一炮,东、西、南、北便四方进击,打得雉河集的捻军措手不及。大多数捻子们还躺在被窝里睡大觉,炮弹落在窗下,这才被炸醒,摸枪起来应战。进攻的炮火也实在猛烈,雉河集里的捻子军无法躲避,一时间墙倒屋塌,人喊马叫,许多捻子还没有穿好衣服,就饮弹而倒了。在炮位上的捻子,绝大多数刚进入阵地,大炮就被炸倒,成了死炮。待重新整理,装弹发射时,雉河集内已是满街头的尸体。

刘铭传是久经沙场,不怕吃苦,沉着勇敢,机智善战。此次是第一次与其他团练协同作战,也同样英勇无畏,打得十分出色。刘铭传正在营垒指挥,准备在炮火轰击一阵后,发出进攻,直冲街头。正在这时,发现一颗炮弹落在身边,还未爆炸,雉河集内已有一批又一批捻军突围而来。眼见这颗炮弹就要爆炸,刘铭传的营垒乱作一团,有的跑,有的叫,有的抱头趴倒。可是,刘铭传却沉着地一脚迈向炮弹,飞起一脚,将炮弹踢向突围而来的捻军,只见那炮弹还未着地,就发出一声巨响,在捻子们中间炸开了花。捻子们被炸得腿脚横飞,血肉模糊。刘铭传这一脚,踢得军威大振,个个士气高昂。一阵进军号角吹响之后,四周的兵勇如猛虎下山,全线占领了雉河集。经清点,此次突袭张乐行的老窝,共歼捻军三千余人,另有一千余人投降。张乐行及二老婆杜金蝉此时正在蒙城作战,大老婆马氏死于乱刀之下,所有枪炮、粮草均被李鸿章的团练所获。

攻陷了雉河集,李鸿章等又整顿队伍,乘胜进军,扑向蒙城,前来解救蒙城一难。李鸿章仍分三路,对蒙城外的捻军实行反包围。张乐行此时已获悉雉河集被陷,攻打蒙城也心不在焉了。见李鸿章大队人马包抄而来,不敢贪恋攻城,挥师而去,直奔山东境内。

大军进入蒙城,戴县令出城迎接,在城中摆下酒宴,敲锣打鼓,与李鸿章等同庆胜利。

李鸿章再战又胜，心中异常欢喜。庐州城里很快得报，对李鸿章一片夸赞之声。弃文从武之后，真正的大战，此属其二，功不可没。安徽巡抚李嘉端也说话算数，将李鸿章奏上朝廷，朝廷因功赏李鸿章一个知府的头衔，又奖授其弟李鹤章一个空名："剿匪模花。"李鸿章回到庐州城，百感交集。他的情感是细腻的，这似乎倒与他高大的外表有些不相衬。他下意识地摸了一下嘴角，连日奔波，已生了许多髭须，好像几月中老了许多……

第五章　痛失家园

　　就在李嘉端为李鸿章请功不久,太平军翼王石达开在皖南沿江一带奉命改守为攻,长驱直入地攻取了集贤关、桐城。清兵望风而退,向庐州城靠拢。舒城,是省府庐州城的西南门户,此时只有帮办团练大臣吕贤基在这里驻守。他手下兵勇死的死,逃的逃,已全无招架之力。李鸿章对岳父的处境十分挂念,听说他率官军迎击不利,两名从三品的游击在出城征战中阵亡。他便骑上快马,赶到舒城探望,帮助商议防御之事。一边又从刘铭传、张树声、周盛波手下共调集了千名兵勇,同期到了舒城,支援吕贤基。

　　翁婿二人见面,没有欢声笑语。吕贤基说到危难处,老泪横流,道:"少荃呀,你的心意我已经领受了,但这一千兵勇既救不了我吕贤基,也救不了舒城,或许也救不了你的庐州城。你不要管我了,反正我已活够了,也不想再活了,你只要好好待淑云,我死也闭眼了!"

　　翁婿二人正说着话,忽有探子来报:"胡以晃、曾天养率领太平军已兵临城下!"吕贤基听报并不吃惊,表现得异常麻木,好像并不关他什么事似的。他只顾推着李鸿章的后背,催道:"少荃快回庐州吧!你快快逃走吧!"

　　李鸿章本想再多待一会,怎奈岳丈大人催得紧急而又坚决,便含泪上马而去。舒城军中有不知情者,见李鸿章在危急关头抛下主帅吕贤基,逃奔庐州,纷纷在私下责骂李鸿章,说他不仁不义,见死不救。其实不仅是吕贤基催他回庐州,李鸿章自己也重任在肩,心急如焚。他的兵勇驻扎在庐州城西北的岗集一带,眼下庐州告急,他的军中群雄无首,也急等他回去安排。安徽一地,因太平军屡屡得手,攻陷了将近一半的城池,咸丰皇帝盛怒之下,将巡抚易人,由太平军的老对头江忠源接任。

　　江忠源初来乍到,尽管李鸿章与他神交已久,但毕竟彼此不熟。江忠源刚抵庐州,便接到曾国藩书信一封,希望他能与李鸿章"铖芥契合",并力荐李鸿章说:"少荃编修大有用之才,阁下若有征伐之事,可携之同往。"曾国藩还函告李鸿章,说:"岷樵到庐,求贤孔殷。足下及吕贤基、袁甲三如有所知,幸尽告知……"李鸿章与江忠源是在同一天接到曾国藩书信的。李鸿章心情异常激动,见信如见人,久久不能平静。他深知江忠源是受命于危难之时,暗暗决定,要鼎力帮助江忠源一把。所以,快马扬鞭赶回庐州,亦有情可原。

李鸿章父亲的情况更令他日日放心不下。李文安回安徽老家后,虽被推为团董,但伤感国事,忧郁成疾,病势一天天地加重。就在李鸿章前往蒙城、雉河集一带时,已经卧床不起。家中所有人对他瞒得严严实实,不让他知道时局的危急。李鸿章日日奔波在外,母亲李氏及夫人周氏、侧室夫人吕氏也十分忧虑,吕淑云尤其心焦,既忧父亲,又虑鸿章。每日里满脸愁云,稍有鸡飞狗叫,便心悸惊骇,担忧鸿章及父亲吕贤基遭遇了不幸。

这日,李鸿章从舒城回到岗集,作了一番部署以后,至深夜才回到家中。两位老人家都睡下了,只有周氏、吕氏还与往常一样,守在灯下读书,等候李鸿章归来。李鸿章见了吕氏就道:"今天去看岳丈大人了。他那舒城也不安宁,我派去了千余兵勇相援,已布置停当,估计可以抵挡住的。"

吕氏听了很感动:"你能有这般心意将家父挂念在心,真让人高兴。"说完,安排了鸿章洗脸、洗脚,准备迎鸿章到自己房中休息。这夜残星冷月,万籁俱寂。吕氏与李鸿章都感到两眼蒙眬,睡意困人,便解衣躺下。刚想闭眼,猛听得院外一阵犬吠,且几条狗越叫越烈。伴着狗叫声,又听得一阵急促的脚步声传来。不一会儿,这脚步声似潮水一般的涌入院中。吕淑云披衣起床,推开纸窗向外窥望,依稀辨得出是在前方打仗的乡勇们回来了。还有几个人抬了一扇门板,上面好像躺着一个人,看不清是男是女,用白布盖着全身。吕淑云本能地唤起李鸿章,心儿顿时提到了嗓门口。她用手捂住自己的胸口,心想:不好了!谁?是死,还是活?但是,那明明是兜头兜脚,整个人用布覆盖住的,肯定是死了。她拉着李鸿章开门出屋,一见是刘铭传、张树声等人呆呆地站在院子中间,也不说话。吕氏上前揭开白布,顿时觉得天昏地暗、五雷轰顶一般。只听她"啊"的一声哭了起来:躺在门板上的不是别人,正是自己的父亲吕贤基!

父亲死了,吕氏抑制不住痛哭,惊动了卧床不起的李文安。李文安用微弱的声音喊醒了夫人李氏,道:"你快去院子中看看,出了什么事了?好像是淑云的哭声哩!"

李氏慌忙起床,边穿衣服边侧耳听着淑云的哭声,心中一惊,来到院中。一切都瞒不住了。李鸿章见吕氏哭得凄惨,自己不觉也落下泪来,见母亲大人来到院中,向母亲道:"淑云她父亲在舒城殉难了!"

这话如一声惊雷,躺在病床上的李文安听得真切,张大了嘴,"啊!啊"地说不出话,喘不过气来。只见李文安老泪横流,鸿章母亲李氏喊着跑到床边,用手轻拍着接不上气的李文安。李文安神情十分古怪,眼角挂着泪水,身子却歪倒在一边,用力扶也扶不起来。李夫人也急得大哭起来:"我的天哪,老爷子好像中风了,不省人事了,这该如何是好哇!快,快!快派人去城里请胡太医前来,快去呀!"

李鸿章闻声奔到父亲的床前,老人淌着泪水,痛苦地直勾勾望着鸿章,嘴大张着,却说不出话来。鸿章连声喊着父亲,他一声也答应不出来。情况不好,忙转身吩咐刘斗斋与用人萧升立刻骑马去合肥城里请医生。他去安慰一下父亲及母亲大人后,又急急忙忙来到淑云的卧房,见夫人周氏与淑云在一间房里,相拥在一起哭诉着。李鸿章动情地拉起吕氏的手说:"淑云呀,我对不起你。白天时我去舒城,本该留下与老人一块儿抗敌的。但老人一定要我回来,我也的确有事要回岗集,孰料这一次竟成永诀!请你原谅!"

李鸿章忽然想起了什么,急步来到院中,见刘铭传已带领弟兄们离去,只有周盛波、张树声还坐在院中,闷闷地抽着旱烟,见了李鸿章慌忙起身,问:"可有什么吩咐?"

李鸿章道:"吕大人是怎么阵亡的?"

周盛波、张树声二人一听问话,你看看我,我看看你,没有一个人愿意开口答话。

李鸿章又追问一句,声音明显提高了一些,道:"该不是你们贪生怕死,把老人家推到绝境的吧?"

这句问话非同小可,周、张二人都紧张起来,道:"不是,不是!"

周盛波说:"李大人息怒,容我如实禀告。就在你前脚离开了舒城,太平军胡以晃、曾天养后脚就到了城下,枪炮齐鸣,仅半个时辰就轰塌了城墙,潮水一般的涌进了内城。两军在街巷中肉搏,终因我军寡不敌众,无力抗争,让太平军逼到了城东。团练大臣吕大人虽率兵在舒城,但无守土之职。因而我们都劝他放弃舒城,向庐州撤退。但吕大人不肯,明知城破人亡,却坚持要学古人以身殉城。他自己不走,倒反过来劝我们先撤退。刑部主事朱麟祺当场战死,吕大人见他被太平军斩杀,痛不欲生。此时我们已被太平军逼出城外,舒城尽失,太平军在城中一阵欢呼。吕大人只觉自己无地自容,纵身跃入河中……我们从桥上快步奔到桥下,也跳入水中,但好一会才找到吕大人的尸体。刘铭传等指挥兵勇掩护我们,不然,我们连寻找吕大人尸体的机会都没有。大家乘黑夜突围出来,侥幸回到这里,在路上将吕大人的潮湿的外衣换了,才抬进这院子中来的……"

李鸿章听得明白:岳丈大人分明是投河自尽,但也死得壮烈。他紧锁了眉头,吩咐人去东院设置了灵堂,又对周盛波、张树声道:"团练大臣吕大人以身殉城,死得重如泰山。他不是跃入河中,而是不慎跌入河中!是跌入河中!记住了吗?!"

周盛波、张树声心领神会,加重了语气道:"对!是失足跌入河中,跌入河中的!"李鸿章让周盛波、张树声二人去营里休息,自己返回到吕淑云的房中。

淑云还在失声痛哭,李鸿章安慰一番,把岳丈大人如何坚守城池,又如何"跌入"河中的情节绘声绘色地向两位夫人讲述一番,最后道:"你爹死得壮烈无比,皇上会褒奖他的。明儿我就去请抚台大人申奏朝廷,为老人家请求恤典,并通知你家亲戚朋友赶到合肥奔丧。灵堂正在设置,一切不用两位夫人操心。"说着,李鸿章叹了一口气,又道:"可惜李嘉端巡抚,因安徽数城失陷,让皇上革了职位,新任巡抚江忠源才抵达庐州不过半日。幸好我与他都互相了解,又有恩师曾国藩从中撮合,虽尚未晤面,但明日见他,也定会帮忙,不会亏待了已故的岳丈大人的!"

周氏、吕氏心疼起李鸿章了,都劝他躺一会。李鸿章一看窗外,天已微明,东院里忙着布置灵堂的用人们来回奔走不停,父亲还亟待医生前来调治,他哪能躺下休息?

他来到父亲的病床前,父亲双目微闭,病情没有丝毫好转。

刘斗斋及萧升二人连夜赶到城中,用一抬大轿抬着胡太医急奔蜀山脚下。到了李鸿章的府中,已是天色大亮。胡太医费尽了心机,用了名贵药材为李文安诊治,怎奈文安公体力太差,长久卧床,这回是更不谈下床行走了。

吕贤基在合肥没有更多的亲人,只有儿子吕锦文身在京师,这会儿才匆匆赶往合肥,正在途中。吕贤基的遗体已安置进了东院灵堂,本不该在李府上置办,但也没有办法,旌德离合肥数百里,那儿也没有吕贤基的直系亲属了。李鸿章自然担当起了半子的职责,孝衣白幔,素灯高悬,一口红漆的棺材摆在灵堂中央,只露出一个头面。幔帐披在棺材头面,上面书有一行正楷大字:"工部右侍郎兼署团练大臣吕父贤基大人千古。"棺材的两边挂满了祭幛,领头的是一幅加厚的白色哈拉呢,上面写着八个大字:"一生壮烈,懿德永存。"落款是:"刑部记名御史李文安敬挽。"接下来是李鸿章的奶白色杭纺一幅,上面也有八个大字:"恩同父母,风范长存。"接下来有新任巡抚江忠源及州、县官吏所送的祭幛,有些虽然人没有来,但名分到了,也是有头有脸的敬重了。

一连几天里,李府东院里哭声震天,愁云惨雾,花钱雇来的几十名乡间妇女在灵堂中哭得凄凄戚戚。李鸿章在灵堂中无法落脚,次日便赶到庐州城里去了。因为舒城一破,庐州城失陷在即,他要忙于御敌事务,吕贤基的丧事全交由李鹤章和四弟昭庆操办。合肥已是兵临城下,讲不得过分的排场,所幸是李府在合肥的威望,让吕贤基死后沾了不少光,也算得风风光光了。皇上得到申奏,追念吕贤基因公殉国,特旨赠以尚书衔。儿子吕锦文因其父之功,赏世袭骑都尉,并由正七品的翰林院编修,升为从五品的翰林侍读。朝廷还赐银三千两,命吕锦文带回合肥治丧。吕锦文一路快马加鞭,匆匆赶到合肥,不仅带回了银两,还带来了咸丰皇上御赐的祭文和清廷中大小官员所送的挽词挽联。合肥人祖孙几代人,有许多是一辈子没有见过这样的风光。

李、吕两家人研究一下,因庐州城告急,不敢长时间祭祀,决定暂将吕贤基筑坟安葬在西乡蜀山半坡之上,待战事稍缓时,再择日移葬皖南旌德原籍。

太平军果真蜂拥而来了,势不可当。江忠源初进庐州,街巷尚不熟悉，便要匆匆应战了。他自江西带过来一千多名兵勇，深知咸丰皇帝寄予他的厚望，决意誓死抗争。

咸丰三年十二月十六日，即一八五四年一月十四日，太平军数万人马云集庐州。这庐州府城高池深，一看的确不同于安徽的其他州城。胡以晃、曾天养奉翼王石达开之命到达庐州后，马不停蹄地察看地势地貌，决定强攻，并同时打援。一声令下，数万太平军呐喊着向庐州七个城门同时发动猛攻。胡以晃统一指挥攻城，曾天养率兵勇将城外的清兵死死地挡在城外。咸丰皇帝深知庐州地处重要位置，若被攻陷，洪秀全的太平军在金陵便可长治久安了。故，咸丰皇帝不仅派出悍将江忠源出任安徽巡抚，而且调集了玉山、张印塘、音德布、舒兴阿、戴文澜共约万余清军紧急支援合肥，加上李鸿章、刘铭传、周盛波的团练，此时在庐州城外集结的清军总兵力已接近一万五千人。在庐州城中，江忠源所能指挥的清兵也有万人，人数虽然不少，但新兵所占比例过大，缺少训练，纪律涣散，兵无斗志。江忠源初入庐州，马上就发现了这一问题，但已来不及调教了。

太平军到发动总攻时，集结在庐州及周边地区的总兵力达到十万人。人多势众，加之一路破城，士气正高，且大多数人身经百战，经验丰富，显然占有很大的优势。胡以晃、曾天养命令全军在城外修筑两道防线，一道对城内进攻，一道对城外防御，各自为阵，伺机互援，有条不紊。

李鸿章率团练在城西北约十五里地扎下大营。舒兴阿的清兵在蜀山脚下筑营，与太平军猛烈交锋。打了大半天，舒兴阿、李鸿章等都未能靠近庐州城一步，只能在原地抵抗。

夜幕降临了，太平军却在组织着一场大规模的轰城准备。他们乘着夜雾，轰塌了庐州城水西门的城墙数丈，江忠源率兵阻挡，只打了几个回合，太平军便奋勇入城。到天明时，已全线攻占了庐州城。此次入城，寿春镇总兵玉山被当场击毙，陕西总督舒兴阿所率骑兵被击败溃逃。清廷布政使刘裕铃、前任布政使李本仁、副将松安、都司戴文澜及马良勋逃跑不及均被活捉问斩。新任巡抚江忠源被太平军兵勇穷追不舍，时不时转身抵抗，一把大环刀砍来砍去，早已血染征袍。但英雄固健，出路难寻，太平军几十人一直把江忠源追到包河岸边，他自知回天无力，丢了城池，罪责难逃，只好投水自尽了。

李鸿章在岗集一带,明知蜀山脚下的家中定然有难,又想到恩师曾国藩要他鼎力相助江忠源的话,陷入了深深的痛苦之中。他站在一个小岗头上,亲眼目睹不远的庐州城炮火连天,但他无力去救。凭他那一点团练的兵力,怎么能冲垮翼王铁军?

　　探子来报:"庐州失守了,新任巡抚江忠源投河身亡……"李鸿章闻讯,大吃一惊,从岗头上跌落下来。他清楚这个江忠源,满肚子才华,自从蓑衣渡那一仗成名以来,为朝廷立下了汗马功劳,如今刚当上巡抚才几天?这就一死了了!他为江忠源之死深感悲痛,也为自己的所需所求打上了一个问号:自己面临的又是什么?他失望至极,难道自己到头来也难免一死吗?

　　正在李鸿章彷徨泄气之际,又有探兵来报:说李鸿章在磨店乡的老宅和蜀山脚下的新宅,都被太平军一把火烧成灰烬,亲人四处逃散。李鹤章与太平军拼杀,被人认出,身中数枪,受了重伤;他的妻子李氏不幸遇难……

　　李鸿章痛不欲生了。悲恸之中,他不禁对太平军涌动起了一股铭心刻骨的仇恨,从彷徨之中走了出来,咬牙切齿,决计与太平军争个你死我活。

　　又一个探兵来报,才使得他渐渐恢复了常态:卧床不起的父母亲、兄弟及妻子都还平安,在家丁们的保护下得以移居他处……李鸿章双手握拳,对天长叹:"多谢苍天保佑!"

　　硝烟过后,合肥照样是绿水环绕,绿树拥抱着。这座绿色之城是李鸿章的故乡,然而白天却只能是可望而不可即了。城外已开始望楼林立,到处是列队操练着的红头人。太平军在城内、城外修筑工事,建立炮台,俨然在经营着他们的"家园"。李鸿章第一次成了无家可归的人。甚至连这么大一座城市,也拒他于城池之外,不可亲近一步了。据随身的几个探子报:他们装扮成老百姓刚混到水西门的城墙下,就看到了太平军四处张贴的布告:要捉拿所有新老"妖魔",开列的名单中,李鸿章一家就占了三口人:李文安、李鸿章、李鹤章。城里到处都在抓人,城外也在布防,对所有进出城人员进行盘查。

　　李鸿章要寻找家人的下落,最早听说他们混入难民堆里,集体住在蜀山上的一个破庙里。后来又听说有家丁、用人们帮忙,转到合肥西边乡下去了。但到底在谁家,在什么地方? 李鸿章暗中寻找了几天也毫无结果。

这是一次刻骨铭心的生死离别,他越发感到世事维艰。他挂念着家人,料想家人也在为他自己的处境担心,一定同样在四处探听他的下落。然而,庐州易主,他人在故乡这块土地上,却不敢抛头露面,从早到晚躲躲藏藏,恐怕撞到太平军手里。幸亏有一天在北乡青州镇遇上了老同学蒯德标,这才有了安身之处。

太平军攻克庐州城的消息传到金陵城,洪秀全、杨秀清的精神为之一振。洪秀全大摆宴席,论功行赏,加封胡以晃为护天侯,曾天养为秋官又正丞相。其他一干攻城有功人员也得到晋升或赏赐。

洪秀全如愿以偿,石达开替他开辟了安徽这片辽阔的后方基地。他成了安徽这片土地上的最高统治者,代表他洪秀全在这里运筹帷幄的是翼王石达开。石达开果然心领神会,一占领庐州后,就在街头搭建起高台,让将士们登台演讲,宣传天朝政策。胡以晃、曾天养等还深入民间,访贫问苦,救济难民。按照洪秀全的谕令,石达开在安徽占领区宣布实行新的税收政策,其收取额度比大清朝廷低得多;没有田地耕种的百姓还分到了一些田地,穷人们欢欣鼓舞,整个地区很快稳定下来,开始出现一些生机。

然而,洪秀全的一封诏令飞马送抵庐州,要翼王石达开在安徽境内全面推行天朝圣库制度。石达开为此专门从安庆赶到庐州,与曾天养等商议,却举棋难定:不实行吧,有恐圣库制度变为空谈,还得罪了洪秀全。实行吧,安徽一带的老百姓不干,他们早已习惯了一家一户过日子,哪会接受你什么圣库制度呢? 石达开想来想去,决定先按自己的想法在安徽另搞一套办法,见效以后再禀奏天王,推而广之。

胡以晃刚巧从金陵回来了,一到庐州便拜见了石达开,报告了一个情况:金陵在推行天朝圣库制度中,阻力十分巨大,民众普遍抵制,道:"圣库制度荡我家资,离我骨肉,财物为之一空,妻孥忽然尽散,此并非良策!"城中百姓为抵制这圣库制度,有些都偷偷举家逃出金陵,另奔他乡了。

石达开得到这个信息,决定易制,在庐州城宣布四条举措:一是择乡里有声望有能力者,定为乡官,由他们负责向所辖民众征租收赋;二是督促民众编造粮册,按各家田亩交纳钱、粮;三是以道路、桥梁、河流设卡,收取车、船税费,以充公用;四是公开镇压民愤极大的富豪财主,赈济生活无着落、无保障者。

这四条一出,太平军在庐州全城展开了强大的宣传攻势,印制成小册子沿街散发,登台演讲,并设立民众意见反馈征集处。与金陵城里的不同,庐州的太平军成功了。百姓绝大多数表示支持和拥护,有人在街头当即赋诗曰:

  计亩征粮忧富室,得钱相搏快游民;
  五村前后分三次,此举难期苦乐均。

石达开在庐州易制获得成功,但传到洪秀全的耳朵里,他却皱起了眉头。石达开心中有数,联络东王、北王二人,联名给洪秀全上了一个奏本,曰:

"建都天京,兵士日众,宜广积米粮,以充军储而裕国课。弟等细思安徽、江西米粮广有,宜令镇守佐将在彼晓谕良民,照旧交粮纳税。如蒙恩准,弟等即颁行诰谕,令该等遵办,解回天京圣库堆积……"

其时洪秀全也早听说金陵城中,民众对圣库制度怨声载道。也就是说,他也正在考虑改革一下圣库田亩制度,以顺民众意愿。故,洪秀全接到翼王等人的奏折以后,经过权衡利弊,批准实行了。

洪秀全这一批,顿时在各地引起反响,纷纷采纳遵办。各地农民交天朝粮米,而不交地主钱粮。各地粮米源源不断地运往金陵。金陵城里粮草充裕,士气高涨,洪秀全心中如同灌了蜜一般。一纸诏令,洪秀全调石达开到金陵,在天朝中另有重任。

几日后,石达开到了金陵,直奔天王府见了洪秀全。达开道:"小弟不才,天王厚爱,不知召小弟进京有何教诲?"洪秀全说:"翼王一路劳顿,功不可没。朕让你来京,是想重新部署西征一事,向江西、湖北推进。"

不久,方案定下,两路主力大军同时出发,一路由韦俊、石镇仑率领,一路由曾天养、石祥祯、石凤魁、韦以德、林绍璋率领,再度入鄂,逼攻武汉。

清军这边,早已得到报告。湖广总督吴文镕在黄州府外二十里处扎下十一座大营,堵截西进太平军。这日西北风一阵紧似一阵,太平军从上风点着了吴文镕的一个大营,火借风势,很快使那十一座大营化为灰烬。清军吴文镕兵败身亡,总兵德亮也被击毙,湖北按察使唐树义当场丢了性命。太平军乘胜再次攻占了汉阳、汉口、金口。两路太平军集结武汉之后,重新调整了编队:一路由石祥祯、林绍璋率兵进军湖南,一路由韦俊、石凤魁率兵驻守武汉,伺机向四川逼近。

　　合肥北乡青州镇,李鸿章在蒯德标家一住就是五六天了。李鸿章心急火燎,在这里虽然平安无事,但消息全无,不知庐州府那边有何进展。这日,李鸿章在街头闲逛,隐约听到人们议论:清廷里的咸丰皇帝得知安徽大面积失陷,非常恼火,令满洲白旗人福济出任安徽巡抚,统带安徽军、政要务。李鸿章心头一惊,想到自己为拉刘铭传入伙拦杀瘦猴,恐怕已经得罪了福济大人。但转念一想:这时局正乱,瘦猴早已骨头打鼓去了,谅他不会为一个死人计较。况如今安徽人才异常缺乏,我李鸿章无论如何也是六品顶戴、朝廷的命官,福济尽可不用,也不至于反目为仇,拒我李鸿章于千里之外。

　　李鸿章清楚:福济系必禄氏后孙,字元修,道光年间的进士。他的出众之处就在于:曾出任过丁未科进士副考官,当过李鸿章的座师。他对李鸿章有很深入的了解,正如李鸿章自己估计的那样:他不会因为一个已死的地方恶霸而与李鸿章过意不去。何况,此时正是急需用人的时候。福济在官场上浮沉多年,知道这个巡抚的头衔在没有夺回庐州之前是虚的,几乎一钱不值。他只有联络当地有识之士,把像李鸿章这样的人用起来,才有希望重新跨进庐州城,名副其实地当他的巡抚。所以,当他打听到李鸿章在青州镇一带寻找家人时,一面帮助打听,一面派人快马赶到青州,诚心实意地召李鸿章入幕,助他一臂之力。

　　李鸿章是求之不得的,他已落到如此地步,只要能有个名分安下身来,便不会讲究价钱了。他急需一个政治和经济上的靠山,福济是他一心追求的目标。所以,在接到福济的邀请以后,他半天也没有敢耽搁,快马加鞭,在六安城外的一个客栈里见到了福济。小客栈其实就是两排普通的平房,两头由砖墙连起来,这便构成了一个四合院。福济把这儿当做是自己的临时巡抚衙门。

李鸿章被人引着来到后排客房,见到福济坐在屋里与人交谈,马上停住了脚步,不敢贸然进去打搅。福济一抬头看见他了,笑着站起身来,道:"哎呀,终于请来了少荃,快进来,快进来呀!"

李鸿章受宠若惊,小跑着进了福济的房间,双手抱拳,深深地鞠了一躬,说:"下官李鸿章拜见巡抚大人,请大人赐教。"

福济上前搀了一把李鸿章,说:"免礼,免礼,动荡岁月,都是患难兄弟,有失远迎啦!"

李鸿章在福济身边的一个小方凳上坐下后,毕恭毕敬地说:"卑职不过是庐州一寒微,谬承巡抚大人厚爱,特派遣公差在乡下小镇寻找卑职,真是不胜赧愧!"

福济道:"今日时局已是万分危殆,庐州被克,长毛得势,皇帝诏令下来,命我等尽快收复庐州,还大清朝廷一块净土。本巡抚初接此职,情况不熟,且承平日久。少荃你不独皖人之翘楚,更是庐州稀见的将才。本巡抚欲与你携手共办剿匪大事,务望你鼎力相助,把乡勇团练聚集起来,设法拿下庐州。"

李鸿章欠身答道:"收复、保卫桑梓,乃是卑职义不容辞的职责,巡抚大人于此危难之际走马上任,全省士民,莫不感激忭跃,卑职亦今生有幸,岂有不竭尽全力之理?"

福济脸上露出了满意的笑容,说:"长毛西征,已攻克武汉,一路又进犯三湘。今庐州已成为长毛贼最大的粮草基地,不仅城中粮米充足,还源源不断地运送金陵。所以,夺回庐州意义非同小可。据探子报得:目前庐州城守军并不很多,仅以五千长毛扎于四城关口。我们务必借长毛北伐、西征的空虚,择日攻下庐州。不知少荃意下如何?"

李鸿章又欠了一下身子,道:"长毛造反,已经几年,朝廷、地方都为此糜饷甚多,将士也死伤无数。庐州失陷后,幸存的团练兵勇人心惶惶,百姓也是人人恐慌,招募兵勇十分困难。卑职自京都回乡两年多来,厕身戎间,虽没有功劳,亦吃了不少苦头了。深思再三,心急如火。恕下官直言,现有的这些队伍,将不良,兵不精,法不严,令不一,心不齐,这些都是长毛得以猖獗横行的成因,卑职为此痛心疾首。依下官之见,剿灭庐州一带长毛并非难事,难就难在我们经常举止失措。兵志曰:'不知地利不可行师。'地利者,险地也。有地利之险要,就不可不争,机会不可偶失。细想庐州疏防而破城,亦包含机不可失,时不再来的道理。比如说舒城、含山、巢县等,看似偏安于一隅,实际上它们都与庐州正成犄角之势,自古也是兵家必争之地。如果当时我们就看到这一点,死死地把守,而不是分散了兵力,庐州失陷,至少也没有这么容易,这么迅速。结果,在这些地方没有下工夫,地利一失,局面就由主动而变为被动了。因此,皇上既已命大人尽快收复庐州,就得从地利入手。强攻定不是办法。可以暂时不考虑攻取庐州,而从庐州的外围做文章,先拿下舒城、含山、巢县等地,歼其外援,然后乘其内蹙而一举攻之。不知大人同意不同意我的看法?"

福济笑了,精神为之一振,道:"少荃所言正合我意,此乃不谋而合。看来你我有缘,定能携手合作愉快。歼其外援殆尽,此法甚好,想得也很周到。你善从全局着眼,实在高明。我想古之诸葛亮,处于你我今天的境地,其筹谋部署也不过如此罢了!"

李鸿章听这评价,心都醉了,但嘴上仍说:"巡抚大人言重了。卑职弃文从武,只不过两年有余,岂敢与武侯相比?不过经大人这么一提醒,卑职倒想起我们庐州的一些人才来。比如说庐江的吴长庆、合肥的张树声、肥西的刘铭传等等,都是廉介刚方、秉性良实、忠肝义胆的将才,还请巡抚大人赏鉴,择机把他们使用起来。"

福济道:"少荃所荐几人,确属庐州奇士,本巡抚也时有佩服。此时正值危难之际,当然要用,拜托少荃贤弟一一安排。"

李鸿章与福济一番长谈,已很投机。李鸿章由此鼓足了劲头。即将起身告辞时,福济唤人:"有请千总莫清云、佐领吉顺二位!"不过一会儿,走过来两位人高马大的汉子,李鸿章一瞧,正是刚才与福济交谈的两个人。李鸿章与他们一一施礼后,福济道:"少荃呀!你也别走了。失散的家人我已派人去探寻了,估计不久就会有个下落。今天就留在这客栈里,权作庐州的府衙。他二位自今后归你统带,携手合作,但愿旗开得胜,马到成功!"

次日开始,李鸿章投入了紧张的准备之中,召集到了刘铭传、周盛波、吴廷香、吴长庆、刘斗斋等人,会同莫清云、吉顺和副都统忠泰等人,加紧招募新兵,训练队伍,筹集粮草军械。仅十多天,就拉起了一万余人的混合军。这当中有他的团练乡勇、刘铭传的铭军将士及莫清云、吉顺和忠泰的老牌官军。

这已是咸丰五年的二月初,李鸿章与忠泰、刘铭传等分军向合肥东南的含山、巢县和西南的舒城发兵进攻,一阵紧走慢赶,队伍在四日后都分别到达了指定地点。各路大军约定:二月七日同时向三个地方的太平军发起进攻,以此防止太平军互援。二月六日,李鸿章率莫清云、吉顺的官军马队抵达含山附近,在山岭间扎下大营,准备次日天明就开炮攻城。

这天清晨,东起含山县城的小东门,西至小西门,清军两千多马队兵勇向含山发起了猛烈的进攻。含山城内城外,经过太平军的重新部署,防守也更加严密。太平军也早得探报,知道李鸿章已率清军而来。太平军因为西征,大部分兵力调走,城中只有一千五百名兵勇。但许多城市的老百姓参加进去了,有的百姓居然手持农具登上了城墙。太平军对这些参加的老百姓发放银两,这对调动老百姓参战的积极性起到了一些作用。因此,这场争斗既艰苦,又激烈,四座城门附近的拼杀尤为残酷。李鸿章的清军占领了制高点,又安放了三尊重达五千斤的巨炮,火力强大,太平军一时没有占到上风。在炮火的掩护下,李鸿章指挥兵勇靠近墙根架设云梯,一个接一个向墙上攀登。这些兵勇在离墙头还有丈把远时,就抛出带有铁钩的软绳。有时一抛,钩子挂住了守城太平军的衣裤,下面的清兵用力一拖,就连人带军械一起拖了下来。清兵们收起绳子,抽出腰刀杀了上去。李鸿章在城墙下看得十分高兴。他此时似出山之虎,在墙下奔跑,为清军呐喊。一些兵勇听到他的喊声,士气高昂,一以当十,一段又一段的城墙被李鸿章的清兵占领了。

突然一声巨响,含山城的北城门被炸开,清军将士冲进大门,直奔内城。百姓们纷纷出城逃奔,人挤着人,不慎跌倒者,惨死在众人脚下。含山城里的太平军无处藏身,总制罗绣光与一千多名太平军将士,全部被杀。李鸿章兴奋不已,就如同大仇已报一般,失态地狂呼起来。

在含山城内,李鸿章设下宴席,犒劳各路头领,又为所有士兵分发了赏钱。当晚,李鸿章接到巢县战场上的飞报:巢县战事紧急,强攻不下,请求李鸿章支援。李鸿章不敢怠慢,留下一千马队驻守含山,自己率兵勇连夜离开含山,直奔巢县而来。

李鸿章一路上的心情十分愉快,好像从来也没有像今夜这么舒畅过。无论是为福济分忧,还是为了实现个人抱负,李鸿章打心眼里认为都必须全力担起收复失地的重任。他甚至想到了大清皇上。自从入都攻读,当了京官以来,皇恩深重,咸丰皇上的江山与他自己的命运以及整个李氏家族,都早已连成了一体,不可分割。弃文就武这一大转折,李鸿章也是眼看时局动乱,除要实现抱负外,心中隐然以救世拯民者自居,立誓以恩师曾国藩为榜样,做一个风流人物。如今长毛窜到自己家乡来了,成为他李鸿章的心头之恨。拯国难,纾君忧,又能报了私仇,一举几得,当然应该拼命去干。

李鸿章一路想着,不觉已靠近巢县。副都统忠泰早已命人打着火把在路上迎候。李鸿章立即吩咐变换队形,分门配合忠泰的部下投入战斗。李鸿章见了忠泰,二人商量决定:天明打响!于是,下令所有将士暂时席地而卧,休息一会后,立即开炮。李鸿章是怀着收复城池的必胜信心前来支援的。在巢县的近郊,他隐约看见夜幕下帐篷林立,旌旗在夜风中呼呼作响。他的营帐已经搭好,李鸿章躬身走了进去,微弱的烛光照着他的脸盘。"在地铺上躺一会!"他暗暗在给自己下命令。可是,他怎么也睡不着,心潮逐浪,从含山之战想到眼前之战,最后又想到已经瘫痪的父亲、年迈的老母、妻子和弟兄们。福济许诺要替他找到家人,这么多天过去了,家人不知可曾找到?还有那远在湖南任职的哥哥李瀚章。这几个月与哥哥书信全无,只是在回乡办团练后,见过哥哥瀚章的一封来信。说他自一八四九年以拔贡朝考后,于一八五三年出任湖南善化知县。并告诉他:曾国藩已到衡阳督军,准备把他檄调来营,襄办粮台,遇有战事,想请哥哥督队指挥。曾国藩对李瀚章的信任好像还超过了对李鸿章的信任,他称赞李瀚章是"内方正而外圆通,办事结实周详,甚属得力"。李瀚章在曾国藩面前多次提及弟弟鸿章,还告诉曾国藩:鸿章也回乡办团练了,搞得热火朝天。曾国藩就是从李瀚章嘴里,才知道了门生李鸿章的一些情况的。

李鸿章在迷迷蒙蒙的时候,忽听得"轰"的一声,好似山崩地裂。他睁眼一看,天已大亮。这一炮正打在他的营帐不远处,钻出帐篷一看,连在不远处的两个帐篷已经着火,兵勇四处躲避,有三个马队士兵已被炸得血肉模糊。李鸿章一惊,用手比画着令炮手们开炮还击。就在这时,又一发炮弹从巢县南山城头上打来,落在李鸿章三四丈远的地方。

他只觉得有人猛推了他一把,他身子向前一倾,整个身子被人压在底下。随着一身巨响,尘飞土扬,散落在他的头上。响声过后,扭头一看,压着他的是刘斗斋。刘斗斋受伤了,腿上和臀部被炸伤,人已昏迷不醒。

刘斗斋救了李鸿章一命。李鸿章再站起身来,发现自己完好无损时,才意识到刘斗斋这一推,等于给了他一条命。救命之恩,当涌泉相报。李鸿章动情了,急得掉下泪来,命人赶快将刘斗斋抬到帐篷中救治。忠泰在一旁安慰李鸿章道:"你别紧张,没有伤到要害部位,很快就会痊愈的。"李鸿章想到刘斗斋被父亲李文安救过一命的事,在心中感慨万千。人在这个世上,若能替别人做一两件好事,摸不准到什么时候会受益无穷的。由此,李鸿章又想到了父亲,正所谓前人栽树,后人乘凉……

一匹快马直奔李鸿章的营帐而来,在李鸿章身边停下。骑马人向李鸿章躬了一下身子,急切道:"禀报李大人:您的家人现在肥西紫蓬山找到。福济大人差我前来报信,让你火速前去探望!"

李鸿章闻及大喜,上前一把抓住送信汉子的双手,道:"真的?这是真的?!"他激动得明显失态了,抓住送信人的手久久不放,就好似抓住了一根通气的管子,暖暖的热流,从头顶一直流进了心窝。李鸿章喜形于色的神情好有一比:如一个久未回家的孩子,又渴又累地回到家来,一见门锁着,家中无人。又一回头,见母亲提着水桶,或者端着什么好吃的东西,从老远的地方赶回来了。真的,李鸿章听说找到了失散了的亲人,就是这么高兴。

突然,李鸿章摇手道:"多谢了,但现在我正在攻城之中,军不可一时无首。你先去禀报福济巡抚大人,就说我李鸿章深深谢恩了,待收复了巢县,再去探视我的亲人们!"

"这样不行呀,福济大人有交代,定要我引你速去合肥西乡紫蓬山的!"

"你先去嘛!打完这一仗不用你说,我也会快马回奔的!"李鸿章仍坚持不离战场。

"令尊大人在乡下仙逝了……"

"什么?!"李鸿章大吼起来,这回不是热烈地去抓送信人的手,而是

151

上前一把封住他的衣领,又喊叫一声,"什么?!"

送信人又把话儿重复一遍。李鸿章只感到天旋地转。父亲李文安已经去世的消息差点儿让他当场一头栽倒。作为父亲,作为自己的第一位老师,李鸿章让他父亲付出了多少心血。他既是李鸿章的严父,又是慈父,更是铺路人。这些怎能不令李鸿章万分悲痛呢?

在奔丧的路上,李鸿章的心情沉重得像灌了铅似的,泪水擦不干,鼻涕抹不尽。父子连心,这份亲情的失去,李鸿章将永远无法找回了。他突然觉得可怕,怕失去父亲后,自己将再也找不到那份泰然自若,找不到可以用来掌舵的人了。他更替自己的母亲担心,老母已六十开外了,自己和兄弟姊妹们就剩下这么一个老人了。与她相伴大半生的人走了,她老人家能挺过去吗?

来到家人临时寄居的紫蓬山下的一排平房里,父亲的尸体已经下地了。福济派人找到李鸿章家人时,李文安过世已经七八天了。由于气温过高,尸体不宜久放,便在附近的小山坡上临时筑坟安葬。

李鸿章失声痛哭,被鹤章和昭庆搀着走进家门。他一眼看见母亲坐在床头,"扑通"一下跪倒在母亲的脚下。母亲李氏眼睛红肿着,任凭李二少爷怎么动情地哭叫,她就是默然无语。丈夫死了近一个月了,她老人家的眼泪已经哭干。

李鸿章在兄弟们的陪同下跌跌撞撞地向灵堂奔去。泪眼中,他发现大哥瀚章也回来了,此时正跪在父亲的遗像前默默不语。李鸿章双膝跪在大哥的身旁,一声"父亲大人"高喊后,只觉得两眼发黑,便什么也不知道了。李瀚章、李鹤章、李蕴章、李凤章、李昭庆等慌成一团,赶忙把李鸿章抬到堂屋里,放在母亲的床上。老母李氏这才放声大哭,全家人哭成一团,十分凄惨。

妻子周氏、侧室吕氏用温热的毛巾替李鸿章敷着额头,然后又撬开他的嘴,灌了几匙姜汤。李鸿章慢慢醒来,两行热泪又流了出来。母亲心痛地拉住他的手,攥得很紧。鸿章感觉到了,那是母亲传递给他的亲情和安慰。李鸿章又涌起一股悲伤,他知道,母亲在这样的人生关头还在关心体贴着自己的孩子。

一向能言快语的大哥李瀚章坐在旁边的椅子上一个劲地抽烟。此时他好像有满肚子话要来安慰母亲和弟兄们,但好像又说不出来,只有抽烟才能维持平静。

　　排行老四的李蕴章说话了，他的眼睛已经看不见兄弟们的面孔，但从他脸部的表情和手势上，大家都看出了他牺牲自己、埋头在家照顾双亲的伤感之情。他说："大哥、二哥、三哥及弟弟们，你们都已经尽到心意了。人死如灯灭，拉也拉不住的。好歹父亲大人好福气，一点罪没受，不声不响地就走了。他是一觉睡死的，连母亲大人都没有听过他一声痛苦的呻吟。其实这也是我们做子女的福分，一点没有为难子女们，各位兄弟在外做事或在家读书，几乎没有受到拖累。眼下人已经去了，伤心也没有用处了，哭是哭不回来父亲大人的，只有更加发奋地做事、做人，共同孝敬母亲大人，使我们这个大家族长胜不衰，人丁兴旺，那才是父亲所期望的。唯有如此，父亲在九泉之下才会安宁……"蕴章说着，自己倒先哭出声来，于是全家人又一次痛哭起来。

　　周氏给丈夫及母亲、兄弟们送来一壶热茶。李鸿章接过茶，喝了一口，问道："父亲大人临终前，曾交代过什么没有？"

　　母亲周氏道："你父亲是不声不响地就去了，又正值半夜时分，还能说什么？不过，他过世后，我倒是在他的枕头底下见到这张字条。"说着，她从腰间摸了出来。李鸿章腾地大步上前，从母亲手中接过字条，只见上面写的是："贼势猖獗，民不聊生。吾父子世受国恩。此贼不灭，何以家为，汝辈努力以成吾志……"

　　鸿章道："母亲大人哪，这是父亲留给我们几兄弟的遗训哩！"鸿章说着送到大哥跟前，大哥看过又传给鹤章，鹤章看过再递给凤章，最后又让昭庆看了一遍。兄弟们都明白：父亲这是要他们与长毛贼斗争到底。

　　次日清晨，李鸿章独自一人来到父亲的新坟前。尖尖堆起的坟前，仍见纸灰萦萦。李鸿章想到父亲的遗训，仿佛觉得自己正是前来与父亲对话的。他有许多话儿要对父亲大人说，从小时候跟父亲上私塾，再说到去北京，考翰林，一直讲到回乡办团练……他甚至想讲一讲刚刚才由他率兵打胜的含山之战。这一仗，他打得漂亮，父亲却不知道呀！他想到这里，禁不住伏在坟头上又哭了起来。

　　此后几日里，李鸿章天天来到父亲的坟前。周氏、吕氏知道了，跟亲姐妹俩一般，每次都手拉着手站在李鸿章的身后，跟着来到荒冢之外，远远地陪着她们的丈夫。

设灵堂守孝的四十九天不知不觉过去了。再以后的日子，便不能随意到坟头来了。这是合肥的风俗，只在每逢单七日那一天，才来坟上祭吊一次。

这天，家中又来一人，让李鸿章自回家守制后，第一次显露出了欢笑之容。刘斗斋，自巢县战斗打到一半时下来，被人送到巢湖边上的一个渔民之家，养了一段时间伤，这才伤疤愈合，恢复如初，又奔李鸿章来了。

刘斗斋还未进门，人就在外面哭开了，道："恩人李大人——文安公呀，奴才我来晚了！"李鸿章正在点香，恭恭敬敬地插在父亲遗像前的香炉里，听到哭声，心中一惊：刘斗斋来了。他急忙转身迎去，扶进屋里，看着他磕了六个响头，才把他搀起，让他在椅子上坐下。自己在方桌的另一边也坐了下来，问："巢县一仗如何？"

刘斗斋擦了一把泪水，答道："李二少爷呀！你真是福大命大！不是我救你一命，而是令尊大人救了你大难不死的呢！"

李鸿章听这话十分糊涂，道："此话怎讲？"

原来，那天正是李鸿章离开巢县清军大营，来紫蓬山为父亲守制时，庐州城里派出了四千人马，清一色的红头人，直奔巢县，要解巢县城内的太平军之围。经过一天激战，城外的官兵死伤过半，到天色微暗时，只剩下一千三百人左右。庐州四千太平军全线包剿过来，与城中太平军形成内外夹攻之势，可怜忠泰的人马，连同李鸿章从含山战场上带过来的将士，无一生还，全军覆没。

刘斗斋道："令尊大人仙逝以后还救您一命。您若不是回来奔丧、守制了，若要在巢县不走，定然难逃活命。我一个奴才，如不是救您负伤转到巢湖渔家，也拣不到这条命了。"

李鸿章这才醒悟过来，身上已吓出了冷汗，长叹一声："苍天保佑，父亲大人保佑！"

这天是父亲去世后第八个七日祭吊日。上午，兄弟几人连同刘斗斋等一行二十几人来到李文安坟头磕头、烧纸。祭吊完毕后，鸿章坚持要在父亲的坟头旁坐一会。他让其他人全部回家，自己静静地待着。

坟头已经长出了一些青草，经几场雨水后，全然不像新坟了。或许是头天晚上与大哥聊天时间长了一些,聊到兴奋处,到下半夜都未能入睡。这会儿独坐坟旁,微风吹来,渐渐地向坟堆的嫩草上一歪,不觉睡着了。

他梦见了父亲,梦见李文安颤颤巍巍地向他走来。父亲手中高扬着一张字条,对李鸿章道:"少荃呀,为父来啦,来看看我儿今日如何?我儿终究命大福大造化大,将来必成大器!为父已为你写下训谕一幅,鸿章你定要铭记在心,照此行事啊!"说完,李文安随一股青烟隐身而去。

李鸿章激动地大声呼喊着:"父亲大人!父亲大人!"但他再也听不到父亲的回声了。李鸿章急忙来看父亲给他的那幅字,只见上书:

"以贼为板,以曾为山。"

他看一眼就明白了:父亲是嘱他以继续讨伐太平军为今后升迁的跳板,而把恩师曾国藩当做自己前途的靠山。

李鸿章大喊,道:"父亲大人,鸿章我记下了!"就这么一喊,他只见手中那字条自己飞走了,随风在空中飘浮,渐渐地看不见了……

梦还未做完,妻子周氏推醒了他。周氏见李鸿章很长时间没有回去,独自找到坟地来了。她看到李鸿章在草地上睡着了,担心受凉了,便叫醒了他,一同回家去。回家的路上,李鸿章欲言又止,在心里反复推敲此梦的来由。当晚,兄弟们各自要回家时,他喊住了大哥:"我想同您到门外走走,有些事要向大哥您讨教哩!"

李瀚章答应了,于是兄弟二人在离家门口不远的小溪边上坐了下来。

李鸿章开门见山,道:"大哥,我今天在坟地里不知不觉睡着了,就那么一会儿,做了一个梦,梦见父亲传我一纸,上书'以贼为板,以曾为山'八个大字。你说怪不怪?"

李瀚章点了一袋旱烟,吸了两口,道:"父亲大人阴魂不散,在天有灵。他老人家这不仅是训谕于你,也是在助我成事呢!"

"你这话又从何谈起呢?"李鸿章问。

李瀚章反问道:"你知道曾国藩大人的近况吗?他已是统办全省团练的总头目了,连皇上都始终对他高看一眼,让他三分呢!"

"我是听说恩师曾大人是三请四邀也不愿出山的呀?胡林翼、张亮基两位大人登门也没有说服了他,最后让左宗棠辅助军务了……"李鸿章道。

"咳!那是曾大人在守制期间最初的情况,后来就不容他推卸了。"李瀚章吸了一口烟接着说,"正是从那时开始,我在湖南视事,不久便与他交往密切,他对我百般信任,他的情况,大哥我是清楚的。"

原来是这样:

曾国藩奉旨放了江西乡试主考,本指望赚上几千两银子"棚费",满载归里,造几间新屋,买几块良田,作为将来归田养老之资,谁知接到家人报丧的噩耗,没去主持江西乡试,却在湖南老家守制数月。此时正值太平军奔袭长沙,湖南巡抚张亮基虚心用贤,请胡林翼引荐,邀曾国藩帮办军务,他拒绝了。张亮基只好聘用了自称湖南"老亮"的湘阴举人左宗棠参赞军幕,指挥守城。江忠源也及时率领团练兵勇赶到长沙守御省城。太平军久攻不下,最后自己撤围北上,使得长沙紧张局势才得以稍稍缓解。

其实在长沙吃紧时,曾国藩已经朝夕忧虑不安。欧阳夫人及子女们尚留在京都之中,令他牵挂不已。他觉得自己又是一介书生,不知用兵,所以,不敢轻易留在湖南帮办军务。但是,一连许多天里,他亲眼见到许多财主士绅纷纷离乡避难,心中不是滋味。他想到了自己:如果太平军只遣几十人的小队来到他的府上,他曾国藩便无力招架了,只有束手待毙。由此他更加佩服一个人:他就是罗泽南。这罗泽南本是一个文弱书生,比曾国藩年长许多,已近半百。太平军入湘时,他大义凛然,居然带领弟子李续宾、李续宜兄弟和王鑫等人,招募了数百乡勇,日日操练,用以抵御太平军,保卫家园。

太平军从长沙败走以后,逃难的人陆续回乡了。罗泽南的乡勇又人数大增,引起了湖南巡抚张亮基的极大兴趣:邀请罗泽南率一千名乡勇来长沙协助江忠源守卫省府。这一千名兵勇就是日后所称的"老湘军"。那时曾国藩的二弟曾国潢,字澄侯,四弟国荃,字沅甫,五弟国葆,字季洪,在县里都已经成长为壮小伙子。

他这几个弟弟特别爱看热闹。罗泽南率乡勇去长沙城里时,曾国藩的这几个弟弟都去送行,顺带着看热闹。把罗泽南送走了后,弟兄几个一回到家,就兴冲冲地来到哥哥曾国藩的东厢书斋中。首先是五弟国葆对哥哥直嚷道:"大哥呀!你看人家罗先生多么威风,长长的队伍由他率领,浩浩荡荡地往省城里开拔,送行的乡亲们人山人海,夹道鼓掌欢送。只有你躲在书斋中,两耳不闻窗外事,一心只读圣贤书,真是没劲!"

四弟曾国荃接过话茬也开了腔:"是呀大哥!你该动一动,出几手了!人家巡抚大人对您是最早邀请的,而您却始终无动于衷。世道大乱,从长远计,若你能挑一个头,办起团练来,对上,是报效了朝廷,对省府,也是帮了解危之忙;对您自己,说不定由此更加发迹,前程远大;更重要的是对我们在乡的兄弟几人,等于提供了机会,让我们也风光风光,练上几手,说不定从此也有了前途呢!"

二弟国潢、三弟国华(字温甫),也叫个不停,劝曾国藩牵头干一场。其中曾国华道:"我们弟兄们,也没有您大哥那个才气和本事,一下子科举高中,当上了紫禁城里的大官。弟兄们只有看您把我们理出一条路来,让我们也有些前途可奔……"

要搁在平时,曾国藩是绝不容许这些小弟们对他七嘴八舌的。小弟们的话说得实在,表达了对他做兄长的一种强烈的愿望。平心而论,曾国藩认为他们讲得有道理,而且在某种程度上讲,已打动他了。但他的身份到底与小弟们不同,说话、做事定不能像他们那样信口开河,说干就干,深思熟虑,沉着稳重是他的本钱之一。小弟们表示得那么强烈,这会儿他仍然是习惯性地用手指梳着胡须,不惊不急地道:"作为兄长,我不能全盘否定你们这些建议。应当说,你们的愿望是有些道理,并且也是可能的。但你们想过没有,第一,长毛贼眼下是一支很具实力的队伍,人数已达十万。如今虽然是撤围北上了,但说不定马上又会倒转头来,再犯长沙。这长沙城虽坚守数十天未破,但实属侥幸。仅凭江忠源所统两千乡勇和副将德清的一千多绿营兵、罗泽南的一千乡勇,是很难持久保全的。万一长毛贼回窜,我曾国藩是没有把握的。第二,奉讳归家,三年守制,是大清皇上都主张的大事,我人已在乡守制,一心不可二用;半途而废,对不起已故老母。第三,我是朝廷命官,既受命于皇上,一切都得奉旨办事。没有皇上的旨意,即便是干了,也是名不正而言不顺。只有皇帝诏令了,方能上通天子,手握实权,专折奏事,令出必行。否则,我是想干也干不成事情。还有一条,你们不知,张亮基虽真心实意邀我出来办事,但他不是以平等的身份出现的。我答应他以后,他是巡抚,我只不过是一个在籍侍郎,端他的饭碗,就要为他所用,一切听他摆布。你们说这差事能答应吗?更何况他已用了一人,叫左宗棠的。我虽未与他共过事,但早听说这人傲气十足,孤芳自赏,性格怪异,甚至常常以诸葛孔明自诩。到张亮基手下干,与左宗棠这个人平起平坐我吃不了这个亏,也不愿受那份气。所以,小弟们应当体谅我做兄长的难处,遇事多动脑筋,万不可一时冲动。小弟们都有些才气,大哥我是始终把小弟们放在心上的,叫做'天生你材必有用','留得青山在,不怕没柴烧'。你们不用着急,待兄慢慢周旋,择机会让小弟们都有出头之日的!"

曾国藩原以为自己这番话说出来,小弟们会理解并接受的,孰料话刚一落音,小弟们个个都把脸拉了下来,表示出不以为然的神情。曾国葆首先嘟哝说:"咳,大哥呀,你要是不想为小弟们寻找一条出路,就把话直说出来,我等自谋出路。比如说,我们现在就可以筹集一些银两、粮草,自己办一个团练,由小到大,由弱到强,让人们看看我'曾家军'的势头!大哥你尽可以袖手旁观,瞧着小弟们把团练办得如何!"

曾国藩听得明白,五弟这话是成心给他气受的,甚至是有意给他一个难堪。但曾国藩修行涵养非同一般,却并不生气,反而笑道:"那好哇,五弟有这个志气和能耐就自己单挑一枝花吧!也不要叫'曾家军',就叫'国葆军'吧,我倒要看看业已二十五岁的小弟能不能拉出二十五个乡勇来。哈哈!"

曾国荃怕大哥与五弟把话讲僵了,立即拦在五弟回话之前,说:"大哥呀,我们小弟们也承认您的分析、主张句句在理,也是只有在兄弟们中间才可以讲出来的实话。但有一条请大哥三思:所谓机不可失,时不再来。如今长毛贼北上了,依大哥估计,他们随时都可能回窜;既要回窜,现在就是机会。趁这个局势暂稳的空当,立即把队伍拉起来,等到洪秀全回窜时,不就正好摆上了用场了吗?"

曾国藩听了这话,仍觉得有道理。但他是一个耳朵根子特别硬的人,岂是小弟们三言两语,就能把他这个朝廷的二品侍郎说服得了的?

此后,曾国藩踌躇了好几天,仍坚持自己的看法,决定安心在家守制,两耳不闻窗外之事。

这日,曾国藩正在书斋中读《孙武子》,忽听门外一阵杂乱的脚步声和熟悉的说话声。曾国藩明知来客,也不管不问,佯装继续读书。三弟国华、五弟国葆已簇拥着同乡的好友郭嵩焘进了他的书斋。这郭嵩焘字均仙,湖南湘阴人氏,与李鸿章系丁未科同年,比曾国藩小七岁,是年三十五岁。此人才华出众,本来是与李鸿章同时选入翰林院,为庶吉士,可惜不曾散馆就丁忧回乡守制,误了前程。郭嵩焘看上去是个中等身材,长得眉清目秀,风标清峻,仅嘴角上两溜八字须,显得比实际年龄老了一些。他回乡后,与曾府上的几兄弟玩得十分投机,往来频繁。所以,踏进曾家门槛,完全无拘无束,如同在自己家一样。

郭嵩焘直奔书斋,把一封信往曾国藩书桌上一扔,大声道:"大哥还有闲心关在屋里读书呀?武昌失守了,巡抚常大淳和满城的藩台、臬、台、司、道等大员们,绝大多数殉难了!"

曾国藩惊得猛地站起,厉声问道:"你是从哪里听说的?当心本省张巡抚治你一个谣言惑众罪!"

"还用我谣言惑众吗?你恰恰应该看看张亮基大人的私函!"郭嵩焘说。

曾国藩慌忙拆信来看,只读了几行,脸都变色了。张亮基信中告诉他:武昌已经失守,官兵惨死无数,长沙城里也人心惶惶。信的最后写道:

"亮基不才,承乏贵乡,实不堪此重任。大人乃三湘英才,国之栋梁,皇上倚重,百姓信赖,亟望能移驾长沙,主办团练,肃匪盗而靖地方,安黎民而慰宸虑;亮基也好朝夕听命,共济时艰……"

曾国藩把信看了两遍,颓然倒在太师椅中,半晌没有说话。

郭嵩焘看他这样,顿时急了:"张大人已是如此诚恳,您就是有铁石心肠,也该应允了!"

曾国藩仍不说话,反而闭上了双眼,好似已靠在椅子上睡着了一般。郭嵩焘接着又说:"涤生大兄在我的印象中,好像不应该如此。您本是敢作敢为、立志报国之士,古人也有弃墨从戎的众多成功者。今天,国难当头,故里危急,您却甘心袖手旁观,一味拘守古礼,置大体于不顾,恕小弟直言:那便大错特错了!果真像您所言:长毛贼反扑长沙,全省遭劫,乡里不保,您恐也难固守一方净土坚持守孝。到那时,父老乡亲会把您当做碌碌无为之人看待的！或许，您还是罪人一个。什么二品的京官？受难的百姓才不认您的账呢！"

这一席话说得尖锐，曾国藩坐立不安起来。正在这时，门前又一匹快马到来，那差人满脸汗水，在门口请求通报曾大人。曾府仆人刚来开门张望，又一驾骡车驶到门下，从车上下来的是湖南候补道员曾大成。这两人进门就给曾国藩先行了大礼。曾国藩说了一声"免礼"，后面又赶来一辆骡车，曾国藩简直被弄得头晕了，一见是道员郭意诚，赶忙迎进屋内，请客人一一坐下。那曾大成屁股刚落板凳，蓦地一下起身正色道："皇上圣旨到！"

这一声把曾国藩吓得不轻，离京两年来，他还是头一回听到这样的官话。曾国藩再也不敢无拘无束，如同皇帝驾到一般，恭恭敬敬地听谕。

太平军攻克武汉，咸丰皇帝闻之，大惊大怒，将那一班文武大臣骂得狗血喷头。众臣见龙颜震怒，都惊慌不已。咸丰皇帝别看岁数不大，极善把握机会。太平军窜入湖南后，他就严令：凡溃逃营兵，责令其三日内归来，否则诛灭九族；文武命官凡能击退贼寇一次者，加升一爵；凡斩一贼者，赏银五十两；但驻守不力，造成破城者，是朝廷命官，要发配充军，革职查办。因此，自洪秀全金田起义以来，已有地方及朝廷数百官员因此丢官，有些甚至丢了性命。在咸丰皇帝跟前，目前有两个宠臣，一个是户部左侍郎肃顺，一个是内务府总管端华。这两个人之所以受宠，因为他们最善于揣摩咸丰皇帝的心思。而肃顺在这之前，与曾国藩关系甚好，来往密切。肃顺极佩服曾国藩的才华。为此，那一班满族大员都在背后骂肃顺是忘了出身，投向汉人了。

这会儿咸丰皇帝如此焦虑、发怒，肃顺又动起了点子，对皇上奏上一计："应把在籍的朝廷命官们用起来，命他们在乡兴办团练，以保卫乡里。比如说仍在湖南守制的曾国藩，便是个人才……"

咸丰皇帝一听，好像马上开了窍，谕令以六百里加急送到湖南，让曾国藩统办全省团练，不得有误！

曾国藩再也玩不了小滑头了，只好领命。他答应下来以后，气氛轻松了。郭意诚对曾国藩笑道："此次是张巡抚派三人前来，递圣旨的是曾大成，而不是上回那个栾壁城啰！"

曾国藩一听,脸儿微微不自在起来,但很快哈哈作笑,道:"今儿在寒舍痛饮几杯,明日启程!"

到了长沙,曾国藩一办起团练就头痛了:他觉得团练只是由地主富豪出钱筹办的地方武装,是为别人看家护院的。因此,以这种武装与洪秀全的太平军抗争,终究力不从心。曾国藩左思右想,拿定主意在刚上任时就给咸丰皇帝上了一份奏折,道:

"湖南标兵调赴大营,行伍虚空,因于省城立一大团,择乡民壮健朴实者招募来者,练一人收一人之益。军兴二年,縻饷不为不多,调兵不为不众,往往见贼逃溃,从后尾随,皆以大炮鸟枪远远轰击,未闻有短兵相接者。今欲更弦易辙,宜以练兵为要多。臣参访前明戚继光、近人傅鼐成法,但求其精,不求其多……"

咸丰皇帝对曾国藩的见解大为欣赏,当即谕允。曾国藩得到了皇上的支持,这才带劲地干起来,着手组建一支新军。

"何为新军?"曾国荃问。

曾国藩说:"我要组建的新军,必须尽募新勇,不杂一兵一卒,不滥收一弁,扫除以往建军的陈规陋习,别开生面,赤地新立,庶收寸效!"按照曾国藩的要求,曾家几兄弟举手报名,表示分头去各招一帮人马。

曾国藩这时认真打量自己的几个年轻的小弟,按照族中大排行,曾国藩居四,人称四先生;曾国华老六,国荃老九,国葆最小,称为季弟。曾国藩见兄弟们都要加入新军,说:"组军打仗,不拉不劝,这是你们自己要干的。但打仗要出生入死,非同儿戏。江忠源你们都熟知的,领兵打仗两年多,部下中已阵亡了许多父老乡亲。这一点,你们要有思想准备。此其一。其二,愚兄从家庭考虑,不能把你们都接收过来。那样的话,老爹无人照顾,我倒是罪人了。依我看,季弟还不曾成亲,牵挂较少,愚兄就先收下了,可先挑本县壮健勇敢的乡人组建一营,训练成军后带来长沙。六弟、九弟过一些时候再说。愚兄现在虽有皇上诏令,但手无分文。而招募乡勇就要花钱,钱从哪里来,我还心中没底。因是团练,不是绿营官兵,官库是不会给钱的。怎么办呢?我来设法筹集,少不得要向乡绅富豪们伸手。找谁要钱谁乐意呢?显然是一种招怨的事情,弄不好钱要不到,还得罪了一大圈子人。因此,六弟、九弟先蹲一段时间再说,待我把局面打开了,再来投营也不迟。"

依照曾国藩这个安排,兄弟们之间虽有争执,但也只得遵令办理。曾国藩禀明老父竹亭公,跪承庭训,又托妻舅欧阳秉铨去京师接眷。因为,他回不了京城了。

曾国藩在长沙安下身来,按照已定思路筹集钱粮,组建新军。这日,张亮基邀曾国藩小聚,宾主相互一揖后,巡抚道:"涤生大兄,今日想为你引见一位奇才,目前正在敝处幕中。"

"莫非是自称'老亮'的湘阴举人左宗棠?"

张亮基惊道:"正是他呀!此人先前怀才不遇,两考会试不中,绝意仕途,从此隐居乡间,大门不出。长毛贼围困长沙时,城内城外共云集了三个巡抚,两个提督,十个总兵,但也无人可以节制。我通过胡林翼兄弟把左宗棠请来,参赞军务,指挥城内守军,他果然从容镇定,事事主动,保住了长沙。此人不凡,堪称旷世奇才。只可惜,他今年已四十一岁了,刚由知县擢升同知……"

说到这里,张亮基高喊一声:"来人啦,有请左宗棠先生!"曾国藩一听张亮基这样称呼左宗棠,心中顿时明白。因为,一般幕友都称师爷,而左宗棠独被称为"先生",可见张巡抚是十分敬重左宗棠的。曾国藩说不上心中是什么滋味。过去在京城里,曾国藩见过的湖南籍读书的、做官的、公差的老乡多了,唯独不曾见过此人,因此心想:想必此人一定儒雅潇洒,气宇轩昂。于是,他伸长了脖子向客厅外张望,想早一点看看这是一个什么样的人中俊杰。

不一会,只见远远地从回廊走来一个人,中等个头,却是哈腰曲背,淡眉细眼,白净微胖的脸上蓄着一片稀稀的胡须。曾国藩只觉得,他倒是一个乡村里的教书先生,大名鼎鼎,却如此平常得不敢恭维。

张亮基起身为他们二人互相介绍了以后,曾国藩客气地拱手道:"久仰季高先生大名,今日幸会!幸会!"

"哦?"左宗棠微微拱了一下手,以锐利的目光迅速地朝曾国藩扫了一眼,说道,"阁下说得不错,今日才有机会一见,确实不易。"

曾国藩见左宗棠这副不卑不亢的模样,有些尴尬。张亮基看出来了,慌忙替左宗棠解释说:"左宗棠先生高卧隆中,不问世事已经多年。兄弟我是三顾茅庐,才把他请了出来。他有言在先:我在一日,他助我一日;我一日离湘,他也便再回他的隆中高卧去了。哈哈,你看,他讲的

'确实不易'倒是实话实说了。"

左宗棠又看了一眼曾国藩,问道:"涤生兄既然来了省城,打算如何办理团练呢?想必涤生兄必有高见。"

曾国藩愕然,心想:一个小小的五品同知竟敢对自己这个二品侍郎称兄道弟,且张口一副盘问的架势,也太傲气了一些。但这会儿又不能不答,道:"刚才正与张巡抚在谈。我的想法是:先从清查保甲入手,搜查土匪,安定乡里,做点小事。"

"这自是应当,可作为第一步。那么,请问你下一步如何动作?"左宗棠步步紧逼,并没有细查曾国藩此时的表情,又问起来。

"下一步打算在省城设一审案局,但凡州县拿获的匪徒,或则就地正法,或则解送到省城来,严讯之后,再作处理。当然,这应当是大案要案,或疑难悬案。"曾国藩已有些信口开河了,表现得稍稍有些不耐烦。

不料左宗棠却摇起头来,道:"涤生兄如此设想,恐为不妥。抓人审案是官府的职责,判刑正法连抚台大人都无此权,还须经刑部秋审复查以后,有了回批才能决定执行。阁下只是受命办理团练,总不至于越权行事,代替官府吧?!"

曾国藩大吃一惊,只觉得此人张狂,没有想到他左宗棠狂到这个地步。他这才以傲慢的表情侧目望了一眼左宗棠,见他目光灼灼,是有些不同凡人。然他自己也是个脾气倔强的汉子,又是受命于皇上,这番话本来是随口说说而已。眼下既然是左宗棠提出异议了,他倒要非干起来不可。于是,略微愣了一下后,他把皇上抬出来了,语气变得强硬起来,说:

"自古以来,乱世必用重刑,不可用常理去衡量。若用常理,你这会儿也用不着到张大人手下干了!我说话算数,当然会奏请皇上授权。本人现在只是个二品侍郎,既无财权,也无人权,更无兵权。我如真要处决匪贼,当然要借用巡抚大人的王命旗牌。巡抚大人如有权不用,我只有自己出马,去找皇上要这个权。请季高先生尽管放心哟!"曾国藩这段话说得字字铿锵有力。

张亮基听了这段话,眉头皱了起来。关于设立审案局处决犯人一事,张亮基的观点与左宗棠的一样,只是没有说出来,让左宗棠先表达出来了。这会听曾国藩如此强硬地坚持自己的意见,却又不好当面驳

163

回。于是站起来,笑着道:"哎呀,今天是想请两位大才子见见面,本不想议论公务的。现在既然话已讲出来了,那我也表个态度:今后有关团练的事情,可与左宗棠先生商量着办。总要以既能搜查土匪,又不扰民为宜。至于严惩土匪,审讯办案的事情,涤生兄的意见我很佩服。我赞成'乱世当用重刑'这句话。但这句话说出来容易,做起来却很难。因为凡事不可操之过急,正所谓心急吃不得热稀饭。把事情都搞得惊世骇俗,不仅官府无章可循了,民间也接受不了。万一再添出些乱子,那就事与愿违了。所以,依照兄弟我的意思,今后凡押送到省城来的重犯,都交由长沙府首县善化县办理。团练大臣就不必操心了,涤生兄只管抓您的团练,防务剿匪事情重大,够涤生兄忙得了。"

事情已经谈到这个地步,不愉快几乎公开化了。曾国藩无奈,起身告辞时,道:"有一事要请巡抚大人帮忙:兄弟我是奉旨举办全省团练,少不得要行文州县。既要行文,总得要有一个关防印信。因此想请巡抚大人代刻一枚'钦命办理湖南全省团练事务前任礼部侍郎关防'的印章,以利公务。"

张亮基踌躇了一下,拿眼望着左宗棠,意思请他表态。左宗棠心领神会,背过去一只手,用另一只手拈着胡须,道:"此事好办!但涤生兄要上一道奏折,皇上同意,谕旨下来,叫我们给你刻章,我们马上照办。"

张亮基接着笑道:"是呀是呀,这事过去没有碰到过,朝廷也不曾明文规定。只有等皇上圣旨下来,再刻也不迟呀?!"

无奈,曾国藩真正无奈了,心中顿生火气,但又不能发作,只好拱手辞别。左宗棠送到门边就哈哈腰不再送一步了。张亮基多送了几步,但也不提小聚之事了。这便是一点人情也没有了。

曾国藩走后,张亮基回到了原处,左宗棠在客厅中等候。他对张亮基说:"你看这曾国藩,今儿定是心中不快了!哪有那么便宜的事?啥功劳还没有呢,一开始就想抓权。此人野心太大,难以相处和共事。再者,我一想到他借口在家守制,三请四邀地不给您巡抚的面子,气就不打一处来。让他碰碰钉子也好。只是,他现在想打道回府也晚了。皇上要他在这里办团练,他不办行吗?要领情,是皇上领他的情。湖南抚衙不用领他的情了。哈哈!"

曾国藩一心不快活地回到射圃。这里是省城官兵平时练习射靶、习武的地方,与张亮基的抚衙只有一墙之隔。射圃前院有一座阅武厅,廊舍俱全,是抚台阅兵时休息的场所。后院的大块空地便是射圃,由于使用较少,加之无人管理,已经杂草丛生了。曾国藩住到这里后,把阅武厅改成了客厅,两边耳房和厢房都改作了自己的卧室。

曾国藩回到这里,郭嵩焘迎了上来,惊道:"您没有在抚衙吃饭?"

曾国藩叹了口气,道:"那左宗棠与我萍水相逢,头一回见面就想与我过意不去,还吃饭呢? 回是吃气回来的哟!"

郭嵩焘听出了缘由,笑着安慰道:"没事的,没事的。那左宗棠与我是同乡人,脾气是有些古怪,不过还能办事,与我还谈得来。今后我们团练这边遇事,您暂且不要出面了,由我去与他疏通。"

说着,郭嵩焘也叹了一口气,接着说:"咳!我们湖南人,大多数都倔强,所以外地的人们都称我们湖南人是'湖南骡子'。他左宗棠是倔中之倔,也正因为如此,人们才在背后叫他'左骡子'。他到了张亮基手下,什么事都管,真正是一个'管得宽',人又称他'二抚台'。又由于抚台兼带左副都御史的官衔,也有人叫他'左都老爷'。此人就是这样一个人,虽貌不惊人,却满肚子才华,精通兵法,您今后与他打交道多了,定会看出这一点的。"

曾国藩听这些不太入耳,道:"还打交道多了呢?!我现在就一天也不想与他打交道了。如今既然受命于皇上,不是为他左宗棠或什么抚台大人来干的。因此,在这里办团练,我只听皇上的。凡事奏请皇上,不理他们那一套。只要看准了,想怎么办,就怎么办!除非皇上下旨,否则,在这湖南,谁也别想拦住我!他左宗棠是'左骡子',我曾国藩也不是好惹的。井水不犯河水,就这么干吧!"

主意一定,曾国藩反而来了精神,风风火火地抓了起来。没有关防印信,便用他的私函通知全省各地的道、府、州、县。这一招还果然灵验,私函有时比官方的还顶用,信发出不久,各地官府的要员纷纷以私人名义复信,联络信息,交流感情,加深了关系。自从与左宗棠交谈以后,仅几天中,曾国藩就发了三道手谕:一是搜捕土匪,或就地正法,或解押送省城审讯;二是命令各地从已经训练过的乡民中,挑选健壮勇悍的年轻人来省里集训,编成大团,保卫省城;三是向地方乡绅、地主及富豪摊派捐款,充作团勇粮饷。曾国藩又亲自上街察看,选中了一幢民宅租了下来,作为审案局。

为调动各地捐款的积极性,曾国藩还制订了一个派捐章程,从六品官衔开始,到九品官衔,一一制定了价钱。凡认捐银两的绅士,开具捐银执照,将来向吏部领取捐官凭证,让富足大户花钱买官。这几件事如电闪雷鸣,把整个一个湖南六十四座州县都闹得天翻地覆。遵照搜捕土匪令,各州县处处抓人;又因为摊派捐款,乡乡要钱。州县官员虽明知不妥,但都知道曾国藩曾身为京官,这回又是皇上的遣派,不敢违拗,怕得罪了曾国藩,让他一纸参奏上去,丢官不说,弄不好还要丢了性命。有些州县贪官,乘机向乡绅们敲诈勒索,火上浇油,自己大捞一把,搅得良民百姓喊冤叫屈,财主豪绅叫苦连天。因此,一时间,人们给曾国藩取了个诨号,称之为"曾剃头",也有人叫他"曾屠户"。

这些事情渐渐传到了左宗棠的耳朵里,他心中十分恼火。这日,左宗棠又收到了自己岳父的来信,说县里奉曾国藩之命向他家摊派了纹银二百两。一个地主,怎舍得一下子掏出这么多钱?于是,他让左宗棠出面,向曾国藩求个人情,免掉他的捐款。这事在左宗棠脑子里转了几天,最后还是硬着头皮给曾国藩写了一个便条,派人送到射圃。左宗棠原以为自己的面子远不止二百两银子,写个便条算是抬举曾国藩了。谁知曾国藩毫不留情,道:"国家有难,庶民理当共济艰难,希望左大人能登高振臂为天下倡,所有派捐,分文不能少收!"左宗棠气坏了。他要寻找机会整整曾国藩。

按照曾国藩的手谕,湖南各州县纷纷把自己捕来的人押解省城交差,曾国藩也不用巡抚的王牌令旗,稍一审讯便押赴刑场正法,或者杖毙于审案局的大堂之上。自曾国藩的审案局开张以后,每天都有三五人被杀,喊冤叫屈的人堵住了审案局的大门。

左宗棠一面暗中鼓动人们喊冤,一面请求张亮基大人出面,立即制止曾国藩的胡作非为。张亮基这边也有不少抚衙里的官员也找来叫屈,说曾国藩把手伸到他们管辖的范围里去了,直接对抚衙里的事横加过问。藩台潘铎对张亮基说:"巡抚大人哪,如果您再不予以坚决地制止,湖南不要等那长毛们来,倒先给这个曾国藩搅乱了!"

张亮基对曾国藩这些做法也很有看法,想下令停止各州县的摊派,左宗棠还建议动用官兵封闭审案局。但曾国藩却先下手为强,奏请皇上恩准,张亮基、左宗棠都奈何不得了。而且,曾国藩由于得到了皇上的朱批,更加从严,又是抓人,又是摊派,根本不把抚衙放在眼里。可巧张亮基调任湖广总督,藩台潘铎署理湖南巡抚。张亮基一走,左宗棠失去了靠山,而且不愿意跟张亮基离开湖南,毅然回到湘阴县隐居去了。

潘铎是把曾国藩视为眼中钉、肉中刺的,他当上了巡抚,一开始就想找曾国藩的麻烦。曾国藩大量调集各州县乡勇,很快已编练出左、中、右三营。中营的罗泽南统之,左营以王鑫统之,右营以邹寿璋统之。他的乡勇全部来自乡下,不在城中招募一兵一卒。在他看来,乡间多为穷苦人出身,能吃苦,想当官,训练出来,比城里人勇敢。果然,他的这支队伍比官军名气还大,兵勇一般都不把官军放在眼里,甚至开始出现了摩擦。一天,有两个官军士兵来到射圃观看乡勇练武,在一旁评头论足。曾国藩这些乡勇一窝蜂地上去,乱拳之下,竟把两个官军士兵打死了。这事报到新任巡抚潘铎那里,潘铎拍案而起,毫不客气地下了一道咨文,令曾国藩将全部乡勇遣返回乡。曾国藩依仗皇上撑腰,哪会理睬他的咨文?潘铎怒不可遏,气出病来,愤而告病还乡。

湖南又来了新巡抚,他就是骆秉章。骆秉章为人厚道,性情比较温和。曾国藩原以为可以与他和睦相处了。没料到一段日子下来,骆秉章也忍受不了曾国藩独断专横,渐渐地对曾国藩也有了意见。骆秉章想到了左宗棠,亲自去湘阴县找到了左宗棠,把他又请回了抚衙。骆秉章很信任左宗棠,一切大小事情都征求他的意见,有些还由左宗棠决定。左宗棠又成了"二抚台",暗中利用骆秉章对他的信任抵制曾国藩。终于,他找到一次机会。

这是六月里盛夏的一天,骆秉章昼寝刚起,文案上送来一份奏稿,是团练大臣曾国藩的主稿,要求湖南巡抚会衔上奏的。骆秉章展开奏稿一看,不觉吃了一惊,立即喊左宗棠过来商议。骆秉章对左宗棠说:"季高呀,你看曾国藩又在胡闹了,竟然要我会衔参劾长沙协副将德清'情耽安逸,不理营务'。这事一闹,提标官兵必然不满,他们要来理论,叫我如何应付呢?"

左宗棠不慌不忙地坐到书案旁,摇着折扇,从骆秉章手中接过奏稿一读,冷笑一声说道:"我早就料到曾国藩这一招了。他来长沙后,手也伸得太长了,民政、司法、经济他都要管。上一回保举提标守备塔齐布,连升三级,官至正三品参军,由此把手伸进了绿营。他命塔齐布将绿营官兵与团练在一起操练,不成体统,而且定要在六月三伏天照常操练。绿营官军将士怨气冲天,德清告到鲍军门那里,军门传话下来,谁若再虐待士卒,盛夏练兵,便用军棍处罚,塔齐布只得停练。大概就因为这件事惹恼了曾国藩,所以才上了这一道奏稿,要把德清革了职。下一步,曾国藩一定是要保举塔齐布做副将了。我还敢断定,曾国藩最终是想撤掉鲍军门,将塔齐布扶成湖南提督。因为,唯有如此,他才能既统领团练,又能指挥绿营官军。到那时,他便成了一省之主,巡抚不过是虚设罢了!"

经左宗棠这样一分析,骆秉章对曾国藩更有看法了。但面对这份需要他会衔的奏稿,骆秉章还是不知如何办才好。于是,他说:"季高呀,依你看曾国藩这份奏稿是会衔,还是退回去呢?"

左宗棠把奏稿丢在桌子上,摇着折扇在屋子里来回踱了一会,捋着短短的胡须,说:"不!这份奏稿还是应当会衔。当然,你会衔了,当然要招人怨的。但最终真正得罪人的还是曾国藩。因为他是主奏,您是协奏。提标官兵们都明白,真正要参劾德清的不是您骆秉章大人,而是他曾国藩。"

骆秉章心领神会了,抓笔在奏稿上签了名,交给左宗棠去办。

须知:清朝兵制,有固定编制,吃官粮领官饷的称之为"兵"。而这兵还分为满人的八旗兵和以汉人为主的绿营兵。像曾国藩为了平乱和打仗的需要,临时招募的兵勇,一不发官饷,二不吃官粮。只有在战事持久,靠募捐难以支撑而兵勇又作战有功时,才可以特事特办,酌情发给一些官饷、官粮。战事一结束,就是一律裁撤,各自回乡。这种人称为"勇",如练勇、乡勇、团勇,都是指这种武装。曾国藩所编练的武装,曾国藩称之为"湘勇"。渐渐地人多了,队伍大了,他改称为"湘军"。

由于曾国藩遇事气盛,渐渐也传染给了他的部下,他的湘军将士常与绿营兵因赌博闹事,连着发生了好几起湘勇与官军械斗的事件。一次,湘勇一百余人集体参与跟官军的械斗,曾国藩指责官军肇事,办了咨文要求提督鲍起豹按军法处治。这位鲍军门本来就对曾国藩一肚子不快活,见了曾国藩发来咨文,故意要捉弄一下曾国藩,命令将肇事的官军士兵用绳子五花大绑起来,连夜押送到射圃团练大臣的行辕,请曾国藩自己去处治。

曾国藩无奈,只好惹火烧身。结果,曾国藩还没有怎么样,满营官军大哗,立即吹响军号,手执棍棒火把,一窝蜂冲进射圃,围住曾国藩的行辕,咆哮怒骂,把曾国藩弄得十分难堪。一些官军士兵还要冲进曾国藩卧室,揪出曾国藩痛打他。郭嵩焘一见形势危急,慌忙举了十几名湘勇保护着曾国藩,让他从后门逃走。曾国藩是爬着竹梯登上围墙的,围墙那边就是骆秉章的抚衙。官军大闹射圃时,骆秉章、左宗棠在围墙另一面都听得清清楚楚,二人正在偷偷发笑。不料曾国藩攀上围墙后,又不敢往抚衙那边逃,只大声喊道:"骆巡抚大人,我是曾国藩哪!官军要闹事了,您赶快来营调停一下吧!"

骆秉章、左宗棠躲在抚衙里却不吭声,也不答应,装做没有听见曾国藩呼救一般。官军几百兵士打着火把到处寻找曾国藩,要打曾国藩。郭嵩焘见曾国藩上了墙头,自己也爬了上院墙,将竹梯撤出,移到院墙另一面,让曾国藩从竹梯下到巡抚大院内。他们看见骆秉章的房间亮着灯光,便循着灯光走过去。到了跟前,见骆秉章的大门紧闭,敲门也听不到回声,无人应门。而隔院里仍然人声鼎沸,火把烛天。曾国藩和郭嵩焘频频叩门,半天才有个门仆懒洋洋地开了大门,怒声道:"谁呀?半夜了还来敲门,你不知道这是巡抚大人的内宅吗?!来人啦,拿大人的片子把这两个家伙送到善化县去关起来!"

曾国藩挨了这顿训斥,又窘又恼。郭嵩焘赶忙喝住道:"浑蛋!小小看门人还敢放肆?!团练大臣曾大人在这里求见巡抚大人,快快进去通报!"

门仆转身进屋去了,过了一会,一对大红绢纱灯笼,照着骆秉章和左宗棠从里屋里走出来。骆秉章佯装什么也不知道,说:"哎呀,侍郎大人怎么如此狼狈?半夜前来敲门?!"

曾国藩急得直发抖,一时说不出话来。骆秉章径直朝大门外走着,来到射圃。只见满院的官兵,还有一些已爬到院墙之上。见是巡抚大人和左宗棠来了,有人领头大喊:"巡抚大人!我们给曾国藩逼得也活不下去了,今晚是他要来惩治我们的。请看:我们已被绑得结结实实,给他杀吧,他曾国藩就是喜欢杀人哩!"

又有人喊:"他办团练以来,长毛贼没有杀了一个,倒杀了军民二百多人了！"

　　骆秉章挥挥手，命骑在院墙上的人下来，又命把被绑的军士们松开，然后才开口道："我想曾大人要处罚你们，也是有原因的。他是团练大臣，主要是管团勇的事。我相信，团勇那边如有什么不妥，他会公正处理的！今晚大家都回营去吧！"

　　官兵们手举火把欢呼起来，就好像在欢呼一场胜利。官兵们都走了，只有骆秉章、左宗棠、曾国藩和郭嵩焘还站在院子中。骆秉章冷冷地道："曾大人，没事了，没事了，你也可以放心去睡觉吧！"

　　曾国藩就如同才做了一场噩梦，连连叹道："惭愧，惭愧！"

　　骆秉章、左宗棠走后，郭嵩焘陪曾国藩回到东耳房中，正在生闷气，急听门外又大喊大叫起来，心头不觉一惊，吓得不敢伸头。一位团勇跑来禀报："驻南门外团练大营的曾国葆率乡勇前来！"曾国藩松了一口气。

　　曾国葆冲进东耳房，说要率队去与那绿营兵拼了。曾国藩想了好长一会儿，最终摆摆手道："大事化小，小事化了吧！你这会儿去捣绿营兵的营帐，必然不会有便宜占的，此其一。其二，把事情闹大了，我也难逃罪责。跟长毛贼一仗还没有打，倒先在官军与团练之间打起来了，遭人笑话不说，皇上也不会放过我的。我的本意是想让绿营兵来一次脱胎换骨的改造，训练出一支作战勇猛、作风过硬的队伍，没想到最终事与愿违，让人利用了。绿营兵这样一闹，让我受了羞辱不讲，也让我下一步抓不下去了。在长沙抚衙的旁边，团练也难待下去了。我想，还是移军衡阳吧，与绿营兵井水不犯河水，各办各的事情，我们专心把湘勇办好就行了。"

　　郭嵩焘、曾国葆等，都支持曾国藩这个意见，不想在巡抚衙门的眼皮子底下受窝囊气了。曾国藩说："到了衡阳，长江就在边上，我正好可以凭借长江，把水师办起来，再大力发展造船，从广东调些火炮，使我的湘勇水陆并进。力量壮了，他长沙有难，再求到我前去助阵，那时便是他骆秉章、左宗棠、鲍军门要求我了。我与他们，是骑驴看唱本——走着瞧呢！"

　　一八五四年，即咸丰四年，曾国藩率湘勇来到了衡阳，他一到衡阳，大量招募沿江习水的年轻人，又在衡阳、湘潭两地办起了造船厂，训练船工和水手,组建了湘军水师。李瀚章就是在这个时候到曾国藩的湘军里出任粮台,从此深受曾国藩赏识。瀚章一到曾国藩这里,曾国藩少不了要打听李鸿章的情况。当曾国藩听说李鸿章也回合肥老家协办团练后,非常高兴,道:"殊途同归,少荃壮志在胸,将来必有大用!"

李瀚章作为长兄,时刻挂念着弟弟李鸿章的前途。他十分留意为李鸿章寻找政治靠山,听说曾国藩与自己弟弟李鸿章有过非凡的师生之情时,十分高兴,不断把李鸿章对恩师曾国藩崇敬的心情转告曾国藩,以博得曾国藩的欢心。在李瀚章兄弟六人中,数李鸿章与大哥关系最为密切,往来书信不断。李瀚章把鸿章往年的来信一一收藏在手,到曾国藩幕中以后,从中挑选出数封,给曾国藩过目。给曾国藩所看的家书中,李鸿章多次提及曾国藩对自己的学业帮助、人生的修身处世的警示、师生友谊等。曾国藩看了李鸿章的一些家书,大为感动,情谊大为加深。

这回曾国藩到了衡阳,精神为之一振。他丢开了官府与团练之间,绿营兵与团勇之间,自己与骆秉章、左宗棠的许多烦恼,专心大办水、陆乡勇。他想到了改革军制,遂决定以五百人为一营,不足五百人者为一小营。陆军五千人编为十三个营,编列字号,以塔齐布、周凤山、储玖躬、林源恩、邹世琦、邹寿璋、杨名声、曾国葆等为营官。水师五千人,分为前、后、左、右、中五个正营,五个副营。以成名标、诸殿元、杨载福、彭玉麟、邹汉璋、尤献琛为营官。另在湘潭设立四营,以褚汝航、夏銮、胡喜衡、胡作霖为营官。水师以褚汝航总体统领,陆军以塔齐布统领,共配备大炮五百门,洋枪四千余支,全军连员弁、长夫、丁役在内,计一万七千人。曾国藩的湘军由此初具规模,开始走上了与西征太平军大较量的战场了。

出征之前,曾国藩又遇大喜:刘蓉、陈士杰、李元度等来到了衡阳。这是几位职权不大却才能罕见的旧交。他们共同投奔到曾国藩的营帐之下,还带来了二十万两白银。李元度,这个戴着深度近视眼镜、个头瘦小的文人,竟也带来五百江勇,自愿当营官率兵打仗。这使曾国藩大出意外,很受感动。眼下是人才济济,气象兴旺,钱粮不愁。曾国藩下令:每天五更三点放炮,所有将士闻炮即起,演练晨操,营官、哨官必须亲自到场,指挥操练。中午点名一次;傍晚时再操练一次,三更前点名一次；每逢三、六、九日中午之前，曾国藩亲临操练现场，检阅操练，并且训话。经过到衡阳以后的几个月严格训练，曾国藩的湘军阵法整齐、技艺熟练，曾国藩决定由此大干一场。

　　出征之前，曾国藩思绪万千。十多年的官场生涯，使他深深懂得：作为朝廷命官，必须背靠皇上这棵大树，千方百计赢得皇上的信任和支持，还应尽量获得满蒙贵族们的信赖。否则，办成大事是个空想。不成事，则皇上不信任，同僚们看不起。满人对掌握有兵权的汉人，一向猜忌很深，连历代皇帝都严加设防。如今自己已拥有了一支强大的队伍，必然会招来嫌猜，弄不好会徒劳无功，还可能会有不测之祸。自己的家乡湖南这边，吏治也太腐败了，在大清帝国十八省中可谓首屈一指。虽然朝廷多次更换新人，但多年来的腐败习气，岂是换几个抚衙大员就能根治的？过去在紫禁城中当侍郎，他已从各地奏章、塘报中，知道了国势腐败。出京南下，回到湖南，一路从直隶到山东，从山东到苏北，从苏北入安徽，所经之处，已多次亲眼目睹了哀鸿遍野、饿殍盈路、满目疮痍的悲惨现状。回湖南将近三年，人心浮动、官府内耗、危机四伏，更使他灰心丧气。所以他才三番五次地推辞入幕，不愿出山。要不是咸丰皇帝一纸上谕，众好友一番苦口婆心，他今天恐怕还卧在乡中守制，然后再回京城做他的侍郎。如今自己是逼上梁山，骑虎难下，只有将计就计了。他牢记着咸丰的上谕：

　　"前任丁忧侍郎曾国藩籍隶湘乡，于湖南地方人情自必熟悉。着该抚传旨，令其帮同办理本省团练乡民搜查土匪诸事务，伊必尽力，不负委任。钦此。"

　　曾国藩想，自己之所以敢与一帮地方要员抗争，靠的也是皇上这一纸上谕。如今兵强马壮，大举出征以后，同样要借助于皇上这棵大树，替自己遮风挡雨。

　　连日来，水陆各营按照曾国藩的命令忙着擦枪磨刀、发放军备、搬运粮草、修缮战船，好一派战前的繁忙景象。曾国藩站在衡阳赵家祠堂的楼顶之上，向石鼓嘴方向望去，见他的营地上人来人往，旌旗飞扬。他点燃烟袋，以欣赏的目光注视着一处处场景，由衷兴奋。经过一年多的忍辱负重，到今天出征之前，他已有水、陆二十营近两万人马，他是这支队伍的名副其实的统帅。只要他一声令下，水陆两路齐进，定是浩浩荡荡,威风凛凛。

出征之前,他亲自撰写一篇檄文印发全军,道:

"为传檄事,逆贼洪秀全、杨秀清称乱以来,于今五年矣。荼毒生灵数百余万,蹂躏州县五千余里。所过之境,船只无论大小,人们无论贫富,一概抢掠罄尽,寸草不留,其掳入贼中者,则剥衣服,搜刮银钱。银满五两而不献贼者,即行斩首。男子日给米一合,驱之临阵向前,驱之筑城浚濠;妇人日给米一合,驱之登埤守夜,驱之运米挑煤。妇女而不肯解脚者,则立斩其足以示众妇。船户用谋逃归者,则倒抬其尸以示众船户⋯⋯"

曾国藩列举了洪秀全、杨秀清种种行径,号召天下能人志士,声讨洪、杨,激起群愤。这篇檄文文笔犀利,气度不凡,在全军印发、张贴后,呼声一片。他还在湘军中建立了一个类似朝中内阁的机构。这个机构以供应粮草为主,取名为粮台,由李瀚章统抓。粮台下设八个分所。其一文案所,负责处理上下左右往来文书;内银钱所,负责调配安排湘勇内部水、陆各营的银钱;外银钱所,负责收发朝廷及各省各地拨、援、捐等银钱;军械所,负责采买随军所用的各种器械,如军服、帐篷、马匹等;火器所,专门负责采买以大炮为主的各种火器;侦探所,负责情报侦探、军报传递;发审所,主要负责处理勇丁内部及勇丁与百姓之间所发生的各种冲突案件;采编所,负责采集编辑湘勇官兵忠义孝悌的材料,以上奏朝廷,奖掖忠良,激励士气。同时,还在衡阳设立一个捐局,长期从事接纳各地绅商的捐赠。从曾国藩到衡阳起,至出征前,已接纳捐赠九万余两白银。衡阳、湘潭两处船厂已建成快蟹四十号,长龙五十号,舢板一百五十号。还建成了一艘特大的船,名为拖罟,作为曾国藩的座船,船上设施齐全,就如同在馆房中一样方便。

这日,曾国藩踌躇满志,血祭出师。清晨开始,从石鼓嘴到演武坪一带沸腾起来,五千陆勇全部穿上了崭新的军服,计长以上的官员都配齐了战马,刀枪晃动,战马嘶鸣。五千水勇也全部登上了新船。新船停泊在石鼓嘴下湘江的水面上,近三百座西洋大炮已安装在快蟹、长龙上。另六七千夫役忙着装运粮草煤盐。

三声炮声响过,塔齐布、罗泽南等人率陆营官兵从演武坪出发,过青草桥,向北前进。曾国藩带郭嵩焘等人乘坐大船,随水师顺流北下。

石鼓嘴一带江边早已做了布置，一杆大旗高高飘扬，杏黄旗上用黑丝线绣着一个斗大的"曾"字。江风吹动旗帜哗哗作响。旗杆旁边摆着一张大方桌，桌上满是点燃的蜡烛、线香。桌面上还放了一只空木盘，离方桌十余丈远的地方搭建了一顶帐篷，衡阳知府陆传应带领辖区县令和衙门官员在这里为曾国藩置酒饯行。曾国藩在众人簇拥下来到江边，他由于过度兴奋，脸上泛着红光。一到江边，地方官员迎了上来，他双手抱拳，不停地向送行的人们拱手答谢。

曾国藩径直向方桌边走去，上了一块蒲垫，跪在蒲垫上，望天拜了三拜。一个团丁牵来一头水牛，牛身已被清水洗过三遍，脖子上套了一条彩绸。队伍中走出十个穿戴鲜艳的年轻团丁，他们用手捉住牛的四只脚，将牛掀翻在地。一个团丁从腰间拔出短刀，朝牛的喉管猛地一刺，鲜血从牛的喉管里喷出。又一个团丁端来木盆，不一会就接了一盆鲜血。

曾国葆从队伍里走出来了。他双手捧着牛血，走向跪在蒲垫上的大哥曾国藩，曾国藩站起身来，神色异常庄重地接过血盆，将盆子举过头顶，然后将牛血淋在旗杆上。倒尽了牛血后，他将木盆猛地一摔。随着木盆落地，锣鼓声、军号声、鞭炮声顿时大作，震天动地。

陆传应率地方文武官员走上前来，向曾国藩献上一杯酒。曾国藩接过酒杯，用手指将酒杯弹出几滴，洒落在地上。然后，曾国藩将酒杯举起，一饮而尽。在一阵唢呐声中，两位大汉抬来一块黑底金字的横匾，用红绸盖着，送到曾国藩面前。曾国藩高兴地揭去红绸，只见匾上漆着八个大字：

"国之干城，民之瞩望。"

陆传应上前，道："祝曾大人此去一帆风顺，旗开得胜，早平逆贼，造福黎民！"

曾国藩却不知：他从衡阳出师的当天，太平军翼王石达开的胞兄石祥祯已率领三万将士，以势如破竹的力量一举攻下了湖南岳州府，知府贾亨春弃城逃亡，巴陵知县朱燮投水自尽。石祥祯接着已攻克华容、湘阴等县。整个湘北，大半已在太平军控制之下⋯⋯

曾国藩出师后究竟命运如何，李瀚章也不清楚了。因为，他刚一随湘军北进，就接到报丧，马不停蹄地赶回安徽老家守制去了。

到了咸丰五年十一月初,李瀚章、李鸿章仍在乡守制,无所事事。而家乡庐州仍然被占,那是太平军的天堂,李鸿章兄弟几人只能望乡兴叹,一筹莫展。

李鸿章在家中再也待不住了。他一心想尽快收复庐州,于公于私,这收复庐州对李鸿章都显得异常重要。大哥李瀚章劝他:"你看人家曾国藩,守制三年未满,三请四邀都不动摇,还是皇下谕,才勉强出山。你倒好,守制不过数月,就一天也坚守不住了,天天想着往外跑,不怕别人有一天指责你不尽孝道?"

李鸿章说:"国家事大,守制家事不可与之相比。父亲临终留下遗训,兄弟们都见了。不灭绝长毛,老父在天有灵,也不会安稳的。我能为国尽忠,便是最大的孝道,此理还用多说吗?!"

于是,李鸿章一边在乡守制,一边派刘斗斋出门,四处打探消息,网罗原来的团练的人马,决定尽快促动福济出兵,收复庐州。不久,他与潘鼎新、张树声、吴长庆等团首取得了联系。到咸丰五年十一月间,已集合原来旧部团勇五百余人,在紫蓬山一带加紧练习,配备军械,偷袭散落在庐州城外的小股太平军,以游击战法,频频得手,缴获颇丰。这消息传到安徽巡抚福济的耳朵里,福济大加赞赏,约李鸿章面谈,商定了日子,调集官军及团勇四千余人,分兵四路,终于一举攻下庐州城。李鸿章从战有功,受到奖赏,因功授予按察使衔。

李鸿章激动万分,不仅为自己的升迁高兴,更能为自己全家重返故乡兴奋不已。他进了庐州城,所做的第一件事就是在庐州城选择购房或建房地点。其实,他早就一心要在最繁华的地段上建造自己的家园。他需要的地段上,已有了十多间民房。李鸿章出面购买,哪个敢顶住不让。何况李鸿章出的价钱不贱,不到十天就搬迁一空,腾出了沿路好大一块地皮。李家果然实力不小,将民房统统推倒,平整了地基,请来上百人的建筑民工,加紧建设。李鸿章日日转到工地上来,亲自指挥,亲自设计,督促加快进度。大抵只有一个多月的时间,李府在庐州城的新宅建成了,成为庐州城又一道亮丽的风景,老街们都以"李府半条街"来形容李氏住宅的恢弘气势。

李鸿章兴建的李府住宅区坐北朝南,整个建筑分为两处,他自己与周氏、吕氏共居一处。东边还建了一处,相距百米左右。李鸿章自己这处住宅共四进五十余间二层楼阁，一、二进临街。第三、四进为"回"字形楼房。东边住着元配夫人周氏，西边是侧室吕氏的卧房。另一处建筑呈南北向排列，有平房三十余间。建成后归其母亲李氏及左右侍从们居住。整个建筑群都是较为典型的江南民居建筑，既不全像徽派，又不等同于北京里的四合院。新建成的李府甚至没有牌楼，也没有防火墙。天井院中，一律以青砖小瓦格铺成。子门和院中的通道用青石板铺就。只是屋梁上的雕刻十分考究，既有栩栩如生的喜鹊登枝图案，也有义臣武将聚首相贺的情景，更有形态各异的八仙过海图。在庐州城里的新居建成后，车马迎送，爆竹声声，迎来了李府上老老小小的乔迁之喜。李鸿章实现了将自己家搬进庐州城的愿望。母亲李氏高兴万分，城中官员及街坊邻居数百人前来道贺，热热闹闹办了好几天的酒席。

　　本来想接着将父亲李文安的灵柩移葬到葛洲去的。但李鸿章已抽不出身来了。他的团练已南北转战，但成效甚微，到处碰壁。收复了庐州以后，福济一头钻进抚衙，不再关心庐州城四周的战局，把抵御太平军的艰苦差事一脚踢给和春和李鸿章了。和春所带绿营兵的军饷、粮草虽然不很充裕，但毕竟有些着落。而李鸿章的团练在官军面前就如同小娘养的一般：要钱没钱，要粮没粮，只有打仗，才派有他的任务。官军将士阵亡，抚衙给予一定的抚恤，团练乡勇惨死沙场，官府里一个铜板也不给。乡勇们怨声载道，士气全无，灰心丧气。

　　庐州城以南的巢县还在太平军手里。福济光知道下达命令，让和春、李鸿章协同剿灭，其余的事情他却不管了。和春与李鸿章率两千多人马而去，还未抵达城郊，就被太平军几炮轰散了队伍。团练的乡勇们逃跑起来比进攻要快，还没有见到人家太平军人在哪儿，只要听到枪炮声就躬起了腰身，能躲就躲，能逃则逃。

　　李鸿章进退两难了，心中充满了懊丧，但又不愿意甘当落伍者。面对团练的生存困难，他只好四处求爹爹、拜奶奶的，设法募集一些银子勉强维持团勇们吃饭。由于手中无钱，无法扩大队伍，招募乡勇，多一个人多一张嘴，有嘴就要吃饭，李鸿章找不到更多的粮食来养活他们。能够使用的乡勇只有四百多人了，抵御太平军的苦差事却一天比一天加重。到了咸丰六年八月间，李鸿章的团练几乎是名存实亡了。这日，他率百余名乡勇到了庐州城东北方向的明共镇,本来是要继续向和州前进,但乡勇们饥渴难忍,加上过度劳累,一下子都瘫倒在大路两旁。乡勇们唉声叹气,拉也拉不起来。李鸿章百感交集,赋诗一首,曰:

四年牛马起风尘,浩劫茫茫胜此身。
杯酒借浇胸垒块,枕戈试放胆轮囷。
愁弹短铗成何事,力挽狂澜定有人。
绿鬓渐凋旄节落,关河徒倚独伤神。

巢湖看尽又洪湖,乐土东南此一隅。
我是无家失群雁,谁能有屋稳栖乌。
袖携淮河新诗卷,归访烟波旧钓徒。
遍地禾苗待霖雨,闲云欲出又踟蹰。

在荒凉的明共镇向南延伸的乡间土路上,李鸿章威严而默然地伫立在路边,张目凝思,心中充满了酸楚。进入他脑海中的竟是数不清的烦恼之事。回安徽几年来,他一向处事谨慎小心,看着上司们的眼色行事,也算是夹着尾巴做人了。周天爵、李嘉端,一直到现在的福济,他从来是敬重有加,百依百顺,都把他们当做靠山看待的。但到头来怎么样?自己几乎成了丧家之犬了。长时间苦苦征战,昔日白净的脸盘,如今颧骨微耸、细须挠腮了。整日憔悴的神情,让相处较好的团首们见了都觉得心疼。李鸿章不敢再想了,可虑的、可气的地方太多,想多了,恐怕由此就永远站不起来了。经过回乡几年的锻炼,李鸿章成熟多了,稳重多了,心中纵有千般苦、万般恨,做起事来仍可以给人一张笑脸。当然,只是在需要笑的时候。

几个月后,李鸿章回到了庐州。他找到了一个局势稍微稳定的机会,将父亲李文安的灵柩葬到葛洲新茔去了。这使得他了却一桩心事。他期盼着永远在那块金龙地下安息的父亲能保佑他时来运转,官运亨通,翻开他官宦生涯的崭新一页。然而,令他想象不到的是,到咸丰八年七月,咸丰皇帝因福济株守庐州,一筹莫展,将其免职,以翁同书继任安徽巡抚,督办军务。这本来又给他带来了一线希望,但仅一个月后,太平军陈玉成率部再次攻破庐州,李鸿章携老母仓皇北逃,最终是跑了和尚跑不掉庙:太平军一把烈火,将他费尽心血盖起来的城中新宅焚毁一空。明光镇,他携老母逃经此地,比咸丰六年路经此地时更惨,因而再次赋诗一首,其中两句道:"国难未除家未复,此身虽去也踟蹰。"

　　更令李鸿章心灰意冷的是:有人暗地里向皇上奏了他一本,说他亲丧而没有守制。如此不孝、不忠之人,岂能留在军中协办团练?李鸿章不得不离开庐州了。只是,他万万没有想到,奏报他回乡而没有守制的人,竟是他视作政治靠山的福济!官场险恶使李鸿章伤心无比。而福济也没有料到:在他刚刚奏报了李鸿章之后,自己也被免职,成了丧家之犬。这个以旗籍贵族而中进士的大员,在学问上倒不能说不学无术,但在那种纷乱复杂的动乱中,实在缺少应变之才,更不懂得用兵打仗之事,是个典型的贵族老爷。李鸿章后悔至极:在他手下近四年了,悔不该把宝压在他的身上!

第六章　投靠无门

　　古老的镇江城,北临滚滚大江,南傍吴山,水秀山清,风景如画,历史上数不清的英雄豪杰及文人墨客在这里留下了他们的踪迹。
　　一八五八年九月,即咸丰八年的八月间,李鸿章领着老母李氏、兄弟及妻妾们风尘仆仆地逃到镇江来了。在镇江城外,这儿是一片寂静山林,绿树葱郁。江风徐来,林间飒飒。李鸿章是初到镇江,虽是人生地不熟,但眼前这美丽的风景使他一时忘记了连日来的旅途辛劳,甚至也忘记了无颜再见"江东父老"的耻辱。就在几个月前,太平军分别摧毁了清军的江北大营和江南大营,洪、杨大军声势大震,对安徽方面加强了攻势,安徽清军如惊弓之鸟,逃避尚且不及,何敢轻易言战?但他李鸿章挺身而出了。他为了显露自己的才干,依然力主出击,建议大举反攻,要夺回被太平军占领的安徽广大失陷地区。只可惜,他李鸿章现在才醒悟:他实在还不懂得宦海升沉的奥秘,不明白愈是"表现自我",便愈可能成为同僚及上司所忌的"小道理",从而成为众矢之的。李鸿章承认,自己在协办庐州团练的几年中,自己或许是犯了急于邀功的毛病了,以至在守制期间,也跃跃欲试,不甘寂寞,主动请战了。但面对长毛们肆意蹂躏着的故土,面对不可收拾的动荡局势,面对积重难返的大清江山,自己一腔热血报效故乡,报效朝廷,这何罪之有?说什么"翰林享作绿林了"!同僚们的言语讥刺只会物极必反,立下军令状尽管是一时冲动,但也不容他退缩。李鸿章一怒之下,奋笔疾书,向那福济、那和春,还有那安徽的提督郑魁士递上军令状,率仅有的四百多兵团勇出战了。攻巢县,打和州,战东关,目的不正是想打通庐州的东南和西南通路吗?几仗下来,惨遭大败。即以双方兵力而论,以些许残兵去对抗盛极一时的太平军,的确无异于以卵击石。李鸿章率兵勇刚一出动,太平军就漫山遍野地出现了,而且几乎次次如此,不战自溃在所难免!李鸿章的团练终被踏平了,鸿章逃出一死,确是不幸中的大幸。

李鸿章自己也承认：在太平军的坚壁之上，他已经碰得头破血流了。满腔豪情壮志，几乎被扫荡干净了。暂来江苏镇江躲避一时，实属迫不得已。这儿与洪秀全的金陵小天堂近在咫尺之间，自然是处于清军的严密控制之下。只有在这里，自己的老母、兄弟及妻妾们才能拥有一份安全感。而更重要的是，自己可以随时寻找到再度出山的机会，以图再举。

　　李鸿章不甘寂寞了。镇江城内外集结了清军多路人马，他连日出门，走访清军各营统领，联络感情。他毕竟是朝廷科举及第的翰林院编修哩！赏顶戴花翎。当然，京城远在数千里之外，他这个编修也实在是徒有其名，并无职守的。但对李鸿章来说，到底也还是他用多年心血换取的一笔资本。到镇江以后，这编修便是招牌，在清军营帐中，一般将士给予他的当然是一张笑脸，甚至留吃留喝，盛情接待令他感动。

　　但，来往多了，李鸿章发现：他这个败军之将，是不可言勇的。一般的礼节性接待尚能让李鸿章不至于尴尬。但他的话是没有力度的，通常是"嘴上抹石灰——白讲"。一些清军将领，在战场上可能是胆小如鼠，但在这个弃文从武的李鸿章面前，好像是有周身的本事，一肚子的谋略。有谁把李鸿章放在眼里？又有谁能听了李鸿章几句豪言壮语就头脑发热，拿自己的乌纱帽和性命开玩笑呢？尽管他四处鼓动，主动为各营统领们出谋划策，甚至一再表示愿意助各位一臂之力，但这些绿营兵将领们仍是一笑了之。

　　李鸿章是个聪明人，他能够觉察出这些人骨子里的想法。他来镇江不久后，又重新遭受了一种失望、落寞的痛苦。他为清军在江南、江北大营所遭到的失败而痛心疾首。近日里又听到清军将领张国梁、德兴阿、向荣等同太平军激战的消息，深为自己不能一显才干而暗自伤心。他等待着命运之神的到来。

　　他想到了父亲临终的遗训，想到梦中的父亲那"以贼为板，以曾为山"的叮嘱。眼下还能指靠谁呢？恩师曾国藩说不定才是自己真正的靠山。李鸿章一想到曾国藩就涌起一种由衷的渴望。机会终于来了，他在镇江的清军营垒中听说：曾国藩的湘军在江西北部同太平军作战，终于攻陷了九江。这对李鸿章来说，真正是一剂强烈的兴奋剂。这倒不是因为湘军的这点胜利对他有多少鼓舞，而是因为湘军的统帅曾国藩当年曾与他有过师生关系,而这些年来,他一直期盼着曾国藩在走红以后能拉他一把。他确信曾国藩永远也不会拒绝他的请求。从自己已经过世的父亲开始,一直到大哥李瀚章,一直到自己那几年情真意切的崇敬,曾国藩早已与李氏家族结下了不解之缘。

李鸿章获悉曾国藩在江西打了胜仗是一次惊喜。而更令他欣喜若狂的是几天后:哥哥李瀚章意外地收到了曾国藩通过镇江官府转来的书信,要李瀚章赴江西总理粮台报到。尽管调的是大哥,尽管李鸿章在得知这一消息后,对曾国藩闪念过几丝抱怨,但他很快想通了。只要大哥能到曾国藩手下,自己迟早一天也必然能去。曾国藩信任、赏识李瀚章,而李瀚章毕竟是自己的胞兄。由大哥牵线搭桥、沟通自己与恩师之间的情谊,不愁曾国藩不收。

或许曾国藩同样也是想调自己的。只是他与自己之间长时间信讯不通,或许还在为自己愿不愿去他手下而大伤脑筋呢?李鸿章这样猜测着,越想越兴奋。

大哥走了,不仅是他自己走了,还奉母同往,一起到曾国藩那里去了。李鸿章心中已做好了一种盘算:在不长时间后,他会通过大哥这块跳板,跃上彼岸的。

此后,李鸿章在镇江更为活跃了。他四处打探湘军的情况,了解、掌握着曾国藩的行踪。大哥不断有书信过来,更使得他很容易掌握着曾国藩及其湘军的第一手资料。

曾国藩自衡阳石鼓嘴挥军北进后,水陆两万人马第一站便到了长沙。曾国藩此次进长沙城,已是今非昔比了。曾国藩乘那条专门为他制造的特大船,在朱张渡码头登岸,从小西门前呼后拥地进入了长沙城。湖南抚巡骆秉章对这位曾侍郎刮目相看了,亲率文武官员几十人到小西门外迎接,并在抚衙中摆下几十桌宴席,为曾国藩接风洗尘。骆秉章不依靠这支武装不行了。

曾国藩在这位当初趾高气扬的巡抚大人面前,表现出了"大人不记小人过"的气度,在长沙休整两天后,一声令下,率水陆两路湘军向岳州进发。离岳州还有三十里,忽然探子来报:岳州三万长毛卷旗而逃了!曾国藩精神为之一振,兵不血刃地进了岳州城。"真是旗开得胜!"曾国藩心想,于是命令先锋王鑫、李续宾带一千勇丁由岳州向武昌前进,为大队人马探路。这一千勇丁行军两天,没有见到半个长毛的影子。却不料勇丁们在羊楼司镇扎下营垒后,半夜杀出了太平军。罗大纲、周国虞率五千太平军乘夜袭击而来,湘勇毫无准备,丢下了一两百具尸体慌忙南逃。

也正是在这天夜里,仍沉浸在初战告捷兴奋中的曾国藩,同样受到了太平军的突然袭击。原来,曾国藩湘军开来时,岳州城太平军并非望风而逃,而是撤出城池,埋伏在城外。城内仅留周国材、周国贤所率三百太平军,与石祥祯、曾天养等所率的城外二万五千大军配合,乘黑夜围剿湘军。曾国藩在城中仓促应付,不敢恋战,在康福等人的保护下逃出城外,在鹿角附近与王鑫、李续宾相遇,直逃过湘阴才歇下脚来。

就要到长沙了。曾国藩实在不好意思进城,在城外扎下大营。经清点人数,共死散五百多兵勇。曾国藩紧张的情绪刚刚平静下来,探马来报:太平军紧追湘军到了湘潭,一举攻下这个重镇。湘潭失守,骆秉章慌了:再无重拳出击,就要危及长沙了!他急忙来到城外,找到了曾国藩,请湘军尽快夺回湘潭。曾国藩此时则另有设想:太平军既然分兵占领了湘潭,北面兵力一定空虚,不如乘虚而入,攻破武昌,方才能震动天下。但部将李续宾却提出了另一个计划:探知有五百太平军驻守靖港,不如派出强兵扫平了靖港,鼓舞一下士气,再去攻打武昌也为时不晚!

曾国藩此时求胜心切,采纳了李续宾的建议,以五千人马剿洗靖港。他以为必胜无疑了。于是,湘军水陆两路大军进击靖港。可是,到了靖港镇后,却找不到一个红头人。曾国藩是满怀着必胜的信心而来的,所以亲自率队。当他正在疑惑之际,或听得一阵炮响,打得靖港镇鸡飞狗跳,屋倒房塌,埋伏在铜官山上的两万太平军好似从天而降,立即包围了五千湘军将士。曾国藩这才连呼上当,叫苦不迭。湘勇们纷纷向江边逃去,曾国藩亲自上前阻拦,不许湘勇后退。但兵败如山倒,曾国藩在此时失去了威力,大喊大叫也无济于事。他自己还呆立在江岸上,兵勇们早已跳上战船,不听将令,自行扯帆开船。

太平军将士们冲杀上来,高喊着"活捉曾国藩"。曾国藩无可奈何地直摇头,仍立在岸上不走,好像要为逃兵们做出一个不怕死的样子。突然一支箭擦着曾国藩的左耳飞过去,这才把他吓醒了,转身奔到船上,命令开船撤退。

曾国藩坐在大船舱里,听着岸上的太平军边追边喊:"活捉曾妖头!"又看到两边飞蝗般射来的竹箭,又气又羞,灰心至极。他暗暗想到:自衡阳出师以来,不过十天的工夫,与太平军两战两败,均是自己轻敌而长毛们诡计多端所致。他不停地拍打着自己的脑袋,只想一死了之。船过白沙洲,湖水一般的太平军仍在岸上追着。这大船航行的速度太慢,又遇迎头的西南风紧吹,怎么也甩不了岸上的红头人了。

曾国藩害怕极了,认为自己必死无疑,若让长毛们抓去,只会抽筋、剥皮、点天灯。而无论怎样一个死法,都不如自己纵身跳水而亡。于是,他轻轻推开舱门,把眼睛一闭,向一个旋涡扑去。康福听见水响声很大,见舱门大开,知道是曾国藩投江了,一边大喊救人,一边自己先跳下水去。曾国藩喝了半肚子江水,最终还是被救上来了。众人为他七手八脚换了衣服,放在床上躺下,他睁眼后的第一句话就是:"你们想叫长毛侮辱我吗?"

靖港之役让曾国藩大败而逃,差点儿投水自杀,消息传到长沙城,巡抚骆秉章惊得半天说不出话来。而一班抚衙官员冷嘲热讽,都认为曾国藩狗屁本事没有,把脸儿丢尽了。

在大家的七嘴八舌之中,左宗棠却端坐一旁,默默不语。他既为这些只说不干的官员们恶意中伤曾国藩而愤懑,更为曾国藩湘军的惨败而懊恼。

曾国藩随兵船退回长沙来了。他虽然刚刚才被救上船来,但一到长沙,他才感到心灰意冷,无脸见人了。万念俱灰之下,他想着的仍是死。既要死,也要给皇上一个死的交代。思考片刻,他决定给咸丰皇帝写一份遗折:

"为臣力已竭,谨以身殉。恭具遗折,仰祈圣鉴事。臣于初二日,自带水师陆勇各五营,前经靖港剿贼巢,不料开战半时之久,便全军溃散。臣愧愤之至。不特不能肃清下游江面,而且在本省屡次丧师失律,获罪甚重,无以对我君父。谨北向九叩首,恭折阙廷,即于今日殉难。论臣贻误之事,则一死不足蔽辜;究臣未伸之志,则万古不肯瞑目。谨具折,伏乞圣慈垂鉴。谨奏。"

遗折写好后,又写下一张遗片,请皇上重用塔齐布、罗泽南、彭玉

麟、杨载福等人。最后,曾国藩又取出一张纸来,给弟弟曾国葆写道:

"季弟:吾死后,赶紧送灵柩回家,愈速愈好,以慰父亲之望,不可在外开吊。受赙内银钱所余项,除棺殓途费外,到家后不留一钱,概交粮台。国藩绝笔。"

写完这些,曾国藩顿感轻松无比。剩下来的,要么就投水,要么就上吊。

然而左宗棠独自一人,专程登船看他来了。左宗棠看见曾国藩,半是心疼半是严厉地劈头就问:"听说你在白沙洲投水自杀,有这事吗?"

曾国藩点了点头。他本以为左宗棠定会好言相劝,阻止他放弃轻生念头。没有想到左宗棠一句安慰的话都没有,却腾地起身,手指着曾国藩,几乎是吼叫起来,道:"好哇,你曾大人出息了!办了这么长时间团练,一次胜仗没打过,兵败二度,就要一死了之了!别看我与你曾大人话不投机,但我不是那种黑白不分、见风使舵的小人。胜败乃兵家常事,哪能一两次出师不利就心灰意冷了?!你二十八岁入翰林,三十七岁授礼部侍郎,官居二品,诰封三代,从先帝到今上,对你都是皇恩浩荡,这些或许你在心中想过。如今长毛作乱,朝廷有难,故乡有难,皇上命你在乡主办团练,任务重大,指望你能竭尽全力,保境安民,平乱兴邦。父老乡亲们也都对你寄予厚望。如今抚台大人更是格外对你高看一眼。你却怎么样呢?受挫便要自杀,置朝廷重托、乡亲期望、两万湘勇的依靠于不顾,如此毫无出息,懦弱无刚,你曾大人上对不起皇上,下对不起百姓,也对不起令尊大人及你的兄弟们,更对不起两万湘勇!……"

左宗棠一口气把曾国藩严厉批了一通,不给他丝毫的情面。却也怪了,性格刚强孤傲的曾国藩不仅没有反唇相讥,反而很受感动,上前紧紧抓住左宗棠的手,说:"先生一番逆耳忠言,国藩我聆听在心,微然汗出。我真是一时糊涂,差点做出了贻笑万世的蠢事。国藩知错了!"说着,不禁泪下,向左宗棠深深地鞠了一躬。

左宗棠脸上露出了一丝笑容,道:"曾大人,恕我刚才言语上没轻没重的。孙子云:'善胜不败,善败不亡。'率兵打仗,要经得起失败。何况湘军刚刚组建,能引得长毛数万人设下埋伏,本身就是一种作用了。汉高祖刘邦与项羽争夺天下,可谓屡战屡败,仅最后一战,让项羽自刎而死。你说这最后的胜利属谁?! 诸葛亮初辅刘先主,弃新野,走樊城,败当阳,奔夏口,长时期几乎没有容身之地,也是到最终才三分天下。这些你曾大人比我要熟悉多了。大人你读过那么多史书,应该早已明辨曲直,眼光看得长远。湘军今日虽败退长沙,但伤亡并不惨重,人在马在军械在,正所谓'留得青山在,不怕没柴烧'。依宗棠之见,长毛贼今天侥幸胜了你,日后说不定还是要败在曾大人手下的。我对此信心充足,料想大人在做过一番思考推论后,比我更有信心。自己的信心有了,离胜利也就不远了!"

"左宗棠果然是个人才,心直口快,心倒还不坏。"曾国藩在心中这么默念,事实上也让他这番话增添了许多勇气。

正在曾国藩动情地握着左宗棠一双手时,康福来报:"曾大人,左大人! 湘潭塔布齐副将率兵大败长毛贼,贼军在湘潭全军覆灭,贼首林绍章仓皇出逃,塔副将收复湘潭城了!"康福显然激动万分。曾国藩也高兴异常,一扫满脸愁云,邀左宗棠在船上同饮几杯,左宗棠欣然答应下来。

收复湘潭,给曾国藩增添了信心。皇上圣旨下来,撤了鲍军门之职,加封塔齐布为湖南绿营兵提督。这使曾国藩十分舒心。还有一条是曾国藩做梦也没有想到的:岳州、靖港两战两败,皇上不仅没有责怪,反而诏令:除巡抚外,曾国藩可以调动湖南所有文武官员,用于军务。这就是说,曾国藩已成为湖南的二号人物。被湖南官场冷落了很长时间的曾国藩由此一跃而成为红人了。他的船在江上,一连几天里前来参拜、看望的大小官员不断。好像湖南的抚衙不是在长沙城里,而是迁移到曾国藩所在的这条大船上来了。曾国藩见自己这里门庭若市,对官场上的虚伪止不住冷笑。

这日,左宗棠随徐有壬、骆秉章来到船上,又带来一顶八抬绿呢空轿,要接曾国藩上岸进城。长沙城里,已为曾国藩准备了府邸及审案局公房一幢。全部房屋已打扫、修缮一新。几位要员专门来请,曾国藩推辞不过,带一批随员住进了长沙城。

当天晚上,藩司徐有壬就单独登门来求见曾国藩,不仅拱手送来许多礼物,还提出:"从藩库中拨出十万两银子给湘军充作粮饷。"曾国藩心想:反正这是他拿官府的钱做私人的人情,照收不误!

曾国藩真正想见的不是这些人,而是新任提督塔齐布。塔齐布招之即来,与曾国藩商量了整顿绿营兵及奖赏若干官军将领之事。决定下来以后,塔齐布回营遍赏官军将士,得六品军功者,一下子多达三千人。

对湘勇这边,曾国藩却不但无赏,还严加整治了。开的第一刀就是曾国葆的贞字营:将五十余名临阵逃脱的勇丁遣返回乡。最后叮嘱曾国葆再招五百新勇入营,用心操练,要求贞字营带出一流水平。曾国葆以回原籍的名义,暗自回乡招募新勇去了。湘军由此一下子裁减掉三千余人。一边裁减,一边扩大招募范围,短短时间内,使在册兵勇人数增加了一倍。曾国藩看到湘军开始出现新气象,庆幸自己未死,他在筹划一场新的争夺。

这日,曾国藩意想不到旧友胡林翼来访。曾国藩与胡林翼已分手几年了。几年前胡林翼之父胡达源在右詹事任上去世。胡林翼奉父灵柩回益阳原籍。三年丧期满后,胡林翼出任安顺府知府,后又改任镇远知府、黎平知府等。因组织团练镇压苗民暴动有功,升为贵东道。他在任上听说曾国藩组建了湘军,只身来到长沙,见到了曾国藩、左宗棠等人。

胡林翼一到长沙就向曾国藩献计道:"我率六百兵勇在金口住了十多天,探知长毛粮草多聚于通城、崇阳两城。如能分兵出动,夺取两城,定能收获颇丰,又断了那一带长毛的供给……"

曾国藩采纳了这个建议,派水陆三路大军从长沙誓师出发,一路由塔齐布、罗泽南统领,逼近武昌;二路由护林翼、李元度率领,去通城、崇阳夺取太平军粮草后,再去武昌;三路人马装扮成太平军,由彭玉麟率领,向武昌疾行。

第三路兵勇只有数百人,他们将前任巡抚青麟假装五花大绑起来,骗得武昌城太平军打开城门,顺利地进入了武昌城,并骗得了太平军驻城首领石祥祯的信任。第三路湘军在城内静候大军到来。五天后,塔齐布、罗泽南的第一路湘军抵达武昌城下。湘军的水师杨载福、李孟群率一万水师在途中遇到曾天养太平军的抵抗,湘军水师乘黑夜下手,杀了曾天养,突破洞庭湖,顺流东下。二路胡林翼、李元度所率人马行军迅速,夺下崇阳、通城,得粮食二十万石,军械无数,于十天后也临近武昌城下。

曾国藩的湘军完成了对武昌城的包围。城中太平军开始出现了慌乱，自知武昌难守了。

曾国藩在城外扎营已经二十多天了，正待择机攻城，忽听有人来报："曾大人，有个读书人想求见于您！"

来人约莫五十开外，他见到曾国藩后献计道："大人屯兵武昌城外二十余日了，不宜久拖。太平军在长江下游一带尚有几十万人马，大人您是从湖南远道而来，粮草供应必然不易，久拖不战，太平军援军上来，攻城就不易了。"

曾国藩道："老先生所言极是。可是这里城墙坚固，怎样进攻呢？"

"以前太平军进攻武昌城时，曾挖了十多处地道。但多半没有爆炸。我已一一记下了这些地道的入口处，若能把这些地道找出来，换上新炸药引爆，必然能轰开城墙。那样，攻城就不难了。"

曾国藩经过一番侦察，确信这陌生人所言无误，给了一些银子作为酬谢，自己细作打算了。曾国藩正准备打开地道炸城墙，在城内的彭玉麟混在太平军里因被识破，只好率兵勇杀到文昌门下，打开城门，迎城外大军攻进城来。憋足了劲的湘勇蜂拥入城，见人就砍，见房就烧，一时间火光冲天，喊声阵阵。武昌，终于被曾国藩收复了。

曾国藩攻下武昌城的下午，又乘胜收复了汉阳。曾国藩派出快骑，以日行六百里的速度奏报京城。很快，皇上谕令下来，命曾国藩为署理湖北巡抚。而他没想到，就在武昌城门刚被打开，汉阳未破时，荆州将军官文已派人与署理湖广总督杨霈取得联系，由杨霈提前以八百里加紧报到咸丰皇帝那儿，咸丰不知曾国藩的功劳，已将杨霈的署理改为实授。曾国藩吃了一个哑巴亏。最后一想：无论如何，自己已成了一省最高长官了，日后筹饷调粮便可专断，再不用看别人脸色行事了。

曾国藩派出塔齐布、李元度在武昌、汉阳城中搜捕太平军残余，整顿内城秩序。另派胡林翼、罗泽南带湘勇到孝感、天门、沔阳一带围剿驻守在那里的西征太平军，以便安定湖北全省。曾国藩正干得热火朝天，忽亲兵又报："折差到！"

曾国藩一惊："自己刚才上任十余天，皇上又有什么谕旨呢？"他跪下接旨，谕道：

187

"曾国藩着赏给兵部侍郎衔,办理军务,毋庸署理湖北巡抚……立即整师东下,不得延误。"

接了这个圣旨,曾国藩心中不快,明察暗访才发现:原来是刚到达军中才几天的德音抗布搞的鬼。曾国藩攻下武汉后,重兵在握,咸丰皇帝多了一个心眼,派镶黄旗人德音抗布到湘军中任职,实际上是派来监视湘军的。这德音抗布到了曾国藩营中后,密奏皇上,说曾国藩权力太大,于是才免了曾国藩巡抚的头衔。

曾国藩作了一项布置:调集武汉三镇所有的铁匠在五天之内,用上等的好铁打造一百把小腰刀。他亲自设计出腰刀的式样:长九寸,宽一寸,定要锋利。每把刀上刻着"殄灭丑类,尽忠王事。涤生曾国藩赠"字样。并且,将这一百把刀编上号码,一切办妥。

这日,曾国藩把康福叫进内室,要他秘密去京城一趟,暗中查清皇上受了谁的挑唆,一会降他的职,一会免他的职。康福领命而去。

曾国藩要挥师东下了。他刚刚布置完毕,突然又来了一个神秘人物:多隆阿。此人字礼堂,呼尔拉特氏,满洲正白旗人。他是科尔沁札萨克多郡王僧格林沁的部将,很受僧格林沁的赏识。此番湘勇打下了武昌、汉阳,僧格林沁对曾国藩十分妒忌,密奏咸丰皇上:要谨防这支队伍掌握在汉人手里。这个密奏与德音抗布奏报的情况正好相辅相成。咸丰警觉起来。僧格林沁又推荐多隆阿以副都统的身份统领三千精兵抵达武汉,接管湖北,命曾国藩让出武汉,向东进军。

曾国藩通过康福在京城打探,掌握了这个情况后,计上心来。他出面热情接待多隆阿,赠以数千银两和贵重宝石。多隆阿收下后,曾国藩又使离间之计,让德音抗布知道,由德音抗布密奏皇上,参了多隆阿一本。曾国藩只等看他们二人的互相争斗。

湘军打下武汉,一班大小将领都得到了相应的封赏。曾国藩还想运用另一种方式来表达他个人对部属的奖励和赏识,以此提高自己在军中的威望。所以,才下令打制一百把腰刀,将由他本人亲自授予有关部将。

曾国藩选定了一个黄道吉日,召集四百名哨长以上的营官,隆重举行授刀仪式。

仪式在武昌城一块草坪上进行。所有营官一律穿上崭新的军服,列队在草坪上等候。这天,只见曾国藩身穿朝服从房子里走出,庄重威严地来到队列正前方,亮开嗓门说了一阵子鼓舞人心的话,然后开始授刀。

他宣布:"湖南水陆提督塔齐布授予第一号腰刀!"

塔齐布响亮地答了一声:"到!"立即跑步上前,向曾国藩施礼,接过了腰刀。

随后,罗泽南以同样的方式接过第二号刀;彭玉麟被授予第三号刀;胡林翼被授予第四号刀。郭嵩焘、杨载福、王鑫、李续宾、李元度、李孟群、刘蓉、陈士杰等四十六人都依次接过了腰刀。曾国藩道:"此乃第一批授刀,此后论功而定,再择日举行授刀仪式!"

曾国藩这一招果然要比赏钱给物有效。湘军将领们受到了极大鼓舞。

就在授刀的第二天,曾国葆带领从湖南新招募的五百乡勇到达武昌。他还带来了骆秉章、左宗棠给曾国藩的信件,都把曾国藩大大赞扬一番。曾国藩看完他们的书信,眼睛眯成了一条缝。

整师东下,到哪里去?曾国藩定下的近期目标是:江西九江。

然而从武汉到九江,距离遥远,要经过沿江许多重镇。就在曾国藩攻下武汉后,太平军也估计到湘军会顺江东下,由陈玉成等太平军将领在武昌以东已经层层设防,重兵堵截了。

这陈玉成,是年才二十岁。他英勇机智,作战勇敢,被洪秀全亲自发现,任命为检点。在太平军中,他是年龄最小的高层将领。湘军东下时,他正在田家镇布置堵截。田家镇是一个拥有五千多百姓的大镇,水陆交通都十分便利,自古以来都是长江北岸一个繁华的所在。与大江相隔的对面是半壁山,山下有一条大道直通江西瑞昌。陈玉成在这里扎下五小一大计六座营盘。营盘之外挖有水沟,引江水灌满。沟外又钉了许多竹签。营内用木栅围住,内竖立炮多门。半壁山营盘有太平军北王之弟韦俊统领。而林绍璋却在离田家镇不远的富池镇也扎了四座营盘。陈玉成还在半壁山的山顶建了一座望台,眺望远处,可见几十里地以外的动静。看来,曾国藩要过田家镇一带,很难。

曾国藩命杨载福指挥五营水师开路,李孟群在大军最后。他自己同一班幕僚亲兵仍乘坐大船居中前进。

这天,湘军先头部队已到达半壁山三十里以外的地方。探军得知太平军在田家镇一带早有重兵设防,杨载福决定:暂缓前进。他命大队人马分成若干小队,乘天黑以后摸营。湘军勇丁摸近营地,见到了外围布满了竹签,还有两三丈宽的水沟。于是,小队湘军分别混进营门,砍死哨兵,又令三千湘勇装了土袋,来填沟铺路。已填了大半,才被太平军发现。于是营寨内的太平军万箭齐发,湘勇死伤甚众。

塔齐布率领的六千湘勇,在富池镇一带也遭到林绍璋所统太平军的顽强抵抗。林绍璋已与塔齐布多次交锋,多数兵败而逃。今日一见来的又是塔齐布,报仇心切,谁知又中了塔齐布"引蛇出洞"之计,太平军死伤惨重。

江面上的战斗更为激烈。太平军在江面上已设立了铁链子,横江布索,多达六道。双方炮火互击,水柱冲天。曾国藩最为头疼的是铁链横江,他的兵船过不去。想来想去,他命在二十条快蟹上架设炉灶,炉灶安一口直径五尺的龙头大锅,锅里装满茶油,油中放着棉纱,船尾堆满劈柴,点火烧断铁链。这个办法果然有效,铁链被湘军熔化,数百条战船一冲而下。岸上湘军掩护,一时使太平军处于劣势。从田家镇到武穴三十里的江面上,到处可见漂浮的尸体和被毁的战船。最终,曾国藩以微弱优势击败了太平军,占领了田家镇。

曾国藩在田家镇刚落脚,塔齐布就急忙来报:"石达开已到江西,在九江、湖口一带修筑堡垒,请大人下令,急速东下。否则,等长毛们站稳了脚跟,再攻就难了!"

曾国藩也有所预料,但没有想到太平军行动如此迅速。尤其是听说石达开亲自抵达九江,不禁暗吃一惊。在曾国藩看来,是个人才的,石达开在太平军中要排在第一。从两军对垒来说,他与石达开是对手。从个人角度说,曾国藩对石达开还怀有敬意。

石达开到九江,处处察看防御工事。九江由于翼王的到来,立刻充满了大战前的火药气味。只见城内城外,街头巷尾到处是清脆而迅疾的脚步声和马蹄声。包着红、黄两色头巾的太平军将士肩扛手抬,忙个不停。韦俊、石祥祯、罗大纲、林绍璋等将领怀着复仇的决心,在各自的营垒中紧张准备着。

曾国藩的湘军已抵近九江几天了,大军就驻扎在上游十余里地的竹林店一带。这天,罗泽南的兵勇们比平时提前了半个小时开了早饭。早饭后,这支湘军到了九江城东门脚下,天才渐渐发亮。罗泽南一到就开始察看地形,还没有来得及布置部下们埋伏,城墙上忽然枪炮声大作。湘军兵勇一排排地饮弹倒下了。炮子如雨点般打来,罗泽南只能下令后撤,返回了竹林店。西门的塔齐布所部也遭到城里太平军的猛烈打击,最后也只好退回竹林店。

湘军的水路进攻也惨遭失败,江面上被石达开的百门重炮封锁着,被打沉的战船几十艘。曾国藩急了,命令湘军拼死冲锋。

太平军那边的情形发生了变化,任你湘军如何轰炸,各营垒的太平军一概不理。入夜,才听得太平军沿长江两岸击鼓鸣锣,弄得湘军夜夜不能安宁,惊恐万分。如此相持了半个月,石达开估计湘军军器用完,粮草将尽,才令罗大纲采取了行动。这天半夜,九江码头灯火昏暗,隐约可见江面上排出了数十条货船。一队队太平军不声不响地把沉甸甸的麻袋往船上运送。看上去好像是粮食。

曾国藩得报,决定不错过机会,派出兵勇把粮食抢过来。李孟群率二百五十条舢板及三千勇丁接受了这个任务。李孟群见太平军的货船向湖口方向驶去了,紧追其后,直冲而下。眼看就要追上了,却不知太平军的货船向右一转弯,驶进鄱阳湖了。李孟群指挥舢板船也追进了鄱阳湖。谁知湘军刚入鄱阳湖,突然从湖口处驶出数百条太平军的战船。这些战船将湖口很快封锁起来。李孟群的二百五十条舢板如同钻进了口袋里,无法出去了。

曾国藩听报,差点儿吐血死去。幸亏郎中抢救及时,才让他转危为安。一连几天里,曾国藩在船上卧床不起。而石达开却在布置着一场更大的战役。他从安徽调来燕王秦日纲、护天豫胡以晃及陈玉成的三万多人马溯江而上,直奔九江。韦俊又带一万人马前来增援石达开。这几支太平军以闪电之势,很快收复了由清军驻守的武穴、田镇、黄州等地。不仅如此,韦俊还于咸丰五年二月十六日再次攻克了武昌。巡抚陶思培被当场击毙,总督杨霈仓皇出逃。咸丰皇帝大怒,一纸诏令撤了杨霈的职。任命荆州将军官文为湖广总督,擢按察使胡林翼为湖北巡抚。

曾国藩心中痛苦万分,他派杨载福回岳州,不分昼夜赶制二百条新的快蟹长龙和四百条舢板;又遣彭玉麟赶到鄱阳湖,设法救出李孟群的兵勇。如能救出,再尽量攻下鄱阳湖边上的重镇南康府。结果,南康府被攻下来了,李孟群却没有联系上。

进入江西三四个月,曾国藩才终于拿下一个南康府。不管怎么样,他在船上是一天待不下去了,赶快上岸,率大部分人马驻进了南康府,留塔齐布率五千湘勇继续驻扎竹林店。曾国藩是准备打持久战了,要以南康为据点,择机攻下九江和湖口。

一件特大的坏事传到南康府:塔齐布在竹林店阵亡了。对曾国藩来说,这就如五雷轰顶,他又吐血了。次日,他亲赴竹林启,在塔齐布的灵柩前泣不成声,并亲笔写下一副挽联:"大勇却慈祥,论古略同曹武惠;至诚相许与,有章曾荐郭汾阳。"

曾国藩继续在九江附近等候战机。而罗泽南提出异议了:"长江要害有四处。一是荆州,它西连巴、蜀,南并常、遵,自古以来就是兵家争夺之地;二是岳州,它是湖南的门户;三是武昌,它是江汉之水的由合之地,又是四冲争战的场所,东南几省的关键都在武昌;四才是九江。今我们在九江与长毛相持,而他们却占据着武昌,长江四处要害,我们丢失了最关键的两处。如真想夺取九江,必由武昌而下;欲破武昌,必由阳、通城进入湖北。所以,希望曾大人早下命令:丢开九江,再攻武昌!"

曾国藩摇头道:"我已在江西周旋了几个月,损兵折将,就是为了夺取九江。现在丢开九江再返湖北,别人怎么看我?不是说我们这几个月都白蹲了吗?如此,我也对不起死在九江的塔齐布。"

罗泽南的要求遭到曾国藩的拒绝,心中大为不快。坚持己见:大队人马不去可以,他自己要率所部去攻武昌。

对曾国藩来说,塔齐布死了,罗泽南又要分兵而去,他心中比什么时候都痛苦。他暗自问自己:我在江西将永远陷入困境了吗?

不久,咸丰皇帝实授曾国藩为兵部右侍郎,仍留江西督办军务。其左侍郎之职由沈兆霖兼署。

这道圣旨并没有能改变曾国藩在江西走投无路的被动局面。各州、府、县听巡抚的,并不买兵部堂官的账。曾国藩窝了一肚子火,但又有口难辩。

石达开离开九江去湖北了。湘军罗泽南带领自己的一路人马直奔武昌。但结果不妙：罗泽南在武昌城下右额中弹，死在营中。临死之前，口述一信托转曾国藩，道：

  涤生仁兄大人左右：
  二十余年前，与兄相识于高嵋山下，即结骨肉之情。四年来，追随兄创办湘勇，赖兄之德识才力，湘勇复岳州，出洞庭，下武昌，夺田镇，威播大江，名震寰宇。实指望与兄饮马下关，全歼巨寇，使我大清中兴；岂料中道分手，宏愿未竟，悠悠苍天，此恨曷极！犹记离赣时，兄再三叮嘱："君所部仅五千，贼众常数万，是可合不可分，分则不足以支大敌。"泽南此次败，恰败在分军上。兄言在耳，追悔莫及。方今武昌未复，江西又危，止不知兵火何时能熄。泽南年已半百，死何足惜，事未了耳！迪庵忠吏之士，余部可命其统率，润芝宽厚得众，足可为湖北之主。雪琴、厚庵、璞山，均世之英才，堪寄以大任。左季高，人中蛟龙，可为百万大军统帅，不宜让其久困湖南。泽南一生，自谓求学尚能刻苦，然学业未成，事业未就，愧见先祖于九泉。近年来与长毛作战，亦有一点心得。今将永别，愿送与我兄："乱极时站得住，才是有用之学。"万语千言，难以倾诉，愿仁兄为国珍重。

  曾国藩读完这封信，泪如泉涌。他下令在南昌城为罗泽南摆了灵堂，亲自率众前往吊唁。
  回南康时，太平军攻城正紧。曾国藩将宝剑放在枕下，随时准备自裁。一觉醒来，有人来报："长毛贼全跑了！"
  曾国藩不信，登上城头来看，城外几万太平军果然不见踪影。原来，清军来了几路援军，而太平军由石达开率领，奉洪秀全之命，率部撤出江西，取道皖南返回金陵，去解金陵被围之困去了。曾国藩恍如死而复生，重新振作起来。
  九弟曾国荃从湖南来江西了。他在湖南以哥哥曾国藩的名义，招募了一千勇丁，分为前、后、左、右四营，一律以"吉"字开头，自称"吉字营"。曾国荃进入江西，正赶上石达开大队人马撤出江西，故轻而易举地占领了江西安福县。消息传来,曾国藩高兴得拍手,派人到安福县,急召曾国荃到南康会面。

曾国荃快马加鞭来见大哥,在南康城的曾国华也闻讯赶来,兄弟三人秉烛夜谈,叙旧话新,十分亲切。曾国藩想:如把曾国葆再带出来,让三个弟弟各领一军,自己运筹帷幄,组建一支曾家军就不在话下了。

但此事只能在他们兄弟间计划,绝对不能传入军中,以免搅动人心,乱了队伍。

江西太平军的势力,不知因何由强变弱了。九江城由林启容率一万七千太平军驻守,兵力减少,林启容只有苦苦坚守。

曾国藩重整旗鼓,想劝林启容投降。于是,修书一封,派人送进九江城。信上写道:

> 林启容将军麾下勋鉴:
>
> 盖闻知几为哲人,识时为俊杰,时危势去而不觉悟,则为下愚,徒为智者之所鄙笑也。自洪秀全、杨秀清倡乱以来,蔓延十省,掳船数万,自以为横行无敌。乃渡黄河者数十万人,屠戮殆尽,片甲不返,匹马不归,而军势顿衰。本部堂办理水师,分布湖北、江西,烧毁逆舟,截具粮源,而军势更衰……本部堂嘉尔有一节之可取,特谕招降。尔能剃发投诚,立功赎罪,奏明皇上,当以张国梁之例待之。可以保身首,可以获官爵……

林启容接到此信后,一阵冷笑,命人割下送信人的一只耳朵,让他奔出九江城向曾国藩报告。林启容拒降,曾国藩无奈,只有一招了:打!

然而就在这时,曾国华飞马前来,哭诉道:"父亲大人在家中去世了!"

曾国藩陷入了失去亲人的悲痛之中,立即坐在书案边,给皇上写了一份《回籍奔父丧折》,皇上赏了他回籍的丧假。这是咸丰七年二月二十一日。曾国藩带着六弟国华、九弟国荃、仆人荆七等踏上了回乡奔丧的路途。

人在家中,曾国藩心在湘军,他不愿看到自己组建的湘军,让别人去驱使，反而打得更好。但现实就是这样的无情：湘勇水陆两支人马在胡林翼、李续宾、杨载福、彭玉麟的指挥下，捷报频传。先是收复了蕲水、广济、黄梅、小池口，接着顺江而下，攻下了湖口和梅家洲。九江成为孤城了。太平军林启容率一万七千人马拼死抵抗，终于寡不敌众，让湘军攻破，全军覆没。

这个消息震动天下，朝野上下欢欣鼓舞，太平军在江西几乎没有了立足之地。咸丰皇帝一高兴，赏封胡林翼、官文太子少保衔，李续宾赏加巡抚衔，杨载福实授水师提督，彭玉麟授按察使衔，均赏穿黄马褂。

曾国藩再也坐不住了，他心想，照这样下去，自己若继续守制，湘勇很可能会在一年半载中就攻下江宁，端了洪秀全的老窝。那么，自己培育的果实，最终让别人摘去了。曾国藩坐着绿呢大轿，进了长沙，遍访长沙各衙门，连小小的长沙、善化两县的知县，他也亲自登门看望。他要表示他的存在，他非常惧怕因守制而被人忘却。还有一条就是：尽量通过上上下下的嘴，请他出来，提前结束守制。

机会来了：太平军罗大纲、周国虞奉洪秀全之命，率领在江西三万人马，从饶州、广信一带进入浙江，与已在浙江的李秀成会合，北卫江宁，南拓福建。这李秀成，是广西滕县人，是太平军重要的军事将领。

罗大纲、周国虞、李秀成三支太平军会合后，声势浩大，浙江全省陷入危局。朝廷急调湘勇赴浙江，围剿太平军。但湘军是群雄无首。咸丰想命钦差大臣、江南大营提督和春去指挥湘军，恰逢和春患病，不能前往。值此机会，胡林翼找到官文，请求联合上奏，请再次起用在乡守制的曾国藩。曾国藩自己也在长沙活动，让骆秉章、左宗棠等也火急上奏皇帝。

咸丰皇帝环顾四方，的确找不到太合适的人选出来指挥湘军赴浙。于是，又一次赏他一顶兵部侍郎的空衔，命曾国藩火速奔赴湘军前线，同时又谕令官文、胡林翼、骆秉章、左宗棠作保人。咸丰八年六月初三，曾国藩终于接到了上谕，在四天后离开了荷叶塘老家。他确信此次重统湘军，是走向立功坦途的开始。

回到湘军中，他首先召见了三个人：王人瑞、李瀚章、郭昆焘。他要王人瑞管理营务处，命李瀚章总理运转局，要郭昆焘管理公牍。这三个人都与曾国藩有些瓜葛，使用起来放心。其他职位，也由曾国藩从新交旧友中一一选定:让彭王姑的儿子彭山屺护理粮台;让老营官邹寿璋管理银钱所;让江西举人许振纬管理书启;军械所和文案将由仍在江西军营的杨国栋、彭寿颐二人管理。他还分批召见了老湘营、果子营哨官以上的将官和参与军事的随行人员,与他们个别交谈。一连几天里,等待他接见、谈话的人在门口排成了长队。最后,他才向前线的李续宾、曾国华、曾国荃、杨载福、彭玉麟、李元度、鲍超等将领发出函札,令他们速来巴河见面,共商出师大计。——谈完以后,他乘船到了武昌。

曾国藩进武昌,住进巡抚衙门,与等候在这里的胡林翼作了一番推心置腹的长谈,总结了以往的经验教训,确定了今后的用兵方略。在武昌定计后,曾国藩决定前往巴河,在大船上召集一个绝密的重要军事会议。为了做到绝对保密,不受干扰,待人上齐后,把大船开到江心,会议由曾国藩主持召开。

会议研究了这么一些问题:目前在江西的人马是否全部开赴浙江?各路人马进军路线怎样确定?水师如何去浙江?等等。

轮到曾国藩拍板时,他的第一句话就把大家弄糊涂了,道:"诸位的人马都暂且不要去浙江!"

曾国藩望着大家吃惊的面孔,接着说:"在武昌,我与林翼兄做了一番分析认为:长毛贼在浙江不会待得太久,很可能是一个诱兵之计,想引诱我们由浙江到福建去。他们想利用福建的高山峻岭与湘军兜圈子,以此转移我们的视线,达到长久盘踞金陵的目的。我们在长沙、衡阳初建湘勇时,就定下了一个目标:打到江宁去,彻底荡平这股匪寇。今天,虽有皇上圣旨要我们去浙江,但我们把荡平匪寇当做最高目标,便是更好、更有效地执行了朝廷的旨意。诸位都知道,长毛们是从长江上游东下而占据江宁的。故,江宁上游才是洪秀全真正的依靠,是他的气运所在。如今湖北、江西均为朝廷所收复。江宁之上,仅剩下一个安徽了。如果我们能把安徽收复,江宁便成孤城,坚持不了几日的。"

这个分析在座的多数人没有想到,于是从心中佩服曾国藩。大家也听出来了:曾国藩不是去浙江,而是要去安徽。

会议的绝密之处也就在这里。朝廷命曾国藩援浙,而曾国藩实际决定的,却是进军安徽。

散会后,曾国藩把李瀚章单独留了下来。

李瀚章道:"老师有何训示?"

曾国藩笑了,让瀚章坐下说话。然后道:"我这回是要打到你家乡去了,你认为如何呀?"

曾国藩鼓起三角眼,用手指梳理着胡须,盯着李瀚章。瀚章道:"老师的分析判断和最后的决定,是经过深思熟虑的。不仅学生打心眼里佩服、拥护,连所有将领们也由衷赞成。唯有收复安徽,才能最终扫尽长毛!"

曾国藩确信李瀚章说的是心里话,满意地点点头,道:"目前最大的问题是饷银!你是办过粮台的,总管过粮食、兵饷事务。如今又管转运局,其实是不仅转运粮草、银饷,也还有军火器械及人马队伍。责任重大呀!这样的事,唯有你办我才放心。"

李瀚章道:"请老师放心,门生一定为老师分忧。只是学生不才,恐怕难胜重任。在才学方面,我不及胞弟鸿章哩!"

聪明的李瀚章,很自然地点出了二弟。这使得曾国藩心头一惊,就如同突然想起了什么事似的,一下子惊叫起来:"哦,对了,少荃贤弟现在如何?他人现居何方?"

李瀚章见鱼儿上了钩,便不急不慢地说开了:"鸿章自从回乡后,招了一帮兄弟办了团练,也打了不少胜仗,但父亲及岳父吕大人亡故,他在庐州这地方,官府黑暗,既无谋士,又无勇将。鸿章是长时间孤军奋战,四处无援。家父过世后,对他打击太大,一边守制,一边还时常出兵参战。那儿绿营兵大都是十足的少爷作风,贪生怕死亦罢,连一点苦都吃不了。上前线打仗,是个官,不是骑马,就是坐轿。大队伍在前,后面跟着十几顶小轿,您说这叫什么打仗?如此不败才怪呢!绿营兵不行,就把艰苦、危急的差事推到鸿章跟前。鸿章却不怕吃苦,一心报国。常对家母说:'要以恩师曾夫子为楷模。'但他没有您的职权,更没有您的人际关系,率勇丁出师,一无粮草,二无兵饷,许多次在外,连他自己都吃草根树皮……"

李瀚章添油加醋地说到这儿,两行热泪滚滚而下,弄得曾国藩都觉得心中难受。李瀚章接着说:"二弟这些年真是不容易呀!吃了许多苦头。家中新宅老宅让长毛贼烧得一干二净。后来鸿章又拿出全部积蓄在庐州城里盖了私宅,又被长毛贼毁于一炬。他是个大孝子,老师召令我来湘军效力后,我自知他已无力孝敬老母,就把家母带来了。他痛哭了一夜,这几天就要来南昌看望令堂。只可惜我也无法去南昌与他兄弟一见……"

李瀚章又落下泪来,用泪眼瞅瞅曾国藩,见曾国藩脸上立即露出了惊喜之色,于是,又重复了一句:"说不定他这时正在前往南昌的途中了,兄弟也不得一见。"

曾国藩提高了嗓门,问:"少荃要来南昌看望老母?那么,我批准你在他到南昌后,代表我专程去看看他。如果少荃方便的话,可把他引来与我见面。我还真想念他呢!不知他有没有忘记了这个世上,还有一个曾国藩。"

李瀚章心中暗暗大喜:曾国藩已主动请鸿章前来见面,这就有门了。在听了后一句话后,立即起身,道:"老师说的哪里话。我在乡守制时,天天听他念叨恩师,回忆在京城里拜您为师以及送您到卢沟桥握别的情况。他十分敬重恩师,潜心钻研恩师的道德学问。守制在家时,将恩师以前所讲授的学问一一回忆下来,写成笔记,择其要点,转录他人……"

说着,李瀚章从怀里掏出几封李鸿章给大哥的来信,要让曾国藩过目。曾国藩略看几页,禁不住笑了:李鸿章在家书中多处提及曾国藩,对恩师的崇敬之情跃然纸上。

曾国藩突然想到江忠源,道:"江忠源与我骨肉之交,在我组建湘军过程中立下了汗马功劳。可惜刚到皖省上任几天,就命归黄泉。听说长毛贼还将他悬尸三日,有这事吗?"

李瀚章点了点头。

曾国藩又道:"我曾致书江忠源,推荐少荃贤弟助他一臂之力,遇有征伐之事,可携之同往。少荃知其事吗?"

李瀚章已听出了曾国藩话中有话,隐约感觉到曾国藩在江忠源之死上,对李鸿章有一种抱怨。于是灵机一动,主动把话说开了。瀚章道:"老师的书信鸿章也收到了,当时欣喜若狂,激动不已,正想去庐州城拜见江大人,不料他与团练勇丁已被长毛贼团团围住。当时长毛贼像是风驰电掣一般,从天而降。我已说过,庐州城绿营兵毫无作战能力,长期驻扎在城里找享受,官府里也是狗眼看人,把鸿章的团练当做小娘养的,安置在庐州城西北十几里以外的岗集,一般不准团练进城。鸿章是在自己被围之后,才得知庐州城也遇险了。对新任巡抚江忠源,鸿章只要有一线可能,当然会按恩师教诲鼎力救助的。可是,鸿章团练乡勇被围,溃不成军。他自己奋力冲杀,终于夺路而出,捡了一条性命。最后与鸿章一起冲出重围的只有二十多人。鸿章还想去救助江大人。可是,庐州已经失守了,江大人也已投水自尽了。二弟鸿章得知消息,真是痛不欲生啦!"

曾国藩认真听着,皱着眉头,好像正在思考着李瀚章这段话中的真实性能有多大,显然半信半疑,最终道:"也难为少荃啦!其实我还知道,就是在那次庐州失陷中,你们家的老宅、新宅被毁成废墟,可怜啦,可怜啦……"

李鸿章的确上路了,大哥估计得没错。到镇江一带避难,本是家园被毁所逼。然真正到了镇江后,也无事可干。按照大哥临行前与自己的约定,他这回是从镇江去南昌。大哥携母同往,把老母安置在江西南昌城中。鸿章一方面是探母,更主要的是借此机会,设法拜见曾国藩。依李鸿章的估计,凭那一层师生关系,凭大哥李瀚章的从中撮合,曾国藩对他李鸿章一定会另眼相看,予以重用的。

这是一八五八年,咸丰八年深秋的日子了,从镇江到扬州之间的江面上,风卷巨浪,浩浩瀚瀚。几艘大号的乌篷船从镇江驶向北岸扬州瓜洲渡口。李鸿章身穿灰呢夹袍,外套玄缎马褂,头戴嵌玉瓜皮小帽,背着双手站在船头。他神情庄重,不停地眺望着远处隐隐出现的金山、焦山及灰暗的村落。两撇向下微弯的胡须和清瘦的颧骨微翘的脸颊,已和出京回乡时大不相同了。整个装扮也不及那时神气,唯有走到哪儿就跟到哪儿的刘斗斋依然跟随在后,一如既往。

在波涛汹涌的扬子江面上望着慢慢退在身后的景物,李鸿章如这澎湃之水,心中鼓荡着一种激情和几分忧伤。想到此去可能就是投奔湘军了,他便涌起激情。然而几年来的坎坎坷坷,他心中又茫然不知为何。于是,忧伤之情走上心头。自己少年勤奋,科举及第,也算得是百里挑一的大志之人了。可是,"一片花飞减却春,风飘万点正愁人"。杜甫诗句中所描写的情形不正是自己的心境吗? 一晃就三十五岁过了,急切地丢了翰林编修的差事,混到今天,可以说一事无成,一文不值。

在镇江这么长时间的四处奔走,已让他饱尝了一文不值的滋味。仆仆风尘如丧家之犬,空怀报国大志,但却是英雄无用武之地。如今,父亲已过世三年多了,母亲也背井离乡,随大哥借居南昌,三弟鹤章与自己的妻妾们一起,虽已回到故乡,但也不知境况如何。昭庆也是大人了,如今没有一件正经的差事;凤章个性倔强,虽然也参与了一段时间的团练军务,但吃不了受排挤的那份气,自个儿走了。眼下人在何方还不得而知。老四蕴章是个瞎子,生活仅能勉强自理,能有何大前途?想来想去,这真是家破人亡了,全无父亲在世时那种家族兴旺的景象了。

"难道李氏望族就要败在我们兄弟这一代手里吗?"他喃喃自问。

李鸿章一路毫无头绪地思来想去。离开江苏地界时,不禁回首怒目相对:你江苏不用我李鸿章,自有用人处!这些年不是因为功业无成,愧见恩师,我从何想到要来你江苏谋个差事呢?!我李鸿章无非是想就近照应家眷,你那两江总督何桂清和那江苏巡抚徐有壬,竟没有丝毫要留用我李鸿章的意思,说什么庙小和尚大,容不下大才大德之人!

转念一想:天下乌鸦一般黑,江苏的官员如此,当初安徽的官员们不更是有过之而无不及吗?

此次若能投奔湘军,李鸿章铁了心要干出一番事业来。有一点在李鸿章心里瞅准多日了:太平军内部出现了大裂变,内乱此起彼伏,东王杨秀清、北王韦昌辉先后被杀,翼王石达开已经领兵出走,太平军数万精兵宿将都在内乱中丢了性命,真是天助朝廷,天助曾国藩、李鸿章。李鸿章在江苏镇江一带走动频繁,一直不停地关注着这一事件的发生及所造成的后果,高兴极了。他认为开辟大业的新时期已经到来,长毛们正在走下坡路,直至走向灭亡,而清军,包括已威震神州的湘军在内,正在走出困境,走向辉煌。识时务者为俊杰,我李鸿章现在不出马,什么时候出马呢?到了果实累累时,再想到去摘桃子,已为时过晚。机不可失,就在眼下。

"长毛贼已元气大伤了,我李鸿章要乘虚而入了!"李鸿章自言自语着,不觉丢下了许多烦恼,心中涌起了一种兴奋的感觉。

咸丰八年十二月初,李鸿章一路风尘,终于到达了江西南昌。老母李氏早得了信息,天天都来门口张望。这一天终于盼到了二少爷鸿章的到来,母亲都是热泪盈眶,相依着半天说不出话来。

次日,大哥李瀚章从军中赶来,兄弟见面,又是亲热无比。更令李鸿章惊喜的是大哥为他带来了恩师曾国藩对他的口头邀请。邀请他在看望老母方便的时候,去军中与曾国藩会面。这个邀请正是李鸿章所期待的。从某种意义上来讲,这比看望老母要重要得多。确切地说,李鸿章此次来到江西,第一是拜见曾国藩,希望能为自己找到一个真正的政治靠山。第二才是看望老母,表达做儿子的对母亲大人一片孝敬之情。

因此,既是大哥专程前来,而且主要是为了传达曾国藩的盛情邀请,李鸿章便有些迫不及待了。他在南昌可以陪伴母亲一年半载,但眼下做儿子的还有更重要的事情要做,不得不在到南昌三天后就又匆匆上路。李瀚章在湘军中公务也十分繁忙,不可能在南昌久留。做母亲的得知大少爷、二少爷待了三天就要走了,不禁泪如雨下。但为了儿子们的前程,她老人家只好将母子之情强忍下去,含着泪水还张起一个笑脸送儿子们上路。

李鸿章跟大哥很快到了湘军营地,但曾国藩却因奉旨督师改援福建,去了他处。到底人在什么地方,一时半刻也说不准。太平军行踪飘忽不定,湘军水、陆两军也疲于奔命。况且,翼王石达开从金陵出走后,在苏、皖交界一带左右游动,后来竟一下子攻下了安庆。这消息传到清廷,咸丰皇帝大惊。摸不准是受了曾国藩的影响,咸丰皇帝对石达开却格外看中。曾国藩对咸丰皇帝上奏有言:像石达开这样一个文武兼备且很年轻的人物,如果能遇上一个开明君主,必定是一代名臣。朝廷里见了这个折子,真不知道曾国藩到底是在吹捧石达开,还是奉承咸丰皇帝?反正,咸丰皇帝见了曾国藩这个奏折的确非常舒心,连连下了圣旨,要曾国藩设法将石达开招降。曾国藩已亲笔写下三封书信送到石达开军中了。由于这些缘故,他对石达开的行踪格外关注,时时不忘要招降石达开。再说,石达开的队伍是二十万人,比七八个湘军的总和还要多,哪敢掉以轻心呢?石达开如给曾国藩的面子还好,如要不给,他曾国藩的日子就更难过了。不说整个太平军,就是一个石达开所部,就够他曾国藩周旋一辈子了。所以,连日来,这位湘军的总头目是没有固定歇脚地点的,忽东忽西,忽南忽北,让对手们牵着鼻子走。

李鸿章满怀希望地住在湘军营盘中,大哥李瀚章也军务倥偬,三天两头不见人影。李鸿章原以为一到湘军营地,曾国藩一定是笑吟吟地在等待着他。到军中后知道曾国藩游动不定,心想不过三五天定会召见。谁知在营盘中闲住了一个月,竟得不到一个准确的消息。他心急火燎,真想重返南昌去陪母亲几日。但他又不敢走,心想假如明天恩师就来了呢?就这样明日复明日,明日何其多,一直拖到了一个月过了,还是没有准信。

李鸿章忽然想到了一个人,他听说这个人就在湘军大营之中。他叫陈鼐,是道光丁未科进士,在京城中,与他是"同年"之谊。而且,陈鼐也充过翰林院的庶吉士,又算是同僚。他决计找陈鼐去打打路子,看看恩师曾国藩究竟人在何处,什么时候才能与之一见。

李鸿章经人引路,找到了陈鼐。"同年"相见,陈鼐很讲感情,谦容可掬,频频打躬作揖,向李鸿章频频致意。

两个老翰林是在陈鼐的座船内叙说的。李鸿章眺望着江风吹拂着的战旗,波浪拍打着船只,觉得浑身舒服。与此同时,他从心里钦羡陈鼐在曾国藩幕下的得意情形。

陈鼐说:"少荃呀,你能前来专程看望恩师,曾大人定是无比高兴。你与曾大人有门墙之谊,往昔在京都里相处,他对你也甚为器重。只是你这一次来得不巧,让你苦等了这么长时间!"

李鸿章道:"哪里哪里!自从离开京城回乡协办团练以来,已经历了许多挫折和磨难。今天的我,已不同于往日的年少意气了。长毛贼害得朝廷不安,我们安徽深受其害,再到我的家庭、我个人,更是怀有遭受家破人亡之恨。实言相告吧,此次我来江西湘军大营,主要是想投于曾大人门下,借助恩师的力量,报效朝廷,为铲除长毛贼做些事情。还望大兄在恩师曾大人面前,多多美言几句。"

陈鼐一听李鸿章有前来投奔效力的打算,惊喜起来,说:"若是曾大人得知你是来了就不走了,恐怕早就不会让你在他军中闲待这么长时间了,即使暂时军务倥偬,不得相见,也会把你的差事早派到头上了!"

李鸿章道:"你有这个把握?曾大人就一定会让我留在军中效力?"

"那是自然,那是自然。于私就不说了,仅就于公这一点来讲,曾大人的湘军目前正处于艰苦发展阶段,朝廷对湘军寄予厚望,正是急需广招贤良、共谋发展之际。你愿意前来投奔,他自然会举双手赞成的。"陈甫说。

李鸿章道:"只是还没有见到恩师的面,更不知他的意思,我便急得如热锅上的蚂蚁了。等得急了,我甚至怀疑恩师在有意回避我呢!"

"这是哪里的话?就在月余前,曾大人在彭玉麟的座船上召开秘密军事会议,决定下一步湘军如何动作。曾大人在会上明察秋毫,高瞻远瞩,认为有必要进军皖中,向江宁步步逼近。于是决定向皖中地区进军,以解浙江、福建之围。太平军自石达开率二十万人马出走后,面白身小、状如绣女的李秀成等于接替了石达开,实际担当起了辅佐洪秀全军政事务的重任。此人并没有与曾大人交过手。在石达开以前,他还算不得有头脸的人物。这些年来,他主要的对手是江南、江北大营和江浙两省的绿营兵。还不曾在其他的地区露过面。不过,李秀成对曾大人已是久闻其名了。他对曾大人不敢等闲视之。曾大人在巴河江心的大船上召开秘密军事会议那天晚上,他已派人潜入江水中,然后轻手轻脚地登上船头,将守卫在舱外的卫兵不露声响地掐死,换上清兵衣服,紧靠舱边站定,偷听到了曾大人进军皖中的决定。李秀成得了这个密报后,当即做出两条决定:一是派人火速进京,将情报奏明洪秀全,请洪秀全速派陈玉成、李世贤、韦俊率兵到安徽枞阳,与他的大军相会,商量对策。二是命林绍璋按原定计划,打着他的旗号,由浙江开赴福建,把曾大人引到赣闽交界的山区里去,使湘军水师无用武之地,然后再团团包围,一举歼灭。李秀成已估计到曾大人能识破他引敌入山的圈套。但他认为:在朝廷的敦促下,曾大人明知是圈套,也不得不钻……"

"曾大人不是决定进军皖中了吗?而且,不是听说已率军行动了?"李鸿章说。

陈甫说:"曾大人当然不会大举赶赴福建,但皇上有令,也不得不分出一些队伍去应付一下。所以这一个月来,他是马不停蹄,一直奔波于安徽、江西、福建之间,暗暗把主要兵马安排在安徽与江西边界。他太忙了,所以才迟迟未来见你。"

李鸿章思想上的疙瘩解开了,转而又问:"李秀成这个人以前很少听说过,好像不是太平军中的决策人物,听你说来,这个人还是很有头脑的嘛!"

陈甫道:"此人不可小看哩!他出身赤贫,举家投奔太平军的。天京内乱、血流成河,给他震动很大。石达开出走后,洪秀全到底还是有头脑的主子。在危急时刻,把李秀成用起来,把剩余的几十万大军重新组织起来。而且,并没有因为韦昌辉而株连韦俊,硬是将韦俊手下的队伍稳住了。石达开出走后,我们都估计洪秀全要完蛋了,现在看来并非如此,而且仍然有大发展的趋势。他洪秀全身边又站出了像李秀成、陈玉成、李世贤、韦俊这样一批杰出人才。这李秀成比陈玉成年长十岁。论才能,论战功,李秀成也不在陈玉成之下。但在金陵内乱之前,李秀成的爵位和权力都比陈玉成要低。所以,李秀成闹了很长时间的情绪。石达开出走后,他还是能够顾全大局的。因为他清楚,眼下太平军的重担就落在这么几个人身上了,再也不能因为个人利益而争争吵吵了。否则,所谓的太平天国只有在风雨飘摇中翻船了……"

李鸿章打断陈鼐的话道:"如此说来,不仅太平军中仍有一批精英人才,而且也并非像我离开镇江时,绿营兵中传说的那样:长毛贼们气数尽了,闹腾不了几天了。就目前兵力来看,比他们第一次攻下武汉时的势力还强一些。是不是这样呢?"

"单从兵力上看,那的确比攻下武汉时要强不少。首先,石达开虽已出走,但我们只能把他看成是分兵而出。因为石达开并不是站到朝廷这边来了,他仍然是官军的死对头,走到哪里,对官军和湘军都是一种牵制,一种威胁,或许更是一种对手。其次,李秀成在掌握了曾大人要进军皖中的计划后,行动更为主动。我们湘军这边还没有开赴安徽,他已经超前下手,调集几路人马在枞阳拦截湘军。枞阳地分上下两镇,两镇相距八里地,扼控破岗湖、菜子湖、渣子湖三湖入长江之口,下距安庆水路八十里,是个军事重镇。原来,李秀成的部将吴定规率一万精兵在这里驻守。湘军进军安徽还未成行,枞阳一地的长毛兵力已增至四万多人。在二十多天前,李秀成针对湘军入皖召开了一个重要的军事会议,地点就在枞阳。陈玉成、李世贤、韦俊以安徽各地战场上的六十多名逆首聚集在枞阳上镇的首富马家大院里。开会日期选在杨秀清被杀两周年祭日,他们是要在开会前举行一个悼念杨秀清的仪式。仪式由陈玉成主持,李秀成讲话。李秀成在讲话的最后,道:'今天会议研究之后,各路人马分兵出击,把湘军彻底歼灭在安徽大地上。'仪式结束后,会议才换了地点正式召开。我方探子对会议内容没有搜集到手,但已侦得陈玉成率大军去了庐阳西南的三河镇。"

李鸿章陷入了沉思之中。通过陈鼐了解到的这些情况令他不安。看来长毛贼并非日落西山了。自己投身湘军,还要做一番更充分的思想准备。未来的路正长,要自己一步一个脚印去走,甚至要为此付出血的代价。李鸿章对自己将要面临的处境和今后的命运,又一次打上了一个硕大的问号。

投靠无门

第七章　湘军师爷

　　李鸿章骑上了一匹枣红马，踌躇满志地上路了。就在他找到陈鼐的第二天，李鸿章收到了曾国藩写自江西建昌府城的一封信。信上要他立即赶到建昌去，由陈鼐陪他一同前往。一路打听，他和陈鼐快马扬鞭赶到了建昌。在建昌东门外一座古老的祠堂内，李鸿章找到了恩师曾国藩的行营。他与陈鼐在祠堂前翻身下马，把枣红马拴在门前的旗杆上。

　　李鸿章下意识地整了整衣领，又掸了掸身上的灰尘，挺了挺胸膛，与陈鼐一起兴冲冲地进了内房。李鸿章明白，内房或内客厅是主人会见知己朋友、心腹要员的场所，一般外人是不得入内的。主人也不会在这样的地方会见一般客人。今天曾国藩既然能让自己和陈鼐直接去内房与他见面，可见曾国藩已是不把他们看外了。他走到内房门口时，不禁又挺了挺胸膛，昂昂然阔步而入。

　　坐在内房中的曾国藩已从中门看见了李鸿章，忽然觉出了李鸿章的一种得意扬扬的神情，脑中一闪，竟闪出了李鸿章在京都时那种志得意满、不可一世的傲气，不禁皱了皱眉头。但到底李鸿章是远道而来的客人，又是久别重逢的门生，曾国藩的些许反感瞬间即逝，马上露出了满脸的笑容，主动高声叫道："少荃来啦！真正千呼万唤始出来呀！"

　　李鸿章慌忙拿右膝一跪，道："门生拜见恩师大人！"

　　曾国藩上前将李鸿章扶起，道："你能专程前来看望愚兄，我很高兴。只是让你久等了，我心中更是过意不去！"

　　李鸿章道："恩师肩负重任，万斤担子一人挑，门生可以理解。我也正好得空四处走走，感受这天底下第一流的强军的气势。恩师呀，自卢沟桥一别，不想恩师再也没有回到京都了，六七年不见，想死门生了。"

　　曾国藩道："愚兄我也是很想念你的。本是往江西主考，半途中回乡奔丧。守制未完，受皇上一纸谕令，才留在湖南组建了这支湘勇，苦头都吃尽了啰！不过,现在终于可以看出了希望,有一班贤能志士鼎力相助,我的信心也增添了不少。"

说着,曾国藩指着站在一旁的候补道员程桓生道:"我知道你与陈鼐有'同年'之谊。而这一位程桓生,号尚斋,道光己酉年的贡生,与陈鼐一起在这里为我佐理文案及其他事务。我们这位程桓生还是你的同乡呢！"

李鸿章一惊,上前握住程桓生的手说:"有幸在江西遇见同乡,这便是小弟的幸运。"

程桓生与李鸿章拱手寒暄了几句,一同在太师椅里坐了下来,都把目光投向了曾国藩。侍役送上了连着盖托的景德镇青花茶碗,茶碗里泡的是湖南茉莉花茶,一人一杯放在茶桌上。曾国藩用指头刮刮胡须,扫了一眼围坐在周围的人说:"各位今天聚于我的幕中,我是十分高兴的。这些年来,我们天各一方,别时容易见时难。我向来认为:人与人之间都是一种缘分,中国之大,就我们这些人聚聚散散,终究还是转到一块来了。此理就在于缘分。因此,要珍视缘分,善待情谊。少荃贤弟从安徽远道而来,不知有何打算？"

李鸿章立即起身,向曾国藩拱手道:"鸿章此来,就不打算回去了,若恩师可以收下我当差,门生我定要竭尽全力,肝脑涂地,在所不辞。"

李鸿章如此表态,令曾国藩打心眼里高兴。其实他心中已有估计:李鸿章此次前来,不光是为了看望恩师,也是为了投奔湘军,为自己找一条出路。曾国藩了解李鸿章,也急切需要像李鸿章这样的人投身湘军事业。所以,曾国藩欢迎道:"少荃前来辅佐,大有用武之地,我这里早已为你敞开了大门。目前要进军皖中,我已作了部署,一场大战即将开始,且可能是残酷的,长期的。各位要有思想准备。但进军皖中,必先扫平景德镇,了却江西一带的后顾之忧,然后才能在安徽站稳脚跟……"

曾国藩说着,李鸿章倒并没有在意恩师说些什么,因多年未见,只留意看着恩师的面容,觉得恩师老多了。如果没记错的话,恩师今年该是四十七岁了。此时他坐在镂金的花座上,头戴一顶镂花珊瑚顶的红缨暖帽,帽顶上插着一支单眼花翎。他身穿蟒袍补褂,脚蹬厚底乌靴,表情庄重而威严。只是在北京时那张满月似的脸盘这几年瘦下了许多,颧骨外露,满脸的髭须,皮肤也显得很粗糙,整个人让人感到他已憔悴不堪了。

李鸿章看着曾国藩,不觉从眼角渗出了两滴泪水,道:"恩师这些年以一身系天下之安危,从脸上就可以看得出来。想想过去在京城里时,恩师吟诵诗书,那是何等的清闲大雅,自得其乐呀!"

曾国藩看出了李鸿章的动情之处,叹了一口气,拈着胡须道:"愚兄很感激少荃贤弟能体谅我的苦处。这几年来,愚兄虽牢记皇恩浩荡,决心报效国家,但具体办起事情来,是难上加难的。奉皇上谕旨主办全省团练,愚兄进而拉起了湘军。这支队伍目前是有些希望的,许多人为此付出了心血。但要真正打开局面仍需要做出艰苦的努力。我这里最大的难题是饷源无着,朝廷不拨,地方不交,全靠我们自己发动征募。再一难题是,朝廷朝令夕改,哪儿危急就叫开赴哪儿。湘军所担负的职责早已不是湖南一省了。一会儿援鄂,一会儿援赣。刚准备去援浙,还没有来及起兵,又让去福建。这会儿,安徽局势吃紧了,我这几万人马也必须进军皖中。'盛名之下,其实难副',就这么一点湘勇,哪里能顾了这么多地方?湘军成了'灭火队',不一定能扑灭邪火,倒把我和各位将领们闹得焦头烂额。更可笑的是,我自己搞到现在也不知道我是什么官了。好像朝廷也弄糊涂了,一会儿说我是'钦命办理军务前任礼部侍郎'。过一阵子,又把我换成'钦差兵部侍郎前礼部侍郎'。过了一阵子,又换成'钦差兵部右侍郎'。今年以来,我再度中止守制,回到军中,没有了印信,只得自刻'钦命办理浙江军务前任兵部侍郎'关防。叫我署理过巡抚之职,仅十天的工夫,这一职务说没有就没有了。一会儿升我两级,一会儿又降我两级。弄得地方官员都怀疑起我的印札是伪造的。湘军中有的部将升了官,拿出我的印札,有许多地方官员竟然不认我这个账。乡绅们花钱捐官以供军饷的,从我这里开了实收凭据,有些州、县却说是假的,你说气人不气人?!如今都知道湘军还是挺厉害的,但我这个创办人却不怎样,有人讲我'曾大帅',我这'帅'字却是不敢当的。因为,直到今天,湘军里我这个总头目竟没有个名分,正所谓'名不正而言不顺'。我仍是'前任侍郎',既是前任,现在算啥?我不得而知。所以,办什么事情,就靠这'前任侍郎'的老面子去求人,靠自己一点点声望去率兵打仗。如果有谁不给面子,就是不买你'前任侍郎'的账,我也毫无办法,人家还没有什么对不起我的。不买账是本分,买账是情分。还有那些各省的抚台大人们,危急时求你,风平浪静时一个个尾巴就翘起来了,不理睬你也就罢了,弄不好还要卡你的脖子。巡抚是一省中的地方官,谁没有一点地方观念?比如说湖南,那是湘军的根。但你为他湖南打仗时,他认你是他的队伍,要捐募一点银两还说得过去。如今是出省打仗了,好像与他湖南无干了,说你吃着我的饭,却去干别人的活,他湖南就不干了。想来人家或许也有人家的难处,但我这湘军的难处谁去体会,谁去替你解决呢?如今我也是骑虎难下,心力交瘁了。有时是愈想愈没有劲。去年二月家父去世,我上了一份回乡守制的奏折,不曾等到旨准,我就只身回乡了。自己暗暗想:就这样倒下去算了,再也不干这出力不讨好的事了。朝廷看到武昌、九江被湘军收复了,可能认为:湘军离掉你曾国藩反而打得更好,所以就批了我守制三年。对此,说实在的,我心里很不是滋味。胜败乃兵家常事,碰巧攻下了武昌、九江,那也是我湘军取得的成绩,作为我,觉得脸上也有光,不能说与我曾某人无关了吧?好了,不料浙江局势吃紧,湘军好几路人马奉调入浙,但群龙无首,互相不服统带,闹得不愉快了,这才想到我曾某人原来还是压住阵的,缺了我不好办事,才命我立即回来收拾。说起来也算我曾国藩自己没有骨气,偏偏与这湘军感情太深,舍不得离开,愿与湘军将士生死与共。在家守制几个月,就自己也待得不耐烦了,心里想着部将,想着湘军的前程。朝廷一声令下,自己又迫不及待地回来了。虽然我明知道回来仍是没有好果子吃的,弄不好是飞蛾扑火,自讨没趣,但静极思动,也只有下决心回来。我这条命大抵要永远交给湘军了。它离不开我,我也离不开它了。哎呀,你看我啰唆这么多,且都是一些关起门来才能说出口的话。因都不是外人,加之与少荃多年不见,诉诉衷肠,发点牢骚,谅少荃也不会当真。"

听了曾国藩这些话,李鸿章确信是他的肺腑之言。真话、实话、心里话,曾国藩是真正没有把自己当做外人,信得过自己才讲出来的呀!李鸿章很感谢恩师对自己一如既往的信任,慨然道:"恩师的功绩,尽人皆知;恩师的苦衷,学生我也能体会。'信不由中,质无益也'。恩师您是上对得起朝廷,下对得起将士,唯有对不起自己。学生认为,虽有怨声载道的经历,也必将最终被人理解。我此次投奔而来,从心里说是想为恩师分忧,为湘军效力。恩师只要有用得着我的地方,便是我拼死相求的。今后,恩师您就可以多多歇息一下子。天塌下来,让门生为您顶着,请您相信我!"

曾国藩听这前一段话,还觉得入耳。但听到这后两句话,不觉皱起了眉头。曾国藩以审视的目光打量着这个英气凌人、锋芒毕露的李鸿章,心中又涌起一种不满。心想:你李鸿章初来乍到,对湘军的事还狗屁不通,又当着陈鼐、程桓生的面公然让我'多多歇息',天塌下来,由你顶着。你能顶得住吗?!曾国藩早就听说李鸿章回安徽后吃了不少苦头。他大哥李瀚章介绍的更多,本想此番投奔而来,一定少了不少锐气,多了几分稳重和谦逊。却不料江山易改,本性难移,纵使经历了那么多磨难,今天仍是这样心高气浮,太欠含蓄,简直是不知天高地厚。因此,曾国藩立刻沉默下来,一言不发。如不是有了这点反感,或者说李鸿章若能谦虚一点,曾国藩对李鸿章是要重用的。至少,是要把他放在实职的位置上,充分发挥他的才华。但在曾国藩皱起眉头之后,主意变了:他要十分策略地杀下他的傲气,让他认识自己,摆正位置。于是,曾国藩说道:"少荃的才能愚兄是佩服的。我也十分相信,你在将来自会有施展聪明才智、为国效劳的时候。不过,近日我正在忙于调派各路人马向皖中挺进。事务繁忙,还来不及为你安排相应的差事。是英雄,终归有用武之时。你远道而来,十分辛苦了,就叫陈鼐陪你一同进城,去找一个暂时可容你下榻的地方。休息几日后,待我也抽出空来,再商量你落脚何处。今天谈得也太多了,我还有一些公务要办。你们几个弟兄可去小聚一番,我就不陪了。"说完,曾国藩端起茶杯,起身就走。他另去别处,这边的侍役在门边拉长了声调,喊道:"送……客……了!"

李鸿章一愣,连陈鼐都吃了一惊。他们都熟悉:曾国藩会见知己朋友,从来就不用官场规矩,何以今日突然来一个端茶送客呢?李鸿章原以为千里迢迢奔来,久别重逢,恩师定会摆上一桌酒菜,亲自参加,为自己接风洗尘的。不料一脚踢给陈鼐,还让去城中租房住下,又不分派差事,李鸿章大惑不解了。看着曾国藩那头也不回的身影,李鸿章觉得自己尴尬极了,几乎无地自容。

李鸿章红着脸跟着陈鼐出门,牵了自己的马儿,一脚跨上马背,晃晃悠悠地离开了曾国藩的行营。李鸿章回头瞅一眼行营,蓦地觉得这儿的一切陌生极了。他看见守卫们仍直挺挺地站在门口,目不斜视,感到今日的恩师不好接近了。于是,李鸿章对陈鼐道:"陈兄呀,恩师今天前后反常,正说得心里热乎乎的,不料最后却被他浇了一盆冷水。我此行看来不妙,眼下该如何是好呢?"

陈鼐看出了李鸿章尴尬的表情,又听此言,安慰道:"少荃啦,你千万不要往心里去。曾大人的确忙得不可开交,今日能抽出这么长时间与你交谈,且讲了他过去的许多事情,句句真情,本来已属罕见。我已跟随他几年了,还从来不曾听他讲过那么多心里话。今天独自离去,一则太忙,二则可能为进军皖中一事在伤脑筋,心中有事堵得慌。现在还有两路人马拖泥带水没有到位,他能不急吗?"

李鸿章此时无论怎么安慰,已解不开心中的疙瘩了。他在思索恩师为什么态度突然变化,就是没有想到:又是自己心高气浮的老毛病惹了恩师不快。一路上,李鸿章默默不语,向建昌府城而去。从节约费用考虑,陈鼐带李鸿章在府前左街找到一个悦来客栈,来行营公干的官员临时歇脚,多数都是住在这家客栈的。陈鼐去找了店老板,不一会,老板笑吟吟前来,亲自把李鸿章领进了一个小四合院,打开北屋一间小房,倒也干干净净,家什齐全。李鸿章道:"挺好,挺好!"

店老板说:"这便是我们小客栈最好的房间了,一般是专为前来府城的县太爷们准备的,李大人既是记名道,比县太爷的官还大,住到这里就算是委屈了。不过这床上的铺盖是全新的,不曾有人用过,是上等丝绵绸面,很暖和的。另外日常小用品,还可以再添一些,茶水随要随到,尽管吩咐。伙食就在后面,出了小四合院一拐弯就到了。一日三餐,都能备下。想换换口味,提前打个招呼就行了。请李大人多多关照!"

店老板走了,过一会真有个店小二打了两盆热水,让李鸿章和陈鼐洗脸,又送来布拖鞋、木梳等。两个人都感到饿了,要客栈伙房炒了四碟小菜,一壶水酒,端到房间里来。二人吃喝了以后,又煮了两碗鸡汤面,一起吃了。

陈鼐道:"少荃呀,你还记得李元度吗?"

"记得呀,在京都时,是在恩师曾大人府上见过面的,后来还有过一些往来。"李鸿章答。

陈鼐又说:"李元度也是弃文从武的,也在湘军中。他几年来带兵打仗,立了不少战功,很受曾大人器重。曾大人已经保举了他按察使衔,在湘军中主管营务处,干得也比较出色。可惜最近你见不到他了。曾大人已派他回乡招募兵勇去了。湘军要发展,水、陆之师都急需扩大。在原籍有些办法的,曾大人都让他们回去拉队伍去了。"

李鸿章惊喜,道:"次青兄为人豪爽,脑子也好使,很有气度。带兵打仗、招募兵勇,他恐怕是一把好手。在京都时,我就看出来了,是很佩服他的。"

陈鼐道:"这下好了,在湘军中,你又多了一个老相识。曾大人爱才,所以手下才能人才济济。"

李鸿章道:"恩师爱才,我在京都他的门下时,就深有感受了。否则,我此次也不会大老远跑来投奔。鸿章虽非人才,但头脑还算清楚,干事也算利索,遇事也能临危不乱。或许我总是常常看到自己的长处,而很少体会到自己也有不少短处。但做人、做事,要是自己都不相信自己了,便很难树立起信心了。一个对自己没有信心的人,还能成就什么大业呢?这一会我一直在思考:可能恩师对我这自信心太强有些看法。以前在京都时,曾对家父抱怨过我这一点。看来我是要注意呢!不然,一不小心就会引起恩师的不愉快。"

陈鼐笑道:"少荃呀,你怎么心眼儿这么小呢?到现在还在考虑曾大人对你怎么了。不是安慰你,我分析曾大人一定是因为心中有事,才不愿与我们在一起聚一聚的。另外,也的确怕你旅途累了,才暂时不安排差事,让你休息几天的。少荃呀,你不知道,曾大人身负重任,不容易哩!据我所知,就在你到军中这一个多月来,曾大人的心情一直不好。自从湘军接连打了几次胜仗,出兵援鄂、进赣,这回又要出师安徽,威震全国,朝廷刮目相看,好像没有湘军,中国的半壁江山就支撑不下去了。因此,哪里一有险情,皇帝首先想到湘军,一无钱,二无人,三无权力,苦差事只管派下来,曾大人又不能不奉命征战。吃了许多苦头不说,而更要命的是树大招风,才高招忌。正规的官军不干了,私下里得了红眼病,说就你湘勇能干!一帮临时招募的泥腿子,耕田打耙可能还是内行,持枪上阵去打仗,就有那么神吗?简直是骑到了正规官军的头上来了,干脆把官军解散了,让湘军们来保江山算了!还有一条来自朝廷。因曾大人是汉人掌握军权,这在本朝历来都是大忌。你尽管是火热的心肠,一片忠诚待他,他却在心里总是对你放心不下,怕你有朝一日权大了,兵力强了,一翻脸不认他的账了。所以在使用上,总是小心翼翼,处处压制着一点。有人甚至在朝廷里说:'不过几年,可怕大抵已不是洪秀全的长毛贼了,而是曾国藩的湘勇。'这话传到曾大人的耳朵里,他能不寒心吗?现在是朝廷四面楚歌,八方受敌,一点办法都没有了,所以才不得不用曾大人,不得不依靠湘军去剿灭贼寇。等到天下太平了,首先要遣散的,就是湘军。这一点,曾大人心中十分清楚。但曾大人尽管清楚,不仅在表面上,而且也必须在行动上绝对忠于朝廷。曾大人的周围有许多掌握军事大权的要员、大将,他们大多数不过只是嘴上说得好听,行动上却不着边际,既软弱无能,又喜欢摆出臭架子。朝廷对这些人,倒是格外地看中,都弄个钦差大臣之类的让他们当当,一给权,二给钱,三给面子,凡事奏上去,一律恩准。而曾大人打了这几年仗,尤其是把湘军组织起来,应该说是立下了汗马功劳了吧?!可是至今,却连个钦差大臣的名分都不给,到哪里还要听从各省抚台的安排,看着府衙的脸色行事。这也罢了,还派了一个平庸无能的荆州将军、满人官文做湖广总督,以此来控制和监视曾大人。先前还把满人派到湘军中,直接干预湘军的行动。朝廷是把曾大人当做一个奴才,想怎么指挥就怎么指挥。一会儿东,一会儿西的,前后旨意自相矛盾。稍不顺从,皇上还要亲笔朱批,责怪曾大人是'偏执己见,大觉迟缓,没有天良,漫自矜诩,贻笑天下'。少荃呀,你说这些事要是放在你的身上,你气不气呢?曾大人也是一个烈性子的人,但还是一件一件忍过来了。其他人不知道,我是知道的。去年竹亭公病故,曾大人伤心极了,留下奏折,不等皇上批复就回乡守制去了。皇上起先准他三个月长假,他又一份奏折,要了三年守制假,其实这便是在生气。皇上也不傻,正中下怀,将计就计,立马同意他回乡守制三年。你想,当时军情那么紧急,几省告急,皇上竟能一下批曾大人三年长假。可想而知,他们在心里是不指靠曾大人的。弄不好心想,我还正想拿掉你的军权呢!正苦于找不到理由,你自己提出了,正好,正好!对此,曾大人能体会不出来吗?今年六月,曾大人回到军中,也纯属迫不得已。不然,辛辛苦苦创办的湘军就要拱手送人了。所以,作为曾大人明知前路有艰险,也不得不回到湘军中来。我们做学生的,要体谅恩师的苦衷。若有怠慢处,也需多多包涵。"

李鸿章听了这段话,怨气全消,反而在心中有了一些内疚。暗想:自己从人都求学,拜曾国藩为师以来,尚没有真正为恩师做过些什么。反之,曾大人给自己的已经很多很多,是自己始终在担着恩师的人情。如今却为事出有因的冷淡计较起来,显得过于自私了。因此说道:"多谢陈兄指教。到如今,我还不知恩师有这么多苦处。细想来,官场的险恶,朝廷的不公也真令人心寒。我们从小刻苦攻读,科举及第,到头来也只是充当了他皇上的奴才。练了一些本事,是在为皇上效力。就这样还不停地受到猜忌,不被信任,甚至遭到排挤。看来,害人之心不可有,防人之心不可无。鸿章当引以为戒,小心谨慎才好哩!"

已经很晚了,陈鼐骑马回营了。临行时道:"你放宽心在客栈里休息几日,我尽量每天来陪陪你。相信要不了多少日子,曾大人就会为你安排差事的。"

一连几天晚上,陈鼐果然都来陪李鸿章说话,有时自己单独来,有时与程桓生来。营中其他幕友也随陈鼐前来看望李鸿章。因此,住在客栈里,他只盼着晚上能与大家聊聊天。而他的白天是难过的,一点事情没有,坐在房间里看书。眼睛盯着书本,而心却早已飞走了,思想集中不起来。向陈鼐、程桓生打听曾大人的消息,他们都说曾大人忙。李鸿章心想:你曾大人愈忙,不正是说明愈需要门生早一天去为您帮忙吗?为何老是冷冰冰地将我搁在这客栈里,让我坐冷板凳呢?眼下是背井离乡,身边没有一个亲人。大哥李瀚章也很忙,几天见不到一面,有许多地方需要他去跑。陈鼐及程桓生已多次从侧面催过曾国藩了,但曾国藩的回答仍是忙,说等忙过了这一阵子再说。

李鸿章的怨气又起来了,甚至恼火了。他暗自跺起了脚:去与留,讲明了!何必如此让我苦等,进退两难?!

这天晚上,陈鼐又来看望李鸿章了。李鸿章铁青着脸说道:"陈兄呀,感谢这些日子来你对我的关照!思来想去,曾大人是不会用我了。我准备明天起程回南昌,然后在看望了老母以后回安徽去了。我四弟昭庆还在南昌等我的消息。这么长时间没有一个着落,再也不能等下去了。等下去,不仅仅等得费了时日,也把一点薄面等尽了。明天一早,我也没有脸去向恩师辞行了,烦你代致问候。门生虽去,对恩师永志不忘。一定要讲清,门生不是生气而去,实在是等不及了,不放心南昌的母亲和昭庆弟弟……"

陈鼐一听这话急得脸都变了色,道:"少荃呀,无论如何,你千万不能不辞而别,待我连晚去找到曾大人,说明了情况。如曾大人同意你先回南昌,那么,我也不加阻拦了……"

他见李鸿章已动手收拾衣物,上前一把夺去行李箱,将李鸿章拉到床边坐下,又说:"少荃,我劝你认真想一想,依我的估计,曾大人是必定要用你的。如若不用,在一开始就会打发你走的。他将你留得时间越长,就越不能打发你走了,且非用不可的。他难道不晓得你在这里就是等他一句话吗?这句话憋在他肚子里时间越长,说明越有分量;将你留得时间越长,说明他对你越是准备派大用场。俗话说:好事多磨。你千万不可操之过急,一定耐心等待一下。我这就去找曾大人,去为你问个明白。"

李鸿章对陈鼐的热情十分感激,道:"陈兄呀,你对我的情谊,不知这一辈子有没有能力报答了。那么,今晚我听你的,就是等上一夜,我也会听你消息的。辛苦你跑回营里问一问恩师,到底收不收我李鸿章?"

陈鼐出了客栈,骑上马就向曾国藩的行营奔去。他进了营门,灭了灯笼,大步跨进签押房,让人去传话:要见曾大人。曾国藩早已吃过晚饭,正在读书,一听说陈鼐有急事求见,便召他进来。陈鼐见曾国藩一副悠悠自得的面容,出口就问:"曾大人!李鸿章已等了这些天了,您到底是留他,还是不留他?请您今晚无论如何给一个明确的答复!如果根本就不准备用他,尽快放人家走好了!"

曾国藩见陈鼐一脸的不愉快,也不生气,慢慢放下手中的书本,请陈鼐坐下,道:"我怎么可能放一个大才子走呢?当然要用的!李鸿章走不得,叫他既来之,则安之!"

陈鼐道:"既然要用,为何前后这么长时间把他撇在一边?"

曾国藩笑了,说:"我原来是让你给他租房子住的。住在小客栈里时间长了,就是破费了。现在既然等得急了,那我也只好直说不误。我原打算让他等得更长一点,少则两个月,多则三五月,让他闭门读书,做一些冷静的思考。少荃很有才气。他的才气不仅装在肚子里,也常常放在脸面上,这便是傲气。傲气不除,很难成为大器之人。所以,从他长远的发展考虑,我决计要磨磨他的锋芒。谅你还能记得,那天我们久别重逢后,我据实讲了一番心里话。他也应该由此想到他自己离京回乡后,也同样是吃尽了苦头,栽了跟头的。但话讲到最后,仍自负太高。若立即为他派了差事,他定难以循循默默,勤勤恳恳做事。小事不愿做,大事又做不来,这便糟糕了。我今天虽然要为他派事了,但也得从小事做起,让他一步一个脚印地走下去。这样,对他今后会有好处的。真正的知己,应会如此去替人考虑。否则就是对人的不负责任,对一个有才气人的不负责任。"

陈鼐听得明白了,道:"原来大人有如此考虑,可谓独具眼光。但少荃虽有些清高自负,这一个多月已算经历了磨练,有了长进了。依我看来,现在你无论给他安排什么差事,他都会接受的。大抵不会这山望着那山高。只是不能再让他苦等下去,没有一个着落了。"

曾国藩笑了,说:"原来我准备最少要在下个月底给他派事,现在不可能了。因各路人马调集基本到位,过两天就要大举拔营皖中了。我们统统都走,怎么会把他一个人留在小客栈里呢?你去告诉少荃,叫他尽快到我这里来,我来征求一下他的意见。先搬到行营里住,开赴皖中时,肯定要跟我们一块儿走的。"

陈鼐心中的一块石头落了地,道:"那就谢谢曾大人尽快安排了,明天我就叫鸿章过来,当面听恩师的训示。"说完,陈鼐抬脚就要出门,急着去通知李鸿章。

曾国藩突然喊住陈鼐,道:"慢着!你去了以后,不能把我讲的话'原汁原味'地倒给他。自负甚高的人,自尊心都是很强的。如若让他知道我对他还有一些看法,这么多天是在有意消磨他的傲气,会让他觉得难堪。一难堪,效果就受到了破坏,弄不好要恨我一辈子的。我的真实想法,不仅不能向少荃透露,也不能跟其他人说起。说出去了对少荃在营中做事不利哩!"

陈鼐点头称是,向曾国藩做了保证,然后顺着话音追问一句:"既是来营了,曾大人准备让少荃做什么事?"

曾国藩道:"看来不摸清楚了,你去小客栈也交不了差事呀!那我就告诉你:第一步先在我的身边替我佐理文案,起草一些奏稿、咨函、书札等。第二步做什么,就看他自己了,我也说不准。只是告诉少荃,我这里事务繁杂,可能要委屈李翰林了。如若对这事没有兴趣,也请他讲明了。真不愿做我的这个差事,那就请他回京城里好了。紫禁城里名利双收的差事多得很,随他去吧!"

陈鼐笑道:"少荃要感谢您了,佐理文案的差事适合他。我想少荃是会愉快接受的。"

陈鼐好像了却了一桩大事,心情陡然好了起来,命人替他点上了灯笼,跃马扬鞭往城中客栈奔去。

李鸿章既不在看书,更没有睡觉,他早已站在街口,在一家小饭馆附近张望。远远地听见"嗒嗒、嗒嗒"的马蹄声,估猜是陈鼐回城来了,又迎出几十步,才把陈鼐接下马来。见陈鼐满脸大汗,脸上露出了笑容,李鸿章在心里已经猜出了几分。但他到底是迫不及待,不等陈鼐站稳脚跟,就问:"怎么样,恩师的态度如何?"

陈鼐故意想激一激李鸿章,道:"不妙呀!不妙!曾大人就是不开口,说:'你想走就走吧!'"

李鸿章的心一下子凉透了,只感到腿有些发软,眼有些发黑,一声不吭了。

陈鼐扭头瞅了李鸿章一眼,不禁心中暗笑。但没有笑出声来,仍佯装失望的样子,将李鸿章往小饭馆中推,道:"别生气啦,这么晚了,我的肚子也饿了,请店小二辛苦一下,为我们忙两道菜,喝几杯怎么样?"

"哪还有那个心思喝酒呀?我只想现在就离开这个鬼地方,一辈子再也不来此地!最好是连江西也决不沾边!我要走了!"李鸿章真的拉也拉不住,一甩膀子向客栈走去。陈鼐快步追了上去,还是一把拽住李鸿章,道:"要冷静!就是要走,也得明天早晨再走。今晚痛饮几杯,就算是我为李翰林饯行,也借此代表恩师曾国藩大人,敬你两杯酒哩!"

李鸿章提高了嗓门:"别提曾大人了!我真是悔此一行。千不该,万不该,不该厚着脸皮在建昌等这么长时间,到头来,是等得时间愈长,失望得愈重呀!"

陈鼐将马拴在门口一棵小树上,死拉硬拽地把李鸿章弄进了小饭馆。好歹店主人还未关门,立即摸刀弄勺地忙开了。

陈鼐也真能沉得住气,直到菜上齐了,酒斟满了,才笑哈哈乐开来,大声道："来，端起这杯酒，祝贺老兄明日去军中走马上任！"

李鸿章顿时心头一热，但没有笑，好像是要定一定神，又好像是没有听清陈鼐说的是什么。他不禁以惊疑的目光看了一眼哈哈大笑的陈鼐，只觉得陈鼐的脸部表情与刚才已大不相同，一种捉弄了人后那种无比快乐的样子。李鸿章联想到陈鼐刚下马时的那张笑脸，已猜到了事情的结果，但还是怕自己失态，慌忙收回了目光，说："喝就喝嘛，不用跟我卖关子了。恩师到底是个什么意思？你快快说来！"

陈鼐仍坚持，道："别急，喝了这杯酒再说也不迟！"

李鸿章端起酒杯，一饮而尽。

陈鼐这才亮了底牌："曾大人已让我正式通知你，明天搬进营里去，先与我、程桓生等做佐理文案的事，待以后再说。"

李鸿章一听说让自己佐理文案，好像心头又是一凉，刚刚升腾起的热情马上落下去许多，心想：终于给面子使用了，但却不是对自己的重用。如今寄人篱下，也只好听之任之了，不能再挑挑拣拣了。于是答道："这样也好，能与你们几个一起共砚，整天厮守，且是在恩师身边，鸿章已是心满意足了。"

陈鼐已觉出了李鸿章一闪而过的不快，劝道："我知你志向远大，将来是大有用场的。曾大人亦是这样估计的。他道：'第二步做什么，就靠他自己了。'我有一种预感，在这个位置上做事，你的时间不会太长。要不了多久，定会给你安排到更重要的位置上去的。"

李鸿章从这话里得到不少安慰，心想：你们能这样看，还算聪明！但在嘴上却道："如今这佐理文案的差事，就已经是重用我李鸿章了。我能把这事做好，就算是没有辜负恩师多年的栽培，你与程桓生等幕友们这么一些日子的关心了。今后在一起共事，还望你们多加关照，常给指点哟！"

第二天清晨，陈鼐带了两个侍役来到了小客栈，收拾了李鸿章的行李，一块向城外的曾国藩行营去了。走出小客栈，李鸿章回头张望了一眼，心中轻松了许多。

不一会的路程，已到了那座古老的祠堂门前。曾国藩的老管家严泰笑吟吟地上前，向李鸿章拱手请安，道："恭喜李师爷今日上任了！小人在这里迎您多日了，房间已安排妥当，只等李师爷入住呢！"

李鸿章不觉脸上像火烧的一般,他听不惯这"师爷"的称呼,就如同受了污辱一样,极其含糊地答应了一声,跟随严泰进了大门。到了签押房门口时,李鸿章强打精神,又很自然地挺起了胸膛,见了恩师曾国藩。曾国藩讲了几句客气话表达了抱歉的意思后,所有的交代与陈鼐所传达的一模一样。李鸿章心里冰凉冰凉的。

曾国藩见李鸿章入了行营,也好像一块石头落地,心中踏实了。在李鸿章听训离去后,他目送着李鸿章的背影,自言自语道:"少荃呀,愚兄我正因为想让你入幕,才这番动了心计,要磨圆了你的棱角。没有老成世故的基本功,你是不能在官场站住脚的。这也算得我对你的一番苦心吧!"

李鸿章,好似一匹骏马,终于被曾国藩驯服了。既是端了曾国藩的饭碗,就要服曾国藩所管了。在行营里住下的第一个早晨,就发生了一件令李鸿章、曾国藩双方都不快的事情。

这件事李鸿章本来应该注意到的。恩师十分讲究修身养性,为自己,也为他的部下们规定了严格的"日课",其中包括吃饭有定时,虽在战争时期也不例外。而且,按照曾国藩的要求,每顿饭都必须等所有幕僚们到齐了才能开饭。差一个人,大家都不能动筷子吃饭。一个是湖南人曾国藩,一个是安徽人李鸿章,两人习惯不同。曾国藩是每天一起床,洗漱以后就要开早饭,早吃早点干上午应干的事情。而李鸿章的习惯则不然。这当中既有地方习惯,又有个人成长环境所形成。就地方来说,合肥地区的人们大多数是一起床,先做活,太阳老高了,才来吃早饭。而李鸿章家境富足,又以其不惯拘束的文人习气而晚睡迟起,对曾国藩这条"日课"规定,既不习惯,也不理解。

这是他当"师爷"的第一个早晨,太阳还未露头,幕僚们正坐等在饭营。不一会,曾国藩大步流星地到了。他刚要坐下吃饭,用他那三角眼一扫,就发现了新任"师爷"李鸿章未到。饭是不能开了,曾国藩皱了一下眉头,对陈鼐说:"去喊一下少荃,他可能还不知我的这个规矩。我是要利用与大家在一起吃饭的机会,讲讲话,叙叙事,不可不来!"

李鸿章头天晚上睡得迟了,一则心中的事情很多,翻来覆去睡不着;二则又不断有幕友前来聊天,互相认识了,话儿越扯越多,直到下半夜才昏昏睡去。陈鼐奉命去喊他吃早饭时,他还躺在床上呼呼大睡。

陈鼐摇醒了他,又掀掉他的被子,才把李鸿章领进了饭堂。他红着脸看了一眼大家,又走到曾国藩跟前请了安,才不好意思地在饭桌前坐下。

由于是第一次迟到,曾国藩只是用一副冷面孔点了点头,示意可以开饭。李鸿章闷闷不乐地吃了一顿早餐。饭后,他借口要去方便一下,一抹嘴走了。他实在想不通,幕中不是一线营寨,连吃早饭也要绝对定时,缺一不可,这何苦呢?自己既是佐理文案,少不了在今后要带晚做事,难道次日清晨就非要准时起床不可吗?再之,万一幕友们中间有人生病了,也得让他带病起床,去定时就餐吗?还有,眼一睁就叫人吃饭,没有口味,能吃得下去吗?对这个早餐问题,李鸿章在脑子中打了几个问号,很有抵触情绪。他决定试一试曾国藩。

这天早晨,他虽已醒来,但没有起床,而是继续蒙头躺在床上。他估计饭堂里的幕友们又在等他开饭,索性就是不起来了,让人来喊他。不一会,果然有严泰来催他起床,道:"李师爷,曾大人喊您速去饭堂呢!"

李鸿章道:"麻烦你转禀一声,就说我头疼得厉害,实在起不了床了,让各位先吃吧!"

严泰应了一声,无可奈何地走了。不料过了一会,曾国藩又派程桓生来了,还是催他起床一同吃早饭。李鸿章心中顿生怒气,心想:我已说了头疼,也算是特殊情况了。哪有如此不近人情的僵死规定?于是,他仍是推托不去,坚持说自己头疼。程桓生不好勉强,只好回到饭营向曾国藩如实禀报。谁知曾国藩早已猜到了李鸿章这是在耍滑装病,大动肝火,道:"今早就是去抬,也得把他给我抬来!"

陈鼐一看情况不妙,他深知曾国藩的脾气,立即起身自告奋勇,道:"容我去看看,把少荃叫来好了。"曾国藩点头应允,陈鼐小跑着冲进了李鸿章的房间,将他一把从床上拖起来,道:"你也是太浑了,难道要让这桩小事毁了你一辈子的锦绣前程吗?!"

如此接二连三地派人前来,是李鸿章所始料不及的。他万万没有想到,恩师把同吃一顿早饭看得这么重要。今儿哪怕是真的生病了,也定要他前去了。陈鼐的话分量很重,他听得出来,为这一顿早饭,恩师定是大发雷霆了。他到底还是顶不住了,翻身下床,来不及洗漱,披上衣服就跟陈鼐走了。他跟跟跄跄地进了饭堂,见曾国藩的脸盘早已气得灰白,低着头上前请了安,不声不响地坐到了自己的饭桌前。他哪还有心吃饭,把一勺稀饭往嘴里送,只用舌头舔一舔,就倒回了饭碗里。然后装作再舀一勺,再往嘴里送,再舔一下。如此反复着,别人都吃罢了,他还没有喝完一碗稀饭。

　　李鸿章拿眼不停地瞄着曾国藩,见他一言不发,其他幕友们也不敢言语,知是得罪了曾国藩。他感到这种气氛太压抑人了,自己不是在吃早饭,而是在受刑！他诅咒这该死的、必须定时来吃的早饭。心里只想早早离开,于是加紧喝了几口,终于把一碗稀饭灌到肚子里去了。他想起身就走,不想刚一动身,曾国藩重重地放下勺子,把饭碗向桌前一推,竟把还没有吃完的半碗稀饭泼洒在桌面上,厉声道:"李少荃慢行！你好像太随便了一些。既已到了我的幕下,我有一句话要告诉你:我这里崇尚的只一个'诚'字。无'诚'而不能成事！请你切记！"曾国藩说完,拂袖而去,把在座的人们都吓得不轻。

　　李鸿章从未听恩师直呼他的姓名,且当众如此严厉地训斥他,脸儿一阵红,一阵白,几乎是无地自容了。他立在饭桌前,呆若木鸡,不知该走,还是不该走。还是陈鼐走了过来,"同年"之谊,在这时更显得非同一般。他拉起了李鸿章,道:"没事的,没事的。曾大人就是这样,做学生的不应计较。"

　　李鸿章回到房间,想想真是可怕,但也不敢发作,倒是从自己身上检讨出许多不是来。他硬着头皮来找恩师,承认了错误,表示引以为鉴,改掉贪睡懒散的坏毛病,勤奋做事。从这天以后,李鸿章慢慢养成了早睡早起、按时就餐的习惯。

　　曾国藩并非是有意跟李鸿章过不去,只是在思想深处,是把他当做大有希望的学生来严格要求的。所以,当他发现李鸿章是真心承认错误,且从此再也不迟到了后,立即高兴起来,在饭桌上谈笑风生,妙语连珠。

　　这日饭后,曾国藩心情高兴,留幕僚们围坐一起聊天。李鸿章发现,幕友们都十分希望能多听一些曾国藩的讲话,一个个十分专注的神情,就像是小学生要听老师讲课了。

　　曾国藩把脸转向李鸿章,道:"人活靠精神,没有精神,心情长期闷闷不乐,是很可怕的！"

侍役替他泡了一杯茶,他喝了一口,道:"我不久前读了一本书,叫《灵枢经》。这本书上说,五脏已成,神气舍心,魂魄毕具,乃成为人。可见神乃人之君。而又一本书叫《素问经》,说得更绝了,认为得神者昌,失神者亡。少荃呀,想来这个道理于你是不难理解的。在京都时,我第一次见到你,是令尊文安公送你来的。我第一眼就觉得,你是堂堂一表人才,肩可担万民之重任,腹可藏安邦之良策。那时,我就对你格外留心了一些,所以才全力为你在学业上作一点指点。但这回来建昌,是久别重逢,我见你有些变了。你表现出了一种压抑在内心的精神不振,目光黯淡,恍惚不安,这便是失神的症状,我见了真为你焦心。"

李鸿章道:"恩师所言,一针见血。自京都回乡以后,一再遇到坎坷,久而久之,郁结在胸,精神便就低落了。只是门生尚不明白,精神是无形的,何以能像一件看得见、摸得着的有形的物一样,在心中积郁下来?"

曾国藩笑道:"这个问题问得好。凡病魔的起因,多数由于积郁。所谓积郁,就是指哪个地方因滞留而不通了。人有七情六欲,都可以导致人的积郁成疾。喜则气缓,怒则气上,忧则气凝,悲则气消,恐则气下,惊则气乱,思则气结,行气紊乱,这些都是导致积郁的根由。所以,应当加以注意。"

李鸿章又问:"自从回皖以来,常常夜不能寐,睡不安稳。即便睡着了,也是一个梦接一个梦,梦醒便天亮了。所以早晨往往起不来,耽误了与恩师共进早餐。请教恩师,这是为什么?"

曾国藩瞧了一眼李鸿章十分虔诚的面孔,缓缓答道:"人为什么会夜不能寐,也是七情所伤之故。情志伤于心则血气便不知不觉地被消耗了,神不守舍;伤于脾则食欲减小,消化不足,营血亏虚,不能上泰滋养于心,心失所养,以致心神不安而夜不能寐。人的各种情状都是要消耗精血的,精血供应不上,血不养心,也容易夜不能寐。所以,《景岳全书》上说:'凡思虑劳倦,惊恐忧疑,及别无所累而常多不寐者,总属真阳精血之不足,阴阳不交,而神有不安其实耳。'少荃呀,你夜夜多梦,是因为思虑过多、心思太重所致;思虑过多了,则心血亏耗,而神游于外,这样才会多梦。"

在场的人都感到受益匪浅,李鸿章更是觉得恩师知识面超人,无人能比。他又问道:"恩师所言,切中学生实际。然学生今年还未至不惑,却落下个精力亏欠的毛病。请问恩师,若积郁也算得一种病,可有药能医?"

曾国藩道:"少荃呀,你这种情状,多数人在事业不顺时都会有的。情志不正常了,人才会精力亏欠,形成积郁。若一切都正常了,此症状自然消除。无情的草木,岂能医治有情的疾病呢?愚兄我送大家一个字:静!这'静'字作用非凡,可医积郁之疾。清静天下正,如果为名、为利、为妻室、为子孙以致为我们目前的剿匪之事,心静不下来,就是不治了。要治,必须心静。然而这世上又有几个人能凡事都静得下来呢?静不下来也不要紧,只是尽量超脱大度,能静则静,拿得起,放得下。芝麻粒大的小事也放在心里,这就是能静不静了。人须想得开,但绝不是凡事都无所谓、无所为。讲的只是尽可能排除俗念,不为俗事所累。"

李鸿章反反复复地咀嚼着恩师曾国藩的见解,字字入心,觉得他句句在理。细想起来,从曾国藩身上,他得到的教益太多了。而自己的学术见识、道德修养,与恩师比起来相差太远了。李鸿章想到来湘军后的言行举止,有些后悔了:曾国藩对自己或许正是精心训导,尽力雕琢,陶冶自己的志气,培养自己的才能,用心良苦,应当铭记遵行。而自己以一孔之见,计较在心,差点儿枉费了恩师的一片好心。

在曾国藩看来,几天里,李鸿章好像换了一个人。在一些方面有了许多脱胎换骨的转变。精神好了,腿也勤了,手也快了,脑也灵了。当然,李鸿章素有才气,善于把管行文,批阅公文,起草书牍,极为得体。尤其是代为拟定奏折,大有过人之处,比陈鼐、程桓生等都技高一筹,深受曾国藩的赏识。曾国藩曾不止一次地当众夸奖李鸿章:"少荃天资聪明,文才出众,将来一定大有作为,青出于蓝而胜于蓝,也许会超过我的哩!"

李鸿章心里如同灌了蜜一般,更加发愤,更加勤恳。他甚至学起了曾国藩,写起了日记,将恩师的言语训导和个人感受一一记下。一日,他对曾国藩动情地说道:"门生这一辈子,是无论如何也感不尽您的恩情了。从前辅佐诸帅,茫无指归。而恩师您对于学生来说,就是指南针,令我受益无穷。"说着,他捧出自己的日记,递到曾国藩面前。曾国藩翻开一页,只见上面写道:

"在营中,我老师总要等我辈大家同时吃饭;饭罢后,即围坐谈论,证经论史,娓娓不倦,都是于学问经济有益实用的话。吃一顿饭,胜过上一回课……"

曾国藩看到这里,三角眼眯了起来,用手指刮着胡须道:"你能如此知一个好歹,愚兄我亦心满意足了。"

这日,曾国藩把李鸿章召进自己的房间。他用欣赏而又锐利的眼神打量一下李鸿章,道:"少荃呀,你佐理文案有多少日子啦?"

李鸿章恭恭敬敬地回答道:"禀告恩师,学生当差到明天才满一旬。"

曾国藩笑道:"你猜猜看,我今日找你前来,有何事商议?"

李鸿章见曾国藩捋着胡须,一副气定神闲的样子,脑瓜儿打了一个转,道:"我想是又要给皇帝草拟奏折了,禀报出军皖中事宜!"

曾国藩笑着摇摇头,否定了。

李鸿章把眼珠转了几转,道:"那么,我猜想一定是要派我去前线大营听差了。"

曾国藩这才投出一丝赞许的目光,道:"少荃果真绝顶聪明,虽不是猜得很准,但基本上八九不离十了。我在为你派出佐理文案的差事后,心里就明白,你对这个差事是不乐意的。只不过碍于情面,不好拒绝。心中或许在想,干一段时间再说。我的幕府不是你长久之地,依你的才干,有一天统率三军也不是不可能的事情哩!"

李鸿章道:"恩师过奖了。学生不才,怎敢设想统率三军之事?"

曾国藩道:"少荃哇,你说的不是心里话吧?依我看,你不必谦虚得过分了。过去我认为你过于才高气盛,今天怎么突然觉得自己过去是错了。我是信奉'自知不自见,自爱不自贵'的。满招损,谦受益的道理固然不错,但凡事战战兢兢,如临深渊,如履薄冰也是不对的。必要时,就须敢为天下先,担当重任,在所不辞。"

李鸿章把头儿直点,笑而不言。

"少荃哇!"曾国藩转而提高了嗓门,像宣布一项重要决定似的,郑重说道,"长毛贼作乱以来,东南不保,几省民众深受其害。虽经我湘军几次打击,却元气未有大伤。我想来想去,觉得左宗棠先生有一个建议极好:编练皖北马队,附于湘军。这样,我湘军不仅有了水、陆二师,还有了马队,快速作战,军种齐全,用场就更大了。这个想法,我也同湖北巡抚胡林翼商议过了,他也非常支持编练皖北马队。因为,要进军安徽,且在那里站住脚跟,就要有与长毛贼及那儿的捻匪抗争的实力。皖中的长毛贼和捻匪多数骑马作战,马队多而凶悍,湘军如果没有马队配合,难以制胜。所以,我已下了决心,准备从东北购骏马三千匹,编练皖北马队。"

李鸿章惊道:"一下子购买三千匹呀?当然,编练马队确乎是当务之急。那儿的长毛贼与捻匪,学生我都与他们打过交道。尤其是捻匪,主要是马队作战,一阵风而来,一阵风而去。湘军既然要进军皖中,没有马队的确不行。学生只是不知,恩师准备派谁去担此重任?"

曾国藩哈哈大笑,但并不急于正面回答,而是转弯子往正题上讲,道:"最近,我与左宗棠先生又一次商议,联名给皇帝上了一道奏折,要求创办马队。朝廷已正式谕令:尽快择定人选,斟酌采马三千,编练成军。有了皇上这道谕令,编练马队便成了名正言顺之事。所到之处,各省、府、州、县均会给予扶助,有人出人,有钱出钱,还愁马队编练不成吗?至于谁来担此重任?那么,我郑重地告诉你:由你来主持编练皖北马队。万望贤弟不要推辞,尽快领命上阵!"

李鸿章心中又惊又喜。这么些年来,他盼的不正是这一天吗?他早已厌倦了舞文弄墨的差事,宫廷堂堂正正的翰林编修都不干了,他对眼下的佐理文案的差事自然没有兴趣。他希望的正是名正言顺地主持一军事务,指挥千军万马。曾国藩在做出这个决定前,也是看透了李鸿章这个心思。所以,根本不考虑他会拒绝。说来也怪,当李鸿章听了曾国藩郑重的宣布以后,虽是喜在心头,但很快冷静了下来,双手向前一抬,恭敬地向曾国藩施了一礼,道:"恩师对学生的栽培,鸿章永世难忘,感谢不尽。只是编练皖北马队一事,既已获皇上恩准,事情就无比重大了。学生虽已有了几年协办团练的经历,但仍然缺少经验,没有把握。因此,恳请恩师从我的实际考虑,仍把我放在幕下效力。至于编练马队,还望另选高明吧!"

李鸿章这个回答,自然令曾国藩大吃一惊。但李鸿章毕竟在自己幕中,非同上街巷里买菜,可以讨价还价。因此,在李鸿章拒绝以后,曾国藩仍不气馁,且态度坚决,道:"少荃呀!我看此事你就不用推辞了。

225

我做出的决定是经过慎重考虑的,且已与左宗棠大人、胡林翼大人都商量过了。让你出阵主持编练皖北马队,是几位大人的共识。你就接下这个差事吧!事成之后,奏到皇上那里,保准能有你一份实实在在的名分。弄了个二品、三品的大员干上以后,只要别忘了我们这几个伯乐就行了!"

李鸿章低下了头,思索了片刻后,说:"感谢了!但鸿章实在没有能力领此重任。如果硬是想让鸿章我去试试,我也不敢坚辞。只是大哥李瀚章又到南昌去了,家母也在那里。可否容我快去快回,与我大哥及家母商议一下,征求一下他们的意见。这样,我心中还有一些底,届时定会给恩师一个回答。"

话已说到这个分上了,曾国藩对李鸿章这点要求也不好坚决回绝,道:"那就这样吧!你明天就去南昌,把我的想法如实向令堂、令兄禀告一声,争取他们的支持,尽量不要打退堂鼓哟!"

次日,李鸿章带着极其复杂的心情去了南昌。令李鸿章吃惊的是,哥哥李瀚章在听了鸿章的一番想法以后,竟然同意拒绝曾国藩的派遣。道:"此事非同小可,胜败难卜。而且,据我的分析,如要此行一去,可能是凶多吉少。你已不好坚辞了。这样吧,由我来出面,代替你给曾大人致函一封,婉言拒绝了吧!"

于是,李瀚章当天写下书信一封,言明鸿章经验缺乏,信心不足,还是另派他人。

曾国藩很快见到了李瀚章代弟辞谢的书信,十分恼火,骂道:"一对糊涂蛋!"他也立即抓起笔来,给李氏兄弟二人复信,言辞激烈,几乎是在命令李鸿章必须遵命,尽快亲赴安徽亳州一带,招募善骑之勇。如果确有困难,难以在短期招足三千,可先招一千人,五百人也行。总之,一定要把马队编练起来。

李鸿章不好推辞了。他已尝过曾国藩发火的滋味,估计如果再次拒绝,必然从此要与曾国藩、与湘军分道扬镳了。而"以曾为山"就会化为泡影,自己的远大前程或许就无从谈起了。

李鸿章决定应命。他派小弟昭庆先行一步,赶到安徽亳州去招募马勇。计划待有了眉目后,自己才届时前往,把皖北马队办起来。曾国藩批准了李鸿章的计划。但李昭庆到亳州转了一圈,灰溜溜地逃回来了,报告说:"两淮地区的长毛贼与捻匪已经联合起来,协同作战,声势很大,清军处于被动挨打的地位。亳州一带局势动荡不安,青壮的汉子不是投奔了长毛贼,就是投奔了捻匪,许多村庄找不到一个青年男子,几乎全是老、弱、病、残和妇女、儿童,招募马勇十分困难……"

曾国藩其实也早有耳闻。洪秀全自天京内乱、石达开出走后,并没有遭受灭顶之灾。他尚有复兴的条件。就在曾国藩要李鸿章去皖北编练马队时,洪秀全在金陵城里大集群臣,一个重要的军事会议刚刚开完。洪秀全要求所有将士信心再树,大展宏图,道:"朕之天京及天国政权,对天朝所辖广大地区之民众尚有较强的凝聚力。陈玉成、李秀成等一批杰出将领脱颖而出,还有一大批老将再显神威。朕坚信,天朝大业一定会迎来新的辉煌!"

洪秀全果然仍具有号召力。超出太平军所有将领意料之外的是,人们以前难见洪秀全一面。在杨秀清执掌军政大权时,许多人私下里只把洪秀全看成是一块毫无内容的招牌。但如今经历了磨难,方显出英雄本色。他果然不同凡响,一代君主之气!这次军事会议上,众将领纷纷对洪秀全立下誓言:定与太平天国共存亡,与清军、湘军决战到底!洪秀全就此提醒各路将领,太平军的劲敌已非是清军,而是曾国藩的湘军。

得知曾国藩要进军皖中后,洪秀全决定把重点兵力放在安徽,以保护天京的这个大后方。按照洪秀全的命令,此时陈玉成、李秀成率大军在皖北一带与清军周旋。两支太平军有分有合,英勇顽强,屡屡将清军打得四处逃奔,疲于奔命。已经率兵出走的石达开深感遗憾:他未能带走陈玉成、李秀成的这两支能征善战的队伍。

其实石达开出走时,曾派人给陈玉成、李秀成送去约书,希望陈、李二人率部同他一起出走。陈、李二人却认为:翼王如此率众出走,是分裂无疑矣!尤其在太平军处于危难之时,分裂是有害的,也是不道德的。所以,陈玉成、李秀成态度坚决地留在了洪秀全一边,不理睬石达开。石达开又游说在彭泽湖的守将赖桂英、湖口守将黄文金等,他们均没有答应石达开的劝说。所以,石达开出走,一方面毁坏了石达开自己的名声,另一方面反而激起了太平军其他将领的团结精神。在皖中,陈玉成、李秀成等不仅巩固了无为、巢县、芜湖、东梁山等大片地区,还发展了和州等一批囤粮基地,打通了两浦通道。

洪秀全对石达开是有些感情的。石达开出走后,清军以为机会到来,出动两万兵马要围攻镇江。洪秀全一时无策,忽有左右向他建议,道:"二十万主力大军已被翼王带走。而这二十万大军都是天王您长期招募而成的,正所谓前人栽树,后人乘凉。今日镇江被围,天王不妨求他一求,好作试探。如果石达开肯援,一则可缓解镇江之危,二则有希望让他重返太平军。"洪秀全认为此话有理,亲书诏令一封,让人日夜兼程送到安庆,交给了石达开。

石达开见洪秀全来令,冷笑道:"回去禀报你们的洪天王,我已不再是他的什么翼王,与他毫无关系了。他走他的阳关道,我走我的独木桥。我今军务在身,恐不能驰援镇江!"

石达开拒绝援救镇江,洪秀全也就死了这条心。于是想到了李秀成,要李秀成出兵驰援镇江。李秀成遵命,正要开赴镇江时,忽得到密报:石达开已离开安庆进入江西境内,想在江西落脚。临离开安庆时,石达开道:"此乃洪秀全所占之城,井水不犯河水,本帅没有替他守城的义务!"

此言传到洪秀全的耳朵里,洪秀全更加明白:盼石达开悬崖勒马,回头是岸已经不可能了。于是,他宣布:自己自任军师,统一督战,重振太平军威风。他决定恢复五军主将制,以蒙得恩为中军主将,陈玉成为前军主将,李秀成为后军主将,李世贤为左军主将,韦俊为右军主将。蒙得恩兼任正掌率,陈玉成任副掌率,李秀成任又副掌率兼提兵符令。

各得其位,各谋其政,一班新的领导集团心情舒畅。李秀成出兵镇江,虽未能保住镇江城,但却冲开了清军的封锁,把城中的三四千太平军将士救了出来。这时又回军安徽,在亳州一带来往征战。李秀成还亲书信函,与捻军张乐行取得联系,虽各自为军,但也可协同作战。张乐行虽人多势众,但与太平军相比,自觉是小巫见大巫,加之在民众之中,名声也不如太平军受欢迎,故心中早有与太平军联合之意。接到李秀成来信后,正中下怀,爽快答应,于是把整个皖北地区搞成了太平军与捻军共同经营的天下,清军毫无立足之地。所以,李鸿章派小弟李昭庆去亳州筹办皖北马队,差点儿自投罗网,丢了性命。

李昭庆空手而归,没有募得一个兵勇,让曾国藩顿感失望。但这个局势并非李昭庆编造，加之李鸿章也毫无信心，只好暂时把编练皖北马队的计划放弃了。

五月里，曾国藩移军抚州，李鸿章仍作为佐理文案的师爷到达抚州。六月，湘军在江西好戏连台，一路攻破袁州、瑞州、临江、吉安等地。这会儿曾国藩稳坐抚州，指挥各路湘军扩大战果，计划在扫平了江西之后，一举攻入皖中。

太平军这边，江西处处失陷把洪秀全搞得晕头转向。可气的是，石达开就在江西，一直是见死不救。那日，湘军刘腾鸿率兵攻打瑞州，石达开就在瑞州旁边，是眼看着瑞州失陷，仍一枪不发，袖手旁观。直到太平军在瑞州全军覆灭，他才移军而去。洪秀全感到，石达开是在看他的笑话。

石达开见湘军在江西一路势如破竹，便把难题丢给了洪秀全，躲开曾国藩，撤出江西，专找自己曾驻扎过的地方走。他想以此在太平军占领区为自己讨个公道，解说自己，宣传自己，扩大自己。他每到一处，总是沿途广贴布告，这么写道：

> 为沥剖血诚，谆谕众军民。
> 自恨无才智，天国愧荷恩。
> 唯矢忠贞志，区区一片心。
> 上可对皇天，下可质古人。
>
> 去岁遭祸乱，狼狈赶回京。
> 自谓此愚忠，定蒙圣君明。
> 乃事有不然，诏旨降频仍。
> 重重生疑忌，一笔难尽陈。
>
> 用是自奋励，出师再表真。
> 力酬上帝徒，勉报主恩仁。
> 精忠若金石，历久见真诚。
> 唯期妖灭尽，于志复归林。
>
> 为此行谆谕，遍告众军民。
> 依然守本分，照旧建功名。

或随本主将,亦足标元勋。

一统太平日,各邀无恩荣。

石达开无非想告诉各地太平军和百姓,分裂的原因是洪秀全"重重生疑忌"使然。他要为自己洗一个干净的身子。石达开撤出江西,目的就在于避开曾国藩的湘军。曾国藩看得清楚,扬扬得意,也不把石达开放在心上。

石达开一路游说,还真的从太平军占领区里挖起了六七万之众。但石军中一帮嫡系将士,多已年迈体弱,或早已厌战,便要求回乡。石达开一想,这些要求也在情理之中,便令发放些银两给他们作盘缠,同意他们回原籍种地养家去了。出乎石达开意料的是,就在一个皎月当空的夜晚,曾在许多战场上与石达开合作过的老将杨辅清却率部下不辞而别,回金陵去了。石达开得报后一惊,但也只好随他去了。

一八五九年一月,咸丰九年十一月,石达开分军两路进入湖南,到了宝庆府城外。湖南巡抚骆秉章亲自率兵抗击,石达开攻城达两月之久,也未能攻陷。自与洪秀全决裂后,石达开只知出走,却不知哪儿可去,去了又干什么。故他每到一地都举棋不定,终无定日,夺一城,又弃一城,占一地,弃一地。在宝庆城下,他思考良久,这才拿定了主意:率军入川,在四川开辟一块新天地,建立一个新王国。石达开的计划能否实现,尚是后话。曾国藩把他看得清清楚楚,放下宽心,忙于自己的事情。

已是一八五九年六月了。李秀成从皖中率军来攻景德镇,曾国藩暗吃一惊,预感到太平军要反扑江西,便紧张起来。此时景德镇由张运兰率湘军所部坚守,兵员不多,危在旦夕。曾国藩急派曾国荃率部往援,并命李鸿章同往。曾国荃作为曾国藩的胞弟,自然也是曾国藩的嫡系了。倘不是如此,李鸿章或许会欣然领命的。而与曾国荃同往驰援景德镇,自己当然只是个配角。心高气盛是李鸿章固有的特点,虽然曾国藩再三调教,仍难以改变。李鸿章希望独统一军,不愿寄人篱下,去为他人做嫁衣裳。于是,他找到曾国藩,希望恩师为他另派一处,不愿与曾国荃一同出征。

曾国藩恼火了,对其骄虚之见十分不满,道:"这回你是愿意也得去,不愿意也得去!"说着,竟亮出皇上的谕旨,令其立即起程。李鸿章不敢抗旨,又感戴曾国藩是有意重用自己之恩,才决计遵命前往了。

就在这个时候,石达开要率大军挺进四川的消息传到京城。咸丰皇帝惊慌不已,立即给湖广总督官文下令:堵截石贼入川!官文急得束手无策,来找胡林翼商量对策。胡林翼想到了曾国藩和他的湘军。他建议官文奏明圣上:命曾国藩率军入川,防堵石达开。胡林翼本来打算借此为曾国藩谋取四川总督一职,帮曾国藩一个大忙。长期以来,胡林翼在心中也为曾国藩打抱不平:你朝廷搞得什么名堂?!曾国藩人才出众,功不可没。那些无功无德无能的混混们都不断地得以升官发财,而对于一心报效朝廷的曾国藩却只让他干,而不让他有个名正言顺的职位。事已至此了,还叫他以一个侍郎的身份在统领湘军。正所谓:"人怕出名,猪怕壮","树大招风","枪打出头鸟"!因此,胡林翼见四川危急,暗中劝说官文,为曾国藩保举一个川督的职位,令湘军入川堵截石达开。

不料,咸丰皇帝的谕令下来:令曾国藩率湘军入川,但却只字不提川督一事,不肯授予曾国藩实权。

朝廷对他的猜忌、慎用之心,曾国藩自己心中如明镜似的,看得清楚。咸丰命令他入川,他自然不愿前往,立即要李鸿章代为起草奏折,道:"兵力太单,难以入蜀,且景德镇未克,不可遽行抽动……"

在曾国藩身边的这些日子里,李鸿章在实实在在的军旅中,亲身体验了恩师所遭遇的酸甜苦辣。他于一旁细细地品味,慢慢地咀嚼,终于看清了朝廷在任用曾国藩问题上的奥秘。李鸿章想起自己在故乡时,与那些地方官军、军中将领们的龃龉斗法,以及后来与福济等人的凿枘不合和争强斗胜,不仅涌起了一股忧伤之情,从心中同情和支持曾国藩的决定。这些事情如果不是亲眼所见,甚至亲身经历过来,他李鸿章在书斋里,在书本里是无论如何也是设想不到的。他意识到,人与人之间的争强斗胜,朝廷与臣民之间的猜忌,官与官之间的凿枘不合是一种悲剧的根源,它们对事业的损害,有时是非人力可以抗拒的。既然以直接的、以强对强的手法有时根本行不通,那么,不妨采取迂回的、间接的、柔弱的方式来达到目的。李鸿章向曾国藩讲了自己的想法和见解,支持曾国藩拒绝入川的设想。

李鸿章还以自己的名义给正在皖南督办军务的张芾写了一封情意真切的书信,请求张芾奏明朝廷:请求朝廷将曾国藩留在江西。因为江西不保,皖中也就无救了。张芾给了李鸿章一个面子,以自己的名义递上奏折。但咸丰皇帝哪管这些?他下旨催促曾国藩限期入川。

曾国藩无奈,与李鸿章等商量,带兵打算从湖北入川,去防堵石达开。曾国藩与李鸿章移军到了武穴。曾国藩决定亲笔给湖广总督官文写封信,请求他出面再次奏请朝廷,暂缓入川而进军皖中。这官文是满洲正白旗人,出身军人世家,年纪轻轻时便作了殿前蓝翎侍卫,屡升迁至头等侍卫,出为广州汉军副都统,走的是满洲贵族子弟的特权道路。可谓一帆风顺,青云直上。他是接替杨霈就任湖广总督的。此人于游冶享受样样精通,就是对打仗、治民一窍不通。曾国藩正是看到了官文这个弱点,不与他作对,而想利用他,以达到自己的目的。

曾国藩把给官文的信刚写好,李鸿章来见,道:"恩师慢点,我看还是您亲自到武昌去一趟,当面陈述。而且此行有一个理由:学生听说过几天是官文三十岁的六姨太生日,总督衙门向武昌官场大发请柬,要为他的六姨太热闹一番。您不如借机前去凑一份热闹,把事情办了!"

曾国藩大喜,道:"少荃呀,你又成熟了许多。此次你陪我共同前往,正好也可借机结识一下这些要员们!"二人商量已定,备下重礼,就向武昌赶来。

官文在武昌要为六姨太办生日,请柬是发了许多,但湖北司道府县的大部分汉人官员平日里对官文并无好感,心想你年轻的毛头小伙,摆什么阔气。所以,官文六姨太生日这天,日上三竿了,总督衙门仍是冷冷清清,无大员要人登门。官文着急,六姨太气得嘤嘤哭泣。正在这时,几顶绿呢大轿抬来,前面仪仗森严。一个家丁飞奔来接,曾国藩递上名刺,管家一看,喜出望外,连忙进府报告官文。官文高兴极了,亲自到大门外迎接。

曾国藩、李鸿章进了总督衙门。不一会,湖北巡抚胡林翼也到了,他还带来了湖北藩司、臬司、粮道、盐道、汉阳知府、武昌知府等。官文得这样一个脸面,高兴得合不拢嘴。

酒足饭饱以后,由胡林翼从中撮合,官文满口答应上奏朝廷。这回理由也很充足,原来石达开率部到达宝庆城下时,两个多月攻不下这个城池,他心灰意冷了。石达开左右向他建议:"既然我们并无定地,此地攻不下,也不必强求了,还不如另选他路。"石达开接受了这个建议,于不久后自东安、新宁由南路折回广西。在广西这块太平军的发源地,石达开攻打桂林又徒劳无功,于是放弃桂林向西南移军。到十月十五日,石达开终于攻克了庆远府,于十一月二十三日再克宾州小城。石达开本人驻守庆远府,有两座小城,使他的大军基本上可以安顿下来。在庆远府,石达开有了新的打算:改庆远为龙兴,意欲借"龙兴"两字讨个吉利,在这里建立一个独立王国。至此,他决定不走了,入川之事丢之一边。

石达开既然放弃了入川,官文奏折递上,咸丰皇帝当然也改变了主意,令曾国藩停止入川,会剿皖贼。

在武昌一蹲十多日,曾国藩、官文、胡林翼及李鸿章亲亲热热,沟通了信息,深化了感情。李鸿章更是机会难得,在这些朝廷要员那里赢得好感。他们商量了计划,决定共同配合,四路进军安徽,而其中心目标是夺取安庆。曾国藩负责从宿松、石牌进军安庆,李鸿章仍跟随曾国藩,一边佐理文案,一边协办军务。

武昌此行,很快有了结果。官文仅在奏折中提了一句,咸丰皇帝便准了他的保举,实授李鸿章为福建延建邵道,即刻就要上任。终于有了一个实际的职务了,李鸿章心头一喜。但前往福建任职,李鸿章为难了:一则离家乡太远;二则在曾国藩的湘军里刚刚才干出一点名堂。如去福建,便打破了自己"以曾为山"的计划。

曾国藩正好也有挽留李鸿章的打算。他见李鸿章并不想去福建当道员,顺水推舟,给朝廷上了一份奏折,声称急需李鸿章在湘军里协办军务,目前进军安徽也是赞襄需人,李鸿章又系皖籍人氏,请求朝廷将李鸿章留在军中戎幕。

咸丰皇帝这一回答应得爽快。与此同时,更让李鸿章窃喜的是:官文、曾国藩都在奏折里提到他李鸿章的大名,咸丰皇帝开始对李鸿章耳熟了。一旦有一天被皇上想起,那远不止一个道员的升迁了!李鸿章的心情从来没有像现在这样轻松愉快。他兴致勃勃地跟随曾国藩自黄州东下援皖,驻军安徽宿松,与屯军太湖、潜山的陈玉成所部的太平军相峙。

在清廷里，攻打天京，一举歼灭太平军已成为既定方针。然而如何歼灭，在清军内部尚存在分歧。诸路将领各执己见。有人主张调集全国各路主力，强攻金陵；有的主张先断其枝叶，再捣取根本，即先攻占金陵附近及外围的太平军驻守大军，吃尽外围之兵，最后再团团包围金陵。还有人坚持认为，攻天京，打外围，不可不把石达开考虑在内。万一石达开二十万人马向清军反包围过来，必定难以攻破金陵。所以，他们认为应先吃掉石达开。

　　清廷各路将领争吵不休，一直坐不到一张桌子上来。故攻打金陵之事迟迟不能决断。然而清军几路人马已屯于金陵附近，又有当年江南、江北大营之势。清提督、巡抚张国梁，总兵李若珠已进驻金陵城东的高桥门；副将张玉良进扎城东钟山一带；总兵傅振邦、虎嵩林进逼城南秦淮河岸的秣陵关一带。而和春又立大营于孝陵卫南沧波、高桥两门之间的小水关，并在城西、城南、城东一带挖掘长濠，坚筑高垒，自水西门向东，经通洛、太平诸门，北达七里洲，战线长达百余里，对金陵形成了比当年江南、江北大营更加严峻的包围态势。

　　到了一八六〇年初，清廷才定下"上下夹攻，南北合击"太平天国的战略决策，命令江南大营和曾国藩的湘军分别围困金陵、进攻安庆、分捣桐城。而洪秀全自然知道自己的不利局面，采取了先救天京，后保安庆的方针。

　　咸丰十年五月的皖北宿松，湘军各路将领云集在曾国藩的行营。曾国藩在这里召开一个重要的军事会议。会议盛况空前。李鸿章到了宿松以后，主要是帮助曾国藩襄办军务了。他是满面春风，一副神采飞扬的样子，马不停蹄地奔波在各路大军之中，上传下达，忙得不亦乐乎。李元度主持曾国藩的营务处，也很有起色。而更让曾国藩愉快的是，曾与自己有过一段龃龉交往的左宗棠也从湖南赶到了宿松；李鸿章大哥李瀚章也应召从南昌来皖。还有湖北巡抚胡林翼同样是准时抵达宿松，专程来参加会议，商议进兵方略。

　　湘军中，原老将江忠源、罗泽南、李续宾、塔齐布以及在李续宾营中参谋军事的曾国华早年殉难以后，后起的湘军将领曾国荃、曾国葆、鲍超、李续宜等也开始崭露头角，成长、成熟起来，这会儿已各带兵马驻扎在宿松城外。还有曾国藩的水师，有杨载福、彭玉麟等，都从长江两岸赶到了宿松。如此济济一堂,水陆齐集,群英毕聚,在湘军组建以来,是绝无仅有的一次盛会。李鸿章正是在这个会议上,才第一次拜见了大名鼎鼎的左宗棠。

最热闹的场所自然是曾国藩的行营了,彩灯高悬,红旗招展。有些不知情的人还在纳闷:曾国藩为何把一次本不该铺张浪费的军事会议办得如此隆重?原来,这里面别有一件好事:曾国藩终于当上两江总督了!

是年五月间,李秀成、陈玉成在洪秀全的命令下,联军一举击溃了再度恢复起来的清军江南大营。在此之前,洪秀全专门把李秀成传进金陵城,道:"如今九江早已失陷,安庆看来也十分危急。自今年一月初开始,天京附近清军大营林立,增兵数万,层层叠叠,比当年江南、江北大营来势更猛。我天京又遭重围了。朕想调各路兵马回京勤王,不知你意下如何?"

洪秀全对李秀成,显然比以前任何时候都尊重得多,只是在使用问题上,往往是更看中陈玉成。为此,李秀成心中早有不快。论年龄,陈玉成是个地道的毛头小伙;论战功,李秀成比陈玉成贡献大。但在洪秀全的眼中,陈玉成始终比李秀成职高一级。李秀成是个直性子人,在这一点上的不服曾多次向洪秀全吐露过。此时听洪秀全讲这一段话,道:"非臣弟固执己见。现天京城外各地太平军大多自顾不暇,如果下令调回勤王,就等于要他们放弃天京城外占领区。既然放弃,天京便是孤城,必遭一举被歼。所以,臣弟以为正好相反,不是回京勤王,而是尽可能地增加京外兵力,到周围扩大兵源,牵制敌军,以鼓舞士气。等到时机成熟,再回师解天京之围。"

洪秀全对李秀成的主张,虽心中不快,但也无法反驳,因而被迫同意李秀成到京外作战。李秀成只带所部少量兵力,到皖北一带谋求与捻军张乐行合作。此时张乐行已发展为十多万兵力,争取了捻军配合,便等于扩大了兵源。李秀成提出:"视捻军为己军,扩大联合,扩充队伍,共击妖军!"

李秀成的主张得到张乐行的拥护,洪秀全得知与捻军联合成功,十分高兴,下诏书犒赏捻军首领张乐行、龚得澍、刘学渊、刘玉渊等人。李秀成完成扩充兵源的计划后,立即回师金陵,先破浦口,再攻江北,仅二十多天，就攻占了江北沿岸的江浦、天长、六合、扬州等城镇。

江北失利，使咸丰皇帝大为恼火，急令曾国藩夺取失地。湘军各路兵马出动，接连又从太平军手中夺回了黄梅、潜山、石牌、桐城、舒城等地。

这次争夺战使咸丰皇帝看到：要对抗太平军，还得依靠曾国藩。江南、江北大营的设立，本身就是咸丰皇帝与曾国藩矛盾的产物。咸丰皇帝原是想摆下一种阵势：看，没有你湘军，我一样由江南、江北大营的清军把洪秀全看得死死的。当江北、江南大营再次被破，而且李秀成、陈玉成取胜以后，还大举向东进犯，矛头直指苏杭，这使得咸丰皇帝"靠湘军出力，清军收功"的计划破产。咸丰皇帝不得不正视曾国藩湘军的力量和应有的地位，依靠曾国藩来支撑危局。所以，于六月初给曾国藩兵部尚书衔，署理两江总督的军政实权。军机处以罕见的八百里加紧廷寄谕旨，道：

奉上谕：苏、常已失，东南大局糜烂，曾国藩着先行赏加兵部尚书衔，迅速驰往江苏，署理两江总督。目下军情紧急，曾国藩素顾大局，不避艰险，务当兼程前进，次第收复失陷地方，重整军威，朕实有厚望焉。

这个职位，是曾国藩朝思暮想的，也是曾国藩自出山主办团练以来所得到的最高职位。按理说，曾国藩该心满意足了。但今天的曾国藩接到军机处廷寄的谕旨后，虽说也笑容满面，心里面却是酸楚的。太平军攻陷江南、江北大营，又陷苏杭，宿松行营上下便已预计到：收拾东南败局的难题必然推给曾国藩不可了。让曾国藩署理两江总督，更是在意料之中。如若东南局势还有一线希望，或绿营兵中还有一人可以担此重任，咸丰皇帝都不会赏给曾国藩这个头衔。可是说，让曾国藩署理两江总督是咸丰皇帝迫不得已而为之的。曾国藩此时是受命于危难之时，太平军与捻军合作更进一步，力量成倍增强，令曾国藩在接了这一职位后不寒而栗。前景未卜，可以说是凶多吉少。更何况，从当年谕令署理湖北巡抚，到今天署理两江总督，已时隔六年之久，咸丰皇帝所给予的封赏未免也太迟了一些！曾国藩在心中油然而生出了一股被玩弄的反感。

但他手下的文武将佐却全然不理会他内心的辛酸与不快,借宿松大集群雄开会之机,大操大办,以示庆贺。

李鸿章对恩师的升迁尤为兴奋,仿佛觉得自己也得到了攀龙附凤的机会,从此前途无量了。他激动地掉下了热泪,对恩师一再表示道贺。曾国藩说:"事情不是已经明摆着吗?朝廷业已无路可走,无技可施了。给一个头衔对皇上来说,仅是一行字,一句话,而对于我们来说,或许是被推上了绞刑架,被推进了深渊。好果子是没有我们吃的。连和春、张玉良这样的大老粗,既无战功,又无科举之才,都早已捞了个钦差大臣当当,却偏偏不授予我实权。真正是干的不如站的,站的不如看的,看的不如捣蛋的!"

李鸿章劝道:"无论如何,让朝廷最终觉得,这些事非您曾大人不可,也就值得了。还有许多人,一生忠心耿耿,到头来含冤而死,那不是更辛酸吗?'人比人,气死人'!这是我们合肥的土话。依我看,比,是要比的,但不跟别人比幸运,只跟自己比变化,纵向一比,或许就想通了。"

曾国藩道:"贤弟所言极是。但这次谕旨下来,心中依旧黯然,也是无法回避的。朝廷对我疑忌很深,由来已久。而我却不可抗旨,还得奉命行事,这也是必然。贤弟放心,我讲归讲,干还是要干的。所以才决定召开这次军事会议,全面商议进军事宜,这本身就是一种使命的催促,叫做'明知山有虎,偏向虎山行'啦!"

宿松军事会议,因为左宗棠的到来达到了高潮。就是这样一位自视甚高,不把曾国藩放在眼里,书札往来一律称曾国藩为兄弟的左都老爷,来宿松前也获一喜:被咸丰皇帝赏给四品京堂的虚职,令其来湘军中为曾国藩襄办军务。左宗棠连自己也未曾想到,冤家路窄,撞到曾国藩门下来了。曾国藩虽对左宗棠多有抱怨,但于心中,还是挺佩服他的才气的。此人反应敏捷,熟悉形势,精于运筹,在湘军内外和湖南官府上下,享有很高的声望。宿松会议开始前,一班将领听说左宗棠奉旨来到了湘军之中,倍受鼓舞。大家争先恐后,都想尽早一睹这左都老爷的风采。

这天,李鸿章及大哥李瀚章、曾国荃、曾国葆兄弟俩和李元度等人,

237

都聚集在曾国藩签押房中闲谈。李元度心直口快,对曾国藩道:"曾大人啦,我看您这回是引狼入室了!这个自命不凡的左都老人从来是不肯屈居人下的。您或许比我等更清楚,在湖南这么多年,他是名副其实的二抚台,两任巡抚在他面前都奈何不得,有时权限比巡抚大人还大,多数事情任由他摆布。现在受命来到湘军中间,与您直接共事了,他能与您同心同德吗?弄不好专挑您的毛病,正事不干,您的命令他不听,他做的事情您不赞成,闹起别扭来,还如何去带兵打仗呢?依我看,皇帝是故意安置他前来的,就是要在您的湘军里掺一些沙子,让您的日子不得好过。"

曾国藩何曾没有想到这一点?他听了李元度这段话,却用手指捋着胡须道:"你等休要胡言!左季高人才出众,满腹的兵书方略。只是脾气有些古怪,自视太高罢了。而我自己也有毛病,脾气也不好,而且相当固执。他既然已经来了,又是奉皇上之命,从此便要互相尊重了,尽力与他和睦相处。"

曾国荃平日高傲,却一向佩服左宗棠的才干,也素知大哥曾国藩不仅脾气不好,而且喜欢挑人的毛病,于是在一旁道:"真正的德才兼备者,应欢迎同僚、部属发挥才干,而不用碌碌无为者。左宗棠大人精通兵法,才识过人,又很有正义感。若是让他独当一面,指挥军事,定可为大哥分忧,创造佳绩的。我想,大哥应宽容待人,用好此人,远比用十个庸俗无能、只知听话的小人要强!"

曾国葆在一旁瞪了国荃一眼,道:"什么可以'独当一面'?!这个左宗棠只不过是一介老儒,吹大牛可能是一把好手,纸上谈兵也可能很在行。但真正领兵打仗,不是靠嘴皮子,而是靠真枪实弹去拼。你们瞧他中等偏下的个条、单薄的体形,活像一个乡村的教书匠,能统领千军万马上前线吗?!"

李瀚章笑道:"我在湖南善化任知县时,与这左季高先生打过许多交道。总的印象是,此人办事果断,敢于承担责任。每次奉差去抚台衙门禀复公务,骆抚台都会问:'此事禀过季高先生没有?他的意见如何?'全省官员都很敬重左季高先生,视若神明。如今既是奉旨来了军中,我以为还是可以继续发挥他才干的。"

李鸿章并未见过左宗棠,但已早闻大名,他于内心深处是希望多结交有才之人,尤其是很有实力的人。他听了大家的话后,道:"恩师呀,我以为左大人来得正是时候。湘军虽然后继者不乏其人,但目前可以独当一面的宿将太少。而湘军要发展,摊子还会铺得更大,这就需要有独当一面的人前来。左大人此来,定是恩师最得力的助手。关于个人脾气问题,是可注意的。今天朝廷给了恩师您两江总督的头衔,当然不是白送,接下来定会指手画脚,让您为朝廷干更多的事情。也就是说,从今后,湘军的任务更重。依门生所见,左宗棠大人并不足为虑,他是来帮您的,不是来拆台的。我们应该相信这一点。真正应该担心的是,恩师得了两江以后,要出新招,要出实绩。而两江正处于危难之中,要救两江,难度很大。当前应调动一切力量拯救两江,而不是把脑筋用于人际关系及是是非非上……"

曾国藩朝李鸿章点点头,道:"少荃的看法果然站得高些。当前主要的难题自然不是左宗棠来襄办军务,而是如何挽救这两江危局。以前我没有地方官职,到哪里都是客人,到哪里都可以拍拍屁股就走。如今戴上了两江总督这顶帽子,便有了守土之责,既要听朝廷的指挥,又不可拒绝各地州县的请求,甚至连一方百姓也有权要求我出兵保护他们。在京中的达官显贵更会不断奏明皇上,对我的事情评头论足,甚至指手画脚。一件事考虑不周,不仅可能会得罪一大圈人,弄不好还会遭受责难。现在看来,皇上给了我两江总督的头衔,实际上是把我推到了风口浪尖之上。我有这个思想准备,但愿各位今后不要受了我的连累。"

李鸿章听了最后一句话,抢先表示:"合肥地区有句俗话,叫做'嫁鸡随鸡,嫁狗随狗'。如今既是跟了恩师,任凭您一损俱损、一荣俱荣。好了固然更好,栽了,我等也绝无半句怨言!"

几人正在说着话,忽见刘巡捕捧了一张名帖进了签押房,道:"禀曾大人,左宗棠大人在门外求见!"

曾国藩接过名帖,举在眼前一看,上面印的并无官衔,只有"侍愚弟左宗棠"六个字。曾国藩一笑,心想这左宗棠印个名帖都与别人的不一样,也算得别出心裁。他顺手把名帖递给李元度看。李元度亦笑了,道:"这名帖倒是放下了臭架子,本来应该在上面再印上'湖南老亮'或'二抚台'什么的!"

曾国藩用手有力地向半空中一挥，沉下脸来，道："各位休要再胡言乱语了，人已来在门外。请他与各位见面时，各位应放尊重一点。不说他一肚子才华，单就年龄而言，已有四十九岁了，总该大你们一大截吧！你们先到后园里回避一下，我去迎来，然后再安排大家互相见见面。"

李鸿章等人都退出了签押房。曾国藩挺了挺身子，用手指习惯性地弹了一下衣袖，破例起身迎出门外。他老远看见左宗棠身穿蓝袍马褂，头戴瓜皮小帽，背后拖了一条细细的发辫，打扮得比在长沙见到时要利索得多。

左宗棠在门外倒背着手徘徊，耐心等候。他这次奉了皇上的旨意，千里迢迢从湖南长沙来到皖北宿松，心情是愉快的。在骆秉章幕下多年，虽受敬重，但真正想建功立业，实现远大抱负，仕途通达，还必须跳出那个"安乐窝"，到军中来干。他已苦读兵书多年，各种谋略揣在肚子里发挥不出来，早已盼望到军中施展才华。但真正来到湘军之中，左宗棠又有了几分忧虑。自己不肯屈居人下，与曾国藩很难合得来。曾国藩已实授两江总督，比自己这个四品京堂尊贵了许多。如果因为如此，曾国藩在自己面前摆起总督的架子，处处让自己下不了台，那可怎办呢？左宗棠对此十分担心。他怀着忐忑不安的心情在仪门下来回踱着步子，等待刘巡捕传呼引见。忽听有人大声唱起：

"曾大帅出迎左宗棠大人了！"

这声音从里一直向外传出，每道门都有人喝唱一遍。左宗棠大出意外。听那声势，是总督接见京城来的钦差大臣或平级的督抚大臣才有的威仪。左宗棠在湖南巡抚衙门干了几年，是深知官场上的规矩的。他原想只是听了传唤，自己进去相见，便是礼遇了。想不到曾国藩亲自出门迎接，心里不免既激动，又有些局促不安。他转身面向仪门，一眼就看到曾国藩身穿补褂，头戴花翎，从严整肃立在两旁的夹道中疾步来到仪门边上，拱手笑道："季高老兄，曾某已等候您多日了，有失远迎，一路辛苦了！"

此时的左宗棠又涌起一阵激动。身为总督的曾国藩一身官服打扮，拱手相迎，这使得他把一切的担心、疑虑都抛到九霄云外去了。见曾国藩满面友善，连忙也拱手道："小弟一介寒儒，怎敢有劳大人远迎到仪门之下？惭愧！惭愧呀！"

曾国藩上前拉了拉左宗棠的手,以主人的身份为左宗棠引路说:"快进去吧,军中许多事务还等着季高老兄前来商议呢!"

左宗棠随曾国藩从夹道中往签押房走去,十分欢心。曾国藩走到夹道中间,与左宗棠并起肩来,右手拉起了左宗棠的左手,好像在做出一种姿势给人们看。左宗棠感受到了曾国藩的真诚,暗暗下了决心:他曾国藩敬重了我,我更要百倍地敬重他。

曾国藩边走边说:"季高老兄,湘军中许多将领都盼望您能前来入幕,今天就有许多朋友们在等着您的会见呢!"

左宗棠高兴地摇头,道:"曾大人取笑我了。小弟不才,但也对您手下的各位将星仰慕已久,不少都是大名鼎鼎,听说您有一位门生李鸿章,也是才高八斗,想必今日也能一见了?"

曾国藩道:"能见着呢!都在后园等着见您呢!"

李鸿章等人这时已瞧见了左宗棠了。他们都吃了一惊:曾国藩亲自迎出仪门之外,而且与他携手并肩而行,这礼节在湘军里是少有的。李鸿章远远看见左宗棠,的确貌不惊人,但倒白白净净,显得比曾国藩还年轻一些。李鸿章见恩师对左宗棠异常热情,不禁想起了自己初到建昌时所受的冷遇,不禁喟然叹息:"人还是要有些本事,干出一番事业来,以自己的实力去赢得别人的尊重。"

左宗棠与曾国藩进了签押房,二人坐下后,说了一会话。然后又同时起身,来到后园。李鸿章等人一见二位出来,一拥而上,拱手作揖。李元度道:"季高大兄,久违了!"

李鸿章自觉退在人后,因为他与左宗棠是第一次见面,还需别人从中介绍。曾国藩喊了一声:"少荃哇,你过来!"说着,用手一指,对左宗棠道:"季高老兄,这是瀚章的胞弟李鸿章,丁未年科举及第,后改授翰林院编修。又几年后,回乡协办团练,刚新选了福建延建邵道,经向皇上请求,留在我军中襄办军务文案。此乃大才子一个。"

左宗棠与李鸿章互相一揖,李鸿章道:"久仰了。先生德高望重、满腹经纶,还望您多多指教!"

左宗棠道:"客气了。向来是名师出高徒,以前在你老师跟前已多次听说过少荃的文才。刚才未见其人,我已向你老师打听过你了……"左宗棠说着,面转向曾国藩,道:"涤生大兄呀!你的门下如今是人才济济,

241

湘军不愁不兴的。这些可都是当今的才子,当朝的栋梁之士呀。有人才关键在用,还需用人不疑,放手让他们去干。这样事业才可兴旺。"

曾国藩微微皱了一下眉头,心想:这左宗棠是改不了那口气、那本性了。转念一想,他既已来到自己帐下,讲得也是中肯之言,便道:"季高老弟看法正确。我这幕中,想进来首要的是才,还须有德。德与才兼备,便可以独当一面了。我创办湘军,不仅仅是为了剿灭贼寇。一个埋在心里的想法,就是想多发现一些人才,使之接受锻炼。成长起来了,湘军这条小溪容纳不下他了,他可以到大江大海中去,去搏击风浪。这就是出去,出去干更大的事情。季高老兄呀,你说我这想法怎么样?"

左宗棠答道:"理应如此!这也叫对是个人才的人负责。用人是一回事,为被用之人作长远考虑,更是难能可贵。不过,我在想,今日奉旨前来涤生兄手下效力,正所谓初来乍到,不知您吩咐我做点什么?"

曾国藩笑道:"我想先不谈此事,待曾某为您接风洗尘之后,再让您休息几日,然后即作商议。"

左宗棠把头儿直摇,道:"不,不!涤生兄应该知道,我是个急性子人。想做的事情,一夜都耽搁不过去,想让我在这里闲蹲,那便是对我的折磨了。所以,还望涤生兄尽早替我作出安排。"

曾国藩道:"季高老兄如此肯为湘军出力,曾某我感激不尽。您是奉谕旨来营的,既来了,恐也没有您的闲差可做。湘军的发展、壮大,就寄希望于季高老兄了。如您不反对的话,我想请您回湖南招募兵勇,自己编练成军,然后仍由您自己统带。若几个月后,能训练出一支几千人的队伍,我想那一定是一支一流的、堪称楷模的新军。"

左宗棠大笑,发自内心的笑。他道:"一言为定!我或许会成功的。以前是纸上谈兵,如今涤生大兄给我一次机会,让我下一趟深水,我捉不住大鱼,也定要捉一条像样的鱼出来。否则,我也愧对了这几年来的纸上谈兵,让人们背后讥笑我了!"

当晚,曾国藩摆下两桌酒宴,并要李瀚章、李鸿章、李元度、曾国荃、曾国葆等作陪。席间,李元度也提出了回乡招募兵勇,曾国藩高兴地应允了。李鸿章见李元度的要求被答应下来,也趁着酒兴提出回庐州编练新军,曾国藩却摆手道:"少荃弟不要性急,将来有机会再说吧!"

李鸿章的要求遭到拒绝,心中十分不快。散席后,李瀚章见胞弟默默不语,陪鸿章回到房中。鸿章唉声叹气不止,怅然道:"大哥呀,我感到失望了。现在看来,这湘军是不能久待的。我真后悔在酒席桌上当众提出回乡募勇。这里是湘军,左宗棠、李元度都是湖南人,他们回乡招募兵勇,编练成军后,便是湘军的一部分。我是安徽人,回安徽募勇,招来的也是皖勇。所以,恩师怎么会答应呢?或许在恩师看来,我李鸿章在湘军中当个文案师爷还可以,若是招兵练勇,那就不行了。由于我是个安徽人,不仅不能自己去编练新勇,甚至连统带一路湘军也是永远不可能的……"

李瀚章劝道:"鸿章,你多虑了。依我看不是这样的。你来湘军不及一旬,恩师不就曾奏请皇上,要你回安徽主持编练皖北马队吗?而且讲明,这马队附于湘军。现在之所以不让你回乡募勇,并不是恩师不信任你,而是:一、左宗棠、李元度等都离营回乡了,幕中的事还得有人去干,曾大人身边也总得有能干的人替他分忧,都走了怎么行呢?二是招募新勇,要有足够的银子。湘军目前粮饷都成问题,有的营中已经数月未发兵饷了,哪有更多的钱拿出来让你去安徽招募兵勇呢?还有一点,依我分析看来,恩师是觉得你在幕下时间太短,或许认为你还不具备独当一面、自带一军的才能。这样恰恰需要你自己认真考虑的了……"

说到这里,李瀚章深深地叹了一口气,道:"少荃,不是大哥我要挑你的毛病。你还欠成熟,遇事心胸不宽广。恩师待我们兄弟二人都不薄,可谓情深谊厚。有一件事本来不想说的,怕你又要多虑。就在恩师被实授两江总督的当月,他曾向皇上奏保你出任两淮盐运使,奏保黄翼升为淮扬镇总兵,筹办淮扬水师。但朝廷的诏令下来,却只准了黄翼升为淮扬镇总兵。我想皇上或许不是不准你的任职,而是稍稍推迟一下,看你是如何建功立业的。皇上没有恩准是一回事,曾大人推举了却是事实。你难道还不应该扪心自问吗?曾大人对我们兄弟是'君子成人之美,不成人之恶'的,我们也应像韩非子主张的那样:'君子不蔽人之美,不言人之恶。'请你切记!"

李鸿章无言以对了。他望着窗外星星点点的灯火,陷入沉思之中。

第八章 祁门内讧

江北宿松,一个全面规划湘军下一步军事行动的重要会议仅两天就结束了。散会后,湖北巡抚胡林翼未敢与曾国藩作数日长谈,而是立即带三十名护卫亲兵先回武昌了。左宗棠、李元度参加了会议,按照会议部署,也于次日就动身去湖南了。他们将分别回乡募勇,就地编练新军,计划在三至五月内加入湘军整体行动,发挥作用。宿松会议作出一个重要决定,即立刻集中湘军主要兵力,进攻安庆,以此逐步拓宽战线,最终围剿金陵,彻底捣毁洪秀全的大本营。会议也出现了分歧,就是在进军苏浙一事上,胡林翼、左宗棠都认为,应该取道皖南,然后再进兵浙江,由浙江向北,解救苏南及上海一带。李续宜的主张更让曾国藩吃惊,他建议用水师舟船运送陆勇,从镇江登陆,直捣洪秀全的后背,以此收复常州和苏州等。他认为唯有如此,才是捷径。曾国藩岂能同意去冒如此风险?他主张稳扎稳打,步步为营,逐渐向金陵推进。他了解自己的湘军,虽说名声大了,但实力却很一般,兵员太寡,不足以抵抗几十万太平军。

曾国藩竭力主张:先将大营移至皖南祁门,以祁门为中心,站稳脚跟后,再向浙江、苏南、上海一带,慢慢渗透。占领一块,巩固一块,最后使金陵成为一座孤城,一举捣毁它。会上,包括李鸿章在内的幕僚们都反对曾国藩的主张,认为曾国藩太过于保守,由于过分保守,或许会丧失了战机。而曾国藩不改初衷,坚持要这样用兵。因此,会议虽经过激烈的辩论,最后还只有听曾国藩一个人的。他是两江总督,又是湘军统帅,当然听凭他的拍板。

会后,左宗棠、李元度与李瀚章联袂同行,离开皖北宿松。左宗棠、李元度回湖南,而李瀚章则是奉了曾国藩的札委,赴江西南昌开办江西全省厘金,即收取货物过境税,值千抽一,谓之"厘金"。收取这笔费用,自然是为了湘军,主要是接济军饷。李瀚章一去江西,粮台一职就改交江西藩司兼任。曾国藩在这一点上顿感权力给他带来的方便:以两江总督身份出面,就无须自办报销了。

曾国藩从宿松动身了,他统带了鲍超、朱品隆、唐品训等部一万人马,经望江县渡江到达南岸的东至,于六月十一日进入崇山峻岭之中的祁门扎下大营。幕僚中有李鸿章、陈鼐、程桓生和亲兵随从数百人。李鸿章四弟昭庆也从南昌来到军中,在曾国藩手下办理营务处事务。这位排行老六、花钱买了个员外郎头衔的昭庆由此驰逐军旅,才开始崭露出一些头角来。

曾国藩狠心地把胞弟曾国荃、曾国葆留下来了,他要这兄弟二人各带自己的兵马驻守原地,伺机进攻安庆。途中,他专门拜访了多隆阿。这年把来,多隆阿的绿营兵借着湘军的配合,也打了几次胜仗,他自己因此升了官,穿上了黄马褂。士兵们也跟着沾了一些光,得到了一些赏钱。尽管多隆阿也是满蒙武将,但对曾国藩,他虽有偏见,却不敢小瞧。因为,在声威上,他还要时时仗着湘军,危难时刻,还需请求驰援。曾国藩拜访多隆阿,却别有意图。他以两江总督的身份,把多隆阿着实恭维了一番,还私下向多隆阿个人赠送了贵重礼品。但湘军到哪里去?他闭口不言,更不把宿松会议的情况向多隆阿透露一句,只建议他移防到安徽滁州、和州一带,道:"这是为下一步全面进攻金陵做准备。"

多隆阿怎么也想不到:曾国藩是让他从东线堵住从金陵、苏杭一带过来的太平军,为曾国荃、曾国葆充当一道防线,以助曾氏二兄弟攻打安庆成功,掩护湘军的行动。

祁门县城北门外,有一座绿荫环绕、风景秀丽的大庄园。曾国藩的行营就设在这个庄园之中。这庄园占地数百亩,是祁门县第一号乡绅之家,远看楼阁成群,连绵不断,回廊曲径,被一道两人多高的白色粉墙包围着。这庄园主久闻曾国藩大名,一听说新任两江总督曾大帅要移营至此,根本没有半句讨价还价之意,马上动员家族上下,在三天内腾出了整个庄园。先行侍役及亲兵大队抵达这个大庄园,七手八脚地打扫了干净,只等曾国藩到来。曾国藩总督两江,兼管军务民政,文牍繁多,除了随从亲兵、侍役外,单是衙中的师爷书吏便有百人之多,庄园小了便不够用了。曾国藩远远地看见这庄园,知道他的行营就设在庄园之中,表示高兴,道:"不料皖省也有这样优美的所在,与我那荷叶塘的老家很有些相似,也是白色的粉墙,很有气势。"

他到了庄园外,并没有急于进去。他喊了李鸿章、陈鼐等陪他策马在庄园四周逛了一圈。李鸿章以为他是查看设防情况,道:"恩师只管放下心来住进去,外围早已营帐林立,一切布防以您为中心哩!"

曾国藩笑道:"可记得在宿松时,包括你在内,是都反对我移军祁门的。这会儿已到了祁门,我想请你们看看这庄园,看看这壮丽无比的山山水水,再看看这层层叠叠的天然屏障,正所谓一夫当关,万人莫入。此处乃能攻易守,进出自如,他洪秀全的长毛贼虽多,到这崇山峻岭之中,其奈我何!"

曾国藩眺望着远山近岭,得意扬扬,满脸当今之世,舍我其谁的表情。随从的几个侍卫官跟在曾国藩身后纷纷恭维,称赞道:"总督大人好像并没有来过祁门,怎么就如此料事如神,未卜先知呢?看来,进军皖中,有祁门作为指挥中心,一定是战无不胜了!"

曾国藩将着胡须,笑道:"你们也不必吹捧我的神算。本人虽略通韬略,习过兵法,但在左宗棠面前,还略微逊色了一点。但圣人也有失误的地方,比如说我决定移军祁门,这左'老亮'先生也是极力反对的。若这时他也同来了祁门,看到这块有利于征战的地形地势,他不知会做如何感想?"

李鸿章沉不住气了,以极低的声音接着曾国藩的话说:"即便左宗棠大人真的来了祁门,门生以为他也未必会改变在宿松的看法。或许,他会更激烈地反对恩师的主张,建议移军别处的!"

"此话怎讲?!"曾国藩犹如正在兴头上,让人冷不防泼了一盆凉水,脸部表情马上"由晴转阴",十分不高兴地向李鸿章发问。若不是曾国藩如此厉声喝道,李鸿章或许会忍住不言的。经曾国藩掷地有声的喝问,李鸿章反而提高了嗓音,道:"请恩师留意一下,你别看这里风景如画,群山叠翠。其实这祁门是一块盆地的盆底,四面高,祁门最低。若长毛贼从四面进攻,居高临下,我腹背受敌,防守是十分困难的。而如想突围,便是由低向高攀登,比正常条件又多了一分困难;如一路攻入,山口被贼人占领,我们就没有退路了。门生我不懂兵法,但也读过一些兵书,像祁门这样的地势,在兵法上谓之为绝地,是没有前途的。就祁门与东至一带比较,沿江而守,能上能下,能水能陆,又与安庆隔江相对。湘军有水师可以利用,优势大增,皖北、皖南都可以兼顾。仅从防守上考虑,比祁门的驻防兵力少一半也无妨。不知恩师是如何看中祁门这个地方的?把行营设在祁门,交通也不便。日后长毛贼来犯,恐我们的大营难保哩!"

曾国藩皱起了眉头,想拦住李鸿章的话。但一瞧李鸿章那认真、固执的表情,怕拦不住反而伤了自己的面子。好不容易忍住性子听完了李鸿章的话,总兵鲍超也亮开了嗓门嚷道:"曾大帅,我也是这么在想,长毛贼探报灵得很。祁门虽地处深山之中,但毕竟不是世外桃源。要不了多久,他们就会发现我们的大营,甚至能把大帅您的行营打听得清清楚楚。到那时候,藏是藏不住的,必然大举来攻。我们走到那一步可怎么办呢?"

这鲍超字春霆,比李鸿章稍微年轻一些,刚刚三十出头,个子不大,却骁勇善战,他那一路军号称"霆军",在湘军中虽无太好的名声,但也有自己的特色:鲍超最喜欢打恶仗,往往以少胜多,拼死而上,常立战功。鲍超是四川人,部下虽尽是湘勇,但曾国藩却并没有把他当做外乡人加以排斥。而是用了他们这一特点,很有些器重,列为湘军主力看待。

曾国藩听着鲍超声若洪钟说话,心中更添了几分不快,摆手道:"无须诸位多虑,本帅自有本帅的主张,相信不会出错!"

李鸿章此时把一贯的精明丢得一干二净,明知再多说一句,都会引起恩师的反感。这会儿好像是豁出去了,不管三七二十一,照样顶风而上,同样大着嗓门,道:"恩师还需耐着性子听听大家的意见。俗话说:'当局者迷,旁观者清。'我以为恩师是钻进牛角尖里去了,不愿意跳出自己思路,从旁观者的立场上分析一下各位的意见有无可取之处……"

曾国藩把右手挥得老高,然后重重地落下,那样子好像要挥拳打人了。结果,他将自己的手猛地向自己屁股上一拍,以这个极不耐烦的动作警示大家:休要多言!他径直往前走去,全然不顾还有那么一些人跟在他的身后。走了一段,他头也不回,却停住步子,说:"这祁门,南有徽州扼守门户,西有我江西景德镇掩护后路,江西之兵招之即来,后方通道畅行无阻,有什么'盆底'不'盆底'的?!我看是你们都害怕了,怕死不是?若是害怕了,完全可以不辞而别。只要你们想走,我一个不留。

剩下我曾某一人,也坚决在此驻扎下去!"

曾国藩气极了,言已至此,无人再敢顶撞了。李鸿章刚要张口,被陈鼐猛捣一下后背,也默不作声了。

历史上著名的曾国藩祁门大营,就这么在文武将佐的忧虑、甚至是反对声中驻扎下来。曾国藩住进了美丽的庄园,李鸿章等也在园中各得其所。但为了驻扎祁门的争执,李鸿章心中不快,认为恩师太过于刚愎自用、听不进别人之言了。曾国藩呢?也知李鸿章对他窝了一肚子意见,但仍笑脸如初。他在原谅李鸿章,他想他应该原谅李鸿章。他在心中暗想,或许李鸿章等人的意见是对的。因为,就在不久前,李鸿章还力排众议,帮助他渡过了一次北上"勤王"的难关。不久前的那一次,若不是李鸿章挺身而出,主张"按兵请旨,且勿稍动",使曾国藩茅塞顿开,那么,遵旨北上"勤王",其结果必定是断送了湘军的前程。

原来,北京城里,血气方刚的咸丰皇帝又刚刚经历了一场"手枪抵在咽喉上"的屈辱与磨难。就在李鸿章刚回乡协办团练不久的一八五四年,是《南京条约》签订的第十二个年头。英国驻华公使包令伙同法国驻华公使布尔布隆和美国驻华公使麦莲,又向清廷发出了一份别有用心的照会:修约!

何谓"修约"?就是要求修改《南京条约》、《黄埔条约》、《望厦条约》,增加有利于他们的新内容,进一步向中国扩张。

第一次鸦片战争后,清廷被迫与外国列强所签订的丧权辱国条约,已经让这些强盗们占足了便宜。他们何以还要变本加厉呢?十二年前,当《南京条约》签订时,英国人欣喜若狂,他们满以为这个条约所建立的不平等通商关系,会立即使他们在中国获取巨大利润。但他们想错了。五口通商十多年了,他们的许多商品并没有走进中国平民家庭。相反,中国的丝、茶等的出口,却在逐年递增。

洋人们目瞪口呆了,他们把失望的原因归结为两点:一是在中国的通商口岸还开辟得太少;二是外货输入内地交税太多。因此,他们又开始策划新的阴谋。

洪秀全的太平军已把咸丰皇帝搅得焦头烂额。英、法、美等列强们打起了如意算盘:乘中国内乱之机,运用外交手段,要挟"修约",从中获利。然而,清廷及有关大臣回避不答。列强们故技重演,又要用军舰和炮火来征服中国了。从一八五五年十一月开始，英舰大举来华，竟未遭任何抵抗便通过了虎门要塞，驶入珠江内河。再进广州城西南十三洋行码头。接着，英舰沿珠江南水道下驶，公开炮轰凤凰炮台和海珠炮台。至此，珠江内河一带主要炮台均被英人占领。

一连几天里，英军开始轰击广州城，居民死伤数千人。一八五五年十一月六日，英军动用三艘军舰，向东轰击东定炮台。炮台守军还击，击毁英舰一艘。但终因弹药不足而被英国人强占。由此，双方战火不断，到次年十二月十二日，英、法两国出动联军五千六百人，兵临广州城下。大敌当前，历任广东巡抚、两广总督兼通商大臣叶名琛一不组织兵力防守，二不与外国列强接触，他只相信"占卜挈签"，在广州城内大修长春仙馆，供奉吕洞宾、李太白二仙，一切军机进止都取决于占签。英、法联军向叶名琛发出最后通牒到期，他得到乩语云："过十五日便可以无事。"他凭借的应敌之策，就是这个上上签。十二月二十九日，英、法联军进攻广州城，叶名琛仍在督署衙门中躲避，直到城破，才吓破了胆，慌忙微服出逃，后被联军抓获，押送到印度加尔各答，次年病死狱中。人们以打油诗嘲笑曰：

不战不和不守，不死不降不走。
相臣度量，疆臣抱负，
古之所无，今之罕有。

广州交涉，就这样以闹剧为始，以悲剧告终。

攻占广州并非是英、法联军最终的目的，他们决定乘势北上，对清廷进行直接的威逼和勒索。沙俄与美国见英、法向北行进，也暗中参与进来，密谋策划，到一八五八年四月，分率英舰十余艘、法舰六艘、美舰一艘、俄舰一艘北上，陆续驶达白河口外。

四月二十四日，英、法、美、俄四国向直隶总督呈递了要清廷派全权代表谈判的照会，口气十分强硬，限令六天内必须给予圆满的答复。美、俄则以"调停人"的面目出现，麻痹清廷政府。咸丰皇帝预感到最后一定要通过武力入侵来解决问题。但对美、俄所谓的"调停人"抱有幻想，颇费心机地设法来瓦解、拆散四国在外交上的联合。接到四国照会后,咸丰皇帝才意识到事态的严重性,慌忙下诏:派户部侍郎崇纶赶往白河口与洋人谈判。咸丰皇帝万万没有想到,他们拒绝崇纶出场谈判,说他职位不高,不握实权。

咸丰皇帝加派直隶总督谭廷襄为钦差大臣,与崇纶一起与洋人交涉。谭、崇二人仍仿照传统的老套路,备下隆重丰盛的大宴,以示朝廷怀柔远人之意。席间以红布为幔,红毡铺地,鼓乐伴奏,款待优客。其间肴馔,千般各色,尽中华风物。

然而,列强们并不为丰盛的酒肉所动,反之,以惯技刁难。席间,英国翻译李泰国与谭廷襄会晤,极为傲慢无理。

李泰国问:"总督来此,能否自作主张,有权办理两国之间的事务吗?!"

谭廷襄怔了一下,没想到小小的翻译也能用审问的口气与他说话。但他气归气,答还是要答的,道:"我身为总督,能够做主,凡事皆可代表。"

李泰国又道:"我方公使为全权大臣,可以便宜行事,阁下是否具有相同的全权?!"

谭廷襄答道:"两国制度不同,必须请旨遵行。"

到五月十八日,侵略军战前准备就绪,采用了一种"最和蔼亲切的方式",不露声色地中止了谈判。清廷还以为谈判进行得顺利,却不知英、法、美等军舰三十余艘已驶抵大沽口外。到二十日上午八时,侵略者们才露出狰狞的嘴脸,向清军炮台发起猛攻。两军激战之际,谭廷襄等从大沽村乘轿逃奔,临阵出逃,造成炮台兵勇惊慌失措。各炮台终于失守。

侵略军进犯天津了,而白河两岸已无清军的一兵一卒。清廷怕侵略军打进北京,按英、法方面的要求,命大学士桂良、吏部尚书花沙纳驰赴天津,与侵略者接触,约期会谈,由此拉开了天津交涉的序幕。

此后数日,桂良、花沙纳在津郡城南的海光寺、风神庙分别宴请英、法、美、俄四国公使,各置大轿,衣冠相迎。吃来吃去,却一字不提正事。英国代表额尔金、翻译李泰国要求与中方单独谈判,其他三国的利益则以最惠国待遇为保证,美、俄不过欲图渔人之利。

李泰国,这个出生于一八三二年的英国人,幼年随父来华学习汉语,曾在英国驻上海领事馆供职,年轻气盛,以精于北京语言,狡诈诡诘,被聘为英国公使的翻译官。实际上已成为操纵与中国交涉的主谋之一和代言人。他在谈判中语言狂悖、放肆争执、毫无畏惮,令中方官员信心全无、十分沮丧。

年轻的恭亲王奕䜣,与英人李泰国系同龄人。他也血气方刚,但外交知识十分有限,误将李泰国认为系市井无赖,不知法度,形同叛逆的行为,主张在他无礼肆闹时,立刻拿下,或当场正法,或解京治罪。

这时英方提出进京换约并派公使驻京。桂良等倾向于同意英方要求,于是奏报朝廷。朝廷接到桂良等人的奏报后,遭到群臣的强烈反对,给予了激烈的抨击。于是咸丰皇帝没有准行。到六月二十五日,英方向桂良发出照会,并呈递了单方自主的条约,即《中英天津条约》草案共五十六款,声称:"无可商量,即一字亦不令更易。"其内容自然也包括了公使驻京。

咸丰皇帝得到这个消息后,做出反应:一则仍当以抚为主,如能挽回,酌减定议;二则听其决裂,命谭廷襄抵御英、法联军,保护桂良、花沙纳抽身虎口,又命僧格林沁于通州集结马步,备军备战。

就在这时,咸丰皇帝想到了湘军,想到了曾国藩可以一用。他立即下了诏令,要曾国藩火速派悍将带兵北援,抵御英、法等联军进犯北京。皇帝的圣旨送达曾国藩,李鸿章立在一旁。他们面面相觑,曾国藩一时举棋不定,道:"不料与长毛贼的交道还未打完,此时又要与洋人贼寇交锋了,这可如何是好?"

李鸿章道:"依门生之见,眼下洪秀全的长毛贼正是凶狠之时,湘军应全心全意担负起剿灭洪秀全之职,不可分军北上。"

曾国藩深深地叹了一口气,道:"此事非同小可呀!事关北上'勤王',是无可推诿的!"

李鸿章不以为然。心想那咸丰皇帝也真是想到哪,干到哪儿了!那英、法联军已打到你北京城下了,我湘军还在数千里之外,如何去北上"勤王"呀?即便是去了,水陆并进,也须月余后才能赶到京师。到那时,黄花菜一盘——凉了!

曾国藩无奈,召集文武参佐讨论对策,要求每个人提出一种方案供他参考。结果,绝大多数人都认为北上"勤王"事关重大,必须立即发兵北援京师。否则,皇上不保,京师不保,会成为千古罪人。国家被列强侵占,光剿灭太平军又何用之有?唯有李鸿章独具见解,坚决反对北上。他认为联军进占天津,兵临北京城下已成事实,现在发兵去保卫皇帝,保卫北京,实属雨后泼街,无济于事。他断言,英、法、美、俄四国联军,目的不是攻占北京,更不是像洪秀全那样,占领一地,在那里统治一方,建都立鼎,而是谋取利益,捞取钱财,最终无非金帛议和,断无他变!

当着文武参佐的面,李鸿章大声疾呼:"湘军已威震天下,一举一动事关天下安危。如果一步走错,可能就会前功尽弃,使结局不可收拾。因此,应立即奏明皇上,危及大清社稷的不是英、法等四国联军,而是游动于半壁江山之内的长毛贼。长毛不除,天下不得安宁,那时还会有更多的洋人乘虚而入,盘剥于我的!"

曾国藩从李鸿章的主张中得到了启发,在心中暗想:此时北上"勤王",的确也晚了。其次,英、法等联军也的确不是为了占领北京,而是为了玉帛议和。因此,他暗自下了决心,暂时按兵不动,静待时局之变。于是,他跟咸丰皇帝玩了一个小手段:冠冕堂皇地上疏奏折,表示应积极北上勤王,请求皇上在胡林翼与自己的湘军之间酌派一人进京保卫根本。而且,曾国藩要求的是自己亲率湘军前往。事情如此重大,不可以他人替代……奏折以八百里加急送出以后,曾国藩松了一口气,坐观北京事态,派探子去京城打探英、法联军及皇上的举动,既按兵不动,又心中有数。

天津谈判到了一八五九年六月二十五日,那桂良实际上已不待朝旨,在英方代表普鲁斯、李泰国的再三逼迫之下,私下答应了英方提出的全部条件。

六月二十八日,桂良才将应允的理由上奏朝廷,说:目前对外不可战者五端,即英、法联军若抵京师,祸恐难测;再则国内已民情汹汹,恐将内乱;第三,库款支绌,炮械无存;第四,内匪未靖,外患再起,必将给太平军提供可乘之机;第五,战则影响关税,江南清军粮饷无从筹划……种种理由归结成一句话:不可与联军开战,只有全部从速允准英方的条件。

就在咸丰皇帝接到桂良这个奏折的当天下午,英国公使额尔金率从官二十余人,乘二十顶大轿,另带兵五百六十人,吹鼓乐队五十人,威风凛凛地来到海光寺。而中方桂良、花沙纳所率计十余人,依次在《中英天津条约》上签字画押,然后大摆宴席,豪饮一番。

咸丰皇帝接到桂良奏报签订了条约的消息之后,诚知已无法挽回,只好就细枝末节上加以补救。随后,清廷规定:公使可以赴京,但从人不得超过二十六人,只准暂住若干时日;一切跪拜礼节悉遵清朝制度;不得携带眷属;必须更易清朝衣冠等等。

《天津条约》的签订,使大清帝国的尊严又一次受到严重嘲弄。这嘲弄犹如芒刺在背,令咸丰一刻不安。签订条约的次日,咸丰皇帝便怒不可遏地诏谕罗惇衍,命其立即激励团练,鼓舞公愤,大胆出战,大力攻剿。此后又多次密谕两广总督黄宗汉和曾国藩等,要求各地联络一气,以挫外夷之势,再振中国之威。他还急令僧格林沁火速来京,面授机宜,以布置海口设防。

英国人担心了,怕咸丰皇帝毁约变卦,又以武力为后盾,想迫使咸丰皇帝放弃"明和暗剿"的做法。咸丰则不管如何,一面想筹划一个"一劳永逸"之计,一面派桂良等人南下进行改约活动,一面令僧格林沁会同直隶总督瑞麟,在天津海口一带妥为布置防务。

僧格林沁先在距天津三十余里的双港,择要扎营十座,修建炮台十三座。接着又兴建了大沽海口炮台,共安置铜制一万二千斤重炮两门,一万斤重炮六门,五千斤重炮两门,另安置洋铁炮二十三门。仅在几月之内,津沽海防焕然一新,使咸丰皇帝大为高兴,以御用袍褂嘉奖僧格林沁,同时将原设陆路弁兵一千六百名扩充为三千名。

这一切已被英、法联军探知,也加紧了武力准备。一八五九年六月,即咸丰九年五月,两个趾高气扬的英国公使到达上海。桂良已在此等候多日了。桂良见到公使后,就闪烁其词地说道:"咸丰皇帝派我等来此办理换约,负责对外事务的钦差大臣关防已由广东移交两江总督何桂清。中国方面请求将《通商税则善后条约》与《中英天津条约》一起,在上海互换。"

但英人执意要到天津互换。咸丰皇帝接到桂良奏报后,见阻挡不住,又作退一步打算,急召桂良等人日夜兼程赶往北京,同时进一步调兵遣将,命直隶总督恒福等照会英、法公使,指定他们由北塘登陆入京。英、法兵舰不要驶入拦江沙内;大沽海口已处处设防,轻易入口,恐致误伤。

但英、法等联军根本没有把天津的布防放在眼里。英军舰十五艘、法军舰两艘、美军舰三艘,计士兵两千余人,气势汹汹地集结于大沽口外。英方限清军在三天内自行撤除拦河的木筏、铁戗等障碍物,恭迎联军进入内江。

此时咸丰皇帝得知:江南战事正酣,内战无休无止,而北方俄舰多艘已强行驶进乌苏里江,欲从北边霸占中国领土。面对英、法要利用换约重新挑起战争,咸丰皇帝无可奈何。

六月二十五日晨,海口内第一道铁戗已被英军拆除,到下午三时,英、法、美、俄军舰突然蜂拥而上,向陆地猛烈开炮。清军忍无可忍,向联军还击。战斗打响后,英、法联军损失惨重,无力再战,只得再次南撤。这次还击,共击沉敌舰四艘,重创六艘,毙伤英军将士四百六十四名,法军士兵四名,生擒两名。

胜利鼓舞了清军将士,英、法联军做出让步,同意从北塘口登陆换约。而清廷倒的确是"以诚待人"了,并不一鼓作气,加强设防,反而下令清军"切勿先行开炮",北塘口岸不加设防,以待联军登陆。

英、法方面吃了败仗,再度分别任命额尔金、葛罗为全权专使,并分别以克灵顿、孟斗班为英、法侵华军司令,组成新的侵华联军。此次联军由二万五千人组成,配有战舰和运输舰二百余艘,大规模北犯了。到一八六〇年七月底,这支侵略军全部集结在大沽口外。由于北塘口没有设防,英、法联军避开大沽炮台,由北塘口顺利登陆。

咸丰皇帝深感事态严重了,急令恒福妥善筹办议和。八月七日,恒福照会英、法方面,要求约见,进行谈判。而英、法则要求中方先交出大沽炮台。接着,侵略军向大沽北岸炮台发动猛攻。经过殊死激战,清军伤亡千余人,侵略军死伤四百余人,北岸炮台失守了。

按照咸丰皇帝的旨意,僧格林沁撤走清军,全部军火物资拱手送给了侵略军。侵略军全面占领大沽口后,很快长驱直入,于八月二十四日驶达天津近郊,又不费一枪一弹占领了天津城。

咸丰皇帝在天津陷落当天,派桂良、恒福为钦差大臣,赴天津议和。英、法联军拒绝他们进入天津,要求改在通州谈判。

九月一日深夜,英方巴夏礼等四十余人到通州东岳庙与中方谈判。

巴夏礼出示照会,要带兵千余进京,向中国皇上面呈国书。

大清王爷载垣出面了。他见巴夏礼等如此横行霸道,立即通知僧格林沁,命将巴夏礼一行截拿扣押。僧格林沁遂将英方二十六人、法方十三人拘捕。通州谈判由此破裂。

咸丰皇帝闻报,一面来饬统兵大臣带领各路兵马准备交战,一面命将巴夏礼等扣为人质,押送进京,交刑部严审。

英、法方面得知此事,立即行动,进逼北京城下。九月二十二日,咸丰皇帝一行仓皇出逃。因御膳及行车帐篷等俱未齐备。当天,咸丰皇帝只吃到了两个鸡蛋。次日,也仅与后妃宫眷们分食了一碗小米粥。往日如花似玉的后妃宫眷们,如今蒙难荒郊,咸丰见此,不禁以泪洗面,痛不欲生。他深感愧对祖宗,更不知今生今世还能否再回金碧辉煌的紫禁城。

九月三十日,咸丰终于到达热河行宫避暑山庄。避暑山庄是一座规模宏大的皇家园林,风月无边。但咸丰此来,不是避暑,却是避难。当晚,他住进了"烟波致爽"殿。此殿是清朝皇帝在热河的寝宫,嘉庆皇帝就死在这里。道光皇帝没有来过,约四十年无人居住。所以,早已杂草丛生,尘封垢积,显得十分冷落和萧条。沦落人伴沦落景,咸丰皇帝悲伤至极。恰在此时奕䜣和僧格林沁等人先后送来六百里加急奏报。

咸丰得知洋人已列队于朝阳门外,京城危在旦夕。而清军溃不成军,疲惫已极,一闻洋人炮声,立即惊溃。咸丰自叹大势已去,自己所信赖、依靠的皇家满蒙铁骑实在挽救不了这业已倾倒的江山。束手无策之中,他寄希望于恭亲王能竭力图维,速成抚局,保住京师。

但就在十月十日这天,他又接到了奏报:这些灭绝人性的洋人,一把火焚毁了圆明园!那还是在十月六日夜晚,联军侵入圆明园,疯狂抢掠,园内各殿堂陈设的和收藏的珍贵物品,能拿走的全拿走了,拿不走的,一律毁坏。整座圆明园,被焚烧了十余天,一切都化为灰烬了。

咸丰皇帝深知这圆明园的分量和园内收藏品的价值。读完奏报,一种无以言状的愤懑使他只觉得眼前一片漆黑,他感到这"天"已经塌下来了,亡国一样的巨大耻辱吞噬着他的心灵。虚弱已极的年轻皇帝好像完全经受不住这种打击,立时口吐鲜血……

十月十六日,圆明园内还烟青云黑,额尔金照会奕䜣,要求他在二十日上午十时前,以书面形式答应如下条件:赔偿英国三十万两白银,作为英国俘虏的抚恤金,于二十二日交付;二十三日签订《续增条约》,并交换《天津条约》批准书。照会威胁道:如不接受上述条件,英军就要夺取紫禁城,并采取更加有力的措施。

法国的葛罗在给奕䜣的照会中,除要求赔偿二十万两白银外,还要求将康熙年间各省的天主教堂和传教士的坟墓,还给法国所有。

同一天,被奕䜣邀请"居间调处"的俄国公使伊格纳切夫也在北京城外的安定门外秘密会见了英、法公使,然后才找到奕䜣,表示愿意从中"调停",但提出一个先决条件:解决中俄边境问题!另外,当然还有其他要求。

一八六〇年十月二十四日、二十五日,奕䜣在英、法枪炮的威逼下,分别与英、法签订《北京条约》。主要内容包括:

(一)承认《天津条约》完全有效;

(二)开放天津为商埠;

(三)准许华民赴英、法属地或名洋做工;

(四)割让九龙司为英国领地;

(五)交还教产予天主教堂;

(六)赔偿英、法军费各八百万两,恤金英国三十万两,法国二十万两,恤金即日付清,赔款先各付五十万两。其余由海关税收内扣缴。

中英、中法《北京条约》签订后的第三天,俄公使伊格纳切夫就向奕䜣递交了一份新的《中俄条约草案》和俄国单方面绘制的中俄边境地图,将中国所属大片地区划归俄国所有,并迫使清廷"一字不能更易"地答应下来。十一月十四日,奕䜣被迫在中俄《北京条约》上签字画押。沙俄北极熊,恐吓利诱,掠夺了中国东北大片沃土。

消息传到皖南祁门湘军大营中,群情激奋,军心混乱,对洋人的掠夺义愤填膺。唯有曾国藩、李鸿章沉得住气,不加评说,袖手旁观,一副泰然自若的神情。几个丧权辱国的条约传到他们耳朵里,他们反而感到由此得到了解脱:不用北上"勤王"了,可以专心对内镇压、剿灭太平军了。对外妥协,这本来就在这一对师生的预料之中。

李鸿章协助恩师渡过了北上"勤王"的难关。李鸿章庆幸自己的主张得到了"果不出所料"的验证,因而扬扬自得地对恩师曾国藩说:"恩师呀,听说这次北上'勤王',唯有我们湘军未出一兵一卒,盛京的将军玉明、绥远将军成凯、陕甘总督乐斌、山东巡抚文煜、河南巡抚庆廉、山西巡抚英桂等,都亲率兵马驰援了,大多数是弄得焦头烂额,损兵折将,狼狈而归了。结果,'勤王'未能'勤'出一点功劳,一个个都落了个出力不讨好的下场。因为,大清朝廷最终还是向人家洋人下跪了!"

曾国藩道:"此次多亏贤弟力排众议,给我以启发,方才按兵不动,没有被牵扯进去呀!若要是真的去'勤王'了,现在还不知是一个什么下场!至少,是没有今天在祁门这个四野营寨林立的湘军大营了。"

在北上"勤王"问题上,李鸿章与曾国藩从不一致发展到二人惊人的一致。但说到祁门,李鸿章一听曾国藩话中有话,立即又皱起了眉头,仍坚持异议,主张立即撤离祁门,移军东至,以此防止将来被动挨打,救不了安庆。

曾国藩并非不懂祁门在战略全局上对湘军毫无特别重要的意义,在心中也承认李鸿章着眼于军事地位而坚持移军的主张是有道理的。但李鸿章哪里知道,曾国藩之所以驻守祁门,主要是做给令其督军往赴苏杭的咸丰皇帝看的一种姿态。

在祁门一晃已到了六月底。咸丰皇帝面临英、法联军兵临北京城下,四处调兵遣将后,再次想到曾国藩。或许他已意识到让湘军于数千里之外来救北京是不现实的,便指望他在江南能稳住阵脚,牵制太平军,保一方相安无事。于是,他下了一道圣旨:授予两江总督曾国藩为钦差大臣,督办江南军务。

如此喜讯,曾国藩心中清楚,也不出李鸿章所料:皇帝无非是让曾国藩更加积极地为他卖命。从圣旨到达军中以后,朝廷督责严厉,催促出兵的上谕如雪片一般飞来。七月十四日下旨催促曾国藩派兵援救宁国;十五日又命他东赴赶往浙江;十七日又令湘军迅速南下,收复苏常郡县。二十一日,要曾国藩派兵救援浙江的上谕才到军中,二十二日又奉上谕:"上海危急,着火速设法救援!"由于曾国藩是两江总督并任钦差大臣,这些地方即苏、浙、上海的地方官员和士绅也纷纷羽书告急,公牍私函不断,每天都有十多件请求出兵的信函。

此时的曾国藩一坐上钦差的宝座后,或许司空见惯了,他稳坐签押房中,见到雪片似的来函,有时看也不看,往李鸿章那里一推:"酌情处置吧!"李鸿章哪有调兵之权?因此只传于曾国藩知道,并无动作。时间长了,李鸿章心里清楚:凡推到他这里由他处置的公牍私函,都是可以不予理睬的。连咸丰的圣旨,曾国藩也经常顺手推于李鸿章。李鸿章也学会了见怪不怪。天塌下来,也不慌不惊,你急他不急。

李鸿章私下里向陈鼐等嘀咕,道:"我恩师官做得大了,人好像也麻木了。"

正是在咸丰皇帝的圣旨一个一个接连到来时,曾国藩才烦得发起了脾气,不敢公开骂皇帝,却大骂军机处,道:"这军机处一个个都是混蛋透顶,坐在紫禁城里异想天开,以为我湘军是灭火队呀?湘军如今虽有几万人马,可是在祁门归我直接调动的又有多少呢?大部分兵力都分布在各地战场上。就是把祁门这九千人统统拉出去,又能干什么用呢?我有什么办法今天去苏常,明天赴上海,后天到浙江呢?!这些军机大臣们如今让英、法联军吓昏了头了。与洋人们不敢造次,对我湘军却整天指手画脚,一道道上谕叫我为难,以为给了我一个两江总督,外加钦差大臣,就一定要我感恩戴德,时时处处事事都要听他们任意摆布了?!嗯!我这个官位得来,心安理得,不像有人屁功劳没有,不费吹灰之力,也捞个跟我同样的职位,甚至职位比我还高。如今这些碌碌无为之人,官帽在手,也未见他们那么积极地去为朝廷卖命,照样吃香的,喝辣的。我凭什么就要去事事听其摆布呢?!"

李鸿章在一旁,道:"世界上的事情从来如此,总有苦乐不均。还有一条,好心未必就有好报,恶人先告状,有时常常就是赢家。我老家合肥也有一句话,叫做'会哭的孩子多吃奶',瞧!世事哪有那么多公平呀?"

曾国藩喘着粗气,道:"少荃呀,你看!几个月过去了,左季高、李元度所招募的新兵还在湖南加紧操练。我如今连他们兵勇是个什么样子都没有见过。可是,新任督办四川军务的那个骆大人,一封加急送来,倒要将左宗棠新招募的队伍派给他,让左宗棠迅赴四川去打石达开了!"

李鸿章一惊,道:"石达开真的进入四川了?"

曾国藩道:"那还有假,就在不久前,就一路不知不觉地闯进四川了。"

"石达开不是在庆远府驻扎下来,四处游山玩水、参观访问,要在庆远建立自己的独立王国吗?"李鸿章问。

曾国藩叙述了原委。石达开原来是想在庆远不走了。可是,一待八个月下来,粮草没有了,军械火药没有了。这么多人,一不种田,二不创收,加之当地百姓自顾不暇,哪来这么多粮草供应他的近二十万闲人哪?!弹尽粮绝了,将士们也不干了,大多数人悲观失望,思归之念日益强烈起来。在庆远八个月里,石达开与清军无兵戎相交。可是,等到石达开的将士们怨声载道时,清军和当地民团武装渐渐把目标对准了石达开,四处扬言要收复庆远。更使石达开如雷轰顶的是:他的嫡系名将石镇吉宣布脱离石达开,带三万多人马去了福建。受之影响,又一名将何名标所率两万多人马也对石达开阳奉阴违,串通赖裕新所部,不辞而别。共计六万人脱离石达开后,也是走投无路,不久就溃散而灭了。又一次大分裂发生在上个月初:石达开的左一旗大将彭大顺突然调集自己的队伍,在庆远城外集合。吉庆元、汪海洋也率部赶来,一路高呼口号而去。等石达开知道后,这三万人马的队伍已由广西柳州到永宁去了。几个月里,石达开的队伍由二十万顿减一半。石达开这才感到庆远待不下了,于是想到了四川。在他们印象里,四川是全国的大粮仓,只有前往四川,才能解粮草之困。他令部将曾广依由泗城到西村、西隆一带先行探察,偷渡红水江,抵达贵州兴义府一带,想由云南入川。但刚进云南就遭清军伏击。故又令大军向南,绕道思恩,出泗城,这才进了四川境内。

李鸿章道:"既是这样,可见石达开也是一个胸无大志之人。料他进了四川,也会惨遭失败,不久就会走投无路的。"

曾国藩说:"事情的结局可以这么预测。我敢断定,就连洪秀全的长毛贼也会最终全军覆灭的,金陵一定会被收复。但这只能是久远的估计。问题在于现在,苏、浙、上海被李秀成搅得不能安宁,石达开又兵入四川,两地几乎横跨大半个中国,我湘军就这么一点人,能顾得了哪头?即使是明知顾不了这么多,还得去设法兼顾。石达开虽然不会再有什么作为了,真把四川搅乱了,最终也还得奉旨而去。不信你等着瞧吧!"

经过一番分析商讨,曾国藩决定先丢下苏、浙、上海和四川不管,只能先解自己的燃眉之急,派兵去救援宁国、广德。这两地都在安徽境内、自己的身边。舍近求远,曾国藩做不到。曾国藩派出一路大军先赴广德,再救宁国,双方经过激烈争夺,湘军最终未能如愿:广德得而复失,宁国虽勉强坚守,但也不断遭袭。

曾国藩着急了,立即写下书信一封,派人急送湖南给李元度,要他停止训练,火速率本部新兵赶到祁门来,准备参加战斗。正巧,到八月七日,送信人在半途中遇见了李元度,他正率新招募的兵勇快马加鞭而来。新募的兵勇共三千人,多出自湖南平江。

李元度一到祁门大营,就直奔曾国藩的签押房,见曾国藩正在房间里踱步,大喊一声:"钦差大臣涤公,我来了,共三千平江乡勇,一个个都是我亲自挑选训练的,请您验收,保证上阵后个个勇敢!"

曾国藩听见喊声,心头一阵惊喜,猛一转身,见李元度满脸汗水地迈步向自己走来,好似见到救星从天而降,立即上前,伸出自己的双手,要与李元度相拥相抱。两人坐下来后,一谈到眼前战局,曾国藩唉声叹气起来,道:"次青老弟呀!什么两江总督,钦差大臣?其实就是拿我曾某当做被他们使用的工具,当做他们的灭火队。如今宁国府和广德告急,而且就在我的身边,这便不能不救了。我已派兵去增援了,可是争夺得十分艰苦。这下好了,没有想到我正在想着你快点到来,你果然就率兵而至了,真正是雪中送炭哟!"

李元度摘下头顶上的红缨凉帽,用腰巾抹一把满头的汗水,说:"涤公呀,我心中也急着呢!没有一天不想着这大营,尽可能以最快的速度加紧训练。所以,才不等你的手谕送到湖南,我已日夜兼程赶到半途中了。今天到了,看来也不可能好好休息几天了。你下令吧!我这一军还是就地驻扎,还是去救宁国府?"

曾国藩笑道:"果然是好样的!你们新兵往哪里去,我已安排好了。宁国府有鲍春霆的霆字军先行一步去了,目前虽然仍在危急之中,但城池还在。只是鲍春霆近日得了疟疾,正在大营里养病。此次率兵前去宁国的,是他的副将宋国永统带的。我已向朝廷保举你为皖南道。你今天休息一晚,明天就带你的新兵去徽州赴任。到徽州以后,你就有了守土之责,因此请你切记:无论什么情况下,都必须坚守城池,切勿出城迎战。城池以外的战事不用你管,你只要能把徽州坚守住了,不让长毛贼攻入,就是一功。如果把徽州丢了,你的官职保不住,我保奏你也脸上无光了。到徽州以后,万一长毛贼攻得急了,你可以派人送信给我,我定会派兵去救。此事不是儿戏,定当严格遵守,誓死保住徽州。万一丢了城池,那时我会不讲情面的!"

李元度听了,捧腹大笑起来:"如今我已有三千兵勇,加上徽州城里还有一些守军,有我李元度前去,守城有何艰难?只要长毛贼敢去进犯徽州,我还真想有这么一个机会,让我们新兵们实战操练一下,定然杀他一个人头落地。您老兄大抵还记忆犹新吧?我李元度自入湘军以来,何时丢过城池?只有攻而不得的,哪有得而复失的?那年你回乡奔丧,石达开攻打江西,我不是同样顶住了多面夹击,打了几个大胜仗吗?"

曾国藩摆手道:"好汉不言当年勇。过去是过去,现在是现在。我是要看你现在能否坚守住徽州!我担心的是你一时冲动,让长毛贼施计引出城去,被人乘机攻入,那就让我大失所望了。走到那一步,就别怪我老兄翻脸不认兄弟了!"

李元度又一阵狂笑。在他看来,不就是坚守徽州小城吗?用得着这样反反复复地交代,反反复复地警告吗?道:"好了,您的命令我已接下了,您的话我也已记下了。明天上午,我就率兵出发,赶到徽州去。只是您老兄也得意思一下!"

"此话怎讲?怎么个意思?"曾国藩鼓起三角眼问。

"这还能装糊涂?先支两个月的兵饷,算是奖励兵勇们加紧训练,提前参战。再说,募勇已满三千,您还一个钱都没掏呢!"

"怎么说我没掏钱呢?在湖南训练的吃喝、军械费用,李瀚章把在江西征集的厘金拨了许多给你,那不是我掏的银子吗?"曾国藩驳道。

"好哇,就算您已掏过了,今天我再要两个月的兵饷,也不是加码多要的吧?只不过提前一点支取,好让兄弟们高兴高兴,看到我湘军是从不亏待兵勇的,干起来有劲!"

曾国藩笑道:"就是你点子多,也能张得开口,其实是因为兵勇们都是你的老乡,为他们争利吧?银子拿到手,不是为湘军鼓了劲,恐怕是想叫你的部下们感激你自己吧?你可以跷起大拇指对他们说:看,跟在我李某后面干,是吃香的,喝辣的,一个钱也少不了!是不是呀?"

261

李元度道:"嘴皮子说不过您的。不管您怎么看,把钱给我就好。我此去徽州,如守不住一城,拿我革职就是了。我若有丢失,再重的处罚也绝无怨言!"

曾国藩手掌对手掌,猛地一击,道:"好!那么我也要漂亮一些,先发两个月的兵饷,分文不少!"

李鸿章按曾国藩的指令,为李元度提取了兵饷,次日骑马送李元度到徽州上任。李鸿章在出了祁门后,回头看一眼李元度浩浩荡荡的队伍,心中羡慕极了。他心想:若有一天,我身后也能有一支可供自己指挥的队伍,那该有多好!他把李元度送到离祁门已有五十里地的渔亭镇,勒马对李元度道:"你已自成一军,此军今后战绩如何,全是你一人的功过。因此,初战当慎之又慎。"

李元度在临别时仍然气势非凡,指着身后的队伍,道:"少荃呀,你还不了解我吗?不用说有这支队伍,就是再少一半,我守那座小城还恐丢了不成?"

李鸿章摇头,道:"次青兄,你的为人及胆识,我向来敬佩。可是,你此去任务非凡:恩师他不听我的劝告,非要驻扎于祁门这个鬼地方不可。扎营祁门,不久就可以看出,定下来是有大麻烦的。那么,祁门将来如何,关键就要看你徽州了。你可能还没有体会出恩师他反复交代你的用心。我是看出来了,恩师自己也在为祁门担心,他是要你看守好徽州,以徽州保祁门。因为,在战略上,祁门的门户就是你的徽州。徽州不失,祁门难破;徽州一失,祁门就难保了。所以,他才在你还没有回来之前,就保奏你为皖南道,目的就是让你为他看好徽州这个门户呀!"

李元度点了点头,那表情仍是信心十足的样子,满有把握。李鸿章与他握别之后,策马回到祁门大营,一路上忧心忡忡。他已看出曾国藩的心思,但曾国藩虽有心思,但又不肯承认,更不同意移军别处。好像他在将错就错,暗中采取补救措施,加强祁门北面大洪岭和大赤岭两个山口的防务,筑起营垒。

谁知李元度以皖南徽宁池太广道身份进驻徽州才过半月,太平军李世贤就率部来攻。

原来,太平军的内部形势发生了很大变化。客观上因为英、法、美、俄联军紧紧咬住了清廷的这块肥肉不放,得寸进尺,使清廷抽不出精力,也抽不出更多的兵力来对付太平军,洪秀全的太平军在内乱及石达开出走以后得以喘息、调整,逐渐恢复了元气。从其内部来讲,洪秀全在他的天京城中兴奋地迎来了一个尊贵的客人——族弟洪仁玕。洪仁玕是一八五九年四月二十二日,即咸丰九年三月二十日到达金陵城中的。他的到来,使洪秀全欣喜若狂。

这洪仁玕的确是个人才,他与洪秀全从小一起长大,而在太平军金田起义后不久不遇而返,找不到洪秀全而去香港谋生了。在香港,洪仁玕结识了瑞典教师韩山文,由韩山文从中帮忙,写成《太平天国起义记》一书,以英文版广泛发行。此书出版后,洪仁玕于咸丰三年十月潜回内地一次,怀揣着《太平天国起义记》到处寻找洪秀全未果,只好又重奔香港。咸丰八年五月,他再次离开香港北上,从广州过梅岭,经江西饶州至湖北黄梅,乔装成商人东下,才找到已在金陵当天王多年的族兄洪秀全的。

洪仁玕才华横溢,见识卓越,洪秀全一见面就封他为"天国开朝精忠军师顶天扶朝纲干王",总理太平天国军政大事,仅一人之下,号令全军。

洪仁玕走马上任之时,陈玉成正率军进入江南,打破了和春、张国梁的清军大营后,回军皖省。此时的李秀成在苏、浙、上海一带连连获胜后,想伺机北上。苦于兵力不足,陈、李二位又想到了捻军。

太平军找上门来,捻军乐意合作。这次合作,就是要乘势南下,与湘军一比高低。干王洪仁玕亲抵前线,周密调度安排。

湘军这边,曾国藩一年多来,一直就想吃掉安庆。为此,他扎营祁门,已调集多路大军先后下彭泽湖、东至,径渡过江,经潜山,在安庆周边地区布防。曾国藩又命道员赵景贤、提督周凤山、道员王珍、李元度等坚守太平、石棣、铜陵、徽州等处。曾国藩此举是要断了安庆太平军的后援,割断金陵与安庆的通道。

曾国藩所担心的,就怕他所布置在安庆周围的各个阵地出问题。尤其是李元度驻防的徽州,一旦失陷,不仅祁门大营不保,可能会使一年多的苦心经营前功尽弃。

陈玉成与捻军联合后,统属干王洪仁玕调遣,形势大变。他们总体目标是南下驰援安庆,而要保住安庆,就必须一个个先破掉曾国藩在安

263

庆之外的层层设防,使安庆不至于成为一座孤城。陈玉成、李世贤和捻军头领龚得树在南下途中,一路势如破竹,很快到达并占领了松子关。松子关是北面通向安庆的重要通道,会师于松子关后,陈玉成等得报:曾国藩的行营扎在祁门。

陈玉成心头一喜,经商讨,由李世贤率军去攻李元度,拿下徽州,自己与龚得树分军吃掉宁国府,剿灭在广德、绩溪外围的湘勇。结果,太平军和捻军很快得手,占领了宁国等地。

这是八月二十五日,李鸿章正在祁门大营的卧房中审校恩师曾国藩编纂的《十八家诗钞》,四弟昭庆神色惊慌地来找李鸿章。来到二哥门前,他匆匆掀帘立在门口,道:"二哥,大事不好,探子来报,徽州城失陷了!我这就去禀报曾大帅!"

李鸿章吓得面如土色,从椅上一跃而起,跟着四弟快步来到签押房,向曾国藩禀报。昭庆道:"涤公,据探报,徽州被长毛攻陷了。皖南太广道李元度李大人下落不明,逃散兵勇也不知奔往何方⋯⋯"

曾国藩听报后的心情可想而知。他很长时间一言不发,好像生命受到威胁一般,在等待着一种死亡的宣判。

李鸿章上前,将一杯热茶递到他的手上,道:"事已至此,恩师也别太急了,以免伤了身子。"

曾国藩这才好像从梦中惊醒,把手往案台上一拍,道:"次青误我,次青误我大事了!"曾国藩这声音有些变样,听起来很吓人,就像人处于弥留之际的一种绝望的呼唤。随即他又喊道:"快来人啦!快来人啦!"

李鸿章道:"门生及四弟昭庆就站在您的身后,有事可以吩咐。"

"快去把鲍超鲍大人传到签押房来,我有话要讲!"

李鸿章转身叫人去找鲍超,然后回到曾国藩身旁,轻声道:"恩师千万不可感情用事,还得冷静一下才好。次青是湘军中的宿将,早年在靖港、九江和樟树镇败绩后的艰难岁月里,不改初衷,跟随您鞍前马后,立下了许多战功。他对您情谊深厚,始终不渝。这次驻守徽州,可能是新募兵勇,不通战术,把徽州丢得这么快。如此一来,祁门大营的南方门户洞开,情形危殆,后果实在不敢设想。眼下不是要追究次青什么责任,他也一定是尽力了,这会儿人都不知死是活。因此,当务之急是想想祁门这大营怎么保住,或者移军⋯⋯"

曾国藩一脸怒气，十分不耐烦地打断李鸿章的话，大声道："这个李元度精通文学而不知兵法，游戏人间，学得倒还机警。但就打了那么几个胜仗，就如割了鼻子一般，不知前后了。至于他是死是活，我敢肯定，他是不会以身殉城的。他吃了败仗，也会设法保住人马，伺机卷土重来。这会儿多半是败退到城外什么山沟里去了，又怕我责怪，说不定一月两月不敢来见我。唉！我们有言在先：丢了徽州，误我大事。若是他殉城了，我也不追究了，还会为他请求恤典。但他肯定没有死，甚至就在离我不远的地方。有一天他出来了，我还是要拿他严正军纪的。我是无奈呀，一言既出，驷马难追，按军纪处罚，恐必然要伤了多年的友谊了！"

李鸿章不以为然，但仍好言劝慰道："次青兄今天虽然打了败仗，但过去也打过许多胜仗。胜败乃兵家常事，不可以一仗定胜负。过去打了败仗，您也曾几次革了他的职。他立了功，你也很快恢复了他的顶戴，而且甚至还升了官。三军统帅不如此处置，不足以激励将士。我想即便您对他军法处置了，他也不会计较的，而且是能够心平气和接受的。"

曾国藩鼓起了三角眼，直瞪瞪地望着李鸿章。他实在听不清李鸿章到底是在为李元度求情，还是在反过来推李元度一把，拉李元度下水。他搞不清李鸿章的态度时，只好说："我要把感情丢在一边了，但愿次青能够理解我治军的处境……"

曾国藩正说着，鲍超一脸病容地进了签押房，向曾国藩施了一礼，道："曾大人有何事吩咐？"

"李元度把徽州丢了！"曾国藩扬起脸道。

鲍超也一惊，道："这就麻烦了！大帅是否让我带兵去收复徽州？请下令吧！"

曾国藩好像很受感动，仅鲍超这最后一句话，比李鸿章安慰到现在还管用。他立刻站起身来，端详着鲍超，道："春霆呀，我看你脸色不好，看来病还没有全好，能骑马吗？"

鲍超挺了挺身子，像立即要带兵出发似的，道："我的病您不用担心，骑马不成问题。保证立即可以率兵出发。"

曾国藩满意地点了点头，说："长毛贼突然又变得凶猛起来，而且与捻匪串通一气,共同与我为敌了。他们的目标是要最终逼攻我的大营,以救援安庆。前一阶段,我主张分兵进攻,现在看来要稳扎稳打才好。长毛、捻匪联合以后,人多势众,动辄几万人攻一地,而我军兵少力寡,硬打硬拼犹如鸡蛋碰石头,是没有便宜占的。我讲,还是请你出马,带领从宁国撤下来的人马,立即移军渔亭镇固守,无论如何,也要把渔亭镇控制在我们手里。我马上就派人去请左季高,因此,你一定要坚守到左季高先生驰援之前,能做到吗?"

鲍超道:"我想只要拼死相守,是能完成任务的!"

鲍超领命去了。曾国藩转身向昭庆盼咐道:"小老弟呀,你快快打点行装去江西一趟,带着我的檄令,飞调左宗棠大人的新军迅速赶到祁门来。我估计他此时已行抵南昌了,正往这条路上来。你沿路向南昌而去,一是代表我迎接,二是防止他半途中被人截了去。左宗棠大人初次成军,加之他个人的名声,各方瞩目。我已听说湖南的骆秉章大人想留他在湖南,江西的抚台也想把他留在省内驻防。你若不快点迎了去,恐怕他很难甩开各方人情,快速来到祁门的。"

昭庆垂手应道:"这就出发,请大帅放心!"

李鸿章执笔写了檄令,交曾国藩看了一遍后又签印完毕,才交于昭庆。昭庆不敢怠慢,向曾国藩、二哥鞠了一躬匆匆上路去了。李鸿章也牵了马,要把昭庆送出祁门,刚出行营,就见到鲍超已经换上了开叉行袍,戴上了红缨花翎,脚蹬薄底快靴,骑在了一匹灰鬃马上。队伍已经成形,彩旗招展,硕大的"霆"字十分醒目。

李鸿章策马过去,与鲍超交谈了几句,祝他一路顺风,然后再送了昭庆。

这天,李鸿章正在签押房忙着为曾国藩整理各地战报,忽听门外响起了一阵杂乱的脚步声。回头一看,是李元度带了几十名亲兵已冲到前院了。李元度衣服凌乱,满脸灰尘,好像也黑了许多,十分狼狈。他让亲兵在院子中等候,自己直奔签押房来。李鸿章迎了上去,李元度张口就道:"我这下子完了,徽州丢了,无颜来见了,但还是要来请罪哇!"

曾国藩回头一看李元度,又喜又怒。只见他脸上现出了由衷的惊愕,三角眼里闪烁着笑意。突然,曾国藩的脸红了起来,一直红到了耳根,两眼死死地盯住李元度,光色全无,双眼变暗了。眼睛里闪烁的不再是笑意,而是燃起了不可遏制的怒火。这样变化极快的目光使李元度顿时变得惊慌起来,就像犯了错误的小孩见到了正要等着训他的父母一样,李元度嘟嘟嚷嚷说了几句含糊不清的话,向曾国藩鞠了躬,就垂手立在一旁了。

曾国藩盯了一会李元度,见大家都不说话,便开口了。他一张口嗓门就很大,道:"你是怎么搞的?!临走时胸脯拍得当当响,说不会把徽州丢了。我再三叮嘱,你居然笑嘻嘻地听不进去,好像胸有成竹了!现在好了,才不过半月,就把徽州送到长毛贼手里去了。这徽州还是无所谓的吗?它是祁门的门户。徽州一丢,祁门的大门敞开了,暴露无遗了。你知道你这一次丢失城池将会带来的后果吗?"

李元度见曾国藩终于说话了,暗自松了一口气。他是个直性子人,有话讲出来,有火发出来,就怕憋在心里一言不发。这会儿知是自己的大牛吹过了头,拍拍自己的后脑门子,叹道:"我错就错在轻信长毛贼了。那日李世贤率长毛们来攻,我在城头一看,不过千人的兵力,心想开门出城一战,定会把长毛一举歼灭。谁知出城刚追了两里地,就中了埋伏。山沟里顷刻间冒出上万的长毛贼,一阵呐喊把我的队伍冲散了。等我转回头再想来集合队伍拔军回城,徽州已经丢了。"

曾国藩不听原因还好,一听李元度是如此丢了徽州,顿时火冒三丈,道:"你真是蠢到家了。临行前我一再交代,怕就怕在这一点上。你是不听军令,因而丧失了重要城池。我定要奏请皇上,拿你革职勘问。你以为此次违反军令,只不过丢了职务,然后再找机会立功,最终还会官复原职是吧?这一回没有那个便宜!革职以后,还要押解到京师刑部下狱,轻则充军,重则处死,你知道吗?!"

李元度的确轻估了自己的违反军令行为。起初出城接仗,一触即溃之后,只是觉得没有面子了,不好向曾大人交代了。所以才在周围徘徊不定,经久不归。最后一想,再丑的媳妇也要见公婆的。躲,不是办法,这才硬着头皮来到祁门听训。刚才听了曾国藩的话,细细打量曾国藩的表情,不像是随便吓唬自己的。联想到临去徽州驻防时,他那反复的交代,可谓有言在先了。这会儿讲要押解京师刑部下狱,不觉大吃一惊。万一真的弄了个下狱的处治,那就活不如死了。他开始在心里惊恐起来,吓得脸都变色了。于是用颤抖的声音试探道:"大人定要给予我处罚,小弟我也认了。革职是在情理之中的,总不会将我五花大绑,像押解重犯那样,送到京师去勘问吧?那样的话,我还不如就在这签押房,一刀把我砍了。死在你手下,小弟无怨无悔。送到京师去给那些满蒙大臣们发落,我不情愿!"

曾国藩道:"事已至此,你还以为像过去打了败仗那样,革职了事了?这一次是违反军令,丢了徽州,且你也是立下了军令状的,不送刑部大狱能行吗?"

李元度确信曾国藩已经下定了决心,带着哭腔道:"曾大人就饶了我这一回吧。看在我们多年情谊的分上,你若将我押解京师,就是太绝情,太过分了。"

曾国藩声音缓和了一些,但语气仍很坚决,道:"次青呀,我知道多年来你跟我鞍前马后,吃了许多苦头,忠心耿耿为我。这些都是私人交情,或者说是我个人担了你的兄弟之情。如今你我都是受了朝廷的差遣,皇恩在上,是不容你我只顾私人感情,而将军令法规丢在一边不管的。今天你违反的是军纪,是断不能徇私的。如果有军令而不行,怎能让湘军上下心服口服,我又怎能统领三军,号令几万人马呢?所以,你我个人感情再好,违反了军令也少不了处罚的!"

"那么,将功折罪就不行了吗!今天我丢了城池固然有罪,但新募兵勇,自成一军,那也是我几个月的汗水呀!"李元度请求道。

曾国藩扬起了脸,道:"我说次青呀,你怎么还是这么糊涂呢?若是可以松动灵活一下,那还用你开口吗?话已至此,不用多言,你准备接受军法处治吧!"

李元度火了,霍地从椅子上起身,硬邦邦地丢下一句话:"要杀要剐,听凭大人吩咐好了!"说完,转身扬长而去。

"次青,你别忙走!"曾国藩冲着他的背影喊道。李鸿章始终待在一旁,想插言表态,但找不到机会。这会儿见曾国藩喊他,心中一喜,快步追到院中,扯住李元度的衣袖,道:"恩师还有话讲,你别这样气呼呼地走嘛。"

李元度将胳膊一甩,挣脱了李鸿章,头也不回,一跺脚走了。李鸿章弄了一个尴尬。这一切曾国藩看得清清楚楚,心中怒火再起,对李鸿章喊道:"让他去吧!"其实在这时,李元度能止步回来,再老老实实地让曾国藩训斥一通,然后虚心认错,或许会把曾国藩从愤怒中拉回来,大事化小,小事化了的。甚至连革职的时间都不会太长。因湘军中正要用人,李元度与曾国藩又是患难之交,有什么不可通融的?然而,李元度沉不住气了。如此扬长而去,更激起了曾国藩满心怒火。李元度出了行营之后,曾国藩就令李鸿章拿纸笔来,要给朝廷草拟奏章,不仅将李元度革职,还要拿问处分,真的要将他押解京师,交刑部下狱。

李鸿章慌了手脚,偷偷去找了陈鼐,一起来到签押房,见曾国藩仍坐在太师椅中生闷气,就轻手轻脚地来到曾国藩面前,压低声音说:"恩师息怒,李元度有错在前,您处罚他是对的。但却不可过分……"

曾国藩一扬脸,怒视着李鸿章,道:"快去起草参劾李元度的奏折,不用再变着法子前来求情了!"

李鸿章道:"恩师还须三思而行。我以为,如果这一次恩师只念交情,当处不处,连革职也不办了,我李鸿章是反对的。无论如何,违反了军令,就要认罚。不罚不足以稳军心,不足以体现军纪威严。但如今是不仅要革职,还要拿问京师,门生以为这就过了,因此也坚决反对。次青虽然丢失了徽州,但他并不是弃城逃跑,更不是懦怯而投降。自长毛贼作乱以来,各省、府、州、县及绿营兵中,有多少畏缩不前,甚至临阵脱逃的大小官员?他们为大清朝廷才真正是丢尽了脸。但,又有几人因自己的罪责而被捉拿送京?又有多少人因丢了城池而下了大狱?次青追随恩师多年,没有功劳也还有苦劳。听说在赣东玉山一战,冲杀在前,脸上中了枪弹,血流满面都不曾畏缩。李元度与门生一样,是您最了解的人。从京师回乡以来,对恩师可以说忠心耿耿,不能到头来又由恩师您亲手把他送下大狱呀!"

曾国藩的火气上来了,道:"你休要多言!我听你这话的意思,好像是在指责我不讲交情,忘恩负义了?!李元度与我,是我们之间的事情,不用你来说三道四。过去、现在,他都帮过我的忙。咸丰八年石达开侵入江西,他以三千疲卒阻挡住了数万悍贼。但这些都已经摆平了,我奏请皇上嘉奖了他,而且升了官。这次回湖南招募新勇,我向朝廷奏保他出任皖南道,这本身也是嘉奖。凡有功之处,我是不会忘记的!但只奖不罚,不是我曾某所为。我主张奖罚分明,有奖便奖,有过便罚;轻罪轻罚,重罪重罚,这才是正确的用人之道,也是我曾某的治军之道。你现在想为李元度讨个人情,做好人容易,做恶人难。如果这个人情可以拱手白送,我还用你来讨吗?难道我自己不会做人情?之所以不给这个人情,是因为这个人情给了就要坏事。丢失徽州所造成的影响是你应该清楚的!能够蒙混过关吗?当然,仅革职处分也不是说不过去。但你看他那脾气,根本是让人咽不下这口气。不从重治治他,将来仍然要旧病复发的!所以,我决心已定,各位不要劝我了!"

这番话把李鸿章说得面红耳赤。陈鼐怕他二人争出新的不快,上前一步对曾国藩说:"老师呀,听我一句话,正在气头上,不要轻易做什么决定。以防今天决定了,待明日气消了以后,又后悔了。那时后悔便迟了。今天我们既不说您做得对,也不论您做得不对。对与不对,等过了气头再说。只要是您平静下来做出的决定,我相信一定会妥当的。"

"没有什么妥当不妥当,我现在做出的决定,往后不会后悔的。你们各自忙自己事情去吧!"曾国藩有些不耐烦了。

陈鼐见劝说无效,再坚持下去效果更不好,这就想离开,另择机会来谈。但李鸿章用眼神瞄了他一下,示意不让他走,留下来继续做工作。陈鼐坐下了,李鸿章开口又道:"恩师,无论您是在气头上,还是不在气头上,那是您的事。我只是觉得,革职,就已经是不轻了。如果要押解京师拿问,便是您小题大做,轻罪重处了!如果这样做,伤害的不仅仅是跟随了你多年的李元度,也会伤害其他无数将士的。我想至少他那些新招募的湘勇是不会答应的!"

曾国藩火气又涌,手一摆,道:"少废话,行不行?你赶快替我拟稿!"

李鸿章也不示弱,回道:"参劾李元度的奏稿,门生不能拟!"

"你不拟没关系!我自己来办稿好了!"曾国藩圆睁了双眼道。

李鸿章没有退路了,两眼炯炯地望着曾国藩,就像是人在受了委屈之后,突然找到了要报复人的机会时的表情,脚一跺地,道:"那么好呀,您自己拟稿吧!若依然是参劾了李元度,门生我就不能再留在这里了。我也要走了!"

曾国藩一愣,抚摸着胡须沉吟了一会。他或许觉出了自己坚持要拿问李元度是有些过火。在听了李鸿章要离他而去的话后,尽管表情上仍佯装成无动于衷,但语气显然缓和了一些,音量也低得多了,道:

"你走也好,留也好,听君自便。那是你的权利,我无权强留,反正不是我赶你走的!"

李鸿章应道:"是我自己做出的决定,一切后果由我自己承担,与您无关!"说完,李鸿章抬脚就走。陈鼐一把拉住李鸿章,道:"少荃呀,本来我们是请求老师不要拿问李元度的。你怎么把自己卷进去了呢?而且,老师不是还没有拟稿吗?你怎么知道拟稿后就一定有要拿问李元度的内容呢?!"

曾国藩道:"不要再有什么幻想了。我拟稿一定会奏请皇上拿问他的!"

李鸿章的脾气也让人吃惊,曾国藩从未见过他会有这等脾气。在北上"勤王"问题上,他见过李鸿章力排众议时发过一场脾气。那一次他的脸是惨白的,说话的声音就好像是一只受了伤的狮子发出的吼声。当时要不是李鸿章那么激动,曾国藩或许不会引起注意,耐下心来听听他反对北上"勤王"的意见的。这一次不同了,造成矛盾的根源不同,李鸿章所作出的反应也比上一次强烈得多,不仅脸色惨白,声音吓人,连两片嘴唇都在发抖,一双眼睛好似发热病一般的在闪烁,让人感觉到他已经失去理智了。

陈鼐仍在死死地拖住李鸿章,不让李鸿章走出签押房。曾国藩坐在太师椅上,动也不动,也不回头,更没有阻止李鸿章离去的意思。李鸿章瞅了一眼曾国藩,脑海突然想到去建昌第一次见到曾国藩时的情形,心中涌起一股力量,道:"你不要再拦我了。这里是不能容人的地方,我铁了心要走了!"他一使劲,挣脱了陈鼐的双手,加紧跑出几步,穿过月洞门,进了一座别有天地的小庭院,推门进了自己的房间。他没有想到,李元度正躺在自己的床上,两手举在后脑门上托着,满脸生闷气的样子。他见李鸿章也是满脸怒气地回来了,估计是为了自己的事与恩师闹得不愉快。正好陈鼐也后脚跨进门来,一问才知果然如此。李元度很感动,上前一把拉住李鸿章的双手,道:"少荃,你的心意我理解,为朋友打抱不平,不可过头了。曾大人有他自己的道理,说到底毛病在我身上。我不能让你为我的事情与恩师闹翻了。你自在北京攻读学问以来,也已经追随他许多年了,感情上应比我与曾大人还要深才对。须知,你从安徽一路找到军中,不说为湘军的发展,也不说为曾大人他出一把力,就说为你自己的前途考虑,也不应该有这一次决裂!你还有大哥、四弟都在曾大人手下做事,也应该为他们考虑一下。你一赌气走了,让他兄弟俩怎么办?这不是让他们从此也难处了吗?"

"大哥有大哥的差事,包括四弟昭庆,我想恩师他不会因为我的离去而跟他们过意不去的。如果那样做,说明恩师就太没有水平了。我了解恩师,我走了以后,他会格外关照我的兄弟们的。这一点我确信无疑。至于我自己的前途,也就这样了。人生的路子还很长,我想总有一个奔头!"

李元度道:"就算你说的是那么一回事,但眼下也不能说走就走。我要实话告诉你,曾大人对你是始终高看一眼的,各方面对你都比对其他人要好得多,但他表面上却不露声色。他的精深之处就在于,对你好是放在心里面的,而且让你感觉不出来;对你坏也不是放在脸面上的,也是放在心里面的,让你也感觉不出来。我们几个都清楚,曾大人对你寄托的希望更大,是要一步步把你培养出来。他曾在私下里对我说过:青出于蓝而胜于蓝,你将来会超过他的。这不,听说他又奏请皇上了。要派你去江北担任实缺道台,主办淮扬水师。这便是要你开始独当一面了。追随恩师这么多年,最后盼得的不就是这个前途吗?现在为我之事赌气而去,岂不可惜了自己?!"

李鸿章道:"办什么水师?当初他要我去办皖北马队,我都没有去。这水师怎么办?我更是外行了。既是外行,就不能去了。如果办砸了,就像你这次一般,把一个徽州没有守住,不是更糟糕吗?次青,你讲恩师对我好,这些我承认。我也要告诉你:我此去并非因为恩师对我不好,而是我认为他不能那样严厉地处分你。轻罪重处,我心中不服。仅此而已!"

李鸿章最后这点申明,令李元度更为感动。陈鼐也在一旁道:"少荃呀,共事至今,想不到你能这么热心肠为朋友,小弟我十分佩服。但是,我仍然是不赞成你就这一走了之。你走以后,能到哪里去了?要知道,为了找到恩师,投奔湘军,你曾吃了多少苦,费了多少心血呀!"

"是的,我是一片热心肠地追随而来。今天一走,自然是没有好的去处。我准备去南昌,在家兄瀚章那里住一段时间。我母亲也在南昌,正好陪陪老母。然后,再设法找件事做做。"

次日,李鸿章真的离开了祁门大营。他仍然骑着那匹枣红马,又雇了一个挑夫,郁郁愤愤,凄凄惶惶上了路。

天,刚刚才微明。他怕碰见熟人,便从小道上绕行,然后才踏上南伸的大道。出了祁门大营七八里地了,太阳才刚露出半张脸来。他突然下马,让挑夫也放下担子,说要在路边坐一会。其实他不是累,而是要坐下来想想。他不停地向大营的方向看去,但没有看见一个人影。或许就在这时,恩师随便派一个什么人追来,夺下他的行李,牵回他的枣红马,他还会跟着回去的。只可惜两袋烟工夫坐下来了,没有人出面再来挽留。他叹了一口气,忽然却觉得轻松自由了不少。在这条通往江西南昌的大道上,他觉得他成了自己的主宰了。祁门,李鸿章坚信自己看得准确:此乃绝地,不久就会大祸临头。自己愤然离去,其实是脱离了一种险境,一种或许会丢掉性命所在。

想到这里,他有了精神,一跃跨上枣红马,继续前行。前面是一条岔路,一条可去南昌,一条可去湖北,还有一条向东绕行,也可以到达南昌。他想到了左宗棠。四弟昭庆不是去迎接了吗?说不定已经离祁门不远了。他心头一顿:不能与左大人在半途中相遇。自己是赌气出走,又一身狼狈不堪,见到左大人必定是拦住不放行的。还有四弟昭庆,也会尽力拖他重回祁门的。

李鸿章拿定了主意,避道而行。可是,刚上了小路,他又勒马停下,道:"再坐一会儿吧!"挑夫纳闷了:这位李大人是怎么啦?走走停停,到底还去不去南昌了?

李鸿章果然暂不去南昌,他要先去一趟湖北武昌。胡林翼大人就在武昌。李鸿章狠劲地拍了自己的后脑门,自言自语道:"我怎么把胡大人忘了?此次离湘军出走,必须向他有一个交代!"

李鸿章心里明白,他不仅是给胡林翼一个交代,他是要去向胡大人讨一个公道,向他诉说一下自己心中的担忧与积怨。李鸿章清楚胡林翼与曾国藩的关系。在曾国藩那里,说话真正有分量的,唯有胡林翼大人。今天这样不明不白地走了,还不知道大营上下会怎么议论。他必须找到胡林翼。一路跋山涉水,李鸿章风尘仆仆地向武昌奔去。

这日,李鸿章终于进了武昌城。他将挑夫安排在小客栈住下后,自己直奔巡抚衙门而去。李鸿章来过武昌,他曾随曾国藩来武昌拜见过总督官文。就在给官文六姨太恭贺生日的空当里,他随曾国藩在胡林翼的巡抚衙门做过客。这回来了,他不用问路,便直接找到了那侍卫森严的抚衙。递上名帖,由一名当差的领了进去,穿过两道小院,来到了一座宏伟的建筑前,胡林翼已笑吟吟地站在了门前高高的台阶上。李鸿章几乎是扑过去的,立即向胡林翼行了大礼。胡林翼一把挽起李鸿章,道:"少荃老弟,这使不得,快进屋去!"

"我离开祁门大营,自行出走了。"李鸿章一开口,就流下了眼泪。

胡林翼不觉一惊:"这是为什么?"

李鸿章语声哽咽地细说了辞幕原委,然后道:"润芝大兄呀,请您让我讨一个公道的说法,我该何去何从呀?"

胡林翼望了一眼正显疲惫的李鸿章,亲热地说:"自从上次宿松一别,不想你们吃了这么许多苦头。"亲兵献上香茶,胡林翼边喝着茶边说道:"少荃呀,不瞒你说,不仅涤生兄对你高看一眼,依我的估计,你将来也必成大器。不用说目前的什么道台、二品的布政使放在你身上还轻了。涤生兄现在不就是一个两江总督、钦差大臣吗?这一切都会有你的。只是,未来的路还很长,要有耐心,遇事要冷静。因此,愚兄佩服你的才华,却不能支持你这一次与恩师的决裂。他曾涤生纵有千般错,万般差,你作为门生,多年追随,哪能说翻脸就翻脸呢?我也承认,涤生兄的脾气是大有毛病的,但这个人你应了解:对你心肠是好的,而且好得有些过分。犹如当年对我,那是绝对没有话说的!"

李鸿章低下了头,泪水已经擦干,脸上开始出现了笑容。胡林翼观察到自己的一段话在李鸿章身上起到了作用,心里一喜,继续说道:"你知道吧?我与涤生在紫禁城的翰林院共事一年,彼此年龄相仿,又同为湖南人,故相交亲密。道光二十一年时,我因家父病逝,奉父柩回益阳原籍,便与涤生兄分手了。但他对我的帮助却始终没有断。分别得越久,就让人越是佩服他的才华,他的为人。他组建湘军后,原贵州巡抚吴文熔调任湖北署理湖广总督,正赶上武昌形势吃紧,他急向朝廷求调我去湖北支援。我带兵勇赶到金口时,吴文熔大人已经阵亡。当时的荆州将军旗人台涌非要留我不可,我哪能到他手下干呢?便只身赶去长沙,找到了涤生兄。我见面后就说:'从今以后就在涤生兄帐下做一偏裨了!'涤生兄十分高兴地收下了我,从此有福同享,有难同当,全靠他的栽培,才有今天呀。由我而言你,我想亦大概应该如此。此人非常爱才,也极会用才。是个人才,在他手下干最终都不会吃亏的。但是,恕愚兄直言:别人把我们当做人才看,自己也须有一个人才的本事,人才的度量。尤其是患难之交,要勇于与朋友共患难。如今长毛贼元气又复,四处出击,湘军正值艰难之时,你这一走了之,还须三思而后行呀!"

李鸿章听得把头儿直点,道:"润芝大兄句句真情,少荃我明白了。我从小读书求学,广交四方朋友,为的也是增长一分才干,为朝廷效力。多少年来,在恩师的教导培养下,我处处事事以恩师为楷模,连文章撰法、辞句也以恩师为范本,潜心仿效。从心里说,我也承认他不愧为人师,待我之恩,也确属今生难报。但这一次出走,事出有因,导火线自然是为了他要拿问李元度一事,我误以为他对李元度是轻罪重罚、恩将仇报了。经您这么一点拨,我知道自己错了。但是,我对您也实话实说吧,离开祁门,是因为据我的分析:祁门本不该是扎营之地。那祁门四面是山,处在盆底之中,贼人来攻,逃都没法逃出,别说向外进攻了。但他固执己见,求一个风景秀丽和安静。徽州一失,祁门的大门就暴露在长毛贼的眼皮子底下,哪还有探不清楚的?宿松会议不是决定了要攻取安庆,收复皖中吗?你躲在祁门的深山里,怎么去攻打安庆呀?这番想法跟他谈了不知多少次了,他一句也听不进去。正所谓'明知山有虎,偏向虎山行'!所以,迫于无奈,在潜意识里,我也想通过自己出走,来激一激他的思考,引起他的注意:赶快从祁门移军,移到长江边上去。那样水陆通行,能进能退,才算是走上了正道。"

胡林翼听了李鸿章这番表露了心迹的话,连连点头,道:"少荃呀,你是很有主见的。而且依我之见,请求从祁门移军的想法也是正确的。我也认为驻扎祁门是一个不妥当的决定,在祁门扎营不如移往别处。你回去以后,我会马上写信给涤生兄,请他充分考虑你的意见,尽快从祁门移军。你还是尽快回到他行营去吧!"

李鸿章道:"请润芝兄宽限我一段时日。马上就返回行营,我还做不到。因为,我人既然已经迈了出来,回去也得找一个机会。否则,我便羞于见人了。再就是我出走的动意之一,是要激他从祁门移军,他还没有一个可听取我意见的表示。此次出走,就一点作用没有了。最好是等到他有所醒悟,那时再投入幕中,效果肯定要好得多。所以,恕我暂时不能从命,容我去南昌,在大哥瀚章那里住一段时间,借此机会,向家母敬一敬孝道,亦算了却了我一桩心愿。"

胡林翼凝眉思考了片刻,道:"如此亦好!你先去南昌,待我快点写信去,让他从祁门移军东至后,你再回幕中。"

武昌之行,李鸿章收获不小,心情顿时变得舒畅起来。在武昌逗留了两天后,他骑上枣红马,一路哼着江淮小调,向江西南昌疾驰而来。

进了南昌城,李鸿章找到了旧宁王府的藩台衙门旁,就在衙门的左侧,是通省牙厘总局。总局两扇大门虽没有藩台衙门气派,但也竖了"肃静""回避"的牌子,四名湘勇佩刀守卫在大门两侧。李鸿章跳下马来,带着挑夫从容迈上台阶。守卫着的湘勇将李鸿章与挑夫拦住,门上的差人见了,吓了一跳:这个人怎么如此面熟,与总局里的李大人长得十分相像。可大人刚才花翎补服地坐着小轿出门了呀?他是去抚台大人门上了……怎么这会儿便衣小帽地骑着一匹枣红马回来了?牙厘总局里也没有这样的马嘛。门差以惊奇的目光打量着李鸿章,细看以后,才断定李鸿章并非是他们大人。他与大人长得太像了,年龄也相仿,个条也大差不差,一样的长腿长臂膀,一样的神态。但他们大人的眉毛要浓一些,眼睛也大一些。

李鸿章知是门差在把他与李瀚章作比较,就索性让他细瞧一会。直到那门差摇着头,张开了笑脸,对李鸿章拱手一揖时,李鸿章才开口道:"你家大人在吗?"

门差笑道:"要不是您这样问,我差点儿把您当做我家大人了。我家大人刚刚出门,去谒见抚台大人了。请问您是……?"门差刚要问李鸿章尊姓大名,转头一见有个挑夫站在一旁,似乎明白了:李瀚章大人有个二弟也在曾国藩的幕中,还是个道台,说不定正是李二大人来了。因此改口道:"二大人吧?我是李大人的听差,快请进屋。我去请少爷出来迎接。"

李鸿章立即有了一种回到家的感觉。他让挑夫把行李挑到号房,门差机灵得很,赶快让门仆付了挑夫应得的脚钱,打发挑夫走了。忽听得一阵"二叔、二叔"稚嫩的喊叫声,李鸿章知是胞侄经畲来迎了,抢先迈开两步,将经畲搂在怀中,又使劲地高高托起。李鸿章感到举托困难了,毕竟是胖乎乎的几岁的男孩子了。因此哈哈大笑:"经畬啊,一年多未见,你长高了啦,倒像个小胖墩了!"

经畬给李鸿章请了安,道:"我妈正在家里呢,您过去吧!让我妈做些好吃的给二叔尝尝!"说话奶声奶气,但却一听就是教养极好的。

李鸿章已知大哥出门了,自觉得不便先见嫂嫂。便对经畬说:"你看二叔这一身的灰尘,也累得不轻,想先洗个澡再去见你妈。好不好呀?"于是,李鸿章径直来到一间堂房,往常要见李瀚章的客人一般都在这里等候。李鸿章进门一看,屋里已坐了好几个人,都是州县候补的大、小老爷们。他们拿着京中大员及省里抚台或司道们的信函,或来求职,或来请求减免关卡厘金的。这些人一见李鸿章进门来,大都把他当成了总局的李大人。与李瀚章只见过一两面的大、小老爷们实在分不清哪个是李瀚章,哪个是李鸿章。这帮人打躬作揖,一个个奴才似的。李鸿章由此悟出:原来大哥所做的这个差事还是个肥缺,油水大得很哩!比在大营里忙里忙外风光多了。无论如何,在这个通省牙厘总局里,就是他说了算,抚台直管不了,曾国藩远在祁门,正所谓"山高皇帝远",独当一面,多么自在!

李鸿章正想着这些,经畬来喊他去洗澡。跟经畬穿过一条甬道,进了一间小屋,大木桶的热水已经备下,李鸿章洗得好舒服。浴罢,换上了一套干干净净的新衣服,外穿夹袍,脚蹬双梁布鞋。一个女仆过来,替李鸿章重新梳理了发辫,对着镜子照照,完全不同于路上的情形了,神采奕奕,满面红光。他并没有去拜见嫂嫂,但不见嫂嫂便见不到老母。正巧这时大哥瀚章回来了,前头有四名牙厘总局的差弁护着一把开道的大红伞。大红伞后面紧跟着一个差官,他骑马在前为绿呢大轿开路。轿子由四名身穿统一号衣的轿夫抬着。这些轿夫好似都是经过训练的,脚下快步如飞,上身却纹丝不动,把轿子抬得十分稳当。在轿子的后面,还跑着两名骑马的差官,他们好像是在压阵护卫,又好像是在壮声势。

瀚章的轿队过来以后,又见一个门上的差人,夹着一只皮护书,扶着轿杠紧跑慢跑地跟了过来。平时他是专门为大人送名帖的,这会儿回到牙厘总局了,他便不用送名帖了,恭恭敬敬地为瀚章掀起轿帘,迎大人从轿里下来。

李瀚章头戴四品暗蓝顶子呢檐红缨帽,身穿八蟒五爪蟒袍,外罩石青色补褂,前后胸各缀了一方用金丝线绣成的雪雁图样的"补子"。他刚下轿,身子还未直起来,门上的差人就上前一步,左膝屈地,右腿后弯,右臂斜向前伸,笑着对瀚章道:"禀大人,二大人从祁门大营来了,很有一会了,已让少爷迎进府中去了!"

李瀚章暗吃了一惊:"鸿章是在恩师曾国藩身边的人啦,一般是离不开的,怎么会跑到南昌来了?听说长毛贼要攻打祁门大营了,莫不是大营被打破了,鸿章自己逃出来了?或许是曾大人到南昌来了,鸿章做伴而来?"李瀚章在脑海中翻腾着,估测着,不禁加快了脚步,迈进中门,向府中走来。

李鸿章正急着要去后厢屋见母亲和嫂嫂,听说大哥瀚章从抚衙回来了,赶忙迎出门外,见了大哥,屈了右膝,道:"大哥近来可好?兄弟鸿章给您请安了!"

瀚章上前一把扶住鸿章,神色紧张地问道:"二弟呀,你怎么突然来南昌了?有什么急事吗?!"

鸿章知道大哥还不清楚缘由,道:"大哥莫急,一句两句话也说不清楚。没有出什么大事,大营那边目前还好,只是李元度把徽州丢了。待我们见过母亲大人及嫂嫂以后,再作详禀吧!"

"母亲大人上月回老家庐州去了。她实在想念在老家的鹤章、蕴章及一大帮孙子、孙女们了,非让我派人把她老人家送回庐州去不可。噢,差点忘了告诉你,弟媳思仪又为你生了一个千金小姐。老太太急着回去,多半也是想看看这个未见过面的孙女吧!昭弟的儿子经方也带走了,老太太呀儿孙满堂了。只是这么好几房的孙子、孙女,弄不好要把老太太累坏了……"

李鸿章心头一惊:不想自己又添了个女儿。"咳!"李鸿章叹了一口气,猛然觉得自己身为一个父亲、一个丈夫,都是不称职的!自从随父去北京攻读科举,再回乡协办团练,然后投奔恩师曾国藩的幕府,自己极少过问过妻子、孩子们的事情。大女儿镜蓉该有十岁了吧?他甚至说不清自己亲生女儿的出生年月。那年随岳父大人回乡协办团练,进了阔别已久的家门,见了母亲大人、妻子周氏以及众兄弟,畅叙五年的在京经历,不禁泪如雨下。妻子周氏对丈夫李鸿章突然回乡尤感意外,这意外使她兴奋不已。激动得热泪盈眶时,她拉过来一个小女孩。李鸿章一见这小女孩生得俊俏伶俐,乖巧可爱,便意识到了什么。于是便问:"这是谁家……"

话还没说成句,妻子周氏就道:"还能是谁家的?这是你的亲生女儿!"

"我的女儿?真是我的女儿?!"李鸿章心头如同灌了蜜一般,忽然想到,"我们已有了女儿,为什么一直不告诉我呢?"

周氏道:"因是生了个女儿,妻妾羞于向你报喜了。若是能为你传后,当然会加急去报的。"

李鸿章道:"你好糊涂呀。第一胎谁能保证生男生女?如今已有了女儿,我怎么会责怪你呢?!"李鸿章说着,把女儿抱在怀中,问:"好女儿,你叫什么名字呀?"

周氏答道:"生下来至今,我们只叫她小名。正式的大名还须等你回来取定才好。"

李鸿章凝神端详着自己的女儿,抚摸着女儿的小脑袋,半晌,抬头对周氏说:"就叫镜蓉吧,明镜的镜,蓉花的蓉,取其通身亮丽,才溢流呈之意。如此也是个女孩子之名,你看如何?"

"就依你,叫镜蓉了。正好也与她应有的辈分'经'字谐音,甚好,甚好。"

"我有名字了!我有名字了!"小镜蓉高兴地蹦跳起来。李鸿章又一把搂过女儿,在她小脸蛋上亲了又亲。周氏看在眼里,没有想到丈夫这么喜欢自己的女儿,并没有在乎她生下了个女娃。几年来压在心头的担忧顿时烟消云散了,两行激动的泪水顺着脸颊淌了下来。

无论生男生女,第一次当爸爸的感觉总是很甜蜜的。但这么多年过去了,侧室淑云肚子始终是扁扁的,怎么在一起也大不起来。周氏倒是会生,第一胎是女孩,第二胎还是个女娃,这就不能不让李鸿章心头涌起了一种失落感了。自古有训:"不孝有三,无后为大。"李鸿章焉能心安理得、一身轻松呢?然而,一个至今未生,一个又接连单生女孩,李鸿章能责怪两位感情甚好的娇妻吗?他不能责怪任何人,他也不能责怪自己。男人的事业永远是大于一切,其他只能往后放一放。或者说,就听天由命吧!

末弟昭庆早几年已经成家了,就在李鸿章刚回乡那年结的婚,当年就生了个胖小子。四弟媳郭氏真够争气的,生了一个男孩后,又生了个男孩。大孩子取名叫经方,二儿子取名叫经乐。昭庆或许是啥多了厌啥,倒没有把男孩子看得太重,甚至说:"希望他们中有一个能是女孩。"李鸿章心想:昭庆这是在有意从侧面安慰我哩!瞧,自己又得了女娃!

　　李瀚章发觉鸿章一讲到孩子问题就开始发愣,心里猜到了鸿章所忧,道:"嗳,又生一个千金还不高兴吗?你还早呢?又有两位夫人,都还是少妇一般的模样,肯定会有男孩的!你看看我,都四十岁出头的人了,又是家中的老大,结婚也在你们之前,可是有孩子却在你们之后。镜蓉侄女都十岁了,我的经畲才刚刚断奶不久。这么多年后才得子,不是照样等到了吗?你若是急着要男孩,我把经畲先过继给你好了!"

　　李鸿章笑了,双手拱起,道:"使不得,使不得。大哥四十岁才得子,兄弟们急什么呢!"

　　"这就对了。男孩子迟早会有的,就是真的到后来不生男孩,再娶一房夫人也并非是不可以的。再说,我们兄弟六人这么多男孩,过继一个给你,到最后或许你有了自己的男孩,又嫌过继的是多余了。"李瀚章尽量想把鸿章的精神提起来,半认真半开玩笑说道。

　　李鸿章道:"大哥哪里的话!侄儿与儿子,在我眼里都差不多,反正都是我李家的后人,一样为我们李家传宗接代,延续香火嘛!"

　　兄弟俩说了好一会,李瀚章这才想到进了自己的书房,摘去红缨帽,脱去补褂,让差役泡上茶水,二人坐下来。李瀚章凝视了鸿章好一会儿,问:"你来南昌有什么公干?"

　　李鸿章毫不加掩饰地答道:"我与那恩师曾大人闹翻了,一气之下自己跑出来的!"

　　李瀚章大吃一惊,蓦地一下从座椅上站起来,大起嗓门,道:"你怎么能这样?!而且说得这么轻松?!"

　　李鸿章见大哥想发火,道:"大哥,你坐下说话,不要喊叫好不好?"

　　李瀚章一甩袖子,"嗯"地一声,坐了下来,问:"与恩师是怎么闹翻的?"

　　"咳,一言难尽啦!"李鸿章叹了一口气,把与曾国藩闹别扭的事从头至尾说了一遍。最后告诉大哥瀚章,说他临来南昌之前,还专门去武昌谒见了胡林翼大人。胡大人很理解，也很支持他的观点，只是对他赌气离营出走表示反对。胡林翼说要给恩师写信，建议他从祁门移军东至县等等。

李瀚章认真地听完了鸿章的叙说，紧锁了眉头，半晌开口道："兄弟呀！不是做大哥的今天要批你几句。其实老早你刚入湘军曾大人幕中时，我就想讲几句掏心窝的话。我们的父亲已经不在人世了。你还告诉我，说你在做梦时，父亲阴魂不散，叫你'以贼为板，以曾为山'。其实今天看起来，我倒并不觉得是父亲阴魂不散使然。而是你自己多年来追随恩师、立志剿匪悟出的一种思考，抑或也是一种内心里常常藏在深处的愿望。日有所思，夜有所梦。你梦见了，当时告诉我，老实说，我心里很高兴。因为从这个思考或愿望里，我感到你成熟了，学会动脑筋为自己设计前程了。所以，后来我借投身于湘军的机会，始终注意接近曾大人。在与曾大人朝夕相处的日子里，我更注意不断把你的情况介绍给他。甚至多次把你写的家书挑出来给他看。目的是让他对你加深印象，增进了解。我把母亲和昭庆带到南昌，目的也是为你创造能常来南昌看望老母的机会。你只要来南昌，曾大人就会留你。后来接上了头，果然留下来了。但是，留你下来了，你却不够注意了。好像真的是'天生我材必有用'了，有时竟然也敢对恩师的举止言行表示怀疑了。最后是逐渐发展成公开反对恩师的主张。围绕北上'勤王'的争执我已听说了。那是你的侥幸！若不是后来签了和约，用不着那么多兵勇北上了，圣旨已经下来，你李鸿章反对北上，弄不好会招致杀头之祸的。曾大人为什么一开始就主张北上？因为他知道拒绝北上可能带来的后果。那么，后来他为什么又敢公开赞同你的建议？因为他从你的分析中得到了启发，认为最后是要以和为结局的。即便这样，他在奏折中也不敢拒绝北上，而是请求批准自己亲自率军前往。瞧，事后我们再回味一下这个过程，难道你不被吓出一身冷汗吗？！你在京师时，对曾大人的满腹经纶是佩服的吧？在紫禁城里，一班文武大臣都不敢小视曾大人，你认为你比他还能耐吗？经历了这么多风风雨雨，本想你该更成熟了。可是，你竟然还是如此任性，连你为之打抱不平的次青兄都认为你不该搅和这件事，更不该离营出走，你到底还是走了。曾大人少了你，两江总督照样当，湘军照样办。而你离开了曾国藩大人，就如同自己推倒了自己的靠山。不仅你失去了靠山,可能还会使我们兄弟们也再无依靠。曾大人是那么可以轻易得罪的吗?就连皇上有时都要让他三分,这一点你比我清楚。湘军名声这么大了,往后去,朝廷更得依靠他。那么多绿营兵,有几支队伍是像样的?朝廷要依靠他,就得拿他的奏折当一回事。你看,这几年有多少二品三品的大员不是他保举的呀?!至于四品五品的,可以说他拿定主意就成。你在他幕中,此类事应该说见的多了。那么,为什么你不往心里去呢?我敢断定:曾大人要革李元度的职,只是他一句话的事情;要拿问他,也是手到擒来之事。细想一下:他曾大人有这个权力,还不令人为之胆战吗?你不是毛头小伙子了,做事还不考虑后果,待到清醒过来,或许就晚了!我不知道你现在的心里怎么想!"

"您讲得对哟!我还能怎么想?"李鸿章道。李鸿章不敢反驳瀚章的话。李家传统,向来是尊敬兄长的。所谓"长兄如父",尤其是在父亲过世以后,更是如此。李鸿章也的确听了进去。大哥的话句句实情。离开祁门这么多天了,脑子中也冷静了许多。甭说李瀚章是掏心窝劝说,就是骂他几声,李鸿章这会儿也是要忍的。因此,他始终低着头,一边喝茶,一边听大哥讲,不急不躁。

李瀚章见鸿章低头不语,又接着说道:"今天我去了抚台骆秉章那里,从他那里得知,祁门危险了。长毛贼已调集兵力,并联合了捻匪,一保安庆,二攻祁门。祁门已暴露在长毛的眼皮子底下,而大营本身只有九千人。可以预料,若一旦接上火了,大营必破。曾大人已处危急之中了。其实在你还未离开祁门时,我想曾大人就已经预感到了。李元度违反军令,出城接仗而丢了徽州,曾大人当然恼火。你为他请求轻处是可以的,但不该赌气出走。知道底细的人承认你是赌气出走;不知底细的人一定会猜想你是临阵出逃。因为,都知道你断定祁门是个绝地,无法坚守。如今真的危急了,你却跑到南昌来了。这不是怕死逃跑又是什么呢?左宗棠大人以前与曾大人不和,内心里的别扭很多。但他得了四弟昭庆带来的檄令,二话没说,仍以大局为重,释去前嫌,日夜兼程地去了。不过,他没有去祁门,而是去了景德镇救援了……"

"左大人去了景德镇?这不是让恩师失望了吗?"李鸿章睁大了眼睛问。

李瀚章道:"曾大人原先是要他去祁门的。可是左宗棠大人以为:景德镇必须先救,一则牵制长毛,二则守住景德镇,才能保住皖中到江西的通道。为此,左大人遣人送信,向曾大人陈述观点。曾大人也觉得在理,同意他先援救了景德镇,再赴九江,暂不去祁门了。少荃呀,形势如此危急,各方面都在紧张应付局面,你却一个人跑到南昌来,让我脸往哪里搁呢?可以断定:要不了两天的工夫,南昌的同僚们都会知道你从大营跑出来了。我总不能一个一个去替你解释原因吧?再说,你这个原因也让大哥我说不出口呀?你看你把我也包括你自己,推到了一个什么样的境地上来了?!"

李鸿章听到这里,额上冒出了细汗。他叹道:"大哥呀,您别说了,兄弟做事太不知道深浅了,听大哥一席话,已是无地自容了。只是今天后悔也来不及了。祁门那里,我目前是无脸重返了。胡林翼大人那边会给我疏通的,湘军的大营,我迟早还会回去的。但这一段时间不行。我看南昌也是待不下去的。母亲大人既已回了庐州家乡,我来南昌就失望了一半。过几天,我会另想办法,要么去福建,要么先回庐州。总之,请大哥放心,我会尽快离开南昌的。"

李瀚章愣了一下,心想这兄弟还是任性脾气不改,说了半天,好像是听进去了,却就是改变不了他那错误的主张。因此缓缓说道:"少荃,你不用多心,不是大哥怕你在南昌会给我丢人。如今战事频繁,你能到哪里去?除了恩师曾国藩以外,谁又是你可以依靠的人呢?福建那儿人生地不熟,又远离家乡,万一家中有事,招之难回。这是去不得的。家乡安徽那边,刘铭传、张树声与三弟他们目前还成不了气候,只能勉强保护村寨,你去了怎么用你?再说,这两江范围内,都属恩师曾国藩的管辖。你是赌气出走,到哪里谁还敢用你?再说,你是翰林出身,总不能就在某一省、某一团勇里待住了吧?他们就那么一点大范围,又是在人家的手下做事,你就能舒心了?所以说,待我来周旋一下,求得恩师的谅解,尽快回到他身边去。此乃上策!"

李鸿章点了点头,道:"说了这半天话,到现在还没有拜见大嫂呢!"

李瀚章道:"估计饭菜已备好了,你跟我去见过大嫂,她经常惦记着你呢!"

大嫂王氏是地道的合肥人,一口的合肥土话,鸿章听得十分亲切。

李鸿章的房间是大嫂亲自安排的。所有铺盖、用具多数是新的,收拾得清清爽爽,干干净净。

李鸿章在南昌大哥家中过得忧忧郁郁。大哥李瀚章很忙,每天不得安闲,官场上应酬也多,有时很晚才能碰面。他还经常去周围州、府、县里办事,多方交涉事务。这使李鸿章感到自己在南昌碍手碍脚了,做一个闲人很难受。转眼已是隆冬季节,湘军兵马增多,冬需物资总量加大,铺的、盖的、穿的加之粮饷,都紧张起来。江西由于战乱,再加上闹水灾,使厘金收入呈下降趋势。李瀚章急得整天不安,有时亲自带员到各地去设立关卡,现场坐地抽税。路远的地方,一去几天不归。

李鸿章寂寞无聊,度日如年。这天午饭后,穿一身浅蓝色丝绸长袍,外套马褂,头戴暖帽,又揣了一些零碎的银子,信步走出总局衙门,想游一游城中的百花洲。百花洲里由于入冬时节,游人极少,满目衰落景象。李鸿章觉得没有玩头,又来到赣江边上的滕王阁。

李鸿章正在凭窗眺览,突然听到阁楼上响起登楼的脚步声,知是有游人上来了,扭头一看,失声惊叫起来:"次青兄!你好哇!"

李元度身穿长袍马褂,满面春风地登上了阁中最高处。他被李鸿章这一声喊叫吓得一跳,抬头一看,立刻扑过来,与李鸿章拥抱在一起。

李鸿章问道:"次青兄,你怎么也来南昌了?怎么也不去牙厘总局找我?"

李元度笑道:"我是昨天才到的,本来想一到南昌就去找你,但恐你大哥瀚章已对我有了看法,去那里见面,引起不愉快就不好了。正想着怎么与你联系一下,却不料在滕王阁碰见你了。真是幸运!"

李鸿章脸色沉了下来,又问:"你的事情到底是怎么了结的?是不是革职了,拿问了?"

李元度哈哈大笑起来,道:"既已到了这样的地步,你恩师还能放过我?你前脚离开大营,他后脚就写下了奏章,既要把我革职,又要把我拿问,至少要让我充军。陈鼐出面求他了,他根本不答应。奏章飞报京城前,陈鼐无奈,做了个小小的手脚,仅改了几个字。结果,职是没有了,却没有拿问一说了。通过这件事,我的心也凉透了。为曾国藩再怎么卖命,他也不会给你一点点让步的。这回是他不要我了,我也不在乎。他不要我,有人要我。浙江巡抚王有龄大人得知我赋闲了,立刻咨请曾国藩把我调到浙江去。说也怪了,王大人要我了,他却不肯,就是不放我走。王大人又派人私下里找到我,说只要我去了浙江,能打几个胜仗,保证奏请皇上,让我官复原职。曾涤生公让我表态,我当然说愿意去浙江。结果他不说话了。问他让不让我走,他也不回答。我才不管他呢!这不,跑到南昌来了。"

"去浙江当然也不错,既是王有龄大人要你,去了一定会重用你的。只是,我恩师还没有答应,你若坚持要走,不就更是让他对你不高兴了吗?多年的感情,由此便化为乌有了!"李鸿章说。

"那就顾不了这么多了。他不义在前,还不允许我不仁在后!"李元度满腔得意地说。

李元度搂起了李鸿章的肩膀,要请李鸿章去滕王阁茶座喝茶。二人走进茶楼,要了一壶庐山云雾,斟在杯中,顿时香气扑鼻。李鸿章转了大半下午,正好也口渴了,一仰脖子喝了一杯。李元度替李鸿章又斟一杯,李鸿章捧在手中,问:"那么次青呀,你真的下定决心去浙江了?"

"那还有假?我既已答应下来,浙江便非去不可了。这一回去浙江,不比在湘军中了,干一点屁事都要看他曾国藩的脸色行事,一言一行都怕惹了他不高兴。去浙江就没有这么多顾虑了。正所谓'山中无老虎,猴子称大王'。我想去那里是可以甩开膀子干一场的。要干,就要比在曾国藩手下干得漂亮一些,也好报答王大人的收留之恩哪!因此,我第一步准备先去平江老家那边,招募几千兵勇,组成几个营头,像模像样地拉起一支队伍,既效力于浙江的王大人,也要给他曾国藩看看:我李元度是东方不亮西方亮,不是个窝囊废!"

李鸿章睁大了眼睛,兴奋地向李元度伸起了大拇指,道:"有志气,好样的!跌了一跤,再爬起来,或许会比原来跑得更快!"李鸿章真的渴了,又把一杯茶喝了个底朝天,然后自己斟上,又替李元度斟满,问:"祁门大营怎么样了?有谣传说长毛们已准备围攻祁门了……"

李元度手一摆,打断了李鸿章的话,说:"还是什么谣传呀?本来就是事实了。你的见解是正确的,曾国藩是固执己见。那祁门果然是一块军事绝地,危险着啦!长毛们已打进了大洪岭和大赤岭。我临离开祁门时,黟县已经失守了,让长毛们一夜就夺了去。而黟县离祁门只有几十里地了,骑马杀来,只是一会儿的工夫。现在的祁门大营,已不是当初只有你坚持叫他移营了。几乎是幕僚全体、各军将领们,都在建议他移军别处了。可是,这家伙是不见黄河不落泪,彻底的一个老顽固,就是不听劝告。听说湖北巡抚胡林翼大人也专门给他送来了书信,信中还夸你颇识时务,很有主见,希望他能及早移军,以防后患无穷。胡大人建议他能移军湖口或者是东至县一带,这样可以联络长江南北两岸,进退自如,便于水陆齐进,互为补充。据陈鼐说,胡林翼大人还委婉批评了曾国藩驻扎祁门是因小失大,不顾战略全局……曾国藩见了胡大人的来信,起初有些不高兴,把信向书案上一摔。但后来,或许是想通了,对陈鼐说:'我恐怕真的错了。胡大人言之有理,不能不考虑移军了……'"

李鸿章惊喜起来,道:"他真的这么说了?"

李元度道:"那还有假?陈鼐对我说的。胡大人的来信陈鼐也读过了。他若再不从祁门移军,说不定连他自己的性命也难保全了!"

李鸿章低下了头,唉声叹气,过了一会说道:"次青呀,我怎么觉得,现在祁门真的危急了,自己反而心里紧张了。我这次赌气出走,要是在平常倒没有什么。可是,祁门正处危难之时,我这一走,心里却茫茫然,不是个滋味。就如同欠了什么人的债似的,很是内疚哩!"

李元度略愣了一下,缓缓道:"少荃哪!今天是你自己说出来了,我也就直说了吧!当然,这次你是替我打抱不平而与你恩师闹翻的。我领你这个人情。但,同其他人一样,我是不赞成你赌气出走的。你人走了,看起来只是赌气,而实际上跑出来赋闲来了。如果祁门危急,你在事实上也是躲过了一场灾难。所以你才感到不安和内疚。你恩师在你离开大营之后,精神状况一直不好,常常无故地发脾气,还喜欢摔东西。看他情绪不好时,陈鼐、程桓生他们都躲得远远的,不敢靠近他。现在每天早饭,他还是等大家一块儿吃。可是,听说他常常在吃饭时,呆呆地望着你以前坐过的位子,忘记了自己动筷子吃饭。即便是别人提醒了,他动筷子吃饭了,话也极少,闷闷不乐。不像以前那样,把饭堂当成了讲堂,侃侃而谈,天南地北,奇闻逸事,一讲就是大半天。你恩师是想着你的。依我看,还是尽早回去吧!"

李鸿章叹气不止,道:"次青兄,你不是不了解我。正所谓'人要脸,树要皮'。如今已经走到这一步了,没有后悔药吃了。我如果现在自己回去了,不仅军中上下看不起我了,就连恩师也会说我没有骨气的。要想重返军营,只有等恩师他自己高姿态了,诚心邀我回去,我才有那个脸去见他们。"

李元度道:"说来也是,现在莫名其妙地回去了,脸儿是没有地方搁了。但是,老是不回去,万一你恩师也赌气,就是不发出邀请,你下一步该怎么办呢?"

李鸿章觉得完全有这个可能性,于是更加忧心忡忡,道:"真是走到那一步,我自己也只好认了。但我也相信:活人不能让尿憋死,车到山前必有路,走到哪一步算哪一步吧!"

李元度道:"也只有如此了。不过,我相信凭你的满肚子才华,到哪里都会有用武之地。没有曾国藩的湘军,我们一辈子都不混啦?我看饭还是一样吃,地球还是一样转。缺了他曾国藩的天地,我们照样要挺直了腰杆做人!"

李鸿章击掌,道:"次青兄讲得好!老弟我记下了。这辈子要么不做事,要做就要做几件大事,也好让那些认识的、不认识的、远的、近的人们都瞧瞧:我们不是吃干饭的!"

李元度在南昌见到李鸿章以后,一席长谈,次日便回湖南老家招募新勇去了。

送走了李元度,李鸿章开始为自己打算起来。他首先给丁未同年沈葆桢写了一封信。这沈葆桢与李鸿章同年中了进士后,去福建任职已有多年。他去信询问了福建的情况,想在福建的巡抚衙门里谋一个差事,最好去福建任道员之缺。不料沈葆桢回信竭力劝阻李鸿章前往,说福建巡抚衙门里糜烂透顶,人事关系十分难处,物质也不丰富,若真的去了,后悔都来不及。

李鸿章又想到了另一位丁未同年郭筠仙,希望他能给自己推荐一个职位。郭筠仙对李鸿章与曾国藩的祁门内讧十分吃惊,回信把李鸿章狠狠地批评了一顿。来信最后道:

"……力言此时崛起草茅,必有因依,试念今日之天下,舍曾公谁可因依者?即有拂意,终须赖以立功名,仍劝令投曾公!"

李鸿章读了郭筠仙的复信怦然心动。心想:是呀,如今不依靠恩师,又能依靠谁才能实现自己的远大抱负呢?筠仙也可谓一言中的了:

即便自己有离去之意，现在也不是时候，不等功成名就之后，就这么与恩师决裂，吃亏的到头来还不正是自己吗？李鸿章感到自己的翅膀还很稚嫩，现在比任何时候都更需要借助于他人的力量向上攀登。李鸿章在等待着时机。

第九章　重返曾门

时在仲春,阳和方起。转眼已到了第二年四月,李鸿章在南昌城牙厘总局的大哥府上一待已近一年。他仍然是无所事事,吃吃睡睡,读读写写,走走逛逛,构成了他近一年来的主要生活内容。

这日从外面闲逛回来,走进已花红柳绿的牙厘总局,忽听门上差人急切地喊他一声:"二大人,二大人,这里有一封皖南东至送来的私函,是给您的。"李鸿章心头一喜,立即迎上去几步,接过信来一看:是陈鼐写的。

他慌忙打开来看。陈鼐告诉他:

> 自兄别后,祁门大营屡遭环攻。三月初,左季高军失利,景德镇失守,祁门四面被围,米粮接济已断。老师愤而率军南攻徽州,短衣操刀,亲临城下督战,以求打通祁门对外通道。但贼甚剽悍,一旦开城迎战,官军便即败退。老师虽挥刀劈砍后退之人,亦无济于事。老师愤而自刎,被弟抱住。当夜退兵休宁,贼跟踪来犯,老师闻警愤怒,仓促写遗书两千余言,誓抱必死之心,准备冲入贼阵以殉节,为弟等所劝阻,乃回驻祁门。幸而左季高翁舍生忘死,六战六捷,景德镇一举收复,军气稍伸矣。方危急之时,弟亦已留下遗书,与兄诀别,今附上,以见当时之危殆。大营已于四月初一日移驻东至,此亦当初兄与次青极力主张者,惜老师迟了这么长时间始改弦易辙,兄应引以自慰了……

李鸿章读完几页书信,再看后面,果然有陈鼐"遗书"两页,写道:

> 今夜贼跟踪来犯休宁,前哨相距不过十余里,无兵可守,

无路可退,老师已抱必死之心,弟亦当与吾师共存亡。若有不幸,即以此书与兄诀别,并以区区骸骨与后事托付吾兄……

李鸿章读着陈鼐的"遗书",不觉泪水盈眶,双手捧着书信,微微颤抖。陈鼐在信中介绍的情况及描述的惊险遭遇,让李鸿章心跳加快,惊骇不已。同时,他更加增添了一份内疚,面对炮火连天,大营危急的战场,自己却成了袖手旁观者。而恩师遭难,誓抱必死之心,陈鼐等甘与老师共存亡,连一向并不和睦的左宗棠大人都拼死相救,自己多年对恩师虽感恩戴德,却临危出走,扬长而去。相比之下,李鸿章惭愧极了,恨不得自己把自己痛打一顿。

李鸿章虽然人在南昌,心儿早已飞到了皖南前线去了。只是苦于没有机会,总不能放下脸面不要,当一个不速之客,莫名其妙地送上门让人笑话吧?

咸丰十一年的六月二十五日,李鸿章盼望已久的机会终于来了。分手近一年的恩师曾国藩,给李鸿章写来了亲笔书信。道:

阁下久不来营,颇不可解。以公论事,业与淮扬水师各营官有堂属之名。岂能无故弃去,起灭不测。以私情论,去年出幕时并无不来之约。今春祁门危险,疑君有曾子避越之情。夏间东至稍安,又疑有穆生去楚之意。鄙人遍身热毒,内外交病,诸事废阁,不奏事者五十日矣。如无醴酒之嫌,则请台旆速来相助为理……

李鸿章收到恩师这信,犹如见人,一切怨气烟消云散,不觉热泪滚滚,自言自语道:"恩师敦促门生出山,门生永志不忘。门生对不住恩师,只有在重返湘军以后,全力以报!"

七月十三日,李鸿章雇了一辆骡车,直奔东至湘军恩师的行营而去。赤日炎炎,整个江西大地如同火烤着一般。李鸿章掀开帘子,让风吹着自己。大道两旁的山山水水、村村寨寨在急速地后退。李鸿章感到自己在前奔,奔向一个崭新的未来。古人云:"时势造英雄。"李鸿章此次重返曾门,虽然算不上什么英雄。他却预感到,未来那急剧变化的时势,却为他实现梦寐以求的目标展示了难得的机遇。他很舒心,毅然出走祁门,自己顶住了来自家庭的、同僚的乃至整个官场上的种种压力,坚持到了最后。本来,他所乞求的仅仅是恩师曾国藩的一封要他重返湘军的书信。在他看来,曾国藩发出的哪怕只是一张便条,也算做出了一种姿态。曾国藩主动放下架子了,自己就有了脸面。他如愿以偿了,成功了。如今重返曾门,可以傲然面对同僚、面对曾经对他赌气出走说三道四的人们:是恩师曾国藩邀请我回来的!我李鸿章是捐弃前嫌,以湘军大业为重,意在于为恩师完成剿匪重任充当助手。

车至行营中,曾国藩今日心情极好。因为昨天刚收到了江苏巡抚薛焕派专人送来的前任两江总督何桂清交卸的总督关防。也就是说,这么些年来,曾国藩算是第一次有了自己正式的印信。

上午,曾国藩举行了一个隆重的拜印启用典礼。所有幕僚、在东至的各路将领参加了典礼仪式。曾国藩发表了重要讲话,就进攻安庆、推进皖中、围剿金陵做出了安排。曾国藩认为:长毛占据安庆,业已成为一座孤城,周边地区基本上已被湘军攻克,最后吃掉安庆是指日可待的事情。一个时期以来,曾国藩极少有过今天这样的心情,嗓门洪亮,抑扬顿挫,极大鼓舞了人心。

典礼仪式后,曾国藩摆下了酒宴,共七桌主客,喝得欢天喜地。酒后,众将领各自回营,曾国藩回到签押房,与幕僚们喝茶说话。正说到高兴处,刘巡捕满面春风地前来禀报:"李鸿章大人求见曾大帅!"

曾国藩心头一喜:"人在哪儿?"

刘巡捕答道:"李大人已在签押房门口候见了!"

"快请鸿章进来!"曾国藩话音一落,李鸿章已抢先一步,跨到曾国藩脚前,深深地鞠了一躬。陈鼐闪身上前,不待李鸿章直起腰来,就抓住了李鸿章的手,道:"少荃终于回来了,太好了,太好了!"

曾国藩正要起身,李鸿章一把按在恩师的肩头上。久别重逢,倍觉亲热。大家都好像完全忘记了过去的不愉快,都抑制不住激动。李鸿章道:"恩师呀,门生实在是太想念您了。今日得见,还得感谢恩师宽宏大量,不计门生无知固执。门生此次回来,定要为恩师效犬马之劳……"

曾国藩见李鸿章神采依旧,潇洒从容,知是近一年的赋闲,把人养好了。又听李鸿章如此一说,心头高兴,道:"少荃快不要这么讲,你能重返大营就好。愚兄我正盼着哩!现在是危机已过,形势大不像祁门那么糟糕了。你来得正巧。再过几天,若你还没有来到,可能就只能到安庆去找我们了!"说着,曾国藩哈哈大笑。

陈鼐接过曾国藩的话说:"攻打安庆已筹划了几年了,真正着手部署也有近两年时间了。没想到鸿章还是赶上这一仗了。攻下安庆,也少不了鸿章一份功劳了。真是'有福之人不用忙,得来全不费功夫'呀!"

李鸿章显得有些不自在,明知道陈鼐这话毫无恶意,是一种无拘无束的玩笑,但还是以提醒的口气回道:"我还不知道安庆尚未攻下。如此说来,少荃要抢陈鼐老弟的一份功劳了。少荃我心中实在不安哩!"他拿眼瞪了一下陈鼐,然后把脸凑向曾国藩,道:"恩师呀,请您评评理:陈鼐在抱怨我回来是抢了他的功劳哩!"

曾国藩大笑,笑得很开心,道:"抢就抢嘛!我倒希望人人都能从我手下抢走一份功劳。唯有这样,湘军才有希望,国家才有希望。能攻下安庆,只能算小功,无足挂齿。我是要湘军最后拿下金陵,把长毛一扫干净。那才能算得是一份大功。到那一天,我会保奏你们这些弃文从武的幕僚们,都搞一个一品、二品的大员当当,光宗耀祖。"

李鸿章道:"恩师呀,我们这些人将记住您的恩情,出生入死绝无半点怨言。将来也不是为了捞个名分,更不是为了发财。只求您能理解、支持我们,彼此都心情舒畅地做事情。祁门大营遭难之时,我不该远离恩师。结果,现在危机过了,攻克安庆已成定局,我却回来了。请恩师能予理解,鸿章不是贪生怕死之人,也不是为了捞取功名。只是在错走了一步后,不知道恩师会不会原谅我,还收不收我这个不争气的门生来此效力。所以,日日盼、月月盼,终于盼到恩师的亲笔谕令,这才匆匆赶来了。"

曾国藩听着李鸿章这段话,先皱着眉头,好像是在告诉李鸿章:你不图功名之言不是心里话。但他很快眉头舒展了,认为后面的解释倒是比较实在的。因此点了点头,道:"既然你也讲心里话了,我也要告诉你:自从你负气出走以后,我开始是十分恼怒的,决心从此再也不理睬你了。在我看来,就事论事,你是不明大义,诸事糊涂,不达事理。徽州之败,有言在先。违反军令,理当受罚。而你等只管做好人,让我为难。最后,竟断然离营而去,不辞而别。这一走又使我觉得,你是难以与我湘军及我本人同生死共患难的。但后来,我慢慢冷静了。就私人感情来说,不看僧面还要看佛面的。这个'佛'是谁? 就是已故的令尊文安公。我仰慕他在世时的为人、刚正不阿和无私无畏。更钦佩他在剿灭匪贼、捍卫朝廷方面的凛然大义,坚定立场。如今文安公已离我们而去了。几个出色后生在我的营中,我有责任帮助他们,扶植他们。你大哥瀚章为你归营之事既给我写信,也给胡林翼大人去函了。言辞恳切,所述正确,让人佩服。瀚章人才难得,人品难得,堪称我湘军中的楷模。就是在这些'佛'面跟前,我才认识到自己也有诸多不足。尤其在祁门驻营问题上,我固执己见,这也是应该向你表示歉意的……"

李鸿章脸上汗流不止,一是天气炎热,二是曾国藩这段开诚布公的叙说让他如坐针毡。他听到曾国藩致歉的话,心头稍稍轻松了些,打断他的话,道:"恩师言重了,你不该向门生表示什么歉意,倒是门生要请你杖责一顿才是……"

曾国藩摆摆手,道:"我把话讲开了,讲过也就过了,都不往心里去,一如既往直奔前程。如今湘军虽然形势好了,长毛贼也仍然凶悍,野心很大,随时可能卷土重来。因此,即便我们马上攻下了安庆,稳定了皖中,未来的路还很长。尤其是这两江的地方这么大,有忙不完的事情需要各位同心协力,携手拼搏。我既已招你回营,将来放在你身上的担子一定不轻,会把你压得喘不过气来的。你可是要有充分的思想准备哟!"

李鸿章精神大振,亮开嗓门道:"门生将竭尽全力,任凭上刀山,下火海,也在所不辞!"

曾国藩道:"这就好! 有你们几个在我幕中,我就放心了。"他说着,把庞际云介绍了一番,李鸿章这就算认识际云了。然后又介绍了丁日昌。这庞际云、丁日昌都是在李鸿章负气出走以后新入幕的。庞际云曾做过一任知州,后又保举了知府的头衔,是个老于刑名、热衷于仕途的小官僚;丁日昌,字雨生,广东风顺人,贡生出身,长得又黑又瘦,个头还很矮小,与李鸿章是同龄人,这年是三十九岁。此人脑瓜精明,办事实在,曾做过一任江西万安的知县。后来因万安县失守,被革职后,才

293

投身曾国藩幕下的。丁日昌文笔清畅,受曾国藩好评。曾国藩留他在文案上办事,才恢复了官衔。此人不拘小节,因此在官场上也很坎坷,颇不得意。

不知为什么,这两位新人与李鸿章见面寒暄了一番后,李鸿章却对瘦矮黧黑的丁日昌发生了兴趣,有了好感。丁日昌也对李鸿章感觉极好,一见如故。只是他此时还未曾想到:他丁日昌在日后竟成了李鸿章举办洋务的得力助手,由此开始,共事多年。

重返大营的头一个晚上,李鸿章天一黑就来看望曾国藩了。午后见面是一个公开场合,私下里他希望从恩师那里获得更多的信任。尤其是自己初返军中,情况不熟,该干什么,不该干什么,都还得求教于恩师。曾国藩好像预感到李鸿章要来找他,见他进门请安,曾国藩没有半点的惊讶。李鸿章给恩师捎来一些小礼物,主要是滋补品,东西不多,价值很重,是大哥李瀚章在鸿章临行前精心为之安排的。这些礼物以李鸿章的名义递给曾国藩时,曾国藩笑吟吟地收下了。

曾国藩并不缺少营养补品,但收下时还是表示了兴趣。李鸿章还有一件东西要送,这是李瀚章想方设法弄到手的。他为了使鸿章重返大营后能顺利融洽与恩师的关系,也把它交给鸿章,让鸿章亲手献给曾国藩。

这会儿,曾国藩热情地请李鸿章坐下。李鸿章道:"门生还有一件小小的礼物要献给恩师。"说着,他将这礼物拿了出来。曾国藩见是几张稍大一点的纸,大惑不解,问:"是什么宝贝呀,快让愚兄瞧瞧!"

李鸿章展开一张大纸,竟是一幅绘制精美的皖省全图。曾国藩拨亮油灯,起身来看,图上把安徽全省的大小山川、府县界线、重要城镇都标得清清楚楚、一目了然。曾国藩道:"甚好,甚好。但若是标得更详细一些,那便是宝贝了!"

李鸿章忙掀去第一张大纸,道:"恩师请细看!"曾国藩眼睛一亮,一看是几幅安徽分府的地图。依次有庐州的、凤阳的、安庆的等等。这些图上密密麻麻地标明了山名、水名、县名、镇名,连较大一点的村庄和神庙的名称也写上去了。曾国藩异常兴奋,道:"少荃呀,不瞒你说,像那皖省全图,我不仅见过,而且手头上就有一张。但像这分府地图,愚兄是多年来从未见过,早就想得到它呀!你能有心给我弄来这几幅详图,算是帮了愚兄一个大忙了!"说着,曾国藩凑着油灯,细细看起来。他将安庆的那幅地图铺开,小心地用镇纸压在一角,又用一手按住另一角,对李鸿章说:"少荃你看,这安庆与外界的联系不外乎三条通道。其一是城南的长江,这是来往安庆最主要的交通要道,目前,这条水道已被我湘军堵死了。我已令彭玉麟的内湖水师和杨载福的外江水师,将长毛的这条水道拦腰切断。近两个月来,长毛的粮船没有一艘能进入安庆。"

曾国藩脸上闪烁着得意扬扬的神情。他接着指图中的菱湖说:"你看,这是城东的唯一的大湖泊,叫菱湖,此湖因盛产菱角而得名。你可别小看这个菱湖,它南通长江,东连破岗湖,又与纵湖相接。你是安徽人,但不知你是否清楚,就是这一带号称鱼米之乡。安庆被湘军围困后,城里的粮米等均由此湖运进,长毛贼得以坚守安庆,靠的主要就是这菱湖。长毛在此湖共驻扎了八千兵力,沿湖构筑了十八座石垒,与湘军抗争。但在湖外,我湘军已人山人海,只要我一声令下,定会让八千长毛葬身此湖的。安庆北门外的这条大道连接庐江、庐州,历来是安庆与北面各地联系的主要陆路通道。你再看这里有一座险要地段,名叫集贤关,距安庆十五里。关外山冈起伏,尽是红色的花岗岩。地图上标的是'赤岗岭',这是当地人的叫法,外地人都叫它集贤关。集贤关犹如一道天门,扼控着安庆通向皖中与皖北的这条官马大道。目前,长毛在这里驻守兵马约五千人,建起大营四座。湘军也兵临集贤关,与长毛对峙,时打时停。湘军只待总攻开始,一举踏平集贤关。"

李鸿章已看出这几张地图在恩师眼中的分量,心中一阵激动。曾国藩此时顾不得李鸿章了,用右手食指在地图上快速地移动着,仿佛自己的食指就是湘勇的战旗,食指移动到哪里,战旗就插到了哪里。突然,曾国藩的食指按在庐州府地图三河的标志上不动了。李鸿章注意到:此时恩师的两只三角眼正死死地盯住三河不放。

李鸿章把脸凑了上去。这三河镇李鸿章去过,小时候去过,从京城回乡协办团练后也去过,是庐州东南一个古老的小镇。他在三河镇还喝过三河的早茶,逛过三河的街景。此镇位于肥西、舒城、庐江的交界处,因丰乐河、杭埠河、小南河三水流贯其间而得名。镇内河环水绕,五里长街;镇外河网纵横,圩堤交错,具有"外环两岸,中峙三洲"的独特地貌。

地图上标得明白：三河东镇巢湖，北扼庐州，西卫龙舒，南临潜川，自古以来，都是兵家必争之地。明崇祯十五年（一六四二年）五月，张献忠率农民军从舒城七里河、汪家滩一线北上攻打庐州。八月，张献忠的队伍从庐州回军后，在三河缴获了双樯巨舟三百余艘。张献忠凭此建立水师，入巢湖进行训练，不久又入长江，下湖南，占四川，建立政权。

曾国藩对张献忠在三河这段历史早有耳闻，但他此时眼睛盯住三河镇，脑海中却闪现出了一场令他终生难忘的厄运。李鸿章看见恩师的两眼潮湿了。只听他用嘶哑的声音缓缓说道："少荃呀，你若是早一些送给我这张地图，迪庵、温甫等和我那六七千湘勇也不至于在这个三河镇遭受厄难呀！"

曾国藩流泪不止。对于初入皖中的湘军来说，三河镇一战的确是一场巨大的灾难。在曾国藩的脑海里，这场灾难如今还就如同在昨天。那还是一八五八年十一月，即咸丰八年十月，曾国藩按照进军皖中，攻陷安庆的计划，为了吃掉安庆周围的太平军外围兵力，与胡林翼商定，派遣富有作战经验的浙江布政使李续宾及六弟曾国华率领七千精锐湘勇围攻三河镇。

庐州离三河镇只有六十里。庐州是太平军在皖中的一个大粮仓，而三河却又是庐州的一个后方粮库。太平军在三河东、南、西一线筑起九座营垒，用来囤积粮食武器，接济庐州和金陵。如果三河被攻陷，不仅太平军将失去重要接济，而且以此控制安庆的屏障也失去了。曾国藩看到了攻陷三河的巨大意义，在发兵之前专门召集几位将领商量进攻计划。

六弟曾国华原是一个年轻的读书人，他道："大哥，据探马报，这三河镇内粮草堆积如山，兵器甲杖无数，从舒城、桐城一带溃逃的长毛亦聚在这里，看阵势，欲在此与我湘勇决一死战。而我湘军七千人马，一旦抵近三河，定将踏平此镇，缴获粮草军械。待我们拿下三河后，不如全速北进，再吃掉庐州……"

而曾国藩此时并不在意曾国华的狂言。他在思考：这三河的地形地貌到底是一个什么样子？为何长毛们敢在此囤积粮草军械？他曾出重金派探子出去购买三河地图，但最终空手而归。回来的人只是隐约说道:三河镇为一天然水葫芦,葫芦口即为左侧的金牛镇。此地易守难攻,当倍加小心才好。

李续宾、曾国华求战心切,立下军令状,说誓死夺得三河。曾国藩转念一想:不就是一个区区小镇吗?我派去的是七千精锐,仅凭这人数,也把小镇铺满了。因此,商量归商量,发兵归发兵。次日清晨,李续宾、曾国华就率军出发了。

此后三天,天天有战报送到曾国藩的行营,说湘军已向三河发起强攻,但尚未攻克。原来,太平军在镇前挖了一道八丈宽、两丈深的护城河,西接马栅河,东连巢湖。湘勇进攻时,河对面的太平军炮火阻止。湘军一连几天,竟跨不过这条人工护城河。湘军们虽无功而回,却照样吃喝玩乐不止。不少将士怀里揣着掠来的银子,在天黑时偷偷溜出营房,到附近的农家去,找个女人睡上一两个更次,再趁着夜色朦胧时回营来。大家都觉得这样很舒服,巴不得不战不和地在三河一带多待一些日子。曾国华也偷偷干起了这种事情,他勾引了镇郊一个小饭铺的年轻寡妇。那妇人美貌风骚,一拍即合,曾国华天天晚上去饭铺与小寡妇过夜。李续宾因他是曾帅的六弟,也只好睁一只眼而闭一只眼。

就在这时,陈玉成、李秀成各自亲率一支队伍前来三河救援。庐州的太平军守将吴如孝会合捻军首领张乐行南下,阻遏可能自皖西而至的湘军援兵。当探马将这一情况报告李续宾、曾国华后,他俩才如梦方醒。他们便想乘太平军还未站稳脚跟时发动进攻。但却不知,陈玉成、李秀成已在白石山、罗家埠、北夹关一带布下天罗地网,而又不急着向湘军进攻。这一夜,曾国华按捺不住骚动的心情,二更天后见毫无动静,又悄悄溜出营帐,钻进了饭铺的后门。

三更之后,金牛岭、白石山上的大雾越起越大。刹那间,从金牛镇到三河镇的方圆三四十里地范围,全部掩在浓雾之中。此时,陈玉成、李秀成见时机来临,将已布下的大网开始收拢了。

这天早晨,大雾迷漫,几步以外就看不清什么了。李续宾指挥着大军,分左、中、右三路向太平军扑过来。一开始,湘军占了上风,冲破了太平军的两个营垒。李续宾得意极了,大叫道:"别让陈玉成跑了!活捉李秀成!"远远地,果然见前面有一支太平军跑了,好像在逃窜。这时候,雾更大了,湘军在迷乱中辨不清方向。他们四处张望,就听得一阵急促的马蹄声从背后传了过来,霎时间,又一支队伍抵到跟前,原来这正是陈玉成的五旗军。这是一支完全由青少年组成的精兵,叫做小儿五旗营,其军旗分为红、黄、白、黑、青五色。小儿队的青少年都头戴红巾,腰缠绿带,机灵无比,陈玉成一马当先,挥刀猛砍,将士们一拥而上。湘军们慌忙抵挡,而佯装溃逃的太平军此时也掉头杀了回来,湘军腹背受敌,顿时一片混乱。不一会儿,左路首先就被打败了。

湘军中路、右路的兵勇见此情形,不禁心惊胆寒。太平军掌握了主动,愈战愈勇,直杀得湘军人仰马翻,尸横遍野。这时候,在东边出击的李秀成一部也赶了过来,三河城中守将吴定规也乘势率军从镇子中杀出,三路夹击,把李续宾打败回营。

但太平军的网越收越紧,最后把湘军兵勇团团包围起来了,李续宾、曾国华也被逼到了一起。他们从营帐内向外望去,只见周围密密麻麻,太平军将士一眼望不到边。李续宾、曾国华正在琢磨如何突围出去,忽听见一阵"哗哗哗"的水声。

探马前来报告说:"不好了!长毛贼控制了河堤,水已经漫过来了!"雾散尽了,一切都已经看得清清楚楚:湘军营垒之外,已是一片汪洋。李续宾无计可施,知已难逃厄运,懊丧地上吊死了。三河一仗,太平军清点湘军尸体,共计为六千七百二十一人!

曾国藩在次日便接到了李续宾、曾国华兵败三河的战报。他大惊失色,哭诉道:"近七千湘勇葬身三河,我已元气大伤,精锐力量毁于一旦。全军胆寒,还怎么与长毛再战啊!"更糟糕的是:湘军中上自将军,下至勇丁,几乎人人都与三河阵亡的人员有联系;或亲戚,或同乡。因此,不待曾国藩吩咐,各营各哨便自动烧纸燃香,挂起招魂幡。一连几天里,军营里哭声一片,蒙上了一层阴影。

曾国藩心情更不好受的是:曾国华是他最得意的六弟,可能也葬身于三河了。他派出探子到三河查访尸体,找到了李续宾的遗体,却未见曾国华的尸体。但探子又报告说:阵地上的无头尸体成百上千,估计曾国华是被砍头致伤。曾国藩还怀着一线希望,令武昌、湘乡、长沙、寿州等地帮助查找曾国华,回函都说未见此人。至此,曾国藩才确信国华必死无疑。他也陷入极度悲伤之中了,但仍不忘郑重其事给咸丰皇帝上折,详奏曾国华的桩桩功劳以及这次殉国的悲壮。半月后,朝廷发来上谕,追赠候选同知曾国华为道员,从优议恤,加恩赏给其父曾骥云从二品封典。咸丰皇帝还亲书"一门忠义"四字,以示格外褒奖……

曾国藩忆及此处,突然笑道:"少荃呀!你看事情已弄到了这个份上,不料国华却死而复生了!那天晚上我正在行营里停笔凝思,望着跳跃着的烛火想着国华的事,不料忽听门外有人喊:'大哥,你看谁来了!'我回头一看,是国葆领来了一个人。来者衣衫破损,面容憔悴。我有些认不出来了。等到认出来是国华时,吓了个半死。国华见我认出他了,不禁悲喜交集,双手抱着我的肩膀,眼泪大把大把地淌下来。宾字营、华字营全军覆没了,国华却大难不死,怎能不令人吃惊而又高兴?"

李鸿章愤然,道:"这长毛贼欠我血债累累,毁我城池无数,已是罄竹难书!如今湘军在恩师的统率下已军威重振,我等定要报仇雪恨,方才是大丈夫之所为。此次攻打安庆,门生愿意披甲上阵,与长毛决一死战。门生即便战死沙场,也绝无半点怨言!"

曾国藩笑道:"少荃呀,你的心思我知道了。但我让你来,并非是要你阵前杀敌,效一勇夫,而是要你摆上大用场。你只管好好休息两天,到时候就会有你用武之地的。"

这一夜,师生两人一直谈到次日鸡鸣方止。李鸿章的一颗心彻底收回来了。湘军形势大变,实力日益增强;攻击安庆的外围战斗已经打响,李鸿章决心在湘军中建功立业,心情也轻松了。

曾国藩的行营里人来人往,到处拴的是战马,到处也都有陌生的面孔来来去去。这情景是李鸿章在祁门行营里从未见过的。曾国藩的签押房独占了一幢小楼,但仍显得地方不够,幕僚人多,比在祁门时增加了一倍,各种战报一天多达四五十件送到签押房来,对上报的,对下送的东西一天也有四五十件。门外的差人守在战马旁,排成了长队,随时准备领命出发,把曾国藩的指示送往前线。李鸿章暂时要在文案上帮忙,为恩师草拟奏折,处理各地送来的文书、战报,代拟发往前线的命令等等,忙得不亦乐乎。

李鸿章已渐渐进入了角色,摸清了头绪:恩师的胞弟曾国荃在安庆方面的兵力这几天显著加强,在集贤关一带的湘军大营已多达四十多座。其他兵力已在安庆周围开始散开,沿安庆城四周挖下数十里长壕,防止安庆城里的长毛乘机突围出城。曾国藩又让李鸿章拟定一道命令:在菱湖扎下大营,广修工事。仅几天工夫,菱湖来报:已筑起营垒五座,与长毛大营对峙而立,与曾国荃大营互为犄角,攻城阵势已铺定。

曾国藩又派其小弟曾贞斡自湖南统领新募兵勇三千人,直接赶到了曾国荃的大营中,使曾国荃在集贤关的兵力猛增至一万三千人。配合曾国荃攻城的水师是杨载福所部。李鸿章按恩师口述的命令写去指示:要杨载福驻守在城南沿江两岸,一是为了保证曾国荃大营的弹药、粮草接济;二是为了封锁安庆一带的江面,防止城中长毛由此外逃或得到接济。

皖北方面,曾国藩已做布置,分三路攻守。一路以福州副都统多隆阿等攻占桐城;二路以湖北巡抚胡林翼督师于舒城、霍山一带;三路以安徽巡抚李续宜一军驻扎青塭,作为进攻安庆的援军机动调遣。

这日得到挥马来报:长毛陈玉成率三万大军直扑集贤关,逼攻曾国荃的围城之兵,由此想对曾国荃构成内外夹击之势。曾国藩捋着胡须在李鸿章身旁踱来踱去,对李鸿章道:"速令曾国荃耐心坚守,不要盲动。"

陈玉成见自己已在安庆湘军大营外围扎下大营后,湘军并不反击,很是纳闷。他亲率一队亲兵骑马在湘军大营外围跑了一圈,见湘军大营显然人多势众,坚固难摧。立即挥笔写成几封军书,派人飞马送出。他是要调留守天长、六合一带的李秀成部将吴定彩、黄金爱、朱兴隆等前来安庆助战。并令吴定彩率千人直进安庆内城,充实城中守兵力量。

曾国藩得到这些情报后,虽然并不吃惊,但已忧心忡忡。他对李鸿章道:"国荃虽已对安庆实行了包围攻势,但到底因为兵力不足,尚未形成环形合围攻势。否则,吴定彩的千名援军是如何进入城中的呢?"

他要李鸿章火速查清安庆城与外围还有什么通道可以往来,立即将它堵死。李鸿章得令,立即派人送达指令严查。曾国荃按行营的指示,亲自率亲兵在四周察看,发现在城中尚有一条小水道可以通行小船,这条水道可通菱湖。陈玉成的援军就是从这条水道入城的,所有军需物资也是从这条水道送进城中的。

曾国荃后悔莫及,检讨了自己的粗心大意,立即召来杨载福商议:调杨载福水师部将蔡国祥二十余条战船,偷偷由东岸进入菱湖,从湖上向陈玉成营垒开炮,乘机切断这条通道。战斗打响后,蔡国祥令一批战船开炮掩护,另一批人马由岸上搬运石块、泥土填入湖口与河道的接头处,终于让菱湖与安庆城里的水道断流。

曾国藩在行营里仍在左右盘算。在李鸿章看来:已经万事俱备,可以攻城了。但曾国藩向李鸿章打着手势,连声道:"稳!稳!稳!"李鸿章素知恩师做事,"稳"字当头,便问:"恩师以为,安庆方面还有哪些不妥呢?"

曾国藩用手指在李鸿章送他的分府地图上指指点点说道:"定要形成环形合围攻势!令副都统多隆阿及总兵雷正绾率一万绿营兵增援,驻扎高路铺。如此便万无一失了!"

李鸿章起草了指令,派飞马送到桐城。

陈玉成见高路铺又来了一万清军,知事已不妙,急令飞马送信向金陵城中的洪秀全报告详情,请求增援安庆。洪秀全的眼光盯在各处的战场上,早已坐卧不安了:陈玉成已回师安庆;李秀成一意孤行,东游西荡,已无心援救安庆;李世贤屡战屡败,溃不成军;杨辅清出师不利,到处受阻;黄文金几乎全军覆灭……他已无援军可派。与干王洪仁玕商议,干王道:"看来只有我亲率兵马前去救援了!"

但金陵城已无更多的兵力可以调动。他只带了五百人马出京,从太平折回芜湖,又从芜湖抵达浙江遂安,想四处抽调兵力增援安庆,但已无济于事了。

此时的安庆已是里三层外三层,你一层我一层的,尽是人马。这个阵势,在安庆自古以来从未见过。一连许多天里,安庆城外炮火连天,两军交锋不止。两军兵力相比,清兵占绝对优势。曾国荃在集贤关与陈玉成一经打响,就轰倒陈玉成营垒四座。此后仅两天,就扫平了集贤关一带的所有太平军。又半个月下来,太平军在城外散兵仅剩下万人左右。陈玉成收集残勇,全部驻扎于菱湖岸边。这样,湘军等于全部控制了安庆的三面外围。太平军仅在菱湖一面可以抗争。而此时的陈玉成已不在菱湖,群龙无首,人心惶惶。

这日,曾国荃得报,道:"城外长毛万人已在营外大喊:自愿投降湘军!"

这消息报到曾国藩行营中,曾国藩道:"不要轻信!陈玉成的长毛军向来会玩花招……"

李鸿章道:"门生以为此时的长毛们玩花招的意义不大。力量如此悬殊,就是将这一万人马放到大营里,也兴不起大的风浪。不如指令他们:先让投降的长毛全部缴械,然后再受降!"

曾国藩笑道:"少荃果然长进了许多。此主意甚好,就这样发出指令吧!"

李鸿章草拟了给曾国荃的指令,递于曾国藩过目后发出。曾国荃照此办理,仅半天就收到太平军主动缴上来的洋枪六千多支,大炮及其他武器三千余器,长矛八千多柄,火器千余件,明火枪八百余支,骡马两千余匹。

曾国荃十分高兴,用一种恐怖的目光得意地盯着一堆又一堆武器,面孔上出现了一种非常古怪的微笑。他的表情中还含有一种讥讽的神色,一种奸诈的阴影。只见他招来几个部将,对他们耳语一番,然后独自回营帐休息去了。

就在收缴了太平军武器的当天晚上,太平军已经受降的营地上突然火光冲天,各种火器、弹药在营帐内外炸个不停,顷刻间尸积如山。按照曾国荃定下的诡计,缴了万余太平军的武器后,将这些人全部杀死。可怜这万余人最后全部惨死在营地上,无一人能够幸免。

战报送到东至行营里,李鸿章最先接到,惊得目瞪口呆。他立即呈送曾国藩,预想恩师一定会怒火万丈。不料恩师并无惊讶的表情,只叹道:"可惨,可惨,本帅也于心不忍啦!"

李鸿章哪里知道,就在他草拟了给曾国荃要长毛们先交出武器,后受降的命令后,曾国藩自己又密递一书,吩咐了国荃如此办理。

曾国藩看出了李鸿章凝思猜想,走到李鸿章身边,拍着他的肩膀,笑道:"这叫做无毒不丈夫!还记得三河镇之役吗?我湘军七千兵勇几乎全被陈玉成、李秀成斩尽杀绝,逃生的仅几百人,那是惨不忍睹呢!"

李鸿章沉默了,心中暗想:这确是太残忍,太野蛮了。或许恩师也是迫不得已,依庐州人的话讲,叫做"鸭子吃稻,一还一报"吧!

湘军中果然有人对此举提出异议了,有人甚至将曾国荃屠杀投降长毛的事件写成告状信,送到曾国藩的行营,要求曾帅处罚凶手。李鸿章将湘军里的十几封告状信摘要转呈曾国藩。曾国藩不高兴了,对李鸿章道:"快给他们复信,就说:胞弟曾国荃既已带兵为帅,自然应以能够多杀敌为志。这些长毛,就应该多掳多杀,杀得一个不剩才好!还须一鼓作气,杀尽安庆城中的所有匪贼!"

李鸿章执笔写下这些内容后,知此信也就是全面进攻安庆城的命令了。当即派飞马送抵安庆城外。差使回来禀报说:"安庆城外已无长毛半个人影了。"

曾国藩得报,拍案而起,道:"攻城!"

安庆城中的太平军,坚守这座孤城已达一年有余。城中粮草、弹药一日比一日短缺。因太平军中有几个洋人的缘故,利用他们从上海用商船偷运一些军需物资送进安庆城,要价很高,城中太平军也只好购买。这样勉强应付了一些日子。到曾国藩下令攻城时,城中已弹尽粮绝,士兵们饥饿难忍,把一切能吃的全部吃完。守在孤城里没有东西吃,这士兵们便自发地一股又一股向城外溜出,投降湘军,换一碗稀饭充饥。

曾国荃注意到了这种迹象,觉得有机可乘,便下令用劣质大米胡乱煮上一桶又一桶稀饭,放在四处城门附近,引太平军上钩。这一招非常灵验,仅三四天工夫就有两千多人自发逃出城门,向曾国荃投降。仍在城中坚守的太平军将士,吃不到任何东西时,就将被打死的同伴的尸体烧了充饥,以此继续坚守。

曾国荃在接到进攻的指令后,并没有马上组织强攻,而想借用这样的办法,把城中太平军耗尽。却不知太平军又在安庆边远地区组织救援了。在桐城一带,洪仁玕、陈玉成、林绍璋等正在加紧调兵遣将。辅王杨辅清也突然出现了。他从无为发兵开往安庆的途中,又巧遇忠王李秀成。两王共叙了一会艰难琐事,杨辅清便告诉李秀成:"目前安庆城外已无太平军救援,城中又弹尽粮绝,料不出十日,安庆就可能失陷。如现在不救,恐你我今后将永远留下骂名。"

李秀成一想:杨辅清的话儿十分在理。于是与杨辅清商定:各率所部人马,立即赶赴安庆救援。

于是这两支队伍分道开往安庆。不料就在刚发兵不久,清兵也探知忠王、辅王的行踪。曾国藩急令湘军水师李必谋、副将李朝斌、彭楚汉兵船齐进,围剿堵截。结果,忠王、辅王队伍全部被冲散,部将多人被李必谋活捉。李秀成、杨辅清退至宁国一带后,重新整顿队伍,再向安庆进援。杨辅清的队伍将到庐州附近时,英王陈玉成得知,十分高兴,便拨队出庐州,与杨辅清合军。这支大军因曾国藩已层层设防,只好绕道六安、霍山、黄山、宿松来到太湖一带。刚在太湖落脚,曾国藩的湘军便追了上来,双方在太湖枪炮互攻,打得十分激烈。一连打了几天,陈玉成、杨辅清一合计:不能在太湖被湘军拖住!于是,便主动撤退,装作兵败的样子,从太湖选取一条小道,经小池驿、黄泥港,向东走清河。然后经三桥头、高楼岭、高河铺、马鞍山进援安庆。

曾国荃此时见有几路太平军前来进援安庆,慌忙向城内发起进攻。城外,曾国藩令多隆阿、石清吉、谭仁芬等截击太平军援军,让曾国荃专心攻城。由于湘军力量强大,太平军援军根本靠近不了安庆城。此时城中守将吴定彩、张朝爵、叶芸等,虽听说城外有太平军驰援,但由于交通、联络、粮草供应中断已久,叫天天不应,叫地地不灵。所有将士面临绝望末日的到来。不用说士兵,就连将领们已是几天吃不到东西,有的几乎饿昏,再也站不起来了。城中民众也一同遭了殃,绝无半点粮食,也纷纷以人肉充饥。

这日,城中涌出三队计四千太平军将士,要投降多隆阿。太平军以不杀头、给一碗稀饭吃为条件,让多隆阿受降。这些太平军不敢投靠曾国荃,怕他在缴械以后翻脸不认账。谁知多隆阿比曾国荃手段还狠,待这四千人缴械后,马上凶相毕露,不仅不给稀饭,还将他们统统逼进几个大坑,有的活埋了,有的被刺死后扔进了长江,一连几天里,安庆一带的江面红浪翻滚,无数尸体随波逐流,漂荡到数百里之外。

投降多隆阿的太平军也惨遭杀害以后,城中再无将士敢冒死投降了。这天,有数十名士兵乘雨夜逃到城外,奔至江边,冒险浮水过江,以求死里逃生。结果,大多数游进江中,因连日饥饿,体力不支而淹死在江水之下。仅几名勉强游到对岸,不料被湘军水师发现,一阵子弹扫射,也无人能登上江岸。

但无论如何,对城中的太平军将士来说,这还是一线生机。于是,一到夜间,一批又一批将士们偷偷溜到江边,浮水而去,因而也惨死无数,侥幸逃生者寥寥无几。

城中兵马已少了多半。吴定彩被逼无路可走,也在一天夜间冒死渡江。结果,他中弹死于江中。叶芸也逼死城内,只有张朝爵偷渡成功,远逃而去。

这是太平军在安庆坚守的最后一天,仅剩下的千余名将士推举代表出城,与曾国荃订立协议,以太平军放弃安庆为条件,待官军出城后,让他们自行散去,各回家乡。曾国荃答应了这个条件。这日,曾国荃见城中全无半点声响,遂破门入城。进城一看,大吃一惊:城中已无一兵一卒。经四处查访得知:城里已挖通了两个地道,地道直通城外。

曾国荃心里明白:虽然订了协议,但长毛们已不相信他了。于是,提前动手,挖出地道,逃奔而去,大多数进了庐州城。曾国荃恼羞成怒,把火气撒向城中百姓。他下令挨家挨户,见人就杀。入城一天,城中百姓被杀万人以上。至深夜,又搜出太平军安庆知县孙润,当众砍下他的头颅,尸体抛入江中。这样,长江已不见一线水面,全是尸体漂浮。正巧有两艘英舰由安庆路过,离安庆尚有几十里路程,就已被尸体所阻,只好返回。

这是一八六一年,即咸丰十一年。八月初一,曾国荃大队人马开进安庆城。八月初七日,一艘高大宽敞的五舱官船,在噼里啪啦的爆竹声中起航。这艘官船由东至临江码头徐徐驶入江心,船头正对安庆方向。岸边送行的地方官员和留守的湘军将士为官船欢呼送行。人们注意到:船头甲板四扇大红官衔牌上,分别添上钦差大臣、兵部尚书、两江总督、督办军务十六个威严显赫的宋体黑字。前舱大门两侧也竖起了"肃静"、"回避"牌。船头船尾各站了两名铁盔铁甲佩刀侍卫的戈什哈,前舱门首,刘巡捕刘奎挺胸凸肚地站在那里。今日这刘巡捕自觉得沾光不少,头戴金顶红缨帽,身穿行袍,脚穿乌靴,一脸神气。

李鸿章也一身官服打扮,与陈鼐、丁日昌在甲板上观看岸上的热闹。不用说,这便是曾国藩的座船。曾国荃攻陷安庆的消息报来,曾国藩急令加紧准备,移营安庆。在东至小县城里,曾国藩一天都不想多待。

座船的前舱是一间很大的会客屋。再进一舱用作曾国藩的签押房。中舱是专用卧房。紧连着曾国藩卧房还有两舱,便是幕僚李鸿章、陈鼐、程桓生等人的集体卧房。

曾国藩总督衙门的全体官弁移驻安庆了,这是盼望几年的大喜日子。几天里,东至城里酒宴不断,一向曾国藩道贺,二为曾大人饯行。

出发时，湘军水师进行周密的安排，围绕曾国藩的座船，前后左右共安排了二十多艘官船陪伴航行，分载了四百多官兵及合衙文卷档册。再往前，另有一千名亲兵分乘五十艘兵船护送领航。兵船上的士兵个个铁盔铁甲，弓上弦，刀出鞘，面孔严肃，执勤站岗。

今日曾国藩神采奕奕，在甲板上向岸边频频挥手。他身穿蟒袍，外罩宽大的仙鹤补服，头戴红缨凉帽，帽顶上面缀着一品纯红顶子和御赐单眼花翎，厚底乌靴，气度非凡。李鸿章等见曾国藩出舱，立即陪伴左右，也向岸边送行者挥手道别。

船队驶出东至江面，李鸿章、陈鼐二人扶曾国藩进入前舱，他一脸庄重的神情，端坐于前舱之中的太师椅上。座位正面对着船舱的宽大窗口，他两眼炯炯地望着浩浩江面，心头如江水翻滚，不得平静。

李鸿章侍立在恩师左侧。他注意到曾国藩已陷入沉思之中，便轻声道："恩师呀，庆贺安庆收复的几日里，我已多次注意到您在锁眉深思，好像肩头还有万斤重担压着。为什么您在这久盼的大喜之日，仍不能放松一下自己呢？门生以为，您应该丢掉所有烦恼，好好休息一下才是。攻打安庆的这些日子里，您是太累了，太辛苦了，连门生们也快挺不住了，心神紧张，忙得不可开交，何况恩师您呢？！"

李鸿章边想着边说，尽量让曾国藩心情放松一些。曾国藩也喜欢听李鸿章说话，毕竟顺耳好听。因而曾国藩笑道："到底还是你心细，时时关心着我。其实我心中所想，不过也只是些琐事，本不值得挂念在心头的。"

李鸿章好像受了曾国藩的情绪传染，也叹了一口气，道："恩师呀，不知怎的，在这几日欢庆收复安庆的时候，心里虽是高兴，但总止不住前思后想，就如同这胜利的喜讯距离我们很远……"

曾国藩打断了李鸿章的话，说："那是因为你毕竟没有亲自参加征战。放在国荃那里，他对这喜讯的感觉绝对比你强烈。因为那是他一枪一炮攻下来的！"

李鸿章在心里并不赞同曾国藩这个说法，但嘴上却马上说道："哎呀，恩师就如同钻到我肚子里来了一般。我也是这样分析过的，可能毛病正是出在这里呀。或许也是自己求战心切，想率兵上前线试试。如今上不了前线，见兄弟们一张一张喜报送来，自己反而有了某种遗憾和失落的感觉。"

曾国藩点了点头,继续望着窗外的江水和岸边的景物,但耳朵好像还在听着李鸿章说话。李鸿章瞅了一眼曾国藩,接着说:"忆想当年,门生自京师回乡后东撞西突,前后追随过岳父吕侍郎大人,福中丞等等,均茫然无指归。门生冷眼观察过许久了,当今天下,实在缺少像恩师您这样的戡乱之才。朝廷能依靠谁?也只有靠您了。几年来,东南半壁江山浊浪滔天,真正的中流砥柱,实在唯有恩师一人。想一想吧,自咸丰三年正月江宁陷落,东南半壁竟冒出了一个与朝廷敌对的叛逆国号,其势力日强,把江宁、皖中、江西乃至湖南、湖北搅得乌烟瘴气。恩师出山,形势大变。自咸丰六年逆贼内讧后,江西已渐为恩师统率湘勇逐步光复,逆贼只有在苏南、皖中两处东奔西走。恩师洞悉此中机要,断定长毛气焰,乃顺江由西而东。江宁之西,为长毛后方所在;江宁之东,不过是长毛的门面而已。所以,恩师率领我们这支湘军,由武昌而黄州,由黄州而武穴,由武穴而九江,由九江而湖口,由湖口而安庆,步步进逼,节节获胜。今日收复安庆,自然更是恩师人生路上的一个光彩的里程碑,日后留名千古。门生来幕中后,经常在观察思考,见长江两岸,恩师每收复一地,长毛的元气就伤了一分。今日安庆又胜,长毛恐再无回天之力了。门生从心底里佩服恩师深谋远虑,高屋建瓴,其取势运作胜过他人百倍。我敢断言,日后平复江宁,全歼长毛,仍然非恩师莫属。门生铁定决心,跟着恩师,直到最后胜利!"

李鸿章越说越动情,两眼放光,令曾国藩暗为惊诧:今日李鸿章已非京城小书生。他随着拿过一只玉球,在手里慢慢旋转玩耍。又想着此时此景,心中暗喜:这个才大心细、见识不凡的李鸿章,或许正是自己将来的传人。曾国藩第一次有了这种发现,这种藏于心头的意识。

但是,就事论事来说,曾国藩还是略加指正,道:"鸿章有些言重了。中国之大,才华横溢者多的是,并非就愚兄我一人能干,最终收复江宁,也不知功落谁手。我只是做点实事,一步一个脚印往前试探着前行,说不定走到哪个沟沟坎坎的地方,一跤摔倒了,就再也爬不起来了。我已有一种预感,当今不仅是天下乱得让人不得安宁,朝廷中也或许不得安稳,已经这么多天了,全无朝廷方面的消息。收复安庆这样的大事,当天得知,当天就飞马报到京师去了,再过两天没有上谕下来,断定朝廷也有不测风云了。少荃呀,你说你对收复安庆有一种失落感,不知为何,我也隐隐地若有所失,且这几天愈来愈强烈。去年夏天英、法、美、俄几国军队攻入北京,皇上仓皇出走热河。至今好像还未归京。瞧,这当中定有问题了。"

李鸿章安慰道:"朝廷还能有什么大事,该签的和约已经签了,该赔的款项已经赔了。皇帝又是那么年轻,这一代江山有他坐的呢!恩师不必多虑,我估计不出三五日,皇帝要褒奖各位的上谕会马上送来的。您就只等着好消息吧!"

曾国藩道:"朝廷没有大的变故就好。不过,少荃呀,我在心里还有一种隐隐的感觉,如果真的有变故了,改朝换代了,摸不准对我湘军还更有利一些。细想起来,这几年我先后顶住了皇上要我抽回安庆湘勇,援救苏浙的无数道上谕,也对江浙官绅请求救援上海、湖州、镇江三座孤城和江南大片失陷城池置之不理,这些定有人在背后咒骂我。但,谋定不变是我的风格,我不会今天听你调遣,明天听他传唤的。我的目标就是夺回安庆,进军皖中,最后克复江宁。现在,收复安庆成功了,相信人们有目共睹。但朝廷就不同了,虽然也会高兴,但皇帝也定会把我拒绝出师的事情一笔一笔记在心头,秋后算账不知就在哪天。进了安庆之后,我的下一步就更难了。皇上的耐心是有限的,这么多次拒绝出师,他之所以没有追究我,那是因为他迫不得已,他还得用我。如今我身为两江总督,督办江苏、江西、安徽、浙江四省军务,便不能对境内的军民安危坐视不管了。因此,从策略上考虑,我的下一个目标是攻陷金陵。既要实现这个目标,就不能分散兵力。可是,四省的安危,我拿什么去保证呢?我的考虑是,待左季高大人把皖南彻底平定以后,再让他去救援浙江。把浙江再平定,就保举他在浙江出任巡抚吧。曾国荃等各路湘军水陆兵勇,要集中力量攻取金陵。因此,苏南和上海那边,我从哪里弄兵去派呢?既无兵可派,我这个总督不就是失职了吗?难呀,难呀!"

曾国藩把话说到这里,李鸿章留心了。他在猜测:恩师是不是有心让自己来承担这一重任呢?若是这样,那自己当然喜不自胜。但,他毕竟是随便聊聊,丝毫没有表露有起用自己的意思。他不讲明,李鸿章也不便打听,只放在心里暗暗盘算,期待着有朝一日领兵上阵。

东至到安庆的水路不过百里,且顺流而下,不消两个时辰就看见安庆城了。远远地望去,安庆江岸上人山人海,各种彩旗招展。曾国藩心里明白:这是在欢迎自己。

　　曾国藩走出船舱,李鸿章陪伴一旁。曾国藩是第一次来安庆,一切都感到新鲜,指指点点,不停地盘问李鸿章,道:"少荃呀,你是安徽人,安庆一定是来过的,可知这座江城如何?"

　　李鸿章道:"我是来过安庆。在家上学时与同窗好友结伴,来过好几次。这安庆地处长江北岸,头枕大龙山,面临长江水,三面环山,一面临水,可谓水光山色,相映成趣了。康熙元年开始组建安徽省时,就把这里当做安徽的省城了。咸丰三年因长毛来此作乱,把省会迁到了我的家乡庐州去了。我看这次收复安庆,还是要把省会迁到安庆来吧?"

　　曾国藩答道:"那是自然,那是自然。"他指着江边的一座高塔,问:"少荃,从我们船上可以看到的那高塔是什么塔?"

　　李鸿章道:"哎呀,恩师算问对人了。小时候我登过那塔,名叫振风塔。塔后有一寺,名叫迎江寺。安庆所讲的'塔影横江',指的就是这个所在。振风塔建于明隆庆四年,又名万佛塔。登塔四望,南望长江如带,千舟竞发,大江东去,令人心胸豁达;西北大、小龙山如翠屏一般。尤其是每当晴空月光如洗之夜,塔影倒入江中,轻风徐来,吹皱江水,在万家灯火的衬映下,景色格外奇异,宛如美丽的图画……"

　　曾国藩听得高兴,不停地点头,道:"如此美景,竟落入匪贼之手几年之久。今已收复,听你讲得如此美不胜收,待闲下来后,我定要登塔览胜。"

　　二人正说得热闹,忽听北岸鞭炮声四起,竟有红色的炮花炸到座船上来了。刘巡捕跑过来躬身禀道:"大帅,安庆到啦!"

　　曾国藩点了头,捋着胡须,眯着三角眼向北岸看去。座船渐渐靠上了码头,岸上房屋栉比,就在一大片房屋前,好像是临时建造了一个接官亭。在接官亭两侧,文武官员黑压压的一大片,一个个蟒袍补服,各色顶戴,腰挺得笔直地在恭候曾国藩下船。那位站在文武百官最前面的是曾国荃。曾国藩一眼就看见胞弟了,禁不住心里一阵激动,失声喊道:"国荃!"只见曾国荃今日头戴二品暗红色的顶子,四品的雪雁补服,腰悬佩刀,乌黑的胡须微微下垂,眼中闪烁着一副扬扬自得的光芒。

曾国藩缓缓踱上船头，李鸿章、陈鼐等紧跟其后。岸上众将士见曾国藩出现在船头，欢呼起来。曾国荃突然从眼里闪出了泪花，但仍不忘高举起双手挥动起来。后面的文武百官也齐刷刷地举起了双手，边欢呼，边挥动，以示欢迎。

曾国藩下船了，脚刚一落地，岸上的所有人一起单膝跪下，给曾国藩请安。曾国荃虽是曾国藩的胞弟，但在这样的场合，也只得按官场规矩办。而曾国藩也是同样，并不能因为站在最前面的那位正是自己日夜挂念的胞弟，而不拘礼节，单独上前与之晤面。

曾国荃高呼道："记名道员曾国荃带领安庆全军将弁恭迎大帅驾到！"

曾国藩笑容满面，挥动起双手，大声道："请起，请起！诸位辛苦了！本大臣将奏请皇上，给各位以褒赏！"

曾国藩沿江岸走了一个来回，江岸湘军将士一层层、一队队排出几里路长。曾国藩在欢呼声中频频挥手，以至于胳膊酸痛，腿脚发麻。还没有走到头，李鸿章等就劝他回船上休息。但曾国藩坚持要走下去，道："平时没有机会与我的将士们晤面，今日攻克了安庆，大家都高兴，见见面理所应当。"

李鸿章也很为这种万人欢呼的场面所感染，也时不时地跟着大家一起欢呼几声。终于走到队伍的尽头。刘巡捕在前引导着，把曾国藩引回了自己的座船。欢呼声仍经久不息，刘巡捕突然大喊一声："曾大帅有请记名道员曾国荃大人登船，其余将士改日约见！"

众将士打躬散去。曾国荃在刘巡捕的引导下昂然登上跳板，旁边一名戈什哈伸手来扶，曾国荃大手一甩，自己闪身跃上了跳板，犹如轻雁登上了船头。他毕竟只有三十七八岁年纪，正值年轻力壮。只见他快步如飞地来到船舱，向曾国藩屈膝跪下，行了一个家人礼，道："大哥，小弟想念已久，这里给您请安了！"说完，两行热泪滚滚而下。

曾国藩慌忙起身，打量一下这个比自己小十三岁的胞弟，怜爱之情涌上心头。又见曾国荃落下热泪，更是心痛不已，道："沅甫呀，你瘦多了，真是不容易呀！大哥感谢你呀！"

曾国藩话音刚落，李鸿章抢在陈鼐之前迎了上去，向曾国荃拱手问好，道："恭喜沅甫翁！攻克安庆，必将名垂青史。你立了如此大功，高升指日可待，鸿章在这里先给您道喜了！"

曾国荃也向李鸿章拱手道："过奖了，过奖了，大家都有一份功劳！"曾国荃极喜欢听奉承话。李鸿章眼珠一转，就给了他几句好话，把曾国荃说得眼睛眯起来笑。

曾国荃此时已经进了船上的签押房。因是兄弟俩叙话，一干外人都自觉闪开了。曾国荃做贼似的，在进了签押房后，还伸出头朝门外看看有无人偷听。然后缩回脑袋，随手关死了舱门，这才在大哥对面坐下。他看了一眼明显见老的曾国藩说："大哥这两年憔悴多了，看上去比实际年纪要大，身体一向可好？"

曾国荃在叙了几句家常话后，直奔主题："大哥呀！此次攻下安庆，小弟我是费了九牛二虎之力的。细想以后恐怕不会再有这样大的战功了。因此，小弟要你抓住这次机会，奏明皇上，为我请个头功才好呀！小弟听说安庆一攻下来，湖北巡抚胡林翼立即奏请皇上，为多隆阿、李续宾他们请功了。攻打安庆，他们才出多大气力？胡大人是怎么搞的？肥水要流外人田了，为绿营兵请功，却不为自己的湘军请功，他安的是什么心呢？"

曾国藩眼睛睁得老大，听了曾国荃的话，好像有些生气了，道："你已在军中为官带兵这么长时间了，怎么能如此不明事理呢?！第一，进军皖中，围攻安庆是我与湖北巡抚胡公共同商定的策略，暗中也是共同出劲，目标一致。你向来是佩服胡大人的，我也多次要求你多向胡大人学习。怎么如今刚攻下安庆，就连胡大人也敢怀疑了呢？第二，胡大人既参与制定军事决策，又是代表湖北地方参与了实际战斗，多次出兵，支援粮饷，功不可没。就是没有这些，仅凭了他的湖北绿营兵参加了围剿，如今攻城得手了，也是有资格出面替绿营兵向皇上请功的。第三，他不是肥水流了外人田，湘军这边的请功，他自然会让给我来办。他的奏折内容已报我过目了，实实在在是把头功加在了湘军头上，实际上也是加在了你的头上。这叫做哑巴吃饼子，心中有数。就如同我们脚上穿的鞋子，式样好坏，是给别人看的，而脚穿在里面是宽了，还是窄了，自己是知道的。此事我与他各有职责，你为何如此不明事理？第四，你胡说多隆阿、李续宾他们花得力气不大，好像就是你一个人打下安庆城的。在我这里，你还有我清楚吗？没有多隆阿、李续宾所统带的官兵为

311

你围、追、堵、截,甚至冒着生命危险掩护着你,在外围阻击长毛大部队的数次增援,仅凭你一军之力,能攻克安庆吗?你几次面临绝境,为什么又死而复生了?原因就在于他们及时地听从了我与胡大人的调遣,发挥了重要作用。今天,你怎能面对点滴之功,把成绩归为自己一身呢?第五,关于你的头功问题,不用你来争抢,我也会设法记在你的头上,而且,我完全有可能办到这一点。但你的几句话里见识有误,说什么以后不会再有如此大的战功了!这是消沉的、信心不足的表现。在你肩上,任重而道远。打下一座安庆城是了不起,但还有更大的仗在后面。金陵老窝,长毛经营已久,你就不想去争这一功吗?争了这一功,才算是真正的头功,志应在此,哪能现在就想躺在功劳簿上睡大觉?如此也太没有志气了……"

　　曾国荃与大哥讲话,最怕的是大哥来个一、二、三、四条。今天一听大哥又按条依次往下说,心想坏了,弄不好会一口气讲上十几条,会把人驳得哑口无言。在口才等各方面,曾国荃哪是胞兄的对手。他见大哥还要往下批驳,双手拱起,打断大哥的话,说:"您放过我吧,我的大哥!我知道错了,还不成吗?不过有一点,我也要提请大哥您注意:湘军中对您也有议论,说您涵养的功夫太深,深得过头了;凡事太谦让,谦让得都没有骨气;遇事太稳重,稳重得就如同睡着了一般,凡事人家急,而您却不急,一个劲地慢呀,慢呀……"

　　曾国藩气愤了,气得声音都有些发抖了。他没有想到自己苦口婆心一番话,换来的是如此不中听的胡言乱语,因此大声道:"你简直是昏了头脑了!大哥我教你读了那么多史书,至今难道还不懂得'功高震主者危'这个浅显的道理吗?《尚书·大禹谟》中说:'满招损,谦受益';《战国策》中也有言:'矜劝不立,虚愿不至';唐代王勃说得更明白:'无猖狂以自彰,当阴沉以自深'。大哥真为你感到大大失望,跟随大哥这些年,总是让人放心不下。哪像李鸿章他们,一天天地见着长进,见着成熟,见着大器,而你却一切如初,见识短浅,不明大义。大哥我带领湘军,支撑着大清残破的半壁江山免于崩溃,又要带出你们这几个弟兄,一个个都能干出些事业。这已经是出头露面太多,树大而招风了,中国的许多事情都是人怕出名,猪怕壮。曾某能有今日之辉煌,全靠自己努力,朝中无人,但也红红火火,正因为如此,才不免招来各方的猜忌。所以,如果都像你那样,目中无人,自视不凡,那么会很快混不下去了。所以,我要竭力保持一种谦让姿态,以求保全自己的名声,你们的前途。我这番苦心,连李鸿章、陈鼐、程桓生他们都能表示理解,而你却糊里糊涂,甚至跟着你身边的人责怪大哥。今天既把话儿讲开了,大哥也要提醒你一句:你已在许多方面,表现出依仗大哥,狐假虎威的苗头。这一点我不点明,你心中也该清楚。要说湘军中有什么反映的话,对你这一点反映,倒是确乎存在的!"

曾国荃低下了头。这些年来,他确实把许多人都不放在眼里,但对大哥,他一来心里尊重,二来也怕给大哥带来不快。有人说:在湘军里,他曾国荃是一人之下,数万人之上。这话他当时听起来舒服,经大哥今天一点拨,他才恍然大悟:原来这话并不是好话。曾国荃道:"大哥这些话讲得既及时而又实在,小弟是一勇之夫,许多用脑子的事情总比不上大哥想得周全……"说到这里,曾国荃突然压低声音说:"大哥,这次攻克了安庆,既是朝廷的运气,也是我们曾家的运气。等您进了安庆城就知道了,我们这次缴获颇丰:到底是省城,不像攻下个小县城,只能收点破铜烂铁。这一次得了不少金银珠宝、稀罕物器呢!"

曾国藩一惊。他还没有想到这一层,道:"那么,把一切都收藏好,不要泄露,待我进城以后,听我的吩咐!"

曾国荃心领神会,想了想,道:"大哥,您赶快进城吧! 总不能把总督府设在这船上吧?我已让手下人把原安徽巡抚衙门收拾干净了,地方很大,准备就改作两江总督的行辕了。"

曾国藩道:"那不行,不行哪! 安徽的省城还是设在安庆好。这儿水陆交通都比较方便。听李鸿章讲,自康熙元年就在这里设省会了。所以,安庆收复后,抚台、藩臬等都还是要迁回来的。所有的衙门一个不能动,要让它们立即转动起来。我也是要进城的。你速回城里给我另租一所宽大一些的民宅就可以了。这民宅要能容下三四百幕僚书办和亲兵驻守,其余的不必太讲究。哦,对了,要稍干爽一些的房子,太潮湿的地方,我这一腿的癣疾受不了。"

曾国荃道:"大哥的癣疾时间太久了。攻下安庆后我在城里查访,听说有一地方名医,出名的药物是'余良卿膏药'。创名时间不长,但为特效良药,名震大江两岸。我回去后不妨给你找点来试试。"

"我试过的药物多了,真正见效的还没有发现。鸿章在京师时就给我求过洋药,当时抹上以后清凉清凉的,可是治不了根。你也别费那个心思了,赶快找房子去吧。我先在这船上待几天,处理一些文牍事务。明天,我想先进城看看,再爬爬那个振风塔,逛逛迎江寺。"

曾国荃道:"这样也好。明天我来安排轿子。长毛占据安庆几年,在城里动辄都喜欢坐轿子。所以,安庆城少说也有百十顶官轿,只是他们喜欢用黄绸黄缎遮饰。要换您平时喜欢坐的绿呢、蓝呢的轿子,恐怕难找。不过,小弟我尽量安排吧。"

曾国藩要找李鸿章。刘巡捕喊了一声,李鸿章就进来了,道:"恩师有何吩咐?"

"明天我准备先进城看看,你们几个陪同一块儿走走。安庆你比较熟悉,依你之见,明天我从哪个门入城呢?"

李鸿章道:"不知道现在的城门有无变动。原来的几个城门我是熟悉的,共有枞阳、康济、镇海、正观、集贤五门。是宋景定元年,朱熹的学生及女婿黄干任安庆知府,带领两万五千名筑城军民修建的。全城周长九里十三步,城门中数南大门,即镇海门最为高大、宽阔。这镇海门在古城墙临江偏西,从我们这大船上走不了多远就可以见到。傍晚时分,夕阳返照城垣,彩霞氤氲,倒映水际,金光闪烁,景色瑰丽,古人称之为安庆一景。依门生之见,恩师就从镇海门入城吧!"

曾国藩道:"好,就入镇海。沅甫呀,你看人家少荃,问啥回啥,头头是道,说得仔细动人,让你不想走镇海也要非走镇海不可了。"

曾国荃道:"少荃是科举及第,正宗的翰林大才之人,非我一介勇夫所能比拟。"

李鸿章拱手道:"沅甫独当一面,领兵打仗,气势夺人,倒是少荃我由衷钦佩得五体投地了。"他嘴上虽这么说,心中惊诧:这曾老九仅一次船舱叙话,变得谦虚了,也学会奉承别人了!

次日天明,曾国藩早早起床了,先与幕僚们一起在船上吃了早饭,然后踱上船头。此时太阳才刚刚升起。微风徐来,岸边景物在朝阳普照的江水里晃动,沿岸宛如长龙戏水,壮观无比。再看那岸上,已摆着一长溜的轿子,除一顶绿呢大轿外,其余的都是黄绸黄缎的小轿。

曾国荃已经来了,远远地看见大哥伫立船头,跑过来请安,然后请大哥进了绿呢大轿。李鸿章、陈鼐等也各乘一抬黄色小轿,仅一会儿工夫,长长的轿队就到了镇海门之下。今天的镇海门外,扎起了一座高大的牌坊,牌坊上装饰着松枝和绸花,并悬挂着四个大红灯笼。

牌坊两侧,已有数十名铁盔铁甲的士兵直挺挺地守卫在两旁。担任曾国藩入城仪式指挥的是吉字前营分统李臣典,昨晚一夜,也是他带领士兵连夜赶制牌坊楼的。

今年才二十四岁的李臣典,湖南邵阳人,自小在湘乡荷叶塘的外婆家长大。跟了曾国藩出来后,进了曾国荃的吉字营,很受曾国荃器重。此时他站在城楼之上,远远瞧见一长溜轿队过来,立即跑下城楼,号令士兵们做好迎接准备。他已在镇海门两旁排列了十座火炮,相继对天发射。曾国藩的大轿还未落地,第一声闷雷似的火炮就放了出去,惊得鸟飞兽走,不明底细的江边民众吓得钻进了屋里。火炮一声接一声地响着。曾国藩入门时,两边又燃放起爆竹,营官哨官及士兵们列队欢迎。曾国藩很高兴,走到李臣典面前,用手抚摩着他的肩膀说:"你们为国家立下了功劳,将来定会前程远大。好好干!"

李臣典受宠若惊,慌忙向曾国藩作了一揖,道:"一定为国家效劳,保卫大帅,保卫湘军,再立战功!"

曾国藩笑了,突然在城门当中站定,转过身来,面向全体将士,道:"诸位收复了安徽省城,功不可没。我已经向皇上请奏了,估计不久御赏就会下来。本督在此先行恭喜各位了!"

曾国藩入城以后,直奔荣升街的原"英王府"。自咸丰三年安庆被太平军攻占后,八年来,历任安徽抚台大人都无力收复安庆。咸丰六年,太平军陈玉成奉命任安庆主将,将一所建筑改为自己的衙门,后因官位不断上升,这幢建筑也得到不断扩建,修缮,人称"英王府"。太平军占领期间内,英王府成了安庆城内最辉煌的宏伟建筑,也成了太平军在皖南、皖中一带的指挥中心。陈玉成在这幢建筑里苦心经营,偷偷收藏了许多奇珍异宝。曾国荃攻下安庆后,遂对英王府下了一道命令:任何人不可打劫,也不许随便入内。他派二百亲兵将英王府守卫起来。私下里,曾国荃带着贞干及几个亲属,把英王府里收藏的金银财宝全部装进木箱,贴上封条,堆放在英王府后花园的一间地下室里。

从镇海门到英王府沿途的大街小巷都打扫得干干净净,且两旁都分派了士兵持刀站岗。曾国藩本想步行前往英王府,但曾国荃劝阻,李鸿章也说路程太远,所以就从镇海门重新上轿,乘轿而行。

曾国藩坐在轿子里,不时掀帘看看街道两旁守卫的士兵,一个个飒爽英姿,和气致祥,都在给他行注目礼。曾国藩坐在轿子里心想:这个九弟在过去看不出有什么组织能力,现在看起来,还是很有能耐的。仅几天工夫,把这安庆城收拾得有条不紊,一切都妥帖至极。九弟大大长进了,看来自己在这以前,还是小瞧了九弟了。

轿队在雄伟的英王府大门前的广场上停下,说是英王府,来这里已见不到半点英王的痕迹了。曾国藩抬头一看,两江总督衙门的金字竖牌已高悬其上。曾国藩更从心里涌起了对九弟的赞许。

进了这幢建筑,曾国藩被引进了已为他布置一新的卧室。李鸿章等幕僚们也各自拥有了一块属于自己享用的小天地。

当天晚上,曾国荃在英王府摆下丰盛的酒席,曾国藩即兴讲话,把气氛引向高潮。他要曾国荃等抓紧把安庆附近的县份收复下来,然后乘胜渡江,向东推进,直逼金陵。他说:这是一场最重要的硬仗,能够打好这场硬仗,是湘军的福气。攻下金陵,立下大功,各位封爵加官都不在话下了!

他的讲话引发了一阵阵欢呼声。

这顿酒宴一直进行到夜里才结束。曾国藩觉得有些累了,先回卧室休息去了。

曾国荃跟着进了大哥的卧室,把门关上,然后闪到大哥床前,道:"大哥,事不宜迟,快准我两个月假,让我回荷叶塘老家一趟!"

曾国藩酒后有些迷瞪,睁圆了三角眼,问:"你现在急着回老家干什么?皇上的封赏还未下来,你还要尽快发兵把周围县城收复、整顿一下,为攻打金陵做一些准备。正值这个关头,怎么可以回老家呢?"

曾国荃小声道:"大哥,你忘了?我跟你说过,此次收复安庆,缴获了不少金银财宝。我已经私下把它们装成箱子了,就藏在你这卧室后花园的地下室里了。我想马上要去皖中,离家乡愈走愈远了,不如乘这个机会让我回老家,把这些财宝运回荷叶塘。在老家找一个地方藏起来,你我及兄弟们老来受用不尽呀!"

曾国藩明白过来,立刻坐起身子,道:"这确是一件重要的事情,我只是还不清楚,你的这些财宝价值如何?"

曾国荃道:"依我粗略的计算,少说也要值十七八万两银子!"

曾国藩大喜,道:"乖乖,看来一年多的安庆,没有白攻,收获不小嘛!不过我还不明白,你打算怎么把它运到荷叶塘老家去呢?"

曾国荃凑到大哥耳边说:"我已把它们装成了五十口箱子,每只箱子上面放了一些旧书。别人问起,就说是运书回乡,您看这样妥不妥当呀?"

曾国藩冷笑了一声:"沅甫呀,看来你还嫩了一点。依我看,这样做不仅不妥当,目前也不能这样做!"曾国藩严肃起来了,接着说:"你应知道,朝廷早有明文规定:战争缴获一律充公。这湘军是我的,军中粮饷的困难程度中唯有我才清楚,叫做吃了上顿,要筹划下顿。如今除吉字营、贞字营外,其他各部、各营都已经欠饷多月了。左宗棠募军近万人,我至今还没有拨过他一两银子,全靠自筹或战争缴获勉强支撑。这次攻下安庆,得了这笔财宝,岂能由你独占,全部化为己有?再说,世界上没有不透风的墙,这些财宝也不是你一人发现,一人装箱,一人收藏起来的。只要有另外的人参与了,哪怕只是族中的亲戚兄弟们参与办这件事了,就等于半公开化了。一经形成风声,莫说你抵挡不住,连我也难脱干系。最终的结果,不仅是你我要丢官,说不定严办下来,要丢掉脑袋的!"

曾国荃没有想到大哥的话转得这么快,态度又是这么坚决。原来大哥是在先套出真实情况,然后再表明态度的。因此,曾国荃也不示弱,微微一笑,道:"大哥,你不用吓唬我。我并非是一人独吞这笔财富,而是为各位兄弟们着想的。不过,办这件事情,我决不牵连您和任何一个弟兄,叫做一人做事一人当,革职查办由我一人来顶。有一条我也要请大哥明察,自当朝军兴以来,无论是八旗军、绿营军还是地方官吏,哪一个带兵的不贪?哪一仗打下来没有私吞贼财的?你可见那些带兵的,只要一打了胜仗就要借故回家一趟,或是派亲兵往家里偷运财物?现在的人我都不说,仅就已去世的迪庵公来说,运回家的金银财宝何止十万二十万?!你高高在上不清楚,抑或也是佯装着看不见。那希庵兄驻守皖北,也是一箱一箱、一车一车的银子往湘乡那边运。您还不知道吧?才几年间,他家的田产、房产,少说也有三十万两的价值了。还有

317

一些田产、房产记在了别人名下,其实是他家所有。只有我们几个兄弟被您看管着,一切以湘军为重,半点好处捞不到。问题是,您不让我们捞,别人也以为我们兄弟们已经捞了。捞到的已经白捞了,屁事都没有。没有捞到的,也白白没有捞到,还得背上一个名声。您说亏不亏呢?"

曾国藩道:"沅甫啊,依你这样说,我湘军里是无人不贪,无官不捞了?大哥承认你讲的有些可能是事实,但人们并没有抓住他们尾巴。既没有抓住,他照样是清白的,是廉洁的。正所谓捉贼要捉赃,捉奸要捉双。一些事情都过去几年了,全无真凭实据了,能作为你今天要私吞贼赃的借口吗?再说,你跟已过世的迪庵公、现在的希庵兄不一样,你是我的胞弟,湘军里多少双眼睛在盯着你呀?还有一些对你、对我心怀不满,但又无可奈何的人们,他们正愁着抓不住我们的大差错呢!你如果真的把这五十箱统统运回荷叶塘了,我敢断定:马上就会有人盯上你的梢,把状告到朝廷去!不信你等着看吧!"

曾国藩口气坚决,曾国荃见话儿越讲越重,小声道:"那么,放弃了这些金银财宝,岂不可惜?"

曾国藩道:"沅甫呀,你要往以后看。像你如今这样,打一仗想捞一把,再打一仗再想捞一把,眼睛只盯着几个臭钱,那是没有出息的。留得青山在,不怕没柴烧。只要你稳住阵脚,再打一两个胜仗,官职上去了,还愁那几个臭钱捞不到?仅安庆这一仗,我估计皇上至少也会放一个臬司给你,也可能给你一个藩司的头衔。一步步往上去,要捞还得在以后捞。现在不是你捞金钱的时候,是你谋取事业的时候,不可因小失大!"

曾国荃道:"大哥,这一回我不能听您的了。官职我也要争,银子我还是要,这两者之间并非只能取一。皇上给我官职,并非是看我捞没捞银子。打不了胜仗,分文不得,官位也同样等不到。我已想好了,还是那句老话:一人做事一人当!"

曾国藩生气了,道:"沅甫,你也太浑了!简直就是一个糊涂蛋。你说与我无关,别人就信啦?皇上就信啦?在他们的眼里,我的影子始终附在你的身上。你的一言一行在某种程度上,也始终是在代表着我。万一此事败露,你我都吃不了兜着走!"

曾国荃一听大哥言之有理，锁眉盘算了一会，道："大哥，我听您一句，您也得听我一句：五十口箱子的财物中，有几件是最值钱的。大东西我不要了，一律当众拿出来充公。那几件值钱的，仅两个箱子就装完了，我定要留下它们，找机会送回老家去。"

曾国藩笑了，道："这还差不多，箱子一少，风声就小了。待我找个机会，派你回湖南一趟，人不知，鬼不觉地带两只箱子走，就说是一些补品，回乡馈赠亲友的。别人一见两只箱子，猜也猜不出什么名堂的。就这么定下了，我太困了，你也回去休息吧！"

李鸿章与陈鼐等幕僚们当晚忙了很久，他们要指点亲兵把军中文卷档册整理出来，摆放整齐。一直忙到次日鸡叫时分，才解衣躺下。李鸿章万万没有料到：待天明睁眼后，京师里一份六百里日夜传递的哀诏已经送抵安庆，天下震惊了。李鸿章不知自己面临的命运又将如何变化？

第十章 顺水人情

这是咸丰十一年八月十八日,该是曾国藩移驻安庆的第二天。李鸿章等幕僚们忙了大半夜,把一大堆文卷档册整理完毕,才稍稍睡了一会。因心中有事:要陪同恩师去逛逛振风塔、迎江寺,时间若充裕的话,还想去看看"百子晴岚"、"石门秋泛"、"雁汊渔灯"等景物。当然,有些景物并不在城内。恩师说他正想出城走走,顺便察看城池的设防情况,所以,天亮不久,不知何处弄出了响声,李鸿章惊醒了。

他一睁眼,就见刘巡捕推门进了他的卧室,以少有的、急切的语气催道:"李大人,曾大帅叫您等过去一趟,说有急事相商。"李鸿章有一种预感:若真的是件急事,一定不是发生在安庆,或许也不是在湘军里。但,这一件急事也一定与湘军,与目前自己所在的这个总督衙门有关。

李鸿章小跑着来到曾国藩的签押房时,曾国荃、陈鼐、程桓生、丁日昌、庞际云等都已经站在房里了。李鸿章留心一看,大家的表情都很木然,一个个板着面孔,但也不是生气的样子。好像在说:没办法!

曾国藩见李鸿章已到门口,向他招了招手,但不说话,只用手指了指书案上放的一个小木匣子。李鸿章明白:朝廷送来的紧急公文,都一律是用这种木匣子装上、钉死、封好,然后飞马送出。李鸿章眼前这木匣子已经打开,匣盖上赫然写着:"六百里日夜传递,送皖南两江总督曾国藩大营。"

李鸿章心中一顿:是什么要紧事,要这般火急?恩师虽没有说话,但已示意他自己看了。所以,他以熟练的动作从木匣中抽出信套,又从信套中抽出一纸,一行字跳入了李鸿章的眼中,他只觉得两眼一黑,手一软,竟让这张十万火急送来的公文飘落在地。他有气无力地弯腰捡起这张公文,用发抖的手将它重新装回信套,放进木匣中。

原来,这是一份哀诏,报告了一桩天崩地裂的国事:咸丰皇帝已于七月十六日晏驾热河行宫!这位登基后便多灾多难的皇帝,到底没有能再回到他那紫禁城里,也没有亲眼看到湘军收复安庆的六百里红旗捷报就死去了。

李鸿章此时不能平静:在场的人中,除恩师曾国藩外,那就是自己曾亲眼目睹了这位皇帝在"九州清宴"慎德堂道光皇帝的寝宫里被立储的情景:"立储谕旨有效,皇四子奕詝应立为皇太子!"当年定郡王载铨那一声庄严的宣告,似乎仍在李鸿章的耳边响起。就在那一次,他甚至还被这位幸运的皇四子的"龙脚"踩了一下……册立皇后的大礼期间,也是他李鸿章跟着恩师曾国藩、岳丈吕贤基的身后跑前跑后,忙完了一个庄严隆重的仪式。

但,这位咸丰皇帝竟然这么快就死了。

兵部咨文送到安庆营中,咸丰皇帝晏驾后,皇长子载淳即位为新主。这新主年方六岁,所以,咸丰皇帝临终前托孤于八位顾命大臣。他们是怡亲王载垣,郑亲王端华,六额驸景寿,协办大学士户部尚书肃顺,军机大臣穆荫、匡源、杜翰、焦祐瀛。另奉上谕:各省将军、督、抚、都统概遵成例,不要来热河叩谒梓宫。

李鸿章呆呆地站在曾国藩身边。曾国藩好一会才回过神来,对在场的各位吩咐,道:"由曾国荃负责,李鸿章、陈鼐等人协办,抓紧布置灵堂;传令全城官吏,及早成服,会集于总督衙门,给大行皇帝行哭拜大礼……"

各位领命离开了签押房,李鸿章、陈鼐、丁日昌等随曾国荃来到楼下大厅,决定在厅内布置灵堂。

曾国藩独自一人在签押房里,把房门关死了,躺在太师椅上静静地思索着这场突发的重大事件。

大行皇帝才三十岁呀!正当盛年,理应大有作为。他虽有体弱多病、常常咯血的传闻,但让曾国藩怎么也没有料到的是:他这么快就驾崩了!攻下安庆前后这段时间里,他曾隐隐觉得有些异常:朝廷久不来诏,自己连着上奏了折子,亦如泥牛入海,全无消息。但,曾国藩只以为朝廷里有权力之争了,没想到这么快就改朝换代了。这些年来,尽管皇帝对自己时有猜忌,但总体上还是信任的。刚登基不久,就放了自己一次江西的主考,正是皇恩浩荡。湘军大发展这几年,皇帝甚至把自己看成了江南半壁的依靠。实授自己钦差大臣、两江总督,这本身就表明皇上对自己的猜忌已经消除……曾国藩不停地想着皇上对自己的好处,不觉落下泪来。

他拿起兵部咨文,将八位顾命大臣的名字细看一遍。新主只有六岁,生活尚不能自理,这就意味着在今后相当长一段时间内,国家的大计、湘军的命运、自己的前程以及兄弟们的命运,都掌握在这八位顾命大臣的手里了。八位大臣,曾国藩都是有所了解的。载垣、端华都是世袭的王爷,名位极高,才华却很平庸。景寿是一个驸马爷,为人木讷谨慎,言语不多,心计一般,是个无所作为之人。倒是这肃顺爷,确是自己既钦佩又有些交情的重臣。在曾国藩的眼里,肃顺是个精明强干、干练刚明的实权人物。自己多年来,得益于肃顺的事情很多。所以,与肃顺往来书信、礼尚往来,是自己最重视的一件事情。肃顺力主起用汉人平乱,足以证明肃顺极有见识。自己当上今日的三军统帅、总督,没有肃顺是肯定不行的。

曾国藩把八位大臣放在一起比较一下,理顺其中关系。那端华是肃顺的异母兄弟,而载垣与端华关系甚密,亲如兄弟。因此,除了一个景寿之外,其余七人都是一党,而党首便是肃顺。想到这里,曾国藩心中暗暗窃喜。

正在想着这些,李鸿章在门外求见。曾国藩自己起身开门。李鸿章是来告诉恩师,灵堂布置好了,问他要不要去亲自察看一下。

曾国藩此时一步都不想走,他的全部精力陷入在对这场变故的思考之中。李鸿章进来以后,他让李鸿章坐下,道:"少荃呀,在这安庆城中,目前大抵只有我们两人是见过大行皇帝的人了!"

李鸿章答道:"可能吧,我也想不起还有谁曾有机会见过皇上。不过,我那机会是您给的,如不是您从中使派,我也见不到的。"

曾国藩脑子还在考虑八位大臣的事,心中有些说不出口的欢喜,只埋在心中也难受,便想讲出来。潜意识里,便是自我炫耀,道:"少荃呀,我已让你看过哀诏和兵部咨文了。依你之见,这八位顾命大臣唯谁马首是瞻?"

"肃顺!"李鸿章完全不假思索地脱口答道。

曾国藩暗吃一惊,没想到李鸿章答得如此干脆。他眉头一展,接着又问:"那么,你看肃顺这个人怎么样?对我湘军有利还是有弊?"曾国藩的本意是想引出自己与肃顺关系甚好的话题,估计李鸿章会毫不犹豫地大加赞赏,并极力描述下一步湘军由于肃顺,会好运连年的。不料李鸿章却深深地叹了一口气,这一叹让曾国藩又暗暗吃惊。

只听李鸿章道:"肃顺才华出众,作为这八位顾命大臣的实际首领,非他莫属。谈到湘军下一步的命运,表面上看起来,可能会有好转。因为,几乎所有在紫禁城里待过的人,都知道肃顺与您的关系甚密。他能当家做主了,当然是对湘军有利……"

曾国藩听到这里,脸上露出了得意的神情,高兴地打断李鸿章的话,道:"不错,言之有理!那么,你说的'表面'是什么意思?"

李鸿章道:"恩师啊,自从我看了这八位顾命大臣的名单以后,我就在心中增添了一种忧虑。正是这个才华横溢的肃顺,太专权,太跋扈了。在朝廷文武大臣中,他积怨很深,仇人甚多。所以,我说从表面上看,一定会对湘军有利,而实际上呢,由于他的敌对面太多,湘军恐怕也会因为他的偏袒而遭人暗算的。门生以为,正是由于肃顺与您关系甚密,您才不得不防。怎么防法?即不远不近,不亲不疏最好。对与不对,仅供恩师参考。"

曾国藩沉默了,紧锁着眉头。多少次了,他乐于跟李鸿章聊天,就因为李鸿章见识不凡,时常对自己有所启发。可是,今天李鸿章提出对肃顺不远不近、不亲不疏的关系,认真分析起来,当是对的。但如今肃顺,已是顾命大臣之首,以前尚能对他高看一眼,格外尊重。现在反而保持一段距离了,这合适吗?曾国藩想到这里,把自己的疑问讲了出来。

李鸿章笑道:"恩师不必忧虑。大凡顾命大臣,最终都不会有好结果的。远者如南北朝的傅亮、徐羡之,近者如本朝的鳌拜等,谁最终能顾命下去呢?谁最终能真正做主呢?依门生的看法,这肃顺不是顾命大臣,反而好了,要亲切地与他相处。如今不仅是顾命大臣,而又是顾命大臣之首,对他来说,犹如雪上加霜,结果难有他的好果子吃的。顾命大臣由于他们的地位太高,权力过大,既容易为别人所嫉恨,成为众矢之的;又难如新主之意,为新主子所接受。顾命大臣事事按自己心愿替新主做主,即便新主不说,背后也会有人说话的。一旦新主羽翼丰满,根基巩固了,便会甩脱顾命大臣的束缚,甚至会对顾命大臣来一个秋后算账:把由顾命大臣做主定下来的事情推倒重议。办过的,也要追究罪责,此是必然。而这些顾命大臣呢?自恃于受命前朝皇上,资历深厚,官大一级,往往不甚尊重新主,为新主有朝一日加害顾命大臣提供口实。对顾命大臣来说,或许就是自己搬起石头,最后砸了自己的脚。门生对这些复杂的君臣关系,自然不比恩师您研究得透彻。因是聊天,讲出来亦无妨,权作无关紧要的猜测。"

　　李鸿章这番话,引起了曾国藩一阵痛苦的思考。他揣摩李鸿章的见解,觉得既现实又深刻。他一方面从心中佩服这个门生的不凡见解,一方面亦为自己的朝廷靠山肃顺的前景捏了一把汗。肃顺的确刚愎自用,自我孤立,有许多地方不得人心。湘军的命运,自己及自家兄弟的命运事关重大,不能把"宝"错压在肃顺身上。因此,他原准备立即给肃顺去信,一则报告湘军辉煌的近况,二则对他荣任顾命大臣表示道贺。听了李鸿章这段话后,他暗自在心中决定:不再去信。

　　但曾国藩内心还是沉重的:肃顺不能依靠,必须敬而远之,但新主尚是个孩子,自己的靠山在哪里呢?他叹道:"变故之年,我湘军无所适从了,不知新主的背后,有谁能替我湘军做主?"

　　李鸿章道:"车到山前必有路。眼下最焦急、最有失落感的当不是恩师您呀!而是那些碌碌无为,平庸无能之辈。他们在前朝皇上手下或许春风得意,无功而受禄,能捞到的都捞到了,但到了新主手下,就未必不一落千丈了。因为,这些人没有本事,混来的名分,是没有价值的。新主一旦醒悟过来,就要砸他们的饭碗。而恩师您却不同了:无论新主是谁,都得用您,都得把您视为依靠。动乱时代,舍您其谁?您可高枕无忧,继续做自己的两江总督。说不定,从今以后,您会猛然发觉:原来这新主比前朝老皇上更看重自己,您干事更方便了!"

　　人在某一点上转不过去时,一经相互交流,便豁然开朗了。曾国藩觉得李鸿章言之有理,心情顿时轻松起来,道:"少荃一席话,使愚兄茅塞顿开。有句话叫做'听君一席话,胜读十年书'。我今日就有这个体会呀!"

　　李鸿章双手一拱,道:"恩师高抬了。只是我在您跟前,无拘无束,什么心里话都敢讲出来。对与不对,恩师不会怪罪门生的。所以,特别喜欢与恩师叙话,还请恩师多加点拨才是。"

　　曾国藩道:"自然,自然!我也是极乐意与你交流。今天不讲了,走！看看大厅去！"

李鸿章跟着曾国藩跨出签押房，刘巡捕赶快上前引路，一同向楼下大厅走去。大厅已布置成灵堂了，安庆城中的绝大多数文武官吏都已到来。曾国藩也不顾这些人，自己走到咸丰皇帝的牌位前三叩九拜，然后放声大哭。本来，按礼节规定只象征性地哭几声就行了，曾国藩还动了真情，眼角流出了泪水。众官吏一看大帅哭了，不敢不哭，哭不出来的，也阴沉着脸，跟后面干号了几声。

曾国藩正在哭拜，李鸿章疾步上前，凑着他耳朵说："胡林翼大人来了！"

曾国藩一陈吃惊，赶紧抹去了泪花，转身就要出门迎接。哪知一转身便看到了胡林翼正在他身后不远的地方动情哭拜。他上前一把搀起胡林翼，道："润芝，您怎么来安庆了？！为何不提前递个信来，好安排迎接？"

胡林翼站起身来，向曾国藩一拜，说："我听说您已将总督府移驻安庆，便急急地赶来道贺。一到这里，知是在哭拜大行皇上，就没有机会禀报了，干脆先参加了哭拜，再向您道贺也不迟。"说着，胡林翼躬了身子，曾国藩一把扶住，引胡林翼到签押房来。

这边，曾国荃去安排酒宴，不一会就来签押房请他们入席，为胡林翼接风洗尘。酒宴上，宾主频频举杯，李鸿章乘机向胡林翼表达了感激之情，多亏胡林翼与恩师书信往来，从中劝说，才促使曾国藩大人捐弃前嫌，写信邀他重返湘军。

酒宴结束后，曾国藩邀李鸿章、陈鼐二人去签押房陪胡大人叙话。曾国荃有军务在身，提前走了。其实曾国藩也不想让他参加，怕他见识偏颇，口才不佳，让人笑话。曾国藩的本意还是就朝廷的重大变故叙叙说说，一则平定心情，二则掌握变故底细。大家都是老友，老友畅谈，可不加防备，畅所欲言。

曾国藩首先开言："饭前，或许润芝兄已抵近安庆了，我正与鸿章在议当前变故之事。鸿章见解独到，让我很受启发。"

李鸿章笑道："那都是在恩师把握之下，随便说点自己的感觉，还望听一听胡大人的高见。"

胡林翼笑道："我知鸿章独具慧眼，一定会娓娓道来。不要尽把好话说给涤生兄听了,对我这个远道而来之人守口如瓶呀。"

这话使曾国藩大笑起来,因是生趣之言,四个人都放松了。这时胡林翼才叹了一口气,道:"别看我们在座的都还不是七老八十的,却经历了三个朝代了,由道光而咸丰,由咸丰而新主。说来也是少有,都让我们这一代人赶上了。"

曾国藩接话道:"可不是吗?比较起来,最苦的还是大行皇上,在位仅十二年,长毛造反却二十年了,加之洋人兵临京师,被迫几次蒙受奇辱,真是命运对他的不公呀!"

胡林翼道:"确是不公,但其死因却源于放任自己,不加爱惜,终于病入膏肓了……"

原来,这咸丰皇帝年少时就是一个浪荡弟子,爱好女色。自打登基后,由于太平军逼近京师,洋人打进内陆,内忧外患,长江上下游遍地烽火,便对国事沮丧绝望。心情郁闷时,就只有纵情女色,极意淫乐,以求解脱烦恼。原先的嫡福晋萨克达氏病故后,册封了温柔娴静的钮祜禄氏瑞芬为皇后。瑞芬皇后本性懦弱,哪管得了后宫里的丽妃、玫嫔、婉贵人及一大批美貌女子的纠缠。咸丰皇帝可谓是见一个爱一个,爱一个玩一个。甚至连答应、常在的房间,他也能在那里过夜。不料宫中又出了个兰儿,姓叶赫那拉氏的,就是已故安徽徽宁池广道道台惠徵的女儿,入选秀女进了宫。这兰儿极有心计,一入宫就野心勃勃,收买了安德海,从中撮合,施展了十八般迷魂的手段,终于把奕詝皇帝拉下了水。从此,皇宫里多了一个懿贵人了。皇上一连许多天里,天天让这已住进储秀宫后院丽景轩中的懿贵人缠得不能脱身。功夫不负有心人,当年的兰儿,现在的懿贵人怀孕了。咸丰六年三月二十三日诞生了皇子载淳,也就是今天的新主。按照惯例,母以子贵,兰儿被受封为懿妃,次年又晋封为懿贵妃。这个懿贵妃得益于皇后宽宏大量,很快脱颖而出,渐渐逼近了皇朝权力的顶峰。

咸丰又从苏、扬两地美女中挑选了"四春",即杏花春、武陵春、牡丹春、海棠春入宫。这"四春"确为绝色美女,个个苗条艳丽,如花似玉。咸丰皇帝又从她们身上找到了解脱,将她们分藏在富有江南风光的武陵春色、杏花春馆、狮子林、平湖秋月四处,派太监严密守卫,日日轮换着寻欢作乐。皇后瑞芬见皇上被女色掏空了身子,虚弱消瘦,且头晕目眩，痰中带血，也曾多次谏劝皇上远离女色，珍摄龙体，无奈咸丰浸润淫欲已不能自拔。

咸丰第一次大口吐血是在武陵春的馆里。那是咸丰十年四月二十八日夜，这夜，晚风徐和、星月无光。奏事太监由一名小太监带路，在漆黑恐怖的夜色中到处打听皇上的下落。最终才在圆明园北路那幽谷环抱、山桃万株、落英缤纷的"武陵春色"馆找到了皇上。他有十万火急的奏折，可皇上正搂着美女武陵春睡觉，谁敢打扰？皇上一夜辛苦，快到天明时分却睡着了。赤条条一丝不挂的武陵春与他交股偎腮，让他睡得十分香甜。还是武陵春在日出时分先醒，听说有紧急军报，忙推醒皇上。奏事太监在窗外忍不住大声奏道：

"金陵城外官军江南大营在一月前就被长毛攻破，钦差大臣、统兵等投河的投河，上吊的上吊……"

咸丰皇上听奏没有反应。奏事太监干急无汗，又拿一份奏折念道：

"苏松太道三百里加急奏折：常州、苏州、松江、太仓、嘉兴全丢失，长毛正在进攻上海！"

咸丰这才腾地起身，骂道：

"胡说八道，苏州太道怎么能越级上奏？两江总督和江苏巡抚都死光啦？！"

"回万岁爷，奏折中说，两江总督何桂清逃了，江苏巡抚徐有壬殉国了！江苏没有人了！驻上海的苏松太兵备道薛焕只得越级代奏，请求火速发兵，援救上海……"

皇上这才急了，慌忙穿上内衣内裤，披上龙袍，趿了拖鞋下床。可是身子太虚了，一下床就觉脚步飘软，头晕得厉害，两眼发黑，根本站不住了。宫女们忙去扶他，奕詝支撑着坐在案几前来读奏折，刚读了两行字，忽然一阵猛烈咳嗽，一个趔趄，喉头呼噜一下喷出鲜血来，溅得地上一摊血迹。武陵春吓得惊叫起来，将皇上扶到床上。奕詝跌倒在这张床上，才感到自己病得不轻了。御医匆匆赶来为皇上诊治，写了脉察方剂，虽然明知皇上房事过度，纵欲伤身，但也不敢点明，跪安离去。

咸丰十一年七月十六日，奕詝终于走完了国家艰辛与个人荒淫交织在一起的短促人生之路。他在热河驾崩了。大行宾天，乾坤突变，天塌了，地裂了，宫内宫外一片哀愁。六岁的皇子载淳由肃顺按遗诏与群臣扶立为大清嗣皇帝,那仅仅是聋子的耳朵——摆设。皇后钮祜禄氏瑞芬被尊为"母后皇太后",按皇上临终前的遗训,放手让顾命大臣们去操持国事。问题出在这个当年的兰儿身上了,她不满意作为皇太后却手中无权,肃顺依据咸丰皇帝临终前的交代,不让她阅览奏折,也不让她接见亲王大臣,完全将她和瑞芬与世隔离……

　　胡林翼的到来,把咸丰的死因及最后的内幕底朝天地翻开来,曾国藩、李鸿章听得目瞪口呆,恍如隔世。曾国藩道:"您作为一方地方父母官,对上面的事情比我等灵通多了。离京多年,朝中的人物也生疏得多了,自觉得已变成真正的乡巴佬了。"

　　胡林翼道:"不知道这些事情也落个省心,无忧无虑,黑了头做自己的事情。待到真相大白了,事情过去了,也讨一个新鲜感。这朝廷中的你夺我争与我等知道了也好,不知道也好,一样地干事情,过日子。"

　　胡林翼喝了一口茶,好像才忽然想到,问:"哎,您不是说少荃老弟对这次变故见解独到吗?到底是个什么见解,说出来也开导开导我们?"

　　李鸿章拦在曾国藩回话之前,抢着答道:"没有什么见解,毫无根据的猜想而已。"

　　曾国藩却不遮掩,道:"依少荃的看法,说肃顺积怨太深,应保持一段距离。他还推断:肃顺这顾命大臣是不会有好结果的。"

　　胡林翼睁大了眼睛,惊讶不已,道:"少荃果然高见。我心中也有一些隐隐约约的感觉,总以为这顾命大臣们,尤其是肃顺,是难以往下走的。大行皇帝这才刚刚驾崩了不到一月,许多难办、难处的事情还没有暴露出来。说这肃顺积怨甚多,我亦早有耳闻。临从武昌来安庆,听说最新的一件事,就是肃顺与那僧格林沁郡王弄翻了。"

　　"何以至此?"曾国藩关切地问。

　　"皇帝驾崩,僧格林沁闻讯后赶到热河要在大行皇帝的灵前叩头行礼。同行的还有七爷醇亲王奕𫍽的嫡福晋,她是那个懿贵妃的胞妹。他们行了礼,还提出要给懿贵妃请安。肃顺见他们来了,本来就一头恼火,不愿让他们见懿贵妃。那天,醇亲王府一辆描金彩绘的双马套车在行宫丽正门前一停,肃顺一眼就看见了。肃顺身穿白袍布鞋,将肥肥的发辫往身后一甩,迎头拦住僧格林沁郡王,大发脾气,道:'僧郡王,你不要再来啰唆了!我让你在大行皇帝灵前叩头行礼,已经是给你面子了。你还领着什么人要晋见懿贵妃干什么?想搞什么小动作吗?你自己也不思考思考,为自己掂量掂量:英法联军攻打天津,你竟毫无准备,让洋人上了岸!你那三千精兵平日里多威风呀?在洋枪洋炮面前却吓破了胆,一仗死得只剩七个人了,你别跑呀?!跑了亦罢,还不懂规矩扣了人质,惹得巴夏礼放火烧了圆明园。就为这一点,大行皇帝在梦中都骂你是一个混蛋。他如今驾崩了,更不想见你!你是来奔丧的吗?既是奔丧,行了礼就赶快滚回去,还一再提出要给懿贵妃请安,我问你安的是什么心?!听说你不是一向瞧不起曾国藩吗?还说他一个耍笔杆子的出身,只会带几个臭书生什么胡林翼啦,李鸿章啦,左宗棠啦,李元度啦来玩枪杆子了。人家都是弃文从武这一点不错,但玩枪杆子不如你吗?曾国藩八月一日收复了安庆,你知道了吧?!这一仗打得怎么样?你能攻下来吗?……'这个肃顺是个烈性的汉子,话儿讲得十分难听,把僧格林沁没头没脸地批了一通,就是没有让他见懿贵妃。其实他也不是自己要见,想为懿贵妃的胞妹讨个面子,不料面子没讨到,却大大地丢了面子。说也奇怪,那个僧格林沁一贯凶横傲慢,在肃顺横扫千军的凌厉攻势面前变得比孙子还乖,话儿讲得这么难听也丝毫不敢驳他一句,最后还连连点头称是。他结结巴巴地小声央求肃顺,道:'那么,就容我们写一份请安帖子递进去吧,也好让我等表示臣子之心。'肃顺见他未作反抗,心稍稍软了一下,道:'行,你就写一份禀帖递进去吧!'突然肃顺又问:'僧郡王,你会写汉字吗?'僧格林沁两手一摊,摇摇头,道:'莫奈何的,还烦请哪位老兄替我代笔吧。'可是在场的八位顾命大臣没人肯出面替他代笔。肃顺乐了:'僧郡王呀,请安的帖子请人代笔,恐怕也显得不恭不敬,少了点诚意吧?'僧格林沁无奈,只得找来纸笔,坐下来一笔一笔地用满文字母拼成汉字发音,勉强把帖子写成,递给了肃顺,拱拱手,走了。出了行宫丽正门,僧格林沁越想越气,竟在门口大骂肃顺混蛋,又道:'肃老六,你今天戏弄本爵,日后我定要促成太后垂帘听政,看你还有什么威风可耍?!'你瞧这肃顺,如此辅政下去,能有好果子吃吗?"

胡林翼说得有声有色,曾国藩、李鸿章、陈鼐已笑出了泪水。他们虽在心里也不赞成肃顺如此霸道,但要的是僧格林沁,大家心里都极痛快。

　　大家聊到这里，才觉出肃顺虽成了八位顾命大臣的牵头人，但在他未来的道路上凶多吉少。曾国藩想起：肃顺在咸丰八年为科场泄秘一案杀了柏葰，至今仍使人心冷。前不久又听说他为户部宝钞处案严办了一批大员，有不少都是轻罪重处的。京城里为此议论纷纷，私下里说他是个疯子。曾国藩心想：李鸿章建议与他保持距离是对的。

　　胡林翼见曾国藩额头上冒出了一层细汗，估计曾国藩是联想到与肃顺的关系了，干脆把肃顺的事说得更明白一些，道："涤生、少荃、陈甫呀，其实肃顺所面临的难堪还不在于那些对他心怀不满的文武大员。他的危险最终将来自两个人……"

　　曾国藩抬手做了个动作，示意胡林翼不要讲出来，让他猜猜看。曾国藩道："我猜其中之一就是那个野心勃勃的懿贵妃吧？！"

　　胡林翼道："不错！您与鸿章先后离开紫禁城回乡时，她才是什么？贵人都沾不上边。莫说你们和我都不认识，就连宫中的妃嫔们也没有把她当做人物看。不料竟然给皇上生了一个皇子，连皇后也干急无汗了。皇上一生就得了这么一个皇子，所以，她更加放心，不怕有谁来与她儿子抢夺皇位。母以子贵，根子就出在这儿了。但此人到底不是皇后瑞芬，入宫用了手段，上皇帝的床用了手段，这回朝廷变故，她自然更会用手段的。"

　　李鸿章不解地问："她一个女人家，在朝中没有靠山，上头还有一个皇太后，旁边有一个本身就不会厚待她的肃顺，她能用何等手段？"

　　胡林翼道："至于可能用什么手段，现在还猜不出来。皇上还在吊丧之中，八位顾命大臣天天绑在一块，集体研究决定重大事情，她还是无从下手的。但我有一种预感：女人要么不做事，做出事来比男人手段狠毒。瑞芬皇后过于软弱，女人要软弱就软得让人扶不起来；懿贵妃过于逞强，她一逞强或许就连男人们也不在话下。从许多事情理论起来看：她已对肃顺恨之入骨了，有朝一日，绝不会轻饶了肃顺。此乃肃顺前景不妙的原因之一。"

　　胡林翼说到这里，反背着双手在签押房里踱来踱去，曾国藩见状，道："您不是说肃顺的危险来自两个人，还有一个是谁？"

　　胡林翼扭头问李鸿章："少荃，你恩师已猜出了一个，你再猜一个！"

李鸿章紧锁了眉头,作一种思考状,缓缓道来:"有一点感觉,或者说是纳闷,放在心中百思不得其解。我从见了兵部咨文公布八位顾命大臣的名单时起,就在想一个人:大行皇帝在临终前指派了八位顾命大臣,却只字未提在京师办理夷务的恭亲王。按理说,咸丰皇帝在安排托孤时,第一个就应该是他自己的弟弟恭亲王。可是,事情却是这样的出人意料:八位顾命大臣,竟然将恭亲王排斥在外,这当中定有原因……"

胡林翼惊喜异常,打断了李鸿章的话说:"少荃不凡,如此肯动脑筋而且如此敏锐!不错,正是这个恭亲王,当年已为继承皇位问题引发了不快。自咸丰皇帝登基十二年来,恭亲王与皇上是面和心不和,有时候连面也不和。尤其是在咸丰五年那时始,恭亲王的生母孝静太后病重。皇帝由于从小是由孝静太后养大,很有感情。孝静对皇帝也视同己出。在孝静病重期间,皇帝几乎天天登门看望,亲伺汤药。有一天,皇帝又去看望养母,孝静太后正脸对着墙壁躺在床上,听到有人来到床边,以为是恭亲王,便道:'你又来做什么,我所有的东西都给你拿去了。不要引起他的怀疑!'说着,转过脸来,一见不是恭亲王,而是皇上,面色十分尴尬。皇帝出门后,心里越想越不是滋味,自己在她眼里,到底不如亲生的好。所以,孝静太后死后,皇帝给她的封号是:'孝静康慈弼天辅圣皇太后',有意降低档次,并且简办了丧葬仪式。不仅如此,皇帝还以要恭亲王专心办理皇太后丧仪疏略为名,罢去了恭亲王军机领班之职,命他回上书房读书。那恭亲王却是个极不简单的人,恭亲王的名份是道光皇帝给的,自己在才能上也是广孚众望。这回如此跟自己过不去,心头当然更为不快,便公开找皇上大吵大闹,从此不睦就公开化了。"

曾国藩道:"若是这样,朝廷下一步的局面就更复杂了,他与肃顺也必定不和。因肃顺是皇上指定的人选,而在这个人选中,又将恭亲王排除在外,恭亲王当然不会听从肃顺指挥棒的指挥;一不听指挥,矛盾就来了。必然是把那懿贵妃与恭亲王推到了一条船上,这一男一女联合起来,肃顺自然要甘拜下风了。"

胡林翼道:"看来,不久以后,朝廷就要出现懿贵妃、辅政大臣、恭亲王三足鼎立的局面了。这样,将来许多事情就难办了!"

曾国藩摆手道:"若真是三足鼎立,也并不可怕,可怕的是肃顺等辅政大臣大权旁落,一女一男掌握实权。而要形成这种结局,并非是在谈判桌上解决问题,而是要通过血与火的交锋,以强硬的方式压倒对方,这便是大清的不幸了,甚至能孕育一场灾难……"

李鸿章道:"看来朝廷内部一场恶斗在所难免。但是恩师呀,您也不必太多虑。这些到底都只是朝廷中的事情,我们作为外官,既管不了那么许多,又不能不关心着一点。关心,目的在于调整自己,以防走偏。至于将来谁来主政,我还是那个看法:对您恩师来说,谁主政都得用您,甚至还必须依靠您!"

胡林翼赞同李鸿章的观点,而曾国藩却从李鸿章的话里,再一次看出了他的滑头。不过,现在的曾国藩在心里也承认:像李鸿章这样的滑头,许多时候并不坏。现实需要这样的滑头。滑头,只要不害人,都是可以原谅的。曾国藩想到了自己:现在不也在学着滑头吗?原来是很重视与肃顺的关系的。就私人感情来说,哪怕肃顺马上就要人头落地了,他曾国藩也应该坚定地站在肃顺一方。但经过几天来的分析、思考,他曾国藩还会做为朋友两肋插刀的事吗?不会了!不仅不会,他甚至要立即调整思路:与肃顺离远一点才好。

还有那恭亲王,曾国藩此时对他,已是行情看好了。曾国藩在心中估测:最终的胜利者一定是恭亲王。此人器局宏阔,见识开明,做事果断,很有些男子汉的气质。幸好未曾得罪过他,只是没有什么交往。曾国藩想:交往不深没关系,今后留心靠近就是了。

曾国藩正在心中盘算,忽听胡林翼大声咳喘起来。李鸿章上前赶快扶住,又斟了一杯热茶递给胡林翼。胡林翼摆手道:"没关系的,今天讲话太多了。瞧,我一个人讲的话比你们几个人加起来还多。现在只觉得胸部有点隐隐作痛,休息一会就好了。"

曾国藩说:"这样的话,就快送润芝去客房歇息吧,话也的确聊得久了。"李鸿章和陈鼐同送胡林翼去了隔壁拐角最里的一套客房,门外少有人走动,图个安静。

大变之际,一省巡抚军政要务太多,胡林翼执意要走了。次日上午,曾国藩、李鸿章等在安庆的几十名大小官员,一起将胡林翼送到镇海门外的码头。一阵江风吹来,胡林翼觉得舒畅。他纵目向江心望去,只见江面上有两条大木船正鼓满风帆,缓缓向上游行来。船头船尾都有七八个大汉在奋力摇桨,不时传来很响亮而又很有节奏的号子声。

一群江鸥追逐着江面上起伏的浪花,时而紧贴水面,时而惊起高飞。

李鸿章站在胡林翼身旁,也在看这奋飞的江鸥,顿时心潮逐浪,触景生情,对胡林翼道:"瞧这江鸥欢快矫健,自由自在,天高任鸟飞,真令人钦慕不已呀!"

胡林翼听出了李鸿章话中所表达的情绪,朝李鸿章笑了笑,道:"少荃呀,你见这江鸥在蓝天白云之下,浩浩长江之上,正所谓海阔天高,但飞来飞去,还是围绕着那两条大船在飞。它们飞不多远,因为它们力气不足。而你却不同了,你比那江鸥要强上十倍。你的天空大得很哩,底气也足,定会有展翅高飞之时。"

李鸿章笑了,但不是很甜。心头隐隐滋生了些许压抑的感觉。他想展翅高飞,但往哪里飞?机遇何在?他暗自默念一句:我不是还在这行营里忙文案、当师爷吗?

胡林翼转过身来,道:"少荃呀,当我们站在这江边时,是不是感到了心胸里从未有过的开阔感?"

李鸿章点了点头。

胡林翼道:"这就对了嘛。我们看待自己的事业,自己的人生,也应像站在这浩浩长江岸上一样,看开阔一点,看远一点。不要受眼前所限。但眼前应是我们必经的阶梯,从这阶梯攀登上去,你看到的将是另一片世界。那时,展现在你面前的或许正是你所期望的了。"

曾国藩也在看江,忽然扭过头来,问:"你们二位在讲什么呢?"

李鸿章慌忙抢先答道:"讲这江水,讲这江鸥。"他怕曾国藩由此悟出他的心迹,引起不快,所以赶快打岔,有意掩盖了话题。

江边码头一别,大家都依依不舍。胡林翼登船时,涌出了泪水。曾国藩双手握住胡林翼的双手,一直把胡林翼送到船舱中。胡林翼又送曾国藩上岸,两人就是这样你送我,我送你,反复了好几次。最后还是李鸿章建议:二人站到跳板上握别,各自不许再迈出一步,这才算是告别。

船逆水而上地走了。几十位送行者默默地伫立于江边,直到船消失在烟波之中。回来的路上,曾国藩想到了与胡林翼多年相处的情谊,又一次落泪,道:"不知为何,我这一次与润芝握别,心情比以往任何一次都沉重,好像他这一去,今生今世就再也见不到了……"

333

这话使李鸿章听了很感动。他从曾国藩与胡林翼的情谊上，悟出了更多的东西，实实在在地感受到了人间友谊的分量。

使曾国藩、李鸿章大出意外的是：与胡林翼在安庆镇海门外江边码头这一别，竟真的成了永诀！这日，武昌方面飞马来报：胡林翼自安庆回到武昌后，连日吐血不止，几天便与世长辞了。噩耗传来，曾国藩号啕大哭，整个两江总督衙门哀声一片。曾国藩在哀伤中亲撰一副挽联：

通寇在吴中，是先帝与草臣临终恨事；
荐贤满天下，愿后人补我公未竟勋名。

曾国藩派贞干代表自己把挽联和奠金专程送往武昌。贞干走后，曾国藩心情非常不好，情绪极度低落。直到这一天从热河行宫发来了上谕，嘉奖攻克安庆的有功人员若干，曾国藩才渐渐露出笑脸。

曾国藩赏加太子少保衔；

曾国荃加布政使衔，赏穿黄马褂；

曾贞干免选本班，以同知直隶州尽先选用并赏戴花翎；

……

三省巡抚的实授也下来了：安徽巡抚彭玉麟；湖北巡抚李续宾；湖南巡抚毛鸿宾。这三省巡抚一概照曾国藩所荐允准。李续宾、毛鸿宾欢欢喜喜上任去了，唯有彭玉麟坚辞不受，只得改授兵部右侍郎衔，调李续宾为安徽巡抚，新增严树森为湖北巡抚。

还有一点令曾国藩高兴不已：朝廷的上谕堂而皇之地直称"湘勇"为"湘军"，这在以前的任何一道上谕中从未有过。这一点非同小可：以后便可以闪亮登场了，是湘军，而不是湘勇！

曾国藩本人的又一大收获是：朝廷给他运来了一箱新主颁赏的大行皇帝的遗念衣物。箱子运抵安庆衙门时，他焚香顶礼，对着京师方向拜了又拜，然后命人打开箱子。赏物包扎得严严实实，外面一层牛皮纸，拆开牛皮纸后，又是一层毛毡。毛毡拆开后，遗念衣物才显露出来。它们是：冠一顶，帽顶是红丝结的顶，上有珍珠一颗；青狐腋袍一件；西洋精表一块；玉扳指一件，上刻有"嘉庆御用"四个字；淡黄东珠念珠一串；小大橘黄寿山印章石十枚。这些衣物均注明系大行皇帝生前喜爱之物。

曾国藩手捧着这些遗念衣物,又大哭了一场。这是他第二次得到遗念衣物了。十二年前道光皇帝驾崩时,朝廷赏了他一件春绸大衫,一直舍不得碰它。后来听说是件假的,真的早已让太监拿走,高价变卖了。他这才把春绸大衫送给乡下亲戚了。

曾国藩欢天喜地,李鸿章始终在一旁看在眼里,想在心里。对这些遗念衣物,曾国藩高兴得不知像什么样子,李鸿章却不以为然。他想:这朝廷,这新主也亏得他们想得出来,死人的东西不放在宫中,拿出来作为给下级官员的奖赏,正所谓"废物利用",实在是妙。李鸿章不稀罕,他暗自嘀咕道:"给我的话,我还不要呢!"

但对于那些实授的官衔、名分、黄马褂之类,李鸿章想得心都滴血了。自己重返湘军,努力办事,最想得到的就是这个。但攻下安庆,文案书稿、报告命令写了一大堆,前前后后跪断了小腿,得到什么啦?什么也没有得到!甚至在上谕里,不仅没有提到他李鸿章一个字,连他所主持的文案及协办军务之类的事情,也只字未提。而曾国荃他们呢?名义上是在前线,但打仗的,流血送命的是士卒们。他曾国荃不是始终坐在营帐中动动嘴吗?就其舒服程度来说,比在行营签押房里忙文案要轻松多了。安庆攻下来,成绩都是他们的了,自己连边都未沾上。李鸿章闷闷不乐,暗想这签押房里的差事是没有干头了!

朝廷变故,肃顺辅政,把消息封锁得严严实实。只有一个消息传来,说懿贵妃已按大清惯例封为"圣母皇太后",如今是两宫太后并尊。湘军中一切照旧,跟咸丰在世时一样,该干什么还干什么。只有曾国藩还关心朝中变故之事,因为他深知变故会直接关系自己的命运。于是,他向京师发出几封私函,打听宫廷的走势及内幕。

李鸿章进来了,他起草了两份奏稿,要以曾国藩的名义发出。见恩师坐在案台上抓痒痒,将奏稿放在他的面前。一份奏稿是请奏朝廷将已故湖北巡抚胡林翼一生的简历和功绩宣付史馆,记录入档,编入史料;另一份奏报:湘军水陆几军已分别攻克了安徽铜陵县、无为州和裕溪口等几处沿江要隘。曾国藩捧起奏稿看了一遍,只在奏请将胡林翼宣付史馆的奏稿上加了"他赤心以忧国家,小心以事发生,苦心以护诸将"这几句话。李鸿章拿起奏稿,准备重新誊抄一遍。

李鸿章正要出门，曾国藩道："少荃留步！"

"恩师有何吩咐？"李鸿章转身回来，站到曾国藩身旁。曾国藩抬起右手一指，示意他在椅子上坐下。

李鸿章略带惊讶地拿两眼望着恩师，就如小学生坐在老师身旁一样，准备洗耳恭听训示。曾国藩道："今年以来，湘军在上游军情发现了令人欢喜的转机，但长江下游的战局却发生了急剧的逆转。长毛们在合取湖北、保卫安庆的战斗失败以后，又丢失了中、上游沿江许多城镇。因此，据一段时间来的观察和探兵来报：长毛们已改变了进攻方略，采取两线防御、东线进攻的办法，以此挽救他们的危局。长毛们集中兵力，击溃东线官军数营，连克浙东、浙西大部分城池，并且直捣杭州，威逼上海，力图把苏浙和上海变成支撑他们命运的所在……"

李鸿章好像听明白了：恩师是想通报近期战局，有用兵策略相商。自从重返湘军以来，曾国藩过一段时间就要找李鸿章聊一次战局，一来是通过交谈整理自己的思路，二来也是看中李鸿章的辨别能力，讲出来向李鸿章征求看法。所以，他也像往常一样，不加保留地陈述自己的观点。李鸿章道："这些情况门生也零零碎碎地了解一些。上海的形势是十分危急。而这个上海，又地处东南前哨，是当今中国最大的商业城市，又是中国敌对力量蚁聚的巢穴。听说上海一些官绅面对长毛的进犯攻势，已惶惶不可终日了。依门生看来，恩师身为两江总督，统辖江浙皖赣四省军务，并节制自巡抚、提镇以下各员，对上海乃至周边危急坐视不管，恐怕是交代不过去了。"

曾国藩道："仅上海危局倒也罢了，连你老家庐州一带也糜烂至极了。各处都危在旦夕，我却无兵可救，京内京外、江南、江北的官绅有许多已经对我不满。我已是没有退路了，若官绅们闹起来，告到朝廷，那么就是我们被动了。所以，思来想去，有一件事只有请求于你了。"

李鸿章道："门生为恩师效力，何来'请求'之说，有事只管吩咐，我当在所不辞。"李鸿章话虽这样说，心里却如同十五只吊桶打水——七上八下的。他猜测曾国藩可能会求他干什么事。不料话儿还未说开，门前来报："曾大帅，法部主事钱鼎铭自上海来安庆求见。"

曾国藩一惊，暗自思忖：他来干什么？这位钱鼎铭，字调甫，道光二十六年的举人出身，曾任户部主事。其父钱宝琛做过湖北巡抚。后来，父亲去世,他心忧南归,恰逢长毛大军席卷苏南,因而去了上海避居。因为此人精明干练,敢于任事,又善于交际,很受上海一带官绅的敬重。曾国藩预感到:此人前来,定是无事不登三宝殿。于是,曾国藩传了钱鼎铭,仍坐在太师椅上未动,道:"有请。"

李鸿章见与曾国藩的话没有谈完,又有人求见了,正准备闪身走开。曾国藩道:"少荃别走,一块儿见识见识这个上海的来客!这上海是我湘军的饷源所在,每年抽取的数字还不小,不可不见。"

不一会,刘巡捕把钱鼎铭领来了。几人相见,相互一揖,又讲了许多客套话,钱鼎铭才提出正题。三十五六岁左右的钱鼎铭,风度翩翩,操着一口江苏太仓口音说道:"曾大帅呀,长毛贼攻剿上海许久了,上海弹丸之地,已经危在旦夕了。我临离开上海,乘上海开往武昌的洋火轮到安庆时,上海四郊各县,除了松江尚有洋兵助守外,其余都已陷落。绅民仰首西望曾大帅发兵救援,如大旱之望云霓,似雪中渴望送炭。事机危迫万分,众官绅及上海各界,公推我速往安庆,务必恳求涤生公尽快发兵,刻不容缓呀!"说着,这钱鼎铭竟挤下了几滴泪水,当场动容。

他见曾国藩面容和善,认真细听,又道:"此番专程前来,还有一位,是候补知县厉学潮,由江苏巡抚薛焕大人委派同行。曾大人未传,他不敢前来晋见。"他以乞求的目光投向曾国藩。曾国藩本不想接见一个小小的候补知县,但转念一想:这些人别看他没有什么赫赫官衔,可是,就在他们身后却有着雄厚的财力做后盾。于是道:"哎呀,既是远方来客,怎么好把人家搁在门外不见哩,有请!"

厉学潮进门就屈膝向曾国藩行了礼,又向李鸿章拱手一揖。然后就近在一把椅子中坐下,双手放在膝盖上,很有点文静的做派。

钱鼎铭从怀中取出一个信封,道:"这是上海各界绅士联名写给曾大帅的公启,还请曾大帅过目。"说着,双手捧送在曾国藩面前。曾国藩并未接这公启,道:"此类事已委托李大人全权处置。"曾国藩把李鸿章介绍给上海客人,介绍中不乏夸奖,惹得钱鼎铭、厉学潮二位向李鸿章点头哈腰,一副媚态。

钱鼎铭把公启捧送给李鸿章,然后又转身向曾国藩道:"滔滔江水为证,我钱鼎铭此次前来,立誓效法申包胥哭秦廷,请不动曾大帅派军救援,就决心不回上海了!"

337

曾国藩听这话，知是钱鼎铭采用激将法了，皱了皱眉头，道："两位远道专程而来，我知道你们的苦处。从道理上讲，上海、苏、常等都在我两江管辖范围之内。就连浙江那边，虽然距离遥远，有条件时我也会去伸手救它一把的。两江之内，八面危急，身为两江总督、湘军统帅，岂有坐视不救之理？可是你二位初会，对我及湘军的难处与苦处或许知之甚少。湘军已是名声在外，正所谓树大招风。名是出去了，其实就是个空架子，内里虚得很。我手中无兵、无将，还无粮饷，从哪里弄到那么多人马四处支派？我也知道自己这个两江总督天天挨骂，说我见死不救，甚至还有人说我违抗谕旨、按兵不动的。一省两省、一城两城我可以对付，可是四省之内，又正处于长毛重兵扩散之地，我实在是心有余而力不足了。所以说，本帅不是不给二位的面子，此事的成败与否也不是一个面子问题。由谁出面，就是四省巡抚都来了，我亦爱莫能助呀。"

钱鼎铭与厉学潮面面相觑，但劲头不减。曾国藩已把话讲到这样的绝处，但二位好似还心中有数，毫不气馁。钱鼎铭自有最能打动曾国藩的一招，这时才和盘托出："曾大帅，上海华洋杂处，商贾云集，乃中国最大的中外财货所聚之地，每月厘捐所得不下六十万两。大帅纵使弃上海各界绅民于不顾，独不念富甲天下的滚滚饷源吗？而长毛若得上海，这六十万两或许八十万两就等于拱手送给长毛了。湘军不富，我等也略知一二，大多数水陆各军月月都为饷源发愁，每月只能勉强关饷五成，有的甚至已拖欠数月。湘军如能保住上海，便是保住了数目可观的饷源，从此不再为饷源发愁。可如果是丢掉了上海，让长毛占去，长毛们得了这些饷源，更是如虎添翼，给大帅您制造更危急的局面。请曾大帅、李大人思量，是不是这个道理？"

曾国藩矍然动容了，心中一惊：自己原来忽视了这一层利害关系，倒让这小小的法部主事套了进去。他干脆顺水推舟，问："你这些话是否有些夸大了？上海每月能有这么多厘金收入吗？"

"回禀曾大帅，与您说话，我有几个脑袋敢胡言乱语？句句属实，且留有余地。"钱鼎铭答了后，厉学潮接过话，道："不但每月有六十万以上的厘金收入，还有为数不小的关税收入。并且，我们前来安庆时，各界官绅都纷纷表态了，签字画押，愿意为救援上海的将士捐输钱粮……"说着，厉学潮掏出一份签字画押的名单，捧送到曾国藩面前。

曾国藩眯起三角眼,把这份自愿捐输的官绅名单递给了李鸿章,示意他收下。李鸿章心领神会,立即将名单夹于案卷之中。

钱鼎铭注意到曾国藩脸上露出了一丝笑容,心想这下有门了,于是又加了一码,道:"如果曾大帅此次能成全我们安庆之行,派大军救援上海,一切军费开销全由上海支出,不需动用大营分文银两。不仅如此,为表示诚意,考虑到大帅行营目前军饷拮据,大帅可立即委托李鸿章大人随晚生去上海,先提取二十万现银解决急需。以后每月还格外奉送十万两饷银,以济大帅之用。晚生说话算数!这也都是各界官绅在上海商量好的,委托晚生办理罢了。"

钱鼎铭错误估计曾国藩会见钱眼开了。他又追加这些条件,曾国藩在听完之后,并没有像他暗自猜想的那样,马上一拍即合。其实曾国藩已陷入两难之中,说他见钱心不动,那是假话,偌大的一笔饷源,弃之太可惜了。再说,钱鼎铭前面的一番话是有道理的,若是丢了上海,就等于把一大堆银子拱手送给长毛。长毛钱多了,对湘军更加不利。但是,如果发兵去上海,至少眼下困难重重,既无兵源,又无良将。自己心中倒是想好了一个人选,也只能从长远计,先募兵,后打仗,还不知他本人愿意不愿意。犹豫了好长一阵子,他还是摇了摇头,道:"哎呀调甫老弟,你上海的饷源的确是令本帅心想神往哩!纵使银两堆成了山,可济我军费急需,但我也没有那个本事去取呢!"

曾国藩抚须片刻,又起身来回踱了几步,然后屈指计算道:"我这里仅有几名可以独当一面的主将:左宗棠大人奉旨援救浙江去了,正在艰苦激战之中,一个兵也抽不出来;胞弟沅甫几天前回乡募兵去了,即便马上就可以编练成军,他也另有重任:直逼金陵。围攻金陵是我湘军的大计,也是朝廷的期望所在。怎么能放弃这个目标去发兵上海呢?水师里倒是还有几位主将,可是去上海也派不上用场呀。你看你看,你们叫我拿什么兵去呢?"

钱鼎铭像泄了气的皮球,大失所望。他没想到绝招无效,曾国藩刀枪不入。失望之时,仍哀求道:"三吴绅民数十万人,都已涌入上海租界了。他们寄人篱下多日了,都巴望我们此行能引大军同往,以解救他们于水深火热之中。看来,上海非落入贼手不可了。但晚生仍不死心,堂堂湘军,英雄豪杰很多,何愁无人领兵打仗?曾大帅呀,请您看在东南千百万人的份上,莫使黎民失望呀!"

曾国藩向来不是耳朵根软的人,一旦拿定主意,八头牛都拉不回来。他见钱鼎铭、厉学潮二人已涌出了泪水,仍不动心,道:"实在没有办法嘛。明日待我亲撰两封书信,让你们带回上海,以我的名义向上海各界官绅致歉!"说着,曾国藩就要出门。

李鸿章心软了,上前挽住流泪不止的钱鼎铭,动情相劝。钱鼎铭拉住李鸿章的手,道:"李大人,这次曾大帅若不发兵,我是无法再回上海了。他一日不发兵,我一日哭求;他两日不放兵,我两日哭求。若是怎么哭求也不放兵了,我就铁了心不回去了。因为我无颜再会沪上父老,只有一头撞死在这两江行辕之外了!"

曾国藩走到门口停住脚步,倾身听他讲完了这段话。从内心来讲,曾国藩十分钦佩钱鼎铭的执著,更为他的悲怀壮举所感动。他心想:上海绅民推举他来求援,算是把人选对了。自己手下若能有几个这样的汉子,那便是大幸。于是,曾国藩转身返回房中,频频颔首道:"调甫老弟,虽是初会,本帅佩服你办事的真挚之情。我虽无兵可发,可是你也千万不可轻生。那样的话,就是诚心要把我老夫推到受人唾骂的绞刑架上了。今天不要再讲了,让李大人安排你们歇息,晚上备下一桌,喝上几杯。容我细细商议,讨一个保全上海的良策,再与二位斟酌。晚上小酌几杯,老夫就不陪了,请李大人陪你们尽兴。"

钱鼎铭道:"感谢大帅盛情,此时哪还有心思喝酒哟!只求李大人借一张薄铺,让我俩有个避身的场所就行了。我们已做了长住的打算。"

离吃晚饭的时间还早。李鸿章让他俩到行辕院内随便转转,自己去为两位上海来人安排客房和晚饭去了。

钱鼎铭、厉学潮无精打采地在大院中晃荡,哪有情绪逛大院呢?便在大门旁的石阶上坐下。他二人此时感觉在这个两江总督衙门里,倒如同丧家之犬了。

刘巡捕来了,在大门外找到了他俩,说是一切备好,只等他二人入席。钱鼎铭黯然,刘巡捕早有些同情之心,带他二人边走边说:"你们来此请兵,与曾大人已讲到那个份上了,就当早早收场,另寻别路了。"

钱鼎铭道:"还有什么路子可走呢?谁肯帮我们疏通呢?"

"你们也真傻,旁边一直就坐着一个,别看他极少讲话,但一讲话就有效果。曾大帅起先就已言明:'此类事已委托由李大人全权处置。'就是那个李大人,只要肯出面替你们求情,十有八九能说动曾大帅发兵。而他在场那么长时间,你们却没有把他放在眼里。"刘巡捕道。

钱鼎铭道:"曾大帅倒是褒奖了李大人一番,可他说的'全权处置'是指文案上的事呀。"

刘巡捕笑道:"你们也想得太死了。曾大人讲的是指文案,但话外之话就是说:所请求之事,可以找他商量。"

"是吗?"厉学潮惊喜异常地问。

刘巡捕道:"那还有假?李大人与我们曾大帅同出京师翰林,师生之谊,已经多年了。曾大帅十分赏识李大人的才华,许多事都与他商议后才定下的。你们到达衙门时,他俩正在讲苏、常、浙江和上海的军情哩。"

当天晚上,钱鼎铭与厉学潮立即表现出异常的热情,频频向李鸿章敬酒,大有反宾为主的味道。等酒喝到最后,钱鼎铭才把话儿端了出来,请李鸿章从中周旋,说服曾大帅发兵上海。

李鸿章答应下来了。这使得两位上海来客转忧为喜。钱鼎铭一见李鸿章爽快答应,立即起身,一揖到地,道:"今日得识李大人实属幸事,天助我也。一切仰仗少荃翁,江南万千生灵,都将感激您的大恩大德。"

李鸿章道:"你二位先在衙门里多盘桓几日,急了可去安庆城里走走看看,暂时不要再去麻烦曾大人了。否则,急于求成很可能会把事情办砸。俗话说,心急吃不得热稀饭,好事也得多磨,待我从一旁说动大帅,成事的希望很大。"

这两个人对李鸿章千恩万谢。李鸿章之所以同意帮忙,一来看了二人求得实在可惨,想从中做点好事,帮个顺水人情。二来认为上海危在旦夕,应该救援。三则是为了自己。上海请兵,营中无将可使,正好找到了一个请求出山的机会,说不定由此一帆风顺,前途无量了。

李鸿章拿定主意,第二天上午便来找恩师。

李鸿章来到签押房,曾国藩正在抚须沉思。鸿章开口道:"昨日恩师正在留门生说话,不料话未说完,就来了上海请兵的客人。不知恩师还有什么要交代的?"

李鸿章说着,自己拿了一把椅子,在曾国藩的斜对面坐下。

曾国藩笑了,道:"沪上官绅派来的这两位代表也真是为难我了。那钱鼎铭办事扎实,悲壮之举感人至深。其实我是陷入两难之间了,救则无力;不救,既不应该,又十分可惜。少荃啦,整个过程你都在场,我注意到你一直未作表态,今儿想听听你的高见。"

李鸿章笑了,道:"此事重大,自不是我所能插言的。不过昨晚一夜,我左思右想了很久,觉得恩师您不应该为这点明摆的事情陷入两难之间了。"

"此话怎讲?"曾国藩大感不解,仰脸问道。

李鸿章道:"回禀恩师,鸿章我以为此事不难处置。"

"此话又从何说起?"

李鸿章反问道:"恩师是打算攻克金陵呢?还是打算放弃金陵,另作计划?"

"你这是明知故问。我当然要围剿金陵的!"

李鸿章提高了嗓门,道:"恩师既要最终吃掉金陵,就必须要先救援上海。"

"你今天怎么啦?老是跟我转圈子,一句话只说半句,让人听得不明不白,没头没尾。我问你,为什么要先救援上海?"曾国藩说着,瞪了李鸿章一眼。

李鸿章并不理他,往前跨了一步,走到曾国藩案台边上,随手把案台上的一本书、一把尺子、一个墨盒统统揽到自己手下,给曾国藩摆开来讲话:"比如这是上海,这是金陵,两者中间的是苏常一带。如今洪秀全的长毛军仍盘踞金陵,而主力几十万人马却让李秀成带去攻打浙江和上海。比如说,这回是我带兵去救援上海,只要我去了,无论能否保全上海,也总是能把李秀成的大军拖住不放的。现在您是决定不去救援,那么,上海最终会让李秀成得了去。他得了上海,站住脚跟,便无东顾之忧了。东面是大海,只有挥师西进。一往西进,当然就与我围攻金陵的人马接上火了。若正是国荃在金陵外围,李秀成从上海发兵,国荃的日子定然不好过了,必遭内外夹击。此是其一。其二呢,我去援救上海,站住脚跟了,便同样是节节西进,向苏州、常州围剿而来,收复了苏、常一带,很自然就与曾国荃的大军浑为一体了。如此联成一气,既壮了曾国荃老弟攻打金陵的军威，援助他一臂之力，还同时切断了金陵贼寇的粮道、饷道和兵源。走到那一步，洪秀全只能坐以待毙，绝无死而复生、卷土重来的可能。因此，依门生之见，救援上海，正是为了夺取金陵。放弃上海，金陵难得。恩师万万不可轻拒上海的请求。你拒绝了他们，不仅是拒绝了富足的饷源、白花花的银子，更是拒绝了最终克复金陵的重大希望啊！"

　　李鸿章这番话，把曾国藩讲得虚汗直冒。只见他三角眼眨个不停，眉毛一耸一耸的。沉思片刻后，猛地拍案而起，把李鸿章吓得一跳。曾国藩道："少荃啦，你这一番分析令我为之汗颜。我怎么就没有想到这一层呢？今天实话告诉你吧：我昨天叫你来叙话，是想探探你的心思。愚兄已思考多日了，想派你回庐州编练新军，招募成七八千人的队伍。银子不用愁，我都替你准备好了。不知你肯不肯前往。现在上海的危急又摆到我眼前来了。那么，我想请你在安徽编练成新军以后，直扑上海，既把你的新军拉出去实际练一下，又解了上海被困之围。此乃一举两得，愚兄既已出言，就寄希望于你了！"说着，曾国藩双拳一抱，要向李鸿章一揖，吓得李鸿章飞快上前扶着，道："门生以恩师之命为己任，岂有犹豫之理？只须您一声令下，少荃整装出发，不肃清那一带长毛，决不回兵！"

　　李鸿章激动万分，以至于当场流下了热泪。这正是他几年来梦寐以求的呀！他以炽热的目光投向曾国藩，充满了感激之情。

　　曾国藩坐了下来，抓过纸笔。写下了一份"委札"。他把这份墨迹未干的两江总督的委札递给李鸿章时，李鸿章看得清楚，上面写明是委派他去两淮地区招募淮勇，与总兵黄翼升的淮扬水师一起，径往上海作战。无论如何，都必须在明年正月前编练成军，二月起程赴沪。总的时间是两个半月。

　　曾国藩此时也好像一块沉重的石头落了地，脸上露出了长辈般的笑容，道："少荃呀，你担负此任，愚兄是最放心不过的了。不过，我仅给你两个半月的时间，是太仓促了一些。但是已经无奈何了。上海紧急，你是知道的……"

　　李鸿章此时还哪管他给多长时间！早已周身热血沸腾。他仿佛看到自己的新军正浩浩荡荡地开赴上海，而这支新军的主帅，正是他李鸿

343

章！如今，他终于要手中有兵，可以指挥千军万马了。多年来渴望施展抱负的机会终于到来了。

走出签押房大门时，他猛觉得眼前金光灿烂，多日的烦闷一扫而尽。他正准备奔跑回房，把这个喜讯告诉同僚们时，突然被曾国藩喊住。他的心一下提到嗓门口了，紧张得半死：莫不是恩师反悔了？只听曾国藩道："你去立即通知上海客人：两个半月以后，一支新军将开赴上海！"

李鸿章高兴地答道："遵命！"说着，飞快地奔跑而去。

李鸿章首先来到衙门客房，推开房门。钱鼎铭、厉学潮二人一见李鸿章推门而入，腾地一下站起身来，以一种乞求的目光望着李鸿章。只见李鸿章满脸喜气，很有点激动的样子，心中已经猜着了几分。因而也满面笑容地问道："李大人，曾大帅同意发兵了？"

钱鼎铭、厉学潮请李鸿章坐下慢慢细说。李鸿章把从中说合的经过有声有色地细说了一遍，其中稍稍添了点油，加了点醋，把自己的功夫略作了一些夸大，听得钱、厉二位佩服得五体投地。钱、厉二人把胸脯拍得当当响，道："李大人一经抵达上海，保上海各界官绅视李大人为救命恩人，要啥给啥，绝不会委屈了李大人此番功劳。"就在客房里，钱鼎铭立即掏出一张一万两的银票，你推我拽地塞到了李鸿章的手里，道："大人还要回乡看望，就当做孝敬祖上的一点心意吧！"

出了衙门客房的门，李鸿章直奔陈鼐住处。陈鼐正在替恩师曾国藩整理诗稿，伏案提笔，不曾注意到李鸿章进门。忽回头一看，李鸿章已来到身后，一副少见的笑脸，吓了一跳。当时坐下说话，李鸿章眉飞色舞地重述了一遍恩师派他招募两淮兵勇的情况，还把那两江总督的委札掏出来，往陈鼐面前一放，道："看！我盼了多久啦？就盼恩师这么一张纸！"

陈鼐也很高兴，道："少荃呀，你终于如愿以偿了。须知，得到这次机会实在是来之不易，有些事情你未必那么清楚呢！"

李鸿章睁大了眼睛，道："什么事情？还望你在握别之前说个清楚，以便我心中有数。"

陈鼐叹了口气说："你以为恩师他是不想救援上海吗？你以为他是不知道只有先救援了上海才能攻克金陵吗？那是他讨你一个欢喜，佯装受你启发。其实,此时他准备用你已在心中成为定局。此乃迫不得已而为之。你我在这些谋略方面,都不是他的对手哩!"

原来,曾国藩早已在盘算救援上海一事,在钱鼎铭、厉学潮未到安庆来之前,他已给左宗棠去函,请他派出探马飞奔上海,全面收集上海的防务、长毛攻城的情况,并要左宗棠在浙江时刻关注上海军情变化。上海乃中国第一商业、工业都市,厘金收缴颇丰,这一点曾国藩能不知道吗?正因为心中有数,他对上海的危局才更为关注,准备派军救援,并驻守上海。但派谁去呢?曾国藩的脑海里多次闪现出李鸿章,心想:李少荃是最合适的人选。

可是,那么多厘金收入在他眼前晃来晃去,他迟疑了:这些银子是湘军的命根子,去上海的人,不仅仅是要能领兵打仗,还要把这些白花花的银子统统搂到湘军大营中来,保证百分之百地由他曾国藩支配,这是最重要的。因此,单就带兵打仗而言,让李鸿章去,他放心,而且也坚信李鸿章能出色地担此重任。但是,还有另一副重任:确保厘金收入进了湘军的腰包,李鸿章恐怕就做不到。即便他立下军令状说能做到,一分钱也不截留,曾国藩也不放心哩!在曾国藩看来,这件事必须由自己最贴心的人去干,万万不能操纵在外人手里。

平心而论,如果没有一个曾国荃,曾国藩在相比较之下,是很信任李鸿章的,李鸿章可以说是曾国藩的心腹弟子。胡林翼在去世之前,还写信向曾国藩郑重推荐李鸿章,道:"少荃如评骨法,必大阔,才力又宏远,择福将而使之,亦大勋之助也。大局安危,只看丈(曾国藩)之放手放胆耳。"曾国藩虽也是肯定李鸿章的才能,但在救援上海、扩大饷源这一问题上,却让门户之见遮住了双眼,只相信自己的曾氏族中之人,而对外人猜忌很深。

他暗自确定的第一个主意,是让曾国荃在招募了新勇以后,直接开赴上海,实施救援;全力收缴厘金,尽快发放大营。为此,他亲笔写下书信,送往湖南,叫曾国荃待命开拔。

事也凑巧,朝廷的军机处大学士翁心存,乃江苏常熟人氏,见苏、常、上海形势危急,上了一道奏折给朝廷,请求朝廷下旨,命曾国荃所部立即以准备攻打金陵之兵去救援上海,然后收复苏、常,最后再实施围攻金陵的计划。翁心存的奏折递上去以后,军机处原文照抄,只在结尾处作了朱批,即上谕:"着曾国藩相机办理!"这就是等于把决定权下放给曾国藩了:按翁心存所奏的请求立即发兵上海也行;先不救援上海,继续实行围攻金陵的计划也行。要是放在攻克安庆之前,曾国藩是绝对不会接受翁心存建议的:攻打金陵,铁定的目标,哪能让曾国荃移兵上海呢?可是,这时他主意变了,觉得翁心存的主意正好与自己不谋而合,等于又给自己提供了令曾国荃开拔上海的又一理由。若有人提出异议,说他曾国藩是朝三暮四,出尔反尔。这时曾国藩便会一推:此是朝廷的意思,且点名令曾国荃前往,我又能奈何?

　　得了朝廷的这份"相机办理"的上谕,更坚定了曾国藩准备让胞弟出兵上海的决心。他又送一信到湖南,要曾国荃在招募了新兵之后,开赴皖北,以新兵换下在皖北驻守的老兵,率皖北老兵进军上海。瞧,曾国藩时时替胞弟着想,连新兵缺少作战经验,曾国荃去上海有困难这一层都想到了。

　　又考虑了几天,曾国藩又有了新的"发现":曾国荃一人率兵,得有一个得力的助手。而他预计:李鸿章在心里是很想离开他的总督衙门,去前线建功立业的。不如让李鸿章作为副帅,协助曾国荃救援上海。这样,既让曾国荃减轻了重担,又满足了李鸿章求战心情。一举两得,何乐而不为呢?于是,曾国藩再次给仍在湖南募兵的胞弟去信,讲明主张。自己在签押房里才准备对李鸿章讲他的主张。哪知上海客人一来,冲断了谈话。他一面坚拒钱鼎铭的请求,一面焦急地等待曾国荃的回信。他知道胞弟领兵打仗几年,骄气上升,自作主张意识很强,有时连大哥的决定也敢推倒。所以,他在没有得到胞弟回话之前,绝不敢松口表态,怕自己答应下来了,曾国荃又不愿去上海,而令自己下不了台阶。曾国藩知道上海来人在没有达到目的之前,是不会离开安庆的。所以,才佯装坚拒出兵上海,而私下里已决定救援上海了。

　　就在钱鼎铭、厉学潮得了刘巡捕的点拨,在酒桌上请求李鸿章出面做曾国藩工作的时候,曾国藩才收到胞弟曾国荃的复信:曾国荃坚决不愿意去上海,一心只想早日在金陵扎下大营,如围攻安庆的办法一样,久困金陵,逼其不攻自破。曾国荃在攻打安庆一战上尝到了甜头,主意已定了。

　　曾国藩无奈了:只有把第二位的李鸿章推到了第一位,让他先募兵,后去上海救援了。李鸿章愿望是这样实现的。陈鼐在握别之际透露的这个过程不亚于在他头顶上泼了一瓢冷水。然陈鼐开导道:"无论如何,你可以到疆场上去一显身手了。恩师的最后决定到底还是选中了你,不应把这个过程放在心里。就像从没有发生过什么事情一样,心情愉快地去赴任吧!你看他左宗棠打了几仗便是浙江巡抚,曾国荃攻下安庆就穿上了黄马褂,老是当一个师爷有什么出息呢?!恩师是暂时不会考虑让我到营里去独当一面的。若有那么一天,我也会兴高采烈地勇往直前。"

　　李鸿章想想也是:比比程桓生、陈鼐等一大批幕僚,自己毕竟还算盼到了头。在湘军里做事,怎么好凡事与恩师的胞弟攀比?"人不为己,天诛地灭!"就是自己把新兵编练成军了,难道不是同样要把兄弟、亲戚、朋友、乡里乡亲的摆在前头吗?想到这里,他的心情顿时又愉快起来,连忙收拾行装,准备踏上新的征程。

顺水人情

347

第十一章　编练淮军

归途的心情是极其愉快的,犹如刚刚被放飞的鸟儿,展现在他面前的是无限广宽的天空,任其飞翔。李鸿章在安庆江边与前来送行的众幕僚、军中的同乡握别之后,只带了两名亲兵、两个挑夫乘洋火轮顺流而下,往芜湖方向而去。他听说老五凤章带继配夫人邓氏在芜湖宁安里小街上做小买卖,准备从芜湖把凤章带上,一块儿回庐州肥西的紫蓬山家中去一趟。此次回乡招募新军,起先只知道高兴,尚未作过细的打算。但踏上归途后,冷静下来盘算,他心中方才觉得此行将伴随着无限的险阻与艰辛。他甚至感到,自己在两个半月的短短时间里能否如愿以偿,将数千人马招募到手,编练成军,还实难预料。他想到当初从京师回乡协办团练时,自己也曾多次去乡里招募过乡勇,那个难招的程度,至今想起来还觉得凄惨。兵荒马乱之年,有些乡村中皆是老弱病残和妇女小孩,适合招募为勇的三里五里碰不到一个。

然而,在李鸿章的设想中,尽管困难重重,但他也拥有着自己或许能争取成功的条件,其一便是自己毕竟有兄弟六人。这兄弟六人中,除老四李蕴章病目而盲,以残废之身留守家中外,其余五人都可以成为自己的伙伴和助手。大哥瀚章和老六昭庆已在湘军中多年,驰逐军旅,已初通兵法,连恩师曾国藩都时常夸赞,羡慕不已。曾国藩几次当众说:"鸿章这兄弟几人,个个既秉书香门第的文雅秀美,又兼淮北民众的强悍劲气,是个望族的兆头呀!"

昭庆前不久从安庆回乡一次,回来说老三鹤章在故乡很有长进,于庐州一带已招募了一千多乡勇,日日操练,土枪土炮也置办了一些,主要为了护卫桑梓,保卫村寨。鹤章的队伍大大小小也打过三四十仗了,手下竟培养出了一批勇敢善战的小头目。鹤章仅苦于手中无钱,军械火器无法添置,乡勇服装无法统一,再加上名不正、言不顺,乡勇中多有怨言。

"这下好了!"李鸿章在心里默念道。鹤章所缺少的,正是自己所拥有的。将鹤章的乡勇收编入军,是十拿九稳的事。以此为基础,等于迈开了招募兵勇的第一步。

还有凤章,从小也随父进京读过书,但弱冠南旋应试不果,他便失掉了读书的兴趣。但凤章体质强壮,个性鲜明,在父亲和鸿章回乡办团练时,他便是个头号的积极分子,曾跟随李鸿章转战过皖中和皖北,甚是勇敢。李鸿章心中不禁怪他:你本应是军旅之中的一名悍将,带着侧室跑到芜湖做什么生意呀?如果在家乡传出去,岂不是丢了自己庐州望族的面子?所以,李鸿章刚踏上归乡之路,就决定先到芜湖,把老五带回去。他要对凤章说:"这回与刚回乡协办团练时不一样了:我是奉了两江总督的委札来皖中招募新军的。办好了,将会与威震天下的湘军齐名于世呀!"

有把握获得成功的又一个条件是:他在回乡协办团练的过程中结识了故乡旧团练的许多头领。一些地主士绅筑圩练兵,自称圩主,有些已初具规模。而这些人与李鸿章都有过深浅不同的接触。在安庆登船前的那个夜晚,他特意静坐回忆,并用笔一一写下了他们的名字,像马三佼、吴廷香、吴长庆、张树声、张树珊、周盛波、周盛传、刘铭传、潘鼎新、解光亮等。他们中间,或许有的已经徒党星散,各奔东西,甚至不在人世了,但昭庆告诉他:至少有几个人还在重操旧业。比如说张树声、潘鼎新、吴长庆和刘铭传等,都还各自训练了一批人马,在家乡颇为活跃。他把这些已经搜集在册的团练乡勇屈指一算,加上胞弟李鹤章的乡勇,总数已逾四千。

李鸿章还有一个已盘算几日的计划:既是组建新军,依据湘军营制,虽属湘军而独立成军,就不能不从现有的湘军老营里调拨一些骨干过来,使新建的新军有一个可以借鉴的榜样,以陶冶淮勇技艺与风气。他估计恩师曾国藩会同意他的这个请求,或许也正是曾国藩求之不得的呢!因为,他既然要节制李鸿章的新军,派遣一批湘兵过来,正所谓"掺沙子"。而李鸿章另有选择:这就是在攻克安庆之前,向曾国荃投降的原太平军头领之一程学启。

就在曾国藩决定让李鸿章回乡招募新军之后,李鸿章溜出总督衙门,骑上快马,很快找到了程学启。这程学启是安徽桐城人,字方忠。

他年纪虽然不大,在地方上声名却颇大。他从小也读过几年书,虽未成科举及第之人,却具有游侠之风,办事干练,喜用奇计,更善结交。那年太平军英王陈玉成在皖北扎营,偶尔结识了程学启,深慕其人,定要把程学启招到自己军中。但陈玉成百计用尽,无奈程学启就是不肯投靠。陈玉成三请四邀地得不到程学启,便愈觉得珍贵不凡,最后竟用出了下策:将程学启的父母掳了去,充当人质,这才逼程学启就范,没办法了,受任了太平军的官职,领兵扼守安庆城外,与城内太平军互为支援。

然而,程学启在内心是不满太平军,也看不起太平军的,他不愿乡中父老在背后里把他称作"长毛"。而陈玉成采用下策手段,将他逼得落了草,更觉于心不甘。不过,程学启为人极其深沉、老练,他虽然心中不甘,仍在表面上佯装积极,丝毫不露痕迹。故两年多下来,在安庆城中的太平军及陈玉成本人都对他大加赞赏,深信不疑。谁知就在攻防之战到了最紧急的关头,他拉起队伍跑到曾国荃营里投降来了。

投降了湘军以后,程学启不料处境也不好过,因他曾在太平军中当过头领,曾国荃也不敢重用于他。曾国荃只相信自己亲募的将士,对程学启常常猜忌。而曾国藩则向来以持重闻名,做事讲究十拿九稳,对程学启更是不敢信任,处处防他一手。所以只拨了一千兵给他,并且是担任无关紧要之处的外围警戒,怕他谋反。送军米时,用大木头在吊桥上推出来。推毕再把吊桥收起来,总怕程学启反叛。李鸿章私下里打抱不平说:"湖南人鸡犬升天,客籍人颇难出头!"

李鸿章与程学启由于是同乡关系,自程学启收编到湘军之时,就与他有了接触。两人每次相见,一谈就是半天,推心置腹,甚为投机。通过交往,李鸿章确信程学启才华横溢,为人诚实,更精于带兵打仗。所以,在临离开安庆时,李鸿章特意找到他的营中,告诉他:自己马上回乡编练新军。新军一成,就请求曾国藩将程学启所部调拨给新军,让程学启来新军中合作、效力。程学启当然求之不得,他在曾国荃手下已忍气吞声多回了,希望李鸿章早早来把他调去。程学启道:"宁为鸡口,不为牛后。上海固然是死地,然今朝湘军门户之见特别严,大丈夫仰人鼻息还不如一死!"他铁了心要追随李鸿章。

想到这里,李鸿章愁容顿消。他为这支新军已经起了名字:淮军。他更深深懂得在这兵荒马乱的年月,有枪便是草头王的道理,手中即将拥有数千的精兵,谁还奈何得了?

上海来的钱鼎铭、厉学潮是同李鸿章一道乘船离开安庆的。因为曾大帅已同意发兵救援上海,一支新军即将组建起来赴沪,钱鼎铭、厉学潮就等于大功告成了。眼下及以后要盯紧的已不是曾国藩,而是已起程返乡的李鸿章。李鸿章一走,他们当然也就没有再待在安庆的必要了,与李鸿章同船,一路伴行,待李鸿章从芜湖下船后,再继续下行,然后回到上海。他们回去还要为李鸿章两个半月以后的到来做大量准备工作。

离芜湖只有小半天的路程了,钱鼎铭、厉学潮点头哈腰地来到了李鸿章的舱间。钱鼎铭拱手道:"考虑到您连日辛苦,定要在船上睡一觉,不敢过多打搅,这才过来,请多原谅!"

李鸿章道:"其实我根本睡不着哩!担当组建淮军,救援上海责任,凡事还不知个底细,怎么敢蒙头大睡呢?"

"李主帅心中还有何等烦恼,可否道来,让我们共同为您当一个参谋?"钱鼎铭问。

李鸿章故作忧心忡忡,叹了一口气,道:"现在办理军务,与咸丰初年以前办军务已大不相同了。那时各省、各地遇有大征伐,命将出师,不仅仪式隆重,而且是'人马未动,粮草先行',一切都用不着领兵打仗的人来操心。一军一营,朝廷会提前拨下国帑,指派大臣,经纪其事。如今不同了,围剿长毛,朝廷并不重视时效,也不过多地讲究控制,进军的快慢、何去何从等,都可由领兵的人相机办理。甚至连丧师失地,只要是非战之罪,亦可从宽理论。这样的情形,倒是比以前好干多了。但恰恰是最重的一条,大大不如从前了:招兵、练兵要靠自己,筹饷办粮、购置军械火器等,也是全靠自己。这便是让人大大苦恼之处,我怎能没有烦恼呢?"

钱鼎铭与厉学潮二人都听出了李鸿章这段的含义,知是李鸿章对粮饷问题仍不放心。听了李鸿章这段诉苦之言,心中暗想:这李鸿章的确不是等闲之辈,不知他的胃口有多大,因此不敢贸然对答,只连连点头称是。

李鸿章又叹气道:"我所担心的兵饷,是指一兵一饷两项。而兵饷两项,又以饷为根本中的根本,是带兵中的重中之重的大事。有饷无兵的话,就像你们上海这几年,是主事者的失算。上海五方辐辏,商贾云集,巨室播迁,有的就是白花花的银子,为什么不在长毛进犯之前就把军队组建起来呢?如今有饷而无兵,也是很愁人的。但如果有兵而无饷,就如我刚才担心的那样,比有饷无兵更愁人。如今就要去你们那一等的好地方了,虽然听你们在安庆讲过,饷源丰富,但如果这些饷源不能为你们所掌握,那也是无济于事的。我担心上海的事权,究竟是一个什么样的状况呢?"

钱鼎铭细细体会李鸿章的意思,如实答道:"上海的饷源的确很不专一。如果说整个江苏都为之头痛的话,那么,就是这几年的上海能当家的大员们太多,权力很不集中,分散得要命。按道理上说,这饷源都应该归薛焕巡抚一人控制,而实际上,他面临的是上厄下制,无所作为。"

"上厄?"李鸿章惊诧不已,问,"莫非那何桂清跑到上海去,还以江督自居?"李鸿章记得在行营里时,曾国藩就曾对自己讲过:上海有三个人最为麻烦,一个就是前任两江总督何桂清,一个是现任巡抚薛焕,还有一人就是署理江苏藩司吴煦。所以,当钱鼎铭一提到"上厄"问题,李鸿章马上就明白了大概。

钱鼎铭答道:"那何桂清虽然不好以两江总督自居了,但毕竟曾经当过,而失了这一头衔后,人也未走。所以,常常是能以苏浙两省的太上巡抚自居的。"

李鸿章纳闷,又问:"何以会造成丢了职位还能节制两省巡抚的现象?"

"李主帅呀?您难道不清楚吗?那薛焕与原浙江巡抚王有龄都是何桂清提携起来的人。他们俩能不感恩于何桂清吗?尤其是薛焕,好像还很讲义气,与何桂清私交也甚密,凡事都替何桂清包庇着。虽然明知道何桂清不是两江总督了,还事事请示,事事奉命,看着何桂清的旧面子行事。不久前,薛焕还联络王有龄,合奏朝廷,要求重新起用何桂清。朝廷下诏驳回,但薛焕仍不死心,自己单独再次上奏,说嘉兴方面的清军,一致要求何桂清复出督军,等收复了苏、常、浙江一带长毛以后,再进京服罪。对此请求,朝廷又不准允。但何桂清仍留在上海,实际还在那里控制着薛焕。薛焕一头倒在何桂清一边,大多数公事,便无心过问了,也不敢过多做主。"

李鸿章又问:"那么,受制于下,又作何解呢?"

"所谓受制于下,指的是苏松太道署理江苏藩司的吴煦。此人一直是上海的地方官,而且还兼管海关,是标准的地头蛇。他官职虽在薛焕之下,但掌握实权,饷源在他的控制之下。吴煦这个人,做人倒是很精明,也能干事,但对军事一点不通,束手无策。长毛围攻上海,他想到的唯一办法就是利用自己手中掌握的银子,以重金招募洋将,出钱让洋人替自己打仗。这些洋人都是些什么人呢?大都是在本国的地盘上混不下去了,抑或都是些洋痞子,被招到上海后,顿时身价百倍了,吃喝住行,一律要奉为上宾,享受最优等的待遇。上海危急请求他们出兵阻击了,你急得火烧眉毛,他自有他的章法:出兵之前,依据人头和不同的官职,先讲好价钱,得到重赏之后,才慢慢地调拨兵力。一到阵上,能打就打一阵子,打不下来,绝不冒险,抱头回逃;如果打了胜仗,回来后又要重赏。吴煦把大把的银子捧到他们面前,最后收效甚微。胜仗没打几场,仅以华尔这个美国人为首,攻复了一次松江,便捞去了上海的厘金无数。对这种搞法,薛焕身为一省巡抚,也是很有意见的。但他有意见管个屁用,吴煦掌握海关厘金,跟地头蛇一样,不理睬巡抚,薛焕也没有办法。

"薛焕后来干脆自己招兵买马了,前后几次共组成过几万人的队伍,至少有三万人吧!但有兵无将,都是些混饭吃的,操练起来还像那回事,一旦出兵接仗,个个装熊,没有打过一次胜仗。直到后来,不打还好,一打就把长毛的士气打上去了,一见有薛焕的队伍来接仗,不在话下,势如破竹。薛焕由此也坏了声誉,说除湘勇以外,没有一军可以与长毛抗争了。我与厉学潮小弟这次来安庆请兵,薛中丞倒是非常支持,一再叮嘱,说善于用兵者,莫过于湘人了。整个江苏大地上的千万百姓,望曾大帅犹如望泰山北斗。此次由李主帅您从中周旋,终于使我们二人回上海有个交代,心中感激不尽呀!"

李鸿章笑了笑,道:"有一点倒是不错的。我恩师新奉节制四省军务,责任重大,统筹全局,当然要分轻重缓急。据我所知,如今来湘军中请兵的信函每天都雪片似的飞来,委派要员前来求助的也为数甚众,多数都提出粮饷已备,并许以种种保证。但真正请兵成功的,也就是你们这一次。二位面子不小呀！"

钱鼎铭和厉学潮赶忙起身揖手，道："李主帅从中帮忙之恩，当作涌泉相报。一切都等到了上海以后，我们定要为您鞍前马后地效力。请李主帅放心。"

李鸿章道："我倒并不担心我本人去了上海以后，会受到什么样的委屈。须知，治军贵得人和，所谓'天时、地利、人和'，在我看来，极重要的还是人和。人要是不和，再好的队伍也难以取胜。而你们上海在这一点上恰恰是个是非之地，事权不一，办事必然棘手。若是这样互相推诿，我便就没有信心了。到那时，恐怕本人就要辜负你二位期望了。"

钱鼎铭又一次起身打躬，道："李大人，你别听我说上海情形复杂，其实只要您大军一到，一切麻烦都会迎刃而解了！"

"为什么？"

"哎呀，难道您还想象不到？一则他们无论何种人，都是早已翘首以待，没有一方不希望您的大军能一下拯救他们于水深火热之中。二则这次虽然是李大人亲往，但就如曾大帅亲往一样，您是代表湘军，代表曾大帅的。曾大帅的得意门生抵达上海救援，哪一个敢说三道四？我敢担保：就连薛中丞也会唯命是从的。不用说别的，就为了让那吴煦看看，他也会坚决地站在您的身后，全力给予支持的。当然，我们回到上海以后，还要向各方人士把丑话讲在前头：这次请兵成功，多亏李大人的功劳。您李大人到达上海，各方都要全力支持。否则，若惹得李大人撤兵回去，丢了上海不管，那时我们也再不干这等没有面子的事了。"

李鸿章要的正是钱鼎铭的这个保证。他相信这二人回上海后，一定会在各方面为自己的淮军到来做好准备，并且在人事关系上扫平道路。因而道："那就多多拜托了。两个半月以后，我会站在你们上海的城门之下的。或许，我还用不了两个半月，一切当然会抓紧办理。你们那边，要按我两个月之内到达上海去做准备，事不宜迟呀！"

"如此当然更好，能早一天，便是早一天给我们带来希望。我们回去后，会把各方面准备情况不断禀报您的。"钱鼎铭说完这段话，洋火轮已经在芜湖停船，正在靠岸。几人就此握别，李鸿章由亲兵一前一后护卫着，在芜湖码头下船了。

在芜湖，李鸿章找到了胞弟李凤章。李鸿章三言两语，便把凤章说服了,决定丢下手头的土特产小生意,跟二哥回庐州招募兵勇去。从芜湖到庐州,过江后的旱路约是两天的路程,骑上快马,在中途借住一夜,次日便到了庐州南边紫蓬山的村寨。凤章抱怨二哥回奔得如此紧急,一到芜湖,只吃了一顿早饭便匆匆上路。李鸿章哪敢耽误?组建一支新军总共只给了两个半月的时间,多误一天,便给日后多增添一分紧张。他也思乡心切,三年前,他怀着悲凉的心情,自称是"书剑飘零旧酒徒","辗转兵间无所就"而离开这里的。那时军事败北,仕途碰壁,同僚侧目,家园被毁,愁绪满怀。最终才受到命运之神的惠顾,由镇江前往南昌,又通过大哥李瀚章的牵线搭桥,赶到建昌投身湘军幕府的。一切的坎坎坷坷都已经成为过去,说不上此次回来是衣锦还乡,至少也是春风得意而至。

在自己家的小寨子前,李鸿章惊喜地发现房子多了,圩子大了,青砖小瓦的房舍由两排扩为了三排,四合院由一个扩为两个。且房舍四周挖渠成圩,一个吊桥架在圩子南边,走过吊桥便是新建的门楼。就连陌生人远远地看这寨子的架势,便可断定这寨子的主人绝非乡村中的一般人家。

乡村中,一旦来了什么人,远远地就能看得一清二楚。李鸿章兄弟二人及亲兵、挑夫刚到寨子跟前,一家老小已走过吊桥,迎了过来。最高兴的大抵还要数老母李氏了,她虽已头发花白,但还是在几位儿媳的簇拥下出来迎接了。从老母满脸欢喜的神情上,他看出了自己重返曾门给老母带来的慰藉。侧室夫人吕淑云拉着已过继给自己的经方就站在老太太身后。经方是以一种初见的陌生的眼光投向李鸿章的,他怯生生地从吕氏身后露出头来。元配夫人周氏笑吟吟的,气色好像不太好,面容微微蜡黄,失去了三年前所见的那种红润。蕴章由继配夫人周氏搀着,未过吊桥,在门楼下侧耳扬脸,笑嘻嘻地静静站着。蕴章的元配夫人李氏在那场兵荒马乱的灾难中丧生了。李鸿章每一次想到蕴章这些年太多的不幸,都不禁在心里阵阵作痛。

"鹤章带队伍躲在山后面训练去了,他还不知道二老爷、五老爷回家来了。"刘斗斋欢喜异常地对李鸿章说。

李鸿章是带着令全家荣耀的军命回到故乡的,他的愉悦之情不能自已。两个女儿是一起扑到他怀里的,李鸿章对女儿们充满了父爱的骨肉之情。

　　傍晚时分，圩子外面响起了一阵一阵马蹄声。刘斗斋道："三老爷操练回来了!"李鸿章立即迎出门外，鹤章见是二哥，惊喜异常，兄弟俩抱成了一团。此次回乡时间紧，任务重，一切儿女情长，家常叙说等，都得往后摆摆。晚饭后，李鸿章把鹤章、凤章叫到堂屋，泡上浓茶边喝边商议编练淮军一事。

　　正式话题还未谈开，李鹤章便神情紧张地说："二哥，你赶快返回安庆吧!"

　　"为什么?"李鸿章大感不解。

　　鹤章道："你回安庆，招募新军的事情一样办成。我在这里与你保持联系，每期分批地把新兵拉到安庆去训练。这儿是万万使不得的!"

　　李鸿章急了："你把话儿说得明白一点，我怎么就越听越糊涂呢?"

　　原来，太平军自安庆失守以后，知道自己已经丢掉了命根子。安庆一失，沿途至金陵的城池也就算庐州最为重要了。故太平军理所当然地加强了庐州的防务，坚守庐州。

　　着眼于保卫金陵的安全，洪仁玕调兵遣将，又命陈玉成经太湖、宿松、黄梅一带招募新勇，然后经黄山、六安进入庐州。庐州城原有陈玉成部将陈得才率四千兵勇驻守，城池坚固。陈玉成一下子又带来八千精兵入驻，使太平军在庐州的防守又进一步加强。

　　陈玉成在庐州站稳了脚跟，马上想到了联络捻军张乐行和由清军投靠太平军的苗沛霖。苗沛霖此时已攻占寿州，一直待在庐州之北的寿州未动。陈玉成派人与苗沛霖取得联系后，又把庐州周围的霍邱、怀远、三河尖、正阳关四个小城镇从清军手中夺了过来，实际已使这些地方与庐州连成了一片。捻军张乐行也攻占了定远，这样便使庐州成了太平军在皖中的稳固基地，因而也就成了金陵的锁钥和第一道门户。

　　李鸿章全家自新、老两宅被太平军焚毁，借居在紫蓬山下，一直无法回迁庐州。因为，由紫蓬山往北三十里的地方，全是陈玉成的天下。这陈玉成无处可走，把庐州一片经营得红红火火，防守上严严实实。庐州城里到处贴满了由干王洪仁玕亲自撰写的《诛妖檄文》。

　　李鹤章把洪仁玕这份《诛妖檄文》拿给二哥看完后，李鸿章只讲了四个字："蛊惑人心!"但李鹤章道："二哥呀，你也别说不信，长毛辖区的老百姓都深信不疑,早与朝廷没有了感情。你在湘军中干了几年了,大哥和昭庆弟也在你恩师手下建功立业,家乡那里早已把你们看成妖魔了。攻克了安庆后,我派探勇潜入庐州城,见好几处都贴有捉拿大哥、你和昭庆的布告,称你们是'李家三妖头'。试想,你这时回乡组建新军,一旦风声出去,连我们借居的这个紫蓬山小村寨都会保不住的。长毛若是得知你已回乡,从肥西县策马而来,只须三四袋旱烟的工夫就能赶到这里,扫平我家这宅子。我虽有一千多团勇,但也不敢大张旗鼓地公开活动,只好把队伍都分散在周边小庄子里,一部分设营在紫蓬山的山沟里,凭借本乡本土、熟悉地形地貌的优势,与长毛们周旋。"

李鸿章终于明白了:他回乡之时,正是长毛们加强庐州防守、风声最紧的时候。自己的确不能抛头露面,万一引得长毛挥军杀来,不仅自己性命不保,而且还会连累年迈的老母及合家老小的。想到这里,李鸿章道:"鹤章呀,你既有了一千多名乡勇,为什么不与张树声、潘鼎新、刘铭传他们的团练联合起来呢?只要联合起来,力量就大了,这样也就能公开与长毛们开战了。若是在你的手上把庐州城攻下来,我保准你能得个四品、五品的头衔。"

"谈何容易呀?各部旧团练人心不齐不说,没有人挑起这个头也不说,就缺那个钱呀粮的,这便联合不起来了。"

李鸿章笑道:"你需要的东西我都有,就把大家都拉到一块儿吧!"

李鹤章道:"所以说见了你回来,我才那么样地激动呢!你手持两江总督的委札,有钱有粮、有饷、有军械,正儿八经,名正言顺,还有湘军做后盾,当然会一呼百应。别说两个半月,就是一个半月,也可以把新军拉起来的。"

李鸿章摆摆手,道:"你也别把此事看得如此简单。我组建起来的淮军,是要开赴上海,最终与湘军并驾齐驱的。它完全不同于你的乡勇、团练,必须要经过挑选,严格训练,编练成一支能打硬仗的正规队伍。"

"还要训练、挑选呀?那么,在这庐州一带就更不能办了。不要还没有等你把队伍集合在一起,就被长毛军杀了过来。所以,我讲你要赶快回安庆,在湘军的大本营里找一块所在,然后通知这边的人马,一队一队开过去,集中到安庆编练成军,最为妥当。"李鹤章说。

李鸿章皱起眉头沉思了一会,然后站起身来,大声道:"就这么办了,到安庆去训练。一旦编练成军,由安庆直抵上海。"他抓了抓头皮,又道:"那么,这边拉队伍的事情,就全部仰仗老弟你和凤章了。在联络的过程中,遇事也可多找蕴章商议。我聘他为坐在家中的师爷,别小瞧他眼睛失明,可心里比谁都看得明白。他会为你们出主意、想办法的。按照父亲大人临终前的遗训,我兄弟六人应成为保家卫国、抗击长毛的军旅之家,光荣之家。淮军,最后也将事实成为我的'李家军'!"

鹤章、凤章听了二哥鼓舞人心的讲话,高兴得直想吼叫,以致在隔壁房间的老母都扯起嗓门喊:"你们兄弟几个疯啦!"

蕴章是个有心人,虽然病目而盲,但耳朵和心眼都好使。兄弟三人坐在堂屋中讲得津津有味时,他就坐在门口听热闹。当他听到二哥鸿章说要聘他当师爷时,再也不满足于在屋外偷听了,摸着门框进了堂屋。李鸿章见了,赶快将他搀到椅子上坐下,把兄弟三人商量好的事简要重述了一遍。蕴章道:"你们是干大事的。我干不了大事,可以为你们做点小事。守好这个家,孝敬好老母,是我可以做好的。军务上的事情,让我收收藏藏,或者递个话儿,我也定会全力去干!"

李鸿章非常动情,上前抓住蕴章的手,道:"蕴章呀,你真是我们的好兄弟!将来弟兄们有了前途,也少不了你的一份。就是我们落难要饭了,也要把碗头上最可口的那一份递给你。你尽管放心吧!"

李蕴章听了二哥的话失声哭了起来。他为兄弟们之间的血缘情谊而深深感动。

兄弟几人还往下叙话,便扯到挑选兵勇上来了。曾国藩有言:组建新军的规模是六千五百人左右,宁缺毋滥。恩师主张:将在谋而不在勇,兵在精而不在多。泥沙俱下,鱼龙混杂,必然正经人少,无赖之徒多。那样的话,兵员再多,也是枉然,反而坏事。

李鸿章想起恩师的交代,这会儿也学着恩师平时的口气,对兄弟几人郑重说道:"我的目标是在家乡招募五千人左右,一定要年轻力壮、精明强干。亲戚朋友中有投奔的,自然要网开一面,放宽条件,但也不可放得太宽,身有残疾或年岁太大,再好的亲友也不能收下的。将来在上海站稳脚跟了,可以荐到那里去做点具体事情。我李鸿章是认乡、认友、认亲的!"

李鸿章讲到这里,李鹤章、李凤章几乎是异口同声地问道:"嗳,二哥呀,你一再说要讲究条件,精心挑选。你这淮军到底需要什么条件呢?"

李鸿章道:"你二位这一问算扯到点子上了。什么条件呢?比如年龄在十六岁至四十岁之间的,个条不可太小,身体太弱不行,四肢有残疾不行,眼睛不好不行……"说到这里,他怕伤害了蕴章,又补一句,道:"我们兄弟蕴章是个例外。"

李凤章叹气,道:"唉,我做个土特产小生意还马马虎虎,如今要我挑选兵勇,就显得力不从心了。来者往跟前一站,我根据什么去把握他行还是不行呢?"

李鸿章在堂屋里踱了几个来回,道:"是呀,相人识人,此为最难。其中奥妙很多,不同的情形更为复杂,怎么去把握呢?"他又踱了一个来回,突然想到恩师初次组建湘勇时,就曾讲过一个办法。于是,李鸿章接着说道:"我恩师在湖南募兵时,曾经编了一个口诀,叫做:邪正看眼鼻,真假看嘴唇;功名看气概,富贵看精神;主意看指爪,风波看脚筋;若要看条理,全在言语中。"

李凤章听了这口诀,默默重念了一遍,锁起眉头一句一句体会,最后还是茫然地扬起脸来,道:"二哥,你恩师这几句口诀倒是简明扼要,也朗朗上口。但我体会来体会去,却有点不知所云的感觉。比如说这'看嘴唇'之说,究竟什么样的嘴唇好,什么样的嘴唇不好呢?再比如说'看脚筋',人家来了,就算他愿意把一双臭脚抬起来让我看看,我又怎么能根据他的脚筋判断他是好人,还是坏人呢?还有,一些人的脚筋还看不出来,又怎么办判断呢?"

李鹤章也有些迷惑不解,道:"是呀,你给我们解释解释!"

李鸿章大笑起来。就如同当年自己就此请教曾国藩,曾国藩忽然大笑起来一样,道:"许多事情都是只可意会,不可言传的。全凭自己的经验与阅历去体悟,方得真谛。我们小时候都读过苏东坡的书,他就说过:世上有许多东西,只可了于心,不可达于笔。这相人识人之术亦是如此,没有铁定的准则,要靠自己去揣摩。你感觉好了,便是好的;感觉不好,或许真的就不行,没有什么绝对的标准……"

李鸿章这里,突然蕴章开腔了,道:"根据二哥的点拨,我以为应该这样去把握:挑选兵勇,第一要看五官。五官端正为最好,还须双目神不外散,鼻梁要直。嘴唇嘛,以厚为好。厚嘴唇嘴拙,但勇猛而忠厚。第二条要看他的肤色,肤色以粗墨为好。双手以趼为好。我们不是去挑选文秀才,而是去挑选勇于吃苦耐劳的兵勇,当然以吃过苦的人为最佳人选。第三条就是看他说话。言语不多,说话中肯为最好,油嘴滑舌之人不能用他。请兄弟们想想,是不是这个理?"

听蕴章说话的兄弟三人,此刻都睁大了双眼,打心眼里佩服蕴章的见解。李凤章打趣道:"哎哟四哥呀,淮军还未组建呢!你这个师爷就上任啦?!"

李鸿章拍手道:"蕴章所言极是!"

当晚谈到了兴头上,加之李鸿章已决定一两日内便返回安庆,必须把有些事情商量、交代明确。所以一谈就是大半夜过去了,不觉已是鸡叫时分。

李鸿章在家中只待了一天半的时间,便匆匆赶回安庆。临行前,他给庐州的团首之一潘鼎新写了一封长信,称自己军务紧急,虽回乡但没有机会谋面,又匆匆回奔。然后道:

> 帅(曾国藩)意将令阁下照湘军营制募练五百人,其口粮与张山樵(张遇春)之淮勇一律。所虑楚军不用长杆火枪,专用抬炮小枪,轻重大小,毫无参差,步伍连环,须有约束,阁下所部,未必即能降心相从耳。如愿习此间队伍纪律及扎营之神速,请赐回示,再行专札调赴皖省,勤加训练。楚军招募,准领枪炮、器械、帐篷,起程时支小口粮,勇夫每日给钱百文,到营点名后给大口粮。前寄上营制刊本,可覆按照请也。……余属振轩(张树声)详致不一。

李鸿章还要李鹤章、李凤章等按自己在安庆开列的名单,一一联络,有事可直接前往安庆与他商议。他特别请鹤章、凤章转告张树声:此次组建淮军事情重大,是一个数百载难逢的好机会。错过这个机会,便很难再寻到为国家建功立业的机会了。要求张树声立即罗致自己身边的旧团练,动员更多的乡勇应招。

李鸿章回到安庆,一来一回不过一旬的时间。曾国藩闻讯李鸿章空手回来了,脸都惊得变了色,心想这李少荃答应去组建新军,几天之内又反悔了吗?正在纳闷,李鸿章来到签押房,向恩师深深鞠了一躬。坐定后,李鸿章把庐州长毛苦心经营以及陈玉成与捻军张乐行和苗沛霖相互利用、联合的情况向曾国藩禀报。然后叙述了自己布置罗致旧团练、鹤章组织自己的乡勇千余人即将加入新军的过程。曾国藩十分欢喜,道:"你已经算马到成功了。我马上安排你的营地,一切粮草先期运达,就在安庆编练吧!"

　　李鸿章道:"既然安排营地,我就搬出总督衙门,与新勇们同吃同住吧!"

　　曾国藩笑道:"少荃呀,你莫性急,此次回来正好。你走了以后,我这签押房里还真的忙不过来了。这几天,你边联络组建新军一事,边在我身边忙忙,手头上的一些文案事务,还非要你来动手不可。其他人忙的,我还看不上呢!"

　　曾国藩叹了口气,对李鸿章压低声音道:"少荃,朝廷出了大事了,一直向各省各地封锁消息。那肃顺等已经人头落地了,栽在了圣母皇太后兰儿手里。两个失意之人兰儿和恭亲王终于串在一起了!"李鸿章大惊。

　　原来,自咸丰皇帝驾崩后,皇后瑞芬被尊为"母后皇太后",懿贵妃兰儿被尊为"圣母皇太后"。肃顺等八位顾命大臣为防止内外沟通,严禁一切文武百官及闲杂人等进入后宫,使两宫太后完全失去了与外界的联系。母后皇太后倒也心安,按皇帝临死前的遗训专心料理后宫,国家军政要务一概听任八位顾命大臣处理。但那圣母皇太后却权欲膨胀,早已在心中做好了一个计划。但由于自己被那肃顺整得与外界断了联系,再好的计划也是白搭。圣母皇太后天天待在自己的畅远楼上,急得两眼冒火。没想到这日机会来了。

　　那僧格林沁郡王给已故皇帝叩首行礼,要求为太后请安,惨遭了肃顺一顿训斥后,僧格林沁出门就骂,又去鼓动醇亲王府嫡福晋进入后宫给自己的姐姐圣母皇太后请安。

　　肃顺那会儿刚把僧格林沁耍了一通,心中得意,一听说醇王福晋要进宫安慰姐姐,随口答道:"一个女人家,干不了大事,让她进宫吧!"

当时在场的有军机大臣焦祐瀛，他不同意让醇王福晋进宫见圣母皇太后，提醒肃顺，道："中堂，醇王福晋虽是女流之辈，但在宫中穿房入室，便可沟通内外了，不可掉以轻心呀！"这"中堂"何来？按清制，管部的大学士与该部尚书、侍郎议事时，在厅堂内居中而坐，所以通称入阁拜相的大学士和协办大学士为中堂。肃顺官居协办大学士，总摄百官，赞襄政务，故被尊称为中堂。

　　既是中堂，又实为八位顾命大臣之首，肃顺说话就算数了。他听了焦祐瀛的提醒后，不以为然，大笑道："一个娘儿们，让她姐妹俩聊聊，人之常情，还能谋反了不成？"

　　可叹这肃顺聪明一世，糊涂一时，仅此一回粗心大意，竟断送了皇上的临终授命，也丢掉了自己的性命！

　　肃顺发话以后，醇王福晋由两名王府太监跟着，急急地进了行宫大门。当妹妹的对姐姐的住处很熟，以前常来的，最近就因为咸丰皇帝去世这一特殊时期，才禁止入内的。"这不就等于把姐姐软禁起来了吗？"醇王福晋走进行宫后暗自想着，不禁在心中大骂肃顺等顾命大臣的蛮横。循那条小路通过含辉堂，再进一首红色大门，便到了一块曲径通幽的所在。还要往前七拐八弯，穿过一组玲珑雅致的殿阁，才见到耸立在一座假山后面的畅远楼。姐姐圣母皇太后就住在这儿。安德海站在万壑松风的垂花门下。他算走运了，跟了原来本不起眼的兰儿，听她差遣。没想到主子发迹了，他也跟着成了大红人。这会儿也算他眼尖，老远就看见醇王福晋来了，一阵小跑躬着腰追了上去，请了安以后，忙又掉回头去禀报主子。

　　圣母皇太后兰儿正在她的楼上凭栏苦思，心事重重，闷闷不乐。没有等到安德海前来奏报，她已看见自己妹妹来了，就如见了救星一般，暗暗击掌惊喜道："苍天有眼！我的大事成了！"醇王福晋抬头一看：姐姐已除去了首饰，摘了扁方，只梳一个斜斜的堕马髻，一身的白布长袍，倚栏俯首在向自己招手。

　　畅远楼建筑的独特之处是：不设楼梯，以假山为阶石，顺势上下。安德海躬身抬手，让醇王福晋左手搭在自己胳膊上引她上楼。

　　姐妹俩从进了东暖阁起居间，便吩咐所有下人一概退去，又命安德海坐到楼下隐蔽处守望，不许任何人闯入。圣母皇太后兰儿告诉妹妹：

她不能容忍别人摆布,她要立即除掉肃顺等人,然后垂帘听政,一番话把醇王福晋吓得魂不在身,说:"姐姐,难道您疯了不成?那肃顺等是受命于皇上,如今的生杀大权都操在他手里,连您都受着他们的监控,凭您弱女子一人,怎么能闯过他们的关口呢?"

兰儿用手指沾了些茶汁在炕几上写了四个字:"六爷奕䜣",压低声音对妹妹说:"你今天能被允入宫,真是天助我也!你马上回去,找到六爷,叮嘱他赶快联络京中满汉大臣,做好除肃顺等人的一切准备,迎接我母子回京。只要我和母后皇太后一起垂帘听政,一切大权就等于全部集中在我一人之手了。我要封六爷为议政王,让他总摄朝政大权。你联系上六爷以后,再设法进宫来告诉我。万一与我联系不上了,他那边也只管按计划行动,千万不能错过时机……"

妹妹仍处在惊骇之中,瞪了一双大眼道:"这只是您一人的设想,那六爷奕䜣能同意吗?"

兰儿附在妹妹耳边说:"他会干的!我了解他。因为他和我都是天涯失意之人,都想掌权。对于肃顺,他也早已恨得咬牙切齿,只想一口把他吃了!连这次奔丧,肃顺都竟然不让他来,他能不恨肃顺吗?你回去只管把我的话悄悄递给他,要绝对小心,不能让人识破。我成功以后,自然是少不了你的荣华富贵!"

妹妹醇王福晋摇头道:"就算他愿意冒险助您成功,但他一旦摄政以后,一脚把您踢开了怎么办?六爷做事大胆果断,您一个女流之辈,最后若是跨过了这一关,又遇那个沟坎,正所谓'前门去狼,后门进虎',岂不是冤枉吗?此人尽管很有才华,但却一贯飞扬跋扈,过去连大行皇帝有时都不放在他眼里,今后会听您的指挥棒转动?!"

姐姐含蓄地抿嘴笑道:"你的担心也不是没有道理。但有一个事实你也应看到,过去他尽管对皇帝不恭不敬,但皇帝将他搁在一边,且处处刁难于他,他不也是没有办法吗?连一个协办大学士肃顺也骑在他的头上,他不也是照样要让肃顺骑吗?只要我垂帘听政了,他同样逃不出我的手心。若是他在摄政以后竟然不听我的了,我自然有办法把他制住。"

那恭亲王奕䜣此时并没有预测到,圣母皇太后已想好了一个有求于他的惊人计划。他听说咸丰已死,不顾肃顺的阻拦,飞马赶到热河行宫奔丧来了。他对兄皇奕詝毫无感情而言，但就冲着肃顺等顾命大臣的阻拦，他也非来不可。已故的咸丰将他排除在顾命大臣之外，这使他牢骚满腹。临离京时，他与在京中的大学士贾桢、周祖培、尚书沈兆霖、侍郎宝鋆、文卿等人已经接触过了，他们都对肃顺的专横极为不满。奕䜣还得到了军机章京、鸿胪寺少卿曹毓瑛从热河递来的密札，说是御史董元醇已奏请两宫太后垂帘听政，被肃顺严厉驳回了。于是，奕䜣邀了心腹知交户部尚书沈兆霖、侍郎宝鋆、文祥等在王府西路正房庆颐堂密室中商议。恭亲王道："董御史的奏折必是有人从中指使。否则，他想不出来，也不敢贸然上奏。暗中指使他的人可能就是懿贵妃叶赫拉那氏了。如今她已是圣母皇太后，此人很有野心，也很能干事。只要她有这个打算，我们又能帮助她达到目的，她必然对我们高看一眼。此事也很好办，只需下一道诏令，带上步军营的几十名八旗校尉营兵，把肃顺等人突然抓起来，事情就成了。因此，我必须去热河一趟，设法与叶赫拉那氏见上一面。商量好了就一不做，二不休！"

文祥道："我是兼署步军统领的，找兵的事包在我身上。只要有了上谕，我马上动手。但最好由一位近支王爷带领，否则是压不住肃顺气焰的！"

沈兆霖道："要弄到诏令也并不难。只要六爷您去了热河以后，装得十分恭顺，切不可引起肃顺等生疑。他现在不许任何王公大臣去见两宫太后，即便是六王爷您去了，也未必可见。所以，还要委托叶赫拉那氏妹妹醇王福晋去沟通消息，并让圣母皇太后知道，两宫太后与皇上回銮时，必须设法甩开肃顺先行回京，否则难成大事。"

按照商量好的主意，奕䜣来热河时身穿白袍乌鞋，摘去了顶戴红缨，只带了几名府中的太监，轻装简从，匆匆赶到热河行宫大门外，谁知却被侍卫挡在门外。

肃顺得知六王爷来到，面色严峻，当户而立，厉声问道："恭亲王，未经朝廷允许，你怎么擅自跑到行宫来了？！"

奕䜣佯装毫不生气，卑顺地拱手作揖，道："中堂大人恕罪，大行皇帝殡天，奕䜣我得到消息晚了，五内俱焚，特来奔丧，以尽臣子之心。还望中堂大人开恩，准予行礼。"说着，奕䜣竟挤出了几滴眼泪。

肃顺盯了奕䜣一眼，厉声道："好吧，看在你大老远从京里赶来，就准你去灵堂行个礼,明儿立即回京去,不许逗留!"

"一定遵办!只希望在行了礼以后,给两位太后请个安,便立即回京。"奕䜣哀求道。

肃顺圆眼一瞪,断然回绝,道:"不行!两宫太后在丧礼期间,概不接见臣下!"

那杜翰在一旁也道:"六王爷,自古道,叔嫂不通问。况且先帝晏驾,皇太后居丧,尤其不宜接见亲王。六王爷应知此礼,主动回避才是。"

奕䜣被驳得无话可说,只得卑恭地连连称是,无可奈何地退下。他由赞襄大臣焦祐瀛引往"澹泊敬诚"殿中行礼。

圣母皇太后早派安德海四处打探六王爷的消息,这回儿正在军机处与丽正门之间来回徘徊窥探,终于眼睛一亮,看到六王爷了。他立即跑回畅远楼,向主子报告了这一消息。圣母皇太后眼中闪亮出异样兴奋而又十分决断的光彩,略略整理了一下发髻,快步转身下楼,道:"小安子,随我去烟波致爽殿。"

小安子慌忙跟上了,扶着主子道:"是不是和那边太后商量,要召见六爷呀?"

主子点点头。她在心中想:六爷毕竟是恭亲王,真的较起劲来,肃顺最终是拿六爷束手无策的。但此时肃顺是仗着先帝的授权,会极力阻止六爷闯进后宫。要想与六爷搭上话,只有冒险召见六爷。否则,那就再无机会面商大计了。

叶赫拉那氏缘着假山下楼,沿着花树丛中的鹅石小径,出了垂花门。她边走边设想着,突然站住,呆呆地思索了好一会,索性坐到路旁小亭子的石鼓凳上,抽出腋下手帕擦了擦鼻尖上沁出的汗珠,重新思考着该不该召见六爷的事。她想:这时要召见六爷,肃顺必然不准。那么,要想见到他,最终必须反复坚持,公开与肃顺闹了不痛快以后才能见到。这样勉强召见六爷,既为难了那一头太后,又会使肃顺全面警惕,布下监控,即便当面对着六爷说话,也只能说一些冠冕堂皇的问候话。她真正要说的"杀了肃顺,垂帘听政"的话,一句也不能暗示。这样又何必郑重其事地召见他呢?而且如此便打草惊蛇了,惹得八大臣都起疑心了,也不利于妹子醇王福晋去传话。

她暗暗庆幸自己及时醒悟过来，便放弃了召见六爷的打算，从路旁摘了一朵小白花插在鬓角，返回了畅远楼。

　　恭亲王奕䜣在大行皇帝灵前跪拜哭泣，让人看起来还真的动容动情。然后带了随身太监来到武烈河东岸磐锤峰下的溥仁寺。这是承德外八庙中最早兴建的，随驾来承德的王公百官家眷都寄寓在各处寺庙中。奕䜣进了寺门，自有长老、首座、监寺、知客等执事僧人迎接。进了正殿慈云荫殿，奕䜣拈香祷告："弟子欲举大事，而凶吉未卜。愿菩萨为我一决，倘能一举得志，当重镀金身，再建山门。"

　　奕䜣说罢，便命知客取来签筒，欲卜一卦。正要举筒摇签，忽然有人从他背后夺去签筒，道："六王爷，卜以决疑，不疑何卜？"奕䜣惊得虚汗直冒，以为是肃顺安排的监视人跟踪来此，回头一看，乃是军机章京达拉密（领班）的心腹曹毓瑛。曹毓瑛，字琢如，是章京中资格最老的"老班公"。咸丰北幸热河后，军机处极缺少人手，原打算晋升他在军机上任职。但他却颇有见识，暗中依附恭亲王，宁烧冷灶，而不想在军机攀附肃顺等顾命大臣。所以，他坚辞不受后，才把领班章京焦祐瀛提拔为军机大臣。

　　奕䜣见了曹毓瑛，喜出望外。两个当即进了一所精致的小院，在上房中密谈。奕䜣道："阁下送到京城的密札，我收到了。看来圣母皇太后颇有意于垂帘听政，我也想助她一臂之力，除掉肃顺。但这肃顺盯得很紧，不让入宫，消息难通，怎么办呢？"

　　曹毓瑛道："此事我已细查过了。肃顺为人粗疏，虽然禁止王公大臣晋见两宫太后，却允许圣母皇太后的胞妹入宫。醇王福晋两天前刚刚入过宫，这就可以利用了。我估计醇王福晋既已见过圣母皇太后了，一定有话交代于她。而七爷醇王此时正住在普宁寺中，只要悄悄一见，便知大事如何了。"

　　奕䜣欢喜极了，道："那就赶快去普宁寺暗中打探一下吧！"

　　曹毓瑛道："且慢，将来拿办肃顺的上谕，我先在这里拟妥，让你带回京去，将来给两宫太后过目以后，就可以钤章发缮了。有此上谕，便可以宣示天下。不过，这里有一个难处：母后皇太后并未过问此事，未必会同意拿办肃顺及其同党。因此，她知肃顺等是受已故先帝之命辅佐幼主的，恐怕不会用印发出上谕的。"

奕䜣这才想到母后皇太后，将可能是一道不易逾越的难关。奕䜣急得满头是汗，不知如何才好。曹毓瑛沉思了一会，道："目前有两件事必须由圣母皇太后来办：一是设法由她出面，劝说母后皇太后允许拿办肃顺及其同党；二是安排好两宫太后起程回京时，应比肃顺等提前几天到京。至于安抚百官，由在京满汉大臣奏请两宫太后临朝听政，以及拿办肃顺一党，就由王爷您来统一指挥了，应早做部署。"

两人正在说话，忽听门外报道："七爷醇亲王要在普宁寺为恭亲王设宴洗尘，马车已在门外等候，恭请六王爷上车。"

两人不禁一喜，只听曹毓瑛道："六王爷，此事有眉目了，您赶快登车吧！"

这日，大行皇帝终七祭礼在一片哀乐和哭泣声中隆重举行过了。两宫太后召见肃顺等八位顾命大臣，商议发引回京之事。于是八位顾命大臣按官爵高低、资历深浅，由怡亲王载垣领头，依次为郑亲王端华、肃顺、穆荫等人，绕过正殿回廊，来到烟波致爽殿。因为接见军机，下人们一概回避。殿中东西暖阁罩屏下也都用黄绫帐幔遮隔，明间当中安放了两张紫檀木刻丝龙椅，东首坐着母后皇太后瑞芬，西首坐着圣母皇太后叶赫拉那氏。她俩还都穿着白孝袍，额前围了一条二寸宽的白绢首绖，脚上都穿着青布花盆底的绣鞋，双脚放在脚踏之上。小皇帝载淳也全身孝服，盘腿坐在母后皇太后前偏东的另一张宝座上。八位顾命大臣进殿后，分两行站在离小皇帝两步远的地方，西边一行是载垣、端华等四人；东面一行是肃顺、穆荫等四人。他们晋见了小皇帝、两宫太后，一齐跪在已经铺好的青布拜垫上，三跪九叩首地为小皇帝和两宫太后请安。

瑞芬皇后自先帝病重到驾崩，悲伤劳神过度，无日不以泪洗面，人也瘦了许多。未发话已经泪水盈眶，用素帕拭了一下，才哽咽着说道："大行皇帝殡天已过祭日，该到了发引回京的时候了。不知顾命大臣们把日子和行程定下来没有？"

领衔的怡亲王载垣先回话："禀母后皇太后，我们商议过了，先帝梓宫准备九月二十三日发引。"

肃顺接着补充道："今天是九月初五日终七。明天起在承德各处番汉寺庙轮换做五棚佛事，诵经祈福，保佑大行皇帝一路平安，超升天界。

每棚三天，共计是十五天。然后择定黄道吉日九月二十三日启引，用的是一百二十人大杠。因到北京的山路狭窄，出了行宫，中途便换用八马安车上路，到了京师正阳门外，再换成一百二十人大杠进宫。一切銮仪和鹰狗骆驼等，都已准备齐了。"

圣母皇太后见肃顺一直是脸朝着母后皇太后说话，始终瞧都不瞧自己一眼，突然责问道："发引回京，还要鹰狗骆驼干什么？！"

肃顺微微抬头横了圣母皇太后一眼，却脸朝着母后皇太后回话："奴才等对大行皇帝殡天悲痛不已，按照满蒙风俗习惯，由内侍在灵车前牵引骆驼数匹，猎狗数十条，苍鹰数十只，背弓荷箭，装扮成行猎模样，表示先帝由热河木兰围场行猎返京。区区臣子之心，以此寄托哀思罢了。"肃顺说着，见母后皇太后微微点了头，接着又道："因为灵车不能颠簸，离了承德，必须缓缓而行，每天大约只能走三十里地，要到十月初七八以后才能安抵京城。奴才等当奉皇上、皇太后同行。"

圣母皇太后一听说肃顺要同行返京，心中一惊，佯装哀痛满面地道：

"先帝晏驾，皇上幼小，国事全依仗诸位顾命大臣了，刚才肃顺的回话，已将丧事安排得妥帖，你们辛苦了。母后皇太后这两月来悲伤憔悴，饮食少进，御体衰弱，恐怕经不起路上半个月的劳顿。况且宫中内侍和从驾文武百官、八旗侍卫，何止千百。大队人马前进，在小小的驿站上歇宿，必然住不下来。纵使都有帐篷，饮食供应也让驿站为难。国有大丧，不应再惊扰地方官员和民众了。我的意思是：是否肃顺与诸位王公大臣奉了母后皇太后及小皇上先行，早早赶回京中，好让太后早一天脱离劳顿之苦，治病调理。我留下来与几位大臣奉了灵车缓缓而行。这样便分作两批了，驿站的压力就小了。我的身子还好，也能吃苦。既然灵车要慢行，就不要再拖累母后皇太后了！"

她说着拿眼看着瑞芬，道："姐姐，您看这样是不是更好一些呢？"

母后皇太后听了兰儿的话，心中感激，但却说："怎么好把妹妹一人丢下来了。要走，咱姐妹俩一块儿和军机上先回京师，让肃顺跟我们姐妹一块走。可指派一位大臣奉了灵车不紧不慢地随后来京。分成两批上路，路上张罗供应的压力的确要小一些了。"

肃顺听了母后皇太后的话，不及细细思考，就脱口而出，道："奴才遵旨,准定由怡亲王、郑亲王等七位赞襄大臣奉了皇上、两宫太后抄便道先行回宫。奴才对先帝感恩戴德,就由我来奉了先帝灵车从大路上缓缓而行,随后来京。"

这是对原计划的重大改动,杜翰、焦祐瀛等惊诧不已,暗自埋怨肃顺草率表态。但军机上早有规定,面见皇上时,只有领班军机可以开口,其他人只能等到皇上点名问话时,才可开口回话。杜翰心想这一决定关系重大,用咳嗽来提醒肃顺,但肃顺粗心,没有察觉。首席军机穆荫急得叩头奏道:"肃中堂肩荷国家重任,理所当然应与皇上、两宫太后同行返京。奉灵的差使可以另选一位随行的大臣充任。比如五爷、七爷皆属先帝的近支,都无有不可。"

肃顺明白穆荫的用意,是怕圣母皇太后回京与恭亲王勾结在一起。但他的话已说过,不好推辞奉灵车同行一事了。母后皇太后看了肃顺一眼,道:"我看还是肃顺奉灵车返京吧。此事关系重大,五爷、七爷等都没有经验,几百里的路程,或遇大风大雨,道路泥泞,没有德高望重、又有经验的大臣在场,我是不放心的!"

肃顺没有退路了,只好答应下来。出了后宫以后,几位大臣一齐埋怨肃顺突然改变原定计划。而肃顺却道:"你们也太多虑了。我虽不能与你们同行,那兰儿和恭老六还能吃了你们不成?!"

九月二十八日午前,两宫太后和小皇帝大队人马抵达北京郊外。恭亲王奕䜣、大学士桂良(奕䜣岳父)、贾桢、周祖培等在京王公大臣出城恭迎。僧格林沁郡王和兵部侍郎胜保等与恭亲王在一起密谈。这两个都愿意听从恭亲王指挥,尤其是僧格林沁,急不可待地要报在热河行宫那受辱之仇,拍着胸脯说要大干一场!

大队人马近在眼前了。恭亲王突然见到安德海滚下马背,直奔自己而来。恭亲王会意,立即用眼神让胜保把早已准备好的两份奏折塞到安德海手里。安德海一转身将奏折藏在胸前,不露声色地站在一旁候驾。随着引马和顶马的到来,两宫太后金顶明黄龙凤车渐渐到来。圣母皇太后所坐的第二辆车突然往前上了一步,与母后皇太后、小皇帝乘坐的第一辆车并排停了下来。

早已安排好的王公大臣由恭亲王领着,纷纷下跪。恭亲王奏道:"留京的王公大臣、文武百官恭请皇上及两宫太后圣安!"说完,拿眼望了一下圣母皇太后,使了一个眼色,分明是暗示:一切准备妥当了!

请安以后,两宫太后吩咐赵荣兴传谕百官:进城后各自回家休息一下,叫随行的七位顾命大臣也回府与家人团聚。谁知,就在这一夜,宫中发生了翻天覆地的大事。

母后皇太后携小皇帝入宫后,到了吃完晚饭的时候,叶赫那拉氏与安德海来了,先向母后皇太后请了安,然后由安德海递上两份奏折。瑞芬一惊,她从来就没有接过什么奏折。按惯例:所有奏折均由内奏事处在奏盒中呈送皇上批阅。安德海怎么能私收奏折呢?所以,瑞芬并不看奏折,而沉下了脸色,道:"妹妹,你这个太监安德海也太不懂规矩了。按祖制规定,太监干涉政事,是要交内务府严办的!"

兰儿没有料到母后皇太后会如此顶真,慌忙辩解道:"姐姐,您可不要错怪小安子。这两份奏折是恭亲王命王府太监交由小安子带进宫。因为所奏之事关系本朝江山社稷头等机密大事,不能让肃顺那帮人知道。"

瑞芬听了这话更为惊讶,取过上面一份奏折慌忙来看。只见奏折是在京大学士贾桢、周祖培、户部尚书沈兆霖、刑部尚书赵光、侍郎文祥、宝鋆等人联名上奏的,大意是:主上之权不可下移,移则日替;臣下之礼不可稍逾,逾则弊生。今日之赞襄政务大臣即是昔日之军机大臣,向来军机大臣凡事先面奏圣谕,再拟旨进呈,不合圣意的便朱笔改正,方才缮发,这就是君上之柄不可假人的道理。如今事无大小,皆由赞襄大臣擅作决定。此番便名为佐助,而实则大权独揽。日久相沿,中外能不疑虑?所以,主张罢去赞襄大臣,由两宫皇太后临朝听政。

瑞芬看了奏折,摇了摇头,又取过另一份奏折来看,只见是兵部侍郎胜保的奏章,言辞异常激烈,上面写道:

"肃顺等竟揽君国大权,挟至尊而令天下,嗣圣既未亲政,皇太后又不临朝,是政柄尽付之该王等数人。一切发号施令,真伪难分,众情汹汹,咸怀不服。为今之计,唯有吁恳皇上即奉皇太后权宜听政,而于近支亲王择贤而任。仍秉命而行,以成郅治。奴才部下将士万余人,束装待命,誓当奉皇太后、皇上以清君侧,而维大清江山于万世不坠。……"

瑞芬见了这奏折,吓得手儿直抖,变色怒道:"这胜保难道是要造反吗?!"

叶赫那拉氏觉得火候已到,对母后皇太后道:"妹妹以为:肃顺这个人是有些才干,但自先帝驾崩以后,渐渐放肆起来,一天比一天暴露出野心来。在热河时,他不是曾当着我们俩的面咆哮:'奴才等赞襄皇上,不能听命于皇太后,请皇太后看折,是多余的事!'他在我们背后,曾经公然坐在皇帝的宝座上,问:'我像不像皇上?'他还将行宫的许多御用器移往他家中,公然在大臣中间辱骂我们姐妹俩,动辄'两个娘儿们',一些话不堪入耳。肃顺狼子野心,已是路人皆知,因姐姐正处于悲痛期间,妹妹不敢说;外人又无法接触我们,许多事都不得而知。若是长此下去,大清江山岂不被肃顺夺了去,您我姐妹到那时就都成了祖宗们的罪人了。现在小安子已经带了两个小幺儿在外候旨,姐姐可以问问他们。"

瑞芬心里乱极了,完全没了主张,一时真假难辨。她正在发愣时,忽听内奏事处回事太监匆匆奔来,说门外惠亲王、恭亲王等几十名王公大臣求见两宫太后与皇上,要求皇太后垂帘听政,革斥赞襄大臣。

她惊骇了半天,加之旅途困乏,迷迷糊糊地说了一句:"由妹妹做主看着办吧!"就这样,圣母皇太后用了"御赏"小章,兰儿盖的是"同道堂"章。这两枚印章是咸丰皇帝殡天后,在皇上御枕下发现的。她们一人一枚,此时却用在了一场阴谋之中了。

十月初六日,载垣、端华被革除职务,"赐自尽",在宗人府专门幽禁室里上吊死了。肃顺护送先帝灵柩回京途中,在密云行馆被醇亲王奕𫍯带兵逮捕,当场砍下了他的脑袋。穆荫被处充军边疆,景寿、匡源、杜翰、焦祐瀛被革职。

三天之后,小皇帝载淳在大内太和殿举行隆重的登基大典,改明年为同治元年。恭上母后皇太后徽号为"慈安皇太后",圣母皇太后徽号为"慈禧皇太后",并恭奉她们分别移居东六宫的钟粹宫和西六宫的长春宫,由此通称东太后和西太后。两宫太后由此开始垂帘听政了。

李鸿章听了这段宫廷政变中的内幕,不惊不叹。曾国藩却不停地摇头,唉声叹气,道:"如今我湘军虽光复安庆,你也出马组建新军,择日编练成军开赴上海,一切都有了好的兆头,却不料皇上龙驭上宾,肃顺人头落地,不知我等日后凶吉如何?"

李鸿章在略作了片刻的沉思状后,道:"恩师当不必忧虑。朝廷此变已成事实,不可逆转了。所幸是我们与那肃顺没有太多的瓜葛。正值国家大乱之年,恩师您手中握有重兵,门生以为两宫太后和小皇上也会把您捧得高高的,视您为半壁江山的依靠的。"

曾国藩苦笑一声,道:"少荃呀,我所忧绝非是我个人的荣辱成败。只是我朝二百余年来尚无太后临朝听政的先例。纵观史册,凡女主临朝,国家必遇大乱。愚兄所忧正在于此。"

"依门生之见,天下乱与不乱,非决于男人或女人为主。不说远的,就说道光、咸丰两朝,不是男人为上吗?天下照样大乱。所以,无论当今天下是男人做主也好,女人当家也好,只要有才便好,使国家强盛,百姓安居乐业就好。恩师您是领兵打仗之人,如今长毛乱于内,夷人侵于外,我大清二百年江山岌岌可危,您就显得更加责任重大了。眼下要考虑的倒不是叔嫂合谋,政变于宫闱之事,而是如何发展湘军,扩大战果,最后捣毁金陵之事。只要像恩师您这样的重臣把担子挑起来了,大清朝廷即使遭遇暴风骤雨的袭击、天崩地裂的灾祸,也可上下同心,朝野合力,共度危难,使国家稳如磐石的。如此,恩师您对朝廷的贡献,将远胜攻取一城一地。千年青史,将永远记载恩师您的赫赫功绩的。"

李鸿章越说越激昂,而曾国藩则愈听愈冷静。他嘴上虽未说,心里却暗自佩服李鸿章看问题的透彻。

接连几天,从京师频频寄来的上谕从一个方面证实了李鸿章有些分析、推测的正确。从内心来讲,曾国藩所忧的是自己和湘军的命运,他不清楚这两宫太后,尤其是那个慈禧太后会对自己怎样。现在看出来了:"曾国藩以两江总督协办大学士。""曾国藩节制四省军务。"接到这一封封上谕,曾国藩的眉头顿时舒展开了,心中欢喜。这日,他又收到京中私函一件,看后令他暗庆幸。读完来信,正好李鸿章进屋。他留李鸿章并排而坐,令人泡上好茶,喝了一口就道:"少荃呀,愚兄在朝廷这场变故中,实在感谢你的许多提醒哩!"

李鸿章道:"恩师何出此言?"

曾国藩道:"自两宫太后垂帘以来,短短时间已给了我一系列隆重圣眷,一方面证实你认为朝廷仍然会重视我湘军,视我为依靠的推断是正确的;另一方面还证实了:你劝我与那肃顺保持距离,不要去信,是极其英明的。我刚从一封私函中得知,肃顺被砍头以后,其府上也很快被抄。从他家中抄出了许多书信。由于肃顺炙手可热的权势,在做了顾命大臣后,各省督抚、带兵的将军都统们,个个都向他写信尽忠,极尽谄媚言辞,上下牵涉了一百多人。而在这些往来书信中,唯独没有我曾国藩的。这件事令两宫太后和恭亲王大为感叹,一再赞赏我对朝廷的忠诚。瞧,若不是当初你劝阻我不必给肃顺去信,恐怕就没有今天的庆幸了。"

李鸿章喜上眉梢。恩师这番勇于剖析自己的事还很少见,对李鸿章的心怀感激是真诚的,李鸿章心中暗暗得意。二人正在喝茶说话,忽见陈鼐来到签押房中,说庐州来了一个汉子,叫张树声的,要求面见李鸿章。

李鸿章一阵大喜,向恩师一揖道:"故乡来客,一定是为了率勇投效新军的事。我告辞回房,去接待一下。"说完,便大步迈出签押房,果见张树声已在自己房间里等候。

原来,张树声自得到李鹤章、李凤章的传话以后,知道李鸿章已受曾国藩之命组建新军,非常高兴。当即召集皖中诸豪商议,大家一呼百应,决定推选张树声前往安庆,当面向李鸿章表达投效之意。李鸿章高兴极了,道:"树声啊,你有如此心意,正是我所渴望的。在庐州的诸多团练中,你的团练声势独隆。可以说,大家在心里都尊你为盟主。所以我匆匆回乡时,立刻想到了你,虽不得晤面,但请胞弟二人恳请你率众加盟新军,从此携手干一番大业。"

李鸿章不仅热情接待了张树声,而且还把他介绍给了曾国藩。张树声对大名鼎鼎而又重权在握的曾国藩仰慕已久,不想自己得到了他的接见,激动不已。当着曾国藩的面,张树声回禀了自己在庐州罗致旧团练,振臂一呼,左提右挈的情况,很受曾国藩的赏识。曾国藩道:"壮士独立于江北,勇斗长毛,可敬可佩。真是当年渡江北伐匈奴的东晋名将祖逖再生转世呀!"

张树声得此夸奖,受宠若惊,表示回庐州后,还要将刘铭传的团练罗致进来,尽快聚集安庆,各建旗鼓,投效湘军。张树声临返回庐州前,李鸿章写下书信一封,让张树声带给刘铭传,表达了招募入盟的愿望。刘铭传见李鸿章心怀诚意,思贤如渴,爱将如命,当即复信李鸿章,决定将自己团练全部人马带来安庆,听从差遣。他还捎来一首诗,道:"武夫

编练淮军

如犬马,驱使总由人;我幸依贤帅,天心重老臣。上官存厚道,偏将可忘身;国事同家事,谁看一样真。"

一八六二年二月,李鸿章所募的淮勇陆续抵达了安庆。其中有刘铭传的铭字营、张树声的树字营、潘鼎新的鼎字营、吴长庆的庆字营等。铭字营、鼎字营出于庐州旧团练,已历时多年,曾转战安徽中部许多州县。树字营亦为庐州团练,原系李鸿章父亲李文安旧部,其父病故后,改隶六安绅士李元华。庆字营是由合肥西乡解光亮组织的,后为合肥知县英翰收编过,故称官团。英翰主张解散所有的民间团练,统统收编为他的部下。但李元华与诸位团练首领都不干,英翰自恃官威,而李元华等倚仗人多势众,一直老死不相往来。故庐州团练虽多,但犹如一盘散沙,与太平军争斗无力。李鸿章招募新军,采取兼收并蓄的方针,把各团练原有的矛盾全部消除,统于自己旗下,一时士气大振,面貌焕然一新。

庐州的各团练乡勇到达安庆后,李鸿章设下宴席十余桌,曾国藩亲自出席,并发表了讲话,道:"今天欢聚一堂的不仅仅是皖中能人志士、英雄豪杰,也是我湘军的人才,国家的栋梁。剿匪的大业就寄托在诸位身上了!"他频频举杯,尽欢聚之乐。酒宴正在进行中,忽有刘巡捕来报:"庐州团勇首领李鹤章及胞弟昭庆在宴堂门外候见。"

李鸿章立即离桌,亲自出门将两位胞弟迎进宴堂,并将鹤章单独介绍给曾国藩。昭庆已经曾国藩同意调来胞兄手下协办军务。谁知他自招一营,也率众赶来。曾国藩见新军初见规模,且兵勇声势不凡,心中欢喜,当即增拨银两,落实器械之用、粮草之数,一切按湘军的规矩、湘军的待遇不变,甚至在训练场地、营寨等方面的安排上,还要优于部分营头。

李鸿章信心十足。二月二十二日,李鸿章经曾国藩批准,正式搬出两江总督衙门,移驻安庆北门外的营地。他前脚到达,后脚就听有人来报:"协办大学士、两江总督曾大人驾到!"

曾国藩亲临北城门外的新军营地祝贺,李鸿章感动得落下了热泪,只听曾国藩道:"少荃初成一军,身负重任,愚兄心中不胜欢喜。但一离我的签押房,就如同自己嫁出去了闺女,心中又若有所失,忍不住跟着后面就来了!"

李鸿章陪曾国藩在自己的营地里走了一圈,虽还未经训练,但新勇一听说是曾国藩亲临营地祝贺,所到之处,掌声雷动,口号声阵阵。"打到上海去!""保卫湘军!""保卫曾大帅!"之类的呼喊声,令曾国藩激动不已。道:"自决定出兵救援上海到今天,只不过二十多天,少荃就罗致了这么一支队伍,我觉得身上的担子轻多了。"

李鸿章见恩师高兴,把自己思量了很多天的请求提出来了。跟随恩师多年,李鸿章对曾国藩的脾性摸透了。可以这么说,他对恩师的了解,比恩师对他的认识还要深刻得多。李鸿章心中清楚:恩师虽以理学名臣誉满朝野,但绝不是一个迂腐的、满脑子之乎者也的理学先生。曾国藩既深谙历代权臣的用人之术、建军之道,又有自己独特的个性和一套完整的识别、考察、培养、驾驭、笼络人才的办法。李鸿章在重返曾门后,更是潜心把握,认真揣摩恩师的喜怒哀乐,尽可能投其所好,赢得恩师的欢心和对自己的垂青。他预感到,趁今天恩师高兴,提出请求,即便可能让他作难,抑或在平时根本就是不可张口之事,今日就很有可能被他答应下来,说不定当场就能办成。李鸿章想好了,郑重地开腔说话了:

"门生要把这新军的初步情况报告恩师!"

曾国藩笑道:"愚兄洗耳恭听!"

"此次奉恩师之命筹办淮勇……"李鸿章刚开口就被曾国藩拦住话头,道:"不!不是淮勇,而是淮军。我已听得你的将士们私下里自称淮军了,知道是你的主意。在我看来,'淮军'的叫法很好,正合我意!湘淮本系一家,淮由湘出,尤有水源一道之谊。湘军与淮军更是如此,就叫淮军好!"

李鸿章略有些不自在,道:"新军尚未编练,未经恩师点头,是不敢自定称号的。今恩师既喜欢'淮军'的称号,那就依恩师定夺了。"他稍稍停了一下,扭头看恩师一眼,见恩师专注在听,才接着上面的话报告:

"在我的故乡,一听说要组建新军,隶于曾大帅之下,报名者非常踊跃。胞弟鹤章、凤章忙于精选兵员,门前排起了长队。仅七八天时间,登记者就达三四万人。按恩师以前创办湘军的择勇标准,门生只精选五千人马,组成十营,由多年好友张树声、张树珊、张树屏三兄弟和周盛波、周盛传两兄弟及刘铭传、潘鼎新、吴长庆、鹤章、昭庆十人为营官。

编练淮军

375

凤章将来宜放在幕中。十营依次为树字营一营二营三营,盛字营一营二营,铭字营、鼎字营、庆字营、鹤字营、昭字营。这十营五千兵勇绝大部分人身强力壮。但十个营官中,仅潘鼎新为举人出身,鹤章、昭庆也算有些文才,其他七人均无功名,还有二三人一字不识。但他们武艺超群,又有统御士卒的本领。既已组建成军,又已来到了金保门外这个操兵场上,就不可不用了。门生所担心的是淮军实力单薄,都是新勇,难膺重任,战守难恃。此次又是奉命远征上海。若无精兵强将,恐怕立有覆败之虞。因此,从初建新军考虑,恳请恩师能调拨几营湘军老兵,以增加我新军的战斗能力。待新军能勇善战后,再由恩师任意回调,支援他营。"

曾国藩一惊,按住心头一想:李鸿章是真会想点子,叫他招募新勇,他却把主意出在了老湘军身上,而且出口就是几营。其实,李鸿章的请求他在这以前就曾考虑过:此次新军是出征上海,且不说李秀成的长毛军在那儿是多么凶悍,单就上海一地的环境来说,远比中国其他地方要复杂得多。上下事权不专,既有绿营兵,还有洋勇。淮军一去,出面的当然是他曾国藩。万一到那里不堪一击,他曾大帅的面子也随之丢尽。所以,曾国藩早已准备为李鸿章增调十几名骨干,去营里充当营头、哨长之类。未曾想到要整营整营地调到淮军里去,归他李鸿章节制。但如今李鸿章已把话儿讲出来了,又正值创办之初,兴头正高,不能扫了他的兴头。于是,曾国藩在沉思了好长一会后,道:"你想我调拨哪些营队呢?"

李鸿章一听,知道曾国藩已经应允,便大胆提出要程学启来新军中,统带两营。另求亲兵两营。曾国藩允其所请。或许也是自己高兴,出口就是八营的兵力,统统调入新军中,归李鸿章统领。其中有曾国藩自己的亲兵两营,由韩正国统带,充任李鸿章的亲兵。另有开字营两营,调自曾国荃手下,由程学启统带;林字两营,由滕嗣林、滕嗣武统带。这林字营系江苏巡抚薛焕从湖南招募来的,原为四千人,经曾国藩裁减至千人,编入淮军;熊字营由陈飞熊统带;垣字营由马先槐统带,均系奉曾国藩之命从湖南招募的。又经过一番裁减,新办淮军最后实际成军十三营,计六千五百人。

这日,曾国藩把李鸿章叫到自己的签押房中。李鸿章进门一看,上海的钱鼎铭又来安庆了。李鸿章道："不是说好了两个半月以后开赴上海,你怎么才过月余就跑来搬兵了?!"

钱鼎铭打躬作揖,笑道："李主帅果然出手不凡,振臂一呼,新军就组建成功了。老实说,自在芜湖码头与您握别,我是天天在打听您组建新军的进展,直到几天前,得知已有六千五百将士聚集于安庆城北金保门外的营地里,上海各界士绅欢呼雀跃,巴不得大军立即就飞到上海去呀!"

李鸿章道："上海各界心情可以理解,我也心急如火。但不知各方面准备妥当了没有?"

钱鼎铭道："都准备好了,叫做'万事俱备,只欠东风',连贵军如何开赴上海,我们也都做了安排,已花十八万两银子雇了七艘洋船,交由李主帅运兵。"

"多谢想得周到,但如何开赴上海,还由我恩师定夺,暂时不能敲定此事。"

曾国藩这时才插话,道："上海方面出手也太大方了一些,运送这几千人,竟要花去十八万两白银!况且,如今仅仅是'八'字才有一撇。还谈不上何时开赴上海哩!"

钱鼎铭无言以对了。他哪里知道,曾国藩、李鸿章心中不满的是:你一再吹嘘上海一年厘金数十万两,愿花十八万两高额代价去雇洋船,怎么这回一来,却两手空空呢?!

李鸿章见钱鼎铭并不提新军的粮饷一事,道："其实呀,我新军在恩师的督导、支持下,的确组建迅速。但目前也有诸多困难。比如说这粮饷不济,就是一大困难。你们上海唯恐发兵不速,我亦急欲就道。但目前连行装都难以筹措,便举步维艰了。"

钱鼎铭这才反应过来,慌忙解释道："近日上海受长毛进逼,中外商货顿滞,无法交易,致使厘金收入急剧下降。但吴煦大人已经答应,立即筹措十万白银,以济湘军粮饷之困。新军出兵所需费用,也由上海各界官绅筹集,李主帅尽管放心。"

曾国藩、李鸿章这才露出淡淡的笑意。曾国藩让李鸿章领着上海来客去北门外营地看看,钱鼎铭便跟李鸿章乘四马骡车去了金保门外。这里到处是彩旗招展,到处是喊声阵阵。各营各队正在操练,步伐整齐。钱鼎铭看了顿时来了精神,道:"依我之见,这新军与老牌湘军没有什么区别,或许稍加训练后,比老牌湘军还勇猛善战。"

钱鼎铭尽可能地讨好李鸿章。李鸿章见钱鼎铭称赞自己的新军,提高了嗓门,道:"本来这湘淮便是一家嘛!我的淮军与恩师的湘军在许多方面都是一致的。其一是营制饷糈相同。湘军本是改革了绿营之制,其实是稍稍效仿了明代戚继光的'束伍'成法,分营立哨。现在的淮军与湘军一样,均以营为单位,每营设营官一人,分前后左右四哨。每哨设哨官、哨长各一名。每哨正勇分为八队,一、五两队为抬枪队,二、四、六、八四队为刀矛队,三、七两队为小枪队。刀矛、小枪每队正勇十名,抬枪队每队正勇十二名。每队又设置什长、伙勇各一名。每一哨官有护勇五名,伙勇一名。合计每哨官兵共有一百零八人,四哨官兵共有四百三十二名。此外,营官还有亲兵六队,不置哨官、哨长,其中一、三两队为劈山炮队,二、四、六各队为刀矛队,五队为小枪队。各队均设置什长一名,亲兵十名,伙勇一名,合计六队共七十二人。把亲兵与四哨加在一起,每一营官共统带五百零四人。综合一营武力,包括劈山炮两队,抢枪八队,小枪九队,刀矛十九队,共有三十八队。每营除正勇外,还额外设长夫一百八十名,使之分执粗重之役,俾正勇出征则无误战事,平时则致力于操防,这就是长夫们承担的职责。以上这些,都是与湘军完全一样的。另外,淮军还因袭了湘军的薪粮、恤赏、濠垒、营务处、粮台等制度。其二,湘军与淮军都是'兵为将有'。这就是说,湘军以及新办的淮军,都是以将帅自招的募兵制代替了兵权归属于兵部的世兵制。由于这个营制,与官兵就不同了。湘淮两军都是以各级将领为中心,先设官,而由官招兵。我恩师已治军多年,皆先选将,而后募兵。这淮军,也是先定了由我为帅,然后才募营的。其营哨须由统将自己选择,一级选任一级。好处是:呼应、指挥较灵。为什么会一呼百应?因为这种营制就等于把统领、营官、哨官变成了主帅的私属,而弁勇兵卒也就相应成了营官、哨官的私兵。湘军全体只服从于我恩师,而我这淮军今后也只服从我李鸿章了。所以说,将来到了上海,不用说地方官绅,就是两宫太后,调兵遣将,也要通过我来调遣,别人休想直接指挥的!"

钱鼎铭作揖笑道:"那是自然,那是自然!兵为将有,将为帅有,天经地义。这一点，我已与上海地方官员有言在先了。届时，无人敢对您的淮军指手画脚的，全凭您一人呼应全军将士。"

钱鼎铭跟着李鸿章观看淮军新营，不觉被李鸿章聊出了兴致。对这军中营制和各军情况，钱鼎铭未来安庆请兵之前，竟一无所知。此次再度来到安庆，听了李鸿章的详细介绍，自觉得增长了见识。他又问道："请教李主帅李大人，湘军与淮军之间，有什么不同之处吗？"

李鸿章道："要说不同，这就是：湘军当年由我恩师创办，已征战多年。而我的淮军才刚刚创建，自然在兵员、甚至是将领的组成上，是有区别于湘军的。其一是淮军的兵员相对冗杂。当年我恩师组建湘军，原则是'选士人，领山农'。湘军中主要将领大多都有功名，其中科举及第者多达三十人。而我的淮军就没有这个福分了。本主帅虽然身为翰林，但所招的部将中，只有举人和廪生各一人，少得可怜哪！不过，依我看来，门第身世并不等于才能韬略，一些以科名标榜自己的人，其实是干不成大事的。当然，作为新建之军，我还是希望能像湘军那样，能多一点有科名的志士。但此次成军太急，几乎没有可能去挑肥拣瘦，时间不允许。故这就多少带一些饥不择食、广收杂揽的成分了。还有一点，湘军组建至今，兵勇以'山农'为主，而淮军则以旧团勇为主。这里细论起来，倒是比湘军更有一些优势。旧团勇毕竟是受过训练，有不少还有实战经验，比'山农'要强。否则，让我两个半月就组建成军，救援上海，我李鸿章是没有那个本事的。"

钱鼎铭道："李主帅呀，容我在这里插一句：我听说曾大帅所招尽管多为'山农'，但他是极注意兵勇的训练，有言是：'概求吾党质直而晓军事之君子将之，以忠义之气为主而辅之以训练之勤，相激相靡，以庶几于所谓诸将一心，万众一气者，或可驰驱中原，渐望澄清'。不知李元帅治军之道，可与恩师一致呢？"

李鸿章笑道："我向来佩服我恩师的治军思想。他是一位理学大家，特别注重观念的培育，以精神之倡劝导将士。我当然会秉承恩师的原则。但我也同时认为：天下熙熙攘攘，皆为利耳。我一旦无利于人，谁肯助我呢？董子正其谊不谋其利的话，立论太高，拿到我淮军里来，恐怕很难行得通。招将招兵，许多人是看准了我会给他们以功名利禄、子女玉帛等，才来投效的。没有这些，将很难成军。就如同我大军马上要开赴上海,你那边连一两个月的饷银都不给,谁肯去背井离乡地替你卖命呢?吴煦大人不是花重金请洋人为他打仗吗?你对我说,那洋人未出兵前就要索赏,打了胜仗,更是大把地要钱。此是为何?皆为一个'利'字。淮军不是洋兵,不会像洋兵们那样,除了钱就什么都没有了。我们为的是剿灭长毛,为的是保卫上海千万黎民百姓,进而保卫东南半壁江山。淮军图的不完全是钱,但没有钱也是不行的。我要给我的将士们以实惠,一面以义为利,一面也要以利为义,两者兼得,方能稳定人心,激发精神,战无不胜。"

钱鼎铭听了李鸿章一番话,频频点头,连连称是,表示进兵上海以后,将为淮军的"利禄"之事,效犬马之劳。李鸿章心中有数,他知道自己初入上海,必须借助这个请兵人的扶持,稳住阵脚,打开局面。所以,李鸿章才在淮军创建之初的百忙中,陪这位请兵人长谈参观,悉心回答疑问,甚是热情。

淮军已成,眼下已到了该讨论进兵方式的时候了。安庆与上海不仅相距遥远,而且间隔着洪秀全长毛的控制区域,要突破长毛的重重围阻,千里跃进上海,其艰险让李鸿章大伤脑筋。曾国藩先想让李鸿章从水、陆两路或任选一种办法进军上海。二月二十四日,曾国藩致函吴煦,道:"若尊处能办火轮夹板等船前来迎接,则水路行走较速。若无船来接,则须由陆路穿过贼中,循和州、天长、六合而达于扬、镇,再至上海。"曾国藩只不过装糊涂而已,此时钱鼎铭早已告知:上海方面吴煦、顾文彬和中外会防局的吴云、应宝时等已雇下洋人轮船接运淮军,并与英国驻沪领事馆及有关洋行筹商,议定由麦李洋行承运,拟运兵九千人,骡马军械携同入船,总计运费十八万两白银。曾国藩明知事情已经定下,却因费用太高而不愿领这个情。还有一点,就是他已得知此番雇船,在上海方面,是经过了一番争争吵吵,最后迫不得已定下的。故曾国藩隐隐地不快,才发出一信,把皮球踢给了吴煦。

原来,自吴煦等出面雇下洋人轮船后,报到巡抚薛焕那里,薛焕以费用太高为由,拒绝批准。这吴煦也是朝三暮四,很快也为之动摇,舍不得花这笔银子。然而顾文彬却坚持定见,主张一定要雇船运兵。吴煦无奈,专程去找薛焕,做他的工作。薛焕问:"这笔钱你打算从哪里出呢?"

吴煦答道:"这一点您放心,由顾文彬负责。"

薛焕非常生气,竟然对吴煦这个地头蛇瞪起了眼睛,质问道:"顾文彬有这个能耐吗?他从哪里出得了这笔巨资?"

吴煦也生气了,道:"他有无能耐,您不用操心。顾某已与洋行谈妥,由洋人贷款解决!"至此,薛焕才无言以对,更怕因为此事得罪多人,才勉强同意雇洋船接运淮军。

到了三月一日,上海的吴煦派专人给曾国藩送来加急信函,称洋轮三月三日可抵达安庆,请求曾大帅发兵。仅此一条,曾国藩仍会按兵不动的。但吴煦真的把曾国藩最渴盼的那件事解决了:首批捐赠湘军大营十万两白银,以济曾大帅急用。恰巧朝廷也在此时来了上谕,催促淮军抓紧开赴上海。所以,曾国藩再也不敢耽搁时间了,与李鸿章商定:三月四日在安庆镇海门外码头举行隆重的发兵仪式,并设宴犒劳淮军将领,士卒分灶会餐,起程上海。这个时间,距曾国藩原来要求的二月底成行的时间,已晚了四天。

这日,太阳刚刚升起,淮军十三个营的六千五百多名将士已聚集在安庆金保门外的操练场上了。彩旗飞舞,口号声阵阵,一场盛大的阅兵式就要在这里举行。

按照计划,协办大学士、两江总督曾国藩在新军统帅李鸿章等人的陪同下,要检阅新军。曾国藩还将设宴为李鸿章和各营的营官饯行。自从决定出发日期以后,淮军各营都进行了紧张的准备,依次排定队形,现场操练表演,扎起了五彩牌楼,用木料搭起高台,牌楼后面拉起帷幕,布置得雄伟而庄严。在湘军里,多年来调兵遣将十分频繁,新组建兵勇开赴前线也接连不断,还极少见过为刚刚招募组建的新军举行如此宏大的仪式。

早饭过后不久,金保门外操练场上已出现一块块由队伍排列起来的方阵。各营为了使阅兵仪式整齐、庄严,正在抓紧练习队形。操练场周围,四面八方的老百姓涌来观看,一时间人如潮水,人山人海。安庆的老百姓见过的队伍多了,就是很少见过这样热闹的场面。

在金保门外操练场旁边有一座怀宁酒楼。此楼三层上下,古色古香,在整个安庆城都很有名气。酒楼前有一块草坪,从早饭后开始,就不断有一套套骡车、一顶顶呢轿来到这里。到午饭前,整个草坪停满了呢轿、骡车和马匹。这时只见来了十多个亲兵。又过了一会,跑步赶过来两队卫兵,两步一人地散开,站在通道两侧,腰挂佩刀,神色严肃。向远处一看,从金保门下到怀宁酒楼之间,已布下了清一色的卫兵。一顶蓝呢大轿由八个兵勇抬着,从金保门下抬来,后面紧跟着十五六顶四人抬的大轿。轿队直奔怀宁酒楼,在通上停下。从第一顶轿子里下来的正是钦差大臣、协办大学士、两江总督曾国藩。曾国藩今天神采飞扬,头戴正一品红珊瑚顶戴伞形红缨帽,身穿绣有仙鹤补子的绀色九蟒五爪袍,脚套粉底皂缎靴。

他下轿后,以审视的目光,先扫了一眼耸立在眼前的怀宁酒楼,只见酒楼栏杆上已插了许多彩旗,整座楼都比平时多了一些点缀,廊檐下甚至还挂出了十几盏红灯笼。他转身又向操练场环视了一圈,黑压压一片又一片尽是在排练队形的兵勇。在看热闹的老百姓齐刷刷地把目光从操练场上收回,转身向自己投来直巴巴的目光。有些孩子们已登上了墙头,攀上了树梢,在向自己张望。曾国藩下轿以后,并没有很快进入酒楼。李鸿章从轿里钻出来,已挺直了身子站在他身旁。今天,李鸿章自然比任何时候都有神气。他不是以按察使衔、福建延津邵道道员的身份站在曾国藩身边的。如果仅就这两个头衔来说,已经进入酒楼,在大厅里等候,或刚刚下轿,此时已排在他身后的人中间,都不比他小,有些比他的官职大得多了。今天,所有在场的人们把他那按察使、道员的头衔忘得一干二净,只知道他如今已是淮军的统帅。也正是由于这个身份,他才能自觉得高人一头。当然,他不会忘记:自己是曾国藩的门生;淮军是湘军的附属,或者说是分支。

李鸿章今天头戴的是正三品蓝宝石顶戴红缨帽,身穿绣有孔雀补子暗红色九蟒五爪袍。他看见曾国藩已抬腿迈上酒楼的台阶,楼内不知名分的官员早已躬身在两旁等候,李鸿章转身向后面的轿子张望着。人都陆续下轿了,有李续宾、杨岳斌、彭玉麟、鲍超、多隆阿等等。好像有统一部署似的,所有文武僚属今天都穿了清一色的崭新的朝服,头戴不同品级的红缨帽。这些人大都是湘军中的名将、老将了。在他们的记忆里,在湘军里举办如此隆重的盛会,好像仅有两次:一次是湘军刚组建时,从衡州石鼓嘴血祭出师,一次是武昌城颁赠腰刀,且那两次规模还不及这一次宏大。

一个个按顺序进了酒楼,再向楼上登,曾国藩突然停住了脚步,侧过身来,用右手往前一伸,对正走在他身后的李鸿章客气道:"少荃呀,今天你先请!"

李鸿章顿时羞得满脸通红,不仅没有敢向前跨出一步,反而慌忙向后退了一步,道:"门生岂敢?恩师请前行!"

曾国藩笑道:"少荃呀,今天我请你先行是有道理的。因为淮军就要开赴上海,我和各位为你饯行,理应让你在前。"

李鸿章急了,先向恩师作了一揖,紧接着又慌忙躬下了身子,道:"恩师笑话门生了。门生虽组建一军,但永远也要依附恩师,依附湘军。门生怎敢在恩师面前争这个脸面?还是恩师先请!请!"

曾国藩笑着点点头,似乎很乐意见到李鸿章在出兵之前有这个意识。他不再谦让,举步登上楼梯,头也不回地直奔上手的一桌,笑吟吟地在上席位置坐下。

今天的怀宁酒楼一、二两层楼共摆下三十桌丰盛的酒席。湘、淮两军的营官以上将领坐在一楼,共计二十五桌。另五桌在二楼,有曾国藩、李鸿章、皖省及安庆地方官员和钱鼎铭等人,七艘洋船的船长也应邀在二楼就座。

整座怀宁酒楼气氛热烈,欢声笑语。热气腾腾的各色菜肴是精心准备的。每一道菜都是先上首桌,然后依次端上去。二楼上完了,再上一楼的菜。好歹每道菜一桌不缺,三十桌完全一样,大家心中十分高兴。开席不过一袋烟的工夫,互相敬酒就开始了。曾国藩应接不暇,很长时间几乎放不下酒杯。李鸿章也忙得不亦乐乎,依次一桌又一桌去向同僚和部下们敬酒。最后敬到张树声、潘鼎新、吴长庆、刘铭传等人的酒桌上,来自故乡的营官们不让他走了,又为他重新找来了碟、筷,把他堵在上席位置,一个又一个轮换向李鸿章敬酒。李鹤章、李凤章担心胞兄喝醉,从另外一桌赶来,替换下了李鸿章,才使得他由此解脱。

曾国藩与李鸿章即将分别,有话要说,便互相牵着衣袖离席上了三楼的茶房。八色的水果拼盘和一壶香气扑鼻的黄山毛峰茶已摆放在茶几上。二人对面而坐。李鸿章乘着酒兴,高声说道:"恩师今日之情,门生终生不忘。淮军尚无半点战功,恩师就办了如此隆重的宴会,下午还要举行阅兵仪式,门生就是粉身碎骨了,也不足以报答您啊!"

李鸿章说着,落下泪来。要不是还有些清醒,加之又喝了几口香茶,那样子是想一下子伏到曾国藩膝盖上去,动情地大哭一场。李鸿章到底是不易失态的。当他刚想这么表示自己的感激心情时,立即将已移过去的身子抽了回来,重新端坐在自己的位子上。

　　曾国藩问道:"少荃啦,你即将去上海了。我想问问你:上海的防务情况你知道吗?"

　　李鸿章点头道:"门生已悉心了解了一点。人事上的薛焕、何桂清、吴煦三人不去说它了,单说说防务。目前上海的防务大抵有五个方面:一是朝廷在上海的防兵,原为薛焕的第三标,经过扩大后有近四千人。二为团练,因是按亩出人,估计总数可达十万人,但平时不能全面集中,多数是边耕边战,不可依靠。三是英法洋兵,主要是保卫他们本国在上海的租界,约三千人左右。四为华尔为头领的洋枪队,一部分是洋人,大部分是中国人,混合加起来,大抵有五千人。五是中外防务局,由英国参赞巴夏礼发起,有钱有物,但没有什么兵力。别的就没有什么了,只听说从扬州、镇江、杭州等地又陆续调去了一些官兵。"

　　曾国藩道:"少荃呀,愚兄真的彻底放心了。你人虽未进上海,已经对上海的防务了解得如此清楚,足见你是有全面盘算了。我想再问一句:你去上海后,打算重点依靠哪一方面力量呀?"

　　李鸿章道:"哎呀,这一点门生还没有认真考虑过。因为听人介绍,也未必完全准确。如果让我谈谈感觉的话,门生准备多加强同华尔洋枪队的合作。还请恩师点拨。"

　　曾国藩脱口赞道:"很好!还点拨什么?你就应该把华尔的洋枪队当做依靠。到上海后,尽可能与那里的洋人搞好关系。听说长毛们也在暗中拉洋人入伙。你必须把洋人拉过来,共同对付长毛贼。我听说华尔的洋枪队不仅军械先进,兵勇也很能打仗,比薛焕手下的绿营兵要强一些。我分析过了,这些洋人来到中国,不是要我们的江山,而是要金钱。长毛们就不同了,他们是既要江山,也要金钱。从上海、宁波、杭州方面来看,洋人们在中国,是倾向我们而不倾向于长毛,他们在许多战场上都还能协助我们剿灭贼逆。当然,洋人们也很滑头,有些暗地里也在勾结长毛,讨好长毛。我们提高一些警觉便可以了。我要提醒一点,我主张依靠洋枪队,把他们拉过来为我们所用,不是说一切都放手让他们去干。比如说,要收复城池了,这就不能依靠他们,更不要让他们去占住城池。只可用他们防守上海。你已知道,洋人本性贪劣,那吴煦在这一点上,已经吃了许多大亏。你去了一定要注意,不可把他们的胃口吊得太大,要防止仅有的那么一些厘金,都落到他们手里去了。总之,临行时愚兄送你四句话:一是言忠信;二是行笃敬;三是会防不会剿;四是先疏后亲。你明白我的意思吗?"

李鸿章道:"门生明白,而且记下了。"

曾国藩站起身来,在房间里踱了几步,又问:"去了上海,你拟驻营何地?"

李鸿章尚没有反应过来,随口答道:"当然在上海择一处建筑,作较长期准备,与各营将士同甘共苦了!"

曾国藩笑着摆了手,道:"少荃这次就错了。不知你想过没有?上海是一个通商码头,财货丰富,但三面临水,易攻难守。它在军事上远不如镇江重要。我这次叫你救援上海,不仅仅要你保住上海一地,还要全力配合曾国荃等,择机围攻金陵。所以,你在上海站稳脚跟后,要将你的行营设法移到镇江去。好歹镇江离上海也不远,金陵与上海两头兼顾,只有镇江最为合适。"

"镇江不是有冯子材在那里驻守吗?"

"这不要紧,我会奏请朝廷,把冯子材调走的,让镇江成为你的大本营。"曾国藩说道。

李鸿章道:"门生尽力遵办,待到上海稍作安顿后,我立即移驻镇江,兼顾两头。只是上海那边,何桂清丢城失地,滥杀士绅,朝廷已对他愤恨之极,可当做一只死老虎,不去理他。但薛焕毕竟追随何桂清多年,又身为巡抚,恐难以与我真心合作。若是事事为难我淮军,在镇江驻守也不会很方便的。"

曾国藩点头道:"我正要跟你谈这个事情。苏抚一职,由薛焕来干已经不现实了。左季高已任浙江巡抚,眼下再也没有合适的人选来出任这一要职了。愚兄有一个考虑,要奏请朝廷,推举一个人出任苏抚。"

李鸿章的心顿时剧烈跳动起来,巡抚一职,非同小可,比淮军统帅要有头脸得多。他隐约感到恩师要推荐的人选就是自己。可是,据实把自己掂量掂量,觉得自己还不具备那个资格,更无战功,想这巡抚一职,也不大可能。于是,以一种平静的口气道:"巡抚一职,至关重要,恩师若能推举一个与门生合得来的人选,我就是算有了依靠了。"

曾国藩转念一想,不妨试探试探这位门生,道:"那么,你以为谁去出任这一职务合适呢?"

李鸿章心头一凉,但很快恢复镇静,道:"林文忠公之婿、前赣南兵备道、门生的同年沈幼丹较为合适。此人既有恩师之风,为人耿直,又在湘军中办过军务,对恩师您忠心不二。出任苏抚一职,是很合适的。"

曾国藩点点头,道:"沈幼丹是个人才,但愚兄对他已是另有考虑了。你还有其他人选可以说出来听听吗?"

李鸿章抓耳挠腮,心想:恩师在苏抚人选上果然没有想到自己,不觉心中有些失望,便答道:"门生还从未留心过此类事,一时想不出来哩!"

曾国藩大笑起来,道:"少荃呀,难道你从来就没有考虑过你自己可以出任苏抚吗?我以为你就是最佳人选。"

李鸿章大吃一惊,浑身顿时热血沸腾,心跳加速,不知如何回答才好。

曾国藩见李鸿章笑而不答,也知对他来说,是太突然了一些,让他一点思想准备都没有。于是,道:"少荃呀,其实这几天来,我已经反复几次考虑过此事了。你才大心细,劲气内敛,是很适合做地方官员的。原来,你没有这个条件,才能够了,但无实力。现在不同了,手中有了一支淮军,这便是资本。奏请到朝廷去,不会被忽视了,十有八九要下诏令的。我若不是有一支湘军,朝廷也不会给我那么多头衔。我不是说大话,你出任苏抚一事,只需我轻轻一奏,保准让这顶帽子很快落到你的头上。你放心去上海吧,静等佳音。我让你移驻镇江,也有这个意思在其中。"

李鸿章乐在心头,觉得自己这会儿高大了许多。片刻之内,他想到了已故的父亲、年迈的母亲和诸位兄弟、自己的妻子儿女。若是他们现在能看到他这会儿的情景,该有多好哇!光宗耀祖吗?这才是为李门大添光彩了。激动的情形下,他起身对恩师道:"若是恩师把苏省一块地盘托与门生了,门生一定守卫好它,整顿好它,让恩师放心。"

"托之于你,我是基本放心的。好歹那个何桂清日子不长了,朝廷早晚一天是要把他逮去的。薛焕的职位既然要由你接任,他在那里也就无所作为了,兴不起风,掀不起浪。你的难度不大。事权专一了,军政两面,都掌握在你的手中,会使原来看上去是很复杂的关系,立即变得简单起来。薛焕卸去苏抚一职后,将要全力主办商务了。我要提醒你:此人仍要利用,不可得罪。因为他虽然丢了巡抚,却与朝廷中已掌握实权的恭亲王关系深厚,私人往来很多。所以,你既不可得罪他,又不可依靠他,还要时时事事提防他。"曾国藩郑重地说。

"提防?此是为何?"李鸿章不解地问道。

曾国藩道:"你不想想吗?既是与恭亲王关系甚密,他便要拿奕䜣当靠山了。而恭亲王也必然把他当做爪牙,当做放在你身边的一个耳目。万一某些事情处理偏了,或是让他抓住了把柄,逮住了尾巴,岂能说捅不到恭亲王那里去?"

李鸿章的脑子是一点就通的,道:"门生记下了。对这薛焕,我是要将他供起来,上天言好事,下地保平安,尽可能让他对我的淮军微笑起来。只要他不捣我的鬼,就算帮了我的忙了。别无所求。"

曾国藩道:"我想你有能力去把那个地方的复杂关系摆平的。只要不是死心塌地与我湘淮两军为敌的,都要去拉拢他们,以此为我所用。目前的敌人只有一个,那就是长毛贼及其一伙。"

李鸿章打心眼里佩服曾国藩在临别之前给自己的诸多提醒。此时只见曾国藩只管用五个手指头顺着胡须,好似还在思考着要讲话,便道:"今日一别,不知何时才能见到恩师了。恩师拟请奏我做巡抚一事,门生心中没有什么底,请恩师再训示几条要领吧。"

曾国藩听得李鸿章这回是主动请教,也知李鸿章是发自内心的,不紧不慢地说道:"这一条你问得好呀!就要做巡抚了,需要思考的问题很多。愚兄以为巡抚一职,无非两个方面。一在求人,二在治事。求人有四类;求人之道有三个方面。治事也有四类;治事之道也有三个方面。先说求人之四类,这便是:曰官,曰绅,曰绿营之兵,曰招募之勇。其求人之道的三个方面是:曰访查,曰教化,曰督责。做好这三个方面,就如同鸷鸟猛禽之求食,如同商贾之求财,须孜孜以求。'访'的问题,要辨其贤否,察其真伪。教化者,就是诲人以善而导之,率之以亲身。督责,如商鞅立木之法,孙子斩美人之意,所谓予金在前,猛虎在后。治

387

事之四类,即:曰兵事,曰饷事,曰吏事,曰交际之事。其治事之道的三个方面是:曰剖析,曰简要,曰综核。剖析者,如治骨角者之切,如治玉石者之琢。每一事来,先须剖成两片,再由两片而切成四片,由四片而剖成八片,愈剖愈深入,愈剖愈细密,如纪昌之视虱如轮,如庖丁之批隙导窾,总不使有一处之撤预,一丝之含混。简要者,是说事虽然千头万绪,而其要处不过一两处可以了。如人身虽然高大,而脉络针穴不过数处;万卷虽多,而提要钩玄不过数语。凡御众之道,教下之法,要则易知,简则易从,稍有繁难则手下人就既不信也不从了。所谓综核者,如为学之道,既日知所忘,又须月无忘其所能。每日所治之事,到一月两月就必须综核一次。军事,吏事,则月有课,岁有考;饷事者,则平日有流水之账,数月有总汇之账。总之,做巡抚与其他独当一面的官事一样,没有太高深的学问,但亦须面面想到,事事在心。近日来,我稍有闲静之日便回忆前史,总结出这样两句话:盛世创业之英雄,以襟怀豁达为第一义;末世抚危救难之英雄,以心力劳苦为第一义。少荃啦,你我都可以说是受命于危难之时,要想争做这个时候的英雄人物,抑或还想在青史上留下痕迹,除了埋头劳苦、竭尽全力之外,是没有其他的捷径可走的。切不可因手握重权,位在人上而稍有松懈。危难之时,没有我们的潇洒。若是松懈了,必然无路可走,葬送了自己,更葬送了事业。"

曾国藩这一席话,李鸿章句句听得真切而入心,初听是平常之理,细思一番,便觉深刻而又全面了。顿有"仰之弥高,钻之弥深,瞻之在前,忽焉在后"的感觉。李鸿章还想就厘金、地方下级官员任用等一一请教恩师,但已经来不及了。淮军各营早已列队等待,在准备接受着曾国藩的检阅。

排列成方阵从检阅台前正步走过时,队伍不再回头,直奔金保门,然后穿城而过,一路开往镇海门,到达安庆江边的码头。七艘洋火轮鸣笛致意,六千五百多淮军登船了。

李鸿章坐上大轿,跟随着曾国藩的大轿夹在最后一阵方阵之中,缓缓向江边而去。到了城南江边码头,送行人员列队站在码头上,不断向淮军将士挥手致意。曾国藩把李鸿章送上跳板,曾国藩微笑着与李鸿章在跳板上握别,两人依依不舍。

曾国藩道:"少荃,祝你一路顺风,祝淮军旗开得胜!"

李鸿章流泪了,道:"恩师山之恩德,海之情谊,门生没齿不忘!"他隔着跳板,向曾国藩深深地鞠了一躬,半天才直起身来。江面上汽笛长鸣,七艘洋船一齐起锚,缓缓离开了码头。

第十二章　升任苏抚

一八六二年四月上旬，即同治元年二月下旬，李鸿章率淮军将士鼓轮东下，浩浩荡荡地开进上海城。此时，太平军忠王李秀成已经攻下并占领了上海周围的嘉定、青浦、奉贤、南汇、川沙等县，北路直逼静安寺，南路进抵松江天马山，计划对上海展开全面围攻。眼下上海指日可下，岌岌可危了。上海城里人心惶惶，城外早有炮火烈轰，昼夜不绝。城内，中外人马奔来跑去，加紧防务，调兵遣将，将交通关口戒严起来。苏松太道道台吴煦和云集上海的苏浙豪绅地主，共同筹措了五万两白银，雇请了英法两国海军提督，即驻沪舰队司令带兵把守城门，所谓"包打太平军"。

"有钱能使鬼推磨"，吴煦对此坚信不移，眼下也只有依靠洋人来担此重任了。这些洋将指挥兵勇分驻在小东门、老北门、老西门以至大南门。只见上海东、西、南三面，到处都是荷枪实弹的洋兵在那里守卫。豪绅地主们既已掏了大把的银子，就不仅仅是要他们守在城里站岗放哨，而是希望他们能出城猛扑，把长毛们打退。但洋兵洋将岂敢出城门半步？整天把城门关得死死的，只守不攻。洋人们对前来求助的上海各界官绅们斥道："太平军不是没有进城吗？若是冲进城来，黄浦江上停泊着我们的兵舰，随时都可以再派洋兵助战！"

此时的上海，根据丧权辱国的《南京条约》，把城北广大地区划给了洋人，使之成为可供洋人长期盘踞的三个租界：城北直至洋泾浜，即今天的延安东路和小东门以北的滨江一带，是法租界。从洋泾浜向北直抵吴淞江，东至黄浦江，西至泥城浜一带，是英国租界。吴淞江以北虹口一带，就算作美租界了。但虽有美国租界之名，却未定界，建筑极少，满目荒凉。在上海的美国人中，没有人肯当这有其名、无其实的领事。美国政府只得强行指定一个在中国的美国商人充当领事。这领事一直住在英租界内。这三个租界里，真正常住的洋人不过两千左右，华人原来也只有五百人左右。自太平军李秀成率军要围攻上海时起,稍有资产和金钱的华人便纷纷花钱涌入租界内。自李鸿章的淮军抵达上海时,三个租界中的华人已超过五十万人。中国人花钱买自己的地皮建房生活,使英、法、美三国大捞了一把。租界由此开始畸形地繁荣起来。由于真正的洋人为数极少,租界实际上成了华人居住区。华人们愈来愈感到租界未必能保护了他们。长毛一旦攻入城内,也不一定会因这是租界而不敢侵入。所以,上海三国租界内同样是笼罩在一片惊慌之中。

　　李鸿章的淮军就是在这样紧张的气氛中到达上海的。上海的官员、民众仿佛看到了救星来了。只见淮军的六千五百多兵勇,一律灰布包首,蓝布窄袖褂子外面加穿了一件红条镶边的勇字背心。兵勇们长裤绑腿,足着草鞋。远远地看去,除衣着敝旧、服色深浅不一外,倒也整齐,很有气势。他们手持的武器大多是刀矛和土枪。土枪中又分两种,一种是单人使用的小枪,一种是三四人合用的抬枪。也有一些旧式劈山炮,俗称红夷炮。使用这种炮,必须先在炮筒前膛塞填火药,然后灌入一二百粒葡萄大的铁丸,以火药引发,这便算开了一炮。打过一炮,再填火药,再灌铁丸,以此反复,向敌人射击。

　　上海各界官绅及百姓看到淮军这样的军械装备,不禁为李鸿章捏了一把汗。仅凭这六千五百多人,如此落后的武器,能对付拥有十几万大军和相当多洋枪洋炮的李秀成吗？叹息也好,失望也好,担心也好,李鸿章毕竟是率领他的淮军来了。好歹这些淮军兵勇个个年轻力壮,精神抖擞,也能从中看出一些生机和希望。

　　淮军这边,绝大多数兵勇均来自庐州一带的乡村,平时连骡车都极少见过。洋火轮一进吴淞口,兵勇们便欢呼雀跃了。江边的景致令这些没有见过世面的兵勇们大开了眼界:楼房那样高,高得仰脸望去戴不住帽子了。马路是那样的宽,宽得四五辆骡车可以并排前行。人呢？更是在庐州的街头没有见过。密密麻麻,男女老少,脚步匆匆……

　　李鸿章是由陈鼐、丁日昌陪伴走出船舱的。李鹤章、李昭庆身为营官,各自带领自己的兵勇,乘坐在另两艘船上。李鸿章等下船时,这兄弟二人已站在岸边,列队在恭迎这个胞兄、这位淮军的统帅踏上上海这块土地,走到他们的队伍前,向他们的兵勇挥手祝贺。

陈鼐、丁日昌此时跟在李鸿章的身后,看着岸上挥动的手臂和五彩的旗帜,心潮翻滚。从安庆登上洋火轮时,他们俩就默默凝视着水天一色、渺不可测的东方,是既兴奋又忧虑。告别了曾国藩的总督衙门,加盟于新办的淮军,他俩是既感受到了一种久已渴盼的释放,又多少滋生了某种作为幕僚的无惊无险的失落。李鸿章的淮军刚聚集于安庆金保门外的操练场上时,李鸿章就很有心计地邀请陈鼐、丁日昌等幕友们去营地里参观。将他们以尊贵的身份介绍给各营的营官、哨官们,以最亲切的方式邀陈鼐、丁日昌等人与他的部下们欢聚一堂,猜拳行令,畅谈远景。陈鼐、丁日昌等被淮军的美好未来深深地吸引住了,也被李鸿章的热烈情怀和友谊而不知不觉地打动了。丁日昌最先找到曾国藩,请求批准他到淮军中效力。陈鼐紧步后尘,主动请缨,还通过李鸿章为之说情,很快也如愿以偿,成为了李鸿章的幕僚。对李鸿章的为人,陈鼐、丁日昌都很了解。尤其是陈鼐,把握得更是入木三分。他为人热情,也很讲义气,敢于承担责任,跟他相处不会吃亏。他很会关心朋友,乐于助人,讲求实际的物质支持,是陈鼐为之佩服的。他们离开湘军,投效淮军,更共同看准了一点:李鸿章前途远大,终有一天要达到甚至超过曾国藩的。跟在他的后面,或许最初要忍受一些委屈,不久便会扬眉吐气。还有一个原因,那就是曾国藩已经年过半百,如夕阳西下,折腾不了几年了。加之他权势太重,在他身边效力,无形中更拉大了作为幕僚与主子之间的距离。而李鸿章与他们年龄相仿,资历相差无几,又正值创业之初,没有太多的腐气,可以随心所欲地沟通和交流,心情要舒畅得多。淮军初建,若是将来出息了,自己也能得一份元勋之功。所以,最终他们都义无反顾地跨进了淮军的队列,站在了李鸿章的大旗之下。

徜徉在黄浦滩头,李鸿章突然拉了陈鼐一把,用手一指,道:"作梅呀,你看这上海的租界内,西洋女子们乘坐着牛车自得其乐,好像从来没有这样好玩过。难道在他们洋人自己的国度里,就没有牛车吗?"

陈鼐道:"西洋国家里自然也是有牛的,但他们还有许多更稀奇的玩法。来到中国,也只有拿牛车当做消遣了。平时里要么再玩玩打球、赛马、赛船,还到界外的田庄上打猎,横冲直闯。他们有时还用猎枪误伤了我们的百姓,百姓大哭大叫地告到县衙,县衙斥道:'皇帝老子都拿他们没有办法,让我如何能处置了这帮洋人!'您看,洋人就是这样!"

"真是胡闹!"李鸿章愤然道。但很快又扭头问陈鼐,"你是怎么知道的?"

陈鼐笑道:"是听调甫兄在安庆时讲的。"正好钱鼎铭笑哈哈地走过来了,紧追了几步,到了李鸿章的身旁。李鸿章问钱鼎铭:"听说洋人在上海不能善待百姓,很是霸道,有这回事吗?"

钱鼎铭叹了一口气,道:"何止是霸道?野心也大得很。您看这英租界本来只有八百三十亩的地方,北至李家庄,可是他们硬是拓伸到了吴淞江;原来西只到界路,但他们又在界西单方造了一个占地八十多亩的什么公园,他们说那是他们的抛球场。只见他们不仅在里面抛球,还在里面赛马。这还不算,不过两年,他们继续向西扩展到了泥城浜,正式建造了一个跑马场。今年又在泥城浜西边圈了一个新的大跑马场,把大片协议以外的地盘都占过去了。历任的巡抚、道台,甚至连总督,都拿洋人没有办法。正式租界内,一亩地只给十几两银子,后占去的大片土地,分文不给,还向中国人收费。大批华人豪绅地主为躲避长毛跑到租界里来,一亩地没有几千两银子,是别想住上一年的。"

李鸿章听着,并不说话。陈鼐在一旁叹道:"堂堂大清帝国,被远涉重洋而来的外国人欺凌到这个地步,还如何面向世人。少荃啊,这回我们淮军来了,要杀一杀洋人的威风,绝不能再对洋人姑息让步了!"

丁日昌却笑道:"作梅大兄呀,你是站着说话不嫌腰痛呢!淮军是来打长毛的,不是来整洋人的。如果把洋人再得罪了,长毛还打不打呀?到头来恐怕是洋人的威风没有杀下去,倒让长毛与洋人们一起,把我们赶出上海城了!"

钱鼎铭道:"丁大人言之有理,正所谓'祸兮福所倚'。薛焕和何桂清都曾说过:幸亏上海有这么一大块租界,长毛们因此处洋人多,才未敢轻易下手。否则,若不是洋人横行霸道地占着这块地方,上海说不定早就被长毛吃去了,还能等到今天才来围攻?即便是围攻,这么长时间了,只见他们在城外打,把周围的一个个县城都攻下来了,就是没有真正攻进上海城。这是为什么呢?就因为有洋人在此。长毛贼原来也惹不起洋人。所以吴煦才不惜重金,雇请了洋人来守城。想来这也是迫不得已呀!"

李鸿章学着曾国藩平时的样子,也抚须沉思着。听了钱鼎铭的话,道:"调甫兄说的是个大实话。淮军来上海,就是这么一个现状。主要目标是长毛军。当今的中国,南有粤寇,北有捻匪,中有长毛。洋人虽然也十分可恨,但眼下只能放在一边。淮军刚入上海,立足未稳,万不可与长毛还没有斗出个胜负,倒把洋人推到自己对立面上去了。所以,诸位当切记。临来时恩师也有交代:不能碰洋人一根汗毛,还要尽可能地把洋人拉过来,为我军所用。只有这样,才有希望站稳脚跟。也只有这样,才有把握打败李秀成!"

钱鼎铭高兴起来,说:"李主帅,你这样说我就放心了。目前是要利用洋人,不仅仅是用他们的人,主要是利用他们的军械武器。在安庆时我就在思考:若是能让淮军将士都换上人家洋人的洋枪洋炮,那多好哇?!一有了洋枪洋炮,在长毛们跟前,淮军就坚不可摧了,以一当十,叫他们有来无回。不是我替人家洋人吹嘘,他们那些军械就是有威力。比如说洋枪队中的大炮,有称山炮的,还有叫做开花炮的。一颗炮弹几十磅重,也有一百多磅重的。华尔这个人并无绝招,就因为他有这种开花炮,一炮就能把厚厚的城墙炸开。而我们那些抬炮,子弹才葡萄一般的大小,轰到城墙上,就像雨点儿一般,根本不管用。这一点是事实,不容你不承认。"

李鸿章连连点头,道:"洋人的开花炮我见过,发射起来,也不像我们的抬炮那样费事,半天才能发一炮。开花炮好像还可以连发,一炮接着一炮打,威力也大。不知能否通过华尔的洋枪队,买一点开花炮过来?"

钱鼎铭答道:"李大帅呀,我其实早就在活动了,难呢!洋枪好买,开花炮却难买。据说英国那个女王不准将大炮卖给中国。他们是怕中国人也拥有了这样的武器,就再也不怕他们了。"

丁日昌道:"这个我来想想办法。我有一位同乡在上海洋行里做买办,可以托洋东设法从德国订购。德国有一种叫克鹿卜的大炮,比英国的开花炮还要厉害,公认是世界上最好的大炮。"

李鸿章惊喜,道:"那你就快快办这件事,把克鹿卜炮搞到手,委托你全权去办。"

陈鼐无声无息,默默地听着大家谈得热烈。一个卫兵跑来报告:

"道台吴煦大人、上海各界官绅及英法两军提督、洋枪队华尔等数百人在前面迎候李大人!"

李鸿章举目一看,眼前已是楼房耸立了,岸那头鞭炮齐鸣,上海方面来迎接的数百人正在鼓掌欢迎。他们此时还不敢设想:他们欢迎的不仅仅是一位淮军的统帅,而且还是不久就要主宰一片广大地区的巡抚了。此时只有李鸿章自己明白,岸上的这种热烈的欢迎场面,并不令他感到吃惊,更不激动。别看岸那头是黑压压的一片达官显贵、豪绅地主,要不了多久,他们都将是自己的附属!

淮军十三营在上海码头一落脚,都得到了全面安置。这支新军接替了洋兵,分赴上海各紧要关口和城门就地驻扎了。李鹤章、张树声、周盛波、吴长庆分别驻守上海四郊,其他各营在城内驻扎,内外连成一体。初入上海,各方人士前来拜会,军务粮饷千头万绪,自己的行营各道关口尚待理顺,李鸿章忙得屁股不着板凳。陈鼐的差事不再是文案了,而是总办后路粮台,也算得重任在肩。枪炮火药的采办则由丁日昌全权负责。这两项差事都是肥缺,放在他们身上,也证实李鸿章是讲交情的。还有一个关键职位,李鸿章安排给了钱鼎铭。他将钱鼎铭聘请入幕,让他与胞弟昭庆一道主持营务处。昭庆还嫩了点,原先是自募了一营,当营官的。但在李鸿章眼里,他毕竟是兄弟六人中的老小。大哥李瀚章也来信认为:暂时还是不要让昭庆到前线去独当一面。一则五六百人的队伍,年龄太小、资历不深,容易引起人们的不服,指挥不灵;二则一上了前线,子弹不长眼睛,安全无保障。对当哥哥的来说,还是在行营里、眼前做事放心一点。

主持文案很重要,李鸿章就是干文案得心应手,深得恩师曾国藩信任。淮军的文案也必须有得力的人来干,正巧在京城里任翰林院编修的刘秉璋回到上海来了,李鸿章请了他。二人一拍即合,刘秉璋走马上任。同时入幕的还有安徽生员周馥、刘瑞芬等等。已分手多年的郭嵩焘、刘郁膏是李鸿章的丁未同年,获悉李鸿章创办淮军并驻守上海以后,也从京城来信,说不久就来淮军中助李鸿章一臂之力。一时间,淮军中突然添了不少人才,令李鸿章欣喜万分。

这日,李鸿章与文武僚佐在行辕后园的射靶场试用英商登门推销的"天字号"洋枪。据说这种枪是当时枪中的上品,比较先进。这种枪

升任苏抚

395

虽然也是从前膛装药装弹,但用铜帽装入火药,后嵌铜火引,前置弹丸。发射时,扣扳机击燃铜帽,点燃膛中火药,弹丸便被推送射出去了。此枪射程较远,且比淮军中使用的土枪省事多了。

李鸿章令亲兵营官韩正国和哨官周盛传分别试打了几枪,竟然屡发屡中。周盛传见射靶场外围的一棵老槐树上飞来一只鸟雀,他伸手出枪,那只鸟雀饮弹坠地。这令李鸿章大为吃惊,他也兴致极高地打了几枪,果然好使管用,立即把丁日昌喊来,道:"这洋玩意儿还真的不错,你安排买它六七千杆,让我的淮军一人一杆!"

丁日昌答道:"少翁,依我看先买一千杆试试,不要一下子配齐。洋人做生意滑头,拿来给我们试的是样品,还不知道大批买来了是不是同这几杆枪一样好使。"

李鸿章一想,觉得丁日昌的建议有道理,道:"依你的,先买一千杆来。"

次日,一千杆洋枪送到淮军营地。李鸿章考虑好了一个计划:改进营制。他立即给曾国藩飞马送出一函,称:淮军在安庆组军时,一切器械之用、薪粮之数,悉仿湘军章程,毫不走样。但淮军进驻上海后,不比不知道,一比吓一跳,就其装备而言,不仅远远落后于华尔的洋枪队,甚至也无法与已经配备了相当数量洋枪洋炮的长毛军相比。长毛军早已从洋人手里购置了大量先进武器,打起仗来,今非昔比了。故应该立即添置洋枪、洋炮,拟首先在韩正国统带的亲兵两营中组建洋枪队,并以劈山炮队掩护其作战。也就是说,淮军要根据变化了的情况,改进营制了。改制后每营人数依旧,但洋枪队却增为十队,劈山炮队四队,火力配备大大增强。在安庆时,淮军每营只有小枪百余杆,抬枪二十四杆,均为前膛装药,再加药线燃放的旧式枪械。燃放时,药线极易受潮,经常放了"哑枪"。改进营制以后,淮军每营拥有洋枪三四百杆。其洋枪虽然仍是前膛装弹,但已改为铜帽底火,射程和火力都数倍于旧式小枪。劈山炮队也大大增加,改进营制后的实际火力,一营就等于在安庆组军时的两营兵力。

刚到上海的前十多天里,李鸿章以较多的精力投入购置洋枪、洋炮,改进营制之中。终于很快将两营亲兵改建完毕。

这日,李鸿章与陈鼐、钱鼎铭、刘秉璋等幕僚谈笑风生地离开后园射靶场,回到签押房。文案上的周馥笑吟吟地送进来一件兵部发下来的大信封,这信封是由安庆两江总督衙门转来的。李鸿章从周馥手中接过这个信封,只见封套上写着:

"两江总督衙门转发福建延邵建宁道李鸿章。"

众人一下子围了上来,争着抢着要看这个信封。李鸿章心里已像灌了蜜似的,真想跳起来大喊一声:"苍天有眼,我李鸿章时来运转了!"但他毕竟没有喊出来,而是在心里默念了一句。众人也知道必是喜讯了,所以纷纷叫起来:"恭喜少翁,贺喜少翁,朝廷来了圣旨了!"原来,清制有严格的规定:朝廷圣旨只发到各省地方上督抚藩臬一级。李鸿章尽管已统领新建淮军,但在职位上仍然只是个实缺道台,既没有资格直接问朝廷递送奏折,也没有资格接受上谕。也就是说,如果兵部发来的上谕不是为李鸿章升授了督抚藩臬以上的职位,封套上是绝对不会直接写上李鸿章大名的。

李鸿章心中有数了,故意将信封随便丢在案台之上,表示自己不急于拆封,而缓缓说道:"你们叫什么?你们高兴什么?说不定里面说的是出兵的事呢!还说不定是我恩师故意玩了个恶作剧,将朝廷给他发下的谕旨的封套添加上我的名字,寄往这里的呢!"

陈鼐很激动,一把抢去信封,道:"让我看看,让我看看,少翁在骗人!"他当众拆开了封套,只见还有一层军机处的内封。又拆开以后,才见里面钤用龟纽银印"办理军机事务印信"的廷寄谕旨专用黄色宫笺上面写着:

"奉上谕:江苏巡抚薛焕着以头品顶戴充任通商大臣……"

陈鼐就读了这么几句,声音蓦地停止,将上谕挥在头顶之上,蹦跳起来。

刘秉璋生气了,道:"给薛焕加封头衔,你高兴什么?!"

李鸿章吓了一跳。他本来断定这上谕中一定是有关升授自己职位的内容,怎么就这一句加封薛焕完事了?他脑里立即闪出恩师曾国藩那郑重叙说的情景:薛焕与恭亲王关系甚密……如今真的升任通商大臣了。这可是个肥缺,吃香的,喝辣的,今后更是威风了。

李鸿章沉思着,陈鼐突然又大声念了一句:"……所遗江苏巡抚,着福建延邵建宁道李鸿章署理。"

这还了得？众人把李鸿章七拉八拽，要将他抬起来。李鸿章任他们作弄，只微微笑着。昭庆闯进签押房来了，不知道大家伙为什么在跟胞兄胡闹，瞪大了眼睛站在一旁。陈鼐递给他上谕，道："老弟台，你睁开一双大眼看清楚一点，傻瞪着我们干什么？我们又不能把你的抚台哥吃掉！"

李昭庆捧着上谕，只扫了一眼，便如同小孩似的喊道："二哥呀，依照我们合肥话讲，你这回是裤头子改汗衫，上去啰。"

兄弟俩高兴地亲热着，众人突然镇静下来，一个个正儿八经地排列成行，立在李鸿章面前，拱手贺道："恭喜抚台大人！贺喜抚台大人！"

李鸿章坐在太师椅上，也将双拳一抱，道："同喜！同喜！"

陈鼐坐下来，对李鸿章说："少荃兄。此番升任可是非同小可哩！这是连升三级，荣任中丞。皇恩浩荡，旷古罕见啦！"

丁日昌出门与洋人谈生意刚回来，见了上谕后道："李中丞，李大人！这一升任，今后办事就容易了。手握兵权，又有地方守土从政之职，兵饷在手，不怕别人掣肘了！"

原来，朝廷官制规定，四品道员必须先升正三品按察使，然后转从二品的布政使。再由布政使方可授为一省巡抚，而这一级升任最难，谓之"鲤鱼跳龙门"。李鸿章如此平步青云，个中道理让整个江苏地方，百思不得其解。

他率淮军抵沪才十七天！与长毛还一仗未打，就奉命署理江苏巡抚！李鸿章是哑巴吃饺子，心中有数。此番隆隆直上，几乎要与恩师曾国藩双峰对峙了，主要是靠曾国藩的举荐密保。当然，他之所以能够从一个遗缺的道员而骤膺封疆重寄，还有一个原因就是：半壁江山动乱，朝廷对于拥有兵权的人，必须高看一眼，进而破格任用。清廷既要靠曾国藩保全东南大局，所以对他的密保不可置之不理；又要靠李鸿章的淮军，剿灭苏南的太平军。几方面凑在一起，让李鸿章连升三级，署理江苏巡抚，也就在情理之中了。

消息立即传遍了上海，江苏其他州县几天后也先后获悉。上海及各地州、县官员争先恐后，纷纷来到李鸿章行辕里道贺。一连十几天里，李鸿章几乎干不了其他事情，忙于会见各地来访官绅。新官上任，李鸿章也想通过各地官绅的来访、交谈，了解地方情况。另外，绝大多数官绅都是只闻其名，未见其人，他也想通过自己的眼力，获取对他们的第一印象，进而判断其优劣。

新任通商大臣薛焕也派来了上海吴煦代为登门祝贺。吴煦自然把自己的心意放在头份，私下里为李鸿章递上了一万元银票，以济行辕开支之用。跟随李鸿章参加淮军的合肥小老乡数千人振奋不已，一致要求李鸿章举办宴会，让小老乡们都高兴高兴。李鸿章哪敢因自己升官大张旗鼓？只在小范围内，不声不响地摆了几桌。地点选在上海老西门刘铭传的营地附近。合肥老乡在老西门附近开了一个"淮上酒家"，老板陆勤康已与淮军刘铭传等混得很熟，又听说是李中丞要来与小老乡们共饮几杯，把各种菜肴准备得十分丰盛。

这顿酒喝得十分欢畅，参加人员是清一色的合肥老乡，且在淮军里是有头有脸的人，最小也得是个哨官。虽都是有官职的人，但酒喝了一会，便都没大没小、没高没矮了。李鸿章今日是老乡见老乡，心中高兴，也丢开了官衔不计，任刘铭传、周盛波、吴长庆等撒野放肆、没重没轻地闹腾。周盛波粗矮而壮实，一股牛劲，要灌李鸿章的酒。李鸿章不喝，他竟与刘六麻子一起，将李鸿章拦腰抱住，抬起他的两腿，在酒桌旁向上举抬。一边举抬，周盛波一边喊道："让二大人高高升起，我们也沾光啰！"

李鸿章虽身材高大，但毕竟是读书人出身，长得也很单薄，在力气上根本不是他们的对手。他只好扯起嗓门子骂人，一口的合肥话，道："贼娘养的，一个个都是挡炮子的，竟敢从老子身上找得味？！看我回到行辕以后，一个个革了你们的职，治了你们的罪！"

举人出身的潘鼎新虽也尽情说笑，但比起周盛波、刘铭传等粗人来，显得有分寸一些。他见一帮老乡愈闹愈放肆，大声道："你们听着：从今儿以后，在李中丞面前休得胡闹。家有家法，军有军规。如今都不是合肥乡下的泥腿子了，大小都是正儿八经的官了。李中丞高升，少不了大家跟着后面沾光。但官场是有官场的规矩的，是大还大，是小还小，不能还像在老家办团练那样，打打闹闹，不分上下。来！我们都是带兵的人，在当兵的跟前，我们是官；在李中丞跟前，我们又是他手下的兵，都站起来，排成两行，给李中丞请安！"

一些人闹得正欢，听了潘鼎新的话还在发愣。潘鼎新把他们拉过来,在李鸿章面前站成两行,自己带头双膝跪下,大喊一声:"标下给李大帅请安!请李中丞训示!"

李鸿章起先也在发愣,不知潘鼎新玩什么花招。当他看到一帮老乡在他面前跪下时,才反应过来,赶快正了身子,在椅子上坐好。老乡们一个接一个磕头行礼,李鸿章虽有些不习惯,但还是接受了。

跪拜完了以后,潘鼎新又道:"各位请记住了,我们是李中丞从庐州家乡带出来的,只有盼李中丞好了,我们才能好。大家伙要心往一处想,劲往一处使,事事处处为李中丞争光争气,在淮军里做出样子来,带一个好头。从此以后,就要像刚才的规矩办。在一切公开的场合里,不许再称'二哥'、'二大人'之类,更不允许直呼其名,一律称'李大帅'或'李中丞'!"

潘鼎新说着,直接指着李鹤章和昭庆,又道:"包括你们二位在内,也要这样做。在淮军不是在家里。你们要带这个头,不要把'二哥'挂在嘴上。只有我们老乡们都这样做了,全军的风气才能正起来,规矩才能立起来,李中丞的威信才能更加树起来!"

李鹤章、李昭庆拿眼看看端坐在上的李鸿章,觉得潘鼎新讲得不仅在理,而且是为胞兄好,都连连点头称是。

潘鼎新因原是举人出身,已被保举为同知,在淮军里较有威信。他站出来说这些话,没有人敢提出异议。加之李鸿章就坐在面前,更是不听也得听。刘铭传与周盛波突然共同上前一步,再次向李鸿章行了礼。刘铭传道:"我等乡野粗人,不识大体,一时高兴,把官场上的规矩都忘了。今后一定遵循办理,还请李大帅多多包涵!"

李鸿章皱眉深思,他打心眼里感激潘鼎新此时的一番好意。于是,正色道:"各位与我是喝一条淝河水长大的。在我心中,各位的分量很重。但这些只能放在心中,还须顾大局、识大体,严格按规矩办事。从今以后,我们淮军就要与长毛们真刀真枪地干起来了。养兵千日,用兵一时,只有打了胜仗,各位才能有奔头。要升官,要名分,只有在战场上比比看。战场之上,军令第一,此非儿戏,诸位须万万切记。兵勇要服从什长,什长服从哨官,哨官服从营官,营官与统领要服从本帅。一切都必须按军法办事,不能有丝毫的走样。我李鸿章能有今天,那也是跟着我恩师曾大帅一件一件事情干出来的!天上掉不下馅饼来,谁干出功绩来了,我才能保举谁官运亨通。又不想出力,又不敢冒险,还要伸手要官,没有那样的好事!在这一点上,我必须六亲不认,也只有六亲不认!甭说是老乡,就是我的兄弟鹤章、昭庆,也必须在战场上才能建功立业。尽管如今我已是江苏抚台了,可以专折奏事。但你们没有功,我也无法奏保各位。不仅如此,如果在战场畏缩误事丢了我淮军脸面的,我还要革去你们的顶戴,追究你们的责任。到那时,就别怪我李中丞不讲同乡之谊了。当然,我希望各位勇猛似虎,好好打仗。到那时,我保准各位加官进爵,平步青云!"

李鸿章这一番郑重讲话刚一落音,潘鼎新大声说道:"大帅的训示,我等记住了!"于是,在场的几十位同乡部下一齐轰然应道:"我们记住了!"

李鸿章满意地点点头,道:"各位没有喝好的,还可以留下来尽兴地喝几杯。本帅要回行辕去了,明天还要参加一个联席的军事会议。英法提督和洋枪队的华尔都参加这个会议,很重要。会后我会传令各营,做好战斗准备!"

李鸿章神态威严地站起身来,全然不像刚来入席时的那样轻松随和,没有架子。来时与去时的李鸿章判若两人,连李鹤章、李昭庆望着二哥挺胸而去时的表情,都感觉出了自己与二哥之间开始产生了距离。这距离中间隔着的是职位的悬殊。李鸿章走后,刘铭传与周盛波相视做了一个鬼脸,众人都清醒了许多。尽管一些人在心里也有些不是滋味的感觉,甚至认为李鸿章是山中无老虎,猴子称大王。但也不得不接受一个事实:他是淮军的统帅,署理江苏全省的巡抚。因而,既是老乡,又是投奔而来,对李鸿章都还是忠心不二,言听计从。由于庐州一带的老乡在淮军中人多势众,占绝对的优势,李鸿章大可不必担心部下对他三心二意。他只管随心所欲地做他的统帅和巡抚。

李鸿章从老西门酒楼里乘轿回到了行辕里。他清醒多了,为自己最后两段训话而感到扬扬得意。他突然想到了恩师曾国藩。连日来,由于升任巡抚的上谕下来,上海及各地官绅的参拜,淮军中各路将领的恭贺,使他有些昏了头脑,飘飘然起来。他冷静地回忆了一下自己在各地官绅面前及部将面前的言行举止,觉得不少都有些过头了。有时竟不知皇上,更无论曾国藩了。好歹皇上、曾国藩都不在现场,所言可以

401

尽情地发挥,举止可以尽情地表现,似乎是老子天下第一了。他隐约觉得,别人对他也一定有这样看法:狂妄!他为自己捏了一把汗:若不及时收敛,被人奏到朝廷去,哪怕是一封信告到曾国藩那里去,他都会吃不了兜着走的。升任巡抚是恩师保举的。而接到恩师转来的上谕这么多天了,自己竟然还没有给恩师写过一封信。

他深感惭愧,抓笔给曾国藩写道:

……奉旨补授巡抚,恩纶奖勖,非分宠荣。自顾何人,愧悚无地。此皆由我中堂夫子积年训植,随事裁成,俾治军临政,修己治人,得以稍有涂辙,不速颠覆。实不知所以为报,伏乞远赐箴砭,免从愆咎……

次日,依据原定计划,淮军与英法海军等联席会议开完了。会上,聪明的李鸿章要英法联军及洋枪队作为进攻太平军的南路大军,集中兵力进攻嘉定、青浦、奉贤。这三个地方集中了太平军的主力,守将是慕王谭绍光,因而风险最大。淮军刘铭传、潘鼎新、吴长庆等部则进攻浦东、南汇和川沙。李鸿章称之为北路大军。李鸿章提出这番部署,用意是想以洋兵与太平军主力鏖战,而让淮军无惊无险,坐得战功。会上,李鸿章竭力描绘浦东、南汇、川沙一带的太平军的凶悍,使不了解情况的英法海军总督大上其当。这便是李鸿章老谋深算、思虑过人之处。

原来,自湘军收复了安庆之后,太平军后方出现了险情。洪秀全坐立不安了。他命令李秀成率本部人马去攻苏、常,且限令一月之内肃清苏、常一带清军,马上回奏。洪秀全是想把苏、常一带变成自己的后方,与金陵连成一线,保护他的天京。李秀成一举攻下苏州后,并没有向洪秀全回奏,而是在苏州城里不思进取,想常驻不走了。他在苏州派出一军,又攻下常州,使之连成一片,取名为"苏福省",办起了纺织、印染作坊,搞起了耕作种植,逐渐使战火熄灭,人烟转盛,货物充足,百姓富庶。李秀成将洪秀全的命令丢在脑后,着力经营起他的苏福省来。他特别喜欢苏州这个充满诗情画意的古色古香的小城,在城里大兴土木,建起了规模不小于洪秀全天王府的"忠王府"。

此时,洪秀全急调李秀成回京,而李秀成再三找借口推托回京。他在心中酝酿的又一个计划是进攻上海,拿下这个富足的地方,设想建立自己的小天朝。

他指挥所部向吴中各郡县发展,势如破竹,不久攻占了吴江和平望城。在攻打平望城时,清军提督江长贵被太平军击伤,溃退至浙江嘉兴府养伤。李秀成一想:不如乘胜追到嘉兴,再败江长贵,攻占嘉兴府。于是,他分拨了一部分人马,装扮成逃荒的难民和败阵的逃兵混进了嘉兴城东,又从嘉兴南二门找到在江长贵军中的内应人员,里应外合,把嘉兴攻了下来。

李秀成得报嘉兴已被攻占,率亲兵离开苏州,移驻嘉兴,定下计划:从浙江及上海周围地区逐渐发展,一步步使上海变成孤城,最后吃掉上海,把杭州、上海、苏州连成一片。很快,李秀成又分兵攻占了太仓州、嘉定县和青浦,由青浦再攻松江府,将清知县当场击毙。

李秀成大军潮水般地向上海靠近后,李秀成亲笔给英国驻上海的全权大臣写下一封书信,挑选了两名上海籍的兵勇,带上他的书信潜入上海。这两个兵勇没有找到英国领事馆,却把李秀成的书信偷偷扔进了美国的领事馆。美国人看不懂李秀成天书般的来函,将书信交于清军官员。上海的官绅们一看,大吃一惊:李秀成在信中告诉英国全权大使,太平军即将对上海形成合围之势。他希望洋军不要帮助清军,而与他的太平军携手攻下上海。他还在信中与洋人相约:在苏州城面谈进攻上海一事。

派兵送信潜入上海以后,李秀成立即返回苏州,在忠王府中静候佳音。谁知一等就是月余,上海洋人那边毫无消息,两名送信兵勇也如泥牛入海,断了音信。

李秀成急了,又派出一支由数十人组成的小队装扮成商人潜入上海,令他们查找信使下落;重点了解上海防守情况;在城中找好进攻上海的内应,配合太平军攻打上海。

这次派出的侦察人员有了消息,他们潜入上海后,给苏州忠王府送来一封密函,告诉李秀成:英法洋军已与清军联成一气,城中防守十分严密,并新增了许多新式装备……李秀成脑子"轰"地一下,他万没有想到洋人不仅不理睬他李秀成,竟然还与清军合成了一伙!

李秀成此时太天真了,当即写下一封抗议书,照会上海洋人军队。

洋人哪会把李秀成的抗议书当做一回事？完全置之不理。

几天后，又一件事令李秀成惊讶不已：华尔率洋枪队攻占了松江，还扬言要直取青浦！李秀成心想：这还了得？一旦不能把松江、青浦牢牢掌握在自己手中，进攻上海便难如登天。于是，李秀成急令部将周文嘉率兵夺回松江。华尔在松江见太平军如洪水一般涌来，吓得弃城就逃。不料在逃出城以后，还被追军击中一弹，负伤奔回上海。

李秀成在松江和青浦站稳了脚跟，广筑工事，准备向上海发起总攻。正在此时，干王洪仁玕奉洪秀全之令率军来找李秀成，要调他的大军回师天京，保卫京城。李秀成把自己进攻上海的计划对洪仁玕坦诚相告，竟得到了洪仁玕的理解和支持。两王合计：一同进军上海。由此，上海的形势变得又一次异常紧张起来。

洪仁玕到达李秀成军中的次日，总攻开始。太平军前锋人马两路并进，令旗直指上海城郊的七堡、虹桥、法尔镇及闸北等地。上海知县刘郇膏受命在这一带阻击太平军。此人与李鸿章同是丁未进士，河南太康人氏，以知县分发江苏。初到任时，以清正廉洁而被绅民呼为"刘青天"。但此人打仗不行，此时与李秀成大军遭遇，一阵争夺，便溃败而逃。他军中有四个洋人助战，被太平军一阵枪炮击毙。

愚蠢的忠王听说打死了四个洋人，好像被妖魔缠住了一般，根本听不进去将士的辩解，竟下令将击毙洋人的将士统统处死。可怜这些将士，没有死在洋人的枪炮之下，却死在了忠王的无知固执之中。由于打死了四个洋人，李秀成突然下令暂停进攻，在城外原地待命。原来，他开始挂念起洋人的生命财产的安全，怕自己在攻城过程中，误伤了洋人。于是，他又亲笔写下一封公函，派士兵冒死送进城中。他在公函中一再声明：太平军已兵临城下，进城以后，自然会保护洋人的生命与财产安全。请城内所有洋人即日起不要出门，在门外挂出黄旗一面，太平军就知道此处为洋人的所在了，定会不加干扰。

公函送出后，李秀成率三千亲兵到了徐家汇。他将主力大军留在城外荒郊之上，来徐家汇等待机会城中谈判。他希望城中清兵能自动放下武器，让太平军不战而接收上海。

等待他的自然是清兵出城迎战。这日，城内城外大雨滂沱，狂风卷着暴雨，顿时汪洋一片。城中清兵趁大雨溜出城外，想偷袭李秀成大营。在九里桥一带,太平军发现了清军,立即出战,把清兵打退回到城里。

李秀成火了,下令全线进攻!一时间几万太平军扑向上海,一路向南门,一路向西门。李秀成到达城下,见城头并无黄旗高悬,只有城门紧闭。太平军正想打开城门入内时,忽见城头打出许多外国旗帜来。李秀成一惊,急退往后军与干王商量。忠王认为:守城者既是洋人,便不可轻易开枪开炮了,免得误伤了其中的洋人。只有主动与他们联系,得到洋人许可后,再大军入城。

洪仁玕这会儿没有立即表示支持,而是走出营帐,观察城头上洋兵的人数,发现其中只有零星的几个洋人,其余全是清兵。便自言自语道:"这些外国军人怎么可以与清兵混编成队呢?得设法把洋兵与清兵分开。在没有分开之前,绝对不能开枪开炮。"于是,他下令向城头喊话:"喂——请外国军人迅速离开城头,我们就要攻城啦!"

这一喊不要紧,洋兵们在城头上哈哈大笑。忽然,子弹雨点般的打来,太平军将士顿时死伤一片。怎奈李秀成、洪仁玕仍不允许还击,只好伏地而卧,以此减少伤亡。但城头上的重炮又打来了,可怜的将士尸横遍野。

入夜,风停雨住,李秀成只得下令退至城郊,在西关、南关扎下营帐,准备次日再作行动。到半夜时,左右忽然冲进李秀成下榻之处来报:"城内洋兵趁夜出城,袭击我军营垒,已经数十个营垒被毁!"

李秀成闻报,冲出营帐一看,外边早已火光冲天。又见太平军许多将士被洋兵追打着,用脚踢着,用枪捣着。一些将士竟下跪求饶,而不敢还击。这使得洋兵们更为疯狂,举枪打靶似的肆意杀害太平军。他们在火光中抓住一个个年轻的太平军士兵,用刀砍下他们头颅,将头颅扔进大火之中。有一个营垒的太平军为保护自己的营垒不被火烧,集合起来排成一圈人墙,以此阻挡洋兵烧营。但洋人们毫不手软,用刀一个一个捅向他们的肚子,最后无一生还,营垒还是被烧了。

洋兵们在火光中突然发现有一个女兵营垒,手舞足蹈地狂奔过去,当场杀死女兵数十人,还对活的、死去的女兵实施奸淫,一帮女兵的哭喊声划破了夜空……面对洋人们的惨无人道,太平军将士怒火万丈。有两个火性的汉子冒死将子弹射向正在强奸女兵的洋兵。

有几位将领策马奔至忠王面前,诉说洋军暴行。李秀成早已气得跺脚骂人,但并不下令还击。这一夜,洋军在太平军营垒中横冲直闯了几个小时,杀死太平军将士近两千人,强奸女兵百余人,抢夺武器财物无数。

次日,李秀成决定移营于天后庙一带,再沿大南门、小南门和天后庙三处向上海进攻。城中出动法国军人二百多名,不敢直冲太平军营地,却在城外村庄、集镇上放火烧房,连各处庙宇也被一烧而光。烧了房子后,又抢劫百姓财物,奸淫妇女,然后回城领赏去了。

李秀成已顾不上百姓因此遭受的劫难,只想快快攻下上海城。数日攻城,李秀成军中已死伤两万余人,只剩下三万兵马。但这三万兵马由于吃够了洋人的苦头,火气正盛,冲杀起清军来十分勇猛。眼看就要冲进城内时,突然从城中杀出几路洋兵。李秀成竟然还是下令躲开洋兵,绕道从西门排队入城。不料,他们正好进了英租界,到了跑马场一带。

防守英租界的是英军上校马治和祈尔上尉。英人见太平军进了他们的地盘,枪炮齐鸣,太平军慌忙后退,一个弹片击伤李秀成脸部,血涌如注。忠王受伤,全军受挫,太平军全线撤退至徐家汇一带。此番又死伤四千余人。李秀成依然执迷不悟,亲笔写下抗议信,洋洋三千余言,派人送至城中,结果仍是无声无息。

到徐家汇的次日,李秀成对攻占上海已无信心,正好嘉兴太平军求援,说清军郑魁士率大股清军进逼嘉兴,请求支援。李秀成只好率兵撤离上海周围,驰赴嘉兴。

李秀成撤军上海时,洪仁玕大为不悦。依他之见,如能坚持下去,攻下上海,则整个太平军的形势会为之一变,不仅可以获得大量洋枪、洋炮,又可以据此购置轮船、军舰,装备太平军。还可以收取大量关税,以资助军需之用。占据上海后,太平军可以从上游下游回攻安庆、武汉等,重建一个大后方。尤为重要的是,上海是最重要的通商口岸。若取得上海,就可以控制租界,压迫外军,逼其就范,站到太平军一边,联合共歼清军。最终,彻底推翻清王朝,恢复汉人统治,也不是没有可能的。但如今已是前功尽弃了。

李秀成驰援嘉兴大获成功,清军郑魁士在亲兵护卫下夺路而逃。

但李秀成已无心再攻上海,左思右想,便率亲兵回到了苏州。在苏州过了不久,侍王李世贤率兵来到苏州城下。二王见面,一番推心置腹的长谈,达成一个共识:携起手来,共同经营江、浙一带。这倒不是搞什么独立王国,而是在洪秀全的范围之外,再开辟一块属于他们自己的新天地。李秀成与李世贤决定:攻下杭州,再图上海。

两路太平军很快攻下杭州,又占领了宁波。形势好转后,李秀成再次部署了对上海的进攻。他留下归王邓光明、保王童容海、三千六天将刘懿鸠、忠诚朝将钱桂仁及汪安钧等驻守杭州、宁波等地,自己率谭绍光、陈炳文、郜永宽分军三路,浩浩荡荡开赴上海,意欲重开一场淞沪大战。

李鸿章的淮军是在李秀成第二次进攻上海时到来的。各方面探来的情报已向这位新任抚台表明,李秀成此次进攻上海,其部署与第一次已大不相同:主力人马全部安排在周边县、镇,只以少量兵力接近上海;此次作长期围困打算,广修工事,加固营垒,原地待命;不许零星出击。他在图谋一次总攻,一举攻下;扫清外围障碍,以智取为宜,断其陆路通道。

李鸿章还获悉:李秀成在城外,已开始又一次与洋人周旋,想争取英法军队的支持。这日,亲兵探马从松江、上海的街头揭下几张"谆谕"。这是李秀成亲自起草,命人刻印数百份,派人潜入城内张贴的。李鸿章一读,面部表情变得复杂起来。只见李秀成的"谆谕"上写道:

"真天命太平天国九门御林忠义宿卫军忠王李谆谕上海、松江人民、清朝兵勇和淮军,各宜去逆归顺,同沐天恩。缘念本藩自去冬恭承简命,统师上游江、楚,复由江、楚班师而进入浙省。凡所经过之地,其于投诚之百姓则抚之安之,其于归降之勇目则爵之禄之。此次进攻上海、松江,恐尔人民惊恐,为是特颁谆谕,先行令人前来张贴,仰尔上海、松江一带人民兵勇知悉:尔等试看我师一路而来,抚恤各处投诚之人,着即放胆,亦照该等急早就之如日月,归之如流水,自当于纯良之百姓加意安抚,其余归降之兵勇留营效用。至于在上海贸易之洋商,去岁在苏已有成约,各宜自爱,两不相扰。自谕之后,倘不遵我王化而转助逆为恶,相与我师抗敌,则是飞蛾扑火,自取灭之。其宜凛遵,毋违。"

李鸿章从这份"谆谕"中明显看出,李秀成二次进攻上海,对洋军的态度相比较第一次已有了很大转变。也就是说,这一回太平军恐怕不会见洋人就躲,打不还手了。这便令李鸿章担心起来。李鸿章十分清楚:薛焕身为江苏巡抚时,虽然勉强保住了上海不破,靠的不是自己的能耐,而是洋人的蛮横无理、横冲直闯。而洋人却并非是真正势不可挡,而是沾了李秀成愚昧至极,打清军而不犯洋人的光。李鸿章认为,李秀成若在第一次进攻上海时不受自己愚昧的困惑,在洋人肆意屠杀太平军时奋起反抗,上海早就成为他李秀成的地盘了。

而这一次不同了,李秀成分明变卦了:洋人若胆敢"助逆为恶",他太平军也要照打不误了。这使得李鸿章顿时紧张起来:他一直把希望寄托在洋人身上,想利用太平军不打洋人的愚昧,把洋人推到险要处,而让淮军平安应付,坐享其成。既然李秀成改变了对洋军的态度,洋军便无计可施了。太平军只要群起还击,必然勇猛无比,洋军的结局只有一个:抱头逃窜。这样,他就不能依靠洋军打前阵了。李鸿章自叹道:"我没有薛焕做巡抚时的福气了!他可以仰仗太平军不打洋人坐享其成,得了胜仗以后一字不提洋人的功绩,已骗取了朝廷对他的赏识。而我却做不到了。"

在英法联军和华尔洋枪队那里,他们还不知长毛们有些变卦,以为李秀成会一如既往地忍受他们的欺辱。所以,在联席的军事会议上,当李鸿章提议分派洋军作为南路大军,进攻嘉定、青浦、奉贤县等地时,洋人们毫不推辞,拍着胸脯吹牛:保证让长毛军顷刻即溃。他们是蒙在鼓里哩!洋人们更不清楚:这次李秀成来上海进攻,兵力增加,其主力全部安置在离上海较远的嘉定、青浦和奉贤县一带。而淮军所要进攻的是浦东、南汇、川沙一带,长毛军极少,有些地方根本就没有长毛们的驻军。既然洋人不再是自己的"挡箭牌",会因依靠他们而误了淮军的大事的。

李鸿章思来想去,心中不踏实,也还对李秀成这一纸"谆谕"心存怀疑,仍抱有一定的侥幸心理。他派出几名探兵,叫他们出去设法探清:李秀成对洋人的态度为何有些变卦?洋兵与长毛军之间,到底发生了什么?

探兵的消息很快报了回来:就在李秀成第二次围兵上海时,李秀成几次写信递进城中,希望与洋人合作,并表示在攻下上海以后,给洋人更多的好处。谁知以英国为首的洋人根本没有把李秀成放在眼里。此时美国正在内战,没有更多的兵力顾及东方;俄国在欧洲也刚刚战败,不敢染指远东地区;法国势力不大,唯英国人马首是瞻。故英国人在中国已自觉独霸一方,好像大清帝国与洪秀全的天朝两方面的命运,都掌握在英国人手里。他们是审判官,叫谁赢,谁就赢;叫谁败,谁就败。他们把清廷与天朝放在一起作了个比较:当然还是清廷能代表中国;洪秀全只不过是农民造反,既不具备统治中国的实力,也不能在较大范围有所作为。再说,在国际上名正言顺的政府,也是非清廷莫属。软弱的清朝政府,已给了洋人们种种特权,他们比在自己国土之上,还多了许多自由与实惠。英人决定放弃"中立"之说,干脆明白地站出来拒绝洪秀全天朝的请求,不予合作。

李秀成再次图谋上海并发出信函后,英国海军提督何伯当即草拟了一份给洪秀全的通告,派舰艇司令亚勃林和缪维康去天京面见洪秀全。何伯道:"这份通告只能以你们舰艇司令的名义送达,而不可以我海军提督的名义送达。一个舰艇的司令就足以与洪秀全的天朝平起平坐了,他们没有资格接受我本人的通告!"

英人把通告送抵天京。通告道:

> 兹奉英国驻华海军总司令之命通告如下:
>
> 总司令欲在吴淞与福山之间,沿江建置航线标志。英、法两国政府已颁布训令,倘太平军进入上海及吴淞境内,必以武力迎击。因此太平军行近该地区显然于己无益,势必发生冲突,希望太平军切勿进至距离该处两日路程之地点。总司令要求太平军命令所属部队遵行此项约定,总司令自将竭力设法阻止所有中外军队自该处出击太平军……

洪秀全接到这份通告,心中非常生气,授权赞嗣回复了英人,道:"如果上海、吴淞两地全无清妖,则忠王、侍王必不派兵前往攻取……今当忠王、侍王率圣徒数十万,又忙于恢复苏州、杭州及全省之际,就在此时突然接到你们这样一个通告,真令我们不胜诧异……"

洪秀全气归气,但在回复的最后仍表示:"出于善待洋人、友好相处考虑,我太平天国尽可能满足英国人的要求。"

洪秀全的这个答复由亚勃林报告给何伯时,何伯顿时得意扬扬。英国驻上海领事巴夏礼也因此大吹特吹。这时,陈鼐拿了一份《上海时报》来到签押房,指着长长的一篇文章对李鸿章道:"这是巴夏礼公开发表的文章,据说在英国的报纸上也作了报道,牛皮吹过头了!"

李鸿章一看,上面写道:

"自然,我们有能力迫使洪秀全的太平军如同清朝政府一样,来接受我们的条件。因为,任何叛军在英、法两国政府作出保卫上海的决定之后,胆敢来进攻这个口岸,必然会遭到毁灭性的命运。可是,我们的总司令原是希望阻止这种不必要的流血冲突的。我们早就竭力来避免这种事件的发生。我们不参加太平军和清军之间的战争,我们对于双方始终维持和平。我们只是对于那些伤害我们的人加以坚决回击……我们认为洪秀全的太平军向上海推进就是想来伤害我们。如果他们也像我们一样渴望维持友好关系,他们就应该按照我们所提出的要求发布明确的命令;如果他们拒绝接受我们的决定,那么,就自然而然会使我们怀疑到他们的意图……"

李鸿章看到这里,仿佛看到巴夏礼就站在他的面前指手画脚,心中隐隐不快。英人的口气不仅不把长毛军放在眼里,也没有把清军包括他的淮军放在眼里。李鸿章虽是生气,但还是往下看了巴夏礼的文章。

巴夏礼写道:

"我们竭力使太平军的洪秀全明白,英国对华政策的宗旨所在只是:我们所关心的是纯粹的商业事务。照我看来,他们太平军怀有一种印象,认为我们跟他们一样企图攫取领土,以致我们跟他们多次发生了利害冲突。因此我告诉他们太平军必须解除这种疑虑。我们为了保护我们的商务,而且只是为了这个唯一的目的,才在上海驻扎军队……"

李鸿章看着,摇着头,自言自语道:"自欺欺人,一派胡言!"

李鸿章见巴夏礼接着写道:

"经验证明了:我们不能信任清政府可以保护这个地方,抵抗太平军。或者还不具备能力抵抗其他力量较小的叛军……同样的经验又证明了:太平军组织不良,纪律欠佳,他们的进军会带来抢掠和暴行。因此,为了保证英国人的生命财产的绝对安全,我们就有了自卫的必要。

这是完全有效的办法,虽然这种办法会使我们有所耗费,感到不便,可是只要这些地方恢复了秩序,不论它们变成了太平天国的领土也好,或是回到了清政府的统治下也好,从而我们无须再来采取这种办法的时候,我们就满意了。只要英国政府认为需要加以防守的上海及其他各地可以交回到清朝统治者的手中,我们就满意了……他们太平军希望知道何伯提督怎样设法阻止清军由上海前去进攻他们;他们还希望知道,他们是否可以派一名官员前往上海了解关于此事的协定。我们的回答是:我们所讨论的主要内容是关于上海问题和提督警告他们不要行近这个口岸的问题。我们极欲知道,他们所声明的友好态度是否真正具有诚意,不来阻挠我们的商务,以及他们是否同意下述的提案:

一、太平军不得进入各通商口岸及其他开放英国贸易之地的一百华里之内,以清政府不由上述各口岸及上述各地前去进攻太平军为条件。

二、太平天国洪秀全或他的太平军不得阻挠中国土产输往上述各口岸及上述各地区,亦不得阻止英国商品自上述各口岸及上述各地区输入内地。

我们在天京曾向他们更进一步解释了中立的权利和义务,因为他们问我们:南京的英国兵舰是否可以为他们运输供应品给太平军。自然,我们告诉他们,这是不能够的!……"

如果说在这以前,李鸿章对英国人还缺乏比较深刻的了解的话,这一次,李鸿章却从巴夏礼领事的长篇大论中看出了英国人以中国主子自居的嘴脸。他将那张《上海时报》丢在案头上,道:"巴夏礼领事是否清楚:这上海是中国的一部分?"

陈鼐道:"通篇的强盗逻辑,我看后肺都要气炸了。巴夏礼已经是完全的厚颜无耻了!"

李鸿章叹口气道:"我也清楚看到:英国人已把自己摆在了很不合适的位置了。但是,当前也没有办法保持我大清朝廷及我这个巡抚的应有的自尊。长毛兵临城下,我们尽管心中有气,但还要借他们一臂之力。由于我们的实力不够,不足以取代洋人完全独立地抗击长毛,所以,于忍中求安、求助,也是迫不得已之举呀!"

在上海城外布置围困上海的李秀成接到了金陵城里洪秀全的诏

谕,道:"英国人要朕无加兵于沪,朕以为不可。又谓太平军不得进入英国贸易之地一百里之内,朕也不能从命。即今日加沪之兵亦必速至,取天下岂能顾通商大局?况中外肯和,则通商之局亦无所窒碍!"李秀成虽不完全同意洪秀全的主张,但从第一次进攻上海的教训中,也对洋人有了一些较理智的认识。他一面请求洋人的合作和支持,一面也放弃了不打洋人的一贯做法,准备见机行事。

英法军队和华尔的洋枪队按照联席军事会议的部署向嘉定、青浦、奉贤出兵。英法军队驻防嘉定、青浦,华尔的洋枪队驻守奉贤。淮军则在上海近郊与偶尔出现的小股太平军周旋。

李秀成的太平军主力谭绍光、郜永宽、李容发首先瞄准了华尔的洋枪队,兵分两路,猛攻奉贤。华尔在李秀成第一次进攻上海时曾被太平军打伤,此次见太平军声势浩大地前来进攻,更是吓得屁滚尿流。尽管他在来奉贤前重组和扩大了自己的洋枪队,使洋枪队中的华人达到一千人,洋人二百名。他为洋枪队配备了最先进的新式武器,有大炮、长短枪,还增添了火枪战舰一艘。不料没有战到半个时辰,洋枪队便大败而逃。

华尔逃回了上海,向李鸿章叙说了此次长毛军的声势,表示:不准备再冒死出城迎战了。洋枪队刚败退回城,南汇方面的英法军队也兵败回城了。李鸿章并没有吃惊,他已经预计到这些洋人军队其实也只是说大话的功夫深,真枪实弹地打,毕竟不成!

英法方面及华尔建议由淮军出师奉贤、南汇,李鸿章心中一惊,岂能答应?他已探知:李秀成有十万大军布在上海周围,来势极猛,淮军不到七千人马,出城迎战是万万不可的。

李鸿章拿定了主意,决定采取守势,保住上海,等渡过了这段难关再说。

但李秀成已等不及了,攻城的条件已经具备。他一声令下,慕王谭绍光、纳王郜永宽、忠二殿下李容发共率三万人马同时攻打吴淞、高桥、宝山和上海。李鸿章背了双手站在精巧的签押房窗前,望着玲珑透碧的庭院中的那些满树怒放的榴花,心情却异常地紧张起来。能否守住上海?能否最终在江苏土地上肃清长毛军?不仅关系到淮军的命运,更关系到他个人的命运。救援上海已三四个月了,朝廷对他李鸿章不薄:到上海仅十七天就送了他一顶署理江苏巡抚的帽子。既是巡抚,就有了守土之责,不仅要保卫好上海,江苏广大地区也是他的辖区,岂可坐视不管?

但怎么一个管法?上海已处在李秀成太平军的三面包围之中,好在太平军基本上是只围不攻,而只打外围,李鸿章可以稍稍喘息一下。李鸿章亲自出面来找英法军商谈了。他主张洋军还是要按联席会议的意见出城作战,并许诺承担一切军需费用。但洋军也开始滑头起来,告诉李鸿章:还是淮军出城迎战好。外国军队不能再公开与清军、淮军站在一起了。理由是:如果站在一起了,已经被纷纷指责的假中立便不攻自破了。英人主张:表面上的中立还必须保持。李鸿章找洋人商量了半天,仍未能就出城迎战问题得到洋人肯定的答复。

英人之所以拒绝出兵的理由并非是中立不中立的问题,而是他们见太平军来势很猛,且李秀成又放弃了不打洋人的一贯主张,担心自己的兵力不够,所以才拒绝了李鸿章的请求。

真是天无绝人之路:英国的陆军司令麦克尔突然到上海来了,而且还带来了一个炮队和大量陆军将士。何伯领事如遇救星,请求麦克尔帮他一个忙,在上海驻扎一段时间,以解上海之危。麦克尔答应了何伯的请求,何伯顿时神气起来,约见了法国海军司令卜罗德和洋枪队华尔,达成一致意见:借麦克尔的部队驻守上海之机,立即组成联军,打退太平军。联军由何伯统领,与淮军配合,共同行动。

突如其来的喜讯传到江苏巡抚行辕,李鸿章转忧为喜,立即分拨三千淮勇,跟在何伯所率的洋兵后面,向高桥进发。

高桥,是李秀成进攻上海的重要据点之一,有谭绍光、郜永宽几支大军在此守卫,总兵力超过一万人。太平军人虽多,但武器严重落后,骑兵们都还手执土耳其式的弯刀,一般是双柄式,刀口厚而阔;所使用的火器也大都是轻便的火绳枪,只有少数兵勇才有欧式的滑膛式手枪。火绳枪一遇天气潮湿则不能使用,欧制双铳枪制造粗劣,打不了几发子弹便坏了。即便是这些落后武器,还只有一等兵才可使用。二等兵们常常是四个人抬着一门抬炮,开炮时置于三脚架上。长矛队仅执顶端装有铁尖刀的长竹竿;一部分步兵使用短刀。长矛是按照每个士兵的不同身材制作的。矮的有八尺,最长的达十二尺不等。太平军的旗帜

413

也都是系在长矛竿上的。太平军中还有一些北方士兵仍在使用弓箭。

依靠这样的武器对付洋军,实力顿时减少了一半。洋军还没有到达太平军营地,就令炮队猛轰,太平军顿时乱作一团,营垒倒塌,死尸一片。不一会工夫,太平军撤离高桥。何伯取胜后,并没有立即退进上海,而是乘一艘小船,另带一支水兵小分队,沿水道侦察太平军的踪迹。何伯这时已得到消息:在离城六十里的地方,有一个村庄靠在水边,这里驻扎着太平军一支大部队。这个村庄叫萧塘村,何伯听说:它是太平军的前哨站,所驻守的太平军也是先锋部队。何伯用望远镜向村庄远远地看去,只见深濠环绕,营垒坚固。何伯又从水上绕行到萧塘村后面,又见远处有一个大村庄。

正在这时,华尔和淮军的兵勇也来此侦察,三军会合后,探知那个大村庄叫南桥。这南桥其实是一个集镇,太平军的总部就设在南桥镇。

何伯决定:立即捣毁南桥。这日天刚刚发亮,何伯、华尔和李鸿章的庆字营、铭字营等乘着大雾迷漫乘船登岸,先进攻萧塘村。这萧塘村的太平军营垒多数为石头垒成,非常坚固。而村外设置的障碍也多,组织硬冲,非常困难。用大炮轰炸,难以击中目标。何伯无奈,只能在村外向村内狂轰滥炸。村里的太平军一时被炸得无处躲藏,只得向后撤退。当撤向南桥镇时,洋兵、洋枪队、淮军又追了上来,由于炮火猛烈,很快把南桥镇炸成了一片废墟,太平军死伤惨重,还被俘三百余人。

何伯指挥几路军又冲进南桥镇,屠杀掠夺一阵,又火烧了全镇房屋,整个南桥镇到处是一片火海。洋人们用枪威逼着被俘的太平军将士和老百姓冲入火海,自己焚身而亡。

常熟的太平军守将骆国忠率军来援。但队伍刚到上海西南的王家宅时,已见谭绍光、郜永宽的人马败退。骆国忠改道至上海西南的泗泾镇时,与李鸿章的淮军不期而遇。骆国忠立即组织进攻,双方一场激战。正在难分胜负时,另一支太平军在慕王、纳王的率领下路过此地,几路夹攻。淮军由吴长庆、刘铭传指挥,退到江边。这里有英国军舰停泊,正巧何伯和洋枪队也回来了,几军会集一处,再加上英国军舰助战,太平军顿时被打得尸体遍地。不仅如此,三百余号运粮船只也被何伯拦截,粮食被抢,粮船全部被烧。

这一胜利消息传遍上海。何伯首战告捷,李鸿章当即拨出白银两万八千两予以奖赏,华尔因功被授予副将军。李鸿章飞报朝廷,将主要功绩记在了淮军头上,几方皆大欢喜。

李秀成见进攻不利,召开了各路将领参加的军事会议,重新调整了围攻上海的计划:第一,命胞弟六王宗李明成与忠估朝将黄和锦率军一面进攻泗泾,一面合攻七堡。第二,如能攻下泗泾和七堡,便坚守两地,与忠二殿下李容发隔江相对扎营,互为援助。第三,令陈炳文攻打松江,李明成协助。第四,若松江得手,则陈炳文立即前往吴淞口扎营,刘肇均率军从嘉定出发,包围上海,与上海内应武装联系,伺机攻城。

计划总攻时兵分四路:谭绍光攻打上海东北;李容发攻打东南;李明成攻打西南;刘肇均、陈炳文合攻西北。以此又一次对上海形成合围之势。

李鸿章派出探兵数十名,侦察李秀成在上海周围的布防情况,无意中得知了李秀成的最新计划,与何伯、华尔商量:不能在上海城里坐以待围,要在长毛军尚未形成合围之势前,分兵出击,肃请嘉定、青浦、松江、泗泾等处的长毛军,打破李秀成的计划。

李鸿章将计划奏明朝廷,又专门致函曾国藩。朝廷中奕䜣亲自出面,找到英国陆军提督史迪佛,大摆宴席,赠送贵重礼品,与英人达成协议,出兵共剿长毛军。曾国藩也拨出陆军数营,配合李鸿章淮军行动。这样,仅在上海的英军正规部队人数,就达到两千八百二十四人,拥有重炮二十二门、海军大炮两门,战舰多艘,加上华尔洋枪队,湘军、淮军等,总兵力已超过四万,全部云集上海。

英法联军又重新调整了各军首领,总指挥由史迪佛担任,湘、淮两军由李鸿章统一调遣。

李秀成总攻上海计划尚未铺开时,洋军及湘、淮两军已主动出城迎击太平军了。他们先在距离上海大约三十里地的罗家港、龙珠庵、七堡、王家宅一带向太平军发动进攻。双方恶战打响,刘肇均所统太平军因弹药不足,军械落后败下阵来,率残部逃到了周浦。其他各处太平军时有小胜,但最终还是兵败而退。几天后,泗泾、七堡、罗家港全部被攻复,李秀成主力只好退守王家宅。至此,李秀成二次合围上海计划破产,而王家宅成了太平军的唯一最大的据点。

英法联军与李鸿章都想拔掉王家宅这颗钉子。双方合计:派洋兵两千一百零八人,淮军三千人立即行动。这天清晨浓雾滚滚,几步之外便不辨景物。洋兵与淮勇们逼近太平军营垒,竟无有丝毫察觉。攻军在大雾的掩护下将大炮安装好,兵勇也埋伏好,太平军仍没有发现。直到太阳出山,大雾渐渐散去,岗哨内的太平军才发现已被包围,赶快出营阻击,已经来不及了。攻军都埋伏在野草丛和荒岗之下,逐渐缩小包围圈,离太平军大营只有五六十码远了,洋、淮两军共同发起进攻。在身后炮火的掩护下,太平军营地顿时尘土飞扬,瓦砾四溅,乱作一团。

太平军用土枪、土炮还击。大多数手持大刀、长矛的太平军将士在营地干着急,有力使不上,只有被动挨打。大约半个多小时。太平军已被围成一团,集中在王家宅中部一小块地方。一颗炮弹打去,死伤一片,仅打了几炮,太平军就没有还击之力了,守军的炮火完全停熄。淮军铭字营带头冲了上去,这时才看清楚:这王家宅太平军大营并无正规营垒,而全部用木料围起来一座木栅,木栅的根部填满了砖石泥土,外围挖了一道两丈宽的长壕。木栅虽然也很坚固,但却难以攀登。攻军把木栅打倒几段,木栅内的太平军从倒塌处蜂拥而出,向周围村庄突围逃奔。

攻破了王家宅营垒后,攻军仍不罢休,分军到四周村庄搜捕。王家宅计有五千多太平军将士,此时突围成功的不足千人,且又被洋、淮两军搜捕了三百余人,几乎是全军覆灭。

攻军大获全胜,收兵到七堡集中时,又一路焚烧了大批民房。这些民房都是用稻草铺盖,一燃就着。忽听得"轰"的一声巨响,惊得战马四处狂奔。原来在一排民房里堆放了太平军大量火器弹药,火烧民房,点着了弹药,发生了巨大爆炸。

洋军、淮军在七堡扎营,商定再攻周浦太平军。周浦在上海东南方约四十里处。进攻前,华尔的洋枪队也赶来参加。三路大军从水陆两边向周浦进发。到下午两点,战斗打响。在周浦的太平军是谭绍光、邰永宽、刘肇均、陈炳文和李容发的残部拼凑而成的队伍,总计约四千人。因兵败后才集中起来,指挥不灵,不堪一击,不一会便被攻破了营垒,又逃向川沙一带。史迪佛大手一挥,三路兵马又追到川沙,打死太平军五六百人,俘虏三百多人。剩余太平军将士约定在嘉定城会面,各自逃散。

到嘉定也未能摆脱乘胜追击的洋军、洋枪队和淮军,嘉定城里的太平军毫无准备。在周浦被打散的太平军将士刚逃进城时,城中太平军正在吃早饭。突然城下大炮齐轰,不一会儿,南门就被攻破,攻军一举入城,在城内各街巷中混战。大约一个半小时,城中已找不到活着的太平军。

几路攻军进城后大喜:太平军已在此城经营了很长时间,遗留下许多金银珠宝、布匹和粮食。在一个高大的建筑物里,史迪佛的洋兵发现这儿原是太平军中的一个官邸。门外旗帜成排,室内饭桌上,饭菜还冒着热气,案头上放了一份尚未起草完毕的"谆谕"。就在这幢建筑物里,洋兵们找到一个仓库。里面堆放了大量金银珠宝、白钱和上等好酒。

洋兵们因此役得战利品总值达二十万两白银。洋兵们个个抢满了口袋,甚至有人用马匹来运自己所抢的财物。洋枪队及淮军兵勇见财物绝大部分为洋人所得,一时眼红得要命,遂与洋兵发生冲突。为平息冲突,史迪佛只得下令让洋兵们各自捐献出来一些分给洋枪队和淮勇。但洋人们所捐的均是不值钱的东西,于是,风波又起。

李鸿章获悉后,亲自出面来找史迪佛,提议召开会议,作出规定。会上商定了四条:一是今后攻下城池,获得的战利品一律不许某一方独吞。应根据人数和贡献大小合理分配。二是继续联合,完成青浦、松江和柘林的收复。三是把上海一带长毛军彻底剿灭以后,英军在上海留守六百人,法军留守五百人,另加派一个炮兵中队,与淮军、洋枪队一起防守上海。

几路兵马回到上海以后,稍做休整,便联合向青浦城进发。这青浦距上海已达百里之外。洋军共出动两千六百一十三人,华尔亲率马队一百零八人,李鸿章的淮军和曾国藩调拨的湘军总人数达七千人。而此时青浦的太平军也只有四千人。几路攻军如此兴师动众,无非想造就一种声势。面对如此强大的攻军,太平军自然同样无力阻击,被统统堵在青浦城内。只有少数几位将领在亲兵的拼死护卫下逃脱而去,其余全部葬身青浦。最后被活捉的数百名太平军,被洋军威逼着排成一行,站在大街一旁,让洋人一个个用刀捅死,整个场面惨不忍睹。至此,李秀成试图再次对上海发动总攻的计划彻底破产。

李秀成虽无力再对上海形成合围之势,但仍占据着奉贤、柘林等地。且在上海外围游动不定,大股、小股的太平军忽东忽西,偷袭淮军大营者不断。这日,李鸿章正在签押房中亲笔给朝廷写奏章,系统总结自署理江苏巡抚以来的赫赫战功,详尽描述李秀成十万长毛二次图谋上海的凶悍阵势及淮军如何勇猛的情状,认为全歼李秀成在上海一带的长毛军已指日可待。下一步不仅将是保住上海,而还要夺取苏、常,使江苏转危为安,最后全歼长毛军。他写道:这才是关键所在,要实现这个目标,必须妥善解决"察吏、整军、筹饷、辑夷各事"。他告诉朝廷,他是以"不要钱、不怕死"六个字"刻刻自讼"的,卧薪尝胆,不敢苟慕荣利,少聆逸乐,决心冲破千难万险,闯出一个新局面,以此报答皇恩浩荡,也报答恩师曾国藩大人的培养之恩。他说:他目前是"日处营中,自朝至夜,手不停披,口不息办,心不辍息",几乎无暇与四方朋友交游和书信往来。

在奏折的最后一部分,他对江苏的官场上情况进行了分析,认为江苏"吏治浮伪,民生凋瘵,劫运甚重"。他说他"夙夜兢兢,惟惧颠覆"。而造成这一局面的罪魁祸首就是曾任江苏按察使、布政使又一度升任巡抚的王有龄。他就王有龄的问题写道:

"吴中官场索习浮靡,自王有龄当事,专用便捷、圆滑、贪利、无耻一流,祸延两省,靦然不知纲常廉洁为何物,其宗派现象至今不绝……"

李鸿章边思考边写下去。这份奏折非某一次战斗的奏报,他要把自己署理江苏巡抚以来的所见所闻及感想、打算全部报告朝廷,以求得朝廷的理解和支持。

来上海不久,他已发现管理海关的苏松太道吴煦贪赃太深,这会儿又署理江苏布政使了。李鸿章一到上海,他尽管出手大方,暗中巴结李鸿章。可是,李鸿章对他并无好感。相反,吴煦越是挖空心思地来讨好,他愈是感觉到吴煦太"肥",问题严重。暗中查访,他发现吴煦与王有龄关系密切,手下所用之人,十有八九都是浙江人,是王有龄宗派团伙里的人。苏松粮储道杨坊就是其中的典型,此人以奸商起家,综理夷务,早与吴煦串通一气,而杨坊却又是王有龄所荐,暗中与王有龄勾结在一起。李鸿章刚入上海,对上海的人事、财政和外交事务根本无从下手,一概被吴煦和杨坊二人把持着。这二人手下养了一帮搜括财富的能手,其中金鸿保、俞斌、闵钊三人最为横行霸道。李鸿章在无意中看见一幅画,有人画了一只大乌龟张贴在上海道署门前。这乌龟的头画的是俞斌,金鸿保为背,闵钊为心腹,十分形象。有人私下里写信告诉李鸿章:这些人近十年来发公家财,远近皆知,所贪污的财产无数……

李鸿章把这些情况用密函告诉曾国藩,曾国藩也早有耳闻,叮嘱李鸿章道:"不把吴煦赶下台,政权不一,沪事无法料理!"其实李鸿章一到上海,就想拿吴煦开刀,"澄清吏治",无奈战事频繁,军务缠身,加上初来乍到,显得力不从心,无法"另起炉灶",来一个大换班。

现在好了,也算得李鸿章有运气:给上海制造几年危局的李秀成长毛军在上海大势已去。有人说李鸿章到上海是"摘桃子",真正大仗没有打过几次,正赶上英、法两国对上海增兵,花钱叫洋人出力,而功劳却被李鸿章得去了。李鸿章从胞弟李鹤章嘴里听到过这些议论,他笑道:"有句俗话叫做'有福之人不用忙',再说,不是我自己硬要摘这个'桃子',而是他们把我请来的!"

的确,李鸿章的淮军开进上海,赶得早不如赶得巧,只跟在洋人、洋枪队后面打了几下子,太平军就大伤元气,危情解除了。眼下,他终于可以坐下来平心静气地想想上海官场上的事,动手朝自己不满意的官吏们开刀了。想到这里,他接着又伏案写道:

"苏省吏治凋敝,监司大员必须有文武干济之才、廉正敦愨之品为之表率,庶可渐挽颓风……"

李鸿章的真实意图是要把那些盘踞要津、控制实权的"贪诈朋比"之辈撤下去,换上他身边那些"亲近仁贤,匪所不逮"的新人。唯有如此,他才能真正把上海乃至江苏全省的人事、财政及外交大权牢牢地抓在自己手中。

他正写到得意之处时,一骑快马从虹桥淮军营垒里飞奔而来,差官直至行辕大门口下马,大呼着奔上台阶,来到李鸿章签押房院门前,道:"快禀李大帅,开字营告急,请求支援!"

门上管号房的不是别人,正是跟随李鸿章多年的老仆人刘斗斋,见是程学启统领派来的求援差官,不敢怠慢,慌忙将这差官带往中门内的内门房,由文巡捕于忠立刻带入签押房。

差官请了安,道:

"禀大帅,长毛溜到虹桥镇来了,把开字营包围了,形势危急。程统领请大帅发兵救援!"

李鸿章一惊,丢下手中的软笔,扭头望了差官一眼,厉声道:"贼娘养的,长毛来了多少人?!"

差官道:"看上去漫山遍野,到处都是红头人,足足有万把人。"

"胡说八道!长毛几经大败,现已几乎丢尽了地盘,何来万把人?莫不是你在谎报军情,想让我多多派去援兵!"李鸿章吼叫道。

"奴才不敢。但人数说不准,反正四周围的都是长毛军。"差官道。

李鸿章将写了多半的奏折往前面一推,起身道:"长毛贼大势已去,有什么可慌张的?!堂堂的开字营,洋枪洋炮是刚添置的,还能守不住一个虹桥镇吗?!你赶快回去,叫程学启猛烈还击,不要怕打光了子弹。要把虹桥镇坚守住,我马上就派援军去!"

差官抬脚飞跑出去,到外面骑上快马回营。李鸿章立即差武巡捕飞马赶往徐家汇。奉命在这儿驻扎的是李鹤章、潘鼎新、吴长庆和从湘军调拨过来的郭松林、杨鼎勋几营,计三千兵马。作为驻守加机动外援,李鸿章把这里的人马配备得很棒,武器也较其他营先进得多。武巡捕持令一到,李鹤章一声令下,开往虹桥增援程学启。

李鹤章、吴长庆还未到虹桥镇,就远远地看见黑压压一片长毛军。他们大喊大叫,高呼要活捉程学启。李鹤章被这个阵势吓住了:"我的妈呀!从哪里冒出这么多长毛?"他一枪未发,便令差官再回城请援,越快越好。

李鸿章刚写完了长篇奏章,转身要找武巡捕问话,不料又见李鹤章的差官奔来。李鸿章这回才真正害怕起来,听了差官的描述后暗暗叫苦:自己尚有两千多兵马,但都分守在松江、浦东一带,根本不能抽动。鹤章求援,而做哥哥的无兵可发,万一鹤章他……

李鸿章不敢往下设想,立即喊来两名戈什哈前往静安寺去找洋枪队,请华尔出兵救援。两名戈什哈飞奔而去后,他还是不放心,传令行辕里的两营亲兵整装待发,准备驰援虹桥镇。

不一会,戈什哈回来了,道:"禀大帅,洋头领华尔说他身体不适,需要静心休养,此刻不能救援虹桥!"

李鸿章的脸刷地变了颜色,沉不住了,骂道:"好一个王八儿!竟敢推托按兵不动,乘我之危,见死不救?!"李鸿章说着,急得团团转。正好幕僚刘秉璋闻讯赶来,打听清楚了以后,道:"李中丞别急。您大概是忘了一件事,所以华尔才不肯出兵。"

"什么事?"李鸿章冷冷地问道。

"华尔的老毛病,李中丞是比我还清楚的。这就是先要许诺好价钱!当初上海的吴道台与他约定,攻下一城,贼中所有财物尽归他有。而且,每次出兵前,都要讲好价钱。今天您去叫他出兵,两手空空,又不给许诺。到虹桥去是救援,而不是攻城。救下来了,虹桥镇还是程统领的。救不下来,虹桥镇归长毛所占。他华尔到头来一无所得,怎么会答应出兵呢?"

李鸿章一拍脑袋,道:"他娘的!我把这档子事忘了。这狗日的华尔也真是的,要老子的钱也不明讲,跟老子兜起圈子来了。好,好,好,赏这个王八羔子五千两银子,叫他快快出兵。等打完仗,看我李某人来给他颜色看!"

戈什哈领命又去了静安寺。李鸿章从签押房自己的柜子里取出一支闪亮的短枪,又带上了望远镜,道:"仲良(刘秉璋)呀,走!你随我一道,赶快去虹桥镇看看去!"

出了行辕大门,刘秉璋跟着李鸿章骑上高头大马,直奔虹桥镇。两营亲兵紧跟其后,跑步前进。李鸿章、刘秉璋骑马过了徐家汇,沿蒲汇塘向西,老远就听见前面的枪炮声和呐喊声交织在一起,惊天动地。上了去澳塘港的大路,只见横跨蒲汇塘两岸的虹桥镇,已经淹没在一片凶猛厮杀的人海之中。硝烟阵阵,尘土飞扬,令人望而生畏,就如同看见了世界的末日已经到来。

李鸿章皱着眉头,不禁勒马停步。他举起英国生产的高倍望远镜,向人海望去。他看见虹桥镇中,建筑物上开字营的军旗仍在迎风招展,时而被烟尘遮盖了,时而又看清了。他用望远镜在寻找胞弟李鹤章的队伍。在镇外蒲汇塘边上,他看见李鹤章的队伍了,一杆大旗上,"鹤"字十分显眼。兵勇们正在与太平军反复冲杀,一会儿往前冲,一会儿往后退。他用望远镜在寻找胞弟李鹤章,一点一点地移动,才看见李鹤章站在一堵土墙后面,二十几名亲兵在他身前站成一个半圆形,用人墙保护着他。他也手举着望远镜,此时正在向这边看。他一定是看见二哥了,一只手直摆,大喊大叫着。叫什么?当然李鸿章无法听见。李鸿章又看见鹤章在跺脚,然后跳起来,向二哥这边喊。

李鸿章有些明白了:鹤章是在担心自己的安全,叫二哥赶快退回城里去。果然,有两名亲兵向李鸿章身边奔来,一到马下就道:"禀李大帅,我们李统领请李大帅立即回城。他请李大帅放心,拼死也要保住虹桥镇!"

李鸿章心头涌起一种激动。毕竟是自己的亲兄弟呀!做哥哥的挂念弟弟的安危,当弟弟的同样为哥哥的安全担忧。但此时,他哪能离开呢?只要他勒马站在这里,对淮军将士们就是一种鼓舞。他明显地感觉到,自从他到了这大路口,镇内镇外的淮军将士们勇敢多了,呐喊声也比先前听到的响亮了许多。他在望远镜里看到,程学启已推开了身前的亲兵,亲自冲到营垒前去了。他一手挥着腰刀,一手举着短枪,来回奔跑,左右督战。

李鸿章回首仰头一看,自己身后的亲兵高举着"李"字帅旗,那"李"字一波一荡,正好能让虹桥镇里的兵勇们看个清楚。李鸿章看见兵勇们拼命冲杀,顿时激情上涌。他丢下望远镜,用手臂向前一挥,喊道:"亲兵营的将士们,向前冲呀!"

这一声令下非同小可,两营亲兵如同离弦之箭,从他的坐骑两侧呼啸而出,一阵呐喊杀进了敌营。这一冲便对太平军形成了内外夹攻之势。太平军固然人多势众,但还是招架不住这样突如其来的夹攻。李鸿章在望远镜里看到:长毛军的阵脚被冲乱了,有小股兵勇已开始向两侧溃退。李鸿章又丢下望远镜,用两只手同挥起来,高喊着:"杀呀!给我狠狠地冲杀!"

就在他忘情地为自己的亲兵助威呐喊之时,不料从太平军队伍中蓦地射来一颗子弹。这子弹"嗖"地一声,正从李鸿章的耳边擦过。李鸿章一愣,等反应过来时,脸色吓得灰白。更吃惊的还是刘秉璋。只见刘秉璋纵马往李鸿章马前一横,道:"大帅,请您赶快回城!"

李鸿章架不住刘秉璋的劝阻,掉转马头。正想扬鞭回城时,忽见北面大路上烟尘大起。华尔终于率洋枪队百多名枪手来救援了。只见华尔身穿袍服补褂,头戴四品亮蓝顶红缨帽,策马来到李鸿章面前,并未下马,坐在马上向李鸿章拱手一揖,道:"李抚台,本将遵命来援了!"

李鸿章不开笑脸,两只眼睛冷冷地盯着华尔,道:"这时才来,援救个鸟!我看你有没有求本帅的时候!还不赶快给我去打!"

华尔早年在中国贩卖过鸦片,还在美洲和中国沿海地区做过海盗,略微懂得一些汉语。甚至还通晓少量的上海话和几句合肥土话。他听着李鸿章的话,虽不全懂,也知道其中有责怪他甚至是骂他的意思。这时候他没有料到李鸿章亲临阵前,脸上不禁起了一些尴尬之色,策马上前几步,命枪手们架起了四门过山炮,向长毛人多的地方轰去。这过山炮落地开花,一炸就要死一堆人。几炮打去,太平军的阵脚彻底大乱了,满地奔跑起来。有些干脆扔掉了手中的军械,空手向两侧逃跑。

李鸿章见胜负已经分明,忽然打消了回城的念头,一声大喊,策马冲了上去。两小队亲兵慌忙驱前掩护。李鸿章更是来了精神,驱兵追杀,一直追到七宝镇方才收兵回到虹桥镇。

这时再看虹桥镇营垒四周,遗尸堆积成山,仅太平军将士的尸体就多达一千多具。淮军兵勇也死了不少。

硝烟散尽,数千淮军兵勇欢呼雀跃。程学启、李鹤章、吴长庆等兴奋地向李鸿章奔来。李鸿章此时下马了,站在一块田头之上,脸上荡漾着胜利后的喜色。他向诸位统领拱手一揖,道:"诸位辛苦了!虹桥大捷壮了我淮军的军威,有各位的好果子吃呢!我定会给大家论功行赏!"

程学启请了安以后道:"大帅,这一仗打得很艰苦,就在于我淮军还没有像洋枪队那样的过山炮。若是有三四门这样的炮,我也不向您大帅求援了,保证能守住虹桥镇……"

李鸿章笑道:"丁日昌已经安排向洋人购买了,估计不久就会到货。货一到我就会分配到各营。"

众将领一听拍手叫好。吴长庆道:"大帅,这一仗打得真过瘾,也很有意义。这个意义就在于:我们没有让史迪佛的英法联军出动,照样打了这样的大胜仗!"

这话好像提醒了李鸿章。他皱了一下眉头,说不出什么,但在心中后悔了:如果不是自己一念之下,派人去请了洋枪队来扫了尾巴,那才叫真正的独立取胜呢!正在后悔中,远远地看见华尔笑吟吟地策马过来。

李鸿章一扭头,真不想看见他。但华尔很快来到了李鸿章跟前,向李鸿章双手一拱,然后跷起了大拇指,操着很蹩脚的汉语说道:"李大

升任苏抚

423

帅,您看多亏了我的过山炮吧?!我一到来,只开了几炮,就把长毛们打跑了。哈哈!"

李鸿章不答话不行了,冷冷地道:"你今天来得很及时呀。我淮军正要全歼长毛,被你几炮替长毛们解了围。"李鸿章说着指了指堆积在不远处的太平军尸体,又道:"不是你冲散了长毛军,今天的尸体会更多。可惜呀,可惜!"

华尔好像听出了李鸿章的意思,反问道:"尸体会更多?你看我那过山炮落地开花,一炮下去死了多少?否则,这儿能有那么多长毛的尸体?!"华尔说着,耸了耸肩膀,又用两手在李鸿章面前一伸,不高兴地走开了。

在众将领的簇拥下,李鸿章挺起胸膛,大步迈进虹桥镇。长街两旁的淮勇们早已列队在街头上等候。

李鸿章频频向大家挥手,还不时地把双拳一抱,向大家作揖。快离开虹桥镇的时候,李鸿章把程学启喊到身边,当着士兵们的面,提高声音道:"我委托你尽快去买几十头猪来,杀了慰劳一下我的将士们!"

程学启当即领命,派亲兵去办了。在场的淮勇们听了李鸿章这个安排,打心眼里感动。

李鸿章在众将领的欢呼之下策马回城去了。一路上,他在回忆着刚刚才过去的战斗情景。当着华尔的面,他虽未承认是洋枪队的大炮起了重要的作用,但在他心里却明白:若是没有洋枪队后来的四门过山炮的轰击,恶战的时间一定会更长,打得会更艰苦。说不定胜负难定呢!李鸿章在归途中深深地思考着。

晚饭后,李鸿章将丁日昌、刘秉璋、周馥等几位幕僚传到签押房中,召开了一个小型会议。会上,他对上午的虹桥之战给予了高度评价,点名表彰了有关人员,说要奏明圣上,给予封赏。他重点强调了两点不足:一是几经恶战,淮军兵勇人数大为减少,目前兵力严重不足,急需派员回安徽招募兵勇,补充兵力。二是淮军火器不足,虽然已购置了不少短枪、大炮,但仍显落后,不足以应付更大规模的进犯。突出的问题是没有重炮,尤其是没有能落地就爆炸的过山炮。他把这个问题提出来请大家讨论。丁日昌不解其意,几句话把问题摊开,道:"我奉大帅之命,已与洋人谈妥,购置十四门过山炮,预计近日就可以到货。另外还新购一批射程较远的手枪,用于装备各营哨长以上的官员……"

李鸿章打断了丁日昌的话,道:"雨生呀,你没有听懂我的意思哩!花钱买枪买炮,这个我已经知道。我请大家讨论,是让大家献计献策,看看还有没有更好的办法。"

在场的幕僚们面面相觑,都把头儿直摇,说除了购买洋枪洋炮外,再无别的高招。

李鸿章笑了,随手抓过一只已煮熟的鸡蛋。伙夫们不分早晚,都要在他的案头上放几个煮熟的鸡蛋,供他在肚子饿的时候充饥。他道:"请大家看看,这是一只鸡蛋。我现在要问问大家,如果有一篮子鸡蛋和一只母鸡放在你的面前,供你们挑选,你们是要鸡蛋呢,还是要母鸡?"

在座的各位还是不明白李鸿章的意思,有人回答说要鸡蛋,有人说是想选母鸡。丁日昌好似有一点开窍了,毫不犹豫地说是要母鸡。

李鸿章问:"雨生呀,你为什么要母鸡呢?"

丁日昌答道:"要了鸡蛋,吃完了就没有了。得了母鸡,下了蛋。吃过了还会下,下了再吃,无穷无尽的。"

李鸿章满意地点点头,道:"还是呀!我说总有人会明白这个道理的!淮军刚到上海时,衣冠没有人家的漂亮,枪炮没有人家的先进,不用说洋人们瞧不起我们,就连我们队伍里的人也觉得淮军寒蛋(合肥语)。有人对我说:'就凭这帮土头土脑的庐州乡下汉子,能打仗吗?'我当时并没有回答他们,只是笑了笑。那意思是告诉不相信我们的人:我们来一个骑驴看唱本——走着瞧吧!怎么样?我们淮军到底不是光会吃干饭的!自我军开赴上海以后,长毛贼李秀成二次合围上海的计划破产了,元气大伤了,这不是吹牛!就说今天吧,差官来报,长毛万把大军围攻了虹桥镇,我本应当吃惊的。但我并不害怕。怎么样?我们淮军大战告捷了,让长毛军尸积如山了。这更不是吹牛!为什么我们会取胜,要得益于丁日昌为我们添置了许多洋枪洋炮。这些枪炮是买来的。花了我一大笔银两了。买人家的枪炮就如同是买了这个鸡蛋。所以,很长时间以来,我就在想:能不能不买人家的枪炮?就如同不买这个鸡蛋!买什么?我们来买他的老母鸡,让鸡下蛋。这不是更合算一些吗?唯有如此,才算得从根本上解决了问题。也就是说,我们要从买人家枪炮,转变为去买人家制造枪炮的机器!唯独拥有制造洋枪洋炮的机器,我们才能要多少枪炮,就有多少枪炮……"

李鸿章的话还没有讲完,在座的各位已忍不住兴奋起来,私下互相议论,由衷叹服李鸿章看得深远,招数高明。

李鸿章接着说:"作为长久之计,是要设法把洋人的机器买来,先雇了洋匠来教授我们的工匠,我们的工匠掌握了技术,可以生产洋枪洋炮了,不仅彻底解决了淮军的问题,也解决了湘军乃至整个绿营军的问题;不仅解决了上海的问题,也解决了整个国家军械不足的问题。这件事我已拿定了主意,暂莫外传。广东香山有个叫做容闳的人,十多年前就留学美国。他在咸丰年间回的国,我已经约见过他了,准备委派他去美国采购机器。容闳先生已答应包办此事。所以,雨生应立即着手,先把制炮局办起来。招募一些能工巧匠进去,刚开始困难一定很多,或许一年半载闹不出什么玩意。但不要泄气,坚持钻研。待洋人的机器买回来后,再把制造局扩大,不仅制造洋枪洋炮,还可以制造火轮、军舰等等。我相信,我们不会比洋人笨多少,都长着一个脑袋,凭什么他们能干出来,而我们干不出来?"

李鸿章又道:"我相信由此开始,淮军将会做出许多前无古人的大事来。我们的思路不仅仅是局限在洋枪洋炮洋火轮的制造上,包括办煤矿、办学校等等,都要干起来。当然,我们缺少具有这方面知识的专门人才。没有怎么办?一开始是要请的,请来了教我们,培养我们自己的人才。我已奏请朝廷,准备开办一个上海同文馆,再办一个水师学校和武备学堂。目的只有一个,把我们自己的人培养出来。各位在这些方面若有兴趣,可以自荐主持办起来。不会不要紧,慢慢摸索干。"

半个月后,在上海城里,淮军接连挂出了"制炮局"、"同文馆"、"武备学堂"三块牌子。李鸿章及上海各界官绅纷纷到场祝贺,有些还捐钱捐物捐房,气氛热烈。

淮军的战功,李鸿章的主张奏到朝廷以后,很快产生了效果。就在李鸿章到上海才七个月的时候,朝廷圣旨下来:李鸿章由署理江苏巡抚改为实授江苏巡抚。不仅如此,又过了两个月,清廷就调薛焕赴京简候,署理通商大臣这顶帽子又落到了李鸿章头上。他一人身兼数职,成为手握兵权,身兼巡抚和通商大臣要职的实权人物。

旧任江苏巡抚后改任通商大臣的薛焕对于李鸿章的接连升迁由妒生恨了。他认为李鸿章品行不端,不能担当大任,并修表弹劾李鸿章。但薛焕又哪里知道,朝中奏折批阅最终虽归皇上,而中间又经一手。曾国藩在京中紫禁城中关系网周密,早已在许多关口上通了关系。曾国藩见薛焕肆意弹劾李鸿章,以其人之道还治其人之身,亲笔写下奏折,将薛焕说得一文不值。

曾国藩深知薛焕与恭亲王奕䜣关系甚好。但曾国藩也有把握:奕䜣也会给自己面子的。自然,曾国藩的奏折是一帆风顺地传到了两宫太后的手中。那慈禧太后鬼精得很,一见到曾国藩的奏折,便知道薛焕得罪了曾国藩了。得罪了曾国藩便是得罪了湘军和淮军,得罪了这两支她必须依靠的军队。薛焕仰仗奕䜣,也太自不量力了。在曾国藩与薛焕之间,如果二者必选其一的话,朝廷当然要的是曾国藩,而不是一文不值的薛焕。

而薛焕做梦也未想到:一封要求弹劾李鸿章的奏折递上去,不仅没有弹劾掉李鸿章,反而"弹"掉了自己的乌纱帽;不仅没有让李鸿章丢掉巡抚之职,反而使他多得了"通商大臣"一职。自己竟被调去京城简候,这简候说白了也就是暂时无职了,去京里等待补缺。补什么缺?什么时候可以补缺?这些都不得而知了。

与李鸿章暗中争斗,薛焕落了个惨败。如今自己的老地盘江苏也不能蹲了,不仅让出地盘,还要挪开位子,去京城里简候了。

李鸿章春风得意了。事已至此,他不再有什么顾忌了。到上海九个月以后,他已是今非昔比了,人、财、物各项权力尽在他一人掌握之中。有障碍,清除它就是了。薛焕是扁屎砸了他自己的脚后跟,活该他倒霉。李鸿章是一不做,二不休,要大刀阔斧地构筑他一统天下的江苏官场了。他拿眼睛盯住了吴煦,采取关厘分途,以厘济饷的政策,把吴煦传到自己的签押房,正式通知吴煦:关税与厘金征收应分开来办,不宜由一人统管。作为第一步,他让吴只管关税征收事务,而另派薛书常管理厘捐总局。仅月余后,到了一八六二年十一月,他奏请朝廷,正式免去了吴煦的苏松太道一职。此职为关道。既不是关道了,自然也就不能再管理关税了。李鸿章令黄芳接任此职。这黄芳,号鹤汀,系湖南长沙人氏,曾当过上海县令。他稍有才能,精于理财,善于筹饷,得到了李鸿章的赏识署理关道。

　　李鸿章想到了刘郇膏。这个曾被上海一带百姓唤作"刘青天"的河南人,曾是与李鸿章同年考中了进士的。分发到江苏任知县后,不满于吴煦、薛焕等人贪赃,深受他们的压制,多年有职无权。李鸿章举荐他署理江苏按察使、布政使。这按察使原是主管一省司法的长官,有权赴各道巡察,隶属于各省总督、巡抚,正三品。刘郇膏还同时署理布政使,有权管理一省的财赋及人事。其他省仅一员,江苏因其复杂程度,加授两名,刘郇膏有幸得到这个位职,自然要百般努力,感谢李鸿章的。

　　这日,李鸿章在签押房里给恩师曾国藩写信,把自己近期调整吏治、更换官员的若干事项禀告曾国藩。正写到关键处时,文巡捕前来禀报:"苏松粮储道杨坊在门外求见。"

　　李鸿章眉头一皱:我还差一点让他漏网了哩!当即传他进了签押房。原来,这杨坊见自己的同伙吴煦被搁在了一边,丢了实权,要采取以退为进的办法,将李鸿章一军:要禀请李鸿章辞去苏松粮储道一职,另求闲职。

　　李鸿章接过了杨坊的辞呈,心中暗思:你杨坊也太不知天高地厚、过高地估计自己了!以为这苏松粮储道非你莫属吗?想以此来为吴煦打抱不平,简直是白日做梦。

　　李鸿章当即允准,将计就计,立即递上奏折,免去杨坊职位。但杨坊的估计有一点是对的:免了杨坊,叫谁来担此重任呢?粮道一职,是专管督运各省漕粮的。动乱年代,各军及地方各州、府、县均少不了这粮道全权筹运,一天也少不了粮道的安排。李鸿章在冥思苦想中,不慎从案台上碰落了一叠来往书信。跃入他眼帘的一封信是又一个丁未科同年郭嵩焘自京城写来的。那时他的淮军刚进上海不久,郭嵩焘得到消息,主动来信,说要来上海助李鸿章一臂之力。如今几个月过去了,是该请他出马的时候了。

　　"此人最为合适!"李鸿章兴奋地自言自语道。他当即在奏折中附片一张:力荐郭嵩焘来上海出任苏松储粮道并襄办军务。

　　给朝廷写好奏折以后,他没有忘了把自己的这个决定告诉曾国藩。李鸿章之所以特别推崇郭嵩焘,除了他俩是丁未科同年、关密甚密以外,还由于郭嵩焘能够起到密切李鸿章与曾国藩关系的作用。李鸿章心里明白：曾国藩与郭嵩焘既是亲密朋友，又是儿女亲家。曾国藩的四女儿纪纯是许配给郭嵩焘的长子郭刚基为妻的。有了郭嵩焘前来接任自己手下的司道属员，一则解了自己实缺之难，二则也做出了一种姿态给恩师看：我用的都是你的人。至于反映在官场上的意义，那就更深刻了：淮军这里是延揽人才，救世匡国；李鸿章能把自己的丁未科同年尽招幕下，显示的是一种能力与胸怀。

然而，李鸿章忘记了一条：清制规定，郭嵩焘不能在儿女姻亲曾国藩两江总督的辖区内任职，理应回避。朝廷给了这个回话，李鸿章倒没有失望，却是郭嵩焘自己的一封回信令李鸿章为难了。郭嵩焘显然是改变了主意：他见自己的丁未科同年仅在几个月内连升几级，一下子拥有了多方面实权，却不愿意屈就李鸿章了。郭嵩焘心气、骨气都很高，愈是发达了，他愈是不想高攀。其实在他心里看来：这个司道实缺，放在别人的手下，是可以赴任的，且官职也不低了。但毕竟是丁未科的同年，李鸿章如此青云直上，几乎要与曾国藩双峰对峙了，他若去接任这个职务，与李鸿章站在一起，自己就显得太低了，而衬托的却是李鸿章。所以郭嵩焘借故身体不适、家中离不开等等，拒绝了李鸿章的邀请。

李鸿章是有韧性的，他认准了的事情，非要干成不可。一晚上之内，他连写了三样东西：一是给朝廷再上奏折，写明当前上海乃至江苏的大好形势，淮军的气势与自己的决心，以此打动朝廷：自己急需郭嵩焘前来效力，不能以"回避"的旧制影响了江苏吏治的正常开展。第二是给曾国藩写信，请恩师出面帮助做做郭嵩焘的工作。第三是亲笔给郭嵩焘去信，放下架子，以同年之谊感化他，言辞十分恳切。

三件东西发送出去后，朝廷旨准破例，曾国藩再三劝驾，郭嵩焘也终于眉开眼笑，满心欢喜地来到了上海。郭嵩焘还带来了李鸿章自己写给曾国藩的信，道：

> 筠仙到沪后，众望交孚，其才识远过凡庸，运藩二篆均可见委，唯至亲避嫌，鸿章以襄办营务入告，似尚大方。拟仍令兼管捐厘总局，以资历练……

曾国藩用了心计，将李鸿章写给自己的私函转郭嵩焘一阅。郭嵩焘也体会出了李鸿章的真情实意,如期应约了。

郭嵩焘到上海不久,李鸿章就函请曾国藩奏保郭嵩焘为两淮盐运使,还拟举荐他兼任江苏按察使。至此,李鸿章逐渐以郭嵩焘、刘郇膏、黄芳取代了吴煦、杨坊,并再次奏告朝廷,将吴、杨二人暂行革职,赶下了政治舞台。

此时的李鸿章眯起眼睛,心里舒服极了。他想:自从创办淮军到就任江苏巡抚、通商大臣之后,可谓春风得意。他知足了。他效法恩曾国藩开设幕府,广招人才。他既是幕府制度的产儿,又是幕府制度的熟练运用者。他个人的职位、财富和品性,成为他的幕府赖以存在并逐步扩大的三根支柱。直到现在,幕府以统帅李鸿章为中心,肩负着军机、刑名、钱谷、文案等许多重任。幕府人物重要者多由他出面,从朝廷奏调,或从属吏中特委兼办;次要者或函招,或札委,或自来投效,或辗转推荐,均以统帅为礼聘的主人;其分工职责均受李鸿章的随意督导,其地位既为私人宾席,又可随时因功奏保升陟,授以实缺;其薪给不尽为修金,大部分是由所属局所或军营提供的,虽非正宗的官俸,亦非出自统帅的私囊。但有一条:很实惠。

这日,人们在李鸿章的签押房中看到了由他亲书的一副对子,其墨迹未干,字体也龙飞凤舞,道:

"满堂豪翰济时彦,得上龙门价不贱。"

众幕僚从这两句诗中体会出了李鸿章广揽人才后,其春风得意的快乐心情。大家的心里也很高兴。

忽然,钱鼎铭笑嘻嘻地踱了进来,说道:"大帅必是听说了,苏州齐门外三十里处,有个叫永昌的地方。永昌有一家徐氏几兄弟,早年开始,已办团练多时了。他家有良田千亩,房屋百间,是一方有名的首富。如今手下还养着几千乡勇,无事时各自下田里干活。一遇战事,立即召集起来,就是打仗的团练。他还有数十艘炮船和几百条四桨双橹枪船,称雄一方。长毛占领苏州后,徐氏两兄弟曾率乡勇与长毛军打过几仗。但他还是打不过长毛,硬是让长毛把他的乡勇收编了过去,给徐氏兄弟做了乡官。这徐氏兄弟在心中十分痛恨长毛,身在曹营心在汉,已派他的八弟徐佩瑗来上海了。说:若是李大帅有计划攻打苏州,他们兄弟几人愿做淮军的内应,为大帅效力。他还说:苏州一带的乡绅百姓们都盼着李大帅打完上海以后,能尽快地发兵到苏州去哩!"

李鸿章点了点头,道:"这些我知道了。近日还有没有重大的消息?"

"有哩!有哩!"钱鼎铭像是刚立了大功一般,兴奋地说道,"徐家老六叫徐佩瑗。他已联络了驻守在苏州、常熟两地的长毛军,暗中与这两地的守城部属商议好了,愿做内应,配合我淮军一举拿下这两座城池。徐家老八今天特来大帅的行辕报信,恳请大帅能赏个脸会他一会。您也好从中摸到一些底细。"

李鸿章答应了,把众幕僚丢在签押房里,自己跟着钱鼎铭去了后园花厅里。李鸿章与徐佩瑗密谈时,钱鼎铭主动回避,守在花厅的拱形门外。二人谈了近个把小时,李鸿章才从花厅里出来,信步回到了签押房。

众幕僚起身,李鸿章打着手势让他们坐下。他的嗓门好像格外响亮了,道:"淮军进驻上海以来,开天辟地,赢得了一个鼓舞人心的新局面。眼下长毛贼李秀成游荡在上海外围,已无作为,仅柘林、奉贤仍为长毛军占领。我军肃清进攻上海的李秀成长毛军已近尾声,全面胜利指日可待。当然,我们也不排除李秀成还有伺机反扑、四面骚扰的可能性,所以,本帅决定:一是当前要继续利用洋军和华尔的洋枪队,剿灭长毛军在上海外围的残部兵勇。各营不可麻痹,要一鼓作气,奋勇进攻,不要把不容易得到的胜利果实拱手送给了洋人。这些日子来,我是在利用洋人为我们打仗,因为淮军的实力不够。现在情况不同了,长毛军大势已去,而我军力量也明显壮大,应在这最后一战,由配角变为主角。使世人看到,真正能够收场的,还是我们淮军。二是办好制炮局及其他以作长远打算的新机构。初来上海时,本帅同各位一样,对洋人的'长技'接触不深。驻沪日久,我的感受也在不断加深。前不久,洋人邀我去参观了英、法人的军舰。我看到了他们大炮之精纯,子弹之精巧,器械之鲜明,队伍之雄整,实非我淮军也包括湘军在内所能比及的。当然,他们的陆军没有我们兵勇凶悍。但是,你们看人家每次攻城劫营,大多数军械器具均是我们没有的。别的不说,就讲人家使用的那种浮桥和云梯吧,我们何曾见过?他们的浮桥都可以轻轻一抬就起,云梯还可以折叠起来,往身上一背就走。而我们的呢?除了木头就是毛竹,比人家的土多了,这样的落后当然让人家看不起。外国人见到我们淮军,动辄讥笑,我回答他们:'军贵能战,非装饰美观,迨吾一试,笑未晚矣!'话虽这么说,但心里面却不是滋味,心虚得很呀!所以,我是一面不服输,一面不惜重金,购买洋人的枪炮,以充实我们的队伍。如此是解决了一些问题,也的确很有效果。但到后来我又想:靠买人家现成的东西,没有那么多钱去花不说,却总是在跟着人家屁股后面跑。就如同人家吃过的稀饭,剩一点下来卖给我们吃了。我们吃的是人家的剩饭,这怎么行呢?所以,我们要自己去制造。先把制炮局搞起来,再向其他方面发展,这是根本大计,当全力以赴。牌子挂起来了,要出成果,这就是要见到我们自己生产的枪炮和子弹。三是肃清了上海一带长毛之后,淮军还要走出去,打到苏州、常熟一带去,最后彻底肃清江苏的长毛,去夺取全面胜利。刚才我跟徐佩瑞谈了,不久将会作出部署,移师苏常,不可有半点的停滞,这就是我们淮军下一步的目标。当然,我们还要整治吏治,经营地方,争取江苏一带的全面繁荣……"

李鸿章一番长长的讲话,令在座的各位幕僚听得入耳,众人鸦雀无声,唯有颔首不止。那郭嵩焘、刘郁膏二人在李鸿章话一落音就激动地走上前去,拉起李鸿章的手说:"少翁进步了,少翁的确不凡!"

李鸿章笑了,笑得很甜。

第十三章　羽翼初丰

　　李鸿章率淮军到上海利用洋人打了几个胜仗，很受朝廷的赏识。其实朝廷也知道，真正打破长毛李秀成第二次围攻上海计划的，还是洋人出的力。淮军充其量是帮了几把手，打了个配合，壮了一些声势罢了。但即便如此，李鸿章还是成功的。在他以前的几任地方大员，也都曾经借洋兵和华尔的洋枪队讨伐过长毛军，钱花的不比李鸿章花的少，但却很少听说过有什么胜仗。太平军在上海周围乃至浙江、苏、常一带，还是愈闹愈凶，搅得地方和朝廷都不得安宁。李鸿章却不一样了，他尽管也花了大把大把的银子，也是利用洋兵去打太平军，但他把事情办得漂亮多了。李秀成在上海周围惨遭失败，竟一步也未曾跨进上海去。不仅如此，淮军发展了，鸟枪换炮了，真正成了一支很有前途、让太平军闻风丧胆的队伍。

　　而曾国藩的湘军那边，虽然攻克了安庆，但在较长的时间里，从此再无多大进展。金陵城里的洪秀全向各地太平军下得诏令，要外地太平军回援天京。曾国藩也调兵遣将，由其胞弟曾国荃专攻金陵，建起了大营几十座。但到头来，仍然看不见效果。朝廷得到的战报，不是今天被长毛攻破了几座大营，就是明天被长毛打了个溃败而逃。相比之下，一是浙江左宗棠不断地传来喜讯，二是上海的李鸿章节节胜利，还扩大了许多地盘，收复了青浦、嘉定等许多重要城镇。上海战局急转直上，有了好的势头。朝廷权衡再三，不仅给李鸿章实授了江苏巡抚，外加署理通商大臣，还对他部下几十员大将也论功行赏，一个个连升了数级。程学启赏了记名提督，还实授了江西南赣镇总兵；刘铭传有勇有谋，赏了记名总兵，另赐号"骠勇巴图鲁"；潘鼎新授为江苏常镇通海道道台；周盛波官至副将；张树声也保举到了候补道员……至于李鹤章及昭庆兄弟，作为李鸿章的胞弟，李鸿章要做出一种姿态：无功不受禄。

　　一连数日里，淮军里上下皆大欢喜，像过年一样，在热热闹闹地庆贺，叙旧话新，一派喜人景象。当年的泥腿子们，如今一个个都朝袍补服穿在身上，头戴红缨顶戴，自然风光极了。来入淮军之前，一些人连做梦也不曾想到自己会有今天，跟那些练了一辈子字，读了半辈子书的举人、进士们，竟然平起平坐了。有些甚至还跑到了举人、进士们的头上，叫他们对当年的泥腿子打躬作揖、听从差遣了。

其实，说皆大欢喜，也只是总体而言。不服气的、有失落感的人，也时有所闻。比如说咸丰十年间的进士刘秉璋，与李鸿章曾有过师生之谊。他早年曾师事李鸿章，加之又是安徽庐江人，与大帅是同乡，理应能心情舒畅起来。的确，李鸿章对他多有赞誉，说他"沉毅明决，器识宏深"，认为与之"为道义交十有余年，深知结实可靠"。李鸿章率淮军一抵上海，就奏调他来军中襄助军事，统办文案。他是淮军中科举进士，本以为可以事事领先，被李鸿章格外高看一眼。却不料李鸿章是一个轻视门第身世的大帅，并不把他这个进士放在眼里，一切凭实力说话，根本不考虑重用他。一个个都三品、四品地玩起来了，刘秉璋仍然一切照旧，在李鸿章的签押房里忙他的文案，枯燥无味，没有奔头。

一日，李鸿章坐大轿出门去了，刘秉璋一人在签押房的文案间里闷得慌，走出门来与文巡捕发牢骚，说："吹什么牛呢？这淮军的统领中有几个人是像样的？依我的观察，淮军中带兵的可分为十等，头一等是粤捻匪投诚的；第二等是土匪投诚的；第三等为光棍地痞；第四等为行伍出身；第五等是一字不识者；第六等是秀才出身，第七等为贡生；第八等是举人；第九等是进士；第十等人才是翰林。进士、翰林落到了九、十等的地步，你说这淮军还有干头吗？！"

刘秉璋这话当天就传到了李鸿章的耳朵里。李鸿章十分生气，心想我淮军正值蒸蒸日上的大好时机，各路将领大都升了官，喜气洋洋。而作为科举进士出身的刘秉璋却发出这么一番议论，不亚于在众将领头上泼了一盆冷水。所以，李鸿章当即就把刘秉璋传进了签押房，亲自关上大门，不让人进来，要与刘秉璋做一番理论。

刘秉璋见李鸿章板着面孔，心中已估计到了为什么会找他。于是，还不等李鸿章开口斥责问话，自己便开门见山地讲了起来，道："少翁也不必发怒。把淮军中的将领作十等之分，都是我的看法。且这个看法是实事求是的。曾国藩大人组建湘军，始终坚持一个原则：

'选士人,领山农'。而淮军却另搞一套,士人在这里得不到任用,竟然让乡间的团练首领、旧有防军,甚至是长毛降将、土匪地痞们在淮军里唱主角。"

李鸿章猛瞪了刘秉璋一眼,但没有发火,也没有打断他的话,表现出气度不凡的涵养,听他继续把心中的怨气放完。刘秉璋全然不顾李鸿章高兴不高兴,扳着自己的手指头,道:

"请看看淮军的这些头领中,尽管已经您几次调整,但没有科名的人仍占绝对多数。十几位统领中,李鹤章是亲兵营的统领,算是不错了,虽是做过民间团首,但毕竟还是贡生出身。铭字营统领刘铭传是团首,大字识不了几个,典型的泥腿子!开字营程学启是什么呢?长毛贼那边过来的降将。曾国藩大人都始终防他一手,在这里好像已经脱胎换骨了,被当做宝贝了,被少翁您捧为'淮军第一骁将',自己的'左臂'。还说什么'此公用兵方略为十余年来罕有之将'。鼎字营潘鼎新虽是举人,但也在民间当过团首。盛字营周盛波、周盛传也是庐州乡村团首出身;树字营张树声为廪生加团首,张树珊、张树屏是地道的团首;吴长庆虽有世职,但却一直就是团首;新编的松字营郭松林竟然是木工出身;勋字营杨鼎勋为防军出身⋯⋯您看看!与湘军相比,难道不是鲜明的对照吗?少翁啊,恕我直言,与湘军相比,淮军有一条倒是与湘军一脉相承,这就是把同乡、同事、师生、亲族关系放在第一位。还以淮军各营的统领为例,同乡关系表现得最为突出,多达十二名。其他只有湖南籍两人,四川籍一名。当然,我们是淮军,我本人也是安徽人,此情原来也在情理之中。但除了同乡关系之外,还有兄弟关系,包括三个家族七个兄弟。少翁您与李鹤章等兄弟关系暂且不论。湘军中曾大帅也有几名兄弟在各营中当统领。但张树声、张树珊、张树屏一家兄弟三个都当统领,这就说不过去了吧?淮军中师生关系涉及十人之多,而姻亲关系也为数不少,有四人哩!我今天冒着将被您盛怒之下清除出淮军的危险指出这种倾向,请相信我,我并无丝毫恶意,只是恳求少翁您能够引起警惕。从长远计,也要起用我们这些有科名的人。少翁您不也是翰林出身吗?如今不照样是身为一军之帅,干得红红火火吗?"

刘秉璋把满心的话儿讲完了,顿觉浑身轻松,只等着李鸿章最后拍案而起,指着自己的鼻子大骂呢!淮军里的将领都听惯了李鸿章骂人的话。原来他不是这样的,常给人文乎文乎的感觉。但当了淮军大帅以后,或许是受将士们粗俗不堪、出口脏话的影响,也或许是肩上的担子重了,事情多了,心里烦躁了,现在经常出口就要骂娘。有些时候,竟对洋人也骂了起来。一口的合肥土话,骂得淮军中的安徽人听得过瘾,时常捧腹大笑。笑什么?被骂的洋人听不懂,在李鸿章骂过他们以后,还向李鸿章跷起大拇指。

出乎刘秉璋意料的是,李鸿章听了他这些牢骚之后,并没有暴跳如雷,原来板着的面孔也平和了下来,虽然不开笑脸,但并不带怒色了。刘秉璋心中一惊,不知这位大帅、这位老师跟他玩的是什么花招。直到刘秉璋讲完了,表示再也无话要讲了,李鸿章才把脸儿扬起来,道:"我相信你今天是坦诚直言,就让你把话儿全讲出来吧!讲出来比不讲要好,憋在心中怪难受的。导致你非要发这一通怪论的原因,无非是看着在营头里独当一面的统领们,大多数都升官了。而你,一个朝廷的翰林出身,在淮军里却一声不响,功也没有你的,官也没有你的。你是不服气了,眼红了。今天我也不想拿脾气压你。我只想问问你:你才干几天文案呀?我在恩师曾国藩的行营里干了多少年文案呀?要是有你今天的怨气,我不是早就跟恩师反了吗?此其一。"

李鸿章站起身来,向刘秉璋面前跨了一步,突然提高了嗓门,道:"你这个人是怎么啦?我曾经向我恩师说你'沉毅明决,器识宏深'。今天看起来,你是笨得无法形容了!在你眼里,除了你刘秉璋,再加上一个李鸿章在内,其他人都是王八蛋,是不是?其中的道理无需我多讲。今天,我只要把你的话抖搂出去,在淮军里你是待不下去了。这些人不把你撕成碎片,也会把你赶出上海的!打击面这么大,出言不慎,也是出言不逊,此是其二。其三,淮军中虽然多是没有科名的人,那又怎么样?你是堂堂正正的进士、功名出身,这又怎么样?我组建淮军是要同太平军打仗,要的是身强力壮,机智勇敢,敢打敢拼。这里不是紫禁城,不是翰林院,带兵打仗,喝了墨水的人不一定就行。淮军固然有一些一字不识的营官。兵勇中,几乎全是斗大的字识不了几个,但不是同样把长毛军打退了吗?其四,有科名固然更好,但科名本身不能当饭吃,还要自己具有实力,真正下得身子去干。干不出名堂,你那满身的科名又能值几个钱?所以,你若也想去带兵打仗,去独当一面,试试自己的武才如何。那么,我不计较你已经讲出的这么多怪论,也不想把你的话抖搂出去。并且,我已跟文巡捕打过招呼了:此话到此为止。对你,也希望你自重自爱,切忌胡说瞎说,得罪大多数人。否则,就是我不追究你,其他人也会找你算账的!好了,一切到此为止了。从明天起,你到庆字营去吧!我给你这个机会,让你当统领,试试看。若是打不出成绩来,到时候别怪我要找你的麻烦。那时你恐怕也无言以对了!"

李鸿章到底是技高一筹,该发火时没有发火。好言相劝吧,又句句掷地有声,软中带硬,刚中有柔,既有批驳,又有真挚的关心爱护,让刘秉璋打心眼里佩服。不过,刘秉璋一番牢骚还是产生了效果:就如同李鸿章当初在曾国藩手下做文案一样,所期盼的正是能有一个带兵打仗、独当一面的机会。今天,刘秉璋可以说是因祸得福,去庆字营当统领,他如愿以偿了。

丁日昌奉命从洋人那儿订购的洋枪洋炮陆续到货了。洋人还特意赠送给李鸿章一支左轮手枪。这玩意儿,淮军上下从未有人见过,李鸿章也觉得新鲜极了:就那个尺把长不到,重不过一块青砖的玩意,往裤带上一插,携带十分方便。李鸿章在行辕后花园里试了几枪,不仅射程可以,打得也准。李鸿章十分喜爱,当即收了起来。

新购的洋枪洋炮分配到各营去了。李鹤章的亲兵营没有分到过山炮,但全部换成了清一色的洋枪。就在这时,一个出战计划在李鸿章脑子里形成了。他要攻取柘林、奉贤两地,全面肃清上海外围的李秀成残部。

按照商定的路线:洋军由何伯、卜罗德率领,加上华尔的洋枪队,共计四千六百人,到青浦、金山卫、松江三地待命。次日,英、法军及洋枪队赶到指定地点。李鸿章令程学启、滕嗣武、刘铭传、潘鼎新、韩正国五位统领率淮军四千人从北路,自浦东、南汇、周浦一带,与洋军同时直攻。

第一仗是要打柘林。淮军与洋军、洋枪队从不同方向在柘林附近会合时,天色已经黑透了。据探马报:柘林此时有两千多名太平军坚守,营垒坚固,长壕很宽,夜间不便行动。当晚,攻军就地在野外搭起营帐,安置大炮,布下埋伏,决定到天一见亮就开炮进攻。

天刚微亮,淮军、洋军、洋枪队计八千六百人已把柘林围紧。四十门大炮突然间同时喷出火焰,一阵狂轰滥炸,柘林镇顿时墙倒屋塌,硝烟滚滚。

炸了一会,不见柘林镇有大的动静。淮军这边便停止了轰击。就在炮火一停时,柘林镇内的守军突然开始反击,枪炮齐鸣,把攻军的营帐打得布片四飞。虽说都是些土枪土炮,由于两军距离较近,且镇外攻军掩体不足,一时死伤较重。太平军为侦察攻军人数、进攻方位等,派出一支小队穿上淮军衣装,从营垒中闪出。他们绕到洋军及洋枪队的后面,把攻军的情况看得清清楚楚。而英法军队却误以为这支小队是李鸿章的淮军,任凭他们策马从自己的阵营后冲过,直奔柘林镇中。进镇子前,这支小队还扔下几支火器,炸死洋人一片。这时,洋人们才知道他们是冒充了淮军,一阵枪弹扫射,但为时已晚。

通过侦察,太平军已知来攻之敌不可抵抗,竟几倍于镇中守军的力量,于是策划撤退。但攻军已层层把镇子围住了,寻找不到突破口,只好拼命抵抗。一天过去了,双方相持不下。

次日天刚放亮,攻军又炮轰不止,终于把太平军在镇外所垒的砖墙打塌了两处。守军已无反抗之力,淮军几营人马一喊就上,如潮水一般冲进镇去。洋军卜罗德也跃出掩体,指挥冲锋。不料一颗子弹正击中了他的头部,不一会便没气了。此时柘林镇大抵只有五六百活着的太平军,竟不愿意缴械投降,与攻军拼死肉搏,直到全军覆没,无一生还。

奉贤的太平军获悉柘林失陷,顷刻人心惶惶。因为柘林是奉贤的门户,驻守的是太平军的先锋人马。淮军及洋军、洋枪队也深知攻下了柘林的意义,欢喜得连蹦带跳。

李鸿章坐在上海城他的行辕里,却没有一线将士们那样的欢快心情。因为柘林的战斗刚一打响,他就得到消息:嘉定城被李秀成亲率大军围困!不仅如此,因李秀成已知上海城内主要兵力都去打柘林、奉贤去了,城中空虚,还要在拿下嘉定后,突袭上海。

李鸿章哪敢怠慢?立即派出飞骑两批,一前一后前去搬兵回城,紧急救援嘉定和上海。几路攻军这时还集中在柘林,正在商议进攻奉贤之事,忽见李鸿章的差官大汗淋淋地冲到营地,不一会紧跟差官又来几个报信人,知道城中形势不妙。待差官们道出真情后,淮军、洋军及洋枪队的统领们都惊得脸色大变,似信非信,但又不可不信。正当几路攻军急返上海回援时,淮军的探马来报:"奉贤城里的长毛们听得几路大军来攻,撤出县城,拔军逃跑了!"

几路大军头领当即研究决定:令奉贤知县陈化锟率淮军五百兵勇加原来的守军驻扎奉贤县,其余攻军约八千人立即回援。

原来,太平军李秀成自二次围攻上海的计划破产以后,留下一些残兵败将在上海周围的一些偏僻乡村、小镇坚守,自己率亲兵回金陵去了。洪秀全见李秀成狼狈回转,火气不打一处来:洪秀全原来是叫他一月内收复苏、常,立即回奏。他倒好,一去不归,攻下苏、常后又私自去了上海。结果,组织了两次围攻,两次失败。洪秀全为此大发了脾气,道:"尔等现在是没有退路了!朕再派侍王李世贤配合你,再赴上海,务必一举攻破,不得有误!"

李秀成其实早已不把洪秀全的话放在心上了,原想在金陵一住不走了。无奈洪秀全令他三攻上海,他只得率队离开金陵,答应去上海,其实是进了苏州城。到了苏州城未住几日,洪秀全估计到他要玩滑头,派出差官,连催了三次。李秀成才被迫统领苏州一带的太平军分五路向上海挺进。这次太平军共五万人马,准备佯装攻打嘉定,把上海城里的守军吸引到嘉定后,另拨主力大军突袭上海。李秀成督师从苏州路过太仓州后,突然改变了主意,决定兵分两路,一路攻取太仓,一路去攻嘉定。而把另拨主力突袭上海的计划暂时放到一边去了。

李秀成亲督大军准备进攻太仓城时,正赶上苏州知府李庆琛率六七千兵勇开赴太仓。他准备以自己一军之力独占太仓一带,以此讨好新任巡抚李鸿章。而他在这之前是负责防守嘉定一带的。他刚入太仓脚跟未稳,就与李秀成太平军遭遇了。李秀成暗使小计:派两千多太平军将士装作向李庆琛的清军投降。不明底细的李庆琛大喜,全部收进本军。谁知战斗打响后,这两千多名太平军摇身一变,成了攻军的内应,李秀成率万余人轻松入城,摧毁清军营垒十三座。混进李庆琛军中的太平军按计划控制了清军的火药军械,使李庆琛无力还击,全军六七千人仅三百多人突围出城,其余全部阵亡。李庆琛率这三百多名向吴淞逃去,刚到板桥,便被李秀成大军追上,捉住了李庆琛及同知周仕廉,连同三百多清军兵勇,当即斩首,无一人幸存。连原驻守在板桥的清军副将王安国、梁安邦也被击毙,算是受了李庆琛的连累,一块儿搭上了性命。

　　李秀成意外地全歼了李庆琛一军后,士气大振,将士们个个来了精神。就在这时,李秀成决定乘胜攻打嘉定。到嘉定之前,他命令全军一人准备两面旗帜,一路放出风声,说此次太平军第三次来到上海城下,兵多势众,今非昔比,定要攻下上海。这个消息传到上海城里,李鸿章当然大吃一惊。加之已拨出八千多人去进攻柘林、奉贤去了,上海城里空虚,守军严重不足,他怎么能不急得要跳墙呢?

　　李鸿章还算幸运。此时李秀成并不知城中空虚,也不知柘林、奉贤的战况,只顾全军出动,把嘉定围困了。

　　在嘉定城里的清军参将姜德、刘锡温大惊,赶快紧闭城门。姜德派出探马侦察,见李秀成大军旌旗遮日,人山人海。在城外六七里远的地方,都是旌旗一片。姜德、刘锡温自知无力抵抗了。而此时嘉定城里还有英军戴洛上校率四百洋军驻守。两军合计:死命坚守,绝不出城,只等外援。

　　而从柘林返回的援兵并未及时赶到嘉定。李鸿章分析判断:太平军这回是佯攻嘉定,实攻上海。故李鸿章援军回上海待命。等淮军、洋军和洋枪队全数返回上海后,并不见李秀成大军的影子。而嘉定方面的告急却一阵紧似一阵。李鸿章自知判断有误,这才下令驰援嘉定。

　　李鸿章的淮军及洋军、洋枪队从上海出发时,嘉定城已被围四天了。援军刚抵南翔,就被李秀成在此布阵的太平军拦截。两军相遇,一场激战。真的打起来后,援军才发现:其实长毛军并没有那么多人马,而是在漫山遍野插满了旗帜,以此迷惑敌军的。淮军、洋军、洋枪队的大炮猛轰起来,太平军招架不住。李秀成一见抵抗不过,皱了皱眉头,生出一计,同时兵分几路:一路攻青浦,一路攻松江,一路攻嘉定。他想让敌军分散兵力,各个击破。而淮军等还不知李秀成已分兵去攻青浦、松江,只顾在嘉定城外的南翔与长毛军对打。突然探马来报:青浦与松江两城又遭围攻!淮军及洋军这才慌了手脚:虽然武器先进,但并无分身之术,兵员不足,如何分兵去救另外两城呢?于是,只得传令暂停南翔激战,派洋兵与淮军共五百人携带大炮四门,乘机进入嘉定城,以此加强嘉定城的防卫。

　　但是,嘉定城已无法防守了。城门已被太平军轰开,太平军依仗人多,一哄而入。城中守军只好择机从南门突围而出,丢了嘉定城。太平军在攻城中捕获洋兵九人,整个攻城太平军为此欢呼。他们对洋人已怀有刻骨仇恨,恨不得把这九个洋兵剁成肉泥吃了。但,这还得回禀了忠王以后才能处置。

李秀成入城后就住进了一所豪华官邸。左右来报:"抓住洋兵九人!"

李秀成道:"我军向来不杀俘虏,更不杀手无寸铁的洋人。还是放了他们吧!"

左右有人道:"忠王一向仁慈为怀,善待一切俘虏军士。然洋军方面,并无半点仁慈于我。成千上万的太平军将士被俘以后均遭杀害,洋军更是心狠手毒,奸淫烧杀无数。您如今仍是一副好心肠对他们,而他们却一双狠毒之手向您杀来。故不杀了这九个洋兵,不足以平我将士之愤恨。恐放了他们以后,他们更把我军看成软弱可欺、愚昧无能之军。请忠王三思!"

忠王不以为然,道:"你们不懂呀,洋军非淮军。如果你们今天抓住的是李鸿章的淮军,不用你们来劝,我会亲自动手砍下他们头颅。而洋人与我们,不仅有战事纠纷问题,更涉及其中立的两国立场问题,也要考虑到我太平天国将来与人共处、发展商贸、互通有无的大事。今虽杀去这九人图一时痛快,可知后患却无穷哩!"

左右又有人道:"近年来的无数事实已经证明,这英、法联军早已撕下其中立的伪装,完全倒向妖军一边。在上海让李鸿章花钱收买去了,处处打我们比淮军还积极。我们至今还执迷不悟,倒真正是后患无穷哩!"

李秀成听这几句话极不痛快了,正想发火。忽然有人提议说:"忠王既然不忍心对这九个洋兵动刀子,那就先把他们关几天,看看情况再说。"

李秀成拿眼一瞪:"关他们有何用?还得耗我吃喝,费我看守之兵!"

一位部将站出来,道:"忠王啊,我看还是关几天吧。我太平军将士不是已被淮军和洋兵们擒获过多人了吗?虽都已被他们惨无人道地杀害了,但下一步还会有将士被他们生擒的。留下这九个洋兵在手,将来

441

可以用他们来与敌军交换俘虏呢！"

在场的将士都认为这个主意很好，但李秀成却不耐烦了，大声吼道："不要再说了！本王已经拿定主意，把九个洋人放了吧！一根汗毛也不准动他们的！"

刚放走了九名洋兵，那边又来了战报：太平军听王、纳王攻破了青浦，又抓住了两名英军军官。

李秀成毫不犹豫，道："把英国军官立即放了；叫听王、纳王到嘉定来，另做打算！"

原来，李秀成分拨大军进攻青浦，人数达到两万有余。青浦的守将是清军游击林业文，参将姚绍收、郭大平等，总共不过两千五百人马，根本没力抵抗。只好丢下炮船十余艘突围到泗泾、广富林一带。而太平军乘势又逼近了虹桥、漕河泾、七堡。这便等于抵达了上海近郊。

李秀成只等侍王李侍贤率军前来助战。洪秀全已再三急令。但侍王那边来报："浙江形势紧急，侍王大军在浙江不得脱身，他来不了上海了。"李秀成无奈，只好凭借自己一军，拟定了第三次图谋上海的计划。

李鸿章原以为太平军二次进攻上海计划落空以后，便可以在上海高枕无忧了。他已经向朝廷和曾国藩拍了胸脯，可确保上海一方再无大的闪失。但李鸿章万万没有料到：死灰也能复燃！李秀成竟能像天军下界一般，说来又来了。

李鸿章立即找到了英法联军、洋枪队方面，共商迎战大计。淮军除守城之外，另拨两千兵勇配合出城作战。

淮军由刘铭传、潘鼎新统领，首先主攻南汇。太平军在南汇的守将是计天安吴建瀛、琳天福刘玉琳，计一万人马。也该李鸿章运气不错：吴建瀛、刘玉琳等与忠二殿下李容发不睦，发生激烈争吵。李秀成自然是站在李容发一边，对吴、刘二位横加训斥。吴建瀛、刘玉琳二人心中不快，见刘铭传、潘鼎新的淮军来攻南汇，私下里与淮军商定：太平军佯装抵抗，实际以做内应，迎淮军入城。结果，一切照计划实现了。李容发见南汇太平军投降献城，立即分派朝将吉庆元率兵攻打南汇。李容发还写下招降书，张贴于南汇的大街小巷，告之真相，奉劝受蒙骗的太平军将士重归天朝。但这些劝降书已全被吴建瀛收缴，绝大多数太平军难明真相。吉庆元率军来攻南汇，很快被击退而逃。吴建瀛、刘玉琳又配合刘铭传、潘鼎新的淮军一举攻下了川河、浦东一带。

李秀成得知南汇守军一万人马投降了淮军,大吃一惊,气得死去活来。吴建瀛、刘玉琳都是李秀成在经营苏州时起用的游手好闲之人,如今说变就变,说翻船就翻船,把李秀成甩到沟里去了。

李秀成"后院着火",等于帮了李鸿章一个大忙。太平军兵力减少一万,淮军兵力增加一万,一反一正,李秀成第三次进攻上海的条件顿时遭到了破坏,陷入两难之间。攻吧,实力已经不够,必以再次失败告终;不攻吧,有违洪天王诏令,此事又是自己最初的决策。这时有左右来报:淮军攻下了松江,太平军兵败而逃。李秀成二话没说,传令进攻松江,要夺回失地。

次日,李秀成集结周围的几路兵马,来到松江城下。松江城墙高大而坚固,李秀成下令就近砍伐毛竹,用绳子绑成竹梯,攀梯而上。但砍来的毛竹多数不够长,捆绑成竹梯后,还需几个人从下端用肩膀扛起,送上城头。攻城的先锋队共一千五百人,由忠二殿下李容发率领。这些人普遍体轻,机灵得很,系精心挑选的。

李容发第一个攀梯而上,上了城头。不料被守军发现,一炮打来,李容发身受重伤,好歹没有击中要害,仍坚持指挥士兵登城。但既已被城内守军发现,靠竹梯登城就不容易了。登城者多数被守军枪炮击中。太平军一天一夜也未能进入松江城半步。

正在双方相持不下时,李秀成忽听左右来报:"堵王黄文金率五千人马到此,愿听从忠王调遣!"李秀成大喜,忙把黄文金请进自己的营帐。原来黄文金是从金陵而来,奉洪秀全之命专程前来支援松江攻城。李秀成心中涌起感激之情,心想这两年自己经常与洪秀全闹别扭,而洪秀全还是很挂念自己的。

李鸿章在上海城里坐不住了。他听说长毛军新增援军五千人,亲自率领程学启、郭松林、张遇春等赶到新桥一带,以此牵制李秀成攻打松江。另请华尔洋枪队及英军左佐蒙甘茂利在两侧配合行动。

这日,李鸿章腰挎左轮手枪,手拿望远镜在新桥西面巡视一圈后,发现这里老百姓住的大多是茅草房屋,顿生一计:派程学启率精兵三百人纵火,把民宅统统点着。一时间,火光冲天,浓烟滚滚,一二十里地的范围都可看见满天的烟尘。李秀成不知何故,以为太平军又在新桥西边打响,立即率亲兵前来察看。还未到新桥,就看见一帮淮军正在纵火,不管三七二十一,率队就打。李鸿章见李秀成亲兵人多而又凶猛,令淮军将士撤退,向广富林方向逃跑。李秀成令亲兵紧追不舍,追进了广富林。淮军甩不掉太平军,又撤出广富林进占了漕河泾。此时,英舰"仙岛号"正护送十二艘清军炮船从漕河泾经过。炮船上满载着军械弹药,太平军探兵得知这一情况,立即报告李秀成,建议截获这批军火。

李秀成下达命令,让堵王、纳王两军迅速赶到漕河泾,会同他的亲兵一起,截住清军炮船。清军船队此时已进入小河道。此河道狭窄,吃水又浅,几乎搁浅。李秀成见状大喜,令三路一哄而上,抢夺炮船上的枪械弹药。淮军及船上的洋军、清军兵勇奋力抵抗,与太平军肉搏在一起。"仙岛号"上的大炮顿时失去了作用,最后被洗劫一空,连十二艘炮船也被劫走。清军损失惨重,而太平军装备顿时改善。

李鸿章的目的是想把太平军牵制住。双方的主力都还放在攻守松江的战斗中。这样,上海城的局势顿时缓和了许多,无惊无险了。李秀成把兵力压在松江,又久攻不下,急得手足无措。松江城外有一座土山,而土山为淮军所占,与城内守军遥相呼应。李秀成这天在土山周围巡视,顿生一念:为何不先攻下土山,然后在山上设立炮台,以此用大炮轰城呢?

于是,李秀成下令攻夺土山,不一会就攻夺成功。太平军在山上筑垒设营,架起了大炮。李秀成自觉占据了优势,当即写下一份招降谆谕,令人分抄数份,用箭射入松江城,令城中淮军出城投降,可保性命。

松江城里的淮军不仅没有投降,且在城头添置大炮,向土山猛轰不止,打得山上的太平军将士无处藏身,连炮台也被淮军的开花炮轰毁。这样,太平军所建炮台一炮未打,便成了"死炮",将士们怨言顿起:当初一建起炮台,就应数炮齐轰,占取主动。而李秀成已习惯于先下谆谕,招降敌军。所以,太平军由此经常以主动变为被动,实在令人不解。

正当李秀成大军在松江与淮军相持不下时,洪秀全从天京派来飞马,令李秀成赶快回师天京。差官道:"近日来天京城的形势已十分危急,曾国藩的湘军在皖收复城池多座,眼下已令曾国荃率军围攻天京来了。不日将对天京城发动总攻。洪天王急令忠王撤围松江,先救下天京再说。"

李秀成此时哪肯半途而废,主动撤围松江呢?所以,洪秀全的严诏一到,他被搅得心烦意乱。不料上午刚来人送了诏令,下午又有差官到来,所送的仍是与上午相同的诏令。到了第二天,竟是一天中来了三批差官,所送的仍然是洪秀全急令他回师天京的诏令。

李秀成火了,知道这是洪秀全担心自己不愿听令而采取的"车轮战术",索性干脆不予理睬,丢下天京被围之事不想,一心只在松江城外与淮军周旋。但松江城内仍然坚固如初,李鸿章又三天两头地派出一两营的兵力在城外搅乱,声援城内守军。李秀成想到了一计:令慕王谭绍光和听王陈炳文两军合力去攻打青浦,以此分散淮军的兵力,同时又牵制洋军。谁知青浦那边已经打响,松江这边的淮军兵力仍不见减少,相反,华尔的洋枪队又来了三百人溜进松江城,为淮军助战。

原来,谭绍光、陈炳文两军去围攻青浦时,实施的是四面包剿。城内淮军送不出消息,李鸿章与洋军等都不知青浦被围,所以没有分派兵力去救援。直到太平军已攻下青浦时,淮军吴长庆和英军施宾塞与华尔才得知这一消息,匆匆率军来救,但青浦已经易主。青浦城内有淮军八百人、洋军六百人及华尔洋枪队八十余人突围撤出青浦,直奔松江城而来。

他们刚抵达松江城郊时,就与城外太平军接上了火,一阵激战。李秀成不知何故。心想以攻打青浦牵制敌军,不但没有牵制住敌军,反而促使李鸿章增添了兵力,看来自己判断有误了。李秀成失望了,以为攻克松江已无可能,便主动撤围而去,使围攻松江多日的行动结束了。李鸿章松了一口气。

但李鸿章万万没有想到:李秀成在撤围松江后,将五六万大军集合起来,分成十二路纵队直奔上海而去。李秀成仍然是天天能接到洪秀全的严诏。眼下的李秀成已开始一意孤行,完全将洪秀全的命令放在一边,一心要攻下上海城。他首先围住了淮军程学启、滕嗣武在虹桥一带的营垒,又分兵进至法华镇、徐家汇和九里桥一带,直逼租界和上海城。

上海面临险情,李鸿章急忙回城,亲自督军,率同知张树声,参将张遇春、郭松林,都司张志邦,通判韩正国等,分兵三路,出城迎战。一到虹桥附近,见太平军正在炮火猛轰程学启的营垒,李鸿章率军夹攻。打退了围攻虹桥的太平军,李鸿章又督军扑向徐家汇、九里桥一带,与太平军短兵相接,拼命进攻。李鸿章亲自督战,将士们斗志倍增,十分勇猛,打得太平军乱了阵势,纷纷逃窜。仅一会儿工夫,太平军在徐家汇、九里桥就损失了三千多人。

　　李秀成遭此一击,顿时失去了信心,还没有向上海打出一炮,就率军退到了泗泾一带。不料程学启率队紧追不放,一路追到泗泾。李鸿章也亲督马队,从另一个方向迎头而至。太平军将士已多次领教了淮军的勇猛,见淮军两路而来,一哄而散。李秀成好不容易才把散兵集中起来,逃向广富林。李鸿章下令乘胜追击,李秀成在广富林一带脚跟未稳,又被击退,向北逃去。

　　李秀成在上海周围仅剩下青浦、嘉定及太仓三个据点。他留下少许人马驻守三地,自己率残部回苏州去了。就在他人还未进苏州城时,李鸿章又发兵攻下了青浦、嘉定、太仓三城。上海周围的太平军被李鸿章全面肃清。

　　李鸿章迎来了一个崭新的局面:从同治元年夏天开始,洪秀全的天京城就开始面临危急之中了。曾国藩给李鸿章写来书信,告诉他:湘军的各项计划已定,已从西向东,朝洪秀全的天京包围过去。曾国藩要先扫清天京周围各郡县的长毛军,收复皖南、皖北各城,攻复皖中庐州,逐步向天京推进。李鸿章兴奋不已:自己的故乡庐州不久将被收复,举家将要迁回城内。那时,他的家族在庐州将是第一号的望族。不用说大哥李瀚章、胞弟李鹤章、李昭庆等,就凭自己的名望与地位,也会使得故乡四方人氏对他的家族高看一眼。

　　李鸿章的心情从来没有像现在这样轻松而又激动过。他的淮军已经可以从防守转向进攻了。湘军在步步推进,自己的淮军也不能落后,必须大步向前,打出上海了。他有了一个全新的计划,不仅派张树声、李昭庆等回故乡在庐州一带招募兵勇,扩大淮军队伍,而且还向曾国藩伸出了一只手:要组建淮军水师,使之形成水、陆两路混合的大军。曾国藩是很有心计的:他要把李鸿章的淮军最终调出上海,拉到苏、常一带来,成为胞弟曾国荃进攻金陵的最近的外援。所以,当李鸿章提出要组建淮军水师时,曾国藩也认为确有必要,便决定将自己的太湖水师调给李鸿章。这太湖水师是曾国藩刚刚组建的,其水师的全部战船都是在安徽铜陵峡建造的。所有水师营均调自湘军外江及内江水师,并从外江水师中借调李朝斌为太湖水师统领。

还有一支淮扬水师,也系曾国藩一手组建而成。其统领黄翼升及营官都是借调于湘军外江水师。大多数兵勇也都是募自湖南,只有少数来自安徽一带。这支水师是首先调给李鸿章暂用的。当太湖水师组建好以后,曾国藩便令其立即开赴上海,以此换回淮扬水师。

曾国藩这一招失误了。李鸿章的胃口很大:太湖水师也要,淮扬水师也不给走,统统留在他的淮军里。曾国藩无奈,只好答应李鸿章暂时借用。这样,加上分派将领去安徽新招的兵勇,李鸿章手下已拥有了一支三万兵勇的队伍,与湘军组建之初兵力相当。

与此同时,在上海的英、法联军也兵力增加,总计已达四千五百五十人,军器先进,还配备有军舰数艘。

李鸿章的目标不在是上海及周边地区了。他把自己进军的范围扩大到了江、浙广大地区。李鸿章下令:在上海附近修建军用道路,以此运送大炮直达苏、杭地区。

上海一带平息后,洋军先后从周围县、镇撤回上海。从此,吴中至上海一带清军,也全由李鸿章一人指挥。而杭州一带,早些时候由左宗棠出任浙江巡抚,形势也开始好转。洪秀全的太平军面临三个死敌:曾国藩、李鸿章、左宗棠。曾国藩给李鸿章的任务是:采取大举进攻之势,以消灭东面的长毛军;牵制吴中一带的李秀成所部,使其不能回援金陵,从而使曾国荃全力攻打金陵。南面由左宗棠负责,将浙江一带的长毛军拖住,也使其不得回援。如能使这个布局稳定下去,曾国荃最后攻打金陵就有了把握。

太平军方面,忠王李秀成迫于洪秀全连日三番五次地严诏,只得回到了金陵。这次见面,对洪秀全与李秀成两方来讲,都是不愉快的,也是痛苦的。天京遭围,李秀成姗姗来迟,且心不在焉,令洪秀全见到他就想骂娘。

那日在天王府中,洪秀全一见李秀成出现在他面前,脸上马上变得惨白,非常吓人。他的眼睛好像发了热病似的闪烁着一种愤怒的光芒,嘴唇在抖动,用低微而又阴沉沉的声音张口就道:"你难道真要我说你'忠王不忠'吗?!"

447

但洪秀全毕竟是威严的。他又极善于调节气氛,掌握平衡。李秀成虽然不快,但到底还是心平气和下来。

洪秀全道:"你应当把你的眷属带到天京来。我这天京城里有你一座忠王府,这么长时间了,也无人去住。如果你觉得房子不够用,还可以从英王府再挤占一点。总之,定要把你的眷属接到天京来,一心一意待在天京吧!今后不必再随大军四处奔波了!"

洪秀全这个安排令李秀成毛骨悚然。依李秀成看来:洪秀全是要把他一家老小全部扣在天京,当做驱使李秀成的人质!李秀成怎敢答应?仍表示要走出天京,牵制淮军和苏常一带的清军,以此救援天京。

洪秀全本不想放李秀成再出天京。但转念一想:苏、常乃至上海一带,也的确重要。如果丢失,那天京便更没有救了,而且撤无退路。所以,他以一种不容置疑的口气对李秀成道:"尔等此次出京,只可去苏、常,布置好吴中一带的防务后,速派遣大军,分路回援天京。你当速去速回,不可在外围恋战,而置天京的安危于不顾!"

这样,李秀成回金陵只待了七天,便又重新当他苏州城的主人来了。

李秀成未回到苏州前,慕王组织了一次针对李鸿章的大反攻,目标直指上海。慕王是分军两路的:一路由慕王自己率领,从太仓、昆山向上海进逼;一路由听王陈炳文、潮王黄子隆率领,主将邓光明协助,由青浦一带向上海靠近。此时正值曾国藩调给李鸿章的水师到达上海。黄翼升的水师奉李鸿章之命在三江口、四江口、白鹤港、张堰等地。太平军大队人马开来,黄翼升一面派出飞马向李鸿章报告,一面积极组织反击,最后稍作后退,在白鹤港扎下大营,封锁了水上通道,太平军因此不能从水上运输、进军,转而进攻嘉定附近的黄渡。

次日,李鸿章亲自督兵,率胞弟李鹤章及程学启两军抵达黄渡,与太平军激战。李鸿章是要把太平军堵在黄渡以外,不让其靠近上海。慕王知道李鸿章用心,拼命冲锋,分头向上海方向挺进。李鸿章以最猛烈的炮火阻击,太平军顷刻间被击毙三千余人。慕王之子也不幸阵亡。慕王遭此一击,悲痛欲绝,后悔自己不该在忠王返回天京时心生此计,结果偷鸡不成蚀把米,反而送掉了儿子的性命。

李鸿章这一仗打得轻松,很快获胜,返回上海。他前脚踏进自己行辕的大门,后面就收到了曾国藩紧急送来的密函:曾国荃在天京城外已建起营垒数座。但洪秀全四处调兵,已有多路长毛军抵达了天京,对曾国荃的大营实施了反包围。曾国荃告急,请胞兄曾国藩派兵救援。曾国藩指名要调淮军程学启大军紧急前往金陵。

李鸿章一惊。他深知曾国藩向来是把曾国荃的安危放在第一位的。曾国荃遇到危险,李鸿章这回是救也得救,不救也得救。只是要程学启督军去救,李鸿章不干了:程学启已成为淮军的主力,自己的左膀右臂,一天也不可没有程学启。然而,不让程学启前去,让谁去呢? 李鸿章脑海里闪出一个人来:主将白齐文。白齐文自朝廷调到淮军中出任统领后,很快成了李鸿章的眼中钉,肉中刺。他对李鸿章不恭不敬,还经常在背后说三道四,指桑骂槐。李鸿章早有耳闻,将白齐文传到签押房,当面责问。白齐文竟供认不讳,公开表示对李鸿章的不满情绪。二人由此结下仇恨。但白齐文是奉朝廷之命来军中效力的。抓不住他的把柄,李鸿章暂时还奈何不了他。

曾国藩急令淮军增援天京,李鸿章一拍大腿,道:"妙! 就把这白齐文派去,省得让我见了心烦!"李鸿章当即派出差官,传他的命令:要白齐文率所部驰援曾国荃。

白齐文接到李鸿章的命令,顿时火冒三丈。他知道这是李鸿章把他当做绊脚石了,这会叫他驰援曾国荃,真实用意是想把他一脚踢开。白齐文是个犟脾气:你越想踢我走,我偏偏越是不走。

于是,白齐文写下一纸,声称自己不能从命,理由有二:一是自己已在浙江与上海之间被长毛军纠缠,不得脱身;二是李鸿章已拖欠、挤占他军中兵饷长达半年之久,军中将士不愿远征金陵。他特别强调:在淮军几万人马中,只有他的所部不能按时得到军饷!

白齐文抗命不愿出兵,李鸿章急得脸色灰白,在签押房中连连跺脚,非要治治白齐文不可。次日,李鸿章想好了一个主意:找到英军军官奥伦,请他出任白齐文所部的参谋长,并协助白齐文主持军务。另外,李鸿章还出了大价钱,从英、法两军和华尔的洋枪队中借调一批兵勇,进驻白齐文军中,道:"这是帮助白齐文训练、整顿兵勇,从此提高白齐文所部的作战能力!"

白齐文深知:李鸿章这是借故削弱他的权力,也同时借用洋人对他施加压力,逼其就范。于是,白齐文公开拒绝洋人来他军中,并找到李鸿章,提出抗议。李鸿章大怒,道:"你白齐文抗拒军令已在其一,总有秋后算账的时候。如今难道还想谋反不成?!"

"谋反"一词,从李鸿章嘴里说出来,便不是闹着玩的了。他以阻止白齐文谋反为由,终止了白齐文的统兵之权,另请洋将史迪佛代任白齐文的职务,彻底将白齐文搁在一边,让他坐起了冷板凳。到这时,白齐文才知胳膊到底是扭不过大腿的,吃了一个大亏,心中愤恨不已。

白齐文要报仇,但硬拼不是办法,也不会成功。自从被拿掉了职权后,他连李鸿章行辕的大门都进不了,更不用说见到李鸿章了。他首先想到自己有一个远房亲戚在朝廷里为官。于是,他当即写下一份奏折,请这个亲戚代奏朝廷:说李鸿章长期暗中勾结洋人,把本属朝廷统管之下的兵权毫无设防地送给洋人,有出卖朝廷兵权、谋取个人好处之嫌。

清廷接到白齐文转递的状子,起先并不在意。但朝中毕竟有白齐文的亲戚,经这个亲戚暗中活动,请几位大臣出面游说。朝廷这才出面干预此事:下诏要李鸿章撤回请洋将统带白齐文所部的命令,仍然让中国将领自己统领自己的队伍,以防今后受制于洋人。

李鸿章已痛下决心:拿掉白齐文。得知他向朝廷告状以后,更不示弱:一方给朝廷送上奏折,称白齐文屡次抗拒军令,误了战机,在军中已造成了极坏的影响。再说,聘请洋人带兵,其兵权仍在自己手下,并不是放权于洋人。另一方面,李鸿章还给曾国藩写信阐明自己的主张,说白齐文是如何地藐视曾国藩要进援金陵的命令,又是如何抗拒自己的命令,不愿意援助曾国荃。

曾国藩接到李鸿章信函后,果然对白齐文火冒三丈。他坚决支持李鸿章要拿掉白齐文兵权的主张,自己奏明朝廷,大上特上了白齐文的烂药,终于得到朝廷的默许。但朝廷仍坚持:将白齐文留在淮军中,负责沟通上下,协助洋将料理军务。事情定下来之后,李鸿章仍令白齐文所部四千人马紧急驰援金陵城外的曾国荃。白齐文也够种:坚持要李鸿章补齐了所欠军饷以后,再考虑出兵。李鸿章呢,就是迟迟不拨。这样,一个要,一个不给,双方相持不下。白齐文以催要军饷为由,就是按兵不动。李鸿章无奈,只好派苏松粮储道黄芳来到白齐文军中,要黄芳出面催白齐文出兵。白齐文把李鸿章大骂一通后,对黄芳道:"今儿看在你的面子上,兵饷一到,马上出兵!"黄芳劝道:"拖欠了你部的军饷是一个事实,但绝不可以因此而误了救援曾国荃的大事。你当先发兵驰援,军饷随后就送到军中。"

白齐文被逼得没有退路了,竟然委屈得大哭起来,对黄芳道:"不是我不愿驰援曾国荃,而实在是李鸿章欺人太甚,处处刁难,事事压制。他由于对我心怀不满,在粮饷、军械几方面为难我军,先进武器购买来了,没有我军的;军中粮草断了,也不给我军调拨,几次使我军弹尽粮绝。数日来,我军全靠上下节衣缩食,纷纷解私囊,以济一时之急。而如今私囊已尽,不能为继。大军远征金陵,一路上让我们喝西北风去呀?所以,我军没有军饷,无法去驰援金陵。"

黄芳劝说不通,只好回去如实禀报李鸿章。李鸿章拍案而起,下了一道严令:白齐文必须即日赴天京。但白齐文呢,他已经横下了一条心:坚决抗拒到底!他下令:赶走了洋将、洋兵,关闭城门,率全军哗变,将城中百姓财物洗劫一空,杀尽全城清吏,宣布全军投靠洪秀全。

白齐文这一招把李鸿章吓得不轻。他怕此事闹大了以后,引起舆论不满,捅到朝廷去,有口说不清。所以,他仍然令黄芳出面,紧急再度前往白齐文军中。要黄芳表态:同意立即拨出军饷,当日就派船送到白齐文驻扎的松江。白齐文听说兵船送来了军饷,立即赶到码头,前去接收。不去还好,一去当场气得口吐白沫。原来,李鸿章派来的船只,并无分文的军饷。

白齐文满怀愤恨,带亲兵冲到黄芳的房间,二话未说,上去就是几个嘴巴,把黄芳打得满嘴鲜血直流,然后一阵痛骂。白齐文得到密报:黄芳后院的仓库里存有饷银四万两。这白齐文已到了疯狂的程度,亲率兵勇冲开仓库大门,抢走四万两白银,丢下一纸字据,扬长而去。

李鸿章得知饷银被抢,令白齐文只身滚蛋。十几个亲兵上去扒去白齐文的官服,将他推出城门。白齐文顿时成了丧家之犬,满含泪水徒步前往北京,向朝廷请愿复职。但朝廷早已收到了曾国藩和李鸿章的奏折,已经不愿意为一个小小的白齐文而来得罪两位拥有兵权的要员。白齐文告状无门了,从北京回来了以后,投靠了太平军。

平息了白齐文所部的风波以后,李鸿章心里顿觉痛快。他原准备抽出兵力,先帮助左宗棠在浙江肃清太平军,但左宗棠极善用兵,仅凭

451

自己一军之力,已基本稳定了大局,收复了杭州、宁波等主要城市,也进入了扫除太平军残余的阶段。这样,李鸿章就开始全力部署进攻吴中的战事了。这是淮军进入上海以后的一个重大的转折,迎接淮军的是一个崭新的局面。仅几个月的收编、招募,淮军已达四万之众,真正与他的恩师曾国藩双峰对峙了。他在朝廷的心目中,也变得举足轻重起来。

李鸿章经过数日的策划,决定召开一个军事会议,全面部署进攻吴中、收复苏常的战斗。会议在他的行辕里隆重召开,他在会上下达了命令:程学启负责进攻太仓;李鹤章攻打常熟和昭文两地;水师游击周兴隆率小队潜入常熟,混进太平军,寻找内线人物,发动内部兵变,配合李鹤章行动;其余等各路兵马除留下万人驻守上海及周边县城外,统统压到苏州战场上去,确保万无一失地收复苏州。

夏去秋来,转眼到了七月中下旬。二十日这天,淮军所有将士每人得了李鸿章五百钱的奖赏。又通知二十一日放假一天。全军营官以上的将领,每人都收到了一份由李鸿章亲笔签发的请帖:二十一日下午聚集于大帅的行辕,由李大帅亲自出面宴请诸位。

各营各哨自己安排,每人已分了五百钱,再加上各营各哨的伙食费,也多少都节余了一点。把这些钱拿出来,贴补进去,让大家也好好地吃上一顿丰盛的晚餐。但各营各哨办起来,就不是那么容易了。淮军里绝大部分都是一些乡下老实巴交的庄稼汉,分得这五百文钱,是绝对舍不得拿出来"抬石头"的。他们说:就拿平时节余的伙食费改善一下生活吧,已经分到手的五百文钱就不要凑了,还要托熟人带回去贴补家用。所以,二十一日下午,已到傍晚时分,各营各哨里冷冷清清,只是比平时添了一道荤菜,吃喝基本照旧。只有一些哨长们,或是光棍汉,或是家中收入较为殷实的,这些人不在乎钱,更无心存钱,便三五成群地吆喝着逛大街,下馆子,买上两斤烧酒,喝一顿痛快。

营官以上的将领二十一日下午在大帅的行辕里热闹了。这是一座盖着黄色琉璃瓦、斗拱飞檐、上面刻了许多飞禽走兽的古色古香的建筑。大家在这一楼里先看了一出戏,是李鸿章特意从庐州请过来的戏班子。演的是"倒七戏"《小放牛》,这是皖中一带很受欢迎的地方剧种。它那具有浓厚乡情土味的唱腔,令淮军里许多安徽籍的将领们潸然泪下,乡情难却。一些湖南籍的将领虽然听不太懂,但觉得调子很好听,也勉强看完了一台戏。

散了戏,李鸿章摆下了十九桌宴席,地点很特别:就在李鸿章行辕的后花园里。露天摆放着大桌、椅子。饭菜等都是在旁边搭起临时灶台,由淮军里的上等伙勇烧成。天气不冷不热,大家吃喝得非常开心。

次日是个晴朗的日子,约三万淮军将士要离开上海,分赴吴中一带的各个战场去了。在淮军的演练场上,举行了一个隆重的发兵仪式。三万将士按营、哨、队,面对着指挥台整齐地排列成方队。李鸿章是骑马来到演练场的,身后跟着李鹤章、陈鼐、郭嵩焘、刘铭传等六十余位将领或幕僚。他下马后,径直走上指挥台,几十名亲兵身挎腰刀跟随着。各营营官则走到本营队列前。

今天的指挥台稍作了一些简单的布置。台上正中竖立着一杆大旗。旗上用黑丝线绣着一个很大的"李"字。两边各插着许多不同颜色的长条旗,比中间那面大旗要小一点。旗上也用黑丝线分别绣着"李"、"铭"、"庆"等各营官的姓或名中的一个字。

指挥台前还摆放了一张长桌,桌上罩着一块绸布,长桌左右两边摆了一些长条凳。这些长条凳全部空着。李鸿章站在长桌的后面,面朝着望不到边际的队伍微笑着。

忽然,各营营官、统领一个接一个跑步来到李鸿章面前,各自躬了一下身子,然后亮开嗓门,报告今天的实到人数、缺员人数及缺员的原因。当几十个营的营官都报告完以后,李鸿章清了一清喉咙,几乎是吼叫着说:"淮军将士们!弟兄们!"这一声甭管听见没听见,演练场上三万将士都一律挺直了腰杆,脚跟一靠,发出一阵轰鸣般的响声。

"弟兄们!我淮军自进入上海以来,连连获胜,打败长毛军,终于全面肃清了上海一带的匪贼。如今队伍已由当初的六千五百人,发展到现在的四万大军,威震山河。这证明我们的淮军同湘军一样,是势不可挡的。现在,我们要打出上海去,进军吴中,收复苏、常。只要大家英勇顽强,不怕死,肯战斗,本大帅保证各位都会调起来,升官的升官,发财的发财。剿灭了长毛贼以后,愿意留下的继续留下,不愿意留下的,送你银两,衣锦还乡——我向大家提前祝贺了!"

李鸿章放眼看了一下指挥台下面的兵勇们,一个个脸上泛出兴奋的光芒。他停了一下,更加提高了嗓门,呼喊了一声:"剿灭长毛贼,为淮军争光!"他的喊声刚落,指挥台下三万人跟着呼喊,地动山摇,口号声激动人心。突然不知是谁在台下又呼喊一声:"保卫李大帅,打到苏常去!"于是大家又是地动山摇地喊了起来。李鸿章频频挥手,以此向三万将士致意。

口号声停息以后,李鸿章又道:"淮军弟兄们,我受皇帝之命,统率全军,就仰仗大家去奋勇杀敌了。我们大都来自庐州故乡,背井离乡投奔到淮军里来,这是为什么呀?为的不是保卫我李大帅,而是为了保卫我们自己,保卫家乡,保卫朝廷。是为了在战场上建功立业,升官发财,上替父母祖宗争光,下为妻子儿女谋福。这些才是我们真正的目的。也唯有如此,我们才算得是个淮军将士,才算得是个堂堂正正的男子汉!"

李鸿章对淮军将士的训话,一贯是一副庐州地方腔调。他对下面人讲话,一般都不用文绉绉的词汇,也不讲修身、齐家、治国、平天下的大道理,只讲在他看来能让兵勇们听懂的话。他这样讲话,台下兵勇们听得入耳,纷纷点头。有些人还在下面小声议论:"李大帅是响当当的翰林出身,很理解我们底下人,讲得实实在在!"

"淮军弟兄们!"李鸿章继续提高嗓门喊了起来,"既然我们都是为了这些目标走到一起来了,整个淮军兄弟们都是一家人了!养兵千日,用兵一时;当兵立不了战功,这个兵就白当了!怎么立功呢?就是要敢打敢拼,机智勇敢。还要不怕吃苦耐劳,遵守军纪,听从指挥!"说到这里,他的两道眉光一皱,眼睛里闪出肃杀的冷光。犹如突然间刮来了一场西北风,令台下万千将士顿时神情紧张起来。只听李鸿章以威严的声音说道:"不讲纪律怎么能打仗呢?那个被我赶出淮军的白齐文,贼娘养的!他是什么东西呀?!就是因为违抗军令,不听指挥,才落到今天这个下场!他是罪不可恕的。听说已投靠长毛军了。怎么样?一下子露出了恶狼的尾巴了,变成贼人了。若是将来抓住他,定让他粉身碎骨!"

李鸿章说到白齐文,脸上的肌肉在一阵阵抽搐,左手抬起,握紧了拳头。演练场上一片死寂,全体淮军将士,好像今天才领受到李鸿章的无限凛然的威严。

发兵仪式结束以后,李鸿章一声令下:"现在出发!"三万将士在各自统领的指挥下,迈着整齐的步伐离开演练场,踏上了开赴吴中的征程。

李鸿章暂时还未离开上海。他仍然在他的签押房里,指挥着千军万马。

策动兵变的事情已经安排好了。苏州城里的徐氏几兄弟已经做好了准备;常熟城里的太平军守将钱桂仁、骆国忠、董正勤等早有投靠李鸿章之意,经苏州城徐氏兄弟牵线搭桥,已与李鸿章私下议好了投降方案。常熟城里,仅主将余拔群一人还有些顾虑,一怕投降的名声难当,二怕投降了淮军以后,反而被砍了脑袋。但他让人带信给李鸿章,表示:他自己虽未能立即答应献城,但不反对其他将领投靠淮军。李鸿章一想:如此就行了,可以行动了。钱桂仁还告诉李鸿章,他已经与驻守在太仓的太平军守将钱寿仁商定好了:同时献城举事。因这钱寿仁是他的弟弟。

李鸿章安排李鹤章去攻常熟,到这里才看出,是一件极有把握、风险极小而功劳很大的事情。所以,李鸿章才会把这个美差放在李鹤章的身上。正如庐州地区的人挂在嘴边上常讲的那句话:"亲为亲,邻为邻,包拯也为合肥城。"

李鹤章率所部淮军抵达常熟城外时,太平军守将骆国忠、董正勤、钱桂仁等正在进行上下左右的串联。一般人绝对不敢透露半点风声。而已透露风声的定要争取过来。大多数分路军的将领尚无把握。骆国忠等从平时闲聊中看出,要争取他们难度很大,只有设法干掉他们。

正当常熟、太仓等地的太平军内线人物们都做好了举事的准备时,忠王李秀成从金陵回到了苏州。这使得钱桂仁、骆国忠、董正勤等都暗暗吃了一惊,恐怕走漏了风声,举事不成,反而招来杀身之祸。李秀成回到苏州,也让李鸿章吃惊不小,不禁加快了收复常熟和太仓的行动,令李鹤章赶紧到常熟附近扎下大营,随时准备策应内变。

常熟城里的钱桂仁做贼心虚,他让骆国忠等暂缓举事,自己先到苏州李秀成那里去探探风声。于是,钱桂仁离开常熟到苏州去了。他前脚一离开,后脚就引起了骆国忠、董正勤的警觉。太仓那边是他弟弟钱寿仁,可以不去管他。但常熟就不同了:万一钱桂仁此去是向李秀成告密,那不就坏事了吗?于是,骆国忠立即溜出城外,到了李鹤章营中,把自己的担心向李鹤章作了报告。李鹤章也不放心,当即与骆国忠商量,决定提前举事,以防不测。

他们决定:次日晚上举事,成功后由骆国忠出城,迎李鹤章进城。

骆国忠连夜将主将佘拔群的工作做通了。他明确表示同意举事。这日晚饭后,佘拔群出面安排了一场演出活动,请各路将领都前往操练场上看戏。这些将领们到达现场后,佘拔群将他们安排到前排就座,以示尊重。而在他们的身后,坐的全是怀揣洋枪的亲兵。戏正演到热闹处时,骆国忠在一旁打了个手势,后排亲兵两人对付一个将领,枪声齐响,二十多个将领几乎是同时倒在血泊之中,中弹身亡。

解决了碍事的将领之后,骆国忠指挥自己的兵勇包围了各营营地,宣布举事。有反抗者当场击毙。不反抗者,交出武器,以示投降。

次日凌晨,骆国忠、董正勤、佘拔群、骆国孝、骆金荣、胡金元、董正明、吴超凡等,率常熟城万余太平军将士向李鹤章献城投降。骆国忠出城,正式把李鹤章及所率淮军兵勇接进城里。

李鹤章下令:骆国忠率原常熟守军攻打福山。这福山的太平军将领胡经元、江胜海等,也早与骆国忠取得了联系,只等来攻时充作内应,把福山守军主将侯得隆和近天安谢有成杀了,迎骆国忠大军进了老城。而福山新城区却暂未收复。

常熟、福山的兵变之事很快传到了苏州。李秀成吓得面如土色。他当即亲自率兵出了苏州城,另派遣会王蔡元隆率兵赶往太仓,要求务必保住太仓,并寻找机会杀掉守将钱寿仁。李秀成已察觉出了专程前来苏州的钱桂仁心怀诡计,此时必须防备他弟弟钱寿仁在太仓举事。

李秀成自己与慕王谭绍光、潮王黄子隆等统率大军两万余人,想乘李鹤章还没有来及站稳脚跟时,一举再夺回常熟城。而对钱桂仁,李秀成并没有惊动他,而派他只身一人进入福山,去找骆国忠等做工作,劝其重返太平军。至少,要钱桂仁把不愿意投降淮军的原太平军将士带过来。

李秀成与谭绍光等到达常熟城下时,不禁大吃一惊:出面迎战他的并不是李鹤章,而是自己原来的部将骆国忠。李秀成原以为李鹤章接管了常熟后已经在城里扎营;而骆国忠何时又从福山回到常熟守城?

李秀成不得而知。此时正是仇人相见,李秀成怒火满腔,命将士用枪炮猛袭。

城内的骆国忠、董正勤也毫不示弱,拼死组织反抗。但骆国忠、董正勤到底还不是李秀成、谭绍光的对手,军械也很落后,被李秀成打得人仰马翻。董正勤终未能逃脱一死,被谭绍光亲自用枪打死。

李鹤章其实早已估计到李秀成必然会从苏州率兵来攻,所以,让骆国忠、董正勤从福山回来,又进了常熟城,与淮军配合抵抗李秀成。而且,他还让骆国忠、董正勤打头阵,自己把淮军兵勇放在后面。这时见骆国忠抵挡不住、董正勤又中弹身亡后,不得不出阵亮相了。李鹤章的火力的确比骆国忠的凶猛,李秀成的太平军在几次进攻上海时,已领教过了淮军的不凡。这会儿见是李鹤章出阵了,心也虚了起来,不少将士马上开始后退,勇气大不如刚才。

李秀成首先脑瓜一转,对谭绍光说:"我突然想起来了,现在苏州城是群龙无首了,万一李鸿章再拨一军去攻打苏州,苏州必破。因此,我不能在常熟久拖了,由你指挥,继续进攻常熟。我要回苏州坐镇去了。到苏州后,我再拨一军前来为你助战,定要拿下常熟。常熟为淮军所占,苏州也就难保了。"说完,李秀成率亲兵飞马直奔苏州。谭绍光率军在常熟城外与守军相持不下。

李秀成回到苏州后,见淮军并无半点踪影,顿时轻松了许多,拨出一军,令其直扑常熟,配合谭绍光攻城。谭绍光得了援军,重新调配阵容,把常熟城围得水泄不通。

太仓城那边,城内太平军果然准备举事。李秀成命蔡元隆率本部太平军赶到太仓时,钱寿仁正在组织兵变。蔡元隆突然率军进城,让钱寿仁猝不及防,干瞪着眼睛让蔡元隆接管了驻防,四面城门及重要关口全部换成了蔡元隆的人。

这钱寿仁手忙脚乱了,一时不知如何是好。他知道事情已经败露,至少已被怀疑。故哪敢在城中停留?迫不及待地率了两千三百人冲出城去,投奔了城外的淮军程学启。钱寿仁到了程学启部下后,改名叫周寿昌,眼下毫无作为了。

太仓城已被蔡元隆接管,原来安排的内部举事已经前功尽弃,再谋内部策应已不可能。消息报到李鸿章的签押房,他大为惋惜,令:"事已至此,只有强攻了!"但强攻太仓绝非易事,单凭程学启统领淮军,恐难成事。不仅如此,伤亡也将是惊人的。

李鸿章想到了洋军。进入上海后,凡遇此类难事,他所依靠的,就是花钱争取洋军的支持。李鸿章找到了英将史迪佛,请他出面派华尔的洋枪队及英军配合攻打太仓。双方讲好价钱后,史迪佛指派部将奥伦率两千余人,携带二十门大炮来到太仓城下。程学启、郭松林两路淮军已在太仓城下等候多日了。奥伦率兵一到,立即对太仓发动了总攻。

谭绍光在常熟城下进攻正处紧张之际,忽听探马飞报:太仓守军告急!谭绍光无奈,只好对常熟暂缓进攻,分兵去救太仓。这样,太平军在城内与城外,就对攻军形成了内外夹击之势。奥伦指挥的洋军由于地形不熟,被谭绍光大军从沟底出击,一下击毙洋兵百余人。

奥伦急了,令洋兵枪炮齐鸣,猛轰城头,而程学启、郭松林掉转枪头,阻击谭绍光在城外的援军。洋军炮火轰了五个多小时,终于把太仓城打开了两个缺口。

守城的太平军见城墙倒塌两处,顿时乱了阵脚。蔡元隆亲自来到缺口处指挥,挑选了一百多名身强力壮者,组成抢修队,冒死搬运石块垒墙。这些人卧在地上,用手移动着一块块石头,一点点地将缺口堵起来。可是,刚堵起来,又被洋军用炮轰倒。太平军只好再垒,垒好了又被轰倒。如此反复许多次,守城的太平军仍不示弱。攻军无法入城。奥伦想组织冒死冲锋,但城墙外有一条两三丈宽的壕沟,原有的吊桥已经拆去。奥伦找程学启和郭松林想办法,结果由几十名淮军分散到周围村庄里去,找来一些木头、树桩、木板等。奥伦指挥洋兵们冒着枪弹扫射,随时会毙命的危险,将这些木头,木板搭在城墙外的壕沟之上,然后从上面向城里冲。城里太平军枪炮齐射,弹如雨下。攻军将士还未走过木板,便饮弹跌入壕沟。就这样死伤了两百多人,最后也没有一人能真正越过壕沟。

奥伦束手无策了,下令撤军,放弃攻城了。他指挥将士们搬走大炮,但不料,攻也难,撤退也难。这些洋兵们都在城外各自找了一个掩体躲在里面,才免遭枪炮扫射。这会儿要站起身来去移走大炮,也是极不容易的。城内太平军见洋人要撤走大炮,一阵猛打。洋人不仅没有搬走一门大炮,反而死伤了大批将士。不仅如此,城内还开始组织兵勇向城外冲锋，边冲边打，洋人只好弃炮而逃。

洋军逃跑了，程学启、郭松林无奈，也只好命令淮军后撤。城里太平军蜂拥而出，一路追击洋军和淮军。追出五六里地方才收兵。蔡元隆欢喜极了，令将士把洋军丢下的二十门大炮抬进城内，配发到各路军中。太仓城的防守能力顿时增强。

太仓战败后，英军大失所望。史迪佛大发脾气，将指挥官奥伦撤换下来，换上了英军上校勃兰来统领洋军。勃兰是新官上任，但同样出师不利。再度出战太仓，被太平军打得更惨，死伤三百余人，还丢了所有大炮。史迪佛彻底认输了，找到李鸿章，要撕毁与淮军的合作协议，说："你出再多的钱，我也不能为你打这样的仗了！"

李鸿章进军吴中以来，真正得手的，此时仅仅是一座常熟城。常熟在淮军李鹤章手里，李秀成几次制订计划，要把常熟夺回来。

这日，李秀成下达命令：由谭绍光打头阵，在常熟城外开挖地道，将地道挖到城墙下面，然后放进炸药，以此轰破城墙，一举攻城。同时，派水师出动，从常熟城外的水面上用小型炮船协助轰城。整个战斗由李秀成亲自组织，亲自督战。李鹤章，将面临一场来势凶猛的大反扑。

这个消息很快由探兵报告给了李鸿章。李鸿章一刻也不敢耽误，急令潘鼎新、刘铭传率四千兵马开赴福山扎下大营，随时准备支援常熟的李鹤章。黄翼升的水师也奉命来到了福山，以作增援。

李秀成按原定计划从苏州城出动了。他亲督一万多兵马，主攻常熟西、北两门，其余由谭绍光主攻。

常熟城已有多天少有战事。城中李鹤章及降将骆国忠两路大军已得到了充分的休整。李秀成、谭绍光的大军在常熟城下刚一出现，就遭到了李鹤章、骆国忠的猛烈迎击。李秀成无法站稳脚跟，被打得向西败退；谭绍光也因为炮火太猛退到观山一带。

为了确保李鹤章在常熟万无一失，李鸿章对已派出的几路大军仍不放心，又亲自出面找到洋人。史迪佛思考再三，见是攻打常熟，而不是难啃的太仓，便同意出兵了。

驻守在松江的清军参将李恒嵩也被李鸿章抓了差，率一千清兵前来助战。常熟城外，顿时人山人海，到处都是营帐，到处都是战旗，到处都是车马。李鹤章与骆国忠站在城头上，用望远镜向四城一看，精神振

459

奋,信心百倍。这日,大战全面打响,福山、观山及常熟一带,炮火连天,数十里之外都可见浓烟滚滚,火光冲天。

洋军此来,已今非昔比。统领换成了戈尔登。他带来了五个步兵营,四个攻城炮队,两个阵地炮队,计四千名多国混合将士。他的步兵营大部分配备有滑膛洋步枪,另有一个小队使用来复枪。李鸿章与戈尔登谈好条件:一个月内,支付这支洋军固定经费折合成两万六千英镑,普通士兵主要来自英、法、美、德、西班牙及非洲,这些士兵的月收入不低于八十英镑。戈尔登及高级将领除了额外规定了收入以外,另由李鸿章根据战绩给予奖赏。

戈尔登的洋军担负着在常熟城外夹攻太平军的任务。他命令洋兵们把大炮架到旧城墙上,居高临下,瞄准太平军的营垒轰击。李秀成、谭绍光率军力战两日,不仅没有能攻下常熟,还阵亡了一千二百名太平军将士。而洋军仅死两人,伤三人。

到两军大战后的第三天,李秀成抵抗不过,只好撤军而退。常熟得以解围,戈尔登也获胜而去,进驻松江城内。李鸿章感激不尽,对戈尔登佩服得五体投地,亲自送去赏银。戈尔登见李鸿章出面,顿觉脸上有光,对李鸿章道:"常熟一战,我把长毛军打得无处藏身,那是我战术的成功。我向来主张充分发挥武器的功能,尽量避免短兵相接。一开仗,便最大限度地拉开阵势,重炮猛轰。只要先把敌军营垒攻破了,他们便顿时人心涣散,乱了手脚。这时,再一鼓作气轰下去,必然取胜。长毛武器不如我军,但如果短兵相接,展开肉搏战,不用说我的洋军不是他们的对手,就连你的淮军、清军也必然是兵败而逃。"

李鸿章并不认为戈尔登是在吹嘘自己。相反,他认为戈尔登比以前任何一个洋将都有头脑,而且实在得多。于是,他立即奏报朝廷,请朝廷授予他总兵一职。朝廷准旨后,李鸿章又递上一份奏折,称:"骆国忠、佘拔群等降将对朝廷果然忠诚不贰,并非投机取巧,作战奋勇绝伦,血战苦守已达数日,几经死里逃生,实非寻常降将可比……"朝廷得此一报,论功行赏,按李鸿章的意思,给骆国忠以副将加总兵衔;授佘拔群以参将加副将衔;对骆国孝赏游击职衔……

李鸿章奏请朝廷封赏太平军降将一事,在太平军中引起极大震动。到了同治二年三月九日,从太仓城里传出一条惊人的消息:太平军会王蔡元隆已与程潜入上海，求见李鸿章，具体谈好了受降条件。李鸿章已经接受：蔡元隆全军献城受降。这消息使淮军上下兴奋不已。太仓是一块难啃的硬骨头，如今不费一枪一炮，当然是件好事。而在李秀成的太平军中，却搅得上下恐慌不安了。唯有李秀成、谭绍光等好像并不吃惊。当太平军探马将这一消息报告李秀成时，他只笑了笑，道："随他去吧！"

接收太仓城的任务并非是已围城多日的程学启和郭松林，而仍然是李鸿章的胞弟李鹤章。

果然，在消息传出的第二天，李鹤章率大队人马来到太仓城下，准备接应蔡元隆。按照李鸿章与蔡元隆商定的方案，双方各派一支小队在北门外碰头。人们发现，刚碰完头不一会儿，李鹤章就率本部淮军大摇大摆地开进太仓城了。

程学启、郭松林在城外看得眼红，心想：多日来的艰难围攻，竟让李鹤章吃了一碗现成饭，归功于他了。二人正在嘀咕，忽见远处尘土飞扬。一支大军飞驰而来。程学启一惊：不好了，太平军谭绍光来了！不一会，从旌旗上那个硕大的"谭"字已经看出，正是慕王大军来攻太仓了。

程学启、郭松林慌忙调集人马，准备应战。却不料城内突然枪炮声轰鸣，青烟滚滚。刚开进城内不久的淮军兵勇抱头向城外逃窜，李鹤章在数十名亲兵的护卫下，边打边向城外撤退……程学启、郭松林这才感到事情不妙，好似明白了什么，赶快指挥兵勇们前去接应。

原来，这是蔡元隆与李秀成商量好的一条妙计。李秀成让蔡元隆佯装向李鸿章投降，引其胞弟李鹤章上当。李秀成估计到：为了替胞弟争取一功，李鸿章肯定会以李鹤章一军前来接收太仓。届时，蔡元隆伺机将其一网打尽。

李秀成见李鸿章上了圈套，令谭绍光率军配合，堵住李鹤章的去路，争取使之全军覆灭。

李鹤章按胞兄李鸿章的指令如期抵达了太仓。蔡元隆已在城中做好了准备，让一部分士兵埋伏在附近建筑物里，而一部分士兵则手执枪械列队守候在四面城门的两侧，装作恭候欢迎李鹤章淮军入城的样子。为了便于短兵相接时不误伤了自己的人，蔡元隆还为每一位将士准备了一根白布条,全部系在左臂上。

　　蔡元隆派小队出城与李鹤章的小队接上头后,李鹤章一点警觉也没有,丝毫不怀疑胞兄的安排会中了人家的圈套,得意扬扬地在亲兵的卫护下入了城门。淮军此次入城共三千人马,李鹤章在前,身后的队伍浩浩荡荡,只当真的是接收太仓,都无应战准备。队伍进城大抵已有两千人,还有约千人仍在城门外,正在往城内进时,蔡元隆突然指挥伏兵和城门处的将士向淮军开枪开炮,有的干脆乘机就近用刀子猛捅。仅几分钟光景,入城的淮军已多半毙命。李鹤章这才发现上当,转身就向城门处逃跑。蔡元隆已盯住了他,上去两个壮汉就将李鹤章按倒在地,又一顿拳打脚踢,以一种最粗鲁的方式折腾李鹤章。因事先已有命令:活捉李鹤章。不然,李鹤章定无逃生可能。

　　李鹤章的亲兵们还算勇猛,对李鹤章也十分忠诚,见主子被捉,一个个拼命上前,硬是从太平军手中把李鹤章抢夺过来,在他身子周围站起一圈人墙,护卫着李鹤章向城门处撤退。

　　蔡元隆见李鹤章被亲兵救回,也不管要死的还是要活的了,下令开枪,顿时打死李鹤章的亲兵数十人。这些亲兵都是来自庐州一带,多数已跟随李鹤章参加团练多年了,倒下去一批,又上去一批,终于把李鹤章护送到城门之下。刚要出城时,又遇谭绍光大军在外堵截,李鹤章左腿中弹,血如泉涌。幸好程学启、郭松林率兵前来相救,才使李鹤章免于一死,逃出太仓城。但他的三千兵勇已被打死一千三百余人,另有五百人被蔡元隆活捉。此次真正逃出的仅一千一百余人。入城的将士绝大多数毙命。

　　这个消息传到李鸿章的行辕,已是晚饭时分。李鸿章闻报,将自己的饭碗高高举起,重重地摔在地上。他气得脸色铁青,心里十分内疚,道:"唉,仅因为我一次轻信长毛贼,差点儿葬送了鹤章的性命。这个教训,已足足让我受用一辈子了,今后再也不敢轻信议降了!"

　　李秀成那边,其心情自然是万分高兴。他亲自前往太仓,送去许多慰问品,对蔡元隆道:"会王一计成功,意义非同小可,不仅打伤了李鹤章的一条腿,还赚了他的兵马,更是教训了李鸿章:看他下次还敢轻易招降吗?"

　　李鸿章吃了这一计大亏,几天不思茶饭,心中窝火。他亲自出马来找戈尔登,希望洋军出兵,配合淮军来替他报仇。李鸿章愿出高价,戈尔登欣然应允,随几路淮军兵勇开到太仓城下。

这太仓城里的蔡元隆,早已估计到李鸿章会来报复。李秀成也为他增添了两千多兵勇,进城助战。蔡元隆令四面城门广筑工事,加固城防,准备迎战。

戈尔登出动了两千八百名洋兵,在太仓城外筑起营垒,架起十四门重炮,并带来"海生号"战舰,从水面助攻。程学启、郭松林各攻一面,另派一军在河道上拦截太平军水师。太平军水师由际天福李文熙率领,共五艘大型炮船。程学启亲自督军,围住船队,枪炮齐射,把炮位打毁,还活捉了李文熙。李鸿章得报,令程学启将李文熙当众斩首,头颅扔到太仓城门之下。

程学启截获了太平军的炮船之后,又到南门外督战。东门由郭松林主攻,西、北两门是戈尔登洋军的主攻区域。四面同时进攻,火力越打越猛。四个半小时后,戈尔登的洋军首先攻破了一段城墙。洋兵们精神大振,纷纷冲向缺口处。原来的壕沟也有一段被填实,攻军冲了过去。城内太平军奋勇抵抗,连许多百姓也主动来到城头上助战,向洋军扔石块,抛砖头,砸伤洋兵百余人。

但洋兵们还是冲进城内了,程学启也率千余淮军兵勇来到缺口处,进城与太平军展开肉搏,双方都有伤亡,一时难解难分。突然,蔡元隆被流弹击中,当场昏倒。这使得城内守军慌了手脚,一时无人指挥。见城内淮军和洋军将士越来越多,太平军将士便开始四处逃散了。最后,太仓城终于被攻军占领,除了已逃散出城的太平军外,城内有三千太平军将士及一千多名助战的老百姓被程学启、郭松林俘虏了。程学启、郭松林分别将俘虏们关进几所大房子里,然后派快马请示李鸿章。李鸿章下令:杀尽太仓城所有俘虏,以示报复!程学启、郭松林得令,用了近一天的时间进行了大屠杀。被俘太平军及老百姓无一人幸存。太仓这一惨案震惊全国,数家报刊抢先发表新闻,并配发评论,对屠杀俘虏及百姓事件给予谴责。这使得李鸿章遭受了一些难堪,但他在行动上仍然不予理睬,继续按自己的计划肃清吴中。

收复太仓后,李鸿章定下的又一个目标是昆山。就在淮军杀尽所有俘虏的次日,程学启就领命将本部人马拉到了昆山。戈尔登的洋军

463

也来了两千七百人,程学启共率两万大军,以期一次攻城成功。他们在城外扎下大营,架起大炮,正准备下令总攻时,忽见太平军谭绍光与拱王杨裴安各率本部人马,浩浩荡荡地开到昆山来了。他们要救援昆山。昆山城内的太平军守将刘肇均一见来了大批援军,信心倍增,主动分拨一军出城,去攻打由淮军驻守的青阳港。刘肇均是想以此把程学启的大军引开。程学启见城中冲出一军去打青阳港,急令部将陈有升、刘士奇、何安泰率三营的兵力去堵截。所以,刘肇均派遣出城的一军还未到青阳港,就与程学启的淮军激战起来。

援军谭绍光受了刘肇均调虎离山之计的启发,决定:以反攻太仓来救援昆山。谭绍光与来王陆顺德各率一支人马,直奔太仓而去。一路人喊马叫,有意招引程学启发兵追击。

程学启也不能见危不救,无奈之下,只好又分拨总兵周盛波、副将周盛传、太平军降将吴建瀛等去救援太仓。经两次分拨,程学启在昆山城外的兵力已不足一万人。而此时昆山城内的守军就多达一万两千人,加上谭绍光丢下的兵勇,太平军总兵力大大超过了淮军。但进攻昆山又势在必行,不能拖延。程学启只有向李鸿章求援了。

李鸿章深知程学启的难处,毫不犹豫地亲率一万人马来到昆山城下。大帅亲自出马,程学启非常感动,陪李鸿章在昆山城外巡视了一周。李鸿章一则为了察看昆山的防守,二则是为了让城外的淮军将士、洋军将士们都看到:他李鸿章亲临督战了!

转了一圈后,李鸿章皱起了眉头。因为他看见,这昆山的防守比当初太仓的防守还要周密,不仅城墙十分坚固,城墙下面的壕沟比太仓的也要宽得多。壕沟里灌满了水,隐约还可以看见水底下钉了许多竹尖。人一落水,马上就会被竹尖戳死。李鸿章叹了一口气,对程学启道:"此战看来是十分艰苦的。你们必须做好久围久困的准备,不能急于成功,更不能冒险,可以不停地打几发炮弹,以引得城内还击,耗尽城中的弹药,最后让长毛的弹尽粮绝,即时便不攻自破了。"

按照李鸿章的意思,程学启下令在城外广筑营垒,开挖掩体,甚至动手挖起了地道,准备从地道中靠近城下,用炸药轰城。

程学启是一个急性子人,几天后,见城外营垒、掩体都构筑得差不多了,按捺不住攻城的渴望,想急于求成。这日,他找到了戈尔登,在戈尔登的营帐里与之叙话,程学启想寻找一个速战速决的打法,请戈尔登帮助出出主意。

戈尔登道:"近日来,我也在思考,天天走出营帐去观看。我注意到,这昆山小城有一条长壕环绕全城。这长壕只有一条西河与之相通,其他别无水源。而这条西河是直通苏州的。而苏州河又在它的南边呈半圆形伸展,向西可通正义镇。故若能首先占领正义镇,昆山与苏州之间的军需供应和通讯往来便马上中断。我们应把这条水道从中切断。切断了以后,昆山便真正成为孤城了,守不了多少日子的。"

程学启叹气道:"虽说这倒是一个好办法,但毕竟还要等待一些日子。我是想尽快攻下昆山,不想再拖下去了。"

戈尔登笑道:"李鸿章大人的主张是正确的。只有围困昆山,使之弹尽粮绝,方才有希望拿下此城。若能硬攻,我早就冲上去了。"

他二人正在津津有味地交换想法,营帐布帘子后面还有一个人,正躺在戈尔登的床上细听。程学启听到帘子内有动静了,大声喝道:"谁在偷听?!"

帘子后面这才走出一个人来。程学启一见是李鸿章,马上起身行礼。李鸿章向程学启摆摆手,脸却向着戈尔登,提高嗓门道:"将军观察细致,所言极是,果然比我军高明!"程学启见李鸿章的话中有批评自己的意思,不禁红了脸,道:"我率军已围攻多日了,也没有像戈尔登将军这样,留心察看。我失职了。"

李鸿章又摆了摆手,对程学启道:"你们也很辛苦,不要自责了。明日同我一道,去水路上实地瞧瞧!"

次日,李鸿章与戈尔登、程学启同登"海生号"战舰,驶向昆山之南,然后又绕向北行,到达苏州与昆山之间的正义镇附近。从不远处看去,这正义镇果然风景秀美,绿树成荫。宽宽的河道,在正义镇拐了一个大弯。正义镇就建在河道的大弯内。从水路而来,可以证实,正义镇是昆山通向苏州的唯一水道,必经此地。镇上并无太平军,全镇几百户人口好似住进了世外桃源,很少受到过兵荒马乱的骚扰。李鸿章道:"好!一个好地方!马上派淮军进驻该镇,看住水道,不让长毛一条船由此通过!"

程学启遵命拨来两营人马,分住大河两岸。又派出水师炮船四艘,一是控制水面,二是为两岸将士提供往来通行。

在正义镇设下关卡立即奏效。一连几天晚上,正义镇的守军都有收获,截住了太平军从苏州运往昆山的粮草、弹药好几船。

昆山守军的供给和通讯被淮军切断了,城里便人心惶惶了。不论白天或是晚上,经常发生城内守军企图突围的现象。每批几十人,上百人,均是没有经过守将批准的私逃行为。李鸿章看在眼里,迅速下达了进攻昆山的命令。

于是,这天天刚发亮,淮军与洋军共同向城里发起总攻。城外还有两支清军队伍,李鸿章令他们专打外围,堵截太平军的来援之兵。战斗打响后,城内炮火变得微弱起来。因为断了军需供应,即便弹药还未中断,也不敢像以往那样猛轰猛打。终于,才到总攻后的第三天,昆山城内的太平军坚守不住了,纷纷弃城而逃,沿大路向西,逃奔苏州去了。戈尔登见城内太平军突围成功,令停止轰城,掉转大炮,追着太平军的人群轰击。又令兵舰和炮船从水道上追击拦截,打死溃逃的太平军无数。

程学启率淮军专心收复昆山城了,又拨出一军,乘胜进占了附近的阳新。淮军此战共俘获太平军将士一千五百多人,击毙两千余人,大获全胜。李鸿章满心欢喜地回到上海去了。在归途中,左右幕僚和亲兵将领都说:"大帅什么时候亲自出马,什么时候就能打败敌军,这真是神了!"李鸿章心头乐滋滋的,道:"这样说来,我到哪里,就能给哪里带来好运啰!"说完,他哈哈大笑起来。

李秀成在吴中一带屡战失利,尤其是常熟、太仓、昆山几个地方的失守,不仅使李秀成本人为之垂头丧气,也令他手下所有太平军将士情绪大落。一段时间以来,李秀成无论取胜或战败,其情况都不向金陵城中的洪秀全报告了。但这几个地方的失守,乃至常熟守将佘拔群、骆国忠等将领的叛变投敌等事,洪秀全还是很快知道了。洪秀全愤怒至极,他的天朝的文武百官为之沮丧,自不待言。

洪秀全就吴中一带连连失利召开会议,道:"他之所以屡战不胜,就是因为不听天父皇上帝的话了。因此,这些失败都是天父皇上帝对他们的惩罚。对上天不忠,必遭此厄运!"文武百官们都能听出洪秀全此言是针对李秀成的。一连许多天里,人们见洪秀全早早晚晚什么事不干,而是跪在一张天父的画像前祈祷,嘴哼哼唱唱,如和尚念经一般。他在祈求天父皇上帝开恩于他的天朝,保佑他的太平军不要走上灭亡道路。祈祷了一些日子后,洪秀全下了一道诏书,名曰《竭诚告诫令》,命各地太平军转抄上墙,供全体将士阅读。此令道:

  今兹天朝丢去光荣,妖魔助其仇敌,必因各人行恶不忠,不守正道之故。只有朕一个人在宫内祈祷成功是没有用的。因为吾军中一些人偏离真理,不守天父之教,失败与灾难是其必然结果。尔等奉命献出一切私人财物于圣库,但一些人却留作己用。尔等奉命赦免被征服者及对所占各城邑之人民勿事压迫。然尔等并不遵行,看看今之结果如何?!自今以后,各宜悔改,勿待更大的灾祸之莅临。人人当奋勇与敌人及其番鬼盟军作战。务须恪守朕之诏命,勿中妖魔奸谋,奋勇作战以至天下太平,朕的天朝大业方能成功。

  洪秀全这份诏令在天京城中印成数份,派快马送到各处,在太平军营地广泛散发和张贴。而大多数将士看了以后把头儿直摇,不知洪秀全费这么一些人力送来的诏令意义何在?有些人根本看不懂,不知所云。而待在苏州城里的李秀成一看便知,其所指主要是针对李秀成的。因此,他下令收回并销毁这些诏令,不许手下人再议洪秀全诏令中的含义。
  上海城李鸿章的行辕前,来往进出的各地将领一批又一批出现。差官飞马送来的战报也雪片似的飞来。人们看出:一场大战又在眼前了。
  李鸿章斜靠在签押房中的躺椅上,闭目思考着下一步的行动。他的目标已经很明显地能让部将们看出:进攻苏州,向西北推进的时刻就要到了。

第十四章　血洗姑苏

淮军开创了一个崭新的局面。

眼下已是同治二年十一月初了。淮军与戈尔登的洋军联合,江苏各地的清军配合,在李鸿章的统一指挥下已全面收复了太仓、昆山、吴江、常熟等重镇。几天前,又夺取了苏州边上的宝带桥、虎丘和浒墅关。攻占了这三个地方,苏州的外围通道便基本切断了,苏州即将成为一座孤城了。

即便条件已经成熟,李鸿章还是慎之又慎,闭门思考了几天。他想:苏州是江苏的重镇,又离上海较远,洋军助攻困难。相反,离金陵却很近,天京城中的洪秀全可以说来就来。你打到他的眼皮子底下来了,这洪秀全还能不跟你拼命吗?所以,他一次又一次地制订作战方案,又一次又一次地推翻重来,直到最后才基本敲定方案:以三路挺进,最后择日一举总攻,速战速决。各军都在进行具体准备,只等李鸿章一声令下。

但是,联络内应的苏州徐氏兄弟那边,发生了意外。徐老六佩瑗入城策动太平军内部投降淮军时,不料被忠王李秀成发现了。李秀成下令将徐老六处死,暴尸街头。徐老七佩璋统带团勇兵船准备从苏州逃出,也被太平军打散,只带了几百名乡勇和几十条小船,奋力突围来到了上海。李鸿章将徐佩璋收编为太湖巡湖营水师,让徐老八佩瑺统带。这小队水师随军前往苏州,将参加攻城。

苏州徐氏兄弟这条内应的线索断了,李鸿章只能依靠自己了。这日,他坐在签押房中与幕僚们讨论攻打苏州的事情。庆字营的刘秉璋十分惋惜地说道:"徐老六不幸死了,如今的内应断了,进攻苏州就难了。"

丁日昌道:"是呀,苏州是千年古城,长毛贼李秀成在那里经营这么长时间了。那里城池坚固无比,一般的城墙都是几丈宽,而且多为巨石、砖块垒成。护城河又深又宽,是一般城邑无法比拟的。况且,李秀成由于多处失守,眼下兵勇们都集中在苏州,号称城内有二十万大军。我以为说二十万是吹牛,十万兵马总还是有的。若是与我军来一个困兽死斗,那就要费尽周折了。"

丁日昌说着看了一眼李鸿章,李鸿章道:"你接着说,本帅我在听着呢!"于是,丁日昌又道:"不过话又说回来了,这几年打仗与前几年不同了,什么都在变,打仗的常规也在变。如今打仗,人数多少只是一条重要的参考,主要是看武器的先进程度和将领的作战技巧。而在这两点上,倒是我们淮军的优势。将士们拥有西洋枪炮,加之我们自己也可以造一些弹药,比李秀成那一帮土包子们强多了,应能一以当十,以少胜多。"

钱鼎铭不以为然,摇着头,道:"我看洋枪洋炮虽好,打起来也过瘾,但到底是要落实到'打'字上。炮火一打,既伤了我们淮军的元气,又毁了一座千年古城。可惜呀!我对长毛们最大的痛恨就是,好好的田园不去耕种,纠集起来造反。所到之处,已毁了我中国多少名胜古迹呀?!我们这一次打苏州,同时也应该尽量去保苏州。苏州从春秋时代吴王阖闾建成至今,历史长达两千多年。而且,又有多少代人为之付出血汗,不断扩建修缮,才有今天这个样子。所以,上海各界的官绅也都以为,攻打苏州,要千万注意把这座古城保护好,免遭不必要的轰炸。但依照目前的情形看起来,不轰不炸,又拿不下苏州,正所谓进退两难之间。因此,依我之见,还得设法寻找内应。比如说,能不能再把徐老八找来,命他再派熟悉长毛内情的人去苏州城内联络,只要拉上了关系就好办。哪怕他只管看守一个城门,等我军一到,把大门一开,让我军冲进去就解决问题了。请李大帅考虑。"

李鸿章一直是眯着眼,好像在躺椅上睡着了。其实他在听大家的意见。老实说,钱鼎铭所讲的保护苏州古迹一事,李鸿章在制订作战计划时,的确还没有考虑到这一层。听了钱鼎铭的话,李鸿章猛地从躺椅上起身,倒背着双手,在签押房中踱来踱去。然后道:"调甫言之有理。但我们已到了非常时期,顾不了那么许多了。至少,不能再让徐老八手下的人去苏州城打草惊蛇了。再说,我们也没有时间再等下去。等的时间越长,麻烦越多。本帅已经想好了计划。主意已定,就按我的计划分头去干吧!"

李鸿章张开双手,对大家打了一个合围的手势,斩钉截铁地说:"我的计划已经充分考虑了各位的意见。总的方针是,既要拿下苏州,又要尽可能地保全苏州这座历史名城。办法是,只可以智取,不可只顾强攻。我就此概括成十六个字,叫做:'攻心为上,攻城次之;先声夺人,围而不攻。'《孙子兵法》上面说:'不战而屈人之兵,善之善者也。'又说:'故善用兵者,屈人之兵而非战也,拔人之城而非攻也。'我思来想去,对付苏州城里的长毛,必须遵此办理。自从安庆克复,湘军大举向金陵推进之后,我淮军也得益于这个形势。再破李秀成进攻上海的图谋,又冲出上海,来肃清吴中一带的贼寇。经过几个月的恶战,使苏州已基本成为一座孤城。长毛等大势已去,其人心不安,士气低落。只要各军把苏州城团团围住,耐心坚持,把精力放在彻底切断他们的粮道和援兵上,每天不停地打几炮吓唬吓唬他们,耗费他们的军火弹药。我料定用不了多少天,自然会有人来主动出城投降的。攻打安庆时我在曾大帅的行营,每天的战况了如指掌,结果正是这样:你不讲叫他投降,他也会来求你要投降的。到那时,不费我多少力气,就会叫那苏州城不攻自破的!"

李鸿章的计划得到了大家的理解和支持。按照分兵的思路:中路大军由程学启统领,目标是盯住谭绍光和郜永宽等军。北路军早已不在上海,是由常熟发兵,开往无锡、江阴一带,作为救援,也以此牵制太平军可能出现的援军。李鹤章的腿伤已经痊愈,因此出任北路军统领。李鸿章为了使他不要过度操劳,令刘铭传协助李鹤章统带北路大军。目标主要是对付太平军潮王黄子隆,广王李丰顺以及刚刚奉洪秀全之命赶来的侍王李世贤所部。南路大军的统领是总兵李朝斌,主要盯住吴江和平望,以防太平军突然发兵攻占。

除了三路大军各有目标外,另调提督黄翼升的水师用于来往调度,哪一处紧急,就向哪一处驰援。戈尔登的洋军继续驻扎昆山,作为此次总攻苏州的后援部队,从陆路驰援各地。与水路黄翼升一样,哪里需要救援就打向哪里。洋军的炮队可随时单独调遣。

另一路军由黄鼎新统领,驻守金山卫,同时也作为后援兵力。刘秉璋统领庆字营兵勇,驻守洙泾一带;副将杨鼎新统领五营一部兵力驻守张堰,主要是防守自浙江及吴中一带散落在外的太平军突然来援。

从这时开始,苏州城里真正开始人心惶惶了。因为此时已不是传说李鸿章要进攻苏州了。探马得到的消息是:苏州城方圆五六十里地的范围内,到处都可以看见淮军的人马,连大一点的村庄、集镇都有淮军驻扎。全城太平军昼夜准备,虽是惊慌,但布防工作是一刻不停的。李秀成不敢离开苏州一步,天天骑马去四处巡视各哨卡、营垒的防守情况,告诉士兵们,这儿要垒高,那儿要加固。苏州城一时成了恐怕是全国最大的一个工地。

为了对抗李鸿章的进攻计划,李秀成在苏州城忠王府内,也召开了一个由各路将领参加的军事会议。会议认为:死守苏州不是办法,应该尽最大可能攻占苏州周边重要据点,扩大苏州的防区,避免苏州城成为一座孤城。所以,李秀成也下达了命令:由侍王李世贤及林绍璋、陈坤书、黄子隆等分军进占江阴与无锡之间,各有相应的防守目标,但各军又必须互相兼顾,一遇紧急情况,立即统成一军,合力反击。苏州城由李秀成亲自督军驻守。他说:"我哪儿也不去了,死也死在苏州城。"他要求各军必须以苏州为中心,始终关注苏州的局势,随时准备丢弃自己的防地,来驰援苏州。

按照李秀成的部署,各军开始紧急出动。不料,有些队伍还未出城,李鸿章调遣的几路大军已全部进入了指定地点。有些淮军营地在苏州城外布阵已经长达两个月了。

这日,程学启率亲兵匆匆由苏州南边赶回上海。一进行辕大门,他喊叫着要求见李大帅。那些行辕的守卫、武巡捕们也不管三七二十一,按惯例在行辕门下解除了他身上的佩刀和枪支。然后,才由文巡捕于忠把他领进李鸿章的签押房。此时的程学启已赏了单眼花翎,部下常设的已有了六个营头,计三千余人。这次进攻苏州,李鸿章还命他担任苏州前线淮军的"总统"。

李鸿章其实在签押房里已听到他在大门外的叫喊声,待文巡捕把他领到房门前时,不要文巡捕通报,就准他进来了。李鸿章注意到程学启,只见他是既兴奋,又紧张,又想大声说话,却又扭头看看门外有没有人在偷听。李鸿章明白了:这程学启必有大事禀报。

但程学启还是几次张嘴,却没有说出整句的话来,好像一时不知道从哪里说起。最后还是李鸿章先问话了：

"程提督呀？你怎么跑回上海来了？"

程学启坐了下来，喘了口气，答道："回禀大帅，我来是有要事报告。"

"苏州城里的情况怎么样？"李鸿章又问。

程学启眉头一扬，道："我要报告的事情非常秘密，难道会有人禀报过大帅了？"

李鸿章笑道："我又不会未卜先知，也不能钻到你肚子里去，怎么知道你肚子里装的是什么秘密呢？你赶快说出来嘛！"

这时，程学启紫气腾腾的大脸盘上才绽现出了一种激动的神色，一对大眼睛像看见了奇怪的东西一样，极明极大极傻地瞪着李鸿章。腮上的肌肉往下坠，很快又向上收缩。大眼睛里一层一层增厚的笑意，最后变成了很动情的欢笑。他道：

"大帅呀，我来是要告诉您：苏州要快了，快了哩！长毛军那边有个叫郜永宽的，是一个纳王。唉！洪秀全封的王也太多了，据说已封了两三千个王了。这个纳王前两天派人到我军来找标下的一个副将郑国魁。哦，对了，就是那个统带魁字营水师的合肥人郑国魁呀！他与郜永宽原本相识，这会儿才联系上。郜永宽对郑国魁说，他可以联络城中统兵的比王、康王、宁王和四名天将，共有十万人马，愿意作为内应，献出苏州城！"

"那好哇，十万长毛投降过来，本帅养不起。但拱手献出一座苏州城，本帅是很乐意接受的呢！"

程学启见李鸿章很爽快答应了，又皱起眉头，挂起了一副哭丧脸，道："大帅先莫慌下定论，我还在犹豫哩！因为，那个郜永宽提的条件太苛刻了一些，让人很难接受。"

李鸿章笑道："什么条件呀？不要老是放在你肚子中摇呀摇的，一口气说完了，我来洗耳恭听。"

程学启道："郜永宽屁也不知在哪，屎也不知在哪，就一下子向我们要求四大条件。一是要求李大帅亲自允许，确保他们的生命安全，绝对不可以在事成之后变卦；二是要把他的部队，整体收编为淮军，单独成立二十个营；三是所有的伪王，都要赏封为总兵，所有天将，也要相应赏封为副将；四是要我们让出半个苏州城,以供他们驻扎。由他们驻扎的城门,也要让他们把守,不可以其他淮军兵勇代替。郜永宽还说,若以上几个条件不予答复,他们便守到临死,也决不投降。他们还要在最后时刻,放火烧掉整座苏州城。郜永宽催得紧,要我们尽快给他回答。所以,我就匆匆赶来上海,向大帅您禀报了。"

李鸿章听了几句就沉下了脸,将拳头攥起来,猛地向案台上一砸,骂道:"这个小王八儿养的,把条件想得倒很得味(合肥语)!如今已是死到临头了,还胆敢要挟我淮军。真是不知天高地厚,胆子不小呀!"

"我也觉得郜永宽的条件有些要挟我军的味道。干脆回绝了他算了吧?"程学启略带一点尴尬之色,说。

李鸿章摆手道:"且慢,且慢,让本大帅认真盘算盘算,不要马上就回绝嘛!好事多磨,好事多磨呀!"

李鸿章倒背起双手,习惯性地在签押房中踱了一会,又走到窗子前向外眺望,好像那美丽的苏州此刻就在他的眼前。他恨不得这会儿就插翅飞到苏州城去,把自己的巡抚衙门设在苏州最漂亮的建筑物里去。然而,他禁不住要把自己的牙齿咬得"咯咯"响:就是这富丽如天堂一般,秀美如明珠一样的古城,却让一帮长毛贼把持着,享用着。而正是这些长毛贼,成了自己进入苏州的拦路虎。这些拦路虎已经如日落西山,奄奄一息了,还胆敢提这个条件,讲那个要求。而且,这些条件和要求显然有些自不量力,理应坚决驳回,但他也难呀!如果不答应这些条件,他们便死守不降。死守不降也罢,还扬言要在临死之前放火烧掉整座古城。如若真走到那一步,自己弄不好就要遭后人唾骂了,是地道的千古罪人了。还有一个问题是:苏州攻不下来,无锡、常州便攻而不保,镇江也难以坚守。不下苏州,怎么能与曾国荃的大军连成一片?又怎么能尽早攻克金陵呢?金陵不克,长毛不尽,天下难以太平。可见攻打苏州是一件多么重要的事呀!郜永宽的确有些脑筋,能一张口就提出这么多条件,而且条条都让这边不能轻松回答。比如说让他单独成军,驻守半座苏州城,他把自己的退路想得太周到了。若这边有丝毫变卦,他还能东山再起,重新兴风作浪。他郜永宽是进退自由了,可淮军这边却有了心腹之患。

"难呀,难呀!"李鸿章突然转过身来,对程学启道。

"真正为难,就叫他们丢掉这个幻想。反正又不是我们求他,而是他们求我们淮军。"程学启望着李鸿章再次建议道。

"不行呀,狗急还要跳墙呢!万一他们真把苏州城放一把火烧了,那时后悔也来不及了。"李鸿章边说着,边沉吟了片刻,好像突然拿定了主意似的,对程学启道:"这样吧,你马上回去通知郜永宽,要我答应他的条件可以。但我也有一个条件:必须先向我献上忠逆李秀成和慕逆谭绍光的首级,我方才能保证他那个条件条条兑现。"

程学启领命走了。李鸿章在按照已定的作战计划继续实施。他没有忘记长毛蔡元隆假装受降、险些送了胞弟鹤章的一条性命。正所谓吃一堑,长一智,李鸿章其实是做了两手准备的:首先是围攻,以声势,以实力逼其就范,他不相信已发展壮大起来的淮军攻不下一个苏州城。其次才是依靠降将从内部接应,使苏州不战而得。他希望郜永宽能拱手让出苏州,但绝不依靠他献城。在全盘作战计划的安排上,他甚至根本没有考虑抑或能受降成功的因素,而仅仅立足于围攻,立足于打。他要通过打迫使郜永宽或别的什么"王"们主动降低条件,甚至最终不讲条件地向他投降。而在这一点上,他仅藏于心中,由自己一人掌握着。对前线程学启及其将领们,他是不会做丝毫透露的。对于部下,他认为他们常常会走偏方向,只顾一点,不计其余。

李鸿章已习惯只让部下们按着他的思路去干,而把思考,把决定留给自己来做。尽管他大事小事也喜欢同部下们商量,甚至是极有耐心地听取各方面的正确的和不正确的意见,但这些充其量只是自己做出某一种决定时的参考,而最后的决定必须由他自己独立做出。做出了决定后,他也不会向部下们和盘托出,而是最多公布一个原则,一个总的精神,其余都由自己来掌握实施,一步一步的,讲一步,做一步。李鸿章以为,这样有一个好处,别人始终都在看着、等着他的决策。而由于整个决策都装在他自己的肚子里,他可以在实施过程当中,根据不断变化了的情况来强化或者是修正自己的决策。如此进行到最后,他对部下们来讲,始终是一个谜,一个必须来认真用心思去把握的一个谜。到了最后,他可以微笑着对部下们说:"你们看,果不出我所料吧?!"

胞弟李鹤章在私下里都曾对胞兄直言:"二哥呀,你真是一个滑头派。"李鸿章笑道:"老弟呀,那不是我滑头,是因为我的脑袋瓜比别人够用,是因为我考虑问题比别人周全。"

围绕争夺苏州的战斗还是按照李鸿章的把握毫不犹豫地打响了。既然已经打响,两军便各不相让了。打得最激烈的地方当数江阴。自从淮军开出了凶猛的第一炮后,两军就在江阴城外的阳舍打得热火朝天,以至两天不见胜负。正在阳舍激战难舍难分时,苏州城里的李秀成派快马传来他的命令:以后攻之势,去围攻上海、昆山、常熟和江阴。

太平军将士们都对他这个命令不得其解。他或许是让各路大军去围攻这些地方,以解苏州之围?但站着说话不嫌腰痛,他那大势已去的太平军有这个能力吗?更令部将们为之吃惊的是:这个已表示过"死也死在苏州城"的李秀成正在紧要关头,仅仅丢下这道让人摸不着头脑的命令,回天京去了。那日,他匆匆忙忙整理了自己的私物,前后二十几辆骡车,装上了他在苏州城里的东西,连同他在苏州城的眷属及部分老弱妇孺一起,浩浩荡荡趁着早晨的一场大雾溜出了苏州,直奔天京而去。他把坚守苏州、指挥各军作战的任务交给了慕王谭绍光,他拍拍屁股,走了。

李秀成一走,全城哗然,全军哗然。连他的老助手谭绍光也为之震惊:此时怎么能丢下苏州战局不管,回天京去呢?!李秀成走了以后,人们信心大失,勇气全无,纷纷奔走相告,道:"看来苏州城必破无疑了,忠王都携带眷属及大量金银财宝逃跑了。"

在他的太平军各路大军中,将士们更是深受震动,以为主子扔下他们不管了,只图自己落个安稳。

太平军因李秀成出走苏州而士气大落。淮军将士则恰恰相反,不仅士气高涨而且来势凶猛:程学启渐渐地已移营到苏州城外,站在苏州城墙之上,就可以看见旌旗招展的淮军营地。戈尔登的洋军也开来了三千一百洋兵,重炮就架在离护城河不远的一道土埂上面。

李鸿章还派来了一支敢死队,人数虽只有千人,但系一个个挑选而来,都是年轻高大粗壮之勇;由太湖一带派来两艘装甲船,外加"海生号"兵舰,都作为主攻苏州使用;在常熟驻守的李鹤章所部及其他营头的约两万五千人作为紧急时的援军,在周边郡县已驻守的援军还不计在内。李鸿章此次用兵,是自淮军组建以来的极限。由此表明:志在必得。

李秀成离开苏州,慕王谭绍光受命于危难之时,推辞不了。他召开了一个由各路将领参加的紧急军事会议,道:"这次苏州之战,从人数上看,我太平军还有一定的优势。但我军装备太差,将又成被动。这次李鸿章虽然是兵分几路,可是,目标只有一个:围攻苏州。在这一点上,我军又出现被动,即兵力已呈分散的态势。那么,现在把兵力集中起来呢?这也办不到。苏州周围那些小地方不守还不行,一旦放弃,我们既失去了外援,又无法再牵制李鸿章了。兵一分散,自然就少了威力,恐要吃亏。再一条就是我们没有水上优势。苏州四面的水道几乎全被淮军水师控制着。因此,各军应尽力坚守,相互兼顾,心往一处想,万不可各自为阵,不听调遣。"

　　谭绍光尽管在会上苦口婆心,希望大家挺过这一难关,但效果甚微。各军将领意志消沉,信心不足,都在心中打着自己的小算盘。

　　李鸿章围攻苏州是从先攻打江阴开始的。打江阴却没有把主战场放在江阴城,而是把太平军引发城外,在江阴旁边的阳舍摆开了战场。李鸿章以绝对优势压过去,令黄翼升、李鹤章、刘铭传、郭松林、滕嗣武、周盛波、张树声等全部亮相,总兵力达到三万人。整个江阴,一时人满为患。小小的阳舍,顿时拥挤不堪,到处都是淮军将士。其实太平军此时在江阴城不过三千二百人,李鸿章如此兴师动众,令淮军中的许多将士都大惑不解。太平军那边也在嘀咕:"李鸿章是在向苏州城示威。"这话传到李鸿章耳朵里,他笑了,对部将们道:"你们还没有长毛们善于体察我的心思。不过,我不仅是示威,以气势压倒他们;我还要一个旗开得胜、初战告捷的好兆头!"

　　李鸿章达到目的了,仅用了两天的工夫,不仅收复了江阴城,还全歼了在江阴附近所有小集镇上的太平军。两天后,在江阴一带走一圈,只能见到太平军成堆的尸体,而找不到他们一个活人了。

　　江阴战火停息,苏州南侧的吴江又起战火。原来,太平军遵照李秀成未离开苏州前的命令,以四千五百人的兵力偷袭了吴江城,驻守在这里的刘铭传一军猝不及防,竟让太平军夺去了吴江。李鸿章灵机一动,请戈尔登率领他的洋军及兵舰来对付吴江的太平军。因吴江水道四通八达,戈尔登的兵舰正好能派上用场。戈尔登欣然领命,率"蟋蟀号"、"萤火号"两艘英舰驶抵吴江。戈尔登到吴江后,才觉得自己陆上的兵力明显不足,而太平军又有援军来到了吴江城外的花泾港和月里港。他向李鸿章请兵。李鸿章令程学启亲督一军配合戈尔登立即攻城。戈尔登一向只相信自己的打法:首先不直接攻城,而是先打外围,断其通道和接济,再攻打目标。李鸿章支持他这个打法,道:"将军与本帅是不谋而合了。我为攻打苏州定下的策略正是这样:取苏州而先不攻苏州,先从外围打起。一处处都收拾下来了,把苏州孤立起来,让苏州最后不战而溃。"

戈尔登道:"大帅与我不谋而合固然令人高兴。但苏州与吴江不同,乃吴中一带的中心,江苏的重镇。一旦在苏州打响,洪秀全在金陵城里不可能坐视不管的。若用大军压了过来,只打它的外围也未必能顺利夺得苏州。"

李鸿章哈哈大笑起来,他道:"将军过虑了。这也不能怪你,因为你不了解更大范围内的战局。我可以告诉你:这一次围攻苏州,本帅对于长毛的外援问题是十分放心的。因为,他们的天京已被我恩师曾夫子的湘军团团围住了,洪秀全正在四处调兵回援呢!即便我们现在用炮火把苏州炸烂,洪秀全也绝无能力来救援苏州了。而南边的浙江一带,包括上海在内,基本上已经不见长毛们的踪影。至少,已经没有了可以成军的长毛。三十、五十的散兵,他们有能力来救援苏州吗?说来真是天大的笑话。听说李秀成携眷属离开苏州时,还下了他最后的一道命令:要他的部下立即去围攻上海、昆山、常熟、江阴。我真不知他是不是脑子有病了。他有什么兵力来以此牵制我军?真是吹牛皮不犯死罪,他真敢吹。"

就在戈尔登与李鸿章交谈后没有几天,戈尔登和程学启联合占领了花泾港和月里港。有了这两港为营,程学启亲自督军,令总兵欧阳利见、孙友昌、张光泰、刘士奇去攻占了吴江府所辖的震泽县县城。在县城内,三千太平军全部缴械投降。但是,程学启一声令下,把三千降兵杀得一个不留。

就在程学启攻克震泽县并制造又一起惨案时,戈尔登也攻进了吴江府。城中守军阵亡两千余人,其余突围逃到苏州城去了。至此,苏州与浙江、上海一带的交通被切断。戈尔登与程学启兴奋异常,一合计:打算立即进逼苏州。

477

苏州城外已有程学启所部兵勇驻扎。戈尔登与程学启率兵前往苏州,无疑是给苏州城外增加大批兵力。戈尔登与程学启合作攻城已经多次了,渐渐有了一种默契。这两人骑马并行,好不亲热,一路上边走边叙话。

戈尔登道:"你说亏不亏呢?原来这吴江府里的长毛军守将是李秀成的胞弟李明成。他今儿输得实在冤枉。李秀成出了苏州,谭绍光马上就把李明成支派出了苏州城,让他去驻守吴江。他是前一天才进吴江府的,后一天就被我军打败了。李明成在吴江没吃上一顿安稳饭,落了个败将的名声又逃回苏州去了。"

只听程学启也道:"哎呀,我这一次攻打震泽县,也是一路顺风。原听说有湖州的长毛军要来救援震泽县。可是,待我军兵临城下时,刚放上几炮,守城的三千多长毛贼就全部缴械投降了。他们派一个将领出城来找我议和,请求我放他们一条生路,让他们各自还乡种田去。我想,早知今日,何必当初哩?家里的田不好好去种,跑出来造什么鸟反啦?今天放了你们,明天弄不好又操起家伙,来与我争斗了。不如统统斩尽杀绝,杀了一个少一个。放了一个,未必能少一个呢!所以,我让士兵们把他们赶进一个大院子里,堵起门来,杀得一个不留。"说完,程学启大笑不止。此时他忘了,他也曾是一个乞求投降的太平军哩!

但戈尔登记起来了。他突然勒马不前,大惊失色,问:"此话当真?三千人杀得一个未留?"

程学启仍在大笑,听戈尔登发问,随口回答:"那还有假吗,不信你问问他们。"他指着身后的亲兵队伍。

程学启还在继续向前走着,突然发觉戈尔登不在身边了,才回过头来看个究竟。只见戈尔登端坐在马背上,用一双眼睛狠狠地瞪着他。他见程学启在等他时,怒斥道:"你还记得你自己当年参加长毛造反吗?你还记得你是如何向曾国荃乞求投降的吗?不料你也是这般惨无人道,天理不容!"

程学启这才反应过来,但任凭他好说歹说,戈尔登就是一步也不走了。在他的身后,洋军的队伍也停在路边。戈尔登不仅拒绝去苏州,而且要掉头返回上海去。这样的僵持,把程学启闹得十分难堪。尤其是在众目睽睽之下,戈尔登丝毫不给情面,当众揭程学启的老底,骂程学启滥杀无辜,违背人道,程学启恨不得跪下来求他了。更由于此次进军苏州,事情重大,李鸿章严令与洋军配合,而实际上也必须依靠洋军。若因自己得罪了戈尔登,恐自己要吃不了兜着走的。

戈尔登也太较真了,愤然回军上海也就算了,还怒气冲冲地直闯李鸿章的官邸,定要李鸿章将程学启革职查办,以平事端。

李鸿章心中暗暗吃惊。因正值将对苏州形成合围的关键时刻,李鸿章不希望在两军之间弄出什么乱子。但此时的李鸿章已不是初进上海时的他了。他见戈尔登竟然在他的签押房里横冲直闯,大话连天,便用低沉而又坚决的声音对戈尔登说:"将军息怒。本帅用将,自有本帅的主张。尔等配合我军前往围攻苏州,上经两国政府确认,下有你我之间的协议。现在是我出钱,请你出兵,你只要得了我的钱,这就行了。至于要撤谁的职,升谁的官,那就是我的事了,非尔等所能控制。依本帅看,将军是不应该过问此事的!"

戈尔登没有想到李鸿章在程学启的问题上,态度如此坚决,大怒道:"你大帅固然手中有权,但我也有我的兵权。若是不惩治程学启这样不仁不义之将,我军将拒不出兵,撕毁本军与你之间的协议,各走各的路吧!"

李鸿章略微提高了一些嗓门,道:"没有那么容易!我的态度是:程学启的官职不能撤,你的洋军也还应一如既往地与我们合作。否则,大家都不方便!"

戈尔登觉得自己是有理讲不赢了,只好愤怒而去,打算在上海城里按兵不动,以此迫使李鸿章对程学启作出处置。

正在戈尔登与李鸿章闹不愉快时,发生了一件他俩都始料不及的事情:曾被李鸿章罢官并推出城门之外的白齐文因不服处置,徒步赴北京活动,图谋官复原职未能成功后,一气之下投降了太平军。这日,他潜入上海来了,找到了原先在他手下干过的十几个人,又勾结上了两个洋人,一起密谋策划,采取突然行动,乘黑夜登上停泊在上海港的"高桥号"小轮,杀死了在船上守卫的洋军士兵,把小轮开走了。白齐文令加大马力向苏州疾驶,不一会被洋军其他士兵发现,立即报告戈尔登。

戈尔登刚刚从李鸿章官邸出来,心中火气正旺,忽听说白齐文带人偷了他的小轮,才顿时紧张起来。但,此时已晚了一步,他下令要海军兵舰去追击,可是已经追不上了。不仅如此,因为这艘小轮上装有一架新式洋炮,弹药也很充足。两艘英国兵舰停泊在港内,还被白齐文在出港时轰了几炮,舰上的许多设备被击坏了。

白齐文一伙人驾小轮从上海路过吴江时,遇到大批淮军及清军在两岸巡逻执勤。白齐文稳住阵脚,不动声色。岸上的巡逻将士一看是洋人的战船,不敢查问,便让"高桥号"一路通行无阻。只是这白齐文已过了吴江,见又一艘淮军水师的战船迎面驶来。白齐文眉头一皱,立即作了布置,待这艘战船与自己的小轮擦身而过时,冷不防向战船开炮,一下把淮军水师的战船打成了重伤,不能行驶了。白齐文等把小轮靠上战船,杀死船上的水勇,抢得洋枪三百多杆,洋炮三门,白银两万两和一批弹药。

白齐文满载而归,一进苏州城,就受到慕王谭绍光的热情接待。苏州城形势危急,谭绍光见白齐文的确是一把好手,决定每月拨给他一批可观的经费,令他单独组建一军,与自己的仇人李鸿章交战。白齐文当即答应下来,并开列出一张费用清单,慕王挥笔就批准了。

白齐文另有一套自己的搞法:他以高额报酬为诱饵,在城中各军精选一批士兵,配置洋枪、洋炮,组建了一支比洋枪队还凶猛的太平军敢死队,准备用它来专打攻坚战。

白齐文这支敢死队很快组建起来了,在苏州城里另辟营地,加紧操练。慕王谭绍光亲自前往道贺,并送来三千多套专门为太平军敢死队设计制作的服装,以期待这支新军能在战场上威震四方。

戈尔登清醒了,听说白齐文是效仿他的洋军组建起来的,士兵们所得的报酬将比洋军们还高,怕他手下雇用的士兵受之影响,私下里投靠白齐文去,便暂时把自己与李鸿章的不愉快丢到了一边,把洋军队伍开到昆山去了。李鸿章也来了一个顺水推舟,四处贴出由他亲自签署的布告:悬赏三千两白银,捉拿叛将白齐文;若洋军中有人能拿下白齐文的人头,赏白银五千两。

鉴于苏州城内太平军防守的加强,李鸿章也对围攻苏州的各路将领进行了局部调整:调淮军太湖水师总兵李朝斌充任攻打苏州的南路主力;另增调上海守军五千人开赴苏州,使淮军用于直接攻城的兵力达到了三万五千人。

眼下仍处于只围不攻的阶段。离总攻还有一些时日,但苏州周围的战事仍在不断进行。在江阴周围游动的太平军广王李丰顺所部,这日乘夜深人静时,摸进了淮军刘铭传、黄翼升的大营。刘、黄大营设在江阴城边的黄田港。李丰顺令士兵们穿上淮军将士的服装,假冒由此路过的淮军,抵近大营后,突然冲进了淮军的营帐,烧着多处营帐,枪杀淮军士兵。淮军总兵赖荣光正在梦乡之中,也被夜袭者一刀捅死。这一夜,刘铭传、黄翼升共损失将士一千余名,刘铭传自己也险些遇难。

消息传到上海,李鸿章大为震惊。看来,苏州前线的战事单靠他在上海遥控指挥不行了。李鸿章决定,带幕僚、亲兵及仆役等一千余人,前往江阴。在江阴建起自己的临时行营,以此为中心,坐镇指挥。他到达江阴的当天,就下达命令,通报全军:务必加强夜间防范,不可有丝毫麻痹,说长毛军已到了垂死挣扎之时,难免会狗急跳墙,进行最后一搏云云。全军由此进行了一次整顿,防务得到加强。

太平军得知李鸿章的临时行营设在江阴,谭绍光下达了命令:由陈坤书会合黄子隆及武王汪有为、趋王黄章桂等率大军分兵四路赶到江阴城外,白齐文的敢死队也开赴江阴,参与战斗。

但江阴城已是森严壁垒,刘铭传、黄翼升加上李鸿章的亲兵,总兵力已达上万人。淮军不仅在四城严密防守,在江阴外重要集镇也布下了重兵。陈坤书等四路太平军一抵城下,刘铭传在南、北两门指挥反击,黄翼升在东、西两门架炮猛轰。城外几支淮军一齐夹攻。

太平军左躲右闪,就是靠近不了城墙,也找不到一个可以扎下营垒的地方。白齐文因身体不行未能亲自率队前往。他听说李鸿章正在悬赏捉拿他,心中也有些害怕,担心自己一出现在李鸿章的眼皮子底下,会在劫难逃。

陈坤书、黄子隆的四队人马只有招架之势,毫无反攻之力了。他们先是各率本部人马分别从四处城门的方位向江阴城靠近。但南门被打便向西门跑,北门被轰击又向东门逃,最后乱了分工,都窝到一块儿来了。远远地看去,太平军万余人马只是在忽东忽西地跑,人喊马叫,弄得尘土飞扬。既是窝到一块去了,淮军便更容易轰击了。李鸿章在亲兵们的前后护卫之下,亲自登上城头,调动炮火,集中火力向太平军人多的地方狂轰滥炸,一颗炮弹落地,马上死伤一片。

陈坤书只好下令撤退，退到了淮军射程之外，慌忙来扎营、安炮。但淮军在江阴一带驻扎已久，都已筑好了壕沟和掩体。陈坤书见自己的队伍已把几门大炮架好，就下令轰击，轰了一阵子，毫无效果，根本打不到淮军的营垒。而陈坤书的太平军是在旷野之上，若淮军进行反击，必然死无藏身之地。果然，陈坤书打了一阵空炮之后，刚想收炮，城外的淮军枪炮打过来了。淮军大炮的射程比太平军的厉害，太平军打不到淮军，淮军却可以打到他们。数炮齐轰，陈坤书的队伍一哄而散，兵勇们也不听指挥了，各自去找旷野上的沟沟坎坎，卧倒藏身。陈坤书、黄子隆、汪有为、黄章桂四个头领干急无汗。他们几人一合计：让白齐文的敢死队向上冲！黄子隆说："他的敢死队兵饷最高，吃喝待遇也最好，此时不让他们冲，叫谁冲？"

叫几个头领哭笑不得的是：因为白齐文没有来，千余名敢死队兵勇撤退起来跑得比兔子还快。这会儿是群龙无首，三五成群地卧在田埂或小沟之下，谁也不愿来召集队伍，上去送死。陈坤书见敢死队无法集中，又不听指挥，与黄子隆等一商议，只好各自整顿自己的队伍，试图再次反扑一下。但士兵们刚一起身，便遭袭击，于是一大片人马又卧倒了。

李鸿章坐镇城头，左右人为他搬来一张宽大的太师椅，面前又摆下一张茶几。只见他面部表情轻松而愉快，不时举起望远镜，东瞧瞧，西望望，就好像是在欣赏江阴一带优美的田园风光一般。

李鹤章此时就守在他的身旁，忽然，李鸿章把望远镜递给李鹤章，道："你看那一大片长毛，都趴在地下，眼下是无反攻之力了。可是，若让他们始终待下去，到了夜晚，势必又会对我各军营垒进行骚扰。你去解决了他们，解决不了，也要赶走他们。"

李鹤章举起望远镜看了一会，道："我看他们的队伍已经乱得不成样子了，不如从东西两面夹攻，虽不能全歼，也可重创。剩余的长毛要逃跑，就让他们跑。江北有我淮军在那里驻守，又可奋起一击。这样就差不多了。"

李鸿章同意，令刘铭传配合李鹤章拨队去攻。两人领命，各领大队人马出城，向陈坤书、黄子隆的太平军压了过来。

陈坤书抬头一看，左边有淮军躬着腰慢慢靠上来了。黄子隆也惊呼起来,道:"右边是李鹤章率队过来了!"太平军几位头领赶快令炮手架炮轰击,可是,刚打出两颗炮弹,淮军两路人马已近在眼前了。淮军以洋枪射击,一时弹如雨下。太平军顿时又如受惊的群鸟,四处逃窜。但淮军已对其形成夹攻之势,陈坤书一见无法抵抗了,自己带头向北面狂奔。他一跑,炮手们连大炮也不要了,爬起来就跑。

太平军向北面逃奔,李鹤章、刘铭传加紧追击,边追边打,把太平军追出十余里。太平军眼看就要到江边了,不料又遭江北淮军水师的轰击。陈坤书只好改道,向常州方向逃奔。

江阴一战,太平军未能攻下城池,反而损失惨重。所携大炮全部丢失,还死伤将士四千六百余人。江阴这边,李鹤章、刘铭传得胜而归,令士兵们清理战场,得重炮十七门。淮军士兵们挖出十多个大坑,将散落在旷野上的太平军尸体像倒垃圾一样地埋掉了。

李鸿章下榻在江阴城一座华丽的建筑内,这儿成了围攻苏州的指挥中心,守卫戒备森严,门前车水马龙。这日,李鸿章在他的行营里召开了一个小型军事会议,商议下一步进攻计划。李鹤章、刘铭传、黄翼升等都以为李鸿章要下令对苏州发起总攻了。不料他却宣布:进攻无锡!

刘铭传大惊,道:"大帅,我军尚未收复苏州,为什么这么急要去进攻无锡呢?"

李鸿章笑道:"诸位难道不承认,那苏州城已是本帅的网中之鱼,它跑不了,打它的日子为期不远了。按常理说是擒贼先擒王,放着主攻目标不去打它,却做一些旁敲侧击的事,本帅是自有道理。我只能告诉各位:这打仗犹如下棋一般,须举一反三,走一步,谋取两步才是。大家不要疑问什么了,只管去打就行了。本帅静听佳音。"

李鸿章决定:从现在开始,分三支大军继续展开强大攻势。北路军负责即刻进攻无锡;南路军主攻吴江、平望一带的长毛军;中路大军直攻苏州。除进攻无锡即日开始外,其他两路大军边坚守阵地,边作为无锡的外援,随时听从调遣。

李鸿章此次安排总兵力多达七万人马,其中淮军人数最多,约五万人,其余为洋军、洋枪队和清军。洋枪队此时已改称为"常胜军",统归戈尔登统领。那原头领华尔早已在浙江慈溪阵亡。戈尔登收编了洋枪队,改称常胜军后,使中外混合兵勇已达万余人。李鸿章作此部署,戈尔登出兵六千人,为洋军参战以来,出兵最多的一次。

李鸿章分拨的三路大军中,实力最为雄厚的还要数程学启所率的大军,兵力就两万两千人,配备的洋枪、洋炮,为淮军中所占比例最大。戈尔登的混合军中,中下级军官多为英国人,士兵们的枪械自然又比程学启的大军先进一些。他还带来了三艘战舰,协助攻城,淮军的水师全部出动了。李鸿章要淮扬水师、太湖水师全部集中于苏州至无锡一带的水域,兼顾两头,听令出击。作为紧急情况下组织救援的预备大队人马一万余人,也全部集中于苏州与无锡之间。开战前夕,李鸿章获悉驻上海的英军从国内运来了最新式的重型大炮,喜不自胜。他在分拨完毕各路大军的任务以后,从江阴回到了上海。他一到上海就马不停蹄地登门拜访英军驻上海的总司令柏郎,问他借了一批重型大炮,送往苏州战场,配给了程学启、李鹤章和刘铭传。

上海各界官绅获悉李鸿章从苏州战场上回来了,登门拜访者络绎不绝。李鸿章一时高兴,把钱鼎铭传来,要他从中策划,就进攻苏州之事召开一个新闻发布会议。钱鼎铭果然卖力,在上海一家豪华饭店备下宴席,专门邀请上海各报新闻记者前来参加。李鸿章以主人身份,第一次面对这么多新闻记者,激动万分,做了即席演讲。他最后向新闻界郑重宣布:

"此次围攻古城苏州,强大的淮军拥有百分之百的把握。因为,一段时间以来,我淮军数万将士在成功地扫平了上海一带的长毛军以后,进军吴中,逐步向苏州一带推进。淮军各路人马英勇善战,所到之处势如破竹,取得了全面胜利,也积累了丰富的作战经验。现在,我们不仅有了对付长毛们的经验,更因为我们的兵力和武器装备,也远远超过了吴中一带的长毛军。据本帅所知,吴中一带长毛中原来号称二十万人马,经过我强大的淮军的奋力剿灭,现只剩下四万余残兵败将了。且给养严重不足,一个个都像瘦猴儿一般。在这四万余人中,有八千余人已被谭绍光困于苏州、无锡城外。两城中的长毛们,能够善战的主力部队大约只有一万三千人马。而他们的军械是落后得不能再落后了。至少有一半人还在使用长矛和大刀。更何况李秀成逃回金陵后,是谭绍光在代理主持。此人能力很差,威信不高,他手下的将士们多有不服。他要想有效地调拨各军,用一句我老家合肥人的话讲:那真比女人生孩子还难啦!"

李鸿章说到这里,自己笑出了眼泪。私下里有记者嘀咕:"李鸿章这会儿是得意忘形了!"是的,他是有些得意忘形了。但在这个会上,他除了枝节问题有些夸大以外,所讲的基本也属实情。

太平军慕王谭绍光系广西桂平县人。自洪秀全金田起义参加太平军至今。此人忠勇仁义,很让李秀成放心,一不争权,二不夺利,李秀成十分信任此人。他所率一军约一万人,多属两粤一带的农民,且年轻者少,体弱多病、年龄偏大者,占绝对多数。

苏州城另一个主要将领就数纳王郜永宽了。他是湖北人氏,四年前参加太平军。此人油头滑脑,能言善辩,又特会钻营,得到了李秀成的赏识,晋升飞快,到太平军两年后就被封为纳王。他与慕王关系极好,尤其在李秀成出了苏州,慕王主持军务以后,他处处讨好慕王,私下里与慕王结为兄弟,发誓要同生死,共患难。但慕王对他却有所不知:正是这个"兄弟",品行极差,器度狭小,于心奸险,见利忘义,不惜卖主、卖友、卖国以求其荣。自从他暗中联络统带淮军魁字营水师的郑国魁以后,得了李鸿章要拿忠王、慕王人头的话,立即加紧了活动,把眼睛盯住了"兄弟"谭绍光。他秘密约见了郑国魁。在阳澄湖上的一条小船里他对郑国魁道:

"非常感谢李大帅答应我们的条件。长毛军已经日暮途穷,许多将士都在反躬自省,希望能归顺朝廷。李大帅要我拿人头来见,李秀成已逃回金陵了,这个头暂时取不来了。若李大帅能给我一个立功赎罪的机会,有朝一日,我要杀进金陵城,补上他这个人头。在献城之前,我保证首先献上伪慕王谭绍光的首级,以表忠心。"

郑国魁与郜永宽在秘密会见中表示:愿意为郜永宽所提的条件担保,并充当受降的证人。郜永宽不太放心,又提出让洋军统领戈尔登出面担保,戈尔登十分爽快地答应了下来。郜永宽满意了,乘黑夜划小船潜回了苏州城。

议降的情况报到李鸿章这里,他依然是不动声色。他命差弁拿了他的调兵札子前往苏州城外。这札子是送给戈尔登的。札子上说:无锡攻城的形势十分紧急,北路大军刘铭传势单力薄,请戈尔登迅速率他

485

的六千兵勇移驻无锡,给予支援。

戈尔登很不情愿,他只想主攻苏州。但这是李大帅、李抚台之命,又难以违抗,只得怏怏而去。

李鸿章下令让戈尔登移军无锡时,李鹤章正巧到达上海。李鸿章把鹤章领进自己的密室,道:"你来的正是时候,我准备下令让程学启正式进攻苏州了。攻下苏州,功不可没,朝廷定有重赏。你也率一军前去助阵吧。不然,打下苏州便没有你什么功劳了!"

李鹤章大惊,因左右无人,就直呼李鸿章,道:"二哥,您既然决定总攻了,为什么还要把戈尔登的部队调往无锡呢?进攻苏州,有他的洋军参加,成功的把握不是更大一些吗?"

李鸿章笑了,脸上露出了几丝神秘的表情。他学着恩师曾国藩的样子,右手不停地梳理着下巴上的胡须。但他的胡须短而稀疏,远不及曾国藩的气派。他对胞弟道:

"老弟呀,你跟着我已经一年多了,经历了这么多风风雨雨,理应从我这里学会一些东西了。难道你还猜不透我的心思?每走一步,我都有自己的算计,绝非随心所欲。你想,计划许久的大战在即,我能把戈尔登放在苏州吗?我之所以把戈尔登从苏州城下调走的原因有二:一、城中长毛正在与我议降,提了那么多条件。那个郜永宽也不撒泡尿照照自己!什么龟孙儿都想从我手里捞到一顶官帽呀!老实告诉你,我虽是答应了郜永宽的四个条件,那是'做夹子'(合肥语)而已,口头上答应了,你当真我还真的满足他的要求呀?苏州一旦到我手里,我就要用计处治降将降兵。他戈尔登竟然还答应为郜永宽充当保证人。我若把他留在苏州,他必然要过问和干涉此事。试想,不把他弄走行吗?其二是,苏州非比其他地方小城,是个十分富足,名胜古迹、珍珠财宝成堆的地方。攻下了苏州城,我能让戈尔登和他的六千兵勇袖手旁观吗?他必要来分享苏州城中的掳获。现在我把他支派开了,让他干瞪眼。你说,我能不把他调走吗?"

李鹤章恍然大悟,道:"二哥果然高明,小弟我恐怕是一辈子也学不会你的本事了。"

李鸿章笑道:"鹤章呀,你们弟兄几个,都是我的手足。对你们的前途,二哥我心中有数:官位、钱财有的是,那是随时都会得到的。我只要你们人身确保安全,这是我十分挂念的。所以,应由你去立功的地方,我会叫你去的;不让你去时,你定不可争着、抢着去。那些事,都让他们干去好了。你要切记!"

李鹤章点着头,道:"小弟明白了!"

这是同治二年六月,李鸿章一边让攻打无锡的几路大军继续围攻无锡,却不动声色地暗中指令程学启、李鹤章发动了对苏州城的直接进攻。周围的淮军其他援军都还不得而知,程学启、李鹤章就悄悄地进了苏州城。太平军慕王久被围攻,全军上下已不思守城,见程学启、李鹤章大炮一响,便弃城而去。仅个把小时的工夫,苏州城就到了李鸿章的手里。

李鹤章派出快马,把这一捷报以最快的速度报到了李鸿章的行辕。李鸿章激动得热泪滚滚,亲笔写下报捷奏折,以八百里加急送往京城;又另派一支小队,乘洋轮去曾国藩那里,向恩师报喜。忙完这些事后,他亲率自己的幕僚、亲兵营将士,飞马赶往苏州城。

程学启、李鹤章精选了一千名淮军士兵,手持锣鼓彩旗,列队在南门外欢迎大帅进城。李鸿章入城以后,在众将领的前后簇拥下巡视了全城,长时间默默不语。李鹤章在一旁问:"抚台兄巡视这座古城,有何感想?"

李鸿章只说了一句话:"没有想到这些长毛们把苏州城整理得这么美。"在他的想象中,长毛们都是些粗野之人,既没有文化,更不懂艺术,是彻头彻尾的一帮匪贼。苏州城落入这帮匪贼之手几年了,一定把美丽的苏州糟蹋得不成样子了。他万万没有想到:苏州城不但仍然秀美如画,而且显然是又经过了李秀成太平军的一番精心维护和扩建。李鸿章注意到了忠王府,大多数豪华建筑都是李秀成经营苏州以后新建的,其雕梁画栋,曲径回廊,几乎可以与紫禁城中的大殿相媲美。这一切,都在李鸿章的心中引起了强烈的震动。

苏州城为李鸿章所得,但他却万万没有料到:他只是这座古城的临时主人。

程学启、李鹤章攻城的炮火一响,苏州城里最为惊讶的是纳王郜永宽。他无论如何也想不通:自己刚刚才在阳澄湖上的那条小船里与淮军那边的代表谈好了条件,商议好由他在城里先杀了慕王谭绍光,然后率兵出城的。怎么这会儿倒先打起来了？郜永宽此时才隐约感到：李鸿章根本就没有把这次议降放在心上。或者说，这个淮军中的铁腕人物是把他郜永宽及他的部下们当做了可有可无的人了。连日来，从苏州城外的淮军攻势来看，好像李鸿章在用自己的行动表明：我根本不依靠你郜永宽！

郜永宽心中不觉一凉，顿时生出了火气来。因此，程学启、李鹤章攻城时，他还积极组织了反击，向李鹤章的攻军猛打了几炮。后来，在慕王谭绍光的一再催促之下，他才撤下了队伍，匆忙逃出城外，直奔无锡方向。淮军此时在无锡也正在激战，他并不敢靠近无锡。他担心一旦到了无锡城，就非得参战不可了。对于议降之举，他还抱有一线希望。至少，他虽没有苏州城可献了，还可以率自己的队伍去缴械投降。他既不敢去帮助无锡的守军来夹攻淮军，也不敢从城外配合刘铭传的淮军来攻打无锡城里的太平军。

郜永宽把无锡城看成了一个是非之地。他突然灵机一动：不如抢占无锡旁边的荡口，以自己一军在这里站稳脚跟。太平军来了，可以说是作为无锡的救援。淮军来了，又可以当做条件，向李鸿章拱手献出。

他打着自己的如意算盘，不料程学启未来，却追来了大队清兵。这支队伍由总兵滕嗣武、王东华率领，一到荡口便把郜永宽的太平军团团围住了。滕嗣武、王东华指挥兵勇猛轰他的营地。郜永宽起先不想反击，怕由此得罪了李鸿章而坏了他议降的大事。但滕嗣武、王东华并不理会他的心思，只管照打不误。郜永宽被迫无奈，只好下令从荡口突围而去，向陆顺方向靠近。

从苏州逃出来的各路太平军，此时大都会合在陆顺。纳王一到，慕王、潮王、趋王、比王、康王、宁王都迎了上来。郜永宽突然涌起了一阵回家的感觉，忍不住泪如雨下。慕王仍然称兄道弟地把郜永宽搀下马来，好一阵安慰。谭绍光还以为郜永宽是在为丢失苏州而伤心落泪哩！

谭绍光以主持人身份召集其他六王开会，紧急商议重新编排队伍，组织向苏州反攻之事。

经苏州一战，可以调集到一起的苏州一带太平军将士仅剩下两万七千人左右。七人共商认为：以两万七千兵勇同时向苏州发起反攻，还是有希望重新夺回苏州城的。因为，李鸿章在苏州城尚未站稳脚跟，没有十天半个月的,他们没有办法完成苏州城内部及四面城门的布防。

七王正在商议,忽见西北方向一溜烟地来了两队人马。谭绍光一惊,起身拿起望远镜来看,不禁失声吼叫起来:"忠王回来了!侍王也来了!你们看,你们快看呀!"

其他六王顺着谭绍光手指的方向细看,果见旌旗上的"忠王李"、"侍王李"清晰可辨。正值危难之时,李秀成、李世贤的出现无异于久旱逢雨、雪中送炭,大家顿时有了一份欢喜之情。

当日,李秀成召开了九王参加的会议,共谋反攻苏州之策。

李秀成、李世贤来到陆顺的消息立即传遍了全军,将士们奔走相告,太平军因此人心渐渐稳定下来。当晚,军中将领团聚,共庆忠王、侍王回军中督战。几杯水酒下肚之后,李秀成的脸色渐渐沉了下来。谭绍光注意到,李秀成开始心事重重了。于是,谭绍光主动提出:陪李秀成到营帐外面散散步,聊聊心里话。

一番长谈以后,谭绍光才得知李秀成的心事来自这些不愉快:

自从天京城中的洪秀全得知李秀成出现了一些叛变投敌的传闻以后,便开始对李秀成也处处设防,倍加警惕,不予信任了。洪秀全认为,李秀成军中有人叛变,多数是来自李秀成本人对天朝的不忠。因而断言,李秀成自己存有异心。

早在前些时候,有人向洪秀全密报:有一个花旗翻译官秦镇西曾传话给曾国藩,后又传给李鸿章,道:他有把握叫李秀成向湘军或者是淮军投降,尽献吴中各城。但事成以后,必须答应赏给李秀成以头品顶戴花翎,并赏银四十万两。

洪秀全对这个传言虽不全信,但认为很有可能。至少,李秀成是在秦镇西面前表露过心迹。否则,秦镇西怎么敢打这个包票呢?洪秀全清楚,在他的部将中就算李秀成重兵在握了。若是李秀成投降了敌军,就等于宣布太平军分崩瓦解了。所以,一段时间里,洪秀全满脑子装的都是李秀成会投降的事,甚至连做梦也想着李秀成突然率兵闯进了他的天王府,把他从床上拖下来,举起大刀向他砍下来……他担心极了,恨不得用一根绳子把李秀成拴在身边,让李秀成始终在自己的监视之下,不让他离开金陵半步。

洪秀全的这种猜忌之心也影响到了洪仁发、洪仁达及金陵城里的其他将领。洪秀全把李秀成召回金陵后,这些人竟然当面指责李秀成另有图谋,以至李秀成急得公开与他们争吵。吵完以后,再出天京。每次离开天京,李秀成都暗暗发誓:是死是活,也绝不回天京了。他一见到洪家几个人就心烦,就火气上心头。

李鸿章调拨大军围困苏州正紧急时,李秀成突然率眷属及一批老弱病残、妇女儿童去了天京,那也不是怕死而逃,也是在洪秀全严诏之下回天京的。这个情况连谭绍光等人都不清楚。原来,洪秀全听说苏州被围,马上又担心起李秀成可能会向李鸿章缴械投降,要在这关键时刻把李秀成召回。他采取的是软硬兼施的办法,在诏令中直称李秀成为:

"真天命太平天国九门御林忠义宿卫军忠王……"

洪秀全对李秀成在诏令中如此称呼,是令李秀成心头一热的。因为这个称呼就等于告诉李秀成:你是天朝的第二把手,是仅次于洪天王名分之下的"九门御林忠义宿卫军忠王",是一人之下,万人之上的实权人物。在洪秀全的太平天国内,这个职务是实际统揽军政事务的,在天朝里是独一无二的。其他职务可以同时有多人拥有,这个位子只有一个人来坐,就如同天王只有一人那样。

洪秀全在诏令中这样称呼李秀成以后,却又以最严厉的口气命李秀成接到诏令的次日就必须起程回京,而且把眷属一同带上。理由是:苏州局势已经危急,把李秀成等人的眷属安排到天京城里相对安全一些。李秀成也深知苏州局势,在心中一想:洪秀全或许还是出于真心,并非是想把他的妻子儿女们扣为人质。故李秀成来不及与慕王等告别,只匆匆留下交代、作了布置以后就回天京去了。

这些原因在当时无法解释。所以,李秀成离开苏州,太平军和淮军中的许多人,都认为李秀成是怕死出走。

最让李秀成有苦难言的是在他回到天京之后。李秀成对慕王谭绍光说到这里,忍不住失声痛哭起来。

那天,李秀成一路风尘仆仆地到达天京城外。正准备渡江入城时,洪秀全听说李秀成带领三千亲兵和一批老弱妇孺回京后,当即下令封江,不许李秀成的亲兵进入天京,令其一律驻扎于江外。李秀成无奈,只得安排自己的人马就地扎营,筑起营垒。因为在天京周围,曾国荃的湘军已在多处扎营,稍有不慎,便会遭遇湘军,避免不了一场恶战。

　　直到天快黑时分,洪秀全才令洪仁发、洪仁达兄弟俩来到江边,派出船只,接老弱妇孺过江进城。李秀成提出让他的亲兵也一同过江,但被二洪严加拒绝。李秀成当即大怒,真想掉头就走。但思来想去,还是先进城再说吧。

　　进城以后,李秀成马上就要去晋见洪秀全,也遭拒绝。直到三天后,洪秀全才在天王府召见李秀成。见面后,洪秀全对李秀成一句安慰的话都没有讲,出口就是训斥,责问为何吴中一带失陷多城?为何三次进军上海都以失败而告终?为何军中竟连连发生部将投敌事件?李秀成被一连串的责问弄得晕头转向,张口结舌。

　　直到洪秀全发完了一顿火气之后,他才又旧话重提,道:"朕数召你回救天京,尔等为何视朕的诏令为耳旁风,迟迟不起程回京?你到底在干什么?你可知道朕的王法否?若不遵诏行事,朕的国法难容!"

　　洪秀全知道自己的话说得过头了,又改换口气道:"朕向来以为你是铁胆忠心,所以才封你为忠王。难道你真要朕再说你一句:忠王不忠吗?!"

　　李秀成刚一见面,就遭洪秀全这样的训斥,压不住火气了,道:"天王封我忠王,不过是乐我之心,用我之力,而防我之变!我心中如同明镜似的,自知您对我是好是坏。其实很久以来,您已经怎么看我都不顺眼了。您还记得您那个《梦兆诏》吗?当初苏州城明明是我攻下的。我经营苏州,抚民安民用尽了心血。而您却在《梦兆诏》中将我的辛苦一抹干净,道:'东西南王去诛妖,金龙殿前呼万岁,去打苏州实勤劳,于今苏福既收复……'天王您可知晓,东西南王在我打苏州时,已经骨头打鼓去了,早已不在人世,怎么会是他们几个死人去打下苏州的呢?……"

　　李秀成一口气道出了积郁在心中许久的怨气,心中好似痛快了许多。而洪秀全却怒火万丈,当即吼叫起来,道:"朕看你是想造反了!"

　　"造反倒未必!若我真想造反,也早无天京今日了!"

　　洪秀全见李秀成如此顶撞自己,更加气愤,道:"朕要撤了你的职位!"

　　李秀成冷笑了一声,道:"天王要撤去我的职位,也不是没有先例

血洗姑苏

491

了。前年安庆失守后,臣弟已经被您撤过一次职位了。不仅我被您撤过职,连英王陈玉成、侍王李世贤等,都曾被您撤过职位的。连干王洪仁玕也未能逃脱被撤职之痛。然而恕臣弟直言:这个职位是不易被您天王撤去的了!就同我这个忠王一样,既是您加封的,又是臣弟自己用无数艰险打出来的,整个心血、汗水都在其中。故忠王一职,我当之无愧,岂是一言即有,一言即无的吗?再以李世贤为例,将在外,军令有所不受。他在浙江与妖敌拼死作战,反而被您撤了职。而实际上呢?您身居宫中,一言既出,故有驷马难追之威。但天王啊,您的革职诏令是纸上谈兵,请问谁去宣布?谁去执行您的革职诏令呢?军中的将士照样听他指挥。就如同您革了我的忠王一职后,我在外没有一天不是忠王,一样领兵打仗……"

李秀成这些极端放肆之言,说得洪秀全听得直发愣,好似在听着一段他从来想象不到的神话故事一般。他在心中一想:可不就是这么回事吗?如今非比当年自己亲自统兵作战时期,将领们现在是个个在外,自统一军,兵勇们认得他李秀成,认得他李世贤,就不一定买我天王的账了。故李秀成这番话听起来固然尖刻,但却好似一盆凉水,让洪秀全清醒了许多。

李秀成说完以后,洪秀全沉默了好长时间没有说话。然后才好似喘过了一口气似的,语气缓和下来,但仍然责问道:"那么,如今天京被围甚急,你为何不回师以救天京?而一心在吴中经营着所谓你的地盘?!"

李秀成的语气也平和了一些,答道:"天王难道不知?李鸿章的淮军已今非昔比,其军械常新,其势常雄,其军常胜。而我军兵勇多是金田举事时跟来的老人,岁数大了,身体弱了,军械也极落后,其势反而不如以前了。如遇两军对垒,虽上下拼死抗争,仍犹如鸡蛋碰石头,后果不堪设想。故我早就主张,在天京中多储粮食,多藏弹药枪械,以坚守阵地为主。等到一两年后,敌军围得疲惫了,再择机与之一战,取胜的把握要大一些。臣弟在吴中一带与李鸿章的淮军多是这个战法,极少有速战速决的。久困久守,不是说想什么时候回师天京就什么时候能回师的。"

李秀成似有点答非所问,但却引出了天京的防守问题。洪秀全不同意李秀成这个主张。而李秀成坚持认为,天京城高墙厚,无论湘军也好,淮军也好,或是清军也好,如果没有充分的准备,没有来自几方面的强大的攻势,是很难把天京攻破的。所以,李秀成毫不客气地指出:洪秀全经常下诏令于各军,今天也要叫人回京救援,明天也要叫人回师救援,甚至一天三道诏令,这些都是故弄玄虚,小题大做了,半年前就在叫:天京危急了!天京危急了!到现在,天京不照样还是天京吗?

李秀成阐述了一些想法后,对洪秀全道:"天王呀,天京如果真的危急了,不仅是臣弟一军,在外地的其他各军都会全力救援的。用不着您这样的一个接一个严诏。如今差弁往来频繁,哪儿战场上的情况都能及时沟通,知道紧急,不用诏令也会拨军而来的。因此,臣弟以为如今应该提出一个口号,叫做:'以同心为是,以分心为非;如欲奋一战而胜万战,必须连万心而作一心。'故臣与天王之间,将士与臣之间,都应同心同德,方可无往而不胜。"

李秀成说到这里,本以为已经打动洪秀全了。不料他把话锋一转,重新挑起了更严重的不愉快,道:

"朕总是觉得你说的比唱的还好听!而与你的实际行动相差万里之遥哩!你这大抵就叫做言不由衷,或又可称作表里不一。依你的说法,好似你已经信心百倍了。而实际上,依朕看来,你是首先信心不足,斗志不坚。譬如说你此次回师天京,不仅率亲兵三千,且从苏州城里撤出来那么多老弱妇孺。请问,这是在长部下之志气,还是在灭全军之威风?!"

李秀成火了:"您在严诏中不是要我把眷属带到天京来吗?!"

"我叫你把自己的眷属带来就行了。谁叫你把一千人马的眷属都送到天京来呀?!"

李秀成脸色气得灰白,道:"那好,我这就走,把这些老弱妇孺及眷属统统带回苏州去!"

李秀成说着,起身便走。走到大门外又回身叫道:"我不想在您的天京待下去了!臣弟现在就走!"

洪秀全见李秀成真的要走,知道自己若是阻拦,谅也没有用了,便喊道:"你真要离京,到你那小天地里去也无妨。但朕既已如此,也不得不防!故你此次出京,严限四十天即归。为此,定要交押银十万两,另将你老母及亲子留在天京,朕保证他们不仅安全,而且生活富足!这样的话,你就可以走了。"

李秀成一愣。这分明是要他把老母与自己的孩子留在天京,给洪秀全扣作人质。李秀成虽然怒发冲冠,但也无奈,只好全部答应下来。然后,他才过江率亲兵返回苏州来了。

还未到苏州,就听说无锡被围,苏州失守,谭绍光率残兵败将逃到陆顺去了。他正要率军到陆顺,恰遇李世贤率队来苏州。他听说苏州被困,拨队前来救援。不料苏州已经易主。这会儿两王相遇,才一道来找谭绍光等七王的队伍。

李秀成召集会议,定下计策。各王在次日便着手进行紧急部署。具体办法是:于深夜时分在苏州城外布下重兵埋伏下来。天一放亮,就突然从四面放枪放炮,发起总攻。好歹忠王的亲兵加上李世贤所部,共计一万多人。再加上原来剩下的两万七千人,足够把苏州城围一个水泄不通了。

果然,李秀成一举进攻,仅用两个多小时就结束了战斗。一则李鸿章的淮军在城中还没有站住脚跟;李秀成重兵在深夜埋伏,打得城中守军措手不及。二来太平军对苏州城内城外地形熟悉,反攻开始,不太费劲就攻下了苏州。

李鸿章受到严重惊吓。苏州城外近四万人马潮水般涌进苏州城,他是自进入上海以来,首次在这样的包围中仓皇出逃的。李鹤章率一千多亲兵把李鸿章层层保护起来,拼命厮杀才冲出了城门,溃退到永安桥一带。这一切就好像是一场噩梦,李鸿章到永安桥一带半天没说一句话,好像仍处在噩梦之中。

待李鸿章清醒过来时,已值下午。他的第一句话是:"把苏州夺回来!"正巧,戈尔登率混合军两千九百人赶来救援,见苏州已失,便命其军在苏州城外的跨塘一带扎下大营。为了连成一片,做好反攻苏州的准备,李鸿章命程学启、李朝斌移驻宝带桥。

李秀成站在苏州城头,用望远镜可以看见淮军一大片营帐及旌旗。他叫来慕王、纳王等,要他们分兵出城,去扫荡城外的淮军,把淮军从苏州城外赶走。太平军兵分三路冲杀过来,戈尔登和淮军将领同时下令用枪炮反击,一时相持不下。突然,西北方向发来一军,原来是张树声和王东华的淮军。这支队伍从后侧夹攻李秀成的队伍,才迫使苏州太平军匆忙退回城内。

淮军连夜开始做反攻苏州的准备。李鸿章坐在营帐里,看着微弱的烛光发呆。不一会,他想到了戈尔登,要找他合计合计夺回苏州的打法。

程学启进了李鸿章的营帐,悄悄说:"大帅,恐戈尔登来不了。已投靠长毛军的白齐文钻到了戈尔登营帐里去了,很长时间了,戈尔登还没有出来。"

李鸿章好像突然被毒蛇咬了一口似的,顿时脸色变了,浑身都不自在起来。李鸿章正在悬赏捉拿他,可他什么时候跟戈尔登勾搭上的呢?李鸿章几乎在发怒了,道:"你们派人去看看,他们在一起搞什么名堂?"

程学启答道:"不行呀,大帅!白齐文进戈尔登营帐时,营帐外马上增加了岗哨,根本靠近不了。"

"我不是叫你们去偷听他们讲些什么,是叫你们去传戈尔登到我这里来。就说我有要事找他相商。"李鸿章说。

程学启率十几名亲兵骑马去了。刚到戈尔登营帐不远处时,见白齐文刚刚骑上马,向苏州城飞奔而去。戈尔登笑眯眯地送出营帐,看上去很亲热。

程学启把戈尔登请来了。李鸿章板着脸,看也不看他一眼。戈尔登知道李鸿章为白齐文来访一事生气了,主动向他介绍了白齐文来访的情况。

原来,白齐文是想暗中投靠戈尔登,这会儿是来当面向他请求投靠的。李秀成返回苏州后,慕王谭绍光交给了白齐文一个任务:拨给他一笔银子,让他联系洋人购买军火。就是借着这个机会,白齐文结识了戈尔登。白齐文想投靠戈尔登,戈尔登也想引诱他脱离太平军。白齐文此时对太平军已失去了信心,知道苏州及金陵的前景都不容乐观。想到自己的退路,白齐文认为投靠戈尔登最为合适。但他也有担心之处:他已经与李鸿章弄翻了,李鸿章正在悬赏捉拿他。而淮军与戈尔登之间又是非常密切的合作关系,他若真的到了戈尔登的手下,又必然会受到李鸿章的排斥和歧视。甚至,无论出征哪里,还要听从李鸿章的分拨和调遣。

今晚找戈尔登面谈,白齐文提出了一个全新的思路。他对戈尔登说:"你不如也率你的部队脱离淮军的控制,离那李鸿章远远的。脱离李鸿章后,我把太平军敢死队拉出来,你我合成一军,独立作战,先攻占苏州,我们独霸一方。在苏州,我们用太平军购买军火的钱来大量招募新兵,使队伍扩充到五六万人。这时,逐步发展,让淮军与太平军打。打到最后只剩下其中一军了,我军一举攻之,然后再进攻北京,彻底推翻朝廷,自创大业于中国,称王称霸在北京。那时,中国就是你我二人的了。岂不快哉?!"

戈尔登万万没有想到白齐文有如此幼稚、不现实的想法,就像个没有见过世面的小孩一样。戈尔登由此把白齐文看扁了,进而发怒训斥了白齐文。白齐文见戈尔登并不赞成自己的主张,且发起火来,自知此计不会得到戈尔登的合作。但是,他现在无论如何,也只有投靠戈尔登了。戈尔登虽说受着李鸿章的控制,但那只是一个出钱,一个受雇于人的关系。从根子上看,戈尔登是完全独立的,而且还挂着"洋"字招牌,中国的无论哪一军,也拿他没有办法。

所以,白齐文见戈尔登反对自己的主张,马上表示放弃自己的打算,一心一意只听戈尔登的吩咐。

戈尔登这才消了气,表示愿意接受白齐文过来加入他的混合军,使太平军的敢死队归顺到戈尔登麾下。

这会儿,戈尔登来到李鸿章的营帐中,把这些情况津津有味地讲给李鸿章听,就好像他又立了一次大功似的。就差要向李鸿章要赏钱了,美滋滋地问道:"李大帅,您看此次受降之事怎么样呀?我能不费吹灰之力把白齐文的敢死队拉过来呢!"

李鸿章道:"我看不怎么样!将军讥笑白齐文幼稚、不现实,依本帅之见,你也同样是幼稚的,不现实的!我只能告诉你,我本人包括淮军所有将士在内,坚决反对你与白齐文这个叛徒议降。我们欢迎的是,你把白齐文的人头提来相见!"

遭到了李鸿章的激烈反对,戈尔登对接受白齐文投降一事也就失去了信心。在李鸿章与白齐文之间,戈尔登只能选择李鸿章。李鸿章不仅是他最大的、抑或也是唯一的财源。而且,李鸿章背靠的还是一个大清朝廷。白齐文算什么东西?一个极善于投机取巧的小人而已。戈尔登见李鸿章为此事不乐意了,立即表示放弃与白齐文议降的计划,把白齐文拒之门外。

白齐文私下里又派人来找戈尔登议降了,果然被戈尔登赶出门外。这条丧家之犬,在遭到了戈尔登突然的冷遇之后,由此开始对戈尔登不满了。随着他心中怨气的上升,他盘算了一个报复戈尔登的计划。他想用诈降的办法,活捉戈尔登,逼着戈尔登跪在他面前叫他亲爹。然后,再折磨他几天,把他交给李秀成。

但当白齐文把这个设想拿出来与左右人商量的时候,没有一个人赞成他的意见,认为白齐文的想法是实现不了的。不仅如此,更由于戈尔登是洋人,左右断定:这样做在忠王李秀成面前也是讨不到好的。弄不好还要招致横祸。这样,白齐文只好放弃活捉戈尔登的计划了。

白齐文断了与戈尔登的联系,慕王谭绍光交代他购买军火的任务便完成不了了。李秀成由此也对白齐文失去了信心,将他下派到军中,令他随军去救援无锡。

此时无锡正处于激战之中。李鸿章下令:向无锡发起总攻,以此牵制苏州一带的李秀成大军。刘铭传得令,组织枪炮齐轰。李秀成果然从苏州城分拨大军,紧急驰援无锡。

这日,白齐文随大军抵达无锡的大桥角一带。这大桥角是常熟、无锡、太仓三城相连的共用通道。占领这座大桥,便可以切断李鸿章大军往来与三城之间的运输接济,还可以抄袭淮军的后背。

此次是李秀成亲自出马的,他率七千余人围攻大桥角。白齐文被分配在太平军"高桥号"战舰上,以战舰助攻大桥角。太平军在兵力上占绝对优势,不一会就击毁淮军水师舢板战船二十一艘。

次日,李鸿章得知大桥角被围,急令黄翼升、郭松林、王东华、滕嗣武、张树声、张树珊及原太平军降将周世昌、黄中之等营率军增援。李鸿章获悉白齐文也在大桥角战场上时,咬牙切齿地对郭松林说:"这回力争要那白齐文的狗命!"

淮军来势凶猛,把李秀成的太平军暂时打退。又是一日,李秀成组织了对大桥角的再次围攻,他令白齐文用三十二磅重的炸弹猛轰大桥角。但是,白齐文刚刚打出两发炮弹,眼看大桥上的淮军兵勇开始纷纷逃窜了,忽听一声巨响,"高桥号"战舰自己爆炸了!只见水面上火光冲天,浓烟滚滚。船上的兵勇被炸得肢体分离,抛得老远。白齐文自然也尸首难寻了。

原来,"高桥号"的炮手们正在轰击大桥角,而白齐文却与几个同乡水勇躲在后舱中饮酒作乐。大家你一杯,我一杯,大多喝得烂醉。白齐文因被下派军中,心中不快,更是以酒消愁。喝醉以后,醉汉们便失去了控制,也不管岸上激战正凶,你推我打地扭作一团。白齐文一不小心,点着了舰上的火药间,于是发生了舰毁人亡的惨案。

"高桥号"自我爆炸,淮军将士欢呼雀跃,而太平军将士顿时乱作一团。李秀成只得放弃进攻,退回苏州城来了。

李鸿章在亲自督军,准备再攻苏州城,发誓要尽快夺回苏州。此时,通往无锡的北路已被李朝斌统领的太湖水师截断,苏州城又成了一座四面受敌的孤城了。

同治二年七月,即一八六三年九月间。

李秀成在组织了几次大规模出城迎战之后,被迫将各路太平军都集中到苏州城里来了。连日来,李秀成为了不使苏州城变成一座孤城,不断令所部冲出城门,去攻打宝带桥,去袭击黄棣,去抢占望亭,甚至还组织了对吴江的围剿。但结果是大量的损兵折将不说,也没有得到一个小城镇,甚至是一个村庄。

苏州城外淮军云集。戈尔登的混合军驻扎得更近,站在城头之上,就可以听见戈尔登在营地里呼东叫西的喊声。

几年来,李秀成的太平军里也来了一些洋兵,以英国人呤唎为首,招来了百余名洋人加盟太平军。苏州再次成为孤城,有些洋兵洋将见苏州城实难坚守,便打起了投降戈尔登的主意。夜深人静时,苏州城里的洋人派代表溜出城外,与戈尔登接上了关系,请求向戈尔登投降。

戈尔登道:"同作为洋人,我们本该战斗在同一营垒之中。你们也是为别人打仗挣钱,可以理解。今天既然愿意加盟本军,我表示欢迎!"

苏州城里的洋人听说戈尔登欢迎他们投奔过去,一夜之间就逃出二十九人。戈尔登接收了他们,并安排船只把他们送到上海,让他们休养一段时间再说。

次日,戈尔登亲笔写下一封书信,用箭射入城中,请转递李秀成、谭绍光等太平军主要将领,提出:太平军不要强留所有洋人,还苏州城洋兵洋将去留的自由,更不要对准备离开太平军的洋人加以迫害。戈尔登还退还了已逃出的二十九名洋人所携带出来的枪械,以示严守信用。

收到戈尔登的致函以后,李秀成请慕王谭绍光代复一函,表示可以让洋人来去自由,绝不阻挡。但太平军也希望戈尔登能坚守"中立"立场,不要与李鸿章站在一边。谭绍光在复函中还另附一纸,希望戈尔登能为太平军购买一些洋枪洋炮。随着复函递出,李秀成还出面做城中洋人的工作,让四十名洋人出城,去找戈尔登。戈尔登接收了这批洋人,给以路费,打发这四十名洋人去了上海。

李鸿章听说这些情况,虽不情愿,但也无奈。因这是洋人与太平军之间的事情,不好横加干涉。他还想像第一次总攻苏州时那样,把戈尔登从苏州战场上调开。但又苦于找不到很充分的理由。何况眼下总攻在即,也的确需要戈尔登的洋枪洋炮在苏州城外发挥威力,只好作罢。

洋人出城,已经断了许多日联系的纳王部永宽,也借此为理由,跟着洋人一道混出了城外。他仍然叛离之心不死,要求见李鸿章。

李鸿章在一个偏远的小营帐里接见了郜永宽,脸上露出明显的鄙薄,道:"苏州指日可下了。不过,即使这样,郜将军能弃暗投明,本帅还是欢迎的。"

李鸿章用右手梳理着胡须,扬脸问道:"你们苏州城里到底还有多少兵马?"

郜永宽躬着腰回答道:"总共不过四万人哩,但真正能打能拼的不过两万人,而死心塌地跟李秀成、谭绍光跑的只有六七千人。"

一提到李秀成、谭绍光的名字,李鸿章马上想起来了,道:"我不是叫你先提了李秀成、谭绍光人头来见吗?郜将军打算什么时候下手呀!"

"败将正在筹划,已联络了比王伍贵文、康王汪安均、宁王周文嘉及天将范起发、张大洲、汪环武、汪有为等人,密谋了几次,打算在大帅您发起总攻后行动。"郜永宽说。

"上次你说李秀成回金陵去了,暂时无法拿下他的人头。现在他回来了,应该早一点下手呀!"李鸿章眯着眼,说。

"这个嘛,这件事嘛……"郜永宽迟疑起来。

这个郜永宽也并非胆小无能之辈。相反,他一贯有过人的胆量和勇气。正因为如此,他才不甘心长期居人之下,甩掉锄头,拿起刀枪,跟了李秀成屡立战功。但眼下太平军大势已去,摆在他面前的一是死守,一是投降。两者之间,他当然是愿意献城投降,以期能在朝廷之下做官。远的不说了,就说前不久献出常熟的骆国忠、佘拔群等人,还有献出太仓城的钱寿仁等,都封了官,换了主子,换了衣服,照旧是高官厚禄了。郜永宽没有什么终生不变的信仰,也没有什么忠贞节操之类的道德观念,他的人生目标就是:尽可能有钱有势,哪里快活往哪里去。

太平军在苏州城里的将领中,持郜永宽这种观点的人很多。何况苏州失陷近在眼前,只要不是死心塌地的人,郜永宽一做工作就通。私下里合计合计各自的后路,也没有人把自己告到李秀成那里去。为了求得李鸿章的信任,这会儿叫郜永宽办什么事情,他都会毫不犹豫去办的。只是要杀掉李秀成,他难以下手了。不要说郜永宽自己下不了这个手,就连他已串通的伍贵文、汪安均、周文嘉等人也不忍心亲手去杀李秀成。他们这些将领几年来一直是李秀成的亲信,都是李秀成一手培养重用起来的。无论如何,对李秀成都还是有一定感情的。

再说,怎么能杀掉李秀成呢?突然发兵包围忠王府,公开把李秀成抓起来?这显然是不能成功的。其结果,非但杀不了李秀成,还要由此引起一场大乱。那么,寻找机会接近李秀成,趁其不备,一枪把他打死,或一刀把他捅死?这样或许能成功。但自己也必然难逃一死,有几个郜永宽也是跑不了的。

郜永宽仍表示可以杀了谭绍光,但对李秀成却无法下手。郜永宽见李鸿章不表态,自己急了,道:"李大帅,我们的确是真心投靠淮军的,可以对天发誓。若不是真心,我也不会这样一次又一次冒险溜出城来求见大帅的。"

李鸿章终于点了点头,道:"那就先把谭绍光结果了吧!我看那李秀成迟早也逃不出我的手掌心。你回城以后,不要急于暴露自己。见条件成熟以后,杀了谭绍光,将他的人头挂在齐门城楼之上,我们就明白了。你去吧!"

郜永宽并没有走。他心中还有不踏实的事要问,便呆呆地站在李鸿章旁边,小心地问道:"大帅,城里诸位弟兄还要等我回话呢!我们那四个条件,大帅是不是……?"

李鸿章明白了，笑道："你回去告诉你的弟兄们。若是铲除了匪首，献出了苏州，朝廷对于你们这些有功之臣，是不会忘记的，而且还会重赏你们的。"

"怎么个重赏呢？比如说我吧，朝廷会给我一个什么样的职位呢？"郜永宽试探着问。

"给你一个二品的顶戴，总该满意了吧？"

"那我的部将们呢？"郜永宽又追问一句。

"起码是一个副将！"李鸿章爽快地答道。

李鸿章如此痛快，跟前两次有明显的不同。这倒反而令郜永宽觉得这些好处来得太容易了，因此顿生疑窦，不敢轻信了。于是，他壮着胆子又加问道："中丞大人，大帅，你许诺的这些，到时候不会变卦吧？"

"我堂堂一个江苏巡抚、通商大臣、淮军的统帅，岂有出尔反尔的可能？"李鸿章面色严峻地答道。

"口说无凭，立字为据，大帅看在我众将士一心归顺大帅的分上，给我们写下一张字条，也让我回城以后给弟兄们一个交代，以此鼓励大家拼命为大帅效力。"郜永宽又说。

李鸿章不觉心头一惊。转念一想：这郜永宽的确不凡，说话办事如此步步紧逼，甚至周到细密，是一个谈判的高手。他略略皱了几下眉头，道："照（合肥语）！"

"这'照'是什么意思呢？"郜永宽又问。

李鸿章笑道："哎呀，我也忘了，你不是安徽人，难怪听不懂我这一口的土话。'照'就是'行'或者'成'的意思。"

郜永宽大出意外，没有想到李鸿章肯写下字据。果然，他见李鸿章走到一张方桌前，援笔写道：

"郜永宽等八人杀谭绍光而献苏州，事成之后，向朝廷保奏封为副将等不同官职。原部属照旧不动，仍归郜永宽统领。立此字据，决不食言。"写完，李鸿章又在字据后面签上了自己的大名。然后，递给了郜永宽。

郜永宽千恩万谢，激动地给李鸿章磕了一个响头，高兴地奔出营帐，乘夜色迷蒙，溜回苏州城去了。

转眼到了月底，李鸿章丝毫没有因为郜永宽等人答应献城而放松调兵遣将。反而,攻势越来越大,兵力越上越多,枪炮越打越紧。苏州城里的太平军日日在消耗、死伤,以每日数百人乃至上千人的速度在减少。苏州被围,得不到兵员补充,李秀成急得像热锅上的蚂蚁,不知如何是好。而李鸿章的淮军这边,来去不停、接济不断,一派士气高涨的景象。

在每天的防守中,太平军航王唐正才已经阵亡,主将韦成高、李生香等被程学启的淮军活捉而去。李秀成在万般无奈中,只有向常州方面请援了。他写下书信,急派人送出苏州,叫在常州驻守的陈坤书速来援救苏州。

几天又过去了,不见陈坤书来援,李秀成又派人送去书信,催陈坤书快来苏州。但等呀等呀,等了好几天,仍然不见陈坤书的踪影。李秀成哪里知道,他一连送出的书信,均被李鸿章截获。李秀成的差弁每次刚在城门露头,就连人带信一起落入了淮军之手。

而此时,陈坤书早已不在常州,而被洪秀全一份严诏,调回金陵救援去了。陈坤书临离开常州前,也给李秀成写了书信,派出两队人马计三十多人偷偷前往苏州。陈坤书是请求李秀成速对常州增加兵力,说:否则常州也要被围了。但陈坤书急送李秀成的书信虽以复式送出,仍然连人带信,全被截获。李秀成、陈坤书二人对此都蒙在鼓里,还在互相埋怨呢!

这天一清早,在城头可见一骑马闪电似的穿过淮军包围圈,从北门冲进了苏州城。原来,这是金陵城中洪秀全派人送来了亲笔诏书。这诏书是命令李秀成即日起程,率苏州之兵救援天京。

李秀成于心一想:洪秀全这不是让我放弃苏州吗?如果此时把大军拉回天京去,就等于拱手把苏州献给了李鸿章。李秀成不甘心,同时,他也不愿回援天京。

但他已与洪秀全有约在先,已讲定四十天内回到天京。此时,四十天已经到了,而天京的危急又不能不救,他的老母及孩子们还在天京。不救天京就等于对老母及自己的孩子们见死不救。李秀成这时才体会到洪秀全这一招果然厉害。

他不知道书信送不出去了,因而一连写下几封秘函,令在无锡坚守的潮王黄子隆,叫他再约常州的陈坤书及在吴中一带游荡的侍王李世贤三军同来,一起解了苏州之围,然后再分拨大军,回师天京,去攻打在天京城外的曾国荃大营。

　　此信送出去五六天了,仍如泥牛入海无消息。李秀成这才有了警觉,猜想到可能书信被截。他真正是心灰意冷了。就在这时,呤唎来到了忠王府,见李秀成忧心忡忡的样子,十分同情。他已跟随李秀成多年,虽然身为英国人,但与李秀成感情深厚,在洋人们纷纷投靠戈尔登时,仍坚持留在李秀成身边,助他一臂之力。

　　呤唎道:"忠王莫急,待我来为你想想办法。我看现在只有让我出去,到上海和苏州外围,先招募二百个洋人作为骨干,由这二百人再分头去扩充兵源,尽快形成一军,组成一支能打攻坚战的'忠信军'。这支忠信军直接归忠王你来节制,其长官全部由洋人来充任,再配上两艘战轮,大炮愈多愈好,如此便可以既解苏州之围,又可作长久之用。不过,在我出城组军期间,你们定要坚守住苏州,我最多一月便回。"

　　这个思路令李秀成顿时眼界开阔起来,他想来想去,也只有这个办法可以为危急的苏州带来重整旗鼓的希望。

　　为此,他召集了一个小型会议,道:"一年多来,李鸿章的淮军攻我城池,毁我营垒,杀我将士,他依靠的是谁? 就是靠了英、法联军的支持。他们不仅支持了李鸿章的兵力,更重要的是支持了淮军的军械。可以设想,李鸿章与我在吴中开战以来,仅凭他的淮军之力,是难以攻破我这么多城池的。近几个月来,他直接求英、法联军虽然少了,但仍在仰仗戈尔登的混合常胜军。戈尔登有战舰、有洋枪洋炮,有洋军官、洋士兵冲锋陷阵,起了主要的作用。因此,我们也必须建立一支类似戈尔登军的'忠信军'。呤唎先生'忠信军'的名字取得好! 果能组建起来,我军将大有作为的!"

　　会后,慕王谭绍光私下里喊住了李秀成。他对白齐文花钱组军失败一事耿耿于怀,因此道:"只恐怕忠信军又要重蹈白齐文的覆辙,花了许多钱,最后落一个鸡飞蛋打。"

　　李秀成摆手道:"不,不,不! 呤唎先生与白齐文不同。他对本王忠心不二,在所不辞,已是经过了许多生与死的考验。我相信他一定能把忠信军组建成功。"

　　于是,李秀成立即为呤唎发了任命状,拨出银两,令其速去上海,依计划行事。

　　呤唎从军中挑选了几个洋人,从戈尔登大军把守的东门出城,马不停蹄地到了上海。几个洋人一到上海,就分头开展活动,从自己的熟人、同乡中联络洋人。

　　这日,呤唎与助手们又来到洋军码头,见十几名洋人正在向"萤火号"战舰上搬运军火。呤唎等守候在一边。大约两个小时过去了,军火全部装上战舰了,大炮上也盖好了布罩。呤唎顿生一念:何不连战舰带军火一块儿抢过来,一直把它开到苏州或无锡去呢?

　　他与助手们商议,大家一致认为可行,而且机会难得。几个人开始行动了:他们装作游手好闲的样子登上了"萤火号"战舰。舰上执勤的洋人见呤唎一伙人也是英国人,只是不知道是哪一部分的,不好硬性阻拦,只好任其登船参观。

　　上船以后,呤唎以闪电式的动作,首先干掉了一个执勤的士兵。其他几个助手也分别打倒了舰上的执勤兵,迅速驾起战舰驶离港口。呤唎原本就是个海军军官,熟悉操作战舰的技术,一路迂回绕行,向苏州疾驶而来。但是,苏州的水面上尽是李鸿章的水师,为了对苏州发动总攻,他的太湖水师、淮扬水师全部压在苏州一带。呤唎不敢硬冲,怕前功尽弃,到苏州外围后,径直朝无锡开去。苏州一带的淮军见是洋人的战舰,也不过问,任其扬长而去。

　　战舰到达无锡城后,李秀成获悉,异常兴奋,对谭绍光道:"怎么样?呤唎不是白齐文,就是忠勇能干!"

　　李秀成论功行赏,奖呤唎白银两万两,对其他助手各奖五千两白银。呤唎回到苏州后,带回了七十多名洋人。李秀成亲自从各军中挑选了一千人,一律归呤唎统带,加紧训练,编成了一支队伍。这便是忠信军的雏形了。呤唎抢来的战舰改名为"太平号",一并归呤唎指挥,随军作战。

　　李鸿章去上海几天,这日也回到苏州。大帅一到,人们从那表情里,已看出了几分:大战就要开始了。果然,当晚李鸿章就召集了由各路统领参加的军事会议,道:"我去上海几天,已把军火、粮饷等全部落实了,一两日内就到。明日开始,按分工干去吧!"

　　次日,戈尔登、程学启、李鹤章三军最先行动,全面封锁了苏州运河上的水面，禁止一切船只通行。这一招使吟唎的"太平号"战舰也困在了无锡港口，不敢出航作战。

李鸿章令戈尔登的混合军打先锋，戈尔登依仗自己武器先进，并不计较李鸿章总是习惯于把最困难、最危险的任务交给他，只管一声令下去打。他先从城外用箭射送一封招降书给谭绍光，劝其献城投降。谭绍光岂肯投降？得了招降书后，撕得粉碎，下令以最猛烈的炮火反击戈尔登。戈尔登大怒，出口就骂谭绍光不识抬举，乘黑夜之机，挥军偷袭娄门外的石垒长城。

事先，可巧谭绍光已探知戈尔登的夜袭计划，亲率城中洋兵二十多人和军中一些精干的兵勇，埋伏于石垒长城之下，准备给戈尔登来一个反偷袭。谭绍光所率兵勇，全部头裹白布，互相间以作为辨识的标记。到半夜时分，戈尔登的兵勇来了。他亲自出阵，与霍华德及韦廉士两个上校军官各率一支几十人的小队，轻手轻脚地向石垒长城摸了过来，后面稍离一段路还跟了大队人马。到下半夜一点钟左右，万籁俱寂，只见群星点点。戈尔登大喜，只以为在此时偷袭，如入无人之境，心想：谭绍光呀！你还在呼呼大睡吧？！

戈尔登前面的兵勇已抵近炮台，手就能摸着石垒了，仍不见动静。戈尔登更加放心，于是发出指令，让他身后的洋军士兵赶快跟上来，全部攀登上了炮台的墙垛。

就在这时，谭绍光率伏兵一跃而起，顿时枪声大作，向戈尔登的洋兵猛烈扫射。戈尔登吓坏了，一时不知所措，队伍立即慌乱起来，不知枪从何处打来，好似天兵下凡了。

戈尔登的队伍什么也没有干成，突然遭此一击，兵勇们纷纷后退，拼命逃奔，跌倒摔伤者成片。刚退到洋枪的射程之外，城头上的大炮又轰了过来，还夹杂着各种火器，一起落到了戈尔登的兵勇们中间，洋军损失惨重。

谭绍光的伏兵们也由此暴露了目标。戈尔登整理队伍，组织反击。他的枪炮果然厉害，一经反击，石垒城墙及炮台上死伤一片。夜幕之下，双方兵勇被击中后的惨叫声划破了夜空，飘荡得很远。

李秀成被炮火惊醒，知道谭绍光与戈尔登接上火了，亲率自己的队伍前来助战。两军互轰一直持续到天亮以后。戈尔登的部队死伤二百余人,而太平军由此死伤达三千多人。整个石垒长城内外,到处是太平军将士的尸体。在堆积如山的尸体中,仍可见侥幸活着的太平军将士们以同伴的尸体当做自己的掩体。有些人干脆把尸体码成了一排,垒成"人墙",用土枪土炮奋力抵抗。

太阳出山了,苏州石垒长城内外已是鲜红一片,血流成河了。李鸿章在亲兵们的护卫下来到戈尔登的营地,拱手向戈尔登道贺,对他夜间的战斗大加赞赏。戈尔登最喜欢别人对自己的夸奖,加之李鸿章出手就赏他一万两白银,更是得意非常,对李鸿章道:"今天夜里再听我的好消息吧!"

次日夜间,戈尔登又组织了第二次夜袭。这次夜袭规模更大,出动的人马更多。他集中自己军中的所有大炮,共四十六门。把这些大炮"一"字形摆开,距太平军石垒长城仅七百码左右。半夜时分,戈尔登的兵勇们全部进入阵地。李鸿章见了这个阵势,令淮军各路人马也做好准备,随时发起最后的冲锋。

戈尔登先令步兵先行,步步逼近城下。太平军将士站在城头之上,挥舞着战旗,大喊着决不投降。

戈尔登已给炮手们下达命令,以火箭为信号。火箭一发,四十六门大炮齐轰。戈尔登扬脸望着城头上的太平军将士非常纳闷:他的步兵已经上去了,为何太平军很少开枪反击?原来,城中绝大多数兵勇已无弹药了,李秀成下令:节省弹药,在最关键时使用。面对攻军的强大声势,一些太平军将士反而镇定自若,表现着视死如归的勇气。

戈尔登的大炮吼叫起来了。一发发炮弹就在太平军将士的身边爆炸,弹片好似散花似的飞落。李鸿章指挥他的淮军也上去了。这些淮军将士一到现场,全都惊呆了:城墙上下已经尸横遍野,而倒下去一批太平军将士,又从城内上来一批。他们成排地站在城墙之上,既不反击,也不后退,好像全都失去了知觉一般,不知他们面临的是顷刻之间的死亡。

李鹤章、程学启就站在前沿阵地上。他们呆呆地看着,就好像在观看一场洋人对中国人的血腥大屠杀。他们不是来助战,此刻也无需助战。城内的太平军将士好像已经弹尽粮绝了,就如同手无寸铁一样,任凭戈尔登横冲直闯。淮军中有些人见这般惨状已不忍再开枪了。他们只知道默默地看着,在心里为这帮太平军将士的悲壮鼓掌。

冲锋开始了,因为此时两军相距只有几十码了。程学启、李鹤章下达了进军令,淮军将士们跟着洋军后面也向前冲去。就在这时,城墙上突然枪声大作,子弹、火器如雨点般打了下来。洋军和淮军将士顿时成排地饮弹倒下,大批兵勇纷纷向后溃退。

戈尔登已经杀红了眼,大喊着不许后退,指挥兵勇冲锋,这一冲还果然奏效,太平军被迫后撤了。

苏州的石垒长城尽管坚固非常,但还是失守的。巨石垒成的墙体在猛烈的炮火轰击下也一段一段倒塌了。

冲过石垒长城,便是齐门了。齐门一破,就等于苏州大门洞开了。在齐门驻守的是纳王部永宽所部。纳王多次议降,将要在今天表现出来。他要做给李鸿章看看,我郜永宽是在你攻城最关键的时候暗中配合的。

眼见攻军将士已越过石垒长城,郜永宽却令将士们去垒中躲藏,一枪不打。李秀成在巡视战场时发现了齐门营垒的反常现象,对慕王谭绍光道:"你去看看,齐门守军为何只躲不攻?!"

谭绍光怒气冲冲地来到齐门营垒,见郜永宽的士兵们果然都躲在石垒中,连伍贵文、汪安均、周文嘉、范起发、汪有为等人不知何时,也聚在郜永宽的指挥室里。谭绍光大怒,令郜永宽用枪炮阻击攻军。

郜永宽拒不执行命令,好似没有听见似的。

谭绍光吼了起来:"难道你想造反吗?!怎敢不执行命令?"

郜永宽拍案而起,"刷"地一声抽出腰刀,同样大吼一声:"老子就是要造反了!"

谭绍光脸色陡变,暗自一惊,知道不妙了,但嘴里仍然喝道:"难道你就不怕杀头吗?!"

郜永宽冷笑道:"此刻应被杀头的是你!"说着,挥刀就向谭绍光砍去。谭绍光用手一挡,抓住了郜永宽的手腕。郜永宽急了,对汪有为、周文嘉等喊道:"给我上!"

几个将领冲了上来。谭绍光抽出一只手,从腰间拔出手枪,向汪有为打去。汪有为头一偏,随着一声惨叫,另一个将领饮弹倒下。但谭绍光寡不敌众,终于被捅数刀而亡。

507

营垒中不明底细的将领和兵勇被眼前这突然的变故吓晕了，一个个目瞪口呆。郜永宽一跃跳上桌子，用嘶哑的嗓门高喊道："弟兄们，苏州城已经坚守不住了，赶快向淮军投降吧。我和几位将领已经代大家向李鸿章大人求情了。李中丞已经向我们保证，只要投降，确保大家生命安全，还会量才录用，奖赏大家！"

郜永宽喊叫着，从怀里掏出李鸿章亲笔写下的字条，在手中直挥，道："这是李中丞写给我们的保证。弟兄们，跟我们投奔李大人吧！"

"好！我们听纳王的！"营垒中有人高喊一声。于是，全体将士都跟着喊了起来。

李秀成令慕王去郜永宽营中督见，久不见归，心中便更是犯疑。他率一千多名亲兵正要去找慕王和郜永宽，忽见齐门处已人山人海，戈尔登的洋军和程学启、李鹤章的淮军已经踏过齐门，直奔城中而来。而郜永宽却与那李鹤章策马冲在前头。

李秀成正要反击，亲兵们却拥着他向北门逃去。李秀成冲出了苏州城，一路尘土飞扬，直奔无锡了。

戈尔登的六千多兵勇统统开进了苏州城。他听说郜永宽与李鸿章早有约定，将南门交给郜永宽驻守。他还要郜永宽去寻找谭绍光的尸体。郜永宽从乱尸堆里扒出了谭绍光的尸体后，戈尔登令按中国传统礼仪去埋葬谭绍光。并宣布：谭绍光原有的部将及兵勇统统免死，愿意回乡务农的，当场就可以回家。被俘太平军将士们在心中一阵欢喜，有的当场真的就飞奔出城。可是，他们却忽视了一条：此时城内城外到处都有淮军的人马，可以从戈尔登手中放走，却逃不了淮军的堵截。最终，全城降军兵勇和被俘的太平军将士，有幸得以出城者无几。

苏州城被攻破当天，李鸿章并没有进城。他依然在他郊外的营帐中度过了一夜。淮军将士们连夜将宝带桥南边一所大地主的宅院打扫干净，准备让李鸿章在这里暂住几日，等苏州城彻底平静了，那时再把他接到城里去。

次日，李鹤章带了一营亲兵来接李鸿章了。人们只见今日的李鸿章蟒袍礼服，花翎朝珠，满面得意扬扬的神态。他骑上高头大马，前后有数百名亲兵翼卫，前往苏州盘门外，住进了部下们为他准备的临时行营。

戈尔登、程学启、刘秉璋等将领已经在行营恭候李鸿章。戈尔登以攻破苏州有功,向李鸿章要求为将士们赏加两个月的军饷。李鸿章笑着,既不答应,也不拒绝。

他用眼瞄了一下戈尔登,实实在在感到他在这儿要碍事了。戈尔登要放了谭绍光的被俘将士,还要厚葬谭绍光、私自安排降将郜永宽进驻南门等,都已传到了李鸿章的耳朵里。但李鸿章毕竟是在用心计节制于人,他会不露声色,而且让人心服口服地听令。

戈尔登提出军饷一事,李鸿章只笑了笑,却要戈尔登看他的一台"好戏"。

李鸿章微微侧了身子,对站在他身旁的幕僚周馥道:"那八顶武二品的朝冠都备齐了吗?"

这个当年的安徽生员、现在的淮军幕僚周馥笑吟吟地答道:"禀中丞大人,都备齐了!"

"那就好,那就好!我要来让戈尔登将军看看,这武二品的顶戴,戴在降将郜永宽的头上合适不合适?!"李鸿章说着,向周馥要过一顶崭新的二品暖帽,在手中抚玩着。

只见这是一顶黑貂皮冠檐,冠上四面加缀了红缨,中间为镂花金座,中间饰有晶光闪耀的小红宝石一颗。上衔镂花珊瑚,还斜插了一支单眼孔雀翎。整个看上去,光华灿烂,令人羡慕。

戈尔登原来不知这李鸿章又在玩什么花招,到这时才明白,他是要在这里给郜永宽等八名降将颁授顶戴花翎。他不禁在心中嘀咕:不料李鸿章这一回还真的严守信用!

果然,随着程学启一声高喊,郜永宽等八位太平军降将列队来到行营,见李鸿章端坐在上,一齐上前行了跪拜的大礼。

李鸿章极其威严地一个一个点了他们的名字,然后亲手将二品朝冠递给四名降王、四名降将戴上了。他还说了几句勉励的话,希望他们效忠朝廷,奋勇作战,再立新功。

这八位降王、降将个个喜气洋洋,自以为在太平军中混了几年,终于还是靠投降李鸿章才捞到了这顶二品的朝冠戴戴。这可是他们在过去的日子里想也不敢想的事。若是战事平定了,衣锦还乡了,那将有多神气,多威风呀?!

傍晚时分,李鸿章在行营里设宴款待各位,庆贺苏州城失而复得。李鸿章命程学启、李鹤章等去一桌桌向戈尔登和降王、降将们敬酒,真是够赏脸了。

戈尔登高举起酒杯,要敬抚台大人一杯酒。借着酒性,他把李鸿章恪守信用,厚待降王、降将的义举大大赞扬了一番。

李鸿章眯着双眼微微带笑,却并不讲这个话题,而开口道:"你这一次劳苦功高,本帅心中有数。可记得我已给了一次奖赏了?这一回再加赏你全军一个月的军饷如何?"

戈尔登脸色微微一红。他知道并且也没有忘记李鸿章在他夜袭之后,给过他私人一万元的赏银。现在再增发一月军饷,也算得李鸿章出手大方了。加之降王、降将一事处理得令戈尔登佩服,他这会儿自然是满口叫好,对李鸿章千恩万谢了。

突然,李鸿章端起酒杯,面色严峻地对戈尔登道:"本帅仍有一事相求:请你明天一早将你的队伍开往无锡。无锡战事正紧,急需你的洋炮助我一臂之力。"

戈尔登一惊,但正在喝酒的高兴之际,随口也就答应下来了。他却不知,李鸿章要他支援无锡是假,而把他支开、好处理苏州一战收尾诸事是真。戈尔登若留在苏州不走,李鸿章就会感到碍手碍脚。

几桌酒席正在进行中,李鸿章提出要回房间休息了。他笑容可掬地走到郜永宽等八名降王、降将的桌子前,道:"诸位慢慢喝吧。你们光复苏州有功,多喝几杯,一醉方休,都是一家人,不用客气呀!"

郜永宽带头站起身来,大家一齐向李鸿章拱手作揖,祝大帅身体健康,请大帅保重身体,然后目送李鸿章向大门外走去。

程学启笑哈哈过来了,要郜永宽等继续坐下喝酒。他主动举起酒杯,与几位同干了一杯。李鸿章一走,戈尔登来劲了,也端起酒杯过来,与郜永宽这一桌的人同干三杯,道:"郜将军等八位受封,令人高兴,要痛饮几杯呀!"在场的人一起又喊又叫,欢天喜地。李鸿章走了,大家少了拘束,尽情说话,尽情喝酒,大块吃肉,把热闹的气氛推到了高潮。

戈尔登要出去方便一下。程学启向自己的亲兵使了一个眼色,他们立即跟上去,搀着戈尔登向行营外去了。程学启望着戈尔登的背影,向院子中一招手,不知从何方突然冲出来数十名高大剽悍的淮勇,一个个全身披挂,手执利刃,直向郜永宽这一桌人扑来。仅是一个转身的工夫,其他坐着喝酒的人一呼啦散去,郜永宽等已被围住,两个大汉捉着一人,将他们的头按在酒桌上,没有费很大的劲,八个人头就落地了。

程学启站在行营院子中央,大声狞笑,十分开心。正在这时,戈尔登方便完了回来。程学启赶快迎上去,将他堵在行营大门口,道:"将军,酒席已散了,你请回吧!"戈尔登皱起眉头,心想不大可能吧?刚刚还在猜拳行令,说好了等他方便回来,再喝一圈的。怎么会一泡尿的工夫,就收摊了?他似乎嗅出了一种异样的气味,立即警觉起来。突然,他看见两个彪形大汉正抬着郜永宽的尸体出了饭厅,大步走过来,看清了:八名降王、降将都已经惨死在程学启的刀下。

戈尔登顿时怒火万丈,横眉怒对程学启。他认为这是公然背信弃义,道:"李中丞刚走,你就胆敢下如此毒手,简直连流氓也不如!"

程学启被戈尔登骂得狗血喷头。但他也很刚气,并不示弱,也不说明这是遵照李鸿章命令行事的,道:"花钱雇尔等打仗,少管老子的闲事!"

戈尔登霍然挥起拳头,向程学启挥打过来。两名亲兵用胳膊架住了。他狂吼道:"流氓!流氓!我要向全世界控告!"

"你去控告吧!这是大清帝国,不是你的英国!中国人要控告你的事情多哩!"程学启说完,哈哈大笑起来。那笑声令戈尔登听起来十分可怕。

程学启心中有数,在中国这块地方,以杀降之罪去控告人,你到哪里去告呢?戈尔登到处喊叫了一阵子,以程学启背信弃义为由,留下一张字条,说他不能遵命去救援无锡。不仅如此,今后也没有办法再与淮军合作了。他率着他的混合军去昆山了。

李鸿章看了戈尔登丢下的字条,冷笑了一声,道:"暂时别理他,只要不在苏州,去哪里都可以。我本来就没有依靠他来收复无锡!他走了更好,一切按计划行事,我会有办法叫他回来的!"

戈尔登走了,苏州城里太平军投降将士和被俘兵勇就遭殃了。程学启亲自督军,先封了李秀成的忠王府和谭绍光的慕王府,将两府中未来及逃走的家童、仆人、眷属等统统杀尽。李秀成直系亲属已经带走,但谭绍光一家三十余口却无一人出城,这会多惨死在程学启的刀下。

只有郜永宽的儿子暂不知下落。

太平军各位降将及四名降王的官邸也遭到了大肆的烧杀抢掠。紧接着一个行动规模更大。淮军出动万余人马，将所有投降和被俘将士分批赶到一块低洼处，一阵乱刀乱枪，杀得一个不留。最后略作统计，收复苏州后被杀的投降和被俘太平军将士，多达一万一千人。上万人被杀时的惨叫声，回荡在苏州城上空。被惨杀的人们中间，有男有女，有老有少。从刚出世的婴孩，到八十岁的老人，从怀孕的妇人，到十七八岁的大姑娘，无所不有。有的兵勇们一看统领不在现场，便胡作非为，把一些女人推倒在地，撕去她们的衣服，再把她们翻转成面朝天，一刀直刺胸口。有的兵勇自称具有剖腹之技，一刀挑开肚皮，能不伤五脏。剖开以后，把肮脏的手伸进她们的胸膛，把一颗颗冒着热气的心掏出来，扔进水濠里去。

被残害的人们直瞪着眼睛，后死不如先死，免得要忍受感官上的折磨。于是，乱糟糟的一堆又一堆人中间，开始有人自杀。武器都上交了，也有的偷带了一把小刀在身上。这时拿出来，你给我一刀，我给你一刀，边捅边狂笑着。极端残忍的场面使一些降兵降将们已经失去了理智，就如同疯了一样，大喊大叫。

苏州特大惨案一出，四方震惊。戈尔登闻讯，率一千亲兵赶到苏州。大部分尸体已找不到地方掩埋，几天下来，苏州城里恶臭熏天。最后就近找到几个池塘，统统抛入塘中，然后发动兵勇，抬土掩盖起来。戈尔登大喊大叫地要提出抗议，但在苏州城里无人理睬。

他设法找到了降将郜永宽的儿子，并把他的儿子带出了苏州城。淮军将士们闻知此事，对戈尔登也开始指指点点。在他们看来，你戈尔登早已是双手沾满了太平军将士的鲜血。从一开始，也是靠惨杀中国人而发财的。无数太平军将士都惨死在戈尔登无情的炮火之下了，这会儿却转身一变，成了保护太平军的"救世主"了，要为那些死去的冤魂讨回一个"公道"，岂不让人笑掉大牙？！中国人理解不了，也接受不了洋人的这种虚伪。因此，戈尔登不仅在淮军的上层领导者中没有市场，在下层兵勇中也难以找到共鸣者。

戈尔登心情沉重地回到昆山去了。左思右想，他竟然向北京的清廷发出一封信函，要求李鸿章的淮军撤出苏州，让给他来驻守。他声称：苏州是他的混合军攻下来的！他还要求朝廷要撤去李鸿章江苏巡抚一职。如果朝廷不答应他的要求，他便要率领他的大军，从淮军手中夺回吴中一带的城池，归还给李秀成的太平军。

李鸿章获知此事，既可笑，又可气，也觉得可怕。戈尔登是一个性格、道义及背景都十分复杂的洋将。有时显得十分幼稚可笑，有时又觉得他是一个蛮不错、很讲义气也很果敢的人。李鸿章与他相交，是必须有手段的。只顾硬下去不行，手段太软更不达目的。他是在软硬兼施地驾驭着戈尔登。李鸿章这一点精明，在上海乃至整个吴中一带的官场上人，大都看得清清楚楚，在心里佩服李鸿章。曾国藩对李鸿章这个手腕也很欣赏。当他得知戈尔登给朝廷写信状告李鸿章，并要攻打淮军时，并不吃惊，也不担心。而湘军里熟悉李鸿章的人都为他捏了一把汗，请求曾国藩出面，平息这场争斗。曾国藩对幕僚及手下部将们笑道："少荃算是磨炼出来了，与洋人争斗经验丰富。他的绝招就是在于软硬两手交替使用，运用得法，很有效果。所以诸位尽可能放心，李鸿章是有能力处理好此事的。根本无须我出面替他给朝廷做工作。"

曾国藩虽这样讲，但还是立即向朝廷递上了奏折，请求朝廷对戈尔登的建议不予理睬。朝廷当然不会把戈尔登的意见当一回事。戈尔登的信送到朝廷后，许久不见任何回音。倒是李鸿章亲自出面了：派出自己的英国人秘书马格里和道员潘曾伟一行，去找戈尔登。又令总兵李恒嵩专程前往昆山，向戈尔登解释说：苏州惨案发生时，李鸿章根本不在现场，也不完全知情，纯属一些将士对太平军过于仇恨，抑制不住冲动而为之。其中很大成分来自于个人恩怨和冲突性质。

李鸿章还给英、法、美驻上海使团发出文告，把这些意思解说一番，最后道："此乃中国人自己内部的事情，与戈尔登将军无关。"就是这句话，表现出了李鸿章强硬的一面，各国使团官员也从中嗅出了一些火药味，表示不支持戈尔登再闹下去了。

对戈尔登来说，最有效果、最被打动的还是李鸿章派遣的各位说客所赠送的那些贵重礼品。这样一来，他认为自己争回了面子。于是，他和他的混合常胜军又一次回到了李鸿章为他设计的轨道上来了。戈尔登同意继续合作。

戈尔登与李鸿章言归于好已不成问题。但原来不成问题的英国驻上海代表机构方面却有了问题。他们听说戈尔登多管闲事，从中一闹竟得了许多好处，也想借此做点文章，敲一敲李鸿章的竹杠。

这日，英国陆军司令柏郎听说李鸿章自苏州前线回到上海后，代表英国驻上海方面前往李鸿章行辕，通知李鸿章：英国方面经过慎重考虑，认为苏州惨案有损英国军人的形象。因为苏州是被以英军为主的戈尔登混合军攻破的。淮军兵勇入城以后，大肆惨杀降兵降将和太平军俘虏，把戈尔登的混合军直接拖到了这件震惊四方的惨案中去了。因此，英国方面决定：戈尔登率领的混合军从今以后，不再听从李鸿章指挥，改由柏郎司令直接节制；这支混合军今后只驻守上海，而拒绝参加上海以外任何一地的战斗；今后如遇战事，淮军参加，戈尔登的混合军则不参加，坚决不再与淮军配合了……

英国方面这一招很出乎李鸿章的意料。他已经派人去昆山了，令戈尔登迅速出兵无锡、常州一带，准备合攻这两城的太平军。而柏郎此来，却毫不客气地作了如此宣布，令李鸿章费解。柏郎看出了李鸿章心存的疑问，道："李中丞，我刚刚已去过昆山了，已提前向戈尔登将军宣布了我国军方的决定。"

李鸿章明白了：他们已经串通好了，自己绞尽脑汁去挽救自己与戈尔登的关系因此前功尽弃了。他为自己已经在戈尔登身上砸掉的银子深感后悔，在心里暗暗骂一句这些浑蛋的、爱管闲事的洋人们！

李鸿章陷入了苦恼之中。老实说，英国方面宣布的几条决定并不能吓唬人。如今的淮军已不是刚来上海时的淮军；如今的李鸿章更不是在安庆练兵场上时的李鸿章。他反复咀嚼着柏郎的几条决定，其实质内容只有一条：叫他李鸿章从此以后再不要指望戈尔登为他卖力了。仅就这一点来说，李鸿章不怕！他确信他的淮军在失去了戈尔登的配合以后，照样能打胜仗，照样可以去收复无锡、常州甚至是金陵。他唯独担心的一条就是：这帮洋人在不达目的之后，还会去找朝廷大吵大闹，去利用朝廷对他施加压力。那样的话，他李鸿章便无计可施了。

于是，他以准备缓和的表情和语气问柏郎："还有没有别的可以让我们来继续寻求合作的途径？"

柏郎笑了笑，道："那就要看李中丞的姿态如何。比如说，以您的名义公开登报认错，向我们表示公开道歉。"

李鸿章沉默不语。在他看来,这是给他出的最大一个难题,远比要他掏十万两白银还让他难以决断。于是,他拒绝了。

柏郎十分不满意地走了,李鸿章一人静坐在签押房里,不觉浑身细汗直冒。他自言自语道:"我李鸿章怕谁?怕这些龟孙子洋人吗?不!我只怕朝廷……"他抓过软笔,当即给朝廷写了一份奏折,详细叙述戈尔登及柏郎等人的无理取闹。说他们为的就是钱,就是要掏干他李鸿章的腰包。他最后写道:

"如若朝廷因此怪罪淮军,又恐有损中国与其他盟国的外交关系,我本人甘受惩处,牺牲我一人名誉而保全合作关系……"

写完这份奏折,李鸿章对这份奏折可能产生的结果做了一番估计,他有把握:朝廷不会治他什么罪。理由很多,比如说这些年来,朝廷应该是尝够了受洋人欺辱的苦头,关起门来说话:是深知洋人那蛮不讲理的丑行的。再比如说,淮军发展到今天,已形成了与湘军平起平坐的规模。在某种意义上讲,已比湘军领先了一步。"李鸿章"三个字已成为淮军的代名词,朝廷又能奈何?还比如说恩师曾国藩,是十分理解和支持自己的,听说几天前还专门就苏州惨案一事奏明朝廷,替他李鸿章评功摆好。

果然,朝廷的圣旨很快下来了,是直送李鸿章行辕的。朝廷不仅没有因苏州惨案罢他的官,治他的罪,反而因李鸿章收复历史名城苏州有功,对所有淮军中的有功人员一律论功行赏:李鸿章得赏太子少保衔,并赏穿黄马褂。黄翼升、李朝斌、程学启、李鹤章等,各赏云骑尉世职。其余水陆将领均升赏有差。

英国方面并未达到借机敲诈一把的目的,十分恼火。而李鸿章却如愿以偿,得到朝廷在背后替自己撑腰。

英国领事馆牵头在上海召开了一个各国领事会议,表示一致不赞成李鸿章的淮军在苏州制造的特大惨案。会议对李鸿章表示抗议和谴责。会议决定,由各国领事馆或有关官员出面,在报纸上发表文告,撰文抨击李鸿章淮军的残暴行径。

一连几天里,上海许多家报纸果然对李鸿章和他的淮军发动了最猛烈的"狂轰滥炸"。消息传到英国以后,英国朝野上下也表示了极大震惊。在野的自由党议员们首先站了出来,要求他们的英国政府尽快修正对中国的政策,给中国的朝廷施加压力。

在英国国内的强大舆论攻势下,英国政府却反而怕把事情弄大了。因为他们的政府也有口难言:英国首相巴默斯顿向国会承认,他们制定的中立政策失败了,在中国的英国军人们并没有真正在官军与太平军之间奉行中立,而是一头栽在了李鸿章一边了,成了李鸿章对付太平军的雇佣的工具。为了表示英国政府对李鸿章制造苏州惨案的义愤,要求李鸿章就淮军的残暴行径作出公开解释。

李鸿章没有退路了,他想:再抗下去,弄不好真的要引发成两国之间的纠纷。于是,他被迫发表一份文告,称:"这些长毛军将士为捞取个人好处而投降,求赏总兵、副将等官职。我淮军不可满足,长毛军即以仍占据苏州一半城抗拒淮军入城,不肯放弃,遂发生冲突,致此惨案矣!"

李鸿章的文告在上海一出,上海及其他地方的舆论顿时哗然,大都认为李鸿章的解释不合乎常理,有违事实真相。于是,报上又折腾开了,纷纷连载抨击文章,道出李鸿章在苏州杀降的动机是一个"贪"字使然。因他素知苏州富足,而太平军将士在苏州驻扎已久,无论城中什么人,手中都有一些积蓄。一些文章还引用了大量调查资料,说在苏州的太平军将领都拥有大量的金银财宝,还有大批豪华官邸,钱财无尽。故不杀尽这一万多降兵降将和俘虏,就没有办法把这些巨额财富据为己有。而只要杀了他们,便人去财空,所有金、银、珠、宝、财、货便皆归淮军所得了。文章分析说:李鸿章正是冲着这些财富才下毒手的。而李鸿章本人是捞得最多的一个。其次,便是他的弟弟李鹤章……

李鸿章被这些大小报纸"轰"得晕头转向,许多事情也有口难辩。他把钱鼎铭叫到了自己的签押房,将一大推大小报纸撒了满地,指着这些报纸怒吼起来:"枪杆子杀人厉害,不料这些笔杆子杀人更厉害!"

他要钱鼎铭暂时什么事不用干了,花多少钱都不管,赶快到上海的大小报馆去"灭火"。钱鼎铭心领神会,一个一个报馆去托关系,找熟人,少不了要花一笔银子,那不要紧,只要能把这阵"火"压下去。

果然是有钱能使鬼推磨,仅几天后,上海各报纸就苏州惨案的抨击鸣锣收兵了。而且还有几家报纸立即转换了面孔,为李鸿章打抱不平起来。李鸿章终于摆脱了舆论的围攻。

闯过这道难关以后，李鸿章开始注意大小报纸了。自从驻扎上海以来，或许因为军政事务繁忙，他很少认真地去读过一张报纸。在他的眼里：正经的事儿是组军打仗，剿灭匪贼，写几条花边新闻能派多大用场？那些大事做不了，小事又不愿做的报馆记者算个狗屁！靠他们写几篇文稿能把长毛们从江苏赶跑？

经历了这一次的"狂轰滥炸"，他对小小的报馆记者有了新的认识：不可小视！他关起门来骂道："这些王八儿的，怎么就能把我那苏州的底细摸得那么清楚，掌握得那么细致？"他在心里面不得不承认：大报小报对他"贪"字的分析是有些根据的。两次克复苏州，那些长毛们积聚在城中的财富真是多得吓人，全归淮军所得了。但李鸿章不是个糊涂蛋呀，他自认为他还算为人聪明的，颇知朝廷穷困，喜的是财富，忌的是将帅的跋扈。这次苏州所得，自己没有一个人独吞呀，淮军得了这些财富，不是还……

李鸿章这时才庆幸自己当时的精明，处理财富时的清醒。就在收复了苏州，向朝廷报捷时，他附片奏报："缴获粤寇库银六十万两，涓滴归公……"李鸿章派出水师数百名精兵，将这六十万两白银如数送给了朝廷。朝中军机大臣一片赞赏："李鸿章办事漂亮，无私无畏，一心想着朝廷。"连两宫太后也止不住感慨万千：军兴以来，各路大军收复了那么多城池，其中也不乏名城重镇，有哪一个统兵将帅能像李鸿章这样，将军中缴获的白银如数交给朝廷的？他们好像只知道伸手向朝廷要，要军饷，要装备，还伸手要官！

李鸿章不仅赢了这一仗，还赢了自己在朝廷中的声誉，赢了自己将会扶摇直上的前途。

想到这里，他不禁自言自语道："戈尔登，你能向朝廷告倒我吗？！"

大报小报说他贪，还说涓滴归公的六十万两白银，只是他在苏州缴获的零头。那些黄金哪里去了？那些珠宝哪里去了？那些价值连城的古玩哪里去了？李鸿章看到报纸上的这些责问真是火了，当时火得想派出兵勇，去把那些报馆砸一个稀巴烂！

不错，在苏州的缴获远不止充公的六十万两白银。但淮军五万多人马天天要吃饭，月月要军饷。我李鸿章支撑着这么大一个门头，也需要大笔的开销呀？还有恩师曾国藩的湘军那头，不也在不断地伸手到上海来要钱,要粮,要枪炮吗?就在对苏州进行总攻之前,曾国藩还派人送来信函,一两银子没捎,却让淮军为他从洋人手里购买大炮、枪支和子弹。李鸿章看一眼曾国藩亲笔开列的购货清单,没有十万两银子是打不住的。他想:一仗下来,我李鸿章手头上不留一把行吗?

没想到一个苏州攻下来,为一个"钱"字还闹出了那么多是是非非。李鸿章想:就算我这个人很有能耐了。淮军迅速发展壮大,装备改善,朝廷那边,湘军那边,一年多了未曾给过一两银子。不仅如此,他们还把一双手伸得老长,不给也不行哩!上个月也是恩师曾国藩一封来函,要十万两银子接济湘军的军饷,李鸿章派人送了六万两去,还惹得恩师好一阵不高兴。他再次来信,只得又追加他两万两银子才算了事。

为了筹集钱应付各方面的急需,李鸿章伤透了脑筋。以捐厘助饷,该是他成功的又一个方面。自从他撤换了与吴煦串通一气的苏松粮储道扬坊以后,才逐步按自己的计划实行了关厘分途、以厘济饷的新政策。在上海这块奸商聚集的地方,从他们腰包里往外掏钱,不正是比捅他们一刀还难受吗?一些官绅们想一毛不拔,那便没门!李鸿章自有他的手段,不仅让你掏,而且尽可能地给李鸿章多掏。

不还是那些大报小报的记者们写过的吗?说他李鸿章一来上海,便"百计搜剔,无孔不入",置上海"商怨沸腾"于不顾,恨不得把上海仅有的那点银子,都搬到他的行辕里去……不错,他李鸿章就是要"无孔不入"地去抓银子。他也承认:"各省厘捐之重,无如上海。"尽管如此,他还得不断下令加征,在各地设立关卡,征收关税。每攻复一城,战事一平,便开始设立卡局,横征于商,暴敛于民。关卡设得是稠密了一些。但是,不这样办,不仅淮军粮饷无着,湘军那边也要喝西北风去了。

有人说:江楚各省厘金每年不过一百多万两,而李鸿章一到上海,仅在苏松二百里的地盘上,每年就搜刮厘金三百万金。上海这块肥肉,被李鸿章啃得只剩下骨头了。李鸿章道:"上海与江楚各省不同,人家那里大多是农民,从黄泥巴里抠不出几个钱。而你上海商贾云集,是全国重大的通商口岸,所以,征收厘金当也有区别,须重本抑末,与其对农民横征暴敛,不如向商人多搜刮一些油水。"

李鸿章着眼于捐厘助饷,也并非不想染指关税。洪秀全没有举旗造反之前,江海关的关税,一律是上交朝廷户部的。但自从太平军与清朝之间的战火蔓延到长江下游广大地区时,江海关的关税朝廷一分钱也拿不走了,全部充作军需之用。李鸿章出任江苏巡抚,原以为从这一块可以大捞特捞了,至少可以有效弥补湘、淮两军开销的不足。但他插手关税后,才发现操作这一块并非像征收厘金那样的随心所欲。他甚至没有丝毫的自主分配权。江海关的关税根据中英、中法北京条约规定,全部收入的四成要被他们拿去,充作中国对他们的所谓赔款。剩余六成要用于筹还代征的汉口、九江两关的关税,支付清军在镇江防军、戈尔登混合军和上海中外会防局的费用。

李鸿章在关税上收获甚微,只有设法在厘金上大做文章。自淮军进入上海,到收复苏州以及平息苏州惨案风波,他的淮军已花去白银七百八十七万两之巨。这些钱从哪里来?不从商民头上刮油行吗?

曾国藩令李鸿章组建淮军并率淮军援沪,其主要目的一是防守上海,二是扩大饷源,以济湘军急需。李鸿章刚抵上海的当月,曾国藩跟着就来了指令:"上海所出之饷,先尽沪军,其次则解济镇江防守,又次则救补湘军急需。"当时,李鸿章因初来乍到,无从抓起,采取了临时接济的方式,两次就接济湘军九万两白银。但曾国藩的胃口很大,几个月了,只给九万两能干什么?他要李鸿章按月固定接济,每月不少于八万两。

李鸿章传话过去:"门生哪有这么大的本事?我是要淮军将士勒紧了裤腰带来接济湘军的!"后经与恩师的讨价还价,决定"每月酌提四万两,万不可减"。

李鸿章无奈,只好特地为湘军筹定专款,以上海所收九江等地的茶税专门捐济曾国藩的湘军。另在现有上海的厘金收入总数中,再加征一成,以此专门提供给湘军。这样才勉强满足了曾国藩的需求。曾国藩基本满意了,李鸿章的心里却十分不痛快,有苦难言。想到恩师曾国藩对自己的多年提携、关照,不痛快也只有这么干。

俗话说:"人过四十天过午。"李鸿章已过"不惑"之年,肩负如此重任,面临严峻局势,仅凭自己一人之力,是难以应付这个局势的。所幸他的手下已经聚集了相当一批虽然动机不同,但却具有各种才干的人物。其中有精通数学、天文、机械制造的技术人才,也有谙习律令、会计的刑名、钱谷之士,还有崇儒重道的道学先生;有深悉文案之道的文学侍从，有懂得军机韬略的参谋人员。正可谓人才济济。

李鸿章用人，一切从实际出发，把实际能力置于道德之上，甚至放在什么贡生、进士等科名之上，注重罗致经世致用、精明练达之士。他对应聘入幕人员，多能量才而用，发挥其专长。苏州惨案平息之后，他渐渐有了心思，在上海他的行辕里大集幕僚、部将，兼以传达朝廷封赏有功人员的圣旨，欢聚了一场。酒过三巡，众幕僚、部将们要求李鸿章分别给手下这些人一个概括的评价。李鸿章略微思考了一下便连续发表了他的看法：

钱鼎铭首先站起来，请李鸿章"评头论足"。李鸿章歪着头瞧了钱鼎铭一眼，道出八个字："操行贞笃，条理精密。"在场的人们一阵热烈的鼓掌。

襄办营务的冯桂芬站起来了，李鸿章又看了一眼，道："精思卓识，讲求经济。"于是，大厅里又响起了一阵热烈的掌声。

接着是幕僚凌焕站了起来，李鸿章送他的八个字是："学识轶伦，熟悉洋务。"

李鸿章对办理文案的周馥的评价是："才识宏远，沉毅有为……"

上海官场上和淮军里的将领们都注意到，李鸿章断定一是军械火器，一是征集厘金，这两条系淮军命脉所在，因此格外重视，募集的人才最多。其中著名的人物有先后主持过江苏牙厘总局和松沪厘局的薛书堂、王大经、郭柏荫、陈庆长、王凯泰等。主持后路粮台的陈鼐和主持军火购置的丁日昌、冯焌光等，更成为李鸿章的老朋友和心腹之人。

李鸿章对这些幕僚宾客格外器重，在这个欢聚一起的场合，一经大家提议，他分别用每人四个字评价了他们：

薛书堂："廉悫明干"；

王大经："操守廉介"；

郭柏荫："老成雅望"；

陈庆长："精核廉敏"；

王凯泰："开明精细"；

陈鼐："学善深邃"；

丁日昌："才猷卓特"；

冯焌光："才气开阔"；

……

　　李鸿章因人制宜，因人成事，依靠这个班底，基本上解决了捐厘助饷和购置军火的问题。尤其是丁日昌、王凯泰、郭柏荫这三人，更是与李鸿章志同道合，声气相求，既依靠了李鸿章而获不断升迁，又凭借个人才智为淮军发展作出了重要贡献。贡生出身的丁日昌，深得李鸿章的赏识，在李鸿章手下经理军械火药购置，并开始从事相关制造。淮军进攻苏州时，李鸿章依靠丁日昌已经陆续成立了上海炸弹三局。第一局为西洋机器局，请英国人马格里牵头，雇下洋匠数名，制造铁炉机器。李鸿章又派直隶州知州刘优禹，选募各色工匠，帮同工作。第二局和第三局，均不雇用洋匠，全部选聘中国工匠，仿照外洋制法。这三个炸弹局都由丁日昌统一负责。到攻打苏州时，每月已可给淮军提供炮弹一万一千枚左右，短炸炮六七尊。从而使淮军在苏州一带战场上弹药充足。

　　有了这三个炸弹局做后盾，李鸿章马上想到了建立淮军独立的洋炮队。苏州惨案风波虽然基本平息，但戈尔登的炮队看来是不能依靠了。李鸿章决定：以张遇春所部春字营二百名炮手为基础，组建一个炮队。铭字营、开字营已相继建立自己的炮队，主要使用十二磅重的开花炮。

　　现在，李鸿章又给丁日昌下达了任务，他要成立六营开花炮队，计刘秉璋一队，刘铭传一队，罗荣光一队，刘基龙一队，余在榜一队，表九皋一队；炮弹的重量也要增加，试着生产重达一百零八磅的炸弹。

　　他还要丁日昌尽快准备，把上海的炸弹三局部分迁往苏州，设立苏州洋炮局，确保每周可生产炸弹三千枚以上。

　　李鸿章决心已下，丁日昌等干劲冲天，没日没夜地干开了。从此丁日昌扶摇直上，很快升任署苏松太道，后历擢两淮盐运使、江苏布政使、江苏巡抚。四年四迁，后又历任福建巡抚、船政大臣。当然，此是后话。

　　王凯泰，字补帆，是江苏宝应人，道光三十年进士。淮军进攻吴中时来李鸿章幕下襄办营务处，后升任江苏牙厘局、福建巡抚等。

　　郭柏荫，字远堂，也是道光年间的进士，受到李鸿章赏识后，以幕僚调用，先后署理江苏按察使和布政使，兼办厘务，继而升任湖北巡抚，并一度兼署湖广总督。

在苏州惨案风波平息后的欢聚中，李鸿章望着一批又一批人才成长起来，十分高兴。他信心十足地向大家宣布：攻打无锡，再进军常州！

全场掌声一片，挥拳呐喊。大家表示定要乘胜征战，平息吴中。

其实，李鸿章的淮军在制造了苏州惨案六天后，就分拨了一部分兵力开往无锡，小规模地对无锡城进行炮轰了。无锡由此不再是李秀成的避风港，而成了继苏州以后又一个面临灭顶之灾的地方。攻打苏州的北路淮军首先抵达无锡，对无锡实施了部分围攻。就在这时，李鸿章处理完苏州惨案风波来到了无锡城外，在城外芙蓉山下搭建了自己的临时行营。这便是李鸿章的指挥中心。

李鸿章对围攻无锡充满必胜的信心。在各方智囊们的不断讨论中，李鸿章渐渐成熟了自己的军事部署。

李鸿章

大清重臣

裴章传/著

时代出版传媒股份有限公司
安徽文艺出版社

图书在版编目(CIP)数据

大清重臣李鸿章/裴章传著.—合肥:安徽文艺出版社,2008.11(2014.6重印)

ISBN 978-7-5396-2935-3/01

Ⅰ.大… Ⅱ.裴… Ⅲ.李鸿章(1823~1901)-传记 Ⅳ.K827=52

中国版本图书馆 CIP 数据核字(2008)第026572号

出 版 人:朱寒冬
责任编辑:裴善明　秦　雯　　封面设计:许含章　丁　明

出版发行:时代出版传媒股份有限公司　www.press-mart.com
　　　　　安徽文艺出版社　www.awpub.com
地　　址:合肥市翡翠路1118号　邮政编码:230071
营 销 部:(0551) 63533889
印　　制:合肥晓星印刷有限责任公司　(0551)63358718

开本:700×1000　1/16　印张:64.75　字数:120千字
版次:2008年11月第1版　2014年6月第4次印刷
定价:98.00元(上、下)

(如发现印装质量问题,影响阅读,请与出版社联系调换)
版权所有,侵权必究

第十五章　钩心斗角

一八六三年,同治二年。初冬的时候。

李鸿章在自己的行营里下达了总攻无锡的命令。淮军参加围攻无锡的提督、总兵、副将等二、三品的大员、将领,不下十名之多。总指挥当然是李鸿章,而现场作战的具体指挥权却在仅为四品衔知州的李鹤章手里。攻下苏州后,他就有一个打算,让胞弟李鹤章兼管着营务处总办。但又怕人议论,一时只放在心里。前阵子抽空去了一趟安庆,与恩师曾国藩进行了一次彻夜长谈之后,李鸿章从曾国藩对待胞弟曾国荃的百般庇护上受到了启发,觉得无须遮遮盖盖了,胞弟就是胞弟,用起来放心。故,他从安庆一回无锡,就把淮军营务处的实权交到了李鹤章手中。

既然是主攻无锡,又兼管营务处,照例是在前线代统帅节制各路人马了。而李鸿章当着刘铭传的面,一再声明:李鹤章所统之军归刘铭传节制。李鹤章由于手握营务处大权,又从全局上节制于刘铭传。因此,刘铭传把李鸿章要他节制李鹤章的话只当做一种客气话来对待了,并不在意。何况,刘铭传所统领的大军也非主攻无锡,而是负责截断常州至无锡之间的通道,断其一切外援。照李鸿章的话说:"你这个任务比李鹤章主攻无锡还重要得多!"刘铭传暗自苦笑了一声,领命去了。

按照部署,郭松林围无锡南门,张树声围东门,周盛波围北门,李鹤章总负责。

李鸿章这一次是别出心裁:对无锡只围三面,而故意留下西门不围,以作长毛们的退路。这叫做网开一面。真是读书人用兵,不悖于古。

李鹤章大惑不解,请胞兄解惑。李鸿章笑道:"如果不是一面网开,必要作困兽之斗。像围攻金陵那样,从最初开始,到如今的曾国荃,已围攻达近两年了。如此经年累月不下,把一座城池困得死死的,固然长毛们大伤元气,但百姓也遭殃了。我没有那么多时间去久围无锡,还有别的事急着要干。此次志在攻城夺地,不在全歼长毛。给长毛们留下一条出城之路,可诱使其早早撤离。你懂吗?"

还有一条潜在的原因,李鸿章对谁也不会说,除他以外,别人也无法体悟。这就是:攻打金陵已经为时不远。李鸿章虽明知恩师曾国藩已在计划中将李鸿章的淮军拒之门外,不让淮军因此分功。但从心里讲,李鸿章仍不死心。从苏州一城,他已饱尝了甜头。洪秀全在金陵经营将近十年了,金陵城的油水那还了得?这近十年的各地战场上所得,不都让长毛们集中到金陵的老窝里去了吗?如若不让淮军进入金陵,将会令李鸿章后悔一辈子的!况且,这份功劳也实在显赫,全归曾国藩兄弟二人了,李鸿章也心中不甘。所以,李鸿章的计划是:一定要赶在曾国藩对金陵城发起总攻之前,全面收复江苏一带,把淮军放在金陵的大门口,使之成为"闲军",让曾国藩看,让朝廷的两宫太后看:我李鸿章已无事可做了,你们能让我闲着吗?

至于故意留下西面让长毛军逃奔,或许等于放虎出笼。但李鸿章也有打算:除了让刘铭传扼守堰桥以外,他还在无锡通往西北的江阴、西南的宜兴等地布置了重兵,以此防止长毛们出城以后向别处逃窜。尤其是防止他们向苏州、常熟一带逃窜,确保已收复的城池万无一失。至于他们向常州、向金陵一带逃窜,逃就逃了吧!李鸿章在心中是巴不得他们能逃进金陵城去,给金陵城的洪秀全带去一线生机,增加曾国荃攻城的难度。你攻不下来了,怎么好把我几万淮军放在一边闲着呢?说不定到时候会请我出兵。那时,我淮军就会名正言顺地冲进金陵城,扫荡天王府,占得应有的一份收获。而且,你曾国藩兄弟俩还要因此担我一个人情哩!

驻守无锡的太平军将领是父子二人,即潮王黄子隆,儿子黄德懋。这父子二人共率兵勇约三万人,加上已溃退到城中的李秀成援兵,总计约五万人马。人数虽然不少,但士气已经大大衰落,粮草弹药奇缺,一旦总攻,很快会兵败如山倒的。李秀成和吟唎率城外残兵败将从西城退守无锡。李秀成想以自己亲自入城督战来鼓舞将士。但他前脚进城,屁股后面就响起了大炮,数炮齐鸣,三面城墙上下尘土飞扬,硝烟滚滚。

淮军从南、东、北三面轰城,加上水师黄翼升、李朝斌等登陆助战,不过是一天一夜的工夫,太平军就支撑不住了。

这是十一月初二,黄子隆率领所部五六千将士,先欲从北门出城,被周盛波一阵枪炮猛射,缩回城里了。他怕西门外有伏兵,眼看着淮军在西门无防,但也不敢贸然出城。直到走投无路时,才试着从西门涌出。

李鹤章、郭松林此时在南门,命兵勇爬上城头,斩关开锁,放大队人马入城。郭松林一进无锡城,就领着兵勇们大喊大叫着要找李秀成。一时间,"活捉李秀成"的口号声在城里喊成了一片,震天动地。

李鹤章见到处找不到李秀成,便派小队私下里分头去向百姓打听,也毫无结果。他与郭松林一商量:直冲潮王府,不料竟生擒了黄子隆的儿子黄德懋。接着,李鹤章便带领兵勇搜索库房,部下士卒,无不腰缠累累。

城内大多数将士已经投降,城外却仍在大战。黄子隆为副将周寿昌所擒。李秀成则突围西去,又一次逃脱了李鸿章的追剿。整个无锡城约五万太平军,只有三分之一跟随李秀成逃到常州去了,其余全被杀死。黄子隆父子也同所有被俘将士一样,人头落地,命归黄泉了。被杀降兵降将总计约六千人左右。

这一仗是淮军独立作战,硬拼硬杀取胜的。有此一胜,李鸿章心情痛快,便不再怕洋人的纷纷谴责或直接告到奕䜣的总理衙门去了。

当晚,无锡城中的潮王府便收拾出来了,一切打扫干净,请李鸿章住了进去。全军欢天喜地,大摆酒宴。李鸿章却没有更多的时间泡在酒桌上。他仅象征性地向各路将领敬了三杯酒以后,便匆匆回到了房间。他要做的一件紧要事是:连夜草拟给朝廷的奏折。

少许几杯酒使李鸿章文思泉涌。他落笔生花,铺张扬厉地大叙无锡一仗的战功,列名请奖。奏折中叙述李鹤章之功独多,而在请奖时则写道:"臣弟分应效力,不敢便邀奖叙。"至于刘铭传、郭松林、周盛波等,李鸿章为他们加上了"血性忠勇,冲锋陷阵,所向无敌,为各贼所深惮"的上好评语。他最后又改口说:这些悍将"官职较大,请旨优加奖赏"。

奏折写好了,李鸿章想到了自己。自己怎么办?思来想去,他亲笔又写下一个附片,案由叫做"筹办大略":他在这个"大略"中,把自己组织进攻苏州以来的战功统统归纳成一段文字。照他的算账:"苏州之捷,除伪慕、纳、比、康、宁五王及四天将,解散近二十万人。无锡之捷,除伪潮王父子,擒斩解散约五万人……"朝廷远在北京,岂知攻下一城到底能斩杀多少人?李鸿章说是多少,就是多少。

到一八六三年十二月十五日,即同治二年十月十四日,李鸿章又一个计划开始实施:进攻常州。李秀成的太平军节节败退,一步一步靠近金陵了。洪秀全在那金陵的门户,一个接一个成了李鸿章窥探金陵的窗口。从无锡逃出以后,李秀成又损失将士三万余人。眼下只有护王陈坤书随自己来固守常州这块阵地了。

其时有一个传说:李秀成从无锡逃出之后,就听说洪秀全在天京危在旦夕。他打算率兵先冲入天京,将自己的眷属和孩子以及洪秀全的儿子接出来,然后窜扰江西,以图重振当年雄风。

如能果然如此,李秀成就会变成明末的李自成了。因为李秀成的才气,是连李鸿章都公然形诸奏牍,表示佩服的。他在给两宫太后的奏折中都写道:"臣驻苏省,偏察贼中城守,规划布置,极有条理,深以未得擒杀李酋为恨。"因此李鸿章听到这个传说后大吃一惊,心想:以李秀成这样一个强敌,一旦率领所部窜扰各处,将是防不胜防,必将成为明末流寇横行的重演。他与李秀成最终鹿死谁手,还难料定。因此攻下无锡后,依李鸿章看:整个局势不当因为连番得利而稍形松懈,尤其要注意李秀成的最新动向。

李鸿章把这个想法写信告诉恩师曾国藩。孰料曾国藩却不这样看。他在给李鸿章的复信中道:"金陵官军,业经合围,城中接济已断,惊扰异常,惟洪逆据城死守。似忠逆未必能进城,即进城也未必能再出窜……"

接到曾国藩这封信时,李鸿章正在与李鹤章、刘铭传等商量进取常州的方略。他们认为:根据侦探报告,驻守常州的陈坤书,因为苏州、无锡接连失守,将士都已悲观失望,斗志锐减。所以,李鹤章、刘铭传都要求在攻下无锡之后,不要停顿,乘胜一举攻下常州。

而李鸿章把头儿直摇,道:"不,不!我要告诉大家八个字,'稳扎稳打,步步为营'!"

刘铭传仍坚持自己的主张，道："大帅，目前淮军将士的士气正锐，正宜及锋而试。旷日持久，则师老无功。"

李鸿章笑道："六麻子现在也很读过几页书了，什么时候也学会文乎之乎了，措辞雅训之至？！"

刘铭传见李鸿章并未正面回答他，又道："请问大帅，如何是步步为营？"

"攻下一城，守住一城；攻下一地，守住一地。然后一步一步向常州逼近。"李鸿章指着案台上的地图接着道，"你的十二营由江阴西南向常州挺进。李鹤章的十二营由运河官塘进扎，先把常州团团围住，肃清城外长毛的营垒，扼守要道，再作道理。"

刘铭传道："大帅总攻无锡时，恨不得一下子拿下无锡，看那样子是急得要命。为何轮到进攻常州了，却不紧不忙起来，好像是要坐困常州？末将以为，拿下常州，只需您一声令下，没有那么多麻烦！"

李鸿章笑了笑，道："省三呀，黄老之学你还不懂嘛！"他略带了点轻蔑的口气说。

刘铭传不大服气，他也读过《史记》、《汉书》。汉初大乱之后，与民休息，务以安静为主，所以为政用黄老之学，无为而治。如今情形不同了，还不到可以与民休息的时候，如何去用黄老之学呢？刘铭传虽然这么想，但到底是不敢与李鸿章辩诘学问。他还拿不准自己看的那点书准不准，而李鸿章不仅是大帅，还是堂堂的翰林出身呀！

李鹤章从心里也不赞成胞兄的见解。但根据他自己的经验：胞兄之所以慢攻常州，自然可能有慢的道理。而且这种道理或许还不能与外人道。所以，他避开刘铭传，私下里探问胞兄："二哥，正打得顺顺当当，热热闹闹的，何以一下子泄了气，对常州只围不攻呢？"

"你认为我这是泄了气了吗？你以为我没有把握一举攻下常州吗？笑话！"李鸿章道。

"当然不是。但依我的眼光看起来，您如今顿兵不进，总有自己的道理吧？"

"这话倒是一点不假！我当然自有道理。"李鸿章答道。

"那么，道理在何处呢？"鹤章追问道。

"你知道吗？就在前天，我收到了曾夫子的来信。他最近是极少给我写信的。信中告诉我，金陵已成为了他的囊中之物，完全不用任何人操心了。昨天，我又收到他的来信，讲的仍是同一个意思。而他却同时告诉我，曾国荃正准备攻城时，军中瘟疫大作，病死者无数。曾国荃因此恐怕要推迟攻城了。但仍有把握一举夺得金陵。瞧，这兄弟二人都在怕我的淮军插上一手，抢了他们的大功。他们兄弟二人要独成大功，这个心愿已非一日了。我去安庆时，当面与恩师曾点破这个问题，但曾氏兄弟仍不改初衷，就怕我去与他们争功……"李鸿章说到这里，深深叹了一口气，又道："其实我也很矛盾，站在金陵战场之外，眼看着可以伸手捞一把，却左也难，右也难，不知如何是好呀！"

李鹤章好像听出了一些意思，道："曾国藩大人怕我们去与他们兄弟争功，我们不去就是了。他毕竟是您多年的恩师，也是我们李家的恩人，看在他的面子上，放他一马，成全他一回，到时候躲到一边，不就行了？也犯不着放着常州能攻不攻呀？！"

李鸿章笑道："老弟还是想当然了。朝廷的意向，你或许是一无所知。当初江南、江北大营为何而设？我刚组建淮军即将离开安庆时，曾国藩大人为什么一定要我把行营设在镇江？这些都是为了早日克复金陵，剪除洪逆。现在，作为朝廷的想法，当然是不管有几支大军去攻金陵，只想越早攻下越好。我如果马上就把常州拿下来了，朝廷必然要令我们驻扎金陵外围，助攻金陵。我怎么办呢？遵旨去攻，那就算得罪了曾氏兄弟，分了他兄弟二人独得的大功；如顾念私情，则势必要抗旨不遵，那就不是闹着玩的了。所以，在金陵未攻下之前，常州城就是拱手送我，我也不能要呀！"

李鹤章不说话了，他从心里佩服胞兄。心想：正所谓做事容易做人难！而做事做得好，未必就能升官发财。唯有做人做得好，才会官运亨通。

想到这里，李鹤章叹着气说："二哥，我知你进退两难了。但刚才听你说，曾国荃大营里瘟疫大作，攻城将要推迟。这要迟到什么时候呢？万一他再有几个月，甚至是半年拿不下金陵，难道我们也一直围着常州不攻吗？"

"是啊，这正是我的又一难题。我尚没有下定决心不参加围攻金陵呢。如若可以顺其自然，到时候看看形势再作定论，这常州目前也是不能攻下的。"李鸿章道。

"为什么?"李鹤章睁大了眼睛问。

李鸿章道:"据我所知,曾国荃军中的这场瘟疫非常厉害,已病死相当多的将士。可以说,在一两月之内,他是没有条件拿下金陵的。我去金陵,充其量只能是助攻。如立即把常州攻下来了,朝廷令我立即移师金陵,又不得不去。这时去了,他那边因瘟疫刚过,必然无力,淮军要因此打苦战,花大力气不说,弄不好还会把瘟疫传染到淮军里来,岂不可怕?"

李鹤章道:"兄弟明白了,眼下这常州是左右都不能攻了。我已领会,理当在军中斡旋,贯彻您的主张。"

原来,曾国荃在领了主攻金陵的任务后,便与曾贞干率领千军万马雄心勃勃地向东挺进,一路斩将夺关,从芜湖、太平府打到秣陵关、方山,来到金陵南门外的雨花台,将老营设在报恩寺塔的废墟边上。曾国荃和他的心腹大将李臣典、萧孚泗、刘连捷、彭毓橘、朱洪章等人,都是首次来到这座江南名城。到达金陵城外扎下大营后,曾国荃要韦俊领着他和部将们远远地从南门走到太平门附近,一路细看漫议,走了整整一天。而韦俊却告诉他:金陵的城墙才让他看了三分之一。

曾国荃吓得一跳:如此大的金陵,岂是他两万人马可以攻下的?!一向倔强自负的曾国荃此时虽后悔接下这个任务,但也只好硬着头皮认了。他令全体将士在雨花台一带挖沟筑垒,做好长期围下去的准备。

他急报胞兄曾国藩,说明金陵是座大城,兵力不足,要求增派兵力。岂知曾国藩难处更大:原定北路军主帅、安徽巡抚李续宜刚准备开赴金陵,忽接父丧凶信,由曾国藩准假,回老家奔丧去了。部将唐训方率部受阻于安徽寿州,不能南下。鲍超一军却被阻于安徽宁国,也是欲进无力。多隆阿刚起程几天,朝廷命他以钦差大臣名义率兵去陕西了。湘军水师因要修补战船,还要等待从广东运来大炮配备船上,也只好停泊于池州至铜陵一带的江面上。这样,曾国荃在金陵成了一支孤军,气得他在雨花台天天骂娘。就这样一直苦守、折腾了年把时间,到了李鸿章的淮军正准备攻无锡时,一场极其可怕的瘟疫却又突然在金陵城外蔓延。这犹如雪上加霜,给围攻金陵的曾国荃大营带来了巨大灾难。

529

瘟疫起源于金陵城外数不清的腐臭的尸体。刚发现的三天内,曾国荃所部就一下死去了三百余人。一个营帐里,只要有一人染上了,便会立即扩散开去。早上看这人好端端的,到晚上便僵卧不起、一命呜呼了。

曾国荃曾连夜派出十个兵勇抬尸出去挖坑掩埋,回来时清点人数,就这么一会少了五人。打着灯笼沿路去找时,丢失的五人又成为尸体了。又过了三天,军中因瘟疫死去达一千多人。

曾国荃急了,派人出去四处求医问药,把附近百把里范围内的药都买光了,也未能制止住瘟疫的蔓延。他只好又派人去安徽、湖北去求药。曾国藩在安庆也天天晚上跪在蒲垫上对天祷告,终也屁事不顶,兵勇们照样是一群一群地倒下了。

城中的太平军高兴坏了,想乘机把曾国荃的大营捣毁,大举派兵出城来攻。曾国荃不得不率病羸士卒拼命抵抗,弄得焦头烂额。结果,还是这场瘟疫救了他的大营:城中太平军因为出城来战,也有人染上了瘟疫,吓得洪秀全立即下令:赶快封城,不能再与湘军接触!就这样,曾国荃才免遭了全军覆灭之痛。

正当曾国荃因太平军不敢出城而稍稍松了一口气的时候,贞字营统领曾贞干也染上瘟疫死去了。贞字营只好被合并到吉字营中。这噩耗传到安庆,曾国藩闻之悲伤万分,更担心曾国荃。曾国荃孤军驻扎雨花台,使曾国藩日夜放心不下。他让曾国荃暂时撤围,与鲍超的霆字营合兵一处。曾国荃已箭在弦上,此时岂肯一仗未打就撤围而去?他坚持在雨花台不动。

曾国藩深知胞弟的脾气,拿他无奈,只好写信给在家守制的李续宜,请他尽快结束守制,带兵南下。不料李续宜回乡以后病入膏肓,不能从命。曾国藩只有找李鸿章了,他要调程学启开字营两千人去雨花台。此时李鸿章正要对无锡发动总攻,不肯放人。李鸿章提出要吴长庆率新勇前去,帮助曾国荃渡过难关。曾国藩心想:开字营不放,吴长庆我也不要了,自己靠自己吧!

曾国藩实在放心不下,冒着被瘟疫传染的危险,从安庆乘上大船,亲自到金陵来了。他此来是要劝说胞弟从金陵暂时撤围,躲开这场灾难。如果劝说无效,则将自己那把王室祖传的宝剑赠与曾国荃,以示做他的坚强后盾,鼓励全军。

从安庆到金陵的长江水面上,多数关口依然被太平军占领着。曾国藩的大船到了离大胜关还有二十里的地方便停了下来,不敢再向前航行了。他改走陆路,由一顶绿呢大轿抬着。彭毓橘亲自率三百精兵前后护卫,平安抵达了金陵城南的雨花台。

曾国荃不知胞兄亲自来看自己,一见到曾国藩,激动得热泪滚滚。他对所有兵勇都严格规定,必须在见了大帅后,自觉与大帅保持一丈远的距离。他自己陪大帅骑马,巡视了金陵外围的湘军大营。曾国藩在巡视中发现,金陵果然墙高池深,竟有两道城墙,防守严密,单用大炮轰城,恐难以破城而入。

在曾国荃的老营里,屋里只剩下曾氏兄弟二人时,曾国藩劝道:"沅甫呀,你听我一句话,你现在是孤军深入,太危险了,还是先从雨花台撤下来,到安全地带驻扎。等北路军抵达江北,霆字营进入溧阳后,再与你三路合围金陵。"

"大哥,屯兵金陵城下,饮马秦淮河上,自从离开荷叶塘,自长沙出师时,您就立下了这个誓言,盼望已十年之久的这一天终于就在眼前了,我怎么能就这么撤围而去呢?"

"不撤也就算了,但金陵城里有七八万长毛,李秀成就在常州,说来就来。万一他们一合计,把你团团围住,你想突围都难了。军事上最忌的是呆兵,你两万人马一待年把时间不动,是很危险的。这样,我来叫彭毓橘、刘连捷两支人马在你周围游动起来,作为你的外援,这样可能要好一点。"曾国藩说。

"沅甫呀,功要立,名要争。但自古以来成大事者,一半是人力,一半是天意。但目前天意不顺哩!"曾国藩说着,扳着手指计算道,"原定五路大军围攻金陵,突然有四路不能到达,这是天命不顺的第一点。还未到总攻时,军中发生瘟疫,已死了几千将士,这是其二。贞干突然染病去世,这是天命不顺的第三点。由这三点,你看你还孤军待在这里,能打下金陵吗?"

曾国荃道:"大哥,您平时说过,功可强成,名可强立,关键在于人的努力。尽管目前是有些困难,但金陵已被我围困得几乎弹尽粮绝了。要不是他们在长江水道上仍有些接济,早就可以发动总攻了。我已派人回湖南去招三万人马,这些兵勇一到,再加上原来的几路人马到位,拿下金陵指日可待。其实,即便其他四路人马不来,只要我新招的三万人马到了,共五万大军,我保证一举攻破金陵。我已派出一百多人打进金陵长毛内部了,刺探他们的情报,联络乡绅,拉拢收买长毛,目前已见效果。只要总攻开始,这些人就会成为我的内应。"

曾国藩闻此十分高兴,道:"这个点子很好,你已是越来越精了。我相信你能独得此功。我马上再给你送一百门重炮,让李鸿章的炮局给你送三千颗炮弹。待瘟疫过去,就开始攻城吧!"说完,曾国藩令随从取来宝剑,递于曾国荃道:"这是一把古上传下来的王室宝剑,赠与你了,可作为攻克金陵的吉物。"

曾国荃接过宝剑,挂在腰间,神气了不少,道:"大哥放心吧,此剑必将由我以胜利者的身份带进金陵城!"

曾国藩回安庆后,派人四处购药,很快送到金陵雨花大营。接着,鲍超霆字营大军也来到金陵城下,驻扎在神策门至钟阜门一带。原定五路大军,除多隆阿已去陕西、李续宜仍滞留安徽外,其余三路都已到位。曾国荃新招三万人马也已编练成军。所有共计约七万人马统属曾国荃节制,水陆并进,已拿下东南八隘:中和桥、双桥门、七桥瓮、方山、土山、上万门、交桥门、秣陵关。瘟疫过去以后,湘军恢复了元气,又接连夺下淳化、解溪、龙都、湖熟、三岔五镇。金陵外八隘五镇攻下后,曾国荃转而扬扬得意了。

李鸿章人虽在江苏,对金陵的攻守情况给予了密切的关注。这日,李鹤章来到胞兄的签押房,道:"二哥,曾老九军中瘟疫已过,人马都已到位,金陵城彻底成为一座孤城了。听说城中粮草已断。看来曾老九此功非一人独占不可了!"

李鸿章道:"曾老九神气什么?我虽然未去金陵,但这功劳也理应在其中了。天下人谁不知道,长毛的主力一直都在江苏一带,不是我的淮军接连征战,消灭了他李秀成十万人马,他能攻下金陵吗?看来,总攻常州的战斗可以打响了!"

李鸿章淮军已在常州周围驻扎了一个月了,仍顿兵不动,让淮军上下百思不得其解。好不容易等到李鸿章同意攻城了,太平军这边好似有了一些新的变化。

李秀成丢了无锡之后,率两万逃出来的将士来救援常州。

此时的李秀成,完全失去了过去那种秋风扫落叶一般的威风。想当年,那才叫势如破竹呢!一路攻克了苏南和浙江广大地区。这成就曾构筑了他如画的美景,使他长时间陷入美好的遐想之中。而今天再抵常州,早已是无可奈何花落去,远远看见李鸿章大营彩旗招展,不禁对天长叹,感慨万千:几番风风雨雨,同伴的坚贞,又有许多人的背叛,洪秀全的猜忌和怒火,还有那些部将们的风言风语,自己多少次豪情在胸,李鸿章获胜后的大笑,等等,都一页一页错乱不连贯地从他眼前闪过。

他又想起天京,洪秀全能否坚守下去?而自己期望经营江、浙的计划已成泡影。许许多多成败得失,恩恩怨怨,都粘着他李秀成一个人。在过去的成败得失中,有他几分果断,几分沉着,几分不屈的无畏。在那些恩恩怨怨中,也包含了他几分大度,几分诚意,几分疏忽和固执。对这些,他觉得自己看清了,又好像并不清楚。他忽然觉得自己的前途变成一片灰色蒙蒙了,太平军的前途也是一片灰色了。他,这个曾成功地指挥着千军万马的男子汉,在常州城外这片曾寄托着他无限梦想的土地上,泪珠断线似的掉下来。

他在心里反复说:"如今常州也难保了,我已经走到了事业的边缘了吗?"他努力想抓住一点点有关过去的快乐的回忆,但是,刚要高兴、快乐时,又立即变成伤心的黑暗了。

他想,如果再让他回到围攻上海时,最好回到安庆还没有失守时,他一定要十二分谨慎地使用自己曾经非凡的才智,要周详地计划好每一次战斗,决不能再让它草草地一闪而过了;决不能一天天走下坡路,一个个城池丢下去了!他会跟李鸿章好好比试比试。但现在的一切好像都完了,就如同做梦拾到一大堆黄金的人,没等到梦醒时,就已经胡乱地花光了,徒然留得的是梦醒以后的懊丧。

李鸿章的淮军就在眼前,这就像一根尖针刺入了他的脑壳,头盖骨痛得就像要爆炸了。就在这时,左右来向李秀成报告:"忠王,驻守常州的佐军主将姚敬臣乘夜间偷偷跑到李鸿章大营里去了!"

李秀成一惊。原来,这姚敬臣早就想投靠李鸿章了。但他的部下们的工作尚未做通。他在这之前已派一个心腹去淮军水师里议降,但淮军水师不敢受降,叫他去陆路军大营里找李鸿章。故,乘一个黑夜,他溜出常州城找李鸿章去了。

天明时分,姚敬臣在李鸿章大营还没有回城,但北面却飞奔过来一支人马。远远看去,李秀成已辨认出来:这是章王林绍璋率队到来。两王一见面,李秀成才得知:这是洪秀全下令,叫他自句容率军来援常州。期限不过一周,定要返回金陵,并把李秀成及其所部人马全部带回,救援金陵。

李秀成紧锁了眉头:这哪里是派章王来救援常州?分明是叫章王来催我回天京罢了!李秀成对林绍璋道:"章王,既来之,则安之。先守常州吧!"

林绍璋一到,常州城太平军有了声势。次日,林绍璋就会同陈坤书及其兄治王陈志书等,一起去攻打北门外的仓桥。李鸿章命刘铭传在此驻守,仅打了小半天,刘铭传受伤了。淮军只好后撤。

刘铭传失利,李鹤章、郭松林、周盛波却攻占了常州南门外的德安桥。

林绍璋小胜淮军刘铭传,乘胜去攻李鸿章在奔牛镇的淮军大营。李鸿章令总兵唐殿魁、副将黄桂兰及太平军降将邵志纶在奔牛镇组织抵抗。奔牛镇是李鸿章攻军对付常州的一个大据点,林绍璋把奔牛镇围定,炮火猛轰,因军械落后,两天两夜攻不下来。李秀成得知,亲率自己的亲兵与李世贤所部合军,来援林绍璋。可是,李秀成还未到达奔牛镇,就受到郭松林淮军的猛烈阻击,完全拦住了太平军的去路。双方经过一场激战,李秀成、李世贤损兵折将,只好退回常州城。

这日,李鸿章令李鹤章对奔牛镇进行反包围。刘铭传带伤出战,与郭松林、腾嗣武各率一军,从外圈把林绍璋的太平军又围了起来。这样,外围和奔牛镇的淮军对林绍璋形成了夹攻之势,林绍璋大败,损失两千多将士。

对李鸿章来说,奔牛镇一战是淮军自进攻常州以来,歼敌最多的一次。而淮军方面天天都有伤亡,攻城开始不到三天,已阵亡了两千多兵勇,与太平军伤亡差不多。

李鸿章急了。他在签押房里臭骂前线兵勇,大发脾气。出乎他的意料之外,常州并不是一攻即破,而且越打越艰难。此后,李鸿章调动了四路人马同时总攻,激战一天一夜。常州城仍然为李秀成所占。

李鸿章对淮军的实力产生怀疑了。他的淮军可以独立攻下无锡,却打不下常州!他又一次想到了戈尔登的混合常胜军。眼下看起来,只有借助戈尔登的洋炮,才有可能尽快收复常州。但李鸿章想请戈尔登,难度却很大。苏州杀降一事,已闹得沸沸扬扬,两军关系已恶化到老死不相往来的地步。戈尔登曾发誓永远不与李鸿章合作,李鸿章也曾表示永远不依靠戈尔登了。

李鸿章是能屈能伸的。只要他需要戈尔登,他马上可以向戈尔登低头。他请海关监督使英国人赫德去说情。这赫德在得了李鸿章的好处后,立即变得能言善辩起来,亲自登门,果然把戈尔登说通了。

戈尔登同意从昆山移兵常州。正要出发时,不料戈尔登的顶头上司柏郎不干了。英陆军司令柏郎早已对李鸿章有言在先:不与淮军合作,更不参加上海以外的战斗。

李鸿章也有自己的"绝招",这混合常胜军虽然多由洋人组成,但也早有政府间的协定:此军归李鸿章协商派遣。如若拒绝合作,李鸿章有权中断对这支大军的粮饷供给,甚至有权宣布解散这支大军。

戈尔登之所以同意出兵常州,就是怕李鸿章最终拿出自己的"绝招":把他的队伍解散了。那样的话,他便成了光杆司令。即便洋兵们还在,但断了兵饷,也会树倒猢狲散的。他已掌握到自己军中的一些情况:一些将士已纷纷在私下商量,要投靠李鸿章的淮军。戈尔登还有一点怕李鸿章,那就是上海及苏州、昆山一带的官绅们都在传言:李鸿章绝非一般的清廷官员,潜力无比。可以说,中国下一步的命运有相当一部分要掌握在李鸿章的手里。如真是那样,继续与李鸿章僵下去,便是不识时务了。

戈尔登不仅同意出兵,而且还向李鸿章表达了后悔之意,说当时不应该为苏州等地的杀降事件与李鸿章过意不去。但戈尔登在受到柏郎的阻拦之后,又表示了担心,怕柏郎会因自己擅自出兵常州而跟自己过不去。

李鸿章道:"你只管率兵去助攻常州吧,柏郎那边的事情由我负责解决!"

李鸿章信心十足的答复坚定了戈尔登参战的决心,再次与淮军合作一事便定下来了。

此时洪秀全的太平军与湘军、淮军和左宗棠的楚军在实力对比上，已发生了严重不利于太平军的形势了。洪秀全的领地已经很少，绝大部分已被曾国藩、李鸿章、左宗棠三巨头占领。洪秀全在浙江已只有湖州一地，且已是孤城。在江苏一带也只有天京、溧阳、金坛、句容和常州。在江南与江北的相接地带还有在太湖西岸的宜兴、溧阳两地。太湖以东早就全部被攻陷。而这宜兴、溧阳两地，是洪秀全的天京通往上海、苏州一带的唯一通道，也是军火、粮草的接济线。天京所需军火，大部分由洋人从上海经宜兴、溧阳运进天京。曾国荃围攻金陵一年多时间了，为何一直难以使之彻底成为孤城，就因为这条通道还未被切断。加之洋人只要有人肯出大价钱，他们就可以用洋船为其采办军火。洋人在中国这块土地上两头赚钱，他们希望越打越好，打得越长久越好。

既然把戈尔登又请了出来，李鸿章对自己的征战计划进行大幅度调整了：暂时丢下常州不攻亦罢，只是这么先围起来。而掉过头来，先攻下宜兴、溧阳，彻底断了洪秀全在金陵的接济，一是帮了曾国荃一个大忙，二是有利于自己全面收复吴中一带。不过，既是做了这样的调整，就不能白干，将来无人出来领他这个人情。于是，他连夜写了一份奏折，奏明朝廷，让两宫太后和奕䜣明白：自己是从大局着眼的，为的是早日收复金陵。接着，他又给曾国藩发出一函，旨在于让这位恩师心中有数：我如若先不攻下宜兴和溧阳，你的胞弟就无法从根本上切断金陵的接济。朝廷和曾国藩果然对李鸿章的最新决策大加赞赏。李鸿章笑了。

按照新方案，李鸿章从常州撤出一部分主力，配合戈尔登进攻宜兴。从李鸿章下令，到攻军兵临宜兴城下，仅用了一个半天时间。淮军由提督郭松林、总兵杨鼎勋、王东华、黄中元等共两万人马把宜兴团团围定。戈尔登没有参加围城，而是从宜兴城外攻打它的门户和桥。

负责攻城的淮军郭松林等炮火连轰四天了，宜兴仍没有攻下。没想到小小的宜兴防守十分坚强，城池坚固。城中守将范汝增指挥太平军拼死抵抗。淮军还向范汝增发出招降令，被全城太平军将士断然拒绝，一阵炮火打过来，竟把提督郭松林打伤。

戈尔登大军攻和桥也不顺利，还没有打出几炮，太平军戴王黄呈忠率兵从湖州方向来援宜兴,人马大喊大叫,内外对戈尔登形成夹攻之势。幸亏戈尔登的枪炮厉害,对黄呈忠的援军猛烈阻击,终于把黄呈忠打退,无法进入宜兴城。

四天四夜攻不下小小的宜兴城,李鸿章十分震惊。他这才深切体会出,太平军对一个小小宜兴城防守如此严密,足见宜兴、溧阳的重要。他庆幸自己对作战计划的调整,令戈尔登在打退黄呈忠,攻下和桥后,立即参加围城,与郭松林等合攻宜兴。

戈尔登的洋枪洋炮一到,攻军立即占了上风,火力猛了,一阵狂轰滥炸,终于把宜兴城打得摇摇晃晃了。城中危急,还游荡在城外的黄呈忠干急无汗,只好率兵拼死向城内猛冲。但此时哪能冲得进去?一冲便死伤惨重,黄呈忠自己还被生擒了。

范汝增在城内听说黄呈忠被俘,乘黑夜之机突围。城中还留有佐将刘佐清掩护范汝增突围。结果,范汝增是突围出城了,而刘佐清却来不及撤退了,被戈尔登和淮军团团围住。走投无路时,他只好向郭松林献城投降。

次日,淮军彻底收复了宜兴城,李鸿章令郭松林带伤在城中驻守。其他各路人马开赴溧阳。李鸿章原以为溧阳比宜兴更难攻,所以令戈尔登打先锋,队伍一到就开始轰城。不料戈尔登仅向溧阳县城打了七八炮,太平军守将吴人杰就率五千太平军将士向戈尔登献城投降了。戈尔登大喜,收编了吴人杰一千二百名兵勇作为自己的辅军,其他则全部释放,让他们各自回乡。侍王李世贤此时正好率军护送自己的母亲、妹妹、姐姐、王娘及孩子近二十口人来溧阳,是准备把自己的家人们全部安排到溧阳城躲避炮火的,然后再回军去救援天京。李世贤自以为聪明,认为溧阳是江苏境内最安全的地方,李鸿章不会很快攻打溧阳的。所以,他是一路毫无防备而来,直抵溧阳城下。到溧阳城外时,才发现城中已经易帜,戈尔登成了溧阳的主人。他慌忙率军掉头就跑。戈尔登很快发现了李世贤,拨出一路人马回枪一击,打得李世贤大队人员全军溃散,他的全部亲人被一一俘获。只有李世贤一人由亲兵护卫,向浙江湖州方向逃奔。

戈尔登还算义气,抓住李世贤所有亲人后,没有向李鸿章报告,而是派人将他们护送到自己的驻地昆山去了。戈尔登对李世贤年轻的王娘说:"你们一家真算幸运呀。现在抓住你们的是我戈尔登,若是李鸿章大人,叫你们死,还不会有好死。那是要剥光了你们的衣服,把你们身上的肉一块块割下来,折磨而死哩!"那王娘听得浑身打战,向戈尔登千恩万谢。

李鸿章听说溧阳已被戈尔登攻破,令他撤出溧阳县城,向金坛进军。驻守溧阳的任务交给了总兵王东华所部。李鸿章选定的下一个目标是金坛。就在他要攻金坛时,太平军方面的形势却发生了一些变化。首先是驻守常州的陈坤书,在李秀成的亲自督军下,与林绍璋联手,兵力顿时增强。李鸿章改变作战计划后,从常州抽走了一部分主力,淮军刘铭传等顿时感到力不从心了。因此,在常州方面,太平军占了优势。就在这时,已故英王陈玉成的叔叔陈承畴又从句容方向率一军前来助阵,太平军顿时人喊马叫,大有卷土重来之势。

李秀成决定:分拨大军出城,攻打常州东面外围,扩大防地。按照李秀成的命令,陈承畴、列王林彩新、利王米兴隆、忠二殿下李容发等从东门出城,一举攻下了江阴附近的小镇阳库。占领了阳库,陈承畴马不停蹄,又亲率一军,去攻打常熟。

平静了年把时间的常熟意外被围攻,令守城的骆国忠吃惊不小。骆国忠是个降将,岂敢丢了城池。他一边组织奋力抵抗,一边派人去请求援军。陈承畴的攻军在常州城外不过五千人马,攻打常州还显力量不足,便改变主意,去攻常熟旁边的福山。驻守福山的是清军总兵鞠耀乾。陈承畴来攻,果然得手。鞠耀乾抵挡不住,弃城而逃。

福山、阳库被太平军占领,常熟又遭到一次围攻,这使得李鸿章震惊万分。李鸿章道:"看来,我们已收复的城池,不把长毛军彻底肃清之前,还说不定归谁占领呢!"

就在常熟被围攻时,戈尔登和郭松林合力在金坛城外打响了。金坛虽非重镇,但太平军守将刘官芳防守认真,从来不敢有丝毫懈怠。城中将士经长期训练,英勇善战,令戈尔登、郭松林为之头痛。戈尔登一军已被李鸿章分拨得支零破碎了,一部分去助守常熟,一部分去驻守溧阳,一部分去进攻福山。他此来,只是轻师到来,总兵力不过两千有余。郭松林兵力稍强一些。一抵金坛城下,戈尔登见是一座小城,扬扬自得起来,心想这小小的金坛,岂有攻不破之理?他设想:说不定也如溧阳一样,只需打上七八炮,刘官芳就会弃城而逃的。

　　常州与金坛都在金陵的南面,是太平军的南路通道。唯有保全这两个地方,金陵太平军一旦遇险,才可能找机会从南面撤出。因此,李秀成把金坛这座小城看得跟常州一样重要,分拨强军在此驻守,由襄王刘官芳统带。李秀成还安排了一个后备队在疆场驻防,随时准备支援金坛。

　　戈尔登全然不知这些,一到金坛城下,便用箭射出一函给刘官芳。他向刘官芳招降,刘官芳不予理睬。戈尔登率亲兵在城外巡查,见城墙上、营垒上没有一人走动,到处看不见太平军的踪影,且沉寂异常,就好像是一座空城。唯有城门紧闭,不知何故。戈尔登先把重炮移到离城门约三百码的地方。后面安排水、陆两路接济,所有炮手各就各位。只等下令轰城了。这时,金坛城仍如死城一般,不见半点动静。

　　戈尔登纳闷不解,下令轰了几炮。城中依然是鸦雀无声。而且,城墙之上不见一旗、一兵、一炮。戈尔登同郭松林商量。郭松林认为此城不可能是一座空城,绝对不可以轻举妄动,还须继续用大炮轰击。轰了半天,终于把城墙轰开了一个大缺口。城墙倒了一大段,还不见太平军从城里冲出,同样没有半点声响。

　　戈尔登欢喜异常,断定:原来真是一座空城,太平军望风而逃了,白费了我这么多炮弹!他下令,让他的第一团从缺口处入城。洋将士们欢呼雀跃,以为又是不费吹灰之力占了一城,便如入无人之境,争先恐后地向缺口处冲去。金坛城外有一条护城河,河道只有两丈多宽。洋将士们用粗竹捆在一起,搭起竹桥过河进城。等一团进去了,又一团接着入城。郭松林见状,也经不住诱惑,派出一支队伍随洋军入城。

　　就在这时,只听城内突然枪声大作,人声鼎沸。戈尔登与郭松林一惊,大叫:"不好!"果然,见太平军将士如潮水一般冲了出来,与洋军和淮军将士展开肉搏。戈尔登的洋军就怕短兵相接,这样,他的大炮就用不上了。金坛城里不再沉寂了。城中的各个角落不仅有人,而且兵如潮水。城中还出现了小儿队,数百名顽童奔跑着,叫喊着,用石块猛砸洋鬼子。许多洋军将士头被砸得血流如注,惨叫着向城外逃奔。

　　已入城的洋鬼子多数已阵亡。郭松林的兵勇幸亏跟在后面,一见情况不妙,及时撤出了。戈尔登惨遭一击,吓得目瞪口呆,吼叫着让郭

539

松林冲锋。郭松林指挥淮军试探着冲上去,不一会便被打退。如此三进三退,戈尔登也没有了办法。就在他无可奈何时,一颗子弹打来,正中他的腿部。只听他惨叫一声,用手捂住伤口,叫副将克根木代替他指挥冲锋。

但此时缺口处已被刘官芳带太平军封锁住了,弹如雨下,根本冲不上去。克根木下令用云梯攀登城墙。他自己刚向上爬了一半,一颗子弹打来,把他打成了重伤。云梯被太平军一个个推倒,攻军只好全线后退了。

戈尔登把腿伤包扎好以后,又亲自督军作战。此时既已退出城池,他要发挥大炮的威力了。戈尔登让炮手们数炮齐轰,把缺口处的太平军轰扫一空。缺口处没有太平军了。于是,他下令全队拼死冲向缺口。攻军刚到缺口处,刘官芳一声令下,躲在缺口两边的太平军将士又群起攻之,然后与洋将士肉搏,又一次使戈尔登损兵折将,两千多人只剩下六百余人。这是征战吴中以来,洋将士们损失最惨重的一次。戈尔登无力再战,只好兵退溧阳。

太平军自福山又攻常熟了。李鸿章急调水师黄翼升、提督郭松林、王东华进援常熟。李鸿章心想,金坛屡攻不破,若再丢了常熟,将成为千年笑柄。他明知戈尔登已元气大伤,仍调他的人马来助守常熟。戈尔登是垂头丧气而来,一到常熟城外,就心慌意乱,竟忘记了及时安装大炮,把自己的优势打法丢在脑后,直接指挥将士们向常熟附近的华墅进攻。

太平军驻守华墅的是列王和利王,他们奋起反抗,抓住洋人的弱点与之展开肉搏,不一会就杀死戈尔登的兵勇三百五十二人,伤六十二人,损失尉官八人。还被太平军抢过洋枪四百余支,大炮六门。戈尔登全军溃散,被华墅的太平军追出十多里地。戈尔登带头逃窜,直到无锡附近,才放慢了脚步,就近找一块空地,扎营休息。

华墅一败,戈尔登并不甘心。他怕由此一蹶不振。于三日后收拾起残兵败将,又一次向华墅进兵。但是,一连轰了两天,华墅仍未被攻下。李鸿章恼火了,调溧阳的总兵刘士奇率军来攻华墅,才把太平军赶走,收复了华墅。

占领华墅的第二天,李鸿章亲临华墅,在周围巡视一圈,召集了小型会议,决定由自己亲督郭松林、张树声、杨鼎勋、刘士奇等军,扫清常熟周围的太平军,确保常熟平安。此时太平军基本上集中在常熟至江阴之间,并无多少散兵。李鸿章大举来攻,太平军自然抵挡不住,败退到丹阳。李鸿章指挥兵勇一鼓作气,向丹阳进发,与丹阳守军内外夹击太平军。结果,太平军多数死伤,永天福张大志还被李鸿章的淮军活捉。

得此一胜,李鸿章有了信心。他进入丹阳城,召集提督娄云庆、周有胜,令他们迅速收复金坛,啃掉这块硬骨头。作战方案制订后,淮军乘黑夜摸到金坛城下,埋伏起来。天一明就发动总攻,很快攻陷了这座小城。

又一个目标是府城。李鸿章仍然是亲督大军,参加总攻府城的有黄翼升、刘铭传、郭松华、王东林、杨鼎勋、周盛波、罗荣光和张树声各营。淮军将士们以为李鸿章如此兴师动众是小题大做。其实太平军在府城确有重兵守护。人称"陈斜眼"的陈坤书从常州率兵,亲自来府城督战。

戈尔登也来了,虽然连败了几场,但这一回负责攻打府城西门,倒很是动脑筋,用大炮猛烈轰城,一下把西城墙轰倒了三处。李鸿章在其他各门也督战顺利,一举毁掉太平军二十多座营垒。

戈尔登轰倒了三段西城墙,赶快来向李鸿章报捷。李鸿章眼珠一转,便是一个点子,道:"好样的!那么,你可以打前阵,冲锋了!"他令戈尔登的洋兵从三处缺口向城内猛冲。这正是洋兵的弱项,但戈尔登也不得不冲。淮军的人马也集中到西城来了,埋伏在射程之外看着戈尔登组织冲锋。

太平军都躲在缺口两旁,不待洋兵冲上来,就把他们打退。如此往复数次,戈尔登不仅没有跨入城内半步,还使洋兵死伤一片。淮军将士们趴在后面看得忍不住想笑,吼叫着,挥着手儿,直跺脚——戈尔登这一切都无济于事。洋兵们缩着头,一到缺口处就本能地停住了脚步,既不敢前进,又不敢后退,直到太平军子弹雨点般地射出,才一哄而散。

三天三夜了,小小的府城硬是冲不进去。戈尔登的副将马敦反而阵亡了。洋兵死亡三百七十多名。戈尔登气得一屁股坐在地上,怎么劝也站不起来了。

到了第四天,李鸿章见戈尔登实在无能为力了,即下令让戈尔登撤下阵来,由他的淮军打冲锋。

　　李鸿章一声令下,淮军近两万兵马四面出击,把小小府城里三层、外三层地包围起来。人海战术果然有效,加上戈尔登已与太平军打了三天三夜,都很疲劳。淮军这个阵势上来,太平军顷刻溃败。

　　收复了府城后,左右来报:"英海关监督使赫德求见。"李鸿章大喜,道:"正好,正好,我正要与他商量大计。"李鸿章在行营里接待了赫德,要戈尔登作陪。一桌酒席吃过以后,李鸿章告诉赫德:马上要进攻常州了,还请给予支持。戈尔登表示:仍尽量为李大人效力。几人正在说话,忽有人来报:"常州城里派出一支小队前来议降,要求李大帅在受降后免他们一死。他们愿做内应,帮大帅夺得常州。"

　　"他们是长毛哪一部分的?"李鸿章厉声问道。

　　"他们没有说是谁的部下,只要求答应他们免死。"

　　"常州已成为我囊中之物,此时才来议降,晚了!"李鸿章坚决地回答道。

　　报信人退下去以后,赫德笑道:"李大帅,我看您在这个问题上过于迂腐了。围攻常州这么长时间,耗费业已不小。现在有人愿做内应,使长毛军内部形成分裂,让您不费什么力气就拿下常州,这当是最好的结果。至于投降过来的长毛军,今后杀与不杀,全在于您一句话。你若要他们死,他们必死;有能用者,不杀之权也操在您的手中。何必现在就一口拒绝呢?这一拒绝不要紧。若城里的守军们得知他们投降也是一死,定会拼命迎战,以求一活了。"

　　李鸿章一听,觉得赫德这话很有道理,主意一变:派人偷偷潜入常州城中,一夜之间在大街小巷贴出了许多布告,将他李鸿章的大名写在上面,称:"凡自愿向淮军投降者,除李秀成、陈坤书以外,一律免死,且有奖赏。愿回乡耕作者,分发路费;愿在淮军中效力者,若真有带兵之才,将委以重任……"

　　招降布告一出,很快产生了效果。尽管李秀成、陈坤书在各路兵马中设防严密,阻止将士投降,但仍有一批又一批太平军将士从城中逃出。尤其到了深夜时分,总会有数百名太平军来投靠淮军。李鸿章令攻城各军,在四面城门附近安排接应,来者不拒,粗茶淡饭吃饱。投降过来的太平军将士告诉李鸿章:"伪忠王李秀成与林绍璋已不在常州。

天京危急,他们很可能回天京救援去了。城中守兵已经很少。"

经十多天后,李鸿章派人又潜入城中,果然见不到守兵了。全城经十多天招降,太平军仅剩下陈坤书和一名亲兵不愿投降。李鸿章带领他的大军进入常州城。人们把陈坤书押到李鸿章的官邸,李鸿章要亲口问问他:"常州全城长毛都争先恐后地向我军投降,你为何顽固到底,至死不悟?!"

陈坤书道:"常州重城,乃我天朝天京之犄角。我奉命坚守不成,既救不了将士,又救不了常州,只有以一人之力坚持到最后,以死报国尽忠!"

李鸿章道:"那好吧!本帅成全了你!"说完大手一扬,令人将陈坤书拉出去斩首示众。李鸿章收复了常州,便使吴中一带尽归淮军所占了。这使他顿时心花怒放。就如同有人临上绞刑架的时候突然受到赦免,或是正被人谋害时忽然被人救下,或者是经历了这一类死里逃生的事情后,你就不难体会李鸿章在攻下常州后的愉快心情了。走出上海征战以来,到常州一战,李鸿章现在才算得拥有了吴中这大片土地。他真正是这块地盘上的主人了!

戈尔登与李鸿章此时的感觉有些截然相反。自从与淮军合作以来,数次征战,到攻下常州后已溃不成军。大批洋兵洋将远涉重洋,想在他的手下大捞一把,不料分文无取,还丢了性命,真正是生不带来,死不带去了。眼下人心不稳,由于征战无功者多,李鸿章抠得严了起来,动辄不要你戈尔登又有何妨?到此时,军饷的发放也成为难题了。戈尔登自叹无能为力了,顿生一念:以要求解散这支队伍来试探一下李鸿章。试探的结果更让戈尔登心灰意冷:李鸿章明确表示,戈尔登这支队存在与否,已经无所谓了。他说:"解散就解散吧!愿意留下的就挑选一些出来,分拨到淮军里面去,其他是各自回家吧!"

戈尔登无奈了,这支曾经为李鸿章立下许多战功的混合常胜军被李鸿章毫不犹豫地宣布解散了。李鸿章只留下了三百名使用洋枪的军士划归李恒嵩统领,还有六百名炮手留给罗荣光统领,其余全部遣散。遣散之后,凡受伤的洋军官,每人分得两千两银子的抚恤费,士兵多发一个月的军饷,另依照回乡途路的远近支付适当的路费,混合常胜军就此便不复存在了。

戈尔登满怀悲凉的心情来向李鸿章辞行。李鸿章道："你的大军自配合我淮军作战以来，虽多立战功，但本帅也对得起你的将士们了。仅从我手里，就为你们花去军费共达五百七十万两白银。这支队伍是拿我的钱堆成的呢！"戈尔登听出了李鸿章的意思，也不想再申辩什么了，好聚好散，此时讲一句话就显得多余了。

攻复常州，解散混合常胜军后，李鸿章决定展开一个扇形的进军攻势，兵分三路，拉网式地推进。北路大军围剿无锡一带的残余太平军；中路肃清苏州一带；南路以道员潘鼎新和刘秉璋等，走出江苏，进入浙江图谋发展。

吴中广大地区已无大战，应静下心来履行一个巡抚的职责了。在李秀成太平军统治期间内，尚能抚恤民生，发展生产，李鸿章身为江苏最大的父母官，理应有所作为。他下达一道命令，要各地官绅办起善后局。专门负责处理战后抚恤民生、发展生产、稳定社会事务。

他札委前任常熟知县周沐润总办常熟善后事务，令苏州富翁赵宗建也就地设立善后局。百姓一切词讼，全由善后局处理。乡民进城，须由善后局颁发路凭。如果出城再需进城，乡民们都由善后局在其右臂上盖上一枚方章，以此为记才准予来往城乡之间。

战后的吴中各城初时都很混乱，李鸿章要各地善后局按路段、按街巷清理城邑，将城中所有民众登记造册，设立门牌号码。非城邑人口，一律不许在城中久住，十天一查，照牌点验。若有新增多余人口，统统遣送返乡。为此，各善后局雇用了一大批负责此事的巡查绅士。他们重点清查太平军散落在民间的人员，一经抓获，严惩不贷。吴中各地的巡查绅士仅在月余时间内就查出太平军流落民间人员一千多名。在没收了这些人的财产之后，杀的杀，捕的捕。清查出来的房屋、田地等，各还原主。尚未查得业主的，暂时留作公用。等业主回归后，再还给业主。

战后的吴中一带，村庄稀少，有的方圆十几里全无人烟。长期战乱，强壮劳力多已死于战火，田地荒芜成片，无人耕种。李鸿章深知，要想恢复元气，应首先把这些田地种起来。他采取了一个措施：招垦升科，减免钱漕。各地遵照这个指令，广泛招徕农民回乡垦荒种地。不长时间，仅苏州一带就资遣难民回乡者达十多万人。善后局尽可能为一部分难民提供粮种,配发耕种,圈定田地,酌情减免上交钱漕,农业生产逐渐恢复起来。

在李鸿章抚衙里总的负责善后局工作的是陈鼐。他走马上任后,按照李鸿章的部署东奔西走,抓得有力,深得李鸿章赞赏。李鸿章奏明朝廷,豁免了太仓州、镇洋、常熟、昭文、昆山、新阳、嘉定、金山等县当年的漕粮,农民自耕自足。继而又奏准裁减了苏松太粮赋浮额,豁免了江宁府所辖的上元、江宁、六合、句容、江浦、溧水、高淳等县钱漕三年。朝廷允准,李鸿章一时在民间名声大振,纷纷拥护,李鸿章成了"李青天"。

在吴中一带减免百姓漕粮,首倡于冯桂芬。李鸿章收复常州后,专门召集陈鼐、郭嵩焘、冯桂芬等人研究招垦升科之事。冯桂芬写成文字,建议李鸿章采取减免农民钱漕之科,以此促进农业生产的恢复。李鸿章看了冯桂芬的建议书后,连称"聪明,聪明!是极,是极!"但李鸿章认为此举关系重大,需函请曾国藩主奏朝廷。曾国藩复信表示赞同,请李鸿章起草奏稿,以两人联名的方式奏请朝廷批准。到一八六三年六月,朝廷圣旨下来,减免各县钱漕的工作便全面展开了。

找谁来统抓这项差事?李鸿章想到了丁未同年的陈鼐。

陈鼐道:"抚台大人既然信任于我,我当全力以赴!"

李鸿章满意地点点头,道:"整个江苏省粮漕税赋可谓甲天下。而苏松太所属三地的粮漕税赋更是高于全省,比与之毗连的常州竟高出三倍之多,比同省的镇江地区高出四五倍。整个江苏省比周围几省高出一二十倍。如此赋重,必然民穷。老百姓大有不能支撑之势。所以,这些年来,在我苏省出现了种种不正常现象:一是坚持不减之名,而行暗减之术。此话怎讲?就是我们这些当总督的、当巡抚的,默许各州各县谎报灾情:今年大灾,庄稼如何如何歉收,因此要求减免粮赋。结果,没有一年不谎报灾情,没有一县不减免粮赋,上下一齐谎报,欺骗朝廷。二是官垫民欠。所谓官垫者,即是由各州府县先东挪西凑,把百姓所欠的粮赋先垫上,交了上去。如此移缓垫急,移新垫旧,移银垫米,以官府中的钱,完官府中的粮。如此垫下去怎么办呢?那就是等待来年,或减免,或摊派。这就造成了名义上税赋很重,实际上征收很少的问题。据我所知,在我的前任上,江苏全省每年上交朝廷的粮赋折合白银是一百六十万两,而在咸丰的十年中,实际征收每年达到一百万两的,仅一年。其余各年均大大低于一百万两。多数实际征收仅六七十万两,且每年都有十多万两是官垫民欠的。这样下去怎么行呢?现今既然我是一省巡抚,我就要实事求是来办这件事情,交不了那么多,就争取把数字减下来,直至豁免了它。为官一任,造福一方,实际地为百姓减免了粮赋,老百姓会感谢我们的。朝廷也会理解的。我不向朝廷争这个功,实实在在地为一省百姓着想。"

李鸿章滔滔不绝讲了一大堆,陈鼐听得也很入耳,道:"大帅、抚台大人如此为百姓着想,实乃是江苏全省上下的大幸呀!苏松太粮漕太重,应该先从高处下手,然后逐渐在各州府县推而广之。平时百姓都难以承受这高额的粮赋,何况又经过这几年战乱呢?!依我的看法,正如大帅所言,要实事求是。按额征收是不现实的。我最近在溧阳一带跑了几天,所见到处是荒原一片,荆榛塞路。有的走了半天看不见村庄,还有的地方方圆二三十里没有居民,间或有破壁颓垣出现,也都是一些老弱病残之人,皆面无人色,惨不忍睹。想来这长毛洪秀全、李秀成便是江苏全省最大的破坏者了。不是他们这些年兴风作浪,举旗造反,百姓因何会如此深受其害呀?!所以,从长远计,从为百姓着想计,我乐于接受大帅交给我的重任,支持抚台大人的决定,认真办好管理各地善后局的差事。"

李鸿章道:"我相信作梅兄有这个能力,也有这个雄心办好此事。由你去办这件事,本帅也就放心了!粮赋减免下来后,就要百分之百地确保征收上来。从今以后,严禁各地谎报灾情,严禁挪垫官银,把章程定下来,把风气搞正。其实我要减免的,是确实完不成上交的那些虚额。能收上来的,丝毫不能减免,一定要足额收缴。我这也是一种以退为进之法,借减赋之名,行足赋之实。不知作梅兄理解了没有?"

陈鼐突然大笑起来,道:"大帅所言,正是心中的实话。您不讲出来,我是不敢讲的。其实我在心中已经理解了大帅的用意。'以退为进',说得好,'借减赋之名,行足赋之实'说得也好。即是多一分虚数,便多一分浮费;减赋之效,应在少一分中饱,即多一分上供方面做文章,最终让百姓因此得到实惠,而于公家,则有实际的收入保障。大帅,您看我理解得对否?"

李鸿章点点头，道："概括说来，就是减掉虚额，保证实收。我采取此法，还在于动员民众，争先复里，踊跃输将，支持我们淮军的事业。你看，听说吴中一带都有喊我'李青天'的了，这便是减赋的又一个效果。我们通过减免虚额粮赋，让百姓看到我们是在为他们着想，让大家都得到实惠，百姓们岂有不感激涕零的？日后军麾所指，弩矢之驱，百姓必会踊跃支持。所以，在实施这一政策的过程中，要注重宣讲意义，激励百姓，动员各方，充分发挥应有效力。"

陈鼐领命去了，抓得认真而扎实。应征粮赋，立即足额到位。李鸿章十分欢喜。根据苏州、太仓一带官绅们的请求，为便于士子参加岁考和科考，李鸿章在收复常州以后，派冯桂芬去苏州，负责筹划组建一所苏州试院。

苏州试院招收各地学子入学。开学当日，李鸿章坐乘八人抬的绿呢大轿，亲往试院道贺。他还以苏州籍的宋代贤臣范仲淹勉励诸生，努力进取，争取科考及第。他为试院大学堂取名为景范堂，特地撰写一篇《苏州试院记》的文章，令人刻成碑石，立于试院正门中央，以资纪念。

不久，苏州紫阳书院、正谊书院等，也相继开办起来了。李鸿章亲自写下聘书，分别聘请了江南大儒俞樾、冯桂芬等为主讲。他还上奏朝廷，道：

"臣愚以为科目即不能骤变，时文即不能遽废，而小楷试帖，太蹈虚饰，甚非作养人才之道。似应于考试功令稍加变通，另开洋务进取一格，以资造就……"

李鸿章要在文化教育及经济、政治各方面大干一场，建议朝廷在沿江、沿海各省设立洋学局，分设格致、测算、舆图、火轮、机器、兵法、炮法、化学、电学等门类，延揽有专长的人才入局，并与聘请的外国技工共同研究。学成之后，分配至船厂、炮局任职。

正是风景这边独好。李鸿章得一江苏，经营吴中，可谓是中国东南首屈一指的富庶繁华地区。他心花怒放，隐约感到他的面前一片光明，前程似锦。渐渐地，这块原来充满了硝烟的土地上开始出现了生机。城里、小镇上也开始热闹起来。周围农村百姓，将自家所产的瓜果、蔬菜、家禽等挑到城镇里待价而沽，而城镇中的人们把自己所产的日用品、手工业产品、布匹等大批拿出，与乡下人交易，各种生意等都逐渐红

547

火起来。

苏州城外有个叫山塘的小镇，李鸿章听说李秀成在占领苏州时，就曾把这个地方经营得热热闹闹。如今，李鸿章要干得更出色一些，下令拨出银两，让城中无业闲散人等，申领本钱，去山塘镇做生意。此令一下，千余经营户纷至沓来，开设铺面，摆出摊点，顿时使一个小镇日日人山人海起来。周围城乡居民，都来买卖交易，渐渐成为了苏州郊外第一等的大集市。各种可供交易的货物，比苏州城里还要齐全，人称"买卖镇"。

有了山塘镇带头，很快又有了众安桥、通贵桥及城中许多市场的出现。李鸿章再也不用为之操心了。到处不知不觉地由民众自发盖起了许多小街市，街市两边均为铺面门店，买卖非常兴隆。农民在街市上出售的瓜果、蔬菜，均是用篮筐先装好的，买货时不用秤称，皆一篮或一筐多少钱。而家禽、肉类、水产品等，便用秤来计量。互相讨价还价、斤斤计较者随处可见。在吴中一带各条河道上、码头船埠商船不断，将城外其他地方的货物送来出售，又将城内的货物运到别处销售。

吴中各城镇商贩云集，又带动了饭馆、旅栈、娱乐业的发展。

李鸿章还下令从上海雇用了一批染织匠，给予较高报酬，分往苏州、无锡、常州、常熟等城，开办纺织、印染作坊。由于所出布匹质量上乘，各地商人纷纷前来批购。他还有更多的设想，正在一步一步实现着。他忽然觉得吴中的地盘太小。他有更大的雄心，要好好施展一下自己的才华。

于是，他权衡了利弊之后，把目标瞄准了毗邻的浙江，瞄准了左宗棠。他要进军浙江了。

第十六章 按兵不动

一八六四年,同治三年初。李鸿章收复了吴中一带后,左思右想,决定远离金陵入浙。

李鸿章令淮军入浙,是一个全新的思路。这一招令淮军上下都惊讶不已,在浙江的左宗棠更是惊得目瞪口呆。他万万没有料到:李鸿章管到自己的地盘上来了。

左宗棠是同治元年六月由安徽进入浙江的,由衢州而严州,沿着一条山清水秀的富春江一路挺进,逐步发展了自己的地盘。到了次年初春时,左宗棠大军已抵达离杭州不到一百里的富阳城了。左宗棠雄心勃勃,虽出于湘军,受制于曾国藩,但毕竟自成一军,独当一面。兴军不久,便被人称作"楚军"。作为楚军统帅,他进入浙江是为了图谋和经营浙江。

杭州对面的绍兴、萧山,此时已被从宁波方向打过来的常捷军、常安军所收复。因此,在左宗棠进入富阳时,整个浙江已收复了四分之三。但最富庶的浙西,即杭、嘉、湖三府,仍旧被太平军占领着。

同治二年三月,左宗棠升任闽浙总督,这个官位比李鸿章要高不少,但其处境却比李鸿章来得艰苦。依左宗棠的估计,李鸿章在收复了苏、无、常以后,理所应当一路打到南京。你李鸿章是江苏巡抚,南京是在江苏的地盘上,自己的地盘尚未肃清,来我所管辖的浙江图谋发展,实在是管得太宽了!但李鸿章因不愿与曾国荃争功,不肯干那得罪曾氏兄弟的傻事。但对于左宗棠,他便要不妨欺侮一下,管得宽一些又怎么样?所以,在收复常州以后,他通过曾国藩奏明朝廷,以防卫上海、吴中一带为由,请求把浙江北面几个郡县划归自己管辖。曾国藩因为害怕李鸿章无事可做时来金陵与胞弟争功,自然积极支持他向浙江发展。恰在这时,太平军李世贤又卷土重来,再次入浙,你浙江有太平军,我淮军当然要入浙去剿。

对于李鸿章入浙与自己争功,左宗棠是十分不舒服的。在左宗棠看来,你李鸿章不敢与曾氏兄弟争功,却来侵占我左宗棠的地域,越职越权,有些怕硬而欺软了!他只希望李鸿章鞭长莫及,无能与浙江的太平军抗衡,落得一个不光彩的下场。

而李鸿章却不这么想。吴中一带的连续收复使他信心百倍,他有把握吃掉浙江北面的广大地区。所以,他派翰林出身的刘秉璋去收复浙江的平湖、乍浦、海盐等,又令程学启由吴江进攻嘉兴。不久,浙江膏腴之地尽入淮军之手,不但缴获了太平军大批辎重和金银财宝,而且竟以一个江苏巡抚的身份,委派了浙江的州县官,将一个闽浙总督兼署浙江巡抚的左宗棠,差点儿气出大病来。

李鸿章才不管他三七二十一哩!主意一定,大手一挥,潘鼎新和刘秉璋所率的淮军就进入了左宗棠的地盘,包围了嘉善城。这嘉善城里的太平军是从平湖分拨而来的。守将陈殿选、陈殿魁、王应海、钱王兴、朱六玉等本来都已经溃不成军,见李鸿章的淮军一到,立即献城投降。唯有洗天安陶云从、翼天福江之源、蓬天福胡金锵等人誓不投降,被刘秉璋下令斩首。

淮军入浙的次日,乍浦的太平军守将熊建勋又被潘鼎新打败,全军投降了潘鼎新。紧接着,太平军驻守海宁的守将李文楚及澉浦镇一带的太平军也向淮军投降。仅三五天工夫,入浙的两支淮军竟得了四座城镇。

捷报送到苏州李鸿章的抚衙。李鸿章见自己的先锋队一入浙就势如破竹,信心更加充足,又派出陆路总兵程学启与水师总兵李朝斌等入浙去围攻嘉兴城。淮军水陆大军首先攻占了嘉兴城东南的沈荡镇。两日后,又攻下新丰镇。接着与先锋队潘鼎新会攻嘉善县城。太平军在嘉善守将陈占榜等立即向淮军投降。程学启占领了嘉善,便开始着手围攻嘉兴了。一场你死我活的大战由此开始。

此时,嘉兴城已陷入李鸿章淮军的三面包围之中,只有西城尚有一路直通湖州。太平军在嘉兴的守将是荣王廖发寿,而湖州守将则为堵王黄文金。这两军互为支援。程学启、刘秉璋、潘鼎新三路淮军各攻一门,连攻了三天,就是拿不下嘉兴城。

第四天,三路淮军各自增兵,分五路围攻嘉兴,局势紧急。湖州的黄文金及辅王杨辅清、佐王李远继等城中十八王各拨一支人马联合成军,来救援嘉兴。他们没有直攻围困嘉兴的淮军,而是直扑嘉兴城西的乌镇,把乌镇围定,以解嘉兴之围。淮军驻守乌镇的是刘树元所部,太平军来攻,刘树元抵挡不住,副将尹长青被太平军击毙,刘树元率军突围后,太平军占领了乌镇。程学启闻报后,立即分拨部将王永胜、郑国魁两部去攻乌镇。黄文金、杨辅清就是要把程学启大军引过来一部分。他们见淮军到来,一面组织抵抗,一面派遣出一部分人马分三路再去攻打桐乡。桐乡的驻军是左宗棠所部。黄文金等去攻时,程学启装作不知,任黄文金去攻。结果,桐乡的楚军杨道洽及蔡元吉等奋力反击,把太平军打退了。

　　黄文金、杨辅清等十八王各部兵力都不多,所能采取的救援行动只是打打外围小城镇,牵制少量的淮军。程学启的淮军仍按原计划攻打嘉兴,很快冲破了嘉兴城外的木栅。程学启还派了暗探潜入城中,把太平军的情况摸得一清二楚。这时,淮军才向嘉兴发起总攻。程学启下令以重炮轰城,先把城墙上四面的炮台摧毁,又轰塌了城墙百余丈宽。但城中太平军非常英勇,冒死搬运石块要堵住缺口。上一批人,死一批人,百余丈缺口不到半天,竟让尸体堆积起来,成了守军的"掩体"。淮军仍无法攻进城内。

　　这日,程学启顿生一计:声东击西。他先令一路人马佯装进攻北门,把城内守军吸引到北门,调集猛烈炮火攻打东、南两门,又轰倒了城墙十余丈。眼看嘉兴守不住了,已有一部分守军从城里冲出。程学启一声令下,淮军将士们向城内冲锋。就在这时,一颗子弹打进了程学启的左脑。淮军虽然攻下了嘉兴城,但程学启却在送往苏州救治的途中就咽气身亡了,死时三十五岁,这个太平军的叛徒就这样得到了上天的惩罚。

　　李鸿章悲痛万分,立即禀奏朝廷。朝廷圣旨下来,赏封程学启太子太保、轻车都尉等称号。程学启一死,原定攻下嘉兴后就立即向湖州发动进攻的计划只好取消。但嘉兴已为淮军所得,这不仅令太平军恐慌不已,也令左宗棠坐立不安。李鸿章的行动和成果使左宗棠思考多日。他在发了一通脾气之后,想到:只是徒恨无用,唯有征战,收复失地,方能收复职权。李鸿章的胃口很大,若是慢慢腾腾,最终恐怕连杭州一带也要归李鸿章所得。

左宗棠加紧出击了,亲自赶到前线,督饬藩司蒋益沣全力收复失地。杭州曾为左宗棠所得,但太平军侍王李世贤大举反扑,又被太平军夺去了。李世贤还攻占了余杭,与杭州成犄角之势,连营四十余里,调集重兵防守,使左宗棠一时对杭州无法形成合围。

左宗棠一心打算,必须切断余杭与杭州的通道,化一线为两点,就像下围棋一样,使之再也做不成两只眼,而成为两粒孤子,方才有望一一攻破。

这天,驻扎在涌金门外的蒋益沣大营里,忽然来了个中年人求见。他自我介绍姓薛,有要紧军情,要亲自面见蒋益沣。守护的把总见这姓薛的中年人长得英俊潇洒,眉宇之前,彻底的一个读书人的模样。因此有了好感,便为他通报。

蒋益沣接见了他。这个姓薛的中年人并无名分,见了蒋益沣却长揖不拜,要求摒人密谈。进入里屋后,这来者道:"我这里有一通公文,先请藩台大人过目!"

蒋益沣接过公文一看,上面盖有"江苏巡抚部堂"的大印,不觉一惊。拆开公文读了才知,此系江苏巡抚李鸿章亲笔写下的文字,说派遣自己的幕僚薛先生面见蒋藩台,要密告一桩攻城事宜。若左大人在杭州,请代为引见。

于是,蒋益沣将姓薛的中年人留在营内,奉如上宾。他自己星夜急驰,赶往杭州南边一个叫做横溪头的地方去见左宗棠,请示机宜。左宗棠一听说李鸿章派员前来,眉头锁成了一团,本想拒绝不见,但又不知李鸿章葫芦里装的是什么药,只得同意一见。

原来,在杭州城里的太平军守将之一听王陈炳文,前不久派他的族兄陈大桂溜出杭州城,想找路子与官军接线,准备献城投降。这本来是一件求之不得的好事。可恼的是,他出城后并不找近在咫尺的左宗棠大军,而是千里迢迢地赶到苏州,去向李鸿章请求受降。

李鸿章自然高兴异常。这非比吴中一带太平军求降,而是自己正欲拓展的浙江首府杭州长毛请降。李鸿章曾听过传言:左宗棠对李鸿章在苏州杀降一事也大骂出口,说李鸿章灭绝了人性。这一回好了:你左宗棠不是善待俘虏吗?怎么在自己鼻子底下的长毛们要舍近求远,来找我李某人议降呢?!

　　但是,高兴归高兴,李鸿章也深知自己鞭长莫及,不可能在这个时候把淮军开到杭州去,抢左宗棠一功,在杭州接受投降。所以,他派出一员幕僚,前往杭州去找蒋益沣。他拿不准左宗棠在不在杭州,所以把公文写给了蒋益沣。

　　左宗棠见了李鸿章公文,只觉得含混其词,要楚军方面"咨商办理"。就是这句话,把左宗棠又一次惹火了。

　　"我不懂李少荃的意思!"左宗棠冷笑着说,"莫非他要到我杭州来当他的江苏巡抚?!"

　　"他要来浙江当巡抚,不是还得在您的节制之下了吗?"蒋益沣弄明情况后,在一旁向左宗棠讨好道。

　　"那倒也是!这李少荃不知他自己是吃几碗干饭的!"左宗棠道。

　　"左大人息怒。李中丞决不会到您的杭州来受降的。他只不过是先一步得了这个消息,好心通报给您罢了。人家长毛是找到他的门上的,如若一推了之,谅也是对大人不负责任吧?我们大人所谓'咨商办理',无非是想知道大人如何来呼应协力而已!"姓薛的中年人气不过,忍不住在一旁给李鸿章辩解道。

　　左宗棠抬起头,看了看来者,这才注意到他出言不凡,不卑不亢。忽然好似想起了什么,问:"敢问尊姓大名?"

　　"在下免尊姓薛,李中丞公文里已说了。我全名叫薛时雨,字慰农……"

　　左宗棠蓦地起身摆手,示意这薛时雨不要说了,由他来接着说。所以,薛时雨的话儿被他打断后,只听他道:"慰农兄,安徽全椒人,诗文俱佳,八股尤其有名。正所谓'时文高手'。您的闱墨风行南北,士子们多用来作为范式,临帖练习。请问,我说得对不对呀?"

　　薛时雨拱手道:"季高大人过奖了。在下只不过是一个不通时务的书生,在李中丞幕中效力。还望大人多多关照。"

　　左宗棠的确久闻这位薛时雨的大名,知道他学识不凡,且颇为能干。他心想:李鸿章果然极有心计,竟想到派这样的人来为自己周旋。由于久仰薛时雨大名的缘故,左宗棠有气也发不起来火了。看在这位尊贵客人的面子上,马上缓和了口气,道:"有劳先生大驾,口语上有不

553

妥之处，还请多多包涵。不过说到杭州城里受降一事，我仍要讲明，彼此征战之事，虽说都是为了朝廷江山大业，无分畛域，但到底还是要有权限管辖之分的。他李中丞越境剿匪是可以的。但如果越省受降，则绝对不可！他的淮军已经入浙，并收复了嘉兴、嘉善、海宁等几座小城。我也不想与他争功，但愿他适可而止，就近负责，不要无限制抵进。除此以外的其他地方，不用他费心了！"

薛时雨回到苏州，把左宗棠要他转告的话，一五一十向李鸿章说了。李鸿章先是一阵大笑，继而转为冷笑，笑得薛时雨都感到害怕。只见他笑了好一会后，突然拍案而起，道："我军入浙后损失大将程学启，险些挫伤了我的信心。因此，我都准备在浙江只守不攻了，那湖州本帅也不要了。既然左宗棠嫌我多管闲事，这便是逼着我要管给他看看：进军湖州！"

现在李鸿章志得意满，岂是左宗棠一两句无力的牢骚所能阻止的？进军湖州的命令飞马送到浙江前线，淮军各路人马立即展开了攻势。

此时的湖州成了太平军各路残部在浙江北部一带的避风港。其辅王、堵王、乐王、佑王等全部聚集于湖州一城，接连构筑工事，加强防守，以待与来犯之敌拼杀。

淮军主要兵力此时已集中在嘉兴一带。在嘉兴通往湖州之间，是乌镇。因乌镇已被黄文金、杨辅清攻得，所以，进攻湖州必先要吃掉乌镇。说来也巧，此次发动进攻乌镇的，全是太平军投降过来的降兵降将。这些人一经成为李鸿章的部将，人人都争功好胜，不敢贪生怕死。结果，仅半天拼杀，乌镇就为淮军所得了。

淮军攻下了乌镇后，还不去直接攻打湖州，而是去进攻湖州西北的长兴县。这长兴县又地处太湖的东南岸，正好可用水师。李鸿章令郭松林、李朝斌率水师从东南发起进攻。淮军水陆兵勇一抵达长兴，先攻下了长兴旁边的夹浦，然后占领了上华桥、跨塘桥。这便把长兴围定了。

淮军在长兴城外兵分三路，扎下营垒，架起大炮。守军刘官芳坚决抵抗，死不投降，竟把初来乍到的各路淮军打得向后退出几里地。

长兴被围，意在湖州。湖州的太平军立即增援长兴，分东南、西北两路夹击长兴外围淮军。太平军援军在鸿桥、跨塘及磨盘山一带与淮军激战,互相对攻三天三夜,都有伤亡,但不分胜负。到了第四天,李鸿章令刘秉璋迅速增援,首先打退了太平军援军,然后攻占了长兴城。襄王刘官芳败走泗安。

李鸿章在苏州城里一边抓抚恤民生、恢复生产、发展商贸,一边指挥着入浙的战争及吴中境内扇形军事行动。他或许太小看这些太平军了:在攻下常州以后,以为他的地盘从此太平了,浙江境内也可一并荡清了。不料太平军反扑浙江,形势依然相当严峻,现在仍需要大刀阔斧。轻兵出师,谅难取胜。于是,他又向浙江增兵两万,令淮军水陆兵勇从乌镇、长兴两地发军,以四万多人马,把一座湖州城围了个水泄不通。

这是李鸿章的又一次人海战术,以绝对优势的兵力压向湖州,太平军吃不消了。黄文金、杨辅清、李远继、赖文鸿、黄文英、谭应芝、黄明厚等分路逃散,大多数进入江西境内。李鸿章攻下了湖州,便等于在浙北站稳了脚跟。他可以稍稍喘一口气:一方面静观左宗棠的作为,一方面要看那曾国荃到底何时才能攻下金陵。

现在的左宗棠以闽浙总督兼署浙江巡抚的职衔统御三万楚军,正想打下杭州。到一八六三年,即同治二年的上半年,左宗棠见李鸿章入浙与之争功,加大攻势,连克浙江各州县,平湖、海盐等地的太平军纷纷投靠左宗棠。尤其是原海宁守将蔡元隆更甚,当了左宗棠部将后,改个名字叫蔡启吉,拼命效力,偷袭桐乡,一路杀人如麻,比正宗的楚军还要凶猛,帮了左宗棠一个大忙。

左宗棠扬扬得意地说:利用叛将是"以坏判坏",他嘲笑李鸿章杀降是沽名钓誉的蠢举。他认为降将还有一个作用,就是瓦解太平军的人心。所以,当李鸿章一通公文,把杭州城里的陈炳文打算投降的想法告诉他时,他是来者不拒,积极议降了。只有余杭城里的汪海洋至死不降。左宗棠想起了李鸿章惯用的"绝招":利用洋人打长毛。他要请法国的常捷军助战。他想,既然李鸿章可以利用戈尔登混合常胜军打了胜仗,两宫太后没有责难他,反加褒奖,我干吗要那么傻?!况且他对朝廷的动态已经摸清了:自从议政王奕訢执政以来,"主和派"早已占了上风,奕訢多次亲自出马与洋人谈判,关系拉得火热。自己如果一味地拒绝洋人,明显捞不到好处,反而会激怒朝廷的。

当然，即便用了常捷军，左宗棠也没有绝对的把握一下子打下杭州和余杭。他对蒋益沣叹道："我怎么就没有李鸿章那个福气？仅苏州一城就有四王、四将同时向他投降献城呢？"他最憷是那个号称拼命三郎的汪海洋。此人管束部下及用兵之道多取法于石达开，历经了无数战斗，有勇有谋。就在前不久，他还击毙了左宗棠的副将余佩玉，参将张明远、刘质彬，都司唐得胜，守备刘宗懿等。这怎能不叫左宗棠发憷？

到四月间，左宗棠把常捷军请来了，果然见了效果：德克碑率常捷军几乎攻陷在杭州城外的大部分营垒，还把城墙炸塌了几丈宽。由此，杭州陷入了重围之中了。

左宗棠正准备发起总攻时，那日，突然一个戈什哈进门来报告："左大人，杭州城里一个巨商求见大人，说是大人的旧友。"说着，递上了一张名刺。

左宗棠接过名刺一看，上面印着："福聚元票号王海阳。"左宗棠记不起这个人了，道："那就叫王先生进来见见吧！"

其实这王海阳就是汪海洋，他此时是一身商贾装束进来了。左宗棠只觉得面熟，但想不起在哪里见过，让了座以后，试探着问："王先生很面善，不知是……"

"左大人真是贵人多忘事呀。当年大人身无分文，心忧天下时，不是我放大人回柳庄的吗？"

左宗棠脸色陡变，他认出此人正是太平军守将汪海洋。于是，马上起身关门，扭头道："你怎敢来此？想必是要投降吧？"

汪海洋道："出了几个软骨头，你当太平军个个都是怕死鬼吗？"

"那么，你想干什么？"

"来看看旧友呀！想当年，大人只身一人去见翼王石达开时，也还是个平民百姓。我那时还不是康王，只是翼王手下的牌刀手。可是，如今你已是红顶子一品大员了。久别重逢，不料在杭州、余杭城下兵戎相见，太残酷一点了吧？！"

左宗棠就怕提起这桩事，因此不能不与他虚与委蛇，道："这是巧合。那时石达开是多么才华横溢呀！可是，他入川之后，面对大渡河的咆哮，铤而走险，最终无计可施，在紫打地那地方，与他的兵勇们一起，化为官军刀枪下的一堆白骨了！"

汪海洋道："他如果不出走,也许不会有那个结果。如果当初左大人你当了我的太平军的军师,你认为太平军如今会怎么样?或许正是兴旺之时呢!"

左宗棠脸上红一阵,白一阵,听这话,又是一惊,矢口否认:"我怎么会当你们什么军师呢?"

"我知道你如今是不敢承认过去曾与我们有过的交往,但那是事实。一个一品大员如果有投靠过太平军的历史,朝廷会给你定什么罪?是大辟,还是凌迟处死?!"

汪海洋果然厉害,左宗棠一阵阵心惊肉跳,又不敢发作,道:"足下是来敲诈我的吧?我实在想不起来,我还会有什么把柄抓在你们手上!"

汪海洋决定抛出王牌,道:"左大人不会如此健忘吧?你写给石达开一幅字,'身无半亩,心忧天下,读破万卷,神交古人'。这十六个字的墨宝,如今在我手上呢!"

左宗棠用颤抖的声音说道:"那不是我写的吧?有我的署名吗?你拿出来看看。"

汪海洋笑道:"你以为我会这么傻吗?我的部下们把这墨宝珍藏着呢,只等我回去。如果今天我回不去了,他们就会就近送给李鸿章,或干脆送到北京去。至于是不是你的署名,你当年落款时署了个'高季左',调过来就是你的名字,明眼人一看就清楚了。"

左宗棠额头上冒着细汗,这幅字倒成了他的心病,但却道:"这十六个字,是我写的,只是感叹身世,又怎么样呢?"

汪海洋又逼近一步,道:"不能这么讲吧?那上面有你亲书的赠翼王的上款,拿出去让人看,你觉得会怎么样呢?"

左宗棠没有退路了,道:"你到底想要什么?"

"我什么都不要,只要你网开一面,把通往德清的路让出来,不准伏击,不准拦劫,让我军安全地撤出杭州和余杭!"

左宗棠大大松了一口气,心想这条件不但不苛刻,反而正中下怀。于是道:"我看可以,只是我要虚张声势地打几下,而且必须机密才行。"

条件谈妥了,汪海洋与左宗棠约定:后天晚上,太平军从杭州、余杭两城撤出,左宗棠让出大道。

杭州、余杭就这样易主了。左宗棠暗暗欢喜,汪海洋、陈炳文等也扬长而去。

浙江境内,太平军已无立足之地,大部分进入江西,一部分进入皖南,还有一部分奔金陵去了。李鸿章对杭州、余杭两城的收复好生纳闷:听说汪海洋、陈炳文等出城时,楚军连枪都没打几下,太平军竟然未留下一具尸体,就突围而去了。他实在搞不清其中有什么奥妙。他左右设想,好像都不可能。想不通,也只好作罢。

浙江事平,李鸿章只有把眼光集中到金陵来了。否则,他庞大的淮军队伍将无所事事,没有作为了。

曾国荃军中流行的瘟疫已经得到制止。但损失却在日益加重,战斗力一天不如一天。洪秀全却以为机会来临,金陵前后被围困已达两年之久,创造历史上各城被包围的最高记录了。在洪秀全看来:你曾国藩也只有这么大本事了,围了两年,攻不下一个金陵!洪秀全由此添了信心。正巧忠王李秀成丢失常州以后,回师天京来了,黄文金、刘官芳等也到了自己身边。洪秀全在天京召集了一个军事会议。参加这次会议的有补王莫仕葵、襄王刘官芳、忠王李秀成、奉王古隆贤、堵王黄文金、首王范汝增、来王陆顺德、干王洪仁玕等。洪秀全提出了一个全面进援天京的计划,决定兵分三路:北路直接进援天京;中路进攻芜湖金柱关,截断曾国藩增援大军;南路进攻宁国,以牵制湘、淮两军,防止李鸿章出兵天京。

洪秀全这三路攻势展开以后,曾国藩心急如焚了。他在心中盘算:若此时总攻金陵,恐怕绝无成功的把握。不仅如此,各地城池由此还有回到长毛手中的可能。这样,朝廷必然会怪罪下来,责任难当。所以,他要了一个小手段,在瘟疫过去以后,又给朝廷上了一份奏折,极言夸大瘟疫流行军中所造成的不利影响,说自己实属无奈,请求圣上再派得力大臣,代替自己扭转被动局面。

朝廷一看曾国藩有辞职的意思,哪敢碰他?马上一道圣旨下来,称:疫症流行全军,非人力可以抗拒;若有城池丢失,不会有所怪罪,只须尽力坚守便可。朝廷为安抚曾国藩,还拨下五万两白银,用于购买药品。

曾国藩这才不急不忙了,一方面令曾国荃暂缓总攻金陵,保存实力,一方面调兵去迎击洪秀全在芜湖和宁国的两路大军。

然而,形势的发展却令曾国藩更为头痛。太平军一路由李秀成统领十三王,向曾国荃大营反攻过来。曾国荃大营多处被毁;堵王、匡王、襄王、奉王联军,一举攻下了宁国府,截断了曾国荃的后路;另一路大军约四万太平军在攻打金陵外围的州县,有一些城池已经失守。

这日,在北京紫禁城里的慈禧太后正在钟粹宫寝殿里卸妆,忽听门外的安德海来问:"主子,您安歇了吗?"

坐更的小太监在门外忙道:"还没有哩,正在卸妆。"

慈禧太后估计安德海这时来到,定有要紧的公事要禀,便在寝殿里道:"小安子呀?有什么事呀?"

安德海匆匆入内跪禀:"回主子,有六百里加急奏报。"

慈禧太后接过黄匣子,一看奏折是从浙江来的,是左宗棠的专折,是报喜,心中顿时如春风拂柳,高兴地说:"杭州、余杭都让左宗棠攻下来了!托祖宗洪福啊。小安子,你快去请东太后,再叫恭王爷也来!"

安德海低着头道:"太后,您要歇息了。浙江那边也不是什么大事,是不是等明天……"

西太后未等安德海说完,就斥道:"不用你多嘴,叫你去叫,你就去叫嘛!"本来,只要叫恭王爷来就行了。可是,现在已是深夜时分,断然不能在半夜单独约见小叔子的。所以,请东太后前来,其实只是个陪衬。

安德海说:"这会儿军机处有值夜班的军机章京,叫他们拿了折子送给六爷看一下就是了。"

"掌嘴!"慈禧太后喝了一声,道,"小安子,你越来越不像样子了!"

安德海只得分头去叫,先叫醒了慈安太后。这东太后以为出了什么大事,慌忙穿衣,带了太监宫女一大阵人到西太后这边来了。一来才知道,原来是件喜事,便松了一口气。

奕䜣也已睡下,被喊起来时,吓了一跳,也以为必是十万火急的大事。因此,来见过两宫太后,嘴上却说:"半夜了,我当是了不得的要紧事呢!"

慈禧道:"怎么啦?叫你过来听听喜讯,是耽误你睡觉了吗?!"

奕䜣笑道:"哪里,哪里!"

慈禧讲了正题:"看来这左宗棠也不是白吃了一碗干饭的。这折子写得不错。只是字写得老娘不太认识,不是横平竖直,而是有些花里胡哨的!"

奕䜣道:"他的字很有名气呢,民间都视之为墨宝,求都求不到的。"

慈安太后在一旁附和,道:"左宗棠的字是有些名气。听说在未出山之前,还在街头卖过字哩!"

西太后说:"如今攻下杭州、余杭了。按惯例,应该给左宗棠一个什么封赏呢?"

奕䜣道:"就按李鸿章打下苏州的成例办吧。赏穿黄马褂,加太子少保衔总行了吗?"

西太后道:"依六爷的主意,这样就不亏待他了吧?"她在问东太后。东太后点点头,道:"就这么曾、左、李三大员,封赏时要留点心的。不能好事没有办好,反而招了其他人不乐意。总之,左宗棠不能高过曾国藩、李鸿章就行了。"

西太后道:"姐姐这样一说,我倒想起来了。曾、左、李三大员都是汉人书生,怎么领兵打仗,反而比那胜保、僧格林沁、和春要强得多呢?这是怎么回事?"

奕䜣道:"我们那些八旗兵自以为天下是他们的,一个个都想当公子哥,抽大烟,玩……"

慈禧知道他想说"玩女人"三个字,手一摆,打断了他的话,道:"既是如此,便应好好整顿了才是。如今让这些汉人们手中都握有重兵了,来保我大清江山,当防着一点才好。万一有一天,让这些领兵的汉人们造起反来,可就要比洪秀全那些土包子们厉害了!"

奕䜣道:"微臣已经想到这一层了。现在是被迫无奈,不得不依靠他们来打长毛。这叫做用汉人打汉人。等待金陵的长毛们都剿灭了,自然是不能让他们再带兵打仗了,要把兵权收过来了。"

西太后点了一下头,道:"金陵什么时候可以收复呀?曾国藩哥儿俩怎么拖了这么长时间了?是有意围而不攻,还是兵力单薄了?"

奕䜣道:"是兵力不足呀。曾国藩一人节制东南四省军务,按理说,他手中有十二万大军可供他直接指挥。若加上李鸿章的七万水陆兵勇,总共有十九万兵力哩。可是,已有四万人掌握在闽浙总督左宗棠手里。可巧左宗棠是一个尖酸刻薄之人,没有曾国藩那么敦厚。曾国藩有意将浙江划出去,不想管左宗棠。所以,这四万楚军便用不上了。还有三万多人拨给江西巡抚沈葆桢管辖了。浙江经常有长毛窜去,又动弹不得。真正属于曾氏兄弟统率的湘军现在只有五万人了。因此,攻打金陵就显得力不从心了。李鸿章的淮军已达七万之众,进入上海以来,大抵已剿灭长毛十万人之多。他现在已拨出一军进入浙江,把湖州已经攻下来了。"

西太后道:"浙江那边有左宗棠,让李鸿章移师金陵,帮曾国藩一把,去把金陵攻下来,也别叫曾氏兄弟占了全功。金陵城再攻不下来,也不像话了吧?"

奕䜣道:"太后圣明!微臣马上拟旨,叫李鸿章移师南京,协助曾国藩一道攻克南京。"

很快,一道圣旨下来了。曾国藩看到了军机处用六百里加急飞递的上谕后,三角眼睛顿时变得呆滞可怕了。他确信这不是李鸿章暗中去争取的。而他又不知在什么环节上出了差错,造成了朝廷下旨,让李鸿章来助攻金陵。如若淮军开到南京,曾国荃没劲了不说,自己几年费尽心机所作的安排就前功尽弃了。他清楚地记得,先帝在世时,曾下过谕令:谁能破了南京,剿灭了长毛,就封谁为王。不论他是八旗人,还是汉人。若能实现这个梦想,这一辈子也算活得有滋有味了。即便到时候封不了王,总要封个什么头衔吧?自己现在已经是节制四省的总督了。再往上封,至少也能得一个协办大学士。这可不是闹着玩的!而现在看起来,要想独占此功,已经不现实了。李鸿章早就想插一手,觊觎金陵城中这盘美味,正愁着找不到借口。这下好了,可以名正言顺地把淮军开到金陵去了!

曾国藩越想心越烦,烦得想骂人。

李鸿章此时却是出乎人们意料的平静。他斜靠在自己的躺椅中,手里捧着一本有插图的书在看。这书是翻译过来的洋书,讲造船的技术,李鸿章看得津津有味。

李鹤章兴冲冲地小跑着进来了,问:"二哥,听说朝廷下旨了,要让我们去攻金陵呀?这果不出二哥所料哩!"

李鸿章仍在毫无反应地看书,没有答话。

　　李鹤章凑上去,推了二哥一把,道:"您在看什么书呀?我讲的话您听见了没有?"

　　李鸿章故意打岔道:"我想在上海、福建沿海一带,开设船务局,办船厂造船。正在研究这方面的资料,你不要捣乱好不好?"

　　"朝廷要我们开赴金陵呢!你现在倒好,反而不急不忙了。将士们都推着我来问问您,什么时候放炮起程呀?"

　　李鸿章放下书本,眯着眼睛望着李鹤章,反问道:"往哪里起程?"

　　"您装什么糊涂嘛!去金陵呀?!"

　　李鸿章很平静,笑道:"金陵不能去,我才不去呢!"

　　李鹤章道:"您在说笑话吧?朝廷下了圣旨,你不去就是抗旨呀!"

　　"抗旨也没有办法啦!我不去金陵,自然可以编出许多理由。再说,淮军征战至今,也的确需要休整一个时期。恩师知我不去,一定会喜在心头。他也会替我向朝廷解释的。你们都放心吧。"李鸿章道。

　　其实李鸿章决定不去金陵与曾国藩兄弟俩争功,主要是怕因此而得罪曾国藩。他已与左宗棠有了明争暗斗的苦恼,不想树敌太多。再说,曾国藩毕竟是两江总督,节制四省,职权在自己之上。争那一点功过来,把曾国藩得罪了,有功也无用了。要想争功,机会有的是,何必非去火中取栗,去分人一杯羹呢?所以,他接了朝廷要他出兵金陵的圣旨之后,立即给曾国藩和曾国荃写了信,让他们放宽心去攻打金陵,必得全功。而淮军另有军务在身,不能前往助战了。

　　这一天,李鸿章正在衙中办公,文巡捕于忠来报:"故人李元度投刺来访!"李鸿章欣喜异常。人在得意时,是最希望旧友来访的。何况与这李元度在南昌一别,从此再未见过,甚至连个书信来往也断了。战乱时间,非官方的书函来往,是非常困难的。李鸿章只是率淮军到了上海以后,才听说李元度也在他家乡平江县募集了几千兵勇,带到浙江去。正在途中,恰值长毛军进入湖南,是一小股散兵。湖南巡抚不知底细,听说李元度组军去浙江,死死地把他留住,请他驻守浏阳。他果然争气,立了几功。湖南抚台大人奏请朝廷恢复了他已被革去的道员一职,还加封了布政使衔。后来,杭州失守,巡抚王有龄殉难。朝廷命左宗棠率军入浙,一路破城邑,请李元度驻守衢州,也立下了大功。因此,朝廷封他为浙江盐运使,署理布政使。李元度由此可算是因祸得福了。李元度不知来苏州何事?李鸿章心中估摸着,吩咐道:"开正门出接,放炮!"

于忠不认识李元度,一听李鸿章如此吩咐,吓得一跳。这么长时间以来,还未见过李抚台对谁有过这个礼遇。于忠犹豫着吞吞吐吐说道:"回大帅,来客穿的是便衣小帽,您看……"

李鸿章也没有料到李元度会如此简装便行,但还是果断地说道:"你只管安排放炮就行了!来客便是浙江藩台李元度大人,与我是老朋友,你管他穿什么衣服呢!"

于忠连连称是,立即去安排了。李鸿章随着三声炮响,亲自出门迎至仪门。见了李元度不觉一惊。只见他人也消瘦了许多,皮肤变黑了许多,胡须满面,神情异常沮丧,看到李鸿章笑哈哈迎了过来,拱手迎出几步,苦笑道:"少荃呀,不敢认我了吧?看我这一副寒酸的样子,像个要饭花子一样,羞于见人了。"

李鸿章作了揖,道:"几年不见,老兄依然是随随便便的性格,甚好,甚好。"

说着,他将李元度引进花厅,请他坐下,又命人上茶。李元度一杯茶还未喝,突然泪流满面,长揖到地,对李鸿章道:"少荃,不瞒您说,我又被革职了,而且还要充军发往新疆军台效力。我这下倒霉大了,简直是生不如死了。唯有您可以救救我,将我拉出苦海。"

李鸿章已预感到事情不妙,将李元度扶到椅子上坐下,道:"老兄不要悲伤,有话慢慢说。只要我能帮上忙的,一定会倾力相助。你放心好了!"

李元度抹了一把泪水,稍稍平静了一点,说:

"我的命不好,处处都遇到落井下石的人。自从南昌一别后,我回乡招募了新勇,先后在湖南浙江一带与长毛军征战,本已是一帆风顺了,也被封赏为浙江藩司了。左宗棠大人升任了闽浙总督以后,有意选我做浙江的巡抚。你看,这不是时来运转了吗?可是,我就万万也没有料到,你那恩师曾国藩,简直是个王八蛋!事情已经过去这么长时间了,忽然又想到向朝廷参劾我一本。他说我自徽州失守以后,本是在湘军大营里听候处理。但是,却没有接受处理而擅自回乡募勇。招

563

募成军后，又私自出省投效。曾国藩听说我在浙江官复原职，后又有升迁，非常恼火，置皇上的旨意于不顾，狠毒地参了我一本。在朝廷的眼中，与他曾国藩大人比较起来，我当然就成了可有可无的小人物了。朝廷不敢得罪曾国藩，便准了他的参劾，说杭州失守，巡抚王公死节，都是我招募了兵勇却又在湖南顿军不进的缘故。军机处不明底细，命左宗棠查实。好一个左宗棠！此时却也同样顺了曾国藩，说了我一大堆坏话。朝廷火了，对我是几罪并罚，下旨不仅要革去我的职务，还要把我遣送新疆伊犁充军。您看这伊犁我能去吗？去了就是送死了。无奈，只好投奔您来。我不求有官有职，只求您能收留我留作差遣。我也知这事会很让您为难，弄不好因此一要得罪朝廷，二要得罪恩师，三要得罪左宗棠。但我实在是没有办法了。若不收留我，我只有死路一条了。"

李鸿章确实犹豫了，收留李元度非同小可，弄不好会再次与恩师闹翻。朝廷他不怕，谅由自己出面求情，问题不大。左宗棠此人，他也不怕，翻了就翻了。唯有曾国藩，于私于公都是不可轻易得罪的。老太太此时就在身边，知道了也不会允许。但李鸿章毕竟还是在心里想为李元度打抱不平的。道：

"你的处境我非常理解。我那恩师的脾气你是知道的。好起来令人感动，坏起来令人害怕。上次祁门决裂，虽然他是大发脾气，但对我还算是手下留情了。不仅没有奏我一本，而且主动写信请我重返师门。不知在你身上，他是怎么了？一而再，再而三地与你过不去，定要置你于难堪而后快！大概就是因为你也太固执，不会随弯就圆，顺着他的心思去干事情。恕我直言，你也有错。徽州失守之事不说了，就说后来回乡募勇，成军以后，也不该去投奔左宗棠呀！你这样做，是成心让他难堪，太伤他的感情了。他当然对你有意见。可气的不应是我恩师，而是那个左宗棠。你募军投靠于他，他应该心怀感激之情，留意保护你才是。不料这家伙才叫真正的落井下石，不念旧谊，反过来为难于你。这便不是大丈夫所为了！"

李元度听了李鸿章的话，见矛头直指左宗棠，也有些道理，便骂道："少荃说得对！其实是左宗棠这个王八蛋更坏。有朝一日，我定然不会放过他的！"

李鸿章见李元度火气已转向了左宗棠,心中暗暗欢喜,道:"上一次我为你打过一次抱不平了,帮人帮到底。这一次我再为你讨一回公道。你看如何呀?"

李元度大喜,起身向李鸿章深深一揖,道:"少荃,若此次你再能为我把此事摆平,我当永生不忘您的大恩大德!"

李鸿章一激动,大吼一声:"来人!"

一个戈什哈闻声跑步来到花厅门口,道:"禀大人,听差的在此,有何吩咐?"

李鸿章仍是大声命道:"快去把陈鼐大人喊来。就说我这里有一位他几年未见的朋友想见他一面!"

戈什哈跑步离去。陈鼐就在巡抚衙门左边。由于陈鼐襄办善后局有功,百姓大都安居乐业了,李鸿章已将他奏保为四品记名道台了。不一会儿,只见陈鼐随戈什哈快步赶来,一进门就向李鸿章作揖道:"抚台兄,来了何方贵客了?"他有深度近视,加之李元度穿戴寒酸,一时没有认出李元度。还是李鸿章用手推了他一把,将陈鼐推到李元度面前,他凑近了一瞧,才认出李元度,惊喜道:"次青大兄,是哪一阵风把你吹来了?如此神出鬼没,轻装简行,要微服私访我的江苏呀?"

李元度苦笑一声,道:"不要拿我一个落难之人穷开心了,好不好?老兄我现在是走投无路了,来向李大人与你讨一碗饭吃的。"

陈鼐一惊:"怎么了?出了什么事了?"

李鸿章向花厅门口挥挥手,令戈什哈退去,然后把李元度的简要情况对陈鼐叙说了一遍。陈鼐听得目瞪口呆,拿眼盯住李元度。李元度道:"帮我一把吧。"语气中充满了乞求之情。陈鼐转过身来,又将目光投向李鸿章,听他怎么说。

李鸿章道:"我想向朝廷递上一份奏折,为次青兄求一个人情。至少不要遣往新疆充军,最好是免于处罚,官复原职,然后留在我淮军中效力。作梅兄,你看此事如何办才好?"

陈鼐道:"您所言甚好,这个奏折看来是要上的。单你一人递上奏折,风险大了一些,而力量也弱了一些。风险大就大在朝廷因是你一人保奏,会怀疑出于私情,即便允准了,也会留下想法。再就是曾大人,以你一人与恩师正面相背,必然会惹恼了他。曾大人会以为你成心跟他作对。依小弟之见,得另走一条道,想别的法子才行。"

李元度急了,恐怕陈鼐这番话动摇了李鸿章的主张,以不安的口气问:"作梅,你说还有哪条道可走呢?怕得罪曾大人,我的事便没救了!"

陈鼐道:"次青不用性急。你不曾是湘军里的宿将吗?在军中,你的同胞故旧很多。不如请李大人出面,分函致江西巡抚沈葆桢、兵部侍郎节制水师的彭雪琴,以及提督鲍超等人,大家一起分别或联名上奏朝廷。这样办起来,分散了曾大人的注意力,朝廷若不舒服,也不会怪罪这么多要员大将。你们说是不是呀?"

"好,好!作梅果然想得周全一些,这样甚为妥帖。那就请作梅代我致函各位,尽可能多地联络一些人,共同为次青兄求求情。我分析朝廷之所以要将次青兄遣派新疆,大抵也是为了顾及我恩师的面子,从本意上并非要如此。这回若得这么多人上奏朝廷,朝廷正好借此转篷,顺水推舟。其结果或许能如我们所愿,免了对次青兄的处罚。"

主意一定,陈鼐去起草并发送信函。李鸿章将李元度安排在拙政园中住下,让他乘机好好休息一下。一连许多天里,李鸿章幕僚中的刘秉璋、钱鼎铭、丁日昌等都看望了李元度,人们陪他游览了苏州各处的名胜古迹。不知不觉,李元度在拙政园中也闲待了一个月时间了。

这日,李鸿章在衙门里接到朝廷发下来的上谕,准允李鸿章等人的请奏,对李元度免予遣戍。李鸿章大喜,派人将李元度喊到他书房,拱手道:"恭喜次青兄,朝廷圣旨下来了!"

李元度接过上谕一看,开怀大笑。然后深深向李鸿章鞠了一躬,道:"我是找对人了,知道只有您才肯救我一命,也只有您才有能力拉我一把。只要不去新疆送死了,我一切也都无所谓了。明日就回平江乡下去,从此老老实实,安度余生了。"

李鸿章不乐意了,一脸生气的样子,道:"次青兄,我费了心思保你免遭遣戍,不是让你从此消沉下去的。你正年富力强,虽然有过一些挫折,但也立过一些战功。依我之见,功与过比较起来,你依然是功大于过。因此,今蒙皇上圣恩,当再谋进取。于公来说,是报效皇恩浩荡;于私,对自己与对朋友,都得有一个交代,要振作!其实从你一来苏州时,我就在为你盘算了。想来想去,还是想荐你去一个地方。"

"什么地方?少荃快说。"

"贵州巡抚张亮基,当初在湖南任巡抚时,想必你是熟悉的?"李鸿章道。

"有过几次交往,总的印象还不错。他很会用人,也非常爱才。"

"这就更好了。如今江南已经平定,可以立功的机会很少。在这里怕耽误了你的前程。要尽快找到立功机会,只有去张中丞那里了。如今贵州的苗民作乱,已经闹得很凶了。张中丞急得焦头烂额,几次来信,请我给他推荐几个可以带兵的能人。我看你不如就到贵州去吧。到那儿一起帮了张中丞的大忙,若能平定了苗匪,你便可以大功告成了。到那时,张中丞定会保奏你官复原职。我再从中推你一把,东山再起,指日可待哩!"

李元度一听就高兴起来了,道:"既是少荃您救了我一命,对您的任何安排,我都是恭敬不如从命的!"

李鸿章亲笔给张亮基写了信,给李元度看了一遍。李元度道:"有您这封信,张中丞就非收下我不可了。我真不知如何才能感激您呀!"

二人正在说话,忽然圣旨到了。这圣旨是五月八日缮发的,写得很长。李鸿章注意读了最紧要的一段,道:

"李鸿章所部兵勇攻城夺隘,所向有功,炮队尤为得力。现在苏南底定,而金陵久攻不下,李鸿章岂能坐视?着即迅调劲旅数千及得力炮队前赴金陵,会合曾国荃相机进取,速奏朕功。李鸿章如能亲督各军,与曾国荃会商机宜,剿办尤易得力……"

李鸿章刚刚平定的心情又一次掀起了波澜。他早已放弃了助攻金陵的计划。不料朝廷紧抓不放,连连下旨,李鸿章陷入两难之间。李元度得知李鸿章的难处,也认为若是遵旨出兵,必然会惹恼了曾国藩兄弟俩。

李鸿章取出曾国藩写给自己的一封信函,递给李元度,道:"你看看吧,这金陵我还能去吗?!"只见信上写道:

"舍弟所部诸将,素知阁下与贱兄弟知交多年,无不欣望大旆之西来。而所疑畏者亦有两端:一则东军富而西军贫,恐相形之下,士气消沮;一则东军屡立奇功,意气较盛,恐平时致生诟谇,城下之日或争财物。请阁下与舍沅弟将此两层预为调停,如放饷之期能两军普律匀放,更可翕和无间……"

李元度看完曾国藩亲笔书信，忍不住哈哈大笑起来："这曾涤公真是名不虚传，我们都是个直肠子的汉子，怎能斗得过您恩师的心计。他只字不提你不能去，粗看起来好像还欢迎您去金陵呢！但却又提出一大堆您不能去的理由，说您的'东军富'而曾老九的'西军贫'，拿兵饷来给您出一道难题。我在这里住了一个月了，对淮军情况已略知一二。淮军现在关饷只能达到七成半，自顾不暇。而曾国荃五万人马，还有鲍超之军，彭玉麟之军都在金陵附近。曾国藩却要您把这些军饷都包下来，平均发放，这不是有意为难您吗？他要以此把您吓住，不让您去金陵。"

"正是，正是。"李鸿章叹了一口气，道，"这信讲得还拐弯抹角的。以前的来信讲得更露骨，说我去了金陵之后，会影响湘军的情绪。因为他们已为总攻金陵付出了沉重的代价，毕竟达两年时间了。你淮军这一会才去，不是吃一碗现成饭，又是什么呢？"

李元度道："少荃，那么您怎么办呢？现在朝廷又来了圣旨，且上面说得意切，如何应付呢？"

"无法应付，不去是唯一的应付。为了满足恩师要独得其功的心愿，为了维护湘军的威名，为了湘淮两军不至于在攻陷金陵后为争夺财物伤了和气，也为了我母亲的嘱咐，无论朝廷怎么下诏，我也断然不能去围攻金陵了。"

李元度道："令堂大人也反对您去金陵？"

李鸿章狠狠点了一下头，道："是的！"

"如此金陵就更不能去了。令堂大人的话也好比圣旨呀。但朝廷方面，您总要给一个圆满的解释才好。"李元度说。

"这个朝廷比恩师好糊弄多了。向来是下面糊上面，越糊越会糊，且一糊就见效。山高皇帝远，朝廷能知道多少。国荃军中流行了瘟疫，其实不过死两千多人，那会儿疫症都过去了，我恩师一封奏折，不仅骗得朝廷信以为真，以为由此元气大伤了，还拨下了许多银子给他。丢了那么多城也不追究责任了。因此，我要想不去金陵，随便就能编出几条理由，而且不容两宫太后不信。不过，这一次我必须让朝廷感觉到，我李鸿章不去金陵，尽管有千万条理由，其实关键处只有一点，我是在让功，不想与曾氏兄弟抢功。我更不是抗旨不遵，而是为了不伤和气，才不得已而为之的!"

李鸿章当即喊来了刘秉璋,请他给朝廷代拟奏折。就说因南方天气日渐炎热,淮军将士长期作战辛苦,急需休整。而且,长毛对淮军已收复的城池还在不断进行骚扰,故,暂不能开赴金陵。并且,还要给朝廷暗示:曾氏兄弟有把握拿下金陵,这时好像也不需要增援。他们兄弟已多次给淮军来函,说:金陵所缺少的,不是兵勇,而是军饷。这样一写,朝廷就知道我们淮军不去金陵的真正原因所在了。

刘秉璋遵命去办奏折的事了。写好以后,给李鸿章过目。李鸿章略作修改,派飞马送往京城去了。淮军这边,明知金陵周围正在炮火连天地激战,仍然按兵不动。

这日,张亮基从贵州来信了,感谢李鸿章为他推荐了李元度,他请李元度速去贵州。他还随信寄来了委札,李鸿章为李元度制办了五品顶戴的官服,送了两千两银子作为初上任的开销。

李元度次日起程,李鸿章派了十名亲兵护送,又在拙政园中大摆宴席为之饯行。李元度在宝带桥与李鸿章挥手告别时,几次勒马回头,热泪盈眶,发誓如有来日,一定要报答李鸿章仗义为友的恩情。

送走了李元度回衙门的路上,刘秉璋、陈鼐等与李鸿章并辔联鞍而行。陈鼐道:"少荃大兄,您这次等于是救了一条性命。淮军里的将士们由此对您夸赞不已呀!"

李鸿章笑道:"古人云:'杀人以自生,亡人以自存,君子不为也!'又曰:'与人以实,虽疏必密;与人以虚,虽戚必疏。'千差万差,来人不差。次青与我等旧谊在前,落难之时,应该设法帮人一把。我不求酬报,只求有一个交情。我们都应该这样去做人才是。"

陈鼐、刘秉璋等都点头称是。刘秉璋道:"想来我自己当初还为没有机会独当一面而对您心存不快,现在后悔不已呀!如此看来,能与您携手共事,是人生之大幸哩!如今淮军里人才济济,造船、造炮、纺织等都搞得轰轰烈烈了。这个景象喜人,与您的为人有着直接的关系。"

李鸿章听了这话,心头欢喜,道:"曹植的《怨歌行》中有两句话,叫做'今日乐相乐,别后莫相忘'。杜甫亦说:'行色秋将晚,交情老更亲。'我们都已交往多年,友谊当是重中之重的东西。此次我不去金陵,为的依然是那份恩师曾给我的情谊。视其所好,可以知其人焉。我这样做了,也是一种酬报。如果大家都知道知恩图报了,感情也就好了,劲头也就足了。合在一起做事,没有做不好的。"

李鸿章回到衙门里,上上下下都在议论出师金陵的事情。丁日昌、郭嵩焘、陆彤等人也都等在抚衙门口,迎着大帅李鸿章,七嘴八舌地仍来劝说李鸿章开赴金陵。郭嵩焘说:"大帅呀,长毛只剩下这么一块堡垒了。既然朝廷三番五次地令我军会攻金陵,机会难得呀!有道是:无毒不丈夫,何必太在乎他人呢?若这次机会错过了,将永无来日了!"

李鸿章把眼一瞪,道:"尔等欲陷我于不义乎?是不是非让我落个与恩师争功的骂名你们才舒服?"

顿了一顿,李鸿章缓和了一下口气,道:"兵是要发的,不过,既开拔金陵,又不得攻城,当选择好时机。必须待曾老九准备好总攻。我是不早不晚,人未到金陵,城就被他攻破了,才为最佳。这一番良苦用心,你们谁能知道啊!"

李鸿章主意一定,就开始着手准备了。

曾氏兄弟这边,明显在加快了行动。曾国藩自从围攻金陵以来,一直是在忧思焦虑之中过来的。他苍老多了。原来满月般的脸盘消瘦了,颧骨高高地突出,自鼻孔以下尽是疏密不等的胡须,完全看不见嘴。人们不知他如此浓密的胡须盖住了一张嘴,如何用膳?

一对三角眼,是曾氏兄弟俩共同的特征。但从眼神上看,曾国藩已是浑浊无光了。近来他常患眼疾。或许还由于岁数大了,以至于眼角里常夹着一团眼屎。自从曾国荃开赴金陵后,他每天都在担心,怕洪秀全、李秀成突然摧毁曾国荃大营,怕军中有人哗变,胞弟遭到暗算,怕军械、粮饷不济,后来又怕李鸿章的淮军来金陵与之争功。这些担忧时常令他寝食不安,心惊肉跳,以致视力一天天下降,看什么东西都变得模糊起来。

最让他伤脑筋的是朝廷令李鸿章派兵会攻金陵一事,他不知李鸿章会怎么处理。他虽估计李鸿章会顾及情面,顿兵不动的,但朝廷接连下达圣旨令他吃惊不小。面对朝廷的压力,李鸿章能抗得住吗?即便能抗住,自己也脱不了干系。身为两江总督,朝廷既有圣旨,自己也当出面催促李鸿章发兵。否则,同样难逃抗旨之嫌。

正在忧思之中，幕僚程桓生笑嘻嘻地拿了一封书信进了签押房。
"大帅，少荃来信了。"

曾国藩一惊：莫不是函告他已经出兵了吧？如是这样，那就糟了。他以不安的心情接过来信，并不拆封，在手中掂了掂，又递给程桓生，道："你念给我听听吧！"

程桓生取出信笺，读道：

顷奉寄谕，饬派敝军协剿金陵。鄙意以我公两载辛劳，一篑未竟，不敢近禁脔而窥卧榻。况入沪以来，幸得肃清吴境，冒犯越疆，怨忌丛集，何可轻言远略？常州克复，附片借病回苏，及奏报丹阳克复，折尾声明金陵不日可克，弦外之音，当入清听。

程桓生又读了李鸿章随信附来的奏折抄件，曾国藩认真听着，还特地让程桓生重读一遍。曾国藩脸上露出了笑容，闭目养神似的斜靠在太师椅上。过了好一会，他才坐正了身子，对程桓生道："这个李少荃呀，朝廷既接连下了圣旨，叫你去协剿金陵，你就分拨一支大军去嘛，何必再三谦辞呢？"

程桓生道："少荃这回是顶住了。只怕朝廷还有圣旨下来，催他前往。"

"那就无用了。再过一些日子，金陵就要归我了，用不着他李少荃了！"

程桓生道："如此就好，不知近日曾九帅是否可以总攻了？如能尽快收复了金陵，朝廷就是一天下三道圣旨，也没有用了。"

曾国藩蛮有把握地说："我已经安排了，就静候佳音吧！"

程桓生突然像想起了什么事似的，问："大帅，您听说李元度邀旨特赦，免予遣戍新疆了吗？"

令程桓生大吃一惊的是，曾国藩闻此欣喜异常，道："真有此事，那就太好了，也算了却了我一桩心病。"

桓生道："大帅，次青不正是您参倒的吗？"

曾国藩笑道："那是前面的事了。当时我还在气头上，处理的方法简单了。次青不听我的话,也不能全怪他。我两次上奏朝廷弹劾他,第一次还算能讲得过去,第二就是太过分了。难怪有那么多人为他打抱不平,事后我也非常后悔。其实我也是被朝廷中那些无事生非的御史们利用了,让他们乘机在次青身上使坏,遣戍边疆就等于让他去送死。朝廷对他的圣旨下来后,我获悉也是大吃一惊的,心中不但没有一点高兴,反而直骂自己。要不是不能出尔反尔,我也会请奏朝廷,免他遣戍的。现在好了,等于是少荃他们替我挽回了过失,让我内疚的心情轻松下来了。我不会责怪少荃他们的。他们做得对。我还要感谢他们呢!"

曾国藩把憔悴的脸深深埋在双手之间。这双指挥着千军万马的手此刻被他当做了一块遮羞布,从他指缝间流出的是一位饱经风霜的老人的良知。

李鸿章没有想到,尽管他的奏折写得漂亮,但实质只有一个:不愿会攻金陵。仅这一点,就足以让大权在握的奕䜣非常恼火了。他在紫禁城里气得直跺脚,就差点儿要骂李鸿章狗胆包天,敢于抗旨了。奕䜣急不可耐,还有一个直接原因是:西太后想修圆明园,但暂时又说不出口。朝廷中没钱,慈禧想到了李鸿章:他攻下一个苏州城,满不在乎地向朝廷献上了白银六十万两。如今若能把金陵攻下来,见到的说不定就是一座金山银山。慈禧太后对攻下金陵以后的收获寄予极大希望。原本没有想到的事情,她却从李鸿章攻陷苏州以后受到了启发。要重修圆明园,得向金陵去要。洪秀全盘踞金陵十年出头了,所掳的金银财宝不能当饭吃,不都藏在金陵吗?所以,她三番五次地催议政王奕䜣,要下旨叫曾氏兄弟赶快拿下金陵。同时,她又不想让曾氏兄弟独霸此功,要李鸿章协攻金陵,曾氏兄弟也就不敢明目张胆地独吞这座金山银山了。

出于这个原因,朝廷才三番五次地下旨,令李鸿章即刻出发。

其实,重修圆明园的馊主意不仅出自内务府,更与安德海有着直接的关系。讨好主子,是安德海最拿手的本事。他说:"天下就要太平了,主子操了这么几年心,皇上也应该孝顺孝顺太后,尽快把圆明园修起来才是。"

慈禧觉得这话很动听,虽不开口,头儿却直点了。但,钱呢?安德海说:"钱好办,可以不动库银,就能把园子修起来,让主子有一个散散心、解解闷的地方。"

"有这样的好事？怎么修呀？"慈禧道。

安德海回道："禀主子，当然是按原样修。圆明园四十景，洞天福地，一景也不能少。要修好它，非要让火烧圆明园的洋人们看看，圆明园会越烧越好的！"

就是安德海这两句狂言，正合了慈禧争强好胜的性格。她暗暗下定了决心，把筹钱的希望放在攻克金陵这件事上。不管能得到多少，先动工了再说。

这是慈禧藏在心中的一个希望，就连议政王奕䜣也摸不出头绪，只知她在催促快拿下金陵。奕䜣万没想到李鸿章会拒绝出兵。

户部尚书宝鋆对奕䜣道："金陵城中藏有贼寇历年掳掠积蓄，一定是金银似山，珠宝似海。洪秀全官库中所存银子总有亿万两吧？即使这几年连连被攻，掳掠减少，总不至于是个小数字。如今户部入不敷出，穷得左支右绌，度日如年，就指望曾、李二人能合取金陵，充实一下库银。这李鸿章是太不知朝廷艰难了，竟然不肯出兵。应该立即下旨，申斥他一下才好！"

工部尚书文祥此时正捧着李鸿章的奏折在看。他反复看了几遍后，笑道："依我看来，此事怪不得李鸿章呢。他这道奏折不是抗旨不遵，而是要让功。他是怕夺了湘军的功劳，惹恼了曾氏兄弟。你们再想想：李鸿章目前还受曾国藩节制，若曾国藩有意让李鸿章出兵，早该出面讲话了。但曾国藩讲了什么呢？什么'缺饷不缺兵'，意思就是不让派军前往。所以，李鸿章有难处。要说抗旨的话，不是李鸿章，而是曾国藩。"

奕䜣听了文祥的分析，一想也是。他恼得直叹气，道："不料这曾国藩从中作梗。朝廷的话尽让他们当了耳旁风了。李鸿章在看着曾国藩的眼色行事，可见曾国藩是多么威风！"

兵部侍郎曹毓英在一旁劝道：

"如此也不奇怪了。那李鸿章是曾国藩的门生，上一辈与曾国藩就有交道。这些年，李鸿章也是靠曾国藩一手提携起来的。人之常情，为难李鸿章是没有用的。抓蛇要抓头，要找就找曾国藩。因此，可以马上严旨命令曾国藩，让他催促淮军协攻金陵。这样，曾国藩就无法躲在

573

后面了。李鸿章呢？也正好可以顺风推舟,去金陵大干一下了。"

奕䜣又叹了一口气,道:"原来,绕来绕去,都绕到曾国藩头上去了。曾国藩不动声色,竟然全盘不动。这样下去,朝廷该如何是好呀？"

文祥笑道:"议政王也不必忧心忡忡。曾国藩呼风唤雨的时代快结束了。您想,若此次攻下金陵,东南半壁江山就算万事大吉了。既是万事大吉,那湘军,那楚军,那淮军连同他们的大帅一起,也就无所作为了。既无所作为,他还能呼风唤雨吗？到时候不是朝廷拿他们没有办法,而是他们要拿朝廷没有办法了。"

奕䜣觉得文祥这段话分析得很有道理,马上露出了笑容,大手一挥,道:"立即发一道上谕给曾国藩,叫他催促李鸿章出兵。此事也不必向东、西两头请旨了！"

已是一八六四年的六月中旬了。整个东南大地上赤日炎炎,骄阳似火。这样大热的天气把人们都赶到了绿荫下、小河边,或干脆躲进屋里,找个凉快。刚刚从战乱中渐渐恢复了一点元气的苏州城在这样的季节里,仍是一派宁静和秀气。江苏巡抚衙门今日正值辕期,辕门外早已停满了骡车、小轿和各色骡马。这些把辕门两旁堵得严严实实,过路的百姓围在两边看热闹,更是找不到一处可以下脚的道儿。

就在人群里,忽然挤出一个人来。四十多岁的年纪,穿一身白夏布的短衫,手持一把折扇,带了一名随从,大摇大摆地走到辕门中间。那人朝辕门内外扫了几眼,嘴里不住地说:"李少荃好大的势子,如今阔气了。"

随从道:"程师爷,今儿我们来得不巧,正找着了李大人没空的时候来了。瞧这阵势,恐怕是衙门里在办什么大事吧？"

那人扬扬得意地道:"没事的,李少荃就是再忙,也要召我们一见的！"说完,他高举起帖子,登上台阶,大呼道:"门上接帖呀,两江总督衙门程师爷拜会抚台李大人！"

门上差人只听到了什么师爷的,并未在意来自何方,向他们瞟了一眼,挥手道:"你们先去找客栈住下吧,明日再来。今天我们家抚台大人没空约见哩！"

随从急了,没用细想就口出狂言,道:"不就是一个抚台吗？他还是我们大帅的门生哩,有什么了不起?！快接了帖子替我们程师爷通报去!"

门上差人一听这话不乐意了:"你是哪方来的土包子,竟敢不把我们抚台大人放在眼里。若是这样不懂规矩,有多远给我滚多远吧!"

随从见这门役口出脏话了,也不示弱,骂道:"他奶奶的,不知最终是你滚,还是我们滚?你可晓得我们两江总督曾大帅吗?我们是受两江总督差遣而来,你敢不接我们的帖子吗?"

程师爷发话了,对随从斥道:"休要不恭不敬了!这里是江苏巡抚衙门,抚台大人与我们大帅的关系可是非比一般,小心被赶出门去!"

随从低下了头,不说话了。正在这时,号房里的总管刘斗斋走了出来,主动上前,从程师爷手中接过帖子,见上面写的是:"侍愚弟程桓生",马上一脸笑容地赔着不是,将程桓生及随从领到院子里来了。刘斗斋对程桓生说:"程师爷在前厅里稍候片刻,等我家大人送走了客人,我马上为您投帖。"

程桓生和随从在司道厅里坐下来。有人送上来茶水,他们边喝茶边等。过了好长一会,才见一大群红顶蓝顶的官员陆续出了左辕门,各自起轿或坐车散去。

刘斗斋赶紧将程桓生的帖子递进内门房,文巡捕禀过了李鸿章,方才出来传见。程桓生原以为李鸿章见了帖子会立即出迎的,不料是被文巡捕传见,感到不是滋味,方才知道当初同僚知交,如今已是抚台大人了。一切都得按官场上的规矩办,没有什么例外的。

程桓生闷闷不乐地跟着文巡捕去见李鸿章。还没有到花厅门口时,就听见高嗓门在喊:"尚斋兄,一别两载,有失远迎啦!"

原来,李鸿章接了帖子,一见是恩师曾国藩派来的,知道必有大事相商。来者又是多年知交程桓生,便起身迎出门外。

程桓生见李鸿章迎了出来,心头由冷变热,笑道:"少荃兄,不,李大人。你好阔气呀!抚台衙门侯门如海,倒比你恩师曾大人的门前还热闹哩!我在门外徘徊良久,不得入门。幸而故人豪情如旧,还认得我这个当年的幕僚知交。否则,恐怕只能扫兴而归了。"

李鸿章并未在意,也未多想,上前一把挽住程桓生的一只手说:"哎呀,我真是想你们呢。如今虽然公务繁忙,但老朋友来了,我打心眼里欢喜不尽。少荃怎能忘记在建昌、在祁门时,老兄你对我的层层关

575

照呢?"

随从由文巡捕安排到别处去了。李鸿章把程桓生引进了花厅里坐下,又命人去泡茶。

李鸿章道:"尚斋,你今儿说句实话,我恩师对我有何议论?"

程桓生道:"他对你能有什么?若是有,那就是让我们都为之眼馋的。一个劲夸你不说,大事小事都想着你,把你放在头等的位置。当然,自然不能与国荃比了。在我们这些门生、幕僚们中间,什么好处都少不了你。上个月,你给朝廷上奏,推辞会攻金陵,你恩师尤为赞赏,说你注重情谊。他还亲自写信告诉沅甫,说:'少荃深知弟之千辛万苦,不欲分此垂成之功,其意可敬可佩。'瞧,他对你的一点点举动,都牢记在心上了。"

李鸿章笑了,笑得很开心。自己一番心计,求的就是他曾国藩由衷的赞誉。说到这里,李鸿章才突然问:"尚斋,你此来何事?一定是我恩师派你来的吧?"

程桓生道:"你若不问,我差点把大事忘了。你猜得不错,是曾大人遣我来面见你,有要事相商。不过,这件事我不说,你恐怕是猜不到的!"

李鸿章笑道:"无非是为曾国荃的大军筹饷。别的还会有什么呢?"

程桓生摇摇头,道:"少荃猜错了。我是奉你恩师之命,请你出兵会攻金陵的。非这等大事,曾大人会派我专门来苏州吗?"

李鸿章的确出乎意料之外,他一愣神,半响没有说话。就好像是猛喘了一口气以后,他才道:"我恩师不是不想让我去金陵吗?"

"他这会不仅请你去,而且要请你的开花炮队先行一步,尽快赶到金陵城下,助曾国荃一臂之力。"程桓生郑重地说道。

李鸿章问:"是不是朝廷又给我恩师下旨了?是朝廷要他催我出师金陵?"

程桓生点点头,道:"是的,朝廷严诏曾大人,一点情面都不讲,言辞坚决。"说着,程桓生取出曾国藩写给李鸿章的亲笔书札,递给李鸿章,又道:"你恩师接了朝廷的上谕,在签押房来回踱步许久,一言不发,痛苦极了。我看他走来走去,都感到心里不好受。他过了老半天才转身对我说:'尚斋呀,军机处里有的是能人呀!他们终于转过脑筋来了,知道是我催兵不力,这会儿才严诏下来,把我逼到墙角处,无法躲避了。你马上去苏州,代我向少荃催兵吧。这回不催是不行的。如果单是写信,少荃不知其中缘故,依然谦让下去,还是按兵不动,那我就麻烦了。弄不好,要大祸临头的。道光、咸丰两代先帝我都不怕,却不知两宫太后的厉害……'我问他:'大帅,你叫少荃开赴金陵,沅甫那边怎么说呢?'他答道:'顾不了那么多了,不管他想通想不通,这是朝廷的严诏,不容有丝毫违抗。我已命沅甫做好会攻的准备,等少荃开拔金陵时,我也会亲自从安庆到金陵去,现场调度,以防沅甫火躁脾气上来,对少荃不恭不敬。'大帅想得非常周到。总之,要你赶快出师,否则在朝廷面前,就都不好看了。"

李鸿章突然大笑起来,道:"没有什么。你尽管放心回去,向我恩师复命便是。不过,尚斋呀,尽管如此,我仍然自有我的主张。到时候不会让沅甫感到有丝毫不便的。"

程桓生一惊,道:"少荃,你这是什么意思?难道仍然抗旨不遵吗?"

李鸿章笑道:"我虽然准备出兵,但暂不靠近金陵。等沅甫打下金陵了,我才把队伍拉上去。这样,既是遵命出兵了,又不至于抢了沅甫的大功。因此,你回去只对我恩师说:淮军将士早已摩拳擦掌,准备开赴金陵了。现在是六月中旬,我要有几天调兵遣将的时间,然后还要备足粮草弹药,还要筹集军饷,还要稍微编练一下队伍。最快也要到下月初,才能起程到金陵去。大部队开拔,速度不会快。你叫沅甫他们该怎么打,就怎么打。最好在我军仍在半途中时,就一举攻下了金陵,那便皆大欢喜了。金陵一下,朝廷便也不会追究我速度快慢了。你看怎么样?"

程桓生道:"少荃,你真够意思。我代表沅甫先向你道谢了。"

李鸿章笑了,心想:尚斋回安庆,还能不把我的话和盘托出吗?恩师他知道我的一计,会更加感动不已的。他又笑了。

程桓生回安庆以后,李鸿章又拖延了几天,这才去传潘鼎新、刘铭传、周盛波三路大军做好准备,出师金陵。出发前,李鸿章在队列之前慷慨陈词,要众将士严守纪律,听从指挥,英勇作战。

他自己心中却异常轻松。

第十七章　天京死战

　　其实自一八六三年,即同治二年的冬天开始,洪秀全的天京城就开始面临一种弹尽粮绝的危机了。这年冬天是出奇的寒冷,一场雪接着一场雪下个不停。城里城外的道路都泥泞不堪。洪秀全、李秀成等太平军将领的心情也像那彤云密布的坏天气一样,窒息、压抑,甚至是绝望。李秀成在百般拼杀之后,终于还是不可逆转地丢弃了他在苏南的最后一个城池常州。他找到了弟弟李世贤,作了一番商议,还是决定回天京了。

　　李秀成明知此去必无建树,且凶多吉少,怎么也不能挽救天京的危局了。但"万古忠义"的诰封仍然在左右着这位忠义之王。回到洪秀全身边去帮他一把,成了他此时的唯一选择。李秀成的到来,也曾给洪秀全带来一线希望。洪秀全兵分三路,除留李秀成大军在天京周围征战外,其余便进入皖南、江西等地牵制湘军,截断外援,抢运粮草弹药。无奈这一切都成了泡影。到一八六四年六月,即同治三年五月,太平军两路征粮之军都兵败千里之外。

　　洪秀全当然不会没有吃的。他鼓励城中军民与饥饿抗争,自己竟然带头吃起"甜露"来。他说这是上帝天父的昭示。所谓"甜露",就是那种连房檐上都生长的菊花脑,平时连牲畜都不吃的。洪秀全吃了几天菊花脑后生病了。他的医生李俊良告诉他:这是吃甜露得的病。洪秀全不认为如此,他不仅拒绝吃药,仍然带病食用甜露。为的是让全城人都吃起来。唯有如此,才不至于马上被饿死。

　　苏州、常州、湖州一带失守,他身边的人只字未提。洪秀全一直蒙在鼓里。只有在李秀成回天京后,率十三王的兵力在天京周围与曾国荃激战四十六天,无功告退以后,他才从李秀成嘴里听出了一点话音。但他却没有勇气去追问,病情格外加重了。

　　这天,李俊良又来为洪秀全诊脉,知是病危了,仍替他虚开了一个方子交给了洪宣娇。妹妹洪宣娇日夜守候在病床前,洪秀全咳嗽了几声后,又吐了几口血痰。他上气不接下气地说:"朕昨夜又梦见天父了,天父说要召朕升天去奏告太平天国大事。这恐怕不是好兆头,是不是朕的阳寿到了,要归天了?"

洪宣娇含泪劝着他,但怎么劝也都是空话。

这天,李秀成来到了天王府。洪秀全听报,出奇地来了精神。他要宫女们为他穿上了袍服,搀在龙椅上坐下。李秀成照例山呼了"万岁",坐在了他的身旁。

李秀成说:"苏、常、湖三城失守后,听说李鸿章的淮军也要开到天京来了。现在天京外围已是人山人海,水陆交通尽在妖军手中,天京已无法坚守了。"李秀成此来,是想劝洪秀全放弃天京,赶快突围。于是开口便讲了实情。

洪秀全得知危急的局势反而异常镇静,说:"妖军不是围困我两年了吗?你们天天都说无法坚守了,我们不是至今还在天京城里吗?"

李秀成道:"这次与以往不同了。城内基本上已弹尽粮绝,偶尔偷运一点进来,不够一天的消耗,确实危急了。"

洪秀全道:"朕不希望有人长妖军的志气,而灭我们自己的威风!"

李秀成听这话不乐意了,但还是压住性子道:"天王,现在不是长谁的志气,灭谁的威风问题。而是现实无情地摆在我们面前,粮道已断。如再坚守下去,只有全城军民坐以待毙了!"

洪秀全鼓起了一双眼睛,道:"依你的意思,是不是叫朕放弃天京?!"

李秀全反问道:"从天京突围,或许还可以另辟一块新天地。待我们恢复了元气,还可以再打回来。一座武昌城不是三攻两占了吗?"

洪秀全道:"天京不同于任何地方。这是朕建都立鼎的地方,都快十一年了。朕就住在这里,哪儿也不去了!"

洪秀全态度坚决,李秀成则执意相劝,耐心解释突围以后的打算。无奈洪秀全一句也听不进去,表示死都要死在天京。

李秀成被迫跪在了洪秀全的面前,道:"求天王看在天朝生死存亡的分上,准奏放弃天京吧!"

洪秀全冷笑道:"笑话!天朝是朕的天朝,难道朕却不关心天朝的生死存亡了?! 都是你们这些无用的臣子们,才使得朕的天朝大业落到今天这个地步。若是东王、英王他们还活着,朕岂有今日之忧?!"

这话说得太重,李秀成一心恼火,但仍然跪在地上应道:"天王所言极是,臣弟们无能了。但当务之急是应赶快突围,否则就来不及了。"

洪秀全气呼呼地令宫女们将他搀到了床上躺下。李秀成清楚:他一上床便是逐客令了,只得告退。洪秀全冲着李秀成的背影喊道:"你要走,你一个人走吧!"

李秀成就当做没有听见,大步跨出天王府后,泪流满面。依着他的个性,他是会毫不犹豫地突围而去的。但这一次他却不能。一则手中只有一万残兵败将了,若出了天京,仍然会让自己的老对头李鸿章盯上的。李鸿章成了他的掘墓人了,一想到这个人,他恨过以后,不免又有些胆战心寒。二则此时突围,天京就破了。因自己突围而破,必是永留骂名了。那样便正是应了洪秀全"忠王不忠"的话。他实在进退两难了。回到自己的官邸,部将们都来打探结果,问他该怎么办?李秀成再次落泪不止,道:"没有法子呀,只能在这里坐以待毙了。亡国之日,就在眼前。我只能眼看玉石俱焚,也算为太平天国尽忠了!"

李秀成离开天王府后,洪秀全越想越不对劲。几年来,他最好生疑,对洪氏家族以外的将领们概不能信任。于是,他把两个无能的哥哥召来了,还叫了放牛出身、专门为他管衣被、伙食的恤王、堂兄洪仁政。另外有女婿钟万信,胞妹洪宣娇及一大堆洪家的子女们。

望着这些人都坐下了,他道:"你们随朕闯天下,早的已有十多年了。朕是你们的依靠,你们也是朕的嫡亲。外姓人用不得,这李秀成回天京后也不可依靠了。朕先后已封赏了两千多王,如今还有几个王可用呢?从今日起,京中军政大事都一概交由仁达兄提理,宣娇扶他一把。要防止李秀成叛变投敌,把所有城门要隘上的将领都换成我洪家的人。老少齐上,把住关门,出了事拿仁达兄是问。"

洪仁达领命后,道:"都换成洪家的人自然是当务之急。但李秀成如果强行打开城门,率兵逃走怎么办?"

洪秀全坚决地表示:可以立即前来禀报,把他干掉。

天京城里的饥荒已经惨不忍睹。随处都可以看见饿死的饥民。

李秀成走上街头,顿时围上来一大群饥民,喊:"忠王啊,我们快饿死啦,救救我们吧!"李秀成把自己府中仅有的一点粮食拿出来,熬成稀粥,分发给饥民们喝了。谁知次日,门前涌来几千人,都到忠王府讨粥喝。他哪里还有粥呢?一急之下,直奔天王府而来。

洪秀全听说李秀成再闯天王府,把手一摇:不见!但李秀成还是闯了进来。

二人自然又是没有好言语了。李秀成道:"天京城已经臭气熏天了,到处是饿死的饥民,到处是卖儿卖女的百姓。请天王放他们一条生路,让他们出城,各自逃命吧。"

洪秀全冷冷地道:"你可以收买人心,你放他们走好了!"

"各个城门都已换上了洪姓的人,我如何能放?"李秀成委屈得要哭了,但还是请求放人。

洪秀全道:"我军在城中不是同样饥饿吗?你的意思是不是连城中将士一块儿放出去呀?"

李秀成道:"城中将士,您不肯放就算了。但百姓无罪,为什么非要与我们一块儿送死呢?"

洪秀全道:"绝对不能放一个人出城!此时放人,等于在告诉妖军,天京弹尽粮绝了!"

"你不放人,妖军就算不出我们已面临绝境了吗?!"

"那也不能放!一放军心就乱,民心也乱,那就等于天京不攻自破了。"洪秀全又这么说。

李秀成垂头丧气地回到忠王府。一群被从城门要隘上撤换下来的将领围住了他。大家高呼着,要李秀成领着他们冲出天京。李秀成摆摆手道:"越是危难之时,越能显出英雄本色。以前可以扬长而去,今天不能了!"

为了显示镇定,洪秀全这天突然扶病上朝了。他不谈城中危难之事,却宣布:"虽爷乃太平天帝父,哥乃太平天主兄,到底爷为独尊,全敬上帝,改太平天国为上帝天国。"他下令:把玉玺上"太平天国"字样改为"上帝天国",凡文件诏书,一律更改。

全体将士被弄得哭笑不得,连他家族中的一些人也不明不白:如今饭都吃不上了,上帝在哪?这样做有什么意义呢?李秀成听完洪秀全的宣布,道:"可笑!可笑!"但已经笑不出来了!

可笑的还有：洪秀全写下"临危不乱"四个字，命刻印成数百份，在城门和街口处张贴，并特别分赠给守城将领一人一张，说是"赏赐"。

有谁还在乎这一张废纸？全城十三个城门刚一贴上，就被饥饿的百姓们撕了。

洪秀全又一道诏书下来，将洪氏子孙连同所有吃奶的娃娃都封了王位，一下子竟封赏了二百七十个。然而，无论洪秀全怎样绞尽脑汁，他都与他的天京一起，不可抗拒地进入黑暗的深渊了。

洪秀全已处在弥留之际了。天京城里，人们顾不上御敌，饿着肚皮准备着为洪秀全操办丧事了。满朝文武及李秀成等都站在洪秀全的病榻前。洪秀全挣扎着说："你们尽可安心，朕要到天父天兄那里领到圣兵，回来固守天京。"

这句话是安慰大家，还是自我安慰，还是自欺欺人？都像，也都不像。他唯有一点是清醒的：让李秀成成为朝中的唯一一主事。洪秀全在咽气之前，要李秀成等辅佐太子洪天贵福即位，把太子托付给李秀成等四王。

洪秀全归天的消息很快传遍了金陵。以洪秀全之死为标志，人人都感受到了天崩地裂般的灾难已经降临了。李秀成等慌忙进了天王府，只听一片震天动地般的哭声。洪秀全仰卧在他那张龙床上，鼻孔流血，全身已经僵硬。床边茶几上压着一张字条，歪歪斜斜的字迹一看就是洪秀全的亲笔："朕托付已毕，归天去了，望尔等共扶幼主，重振天国。"

李秀成把幼主洪天贵福扶了起来，行柩前继位大礼。礼毕，李秀成率文武群臣给十六岁的幼主叩头。然后，又由李秀成主持，把洪秀全埋在了后林苑，准备待时局好转了以后再行大殡。

但，到了七月三日，李鸿章的淮军已经离开苏州，直奔金陵而来。曾国荃心领神会，加紧攻城，终于攻下了太平军在天京城外的最后一个堡垒——龙脖子。曾国荃暗暗咬紧牙关，一定要在李鸿章大军到来之前拿下金陵。他下令将士们，用蒿草、灌木和芦苇等填在龙脖子山麓与城墙之间，再在上面铺上土石，使其高度与城墙差不多，可以直达城墙之上。

与此同时，湘军李臣典、朱洪章所部在挖地道，也把地道挖得靠近城墙了。

　　李秀成几次率兵冒死冲出城去,想阻清军的这些行动,但都因寡不敌众而退回城内。

　　洪宣娇虽为女流之辈,但却成了李秀成最得力的帮手。七月十八日晚上,李秀成预感到城破在即了,令各部做好准备。洪宣娇问:"做什么准备?"李秀成道:"与天京城同归于尽!"

　　洪宣娇把脸一扬,道:"你没有资格去死!你必须保住幼主逃出天京。丢了天京,不等于倒了太平天国的大旗!你还得率兵继续战斗!"

　　她让李秀成率机动兵力准备突围。而她自己却统带女营接过了全部城防,分驻到十三个城门去了。

　　此时,天京全城不过三四万人,能勉强打一下子的不过四千人左右。李秀成能机动掌握的兵士只有千人,其余都是女兵和城中百姓。

　　李秀成不忍心让女人们来守城,但洪宣娇道:"太平天国可以没有我洪宣娇,不能没有李秀成啦!你若能保护幼天王逃出天京,老天王在天有灵,也会感激你的!"她给李秀成跪下了,痛哭不止。

　　李秀成也哭了,紧紧地将幼天王搂在怀里。

　　湘军把地道挖到城墙根底了。守城的女兵们发现了,立即从城墙上坠绳而下,与挖地道的湘兵们拼杀,用水浇火药。

　　但,火药绳还是被点着了,闪电般地亮过以后,又是一阵闷雷般的响声。湘军将士们在欢呼:城墙被炸开了。

　　湘军潮水般的人群,喊杀声震天动地。两年了,这些将士们等待的就是这个时候。曾国荃骑在一匹枣红马上,大喊道:"冲呀,冲呀!"

　　洪宣娇也在率女兵们阻击,想堵住缺口。一队又一队女兵倒下去了,然后被踩在乱脚之下。

　　曾国荃勒马在不远处看呆了:二十几丈宽的城墙缺口垛满了太平军女兵们的尸体。不一会儿,在缺口处垒起了一道女尸"城墙"。

　　攻军们暂时撤下去了,取而代之的是洋炮的轰击。红色的火舌绞动翻滚的是女兵们血与肉的横飞。

　　鲍超的老湘营冲上去了,金陵城终于彻底攻破了。这是公元一八六四年,七月十九日。

　　曾国荃激动地掉下了眼泪,在众亲兵的护卫下第一次跨进城门。

583

可是,入城后没有走出几丈远,见攻、守两军在街巷中互战不止,子弹雨点般地飞来飞去。他缩了回来,在亲兵们的簇拥之下走进了自己的营垒。他在营垒中静候佳音。

湘军入城以后,巷战十分激烈。朱洪章、鲍超等各率大军挨门挨户地搜剿不停。城中将领第一个被抓的是洪仁达。朱洪章早在城中布下了内应,帮助他辨认太平军中的重要人物。洪仁达躲在一个树丛里被发现了,转眼间就成了朱洪章的俘虏。

天王府失去了往日的威仪和尊严。朱洪章下令冲进天王府了。顿时,洪秀全的成群的妻妾们哭叫声一片。

这会儿,她们被分别关进几间大厅里。天王府到处是汤浇蚁穴的景象。人人都在逃难,或带着金银细软,或扶老携幼,没有目标地跑着。洪仁发在院里刚把两箱金银托上马背,不料湘军将士已冲了进来,他和他的十几个女人们、一群孩子们也成了朱洪章的俘虏。

李秀成与妻子石益阳带领一百多兵勇在寻找幼天王洪天贵福。湘军入城后,幼天王逃散了。不一会在人群中找到他时,见他仍穿着黄缎九龙袍,头戴兜鍪式金冠,不用说话,上去就把他的金冠扔在地上,又剥去他的龙袍,只剩下短短的一件衬裤。幼天王吓呆了,以为李秀成要扒了他的皮,浑身直抖。李秀成仍不说话,把他夹到马背上,自己也腾身上了马,直奔旱西门。妻子石益阳也骑一匹马,跟着李秀成刚跑出一箭之远,突然想到了谭绍光的妻子、女将领傅善祥还在天王府中。

女官、宫女和洪氏家族的老老小小们都只顾跟李秀成逃命,谁还顾傅善祥呢?石益阳勒马回头,冲进天王府。在真神殿前,石益阳下马,跑过大殿、小殿、偏殿,一直找到上书房和殿后花园,所见的到处都是尸体。她只觉得天王府已变成了一座阴森恐怖的坟墓了。

石益阳向后林苑跑去,身后突然又响起了一阵喊杀声。朱洪章的队伍刚扫荡而去,李臣典又率军冲了进来。

在清溪里河边上,石益阳终于看见了傅善祥。她身穿纯素衣裳,头上簪的花也是白的。她正蹲在河边一块太湖石后面挖着什么。石益阳奔过去一看,才知她正在埋东西,有天王的玉玺、有封诰、文书、天王的诗词手迹等等。

扭头见了石益阳,傅善祥很平静,道:"你赶快走呀!"

"那你呢？我正在找你！"石益阳说。

"我要把这些东西埋到土里去，留给后人。太平天国自金田举义至今，十四年啦！"傅善祥缓缓地说。石益阳透过她一往深情的表情看出了一种哀痛。

埋好东西以后，石益阳帮她搬了一块石头压在新土上。然后，她抱起傅善祥就要跑。傅善祥道："你赶快逃命吧，我已经喝了毒药了。我与太平天国同寿！"

石益阳这才发现傅善祥果然嘴唇青紫、脸色灰白了。她在傅善祥的催促之下含泪冲出了天王府。她回头再看天王府，湘军将士们顾不上抓人，正在劫掠各殿，翻箱倒柜，将无数珍宝财物搜刮一空。

街头上的情景也是一样，杀人，抢东西。天京城里一片狼藉，满地血腥。在旱西门，洪宣娇正带领几百名女兵在与湘军兵勇们拼杀。

曾国荃来了，骑在马上看着。眼见一个个女兵被砍杀，曾国荃突然大喊一声："抓活的！"此言一出，他的兵勇们像饿狼一样扑向女兵们。

洪宣娇也大喊了一声，令女兵们退出厮杀场，一个个登上了城墙。曾国荃和他的兵勇们都一愣，不知这些女兵们要干什么。细一看才见，她们的脚下已码好了一大片干柴草，上面铺上了厚厚的一层黑火药。

只听洪宣娇悲壮地一声高喊："天国里见了，锦绣营里的姐妹们！"然后第一个跳了下去。"呼啦"一下，大火腾空而起。女兵们挽手钩臂落入大火之中。

曾国荃看呆了。他不敢想象这几百名女子是如何站在火里，神态安详、气宇宁静地相拥着死去！

大火越烧越旺，越烧越烈，像一条火龙，向几个方向席卷而去。曾国荃策马一看，金陵城几个地方都着火了。左右来向他报告：天王府、忠王府、东王府等等都已成火海一片了。这把大火本来应该烧去的是腐朽、是黑暗，但同时也烧出了教训，烧出了不尽的深重的思索。

原来，金陵城的大火，最先还是湘军点起来的。刚点着大火之后，鲍超、李臣典、朱洪章等都后悔起来了。因为，金陵既已攻下，一切建筑、物品等都将归湘军享用了，何必烧毁呢？曾国荃看见满城火海，也下令救火。但太平军在突围出城前，却在大面积自行放火了。他们是

天京死战

不放火不心甘：如此一座美丽的城池岂能丢给湘军或淮军？于是，才有了眼前的一座火城。

曾国荃什么也顾不上了。他下令：救火要紧。于是湘军将士全力扑救。但终究因为人力、水源、工具都有限，金陵城一天时间至少有三分之一的建筑被化为灰烬了。

这日，湘军道员陈湜率所部将士正在救火，忽然左右来报，说在一个深宅大院中，发现了长毛军。陈湜心想，湘军入城后，已对全城进行过拉网式的捕剿，不曾见到还有成批的长毛，怎么仍然会有长毛滞留于城内？于是，陈湜率军去看。这是一个四面都用高墙围起来的大院，看这规模，像是又一个王府。城中各王府大都被他们撤退时点火烧着了，为什么这个王府却完好无损地保留下来了。这处建筑在城南，陈湜赶来时，果见有两个红头人从院墙头上向外张望。陈湜下令包围了这个大院。

墙头上的太平军缩回去了，一时听不到任何动静。大门关死了，陈湜也不敢妄动，令一批兵勇攀墙而上。不一会，四面城墙上站的全是湘军将士。就在这时，忽听院内枪声大作，子弹由院中向四面墙头射来，已攀上院墙的兵勇纷纷饮弹栽落下来。

陈湜大惊，组织强攻。但院里火力很猛，曾国荃也早已命令：不许再破坏建筑物。就这样两天两夜没有攻下这个大院。据探子报："院内各处藏有长毛军将士三百余人，另有一百多个妇女、儿童。"陈湜问："你何以看得如此有把握？"探子答道："我已从门缝和后院夹缝里观看大半天。所有房间里都有长毛们进进出出，然后又聚在正对着院中央的大厅里，好像商量事情。商量好了又分散回到房间。"

陈湜听报，突然下令："全体后撤！"众将士大惑不解，但也只有听命。撤出已有一箭之远了，陈湜还让再撤。就在这时，忽听身后一声巨响。接着腾起一股青烟，接着是火光冲天，整座建筑周围砖石飞落，一些小瓦片竟飞到了正后撤的湘军将士们脚下。

将士们吓出了一身冷汗，从心里佩服统领陈湜判断准确。陈湜下令冲上去，个个争先恐后。待冲到这个建筑群跟前一看：它已经变成一片废墟了。而院中的男人、女人、老人及小孩都血肉模糊地横卧在砖石之下。

这个庭院是太平军在金陵城最后一个据点。全体引爆自杀后，城中已找不到太平军的踪影，甚至难寻一个居民了。只见街巷里处处是废墟，男女老幼的尸体横七竖八。其中老人、孩子居多，大多数人身上都被捅了数刀。还有的女人被赤条条地捅死后扔在了路边。有些虽不是被人捅死的，也因多次遭受凌辱而自杀身亡。有些长得俊俏的年轻妇女、姑娘们，被湘军头目们强占，纳为妻妾，悄悄地派兵送回老家去了。洪仁发被俘后，其王娘在湘军进城时，被一批精壮的太平军护送出城。可是还没有离开太平门两三里，就被抓住。湘军中的一个提督见其长得漂亮，纳为小妾，送回这个提督所在的湖南老家去了。他的王娘成了别人的小妾，而他自己连同他的弟弟洪仁达及其他将士一起，被湘军关押审讯，备受折磨。这兄弟二人为求活命，供出了圣库、宝库所在位置，还指认了城中一些太平军将领。

原来，曾国荃在金陵被全面攻下来之后，正式进了金陵城。他所关心的有两方面：一是要把重要的王府和圣库都控制在自己手中。二是找到洪秀全、李秀成等太平军重要人物。进城后就有人告诉他："听说洪秀全死了。"

"活着要人，死了见尸！"他下达了命令。

他为了控制重要的王府和圣库，在进城之前就做了部署，让他的嫡系人马严密封锁各王府，不许其他湘军兵勇靠近。进城后，他第一个要去看的地方就是天王府。天王府仍在烟火四起之中。他下令奋力扑救。大火扑灭之后，他在这里转了一圈，嗟叹不止。尽管这个宏伟的建筑物被烧毁了，但仍然可以依稀看出它昔日的豪华。传说天王府的珍宝赛过北京的紫禁城，看这气魄，恐怕不是虚传。

"天王府的珍宝哪里去了？！"曾国荃带着怒气问道。

在一旁的鲍超答话了："一部分被洪氏家族的人带出去了，一部分被烧毁了，一部分被我湘军搜寻去了。"

"那你们打算让我两手空空吗？！"

"不，曾九帅。洪氏家族的人是因财致祸呢！他们一两百人都舍不得那些黄白之物，每人都带了那么多金银财宝出城，太显眼，速度也慢了。所以，绝大多数人都被我们抓获了。"鲍超回道。

曾国荃大喜，道："洪氏家族的人都关在何处？"

"关在天父台下面。九帅!"

鲍超、李臣典等陪同曾国荃来到天父台。曾国荃登上天父台,鼓起一双三角眼问:"你们中间谁是洪秀全的亲戚本家呀?!洪秀全尸体埋在何处?!李秀成在哪里?!"

一大群人望着曾国荃无人应声。洪仁发、洪仁达直往人群后退缩。

曾国荃指着一个宫女,道:"把她拉上来!"

两个亲兵把吓得大哭起来的宫女拖到曾国荃面前。她带着哭腔回道:"李秀成跑了……"

曾国荃又问:"洪秀全呢?谁是幼天王?!"

小宫女道:"天王在天京未破之前就升天了,幼天王也不在这里。"

曾国荃火了,抽出腰刀,一下子就砍了这个宫女,吓得台下的人们捂住了脸。又一个年长一点的宫女被拉了出来。曾国荃大吼着,让她指认出台下有没有长毛军首领。

这宫女吓坏了,面色苍白。曾国荃大声喝道:"快说!"他举起了仍然滴着鲜血的腰刀。宫女两手直抖地指了指洪仁发,又指了指洪仁达。

曾国荃下令把他二人拉上天父台。曾国荃一见,半信半疑地道:"你们为什么都穿着百姓的衣服呀?!"

洪仁发知道怕也没用了,道:"我是天王洪秀全的哥哥,他是我的弟弟洪仁达。"

手下人已为曾国荃抬来一张桌,一把椅子。曾国荃坐下去,猛地拍了一下桌子,由于用力太猛,连他自己都手心发麻。他吼道:"洪秀全真的死了吗?他的尸体埋在何处?!"

洪仁发、洪仁达二人不吭声。

曾国荃又令从人群抓出一个四十多岁的老宫女,叫她说。她告诉曾国荃:洪秀全的确死了,尸体埋在后林苑了。

这一对洪氏兄弟急了,也大喊起来:"难道你们连一个死人也不放过吗?难道你们还要鞭尸吗?!"

曾国荃冷笑道:"算你们猜对了!洪秀全造反十四年,令天下生灵涂炭。多少条性命,多少座城池毁在他的手里?!当然要鞭尸三百!"

说完,曾国荃就走了,叫亲兵押着老宫女来到后林苑。她往清溪里河畔的一处高地指了指："就埋在那里。"

兵勇们挥动铁锹开始挖坟。不一会就把洪秀全的尸体挖出来了。洪秀全遍身用黄缎包裹着。缎面上绣了几百条龙。由于死期不太久，面目依然栩栩如生，没有腐烂，灰白色的胡须梳理得整整齐齐。他就好像是睡着了，躺在玉石墓穴之中。

曾国荃走上来了，他看见这具尸体，道："罪孽深重，死有余辜！"他忽然想到了洪秀全的传世玉玺，怀疑就埋在墓中。他让兵勇把洪秀全尸体抬出来，扔在地上，然后在玉石墓穴中翻找，结果什么也没有找到。

曾国荃又吼叫起来了，问那老宫女。她回道："洪天王的下葬只是借厝，准备待以后才发丧的。所以，一件陪葬品都没有放。"

"那么，玉玺呢？"曾国荃怒问老宫女。

"听说快破城时，已安排傅善祥埋起来了。"

"埋在哪里？"曾国荃又问。

老宫女摇摇头。

曾国荃好像突然记起来了什么，问："傅善祥是不是洪秀全那美丽绝伦的妃子？她人在哪儿？"

老宫女道："傅善祥原是谭绍光的妻子。后来到宫中当了女状元，与洪秀全有什么关系我不清楚。不过，她不是王娘。我听说她喝药自杀了。尸体在何处我不知道。"

正在这时，有个亲兵来向曾国荃报告，道："我们在清溪里河的一条小船上找到一个长得十分美丽的女官，有人说是洪秀全的相好。"

曾国荃叫了老宫女，带了一大群亲兵直奔船上。他看见已死但却仍然标致无比的女人，经老宫女辨识，的确是傅善祥。

曾国荃叹了口气，道："找口棺材，把她葬了吧！可惜，可惜，真是一位烈女呀！"

曾国荃心中仍惦记着玉玺的下落。他令鲍超带人在天王府里寻找，就是掘地三尺也要把玉玺找出来。鲍超心领神会，带一批亲兵去找了。

所有从洪氏家族被俘人员手中缴获的金银财宝都已经装箱，并贴上了封条。曾国荃亲自一一查验，命心腹们妥善保管起来。

亲兵们已为曾国荃收拾出一幢房子。三伏酷热的天气，骄阳如火般地烤得人们皮肤灼痛。曾国荃虽有随从亲兵为他竖起一顶油布大伞遮阳，但仍觉得周围热浪滚滚，不可躲避。他去了自己的住处以后，令亲兵们找来几只大缸，把缸里装满了井水，摆放在他的房间里，以此来降温。加上有两个年轻女子为他把扇，果然不一会就舒服了。

曾国荃在这样的环境里可以干许多事情了。他首先派出快马，日夜兼程去安庆迎接曾国藩亲来金陵。马队领命走后，他又传来了湘军马队营官伍维寿、张定魁、陶立忠、李泰山、伍万鹏、张钾南等人，令他们沿着李秀成逃跑的路线去追剿。他已查实，当金陵被破时，李秀成率一队亲兵保护幼天王等，由太平门缺口处突围而逃。当李秀成也被湘军打败，退到城中以后，他才想到护卫幼天王突围。在人群中，他找到幼天王，扒了他的龙袍，飞上马背，夺路而逃。

他携带幼天王、光王和明王以及自己的母亲、孩子们在一条小巷子中都换上了湘军的衣服，把一些小孩夹在中间，慢慢向太平门缺口处移动。快到跟前时，见原来几里路长的队伍已经进城了，缺口处兵力比原来大大减少。李秀成一个手势，队伍迅速而出。湘军守卫在缺口处的将士们一见原来是一支假冒的湘军，马上阻击，仅仅打死十多人，其余全部冲出了缺口，直奔孝陵卫。孝陵卫的湘军见李秀成这支人马又像是自己人，又不像自己人。因虽穿着湘军衣服，但队伍中间夹有不少妇女、儿童。

湘军稍一迟钝，没有及时阻击，待队伍从身旁一跃而过时，才恍然大悟。湘军萧孚泗等召集队伍追击，但李秀成队伍已奔句容而去。

曾国荃就是在这时才得到报告。他非常恼火，急令伍维寿、张定魁等几支大军前去追剿，一定要抓住李秀成。伍维寿、张定魁等一路飞马扬鞭追到了淳化镇附近。据探兵报告，镇上的确有不少太平军及妇女、儿童。几个湘军将领一合计，从四面包围了淳化镇。

李秀成一惊，再次组织奋力突围。但是，突围成功的仅他自己和幼天王百余人。可怜章王林绍璋、幼西王萧有和、幼南王冯春华、洪仁发之子巨王洪和元、崇王洪利元等，还有洪仁达之子定王洪钰元等，一一被擒获斩首。列王李万材一人已冲出重围，跑出五六里地，还是被湘军快马追上擒获了。

李秀成从淳化镇突围逃到了句容南部的郭家镇，再由甲山的山口逃往溧水的东坝,东奔西窜,一路不敢停留片刻。约跑出几十里,天已大亮,人马疲乏饥饿不堪。李秀成只觉得头昏眼花,滑下马来,膝盖也摔破,鲜血直流。

眼前是一座方山,山上隐约可见一座破庙。李秀成决定率这一百多男女老幼到破庙里休息一下。到山上以后,见这破庙已经东倒西歪,不能住人,便都在山上的树林中间坐下,靠着大树打盹。李秀成解下自己随身携带的包袱,把它吊在树枝上,也靠着树休息了。

他正在打盹时,忽听有人喊:"山下来了一帮乡民!"李秀成大惊,慌忙起身,带众人从另一面退下山去。但他那包袱却因慌忙遗忘在山上了。乡民们本来是上山来查看的,都是一些青壮之人。他们一上山后,见李秀成等一群男女老少从另一面下山去了,便大声喊叫:"太平军,你们不要怕,我们是来救你们的!"他们不仅喊着,而且统统跪了下来,表示敬慕之意。李秀成停步回头一看,便动了心:若能请他们帮助买些吃的东西来,便是搭救了。他又想到自己的包袱还丢在山上,决定带队伍回山上去。到了山上,他见那包袱还挂在树上,就取了下来,对乡民们说:"我的包袱里全是金银财宝,价值连城。若各位乡民们能帮助我们摆脱困境,本王就把这些金银财宝全部分送给你们。"

众乡民一听说包袱里全是金银财宝,一个个心中暗喜,都道:"请打开看看!"李秀成打开包袱,乡民们一看果真如此,齐声叫好。就在这时,山下又来了一队乡民。他们一上山就听说包袱里全是金银财宝,要求也带他们平均分配。先上山的乡民们不乐意了,于是争吵起来,都要抢这只包袱。

李秀成无奈,道:"各位不要争吵,若能帮助我们,我就把它平分给大家。"但是,李秀成的话已经没有人听了。先上山的乡民们说这只包袱本应该是他们拾到的,不存在与后来者平分。后来者不干了,为了尽得财宝,一齐动手,将李秀成等人捆绑起来,说:"谁也别想得到这些财宝了,我们要把他们押送到萧孚泗大营里去,交给湘军!"

先来的一帮乡民眼睁睁看着后来者们把李秀成等人押走了。走出了三四里以外,乡民中有两个中年男子把李秀成上下端详一遍,越看越惊奇,道:"你就是忠王李秀成吧?"李秀成正要否认,这几个乡民一齐跪下,道:"忠王呀,你们受惊了!"李秀成一看瞒不住了,道:"弟兄们请起,我是李秀成。你们是什么人？"

　　一个中年男子道："我叫邢金桥，我们这些人都是沾亲带故的，系兄弟子侄们。我们邢家世代在金陵城里开药店行医。上个月，我们在城里实在过不下去了，想出城谋食。信王洪仁发手下人把我们拦住，要我们每人交四两银子才肯偷偷放行。我一文银也没有，只好磕头哀求宽免，但毫无作用。幸好忠王您路过那里，我去求您开恩。是您下令把我们偷偷放了，才有我们的今天呀！"

　　邢金桥说这事，李秀成一点印象都没有。金陵将破的危难之时，随口说一句话，救了几个人的事是常有的。他也不再想什么了，权当是事实。人还被他们捆着，他们说怎么办，就怎么办了。邢金桥说把他们带到自己庄子上去，还说庄子上就他们邢家兄弟几户，可以暂时躲避几日。

　　李秀成道："那就先给我们松绑吧。"

　　邢金桥摆手道："忠王，现在不能松绑。若一松绑，那帮贪财的乡民们见了，就知道我们不是往萧孚泗大营里送，追上来夺人夺财。那就坏了。"

　　李秀成无奈，只好跟他们走。果然是到了邢家兄弟们的村庄。邢金桥腾出后排屋，又将大门紧闭，吩咐婆娘烧水做饭，又找了几件旧衣服出来，让李秀成和幼天王等换上，安顿下来了。

　　李秀成庆幸自己遇上了好人，狼吞虎咽地吃了一顿饱饭。吃了饭，邢金桥拿出了一把剃刀，道："小人给您剃个头。若不剃头就太显眼了。我们方山离天京只有五十里，四面八方都是朝廷人，像您这个头型，一看就知道是太平军的人。"

　　李秀成一听也在理，就让邢金桥刷刷几下把头发剃了。

　　李秀成的妻子石益阳能逃出天京城，真是奇迹。因为她冲出天王府时，满城里已都是湘军了。她伏在马背上，不断与路上的湘军遭遇，好歹是个女子，躲躲闪闪，竟混了出去。在方山南坡附近的一个小村庄里，她看见草丛中有一个人影在晃动，定睛一看，竟是剃了头，又换了一身当地百姓衣服的李秀成。

　　夫妻见面，十分惊喜。李秀成已在邢金桥家住下，乘天黑前溜出村庄来观察动静，再熟悉一下地形。不料就这样碰到他挂念着的石益阳了。他把石益阳带进邢金桥家,石益阳与幼天王及一大群孩子们见面,都欢喜异常。

入夜,小村庄漆黑一片了,李秀成等实在疲困至极,早早就睡下了。

然而,又一场灾难就要在这天晚上发生了。问题还是出在先上山的那一拨山民中间。其中有一个人是陶家村的。他的名字叫陶大兰。邢金桥一大家族人把李秀成等捆走以后,他多了一个心眼,一直尾随在后。他想着那包财宝,心想抢不过来这包财宝,向湘军告发,也定有不少的奖赏。正巧他有个堂弟陶大芷在湘军萧孚泗大营里当马夫。他的兵营就驻扎在离陶大兰家十五里地的东山。于是,他拿定主意后直奔东山,把这个消息告诉了堂弟。陶大芷立即禀报上去。萧孚泗得到禀报大喜,当即率领一支队伍向邢金桥的村子赶来。

此时已到了天快亮的时分。湘军悄悄地隐蔽在邢金桥家周围,把整个村庄严严实实地包围起来。

李秀成在睡梦中听到了一阵狗叫声。他立即唤醒石益阳,穿衣下床去叫醒了幼天王等。狗叫声越来越激烈,他已知事情不妙,带领全体准备突围。湘军们已进了村子,李秀成贴着门缝一看,外面已站满了湘军将士。仅剩下的十几匹马拴在院子中。他与石益阳、幼天王等一人一匹。李秀成把自己的坐骑换给了幼天王,这马快步如飞。说时迟,那时快,李秀成突然打开院门,保护幼天王冲出村子。湘军将士如潮水一般追了上去。他让幼天王等向北逃跑,自己再带石益阳等向东狂奔。

天已经亮了,他大喊着:"我就是忠王李秀成!"以此把湘军引了过来。但他却无法逃脱了,很快成了萧孚泗的俘虏。李秀成、石益阳及十几个亲兵等统统被湘兵们绑了起来。此时李秀成再也不用为自己安危担心了。他唯一的希望就是幼天王能逃出重围。李秀成仰天浩叹:我只能如此尽忠了!

幼天王等十几个人果然逃脱。他与自己的弟弟及几个亲兵逃出村子后,向北无目标地奔着。忽然前方烟尘冲天,马蹄声响成了一片。幼天王大惊,令大家在一个沟坎处藏了起来。他们趴到了土坡下,偷偷张望着大路,骑兵有百余。经过时,幼天王看见了"真天命太平天国军师干王洪"的大旗。

幼天王激动地从土坡下跳出来,大挥着双手,猛喊:"干王、干王、干王!"他禁不住涕泗滂沱。十几个人都跳起来了,像没了娘的孤儿见到了亲人,个个都哭着大喊起来。

洪仁玕骑兵的后队发现了他们。很快,骑兵们掉转马头,向他们奔来。洪仁玕认出了洪天贵福。他跳下马来,知是天京已破,与洪天贵福抱头痛哭,一迭声地叫:"我来晚了,我来晚了!"天京失陷前,他奉洪秀全之命,作为一路军开赴皖南一带,西征筹粮,牵制湘军,以此救援天京。但所筹粮草也运不过来,几次与湘军遭遇,粮草被截。至此,他在广德驻扎下来,听说天京于七月十九日被攻破,才亲率一队骑兵赶来救援逃散的人员。不料在这土坡下遇见了幼天王,自然十分欣慰。这已是七月二十一日,干王洪仁玕接应幼天王等去了广德。

当李秀成等被陶大兰出卖以后,那就惨了。邢金桥因窝藏李秀成也被抓走。不过,几天以后,陶家村的人们在村口的池塘里发现了陶大兰的尸体。邢氏兄弟岂能放过陶大兰?乘一个黑夜把陶大兰勒死抛入池塘中。

李秀成那只包袱被萧孚泗打开以后,他惊得目瞪口呆。可以说,他一辈子也没有见过这么多黄金和珠宝。他对手下人道:"这些黄金珠宝要送曾九帅大营查验,最后还要上交朝廷,就放在我这里了!"私下里,他偷偷留下了一半,将另一半作为自己的礼物,献给了曾国荃。曾国荃得了这些财宝,只不过是在数箱珍宝中又添了一些更值钱的。此次攻下金陵,全军各营所捐抢劫之物,早已使他成了天下少有的富豪。这时他才想到了李鸿章。早在月初就闻报李鸿章拨队而来了,至今金陵已经攻下了,还不见李鸿章的人影。于是,他在那放满了水缸的凉房里扬扬得意地对左右道:

"那李大个(李鸿章)净他妈的吹牛,说要来助攻金陵。这会金陵早已易主了,还不见他的人影子!"

其实,他心中也明白,李鸿章是故意慢慢行进,走走停停,不与他曾国荃争功哩!

战争竟然也有它极其微妙的一面,李鸿章大军徐徐前进,由常州向西北到达句容时,一个让人高兴的消息传来:金陵被攻陷了。就在半途中,李鸿章派人送出一封书信给曾国荃。曾国荃在攻陷金陵后才收到书信。李鸿章告诉他:为了躲避抗旨之罪,淮军慢慢行进。你放心攻城,鸿章在半途中静候佳音!"

曾国荃笑了,自言自语道:"这李大人还挺够意思,讲究个交情,不错,不错!"

曾国荃可以专心来处理战后的事务,享受一下胜利者的得意与欢乐了。

一八六四年七月二十八日上午,曾国藩乘船到达了金陵。长江两岸,湘军兵勇持枪肃立,绵延十几里地。曾国荃早就等候在江边码头。

天阴着,却没有下雨。低垂的乌云压在头顶,就像巨鸟张开了它黑色的羽翼。或许是受到了天气的影响,曾国藩到达南京城外的江面时,心情完全不像前呼后拥的湘军将领们那样喜在眉梢。他的内心里只有一种庆幸的感觉,其中还夹带了些许的沉重。他庆幸自己没有在同太平军的多年交战中身败名裂,没有在多次的枪林弹雨中丢掉这条性命。他成了最后的胜利者,以自己的金陵一战,把太平天国画了一个句号。他觉得沉重的是,他毕竟搭上了亲弟弟的一条性命,损失了十几员大将,还有追随他的几万湘省子弟也为之付出了生命的代价。

曾国藩选择了太平门。他的湘军正是从这里轰塌了城墙,进入金陵城的。从这里进了金陵城,曾国藩看到了大火余烬冒着的残烟,闻到了空气里飘散的焦煳的尸臭味。当然,这一切并没有减弱他跨入金陵城以后涌动在心头的阵阵豪情。

曾国荃、李臣典、鲍超、朱洪章等陪同着他们的大帅视察金陵城。他看到了触目惊心的凄惨:颓垣断壁,一片瓦砾,间或仍然能看见瓦砾底下压着的尸体。

曾国藩扭头向曾国荃:"那个叫什么洪天贵福的伪幼天王的尸体找到了吗?"

曾国荃道:"我已经找宫女们指认过了,都烧得像木炭一样,她们说是他。"原来,曾国荃在查找幼天王、李秀成等人的过程中,听到一个宫女报告,说她曾看见幼天王朝天王府外的一堆大火中跑去,估计是跳火自杀了,而不是跟李秀成跑了。萧孚泗抓住李秀成后,一查果然也没有幼天王。于是便推测:幼天王死于大火了。

曾国藩道:"要清查个准数,那尸体到底是不是幼天王?如果不是,到后来从什么地方又冒出来,我就被动了。因为,我马上还要把洪秀全、伪幼天王、李秀成、洪仁发、洪仁达等人的被剿经过好好写成奏折,上报朝廷哩!万一不实怎么办?那就不成了欺君罔上了吗?"

曾国荃道:"尸体烧成那个样子,谁能打包票就一定是那个小长毛王呢?您上奏时就写据伪天王府的宫女们指认是幼天王。万一他又在什么地方冒出来了,我们再说是宫女指认有误,也好推脱呀?"

"哪能都像你讲得这么随便?还要进一步查实才可上奏!"曾国藩道。

曾国荃道:"不过,我总算把李秀成抓住了!朝廷应该知道,这李秀成比什么幼天王值钱多了。洪秀全病重后的军政要务都是他一人掌管,是名副其实的第二号人物。再说,一个十六七岁的小孩能干什么?如果让李秀成跑了,说不定马上就会死灰复燃,又搞起一个李秀成的太平天国。"

"你这话说得对劲!抓住李秀成,若再真是伪幼天王也死了,我们就算是立了全功了。"他扭头看着其他将领尽被甩在了身后,只有他兄弟二人,接着道,"沅甫呀,你此功不小。李少荃看在了我的面子上,不与你争功,这是成全了你。将来写清史时,弄不好会有人写你一个列传呢!"

曾国荃笑了,但很快摇头道:"我的功劳再大,还能大过大哥您吗?长毛军出现的历史把您由一个翰林公,造就成了一个征逐沙场的元帅、大王了!咸丰皇帝在世时不是定过谁打下了金陵,就封谁为王吗?他这话还算数吧?议政王对您也高看一眼,说不定封王圣旨马上就要下来了!"

曾国藩悚然道:"这事可千万别向别人讲起。朝廷中的事情千变万化,圣旨下来了才算数。现在是'八'字还不见一撇,说了出去,就收不回来了。再说,你兄弟已经是树大招风了,从朝廷到各省,从我的总督衙门到你的军中,想坏我们事、看我们兄弟笑话的大有人在,不可不防哟!"

曾国荃为大哥曾国藩原是安排在离自己不远的一个王府。一切都收拾好了,不料曾国藩视察了一下南京后,却不愿住在城里。他说城里尸臭难闻,看了半天只想吐。因此,他只能住到城外的一个湘军大营里去了。

曾国荃来陪陪大哥,说:"大哥,您要亲自审问李秀成,还是由我来审问算了?"

曾国藩皱了皱眉头,果断答道:"我审!"

"那么,这次抓住李秀成的事,我要单折奏事啦!我五月份就升任浙江巡抚了,应该有这个资格了。到目前为止,我还没有单折奏过什么事呢!"曾国荃道。

曾国藩摇摇头:"不行。"他要曾国荃联名奏事,怕他太狂妄,捅娄子。

曾国荃道:"大哥,您马上就要被封王了,还总是'怕'字当头。这也怕,那也怕;打了败仗怕,打了胜仗还是怕。让老弟我跟在您后面也总是不敢直起腰痛快一下。"

曾国藩道:"这就对了!我的生平长进,全在这怕那怕之中。由于怕,人才不会在有了一点成绩后忘乎所以。在这一点上,你要留心向人家李鸿章学习。他独当一面,我很放心,凡是功过是非之事,总能处理得得体。就说这次朝廷要他助攻金陵一事,若放在你头上,是这个结果吗?你会像他这样处理吗?我敢料定,他下一步的出息要比你大得多。"

曾国荃不吭声了,但心中还是不服气,仍想单独上奏朝廷,单独提审李秀成。

李秀成是今天才从萧孚泗大营押送到曾国荃大营里来的。曾国藩决定:今天晚上就提审李秀成。

这晚,曾国藩在城外的中军营帐中明烛高照。曾国藩高踞上座,左右分座上的是十多个湘军将领:曾国荃、鲍超、李臣典、萧孚泗等。营帐外面,荷枪的侍卫密密麻麻。戈什哈们一递一还地高喊着:"带长毛要犯李秀成!"

李秀成是被装在一个大木笼子里让人抬来的。这是曾国荃的馊主意。他觉得自己是堂堂的朝廷命官、三军统帅,而李秀成不过是一个山野草寇,今日做了自己的阶下囚,就这么带了上来,那就等于是平等相见了。所以,他令萧孚泗赶造了一个长三尺、宽三尺、高六尺的大木笼子,将李秀成再铐上一个二十斤重的铁镣,推进木笼中抬来。直到营帐门口时,士兵们才打开笼子,把李秀成拖出来,押到营帐内。

曾国藩注意到：他那高而宽的前额和一双闪亮的眼睛仍然很有威武之气，令曾国藩很不舒服。

李秀成不停地抽动着眼睑，以嘲弄的眼光打量了一下曾国藩。他心想：这个被人们传得神乎其神的"曾剃头"，原来竟是一个其貌不扬、又生了一对三角眼的老头儿。紧挨着这老头坐着的，一定就是曾老九了。弟兄俩长得一模一样，只存在着年龄上的差异。他也实在看不出，就是这一对没有丝毫与常人不同的兄弟俩，是怎样硬是组建起了湘军，把太平军打败了？他们本事何在？

双方都静默着，没有半点声响。

曾国藩见过陈玉成了，他竭力想在李秀成的身上找到陈玉成的影子。他们的气质相近，却又迥然不同。不同在何处？他又说不出来。眼看着李秀成坦然不经意的样子，曾国藩的两道细眉紧紧地连成了一线，太阳穴上青筋暴突，嘴唇开始抽搐着。

他问道："你就是李秀成吗？"

李秀成缺少陈玉成的激烈——曾国藩看出来了。只听他平静得犹如在与人聊天，淡淡地道："本王正是，正是那个曾经很令李鸿章头痛的李秀成。"

曾国藩反应极快，笑了，道："你还有脸提李鸿章吗？他是本帅的门生，不料你那么多城池，仅两年时间就全部落入他手了。你不觉得他是你最为头痛的人吗？"

李秀成也笑了，但只是冷笑："那不是他个人的本事！他靠的是洋人，靠的是洋人的洋枪洋炮。若是把我们掉一个位子，可以断定，就连你也是我的阶下囚！"

曾国藩有点压不住火了，声音大了起来："你至今还是不见黄河不落泪吗？难道你没有想过，你们的太平天国是必然要灭亡的吗？恰恰是本帅，以攻下金陵宣告了你们造反叛逆的彻底失败！"

令曾国藩意想不到的是，李秀成如实承认了，道："我想到了，想到了太平天国是支持不下去的了。自从苏州落到李鸿章之手后，我重返天京，与洪天王争执以后，我就知道了。像他那样搞下去，只能是失败。"

曾国藩来了兴趣，变得平和起来，道："你能这样老实回话，很好。

那么,你为什么不力挽狂澜,发挥你的聪明才智呢?你不是曾为太平天国的二号人物吗?想想你们的失败,你心中有没有愧呢?"

"我问心无愧!那是洪天王一度对外姓将领猜忌太深。我个人的力量是有限的。力挽狂澜么,我曾想过,也试过。但天朝的许多错误是长期积累起来的,到了积重难返的时候,谁还能逆转呢?这也正如你们的朝廷,只是一个时间问题,也到了积重难返的时候了。请问,你们在座的各位,加上左宗棠、李鸿章,有信心、有把握来拯救这个衰落的清朝吗?"李秀成安详地对曾国藩说。

曾国藩在内心深处受到了震撼。李秀成果然有思想,有头脑,回答问题切中要害,也很实际。他令卸去了李秀成的镣铐,并让人搬来一把椅子,叫他坐下回话。

曾国荃表现得很不乐意。曾国藩瞪了他一眼,然后问李秀成:"你认为你们的太平天国主要错误,或者说是失误有哪些呢?"

李秀成老老实实答道:"依本王之见,当初攻下金陵,改称天京,在长江下游这座古城建都立鼎就是一个错误。不如拨军中原大地,在河南或最好是直逼北京,在那里才可建立大业。在天京就在天京吧,那就应该全力北伐,结果,洪天王又失误了,没有真正去威胁北京,直捣清廷老巢。这是重大的失误。杨、韦之乱本来是可以避免的,可惜它发生了,而且杀人太多,致使太平军内部元气大伤,这也是失误。翼王石达开率二十万大军出走,本身也可以避免,此乃失误。洪天王为笼络人心,滥封王位,以致最后封了两千多王,临死前还继续封王,挫伤了相当一批老王们的积极性,这又是失误。对外姓将领猜忌太深,信任洪氏家族中无能之辈,这仍是失误。有这么多失误,天朝还能不败吗?因此,本王以为天朝不是败在你、左宗棠、李鸿章之手,而是败在我们自己手里!"

曾国藩不断地点头,表示同意李秀成的分析,道:"你是个很有头脑的人。我还想问你一句,你认为你们的残部还可以兴风作浪吗?"

李秀成道:"对于这一点,本来我不想说。今天我也老实告诉你们,幼天王洪天贵福没有死,他成功地出走了。是我护卫他逃到方山,也是我引开萧孚泗的人马,使他成功出走的。今后,还有李世贤,还有洪仁玕等,他们会拥戴他为王的。但是,这些都是大势已去,是强弩之末,不可能再弄出什么大的声势了。除非他们能与捻军合作,或干脆加入捻军,还能支撑一阵子的。"

一听李秀成说出幼天王还在,而且是当众说的,曾氏兄弟和萧孚泗都冒出了冷汗。萧孚泗听说是从自己手下逃脱的,更是如坐针毡。但曾国藩忽然提高了嗓门,道:"你在胡说八道!经你们的宫女们确认,那伪幼天王已被烧死。他的尸体已经烧焦了。"

李秀成不想与他计较,道:"幼天王在与不在,仅仅是一个未成年的孩子而已。我只是说,他们还会坚持下去的。"

曾国藩感觉到这场审讯犹如在对话,思路也开阔了,道:"你看来是一个能令人敬重的人,不仅头脑清醒,而且很通情达理。我想提一个看法,既然你也认为太平军没有什么作为了,那么,干吗还要去做无谓的牺牲呢?比如说李世贤、洪仁玕他们,已是强弩之末了,还不如放下枪杆子回家算了。再作挣扎,是既害了别人,也害了自己。你同意我的看法吗?"

李秀成说:"当然,如果你们能保证太平军余部的生命财产安全,我可以出面去做他们的工作,不是叫他们投降,而是请他们解散,各自返乡,或经商,或务农,自谋生路去。只是,你恐怕也不能表这个态吧?"

曾国藩惊出了一头冷汗,差点让李秀成逼到无言以对的路上去了。他的确不敢表这个态,道:"我们当然是希望他自行放下枪杆子。但必须是投降。如若自由返乡,以前的机会有的是。但他们已错过了机会,就如同一个犯下了许多罪行的人,突然说从今以后洗手不干了,以前犯下的罪行仍然不能一笔勾销。再说,谁又能保证他们是真的从此以后洗手不干了呢?"

李秀成道:"我并不认为太平军过去的义举是犯罪。那是官逼民反,是一种向黑暗的抗争。从朝廷到地方,贪官污吏横行,老百姓没有日子过了,所以才会揭竿而起。我也料到你们不会在他们自行解散以后放过他们。所以,这个话题还是不谈为好。"

曾国藩道:"暂时可以不谈。今天只是进行了一场开场白。我还想,你能就我们这一次的审讯写一份笔录下来吗?把你心中的真实想法写出来。我还是想挽救你的。"

"谢谢,我会写的。现在终于有时间静下心来思考一下了。我要思考的问题很多。是与非、功与过、远与近,都要思考。写下来不仅是给你们看,也是给后人看。千秋功罪,自有评说。"

曾国藩道:"那好,你先写吧,我给你安排房子。听说你还有个妻子叫石益阳。我也可以安排你们经常见面的。"

曾国藩又吩咐曾国荃在这期间不要再对他上镣了。曾国荃想拒绝,但又不好当众反抗大哥。只是在把李秀成带走以后,曾国荃才十分不乐意地说:"大哥,你对李秀成也太客气了,这哪里是在审讯,简直就是在友好交谈!"

已经是后半夜了,曾国藩看了一下审讯记录以后,走出营帐,来到一块空地上。但见星月满天,万籁俱寂,又听得蛙声一片。他的心顿时涌起了一种成功之后的宁静感。

他回到营帐一张特制的大竹床上后,仍无困意。夜间的气温不像白天那样令人难熬了,很凉快。他披了件衣服靠在床上,望着跳跃的烛光,心驰神往,浮想联翩。他想起在京城的许多年,想起出山办团练的日子,想起初进长沙时一度受到的欺侮,想起在江西的几年困苦,想起几次想自杀的耻辱,想起重回荷叶塘守制的沮丧,想起得意门生李鸿章,想起鲍超、朱洪章、李臣典跟随九弟攻金陵的这些日子,想起自己及湘军下一步路子怎么走……一时百感交集。

曾国荃已经准备好了给朝廷的一份奏稿,事情是叙述清楚了,自己已经做了一次较大的修改。实在睡不着时,又拿出来从头至尾读一遍,还觉得意犹未尽。攻克金陵,此事重大。从爱新觉罗·皇太极登基以来二百多年,像这样的奏折能有几份?曾国藩要改好这份奏折,决定亲自写一段精彩的文字续在后面,让它与攻克金陵的巨大功勋相匹配,成为一篇能传播海内、流芳百世的名奏疏。

他背手在营帐内踱了几步,时时抚摸着已日渐稀疏的长须,然后坐在桌前,凝神喃喃念着句子。想定了,拿起笔来,在奏稿后面补了一段。

报捷奏折定下以后,曾国藩又忙了好一会保举单。曾国荃开来的保举单多达三十二张纸,快成一本书了。所保举人员多达两千!曾国藩皱着眉头,心想:这便是九弟不成熟的表现了。如果让他单折奏事,不经过自己而奏上去,必然要落一个难堪。这个名单他无从下手了,所列姓名大多数不认识,也不清楚都与曾国荃是个什么关系。曾国藩在名单上批下一行字:"大大裁减,限百名以内为宜。"

抬头一看营帐之外,天已微明。曾国藩这才来竹床上躺下。

曾国藩睡下时,正是李秀成醒来之时。他不知自己被关在什么地方。昨晚被曾国藩审讯后,刚押出营帐,鲍超就令兵勇们用一段布条把他的眼睛蒙住了。现在他只知道这是一座石头垒成的囚室。一床一桌一凳,陈设简单。但作为囚犯,他深知已是优待了。

人是跨不出囚室一步的。但他能听到江面拍打堤岸的声响。特别是在夜深人静之时,江涛之声犹如从他的枕底漫过。故,他断定这间囚室就在江边不远的地方。或许,左右隔壁还是囚室。妻子石益阳在哪?就在隔壁吗?他试着大喊了一声:"石——益——阳!"卫兵很快过来呵斥他一顿,隔壁也没有回应,他不喊了。

被俘后的几天来,李秀成冷静地思考了许多问题。他隐约感到自己的余日不会很多的。他要抓紧时间写那个被曾国藩称作"笔录"的东西。而曾国荃私下里则凶狠狠地命令他:"是'自供',不是'笔录'。曾大帅讲的是客气话。叫你写的是'自供'!"

李秀成想:"笔录"亦好,"自供"亦好,自己是必须写的。我要把自己的一切写下来,一则表白心志,二则警示后人。这是一次机会,不写就等于是心甘情愿地白白死去了!他刚开了一个头,准备先从洪秀全的出生年月日写起,其中包括创办拜上帝会,与杨、冯、萧、韦、石等在金田起义,一路打到永安、打长沙、打武昌、打安庆,最后打到金陵,建都立国。然后再写自己的身世,写如何参加太平军,如何与李鸿章争夺吴中,如何立下战功,又如何六次解天京之围的经过,等等。这些只是腹稿,真正写起来,炼词造句,他又觉得脑子中空荡荡的。

生的欲望与死的痛苦在折磨着他,令他一刻也不得安宁。被俘以后,他曾抱着一点幻想,幻想曾国藩会看中他的人才,不会杀他的。可是,就在刚刚见过松王陈德风以后,他觉得自己最终必死无疑了。

陈德风比自己晚两天被俘的。绑到曾国藩那个营帐时,陈德风一见李秀成在,马上就长跪请安,那种毕恭毕敬、无比崇拜之状令曾国藩心惊。

原来,曾国藩在审讯过李秀成的次日下午,再次提审了李秀成。

李秀成起先一言不发,曾国藩凭着几十年的阅历和经验,对李秀成的心理活动已猜着了几分。只听他道:"李秀成,本督一向爱才重才。倘若本督向朝廷奏报,饶你不死,你肯归顺朝廷吗?"

李秀成大出意外,一时不知如何回答,所以仍然一言不发。

曾国藩笑道:"我知道了,你是不愿为朝廷出力的。你怕的是日后遭人唾骂。因此,本督不为难你。倘若你能悔过,并有一些立功表现,本督可以送你回广西老家,并让你与老母、妻儿团聚,长作朝廷良民。你看怎么样?"

李秀成陷入了沉思之中。他永远忘不了母亲的恩德,他更爱他的妻子与孩子们。曾国藩突然提出这个问题,不能不令他动情,动心。他说话了:

"老中堂,你说话算数吗?"

"老中堂"这个称呼,令曾国藩暗自惊喜。这是一个信号,一个正是曾国藩所期望的信号。他忙答道:"算数!"

李秀成也很爽快,道:"那么,我可以考虑归顺朝廷。"

"好,好!"曾国藩对李秀成的回答表示赞赏。曾国藩吩咐曾国荃,安排好李秀成的生活,安排他与妻子见面等等。然后,就结束了审讯,卫兵带李秀成走出营帐。

正在这时,从另外一个营帐中押出一个人来。他就是太平军松王陈德风。此时他也是被审讯结束,准备押回囚室的。

陈德风一眼看见了李秀成,两人离得很近了。陈德风突然面对李秀成跪下,一边磕头,一边请安,口中大声叫道:"忠王殿下……"说着,泪水断线似的淌下来。

李秀成抱着陈德风的双肩,神情黯然,似乎有万语千言,一时不知从何处说起。

这一切都被曾国藩看得清清楚楚。他心中立即涌起一种恐慌:这李秀成如今已沦为我的囚徒了,陈德风居然冒死当着诸位湘军将领的面,给李秀成长跪不起,可见这李秀成在长毛军中是极有威望的。假如真的让他回到广西,就等于放虎归山。他只需振臂一呼,或许又是一个"洪秀全"站起来了,天下又是一次大乱。

曾国藩惊恐的表情被李秀成注意到了。他看出了曾国藩脸上隐藏

603

的杀机。李秀成就在这一瞬间得出了结论:自己最终难逃一死。

一连几天里,曾国藩没有再提审李秀成。曾国荃却亲自到囚室来过两趟,催李秀成赶快把"自供"写好。从曾国荃异常凶狠的表情里,李秀成更加确信,自己离死期不远了。于是,他以每天七八千字的速度写他的"自述"。他不喜欢"自供"这个词。第一批写好的约两万多字被曾国荃拿走了。他说:曾大帅要看。此后,每天到傍晚时分,总会有一个士兵来取他当天写成的自述。

李秀成的字写得很潦草,错别字也很多。曾国藩看起来很吃力,加上视力下降,常常要借助于放大镜来读李秀成的自述。从读过的八十多页文字中,曾国藩得到的印象是:虽然文字水平有限,但李秀成的记忆超群,处事精明,用兵神妙,忠于天朝。

今天的李秀成自述刚送到,曾国藩抓起来就看。忽然,几行字跳入了他的眼帘。李秀成写道:"天京里有圣库一座,系天王的私藏。另王长兄次兄各有宝库一座,传说里面尽是稀世珍宝,但我未见过……"

曾国藩被这几行文字搅得心神紧张起来。早在几年前,朝廷中就在传说金陵城里金银如山,财货如山。由此让许多人垂涎欲滴。当年和春、张国梁拼命攻城,心里想的就是这个。李鸿章意欲染指金陵,潜意识里也有大捞一把油水的意思。

他想到了昨天去朱洪章大营时,由于事先没打招呼。曾国藩像散步似的突然登门,朱洪章正在带几名亲兵整理金银珠宝。几口大箱子装满了货。朱洪章抬头看见曾国藩时,吓得不知所措。朱洪章慌忙一个个盖上箱子,一屁股坐在一只大木箱上面,望着曾国藩傻笑。

曾国藩坐在营帐中,拍打自己的脑袋。来金陵这几天,自己一直忘了查问这些事。他担心曾国荃捞得太多了,一不小心会招祸的。

他把胞弟传来了,关上门,让曾国荃坐下。

曾国藩道:"九弟,你看李秀成写的是什么?"

曾国荃接过胞兄递过来的一张纸,刚看一眼,脸色就变了,道:"李秀成在胡说八道。我们进城后,根本就没有找到什么圣库!"

"九弟,你别激动。我只想问问你,进城以前,你有没有对将士们重申,不许把金银财宝据为己有?有没有采取措施来保护财物?"

曾国荃满不在乎,答道:"没有!"

曾国藩听了这个回答,心中很不是滋味。要是放在别人头上,曾国藩早就拍案而起了。这些事是军中的常识呀!尽管执行起来都是睁一只眼,闭一只眼,但至少没有人在他跟前敢明目张胆。做大哥的对其九弟是太清楚不过了,但却又不忍心拿下脸来,仍心平气和地说:"九弟,攻下金陵功大,风声亦大,都说金陵财宝如山,当然是夸张了。但要说它一点金银财宝都没有,鬼都不会相信。财宝恐怕都落入将士们腰包了。听说刚攻下金陵,军中就有许多人告假还乡,临走时背都背不动。如真是这样,不仅我无法向朝廷交代,你也无法自圆其说。慈禧太后、恭王爷等,都盯着这个结果呢!"

"他们盯着,让他们自己来打仗呀?!"曾国荃大着嗓门说。

曾国藩有些压不住火气了,道:"老九,你这话过头了!李秀成将金银财宝之事及他个人的一包黄金、珠宝被缴之事都写在自述里了。这份东西是要报到朝廷去的。上头一看不就什么都明白了?"

"那就一刀把李秀成砍了,还让他瞎说去?"曾国荃道。

"砍了李秀成,还有其他长毛呢!现有伪干王洪仁玕、伪侍王李世贤、伪幼天王等等,他们迟早有一天会被抓住的。而他们自然对金陵圣库、宝库之事,也了如指掌。届时,他们也会交代的!"

"那就再把他们砍了!"曾国荃仍然无所谓地说。

"你怎么不动些脑子呢?下一步去剿灭他们,就是你老九一军吗?李鸿章的淮军还就这么干瞪眼看着呀?这些长毛贼说不定会落入谁手。这都是后患哩!"曾国藩已急得满头大汗了。但仍然尽量克制着自己,和气地说。而他此时的心里,却像打翻了五味瓶,什么滋味都有。他力求使自己镇定下来,妥善地处理好善后之事。他感到最要紧的有这么几条:一是要尽快让李秀成把自述写完,然后精心修改,不能让朝廷从李秀成的自述中看出一点可疑之处。二是要暗暗追查金银财宝的下落。尽可能多的让将士们捐一些出来,以应付朝廷最终的伸手。三是要立即发兵,追剿太平军余部,抓住干王洪仁玕,尤其要把幼天王捉拿归案。倘若被李鸿章或别的什么人抓住,岂不白白让他们捡了一个大功?

曾国藩庆幸自己及时地赶到金陵来了。若再晚来几天,被老九捅出的娄子肯定更多。眼下是自己亲自在金陵坐镇,需要思考、需要补救

605

的事情太多。曾国藩每天都是疲惫不堪地躺在床上,却又不能入睡。但胞弟却不能理解,好像他脑子里缺了一根神经,怎么点拨也无济于事。这些很让他伤脑筋。

这会儿,曾国荃又提出了一个让他举棋不定的事情,道:"大哥,待李秀成自述一写完,我马上就把李秀成连同洪仁发、洪仁达等等一起干掉,省得他们还胡说些什么!"

曾国藩道:"这样办不成的。朝廷已来了奏折,说对李秀成等人,是押送北京,还是就地处决,要我们等待两宫太后决定哩!"

曾国荃腾地一下站起来,扬起头说:"大哥,此事万万不可犹豫的!怎么能把李秀成他们押送北京呢?如果把他们送到北京,也就等于断送我们曾氏兄弟们的前程了。"

"此话怎讲?"

"您想想,送他们去北京干什么?无非是三堂会审嘛。一审就麻烦了,什么情况都会从他们嘴中说出来了。您还要修改李秀成的自述,送北京了,还能动他一个字吗?还有,那洪仁发、洪仁达二人掌握我们的情况也很多,他们也会讲出圣库、宝库的事来的。还有……"曾国荃吞吞吐吐了,说到这里赶快打住不说了。

曾国藩追问了一句:"还有什么?对大哥也保密吗?"

曾国荃道:"那一夜,洪仁发告诉我一件事,他在后林苑牡丹园藏了三坛奇珍异宝,愿意挖出来献给我,要我留他一条性命。我答应了。叫两个心腹去挖了。挖出来一看,妈呀!我曾家兄弟们十辈八辈也享用不完呢!还有……"

曾国藩摆摆手道:"大哥知道你'还有'多呢!现在的问题是,赶快想办法解决这些事!"

曾国荃道:"怎么解决?只有一条,把他们统统杀掉!我曾国荃这回要冒抗旨的风险,也不能授人以口实。我很快会杀掉他们的!"

曾国藩叹了一口气。他无奈了。

过了好长一会,曾国藩才像缓过气来一样,轻声对曾国荃说:"不押送北京,也只有这么办了。今后可以说李秀成等并非元凶,争取就地处决。陈玉成、石达开等就是这么办的。还可以说他们绝食而死,或生病而亡,或自杀等等。总之,你看着去办吧!"

曾国荃乐意了。

曾国藩看着他离去的背影，在为他祷告。他已隐约感到，自己的尾巴已被紫禁城里一个女人抓住了。

第十八章　美梦泡影

出了金陵，都是李鸿章的地盘。金陵在刚刚经历了一场惨绝人寰的屠戮和焚烧之后，当然仍由湘军驻守着。李鸿章奉命助攻金陵，在句容一带勒马不前，只派了几个探兵去城内观察动静，搜集情报，以使自己心中有数。可以说，曾国荃在金陵城外发起的每一次冲锋，湘军在城内的大多数所作所为，李鸿章都了如指掌。他每每闻报：或叹息，或摇头，或沉默不语。只有在七月十九日那天攻下金陵以后，李鸿章听了报告，才连叫了三声："好，好，好！"

他深知攻下金陵意味着什么。太平天国灭亡了，席卷半壁江山达十四年之久的战火即将熄灭了——李鸿章心里这么想。

当然，他以令大多数淮军将士都难以忍受的高姿态，成全了曾氏兄弟一心独得大功的愿望，这也让他感受到了一种特殊的轻松和得意。就如同伸手救了人一命，看到被救的人离去了，他隐隐生了一些人负于己的感觉，自言自语道：曾氏兄弟，我李鸿章还你们一个人情！金陵城那些黄金白银、珍珠和宝石，我李鸿章没有沾着一点边儿，尽归你们所得了！

淮军将士实实在在地当了一回旁观者，许多人心中不服，在曾国荃进入金陵以后议论纷纷。有的说：淮军虽然没有直接参加强攻金陵的战斗，但依然功不可没。没有李大帅带领他们扫平吴中，收复苏、常、无各地，曾国荃能打下金陵吗？陈鼐道：

"这一点还用你们说吗？李中丞早在钱鼎铭大人去安庆请兵时，就把这个道理跟曾国藩大帅说透了。曾大人当然知道淮军取胜在先与最终由曾国荃攻破金陵的关系！"

周盛波气鼓鼓地问："既是这样，那曾大帅为何在奏报朝廷时，只字不提我们淮军的功劳呢？反而把那个边都沾不上的湖广总督官文扯了进去？！"

还有的说:曾氏兄弟这次被金陵小天堂的金银财宝迷花了心性。进城后连一个小小的缺口都堵不住,让李秀成率一帮长毛从缺口跑了。跑了以后也忘记派得力人马去追,只顾冲进各王府抢财宝了。现在把李秀成抓回来了,幼天王洪天贵福却不知是死是活。曾国荃对外到处说,那洪天贵福举火自焚了。可现在又找不到证据。他到底是死是活呀?

……

对于种种议论,李鸿章大多没有在意。将士们心中有气,不让他们说说解不了气的。但对于幼天王洪天贵福是死是活,他却很留心。第一次派出的探子从金陵回来说:他死了,有宫女指认过。可是,曾国藩在给朝廷的奏折中对此却含糊其辞,说洪天贵福曾经举火。到底自焚没有呢?曾国藩只说指认事。他了解自己的恩师,恩师是在与朝廷玩文字游戏哩!恩师曾国藩以稳做事,稳得出名。此类事他定会慎之又慎,不敢有半点马虎。

探子们已报过了,比如说洪秀全是死是活的问题,他到金陵后是抓住不放的。曾国荃在现场指挥,把尸体都挖出来,然后又埋下去的。曾国藩到金陵后还是不放心,非要亲自验看不可。他对曾国荃说:"我相信洪秀全一定是死了。但人死了要验尸,这是常识。你们做事粗疏,还是我亲眼验看一下稳当!我怀疑长毛贼是否会耍金蝉脱壳之计呢?随便弄一个死人装进去,而真的洪秀全却偷偷逃出金陵了!万一是那样,你我兄弟让天下人耻笑不说,还要犯欺君之罪哩!

曾国藩坚持亲自验尸,还请来了两位洋人作证,把洪仁发、洪仁达和几名曾经为洪秀全伴过寝的宫女也带到了现场。在那棵桂花树下,由曾国荃指挥兵勇们挖坟。亲兵们为曾国藩搬来一把凉椅。让他坐在老远的一个地方看。

正在开挖时,金陵城的上空突然乌云密布,如浓烟翻滚。天色明显开始晦暗起来了。曾国藩心中一惊,令人赶快把曾国荃喊过来,问:"你们第一次挖坟时下雨了吗?"

"没有呀!天气好着哩!"

"这就怪了,莫不是?"曾国藩纳闷极了。

曾国荃道:"大哥,你若害怕,那就不挖了?"

曾国藩仰头看看暗下来的天空，道："我怕什么？我怕一个死去的匪首？笑话！你去叫士兵们快点挖！"

不一会儿，人们开始围了上去。曾国藩知道是挖出来了，起身向挖坟的地方走去。还没有走到跟前，见围着观看的人们又呼啦一下散开了。曾国藩不知何因，大跨两步上去。突然一阵腐尸的恶臭扑鼻而来，曾国藩差点儿被熏倒，赶快向后退了几步。

玉石的墓穴不在了，只有包裹尸体的黄缎还在，白底乌缎长靴已少了一只，另一只脚光光的。

曾国藩捂着鼻子伸头看了一眼，觉得这尸体总在六十岁以上，头顶都秃了。

洪仁发站在一旁哭丧着脸，说："老三呀，我们都好苦呀。"洪仁达也在一旁流泪，但没有哭出声来。

曾国藩问洪氏兄弟："这是匪首洪秀全吗？"

洪仁发、洪仁达流着泪点了头。

曾国藩又问了带来的几个宫女。宫女们都点了头。曾国藩大声喊道："各位都看清楚了，经大家验看，这的确是匪首洪秀全！"

人群又在向墓池围拢，都捂着鼻子伸头去看。

曾国藩对身旁的鲍超说："找点油来，倒进去，把这具腐尸烧了！"不料，他话音一落，天空中突然划过一道银蛇一般的闪电。接着，"轰隆隆"一串雷声，比轰城时的大炮还要响上十倍。围观的湘军将士们惊恐万状，纷纷逃离墓地。曾国藩的脸色也变了，变得煞白。他觉得，这炸雷是冲着他打的。他向来相信这些。

大雨倾盆而下，豆大的雨点砸在人们脸上。

鲍超凑近曾国藩，道："大帅，下这么大的雨，浇上油也烧不着了。是不是填上土盖了？"

曾国藩心中暗想，如此闪电雷鸣，如此倾盆大雨，或许是天意。既是天意，不烧也罢。于是，摆摆手对鲍超道："埋了吧，埋了吧！"

李鸿章从探子嘴里听说这件事，起先不信。结果，第二天派出的探子回来，也如此一说，不由他不信了。

由曾国藩再次挖坟验尸，李鸿章隐约感到：幼天王洪天贵福没有死。

果不出李鸿章所料：洪天贵福成了萧孚泗手下的漏网之鱼。萧孚泗军中的一个什长亲口对李昭庆说的。而且，他还亲耳听过李秀成的交代。那是李秀成还被关在萧孚泗大营里的时候，这个什长负责看守李秀成，亲自问过李秀成的。什长问过李秀成之后，又盘问了其他被俘的长毛，说法全是一样。

李昭庆得知幼天王出逃的消息后，他来找二哥，道："喂，这可是一条漏网的大鱼呀！该让我们淮军露一回脸了。二哥，秘密派出一支队伍，去抓怎么样？"

李鸿章听了昭庆的建议也有些兴奋，道："据小弟你看，这洪天贵福会逃到哪里去？"

李昭庆一见大哥也有此心，更加有劲，道："二哥，弄不好就在我们的地盘上。您想，李世贤据说又窜到江西去了，洪仁玕在江西和皖南都有地盘。他十六七岁的孩子出逃，不往这几个地方逃，又能往哪里去呢？我以为他一定是西逃了，去江西找李世贤了。"

李鸿章道："很有可能！长毛的余部恐怕也都要向江西一带靠拢。皖南已没有他们的城池了，都是一些游动的小股长毛。金陵一破，李世贤、洪仁玕等肯定要合军，重新建立联系。洪天贵福出城后只有去找他们。而洪仁玕也一定会出来找洪天贵福的。他们是叔侄关系哩！说不定，他们早凑到一起去了。"

李鸿章说着，走到东墙上的大挂图旁边，用一只手指头按住金陵，又用另一只手由金陵向江西方向移动，锁起了眉头。

李昭庆走到二哥身边，仰头观看地图。李鸿章指着图上标出的地名道："目前，我们面临的情况是，苏南的长毛已被我们淮军彻底肃清了。几次拉网式的扫荡，可以说找不到长毛一个人影了。浙江绝大部分地区，也由左宗棠的楚军收复了。要有长毛，那也只是小股的散兵。苏浙交界处或许还有一些小队，但早已不成气候，既不敢露面，更无力攻城。只有江西东北部地区，有伪侍王李世贤和伪来王陆顺德所部在此活动。加上皖赣交界一带洪仁玕的队伍，有人说长毛军队伍还很大，有十万人马呢。甚至有人说，目前长毛军的总兵力，仍不在二十万以下。我不相信这些。据我的估计，长毛军残部总计还有五六万人马了不得了！"

"五六万也不少啦！不可小视呢！"李昭庆说。

"不，这点长毛算不了什么！还不够我淮军一仗打的！眼看收复了金陵就没有大仗可打了，对于这些残兵流寇，我们淮军自然不能坐视不管。将士们争功心切，我放弃了去金陵争功的机会，剿灭长毛残部就不能再落后了。否则，淮军将士们会怪我的。"李鸿章说。

李昭庆高兴了，道："小弟带兵几年了，你今天让我回合肥，后天让我去安庆，光为您跑腿了，没打上几仗。这一回该让我出几手了，就从抓伪幼天王开始吧！"

李鸿章笑道："刚才你说了，伪幼天王是一条漏网的大鱼。既是大鱼，想抢夺他的人就多了。首先，他是从金陵溜掉的，我恩师曾夫子不可能不管吧？他知道，只有抓住伪幼天王了，才算立了一个全功。这会儿他曾氏两兄弟一定在为此事紧锣密鼓地干开了。说不定，队伍已经开到江西去了。那么，江西还有沈葆桢，他是江西巡抚，手下也有重兵，长毛就在他们地盘上，他不想争这个功吗？他当然要去找伪幼天王。还有那个了得不让人的左宗棠，他更不是软蛋。浙江已基本平定，楚军干什么？他自己也要找这块肥肉。所以，依照我的估计，在几军内部，围绕争夺伪幼天王，剿灭长毛军余部，将会很快展开一场争夺战。伪幼天王及长毛军余部，最终鹿死谁手，还难料定。"

李鸿章凝神望着昭庆。李昭庆从二哥的眼神中读出了对自己的几分赞许，动情地道："二哥呀，我的好二哥！您就让小弟领兵去露一手吧！"

李鸿章眯起了眼睛，点了点头。他将昭庆拉到挂图底下说："我看过了，洪天贵福从方山一带逃脱，如直去江西的话，有两条道可走。一条是往西走抹陵镇，一条是往东走隆都。你带八百兵勇，轻装疾行，不要跟着人家屁股后面跑，抄近道直插我们安徽的太平府。若能在那里截住伪幼天王，当然更好。我估计他们去江西的速度不会很快。因为，白天谅他们不敢走路，只有夜间行进，还须东躲西藏，前行的速度一定很慢。如果伪幼天王意外地过了太平府，那么，你就向江西境内靠近，并随时派人与我联系。我将老三鹤章也派出去，让他率大队人马从东路行进，最终与你军会合。"

李昭庆领命，转身就要回营里去。刚出了大门，又被李鸿章喊了回来，道："你此次出征要记住两点：一是要保密，以防传到其他军中去，便难度更大了。几军都在盯着伪幼天王，万不可让他们抢先夺去。二是如发现了伪幼天王，一定要抓活的，非万不得已，尽量不要打死他。抓住以后，押送到我的衙门里来。那时，你李昭庆就名扬天下啰！我要为你上一道请功奏折，争取在北京为你举行隆重的献俘仪式，保准让你得赏又升官。"

"一言为定！"昭庆一路小跑着走了。

李鸿章又找来李鹤章，让他统带一千人马，从东路赶往皖赣边界。

从方山突围后，洪仁玕巧遇幼天王一行十多人。洪仁玕心中的一块石头落了地。他得知忠王李秀成已经被俘，深知指挥太平军余部这副重担就等于落到自己肩上了。身处危境之中，他头脑反而冷静下来了。天京失守，太平军主力全线崩溃，再打仗，再攻城已不现实了。眼前只能游动应付，保卫幼天王到达江西，在那里联络李世贤等部，巩固一块地盘，以守为攻，再谋发展。只要幼天王在，太平军余部就有了一杆旗帜。旗帜不倒，联合各军，还是有希望东山再起的。

洪仁玕这么盘算着，全部精力集中在如何保护幼天王，寻一处能守能攻的地域扎下根来。天京失守后，洪仁玕总共也只有两千人马，且受伤、生病的兵勇达到一半。白天，他们还要躲避敌军，避免遭遇不测。只有在晚上，才可以走一段，日行程只能达到二三十里地，急死人了。两千人虽然没有了战斗力，但吃饭一点不能少。所经之路，都是敌军占领区，到哪儿去解决肚子问题？

要尽快赶到江西，多一天耽搁，就多一天的危险。想来想去，洪仁玕决定：将近千名伤病员暂时留下，让他们慢慢在后行军，自己率千名将士护卫幼天王先行一步。经过一番耐心劝说，伤病员们同意在后慢行，又留下五十名无病无伤的兵勇照顾他们。其余约九百五十名将士作为先遣队出发了。

洪仁玕专门挑选出三十名身强力壮的兵勇，负责一路护卫幼天王。安排二十名兵勇照顾小王娘及眷属们。又抽出五十人筹粮。洪仁玕令所有人全部换上百姓衣服，扮作逃难的队伍，夜行晓宿。好歹正值盛夏，树林里及沟沟坎坎都可以睡人。还算顺利，居然一路平安走出了几百里。

613

李昭庆从常熟发兵,绕开金陵沿小道进入安徽境内。到芜湖县以后,每天几十里便留下十个人。为的是让他们探听幼天王的行踪。若得消息,马上飞马报告。他以为自己张网似的布下阵来,定可以搜寻到幼天王的行踪。

　　不几日以后,李昭庆率淮军追兵已到达皖浙赣交界处。这里是婺源县的屠家寨。小寨也还算得山清水秀,一方富足。寨子里有一大户人家,主人叫屠光,是这一带的地头蛇。屠光手下养了一百多名团丁,用于守护村寨。别看人数不多,方圆二三十里的地盘上,一有风吹草动,就有人马上报告屠光。一天,正是快吃早饭时,团丁们来向他报告,说天亮时,有一队数百人的队伍来到松木岭山脚下,到处张望,然后都钻进山林中去了。

　　屠光命团丁们继续加强监视,自己又召集了一帮团丁,在村寨中设防。奇怪的是,整个大半天下来了,钻进山林中的这支队伍丝毫没有动静,都好像睡觉了。仅周围发现几个兵勇在巡逻放哨。

　　屠光在寨中焦虑不安,怕这伙人晚上来抢夺村寨。他心想:这伙人冲进村寨中,自己是挡不住的。不料傍晚时分,李昭庆率几百号人马来到了屠家寨。屠光一见来了官军,十分高兴。心想这下可以利用官军保住屠家寨了,便热情邀请李昭庆及淮军们在村寨住下,又命人们去准备饭菜。李昭庆哪愿意在此停留?当时就要拔队继续前进。

　　屠光只好道出实情,说松木岭中有一支来路不明的队伍。李昭庆闻报大喜,当即派出探兵二十人分成四组前往松木岭侦察。探兵到了松木岭后,大吃一惊:这支队伍刚刚已经离去,火灶里的柴火还没有灭尽,满山岭狼藉一片。探兵只捡了几张他们丢下的废纸、烂布等。李昭庆把废纸抹平,发现这是一道布告的碎片,上面有"太平天国"、"清妖"、"谆谕"等字样。

　　李昭庆道:"这正是我们要追剿的长毛。半个多月了,狐狸终于露出尾巴了!将士们,马上出发,跟踪追击!"

　　说话间,天已经黑透了。李昭庆将队伍分成几支小队,打着灯笼,在山岭周围搜寻起来。他们不断地会合,又不断地散开,直到天快亮时,一个长毛的人影儿都没有见过。

　　李昭庆沮丧极了,心想这快到手的鱼儿,怎么给他们溜掉了呢?他正在闷闷不乐时,一个兵勇跑来报告,说远远地看见对面一片山林中有一支小队在奔跑。这些人好像有枪有马,可能就是长毛。

李昭庆跟着这个兵勇来到山口,举起望远镜细细看去,只见丛林中果然有上百号人正在游动,看上去的确像长毛。

"快招集人马,包围过去!"李昭庆下令。

已搜寻了一夜的淮军将士们得令,顾不上疲劳了,鼓起劲头从两边向对面山岭摸去。两支队伍从南北两边都走出去三四里地了,忽然从山岭上冲下来一队人马,也是兵分两路,闪电式地拦住了淮军的去路。

李昭庆一惊,喝道:"你们是什么人?!"

"我们是楚军!"一个高大粗壮的汉子答道。站在这个大汉身旁,还有一位腰挎刀枪的中年男子。他自报家门道:"我是总兵王开琳!"

"呀,原来是王军门,幸会,幸会!"王开琳在左宗棠手下,是一名敢打敢拼的大将。李昭庆久闻其名,今天是第一次见到。

王开琳道:"请问你是什么人?"

李昭庆道:"卑职是淮军分统李昭庆!"

"哟,是李四帅呀?久仰,久仰。今晨在此相会,实属幸事。不知李四帅来此做甚?"王开琳满脸堆笑地问。

李昭庆愣了一下,自知推挡不过去了,只道:"有一股长毛窜入江苏境内,我们发现后,一直尾追至此,估计有两千人马。不知王军门可曾遇到?"

王开琳一听,知道李昭庆是在蒙人,讲得不太实在。于是道:"是从金陵里逃出来的吧?有两千人吗?是李四帅亲眼所见吗?"

李昭庆又愣了一下,支吾了一声。王开琳也没有听清,道:"哦。对了,就是我们正在追剿的那一股长毛吧?若是这样,就不用麻烦贵军了。他们已进入我的控制圈内,不消两日,我定能将他们捕获,押送左宗棠大人的行辕去!"

李昭庆一时不知所措,慌忙道:"我们既然追到一路来了,所追击的又都是长毛。那么,我们就一块儿追去吧。我见你们兵力也不多,加上我的队伍,把握更大一些。"

王开琳向前跨了一步,伸手一挡,拦住李昭庆道:"李四帅留步。我所追击的长毛与你所追击的逃兵不是一回事。我们各有任务,还是各

615

忙各的吧！"

李昭庆起了疑心：这王开琳到底要干什么？我要助他一臂之力，他反而拒绝。王开琳看出了李昭庆的表情，突然堆起笑脸，道："李四帅，我想起来了，你是在追伪干王洪仁玕的队伍吧？听说他带了两千残兵败将去救金陵，结果人未到金陵，就碰到了长毛贼从金陵城中逃出来的十几个人，其中多是小孩。他们让洪仁玕接走了。昨天我还得到报告，说有一支长毛队伍向黄沙镇方向逃去了！"

"果有此事？那你们为什么不追剿呢？"李昭庆半信半疑，问道。

王开琳道："这是别人向我报告的，并非是我亲眼所见。至于为何不追剿，我不是对你说过了吗？我们奉左大人之命，另有任务哩！"

李昭庆仍站在原地不动。他在怀疑：这王开琳是不是编了一通瞎话，想把淮军支开，由他们来独得此功？所以，尽管王开琳讲得有鼻子有眼，李昭庆还是不肯完全相信。

王开琳见李昭庆站着不动，又道："李四帅，你们赶快去追呀！你们从这里往回走，经过屠家寨，向南有一条丈把宽的大道，再过鬼面岩，就到了黄沙镇了。快去吧！否则，长毛跑远了，你后悔都来不及了。"

李昭庆心想，在这里僵持下去也没有意思了。不如就照王开琳讲的去追，说不定还真能追出个名堂来呢！于是，李昭庆向王开琳拱了拱手，道："那好吧！回头见。"

王开琳见李昭庆率队伍向屠家寨奔去，突然大笑起来。他笑出了眼泪，对左右道："让这李小四子去追空吧！弟兄们，快进山去找伪幼天王呀。谁先抓住了幼天王，将重重有赏。要银子给银子，要官帽给官帽，冲呀！"

于是，埋伏在丛林中的楚军将士们一哄而起，欢呼雀跃着向山上奔去。

原来，自曾国荃攻下金陵后，左宗棠也派出探子到了金陵，探知幼天王逃出金陵，被洪仁玕接应而去。左宗棠立即分拨出三支大军，计三千人马，派到皖、赣、浙边界，围追堵截。其中有王开琳这支队伍最有心计，在这三省交界之处把兵力散开，埋伏于几处山林之中。就在两天前，王开琳的部下抓住了两个面黄肌瘦的汉子，他们说是逃难的表兄弟。但王开琳一看，就认出来了：他们是长毛。因为他们满头满脑的长毛,从不剃头的。于是,王开琳下令对这两个人进行严刑拷打,逼他们说出真话。这两个人坚持不住了,承认是幼天王的两个亲兵。他们因为脚上受了伤,跟不上队伍了,所以才落在队伍后面被抓。

王开琳一听说幼天王是沿着山道向西南走了,而且走得不会很远,喜上心头,立即调动人马,沿山道一路捕巡过来。刚到屠家寨一带的山林区以后,碰上了淮军李昭庆,心头一惊,知道除了自己的队伍之外,还有淮军也在追剿幼天王。他哪能让李昭庆把幼天王搜捕去?于是编出了一套谎话,把李昭庆支走了。

这会儿,他正指挥楚军将士满山遍野地捕捉起来,一点一点向深山推进,但半个人影都碰不到。他急得满头大汗,估计长毛们就藏在某一处山沟里,也或许钻进了哪一个大山洞里去了。于是,下令士兵们满山遍野地叫喊,还不时地朝天放枪,想通过此法把胆小的长毛们赶出来。他确信长毛们已如同惊弓之鸟,如此大造声势,说不定还会有人偷偷溜出来向他投降呢!

王开琳这一招还真没有白用。上千楚军将士在林山中大喊大叫了一会儿以后,还真是让干王洪仁玕率领的这帮太平军听到了。此时他们正在王开琳队伍的前面,相距约四五里地。山林中喊话,几里地以外是能听清的。幼天王洪天贵福首先听到了要捉拿他的喊叫声,还说谁抓住了洪天贵福,将重重有赏。十六七岁的孩子吓得浑身打战。自从金陵被围以来的两三年间,可怜他已受了太多的惊吓,架不住上千人在他们不远处大喊大叫地要捉拿他。他哭了,哭得令洪仁玕心碎。

洪仁玕把幼天王搂在怀中,尽力安慰。但他心中也同样恐慌不安。他听得敌军是从东北方向喊叫的,估计正朝这边搜来。此地已非停留之地,只有率队再向前走。于是,洪仁玕打着手势,令全体起身,向西南的山林里快步疾行。又走出了四五里地,众人大惊:前方是一处悬岩,根本无路可走了!

这一批太平军,连日来吃尽了苦头。此时面临绝路,大家同时想到的只有一条:必死无疑了。这些年生生死死,见得也太多了,对死与活的感觉,他们已经麻木了。洪仁玕紧紧地挽住幼天王的一只胳膊,心想:如果敌军突然出现在外面,就与幼天王一起,跳悬岩自尽。

正在这危急时刻,悬岩的左边走来一位老翁。看上去,他是在这山上采药材的。只见他手提一把锄头,身背一只竹篓向这边走来。见到这位老人,洪仁玕的感觉就如同见到了救星,立即松开幼天王奔了过去,向老人家双手一拱,道:"请问老人家,此路向前还有路走吗?"

老翁抬头看看洪仁玕,道:"此处已是绝境,悬岩峭壁。山下数百丈之下,又是湖水,往前走,是没有路了哩!"

洪仁玕心头一凉,隐隐听得身后的枪声与喊叫声连成了一片,便又向老翁一揖,十分谦恭地说道:"老人家,您老一定是此地人。我们都是好人,现在是被一帮强盗追赶至此,无路可去了。老人家若肯救我们一命,就为我们指一条路吧,我等若能绝处逢生,日后定不会忘记老人家救命之恩的!"

老人家道:"你们到底是什么人?跟我要说实话,否则决不指路。"

洪仁玕道:"事已至此,对老人家实不相瞒了。我们是太平军,从金陵城里逃出来的。众将士死伤惨重。我等路过此地,准备前往江西与大队人马会合,以图再振天朝大业。"

老人家的脸色阴沉下来了,低着嗓门问:"金陵出事了?被曾国藩攻破了?"

洪仁玕流泪了,点了点头。

老人家说:"看你们也够惨的了,就为你们指一条生路吧!"说着,他将洪仁玕拉到悬岩边上,指着悬岩下面的一棵老松树,道:"你看,这棵老松树比我的年龄大多了。就在这棵古松下面,有一个山洞。这山洞恐怕除了我之外,不再有人进去过的了。你们可以钻进山洞,沿洞向前走,走出山洞便是德兴县了。到了德兴县,就到了江西省境内了。"

洪仁玕心头一喜,又问道:"请问那古洞从入口到出口有多远?"

"要走小半天吧!我这一辈子也仅走过一次哩!"

洪仁玕向老人家深深鞠了一躬,然后命令十几个年轻士兵砍青藤编绳子。大家一齐动手,很快编成了一根长绳。老人家在悬崖上面帮忙,将绳子拴在一棵樟树上,另一头放下去,正好能搭上古松根部。洪仁玕令一个亲兵先下去,果然成功了。于是大家又编了几根绳子,洪仁玕接着下去了,幼天王也下来了。只见这洞口还很大,能容纳下一二百人。他们成功了。不一会工夫,数百老小就这样进了古洞。老人家救人救到底,在太平军将士全部入洞之后,把一根根藤绳解开,扔到悬崖下面去了。

又过了一会,洪仁玕在洞口处听到悬崖上面响起了枪声,又听到追兵们大喊大叫的声音。洪仁玕双膝跪下,谢天谢地,道:"该我们能有一条活路,苍天有眼啦!"

王开琳带所部搜寻至此,只好空手而回了。他拨队到了杭州,将二十多天里的所见所闻报告了左宗棠。

左宗棠道:"我就知道长毛的幼天王逃出金陵了。可是那个曾涤生又向朝廷上了一份奏折,说伪幼天王'积薪宫殿'恐怕是举火自焚了。这真是睁着眼睛说瞎话!"

王开琳道:"如此说来,曾涤生已犯了欺君之罪呢!左帅呀,干脆乘机给两宫太后和皇上递上个折子,重重地参他一本!"

左宗棠道:"本师也在这么想。真想马上就写下个奏折,把他参倒!想想这两年来他做的一些事情,也真够气人的。事事想着曾国荃,再不就是偏袒着那个李鸿章,而对我们这边,总是压着一点,气死人了!"

左宗棠向来认为,自己的才华、能耐,都远在曾国荃之上,也在李鸿章之上,甚至也不在那个大名鼎鼎的曾国藩之下。长毛作乱多年,最大的一仗自然是金陵之战。依左宗棠的想法,是无论如何也轮不到曾国荃头上的。湘军中许多将领都比曾国荃强上百倍。湘军之外,还有他左宗棠。即便成心不想用他左宗棠,用李鸿章也比用曾国荃要强。这么大的事情,公然把同胞兄弟的关系凌驾于实际需要之上了,死伤那么多人,花了那么大的财力,竟用两年的时间才攻下一座城市!这哪里是什么立功?简直就是一种犯罪!

左宗棠从心里瞧不起曾国荃带兵。他本人不学无术不说,把一个吉字军带成了土匪军了。军中吃喝嫖赌,偷窃扒拿,打砸抢烧,奸淫妇女,无恶不作。正是一个吉字军,坏了湘军、楚军和淮军的名声。但是,曾国藩明知这些情况,却事事掩盖,把攻打金陵的任务一下交给了曾国荃,让楚军、淮军为他打外围。这是曾国藩最大的谋私行为,是可忍,孰不可忍!在左宗棠看来,那个李鸿章也是拿原则做交易了,一味讨好、谦让曾国藩,正是一个没长骨头的家伙!

给朝廷上一道奏折的事依靠不了他李鸿章的。李鸿章不是同样知道幼天王没死吗?不是同样派出队伍,意欲抢下这个大功吗?上奏折告曾国藩兄弟一状,李鸿章这个滑头派是绝对不会干的。你李鸿章怕得罪人,我左宗棠不怕!要告诉朝廷:洪天贵福并没有死。而是出逃在外,至今仍未抓获。当然,上奏折也要讲艺术,我左宗棠是建议朝廷出面,命令各省各地协同搜捕,不要让这个幼天王再萌生祸乱。真正做到擒贼须擒王,斩草要除根。否则,恐有大乱在后。

他其至还想跟朝廷点明:曾国藩一贯虚伪、自私、乖巧,玩尽了欺上瞒下的手段。谁不知道金陵城已由长毛军经营十多年了,金银财宝无数。攻下金陵,曾氏兄弟肥得淌油了!谁不知道,曾国藩在打下安庆向金陵发兵时起,就开始拼命地抓钱捞钱了?李鸿章的钱他也不客气地要,月月催,年年加。听说李鸿章也有忍不下去的时候,称他的恩师变得越来越贪婪了。左宗棠还听说:正是这个曾国藩,已背着曾国荃,背着李鸿章,也背着大多数湘军将领,竟然私筹了白银五百万两之巨!他放风说:积聚一点银子,是为日后裁撤军旅时使用。不然,到时候面对新老湘兵们回乡了,他一个钱不赠,无法向将士们交代。

依左宗棠看起来,筹一点银子作为裁军费,是可以理解的。但是,能用得了五百万两吗?这恐怕不是在为湘军将士们留一条后路,而是为了他曾国藩的子孙们铺一条黄金路!他知道自己老了,干不了几年了,正所谓不捞白不捞,捞也白捞。我左宗棠就是要让你曾国藩捞得烫手,向朝廷参你一本,让天下人都知道曾国藩最贪!

左宗棠是个说做就做的人,一不做,二不休。他把一道状告曾国藩的折子真的递了上去。

自从攻克金陵的捷报送到北京,在两宫太后看来,天下太平了,好日子到了。尤其是慈禧太后,高兴得不得了,心想这下修园子有门了,曾国藩少说也得拿上几百万两银子出来了。但这话只是搁在心里,具体的情况还没有奏上来,等着瞧吧。

祝贺金陵大捷,朝廷里能够做的,就是唱戏。慈禧太后喜欢看戏,道:"曾国藩打了胜仗,我们看戏。"于是,紫禁城里天天唱戏,慈禧也天天看戏。看了五六天了,慈禧看累了,这才把几个人召到一起,来商议事情。

慈禧太后道:"曾国藩兄弟俩这次功劳不小呀,灭了长毛的太平天国。要好好奖赏一下,别让人家寒了心,觉得我们这两宫太后亏待他们了。"

恭亲王奕䜣说："回禀两宫太后，臣与军机上商量过了，不宜封王，大清以来没有这个先例，还是封个侯吧。"

慈安太后说："封侯就很好了。虽说此功不小，但毕竟围了两年之久，耗人财物最多。"

慈禧太后转了话题，道："曾国荃把那传国的玉玺全部找到了没有？"

恭亲王道："禀西太后，曾国藩来折子说找到了，是在后林苑里挖出来的。"

"这就好。那李秀成怎么办呢？"慈禧道。

"我看还是槛送京城来，让刑部好好审一审，也叫京城人乐一乐。我们也好从他嘴里了解一些真实情况。"慈安太后说。

"这个好办。"奕䜣回道。

慈禧太后说："如今长毛终算平了。曾国藩手上可直接调动的兵力有一二十万吧？再加上李鸿章、左宗棠的，联合成一军，就让人担心了。是不是该叫曾国藩把兵权交了？"

奕䜣道："现在还使不得。长毛军据说还有十万人马在江西、福建、皖北一带，山东的捻匪还在闹事。而且，各方面都闹得挺凶。真正平定天下，还须一些时日，曾国藩仍要用。"

慈禧太后提出了一个她最关心的问题了，道："六王爷，曾国藩攻下金陵，能捐多少银子呀？"

奕䜣道："臣也正想着这事哩！近来湘军、楚军、淮军以及朝野上下都议论纷纷，说金陵城中圣库、宝库金银财宝无数，但都不知去向了。各方面对此都有些看法。"

慈禧道："不会一点都没有吧？那么大的金陵，又在长毛手上经营了十几年，金银财宝都哪里去了？"

奕䜣道："曾国藩的上一个奏报中未提此事。刚来一个奏折说，各王府都烧了，烧得什么都没有了。又说，李秀成被抓时，包袱里带了许多黄金珠宝。我理解，他的言下之意是金陵城里黄金白银原是有的，但都让这王那王的在出逃时带走了。"

慈安有些火了，道："一派胡言！那个玉玺金印多值钱啦？又不累

621

赘,随便塞在什么地方就可以带走。为什么长毛们没带呀？再说,攻金陵时,这王那王的,大部分不是都抓住了吗？死了的更多,他们怎么带走呀？恐怕是带到曾氏兄弟自己老家去了?!"

慈禧太后笑了,道:"姐姐,连你这么一个忠厚老实的人,都把曾家兄弟这回的毛病看出来了！无怪乎六爷刚才说,朝野上下都在说长道短呢！说句老实话吧,长毛的玉玺金印,他们是怕砍脑袋,不敢往老家拿。拿回去也无法换成钱,别人也不敢要。所以就肯交上来了！"

奕䜣道:"这些话已经都不好说了。究竟金陵城中有多少金银财宝,已查无证据。这些年,朝廷中也欠了湘军五百万两军饷。朝廷从哪里去弄这么多银子。这样吧,我们也不给他了,他该交的,朝廷也不要了。两不亏待,这算公平了吧？"

慈禧道:"我本来还指望他曾国藩捐些银子……"她把这话咽了下去,"修园子"三个字终未吐出,却道:"怕只怕剿灭了一个洪秀全,再出一个曾国藩。如是这样,那可就坏了大事了！"

慈安太后摇头道:"妹妹,我看这倒未必。他虽太会为他湘军及兄弟的利益盘算,但到底不会成为乱臣贼子的。"

慈禧太后道:"我也知道他暂时不会。但是,人是会变的。要么变得好了,要么变得坏了。防人之心不可无呀！我注意了他每次的奏折了,尽在一些词语上做文章,下工夫,转着弯子粉饰自己,是个极有心计的人呢！单单是曾国藩一个人,也就没有什么好担心的了。又加上一个左宗棠,他们是同乡；再加上一个李鸿章,他们又是亲密无间的师生。这三个人都掌握重兵,终究怕会出事的。"

慈禧太后又转到老话题上来了。奕䜣道:"太后,臣从许多事情上已经看出,这三个人其实并不是铁板一块。无论他们之间是同乡还是师生关系,这并不重要。重要的是他们中间其实矛盾也很深,面和心不和,甚至连面也不和。"

说着,奕䜣递上一道折子,又道:"两宫太后看看左宗棠这个奏折就明白了。左宗棠自视才高八斗,对攻下金陵不以为然,讲了一些我们并不掌握的情况。"

慈禧太后看过了左宗棠的折子,又递给慈安太后。两宫太后都很气:依照左宗棠的说法,洪秀全那个小孩洪天贵福并没有死,至今还流窜在外呢！还有金陵那么多金银财宝……

慈禧怒道："下一道圣旨，严斥曾国藩，着其迅速查明洪天贵福漏网之事，并叫他把防范不力的员弁们从重查办！"

奕䜣道："这次事情正好利用。曾国藩现在还不知道他的老朋友左宗棠从他的背后狠狠地捅了他一刀。我马上发廷寄，把左宗棠的奏折抄件递一份给曾国藩，最好再给李鸿章一份，使他们之间矛盾加深。这样，就不用担心他们几个串到一起去了。眼下还要利用他们，只能采取这个办法了。"

慈禧道："这个办法很好。防他们一手，就要不断采取办法，让他们互相之间斗起来。左宗棠的折子上还说，湘军纪律太坏，攻下金陵后烧杀抢掠好几天，许多湘兵都整船整船地往老家运东西，要严查一下。"

奕䜣说："或许是有其事的。无风不起浪嘛。这几年湘军的饷银如流水一般。朝廷没有给他们多少钱，可是，湘军将士们仍然腰包鼓鼓的。或互相捎带，或老家来人，或亲自送回去，真正是一人当了湘军，全家都捞朝廷的油水。胜保以前说过，湘军从营官到哨官，人人都是贪赃能手。左宗棠也认为，曾国藩兄弟们在军中捞到的金银，怕是祖孙多少代也享用不尽了。"

"所以我说，对他们要防。不仅是防他们造反，还要防他们把朝廷这点银子都捞到他们私库里去了。赶快去严查！"慈禧说。

奕䜣道："禀太后，臣对此已考虑过了，马上叫他们从速办理军费报销，各级将领，概不能外。逐人逐项地办理起来，他们就要露出尾巴来了。看他们对已捞去的钱作如何交代！"

慈禧说："这个办法很好，是一把刺向曾国藩的软刀子。待局势平静时，马上解散湘军，让曾国藩两手空空。看他还能玩出什么花招来！"

奕䜣道："太后圣明。第一步至少可以大幅度裁减，减掉他一半。"

朝廷先下了一道圣旨，开头对曾国藩攻下金陵着力吹捧，说他"忠诚体国，节劲凌霄"。朝廷也跟曾国藩玩起了文字游戏。但写上了一大堆不关痛痒的嘉勉之词后，却严令曾国藩迅速查明幼天王的下落。

曾国藩大惊，知道此次躲不过去了，有人捅了他一刀，把幼天王逃脱的事告上去了。其实，他早已派出苏元春率三千人马奔江西去了。在皖、浙、赣交界一带，湘、楚、淮三军各有人马，互相之间跟打哑谜似的,都在留心捉拿幼天王一行。可是,到了九月里,各军都一无所获。

原来,洪仁玕等护卫着幼天王从深山古洞进入德兴县境内,便到了江西。他们并不敢停留,决定连夜去寻找李世贤所部。到达昌化时,幼天王一行与湘军及李昭庆的淮军遭遇。幸好在夜间,被打死了十多人后,突围到了一个叫宁园墩的地方。到了宁园墩才探知:李世贤与康王汪海洋等早已败退。侍王逃到赣粤边境一带去了,没有确切的地点。而汪海洋去了江西石城是确信无疑的。

洪仁玕与幼天王一合计:决定先到石城,找到汪海洋再说。他们却不知,江西臬司席宝田奉巡抚沈葆桢之命,已在石城一带布下兵勇,张网以待。

这日天黑以后,洪仁玕、幼天王的队伍到了杨家牌。此地离石城已经很近。他们本想连夜赶去。但所有人又饥又累,都走不动了。洪仁玕与幼天王决定:先休息一下,待天明再走。

于是,他们在杨家牌扎下营帐,全体睡下了。湘军苏元春的队伍也在这一带堵截。苏元春首先发现了太平军的营帐,悄悄围拢上去。见洪仁玕的队伍困乏至极,毫无反应,便一哄而上。待四面枪响时,洪仁玕才从梦中惊醒,他立即拉起幼天王就跑,拼命向北逃去,终于逃到了石城境内。

这时,正好太平军另一路佑王李远绝、昭王黄文英、偕王谭体元、奉王黄明厚、天将胡永祥等准备前往宁国府,但在石城与席宝田及湘军的一路人马遭遇。洪仁玕领着幼天王到来,会合到这一路太平军中去了。两军在石城一带激战,洪仁玕指挥将士抵抗,与昭王黄文英等一起,被敌人俘虏了。

佑王、偕王、奉王等一见干王、昭王被俘,带上幼天王一起,往投汪海洋。次日,席宝田率军来堵。他联合石城知县曾继勋的团勇,首先擒获邮王洪仁正。接着,尊王刘庆汉在石城郊外被席宝田的兵勇击伤。他倒在地上后,被席宝田抓获,当场凌迟处死。可怜刘庆汉,曾跟随林凤祥、李开芳北伐,一直打到天津。北伐军几乎全军覆灭时,刘庆汉仍奇迹般地死里逃生了。就是他一路乞讨,从天津回金陵向洪秀全报信。不料竟在这石城之下,未能逃出厄运。

此时幼天王与干王洪仁玕被冲散以后,跟着佑王等又跑了一阵。

几十名亲兵护卫着幼天王,几次冲出重围。眼看前边是一座大桥,幼天王和亲兵们奔上大桥,只听身后枪声大作。他的坐骑惊叫而起,前蹄腾空,一下把幼天王从马背上掀了下来。亲兵们上前把他搀起,徒步奔走。刚跑过大桥,一支清军马队追了上来,拦头挡住去路,把幼天王逼到了桥边的一个火坑中间。他与亲兵们无处可逃了。火坑中间有一个暗洞,亲兵们护卫他钻进了洞中。清兵把他的卫兵们一一抓走以后,却让幼天王又一次脱险。

他躲在洞中不敢伸头,只听喊杀声、枪声渐渐远去之后,才从洞中爬出。眼下再无他人了。幼天王独自一人潜入荒山野岭之中,只吃些野果子躲了四天四夜。到第五天清晨,他发现一个身穿白衣服的人上山来了。幼天王躲在大树后面观看,见这人并不像坏人,便连呼救命。这人快步循声赶来,见原来是一个十六七岁的大孩子在喊叫,很是同情。这人把自己带在身上的饼子给了他一个。幼天王狼吞虎咽地吃了饼子以后,又在山上躲了两日。

在山上躲到了第七天,他见山下再无敌军,便悄悄走下山来。

他在山上时,就注意到山下有一个小村庄。他想进村庄找好心的人家讨一碗饭吃。当他站在一户人家门前时,户主张口就问他姓啥名谁?因何落难于此?他自称姓张,父母双亡,想出来帮人打短工糊口。

这家山民姓唐。此时正值收割大忙季节,他家中正缺少劳力,便给了他一碗饭,让他吃过以后,去田间帮助收割庄稼。在这山民家干了四天农活,吃饱了肚皮,体力便渐渐恢复了。

这天,唐家人又让他去田间干活。他乘独自割禾之机,扔下农具跑了。幼天王一口气跑到了广昌的白水井一带。突然,在他不远处出现一队清兵。他吓得要命,慌忙之中乱了阵脚,掉头就跑。他一口气跑到瑞金地界,又遇到一队清兵。这队清兵正在招募兵勇,立即拦住他,叫他为清军挑担子。而这支清兵正是往石城去的。他一路不得脱身,挑着重担到了石城。等于是自投罗网了。刚进石城,席宝田的部将周家良、知县谢兰阶等正在搜捕幼天王。他的年龄和外貌特征很快使他暴露了身份,遂被抓获。

消息传遍石城,传到席宝田的耳朵里,席宝田激动得哭了。经已捕获的太平军将士们辨认,得知他正是在逃的幼天王以后,席宝田亲自率队,将洪天贵福押往南昌。江西巡抚沈葆桢高兴万分,亲自审问,并录下了口供。对曾国藩兄弟来说,这已是瞒不了的一桩大案。等沈葆桢奏报到紫禁城,朝廷却一时不知作如何处置了。湘军、楚军和淮军中都在议论此事。左宗棠幸灾乐祸,喜在眉梢。李鸿章在大失所望、埋怨胞弟率兵而去这么长时间,空手而归。但同时,他也为曾国藩捏了一把汗。

奕䜣心中有数,他还要利用曾国藩,因此把沈葆桢的奏折看得无关紧要。他故意要冲淡此事,好为曾国藩留下开脱的余地。他的想法没有错,夸大其词的是曾国荃,而曾国藩既未亲临前敌,又何从去考察他弟弟的话是真是假呢?只是要谴责曾国荃的话,曾国藩就逃不掉"失察"之咎。投鼠忌器,朝廷为了保全曾国藩,不得不便宜曾国荃了:把金陵破城以后,曾国荃和他的部下们忙着劫取财物,致使首逆漏网的重大过失,丢在一旁不问了。

慈禧太后道:"曾国荃可以不问,沈葆桢不能不赏!"

曾国藩已预感到事情不妙:六百里加急从金陵送上奏折,五天可到北京。两宫太后接到捷报必然大喜,会立即下达上谕,再传回来,又是一天行六百里,再五天到达金陵。朝廷就算商量需要三天。从奏折送出到酬赏的圣旨下来,十三天够了。可是,两个十三天都过去了,朝廷方面还是没有消息。八九月间的金陵是一个名副其实的大火炉,热得使人甚至感到活亦无趣、死亦无惧的地步。曾国藩更是在烦躁中又增添了几分不安的焦虑。

曾国藩从城外营帐中移住到金陵城中原侍王府里了。这是湘军攻下金陵后,唯一保存完好的建筑。侍王府后面有一大片竹林,枝叶婆娑、青翠欲滴。曾国藩一住进来,就喜欢上了这片竹林。

这天午后,他命人将一张大凉床移到竹林里,旁边再放一个茶几。他便躺在竹林中看书、喝茶、休息了。

"大哥,上谕到了!"曾国藩被一声高喊惊得坐起身来,只见是曾国荃满脸喜悦地快步赶来。后面跟着彭玉麟、萧孚泗、朱洪章等人。

曾国藩激动起来,一时不知如何才好。过了一会。他才镇静下来,叫大家先到大厅里去。他自己换了衣服才去接旨。他回房间穿上了朝服,端端正正地面向北方跪在大厅中央,身后一大群文武官员也都跪下了。大案上的香已点燃,正中供奉着由兵部六百里加急递来的上谕。接旨开始,曾国藩率众将领面对上谕行了三跪九拜大礼,然后展开上谕诵读。

这份上谕长得出奇。从曾国藩自咸丰三年在湖南主办团练,创立舟师,一直讲到这次攻克金陵。曾国藩听得满心欢喜。核心内容终于到了,他的心已提到了嗓门口。只听道:

"曾国藩着加恩赏加太子太保衔,赐封一等侯爵,世袭罔替,并赏戴双眼花翎……曾国荃着赏加太子少保衔,赐封一等伯爵,并赏戴双眼花翎……"

后面还有一长串受赏名单。人人有赏,个个不缺,真是皇恩浩荡,普天同庆。文武大员山呼万岁。唯有曾国藩兄弟二人在勉强笑容可掬地应付。期盼封王——落空了!

更让曾国藩沉重的是,刚念完这份上谕,忽听亲兵在门外高喊:"折差到!"曾国藩一惊,那折差已大步迈进了大厅。于是,又是烧香,又是行礼。曾国藩亲自打开黄绫包封,从中取出上谕,念道:

"浙江巡抚曾国荃七月十九日攻破外城时,不乘胜攻克内城,率部返回孝陵卫大营,指挥失宜,遂使伪忠酋夹带伪幼主一千余人,从太平门缺口突出。据浙江方面奏,伪幼主洪天贵福即混杂这股逸贼之中。还有伪干酋、章酋等巨寇。浙闽赣等处尚有长毛十万众,倘若拥立伪幼主与朝廷对抗,则东南大局,何时可得平定?曾国藩奏洪天贵福积薪自尽,自是听信谣言。现责令该督追查太平门缺口防守不力人员,严加惩处。金陵陷于贼手十余年,外间传闻金银如海,百货充盈,着曾国藩将金陵城中金银下落迅速查清,报明户部,以备拨用。李秀成、洪仁达二犯,着即槛送京师,讯明处决!"

大厅里死一般地寂静,鸦雀无声。曾国荃早已浑身湿透,脑袋嗡嗡作响。曾国藩不仅大汗淋淋,几乎都站不住了。众人也兴趣顿失,一言不发地各自回营去了。

曾国藩其实早已把封王不封王的事情看穿了。可是,真的到圣旨下来,证实了他的估计以后,仍然是失望得要命。不封王也罢,又来了后一道圣旨,却大大出乎他意料之外。朝廷是在众将领攻下金陵的兴头上,浇了一盆冷水,足以说明朝廷已经大为不快。两道圣旨一前一后送达，是朝廷精心安排的。无情的现实已把曾国藩埋在心底深处的一点希望、热情击得粉碎。失望、委屈、恐惧的感觉笼罩着他。他有一种被愚弄的感觉。

鲍超知道曾国藩心中不快，专门来叙话。他出口就道："朝廷也太浑蛋了！没有我们湘军，大清早就完了，哪有他们在紫禁城里吃喝玩乐的份儿?! 哼，我们是再造大清的人，这回不能再听他们了。大帅，这左宗棠告了我们一状！圣旨上已经讲明了。把李鸿章叫来，与淮军合为一体，跟他朝廷反了！"

鲍超以为这样一骂，便是对曾国藩声援和安慰了。但这却触动曾国藩心中的大忌。这样的狂言如果传出去，他曾国藩一世清名、半世功名也就统统完了。他动怒了，腾地一下站起来，大喊一声："胡说八道！你给我回去休息去！"

鲍超气呼呼地走了。曾国荃垂头丧气地来了。他见大哥满脸怒气，将大哥拉进书房，轻声道："北京除了两道圣旨外，奕䜣王爷还私下抄录了一大堆东西，是给您的。是不是拆开看看？"

曾国藩一惊，他伸手就要，现在就看。他估计这是六王爷私下的安排，要告诉他一些底细。

曾国藩没待坐下，就拆开了大信封，抽出一份邸抄，认真看起来。看着看着，只见他脸色更难看了，手都发抖了。他在书房里走来走去。曾国荃知道不妙，随手要过来看，一见是左宗棠给朝廷奏折的抄件。曾国荃也呼呼生气，将拳头向案台上一砸，骂道："这个王八日的左宗棠，在背后捅我们一刀！我迟早要杀了他！"

曾国藩更气，但又无处发泄，这会只有拿九弟出气，道："都是你坏了大事！说什么洪天贵福死了。可如今倒被人家捅出来了！"

曾国荃道："我是一等伯爵，是太子少保，浙江的巡抚！他把我捅出来又能怎样？我不理他这个茬！"

"你把皇家的封号看得是铁打铜铸的，是不是？对朝廷来说，给你的不就是一张纸吗？这能值几个钱？不用说你我，就是那些王公大臣、皇亲国戚们又怎么样？先帝们杀了多少？本朝的端华、肃顺比你我厉害，结果怎么样？叫他们死，他们不是照样人头落地吗？只怕是早上封你为伯，晚上就拿你下了刑部大狱。这就叫做伴君如伴虎。有了这些封号,你比下面的部将们更危险!"

曾国荃低下了脑袋,道:"那就让左宗棠白白整了一回?我要报仇!"

曾国藩道:"沅甫呀,左宗棠不仁不义,其中不仅是冲我来的,也有你的一份。他向来看不起你,甚至公开说你不学无术。而我却重用了你,所以连我一块也斗上了。眼下光骂他是没有用的,要设法寻找到对策,把眼前的事情应付掉!"

"怎么办呢?先要把对付左宗棠的法子想出来。是不是让李鸿章出面,占住浙江北面,封锁住他来往的通道,与他楚军的人断绝来往?"曾国荃道。

曾国藩摇头道:"少荃与我有师生之谊,我讲话他多半是听的。但这件事不成,他也不会像你糊涂到这种程度。不仅这种事不能做,就是这样的话,也绝不可以再说了。小心朝廷治你一个谋反之罪。"

曾国藩在书房里走来走去,沉思良久,又道:"沅甫呀,凡事都要动动脑筋。你要记住了,三思而后行。比如说,你听了皇上的圣旨和看了六王爷抄录来左宗棠的奏折后,想到的就是怎么去出气。而我则在想,这次六王爷为何要把左宗棠的奏折抄录来给我?他想讨我一个人情吗?不!他是另有意图哩!可以说,这不是他私下的行为,而是与两宫太后商量好的。"

"此话怎讲?"

曾国藩道:"你想想呀,朝廷前面来一道加封上谕,接着又递来一道严责的上谕。并且把别人参奏我的奏折抄录给我,这是精心安排好的。看起来不合常理。其实是为了挑起你我对左宗棠的愤恨,想叫我跟左宗棠对立起来。除此之外,别无其他。"

"对立就对立嘛!总比蒙在鼓里让人整要好受多了!"曾国荃道。

曾国藩只敢把话讲到这个份上。讲得太深了,曾国荃是理解不了的。但曾国藩心里逐渐明白了:朝廷是想在自己与左宗棠、李鸿章之间制造一种敌对情绪。使三人间互相猜忌、攻讦。朝廷正是担心他们的兵权太重才想出此招的。当然,曾国藩对左宗棠已恨到了极点,他想把左宗棠置于死地。他觉得左宗棠太没有良心,太狂妄,远没有李鸿章厚道。李鸿章虽然圆滑,但不至于忘恩负义。这次攻下金陵,他感到

629

亏了李鸿章,心中存着一份对李鸿章的感激之情。而左宗棠的所作所为却让他心如刀绞。自己先后十多次专折力保左宗棠,才使得他今天也成了一个令朝廷不敢小视的人物。不料他小人得势,竟恩将仇报。

曾国藩也想过由此跟左宗棠公开绝交,但最后由他自己否定了。这样做,正中了朝廷的下怀,而且能让仇者、忌者都在一旁看笑话了。经过认真考虑,他决定找九弟好好谈谈,防止他一时冲动,派出一支队伍去把左宗棠杀了,也说不定。

次日上午,曾国荃称病卧床不起了。曾国藩去了,完全以大哥的身份去了,没有带一个随从。

他对曾国荃说:"九弟呀,树高易断,楼高易倒,此乃千古不变的道理。凡事要小心谨慎,权衡再三。这些年来,许多人的眼睛都在盯住我们兄弟俩。若再跟左宗棠对立起来,那便是被人利用了。两虎相斗,必有一伤,或可能最终是两败俱伤。"

曾国荃道:"您对左宗棠还抱有幻想呀?您知道他在别人面前怎么讲您的吗?有人问他,为什么世人都称曾、左、李,而不称左、曾、李呢?他答道:这是因为曾涤生眼中有左宗棠,而左宗棠眼中没有曾涤生。李鸿章位居自己以下,另当别论了。您看,这左宗棠狂到了什么地步?!"

曾国藩笑了,道:"他这个人一贯出口伤人,你也不是不知道。他说他眼中没有我就行啦?还有李鸿章,不要说现在不比他矮什么,再往下去,位居其下怕是他左宗棠了。总有一天,李鸿章一定会骑在他的头上。九弟若不信,可以看嘛!"

谈了一会后,总算让曾国荃的情绪平定下来了。可是,还要两件事让曾国藩冒汗,且远比左宗棠的奏本厉害。一是朝廷要湘军迅速办理军饷报销,将攻城时所抢掠财物统统登记造册、汇总上报,以待拨用。二是要将李秀成、洪仁达槛送北京。这是朝廷有意要抓他们曾氏兄弟的辫子往死里整哩!

曾国藩道:"沅甫,真正要动脑子的,是这两件事,怎么办呢?"

曾国荃道:"李秀成、洪仁达的事要好办一些,找个理由把他们杀了,不就结了?北京是断然不能送的。倒是军饷报销一事,实在是办不了了。"

曾国藩道:"怎么样?朝廷这一招果然厉害吧?我是件件事都预测

到了。当初我一再跟你说,要严肃军纪,抢掠之事适可而止。你就是不听。比如说那玉玺金印,若不是报上去了,你我弄不好都得脑袋搬家了。"

原来,就在曾国藩到金陵三天后,曾国荃邀大哥到自己府中做客。酒宴以后,曾国荃把大哥拉进卧房,从底柜中取出一个包袱,打开来给大哥看。

曾国藩见包袱里面是一个金匣子。打开匣子,又见匣子里装的是一方八寸见方、镶玉的金印。印的上面是一条镂空的玉龙。金印四周是半寸长的龙凤和江牙海水图案。正中间上部有"玉玺"二字,而正中上方是"天父上帝"四字,左面有"辑睦"二字,右面是"恩和"二字,底下有八行小字,每行四个字。从右至左依次是:"永定乾坤,八位万岁,救世幼主,天王洪日,天父基督,主王与笃,真主贵福,永锡天禄。"

曾国藩惊喜道:"这是洪秀全的玉玺金印哩!你是从什么地方找到的?"

"是一个宫女请求我免她一死,告诉我玉玺让傅善祥埋在后林苑的太湖石旁边了。于是,我偷偷地一个人去了,把它挖出来了。里面还有许多诏书等物件呢!"

曾国藩将玉玺放在案头上,以欣赏的目光看了许久。这玉玺工艺精良,质地上乘,可谓天下一绝,价值连城。

曾国藩看了一会后,道:"沅甫呀,这玉玺是必定要报上去的!"

曾国荃一听就急了,惊叫起来。他哪里肯放弃这么一个宝贝,当初是瞒了所有人,自己亲手挖的。为了杀人灭口,宫女也被他亲手杀了。曾国荃无论如何不愿放弃玉玺。

曾国藩无奈,转了话题,道:"再商议一下李秀成的事吧。"

曾国荃道:"大哥,您在私下审讯李秀成时,李秀成劝您自己当皇帝,有这事吧?"

曾国藩惊得半死,道:"他对你说的?看来这李秀成要死得快一点才好。"

曾国荃道:"小弟以为李秀成此话出于好意。他的分析是有道理的。您手中拥有重兵,只要振臂一呼,就可以扫平天下。清廷已如此腐败无能,民心不顺,列强欺辱。依他看,大清朝的哪一代皇帝都不如您学问大，有能力。所以，若是朝廷再猜忌我们，干脆跟他们反了。只要大哥您站出来，一定会博得天下人响应的！"

曾国藩一双三角眼睁得老大，就好像不认识胞弟了一般。曾国荃不理会大哥的紧张心情，接着说："我们湘军里许多将领都恨不得您能早日自立，就以这两江四省为地盘，逐渐发展，一定会成功的。"

曾国藩说话了，道："老九呀，我该怎么说你好呢？你是昏了头了，却不知这是在害你自己，也害我曾氏一门啦！如果再有人提起此事，包括你在内，我只能六亲不认了，军法处治！"说着，曾国藩气得掉下泪来，叹气不止。

曾国荃这才软了下来，同意把玉玺的事报到朝廷去。

眼下是要尽快结果了李秀成、洪仁达等人。让他们死是一定的，但下手却不能匆忙。自俘获了李秀成以后，曾国藩已经与他有过五六次的接触了。从内心来讲，曾国藩不想杀他，甚至对他怀有了几分同情和敬佩之情。就说李秀成劝他当皇帝这件事吧，曾国荃的判断是对的：李秀成出于好意。但正是这个好意，促使曾国藩更加想杀了他。他必须下这个手。万一槛送京城，李秀成向朝廷和盘托出，自己也就完了。

关押李秀成期间，曾国藩除了在生活上给了他一些特殊的照顾以外，还几次安排他的妻子石益阳与他会了面。可是，就在曾国藩准备杀李秀成的时候，曾国藩特意安排石益阳去见李秀成，石益阳却拒绝前往了。曾国藩不能说出来，心想：这可是最后一面呀！但石益阳并不领会，只说："不想见他！"

石益阳其实与李秀成在名义上不算是夫妻。未被俘之前的几年里，也仅仅是过着实际的夫妻生活，对外只承认是恋人关系。他们没有举行过仪式。石益阳一生中与两个男人有过特殊关系。其一是石达开，由于年龄上的差异，她曾尊石达开为义父，而实际上是一对未经承认的恋人。另一个就是李秀成。在石益阳的心目中，李秀成才华横溢，是太平军的一根最有价值的顶梁柱。她爱李秀成，爱得曾经不顾一切。

在被俘以后，石益阳仍然爱他。她相信李秀成会不愧于"万古忠义"这个封号的。但不久，她心中的偶像被无情地击碎了。她发觉李秀成事事讨好曾国藩。尤其在看了李秀成的自述以后，便认定：李秀成已投降曾国藩了。他的失节给石益阳带来巨大痛苦。石益阳是靠着理想与幻想支撑着的女人。

李秀成其实也痛苦万分。他现在才感觉到，跟老奸巨猾的曾国藩玩经验，自己还嫩了一点。被捕后，曾国藩给了自己太多的暗示和诱惑，使自己上当受骗。

今天又被提审了。戴着沉重的镣铐从石益阳的牢房门前经过时，石益阳看见李秀成了。但她却很快把头扭了过去。李秀成叹了一口气，道："或许就是最后一面了，你还不肯理解我吗？我没有投降。只是想让太平军余部不要再作无谓的牺牲了。"

石益阳仍不理睬，李秀成也不想多作解释了。被押进金陵城原来那座侍王府以后，曾国藩仍然一如既往地满面笑容，语气也是和祥的。但李秀成却变得坚强起来，使审讯不欢而散。

李秀成没有想到，就在他自己被曾国藩提审时，自己妻子石益阳却在这天深夜里也被曾老九提审了。她被带到曾国荃府上时，曾国荃竟笑吟吟地站在门下等候。

"请坐，女英雄。"曾国荃说。

石益阳一脸怒气地打量了一下曾国荃，道："要杀要剐，你出手好了。其他一切都是白费工夫！"

曾国荃道："杀人是最简单不过的事了，何须我自己动手，只要一句话就行了。我是不忍心杀你。在我眼里，你不是囚犯，而是一个长得很美又有个性的女人。我诚心想为你找一条后路，不知你意下如何？"

石益阳冷笑了一声，道："你想放了我吗？那么，现在就让我走吧！"

曾国荃赶快摆手道："放你？现在不行。不过，只要你肯配合，机会是有的。本帅向你保证。"

石益阳从曾国荃色迷迷的眼神中已明白了他的用心。只要可以忍受屈辱，就可以苟活下来。她想利用一下这个机会，于是道："你是不是也要我写一份'自供'呢？我马上就写！"

曾国荃高兴地作出了安排，专门为石益阳准备了一个单间，让她一人待在里面"悔过自新"。

石益阳是想越狱。在那个石头砌成的囚室里，单身一个女人，越狱是不可能的。争取到一个普通的房间来，可能就有了机会。果然，她发现曾国荃为她准备的房间顶部开了一个天窗。这房间原来是一个豆腐作坊,一个水车的连杆正从房顶上斜伸下来。她只要能爬上连杆,顶破天窗,就有希望逃出去。

机会来了,正值夜深人静时,门外的看守们已开始打鼾。她早已把每一脚应蹬在什么地方都看好了。仅分把钟光景,她就爬上了房顶。繁星满天,她痛快极了。

曾国荃来到关她的房间时,石益阳早就逃走了。她经过一片沙滩之后,已隐约看见了紫金山的影子。她回头看一眼金陵,泪如泉涌。她的李秀成还要在这座城市受苦,她无法救他了。

石益阳逃出虎口的次日,曾国藩就下达了命令:秘密处决李秀成。李秀成知道自己的末日到了,反而显得极其从容。他不想到洪秀全曾为他们指引的天国去,他只想到属于自己的阴曹地府中去。临刑之前,他从一个看守嘴里获悉爱妻石益阳越狱成功。这对他是一个最大的惊喜和安慰。有她在,李秀成觉得自己的信仰、事业甚至连生命都在延续。

李秀成被押到燕子矶一块巨石旁边。头上飞的是沙鸥,脚下翻滚的是江涛。曾国荃凶神似的走过来了,问:"你还有什么话要说?"

李秀成平静极了,道:"我活到四十一岁了,到今天已经不再遗憾什么了。恨只恨不该给你们写那份自述,或许是永留骂名了!"

李秀成魂丢燕子矶。石益阳逃出不久就听到了这个令她心碎的消息,她只能以泪水与祷告为他送行。

石益阳历尽千辛万苦逃到了石城。这天是一八六四年九月十三日。她换了一身农家女的装束,费那么大劲赶到石城来,是想找到干王洪仁玕和幼天王。但,几乎所有的当地人都知道,他们都被俘了。幼天王被押到南昌的时间稍晚一些。石益阳她只听说洪仁玕被槛送江西南昌了。于是,她一路躲躲闪闪地摸到了南昌,想在干王临刑前见上一面。石益阳听到干王在万人围观的那个广场上高吟绝命诗:"宁捐躯以殉国,不隐忍以偷生……"内心深处赞叹不已。

幼天王与昭王黄文英、邺王洪仁正等也在同一天被杀。李秀成四岁的儿子李其祥因年岁太小,被知县陈宝箴收养了。

石益阳亲眼目睹同伴们的最后悲壮,期盼重振雄风的希望破灭了。

她想一死了之。

就在围观的人群中,石益阳意外地遇见了久别的洋兄弟吟唎。

吟唎说他要回英国去。他要带石益阳一起去英国,她答应了。几天后,他们乘上了英国皇家邮轮,劈波斩浪行驶在蓝色的大海上。这个追随李秀成多年的洋兄弟,从此以后又成了石益阳的追随者。她到英国后,帮助吟唎写出了《太平天国亲历记》一书,真实再现了那段令人思考的历史。在石益阳的心中,是永远不灭的长达十四年之久的天国梦。

第十九章　兔死狐悲

江南七八月间,经历了十四五年的兵荒马乱,随处可见的满是疮痍。然而,对李鸿章的淮军来说,突然从硝烟迷漫的征战中来到平静的世界,已达七万之众的淮军将士都感受到了一种胜利后的自豪和轻松。各路兵马的大营,建在衰草荒土之中,一连许多天都是死一般的沉静。听不到枪声,看不到炮火,好像大家都太累了,已经睡着了。

就如同一个时代刚刚结束,往日的枪林弹雨、悲欢苦乐,一概付诸了流逝的岁月。令清廷头痛多少年的太平天国大旗已倒,该轮到他们喘一口气了。然而,闲了一些日子以后,在淮军上下几乎是所有的将士们都警觉起来:"李大帅就这样养着我们吗?朝廷允许他养着我们吗?"

将士们第一次感到了一种失落,一种无所事事的恐慌。下一步干什么?七万将士何去何从?一般人只知道想这些问题,但却找不到答案。一些人把自己对前途的担忧捅到上面去,李鸿章传下一句话来:"有我李鸿章的事做,就有淮军将士们一碗饭吃!"这话传遍全军,七万将士心怀感激,才渐渐安稳下来。

然而,几天后,吉字营李昭庆从江西抢捕幼天王落空,路过金陵时带回来一个消息,令淮军将士们又一次不安起来。据李昭庆在私下里与合肥老乡们透露:湘军要大大裁减了,十二万人能留下二万人就不错了。其余全部要打发回乡种田去了。连已封了太子少保衔、一等伯爵的曾国荃等许多高级将领都要开缺回原籍了……这些事如果当真,淮军怕更加保不住了!

李鸿章获悉这些消息在军中传开,把李昭庆狠狠地批了一顿,又传下一句话来:"湘军是湘军,淮军是淮军!"大家在心中体味李中丞这句话,猜不透他有几分的把握。

其实,别看李鸿章住在苏州拙政园里不动,天下事有哪一件能瞒过他的。在李昭庆还未回到军中之前,他就知道了有关湘军命运的全部底细。

  恩师曾国藩面临的前景不好。曾国藩在攻下金陵之后就预感到朝廷要找他的麻烦了。左宗棠告他一状还算小事,刚新补上了"日讲起居注官"的江西籍翰林编修蔡寿祺,联合了一个叫丁浩的御史,又参了曾国藩兄弟俩一本。这一本还把议政王奕䜣牵涉了进去。说曾国藩兄弟之所以敢将金陵财物据为己有,胆敢在接到朝廷圣旨后,拒绝监送长毛匪首李秀成等入京,杀人灭口,都是因为有议政王奕䜣在他们背后撑腰。蔡寿祺胆敢把矛头直指奕䜣,说明他背后有比奕䜣更厉害的人指使。谁是蔡寿祺的幕后指挥?非慈禧太后莫属矣!曾国藩通过许多事情已经看出,所谓两宫太后,其实就是西太后一人说了算。"两宫太后"只不过是慈禧的代名词而已。

  那么,与其说是蔡寿祺要参劾六王爷,倒不如说是慈禧太后要推倒六王爷了。此事既然由自己和九弟引起,自然到最后也没有好果子吃的——曾国藩在心中的推理就是这么简单且准确。刚刚处决了李秀成的十多天后,曾国藩在一天之内收到了朝廷的三份廷寄。没有拆封,曾国藩就惊呆了:按照惯例,"准兵部火票递到议政王军机大臣字寄"这一套话中,竟赫然缺了"议政王"三个字。这绝对不是疏忽,朝廷的廷寄中还从来没有出现过这样的疏忽。果然,第二件、第三件廷寄都一律少了"议政王"三字。曾国藩最初是怀疑奕䜣猝然去世了。但拆开廷寄一看,曾国藩诧异万分。廷寄在首要位置上登载明谕:

<small> 谕在廷王大臣等同看:朕奉两宫太后懿旨,本日据蔡寿祺奏恭亲王办事循情贪墨,骄盈揽权,多招物议,妄自尊大,诸多狂傲,倚仗爵高权重,目无君上,视朕冲龄,诸多挟制,往往暗使离间,不可细问。若不及早宣示,朕亲政之时,何以能用人行政。恭亲王着毋庸在军机处议政,革去一切差事,不准干预公事。特谕!</small>

  曾国藩看完这道特谕后,仿佛傻了,呆了,不省人事了。他倒不是为恭亲王担忧。在他看来,恭亲王是冤枉的,自己与九弟并没有得到恭亲王什么授意,他对湘军也不见得有"循情贪墨"之事。他忧的是自

己,是湘军,是九弟曾国荃。虽然宫闱事秘,详情莫知,但曾国藩已清楚了一点:恭亲王被革职了。措辞如此严厉,就犹如慈禧太后三年前指责肃顺的口气一样。

平心而论,恭亲王自主持议政以后,对曾国藩,对湘军,甚至对李鸿章都给予了很大信任,视为依靠。让曾国藩节制四省兵力,实际上让曾国藩成了自三藩之乱后军权最大的第一个汉人。现在,恭亲王倒了,自己将要面临的打击可能是致命的!牝鸡司晨,国之不祥,一个野心勃勃的女人,所选中的下一个开刀对象大概就是自己和九弟了。整个湘军自然也会由此走向衰落。

曾国藩在想:慈禧对自己的亲小叔子,为何都要这样欲加之罪,何患无辞呢?无非是怕奕䜣利用自己这支湘军,作为日后重演辛酉政变的工具,同时害怕湘军成为满人江山的最大隐患。曾国藩估计的没有错。

曾国藩是知趣的。他必须立即做好退的安排:接到廷寄的次日,他就打发儿子离开金陵,回老家荷叶塘去。取消了将全家都迁往金陵的打算,并严告荷叶塘老家所有沾亲带故的,要事事谨慎,不能再依仗权势,招惹是非。

他把曾国荃叫到了自己的书房,让他准备请奏开缺,离开金陵。曾国荃从奕䜣被罢免一事中也极受震动,第一次领略到了君威凛冽,收敛了骄狂的性情,大哭不止,同意开缺回湖南老家,在家养病读书,不涉及官场。

曾国藩强作欢颜,在长江边上为开缺回籍的弟弟饯行。心里难受极了。兄弟俩当众抱头痛哭。不久前,这一对兄弟还在为封赏王位大做设想,不料今日挥之必去,这么快就把令人高兴的路子走到头了。

曾国藩道:"九弟,过几天就是你四十一岁生日了,我也五十四岁了。大哥在你回乡之日送你一副楹联,贴到你的座船上去。"说着,曾国藩命人取过他已写好的楹联,递给曾国荃。只见上面写道:

"千秋邈矣独留我,百战归来再读书。"

曾国荃依依不舍离开金陵后,跟随曾国藩征战多年的彭玉麟也提出回乡请求了。这位出身贫寒、秉性耿介、作战勇猛又肯远离官场的衡阳人是咸丰三年离家别母加入湘军的。如今布衣回乡,又适逢妻子国秀病入膏肓,曾国藩对他的离去难过极了。

彭玉麟道:"玉麟此生别无所求,只求回到家乡,落叶归根。日后粗茶淡饭,读书教子,这比那蟒袍玉带要好上百倍!"

曾国藩深受启发,送了他两万两银子与之握别了。萧孚泗悲痛的哭声令曾国藩更觉悲凉,伤心失意。萧孚泗紧步彭玉麟的后尘也雇下座船,独自还乡了。至此仅半月时间,十二万湘军已散去过半,仅剩五万人马不到了。曾国藩一时间有了树倒猢狲散的感觉,呆呆地立在江岸。唯独可以引作自慰的是:这种大裁大减的动作是自己主动提出和组织的。他要走在前面,不要等慈禧太后严诏下来,命他裁减,那时就被动了。

得知湘军裁减,李鸿章不忘恩师情谊,专程从苏州轻装简从,来看曾国藩了。自离开安庆后,李鸿章这是第二次来会恩师。曾国藩自然感激万分,讲出了一句最朴素的话。道:"少荃,你真是个好人,所幸我多年前就没有看错。"

李鸿章流泪了,道:"恩师,您对门生是一世栽培。有您这句话,我李鸿章知足了!"

季节已至初冬,曾国藩只觉得冷得让人发抖。他找了一件棉衣披在身上,仍冷不过。于是,又叫人干脆生了一盆炭火,与李鸿章围火叙话。

曾国藩道:"少荃有喜了。"

李鸿章被这句话搞得莫名其妙,道:"此次助攻金陵,门生我寸功未立。那西太后不治我一个抗旨重罪就算皇恩浩荡了。喜从何来?"

"我向来相信我的眼力和判断。这次蒙你体悟我与沅甫的心情,没有到金陵来助攻。但金陵之功,也有你一份。我估计,就在近日,朝廷恐怕要给你一个封赏,或许就是一等伯爵吧?"曾国藩郑重地说。

李鸿章也认真起来了,道:"如若这样,那肯定又是您的保奏。这一等伯爵的封赏十分厚重,沅甫主攻金陵,立此大功才得了这么一个封赏,我连边都未沾,何来伯爵之赏?"

曾国藩笑道:"今非昔比了。现在对你的封赏,已经不需要我来多言了。反过来说,如果我再像以前那样,设法保奏你,反而坏事,帮了倒忙。你信吗?"

李鸿章摇摇头,佯装埋怨的样子,道:"恩师怎么能这样看呢?您节制四省军务,淮军又源出湘军,唯有您的保奏,才名正言顺嘛。"

曾国藩摇摇头,道:"少荃,你知道我为什么把国荃奏请开缺回乡吗?又为什么大幅度裁减队伍吗?"

李鸿章其实心中清楚,但又不能从自己口中讲出,于是又摇摇头,装作一无所知。

曾国藩起身抓笔,在一张纸上写下四个字,递给了李鸿章。只见这四个字是:"扬李抑曾。"

李鸿章依然装糊涂,道:"此话怎讲?"

"西太后是嫌我兵权太重。所以我要把湘军减下来。又因沅甫谤言太多,当急流勇退,所以只能开缺回乡。这两步棋走下来了,才正合西太后的心思,使她对我的猜忌之心稍稍平缓一些。她还有一招,这便是'扬李'。而对我刚刚所做的一切只是'抑曾'。这还不够,还要继续裁减湘军,直到只剩两万人为止。"

李鸿章脸色微微红了一下,道:"依恩师这样讲,西太后是要拿我来钳制恩师您了?鸿章怎敢有钳制之心?鸿章乃恩师之肱股也!"

曾国藩起身,近乎失态地抓住了李鸿章的左手。师生之间的这种微妙关系,不是一般人可以体味得出来的。李鸿章明白"扬李抑曾"的意思,也知道这是曾国藩不愿看到的。但慈禧太后的主意,谁能抗过?所以,曾国藩抓住李鸿章手后,道:"少荃,造成这种局面不怪你。我不认为是由于你的崛起,而损害了我的利益。没有你李鸿章,还会有其他人。西太后同样要找到一个可以钳制我的人。这就是我今天面临的下场。"

李鸿章道:"恩师言重了。这些只不过都是恩师自己的猜测、多虑罢了。朝廷不会有'扬李抑曾'动意的。若真的有这个动意,您也要相信少荃在情与利之间,会有正确选择的。"

曾国藩道:"我相信你。恕我直言,当我看出朝廷想以你来钳制我的时候,我本来是可以采取一些相应行动的。可是我没有那样做。因为你我毕竟师生一场,兄弟一场。在我的眼里,你什么时候都是我自己的人。'扬李'总比'扬左'要好上百倍。左宗棠忘恩负义,你是情重如山。从李元度的事情上,我对你体会更深。所以,我不想挽回这个局面了,我甘愿当你的乘梯。我希望你由此直上青云,飞黄腾达。少荃,请相信我。"

李鸿章道:"这样看来,就连我今后也不会有好下场的。他们今天可以来一个'扬李抑曾',明天就会搞一场扬他人而'抑李'了。"李鸿章深深地叹了一口气,接着说:"唉,连您这样的大清第一功臣也要遭此贬斥,我今后还不是同样吗?不如这次回去,把淮军也裁减了算了,省得到头来也要受到猜忌。"

"不,你不能裁减兵员,朝廷也不会让你减员的。我裁减湘军是以退让二字保全晚节。只有保留淮军,裁减湘军才可以消除朝廷对我的猜忌。这样,把湘军裁下去了,必要以淮军济湘军之缺。所以,你的淮军丝毫不能减。眼下战火未熄,金陵虽被收复,长毛余部总还有十万左右。皖北和河南、山东一带捻匪更是声势浩大。他们很有可能合为一股,战事即将由江南转向江北。因此,淮军大有用武之地。你回苏州后,应讲明形势,培养军中朝气,涤除一切暮气,把淮军带得更好。可以说,不要几个月,你就会将我取而代之。朝廷没有湘军可过,而没有淮军便是日子难过了。我马上要奏明朝廷,力保你七万水陆淮军不再裁减,全额保留。"

李鸿章道:"多谢恩师事事想着鸿章,想着淮军。我要告诉恩师,不用说您现在是节制四省的两江总督,就是不在任上了,淮军仍然如同湘军一样,悉遵调遣,如同你的嫡系一样。"

这话说得令曾国藩打心眼里满意。湘军衰落了,作为他个人,当然也想把淮军当做依靠。因此道:"少荃弟果然仗义。说不定哪一天一无将、二无兵的时候,也只好借你淮军一用了!"

从金陵回到苏州,李鸿章更加澄清了对局势及淮军命运的认识,因而对下一步的思路也明显清楚了。果不出曾国藩所料,朝廷封赏的圣旨以六百里加急送到了苏州拙政园抚衙,道:"江苏巡抚李鸿章戎马多年,屡建奇功,着赐封一等伯爵,赏赐彤弓骏马……"

李鸿章实在佩服恩师料事如神的功夫。他得了这一等伯爵的封号,仅比恩师曾国藩的侯爵低一等了。封的虽是李鸿章,但淮军上下兴奋无比,高兴得如同过年一般。前些日子,几乎是全军将士都还笼罩在被遣散回乡的担忧之中,心想大帅李鸿章也该到头了。没有想到,湘军那边衰落了，淮军这边反而兴盛了。

这是一个奇迹。苏州城内外营营挂旗，队队摆酒。将士们换上新衣服，不少人自费购置了鞭炮，跑到巡抚衙门里到处放。一时间，拙政园里炮花纸遍地，抚衙大门前堆起了尺把厚。所有在苏州的什长级以上的将官都被邀请进了拙政园，在几个大院里摆上了酒肉瓜果。普通淮兵则被分散在自己营帐内设宴庆贺。

在衙门正厅里，四面都是火树银花，灯彩璀璨。庆功宴的主角李鸿章就坐在这里。统领以上的高级将领排列四周，一个个争先恐后地与李鸿章殷切叙谈，夸耀他，赞扬他，歌颂他统率的淮军如旭日之升，叙述他们之间的同乡之情。总之，他们要把所有好听的话都讲出来，让李鸿章开心。

潘鼎新道："大帅，这就算到了太平盛世了吧？"

李鸿章还没有来及说话，刘秉璋接过话儿道："这都是托李中丞的大福哇！淮军能有今日，就因为我们有一个李中丞。"

李鸿章笑道："你说得正好相反。我李鸿章能有今日，就因为有一支特别英勇善战的淮军队伍。"

陈鼎在一旁道："大人器宇之广，见识之高，真是常人万不及一呀！大人说得亦对，正所谓鱼与水的关系。大人是海阔凭鱼跃哩！"

李鸿章微微一笑，道："说来也有恩师曾国藩的功勋。我李鸿章没有他，虽有功名，但没有事业。如今亦算得功成名就了，但从立志与修养两方面来说，对现在的巡抚呀、大臣呀、一等伯爵呀等等，终于做到了心如古井，不为所动。一切都是身外的名分，唯有对得起朝廷，对得起淮军，对得起朋友，才是我所毕生追求的。我身为江苏巡抚、淮军统帅，凡事则不能凭自己的好恶去做人、做官，应以朝廷的需要，将士们的希望贡献毕生精力。因此，国家的命运，淮军的前途，在我心中是至高无上的！"

一八六五年的五月，即同治四年四月，出征浙江、江西一带的淮军兵马陆续回到了江苏境内。李鸿章在拙政园大宴淮军诸将，饮酒叙谈，同庆升平。淮军仍然兵强马壮，一派向上景象。经李鸿章再三权衡，减裁掉老弱病残的将士三千名，分了银两给回乡兵勇，大多数留在地方从事经商、制作等，使苏州城里各业中都有了一批"编外的淮军"。这些人如同在淮军里的将士们一样,对李鸿章感恩戴德。李鸿章奏明朝廷,称:江南既平,淮军已无大用,拟着手像湘军一样,大力裁减兵员。

慈禧太后接到李鸿章的奏折大惊,道:"我让曾国藩裁减湘军,没有叫你李鸿章裁减淮军啦!"由这件事,慈禧太后对李鸿章的印象好极了,说他忠厚老实,绝无野心,为人处事,不像曾国藩那样令朝廷提心吊胆。她想:自己确定的"扬李抑曾"的手段算是用对了。

李鸿章虽上奏朝廷要大幅度裁减淮军,但在实际动作上却力度很小,近乎于虚晃一枪。他心中有数,眼下江宁虽克,苏、浙已平,但太平军余部尚有十万人以上。同时,安徽、河南的捻子声势很大,山东也闹起了动乱,天下尚未真正太平。在这种情况下,将立有大功的湘军大幅度裁减下去,已经令各地带兵的将领有了一种兔死狐悲的感觉,若再裁减淮军,简直就是愚蠢的。所以,李鸿章分析朝廷不会再裁减淮军。更何况湘军的裁减已经成为事实,不把淮军当做依靠,便没有办法了。由此,他给朝廷上了奏折,要求裁军,而实际上基本不裁;又给恩师曾国藩写信,竭力恭维恩师裁减湘军之举为旷世奇闻,上合天心,下孚众望。对于淮军,他表示只须恩师下一道命令,马上也可以大幅度裁减。这是既尊重了曾国藩,又堵住了曾国藩的嘴。李鸿章估计,自己去金陵时,无论曾国藩是怎样表示支持淮军不裁减,但心里一定对淮军有所妒恨:为什么裁湘军,而不减淮军?李鸿章主动要求你曾国藩下令来减了,你该没有话说了吧?他料你曾国藩也没有这个胆量。李鸿章主意已定:淮军系自己亲手创建的,不能在自己手里撤除,也不容许别人插足。在李鸿章看来,淮军正如日中天,刚刚才兴旺起来,这眼下还有大显身手的机会,如何能裁减呢?湘军主力已散,淮军是独步天下了,包括左宗棠三万人马在内,都不是可以与自己抗衡的力量了。

李鸿章见恩师曾国藩起劲地裁减湘军,暗地吩咐淮军各营的营官:将湘军中那些已被裁减而又凶悍能战的将士搜罗过来。这些人正愁走投无路,是淮军收留了他们,能不为李鸿章卖命吗?所以,经这样一番暗中搜罗,淮军的力量越发强大了。加上曾国藩格外关照李鸿章,把湘军裁减后多余的枪、炮及军需物品转赠给了淮军,使淮军上了一个新的台阶。

让李鸿章意想不到的事情又发生了,被西太后一怒之下免了军机

兔死狐悲

大臣职务的六王爷奕䜣,又东山再起了!

原来,朝廷里的七王爷奕譞和僧格林沁虽然得到了慈禧太后的一时赏识,无奈这两个人资质太差,把奕譞取代了恭亲王奕䜣用起来后,慈禧太后才发现自己错了。他既没有六王爷过人的才识,更缺少奕䜣的器局。慈禧太后很快对自己的妹夫感到失望了。

一日,她把自己妹妹召进宫来,想从妹妹口中了解一些关于奕䜣的情况。

慈禧直言问道:"我知道你们两家相处得不错,可知道六王爷对我罢他职位一事有何感想?"

"哎呀,您别提了。他被罢职以后,后悔极了,说他自己年轻,有些地方摸不准您的心思,往往把事情办偏了,惹得太后们生气了。他自己为此感到十分内疚。"妹妹道。

慈禧又问:"最近去六王爷那儿的人多不多呀?都有些什么人常到六王爷府上去呀?"

妹妹回道:"六爷性格可犟了,自从被削去议政之职后,闭门不出,也不许别人去拜见他。只许自家的几个兄弟有些来往。在一起喝喝酒,聊聊天。他说他不在其位,就无须再谋其政了,平日里只是以读书为主。"

慈禧道:"六王爷果能如此,那就好了。其实我也在经常挂念他,觉得自己有些地方,是不是也有不足之处呢?"

十月初十是慈禧太后的生日。往年身为宫女、贵人、贵妃,没有条件大操大办。今年不同了,一则已当了太后,垂帘听政了,二则金陵已经收复,心腹大患摘除了,她想办得热闹一些。恰巧又是三十岁的生日,有来恭贺的就让他们来恭贺吧。于是才初六、七,宫中上下就开始有人送礼品了。有些头脸的宫女、太监们是少不掉要表示心意的。外官、内官二品以上的大员及各省军中的将军、提督们,也都要备下厚礼,一份份送到养心殿来了。每天,安德海都要为慈禧太后送来一份礼单,上面写明:谁谁谁,送了什么礼物。有时,她还要亲自看实物。看到有人送了稀罕的礼物就高兴。一般的礼物,摆摆手,让太监、宫女们拿去放起来。

这天,安德海来禀:"六王爷也送礼物来了!"

慈禧一喜,道:"快去请母后皇太后和皇上到我这里来。叫六王爷不要走,我要召见他!"

九岁的同治小皇帝不一会就请来了。东头那边则说:她身子不舒服,一切听任西太后做主。

当奕䜣跪在养心殿东暖阁正中软垫上的时候,慈禧已笑眯眯地坐在黄幔帐后面了。小皇帝登基已过三年,在这种场合里,他从来是一言不发,如同一个木雕似的坐在龙椅上。

"六爷!"慈禧轻轻喊了一声。

"奴才在!"奕䜣赶紧磕头答应了。他听得出来,今天的慈禧的声音变得异常温柔。他心中顿时滚过一股热浪。

"近日过得可好?"慈禧依然柔和地问道。

"回太后,这些日子闭门谢客,反省思过,感悟颇多。"奕䜣道。

慈禧听这话笑着点了点头,道:"六爷,你既是感悟颇多,不知想到这一层没有?先帝自己撒手去了,将这祖宗的基业扔给了我们孤儿寡母,让我们来支撑这个江山。我们不容易呀。这几年外人欺侮,内有匪贼作乱,要保住祖宗的基业,我们孤儿寡母们只有内靠你们几个王爷,外靠曾国藩、李鸿章、左宗棠,才勉强支撑下来了。六爷呀,你要与我们母子一条心才好,助我们一把力气。"

奕䜣听出了慈禧话中的意思,再次磕头,道:"回太后,这些天在家中闭门思过,已想到了祖宗创业艰难,当今更是难上加难。臣年幼无知,办事不力,有负太后重托,臣如今是后悔莫及呀!"

房内宫女把六王爷恭贺慈禧太后三十大寿的礼物捧来了。慈禧一看,十分高兴。这是一整套法国进口的妆具和一双绣花鞋。每只鞋子上都缀着一颗径长一寸的东珠。管事太监告诉慈禧:仅这两颗珠子就不下于五十万两银子。慈禧收下了这份厚礼,当着奕䜣的面,就换了鞋子,把奕䜣送的绣花鞋穿在脚上。

她感到自己还要依靠眼前这个送鞋人。罢免了奕䜣职务几个月来,慈禧对许多事务感到力不从心。比如说,她读的书太少。她亲手拟的那篇罢免恭亲王的诏命,短短两百多字,错字白字就有十多个。她自己全然不知。还是她的妹夫七王爷悄悄告诉她,把她羞得满脸通红。臣子们上的奏折,只要一涉及到历史典故,她便不懂。但她又不好意思请教别人。所以,许多奏折都是似懂非懂地看过来了。再比如说对六部官员,对地方上的督、抚、司、道、将军、都统等,她既不熟悉,又不知他们的出身资历、才学品性,因此,在决定对他们的升迁处置时,常常不知从何下手。她甚至搞不清那些职位应承担的责任,使一些官员因祸得福,或因福得祸,叫上下官员哭笑不得。

总之,她感到,作为一国之主,她缺乏的东西太多。一个女人的细嫩的肩膀还挑不动这副重担,必须借助于他人的力量,培植党羽,树立权威。所以,在经过一段时间的冷静思考和比较之后,她又想起了六王爷奕䜣,她还要用他。

近来,慈禧的心绪明显好了起来。三十岁大寿引起轰动,所收礼品成堆,说明朝野上下都在敬重她。女人,对小恩小惠的理解往往要比男人深刻得多,也很在意。二则是曾国藩裁减湘军已超过想象,李鸿章踏实肯干,对朝廷忠心不二。三则奕䜣大有转变,被自己制伏了。她很高兴。

慈禧道:"六爷,有几件事还要你帮我们娘俩拿一下主意。"

奕䜣心头一喜:这分明是重新起用自己了。现在是要与自己商议大事,不是起用,又是什么呢?于是,奕䜣连连磕头,道:"臣愿肝脑涂地,效力于太后。请太后明示。"

慈禧道:"我的想法是,裁湘保淮,限制曾国藩,以备后患。对李鸿章,尽可能逐步以之取代曾国藩。你以为如何?"

"太后,依臣之见,江宁收复不久,曾国藩就主动大力裁减湘军,足见对朝廷别无二心。李鸿章也做了少量减员,也是没有野心的忠臣。这两个人都还可以继续使用。从长远的利益来看,裁湘保淮亦好,抑曾扬李也好,都是对的。但眼下还必须慢慢来。湘军还必须保留到三万人马左右。听说现在裁得只剩下一万人了,单依靠淮军,还担不起剿灭长毛余部,平定捻匪、回民之乱的重任。因此,应赶快下诏,叫曾国藩停止裁减湘军了。已裁掉的,没有关系。他还可以再招募嘛。"

"好,就依你了。不过,户部奏请命湘军将十余年的军费开支情况逐项申报,以凭审核,追回在战争中抢劫财物一事,六爷看如何处置才好呢?"慈禧说。

奕䜣道:"太后,我以为这是户部在无事生非。湘军从创建之初,就不是朝廷经制之师。严格地说起来，它与淮军、楚军一样，充其量不过是团练而已。由于这个原因，就不必要按绿营兵、八旗兵的办法去办了。他们是军费自筹，朝廷基本上没有掏钱。您又何必去管他的开支呢？这些年兵荒马乱，湘军、淮军等都没有经过专门训练。可以肯定地说，他们没有往来明细账目。是挣一个，花一个，多挣多花，少挣少花。这么多年过去了，突然才在今天想起来叫他们逐项申报军费开支，这不是成心为难曾国藩吗？还有一条，关于追查抢劫财物一事，如今大多数人已裁减回乡了。且这种事情都是说不清，道不明的事情，朝廷怎能知道他们抢了什么，没抢什么呢？所以，依臣之见，还是一了百了，一切从头开始吧。"

慈禧笑道："六爷言之有理。从即日开始，六爷还是回军机处吧，总理军机处，你看如何呀？"

"臣遵命！"奕䜣高兴极了。但转而又想：既要回军机处了，议政王的头衔为什么还不给我呢？是慈禧疏忽了，还是有意扣留不给？

六王爷东山再起之后没几天，两道同样内容的六百里加急上谕分别送到了金陵曾国藩和李鸿章手里：

上谕令曾国藩星夜兼程赴山东督剿捻匪；令李鸿章即日起署理两江总督。

朝廷圣旨下来，正如恩师曾国藩预料的那样：李鸿章接替了曾国藩，一跃而成为节制三省的总督了。江苏巡抚暂由自己的得力帮手、江苏布政使刘郇膏出任。

李鸿章要集中精力考虑两件事情：一是要以现在的巡抚衙门、淮军将领为基础，搭建一个精干的总督衙门班子，总人数不在五百人以下。加上差役、亲兵等，恐怕需要两千人左右才可以使总督衙门正常运转起来。二是恩师曾国藩要赴山东剿捻，而湘军已成了强弩之末，基本上是没有独立成军的主力队伍了。看来他必须要借助于淮军的力量赴山东。那么，自己必须早做准备，等朝廷圣旨下来，令其配合，那便仓促了。所以，他计划重点整顿刘铭传、张树声、周盛波三军人马，共计三十三营约一万七千人，加紧操练，配齐装备设施。他召来刘、张、周三人，布置操练任务，讲明此次或许是与湘军一起，共同剿灭捻匪，非同往常。李鸿章要求淮军在湘军面前，不要丢脸，扬淮军威风，壮淮军气势。

李鸿章道:"这是我淮军第一次与湘军配合,各军必须以自己最出色的行动向湘军证明淮军是好样的,战无不胜的!"

李鸿章的命令传下去以后,整个淮军兴奋不已,请求参加的多路兵马的呼声非常高涨。他们没有想到:这支队伍在剿灭了长毛军以后,又要投奔到山东战场上去,与已活跃多年的捻军一决高低。

原来,僧格林沁的八旗兵在山东曹州一带中了捻军的埋伏,全军覆灭了。这个一直自视为朝廷顶梁柱的亲王,不料魂丢异乡,在山东被捻军将士砍下了头颅。这一噩耗震动朝野上下。两宫太后下令:辍朝三日,为这个满蒙亲贵眼中巨星的不幸殒落致哀。

僧格林沁过高地估计了自己的实力和聪明才智了。他瞧不起曾国藩、李鸿章,始终不愿意与湘、淮两军联合对敌。淮军平定吴中、湘军攻下金陵后,他急得眼中冒火,发誓要在两年内剿灭活动在安徽、河南、山东一带的捻军,期望以此来重振绿营、八旗兵的雄风,压倒江南曾国藩、李鸿章的功勋。在恭亲王被慈禧太后暂时罢免职务、七王爷奕谖代行职权以后,他以为时机到来,更急于要表现一番。他匆匆结束在京城的休假,赶回山东大营,率领他的马队昼夜不停地追赶捻军。

太平军丢了金陵以后,捻军的确也经受了挫折,元气大伤。这些年来,他们与太平军是互为声援,互为支持。虽没有过多的联合行动,但都在很大程度上牵制了敌军,以自己的存在客观上帮助了对方。所以,太平军大势已去之后,捻军的气势也大不如从前。太平军余部遵王赖文光、扶王陈得才、首王范汝增等纷纷投到了号称"大汉永王"的张乐行门下,与捻军结成一股,并对捻军进行了改编,沿用太平军的封号和印信,下设军师、司马、先锋等职,以复兴太平天国为己任,发誓要推翻清廷统治,建立属于自己的王国。

改编后的新捻军的主要首领有遵王赖文光、梁王张宗禹、鲁王任化邦、荆王牛洪。僧格林沁返回军中后,狂妄至极,不思后果,到处东奔西闯,追剿捻军。捻军中的这四王一合计,定下了一条引鱼上钩之计:将僧格林沁的队伍引诱到山东曹州高楼寨一带,布下埋伏圈,将僧格林沁一网打尽。

这是捻军历史上最精彩的一页。对于僧格林沁全军覆灭的最终下场,曾国藩与李鸿章早有预计。李鸿章道:"这是一个没有头脑的亲王。"曾国藩则说:"僧格林沁骄横暴虐,气数已尽!"

僧格林沁不幸被曾国藩、李鸿章言中。这几年来,他们就是要坐看这个骄横而又不学无术的亲王遭受惨败。现在,他真的全军覆灭了,而且连他自己一起,统统在这个世界上消失了!他的死,是他的仇人们没有预料到的。消息传来,曾国藩和李鸿章都有一些天理昭彰、生死报应的感觉。尤其是曾国藩,着实躺在太师椅中仰天大笑了好一阵子。李鸿章的感觉与恩师略有不同。他只是看不起八旗军、绿营兵。而对僧格林沁本人,他恨得远没有曾国藩强烈。据他所知,僧格林沁的主要矛头对准的是曾国藩,而并非是他李鸿章。

现在,曾国藩才切实感到:僧格林沁的死对自己原来也是极为不利的。捻军还在,而与之周旋多年的僧格林沁却不在了。那么,朝廷只有让自己作为与捻军作战的主帅奔赴山东了。他为自己的命运在抱怨,他不愿意作为僧格林沁的后继之人再次冲入炮火硝烟之中。

李鸿章在安排好苏州事务以后,到金陵来了。他将三千亲兵队伍安排在金陵南门外驻扎,为的是尽量减少湘军及曾国藩本人的反感。但对接任两江总督一事,的确有些等不及了的感觉。他希望曾国藩及湘军早日离开金陵。新官上任,他有许多开创性的事情要做。曾国藩可以待一天是一天。而他,被耽搁一天就意味着浪费一天,千头万绪的事情就要推迟了一天。所以,他在苏州待不住了,心里在想着两江总督的事,在想着金陵。

师生二人在金陵会面,曾国藩失去了往日的热情。他强烈感觉到:这是李鸿章在赶他走路。他虽不能表示明显的愤怒,但至少可以不冷不热,待理不理。

李鸿章一再解释,道:"恩师放心,我来金陵,不是您所理解的那个意思。实在是门生为恩师之事放心不下,有许多事情要当面与恩师商量。"

李鸿章此来也是煞费踌躇的。他与陈鼐、刘秉璋、钱鼎铭等人商议后,一起来到金陵。到达金陵后,几人决定在船上住宿。为的是不给曾国藩增加麻烦,也不打搅对方。但金陵知府还是闻讯前来邀请了。他坚持要给新任两江总督及一行人觅一处房屋以供暂住。但李鸿章坚决回绝了。他想:反正恩师曾国藩就要离任了,不必多此一举。

今天来到金陵,他身穿了超一品的蟒袍补褂,双眼的花翎,呢檐暖帽,乘了金陵知府带来的绿呢大轿进城。来到两江总督衙门前,他如同前两次来金陵一样,仍然通过号房递了名帖进去。不一会,曾国藩依然给了面子,几声炮响,只是人没有迎出来。而是大开了辕门,让李鸿章的八台大轿拾阶而上,直达辕门。在辕门之下,李鸿章缓缓下轿,仍不见曾国藩的身影,便进了花门,前往客厅。当他走进客厅时,才看见曾国藩也是一身袍褂翎帽,面容严肃地拱了拱手。

李鸿章遭此冷遇,心中不快,但依然硬着头皮要给恩师行礼。曾国藩赶紧拦住,冷冷地又略带讥讽口气说道:"你已是两江总督,与老夫我真正是平起平坐了。一切按官场规矩来,不必再行此礼!"

入座时,李鸿章要请恩师上座见礼。曾国藩仍然板着面孔,道:"官场上有官场上的规矩,老夫我已申明过了。还是相向而坐吧!"于是,曾国藩在东面座位上落了屁股,李鸿章在西座上坐下了。

李鸿章坐下后,用双手一抱,才讲了前面那些"放心不下"、有事面商的话。在曾国藩看来,所谓放心不下是句假话,有事要当面商量还算是一个理由。对此,曾国藩明知他要让出两江大权已成定局,李鸿章尽管性急了一些,但到底是无可指责的,不觉怒气消去了大半,变得和气了许多,道:"你来了就好,我预计你这几天可能会来。一些烦人的事情,正好要坐到一起商量商量。"

李鸿章眼珠一转,想好了一个可能会使曾国藩高兴起来的话题,道:"恩师呀,听说那个曾与您过意不去的僧格林沁,在曹州连中了八枪,与他的小马僮死在一起了。"

曾国藩叹了一口气,道:"僧格林沁死了是好,但却把他那烂差事甩给我了……"

原来,陈国瑞派出的差兵昼夜兼程赶到京师时,已是五月初二凌晨时分了。

就在慈禧刚进入梦乡不一会儿,内奏事处值夜太监慌慌张张地捧了奏盒,提着灯笼来到长春宫。他先叫醒了安德海。安德海一听说是僧格林沁死了,不敢怠慢,慢步进入慈禧寝阁,命坐更的宫女剔亮了镶金玻璃桌灯。安德海弯着腰,伸着头,站在销金缕丝的碧纱帐前轻声喊道:

"主子,僧王在山东曹州殉国了。"

慈禧隐约听见这话,误以为是在梦中,翻了一个身,没有反应。安德海无奈,稍稍大了一点嗓子,道:"太后,僧王在曹州高楼寨遭遇捻匪的埋伏,八千骑兵全军覆没,僧王自己也殁了!"

慈禧这才猛然惊醒,睁着眼发呆,看见安德海的身影在帐外晃动,心中明白了。说僧王死了,那不是梦,而是实情。

慈禧惊呼起来:"僧王殉国了,骑兵也死亡殆尽了?!"

安德海小心低头回道:"禀主子,是总兵陈国瑞代奏朝廷的。他是全军唯一的幸存者。"

"天哪!"慈禧太后又惊叫了一声。她虽然不怎么看得起僧格林沁,可是,这毕竟是她的满蒙铁骑啊。无论怎么样,使用起来也总比曾国藩、李鸿章让人放心。正是由于僧格林沁的八千铁骑的往来征战,才堵住了捻匪北犯京师的道路。如今僧王不在了,就意味着朝廷的亲兵不在了。谁来保卫京城?谁来与漫山遍野的捻匪作战?慈禧太后不敢再往下设想。她命安德海赶快去请六王爷奕訢。就在养心殿赶快召开御前会议。还要把慈安太后也请过来。自己的儿子小皇帝就算了。他还是个孩子,做母亲的不忍心把他从睡梦中拖起来开会。

到天亮时分,恭亲王已赶至养心殿候朝了。慈禧太后简单说了几句后,便直奔主题:议定由谁代替僧王去山东剿捻。

奕訢跪奏道:"禀太后,僧王此次是恃勇轻敌,中伏殉国。但不论怎么说,他的死也是大清的一大损失。当务之急,是要派遣一名得力统帅急驰山东,把住通往京师的各条大道,防止捻匪窜扰直隶。如若直隶失陷,京城就危急了。臣已再三思考过了,担当此任者,非曾国藩莫属。请皇太后下旨。"

慈安向慈禧望了一眼。这是她的习惯,每在讲话之前,总是要看一下慈禧的眼色,想猜猜她是什么意思。慈安道:

"曾国藩倒是可以担此重任。但这几年来,他给我一个印象就是,办什么事情总是拖泥带水,慢慢腾腾,不急不忙的。先帝在世时,多少次叫他去浙江、去福建、去四川,圣旨下了一大堆,他就是快不了。最终出那么一点兵应付一下就算了。这回如果还是那样慢,恐怕捻匪会乘机闯入直隶的。"

恭亲王再次出山以后，学得比以前乖巧了。他知道凡事要得到西太后一个准话。眼下虽然是东太后表态了，那也要等西太后点头以后才算定论。所以，他见慈禧此时还没有说话，便试探着问了一声：

"那么，军机上是不是可以拟旨饬调曾国藩急赴山东了呢？"

慈禧太后听出来恭亲王是在问自己，便柳眉微蹙，道：

"姐姐所言极是。这曾国藩当然可以代替已故僧王出阵。但，此人一向办事迟缓，凡事左思右想。只怕这回让他想好了，捻匪就已经打过来了。这是其一。其二，攻下金陵后，湘军已经大大裁减了。现在只有两万人，而且又地处江南，多是南方的兵勇。吃喝有一套，快速征战恐怕就比不上僧王的铁骑了。所以，我想，你们军机上考虑事情，应当再周全一些。不要老是提一些让我们娘儿们心里不踏实的事情为难哩！"

奕䜣慌了，忙磕头自责："臣该死。臣想到这些了。这次单是依靠湘军一家，是远远不够的。故，臣打算让李鸿章的淮军参加这次北剿捻匪的战斗。淮军作战勇猛，武器也大大优于湘军。李鸿章很有洋务思想，早早地又办炮局，又练队伍。他已上了一道折子，主动请缨，希望派淮军配合征战。"

"既是这样，那么，你为什么不派李鸿章去督军剿捻呢？依我看，李鸿章办事要比曾国藩利索。人家攻下苏州，不还送过来六十万两银子吗？到现在攻下了几百座城池了，有谁这样办过呀？"慈禧道。

奕䜣叩首道："太后明鉴！但李鸿章的资历和声望都还不及曾国藩。这一次是湘、淮两军合作征战。淮军虽已单独成军，但在根子上仍出于湘军。所以，两军合起来以后，只有曾国藩指挥起来，才能得心应手，湘军要听指挥，淮军也得听指挥。如果让李鸿章去督军，指挥淮军自然不成问题。湘军那边，他恐怕就指挥不灵了。所以，臣才考虑让曾国藩去山东督军的。"

慈禧脸色缓和下来，道："六爷这样分析起来，倒还是有些道理，也能让人心服口服了。那么，让曾国藩走了，谁来署理两江呢？"

奕䜣道："李鸿章。臣想，正好借这一次机会，让曾国藩离任挪动一下位子。任何督抚，在一个地方干长了，根基就牢了。他们的根基一牢，就是一片小天地了。朝廷针插不进，水泼不进。这怎么能行呢？所以，臣以为让李鸿章暂行署理两江，既是挪了老人，调虎移山了，又是锻炼新人,增长才干,好让他将来独当大任。一举两得,不知太后以为如何?"

慈禧太后的心思好像是理顺了,觉得奕䜣所奏在理。于是,她叹了一口气,道:"看来就只能这么办了,下旨吧!"

军机大臣等退出养心殿,天色已经大亮。奕䜣赶快安排以六百里加急廷寄谕旨,交兵部急送金陵。

几日后,就在李鸿章重返金陵的次日,朝廷又下一道圣旨;又次日,又一道圣旨送到金陵,意思相同,都是催促曾国藩火速起程,驰赴山东的。

李鸿章道:"朝廷这样十几天三道圣旨下来,是小题大做了吧?区区捻匪,用不着惊动三军统帅。我看是军机上考虑事情欠周。恩师您不必介意。您以前不是教导门生说,涵养以颐性,旷达以延年吗?索性就是不去山东,看朝廷又能奈何?"

李鸿章这话是想试探恩师,其实在心里却是希望曾国藩越快走越好。讲这话是为了顺着恩师的心思,以示自己是支持恩师打算的。曾国藩道:"谢谢你能够这样理解和支持我。我现在是内外交困,实在没有心思也没有能力开赴山东了。沅甫开缺回乡后,果真病了。他立了大功,也受了大气。一回去就大哭几场,家里人都说他是活活被气病的。自从创办湘军,我搭上了两个兄弟的性命了。我也老了,二弟澄侯只能看守门户,沅甫若再有个三长两短,曾氏一门就完了。你想,我一想到这些,心里是一个啥滋味?老实说,我最近正准备回乡去看看沅甫。为了打长毛,我多少年家都不要了。攻下金陵后,作为朝廷,理应想到让我回乡看看。这倒好,一个圣旨下来,又要把我这老头子往前线推。我感到心寒呀!"

李鸿章在内心里也受到了震动,觉得恩师心中的苦处属实。朝廷只顾叫人为他们卖命,却对下臣关怀甚少,反而猜忌很深。李鸿章落泪了。

曾国藩见李鸿章落泪,非常感动,道:"少荃呀,其实你也不易。此番署理两江总督,我知道你也有难处。不接这个差事吧,怕得罪朝廷;接了这个差事,又怕伤害于我。其实我这边你是不用考虑的。我已经老了,因此也不怕得罪朝廷了。昨晚我已拟好了一份奏折上去,讲了我

653

不能迅速出兵的三条理由：一、由于裁减湘军，我手下的兵已大不如从前。必须重新招募，这就需要几个月的时间；二、捻匪主要是活动于黄河两岸，来去自如。要对付他们，必须扼守黄河天险。所以要训练黄河水师。这件事也不是短时间可以办到的；三、由于僧格林沁失败的教训，臣不宜管辖太大的地区，对北方一带也不熟悉，心有余而力不足，请求朝廷另选高明代以治辖。我也知道，朝廷在收到我这份奏折后，会大为不快的，认为我给他们出了难题。我顾不上那么许多了，随他们去吧！"

至此，李鸿章已经摸清：曾国藩暂时不会离任赴山东。自己这两江总督的宝座能否顺利坐上，还是一个问号。他原来是准备就在这几天与曾国藩交卸印篆的，先把两江的关防等接过来再说。这样看来，时间要大大往后推了。曾国藩已给朝廷上了奏折，朝廷一定会马上再下圣旨。自己只有在金陵等这个结果了。

朝廷一连给曾国藩下了三道圣旨后，才早盼晚盼地收到了曾国藩的复奏。总管太监安德海引奏事太监捧了奏盒进入长春宫正殿的时候，知道慈禧太后等得急了，于是高兴地喊了一声："太后，曾国藩的复奏来了！"

慈禧此时正在东暖阁佛龛前祷告，听说曾国藩来了复奏，快步来到明间，令安德海取出奏折，读给她听。慈禧满以为曾国藩这份奏折必定要大讲特讲自己如何急朝廷之所急，如何重整队伍，奏明所带兵马若干，于何日起程开赴山东……不料，他不仅兵马未动，还有推脱出兵之意，写了一大堆困难。

慈禧大失所望，两道微扬的柳眉紧锁起来，差一点就要拍案而起了。安德海念着念着，也吓得变了脸色，声音颤抖起来。只听慈禧骂道："这个王八儿曾国藩！分明是不想遵旨了。若依他事事准备就绪，那不是要等到明年才能出兵吗？"

慈禧骂着，让安德海拿起了奏折，匆匆跟着自己来到内东路的钟粹宫。她进门就对慈安太后说："姐姐，曾国藩的复奏来了！"

"太好了，什么时候起程开赴山东？"

慈禧道："还起程呢！连想法都还没有，倒想推脱不干哩！"

慈安愕然。

慈禧道："您看怎么办呢？曾国藩显然是没有把我们姐妹俩的大事放在心上,气死人了!"

慈安叹着气,却不知说什么好。

慈禧气了一会,道："姐姐,我们再等他几日。如他还无意出兵,就对他以抗旨论处。把他的官职、侯爵等一抹到底,看他还敢跟谁软拖硬抗?!"

东边的总管太监赵荣兴进殿奏道："禀两位太后,内奏处请旨,恭亲王与军机大臣请驾。"

慈安太后一惊,道："莫不是捻匪已打到直隶来了吧?"

赵荣兴像个弥勒佛似的笑道："听说是李鸿章来了一道奏折。"

东、西太后各乘凤舆到了养心殿,联袂步入前殿东暖阁升入御座。恭亲王奕䜣率军机大臣已等候在这里。跪安之后,奕䜣笑嘻嘻地说："皇上、皇太后,李鸿章来奏折道:他的淮军已整编训练出一万七千人,分三路整装待发,愿意交给曾国藩指挥,赴山东剿捻。他还请旨准,另派布政使衔常镇通海道潘鼎新率领步兵十营和过山炮队一营,共计五千五百人,从上海乘火轮航海,准备到达京城外南苑、丰台、良乡一带布防。这样,京师安全再无担忧之处,请太后们放心吧!"

慈禧、慈安太后都松了一口气。

"还是李鸿章能办事!"慈禧道。

原来,李鸿章在来金陵前,布置刘铭传、张树声、周盛波三军准备北上剿捻的同时,悄悄给朝廷上了一道奏折,主动请缨。他这一招既缓解了朝廷对曾国藩的催促,又在慈禧太后的脑海里再次留下了深深的好印象。

朝廷在收到曾国藩的复奏以后又下了圣旨,命其率湘军本部两万人,另加淮军一万七千人迅速开赴山东。另外,为便于剿捻,将直隶、山东、河南三省旗、绿各营及地方文武员弁的节制权也交到曾国藩手中。

曾国藩苦了,自己不但没有能推脱掉出兵,而且还弄了个节制三省的苦差。他对李鸿章道："少荃呀,这是朝廷有意在刁难我的。明知我不想要的东西,偏偏要给我。君命不可违抗,看来是必须要去拼杀一下不可了。"

李鸿章在金陵,等的就是这句话。他之所以单折上奏请缨,其中一

个目的,也正是想促成曾国藩能够北上,好让自己能尽快实际接任两江总督。因此道:

"恩师呀,我已替您做了一些准备,铭、树、盛三军全归您全权调遣,另派潘鼎新开赴天津,最好能转进德州、景州等地,作为您的外援。"李鸿章这才把自己私下里的准备情况告诉曾国藩。他知道自己已奏到朝廷去了,不久曾国藩也会知道的。在这一点上,他的时间差打得十分巧妙。朝廷高兴,曾国藩也为此深怀感激之情。

曾国藩道:"少荃,还是你为我考虑得周到。湘军不行了。我奉旨北上剿捻,也只有借你淮军一用了。请你放心,我一定会把淮军当做自己的心腹来调用的。我知道,你调给我的这三军都是淮军中最棒的队伍,经你苦心训练而成的。再有潘鼎新开赴山东以北,既是护卫畿辅,又是可为我外援。这样,我北上也有了一些信心了。"

李鸿章也动情了,道:"恩师此去不易,我再把胞弟鹤章派到您身边,听您调遣吧。"

曾国藩道:"在我身边已经没有胞兄胞弟了。你有心派一个亲兄弟给我,老夫感激不尽。但鹤章年岁不小了,应该让他在地方上做个什么官了。昭庆还小,可以锻炼一下,就把昭庆调给我吧。我会像照顾沅甫一样关照他的。若再有可能,把刘秉璋暂时借我一用。不知意下如何?"

李鸿章道:"就让昭庆先去吧。淮军去了以后,我还要依靠秉璋为各路兵马筹集粮饷。恩师此去,我已为大军在江苏筹措了五十万两白银,以后每月还要筹集,您只管放心。"

曾国藩道:"没有料到愚兄年迈之后,还给你增添了这么多麻烦。我自己的亲弟兄们也帮不了我这么多忙。"

李鸿章心中得意自己做人的手段高明:为北上大军筹集军饷是朝廷的旨意,这会儿让曾国藩领了自己个人的人情。淮军调给曾国藩指挥,李鸿章心中更有数:实权依然会操纵在自己手中。这些人都是自己一手培养起来的。真到了山东以后,他们也不会听从曾国藩指挥。而曾国藩要调遣,还必须通过自己来遥控指挥。这些,各军将领私下里都议定好了。曾国藩却蒙在鼓里。眼下对李鸿章只有不尽的感激。

"少荃,明天就在这里举行一个交接督篆的仪式吧!"曾国藩说。

李鸿章暗自大喜。自己连日来的工夫算是没有白费，恩师终于同意交出两江总督关防了。

次日上午，在两江总督衙门的公堂里举行了隆重的交接督篆仪式。所有湘、淮两军在金陵的营官以上将领、地方官员等，都参加了仪式。李鸿章即兴讲话，表示要和大家同舟共济，建设好两江。

湘军刘松山、易开俊、张诗日等人所统八千水陆兵勇已经出发。淮军刘铭传、潘鼎新的大军已从苏州出征。张树声、周盛波大军已在金陵城下，明天一早将护卫曾国藩一行挥师北上。各军约定六月上旬在徐州会合，等待曾国藩到达徐州后再作军事部署。

次日一清早，李鸿章就穿戴整齐，满面春风忙开了。他要在督署举行盛大的饯行宴会，恭送恩师起程。李鸿章办这类事情与恩师大不相同。曾国藩崇尚节俭，而李鸿章讲究场面，出手大方，喜欢热闹。

曾国藩还没有起床时，李鸿章就在各个环节上检查了一遍。还亲自到厨房察看了所备的上桌品种。酒是从安徽弄来的古井陈酿，餐具均是清一色的景德镇货。茶叶来自黄山，上等的毛峰。看到一切都准备齐全后，他坐在客厅中等候。陈鼐、李鹤章、钱鼎铭、刘秉璋等人陪伴在一旁。

曾国藩来了，进门就问："你们在议论什么呀？这么高兴。"

陈鼐答道："少荃兄正在回忆您当年在安庆怀宁楼为淮军饯行的情景。"

曾国藩笑了，道："我曾听少荃说过一句他们家乡的话，今天还记得，叫做'鸭子吃稻，一还一报'。当初连我也没有想到，几年以后自己反主为宾了，倒让少荃以主人的身份为我饯行了。真是不想不知道，一想太好笑啦！"

李鸿章挽起曾国藩的一只胳膊，把他让到了主客的座位上。曾国藩一见场面豪华，菜肴丰盛，略略皱了一下眉头。但此时已不好再说什么了，硬着头皮动了几筷子，应付着喝了几杯酒，便匆匆离席了。

曾国藩的座船停在下关码头，与李鸿章的座船相距不远。李鸿章已命人把这里布置好了。他特意安排了由淮军组成的送行仪仗队，这在以前的各种仪式中很少专门安排过。

这些日子，李鸿章与陈鼐等人就住在座船上。金陵知府及曾国藩都要他不必如此,可他却一次又一次谢绝了。今日,他的座船再也不是借宿的场所了,而成了为北上大军送行的指挥中心。

曾国藩领着他的僚属们来到拱形的牌坊下面时,鼓乐齐鸣。礼炮响过之后,曾国藩一行登上了座船。桅杆上飘扬着一面硕大的帅字旗,猩红哈技呢上的那个"曾"字十分醒目。人们这才侧目一看,另一条座船上也飘扬着帅旗,上面那个黑绣的"李"字也硕大无朋。一曾一李,一去一留,带给在场人们无限的遐想与沉思。

曾国藩向岸上挥手致意,又特意向李鸿章双手一抱,作揖辞行。

大船远去以后,李鸿章乘轿返回总督衙门。这一回的感觉与以前大不一样:这个总督衙门是自己的了,金陵是自己的了,安徽、江苏、江西三省是自己的了。

然而,当李鸿章以两江大地上最高主人的身份巡视一圈以后,他才感到:这战后的两江,这历史名城金陵并没有他想象中那样可爱,那样美好。两江大地满目疮痍,凄凄凉凉。金陵城内外,要饭的、逃荒的、卖儿卖女的成群结队,让这个新任两江总督看来十分的心寒。此时,接任两江总督的兴奋之情已经熄灭了,而交织着的是忧愤与悲伤。

几天后,他在自己的日记中写道:

"金陵一座空城,四围荒田,善后无从着手。节相(曾国藩)以萧(何)曹(参)清静治之。何贞翁过此云:'宜竟废弃一切,另移督署于扬州。'虽似奇创,实则无屋无人无钱,管(仲)葛(诸葛亮)居此,亦当束手无策。沅翁(曾国荃)百战艰苦而得此地,乃至妇孺怨诅,当局固无如何,后贤难竟厥施,似须百年方冀复旧也。"

面对这种"无屋无人无钱"的惨景和"妇孺怨诅"的百姓情绪,李鸿章一连几天里吃不下饭,睡不着觉了。他没有想到金陵一带衰落得如此厉害。听家乡合肥来人说:整个安徽大地上是饿殍遍野,民不聊生。唯有自己经营的苏州乃至吴中一带恢复得还算最好。至少,田地有人种了,生意有人做了,厘金能收得上来。

一想到厘金,他便想到了从此以后月月要为北上剿捻的大军提供粮草军饷。当时向曾国藩拍胸脯做保证时,他没有想到两江大地上是如此的贫穷,贫穷得方圆几十里树皮都被啃光,草根也被百姓收集起来,当做过冬的充饥之物。如今,必须不断向曾国藩提供的军饷哪里来?安徽不行,江西也不行,主要只能靠江苏了。而江苏又只能集中在苏州、吴中一带。

李鸿章头痛极了。收复苏、常、无各城邑后,为了淮军和湘军的军饷开支,他加大厘金征收,对各商业网点也实行抽厘助饷政策,把这一带的乡绅、百姓整得叫苦不迭,说他李鸿章依仗权势,横征暴敛。尤其是上海和苏州两地的士绅们强烈不满,纷纷上书京师,要求弹劾李鸿章。幸好这些告状信没有落到慈禧太后手中,反而转到了两江总督衙门。曾国藩是理解的,道:"战乱时期,军队要吃饭,不抽厘金,除非把湘、淮两军统统解散!"

曾国藩理直气壮,李鸿章也毫不手软。对各行各业,各关各口严加筹集,有抗交厘金者,坚决拿问官府。直到应交的厘金送上来以后,才下令放人。

眼下,身为两江总督的李鸿章一边盘算着如何为前线筹集军饷,一边要着手采取"惠政"政策。惠政的中心是两个方面,即大力恢复生产和整顿社会秩序。这两项计划由陈鼐、李鹤章、钱鼎铭、丁日昌分头去落实以后,他要来集中精力关心一下前线的军务进展情况了。

曾国藩从金陵抵近徐州之后,湘、淮两军的将领们已在徐州恭候他了。出发前,他与李鸿章全面研究了剿捻计划。朝廷之上,文臣济济,武将衮衮,但真正能带兵独当一面的,只有曾、李二人了。鉴于这二人间的微妙关系,慈禧太后最后下旨敲定:北上剿捻,系曾、李二人共同的责任,曾国藩在前方督战,李鸿章在后方提供兵源、军饷。互相配合,连成一气,二人同剿。

曾国藩到达徐州以后,召集了一个由各路将领参加的军事会议,介绍了他与李鸿章共同确定的作战计划。曾国藩称这个计划是"文武结合"。淮军的将领们发现,曾国藩到徐州后,凡开口说话,总要抬出李鸿章。说某某事是他与李鸿章共同商定的,说某某事已派人去飞报李鸿章了。而他讲得最多的,便是自己与李鸿章多年的师生之谊,朋友加兄弟等等。

淮军,这是李鸿章的命根子。它虽然已大批地调集到曾国藩的麾下,但真正的操纵权仍在李鸿章手中。各路淮军中都派专人五日向李鸿章飞马报告一次。曾国藩的一言一行,一胜一败,远在金陵的李鸿章是了如指掌的。

当前线差兵们送来前线将领写给李鸿章的密信后,李鸿章得知恩师在淮军中把自己的大名顶在头上讲,心亦一酸:曾国藩威风不在,只有打着门生的旗号了,想来也可惨。曾国藩实属无奈,他当然不知,就在他指挥的千军万马之中,仍然有许多暗线连在李鸿章的总督衙门,沟通着前方与后方的信息。

曾国藩送来了六百里加紧求援公函,要李鸿章火速增兵。捻军多达十余万,区区三四万湘、淮兵勇怎能抵挡住呢?无奈,李鸿章只得大量增兵,在短短两个月之内,已向前线派遣淮军多达六万人。而且,在曾国藩的一再请求下,刘秉璋的十个营头也开赴到中原去了。

前线剿捻的战斗早已打响,战争取胜的难度明显大于原来的估计。莫怪朝廷三番五次严令火速出征呢?

湘、淮两军一到徐州就改变了原来僧格林沁"以动制动、节节尾追"的打法。曾、李研究的战术是:以静为主,动静配合。第一步重点防守五座城镇,即江苏徐州由曾国藩本人驻守;刘铭传驻守山东济宁;刘松山驻守安徽临淮;张树声驻守河南周家口;周盛波驻守河南临德。

由于整个战线拉得很长,范围很广,故又安排了四支游动大军,即:潘鼎新、易开俊、张诗日和李昭庆的马队。这四支游动大军主要承担短距离追剿、增援、突击等任务。周边其他城池由各省、各地方以本地绿营兵自己防守,看好自家门。

以上是"武"的计划。所谓"文"的计划,就是广修圩寨,在圩寨中设立圩长。遇有捻军进犯时,将所有人员、牲畜、粮草全部入圩,由民团驻防圩寨,等待大军增援。

一个令李鸿章头痛的事件传到了金陵总督衙门:刘铭传与清军陈国瑞兵刃相见,大肆械斗了。

这陈国瑞从山东曹州死里逃生后,仍留在山东,以总兵身份署理死鬼僧格林沁的钦差大臣关防,驻扎在山东济宁。此人本是僧格林沁手下第一等的大将。十五岁在家乡湖北应城投靠了太平军,后才投降了僧格林沁。此人虽然身材短小,但作战凶猛,打仗时常着红盔红甲,人称"红孩儿"。曾国藩督军北上后,正巧把烈性汉子刘铭传派驻到济宁,让这两个互不示弱的将领碰到一块儿了。

陈国瑞早已垂涎于淮军的洋枪了。在李鸿章的队伍里,洋枪、洋炮已经配齐,而在陈国瑞的队伍里,洋枪却还是稀罕之物。

一天三更时分,陈国瑞趁着刘铭传不在营寨的机会,亲率五百兵勇突入长沟集,杀死二十多名淮兵。抢走了三百多条新式洋枪。陈国瑞自己还溜进刘铭传的卧房,偷走了刘铭传挂在墙上那支最新式的特制洋枪。临走时,见刘铭传的案台上放着一个古色古香的铜盘,也顺手牵羊拿走了。

刘铭传愤怒了,淮军愤怒了!刘铭传亲点两千兵勇,带着满腔复仇的怒火向济宁城冲去。陈国瑞慌了,抢来的三百多杆洋枪都还不会使用,哪能抵挡住淮军弹如雨下的猛攻猛打呢?刘铭传杀红了眼睛,不到一个时辰,济宁城头上四五十名绿营兵就倒在血泊之中了。

淮军被抢的三百余杆洋枪失而复得了。陈国瑞也被刘铭传生擒。他一声令下,将这个署理钦差大臣关防的大将五花大绑押到了淮军的驻地。

"我那个铜盘哪里去了!"刘铭传狂吼起来。

陈国瑞不吭声。

刘铭传上去就是左右开弓,抽起了陈国瑞的嘴巴,直打得陈国瑞喊爹叫娘。几个亲兵想起自己的弟兄被他杀害,也上去抽打不停。

刘铭传要他交出铜盘。陈国瑞知道这个铜盘系古玩,非常值钱,想抗过一顿毒打,就是不交。

陈国瑞被刘铭传关起来了,整整一天时间,让他粒米滴水未进。刘铭传在关着他的门外吼叫:"如不交出铜盘,老子定要把你活活饿死!"

又饿了他一天,陈国瑞顶不住了,讲出了铜盘的藏匿地点。刘铭传找到了铜盘,这才把他臭骂一通,放了陈国瑞。

陈国瑞遭受奇耻大辱,又被打死了四五十兵勇。但僧格林沁已死,他告状无门,只有率十几名亲兵直奔徐州,来请求曾国藩替他申冤了。

曾国藩还算耐心地听完了陈国瑞的哭诉。他把起因归咎于刘铭传所部依仗洋枪耀武扬威,讲的是一面之词。曾国藩以审视的目光一直在注视着眼前这位曾经在僧格林沁手下红极一时的人物。

陈国瑞讲得白沫直飞,曾国藩始终一言不发。其实,在陈国瑞还被刘铭传关押时,就有人快马奔往徐州,提前向曾国藩告了刘铭传一状了。此时的曾国藩就像一个审判官,他在闭目分析、比较、核实陈国瑞的申诉。曾国藩已经大体明了来龙去脉了。

但曾国藩为难了:对于李鸿章手下的这个刘铭传,他早有耳闻。此人穷苦出身,天不怕,地不怕,自率团练投奔李鸿章后,一直被李鸿章视为主力。自己初次督统淮军,李鸿章又远在金陵,一切全凭自己一人承担。万一处理得令刘铭传不服,最终难堪的一定是自己。陈国瑞有错在先,曾国藩真想痛骂这个无礼之徒一顿。但刘铭传也的确为人倨傲,做得过头了!

曾国藩又权衡到大局上来了:自己现在已是节制三省兵力的统帅。陈国瑞为什么来找自己,因为他的绿营也归自己节制。如果明显偏袒刘铭传而大骂陈国瑞,会让这三省绿营兵心凉了,不利于下一步统兵作战。再说,绿营兵是朝廷正宗的官军,万一把此事捅到朝廷去,还不定朝廷会怎么想呢?!至少,都在自己一人手下,把陈国瑞惹火了,一状打到朝廷,自己也没有面子了。

左思右想,曾国藩决定首先要对陈国瑞采取安抚办法。他告诉陈国瑞,他将要对刘铭传进行训诫,将他调离长沟集,赴皖北一带去剿捻。直说得陈国瑞得意扬扬,满心欢喜。

"不过,"曾国藩话锋一转,道,"陈将军,到我这里来说你坏话的人也不在少数呢!本部堂还未来徐州时,就听到了关于你劣迹的一些传说。有些话讲得还很难听哩!"

"那些龟孙子烂舌头的都胡说我什么了?老子……"

曾国藩轻轻一抬手,以十分的威严打断了陈国瑞的话,道:"在本部堂这里,请你嘴放干净一些!"

陈国瑞出口就是脏话,在曾国藩面前已经小心了,还是一不留心就想骂人。他心想:这曾国藩果然厉害,既有派头,说话又很能压住人。于是道:"曾大人不可听信诬蔑之辞。军中有些人就是看我不顺眼。"

曾国藩依然十分严肃地说:"一个人很难让周围人个个看得都顺眼。但有一条是真理:若这个世上有两成的人骂你混蛋,那是正常的;有一半的人说你不好,便说明你的确有问题了。现在是八成的人都不赞成你,我想你的问题已不轻了。比如说你个性好私斗,再比如说你忘恩负义,还比如说你欺上瞒下……一切都不用我点明了吧?"

陈国瑞额头冒汗了。他心中有数,曾国藩所指的都是自己刚从太平军投降过来以后发生的事情。他就怕别人揭他这个老底。而这一次却在节制三省的曾国藩口中被点了一下,心中不免一惊。暗自一想:这一状定是告不赢了。不料曾国藩点到为止,马上来了个一百八十度大转弯,又以赞许的口气夸奖陈国瑞作战勇敢,不好色,不贪财,讲义气等等。

陈国瑞心中舒服多了。曾国藩最后道:"这次合军剿捻,系朝廷的重托。要彻底荡平捻匪,各军必须协同作战,拧成一股绳,劲往一处使。本部堂业已年迈,深知此事的重要,来不得半点的含糊。重要的是己要正,方能带好兵勇。皇上如父母,带兵的大员们犹如管事之子,老百姓就如同孩童,州县官员好像是抚养孩童的仆媪,当念念不忘上对朝廷忠顺,下对百姓负责。带兵打仗,道理亦然,既是保卫朝廷江山,又是卫护百姓生存。头脑中没有这个概念,是带不好兵的。陈将军,你以为如何?"

陈国瑞听得似懂非懂,但仍把头儿直点,道:"卑职带兵以来,曾效力过黄开榜、袁甲三、吴棠、僧格林沁等。到如今,还没有人像大人您这样对我娓娓道来,让我明白了这么许多道理。多谢大人的教导。"

几天后,刘铭传奉命撤离长沟集。这天上午,他让五百长枪队为先锋队,有意绕道穿过济宁城。陈国瑞的大营就在眼前了。刘铭传一声令下,五百杆长枪对天齐鸣,吓得陈国瑞的绿营兵躲在房间里不敢出门。陈国瑞呢?昂着头,双手搭在腰间,做出一副不示弱的样子。刘铭传骑在马上,压低了枪筒,朝着陈国瑞头顶上飞出一颗子弹。这子弹从陈国瑞头顶尺把高的上端飞过。

陈国瑞害怕了,赶快钻进卧室里去。他已经尝过了刘铭传的厉害。又听说他很小的时候,就一口气杀过两个大汉,心想:好汉不吃眼前亏,反正你刘铭传滚出济宁了!

但陈国瑞也很快接到了曾国藩的命令,要他即日全军撤出济宁城,开赴清江浦。陈国瑞马上意识到,曾帅是做给刘铭传看的:叫刘铭传走,你陈国瑞也得走!陈国瑞拿定主意,就是驻守济宁不动!曾国藩火了。他想,朝廷授权自己节制三省所有兵力,连你陈国瑞都指挥不动,其他绿营、八旗兵还能指挥动吗?

曾国藩上了一道奏折,将僧格林沁死于高楼寨一事重提起来,说:当时僧王在高楼,陈国瑞与郭宝昌各率一军作为左右两翼。但两军都救援不力,而朝廷对郭宝昌革职拿问了,为什么不处分陈国瑞?连山东巡抚阎敬铭、藩司丁宝帧都因此而交刑部严议,唯独陈国瑞不仅未动他一根毫毛,反而护理起了钦差大臣关防。如今陈国瑞仗着这一点,竟然不服从军令。因此,要求朝廷对陈国瑞作出处理。

他还写信给李鸿章,讲明两军械斗及刘铭传撤离济宁时以洋枪耍威风,向李鸿章暗示:尽管刘铭传错误严重,但我对你的淮军还是非常袒护的。所以我才上奏朝廷,要求补加处分陈国瑞的。

其实,李鸿章早已得知自己的铭字军与陈国瑞械斗之事。他没有追问详情,而坐等旁观,要看曾国藩如何处置。接到曾国藩来信得知他的确奏了陈国瑞一本时,才得意地笑了。回信对恩师讲,他已严责了刘铭传。还说,淮军已交恩师指挥,一切听从恩师定夺。

朝廷圣旨很快下来了,并送到了陈国瑞军中,道:

"浙江处州镇总兵陈国瑞,随同亲王僧格林沁带兵剿捻,与郭宝昌分统两翼。僧格林沁追贼阵亡,郭宝昌等救援不力,均经降旨分别惩处。朝廷因陈国瑞向来打仗尚属奋勇,且彼时身受重伤,从宽暂免置仪。兹据曾国藩查明,陈国瑞与郭宝昌均充翼长,不应同罪异罚。唯念其接仗受伤,尚可稍从末减。陈国瑞着撤去帮办军务,褫去黄马褂,责令戴罪立功,以示薄惩而观后效。"

陈国瑞跪在地上听完了圣旨的宣读,早已气得站不起来了。他万万没有想到曾国藩来了这么一手。但曾国藩毫不客气,传过话来:让朝廷从轻惩处,本身已经很给面子了。若再敢违抗军令,新账老账一块算,将革职拿问!

陈国瑞害怕了。他深知自己不是曾国藩的对手。在朝廷那盘棋子上,自己算不算一粒小卒那还难讲。而曾国藩却是举足轻重的。他软了下来,立即遵命开赴清江浦。

曾国藩调陈国瑞驻防清江浦,其实并非是为了惩罚他。曾国藩的目的是为了建立运河防线,以此阻止捻军渡河。但曾国藩错了,捻军此时并不想过河。他们的地盘大得很,豫、鲁、皖、苏四省都有他们的行迹。他们擅长在平原旷野之上周旋,往来如风,来去狂奔。湘、淮两军刚一与他们接仗,不等你把大炮架好,他们一阵子弹打过,一转眼如烟云一般散去。

几个月来,捻军就是这样来对付湘、淮两军,叫他们的大炮派不上用场。曾国藩的水师更是白吃了几个月的干饭。倒让捻军马队飘荡如风一般扫荡了几次,炮船被打坏了几艘,却一炮没有打到捻军。

李昭庆到安徽亳州一带购买战马,几个月后也空手而归。战乱多年,民间哪有好马出售呢?所以,计划中扩速的马队也最终成了空谈。

曾国藩垂头丧气了,捻军非比太平军,与他们没有一城一地之争,疲于奔命,毫无战绩。除了消耗了大量的粮饷之外,曾国藩好像什么能耐也没有了。李鸿章在后方却很卖力气,要兵给兵,要钱给钱。自同治四年六月曾国藩北上始,到这年年底,督军剿捻的曾国藩实际收到李鸿章提供的白银四百一十一万两,报请核销总数则为四百零一万两,结余十万两。

李鸿章顶住一片责难之声,到处搜刮,满足了曾国藩的需要,自己却陷进了一场危机之中。曾国藩刚刚北上的次月,李鸿章因加征厘金,得罪了江苏吴江人,内阁中书殷兆镛。此人联合江苏常熟人、给事中王宪成,共同上书朝廷,大力抨击李鸿章在署理两江后滥用职权,"霸术治民"、"恃功朘民",说李鸿章在金陵"不闻德政,惟闻暴敛",罪不容诛云云。一时间,李鸿章的周围骂声四起。

朝廷接到殷兆镛、王宪成二人的弹劾奏折以后,下了谕令,给予了谴责,并严令李鸿章立即将江苏厘金收支情况造册上报,以备户部核查。

这可以说是李鸿章跻身封疆之后遇到的第一次政治危机。自率淮军进入上海、平定吴中、坐镇金陵以来,朝廷对李鸿章是一路绿灯,封赏有加,以至慈禧太后都多次赞不绝口。可是,现在的朝廷怎么啦?说翻脸就翻脸,一点面子也不给,大有严加惩处之势了。

李鸿章在危机中将自己的苦恼写信向恩师曾国藩倾诉了。这么多年来,每每遇到过不去的沟坎,他都指望曾国藩能拉自己一把。恩师呀,您不是说朝廷在"扬李抑曾"吗?现在哪是在"扬李"哟,抓住了小辫子,恐怕要"打李"了!接到朝廷严责的上谕,李鸿章一连几天里,心里乱糟糟的,灰心极了。他伏案写道:

"自殷兆镛、王宪成奏稿发钞,知者咸为不平,不知者借以挟制,而吴人或因此造谣抗闹,鄙人别无他计。做一日官,带一日兵,即办一日厘捐,与其病农,不如病商,况非真病也。如有旨离任督剿,必请责成后来者为办厘饷,否则必另拨有著之饷,否则弃军撤官可也。"

李鸿章想到朝廷因此可能会要他从两江总督的位子上走开,抑或连兵也不让他带了,既丢军权,又丢政权,军地皆丢,从此为一介布衣了。

曾国藩得知李鸿章遇到麻烦以后,很快给这位已经心灰意冷的门生写了回信。不料这时的曾国藩更是自顾不暇,忧心忡忡。他对李鸿章只能是空洞地安慰几句,而更担心的是自己的下场。曾国藩因北上剿捻毫无战绩,打了一百多仗,几乎全败。朝野上下开始议论纷纷了,闲言碎语不断传来。

朝廷变了:先是曾国藩北上后上奏的六个保举单无一获准,全部遭到驳斥退回。这个现象在曾国藩为官二十年的历史中从未发生过。接着是豫、鲁、皖地方官吏和乡绅的牢骚多了起来,粮草供应敷衍马虎,说曾国藩的剿捻大军只有吃喝的能耐,几个月了一场胜仗没有打过,反让捻匪的锣号吓破了胆,损兵又折将。地方起哄,看笑话,朝廷也时常给他一些难堪,不仅奏请什么,就不允准什么,处处挑毛病,还三天两头送来廷寄,把朝中御史们对曾国藩的参劾奏折转抄给曾国藩自己看。曾国藩知道,这是朝廷故意让自己难堪,但又没有办法。

湘、淮两军八万剿捻将士已经给云来雾去的捻军拖得精疲力竭了。而捻军照样优哉游哉,分别由张宗禹、赖文光率领,进入了河南,大多聚集在许州和禹州一带。他们要休整一下。

铭字军刘铭传得报,认为良机不可错过,要打捻军一个措手不及,以此洗刷数月无功之辱。刘铭传率一队亲兵直奔徐州,求见了曾国藩。他向曾国藩报告了捻军撤离鲁、皖,聚集于豫中的情况,道:"捻匪们最擅长骑马,鲁西和豫东皆是一片平原,他们若在这些地方就如鱼得水了。所以,我们长时间战而无功,甚至吃了他们许多亏。现在,这帮捻匪竟然进入了河南西部。而这西部一带山岭重叠,与湖北相连的地区又多是水田成片,地形地貌极不利于骑兵行动。故,我们若能乘机派军而去,将他们围在这一带,就不愁没有胜仗打了。"

曾国藩一惊:暗想,这个刘六麻子长进了,肯动脑筋了。道:"省三呀,你的想法很好。但,我们怎么去围呢?"

刘铭传道:"陈国瑞已被您派驻清江浦了,这就等于在运河上张起了一面网。我军如果向南再撒下几面网,便可以形成围堵之势。"

曾国藩对刘铭传所讲的这一带地形不熟,便把刘铭传叫进了自己的书房。书房的正面墙上挂着一幅糊裱好的大地图。曾国藩看见刘铭传以吃惊的目光投向这幅地图,笑道:"这还是李鸿章当年初到建昌军营时,献给我的一份厚礼。许多年过去了,我是走到哪儿,带到哪儿。有感情啦!"

刘铭传惊讶不已。他从来也没有看见过这么大的地图。曾国藩说:"好了,你就指着图,给我好好谈谈你的设想吧!"

刘铭传手指着地图上下移动着说:"我的意思是,先把运河封锁起来。西面以沙河、贾鲁河为防线,北起河南中牟,南至安徽颍州府,整个南面以淮河为防线,北面从朱仙镇至开封府和黄河南岸为防线。把河床挖深,构筑长墙堡垒,沿这三条防线派驻重兵。这便是围起来了。"

"围起来怎么办呢?"

"四面围定后,采用游动之兵到我们围定的围子里追剿,就如同我们安徽搅塘一样,几个人下到池塘里,猛地四面搅动塘水,鱼就钻进网中来了。"

曾国藩认真听着,但脸上笑容全无了。他说:"省三呀,你考虑过没有?依你划定的防线,这有多长呀?不用说八万兵勇,就是八十万大军,也难以严严实实地把捻匪围在你的包围圈内。你大概不会忘记攻城吧?我们过去攻城,那真叫里三层,外三层。一道又一道地围定了,还经常让长毛们从城中突围而去了。此法不可行啦。"

刘铭传无话可说了。他觉得曾国藩说得也在理,于是暂且告辞。

曾国藩一人坐在书房里,对着李鸿章送的这张地图望得出神。下午,他召集了徐州老营里的文武将领、僚属们开会,把刘铭传的主张和自己的看法介绍一遍,征求大家的意见。他没有料到,到会的人们大多数都赞成刘铭传的办法,并指出:这是一种长围之法,极有可能获得成功。

曾国藩在听了大家的发言后，也渐渐转变了自己的观点。实在是，除此一招，暂时还想不出别的法子。

曾国藩拿定主意后，决定召集更大规模的会议，对湘、淮及各路绿营、八旗兵做出全面部署，下达命令，面授机宜。

参加这次会议的有河南巡抚李鹤年，安徽巡抚乔松年，湘军的刘松山、张诗日及淮军的刘铭传、潘鼎新、张树声、周盛波，还有绿营军的陈国瑞等。会议总结了北上剿捻的成败得失，曾国藩以八个字概括："进展缓慢，战绩不佳。"他主动承担了责任，承认自己指挥不当。

曾国藩在会上下达了新的作战命令。

曾国藩最后指出：立功封赏的机遇再次到来了。如能捉拿张宗禹、赖文光、牛宏、任柱等匪首。将与当年捉住陈玉成、石达开、李秀成、洪天贵福一样，同等给予封赏。这是一个鼓舞。人们没有忘记：席宝田原来只是一个不起眼的小角色，就因为偶尔抓住了幼天王洪天贵福，一下子官至男爵。清廷在这一点上是赏罚分明的。各位将领对此坚信不移。

曾国藩采纳了刘铭传的河防战略，各路大军对捻军实行了全线包围，力图将捻军封锁在河南西部与湖北交界一带。部署完毕之后，徐州不再是指挥中心了，距离各路大军太远。曾国藩只好离开徐州白虎节堂，将自己的行营移到济宁去了。

李鸿章不早不晚，就在曾国藩前脚离开徐州，他跟着就到了徐州。李鸿章是来视察军务的。淮军六万人马归了曾国藩指挥，在北上以后的平平战绩令他担心。他心想：我这支队伍在我手下时虽也有败绩，但不至于数月征战，一个胜仗打不下来。可是，为何到了大名鼎鼎的恩师手下，就变得碌碌无为了呢？就在不久前，他听说曾国藩要实行河防战略，气得直跺脚。心想：经验丰富的曾国藩怎么能听信我那刘六麻子的鼓动呢？河防战略？设置那么大的包围圈，能把凶悍的十万多捻匪围住吗？简直是异想天开！"河防战略，是彻头彻尾的无防战略！"

李鸿章在金陵城里气得咬牙切齿，认为恩师大大错走了一步。只可惜曾国藩恰恰在做出这一决定时没有来得及与李鸿章商量，任务已经下达，各路兵马已经到位，无可挽回了。他知道以区区八万兵力铺开这么长的战线,明显会遇到兵力不足的问题。于是,他急调淮军郭松林一军作为游动部队开赴河南。他自己在金陵也坐不住了,决定到徐州视察,最好面见曾国藩及在前线的所有淮军将领。提出自己的看法,对整个布防进行必要的调整和补救。

他此次出巡徐州,还有一个打算,即顺道回老家合肥看看。他与郭松林大军同行。有这支大军护卫北行,他这次回乡算是风光透顶了。

出发前,他派出快马给大哥李瀚章送信,告知自己准备顺道返乡,准备把父亲李文安的坟地扩建修整一下。言下之意,是想请大哥有空也回来一下。李瀚章此时已调任湖南巡抚,李家满堂官宦,亡父的墓地理当大张旗鼓,重新修整。他庆幸自己当年与刘斗斋徒步为父亲选择新茔。合肥东南的葛州的那块高地果然是一块风水宝地。他确信:因为祖上坟山风水好,埋在金被盖在牙床上的宝地里。所以,这些年,自己兄弟几人才能一路顺风,青云直上。

前路兵勇早已把他将要回乡修坟的信息通报到合肥,一切所需材料已提前准备。为壮声势,也为了减少路途辛苦,李鸿章从金陵出发,乘坐自己的大船沿长江而上,由长江进入巢湖,然后抵达合肥。

李鸿章回到家乡合肥以后,一连两三天门庭若市。前来造访的各级官员、亲戚朋友、父老乡亲络绎不绝。到第三天下午,大哥瀚章从湖南长沙乘坐官船回到了合肥,又是一两天的热闹。到第五天,才算静下来商量为父亲修坟的事。兄弟几人一致认为:已故父亲大人为兄弟姊妹几人操尽了心,没有享到什么福。如今老大、老二都成了显赫的封疆大臣,其他兄弟几人也出息了。理应多尽一些孝道,筹划一个隆重的祭奠仪式,在葛州把父亲的墓地好好扩建修整一下。

建墓所需材料都从外省运来了,前后运了十几船楠木、樟木、檀香木和各种上等石料。由于材料备得很足,原先计划的造墓规模也就扩大了,近似一个陵墓。李鸿章未到家之前,已由在家的兄弟做主,为父亲的陵墓取名为"文安陵",并且已经雕刻成形。所有墓墙一律用琉璃瓦铺顶,墓门两边还装了一对石狮。

李鸿章亲往墓地察看,心中一愣:这陵墓过于气派,恐怕会招致非议。一对石狮尚能说得过去,墙顶的琉璃瓦却必须换下来,改作普通小筒瓦为宜。尤其是"文安陵"三个字,势必要凿掉,改成"李氏家庙"四字。

这是李鸿章的主张,凤章大为不解,坚持不能更动。李鸿章摇头道:"凤章呀,这个你不懂。若有人奏到朝廷上,我们是要吃不了兜着走的。那时,大家一片孝心定会招致祸害的。首先是琉璃瓦,只有在紫禁城里才能用,我们竟将皇家专用的东西用在了父亲的坟墓建筑上,追究下来就是一个罪过。还有'文安陵'三个字,更是要不得了。皇帝下地才称陵,被朝廷定一个图谋不轨罪,你还不晓得是怎么被定罪的呢!"

李瀚章支持鸿章的意见。于是马上动手返工,改了过来。这还不算,李鸿章还主动奏明两宫太后和皇上,说自己是"祭祀先人,以尽孝道"。

朝廷的圣旨很快下来了,李鸿章又惊又喜。令他兄弟几人吃惊的是:"文安陵"的问题,确实被人捅上去了。圣旨里讲得明明白白,说"既已将'文安陵'三字改作'李氏家庙'、琉璃瓦改作了筒瓦了,便勿作追究"。瞧,这不是有人上告,朝廷怎么会知道的呢?

李鸿章和李瀚章吓出了一身冷汗,幸好及时做了更动。但圣旨也给李家兄弟们带来一喜:朝廷念李鸿章对大清王朝有功,颁发了准建李氏家庙和赏赐白银五千两的上谕。慈禧太后还亲笔书写了"福禄寿"三字匾额,快马送抵合肥。

至此,李鸿章返乡为父造墓一事欢欢喜喜了结了。李鸿章舒心极了,不仅了却了一桩心愿,还从慈禧太后就这次修墓所下的圣旨中,看出了朝廷对自己的偏袒。一种春风得意的感觉涌上心头。

李鸿章从合肥到徐州,郭松林率四千大军开往河南安阳。不巧的是,曾国藩前一天去了济宁。他不能再去追赶恩师了。离开金陵,在家乡耽搁的时间多了一些,他要回金陵去了。

他刚回到金陵,一连串令他忧心如焚的事情就接踵而至了。先是两匹飞马禀报:郭松林淮军刚抵南阳,就与捻军遭遇。郭松林被打得大败,丢盔卸甲逃到许州,计死伤两千余人。接着,又一消息传来,捻首赖文光、张宗禹等在禹州大胜淮军,然后挥师北上,率五万捻匪,轻而易举地突破了曾国藩的河道防线,昼夜急驰,挺进鲁西。湘军的防线也被打破,牛宏、任柱所率的五万捻兵把湘军打得狼狈不堪,窜入山西、陕西边境一带了。也就是说,曾国藩苦心经营的河防大计,几天之间便付诸东流。曾国藩在济宁州愧惧交加,一病不起了。

李鸿章心情极度沉重起来。大军北上,出师不利,不仅使恩师跌入低谷,也严重地影响着自己的情绪。然而,他万万没有料到的是:他在两江总督的位子上才坐了不到一年,被朝廷的一道圣旨掀翻了。朝廷命他赴河洛防剿,兼顾山西、陕西门户。而以漕运总督吴棠署理两江总督。李宗羲接任吴棠的漕运总督,丁日昌递署江苏巡抚。

李鸿章惊呆了。李鸿章在思索:朝廷此举,用心险恶。从军事上说,正值曾国藩北上出师不利,而捻军分成两个大股,一路进入山东,一路闯进山西、陕西。曾国藩无力顾及两端,所以才让李鸿章丢下两江总督的位子,率淮军杨鼎新等部驰往河南、山西和陕西三省边境地区,以防止捻军和西北回民起义军联合反抗朝廷。

从更深一层意思上讲,两江总督当是天下非常要紧的总督,岂能让湘、淮两军的大帅久居不动?朝廷恐怕是为了一石击中二鸟,通过与湘、淮两都没有丝毫关系的第三者吴棠取代李鸿章手中的两江地方实权,而又同时利用李鸿章的淮军牵制已在前线的曾国藩和他的湘军。朝廷是要把两只虎关到一个笼子里,既要使其互相竞争,又要使其互相咬斗。

李鸿章真后悔在徐州时没有再停留几日,去济宁会会恩师。他眼下唯独只有及时与曾国藩取得沟通,保持一致。接到朝廷上谕的当天,他就写下一封表示愤怒的书信,派快马急送济宁大营。

其实,曾国藩已经获悉李鸿章丢了两江总督的位子。在内心来说,曾国藩对朝廷的这个调整不仅愤怒,简直是痛恨了。他没有等到李鸿章书信送来,就以自己的名义上奏抗争了。他向朝廷呼吁:李鸿章视师河洛,已经无重兵可带。且捻匪虽有一股闯入山西、陕西等地,但毕竟不会长久,很快会再入山东平原,与东路捻匪合成一股。因此,去山西、陕西防堵毫无意义,应当全力专顾东路,把湘军和淮军集中在山东、河南一带与之最后决战。曾国藩还写道:李鸿章忠于朝廷,日月可鉴,此人廉洁有余,才学不浅,应该委以重任。而李鸿章手下的那个丁日昌虽然熟悉夷务,也是李鸿章几年栽培的结果。现在让他这么快就出任江苏巡抚,资格太浅,难胜其职……

曾国藩很快收到李鸿章来信了。他从李鸿章的字里行间看出了一种燃烧的怒火。李鸿章讲得直率:此次剿捻,湘、淮两军其实已合为一军,由曾国藩全权指挥,叫我李鸿章再去,怎么分权?一军岂能同时拥有两帅?他提醒恩师:倘若丢掉了两江总督的实权,让吴棠上任,就等于丢掉了对两江饷源重地的控制权。既是如此,今后湘、淮两军的军饷谁来提供?吴棠会像我李鸿章一样来拼命为两军筹集军饷吗?不会的!

吴棠,字仲宣,安徽盱眙人。曾任南河、桃源、清河知县,署邳州知州。咸丰十一年升任江宁布政使,兼署漕运总督。曾国藩、李鸿章都清楚:他早年曾有恩于贫穷未达时的叶赫那拉氏家庭。因而,慈禧太后大权在握后,出于感恩而格外偏袒于他。吴棠作为慈禧太后的亲信,李鸿章曾对他高看一眼,视为自己的金石之交。曾国藩本来就对李鸿章与吴棠的过密交往颇有看法,认为李鸿章又在玩滑头,没有骨气,想通过吴棠抱慈禧的大腿。

李鸿章眼见自己的位子要被吴棠夺去时,变了脸了。他公开站出来反对吴棠署理两江总督。圣旨是下来了,但李鸿章仍坐在总督衙门里不走。他要借曾国藩之口,道出自己的意图:不让我李鸿章当两江总督亦可,那就推荐仍在湖南巡抚位子上的李瀚章出任两江总督兼通商大臣吧。丁日昌呢?在李瀚章手下当一个藩司足矣!

李鸿章用一堆文字告诉曾国藩:唯有他大哥来当两江总督兼通商大臣,今后的军饷才有希望得到控制。唯有如此才能稳定江南大局。

送出此信仅隔一天,李鸿章再次致函曾国藩,表示最好是维持现状,由自己继续担任两江总督。否则,就彼此对调。他告诉曾国藩:对调的建议是李宗羲提出的。李宗羲,字雨亭。咸丰八年到曾国藩手下掌管营务处,金陵收复、湘军裁减后留任江宁布政使。他主张曾、李对调,即:曾国藩仍回金陵当两江总督,由李鸿章到前线统率湘、淮两军。

曾国藩呢?自丢了两江总督宝座后,心也凉了,发誓不再回任。因此,收到李鸿章第二封信后,他只能赞成维持现状。

与恩师书信来往取得一致意见后,李鸿章自己站出来了。他上奏朝廷，婉转要求留任两江，不宜赴河洛防剿。曾国藩又跟上一奏，表达了同样的要求。

朝廷鉴于曾、李的这种态度，不敢强制，只得下谕：维持现状。

一场风波终于平息了。李鸿章保住了两江总督的位子。但他能在这个位子上坐多久？恐怕不会太长。

兔死狐悲

第二十章　剿捻入阁

　　以钦差大臣名义督军作战的曾国藩已与捻军周旋一年多了。捻军是此剿彼窜，让湘、淮两军始终徒劳无功，疲于奔命。

　　一向遇事沉着冷静的曾国藩彻底坐不住了。他知道自己在走完了许多辉煌之后，前面不远就是深渊了。已经五十六岁的他，日日处在心灰意冷、忧思焦虑之中。一年多没有得到报捷的喜讯，却等来了白发萧萧。

　　朝廷一次次严旨诘责，御史们一道道弹劾他的奏章，经军机处抄发下来，直送他的手上还不算，同样转录到各省、各地、各军去了。朝廷不再顾及他的脸面了。一年多战败的消耗，湘军人马已所剩无几，剿捻的本钱都是向门生李鸿章借来的。就如同借了人家的钱来做买卖，这会儿蚀了本钱，他心里能好受吗？人到弯腰时，不得不弯腰了。自己不行了，还要朝廷像以前那样顺着、捧着自己，那不是自不量力吗？曾国藩是很有自知之明的：若在济宁大营里再待下去，他会把一生的老本都输光的。到输光的时候再自己走下舞台，岂不更可悲？不能再等了，赶快开缺辞官回乡吧！他只有走这条路了。

　　中秋之后的晚风，吹来的是阵阵凉意。河防大计被捻军一举冲破，曾国藩真想大哭一场。他不再有过去那种遇事不惊的庄重了，几乎是挣扎着地喊叫："快，快令铭、鼎、树各军掉转马头，开赴山东，追击捻匪！"

　　这样便撤去了河防，又回到前面的老路子上来了。各军只有追着捻军过来，像原来一样在山东分头驻扎了。他没有机会再组织一次新的尝试了。河防计划破产，朝廷会马上下旨诘责，自己放知趣一点吧。称病开缺回乡，既不当这钦差大臣，回金陵再去当两江总督？这已经是无脸再干了。按理说，退休归隐本是一件很体面的事情，只可惜这是在兵败之后，不免有了一种灰溜溜的感觉。

李鹤章进屋来了,他向曾国藩双手递上了自己的禀帖。曾国藩无力地举目望一眼鹤章,见他与自己一样,神情沮丧。曾国藩展开李鹤章的禀帖,只见上面写道:

"职道伤病缠绵,不堪继续为国效力,只得恳求中堂准予开去营务处差使,回合肥养病。慎始而不能克终,良以为憾。然而也是无可奈何的事,请中堂老大人鉴谅。"

曾国藩问:"你二哥鸿章知道你要辞官回乡吗?"

李鹤章答道:"这是我自己的事情,等回去以后再向他禀报。"

原来,李鹤章在弟弟昭庆跟了曾国藩北上以后,不久也来了剿捻一线,在湘、淮两军中掌管营务处。接连的败仗使李鹤章也丧失了信心。加之淮军中一些将领仍然只听李鸿章的,与曾国藩暗中抵抗,甚至公开不听指挥。李鹤章受曾国藩委托常常出面干预,但淮军一些将领也同样不理睬李鹤章。李鹤章告到二哥那里,李鸿章道:"军中自有规矩,你不要过问此事。"李鹤章很佩服曾国藩一切为弟弟着想的感情,事事为胞弟国荃打算。相比之下,二哥对自己和昭庆两个弟弟就不那么关心了,甚至常常是压制,不分青红皂白把弟弟们批一通。李鹤章也心灰意冷了,去意已决。

曾国藩以关心的口吻问:"季荃啦,你跟了我一年了,愚兄也无力给你什么关照。这会儿你说走就要走,回去以后怎么办呢?"

李鹤章道:"自从参加淮军到上海至今,已好几年了,人也累了。这次回乡在合肥安心闲居,把儿子带好,就算一辈子没有荒度了。"

曾国藩深深叹了口气,道:"你早回去也好,我也准备开缺回乡了。今生剩下的日子不多了。回去以后,闲居读书,带带子孙们,如此甚好。"

当天晚上,曾国藩亲自在大营里摆下两桌酒席,为李鹤章饯行。说到开缺回乡一事,曾国藩动情地流泪了。酒宴快结束时,李昭庆急匆匆从前线赶到济宁来了,也是一副垂头丧气的模样。他听说三哥要离营还乡,急切阻拦。但次日,李鹤章还是坚决回乡去了。他于光绪七年病死在家乡合肥,儿子后来果然争气,凭借自己的才干和家族优势做了云贵总督。

李鸿章满怀信心,在金陵城两江总督衙门里干得正起劲的时候,六

百里加急送来一道圣旨,道:

"曾国藩着回两江总督本任,一等肃毅伯爵李鸿章着授为钦差大臣,专办剿匪事宜。"

李鸿章乱了手脚,没想到转来转去,仍然是要拿掉他两江总督的帽子。他正风风火火地在两江广大地区推进自己的军政计划呢!战后的农业生产已逐渐恢复起来,江南机器制造总局的架子也已经搭起来了。并且,他还把在合肥老家闲蹲的胞弟李凤章派到上海去协办总局事务了。上海炮局、苏州炮局等几经扩建,更新设备,已基本可以保证湘、淮两军及周边官军的武器弹药供给。他已着手在金陵再建一个制造局,将马格里主持的苏州炮局部分迁到金陵扩建,地点就选在雨花台。几个书院、学馆已经办起来了,还在各城中开办了戏院……然而这一切都将要因为他的离任而受到影响。他不想离去,但这一次他却无法站出来抗争。因为,自己的恩师曾国藩回任了。

曾国藩接到这道圣旨后,既羞愧又愤怒。羞愧的是他奏请朝廷的是要求开缺回乡,但朝廷还算讲点意思,仍要他回去当两江总督。愤怒的是,太后、皇上虽作安抚,但实际上是认为他剿匪无能,以李鸿章把他替换下来,逼令他让出钦差大臣一职,离开前线。他心中窝火,立即上了一道奏折,道:

"钦差大臣关防已赍送徐州交李鸿章。钦奉谕旨,饬臣回本位。臣自度病体,不能胜任两江总督之任。若离营回署,又恐不免畏难取巧之讥。请仍在军营照料一切,维系湘淮军心,庶不乖古人尽瘁之义。"

慈禧太后看完这道奏折,微微一笑,命军机处又来一道圣旨,同意他仍留军中,但同时充任两江总督,筹办接济前线军饷。

曾国藩见朝廷稍作让步,但意犹未足,凭借一股牛脾气,连上三道奏折,要求免去自己两江总督和协办大学士之职。曾国藩是以退为进,以辞职要挟朝廷。慈禧动怒了,但有火也发不出来,又作了一次让步,补授曾国藩为大学士,仍留任两江。

曾国藩目的达到了。也就是说,丢掉了钦差大臣,升了一个补授的大学士,自然又比李鸿章高了一等。

这日,他带上自己的行李、幕僚们要回金陵了。正好,前来徐州接任钦差大臣的李鸿章带着一班文武大员抵达徐州。这是同治六年正月初六日。

李鸿章刚到,就以徐州主人身份摆下丰盛大宴,为曾国藩饯行。师生二人面议了下一步剿捻大计,李鸿章少不了给了恩师许多安慰。次日,李鸿章亲往郊外,把恩师送上了去金陵的大道。他自己则从徐州去了济宁,他的行营就设在这里。

李鸿章出马督军,曾国藩的心情是复杂的。自己明显是久战无功了,朝廷才把自己的门生李鸿章换了上去。朝廷当然是希望李鸿章一举成功,曾国藩则是既希望他成功,又希望他失败。要成功,最好仍然采用他原定的河防战略。这样,就可以通过李鸿章的功绩向朝廷证实:自己原来采取的办法是可行的。否则,如果李鸿章另辟蹊径,自搞一套而消灭了捻匪,那么,曾国藩的面子就彻底失去了。朝廷会说:河防战略是失败的战略,你曾国藩就是不如李鸿章!从这个角度想,曾国藩害怕李鸿章大功告成。所以,与李鸿章握别时,曾国藩一再建议:只有袭用他的河防战略,别无良策。

李鸿章笑了笑,但在他心中自有主张。本来,他在金陵时一听说曾国藩搞的是河防战略,以大包围之策来消灭捻军,就从心里面反对。他断定大包围是围不住十万以上的捻军的。他不会接受曾国藩的建议。但在二人握别之时,他也不会把自己已考虑好的全盘计划讲出来与曾国藩商量。要讲,必须选择适当时机,让曾国藩明白:唯有李鸿章的作战计划才是取胜的良策!

曾国藩回到金陵城中那个自己非常熟悉的总督衙门以后,立即就遇到了一桩非常棘手的事情。地方官员纷纷反映:李鸿章视为知己的丁日昌在刚当了江苏巡抚之后,就公开索贿受贿。前不久苏松太道出缺,丁日昌通过仆人透出消息,谁能送他端砚两方,就把这个位子补授给谁。结果,真有人投其所好,专门从端州买了两块上乘端砚送到他的府上。不料丁日昌冷冷地回道:"我要的是斧柯山出的好砚,你这砚不可呀!"所幸的是送砚人脑瓜很灵,猜到丁日昌"端砚两方"是指白银两万。于是,他七拼八凑献上了两万两白银,得了个苏松太道的位子。

如此公开卖官,且情节恶劣,依曾国藩原来的脾气,定是一份奏折上去,罢了他的抚台一职。但曾国藩对此事却下不了手了。他深知丁日昌深受李鸿章赏识,自己又刚刚回任,一到金陵就拿李鸿章的心腹开刀,未免太不给李鸿章面子了。

放了这件事不管也罢,可是更令他气恼的事情仍在一件又一件发生:苏南豪门巨绅抗租抗捐气焰嚣张,远不是他以前当总督时候的情形了;州县官员贪污现象严重,私吞公款,将值钱的财物据为己有。还有一条:两江之内纷纷对他曾国藩不恭不敬了。一些官员私下里议论:湘军不行了,曾国藩也已年迈,折腾不了年把了,可以不必唯命是从。由此,曾国藩的处境艰难起来,整饬两江,谈何容易?

经过一番思考,又碰了几个钉子之后,曾国藩很快消沉下来。年岁也的确大了,没有必要再下深水去得罪人了。他的计划就是走走看看,玩玩乐乐,把李鸿章在前线需要的军饷凑齐了就万事大吉。

这日,他正率众幕僚在灵谷寺观光,忽听武巡捕来报:"李鸿章大人遣胞弟昭庆来金陵求见!"

曾国藩心想:这少荃在前线一定是碰到了什么难以做主的事情了,这会儿派昭庆来与我商量。于是,他疾步上轿返回衙门。

原来,李鸿章督军以后,采取了诱敌于绝地的办法,然后再合军包围,同时兼用了离间之计,接连打了许多大胜仗,很快使捻军元气大伤。李鸿章略施小计,以少量淮军把赖文光、任化邦的东路捻军引到了山东烟台一带。他认为捻军已到了绝境,往东是海,还有一条胶莱河防线,定能将捻军困死在登莱半岛。

李昭庆来江宁,一是通报李鸿章的作战计划,二是求援二十万两军饷。

曾国藩心中一惊:李鸿章压根就没有考虑使用自己原来的打法。但实事求是比较一下,自己原来怎么就没有考虑到把捻军往海边引呢?的确,李鸿章此招比自己高明,只有表示赞成了,银子也照给不误。昭庆办完差事,急匆匆回前线去了。

战事的发展没有出乎李鸿章所料。这位信心百倍的钦差大臣凭借自己的淮军和少量湘军,再加上后方充足的军火供应,很快把捻军赶进死胡同了。同治六年八月十九日,东路捻军在赖文光、任化邦的率领下,在海庙口以北十几里地方的海滩上,侥幸突破李鸿章的防线,经潍河、潍县、昌乐,企图再渡运河,进入豫、陕两省,与张宗禹的西路捻军会合。

但是，李鸿章坐镇运河边上的刘铭传大营，猛烈阻挡。加之河水猛涨，捻军大乱。李鸿章又派人打入捻军内部，联合捻军潘贵升，乘机杀了捻首任化邦。打死打伤捻军两万人。赖文光只好率残部后退，又到了山东海边。李鸿章乘胜追击，击毙首王范汝增，又杀死捻军两万余众。赖文光只剩下约六千兵力了。他率残部拼死抵抗，从潍县一带突围，准备南下江苏。但刚到六塘河，又被设防在这里的淮军拦截，终因人少力弱，全军覆灭。赖文光在六塘河被擒。

消息传到北京，朝野上下欢天喜地。曾国藩也跟着淮军沾光了，一千人马统统论功行赏。李鸿章一声令下，八万湘、淮军全部会合于济宁，共庆李鸿章剿灭了东路捻军。

同治六年岁末，李鸿章各路大军都回到济宁庆功度岁，日日狂欢。十二月二十七日，朝廷论功行赏的圣旨下来，却犹如一盆冷水，把湘、淮两军的欢庆气氛灭下去不少。首先是直隶提督刘铭传，北上转战两年多了，立功也多，几乎送了性命，原以为这次可以捞个男爵，但朝廷却只赏了个正三品的三等轻车都尉世爵。其他将领都不过是个正四品的骑都尉或正五品的云骑尉。最吃亏的要数李昭庆了，因李鸿章命其去金陵城提饷，面见曾国藩，等他急匆匆赶回一线时，正好战斗刚刚打完，赖文光被活捉了。时运不济，李昭庆干了两年多，最终什么世爵也没有捞到。

李鸿章召集全体将领宣读圣旨时，刚念完了对刘铭传的封赏，他就蹦跳起来了，一脸的麻子急得一点一点通红发亮。他喊道："歇作罢（合肥语），这还有什么干头！我们这两年多东征西战，如今把东捻一举全歼了，没有想到朝廷如此不讲义气。给我一个轻车都尉，还是三等的。我可要回合肥老家带孩子去了！留着这条命回老家享享清福吧！"说着，他当场就要离开，抬头见李鸿章正拿眼瞪着他，才低了头站住脚了。

郭松林在这之前已授了江苏福山镇总兵，这回也才捞了个正四品的骑都尉。他当场就骂开了："老子操他的妈！只要李大人点一个头，我步行上紫禁城与慈禧太后论理去。她凭什么只给我们兄弟们这么低的封赏？！日他妈的，是没有干头了！"

周盛波咕哝道："太后、皇上这回的确不像话。湘、淮两军立了这么一个大功，全歼了五万人马，封赏起来却小气得令人咽不下去。还要去打西捻呢,打了西捻又能怎么样?"

李鸿章从心里也觉得朝廷这一次赏功不高。但眼下这帮将领们也太出格了,不仅牢骚满腹,还公开骂娘。这些骂娘的话若要是传出去,那可不是闹着玩的。于是,他拍案而起,把发牢骚的将领都训了一通。见大家都不吭声了,他才心平气和地说:

"我以为朝廷这一次为何封赏偏低呢?因为我们虽然平了东路捻匪,还有那么一大股西路捻匪。西路捻匪未平,都不算得了全功。朝廷一下子把诸位都封赏到顶了,你们还有劲头去打西路捻匪吗?!"

经李鸿章这么一讲,将领们好似反应过来了。心想朝廷或许真是这样想的。于是,大家都把劲攒到了剿灭西捻的战斗上去了。

但西捻目前还在河南济源一带,左宗棠派出一路军马前堵后追,西路捻军因东路全军覆灭,人心涣散,不敢向东,只好在河南西部一带维持着。正值新年期间,淮军里不少将领都想回乡看看。李鸿章准了刘铭传、周盛波等人一个月的假期,严限准时返回前线。

刘铭传、周盛波各带五十名亲兵回合肥家乡去了。李鸿章与众将领在济宁城中过年。正巧钱鼎铭特地到济宁来同李鸿章和其幕僚们贺岁。钱鼎铭已保举为布政使衔道员,在清江浦主持淮军粮草军械转运局。刘秉璋也有了山西布政使一衔,离开大营,将所属部队交给吴长庆统领,自己则以布政使衔回到李鸿章身边参谋军事。一时间,李鸿章的济宁大营里又是文武齐全,十分兴旺,振奋人心。

就在这个新年里,北京紫禁城内,也是一派吉祥如意、歌舞升平的景象。新年之前,各处宫殿打扫干净,彩绘的梁枋藻井焕然一新。因为李鸿章马到成功,全歼了东捻。西路捻军已成穷途末路。估计过了新年,便可全歼。所以,两宫太后和小皇帝都十分高兴。

春暖花开之时,将是小皇帝载淳十三岁的生日了。这就意味着他从此远离孩提时代了,一步步要成长为能够自作主张的皇帝了。

宫中在紧张准备,一是度岁,二是在新年后紧接着举行小皇上十三岁生日大典。今年新年气氛是十多年来最热闹的一年。慈禧太后十分高兴,李鸿章剿灭了凶悍的东路捻匪,她心里跟灌了蜜似的,夸奖李鸿章能办事,就是比曾国藩强。她吩嘱:把新年办得热热闹闹。

于是,两座有楼房高的彩灯安装起来了,它们竖立在乾清宫丹陛上。这是李鸿章命新任江苏巡抚、自己的老部下丁日昌在苏州做的。几十个苏州城里的能工巧匠扎制了一个多月,最后代表曾国藩、李鸿章、丁日昌三人的心意,作为给两宫太后和皇上恭贺新年的礼物送进了紫禁城。一座彩灯上面镶着"天下太平,万方来朝",另一座镶的是"八仙上寿,普天同庆"。

彩灯刚一装好时,慈禧、慈安两个太后就来看过一遍了。只见远远地看上去是两座大彩灯,近看却又内藏着许多机关,人物鸟兽都是可以转动的,有些还可以升降,栩栩如生,构思新巧。慈禧看了赞不绝口,说:"这又是李鸿章能办事,丁日昌不是李鸿章栽培起来的吗?"不知什么地方又进贡了盘龙楠木柱灯两座,也是很高大,很壮观。它们被立在殿前丹墀东西两侧,取名为万寿灯。两廊和甬道的汉白玉石栏杆上也装上了各式各样的彩灯。整个紫禁城成了灯的海洋。全部彩灯安装完毕时,在除夕天黑以后举行了一个上灯仪式,司乐太监一大群,同奏同唱中和清乐《火树星桥之章》。

仪式结束后,紫禁城万灯齐放。小皇帝载淳身穿着明黄缎开衩龙袍,紫貂披领,腰间系一条镂金珠玉腰带,头戴红绒结顶的薰貂常服暖帽,带了两名太监和两个宫女也跑过来观灯了。

宫殿监大总管顾世安立即率在场所有太监宫女跪在道路两旁,齐声喊道:"恭请万岁爷圣安!"

小皇帝好像没有听见一般,根本不予理睬,只顾看灯。他嘴上喊着:"这么多灯,真好看!"他又跑到盘龙楠木柱灯下,松开了绳索,要把柱顶上的灯放下来看看。

顾世安慌了,急忙上前劝阻,道:"这是万寿灯,不到天明以后,是万万不可以放下来的。放下来就不吉利了。"

载淳小皇帝哪听他的劝阻,斥责道:"站到一边去,我放下灯来看看还不行吗?!"

顾世安无奈,退到一边去了。长春宫总管太监安德海不知从什么地方突然钻出来,大喝一声:"不行!皇上,这是万寿灯,关系您的江山国运,万万碰不得!"

载淳一手牵着已松开的绳结,一边扭头瞪了安德海一眼,骂道:"你给我滚开!快回你那长春宫去!我玩灯与你何干?"载淳由于分心说话,手一抖,顶上的灯歪倒了,把灯笼也点燃了。这还不算,熊熊燃烧的火焰从半空中坠落下来,成了一团团火球,落到了小皇帝的身上,他的小手也让火球烫了一下。宫殿监大总管顾世安吓得魂灵出窍,上前抱起小皇帝就闪在一旁。转眼间灯笼烧成了一堆灰烬。

安德海在一旁幸灾乐祸了,道:"怎么样?我的小皇上。这下子您可惹了大祸了吧?我这就去禀奏太后。"

载淳大怒,但突然换了一张笑脸,道:"你过来,我有话要告诉你。"

安德海以为小皇帝要求他了,躬着腰,将耳朵凑近小皇帝面前。谁料小皇帝并不是求他,突然甩起一巴掌,重重地打在安德海的脸上,骂道:"狗仗人势的奴才!竟敢要挟朕了。告诉你,朕已经大了,凡事可以自己做主了。以后若再敢在朕面前放肆,小心我砍了你的脑袋!"

正值除夕之夜,安德海没有想到自己吃了小皇帝这么一巴掌,两眼被打得直冒金星。安德海羞恼至极,但也不敢发作。他拿眼瞅了一下仍在生气的载淳,发现他真的长大了,再也不是过去那个听人摆布的小孩子了。安德海为自己刚才多管闲事而后悔不已。

这一巴掌好像把安德海打清醒了,他赶紧跪下,给小皇帝磕头谢罪。小皇帝扬长而去,安德海满心羞愧地回长春宫去了。

慈禧太后正坐在东暖阁炕头上看一份奏折。那是已调任陕甘总督任的左宗棠递上来的。奏折上说:西路捻军聚集在河南济源一带已平静了一些。大的举动可能在新年过后。他预测西捻下一步可能要直捣直隶,由河北窜入北京。慈禧太后看到这里,冷汗直冒。她将奏折攥在茶几上,恶狠狠地自言自语道:"好一个左宗棠,让你剿灭西捻,你若把西捻放到北京来了,我要剥了你的人皮!"

正在这时,安德海一副哭丧脸进门来了。他躬着腰走进东暖阁,哭了起来,道:

"太后呀,奴才正值新年遭一打,还有什么脸再活下去呀?!"

慈禧太后一惊,问明情况,又看了安德海脸上被打出的小手指印,不觉疼惜起来,道:"你去把皇上叫来!这孩子无法无天了。除夕之夜竟烧了万寿灯,要教训一下他!"

安德海正得意扬扬地要去叫小皇帝,慈禧又道:"且慢,你先去把东边的叫来。我与她共同来教训一下小皇帝。省得她不知详情,过后又来替小皇帝辩解。"说完,慈禧挥了挥手。

安德海兴冲冲去请慈安太后。可刚出了长春宫,慈禧的贴身宫女又喊住了他,叫他回来。他莫名其妙地站在慈禧太后面前时,慈禧正在吸烟。宫女把一支装满了关东烟叶的乌木杆翡翠嘴镶玉包金铜锅的旱烟管正递在她的嘴上,她吐出了一口烟雾,见安德海回来了,道:"小安子呀,我看此事还是算了吧。东边那头是不喜欢你的。这次你与皇帝闹翻了,把事情捅到她那里去,她也不会替你讲话的,说不定还会训斥你一通。小皇帝也不用找了。今天是大过年的,把他找过来责打一顿,也不是时候。再说,他今年已经十三岁了,已不是孩子了。再过几年,就要大婚亲政了。到那时,他还能让我垂帘听政吗?我不再听政,谁去帮你呀?那么,你就算犯到了皇帝的手上了。今晚如果把他找来责打一顿,他一定会恨你一辈子的。试想,你还在宫里待不待呀?"

"我今生今世,就跟着主子您了。我才不在乎皇上亲政以后,会对我怎样呢!"

这话让慈禧很感动,以怜惜的目光盯着安德海。瞧,这是多么英俊的一副脸盘呀,上面却留着微微泛红的五个手指印。皇帝也下手太狠了,难怪小安子觉得没脸见人了。她突然挥退宫女和小太监们,叫安德海到她炕边上来。

安德海半个屁股落在炕边上,以恳求的语调道:"奴才想好了,您这一次不处罚皇上亦罢。他毕竟是您亲生的儿子,把他处罚得重了,奴才也于心不忍。但奴才这些年还头一次遭此狠打,今后在宫中也难免与皇上再次狭路相逢。不如让奴才出宫去溜达个几个月,一则让皇上忘记了对我的不快,二则也让我散散心,解了心中的窝囊气。最主要的,我还能去为您搜罗一些天下奇珍异物,了解一些天下的真实情况禀报于您。一举几得,太后就准了奴才这一回吧。"

慈禧把手伸过来,在安德海很俊的脸盘上摸了一把,微红的手指印看不太清了。安德海被慈禧摸得心头一暖,气也消了多半。他便借机提出出宫游玩的请求。

慈禧笑了笑,道:"你出宫几个月,就不怕我用其他人替换了你?"

安德海眼珠一转,道:"不会的。对这一点我很有信心。在宫中,我知道没有人像我一样,能把您服侍得舒舒服服。其他人都没有我这颗心，我是在用心服侍老佛爷呀！"

这是安德海第一次喊慈禧老佛爷，慈禧心头一喜。原来，清宫多少年来信佛。康熙、乾隆等在世时，立下的规矩是，可以称皇上为佛爷，晚年可称老佛爷。咸丰死时年轻，老佛爷这个称号一直未叫起来。所以，在宫中已经多年没有听到"老佛爷"这个叫法了。今年才三十四岁的慈禧忽然听到安德海尊称自己为老佛爷，就好像猛地被他提醒了一样，心想：原来还可以这样称呼自己，于是来了兴趣，点头道："叫我老佛爷了，很好，很好。我就准了你这一次啦。不过，做内侍的如无公务，是不能离京的。破了这个规矩，可是要杀头的。你出京必须悄悄地，绝不声张，快去快回！"

安德海千恩万谢，又连喊了几声"老佛爷"，磕了头退下了。从此，"老佛爷"的称呼便在宫中传开了。

已是正月十五上完灯的时分了。慈安太后与恭亲王奕䜣的大格格荣寿固伦公主坐在炕上说话。公主今年已经十七岁了。一年前，她已嫁给一等诚嘉公景寿的儿子——从一品的八旗都统志端了。这荣寿固伦公主在宫中地位非凡，因两宫太后都没有女儿，便真拿她当亲女儿看待。她出入几乎同两宫太后差不多，一律乘坐金顶金黄盖檐暖轿，或是朱轮金黄盖檐鞍车，护卫如云，十分威风。

荣寿固伦公主今日来一是与两宫太后共度元宵节，二来是诉说婚姻的不幸：她的丈夫志端驸马与她结婚后不久就患了吐血症，已经骨瘦如柴，夫妻之间全无乐趣。慈安太后听了她的哭诉以后非常内疚。这门亲事是她与西太后共同做主的，原想亲上加亲，不料却害了她。慈安太后一面吸着水烟，一面劝说着公主。

就在这时，西太后来了。只见她手中拿了一份奏折，脸色慌张地进了暖阁。进门就道：

"姐姐，这左宗棠混账透顶，还到处吹他熟读兵书哩！如今竟让捻匪打进定州了！"

"不是说捻匪在河南济源吗？这不是坏事了吗？定州一破，保定就不保了！"慈安说。

"不然我就骂左宗棠混账了吗？定州离京城只有四百里地。捻匪又都是快马如飞，若不尽快想办法，说不定就这几天就冲进北京了。须知,自李鸿章剿灭了东捻后,这帮捻匪绝望了。如今很可能狗急跳墙,不顾一切地向北京冲哩!"

慈安太后向来胆小,经不住这么一吓,马上面如土色,不知所措了。

慈禧果断地令道:"赵荣兴,快召集军机到养心殿商议!"

赵荣兴知道元宵节大臣们难以召集,便多派了几个太监骑马飞奔各府里去请。这几年军机大臣变化也大,李棠阶、曹毓瑛已经病故,胡家玉被曾国藩与李鸿章联合弹劾去职了。此时军机处只剩恭亲王奕䜣、吏部尚书文祥、户部尚书宝鋆、礼部右侍郎沈桂芬四个人。那沈桂芬与李鸿章是同年,曾任山西巡抚,军机处的重要谕旨都是由他执笔写出的。不一会,四位军机大臣都在养心殿聚齐了。

慈禧太后首先说话,道:"你们看看,五万西捻已经打进定州了。左宗棠的大军干什么吃的?可以说是玩忽纵寇,贻误战机,以致北京受到威胁。这还了得!是拿左宗棠开刀的时候了,要革了他的职,夺了他的花翎,脱去他的黄马褂,留在任上戴罪立功。若是再让西捻打进保定城,就把左宗棠的一等伯爵也拿掉算了。赶快拟定上谕,飞递出京!"

慈安太后道:"还有那直隶总督官文也无用呀?他怎么能让西捻窜到自己的地盘上去了呢?曾国藩、李鸿章告他没错,前几年在湖北任上也不行,只会贪污受贿,吃喝玩乐。这一回他也有责任,可比照左宗棠,把他也革职留任算了。"

恭亲王磕头领旨。正要退去,慈禧又道:"军机上再下一道圣旨,令李鸿章火速督师北上,保卫北京。李鸿章将士勇猛,军械也胜过左宗棠几倍。让他督师北上,我才放心!"

小皇上载淳也端坐在宝座上,原来听着什么也不发言。今天,或许是自以为长大了,待慈禧太后说完也讲了一句话:

"如果左宗棠把捻匪放进北京了,就咔嚓一刀砍了他的脑袋瓜!"

"喳!"恭亲王答应一声,心头大惊:小皇帝终于自作主张了。两宫太后垂帘听政的日子不会很长了。他宁愿听这小皇帝的。

四名军机大臣刚要磕头退下,忽然内奏事处太监又捧了紧急奏盒进来,跪奏道:

"启奏皇上、皇太后,直隶总督官文紧急奏折送到,说捻匪已犯保定了。"

皇上、两宫太后及军机大臣们被这个消息一下吓呆了。养心殿好长一阵窒息的沉寂。四位军机大臣跪着移至一起,小声商议对策,都认为除了依靠李鸿章和左宗棠,已别无办法。

载淳倒首先开腔了,道:"杀了左宗棠,让那些不卖力打仗的人看看!"

慈禧两道秀眉紧紧地凝聚起来,正在思考对策,忽听载淳乱发言,瞪了他一眼,小皇帝才低下头不吭声了。

慈禧讲话了:"看来对左宗棠还不能马上重罚。那支楚军是他的,杀了他的头很容易,就是指挥他的那支楚军便不容易了。听说曾国藩北上剿匪,连淮军也常常指挥不动,将士们只听李鸿章的。这样吧,大家换一个思路,又罚又赏,近似于悬赏拿人。让李鸿章、左宗棠有一个盼头,挑明了说,谁灭了西捻,就重赏于谁。你们看怎么样?"

奕䜣愣了一下,但表示了担忧,说:"李鸿章和左宗棠都已是一等伯爵,太子少保,爵是不能再封了。往上封,都与曾国藩一样了。唯独可以考虑从职位上长一级,协办大学士是可以的。"

慈禧道:"行,谁剿灭了西捻。就封谁为协办大学士。"

这一夜,东、西两宫和军机处灯火通明。军机大臣沈桂芬和值班章京连夜拟旨。两宫太后等到圣旨拟好,钤了印章,随即由军机笔帖式誊清。然后再由章京用军机处的金钥匙向内奏事处请出军机银印。在恭亲王的亲自监督之下,加印密封,标上"六百里加急"字样,发往兵部。兵部再套上大信封,又在信封上加印封定,才交快马连夜送出京城。

李鸿章在这之前已被授予湖广总督。但有其职却没有到任,仍留在前线督办剿匪事宜。曾国藩终于把丁日昌稍降了一下,由江苏巡抚改为署理江苏巡抚。实授的巡抚叫李瀚章干了。李瀚章湖南巡抚的位子让给曾国藩的好友刘昆干。郭柏荫出任江苏布政使,职位虽比丁日昌低一等,但很有实权。丁日昌由实授改为署理,只是一个名分上的职务了,丝毫没有实权。实权落入李瀚章之手。曾国藩以此也堵住了李鸿章的嘴。否则,他是不会同意把自己的心腹丁日昌降职使用的。

当然,这些人事安排,都是与李鸿章商量过的。朝廷之所以同意,为的是安抚湘、淮两系,使三江、两湖连在一起。既互为沟通,又相互牵制。更为了便于筹措军饷,稳定后方基地的政治与军事局面。

朝廷是极善于笼络人心的,已命开缺回乡养病的曾国荃出任湖北巡抚。他到任后从保卫湖北出发,将原来解散的两支湘军又拉了回来,组成了一支人数不多的新湘军。当时官文在湖北任湖广总督。曾国荃一到任就不把这个朝廷的宠臣放在眼里,抓住了官文接受了湖北粮道丁守存赠送的一万两白银,让大哥曾国藩和李鸿章二人上奏,参劾了官文。朝廷无奈,只有把官文调到直隶去了。

这样,李鸿章出任湖广总督了,曾国藩在金陵,构成了各是兄弟四人交叉掌握了中国最富足的两个地区的格局。

自从大哥李瀚章接替自己原来的江苏巡抚一职后,自己又在曾国荃之上当湖广总督,李鸿章舒心了。

的确,这种由兄弟四人交叉做官而又联成一体的现象,在历史上都绝无仅有。而这正是李鸿章所努力谋求的最佳组合。有苏、皖、赣、湘、鄂等广大地区为后盾,粮饷不愁,兵员不愁,人才不愁。控制这个半壁江山的是湘、淮两系,其他人无法插手了。李鸿章能不高兴吗?

兵部送出的圣旨,两天后就到了李鸿章的手中。只见圣旨上写道:"奉上谕:'西捻张宗禹大股贼寇由陕入晋,又经河南北犯直隶,正月十三日窜抵保定,京师告警。陕甘总督左宗棠、直隶总督官文剿贼不力,贻误军机,均已革职留任,夺去花翎,褫去黄马褂。着钦差大臣、湖广总督李鸿章率领所部各军火速北上勤王,毋得稍延。须知事关重大,凡立功者朝廷赐官授爵,不吝重赏。若逗留不进,意存观望,作战不力者亦当革职严办,朝廷决不姑息,其各凛遵,不得稍存侥幸。直隶提督刘铭传告假在籍,亦着李鸿章立即传谕该提督克日销假出师,不得延误。'"

李鸿章面色异常严峻地读完圣旨,陷入了焦虑之中。钱鼎铭已回清江浦办转运去了。刘铭传人还在老家合肥。张树声和张树珊兄弟二人不睦,老死不相往来了。树声一气之下弃武从文,由江苏徐海道去直隶当按察使去了。此时,李鸿章的身边只有幕僚刘秉璋、部将潘鼎新、郭松林、周盛波、杨鼎勋及李昭庆等十余人雁翅般分地坐在他两旁。且这些人大都因剿灭东捻大功轻赏而情绪低落。连自己的胞弟昭庆也不能理解,牢骚满腹。

你瞧,这郭松林在听完圣旨后板着一副冷面孔,把脖颈扭成了麻花似的,两只眼睛直愣愣地望着窗外发呆。周盛波呢,也学着起哄了。这会儿正与潘鼎新面对面做着鬼脸,挤鼻弄眼的。李鸿章听出,他嘴里还在咕哝着脏话,好像骂圣旨上讲的都是屁话。潘鼎新虽没有骂娘,但也在唉声叹气,表示一种不满。杨鼎勋低着一个头,就是不说话。昭庆扬着脸,在看天花板……

这个令人窒息的气氛让李鸿章大伤脑筋了。他不知从何下手,来调整、调动各位的情绪。

刘秉璋见李鸿章手捏着圣旨在发呆,起身走过去,把圣旨取过来收在盒子里了。

"贼娘养的!一个个都变成哑巴啦?!有谁不想干了,跟本帅放一个响屁,你卷起铺盖滚蛋好了!"李鸿章突然发火道。

这突然一顿火气,把十几位在场的人都镇住了。刘秉璋见李鸿章发火,命人为他泡了一杯香茶送上,然后劝道:"少荃大兄息怒。您把道理跟大家好好说说嘛。"

李鸿章语气缓和了一些,道:"什么道理呢?在座的各位谁还不明白,勤王之事非同小可,求功名莫如勤王。这本来就是一次难得的机会,却反而一个个都跟木头人似的了!如今军机紧急,连官文、左宗棠都因此被革职了,你们还看不出其中的重要吗?救援京城刻不容缓,朝廷的圣旨上说得也很清楚。王八儿的,一个个都给我动起来。马上准备,各自回营吧!"

李鸿章隐约感到,这些幕僚部将们不仅是对朝廷赏罚不公抱有怨恨,对自己也心存不满。这个感觉是李鸿章从未有过的。他向来认为自己在淮军里极有威严,军令畅通无阻。但这一次不同,有些人真的对他看法颇深了。

李鸿章听说在营帐里,有人就半公开地把他与曾国藩做了比较,说曾国藩为胞弟,为部将,那才叫真有感情,处处、事事想着下面的人。部下有少许功劳,就一而再,再而三地请奏朝廷,要求重赏。所以,老湘军里出官最多,回乡的将士们捞的实惠也最多。

而淮军的大帅李鸿章呢?不用说常常请功不力,就连每回缴获的战利品,该分的也不分,统统充作军饷了。连自己的胞弟,跟着二哥干了四年了,至今也无多大升迁。鹤章与昭庆对此很有意见。鹤章回乡,就是气二哥不予关照,只顾自己。

李鸿章听到这些议论,心中恼火。他道:"哼!一个个忘恩负义的东西!当初你们在合肥周围乡下时是个什么样子呀?不错的,还有几个人,几杆长矛。大多数人都还抱着一根讨饭棍,没吃没住的。从那以后跟了我李某人怎么样了?能升官的升官了,没升上官的,钱也捞足了。现在,你们都翅膀硬了是不是?可以摆脱本帅了是不是?狼心狗肺的东西!别看你们如今一个个都神气了。老子一句话,叫你丢官就丢官,叫你破财就破财!不信吗?有谁够种的站出来对抗我的命令试试?!"

刘秉璋进了签押房,见李鸿章仍在生闷气,劝道:"少荃大兄莫气。其实您手下这些人是十分忠于您的。他们主要是对朝廷有些气,不是针对您的。当然,实话说吧,这年把是与前几年有些不同了。那时大家无依无靠,两手空空,对您当然格外敬重。大家都想跟着您捞一顶官帽,挣几个血汗钱。而现在呢?官帽到手了,钱也装满口袋了。所以,便不思进取了,甚至不想打仗了,想回家享清福了,仍然拼命干的,无非是想把官帽换大一点,钱捞得多一些。这些目的一旦达不到了,自然就有牢骚了。此乃人之常情。说来这便是将士们开始变了。他们变,您也得变。怎么变?您比我有办法。"

李鸿章没有吭声,过了一会问道:"这些王八儿们都回营了吗?"

刘秉璋道:"回是回去了,但几个人都嚷着回去推牌九去,好像不是准备发兵的。"

"我谅他们嘴上说说算了吧?有谁敢抗拒出兵,我定要奏明朝廷,将他逮到刑部大牢去!"李鸿章说。

次日,李鸿章接到同年、军机大臣沈桂芬的私函。沈桂芬是很重视与李鸿章的同年之谊的。前几年朝廷中的大小事情都靠从曾国藩那里打听一些。眼看着曾国藩现在落到自己后面了,他在朝廷中渐渐少了关系,变得消息闭塞了。而自己却在军机中有了同年的进士、翰林,许多内幕消息不仅得到得及时,而且准确。

沈桂芬此次来函提醒他赶快出兵。他在信上透露:谁捷足先登,打胜了西捻,谁就是协办大学士。

李鸿章为之心动。他对这个职位很有兴趣,这就是说可以入阁拜

剿捻入阁

689

相了。大学士虽然徒有虚名,但地位极高,很受地方官员尊重。当上协办大学士,就是正一品,被称为"中堂",曾国藩不就是被人称作"曾中堂"吗?

但这一次他却很灰心。他突然有了一种众叛亲离的感觉后,对什么都缺少信心了。他想到了左宗棠,这会儿正被革职,唯有剿灭了西捻,才可以官复原职,才有可能成为协办大学士。因此,这一次他一定会拼命,与自己抢这份功劳的。

果不出李鸿章所料:左宗棠接到圣旨的当天就率刘松山、陈国瑞所部火速开往保定了。他很快绕到了捻军的前面,堵住西捻北上的通道。山东巡抚丁宝桢本来不相干的,也亲率抚标营两千人马赶到保定一带勤王。西捻的目标看来就是京城了。左宗棠、丁宝桢无论怎么去阻击,他们依然东奔西突,想方设法寻找窜向北京的机会。捻首张宗禹真算精敏,一会儿合军,一会儿分军。你从东面拦,我就向西边进;你从左边拦,我就向右边冲。如此把左宗棠、丁宝桢折腾得筋疲力尽。左宗棠为此气得吐血。

京城尚处在危急之中。圣旨送达十多天了,仍未见李鸿章出兵北上。这还了得?!沈桂芬吃惊,百思不得其解。两宫太后怒火万丈,又下了一道圣旨。

这日,李鸿章在济宁的行营大门前,两个驿使飞奔而至。他们带了朝廷的紧急谕旨,轮换着马不停蹄地冲进了行营大院,翻身下马,直奔后院东厢文案房。刘秉璋接过了兵部加封的大信套,知道这是圣旨,不敢擅自拆开,急送到李鸿章的签押房来了。进了房间,见李鸿章斜躺在一张软椅上。刘秉璋道:"可能是朝廷的处分来了,您自己拆阅吧。"说着,将大信套丢在李鸿章的案台上。

李鸿章以十分麻利的动作迅速拆除了两层封皮上的火漆烙印,又用剪刀挑开封口,取出军机处的咨函,举在眼前看了下去。看着看着,李鸿章好像突然明白了什么事似的,将军机处的咨函推到一边。

他起身了,面色尴尬地望了一眼刘秉璋,一句话也不说。接着,他慢慢地动手拔去了御赐的双眼花翎。过了片刻,再摘掉帽顶上那颗象征着官品的红宝石。他将除下来的这些东西轻轻放在桌子上,叫刘秉璋拿去收起来。

刘秉璋好一阵莫名其妙,走到案台前看了军机处的咨函后。才恍然大悟。这圣旨上措辞十分的严厉,就差一点是骂人了。圣旨训斥李鸿章坐视京师危急而不顾,大有抗旨不遵之势,目无皇上、皇太后,至今按兵不动。最后写道:

"李鸿章着即夺去花翎,褫去黄马褂,革职留任。朝廷待李鸿章不薄,清夜自问,岂不惭愧?应即激发天良,迅速带兵北上。否则,朝廷令出如山,后旨定不容情。若能奋力自勉,将功赎过,平定捻贼,朕不念前咎,仍当给予不次之赏。李鸿章切勿等闲视之。"

刘秉璋见李鸿章颓然倒在软椅上,神情痛苦,心里也很难受。大家都看惯了或威严或欢喜随和的李鸿章,很少见到他那极度痛苦中的表情。他原来那些人们已经看惯了的神情好像突然被一阵激风吹过,消失得一干二净了。留下来的只是凄楚。他尽管不停地在眨着眼,但眼神却是呆滞的。好像在他的眼角上,还有一颗透亮的泪水,很长时间滴不下来。当他扭了一下脖颈后,这颗泪水才迅速从他脸上滚下来——一颗很大的眼泪。

刘秉璋动了感情,以大吼一声代替了自己对这位主帅的安慰,道:"我来去各营看看,明天再拒不出兵,我就要与他们没完!"

刘秉璋出去了。李鸿章仍躺在软椅上一动不动。他深知慈禧太后这次是真的恼了!这本来就在情理之中。在慈禧看来,你李鸿章出兵,比朝中那些奶面王爷们强多了。而今天已到生死存亡之机,淮军却按兵不动,岂不是故意置京城于危难之中吗?

夜色朦胧,窗外是满天的冬云、寒星,还有一轮残月。在纸窗和孤灯之下,李鸿章绕室彷徨了许久。恩师曾国藩每日必走三千步。他跟着学了,在饭后和睡觉前坚持走它三千步。可是今晚,他却大大突破了这个数字。

李鸿章叹息不止。官场险恶,宦海沉浮,但他没有想到自己也有革职留用的时候。这个感情细腻的淮军大帅大叹荣辱难测。月有阴晴圆缺,谁能主宰得了宇宙浩渺,天地玄黄呀?

但是,虽被革职,还得出征。这一次是无论如何也没有退路了。圣旨上讲得坚决:"朝廷令出如山,后旨定不容情!"如果再敢按兵不动,要不了十天,必是又一道圣旨下来。那时,一切都将完了。

刘秉璋出去了以后,不知跑到哪个大营去了,至半夜时分,仍未回来。李鸿章估计一定是碰到钉子了,工作不太好做,所以迟迟不归。

"只有向拒绝出兵者开刀了!"李鸿章自己跟自己拍案而起。但先杀谁呢?他又没有了主张,束手茫然。他想:这些人都是跟了自己几年了,对自己不薄,可谓忠心耿耿。自己能功成名就,也正是这些人在枪林弹雨中打出来的。人非草木,孰能无情?郭松林拒绝出兵,闹得最凶,骂得最难听。若是讲到朝廷去,有十个郭松林也该杀头。可是,他由一个木匠已成长为自己得力的大将了。此人脾气虽不好,怪话也多。可是,头是杀不得的。

杨鼎勋呢?虽也在按兵不动,但同样不能砍他头的。他原在湘军鲍超手下受排挤,后来只身投靠李鸿章,自己组建起一支人马。加入淮军后,作战勇猛,还有智谋。更重要的是对李鸿章一心一意。周盛波闹得极不像话,真的在营帐推起牌九来了。论军法,杀也无妨。但李鸿章却办不到。理由很简单:老乡。且在家乡协办团练时,他帮助过李鸿章。为了顶戴前程杀一个老乡的头,李鸿章不干……

拿部下开刀,只是说说气话而已。但李鸿章的确是走投无路了。他只好气得骂娘,谁的头也杀不得。要杀,只有杀自己头。他一时冲动,猛一抬头,看到墙上悬挂着长柄佩刀。这是他出征时随身携带的指挥刀。他抽刀出鞘,只见这佩刀在灯光下寒光逼人。他将佩刀架在自己脖子上,大骂一声:"龟孙儿的,死了算了,省得老鼠钻进风箱里,两头受气!受朝廷的气就够了,还要受这帮部下们的气!"

他悲愤地想着,手举得累了,一只手放了下来,另一只手握住刀柄,将刀身搁在自己肩膀上。就在这时,猛听得户外人声喧哗,伴着一声轻轻的喊叫:"军机处紧急咨文到了。"

李鸿章惊骇万分,心想坏了。又一道圣旨下来,定是要把自己押送京城问罪了。这样,自己反而真不如死了。刀还架在肩膀上,刀刃已碰到脖颈上的皮肉了。李鸿章只觉得凉,凉得怕人。此时若想死,是极容易的事,只须咬咬牙,挥刀向前,脖子就开了。这样万辱皆消,万念俱休,什么协办大学士?见他妈的鬼去吧!

转念一想,就算会有拿问自己的圣旨,也没有这么快呀?是什么狗屁的圣旨?老子倒要看看!李鸿章心想,收起了佩刀。刘秉璋进门来了,道:"刘铭传迟迟不归,也受到革职处分了。"

李鸿章一惊:革了我的职,又要以革部将们的职来相逼,朝廷定是气得无计可施了。自己不能消沉,更不能死。否则,朝廷追究下来,倒霉的将是跟随自己多年的部将们。

他道:"赶快派人,连夜赶到合肥,务必把刘六麻子一同带来。这个刘六麻子也太任性了,想叫自己好不容易挣来的前程毁于一旦吗?快!快去把刘铭传叫回来!"

刘秉璋安排一个值班的戈什哈找人去了,然后转身对李鸿章道:"少荃大兄,您也消消气吧。否则,部将们闹起来,更是不堪收拾。"

"此话怎讲?"

刘秉璋道:"我去了几个大营,透露了您已被革职留用的消息。部将们呼声震天,都在为您打抱不平,大骂朝廷。一些人还要亲往北京,找慈禧太后论理哩。他们都要到您的签押房来,我阻拦住了。大家意见一致:不让您官复原职,就是不出兵!您瞧,这不是更糟了吗?!"

李鸿章听了很受感动,心里暖烘烘的,道:"这不是胡闹吗?想毁了我们淮军不是?这样吧,你去安排,我来分别一个一个找他们谈话,把道理讲清。"

"这就对了,我的大帅呀!您早就应该亲自出面找他们谈谈了。这么长时间以来,只顾打仗,交心谈话少了。许多事情憋在心里,愈积愈多,才形成了今天的被动。"刘秉璋很真诚地说。

"好,就先找潘鼎新吧,从他开始谈!"

已经是后半夜了。李鸿章毫无睡意,决定连夜传人谈话。过了大约半小时,刘秉璋与潘鼎新一同进了签押房。当白佼秀气的潘鼎新出现在李鸿章面前时,一杯上好的舒城小兰花茶已经泡好。刘秉璋把人找来后,自己要走。李鸿章叫他也坐下,同样是亲手为刘秉璋泡了一杯小兰花茶。李鸿章知道:潘鼎新与刘秉璋是同乡世交。其父亲潘子安是合肥名士,曾教过刘秉璋的书。道光二十九年,潘鼎新与刘秉璋结伴去京城,得到过李鸿章的热情帮助。他俩与李鸿章住在一起,在李鸿章的指点下读书应试。最终,他俩以李鸿章的门牌冒充北京籍贯,参加了北京乡试。刘秉璋落第,三年后才及第。潘鼎新当年中了举人。当他兴高采烈地回到庐江时,不料父亲在酒后戏言,收了人家二百两银子,将潘鼎新入赘到合肥一户姓蔡的人家当了女婿。父母做主的婚姻不可反悔,潘鼎新气得从此不理睬父亲,在合肥岳父家过起了成家立业的生活。

潘鼎新进门时,李鸿章正在回想着这些。他为潘鼎新递上一杯热茶后,道:"琴轩呀,你们这些日子玩得挺自在吧?"

潘鼎新道:"在大帅的庇护下,天塌下来由您顶着,我们确实很自在。"

"大帅完蛋了,你可曾知道?"

潘鼎新道:"听秉璋兄透露了。朝廷混蛋,我们做部将的干急无汗。只不过大帅是因为我们拒绝出兵才被革职的。我们心中明白,准备出兵就是了,把他朝廷那个顶戴、黄马褂要回来就是了!"

刘秉璋忍不住了,以生气的口吻道:"琴轩啦,你看你说得好轻松呀!此事就是这么简单吗?"

"我看不出有什么复杂的。君之于臣,就好比父之于子。当父亲的高兴了,夸奖儿子几句,给点奖赏;不高兴时,责骂几句,最多打一下板子。无非是当老子的说了算,想怎么干就怎么干。我们这些当儿子当孙子的有什么办法?"

李鸿章道:"琴轩说的是心中的真话。那么,你既然知道当儿子当孙子的要听当老子的。现在是老子有难了,能赌气不救吗?"

潘鼎新不说话了。

李鸿章给潘鼎新、刘秉璋各添了一些茶水,道:"无论如何,我们不能再僵持下去了。再一不可再二,再二不可再三。我已经拟好了出兵的折子,如果你们都同意,现在就安排向北京送吧。告诉朝廷,我们已经发兵!"

潘鼎新起身道:"恐怕不等慈禧太后看到您的奏折,我的先头部队已经到达前线了!"

李鸿章一愣,半天反应不过来,待到反应过来后,两行热泪滚滚而下,喃喃地道:"如此就好。这不仅是救了淮军,也是救了我李鸿章。"

原来,众将领一听说朝廷因为淮军迟迟按兵不动而革了大帅的职,纷纷动作起来了。大家都清醒过来了。原想将朝廷一军,没有想到"将"掉了大帅的官帽,一个个后悔不已。当天下午,刘秉璋就去各军大营督促发兵。潘鼎新一下子掀了牌九桌,一声令下,将先头部队开出去了。

这会儿刘秉璋才笑着道:"少荃兄不要急了。今夜大军已全部出发。明早您起来时,已找不到各路兵马了。现在是只有您的三千亲兵还没有上道。"

李鸿章抹了一把激动的泪水,转忧为喜,骂道:"龟孙儿的!一个个都还跟我留一手!"说着,上前就捏住了潘鼎新的耳朵,道:"这恐怕都是你的傻主意,想让我自杀了才告诉我不是?幸亏我没有死,若是死了才冤枉哩!"

潘鼎新自加入了淮军以来,还是第一次被李鸿章揪住了耳朵,知是表示亲切,心头涌起一股热浪,道:"您对淮军将士们的恩情,大家没有忘记。这次因为我们一时糊涂使您受了处罚,众将士心中过意不去。怎么办呢?就是要在剿灭西捻的战斗中为淮军争光,为您争光。您在行营里静候佳音吧!"

潘鼎新说完,向李鸿章深深躬了一下身子,精神饱满地走了。他要随他的大部队直奔河间府,决心立功去了。

李鸿章笑了。一段时间以来的担心、忧愁由此一笔勾销了。他自己也顾不上睡觉了,叫身边的随从、亲兵整理物品、文书、行李。次日,他率领亲兵三千余人向河北进发。至此,除留下湘军各路驻守山东、河南一带外,共计五万五千人马开赴剿灭西捻的战场。李鸿章一路坐着骡车,飞奔向前。卫护他的前后马队扬鞭呐喊,其阵势鼓舞人心。

刘秉璋策马与李鸿章并行,隔着帘子喊道:"大帅,已到了直隶大名府了,是不是休息一下,让各营起火做饭,饭后再走?!"

李鸿章掀开车窗绣帘,探出半个头来,道:"行呀,你安排了。前面没有大镇子了吗?"

"没有啦!我们今天已经赶了两百多里地了。兵马都很累了!"刘秉璋骑在马上边奔边喊。

就在这时,突见前方一骑驿使身背青布褡裢,红缨帽上插了一支羽毛,扬鞭而来。刚冲到李鸿章的前阵马队跟前,他就喊着:"李鸿章李大人在吗?"

文巡捕于忠大声应道:"李大帅在此,有什么大事?!"

695

驿使手举着兵部大信套道:"朝廷圣旨到!"

李鸿章半个头伸在窗外,听得清清楚楚,不禁暗暗叫苦:坏了,坏了!这驿使帽上插羽,表示有紧急谕旨送来。而既是上谕,定不会有好消息。因为,自己出兵的奏折才送出不久,估计现在绝对没有到达北京。那么,朝廷就还不知道自己已经出兵。这会儿又来急谕,定是拿问自己了。所以,李鸿章顿时面如土色,连刘秉璋也吓出了一身冷汗。

于忠已在前面接旨了。李鸿章抬头一看,不远处的弯道上又拍马飞奔过来七八个差官,一个个耀武扬威。李鸿章对拿问自己的推测确信无疑了。他下令停止前进,大队人马靠路边依次驻足。

李鸿章有气无力地走下骡车,显得异常惊慌失措。那七八个飞骑差官好像不是到自己军中来的。到了前路马队跟前并未减速,仍然是一路拍马而过了。只有身背青布褡裢的驿使下马来到骡车前,给李鸿章行了礼后,禀道:

"军机处廷寄谕旨,请李大人接旨!"

李鸿章仍在发呆,听了驿使说话,才恢复常态,道:"驿使一路辛苦。"

李鸿章接过上谕,展开高声宣读起来,道:

"奉上谕:'顷悉山东布政使潘鼎新一军已过运河,进入直隶河间府境内,正星夜兼程北上,足见汝天良尚在,部下深明大体,甚可嘉慰。刻下捻匪正从保定窜犯河间伺机北犯,望汝亲率诸军继发,迅速会同左宗棠军围剿捻匪,务必早日平定,勿使漏网。'"

李鸿章山呼万岁,一块石头由此落地。原来,潘鼎新提前派出一支人马刚到河间府,就被朝廷兵部派出的探子知悉。李鸿章出兵的消息很快传到了两宫太后的耳朵里。太后们大喜,才下了这一道圣旨以示激励。

就如同满天的乌云顷刻间消散了一样,李鸿章的心情也晴朗起来。他暗暗握紧了拳头:危机已过,光明就在前头。他下令,再行五十里,日夜兼程北上!

冬天早已过去了,又是夏初时节。李鸿章督军在保定,大大小小战斗已打了十多仗。眼看就要形成合围之势了。西捻张宗禹使出一招:亲率一支人马直闯卢沟桥附近,很似"围魏救赵"。这一招果然奏效,慈禧太后吓破了胆,又下一道急令:严限李鸿章一月之内扫平西捻,方可赎过。这样一来,李鸿章等于在提着半个脑袋打仗,心中急得火烧火燎。他连日骑马奔波在各路大军之间,选定漳卫河与结州之间展开攻势。此处交通十分便利,李鸿章正在调集军马合围西捻,刘铭传回到了军中。李鸿章又喜又气,也令他戴罪立功,率战船自漳水、卫水进入黄河和运河,以此切断捻军的退路。这样便对张宗禹形成了南北夹击之势。

淮军以其包围之势,慢慢缩小了包围圈。两军日夜周旋,连战了十六个昼夜。由于给养供应不上,捻军又找不到片刻的休整之机,将士们都精疲力竭了。张宗禹到卢沟桥虚晃一枪,再无绝招了。只好退回河北境内与另一路捻军合成一军,奋力抵抗。到同治七年六月下旬,潘鼎新等在沙河一带一举打败西捻主力,捻首张宗禹身负重伤,败走高塘。

在马颊河与徒骇河之间的平原地带,捻军北窜不成,只好南退。刘铭传已堵在后路,全歼西捻残部。张宗禹见大势已去,投水身亡。至此,捻军部全剿灭了。

从朝廷下达严限圣旨,到张宗禹投水身亡,共用了二十八天时间。李鸿章在行营里得报,高兴得一蹦老高,大呼:"天佑我也!"

倒不是老天在保佑李鸿章,而是捻军内部的矛盾激化帮助了李鸿章。捻军内部在淮军大举包围过来后,不是在设法奋力反击,而是开始无休止的互相指责,甚至发生了内乱。张宗禹一气之下,把带头内乱的十几个将领全杀了。这一杀反而使捻军内部更乱,完全无法收拾了。

从太平军到捻军起义,由内部分化而导致最终失败带给人们的思考是深刻的。

李鸿章成了英雄。东捻、西捻全败在了他的手下。左宗棠呢?正所谓"有心栽花",但最终仍是大功旁落。不过,也不要紧的。既然剿捻的大功告成,朝廷也就无所谓了。反正就是一块蛋糕,有功无功,大家都能吃上一口。若蛋糕不够分了,再捧一块蛋糕出来就是了。自古以来,居上者大抵如此。而这正是淮军深感奖赏不公的原因所在。

同治七年七月初一日,北京城里已是赤日炎炎。慈禧、慈安太后携小皇帝载淳跑到热河避暑山庄那块清凉世界去了。李鸿章六百里加紧红旗捷报犹如久旱后的甘霖,顿时让两宫太后舒心极了。山庄内一片

欢腾。慈禧太后出了个新招,下令将李鸿章的告捷奏折用洒金大红纸抄录成数十份,在山庄各处张贴出去。题目是:

"奏为平定西捻,逆首张总愚投徒骇河殒命,逆党全数就歼,恭折仰祈圣鉴事。"

全文是:

"六月二十八日,臣部刘铭传、郭松林、潘鼎新诸军追击捻首张总愚部于山东武定府。张逆屡战屡败,全军覆没,仅余八骑南走徒骇河。大河阻隔,淮军追及,张总愚投河而死,余贼全歼,西捻悉平。"

这是李鸿章亲笔的报捷奏折,文字简练,叙述清楚。只是按照惯例,把"张宗禹"的名字改成了"张总愚",以示他"总是愚蠢"。

慈禧太后立即召集军机大臣们,就封赏问题进行商议。对封赏一事,慈禧太后是丝毫不敢耽搁的。李鸿章捷报是半夜里送进避暑山庄的。她立即披衣下床,叫宫女剔亮了灯火,一边安排用大红纸抄录,定要在天亮前贴出去,一边就叫恭亲王等来议封赏之事了。

从同治元年以来,军机处和内阁都建立了一个不成文的规矩:军机大臣五名,除了恭亲王领班之外,其余只有四名军机大臣。这四人中两个为满人,两个为汉人。两汉中又分为一南一北。而此时汉人充任军机大臣的,只有沈桂芬一人。他虽长在京城,但原籍是江苏吴江。朝廷对汉人,一向是亲北疏南,所以才把实际是北京人的沈桂芬抵作了南方人使用起来。还留着一个"北缺"的位子空着。

李鸿章灭了西捻,朝廷原定的赏封,就是一个协办大学士。大学士属内阁职位,两殿两阁,一共也是四人。大学士两人,协办大学士两人,也都是满人汉人各占一半。一年前,体仁阁大学士周祖培出缺,让曾国藩以协办大学士身份升补了进去。这样便空出来一个协办大学士,慈禧把这个位子给了四川总督骆秉璋。不料到了年底,骆秉璋病故了,由慈禧的心腹吴棠充任了。而另一个协办大学士的空缺,就作为"悬赏",这会儿非李鸿章莫属了。

秉承两宫太后的圣旨飞速送达李鸿章的行营。李鸿章与诸将领郑重地跪接了圣旨。圣旨道:

"李鸿章等平捻有功,积年巨寇,从此肃清,朕甚嘉慰。除着惇亲王奕誴至定陵祭告文宗(咸丰)皇帝在天之灵外,李鸿章、左宗棠、官文俱官复原职,赏还花翎和黄马褂。加李鸿章、左宗棠太子太保衔。李鸿章以湖广总督协办大学士。丁宝桢加太子少保衔,晋刘铭传一等男爵,潘鼎新、郭松林一等轻车都尉,以郭松林为湖北提督。"

李鸿章终于入阁拜相了。这是读书人的第一等的功名,李鸿章得到了。

在此时的左宗棠看来,李鸿章淮军只不过最后侥幸摘了个"桃子"。仅以刘铭传为例:他从合肥回到大营只不过月把时间,且基本上没有上过火线,在营帐中指挥一下而已,结果由三等轻车都尉的世职晋为五等爵位的一等男爵。这不是一步登天、轻功重赏了吗?!

李鸿章及淮军将领听说了左宗棠发此怪论,骂声一片。李鸿章道:"就算我捡了个便宜,你左宗棠追剿了两年之久,怎么就捡不到这个'桃子'呢?王八蛋!"

左宗棠又传过话来,他不相信张宗禹真的投河自杀了。因为并无尸首为证!一贯会挑毛病的左宗棠不仅不信,还布置部下,四处搜寻张宗禹的下落,说:"你们谁把张宗禹搜出来,我保谁封爵。"于是,他的部将刘松山、郭宝昌等在河北、山东边境一带展开了大范围搜索。大乱虽平,防线不撤。消息传到淮军里,刘铭传一脸麻子气得跟一个个花瓣似的,大骂道:"这个王八儿左宗棠!时值盛暑。尸首腐烂,叫我到哪里去以尸为证?!老子若有机会遇到这左宗棠,非一刀砍了他不可!"

李鸿章笑道:"你这个麻子气什么呀?让人家去搜嘛!"

身兼数职的李鸿章不管左宗棠怎么去发疯似的展开大搜捕了。他率各路人马回到了武昌。他自己则第一回踏进了他的湖广总督衙门。鼓乐声中,将星云集。从曾国藩第一次攻下武昌城后,这座古城中从来就没有见过这么多红顶子,也从未见过这么多兵。好歹是打了胜仗以后进城,将士们队形整齐,对百姓的骚扰也不太多。

既是大胜,比曾国荃攻下金陵意义还要重大。所以慈禧太后才会派淳亲王奕誴到定陵祭告先帝:太平军完了,东捻西捻已剿灭了。李鸿章也不含糊:一来官至中堂。刘秉璋道:"中堂能有几人?偌大的大清也只有四位呢?!"二来朝廷对这些部将们的封赏还算大方,大多数都是几级几级地往上升,主将们也没有牢骚了。李鸿章要发恩饷。这是他个人对将士们的恩赏。李鸿章平时带兵,在用度上是很善于掌握分寸

剿捻入阁

699

的。对于一般官兵的军饷,他略扣下一点,不让足发下去。他为的就是打了胜仗以后用作他的恩赏。还有一条,说是弟兄们一旦钱多了,喝酒打牌逛窑子,就不肯拼命打仗了。同时也搞坏了风气。

现在不必打仗了,李鸿章决定:每人补发欠饷两个月,加发恩饷两个月。这样,淮军中的存银不够了。那好办,江苏巡抚李瀚章是李鸿章大哥,由他操办。他让大哥"借洋账",从洋行那里取一些送到武昌。

军饷、恩饷发下去了。武昌总督衙门里,一连几天大摆筵宴,慰劳庆功。李鸿章生来喜欢场面大,喜欢热闹。可是,这一次他招架不住了。因为升了协办大学士,因为首次在总督衙门里到位,更因为打了胜仗,军里军外、城内城外,拜访的、恭贺的、拉关系的一连许多天排成长队。文巡捕于忠和师爷刘秉璋忙得屁股不着板凳,最终累得爬不起来。

各路将领、地方官员们心意也到了。不知是谁带的头,人人都备下了一份厚礼送给李鸿章,以示对他升任的祝贺。几天时间,总督衙门几间库房里,堆的全是人们赠送上来的礼物、礼金。

李鸿章摇摇头,令刘秉璋、李昭庆二人根据情况,尽量将礼物退回。至于礼金,退不掉也没有关系,就留作衙门里的开销吧。

他太累了。他决定关起门来谢客一天。他不仅要休息,他更须思考。

一张凉榻之上躺着忧心劳神过度的李鸿章。他睡不着,一时间,年余来的一切竟如闪电一般从他脑际间滑过:曾国藩的不得志、众将领突然闹情绪、朝廷的再三威逼、左宗棠与他的钩心斗角,这一切让他既很失望,又很开心。如今把捻军彻底剿灭了,就如同曾国藩收复了金陵一样,自己的淮军恐怕不可避免地要面着裁减,甚至可能是撤散。

撤散了也好,自己同将士们一起,仍回到那个风景秀丽的合肥去。他在设想,若真的让他回乡了,他要重建合肥城,把逍遥津、包河、城隍庙、九狮桥等等,统统推倒重建。然后,再在大蜀山之巅建一处大殿,与三个太太、儿女们于静野之处,抚琴于山林,独得一份人生的宁谧。这样,从此便无涉世之险,更无功名之争了。如此也算得生命之趣了。

李鸿章是突然想到要解甲归田的。他还记得自己的爷爷李殿华。那时,在肥东磨店乡的庄园里,他常常跟着爷爷下地,干一些简单的农活。现在想起来,那时一边耕种,一边读书倒是极其值得怀念的。

不过，他很快否定了自己的设想。可能是乐极生悲了吧，人总是在最得意、最顺利的时刻，往往向另一个方面追求。也或许是害怕了，怕自己伴君如伴虎。宦场沉浮、官场险恶的确常常让人心灰意冷。但自己已经没有回避的可能了。身为大清重臣，不为国谋福利，为朝廷作贡献，而只顾自己，又如何能够心安理得？

下一步干什么？去紫禁城当那个协办大学士么？或者就是坐在这湖广总督的位子上干脆不走了吗？他都想干，也都不想干。去紫禁城固然能够光宗耀祖，落一个名声好听，但没有实权，而且守着朝廷，说不定哪一天因为什么事就会脑袋搬家了。就干这湖广总督吧？若失去了淮军，那还有什么干头？下面是巡抚、知府、县令各占一块地盘，实权在他们手里。失去了队伍，谁还求你？谁还怕你？

当然，就协办大学士与总督比较起来，他宁可选择当总督。虽然自己没有具体可管的地盘，但仍可以管到巡抚，管到那些知府、县令。屁股坐在他们的头上，就等于有了地盘，有了实权。好了，不要胡思乱想了！就当好这个地方官吧！下一步没仗可打了，就办"洋务"。

他比任何人都能体会出办洋务的重要性了。在他看来，中国在许多方面都远远超出洋人，中国的人也比那些洋人聪明多了。唯有武器、装备、机器远逊于洋人。所以这些洋人才能依仗自己的利器强兵，而骑在了中国人的头上。

李鸿章喃喃道："穷则变，变则通，内修政事，外御强敌，必须把洋务办起来不可。"人生要不断寻找新的目标。他的目标定位就在于洋务了。

他忆起了四年多前，大概是同治元年吧，在那安庆码头上，江风习习，巨浪翻滚。他挥手向曾国藩等人告别，站在一艘洋火轮的甲板上。他留心了，这是他生平第一次乘坐洋轮。轮船的两侧是两个水车似的大轮子。它们上下翻滚着，却又是水车无法比拟的。轰轰的巨响和卷起的阵阵浪花，竟能使那么大体积的船奇速行驶在波涛之上。

李鸿章羡慕极了。也正是这次乘船的经历，成了他驻军上海以后想办洋务的开端。

闭门谢客，躺在凉榻上，他为自己设计着未来。他不知他的未来还会有多少艰难险阻，但是，他已下决心朝这个未来风雨兼程了。

第二十一章 禁城骑马

就在李鸿章为自己下一步的前程和事业精心设计之际,从北京城奔出两骑驿使,拍马而来。两名驿使在武昌湖广总督衙门前揽辔止马,滚鞍下地:"圣旨到,协办大学士、湖广总督李鸿章接旨!"

已成了"中兴名臣"的李鸿章此时不再担心北京来的圣旨会革去他的职位。摇摇欲坠的大清王朝,不正是由于他的淮军,最终才从山穷水尽的境地中挣脱出来的吗?长毛军灭了,捻匪平了,朝廷还有什么要紧事?莫不是那左宗棠无中生有,上奏朝廷硬说捻首张宗禹没死?这个猜测仅仅是一闪而过。左宗棠不会那样傻。没有搜捕到张宗禹之前,他是绝对不敢谎报军情的。而李鸿章清楚:左宗棠哪怕在山东、河南挖地三尺,也永远捕不到张宗禹了。

宣读了圣旨之后,李鸿章及所有在场的幕僚、将领们都激动不已:慈禧、慈安太后及小皇上要宣李鸿章进京陛见。"整整十五个年头了!"李鸿章接了这道圣旨以后对身边的人们说。离开北京紫禁城这十五年来,他常常无声念叨:"北京、紫禁城,我恐怕是见不到了。"不料,皇太后、皇上有请,真是天降大喜啦!

原来,就在七月十二日晚膳以后,慈禧太后又召见了恭亲王和各位军机大臣商议军、政大事。今晚,西太后的情绪特别好,先坐在竹榻上捧着旱烟筒边抽烟,边笑吟吟地与东太后说话。慈禧太后吸完两筒烟,优雅地喷出淡淡的青烟,开口道:"姐姐,把军机们叫来,筹划一下几件要紧的事务。捻匪既平,京城的军务,应列为大政之首。所以要商议一下。"

东太后向来任凭慈禧做主,只答道:"好呀。"

恭亲王等先到了养心殿,几位军机大臣想好了一个主意,要把曾国藩调到直隶任总督。直隶总督虽为疆臣之首,是第一位的总督,但地近京城,上有朝廷,下有顺天府衙,位尊而权轻。所以,担当这个职务,对曾国藩来说,是明升暗降。

恭亲王其实与西太后私下里已经商议过一遍了,今晚拿出来,只不过是走个过场而已。慈禧想调曾国藩出任直隶总督,一来对官文已经不满,二来想利用曾国藩的威望,坐镇京师,练兵筹饷,整饬吏治。三来是曾国藩一肚子的才华,把他放到身边,有疑难的大事,可以就近咨询。

人到齐了后,照例首先由慈禧太后提出问题,恭亲王以建议的口气提出了曾国藩。

东太后自然提不出反对意见,事情便定下了。慈禧道:"曾国藩调来直隶,谁来任两江总督呢?这可是个很重要的地方,要派个像李鸿章那样能干的人才行!"

"除了曾、李、左以外,现在的各省督抚之中,最能干的要数马新贻了。"奕䜣道。

慈安太后开口了,道:"马新贻行吗?资历太浅了吧?"

马新贻是山东菏泽人,跟李鸿章是同榜的进士。只不过,李鸿章被点了翰林,而马新贻落选了。而且,他也没有做过京官,只在榜下留用,分发到安徽当了个知县。进士做县官,那真正叫大材小用,所以官场上称之为"老虎班",比其他知县地位要高。他到安徽广德州下面做了建平知县,一直被同级们高看一眼,后来逐渐升任为安徽藩司。太平军灭了以后,他调升为浙江巡抚。同治六年十二月,接任吴棠出任闽浙总督。前后才半年多时间,所以东太后说他资望不足。

慈禧太后却提了另外一个问题,道:"马新贻既与李鸿章同榜,他二人关系怎样?"

"他俩是同年至友,关系不错!"

慈禧道:"既是如此,就让马新贻去两江吧。"慈禧看了一眼东太后,又道:"姐姐,是不是该叫李鸿章进京来见个面了?这么几年,天天都要说到这个名字,与我们还不认识呢!"

慈安道:"如此甚好,听说他正在搞什么洋务,又造枪,又造炮的,是个能人。正好见面来商议一下这方面的事情。"

奕䜣道:"既传了李鸿章入觐,左宗棠也得叫吧?他与曾、李二人都不和,丢了他不见,会把左宗棠气疯了的。"

慈禧道:"都见,都见,三人都见。快拟旨吧!"

703

事情就这样定下来了。于是一道圣旨传到了李鸿章和左宗棠手里。曾国藩已决定调任直隶了,要见很方便了。所以,对他不定时间。

慈禧急切地想见一见那个曾令长毛军和捻匪都胆战过的李鸿章和左宗棠。考虑得也很用心,这日又把宫殿太监总管顾世安召来,吩咐道:

"李鸿章、左宗棠下个月就要进京觐见了,你要多长一个心眼,这两个汉大臣都是我朝的有功之臣。你去跟内务府商议一下,他们来了如何接待,如何觐见,如何赐宴。要排一个日程单子出来给我看看。要格外隆重一点,不要让汉大臣小觑了朝廷。他们平时在地方上就排场惯了,到朝廷里反而寒酸起来,这就不好了。我要让他们知道好歹,心更顺,劲更足地为朝廷卖力气。"

顾世安道:"回太后,朝廷里应接待的一切都好办。只是李鸿章与左宗棠之间关系不和。听说捻匪被淮、楚两军追得乱窜时,李鸿章与左宗棠几次骑马擦肩而过,都没有停下马来打个招呼。这回来宫里觐见,非得碰面不可了。比如说开宴、看戏,可能都要碰到一块。李鸿章已是协办大学士了,应坐在首席上。左宗棠在旁边大抵就要难堪了。两个人心里不愿意,恐怕好事要办坏了。"

慈禧、慈安太后都被这个问题难住了,一时没有了主意。过了一会,慈安太后说:"他们两个不和吗?朝廷来找他们谈谈嘛。都是有功之臣,不要互相看不起。给他俩化解一下不就行了?"

慈禧摇头道:"姐姐差矣。他们都是汉大臣,关系不融洽更好。如果都是穿着一条裤子还嫌肥,一个鼻孔出气,一张嘴说话,那我们就担忧了。朝廷应会利用他们的矛盾,让他们既为朝廷卖力,又能互相制约,这样才有利。这次觐见,以李鸿章为重点。他也算出身宦家了,名门望族,在合肥一带早就有名了,不像左宗棠,出身低微。所以,接待李鸿章可参照乾隆朝平定大小金川与新疆准噶尔时,大将军凯旋赐宴的规模,在丰泽园设下庆功宴。你们去查一查当年园中的帐幔陈设、酒器礼仪。尽量恢复原样,不要让李鸿章笑话朝廷了,以为我们这些女当家的都不懂规矩,左宗棠就不要单独安排了,中秋节时在乾清宫赐宴就行了。"

顾世安领会了,西太后是要把他俩分开安排赐宴。慈安太后又道:

"再赏他们在紫禁城骑马兜风吧。先帝在世时曾有此先例。"

慈禧道："好的,这样让他们感到更有脸面了。总之,我就是要让这些重臣们感到,朝廷是格外看重他们的。使他们一想到朝廷,干起来事情马上就有劲。这就叫会用人。"

顾世安领命正要跪安,又被慈禧叫住："在内左门外打扫出一些房子出来,把李鸿章安排在紫禁城里住。一班听差的要选好,要精明一点的。两个人看戏也可以分开,选宫中最好的戏班子。唱什么戏？头两天要把戏码子拿过来给我看看。"

顾世安道："奴才准备安排程长庚的三庆班和张二奎的四喜班,再加上余三胜的春台班。三台戏分别唱,叫他们唱最拿手的。"

慈禧道："好了,好了,你去办吧!"顾世安磕了头退下,慈禧也乘上软舆,回到西路长春宫来了。

殿中门窗调开,宫灯都亮着,只等她回殿休息。慈禧刚在明间的桌旁坐下,便有两个宫女来到她身旁,轻轻挥起绢丝宫扇,一来为她送凉,二来驱蚊。安德海站在门口,既不进来,又不离去,好像有话要讲。慈禧一眼就能看出他的心思,道："你有事要奏吗？"

安德海这才小跑着来到她面前,跪下就磕头,道："禀主子,其实奴才也没有什么要紧的事。就是上回太后您已准了奴才出宫下江南走走,因西捻子逞凶,直窜到卢沟桥来了。奴才那会儿出不了京城。现在天下太平了,太后却偏偏要召几个有功之臣进宫觐见,明摆着又走不了。奴才在想,在李鸿章、左宗棠他们觐见离宫以后。总该让奴才出京去逛逛了吧？"

慈禧半是玩笑半认真地说："小安子呀,我怎么感到你一心想甩开我出宫哩。是不是想乘机逃脱了,再也不进紫禁城哪？"

安德海马上又跪下,头就跟捣蒜似的,道："奴才不敢。奴才只是想出去走走。若是主子不准了,奴才愿意一辈子不出长春宫一步。"

慈禧笑了,道："这就好。我要告诉你,李鸿章他们觐见过了,你还暂时不能去江南办皇差。因为曾国藩还要进京陛见,然后到保定就任直隶总督。这也是一件很忙人的事情,你撒手不管吗？"

安德海道："就恐怕曾国藩觐见过了,又有什么事来了。苦呀,我恐怕是这一辈子也没有机会去江南玩玩了。"

慈禧道："好了,你别着急。等忙完这些事情,一定准你出京走走。再说,将来我也是想去江南看看的,你不是也可以跟着吗?"

安德海连忙磕头,道:"奴才就盼着这一天了!"

迎接李鸿章、左宗棠觐见的准备工作都已经做好了。宫中上下前后忙了二十多天。终于到了八月初,李鸿章从武昌隆重出发,上万人在总督衙门前为他送行。同样是爆竹、鼓乐一齐上,淮军将领们也感到脸上有光。在将士们看来,李鸿章是代表七八万淮军进京的。李鸿章告别了热情的送行队伍,一路快马扬鞭,不敢耽误,他要赶在左宗棠之前到达北京。八月初五日,李鸿章到了长辛店。

次日,李鸿章从长辛店乘上轿车,不久便进了北京城。

顺天府已把李鸿章从长辛店进京的消息报告了军机处,一路滚单下来,有接有送,根本用不着李鸿章操心。今生以来,他还是头一回这么风光过,心情振奋,激动不已。

离京十五年了,多么令人难以忘记的十五年呀!当年科举及第,就是在眼前这座雍容尊贵、气势非凡的紫禁城里,他成为了光宗耀祖的翰林公。而今,却在经受了数不清的艰难险阻、忧伤恐惧、委屈打击、奋力拼搏之后,以正一品的协办大学士、世袭一等肃毅伯的身份,衣锦返京了!

陪同李鸿章进京的主要随从是陈鼐。进了北京城之后,顺天府通判始终在前引路,把李鸿章一行先安排到贤良寺西厢院住下。庭院里花木扶疏,环境十分优美。出胡同不远就是东安门外大街,大街尽头便是紫禁城的东华门。之所以安排在这里暂住,为的是进宫方便。凡进宫朝觐的官员大多都要在这里寄寓。而这座贤良寺,不想从今日开始,就是他常来常住的地方了。他此时更没有想到,自己晚年为国鞠躬尽瘁、饮恨长辞与世,也是在这座贤良寺之中!

这会儿是头一次寄寓寺中,与陈鼐刚刚盥洗完毕,顺天府的府尹亲自前来邀请,要为李鸿章大摆接风宴。一顿十分丰盛的酒宴结束以后,府尹告辞,陈鼐陪李鸿章返回房间。李鸿章心想:下面恐怕没有什么安排了,只等太后择日召见就行了。他只穿了一身白布短褂裤在曲径长廊之间来回踱步。坚持恩师传下来的每日三千步,他觉得确有效果。

走完三千步,回到床上躺一会。忽然文巡捕进门禀报:"中堂大人,钦使到。"

李鸿章翻身下床,两名戈什哈跟打仗一般,在极短的时间内为他穿好了袍褂靴帽。人们在旁边看起来,就如同变戏法一般。李鸿章只须展臂、伸腿即可。这些贴身侍从都是训练出来的,动作十分利索。

陈鼐已候在门口,陪他进入客厅接旨:

"奉上谕:赏协办大学士、一筹肃毅伯李鸿章紫禁城骑马。"

李鸿章大喜过望,这个礼仪他是懂得的。赏紫禁城骑马遨游,这是朝廷给予年大德高的有功之臣的极高礼遇,一般重臣需要达上六十五岁方可享受。李鸿章才四十七岁呀,正当盛年,可见皇家恩德深重。深受孔孟之学熏陶的李鸿章心潮澎湃,在心里反反复复念叨着:"感谢太后,感谢皇上!"

送走了第一位钦使,又来了太监二人。

太监们传旨:"着李鸿章明日辰初进宫,养心殿见驾!"

李鸿章又是一惊,喜上心头。依他原来的估计和以前的惯例,大臣等候进宫见驾,一般都要等上十天半月,方能被召见。自己今日到京,明晨就被召见,说明了两宫太后和皇上对自己的渴念之情。这些年遭受过的所有不快统统甩得一干二净,满心头的都是对朝廷的感激之情了。

他被这两遭钦使弄得坐立不安了,睡意全无。连在一旁陪伴的陈鼐都惊得目瞪口呆,道:"朝廷的这种礼遇可是闻所未闻的呀?!"

陈鼐话刚落音,又来了御前太监。他身后竟跟着两行十多个小太监。李鸿章赶快起身迎接,大小太监见了李鸿章又是一阵行礼,然后道:"奉慈禧太后旨意:着膳房司膳'塔塔'们专做饭菜,送到贤良寺,赏给李鸿章碗茶、碟菜、饽饽(点心)各四种。"

说完,将提盒送来的饭菜摆到了桌子上。李鸿章简直被弄傻了,半天才回过味来,叩头谢恩。

太监们走了,李鸿章大笑起来:"刚刚才吃过接风宴,哪里吃得下去呢?"

但这一餐是非吃不可了。陈鼐愣在一旁,李鸿章叫他同吃。陈鼐吓得向后直退,道:"我不要命了?这是西太后赐给您享用的,小弟岂敢沾一筷头?!"

李鸿章道："我令您陪吃！"

陈鼐不知所措,坐下吃了起来。饭菜的好坏他们品不出来了。但吃这一顿意义非同小可。

李鸿章打趣道："作梅呀,你可要多吃几口。现在已是傍晚,慈禧太后给我们送的是晚饭。吃了这一餐,晚上就免了。"

两个人象征性地吃了几口,都赏给随行戈什哈们去了。三拨钦使折腾了一个下午,吃了御赐的美味后该自由活动一下了。李鸿章还想乘机访友拜客,到他以前在京读书借住过的安徽会馆、狮子胡同、九条胡同三号等地方走走看看。

他与陈鼐正要出门,顺天府下属的首县、大兴知县的名帖由文巡捕送了过来。他是专程来请李中堂赴宴的。李鸿章头皮一麻,叫陈鼐出面去"挡驾"。大兴知县就等在客厅里。陈鼐去了片刻转身回来,说他挡不住地方上的盛情。

清制规定:大员过境或莅止,一律由所在地方做东道主,备办一切供应。所有费用由地方摊派或直接动用公款,务必使贵客来去满意。所以晚上这一餐,大兴县是非请不可的。朝野上下有一首"十字令"歌诀,道:

"红,围融,路路通,认识古董,不怕大亏空,围棋马吊精工,梨园子弟殷勤奉,衣服齐整语言从容,主恩宪德满口常称颂,座上客常满樽中酒不空。"

莫奈何,李鸿章道："算了吧,还是去赴大兴县这个宴吧！免得省了人家一顿酒菜,还惹了他们一场责怪！"于是,李鸿章一行十多人全部参加了晚宴。李鸿章、陈鼐吃不下东西了,他们的随从们可是大饱口福了。一个个狼吞虎咽,吃得肚大腰圆。

次日天还未亮,李鸿章就起床了。他披衣推窗,仍见繁星满天,残月高悬。这一夜睡了醒,醒了又睡,心中有事,就这样在五更天不到就索性起床了。他暗笑自己第一次面君,怎么就如此地沉不住气呢？自从道光皇帝驾崩,咸丰皇帝即位,这已是第三代君主了。能有幸在一生中面见三个君主,这样的幸运人不多。眼下要觐见的这位皇上,还不到十四岁,正是自己到费氏墨庄学馆读书的岁数。皇上是个什么模样？他想挨得很近地看一眼。重要的是两宫太后,都比自己岁数小,一定是天下最美的女人。尤其是慈禧太后,大有当年武则天的风范。自己更是想亲眼看一回。她很美是肯定的,否则不会有机会投入咸丰皇帝的怀抱。但才能如何?对当今天下的治理及今后的治国方略如何定夺?他也很想亲耳听听高见。

李鸿章还在设想:两宫太后会向他提出什么问题要他答复呢?会不会问自己的身世、妻子儿女们?还有一条最要紧:在这个难得的场合里,他要就当前国家的大事讲一点自己的见解。最好是直接提出一些新鲜而又必须办理的建议。这一点办好了,比什么都重要。为此,他考虑认真,甚至在腹中编好了语言。

李鸿章想重点建议办洋务,进而创办大清帝国强大的海军。如今战乱已停,天下太平,正是国家中兴的良机。自创办淮军以来,在与众多洋人打交道的过程中,他深切地体会到:中国不能再封闭下去了!要振兴中国,必须效法洋人,创办洋务,增强海防实力。若有可能,他还想告诉两宫太后和皇上,他已在上海办起了江南机器制造总局。这还是丁日昌做上海道的时候,把美商旗昌铁工厂购买下来,以此为基础,合并了上海制炮局,组建而成的。后来他又派人出洋采购了大批美国机器。扩大后的江南机器制造总局已经初具规模了。他还想建议朝廷在大乱之后,发展生产,尤须酌情减免田赋,裁撤厘金,以此慢慢使老百姓安居乐业。他甚至想说:洪秀全的太平军也好,张乐行的捻子也好,之所以铤而走险,聚众造反,与过去朝廷及地方过重的田赋及地方官员的肆意盘剥欺压有着直接的关系。所以,采取切实措施让天下百姓安居乐业才是根本之道。老百姓有了奔头,天下才能真正太平。他将乘陛见之机建议兴办学馆,选送士子出国深造。他还要把整军练武、抗击外敌的设想全部讲出来,以求皇上和两宫太后重视起来……

李鸿章想了很多,不觉天色渐明。盥洗、吃饭,然后乘轿才出了胡同不远,就见到内廷官员成群地从紫禁城里进进出出了。当年在翰林院,每天清晨时,他也是这样安步当车去翰林院办事的。每逢到皇上万寿、元旦、冬至这三大节日,进朝恭贺时,像自己这样的编修只能列在班尾,距殿中宝座数十丈之远,只知道随班起伏跪拜。队前的人磕头,自己也跟着磕,队前的人喊"万岁,万万岁",自己也跟着喊,全然不知殿内的情形。直到出宫时,也不曾见过皇上是个什么容颜。

进了大内东华门了,早有内廷的太监们牵了一匹黄骠马等候在门内。李鸿章下了轿,抬头一看,虽是天已大亮,但紫禁城内仍是万盏灯火。乾清门是内廷的正门,右边是一排矮小的房子。李鸿章熟悉得很:西头的是内务府大臣视事的地方,东头是侍卫值宿房,中间是军机处。李鸿章刚要上马,从矮房子里突然笑哈哈走出一大堆官员。领头的竟是军机大臣沈桂芬。他一声高喊:"少荃兄!"李鸿章丢开马缰小跑着迎了上去。

十五年不见了。沈桂芬只简单地告诉他:他是在这里等候早朝,知道李鸿章今日要来,所以乘机在此等候一见。诸位大臣听说李鸿章今日陛见,不管认识的或是不认识的,也都想先睹名震寰宇的协办大学士,和他说上几句话,从此便算见过了,认识了。

众大臣邀李鸿章进军机处坐坐,一个个表情甚为谦恭。但沈桂芬却阻拦了,道:"各位大人,我们不要拖累这位李大人了。今天是他唱主角,还要在紫禁城骑马呢!然后就去觐见,事情多、议程紧,改日再谈吧。"

沈桂芬把李鸿章送至马前,目送这位同年跨上黄骠马。宫内侍卫处营兵在前控马引导,然后沿外东路缓缓而行。宫内来往不停的众大臣、太监们向他拱手祝贺,李鸿章得意极了。

巍峨庄严的太和殿就在眼前了。营兵牵着马继续向前缓行。从左边的翼门经过太和殿,右首便是绿色琉璃瓦顶的御恭膳房。李鸿章一一观看,不觉已到了紫金箭亭之下。李鸿章知道,紫禁城骑马一律到箭亭驻马,骑马就这样结束了。

营兵上前扶李鸿章下马,从亭内走下来内务府的官员,一共三人。他们是专门在此恭迎李鸿章的。

向前进入左首景运门,看见的是内廷乾清门前的大广场。这儿满是太监,慈禧太后已差遣长春宫总管太监安德海在景运门内迎候李鸿章了。

"李中堂,一路辛苦了,小子我在此迎候多时了!"安德海笑嘻嘻地拱手上前招呼起来。

李鸿章从未见过安德海,听他招呼心中一怔。内务府的官员向他介绍说是安德海,他才醒悟过来。他对安德海早已耳熟,知道这位蓝翎总管非比一般,是慈禧太后眼中的第一红人,威风大得很。李鸿章马上作了揖,道:"久仰,久仰,多有得罪了!"

安德海仍是满脸堆笑地说:"慈禧太后着实惦念着李中堂呀。她亲自做了许多吩咐,专为李中堂入宫觐见。怎么样?昨天下午送去的御赐饭菜还可口吗?"

李鸿章道:"很好,很好。多谢太后隆恩!"

走到一排朝房前,安德海停步,用手一指,道:"您瞧,这是慈禧太后吩咐宫殿监顾大人特意为您准备的。椅帔坐垫也是我们太后赏下的。怎么样?您就先在这里歇息一会吧。"说完,安德海就要告辞。

李鸿章问:"什么时候觐见太后?"

安德海挺胸昂首,道:"现在正与军机们早面。等军机们散去了,恐怕就轮到您了吧?"

李鸿章也挺胸昂首地进了朝房。仅这一瞬间,他对安德海的印象糟透了。心想一个太监有何本事,无非是狗仗人势。转念一想,安德海对自己还算十分和气。但平时人们传说他飞扬跋扈的情景已经在他脑中扎下根了。

他在为慈禧太后着想:太后呀太后!您身为一国之主,怎么能选这么一个玩意儿留在身边呢?须知,由于一个安德海,把您头上的光环也弄得黯淡了几分!

所谓独用的朝房,其实不过是一间低矮狭小的平房。设施也比较简单,远没有贤良寺里的气派。房间里摆放了几把楠木太师椅,两张茶几,一张方桌。只不过这里收拾得十分干净,窗外就可以看见乾清门广场。靠窗下的那把太师椅上,果然铺了一块御赐的蓝缎团寿椅帔坐垫。这恐怕是朝房里唯一值钱的东西了。不管怎样,既然是太后赏的,不坐一坐也太对不起人了。李鸿章伸了一个懒腰,往椅子上一靠,是很舒服。

小太监送进来一碗宫中御用的茉莉花茶。李鸿章先前在翰林院时就一直想不通:为何这北方人就那么喜欢喝这花茶?自己家乡那么多毛峰、瓜片、泾尖多么爽口呀?小太监立在一边,道:"请李中堂品尝。"

李鸿章喝了一口,除了有一股茉莉花的香味,就什么也喝不出来了。喝了一口,小太监还没有走。李鸿章一惊,猛一拍大腿,道:"噢,我

711

怎么能把这事忘了呢?"说着,从怀里摸出一张小银票,递到了小太监的手中。小太监这才千恩万谢地走了。

宫中的规矩虽是暗地里的,但李鸿章明白:喝茶是要掏钱的。否则,怎么会有那么多太监一会儿送茶,一会儿送烟,一会儿送点心,侍奉得异常殷勤呢?

李鸿章早有准备,进京时带了三万两银票,就是用作打点的。昨晚还特意让文巡捕进宫拜会宫殿监大总管,私下里递了一张一千两的银票。

两杯茶的工夫后,来了一位身穿一品仙鹤补服红顶花翎的官员。他就是军机大臣沈桂芬。沈桂芬与两宫太后早面刚完,知道李鸿章在朝房,过来叙话。

沈桂芬道:"少荃兄,翰林院共事一别十五载。当年执意要回乡,这条路真的让你走对了。如今可以说是飞黄腾达了,两宫太后对你的才能也十分欣赏,令愚弟我望尘莫及呀!"

李鸿章将沈桂芬让到铺有椅帔坐垫的椅子上,抬手向他一揖,道:"桂芬大兄。我倒是对您不胜羡慕呀。在翰林院共事时我就敬佩您的才华。那时我不回乡便没有出路,若能有您那一套本事,老弟我也不会急匆匆回乡去吃那一番苦了。如今谁不知道军机大臣荣耀非凡,我等一班外臣的小命都攥在您的手里哩!"

沈桂芬把手儿直摇,苦笑道:"少荃抬举我了。其实我哪有什么才华?只不过字写得能看,给恭亲王打打下手,抄抄写写,其中的滋味也不好受呢。"说着,他伸过头在李鸿章耳边小声道:"当今是一国三公,女人当家,这军机大臣好当么?还有我们那个领班恭亲王,跟西太后面和心不和。试想,我这个军机大臣夹在他们中间,听谁的好呢?所以,别看这军机大臣名声上厉害,日子却是十分难过的。"

李鸿章本来已经想到这一层了,从沈桂芬嘴中说出来,更觉得他说得句句真心。朝房耳目众多,李鸿章不便深问,也知时间不多,附耳问道:"我是初次觐见,进了紫禁城就是乡巴佬了,不知应该如何应付。您可要抓紧指点一下呀,免得我做错了,还不知道是错呢。"

沈桂芬笑道:"依你的口才,应付两宫太后不在话下。但我要提醒你一句话:'多磕头,少说话。'在女人面前,不要显得你比她还有能耐。

要讲点什么,得先给她戴上高帽子,说是受了她的启示而悟出的。可以乘机谈谈自己的个人抱负、设想。要讲得具体、浅显易懂,不要讲大道理。慈禧太后不喜欢大道理。机会难得,你来一个不问不答,问了快答。这是朝中的规矩,也算是我的经验之谈吧。"

李鸿章听了沈桂芬此话,突然涌起了失望的感觉。天不亮起床,他脑子中有了许多盘算,准备大讲一番治国之道、用兵之策、富民之举呢!从沈桂芬的提醒中,李鸿章觉得他有些变了,变得没有棱角、没有主见了。于是叹道:"离京这些年,不料老兄您也变得豪气锐减了。大清朝廷无人站出来讲些真话,一切看着主子的眼色行事,摸着太后的话音讲话,即便满紫禁城都是天下第一等的才子,也没有用了。"

沈桂芬道:"你是不在其位,不知其难呀。不要说我了,就连恭亲王奕䜣,刚想讲点真话,办点真事,不是同样要被踢到旁边去吗?此次重新回到军机,棱角也比先前磨掉了许多,有些看法也只能往肚子里咽。"

二人正说着私下里的心里话,忽听门外有人高喊:"恭亲王到!"

李鸿章与沈桂芬立即起身相迎,见恭亲王已快步如飞地跨进朝房。在李鸿章的印象中,实在想不起这位王爷是个什么模样。当年在翰林院时,自己还不够资格能与六王爷打交道。十几年过去,虽对六王爷倾慕已久,但一见王爷仍如同见了陌生人一般。

李鸿章见这位白面少须、眉清目秀的六王爷来到跟前,连忙要跪下行礼。恭亲王上前一把搀住,接着就拉住他的一只手端详了好一阵子,道:"少荃,神交已久,今日才一睹风采,果然风度不凡。"

李鸿章略显得有些拘谨,但仍然声音响亮地说道:"晚生李鸿章对王爷崇拜已久,深知皇室之中能有王爷这样的大才,是万民的福气呀!"

奕䜣拱手道:"哪里,哪里,李中堂才是德才兼备的重臣,如今灭了捻匪,朝廷放心了,你也出名了。我朝人才济济,但希望还是寄托在你和诸位的身上哩。"

李鸿章道:"实不敢当。不过晚生愿鞠躬尽瘁,死而后已,听从朝廷差遣,为皇上、太后、王爷效犬马之劳。"

奕䜣笑道:"你能有这番心意,本王爷是感激不尽的。你这次既然已经来了,定要在京城里宽住几日。军机上也还有一些事情,想与中堂商议。晚上若能得空,想请你吃顿便饭。"他又转脸对沈桂芬道:"你可要作陪哟!"

奕䜣刚走,养心殿来了太监,朝这边喊道:"叫李鸿章——"

李鸿章跟着孚郡王经过乾清门右侧的内右门,进了养心殿关轩廊。一个御前太监掀着门帘,朝里禀奏:"李鸿章见驾!"

这是李鸿章第一次面君,不觉有了一阵难受的颤抖。他机械地打量一下自己的袍服和靴子,又正了正顶戴。一种猛烈的紧张震撼着自己。眼前是一个陌生的、深不可测的世界,他向这个令他紧张的世界瞥了一眼。他感到他将要跨进去的这一步是他人生的顶峰。但不知为何,却望而生畏。这里就像是一座阴森森的原始森林,矗立在他面前的明知是一种辉煌,却令他感到了短暂的昏暗、恐怖。

当掀帘太监喊了他的名字时,他才从可怖的感觉中挣脱出来,机械地整了整自己的袍服,大胆地以专注的目光投向这富丽堂皇的大殿。大殿内金碧辉煌,华丽灿烂,真是名不虚传。

走过这道大门,便是陛见了。他努力镇静,并集中注意力。按照觐见大礼的常识,待自己站定后,迅速而又有节奏地刷刷地甩下了马蹄袖,跪下,面向东暖阁御座方向,连磕了六个响头,奏道:"臣李鸿章恭请圣安!"

其实他根本没有机会看清御座那边有没有人。只是凭他的估计:那前面一定坐着小皇上和两宫太后。

他估计的不错,正前方坐的是载淳,他身后东侧端坐着慈安太后,西侧坐着对他很有好感的慈禧太后。两宫太后在这几天里,几乎把李鸿章当做了神秘的人物、当做心目中的英雄,早就想看看这李鸿章是个什么模样。昨天听说李鸿章中午到了北京,决定今天就让他觐见。或许是远香近臭的缘故,两宫太后一想到召见李鸿章,都有一种新鲜的感觉,心里高兴。慈禧比东太后还多了一层内心的活动:李鸿章是我发现的,是我找到的一个传奇式的人物。所以,她更是急于要看看李鸿章。

此时是隔了一层透明的薄纱,两宫太后看得真切。眼前这位传奇人物须发乌黑,身材高大,气宇轩昂,神采奕奕。他进殿时就走上前十几步,举手投足,已令两宫太后看得印象不错。

慈安于心一嘀咕,四个字含在嘴里:安详凝重。慈禧在心里的评价是:大家风范。两位太后互相递了一个满意、欣赏的眼色。

慈禧太后或许是由于暂时的肃静忘了合适的提问,道:"李鸿章,你御前跪近一些。"

李鸿章心想:太后是叫自己靠近一些好说话,于是起身又走了三小步,然后又膝一跪,口中又一次奏称:"臣李鸿章恭请圣安!"

慈安太后问话了,道:"李鸿章,你离开翰林院多少年了?"

"禀太后,咸丰三年出京回合肥老家协办团练,连头带尾十五年了。"

慈禧问:"你父亲李文安也是科举出身,回乡办团练的吗?"

"我父亲道光十八年戊戌科进士,朝考入选,分发刑部任职,在我稍后回乡的。"李鸿章回答道,心想:这西太后恐怕在明知故问哩!

但慈禧的又一次问话使他感到是有所指的,道:"你北上剿捻去徐州时,路过合肥为你父亲修坟,我亲书了'福禄寿'三字匾额,照办了吗?"

李鸿章磕了头,道:"太后恩情,永志不忘。所赐匾额,已供奉于大堂之上。我李家世世代代,沐浴皇恩浩荡,当鞠躬尽瘁,以感皇恩。"

慈禧点了点头,笑道:"李鸿章,你戎马多年,屡建奇功。曾国藩攻下金陵,没有你攻下苏、无、常一带大挫长毛军,他想攻下恐怕也难。此次大胜捻匪,又一次证明你足智多谋。过去左宗棠上折子说:'李鸿章淮军得胜,靠的是洋人。'我不信!没有洋人,淮军不是同样把捻匪消灭了吗?你的功劳不小哇!"

李鸿章听了这段话,激动不已。西太后有些见识,过去吃过的那些苦、受过的那些气,也都值得了!他连连谢恩。听到左宗棠对自己使坏一事,心中暗骂左宗棠一句。但对曾国藩,李鸿章还是想讲一句,以示自己不忘知遇之恩,道:"曾国藩系微臣恩师,多年来靠他点拨、栽培,才有今天。门生也永志不忘。"

他这话说得尽管空洞,但却让曾国藩欠了他一个人情。而两宫太后由此得到的印象却更好,认为李鸿章是一个滴水之恩当涌泉相报的男子汉。

慈安太后想到了一个话题:"你兄弟几人啦?"

"回太后。臣兄弟六人,我是老二。大哥李瀚章,四个弟弟依次为鹤章、蕴章、凤章、昭庆。其中鹤章从军多年,伤病回籍。最小的弟弟昭庆仍在军中。蒙皇上、太后圣恩,都有了功名。"李鸿章想起沈桂芬的提醒:"多磕头",于是又磕了两个头。

慈安太后道:"李瀚章是你大哥?已改任浙江巡抚了?军机刚刚下了圣旨吧?"说着,她望了西太后一眼。慈禧点了点头。李鸿章却是一惊。对他来说,这是最新消息。

慈禧问到要紧的地方来了:"现在捻子平了,你可以去专心当你的湖广总督去了。淮军打算怎么办呀?"

李鸿章心里早有准备,道:"臣打算撤掉五十个营头,共两万五千人,留下四万人听候朝廷差遣。"

"你的部将中,数哪些最出色?"慈禧问。

李鸿章回得干脆:"刘铭传、潘鼎新、张树声、敦松林、周盛波等都是好样的。可惜不久前阵亡、病故的张树珊、杨鼎勋离淮军而去了……"李鸿章说到这里,表现出很伤感的样子,慈禧、慈安太后心想:这李鸿章是个很有情感的人。慈禧见李鸿章说到难受处,机警得很,打断李鸿章的话又问:"部将中刘铭传的确不错。他有多少人马呀?"

"一万多人。"

慈禧又问:"你到湖北武昌,准备做些什么事呢?"

李鸿章暗自欢喜:幸亏这些问题都考虑好了。但沈桂芬却要自己"少说话"。看来这话少说不了。索性也不管他了,有问有答嘛。所以连忙回道:

"臣感谢皇上、太后厚爱。去武昌后,准备以练兵为第一要事,整顿吏治为次。两者合理把握,各有侧重。臣想,练兵不仅仅是为了对付草莽流寇,更为了抗御外敌。臣之所以不想把淮军大力裁尽,就是出于这样的考虑。捻子平了,不是万事皆休了。俗话说:有备无患。太平之时更应加强练兵。这么大的国家,没有几支强大的队伍是令人不安的。臣在组建淮军与长毛征战的过程中,从洋人那里得到了许多启示。所以才下力气为将士们配备新式枪炮武器,并且着手办起了三个炮局,近期又把江南机器制造总局办起来了。目前自产的枪炮弹药,基本可以满足内需。但总体看起来,以我国目前的兵员及枪炮,安内有余了,而御外却明显不足。重要的问题是海防没有,缺少一支强大的海防力量。一旦洋人又来进犯,便苦于应付,最终无法拒敌于千里之外。所以,要想真正使我国强大而民安,必须借鉴洋人火器兵船方面的经验,把洋务办起来。尤为重要的是立即着手建立一支海军队伍,使洋人不敢轻举妄动。办洋务,办海军就要花一些钱。比如说开花炮啦、兵船啦,暂时还得先购买一些。有了这些东西才能很快把海军组建起来,才能在人家的基础上来研究,来仿制,进而加工提高,实现改进,最终就自力更生了,形成我们独有的技术和优势。到那一天,大清强大了,才能国泰民安、国威重振。借觐见之机,臣胡乱讲一些设想,仅供皇上、太后参考。臣愿以毕生之力,时刻听从朝廷的调遣。"

李鸿章就像背书一般,一口气说完了这么一段话,把两宫太后和小皇上听得为之动容。本朝以来,甚至是自有史以来,还没有人在这个面君的时候大谈师法洋人之事。然而,其中包含的道理又是两宫太后不得不从心里承认的。这么多年来,国势一再衰落,八旗军和绿营部作为大清的国防力量,对内对外都连遭失败。尤其在御外方面,教训惨重,最终割地赔款,丧权辱国,却始终无力坚挫洋人的气焰。朝廷已到了谈洋色变的地步了。李鸿章虽然是哪壶不开提哪壶,为的却是朝廷着想,不能不说道理是对的。

但,对两宫太后来说,李鸿章突然扯到了这个问题上,是两宫太后始料不及的。她俩毫无思想准备,对李鸿章的这些主张尚拿不定主意。她俩面面相觑之后,还是由慈禧太后开了腔:"李鸿章,你富国强兵的主张,用意极好,应当肯定。由此也证明,你的确在想国家大业之所想,急国家大业之所急。可是,你这些主张说起来容易,办起来却很难。至少眼下还不行。你想过没有,十几年的动荡不安,长毛、捻匪的出现耗费了大清多少人力物力和财力呀?如今民不聊生,老百姓很苦,朝廷也很艰难。户部收入很少,开支却大得惊人。许多应兴应办的事情都丢在旁边了。两年前就有人上折子要求朝廷修复圆明园,这是一件好事。可是钱呢?户部没有。你想想,就是这样艰难。"

慈禧的意思基本是否决了李鸿章的建议。慈安太后还在思考,问:"李鸿章,要组建海军购买西洋兵船、大炮,恐怕要花不少银子吧?"

李鸿章本来已经失望,见东太后又挑出了话题,立即答道:"臣已派多方人士向西洋方面探悉,防守内洋浅港的蚊船(驱逐舰)每艘需白银二十万两左右。行驶在近海的巡海快碰船(巡洋舰)每艘六十万两白银。

当然，其中应配备的水雷、大炮等都未计算在内。还有一种西洋铁甲兵船（主力舰）很适合在中国海面行驶、作战，但价钱较贵，需要一百万两银子一艘。依臣想，中国能有这三种兵船，海防就不用担忧了。"

慈安惊叫起来："一百万两银子才买一条兵船，也太贵了一些！"说着，她将目光投向西座上的慈禧太后，见慈禧太后也在愕然咂舌。于是，养心殿中又出现了一阵寂静。大家都沉默不言。

打破这种沉寂的依然是慈禧太后。她问道："你计算一下，办一支海军需要多少条兵船，多少两银子？"

李鸿章道："依臣大胆设想，我们总得有三支海军才好，即组建北洋水师、南海水师和广东水师。每支水师大小兵船总得有两三十艘才能应付大战。那么，三支水师就需要六七十条兵船。但是，我们自己可以造一些小的兵船，只花钱买大的。总共有两三千万两银子也就可以了。"

慈禧心想：出身大户人家、富家子弟的口气是不一样。李鸿章张口就是两三千万两银子！有了这些兵船还得用兵用将，日常兵员的饷银又是一个不小的数字。还要买枪炮弹药，从哪里弄这笔银子呢？

慈禧太后沉思了一会，道："我不是在有意泼你的冷水。需要这么多钱才能办一支海军，看来只能留作今后来做了。眼下实在无能为力呀！"

慈安太后见慈禧已经否决了李鸿章的设想，叹道："回想前些年，八国联军欺辱我们。若是在那时就想到办一支海军，洋人也不会打到北京了。我们也不会割了那么多地，赔了那么多款，圆明园也不会让洋人又抢、又砸、又烧了。咳，先帝英年早逝，又苦于手中无钱，终未能着手做这么一件大事。"

慈禧对东太后这段话听得极不顺耳。心想你是不当家不知柴米贵呀！

李鸿章有些失控了，早把沈桂芬的提醒丢在了脑后，道："太后，其实这笔钱听起来数字是怪吓人的。但我们不一定要一次办成，也不是一年办成。可以分期、分步骤来办。比如说计划在七八年之内把强大的海军建立起来，一年只需要四五百万两银子就可以了。积少成多，积小步为大步。办成了，便是天下人的大幸呀！"

慈禧正在生东太后的气,听了李鸿章又说话了,略有些不耐烦了,道:"每年四五百万两银子,这也不是小数目哩!朝廷从哪里弄这么多银子?若要是能节省下来,圆明园早开始动工了。过去的话都不想说了。这些年来,就是你打下苏州,给朝廷捐了六十万两银子。其余打下大小城池六百余座,见到谁捐一两银子啦?!"

李鸿章听得冒汗,真担心慈禧要讲起曾国荃攻下金陵,将城中财物洗劫一空的事情。但慈禧算给面子了,只讲到这儿就打住不说了。就是这么一点,也令李鸿章很不自在。她所说的六百余座城池,也包括自己先后攻克的二百余座呀?自己不就是打苏州时捐出了六十万两,其余不同样是分文未掏吗?

李鸿章不敢再多言了。

慈禧看出了李鸿章表情的变化,声音柔和了一些,道:"李鸿章,你建议兴办海军的意思朝廷能够理解。我考虑了一下,此事全办不行,急办不行,但不办也不行。着南北洋大臣先买几艘蚊船用着,日后慢慢再做盘算。朝廷如能筹到银子,再添置一些大船。你看如何呢?"

李鸿章磕头道:"太后圣明,如此也算起步了。大清国强民安指日可待。"

慈禧笑了,道:"你恩师曾国藩马上就要来直隶任总督了。主要是编练队伍,保卫京师。你看他能胜任吗?"

"直隶总督向来是天下第一等的总督,责任重大。我恩师不但胜任,而且或许会有所创建,取得一些意料之外的成绩。"

慈禧道:"依你之见,朝廷用人很准了?但愿他能当之无愧,让朝廷从此安稳。"

整个觐见到此就该结束了。李鸿章深深地松了一口气,心中暗暗庆幸。凭自己的感觉:今日的觐见是成功的。他正低头在回忆整个谈话的过程,忽听慈禧太后又喊了他的名字。他连忙磕头答道:

"臣在!"

慈禧道:"你已经十五年未来京城了。这回来一趟也不容易,可以多住一些时日,访访故人,看看朋友。皇上还要在丰泽园为你摆下庆功宴哩!"

李鸿章大喜,道:"谢太后、皇上圣恩!"

慈禧道:"就这样吧!"说着,侧目望了慈安一眼。

慈安道:"你跪安吧。"

李鸿章又磕了三个响头。这是临别磕头,所以李鸿章有意磕出了声响,以表示忠诚。

退出了养心殿,一片阳光普照。李鸿章这才感到又回到了人间。养心殿固然气势非凡,可是在里面待了一个时辰,腿也跪麻了,头也磕肿了,犹如在另一个与人间不同的世界。让人感到有些恍如隔世,又像是才做了一场梦。他头脑中空荡荡的。自己讲了数不清的话,又听了数不清的话。就在刚出养心殿的一刹那间,似乎都被忘得干干净净了。他到底得到了什么了?他实在说不清。只觉得两宫太后对他还算恩眷优隆。小皇上载淳一句话未说。他心想:也真是难为这个才十四岁不到的孩子了,硬是一个时辰一言不发,如木偶一般,纹丝不动。这个"摆设"对他太残酷了。

他感到了一种失望:自己满腹的中兴国家之策,到了这个女人手里,变得分文不值了。要知道,他为了思考、规划这些设想,是耗费了许多个不眠之夜的。甚至是他四年来的经验与体会的概括。他原以为天下太平了,可以为振兴大清,抵御外敌的大事作一番贡献,大干一场的。所以,裁减两万五千淮军的计划一直搁在心里,对任何人未曾透露一句。他想的就是把裁减淮军的数字组编到海军里去。现在完了,话已放了出去,海军又组建不成,只有回去减员了。

这便是最可怕的事情。恩师曾国藩就是一个活生生的例子。失去了队伍,在朝廷眼里便没有分量了。是英雄不可自剪羽翼,这回却是非剪不可了。他更失望的是:这两宫太后才华平庸,语言乏味,肚子里缺少治理国家的良策,靠这两个女人想把大清强盛起来,可能性几乎是零。而皇上太小,不到二三十岁是不足以担此重任的。依靠小皇帝来振兴大清,也是一句空谈。

大清没有希望了,自己也没有轰轰烈烈的事业可干了!这对自己的恩师说来,无事可干或许正是求之不得。而对于不安寂寞、不满足于功名的他来说,却是极其恐怖的。

从养心殿经箭亭,骑马出了东华门,自己的戈什哈和陈翧等人已在等候多时了。由他们陪伴、卫送着,顺着东安门大街回到了贤良寺。骑在马上,他又说又笑,佯装十分高兴。他怕手下人胡乱猜测,说他失望、不愉快而返。他自言自语道:"除了创办海军的计划未被完全批准以外,其他都算是成功的。"他自我安慰着。

中午在贤良寺由大兴知县陪同吃了午饭,下午恭亲王就派人来请吃晚饭了。李鸿章令陈鼐去备下一份厚礼,穿上一品服饰,在傍晚时套车赴宴。恭亲王与李鸿章初交,如此盛情,令李鸿章十分感动。只有六个人:恭亲王邀了军机三大臣作陪,李鸿章与陈鼐两人。

席间,恭亲王说到了左宗棠,军机上的三个大臣态度不同:宝鋆表示对左宗棠很有兴趣,说他一生虽未中进士,入翰林,但就其学问来说,不比有些翰林差。宝鋆道:"他是一个很讲究学问的人。"

沈桂芬知道李、左不和,加之又是李鸿章的同年,当然把左宗棠批了一通。文祥骂得更是起劲,称:"左宗棠是一条有学问的疯狗,到处咬人。"

这话让李鸿章听得十分开心。他是极有心计的人。由于恭亲王在场,他是不会对左宗棠大骂出口的。可是,文祥骂出来,他心里高兴。他暗中惊喜的是:军机大臣里面,支持自己的占了多数。只有这宝鋆,又挑出了左宗棠的一个话题,道:"少荃呀,那左季高对你打长毛、打西捻有些抱怨呢!他说你是在好地方打仗。打长毛时,有上海、苏、无、常一带富足的饷源作保证。打东、西捻匪时,他只有五千兵马,而你却拥有八万之众,协办大学士自然就归你了。"

李鸿章笑了笑,道:"季高兄讲得有一些是实情。"

文祥火了,道:"什么实情?我看是屁话!当初他在浙江打长毛时不是好地方呀?五千兵马嫌少?他为何不招呢?还有粮饷问题,他有本事就当自己去筹嘛。李鸿章分文没有找朝廷伸过手。不仅供应着淮军,连曾国藩的湘军不也是他提供和养活的吗?"

宝鋆道:"少荃说话很客观。我看左宗棠在陕、甘一带堵击西捻,也的确困难重重。那地方我去过,土地贫瘠,百姓贫穷,舟楫不通,汉回杂处,哪还有厘金提供呀?据我所知,整个陕西全年的厘金也只有十万两,甘肃则分文无有,还指靠朝廷筹措银两去安顿老百姓呢!"

文祥又道:"他那些地方穷,山东也不富呀?东捻、西捻不是人家李鸿章在山东的地盘上全歼的吗?"

恭亲王恐怕出现话不投机,大手一摆道:"今天晚上一顿满汉全席,别让那左宗棠给我们搅了!"这话分量不轻,于是都互相拱拱手,表示丢开这个话题。

恭亲王是想说正事。他粗略考虑了一下,第一要谈裁减湘军;第二要提一下军饷报销;第三想讲讲洋务。当然,这几件事都比较麻烦,恭亲王估计他在上午面君时已经部分谈过了。但作为军机的头头,他是要拿主意的。因此也想摸一摸李鸿章的真实想法。

恭亲王以让人高兴的话开头,道:"李中堂这些年转战沙场,备尝艰难险阻,功劳不小。"

李鸿章抱拳一揖,道:"臣无大功,全仗着朝廷和军机们的提携,更有王爷您的一份支持。但愿从今以后,再无战乱,四海安夷,大清国如旭日东升!"

恭亲王道:"你的恩师已调直隶,近日可望到任。但他手下已无多少兵勇可带。刘铭传是直隶的提督,本王爷的意思,是不是可以叫刘铭传把队伍开到直隶,进驻京城,以保朝廷平安。我想,就私人交情而论,李中堂也会想法子来帮曾国藩这一把的吧?"

这个问题是李鸿章从未想过的。上午两宫太后也没有提起过。出自恭亲王之口,一定是他个人的主张。当然,他讲话是有相当把握的。一旦考虑成熟,就可能变为圣旨。

李鸿章为难了,不知如何答复才好。只道:"王爷能容臣考虑几日吗?我届时定会给您一个答复。"

恭亲王道:"当然可以,现在只是商议。"

恭亲王道:"西捻剿灭以后,上头的意思是要裁减淮军。但我以为,局势尚难预测,或许还有借重你淮军的时候。因此,淮军的裁减不可幅度太大,应该汰弱留强,给自己留下一支足以应付突变事件的力量。不知李中堂以为如何?"

李鸿章已经警觉起来。恭亲王的意思是让自己保存淮军实力,尽量少减兵员。但他话中有话。他听说已派左宗棠西征。慈禧太后已有话在前:无功就易帅!易谁呢?千万别把自己"易"上去了。陕、甘那些地方多为土著人,民乱而匪多,没有七年八年恐怕无法收功还乡。就是不易帅,让自己督军去协助一下左宗棠,不但辛苦,而且受气。左宗棠是能够合作的人吗?所以,从保留淮军主力来讲,原本是李鸿章所期望的。但保存下来是为了替代或补充左宗棠,又是李鸿章不愿意干的了。

　　李鸿章陷入两难之间。想了一会后,道:"王爷!左宗棠对经营西北,已视为平生志向之所在,信心十足。如果他去了无功而返,便没有别人可以替代了。他的脾气又是喜欢独来独往,不愿意搞协作,打配合的。恐我淮军即便大批保留下来,于左宗棠西征一事,也是无补的。"

　　这话让恭亲王听明白了:李鸿章不愿意沾左宗棠的边。看来在今天晚上的饭桌上是谈不出结果了。

　　正在恭亲王略显失望时,文祥建议道:"从全局着眼,许多事情还须慢慢筹划。今日本来是请李中堂小聚,不该谈正事的。所以,也不要指望一顿饭三两句话就把一系列大事都定了。依臣之见,大乱已平,洋务之举倒是亟待开展的。听说李中堂早已提出兴办洋务的口号,并已付诸实施,取得了成效。此事当值得一议。"

　　沈桂芬见机会来了,急忙接过话茬,道:"李中堂不仅想兴办洋务,还想创办中国自己的海军,以此加强海防。"

　　"哦!"大家好一阵惊讶喟叹,连陈鼐也感到新鲜。几人犹如众星拱月一般,都拿着一张笑脸望着李鸿章。李鸿章则因为此事已被两宫太后否决,不愿深谈。怕谈偏了,传到太后耳朵里去,会指责自己搞小动作。但一句话不讲,也仍不妥,只道:"微臣的想法是有的,也的确做了不少准备工作。但苦于一个'钱'字,便只能推后一些时日再议了。"

　　钱是一个难题。恭亲王和几位军机整天为钱,已搞得焦头烂额。左宗棠西征,张口就要每年四百万两白银,恭亲王从哪里去弄?所以,李鸿章只轻轻一提"钱"字,马上把众军机吓得直伸舌头,无人再敢接过话题多言了。

　　恭亲王换了一个话题:"李中堂,此次离京后,你若去金陵的话,跟曾国藩在一起商量一下他来直隶以后的军务,提出一个方案,尽快与我通个气。"

　　"回王爷的话,我是准备先去一下金陵的。见了恩师,再到武昌去。不过,既然王爷令我与恩师谈这事,我就不得不告诉王爷:依我的估计,我恩师恐怕不愿意来直隶任职的。"

　　恭亲王一惊,心烦起来。这可是他没有想过的事。不错,曾国藩昨天来了一个谢恩折子,虽然没有明白表示不来直隶,但中间有个附片,说:"丁忧两次,均未克在家终制;从公十年,未得一扫坟墓,瞻望松楸,难安梦寐。"他还写道:"剿捻无功,本疚心之事;而回任以后,不克勤于其职,公事多所废弛,皆臣抱歉之端,俟到京时,剀切具奏。"

经李鸿章提醒,恭亲王这才反应过来,曾国藩的意思是:自己多年尽忠朝廷,这回该回家尽点孝心了。他要在进京陛见时,当面禀奏,请假回籍扫墓,就此辞掉直隶总督。

恭亲王一头是汗:如何是好呀?凡事都不顺利,大清的参谋是不好当的。他唉声叹气地对李鸿章说:

"少荃呀!"他改口这样称呼,觉得亲切一些,"说句心里话,这些年你恩师的确辛苦异常,如同你一样,只顾朝廷而顾不了家了。按理说,都应该准你们半年的假回乡处理一下家中的事。但朝廷也难,那么多问题明摆着,总得有人去做,当臣子也不能就此袖手旁观。更何况你恩师德高望重,两宫太后点了名的,直隶总督非他莫属。所以,请你在见到他时,以你们师生的情谊,好好劝劝他,最好是顺利到任。如实在有为难接不得,在面君时也不要说出来。一说,大家都撕破脸皮了,那样于事无补,还重重伤了感情。"

李鸿章有一个说不出口的念头:如果曾国藩不干直隶总督,自己就来干。这是一个肥缺,干好了将前途无量。所以,近日来他才不断放出风声:曾国藩不想干。现在听恭亲王的话,说此职非曾国藩莫属,说明朝廷压根就没有考虑过自己。因此不觉心头一凉,自己干不上,还不如劝恩师干哩!于是答道:

"我一定鼎力相劝,把朝廷的意思传于恩师,叫他尽快来直隶接任。"

恭亲王很满意,说了许多拜托李鸿章的客气话。李鸿章心里也有一件事想拜托恭亲王从中斡旋:剿捻的军费,前后共花去四千万两,虽来源于两江地区,却要向户部报销。如今一报销,必然是一笔糊涂账。他的想法是:就像湘军平定金陵一样,干脆都免于奏销。

李鸿章话到了嘴边,咽了下去。宝鋆在场,他既是军机大臣,又是户部尚书。此时提出来必然没有结果,弄不好反而坏事。

散宴后,李鸿章与陈鼐商量了一下,决定利用在京之机,先跟户部的书办拉上交情。于是次日,李鸿章通过沈桂芬,把书办请到饭庄小酌,探问口气,寻求解决办法。请他出出主意,怎样才能把四千万两银子报销过关。

其时清廷六部的实权,实际上操纵在司官们手里。而司官又必须依赖书办。所以,别看书办官小,但却是一道关口。户部的书办和吏部的书办,跟其他各部的书办又有所不同。吏、户、礼、兵、刑、工部,在流传中有六个字的比喻,即"富、贵、威、武、贫、贱"与之相对应。吏、户两部占了"富"、"贵"二字,可见其厉害。

但户部的司官、书办,在内部又有不同的分工。每部有十四个司,职责有所区分。李鸿章宴请的主客是江西司和贵州司的书办。因为江西司负责稽核各省的协饷,贵州司稽核各省海关税银。这两司都与李鸿章平捻的军费报销直接关联。

还请了一位客人非常要紧。这人是户部的笔帖式。户部的总账、朝廷的收入支出,全部报到他那里。他管总账,其他官员一律不许插手。军费报销的准与不准,最后都在他这里登册。此人叫乌克海,当然被推到了首席位子上就座。

代做东道主的是安徽合肥人夏传林。此人早年随父进京赶考,落榜以后便在北京开了一个酒馆。从此安徽方面来人,一般都到他这里摆席请客。不久,他与李鸿章的淮军也拉上了关系。淮军各路兵马把这里当做一个落脚点,请这夏掌柜的代家乡的队伍办了许多事情。夏传林酒馆开得在京城有些名气,跟吏、户几部的人都混得很熟,常有些私人的来往。逢年过节时,还不断给那些官员们送礼。所以在他这里办席,客人们不但熟悉地点,不用接送,而且一请就到。

沈桂芬出面定的人,请的客,但他却借故不便出席。李鸿章当然也只能躲在幕后,由陈鼐全权应付,夏传林在名义上做东。酒过三巡,夏传林讲话了:"乌大人,这里都不是外人,就开门见山吧。淮军那边托我请教一点事情,恳请大人指点。"

乌克海道:"不是不给面子,部里的规矩你夏掌柜也是略知一二的。我们不知淮军有何事要办,怎么好指点呢?"

夏传林道:"明说了吧,就像曾大人攻克金陵那样免予军费报销,应当如何周旋?"

乌克海火了:"别提那曾国藩!一点人情世故都不讲,摆出老资格上了一道奏折,就把事情了结了。都要像曾国藩那样,凡事从上面压下来,我们这些当下官的不是要连屋里的耗子都得饿死吗?!"

夏传林道:"所以呀,所以淮军那头才想让兄弟们也有个干头,把事情从下往上办呀!"

乌克海道:"这就对了。按规矩也应该一级一级来。这样吧,我们合计合计,人熟好办事,会给他们一个方便的。"

乌克海当场就与两个书办商量,耳语不止,一会儿就开出"盘子"了:淮军要想报销四千万两军费,得拿出四十万两银子作为打点,疏通关节,由他们三人包办。

陈鼐是以夏传林朋友的名义入席的。当场一听要四十万两银子,吓得半死。

散了酒席,陈鼐坐轿迅速赶回贤良寺,把情况向李鸿章报告。李鸿章大吃一惊,骂道:"操他娘的!真是阎王好见,小鬼难缠!这户部的风气砸蛋(合肥语),像这样,整个朝廷都烂透顶了!你给他面子,他们越来越逞脸(合肥语)。老子就不理他这一套!"

李鸿章骂人,与左宗棠不同。左宗棠是恨谁骂谁,不恨则不骂。而李鸿章骂人,不一定就表示他对被骂人的不满。有时关系很好,表示亲切也能骂人。所以,部下们听他骂人,都不在意。过了一会,他又骂开了:"贼娘养的!一个个胃口倒不小。老子我十几年来一趟京城,只敢花三万两银子,这些人一张口就要我四十万两,大街上能捡来吗?王八儿的!"

李鸿章怒气未消时,江宁的差弁给李鸿章送来了一封曾国藩的亲笔信。这些年,师生二人虽然见面不多,但书信来往十分频繁。他估计李鸿章借在京之机,会尽力处理剿捻的报销一事。曾国藩对此十分恼火,知道户部糜烂,不花钱打不通关节。所以,曾国藩告诉李鸿章,他准备给朝廷上一道奏折,告户部一状,请求朝廷像金陵一样,免予报销。曾国藩是说到做到的。李鸿章在看完来信后,将此信又递于陈鼐,道:"你看看,他是改不了这脾气了。"

李鸿章心里却顿生一计:恩师他想骂、想告,这就好。表面上由恩师去整他们一下,杀一杀户部的威风。那户部的宝鋆就不是东西,抱左宗棠的大腿,应该奏他一本。自己就不能再公开去得罪人了。万一恩师奏折上去无效呢?那样便没有退路了。有人唱红脸,还得有人唱白脸。自己躲在幕后,还得使点小手段。于是他派人去告诉夏传林,托他继续找乌克海等人联系。就说乌克海提出的条件可以考虑。而且对乌克海个人,待事情办成以后,还会另有"意思"。李鸿章想以此先把户部稳住。然后,他又立即写信给曾国藩,支持曾国藩大骂户部,支持他上奏朝廷,告户部一状。李鸿章做的是两手准备:曾国藩上奏成了,便一了百了;入奏不成,就私下里花钱,打通关节,了结此事。

　　转眼在京城已近一月。静心思量,这一趟入觐之行,总体上还算顺利。剩下来的首先要到翰林院看看。自己的协办大学士如果到任的话,视事地点就在翰林院。陈鼐当年也是正七品的编修,名副其实的翰林。他与陈鼐一同去了,两人都激动不已。他们先在典簿厅更衣,然后步入大堂,由大堂到圣庙行礼,再回典簿厅更衣,又到昌黎庙行礼,最后到大堂里坐下。他二人都到了自己原来坐过的地方看看。李鸿章吃惊的是:自己原来用过的那张檀木长条桌还在,只不过这会儿早已经易主了。新主人也算老翰林了,视事已近十年,名叫朱仁江。与朱仁江对坐的翰林公王邦德此时正在处理日常公函,一见李鸿章、陈鼐走过来时,立即起身让座。周围人听说来客正是李鸿章、陈鼐,纷纷前来一见。李鸿章顿生衣锦还乡的感觉,不管认识和不认识的,一概含笑叙话。想起初进翰林时刚刚三十出头,如今已年近半百,感慨很深。真是岁月悠悠,时不我待呀!

　　在翰林院泡了个把小时,出门时,李鸿章不禁涌起了一股莫名的伤感。

　　回到贤良寺,见桌子上已摆放了好几份请帖。京城重地,不能像在地方那样,不想去时一句硬邦邦的话把人挡回去了。这些送请帖的人,多数都地位显赫,且是能用得着的。虽有一些合肥落户在京城里的商贾之人,地位不高,但好歹是来自故乡的盛情。京城最讲究应酬,一般都是不好回绝的。

　　所以,李鸿章决定干脆宽住几日,把要紧的饭局享用完了再走。结果,既已答应了人家的盛情邀请,就如同大河开了缺口,请帖便如潮水一般涌来了。李鸿章非常认同乡,一顿饭下来,认识一圈子人。这顿刚上桌,下一顿已安排好了。就如同连环套,越套越多。在北京的合肥人以李鸿章官至中堂而自豪,把他捧得老高。李鸿章生来喜欢热闹,心里也极高兴。帖子越来越多,李鸿章大有走不掉之势了。陈鼐说:"少荃,若不偷偷离京,这饭恐怕一年也吃不完了。我陪您都陪得累了。"

李鸿章笑道:"是呀,天下没有不散的筵席,归!归!归!"

第二十二章　移督直隶

一八六九年二月,即同治八年元月。

李鸿章抵京入觐月余,又赴金陵与曾国藩会商以后,抵达武昌。

坐在武昌城湖广总督衙门里,细心的幕僚们从他脸上看出了些许抑郁。他的表情里带有几分呆滞。仿佛他从来就不曾有过什么欢乐,也从来不曾有过什么悲伤。不过,这也不是绝对的。如果要仔细注意他的眼睛,那么,在它那又黑又深的地方,便会发现那里有一种压抑和孤独的神色。

从北京到金陵时,恩师曾国藩是亲自出城迎接的。来接任曾国藩的马新贻也来了。接风酒宴过后,恩师说:"少荃呀,把淮军裁了吧。省得朝廷日后疑忌,或许还会被左宗棠所借。就裁遣马步兵五十个营头吧!"

李鸿章道:"恩师与鸿章想到一块来了,只留精锐三万或四万人马就足够了。"

主意是这么拿的,但真正动手把跟随自己多年的将士们裁遣了之后,心里却难过极了。难过到自己恨不得也撤军归农、隐退故里算了。

自己刚回武昌,恩师就北上进京了。他去紫禁城陛见以后,就要到保定就任直隶总督了。听说离开金陵上船那天,金陵城内外,轿子经过的所有大街两侧都摆满了香案,军民一齐放爆竹致敬,好不热闹。曾国藩哭了,他是不想去直隶,但又不得不去。李鸿章想去,可朝廷还没有考虑到自己。这不,只好回武昌自剪羽翼来了!

裁减部下们把他搞得很灰心,一回武昌他就给新任两江总督马新贻写信,道:

"弟为养此军,平中原之贼,而冒天下之不韪,吴人之怨恨,今幸句当已了。撤军归农乃吾素志,此后在包河扁舟垂钓,不复与闻军事,可告无罪……"

李鸿章话虽这么讲,"撤军归农"其实是对裁减淮军的抱怨,以退为进而已。

看看现在吧！五十个营头的将士们都遣散了,或是弃武从文,或是另派别处,或是解甲归田了。营头最多的刘铭传就任直隶提督,率领二十八个营头驻防到山东张秋镇一带,为的是拱卫京师。潘鼎新呢？带领裁减后的鼎军七个营头去山东藩司衙门就任。张树声则干脆一个营头不带,只身一人去保定当他的直隶按察使去了。周盛波呀,算是倒霉透顶了。正所谓运气来了,狗都追不上;倒起霉来,风都吹得倒。平了西捻以后,被河南巡抚参了一本,说他剿捻时滥杀了一百多个老百姓。

"那是误杀嘛！"李鸿章专门为此上奏朝廷,力保周盛波。结果,朝廷虽免予处分,但兵是带不成了,给了他一点银子,让他告假还乡了。自己的胞弟李昭庆更是满肚子不愉快。战事一结束,他就坚持不同意带兵了。他的部下万人裁减得只剩下五个营头两千五百人了。这五个营头只好让郭松林统带。李昭庆被保举的是从三品的盐运使衔,可是并无实缺。他请求二哥为他向朝廷举荐,李鸿章为了避嫌,拒绝了昭庆的请求。兄弟俩吵了一架,昭庆一气之下离开了大营,回合肥去了。李鸿章两个最知心的幕僚陈鼐和钱鼎铭也辞军而去,陈鼐去直隶清河道当了道台,钱鼎铭就任了直隶大顺广道道台。幕友刘秉璋父亲病故,回庐江老家守孝。朝廷已给了他位子,守孝期满后将要去江西出任藩司。

李鸿章转眼间觉得自己成了孤家寡人了。他的淮军除了郭松林统领的武毅军和周盛传统带的马步军之外,其中绝大多数部将、幕僚和兵勇们都调往了直隶,在恩师曾国藩的地盘上驻防。朝廷也只有依靠这支淮军来保卫京城了。经过李鸿章几年的精心培植,他的淮军超越了所有清军而独占鳌头,是清廷名副其实的最精锐的队伍。朝廷环顾左右,不借重淮军还能找谁？

正当李鸿章为淮军各自赴命而苦恼之际,四川总督吴棠被云贵总督刘岳昭狠狠地参了一本,说吴棠一到四川就八方扰民,敲诈勒索,收受属员重礼,卖官卖差,任人唯亲,排斥异己者。朝廷接到参劾奏折,灵机一动,下旨令李鸿章入川查办。

李鸿章接到圣旨后冷笑起来：这是慈禧太后的主意！谁不知道慈禧太后对吴棠格外袒护？而舍近求远,要远在武昌的自己来出省查处。

李鸿章当即明白了一切,故意磨磨蹭蹭,不急不忙地去成都转了一圈。最后草率结案,写了一份《查复吴棠参案折》递到慈禧太后的手上,说云贵总督参劾吴棠,多数是捕风捉影,纯属空言。而恰恰相反,四川官场内外都认为吴棠善政宜民,是个好官。

慈禧接到李鸿章的奏折,正中下怀,不仅下旨表彰吴棠,还对原告刘岳昭进行了严厉申斥,给予降职处分。

此事办得漂亮,朝廷没有给李鸿章什么奖赏,却给了大哥李瀚章一个惊喜:李瀚章署理湖广总督,而令李鸿章奉旨督办贵州军务,速去贵州剿灭苗民起义。

李鸿章当然是喜忧参半。朝廷做出这样的安排,无非是给李鸿章一个面子,把胞兄升任一级,而让李鸿章积极督军。湖广总督的印信是非交不可了,因为接印者是自己那老实巴交的大哥。但贵州却是万万不可去的,因为南征贵州,就等于进入了一个被人忘却了的角落。他看不上贵州,心想你那朝廷真的把我李鸿章当枪使了。

在大哥到武昌接任自己以后,李鸿章大胆地学着恩师曾国藩的样子,给朝廷上奏。他强调军饷难筹,地势和军情不熟,粮草采办困难等等。所以,自己不宜贸然前往。

此时的李鸿章已敢于试探着挺起脊梁骨了。对他,朝廷已不可随意差遣了,除非他愿意。朝廷无奈,正巧陕西形势紧张起来,湘军悍将刘松山在左宗棠的眼皮子底下被回民起义军击毙了。陕西各地起义军大有联合抗清之势,令朝廷震惊不已。一波刚平,一波又起。慈禧太后叹道:"难道天下永无宁日了吗?"

又是一个左宗棠无用,他西征至今,非但未能平定局势,反而致使起义军愈闹愈凶。慈禧见李鸿章不愿南征贵州,便降旨:饬令李鸿章挥师援陕!

慈禧又错了,李鸿章岂肯北指陕榆?那是左宗棠的事情,李鸿章当然不愿意去拉他一把。

李鸿章不肯援左,但也不可硬抗了。毕竟他还是怕真正惹恼了慈禧。怎么办?当年奉旨援攻金陵不就是个好主意吗?虽然遵旨前往,但半途中停下来,等待、观望便是。

在武昌与大哥挥泪告别,李鸿章率三千亲兵北上了。可一到西安,他就下令安营扎寨,原地住下不走了。他的行营扎在西安城南的大雁塔之下。慈恩寺内已打扫得干干净净,收拾出一幢房子专供李鸿章暂居。李鸿章首次到达这座古城,数不清的名胜古迹让他看花了两眼。高达七层的大雁塔传说因为死了一只落雁,由僧人埋葬在此,建塔纪念。李鸿章感到好笑。还有荐福寺内的小雁塔、东岳庙、白鹿原、西渭桥等等,李鸿章在陕西上下官员的陪同下,整整玩了五天。

累得实在走不动路了,他要老老实实躺下来歇息两天了。一旦躺下来,心思也就来了:像这样半途顿兵,说是去援左,却不上前线,慈禧太后能看不出来么?一旦被慈禧识破,结局定会不妙。清晨用了早膳,躺在软椅上闭目养神,京师一道邸钞送到他的行营。他只略略浏览一遍,腾地一下从软床上坐起。邸钞下端一道上谕引起了李鸿章的注意。他暗暗叫好,自言自语道:"西太后呀,您暂时顾不了我了!朝廷后院起火,我就是在西安顿兵不前,谁又能拿我怎样?!"

圣旨道:

"据山东巡抚丁宝桢奏太监在外招摇煽惑一折。据德州知州赵新禀称:有安姓太监坐太平船两双,声势烜赫,自称奉旨差遣,织办龙衣。船旁有龙凤旗帜,带男女多人,并有女乐,品竹调丝,观者如堵。又称本月二十一日该太监生辰,中设龙衣,男女罗拜,该州正访拿问,船已扬帆南下。该抚已饬东昌、济宁各府州县跟踪追捕等语。览奏曷胜诧异,该太监私自擅出,并有种种不法情事,若不从严惩办,何以肃宫禁而儆效尤。着山东、江苏、直隶各督抚迅派干员于所属地方将六品蓝翎安姓太监严密查拿,令随从人等指证确实,毋庸审讯,即行就地正法,不准任其狡饰。倘有疏纵,唯该督抚是问,随从人等有迹从匪类者,并着严拿分别惩办。"

这么多年来,李鸿章还是头一回见到如此奇怪的上谕。因为,李鸿章已明显觉得,这道上谕是军机处瞒着慈禧太后私下颁出的。若是慈禧知晓,绝对不会有这一道上谕下来。慈禧与安德海的暧昧之情朝廷内外早有一些传言。若慈禧这会儿不想要安德海了,完全用不着在他出宫的途中下一道圣旨来杀人灭口,在宫里一个手势就把他的小命拿去了。

"安德海呀安德海,我们刚刚才晤面,你就惨遭暗算了!"李鸿章哈哈大笑起来。

他转念又想：此事既是背着西太后干的，丁宝桢有胆量摸这个老虎屁股吗？"丁宝桢呀丁宝桢，这回可是让你作难了！"

翻过上谕之后，又附了丁宝桢的奏折抄件。李鸿章异常兴奋地读了下去。

丁宝桢写道：

"奏为遵旨捕拿太监安德海，业已就地正法，恭折密陈，仰祈圣鉴事。

"太监安德海矫旨出都，僭似无度，招摇煽惑，官民骇然。臣檄知总兵王正起发兵追捕，于泰安州一举擒获，解送济南，业已遵旨于八月癸卯夜就地正法，随从人等亦已分别严办。籍其辎重，得骏马三十余匹，黄金一千一百五十两，元宝七十枚，巨珠五颗，珍珠鼻烟壶一枚，翡翠碧霞朝珠各一挂，其他珍宝称是，已委员押送京师内务府。

"所有遵旨捕杀太监安德海事宜，恭折由驿官密陈，伏乞皇太后、皇上圣鉴训示。谨奏。"

这真是大快人心之事，李鸿章禁不住拍案叫好，道：

"好呀好呀，丁宝桢好手段，好胆量，竟然发兵杀了安德海，令人佩服呀！"

唯独的老幕僚周馥见李鸿章高声叫好，走进他的签押房。李鸿章随手递过京师来的邸钞，道："你读读吧！军机上这回做了一个大夹子（合肥语），贼娘养的，真过瘾！丁宝桢此举，石破天惊，叫人精神为之一爽哩！"

李鸿章正在开怀大笑，六百里加急送来军机处的廷寄密旨。此旨不许宣读，仅供李鸿章一人知晓，道："着李鸿章酌带各军即日起程驰赴京师附近相机驻扎。"

李鸿章惊喜万分，密旨命他率军开赴京城附近，定要有新任务派下。援左？可以不去啦！叫他到京师附近干什么？李鸿章暂时还不得而知。他只是隐约感到：可能有好事等着他。至少，自己可以把左宗棠的事甩在一旁了。他下令紧急召集队伍，稍做准备，次日就动身了。

这一次行动快，快过了以往任何一次奉旨而行。因为，他预感到北京那边，有美差在等着他呢！

此时曾国藩到直隶上任后,在保定制台衙门日子不好过。一则癣疾又犯,奇痒难熬;二则永定河泛滥成灾,好几天泡在雨水中组织抢救。洪水下去了,因为焦急,右眼已近乎失明,左眼视力也很差。他根本不能看文字了,大小文书之事,一概由别人读给他听。需要他批阅的东西,只能抓笔画一个符号。令他更灰心的是:直隶整个地方,官场风气比江宁一带坏上十倍。就在京城的眼皮子底下,捞钱的,伸手要官的,钩心斗角的,情形十分恶劣。永定河一边在发大水,官员们一边在发国难财。将上面拨下去的银两私分多半。刚刚堵住一个缺口,马上就要让曾国藩上奏保封。不保封么?他马上就给你眼色看。谁料七品、八品的地方小官,由于地处京城边缘,背后都能在紫禁城里找到几个靠山。上任之初,曾国藩凭着一股老脾气,上奏朝廷,坚决要求对一些贪官参劾罢免。谁料这回曾国藩不那么灵了,有时连一个知县也参劾不掉。有少数人虽被他参劾了,但马上异地做官,甚至还升了官。临走时将曾国藩臭骂一通。曾国藩实在无奈,忧忧郁郁地在直隶总督的位子上干了五个多月。等到儿子纪泽去京城参加吏部荫生考试后,就准备辞职不干了。纪泽的考试是一件大事。这是朝廷对没有中过举的大臣子弟们专门组织的一种照顾性考试。经此考试,便可以授个官衔,作为今后进身仕途的台阶。曾国藩长子纪泽,字劼刚,今年已三十一岁了,仍是个平头。因此在自己开缺回乡以前,把儿子这件大事落实好,算是了却了一桩心愿。要不是等儿子有个结果,曾国藩早就撒手不干了。

经过半个多月的京城之行,纪泽高高兴兴地回到了保定。他奉旨以员外郎身份,抽签分在户部陕西司。这是从五品的官职,曾国藩压在心上的一块石头落了地。

正当他要递送奏折,要求回乡养病时,不料天津城发生了一件惊天动地的事件:一群百姓因公愤怒杀了法国的领事。历史上的"天津教案"正发生在曾国藩的任上。

朝廷一纸上谕飞送曾国藩的制台衙门:"着曾国藩前赴天津查办!"曾国藩连连叫苦。他深知此事极为难办,又不可推脱不办。

原来,自道光年间发生鸦片战争以来,洋人越来越不把大清朝廷放在眼里,肆无忌惮地不断蚕食中国领土。西洋天主教也乘机来到中国,在中国的土地上横行霸道,想在哪儿建造教堂就在哪儿建造。建造好以后,地皮就成了他们的了。这也罢了,这些传教士来中国后,广泛发展教徒,灌输他们的洋奴思想。教徒中稍有异议,便惨遭洋牧师的迫害。哪个城市里有教堂,哪个地方就被搞得乌烟瘴气。对此,腐败无能的清朝政府及地方官员熟视无睹,一再让步,激起了各地士绅百姓的强烈义愤,不断地发生反抗洋人的事件。

天津城稍前一些时候屡次发现了幼儿、小孩被人拐骗的情况。据拿获的拐匪供认:他们在拐骗儿童时使用的迷药是法国教堂司事王三提供的。天津城中一些百姓通过私访,发现洋人所办的慈仁堂后院,中国儿童的尸体成堆,肚子皆被剖开,肠肺外露。这个消息很快在天津城内传开,都说洋人利用慈仁堂将儿童的尸体解剖,取心挖眼用以制药。于是,天津城的百姓们再也抑制不住愤怒了,一齐围攻法国教堂,要求教堂交出王三。洋牧师们煽动教民与愤怒的百姓斗殴,发生死伤。

在斗殴中死伤的全是中国人,却被法国领事馆利用了。法国领事丰大业向清廷驻天津专办外交的三口通商大臣崇厚提出抗议,要求派兵镇压。崇厚岂敢自作主张?丰大业见崇厚未作及时答复,持枪跑到通商衙门寻衅,向崇厚开枪射击。崇厚的亲兵以身护卫,保住了崇厚的性命。

丰大业还不罢休,出衙门时刚巧遇见天津知县刘杰,竟然又掏出手枪向刘杰射击。刘杰忙躲闪一边,击中了他的家丁。在衙门出现了一群围观的百姓。他们愤怒了,纷纷上前夺去丰大业的手枪,一顿拳打脚踢,不长时间就让丰大业死在乱拳之下。

大街上涌来了成千上万的群众,他们一不做,二不休,围住法国教堂,搜出了王三,一把火烧了法国教堂,并推倒了慈仁堂,又先后打死俄、英、法的洋人数名和几十名教徒。事情由此升级,不可收拾了。法、英、美、俄、比、西、普鲁士七国联合向清廷发出抗议照会,并命几国兵舰云集大沽口外示威。法国公使罗淑亚也赶到天津,威胁崇厚,要求以天津知府张光藻、知县刘杰抵命。

朝廷着慌了,唯恐又酿成一次七国联军进犯北京。慈禧太后向来把自己的命看得最值钱,只要不打北京,保住她的安全,再苛刻的条件也可以接受。这才有了朝廷给曾国藩的上谕,令他率兵速奔天津。

曾国藩明知前面是个火坑,也非去不可了。他想敷衍一下洋人,严办几个带头闹事的百姓。再斟酌赔偿几个银子,就一了百了了。

赶赴天津的前一天下午,可巧李昭庆千里迢迢地到保定来了。李鸿章在曾国藩到直隶上任之前,在金陵与恩师作了一次长谈,两人都很伤感。曾国藩道:"我此去恐怕要死在直隶了。你设法在南方为我准备一口棺材的木料,送到保定去。我要先把寿材准备好,以此了却一桩心愿。"

李鸿章同意了,把此事托与了胞弟李昭庆。昭庆从武昌回到合肥,就准备了二十四根长八尺,直径一尺二寸的蜀山大圆木,又在每根木头上都系上红绸带,雇车送到保定。昨天下午,棺材料一到,鞭炮齐鸣,吹鼓手成排,热热闹闹地举行了仪式。曾国藩见到昭庆送来的木料,两行热泪直淌。他一数木料,原来是两口棺材的用料。这些木料根根发亮,纹理细密,还有一股清香味儿。他很满意。

今天晚上,曾国藩一人坐在书房里,如同木偶一般。

他拨亮烛灯,拿出笔墨纸砚。他考虑着去天津之前,要写点东西留下来。

要写什么,他已烂熟于胸,写的就是遗嘱,把要讲的话交代于家人:

"余自咸丰三年募勇以来,即自誓效命疆场,今年老病躯,危难之际,断不肯苟于一死,以自负其初心。恐邂逅及难,而尔等诸事无所秉承。兹略示一二,以备不虞。

"余若长逝,灵柩自以由运河搬回江南归湘为便。沿途谢绝一切,概不收礼,但水陆略求兵勇护送而已……"

写完自己长长的遗书,压在书房案头。曾国藩次日上午便带着幕僚赵烈文、吴汝纶、薛福成和十几个兵弁,扶病上轿了。

曾国藩的绿呢大轿,沿着通往天津的古道缓缓而行。路上,他在客栈里又口述一篇《谕天津士民示》。他只有请别人代记,自己的遗书写得歪歪扭扭,有两行字交叉成一行字了,他也看不见。在《谕天津士民示》中,他告诫全体士民要将好义刚强之气引入正道,不可以忿报忿,以乱招乱。十载讲和,得来不易。他这是准备一进津门,就将自己的大作印刷数百份在城中张贴,以此安定民心。

远远地看到天津绵延的城墙和高大的城门了,大轿才在稍子口停下。天津道员周家勋、知府张光藻、知县刘杰已在此迎候多时。众官员将曾国藩迎进屋内,一齐跪下,高喊:"求老中堂给下官们做主!"

他们向曾国藩详细介绍了城中的混乱情况,说百姓们公然在街头大骂朝廷无能,还骂地方官员是汉奸。曾国藩脸上的肌肉抽搐了一下,道:"一派胡言!"

曾国藩上轿,道:"进城再说吧!"

轿队快到城门之下时,忽然停了下来。曾国藩掀帘一看,城门已被堵死,大道上黑压压地跪了一大片百姓。

张光藻哭丧着脸来到轿帘前,道:"老中堂,这些百姓非要您下轿接见他们不可。"

"走!快进城!"但曾国藩走不了,道路全被堵死。他只有下轿,挺直腰板,两手抔腰,喊了一声:"父老兄弟们——鄙人奉太后、皇上之命,前来处理津民与洋人斗殴一事。各位放心,鄙人一定会遵循国法,秉公办理!"

他的话音刚落,百姓们高呼起来:"洋人是恶魔,杀死洋人!"

曾国藩紧锁了眉头。此地此景,他预感到自己此行,可能会在百姓的哭声中了结一生。但他却没有料到,就在他刚刚才查办了几天后,朝廷里也传来了对他的骂声。

北京城里。

这里,恭亲王乘坐朱红洒金八抬大轿,从总理各国事务衙门来到紫禁城东华门内下了轿。他快步如飞,由景运门进入乾清门广场。苏拉掀起门帘向军机处大堂内高喊一声:"六王爷到!"

此时军机大臣吏部尚书文祥、户部尚书宝鋆、兵部尚书沈桂芬及新到任的户部右侍郎李鸿藻正在大堂中议论天津教案一事。他们七嘴八舌,忽见恭亲王拉着长脸进了门来,便知曾国藩在天津的查办令他极为不满了。

恭亲王拿冷眼扫了一下诸位军机大臣,未等任何人开口,便愤愤说道:"曾国藩实属荒唐!把天津的事情办砸了!"

宝鋆一听来了精神,道:"我早就料到他不会把这件事办好的。"

恭亲王道:"他简直是浑蛋,没与军机商量,也未请奏朝廷,私自做主答应了洋人所提的条件,竟要将天津府、县两级官员移送刑部治罪,给法国公使发了照会,同意将天津知府、县令捉拿抵命。那法国公使罗淑亚跑到我的总理衙门里来大吵大闹,以曾国藩的照会逼迫朝廷旨准拿人。哼!"

宝鋆带头嚷了起来,他向来对曾国藩不满。这会儿火上浇油地嚷道:"王爷这一次可是不能放过曾国藩了。这家伙过去是茅缸里的石头,又臭又硬。不料这一次变得没有骨头了,见了洋人软了下来。应赶快把他换下来。再让他在天津查办下去,非得把老百姓都抓起来不可。"宝鋆说着,拿眼望着恭亲王,注意着恭亲王的态度。

文祥说:"曾国藩可能因为岁数大了,脑子有些糊涂了。把他换下来是个办法。"

宝鋆道:"既是换下来,就要下圣旨对其申斥。你看他办的那几件事情,叫人咽不下去。他一到天津就广贴告示,训斥百姓。他还下令释放了王三,还要处死二十多名带头闹事的老百姓。如今天津百姓在他才到天津几天的时间,就高呼口号骂他是卖国贼了。实在想象不出,曾国藩怎么变成了这样一个人!"

恭亲王奕䜣正要开口,一名苏拉前来禀报:"皇太后、皇上召见军机!"

恭亲王大手一挥,示意诸位军机跟他前往养心殿。到了养心殿,两宫太后和小皇上已在各自宝座上等候。

今日慈禧是卧病后第一次上朝。因安德海被斩,有苦难言,很挫了平日里的那种威风。在慈安太后面前,也显得没有那么咄咄逼人了。尽管她已估计到杀安德海是东太后和六王爷做的主,心中愤恨交加,但却无可奈何。才三十六岁的她日日长夜难熬。李莲英终于替代了安德海。他确信自己能胜任安德海的角色。只不过,他还没有找到机会让风流寡妇感觉出来。

奕䜣率四位军机大臣跪下磕了头以后,慈安太后先说了话,道:"天津教案的事已闹得不可收拾了,崇厚递了个折子上来,说是曾国藩在天津病了,而且病得很重。"

慈禧接过慈安的话说:"是呀,说曾国藩根本无力过问天津教案的事了,生活都不能自理了。而自曾国藩在天津做了一些让步以后,洋人们更狂了,步步逼近。答应了这个条件,明天又提出那个条件,没完没了。如此下去怎么行呢?崇厚建议朝廷,赶快派得力大员去天津替换曾国藩。所以要召见你们在一起商量一下。"奕䜣磕了头，道："臣也正为此事着急哩！刚才法国公使闯到我的衙门里来了，说如果不按曾国藩答应的条件办，马上就要从大沽口登陆，用武力讨回公道。"

小皇帝载淳沉不住气了，从宝座上站起来，大声吼道："坚决不能答应！让李鸿章出兵，把洋人打回去！"

小皇帝尽管大声喊叫，两宫太后都好像没有听见一般，全不在意。

慈禧皱着眉头，道："不是听说法国与普鲁士人开仗了吗？他们之间打起来了，还有精力来向我们开火吗？"

奕䜣道："太后明鉴。但除了法国与普鲁士，还有英国、俄国、美国等等呢。各国都有兵舰停在我们的海边。法国虽然在打仗，照样有几艘兵船在天津一带海域。真打起来，他们力量依然不弱。"

慈禧叹了口气："没想到又没有平安日子过了。这曾国藩带兵打仗尚可，怎么办外交就不行了呢？天津刁民闹事，惩办几个人不就行了？让洋人看看我们已经给他们面子了。谁知他反而捅出了娄子。他得罪的人也太多了，一直不断收到弹劾他的奏章。如今天津士绅们骂他，洋人又在得寸进尺。不知他是真病还是假病？"

奕䜣道："臣以为，真病假病，都不能让他在天津待下去了。他此次办事不妥，应该给予严旨申斥，让他接受教训。"

慈禧听了，心想这六王爷以前凡事都是保曾国藩的。这回却站出来要严斥曾国藩，看来曾国藩在天津的确有问题。她那明丽的眸子不停地转动着，渐渐凝聚成一股威严逼人的光芒。刚出场时的那种受挫的威风悄悄回来了。那两道细眉之间，顿时出现了一道深沟。这种表情的变化被奕䜣偶然抬头时捕捉到了，于是赶紧低下头来。

慈禧太后威严得像个判官似的说："曾国藩六十岁了吧？年纪的确大了，下一道圣旨训斥一下，让他回保定去吧。天津那边必须派一个能办外交又能带兵的大臣去。能办外交是要他尽快与洋人了结此案，能带兵是指万一洋人动武，会有个对付。谁符合这个条件呢？看来只有李鸿章了，就让李鸿章换下他恩师吧！如同扫平捻匪那次一样，有交有接。"

慈禧突然意识到此事还未与慈安商量，于是转过脸来，问："姐姐，您看这样合适吗？"

慈安太后平静的脸上露出了几丝愠意。她越来越不满意西太后的独断专行。于是柳眉一扬,道:"如今看起来,当时起用曾国藩去天津是个错误,甚至派他到直隶当总督也是一个错误。试想,一个行将就木的人还能干什么?我听说李鸿章帮他把棺材料都准备好了。"慈安太后想以此点一下以前慈禧所做决定的失误。但只是点到为止,然后抽出绣绢擦了一下鼻尖上的细汗,继续说:"但对这些有功之臣,不宜一棍子打死。曾国藩此生已经历了三代皇帝,是一个标准的老臣了。看在先帝的面子上,这回也要他体面一些。换下来就令他脸上无光的,再申斥就不妥了吧?"

慈禧听出了慈安话中责怪的意思,但只好忍住性子,仍用一种谦逊的口气说道:"六爷,就按照慈安皇太后的话去办吧!用让他回省养病的名义,把他打发到保定去养病,把李鸿章换上去。"

这个结果,奕䜣满意。他认真一想,虽然曾国藩去天津没办好差事,但还是应该在他老的时候照顾一下他的脸面。否则,他会带着遗憾离开人世的。宝鋆则大感失望,心中愤愤不平。一出养心殿,宝鋆就道:"这回算便宜曾国藩了!"

文祥笑道:"不要老是跟曾中堂过意不去了嘛!这次用李鸿章换下曾中堂,朝廷不下旨严斥,人们也能看清楚是怎么一回事了。他已经失去了脸面,何必再弄他一个下不了台呢?!"

奕䜣道:"是呀,得饶人处且饶人……"

正说着,迎面奔过来一个内奏事太监,只顾低头跑了,差一点与六王爷撞了一个满怀。六王爷大喝一声,太监吓得半死,忙磕头道:"六王爷恕罪,奴才有六百里加急要递,所以才……"

奕䜣打断太监的话,问:"哪来的加急奏折?"

"回王爷的话,是金陵来的。说是两江总督马新贻遇刺身亡了。"

"啊!"奕䜣大吃一惊。诸位军机大臣也惊得瞪圆了双眼。

沈桂芬突然大叫一声:"曾中堂有救了!"

宝鋆望着沈桂芬道:"此话怎讲?"

沈桂芬并不答话。奕䜣道:"这不是明摆着吗?马新贻一死,位子空出来了。曾国藩正好可以回任两江。"

宝鋆大悟,道:"又便宜了一次曾国藩!"

奕䜣道:"诸位都不要走了吧!随我一同再回养心殿!"他从太监手中接过奏盒,转身朝养心殿快步走去。几位军机大臣就这样算是商量好了主意。叩见了两宫太后、小皇上以后,便最后决定了:曾国藩调补两江总督;李鸿章任直隶总督;另派漕运总督张之万、江宁将军魁玉查办张文祥刺死马新贻一案。

廷寄谕旨当天就飞递各处。李鸿章自西安出发,途经获鹿县时接到让他出任直隶总督的上谕。宣读了上谕后,李鸿章三呼万岁。这正是他所向往的。不料这么快就心想事成了。

郭松林也高兴得直蹦,道:"这下好了,淮军弟兄们又聚到一起了!刘铭传、张树声、陈鼐、钱鼎铭他们都在直隶任职。苍天有眼,在直隶的部下们也一定是眼巴巴地盼着您到任哩!"

李鸿章笑了。他心里明白:直隶总督落到他的身上,这也是顺理成章的事情。一则他有淮军可以调动,拱卫京师非淮军莫属;二则他办洋务在朝廷已有了一些名气,正好让他接替曾国藩未能办成的和局。

他更喜在心头的是:自己彻底把湖广总督的位子让出来,大哥李瀚章便可以由署理改为实授了。他估计朝廷不会再叫大哥回任浙江巡抚了。那样就等于在降职,浙江是左宗棠打下来的,他一直把浙江看成是自己的"自留地"。前后几任巡抚,除李瀚章外,都是左宗棠所力荐的。这些人到浙江任职,报答左宗棠的就是在浙江为楚军筹饷。现在是左宗棠的心腹杨昌濬在浙江当巡抚,左宗棠岂肯让李瀚章再回浙江?让李瀚章回任浙江,就等于断了他左宗棠的财路。陕甘军务正在吃紧,断了来自浙江的军饷就等于叫他完蛋。

李鸿章在心里高兴:你左宗棠不想让李瀚章回任更好。不当巡抚却捞了个湖广总督干干,算我李家兄弟有福气!自己把湖广总督的位子交给了大哥,淮军就等于有了可靠的饷源。加之恩师曾国藩又回任两江了,那么,两江地区又可以成为自己的"协饷"地区。若把手伸向恩师,还怕他不慷慨解囊吗?

真是祖上积的阴德,李家双喜临门了:就在李鸿章卸任湖广总督之际,大哥李瀚章果然实授了总督。

李鸿章先未去保定。总督衙门放在那里不会被人抢去。而天津局势紧迫,他接任直隶总督的缘由也正是由于朝廷急等他去处理天津教

741

案,平定危局。

他是在同治九年九月二十日到达天津的。其实他到天津也只能为曾国藩所做过的一切画上一个句号。该抓的人都抓过了,该杀头的已经杀头,要赔洋人的银子已经赔过。周家勋、张光藻、刘杰三个地方官也由曾国藩做主,答应了洋人:免他们一死,统统革职还乡。在天津民间,曾国藩那顶"卖国贼"的帽子已经戴上。李鸿章到达天津时,曾国藩正在为三个"替罪羊"设宴饯行。

由李鸿章作为旁观者作陪,曾国藩摆下了一桌酒席,还恭请三个为百姓代过的天津地方官们上座。他们三个异口同声的回答是:"犯官不敢!"

这一顿宴席喝得沉重,吃得不快。因为周家勋、张光藻、刘杰是冤枉的。只不过让洋人盯上了,毁了他们的功名不说,还要送京师审讯。曾国藩有病在身,加之心怀内疚,从头至尾都是闷闷不乐的。

三位"犯官"请求新任总督李鸿章讲几句话。李鸿章向每人敬了一杯酒后,道:"此次奉太后、皇上之命,调任直隶,直赴天津,感慨很多,教训很多,一言难尽。我恩师更是有苦难言,望各位多多原谅。但恕我直言,民教冲突,各地都有,没有一处闹得有天津厉害,终于酿成大乱。作为一级地方官,你们是有不可推卸责任的。如今代民受过,固然令人痛心,但你们自己也当反思。此其一。其二,这次是洋人理亏,由此给我们带来的教训是深刻的。什么教训?这就是我们大清国必须自强起来,不自强,你、我及全部中国人永远站不起来。多少年来,我们与洋人之间的冲突,都是这帮强盗跑到我们的土地上来闹事,我们不曾对他们有过丝毫的进犯。也就是说,所有冲突,都是我们理直,他们理屈。但每一次都是以他们大捞油水而我们损失惨重告终。为什么会这样?就因为我们弱,他们强。我们弱在武器,他们强在船坚炮利。洋人这才敢只论强弱,不讲道理。所以,如果我们现在还不自强,不设法针锋相对地把自己的事情办好,今天的天津教案平息了,明天还会有别的事情发生。受欺侮的依然是我们。国家兴亡,匹夫有责。你们进京受审之后,只须过个一两年,当设法重新起用,再肩重任。一切只能靠你们自己了。"

李鸿章一段话推心置腹,句句在理,听得场上一片寂静。散席后,三个被革职官员犹如即将远行的游子一般,挥泪告别曾国藩、李鸿章。

走出接官厅,出大门一看,李鸿章惊呆了:京津古道两旁,人山人海。成千上万的百姓聚在道路两旁,有的跪着,有的摆出红烛线香,有的捧着食物,在为三位代民受过的官员送行。场面十分酸楚感人。

李鸿章于心一想:老百姓是知道好歹的!他注意到曾国藩脸上的表情,就好像是羞愧、悔恨、悲哀、内疚一齐涌上了心头,又好似深浊急湍的海河水在撞击着他、震撼着他、抽打着他。李鸿章呆呆地凝视着眼前的这一幅令人揪心的送别场面,百感交集。

到天津第十天,李鸿章正式从曾国藩手中接过了直隶总督关防印信,从此开始了长达二十五年的直隶总督生涯。

曾国藩原来是拒绝回任两江的。但也只是极短时间的拒绝。他这胳膊再粗,也扭不过老佛爷的大腿。何况,这是朝廷给他的体面。两江总督比起直隶总督,实际上差了一大截子。因为直隶总督管辖的是京津广大地区,紫禁城在直隶的地盘上,这就无可争议地使直隶总督成为天下第一总督。

在天津与曾国藩告别,李鸿章送他出城。曾国藩最后说了几句话:"少荃呀,汇九州之铁,不能铸此一错。愚兄是羞愧而去,恐怕这就要成为永诀了!"说完,与李鸿章相拥而哭。

李鸿章新官上任,旗开得胜,打了一个漂亮的开局。他一到任上,就发现三口通商大臣与自己是各自为政,互相掣肘。一个堂堂的直隶总督,竟管不了三口通商大臣。他暗中向工部尚书毛昶熙叙说了心中的不满。毛昶熙心领神会,以自己的名义给朝廷上了一道奏折,陈述利害。认为办理外交通商事务大臣,脱离直隶总督而设专职,有百害而无一利。他建议撤销三口通商大臣一职,统归总督管辖。

奕䜣等军机、总署大臣们遵旨复议,支持毛氏的建议。于是,一道圣旨下来,改变了李鸿章的身份。仅在他到任一个多月后,他就成了直隶总督兼北洋大臣了,朝廷称之为"改定章程"。仅此一改,既解决了直隶总督与三口通商大臣各自为政、互相掣肘的矛盾,使李鸿章身兼二职,又解决了"省防"和"洋务海防"之间的战略地位问题。他们职责重心也由传统的"保定省防"转向了"天津洋务海防"。欢喜了一阵子后,冷静下来想想,李鸿章不禁暗自忧愁。忧就忧在这北洋大臣一职非同

小可。他以亦喜亦忧的心情致函曾国藩,道:

"通商海防各事归并,权一而责巨,鸿章才力实不克胜。兼之内无代理笺奏之人,外无堪寄兵政之选。津保分驻,必误地方,且亦疲于奔命。至三口陵夷已久,振刷为难。思之万分惴惧,丛傍负咎在指顾间。尚求随时教掖之。"

当然,忧虑只是口头上的,给恩师,给老母,给兄弟们去信诉说此忧此虑,多半是一种炫耀。抑或是以诉苦的方式报告喜讯。地位提高了,权势增强了,他内心兴奋不已。但李鸿章又是理智的,他很快就恢复了镇静,进入了角色。第一步是把自己的各路淮军奏调到自己的名下,作为拱卫京师的主力。对于淮军及境内的八旗、绿营兵,选将、练兵、装备最先进的武器,增加教官,努力提高战斗力。一起担负保卫京津安全的重任。淮军大多已驻防到各个海口去了,练军镇守内地要冲。一旦遇到列强入侵,练军也可调往沿海助战。

李鸿章完成军队练兵,驻防之后,又想起添设津海道一缺,专管中外交涉事务及新、钞两关税务,并以此兼充直隶总督海防行营翼长。连日来,他奔波于保定与天津两地,忙得不亦乐乎。终于把军政事务初步理出了头绪。

其时已到了同治十一年三月,正值春暖花开、红蓼白苹之季,京津一带风光初显。李鸿章也春风得意,各项事务步入正轨。就在这时,金陵那边送来加急信函,告知曾国藩到了金陵回任后,身体一天不如一天。眼下看来熬不了多长时间了。请李鸿章能在百忙中抽出时间去金陵一趟。曾国藩想见见李鸿章。

曾国藩忍辱负重一生,此次回任两江,因马新贻被刺一案,虽查出了凶手,但却心力交瘁了。不抓紧时间赴金陵一会,恐将成为无法挽回的憾事。李鸿章当即派出快马去金陵报信,自己从天津乘坐大船,疾驶金陵。

曾国藩得报,苍凉的心境顿时有了暖气。他强迫自己闭目息念,好好睡上一觉,养养精神,与门生最后一见。这位门生已不同以前了,当年在建昌湘军大营里求见他曾国藩,硬是等候了一两月才得一见。如今是自己行将就木之际,急切地想见见这位阔门生了。身为汉人同胞的李家兄弟二人并世为总督,成为天下臣民第一家了。这在清朝开国以来尚无先例,朝野内外,都说李家已取代了曾家了。

曾国藩在等待李鸿章的到来。他心中泛酸,而更多的是欣慰,甚至充满了感激之情。门生胜过老师,不也同样说明了当老师的还有那么一点识才育才的本事吗?这一点连两宫太后都承认。他自己也承认这几年来在朝廷中,多少是沾了李鸿章光的。朝廷为了不得罪李鸿章,才多次给了自己一些体面,该申斥的不申斥了,该追究的不追究了。而曾国藩这几年,是把李鸿章看成了是自己事业的延续。李鸿章所做的一切,与自己的名声和事业都血肉相连,息息相关。在曾国藩此时看来,唯有李鸿章兴盛和强大,才能确保他的事业后继有人,他的名声也才不会因为他死去而毁灭。纵观几千年历史,多少人在生时名声煊赫,炙手可热,但人一死,尸骨未寒就遭唾骂,一生名声扫地以尽。

他更清楚,自己一生结怨甚多,多少还连累了李鸿章。自己被天津民众骂为"卖国贼"了,这个骂名会转嫁到李鸿章身上去吗?因此,必须有一个强有力的人物代替自己站起来,并取得辉煌的成就。否则,自己很可能逃脱不了被鞭尸扬灰的厄运。现在有了李鸿章,有了他不可动摇的权势和一班子占据要津的淮军部属兄弟,估计自己不会很快遭此厄运。曾国藩暗暗为自己选中李鸿章作为传人而庆幸不已。他感谢这位门生,佩服他的坚强胜过自己。因此派人送信到直隶,要与鸿章最后一见。

隆重的仪式,十六响礼炮,把李鸿章接进了金陵总督衙门。师生见面,李鸿章热泪滚滚。他从曾国藩的脸色上看出恩师的来日无多了,预感到恩师必有大事相托。

曾国藩首先把选送幼童出国留学的想法提了出来。李鸿章欣然赞同。其实李鸿章已着手在办这一类事情。他说:"创办洋务学堂,派遣优秀学士出国留学,这是振兴国家之必需。我的想法是先把语言学堂、军事技术学堂和水师武备学堂办起来。六王爷奕䜣刚刚在京师办了个同文馆,而上海广方言馆不是我在江苏当巡抚时办的吗?我不像六王爷只限招收八旗子弟,他那学生也只有十人。而我主张广招汉人子弟,人越多越好,培养出的人才数量才大。上海广方言馆一开学就收了四十多名十四岁以下的学子,现在多达几百人。在授课内容上,不仅要学习西文,还主授经学、史学、算学和词章等。尤其是算学,缺之不可。西人制器靠的就是算学。若不通算学,学会了西文也没有用……"

曾国藩道:"重视算学,并列为主授内容,这是你的首创呀!开天辟地谁办过此事。所以我来两江后,专门拨出白银,扩大了算学馆。又听说你在接替我任两江总督时,开设了一个天文馆。老夫我是专门率幕僚及地方官员数十名前去参观,给予首肯哩!"

李鸿章道:"谢谢恩师理解和支持。最近,我已着手在天津办一座水师学堂,还办一座武备学堂。上次觐见太后、皇上时,我已提出创办海军。现在即将有这个条件了。但办海军就得会使用舰船,舰船所需管驾、大副、二副、管理轮机炮位人员。还要设驾驶专科,让他们掌握天文、地理、几何、代数、平弧三角、重学、微积、驾驶御风、测量、演放鱼雷等技术。有了这些人才,才有可能把海军创办起来。今来金陵拜谒恩师,一见面就谈起选派留学之事,我真高兴。好像您已钻进我肚子中一样,把门生所思所想摸得清清楚楚。"

曾国藩道:"愚兄没有几天活命了,所以才急着把你老远请来,当面托付于你,以此了却我的心愿。选送幼童出国留学,原是容闳写信给我提出的建议。这也是一件自古以来没有过的事情。愚兄深知其意义深远,但我干不了了,只有请你由此考虑了着手去办了。"

李鸿章道:"设局制造、开馆教习,好像您我这一代人注定要做前无古人之事。但这次选派幼童出国,不是一件简单的事情。我想先去美国,若能让幼童们成行,并学成归国,操作起来应考虑周到。比如说得有一个章程,与人家国家还得立一个协议。既送人出国,就得有钱,这些都由我来办吧。我估计我们的学子出国,费用一定不小,每人每年没有四五百两银子打不住吧?可以写个规定,每年选派三十名学子,以后每年定期选派。十年二十年下来,大清国就有救了,不愁没有熟悉西人的人才了!"

于是,师生二人针对这个创始之举进行了深入地研究,大胆的设想很快臻于成熟。最后由李鸿章在金陵执笔,写成《挑选幼童前赴泰西肄业章程》十二条,还拟定了奏稿,与曾国藩会衔上奏。

李鸿章的奏稿写得极好,精当老练,两千余字,深受曾国藩喜爱。这份奏稿成了大清朝后来著名的奏折。曾国藩听他读完后,拍手称快,道:"条理缜密,文笔洗练,一件破天荒的大事,不一会工夫在你笔下成了。"这篇奏稿从缘起、必要性、如何进行、预期达到的效果等方面,叙述得要而不烦,面面俱到。后面提出的主要内容为:选年在十三四岁到二十岁之间的聪颖子弟到美国去学习十五年,每年选三十名。朝廷派正副委员管理,估计一切费用总和在一百二十万两左右,由李鸿章筹措安排。

曾国藩只在奏稿两处建议各添一句话,均属古文的两个比喻句。曾国藩认为,一篇上乘的奏章,文字上除清晰简洁外,还要适当加点文采。这样读起来才不感到枯燥,并可使之久远。所谓"言之无文,行而不远",讲的就是这个道理。全篇都检查无误后,奏稿交文房缮写两份:一份由李鸿章亲自带到京师呈递,一份是曾国藩要求保留,以作最终的纪念。

李鸿章明天就要起程回去了。中午,曾国藩抱病在督署内设宴为他饯行。官场上的要员和故旧好友聚于一堂,给这位年富力强、功大位显的协办大学士频频敬酒,填塞了满身的奉承话。李鸿章非常高兴,但也微感纳闷:恩师说是有大事相谈的,但见面后除谈了遣送幼童出洋留学外,并没有再谈什么心腹话。大事,难道指的就是这件事吗?

宴后,满天阴云裂开了一道空隙,一缕阳光照射过来。总督衙门就如同一幅淡墨画就的大观园图,突然加上红绿五彩,立即变得富丽壮观起来。由于得意门生专程前来看望,曾国藩的病痛好像顿时减轻了许多,不仅说笑自如,而且步子也迈开了。他对鸿章道:"少荃,去看看我们的湖南湘妃竹好吗?"

二人一同来到衙门内的西花园。这西花园本是李鸿章在任期内设计兴建的。当年曾国荃的一把火把天王宫烧得变成了瓦砾场,大多数建筑都毁坏了,唯有那个石舫不曾受到影响。同治四年曾国藩北上剿捻,李鸿章署理两江,便开始筹划重建督署。有人建议把石舫炸掉,说当年太平军女官傅善祥就在石舫里自杀身亡的。李鸿章坚决制止了。今天,当李鸿章看到浮游在碧波之上的石舫时,顿感亲切无比。他兴致极好地穿过九曲桥,在石舫上细细端详了好一阵子。直到曾国藩喊他,他才随曾国藩进入湖边的竹林。

好一片竹林啊!虽是天气尚寒,草木凋零,但竹枝依旧满身青翠。就在这一大片竹林左边,一条鹅卵石铺成的小路,把他二人导向了一个小竹林。小竹林前面有两间农舍似的小房,是专为赏竹休憩之用。曾国藩领李鸿章进了小屋,在正中摆放的一张小桌边坐下。桌面上铺了一块厚白布,上面摆放好了几样点心,仆人送过来两杯茶水。

"少荃。这是从洞庭湖君山移来的湘妃竹,你以前见过这种竹子吗?"曾国藩指着门外竹林问。

李鸿章道:"没有。但我听说过湘妃竹。我有一把湘妃扇,就是用此竹做骨制成的。"

"是吗?我一见到这种竹子,就想起了刘禹锡的《秦娘曲》来:'山城人少江水碧,断雁哀猿风雨夕。朱弦已绝为知音,云鬟未秋私自惜。举目风烟非旧时,梦寻归路多参差。如何将此千行泪,更洒湘江斑竹枝!'"

李鸿章道:"恩师移来此竹,天天看它,就犹如回到了湖南老家了吧?"

"你说得对。但我还不止这一层意思。因为这些湘妃竹里,还包含着一个美丽动人的传说。而我的意思还不在那传说里面。湖南人爱斑竹,老人尤其重之。物以稀为贵嘛。且又有舜王南巡,客死苍梧,娥皇、女英寻夫不见,泪洒竹林而自投湘江毙命的这段美丽传说。除了这个传说之外,我主要是从斑竹身上联想到了一种血性。娥皇、女英两个女子,明知舜王已死,不可能找到了,却偏偏要千里迢迢而来。找不到男人了,则投江自尽,以身相殉。这是一种什么血性呢?是一种知其不可为而为之的血性,是以死报答知遇之恩的血性,是对已定目标追求的至死不渝的血性。少荃,你体会一下是不是这个道理?"

李鸿章听得肃然起敬。他脑海里忽然闪现出二十七年前在京城碾儿胡同里听恩师讲《诗经》的情景,闪现出在湘军幕府中,每天吃饭后他大讲先贤品德情操的情景……李鸿章隐约觉得这是恩师最后的情怀抒发,不禁伤感万分。

果然,恩师道:"少荃,此次把你请来一见,定是今生最后一面了。"说着,他竟然落下泪来。

李鸿章设法安慰他,说了很多激励他的话。曾国藩只是不停地摇头,道:"少荃呀,你也不要安慰我了。这些年来,湘淮两军,曾李两家为世人所瞩目。古人说:'峻峻者易缺,檄檄者易污';又说'木秀于林,风必摧之'。这一点千真万确,我因此吃的苦头太多了。所幸贤弟遇事豪迈坚强,敢作敢为,且仗义处事。这便在血性上、心性上在我之上,比我强上十倍。这是我一生最堪欣慰之处。"

李鸿章的声音哽咽起来。他感到恩师是诚心要做一番最终的交代,道:"门生一切都是恩师栽培的。尤其是自在京攻读开始的二十七年来,时时事事离不开您的指点。门生微薄之劳,与恩师的大功大德相比,如嚼火之比日月,如沙丘之比泰岳。门生永远不会忘记恩师的知遇之恩。"

曾国藩满怀感情地说道:"我自知行将就木了,而贤弟你正如日中天,自己的前途极宜珍重。死在旦夕,我要告诉贤弟:湘淮两军自与长毛、捻匪周旋以来,杀人不计其数。一人死于你我手下,十人记仇都不止呀!可以说是恨你我者遍天下。官场亦然,多少得意之人败于你我的一言一纸之中。今后,得处处设防,以免遭人暗算。"

李鸿章很感动。平心而论,恩师是在替自己担忧。而此时的李鸿章心中有数。他神态自若,并不因可能到来的险恶而动容。曾国藩注意到了鸿章的表情,心中惊叹:"这少荃的确与我大不相同。或许我是多虑了。"

曾国藩想到了另一个话题,道:"少荃呀,愚兄还有几句心腹之言要讲。现在的情形已经明白了:湘军已所剩无几,绿营、八旗不能依靠。保卫京师,保卫神州华夏之固,就靠淮军了。切记,今后不管遇到什么情况,淮军都不可削弱而只能加强。只要淮军能始终成为天下第一劲旅,我所担忧的事情就可以避免了。"

李鸿章狠狠地点了点头,他也觉得这一点很重要,回道:"乱世之中,手中的枪杆子不能放下。门生一息尚存,你的交代一定会在我心中扎根的。"

曾国藩对鸿章的表示很满意,又道:"依我的估计,大清朝很难中兴了。剿灭长毛军后,我以为天下太平了。不料又出现捻匪。而平了东、西两捻,又有回民造反,又有天津教案。下面还会出现什么大乱,实难预料。我死后,你的未来仍然任重道远,且不会风平浪静,或许情形更遭。过去有我能于内于外助你一臂之力。今后谁来为之左右?这就要看你自己了。我毕生都奉行先正己身,培养一批可成大业的好官,让他

749

们开花结果。可惜到后来除了你以外,其他能开花结果者不多。尔后尚需贤弟从头做起,以一己之身表率天下,多多注意培养能人志士。这一点比打仗本身更重要,没有一批人才,你将来会孤掌难鸣,中兴大清也是空谈。"

李鸿章知道曾国藩最大的长处在于知人善任,不以自己的好恶使用人才。他听到恩师讲起培养人才,心智大开,想请恩师多讲一点经验之谈,以此启发自己日后注意。他想到了办洋务的事情,自己这几年来一直不敢与恩师深谈,怕他不赞成。李鸿章清楚地记得曾国藩在安庆与自己握别时的交代:"少荃,上海乃洋人聚居之地,少不了要同洋人打交道。在同洋人交往中,要以孔老夫子的忠信笃敬四字为本,要坚持先疏后亲。要切记练就精兵,学会作战才是根本。办理洋务是次,对洋枪洋炮不可太相信它的威力。"李鸿章到上海后,是完全按照自己的主张干的,并没有把这段话当做真理。最终获得了成功。他在想:恩师现在如何看待办洋务呢?不料他一提起,曾国藩出乎意料地对他兴办洋务之举大加赞赏,道:

"少荃呀。这正是愚兄想讲的又一件事。兴办洋务,强国的必须,不仅应办,且要大办,办好此事。你在这方面已有一些成果。这次先把选学幼童出洋留学之事办妥,然后信心坚定地按你的计划铺开来干。如能把洋务办好,你当是自古以来第一人了!"

李鸿章一惊,心想时间是可以改变人的。于是更坚定了自己的主张,来了情绪,高谈阔论起来,道:

"恩师能支持我兴办洋务,门生高兴万分。据门生所知,欧洲各国百十年来,由印度而南洋,由南洋而东北,闯入我国边界,又进入腹地,靠的就是他们的船坚炮利。如今时代的确变了。几年前湘淮两军还在使用大刀、长矛,现在谁还信那个?为何不信?因为大刀、长矛、土枪、土炮打不过洋人。所以,中国人就要受辱,就要吃亏。门生这次北调直隶,保卫京津地区,心中无底。朝廷所言都是虚妄之论。若想保和局、守疆土,没有枪炮船舰,让我怎么守?所以,我准备回去以后,还要找太后,找六王爷:海军还是要办,兵舰还是要买,枪炮还是要造。最终不仅拥有一切,还要超过他们,至少要与他们相当。唯有如此,我们才能真正放心过太平日子了。中国是一块好地方,这是我的感觉。否则,东西南北九万里之遥,为何有那么多洋人都抢着要来中国?门生还是那句话,中国什么都比别人强,就是这洋务方面远不及西人。若能迎头赶上,中国将大有希望。"

曾国藩凝神听着李鸿章这番宏论,心中叹服不已。在曾国藩看来,他的话是振聋发聩的呼喊。他后悔这几年在这方面与鸿章交流太少,于是道:

"少荃,听你这番话,老朽也为之心动了。若再能年轻十岁,我一定会跟你大干一段洋务。你回直隶后,要以自己这段话为宗旨,争取朝廷支持,大干一场。如能干好,中国历史的记载中,必将有你浓重的一笔。"

在这片竹林中,师生二人推心置腹谈得十分愉快。西边的太阳就要落山了,云层散去,夕阳的余晖将这片林竹照得通明透亮。李鸿章明天上路,赶上了好日子。曾国藩喊来了仆人,仆人捧出了一个约七寸长、三寸宽的锦面盒子。曾国藩接过木盒,打开盒盖,只见里面装了两颗墨绿色精美的玉球。他指着玉球对李鸿章道:"少荃,这是送给你的。此球是上等好玉制成,原是穆中堂的喜爱之物,在他手心转了二十多年,后来送给我了。我才玩了几年,现在用不着它了。现送于你,留作纪念。你在抚玩此球时,切记我是要你加强锻炼,保重身体。"

李鸿章郑重地接过这个珍贵的礼物,心中激动不已。他不在考虑这两个球的本身价值,而在体悟恩师对自己的一片情谊深重。一个仆人来了,催二人回上房吃晚饭。他俩这才走出竹林。

次日,当火红的朝阳才露出一角,李鸿章便与曾国藩挥泪而别。这一别果然成为永诀。他回到直隶才七天,就获悉恩师与世长辞了。曾国藩的病逝令李鸿章悲痛欲绝。他在自己的衙门里设下香案,长跪不起,几天里泪水不干。此时此刻,他只能面对曾国藩的一幅画像,表示继承恩师衣钵,使之薪尽火传。他忧悸尤深的是:这一辈子再也得不到仙逝者的余荫了。几乎就在同时,又一个消息传来,更让他心神不安:已被他视作依靠的恭亲王奕䜣,也面临江河日下的危境,泥菩萨过河,自身难保了。慈禧太后对这位六王爷采取了两面手段,既让他继续主持军机处和总理衙门,又利用自己的妹婿七王爷奕譞和军机大臣李鸿藻来牵制他。奕譞是奕䜣的异母同父兄弟。咸丰元年封为醇郡王,没等多久便晋封为醇亲王。而那位李鸿藻，系直隶高阳人，字寄云，号兰孙，咸丰年间的进士，咸丰十一年诏为太子载淳的师傅，咸丰十四年擢内阁大学士、署户部尚书。他进军机处，是慈禧精心的安排，就是要他充作军机处的内应，与奕䜣唱反调。

李鸿章预感到一种不妙。奕䜣当政，其实奉行的仍是死于他手下的肃顺的政策：亲用汉臣，不分你我。曾国藩能干时，他看重曾国藩。这几年李鸿章显山露水了，他主张依靠李鸿章。所以才在觐见太后的机会里设宴盛请李鸿章。此后多方关照，使李鸿章获利不小。就在李鸿章与曾国藩联名的要求选送幼童出洋留学的折子递上来后，恭亲王欢喜异常，将此折收归大清名折，据理力争，迫使慈禧太后旨准李鸿章的主张。首批选派的三十名学士正待上路出洋。

慈禧历来主张加强对汉人大臣的设防。奕䜣、李鸿藻秉承慈禧的旨意，既抑制奕䜣，又抑制李鸿章。眼下的朝廷里，正在发生着一场令人心焦的争斗。

就在十多天前，恩师曾国藩因病出缺的奏折和遗折，由江宁布政使梅启照差弁急递北京紫禁城时，宫中正在为小皇帝载淳的大婚选后之事大吵大闹，掀起了一场连李鸿章都极受影响的风波。载淳今年十七岁了，长得白白净净，十分英俊。他那稍瘦一点的长形脸盘上，生了一双颇为聪明的双眼。只可惜身子单薄，酷似他的父亲咸丰皇帝。而性格暴烈、顽皮耿直却远在咸丰之上。慈安未生过孩子，慈禧也就是生了这一个，两宫太后就视若掌上明珠。此次选后，首先是这两个女人各有心思。

慈禧太后主张选刑部侍郎凤秀之女富察氏为后。富察氏今年十四岁，她家不但是八旗世家，而且是满洲"八大贵族"之一。富察家在康、雍、乾三朝中将相辈出，乾隆的孝贤皇后就出自富察家。凤秀的女儿模样也好，慈禧在心里就选中她了。

东太后那边也在盘算。朝野上下都看好户部尚书崇绮的女儿阿鲁特氏。她看中此女纯属为了皇上本人考虑。这女孩十九岁，比皇上大两岁，仪态端庄，颇通诗文，还写了一手好字。慈安想，若立她为后，是可以仪范中宫，做出好样子。慈安有话："平时在军政大事上，我已一再退让，这回皇上立后，可要依我做主！"

可巧的是，载淳本人也喜欢阿鲁特氏，愿意听从东边的做主，慈安十分高兴。她是正宫皇太后，慈禧纵然泼辣，也不敢公开违拗。但慈禧要立十四岁的富察氏为后的主意坚持不变。这些都只是肚子里的盘算。

选后得按规矩一步步走，先从秀女中挑出十人；再从这十人中选出一个皇后。日子定在二月初二，这天是"龙抬头"的日子，宫中可热闹了，近支的福晋、命妇们纷纷奉召入宫，参加立后大典，地点在御花园钦安殿。一张铺了黄缎的长桌后面，并排放着两把椅子，那是两宫太后的宝座。东面另设一座，是皇上的。

御案上放着一柄镶玉如意，一对红缎彩绣荷包；另有一只银盘，放着十支彩头签。同治皇后就要从这十支彩头签中选出一个来。

八旗中灵气所钟的女孩子们都在这里了。前些天已演练过了，所以进殿以后，分成两排，一个个都举止稳重。从这十人中，先选出四人，只要入选四名之列，就算定了长别父母，迎入深宫的终身。这四名将是一后、一妃、两嫔。

崇绮的女儿今天与凤秀的女儿站在一起。慈禧按彩头签念名字，当她刚念出阿鲁特氏名字时，慈安太后抢先开口：

"这个女孩当然要留下！"

这使慈禧紧张起来，入选四名之列，她也是同意的。但慈安如此迫不及待，她警惕起来。所以在念到富察氏名字时，不容东太后开口，她就把念名字与表态连成一句话：

"富察氏留下吧？"

她看了慈安太后一眼，从她的表情里捕捉到了一种不妙。挥走了宫女、太监们后，慈禧要找东太后谈谈了。她对慈安道："姐姐，我看凤秀的姑娘不错，人稳重，还生着一脸福相。"

"年纪太小了。"慈安摇头，又说，"皇帝自己还脱不了孩子气，再配一个十四岁的皇后，不好！"

慈禧太后心中一惊：自己的如意算盘遇到麻烦了。看东边的这语气，立后人选非由她做主不可了。东太后接着道：

"我看阿鲁特氏不错，相貌虽是不出众，不过立后在德、在才，不在貌。比皇帝大两岁，懂事多，起码可以照料皇帝读书，这一条就够了。"

753

慈禧一时想不出合适的话反驳东太后,道:"那就听听皇上的意见吧。"她未曾想到,慈安太后已与小皇上谈妥了。

立后的主意落入阿鲁特氏之手,慈禧太后差点气昏了过去。那恼怒,比前面听说杀了安德海还厉害,胸膈立刻血气翻腾,阵阵作痛。但事情已无法挽回了,圣旨一下,婚期都定了。

慈禧气得病倒了,不理政事,从此也将未过门的儿媳妇视作眼中钉了。

慈安太后接到内奏事处送来的曾国藩病故的奏折,悲叹了许久。然后叫人通知军机处,再请西太后到养心殿商议。

太监来请慈禧太后时,她仍在赌气中,道:"曾国藩熬到今天就不错了,朝廷没有亏待他。皇上年纪不小了,翅膀硬了,大婚之后,总得归政。好歹都叫他自己去干,该给曾家什么恤典,让他去问东边吧,我不想凑这份热闹了!"

李莲英站在一旁。别看他粗皮黑脸,厚唇大鼻,远不能跟安德海的模样相比。可是,在出主意、用脑子方面,比安德海强得多。一听慈禧太后赌气说话,马上满脸堆笑地劝道:"老佛爷呀!皇上可是您的亲肉骨呀,他有什么过错,教训一通就行了,何必往心里去呢?曾国藩死了,两江没人了,这样的大事怎么能让他们做主呢?太后是万万要去的。万一您不听政,他们真的把事情定了,您看如何是好呀?"

这话算是说到慈禧痛处了。是呀?他们敢做主的。安德海不就是慈安、载淳皇帝和军机上合起来搞的鬼吗?她还不知道其中是李莲英告的密。于是,她立即起床,快步来到镜台前,让宫女们打扮了一下,道:

"走!上养心殿去!"

恤典之事草草定了:追赠太傅,赏银三千两治丧,赐祭一坛,加恩赐谥"文正"。将曾国藩的所有儿孙都赏了个出身,算是多年来的最高褒奖了。

小皇上在绢纱屏扇前的宝座上听了半天,说话了:

"曾国藩出缺,两江总督谁来充任呀?我看就让他的弟弟曾国荃去当吧!兄终弟及,顺理成章嘛!"

慈禧狠皱了一下眉头,朝小皇上瞪了一眼。恭亲王机敏,从容回奏，道：

"回皇上的话，曾国荃因病在湖北巡抚任上开缺回乡业已四年。至今病体未愈，难以担当重任。还是另择继任大臣吧！"

"那就叫李鸿章去吧！"载淳道。

恭亲王回道："李鸿章已在直隶总督任上，又兼任北洋大臣，责任十分重大，不能离任。如今他已把京津一带治理出头绪来了，洋务也进行得红红火火哩！"

两宫太后之所以没有急于开口，是因为选来选去，没有合适人选。况且，六王爷所言也是真话，驳斥不倒。最后还是由慈禧做主。按老规矩：由江苏巡抚何璟暂行署理。

曾国藩身后的哀荣大事就这样定下了。金陵城里，朝廷的恩旨飞马送到。遵照曾国藩生前遗愿，不请僧道，不受礼金。但是上有御赐祭文，下有各省督抚和文武百官的吊奠，挽对素轴，几天里堆积如山。曾家兄弟们商量，只挑了一些重要的悬挂在灵堂周围。灵堂右首最显眼处，悬挂的是"门下士李鸿章"的挽联：

师事近三十年，薪尽火传，筑室忝为门生长；
威名震九万里，内安外攘，旷代难逢天下才。

左首还有一个显眼的位置空着，挽联成堆却未挂。于是人们猜测，可能是留给左宗棠的。又有人说："那是绝对不可能的。左宗棠与曾大人绝交多年了，人又在陕北，现在还未必得到消息呢！怎么会送挽联来？"

大家正在议论，忽听老门公严泰携了挽轴快步跑进院来，远远地就喊："来了，来了！左宗棠大人的挽联快马送来了。"

小厮们手脚利索，取过一把剪刀，三下五除二地剪开了外层包装的油纸，展开白布挽联，只见上面写道："晚生左宗棠敬挽"，挽联是：

谋国之忠，知人之明，自愧不如元辅；
同心若金，攻错若石，相期无负平生。

众人交口称赞:"写得好,写得有气魄。字也好,如椽大笔,逝者也该宽慰了!"

小厮们刚把左宗棠的挽联挂上去,忽听门院内哀乐大作。一名书吏手持黑底红字的引宾牌,带来一位年过半百,须发花白的三品官员,大步来到灵堂,跪下就大哭起来:

"涤公啊,元度来迟啦!一别十三年了,总盼着此生能有见面之日。却不料昊天不佑,丧我元勋,生死茫茫,抱憾终身啦!今朝巨星落地,吾公仙逝,元度再无出头之日了!"

曾国藩的胞弟四先生曾国潢从孝幔后面快步迎出,搀起李元度,相拥而泣,道:

"次青呀,原来是你千里迢迢从云南赶来了,你请坐,请坐。我大哥在天有灵,一定会因为你的到来含笑九泉的。"

曾国藩的长子纪泽听说李元度来了,急忙上前拜见。几人引着李元度到内厅中坐下,国潢道:

"次青,家兄在世时,常常提起你,每每内疚不已。临死前还说:'平定长毛后,凡是当年起兵的元勋宿将,都迁官拜爵了。官至督抚提镇的一二品大员,多得很。连迟了十年,后来才在李鸿章淮军里入幕的钱鼎铭,如今都当了河南巡抚了。唯有次青老弟,至今还在云南做按察使。我对不起他呀!人生机遇不同,有时不是以才能为依据的。但纵然命好与命坏,也不该悬殊到这个地步呀,老朽我不行了,帮不了次青了。看看李鸿章能否帮他一把?李鸿章今生对李元度不薄哩!'你瞧,你的事成了家兄临死前的心病了。"

李元度听了这话非常感动。对死者,本身就应显出大气量,何况自己的确有错?因此,李元度摆手道:"是我对不起涤公。年轻时太任性了,倚仗自己与涤公是生死之交,又觉得自己年岁小一些,涤公应该宽容我。于是,把军纪不放在心上,惹恼了涤公。我本来应该了解他的为人。可是,前些年想不通。后来有少荃救了我一把,听说涤公对少荃设法保我的举动不仅没有反对,还倍加赞赏。又听说涤公自己也密奏朝廷请求开恩于我。仅凭这些,我对涤公还有什么话说呢?其实这十三年虽然未见面,但我与涤公、少荃的往来书信不断。前不久我写了一本书,叫《国朝先正事略》,涤公获悉,专门为我写了序言。他还约我到江宁一游,使我备受鼓舞。我总以为这下好了,涤公一有机会定要保举我一下。不料他过早地舍我们而去了。幸好云南巡抚大人与我挺合得来,在那里倒也无惊无险,日子平安。这次我为平定云南省内叛乱出了力气,朝廷圣旨下来,命我进京觐见。我想这或许就是机遇,于是经重庆顺江而下,前来灵前祭奠。过后准备由此北上,去直隶看看李鸿章,向他请教一些事情……"

　　曾国藩的祭奠终于办完了,灵柩由子女亲属们护送,运回了湖南原籍安葬。李元度离开金陵,取道上海,乘英商太古洋行海轮到天津访晤李鸿章去了。后来,曾国藩元配夫人也谢世了,长子纪泽先后两次在乡守制五年。眼看成为孤儿了,李鸿章密奏朝廷,终于出仕,授官太常寺少卿,出使英、法两国大臣,官至侍郎。

　　多亏了李鸿章。曾国藩的时代结束了,李鸿章的道路还长着哩!

第二十三章 创办海军

一八七二年三月,同治十一年二月底。

绿水解冻,春暖花开了。直隶各水域上的洋轮通航,外交事务顿时猛增。直隶总督、北洋大臣李鸿章携带家眷和文武百官,从保定来到天津。以前在保定与天津之间来回奔走,疲于奔命。而天津的事务尤其繁多,总督及兼理北洋通商的衙门是非移到天津来不可了。

昨天一夜,李鸿章亲笔在赶写恩师曾国藩的碑文。朝廷下旨,在金陵与湖南两地建立曾国藩的专祠,将他的生平事迹宣付史馆。现在,一切工程都在紧锣密鼓,只等着李鸿章的《神道碑》。李鸿章边写边想,恩师身后的哀荣,也算得前无古人了。他禄位之高,勋业之隆等还在其次。主要是因为他的故吏门生遍天下,是天下无人能比的。全国的总督中间,只有两广的瑞麟与曾国藩没有渊源;巡抚当中只有一个云南的岑毓英未在他的手下干过,除此以外的所有封疆大吏无不当过曾国藩的部属。仅这一点,就可叫天下所有的官员们望尘莫及了。

李鸿章写得动了情,就犹如恩师还没有死,音容笑貌老是在脑海里打转。下半夜搁笔,在书房的小床上睡了一会。天刚微亮,枕下打簧金表轻敲了五下,便一骨碌翻身下床,揉揉眼睛,伸展一下腰肢,匆匆向外走去。那感觉就好像当年初次到了建昌湘军大营,被恩师差人来催请吃早饭时一样。刚走出十几步,神志清醒了,猛然住脚:这不是江西建昌大营,这是自己的天津直隶总督衙门。恩师不在人世了!

早饭后,李鸿章换上官服,大步流星地进了签押房。忙了一上午,接待各界官员十多人。这才坐下来静心看看各地的文报。一份朝廷的邸钞刊登了上谕,立刻引起了他的注意。上面赫然写道:

御史李宏谟奏直隶政务日烦,请添设巡抚一折,着军机大臣会同该部议奏。

他脸上惊出了冷汗,看完以后把邸钞往案台上一摔,骂道:"好一个贼娘养的李宏谟,想分老子权呀?没门!"

李鸿章心想:恩师曾国藩尸骨未寒,"抑李"的举动就开始了。这是试图削弱自己权力的一个信号。按清制,早在乾隆二十八年就裁撤了直隶巡抚,原巡抚的事务由总督兼任。后来不说兼任,就是把巡抚的一切权力都归进总督之职里了。现在又重提旧话,想在这直隶的范围再添一个地方实权人物,以此牵制总督,分自己的权。李鸿章十分敏感,他立即抓起笔来,给京城中的一个实权人物写信,大发牢骚。道:

"直省添设巡抚,言者三条,细按均未着实。吏治须藩臬帮助,巡抚只多一办例稿之人,即多一意见掣肘之人!军务本总督专责,巡抚无兵亦不知兵,从何策应?河工虽钦差大臣护防,亦不能不溃决。京官不识外事,偏又喜谈外事,言之娓娓动听,丝毫不关要害。若为复设三口游说,更为诡诈难测,官民皆穷,万万供养不起。曾文正于归并通商时,曾力持不可添巡抚之议。不料旧话重提,新样大翻,潞公识虑迥超庸众,谅能主持一切。鸿章私幸议准,即常驻津门,作一局中闲人,进退绰有余裕矣。"

李鸿章的这通牢骚在军机中产生了效果。文祥率先在军机处提出反对增设直隶巡抚的意见。而此时文祥已成为奕䜣的主要帮手,他一反对,奕䜣自然也支持李鸿章了。沈桂芬更不用担心,于是在军机中很快形成了反对增设直隶巡抚的主张。吏部有意批准李宏谟的意见,但此时已孤掌难鸣了。他们听说李鸿章就此事态度强硬,坚决反对,怕把事情闹大,惹得李鸿章撒手不干了,在两宫太后面前弄个难堪,只好作罢。

李鸿章获悉添设直隶巡抚一事搁浅,这才放心。这日在签押房里谈笑,文巡捕匆匆来报:"云南按察使李元度大人求见!"

这是个意外,李鸿章"腾"地起身,快步出了签押房,与李元度紧紧握手。李鸿章引着元度进入东花厅,除去大帽,坐下叙谈。

李元度说:"这次是奉召进京,经过金陵,在您恩师灵柩前大哭了一场。这一哭,把积郁心中多年的恩恩怨怨发泄干净,增添了对已故涤公新的思念之情。不知为何,在他去世这些天里,我一想起他心里就很难过。"

"是啊，我也是难受极了，不仅思念，还感到了失去恩师以后的孤独。幸好你来了，叙叙话，散散心。你可要宽住几日哟！"鸿章道。

李元度叹口气说："涤公因天津教案一事，差点儿坏了一生来之不易的名声。他最后的处理大失民心，连我们云南的民众都呼声阵阵。幸好后来由您打了圆场，让他从尴尬中撤了下来。要不然，若是死在天津了，就没有在金陵那样的体面了。"

"天津教案也不能怪我恩师，让谁来处理都只能是那样。人家法国公使压着，几个国家的兵舰大炮对着你，你却打不过人家，有什么办法呢？再说，两宫太后躲在背后，他只是一个传声筒。朝廷要他那么办，他也只好以和局为重，委屈了几个地方官和天津百姓，这才招致了那么多指责，辱骂。次青呀，对此你是没有那个体会的。作为朝廷重臣，难就难在许多事不能自己做主。既是重臣，接触的都是国家大事，既是大事，朝廷就要过问。他们坐在养心殿里指手画脚，当重臣的其实就成了他们的指挥棒、传声筒了。谈到这一点，还不如你在云南当按察使。虽是处理具体的小事，但一人说了算，多么自在。依我的体会，官当得越大，手中越没有权。恭王爷怎么样？仅三人之下吧？凡事还得看着两宫太后和皇上的脸色行事。苦呀！"

李元度细听了鸿章的一番感叹，觉得事情也确实如此，点头道："是呀，在下面也有在下面的自在。依现在的翰林院翰林公朱仁江说的，叫做'责任很小，权力很大'。我就是山高皇帝远，乾隆下江南，可是不去云南。不去亦罢，落个世外桃源一般的潇洒。不过，话又说回来了，天津教案又吃了洋人一个闷亏，长此以往，中国怕是站不起来了。"

李鸿章道："我早就在思考这个问题了。不采取措施，洋人马上还会生事讹诈。这些年来，每年都要找你一两个麻烦，捞一把后，过些日子，再闹一件事，再捞一把。朝廷的政策是花钱买安，甚至割地求安。恩师去世，给我带来许多思考，刺激我下决心非把海军办起来不可。办海军还得办洋务，没有洋务和海军，中国永无出头之日。在这方面，有什么办法能让朝廷掏钱吗？没有钱，这些事情再好，也是空谈！"

李元度笑道："不是我泼您的冷水。您现在想开口找朝廷要钱，算是撞到枪口上了。今年是皇上大婚之年。这次大婚所需的银子，至少是上千万两。听说户部已经罗掘俱穷,在向各省求援呢!"

李鸿章猛地一拳头砸在案头上,骂道:"这些人良心都让狗吃了。白花花的银子不办正事,却要花在那些铺张浪费上。我也听说了,单是宫门扎彩一项,内务府开口就要十几万两银子。贼娘养的!这班狗官的血口大开,钱往多里要,要到手少少地花!上千万两银子?能实际花出二三百万两就算有良心了。所以,这班朝廷内的狗官们才盼望着有大典哪,大庆呀等等。没有怎么办?找借口上折子,尽给主子们出馊主意。主子们同意搞了,他们才有捞钱的机会。前两年也是王八儿的内务府递的折子,说是要给两宫太后重修圆明园。慈禧太后当时因为受到六王爷的抵制没有修成。不久前我听说此事又议起来了,称:重修园子,是以示皇帝对皇太后的孝养之意。据说内部基本议定,要下旨重修了……"

李元度打断了李鸿章的话说:"我看此次没有那么容易。恭王爷在这事上是坚决反对的。这是其次。最主要的是大清刚刚才大乱结束,小乱还在继续,已经百孔千疮、民穷国衰,加之皇帝大婚,不该也无力修复那么豪华的名园。"

李鸿章道:"慈禧太后一意孤行哩!你有所不知,尽管有六王爷牵头、御史沈淮、游百川二人参加,抗疏反对,慈禧太后还是暗中布置动手了。她派了一个候补知府李光昭向法、美商人购买洋木,进行备料。但这李光昭财迷心窍,所购洋木仅价值五万两银子,但却虚报为三十万两。法、美两国奸商也黑了良心,运来了一堆朽木烂材,在我们这里当柴用都不要。李光昭没办法了,只好去找外商,说他们违背合同规定,不肯给价收货。这法、美洋商怎么办呢?跑到我们衙门里控告李光昭,并举出合同内有'圆明园李监督代大清皇帝立约'的字句,一口咬定李光昭是太后和皇上的代表。我这才知道慈禧太后一意孤行了,脑瓜一转,干脆递上一道奏折,把这场官司和盘托出。我名义上是请奏朝廷如何办理,实际上是成心让宫里大臣、各省官员们都知道:慈禧太后要修圆明园了!果然,我的奏折一上,六王爷等人火了,宫内指责声四起,把慈禧太后和皇上都闹了一个尴尬万分。慈禧太后想怪我,但我因不知情而没错。她只得拿李光昭开刀,说他'欺罔朝廷,不法已极,着即行革职,交李鸿章严行审究,照例惩办'。我呢?跟六王爷他们一样,继续装糊涂,顺水推舟,下令对李光昭斩监候,秋后处死。慈禧原以为处死李光昭,风波便停息了,殊不料御史们纷纷上疏,要求追究主持圆明园工程的内务府大臣擅自做主、欺上瞒下之罪。慈禧太后无奈,只得将总管内务府大臣崇纶、明善、春佑三人革职留任,并被迫宣布:停止圆明园工程。以此酌量修理三海……"

李元度瞪大了双眼,道:"原来还真的闹出这么大动作呀?照此说来,您为大清是立了头功的。停修圆明园,世人称道的!"

李鸿章叹口气,道:"什么头功哟?不仅害了恭王爷,恐怕也于自己不利呀!"

"此话怎讲?"

李鸿章道:"这不是明摆着吗?停修园子,慈禧太后怎肯善罢甘休?她为自己暗中的计划被抖搂出来,遭到众人反对而怀恨在心。就在下令停修园子的第二天,就以皇上的名义,找起了六王爷的麻烦。而且还株连了他的儿子。将六王爷革去亲王世袭罔替,降为郡王,仍留在军机上供职;革去他儿子载澂郡王一衔,以示惩儆。可笑的是,仅仅过了一夜,同治又奉慈禧太后旨意宣布头一天的革职无效,归还了他父子俩的爵位。"

李元度道:"我明白了,慈禧太后这是表示把恭王爷玩于股掌之中,革职以示其威,复职以示开恩,同时也是杀鸡给猴看,让百官对她敬畏有加。"

"你说得对了。但她也清楚,离开了六王爷,她那军机处就转不动了。所以,仅过一夜,又赶快为他父子复职。对我也是这样,我估计她也在找机会教训一下我。但,她也不敢动真格拿我怎样!"李鸿章面容严峻地说。

"我的估计也是,慈禧太后暂时还不敢碰您。一则因为您手中有天下第一流的水陆兵勇;二则就是您有才能,找不到合适的人替代您。所以,趁这个机会,再把自己的实力壮大一些,不断为自己增添分量。比如,办海军,办洋务就是一条路子。只有把这些事情办起来了,您才有可能在较长时间内立于不败之地。"

李鸿章道:"谢谢你能理解、支持我的想法。但目前很难,恭亲王掌管这个家,也是头痛医头,脚痛医脚,他们都很少在为国家的长远利益考虑。当然,条件受限制也是一个方面。然而,如今西洋各国都变得强大了,我们还在关闭自守、一成不变,怎么得了哟!自强才能自立,自立才能天下平安。这就要讲洋务,学西人之长,补我们不足。可叹的是,朝廷中那帮老家伙就怕谈洋务,一闻洋务,掩耳逃去。他们甚至私下里骂我通洋、卖国。不知你听到没有,我自己却听到几次了。我说他们是狗屁不通!自己不干事,还不许别人干!贼娘养的!我就是不理他们那一套。为了富民强国,个人受点气算不了什么。等我办成了,我相信一些人就不骂了。"

李鸿章说着,在房间里来回踱步,好像在思考自己的计划如何去铺开。李元度见了,笑道:"少荃呀,今天与您谈得痛快!多年来少有这样的机会。这次既然谈开了,我提一条计策请您试试?"

"什么计策?快说!别跟我卖关子!"

李元度道:"慈禧太后不是一心想修园子吗?这回停了,要不了多长时间还会再提的。那么,您可以私下里通过沈桂芬打通关节,以调拨组建海军的军费为名,每年从中抽取若干孝敬西太后修园子。这样,园子也修成了,您的海军也办成了。这是一举两得,慈禧肯定会欢喜的。"

"你这算什么狗屁的计策呀?简直就是歪门邪道。我李鸿章走得正,站得直,才不这样去干事哩!"

"我也知道您现在不会干的。可是,到了您走投无路之后。不妨就以毒攻毒,去干一下试试。好吧,此事暂且不谈了,我们换一个话题讲讲?"李元度说。

"什么话题?"

李元度说:"这次我是从上海乘英国太古公司的洋火轮来的。在黄浦江和您的天津港看到的尽是太古、怡和洋行和蓝烟公司的洋轮。而坐这些船的,绝大多数又都是我们中国人。这是一桩不小的买卖呢!因此我坐在船上就在想:为什么中国人的买卖非要让洋人去做不可呢?您现在兼着北洋大臣,正好可做此事。为什么不成立一家您自己的航运局呢?有钱自己赚。有了这笔收入。就可以用来去办海军,搞好了,就是一条富国之道。办海军是为了强兵,办航运局,便是富国。双管齐下,互为补充,您看怎么样?"

"哎呀,元度兄呀,你是大大长进了!真是英雄所见略同哩!不瞒你说,我已着手在办此事,新聘来的两位懂洋务的幕友,一位叫薛福成,字叔耘,今年三十五岁,文笔也好,是从我恩师幕中挖过来的。另一位叫盛宣怀,字杏荪,还不到三十岁。两个人都是办洋务的好帮手。你讲的富国之策就是兴办实业。我已把这个任务交给他们二位了。这几天,他俩正在上海筹集商股,准备先开一个轮船招商局,也许马上就可以回来了。若是你能等得及,不妨见个面,在一块谈谈。"

李鸿章正说到这里,在一旁忙杂务的男仆道:"禀中堂大人,盛师爷已从上海回来了。因为您在会见贵客,他在外面不便进来。"

"贼娘养的!盛师爷回来了,到现在才放个屁!快快去请。"李鸿章十分兴奋地骂着男仆。

一小会儿,盛宣怀恭恭敬敬地掀开门帘进来了。这是一个装扮十分洋派的年轻人,个头中等,白白净净,身穿一件深灰色洋呢夹袍,外套一件多纽扣背心。此人精明能干,从他的脸盘和装扮就可以看出来。李元度起身站了起来,盛宣怀向他一揖,彼此算是见面了。李鸿章从中一介绍,两个人很快无拘无束了。

李鸿章道:"杏荪,我正与次青兄谈到办轮船招商局的事情。你们去上海办得怎么样了?正好次青兄也在这里,说说我们听听。"

盛宣怀口齿清晰,慢条斯理地说开了:

"晚生奉您之命去上海后,先与洋泾浜永安街两位船主谈了一下,请他们出面筹集商股。仅半月之内,已经认购了五十万两股银。又由一位船主朱其昂介绍,约见了怡和洋行买办唐廷枢先生,大家在一品香见了面,我与叔耘兄转达了中堂大人对他的仰慕之忱,他非常高兴,略作思考就答应下来了。这唐廷枢先生的确是见过大世面的人。由他经办,此事的把握就大了许多。据唐先生说,等到把资本凑齐了,要先办码头、仓库、乘船场所。然后再来买六条有现货的轮船。轮船到手后,由他帮助找人,这就可以开张了。他还说,这步子可以慢慢走。走一步,有了钱再添船。最终可以把几家公司的船全部买下来,那时的局面就大了。"

李鸿章沉吟道:"那恐怕要花很多钱吧?我们就是拿出点钱作为官股投进去,总数也不会很大。再说,投进去的钱收益怎样?也得摸清楚。"

盛宣怀道:"这方面晚生们摸过了,是很赚钱的。轮船局成立后包运漕米兼揽商货,每条船载重量一千吨左右,跑一趟天津,除去一切开销,每条船可赚三万两银子,六条船就能纯收入十八万两银子。一年呢?就赚了七十二万两,两年下来,数字就很可观了。而且,我还把冰冻封港季节都不计在内,每年仅按四个来回计算。干起来,每年五六个来回不成问题。因此,这个收入还是很保守的。"

李鸿章听了这个计算,顿时高兴起来,道:

"这样算起来,是鼓舞人心的。元度兄所说的富国之策,甜头如此之大,见效如此之快,看来是应该很快干起来。把轮船局办好了,我再来开办铁路、煤矿,办纺布局、电报局等等。总之,洋人有的东西,我们都可以办起来。起步时可能会比洋人差一些,逐渐追上去,让各行各业兴旺起来。到那时,海军有了,兵强了,国富了,小日子也有奔头了。"

李鸿章很激动,当场写下了个札子,委派唐廷枢、朱其昂二人等办轮船招商局,按照官督商办的模式,用他北洋大臣的名义由唐廷枢总办,盛宣怀、朱其昂会办。李鸿章私下交代盛宣怀,虽是唐先生总办,那毕竟是外人,能够代表北洋大臣操作的,就是盛宣怀。因此,他要求盛宣怀以高度负责的精神,既把唐、朱二人推到前台,尊重他们开展筹备,又要向北洋大臣负责,处处留心,及时禀报详情。重大问题,须请示以后再行动。

盛宣怀谢过李中堂退了出去。

两天后,李元度要进京了。李鸿章吩咐账房备下了五千两银票让李元度带上。他对京城的情况是太了解了,道:"次青兄,这点银子你要带上。到北京不是到乡下,各关口都要打点应付。我在觐见时,在朝房喝杯茶都要掏银子。特别是宫中的管事太监,百把两的银子看不上眼。而没有银子,便办不成事了。走访各处台阁大人,少不了要有所馈赠,就连恭王府也是如此。从第一道门开始,一道门一道门地掏银子。否则,他不为你通报,弄不好还要赶你出门呢!"

说着,李鸿章又递上两封私函,让李元度带进京城,面交老同年们。信中少不了把李元度夸奖一番。元度笑道:"这两封信我带上,银子是分文不需的。这些年在云南,挣的钱也够花了。"

李鸿章拉了李元度的手,把他送出天津城。望着故人离去,李鸿章的眼眶湿润了。

这是同治十一年九月,小皇帝载淳大婚。阿鲁特氏被隆重册立为皇后,富察氏被封为慧妃。大婚后的载淳皇帝翅膀真正是硬了,大吵大闹要求亲政。恭亲王等上百文武大臣呼声也高,通过不同方式表达了请求载淳皇帝亲政的愿望。就连慈安太后也连连找西太后,不愿再陪慈禧太后垂帘听政了。慈禧却不愿意就这么靠边站了。几年来听政弄权,就如同她吸旱烟一般,已经上瘾了,舍不得丢掉了。但清制有明确规定,皇上大婚后即行亲政,朝野上下呼声又高,慈禧是不想退也得退了。

次年正月,载淳亲政。看起来由此气象一新了。但人们高兴不了几天,紫禁城上空乌云滚动,正酝酿着一场荒唐凄惨的宫廷悲剧。慈禧太后蛮横地干预着皇上的宫闱生活,严禁他到皇后的宫中过夜。慈禧在立后问题上的失败使她耿耿于怀,只能出此下策了。精气旺盛的皇上不耐寂寞。在皇上身边有一个不择手段、讨好谄媚的翰林检讨王庆祺。此人一肚子坏水,百般引诱皇上出宫,在宫廷之外眠花宿柳,毫无节制地寻欢作乐,不料很快染上了梅毒。他全身溃烂了,于同治十三年十二月初五满怀悔恨地离开了人世。

皇帝驾崩的当天晚上,两宫太后在大小太监宫女们的引导下到西暖阁来了。惇亲王奕誴领头,带大家为两宫太后行礼。慈禧太后一句话未讲,哭声就出来了。她一哭,引得大家都在歔欷拭泪。

慈禧太后哭了一会,终于开口了:"如今怎么办呢?大行皇帝英年早逝,我们姐妹们下一步如何是好?"

这一问,使满堂文武大臣吃惊不小,心想此时一定是商议再立新君之事了。于是文祥首先开口,道:"我朝遭遇天崩地坼的不幸,实属意外。眼下是宗社为重,唯有请两宫太后首先择贤而立新君,然后再继续垂帘听政。"

慈禧好像对这话很满意。她在自己的亲生儿子一断气后,就命内务府开列了一张近支亲贵的名单,这会儿从袖口中掏出来,当场念道:

"内务府开列一个名单,都是皇室的一家人。以亲疏关系为序:惇亲王奕誴、恭亲王奕䜣、醇亲王奕譞、孚郡王奕譓、惠郡王奕详、宣宗的长孙贝勒载治、恭亲王的长子贝勒载澂、奕详胞弟镇国公奕谟……"

慈禧太后读完一大串名字后,并不说干什么。因此人人都在猜测,列在名单内的所有人身子都在哆嗦,牙齿震得咯咯响。不知是严冬深宵的酷寒所致,还是因为内心的激动?因为,又一个皇帝要在这些人中间或是他们的子孙们中间产生。他们在心中普遍推测的,可能是载治的两个儿子中间,有一个可能成为新君。

恭亲王这才想到:自己该说话了。他先磕了头,然后郑重表态:"溥伦、溥侃为宣宗成皇帝的曾孙,请两位皇太后做主,选择其中之一承继大行皇帝为子……"

他的话未说完,惇王便打断了他的话反驳道:"溥伦、溥侃不是宣宗成皇帝的嫡曾孙,不能立为新主!"

人们在想:不该立,该立谁呢?若论皇室的溥字辈,除了载治的两个儿子外,其余就更疏远了。不料他惇亲王这么一反对,正好被慈禧太后利用了。因为在她心中,已有了人选。

她道:"照这样说,溥字辈的确没有该立的人了。文宗没有次子,如今遭此大变,只有一个办法可用了。这就是为文宗承继一个儿子。年岁大了,不容易教养,各方面都已经定形,将来会有麻烦的。我的想法是,总得从小就抱进宫来养育才好。"转脸看看慈安太后,道:"姐姐,您说是吗?"

她又并不等慈安答话,用异常威严的目光一个一个扫了大家一眼,被扫到的人赶忙俯伏在地,尽可能用自己的表情向慈禧显示:我是赞成你的!慈禧扫了一圈后赶快接着说:"我现在就说,你们听清了:醇亲王的儿子载湉,今年四岁了,一句话定了,永无变更。自即日起,承继为文宗的次子。你们马上拟诏,商量派人奉迎进宫。国不可一日无君啦!"

众人大惊,只有醇亲王心中明白:这事是在载淳皇帝病重期间,自己的妻子就与她姐姐慈禧商定好了的。她自己的儿子死了,皇帝的位子会让给别人吗?当然是慈禧胞妹的儿子载湉!而诸位王公大臣却是在慈禧独断宣布以后,才恍然大悟的。

遵照慈禧太后的旨意,要下两道诏书布告天下。一道是以载淳皇帝临终的遗诏为名,布告天下:将醇亲王奕譞之子载湉承继为嗣皇帝,是大行皇帝临终的安排。此乃纯属编造,但仍然飞送天下了。另一道圣旨是正式宣布确立载湉为文宗显皇帝过继之子,入承大统。

现在,醇王福晋已把转眼间成了嗣皇帝的儿子打扮得整整齐齐,只等宫中来接了。午夜时分,由孚王率领大队官员直奔太平湖的醇王府迎驾。

醇王府,曾是八旗女词人西林太清吟咏的园林,传说是人杰地灵,有龙"潜"于此地。醇亲王入住至今,果然出"龙"了。他见钦使们已到门口,大开各门,燃起爆竹,当众宣布把自己的王府改称为"潜邸"。

醇王福晋抱出已熟睡的孩子时,又淌眼水,又露笑容,自己也分辨不清此时的心中是什么样的感觉。她亲手把孩子交给孚王。嗣皇帝就这样睡在孚王的怀中进入了深宫。进宫仪式也很隆重,交泰殿的大铜钟正打三响,两宫太后等候在养心殿西暖阁。嗣皇帝熟睡不醒,谒见两宫太后的仪式只好免了。慈禧恨不得让这嗣皇帝永远睡着了别醒,或永远长不大才好呢!她要的就是自己亲政,拿一个孩子做招牌,由自己当女皇,至少是自己独裁。

光绪元年正月二十日,津京古道上,四野白雪茫茫。一辆四马篷车在督标骑兵们的护卫下,碾着积雪向京城奔去。大行皇帝驾崩不到百日,作为新朝代开始,格外赏封有功之臣,李鸿章已去掉"协办"二字,升任为文华殿大学士,仍在直隶总督位子上。这会儿是去紫禁城参加新皇帝登基大典的。

李鸿章斜靠在篷车的软座上合目沉思。此去京城,参加大典只不过是充个人数,看个热闹。他要借这次觐见慈禧太后的机会,据理力争,把海军办起来,把富国强兵的洋务办得更红火一些。他在心中盘算,此次要求朝廷拨出经费兴办海军应该是理由充足的。就在同治皇帝得梅毒病重期间,那个野心勃勃的岛国日本也把扩张的双手伸到中国来了。连年来英、法、美等列强们在中国这块土地上捞去的油水,早让日本政府看得眼馋心馋。他们以台湾山民杀死了琉球船员为借口,派出大量水、陆部队冲上台湾岛,屠杀山民,侵占了台湾东部广大地区。朝廷命福建航政大臣沈葆桢为钦差大臣,统领福建舟师赴台,与日本海军争夺台湾。后经英国政府出面调停,赔偿给日本政府白银四十万两,出兵费十万两,日本才从台湾撤兵。

这一事件令李鸿章气愤不已:中国已无能到极点,连一个小小的日本国也敢骑在中国人的脖子上拉屎撒尿了!朝廷面对炮舰的威胁,动辄割地赔款,已经习以为常。在李鸿章看来,遭受英、法、美列强们的欺辱,也就罢了。而小小的日本竟敢出兵挑衅,是可忍,孰不可忍!此时国内舆论也表示了对朝廷软弱的强烈不满,文武大臣中也有人站出来,要求两宫太后和军机大臣们痛下决心,加强海防力量。李鸿章在自己的衙门拍案而起:"如果早一点采纳本部堂的主张,把海军办起来,小小的日本定不敢如此嚣张!"

军机大臣文祥以总理衙门的名义,泛泛地提出了六条海防措施。其中包括练兵、简器、筹饷、用人、持久、造船等,发交朝廷内外要员们各抒己见。李鸿章见了文祥的这六条东西,冷笑道:"空洞无物,纯属应付,以堵塞众人之口。"

他心想,这次入宫,要谈一些实实在在的措施,让这些只知在宫中指手画脚、不干实事的主子们眼界大开。到了京城,经正阳门外大街向北一拐,仍然借寓在冰盏胡同的贤良寺。

第二天,李鸿章参加了光绪皇帝的登基大典。当晚,恭亲王盛情,在自己的府上设宴,为李鸿章洗尘接风。照样是各军机大臣作陪。吃饭在其次,主要是商议政事。

"李中堂!两江总督这两年来一直由刘坤一署理,如今两广总督也出缺了。朝廷的意思,准备把刘坤一调往两广。这样,两江的位子又空出来了。有人提出建议,把左宗棠调任两江当总督。我们还没有拿准主意。因您在两江干过,那儿一大块地盘又是您从长毛手中夺回来的,对那儿的情况比较熟悉。我想听听您的意思。"

李鸿章一听到左宗棠的名字,就如同让蝎子咬了一口,心中一震。他更担心的是:淮军的饷源一直主要来自两江,换上了左宗棠,饷源不断也得断了。于是,他沉吟了好长一会,才说道:

"王爷在上,既然承蒙您下问我一句,我也不得不直言相告了。左宗棠人才难得,这一点我也承认。不过,依我看起来,他的才主要是表现在军事上。西北广大地区长年动乱不安,如果朝廷是要用他一技之长,唯有放在西北,才等于让他有了用武之地。但是,他到了两江就不同了。两江主要是地方治理,他已年逾花甲,精力衰退,是难以应付那么多繁杂琐事的。可以说,如放在西北,他还可以干出一点成绩。如从西北调到两江,恐怕他马上就力不从心了。"

奕䜣也思考了一会，点了点头，"哦哦"两声。又道："那么，您看由谁来出任两江总督比较合适？"

李鸿章脑瓜快速转动起来，虽然问题来得过于突然，但李鸿章还是立即转出一个人来，道：

"王爷，依我之见，做一方官员，必须能够担当起一方责任。胜任两江重任者，一要有真才实学；二要有威望；三还得熟悉军事，而且懂洋务，会办外交；四还要善于管理地方，能应付繁杂事务，了解两江情况。在当今的各地方大员中，恐怕算前任江西巡抚、现在的福建航政大臣沈葆桢比较合适了。这个人与我同年，我是比较了解他的。不仅文武兼优，而且通晓洋务。有热情，有干劲。走马上任以后，会使两江形势有一个大的改观的。"

这沈葆桢与曾国藩关系一般，但多年来与李鸿章却相处得十分密切。因此，他毫不犹豫地把沈葆桢推荐给奕䜣。奕䜣是连连点头，表示同意李鸿章的看法。在场的几位要员文祥、沈桂芬听了以后，也觉得沈葆桢是一个不错的人选。但宝鋆、李鸿藻却好像没有听见一样，只拿着眼睛看窗外，不肯定，也不否定。那意思是说：你们在这儿商议算数吗？还得在养心殿拍定。

奕䜣在心中是敲定了：两江总督非沈葆桢莫属！他轻松地舒了一口气，从腰摸出一个荷包，取出一个镂刻精细的玛瑙鼻烟壶，揭开碧犀盖，撮了一点点吸进鼻腔。然后，他把这烟壶递给李鸿章，道："李中堂，您试试看！这是件洋货，我特别适应这味道，吸了挺舒服。"

李鸿章从来没有吸过这玩意。平时累了，困了，只抽旱烟。奕䜣请他品尝一下这舶来品，他还是很乐意接受了。他学着奕䜣王爷的样子，也撮了少许往鼻孔下一吸，道："味道果然不错，比旱烟平和。"

奕䜣最喜人夸奖他的东西好。须知，他这一只鼻烟壶，价值上万两银子，是正宗的英国货。奕䜣道："洋人们在这些制作上，好像就是比我们聪明，技艺异常精细，值得我们效仿。"

李鸿章道："小小的鼻烟壶就显得比我们技高一筹，是应该引起我们反思的时候了。这么多年来与洋人接触得很多，总觉得他们脑袋瓜并不比我们聪明，有的甚至笨得出奇。可是，在具体制造上，我们的脑筋就是没有人家转得快，手也没人家巧。倒是嘴皮上的功夫比他们深，深得让洋人们脑筋转不过来了。"

在这个场合下谈洋货,由此引申到更深入的话题,李鸿藻听得不耐烦了。他比李鸿章迟了两科考中的进士,但却比李鸿章守旧得多。他虽与李鸿章同姓同辈,但压根就没有丝毫宗属关系。反之,却是几次上奏折要参劾李鸿章的。他见恭亲王与李鸿章大谈什么鼻烟壶,皱了皱眉头,起身像踱步似的离去。

奕䜣知他谈"洋"色变,让他离开一会也好,问:

"李中堂,您恩师曾国藩仙逝已有三年了,他的胞弟曾国荃此后与您可有来往?"

李鸿章道:"沅甫与我书信来往还是很多的。他因病从湖北巡抚位子上回乡后,一心养病,也读了大量的书籍。这两年长进多了,学会用脑子思考问题了。前不久我还收到他的来信,说身体好多了,人也胖了,经常出去看看朋友,访访故人。"

奕䜣听了喜上眉梢,道:"果真身体康复了?还能潜心读书?这太好了。我在想,他已回乡好几年来,也应该出来为朝廷做点事情了。就在新君嗣位以后,两宫太后还谈起开恩科,起用回乡大员的事情。她们想尽可能把有用的人都用起来。我想这当中也应包括曾国荃。曾国荃无论如何,还是为朝廷立下过汗马功劳的。朝廷没有忘记他,而他自己也该有个打算。总不能在那荷叶塘老家待到死为止。所以,依我的意见,还是请他出来干点事情。而动员他出来,非您李中堂不可。朝廷不能盲目下旨。下来一份圣旨容易,就怕他断然拒绝了,大家的面子都难堪。"

李鸿章此时对曾国荃的感情,由于恩师的去世而格外看重了。他听这话心中一喜,觉得朝廷有起用曾国荃的意思。因此很快答应下来,表示出面做做曾国荃的工作。

奕䜣很满意,于是放下这个话题,转入办海军、办洋务一事。他请李鸿章具体谈谈设想,李鸿章求之不得,滔滔不绝把自己已干的,准备干的,争取将来干的计划和盘托出。奕䜣王爷听得精神为之一振。他向李鸿章表示:坚决支持李鸿章的主张。

一顿丰盛的酒宴结束之后,李鸿章心里热乎乎的。这倒并不是因为他受到了恭亲王的热情接待,而是他把想讲的话都讲了出来,并且争取到了六王爷和军机上大多数要员们的理解和支持。

第二天早饭后，李鸿章带上自己的奏折进宫了。今天是六额驸景寿带班引见，他家已出了两代驸马。他儿子志端与荣寿固伦公主结婚后，已于同治十年因咯血症去世。老驸马却健在，曾与肃顺等人作咸丰皇帝托付的八位顾命大臣之一。但他因为是道光皇帝的女婿，经慈安太后坚持，从轻发落，革职了事。如今已官复原职，在朝廷中打杂跑腿，忙得不亦乐乎。正是由他带领着李鸿章进入了养心殿。此时殿中仍然笼罩着肃穆的气氛，令人感到压抑。

李鸿章是第二次见慈禧和慈安太后。他磕了头后，道："国家不幸，大行皇帝殡天，万民悲痛。今天新君登基，只愿两宫太后能为天下节哀，保重凤体。替新君操劳，也当以凤体为重。"

慈禧太后的眼圈还红着，声音中略带了一些悲伤，对李鸿章叹息道：

"大行皇帝亲政后，我们姐妹俩原以为可以安居后宫，享享清福了。不料他英年早逝，才十九岁呀！现在，我们姐妹俩又被迫要垂帘听政了。这一次选定的新君是一种应急措施。在找不到合适人选来治理国家时，我们姐妹俩撒手不管是不放心的。如果是胡乱找一个新君，上来就亲政，扰乱了江山，丢了社稷，岂不是我与姐姐的罪过。所以，我们私下商量一下，宁可多吃一些苦，多操一些心，也要从头培养，从小培养出来一位合格的新君，对后世负责。你是朝廷中的重臣，对我们姐妹的这样的心思应该理解。不仅自己理解，还要疏通各方面的猜测，全力支持我们姐妹俩把大清的事情办好。朝廷是相信你的，盼着你带一个好头，做出更多的业绩来。"

不管李鸿章在私下里有多少看法，多少气，这会儿在慈禧、慈安两位太后面前，李鸿章还是动了真感情的。他听了慈禧这话，觉得她讲得实在，是心窝里的话，渐渐也动了真感情。于是道：

"君主的合适与否，关系大清的兴衰存亡。此次选立幼主，是迫不得已之事。臣对此能够理解。我想，太后们的一番苦心，不仅我李鸿章能够接受，大多数熟悉朝廷难处的要员、大臣们也同样是理解和支持的。现在新君已经登基，大清便有了奔头。唯有太后们听政，才能保江山不倾。这也是臣的福气，天下民众们的福气呀！"

李鸿章自己也搞不清怎么讲出这些话来？慈禧讲真话,他却讲的不是心里话。但慈禧听他的话很满意,看不出李鸿章是在敷衍。于是扭头对慈安太后说:

　　"姐姐,我猜得对吧？文武百官、天下百姓中,到底还是能懂事的占多数,理解和支持我们的占多数。李鸿章说的是个实情,有他们这番心意,我们也放心了。"她乘着高兴劲儿,温和地讲起了正事,道:

　　"李鸿章,现在是新君登基。你是实实在在的三朝元老,责任重大。应为朝廷的大事多动一动脑筋,做一个通盘的计划。想好了,写个折子上来,供我们姐妹们参考。凡是能行得通的,我们会旨准颁行天下的。"

　　李鸿章心中一喜。奏折他已经准备好了,就带在身上。无论如何,他要把办海军、兴洋务的建议提上去。这会儿是慈禧太后主动要他递奏折,于是立即从怀中取出奏折,双手捧出,道:

　　"臣深感皇恩浩荡,没有理由不为朝廷效犬马之劳。这里,臣要冒死直言,已拟下了一份奏折,恭呈太后们御前。如今大患已除,臣唯独忧心忡忡的是我们的海防十分空虚,连小小的日本也敢向我们挑衅。我国东南海疆万余里,门户洞开,基本上没有防守。各国兵舰轮船,来往自如,就好像到了无人之境。列强们胃口很大,得寸进尺,不断寻找借口。一国煽动,数国联手而上,割我土地,分我财富。这是数千年未见之现象。臣明察暗访,留心追究缘由,发现西人已把中国当做了一块可口的肥肉,都想抢着吃一口。有些则把我们比作一个西瓜,试图切一块而去,最终瓜分我们。这样看起来,中国还是一块很有油水的地方,所以才把四面八方的列强们引来了。臣注意到:洋人们为何敢于不远万里涌向中国？就是因为他们早已自立自强了,船坚炮利。他们轮船上有电报,瞬息万里,根本不像我们仍依赖于八百里、六百里加紧传送。今天在中国发生的事情,当天就能传到他们自己的国家去。这简直不敢想象,但又是事实。他们的军械武器,也是我们闻所未闻的,炮弹所轰之处,无坚不摧,一发炮弹能让一座楼房轰然倒塌。他们的轮船,不仅速度快,能漂洋过海,一船竟能运载千人以上。而我们呢？已经大大落后于他们。水陆关隘,不足抵抗。西人虎视眈眈,朝夕窥伺,一声令下,说上就上,使我大清国势危殆,始终不得安宁。对此,无论我们承认与不承认,落后他们一大截已是实际的可忧之事。因此,臣数年来潜心

创办海军

研究，看出弊端，左思右想，才写下这份奏折，主张：第一要紧的是破千年不变的成法，醒悟起来。凡洋人的先进之法有利于我们的，就要借鉴采用。他们拥有的，大清也应该拥有。可以先买后造，迎头赶上，把洋务兴起来，把海军办起来，富国强兵，双管齐下，方能使我们自己立于不败之地。当然，臣也深知朝廷的难处：户部无钱，力不从心。但臣以为最大的一个难处还不是钱，而是我们封闭保守的陋习在作怪。朝野上下，谈'洋'色变，讳言洋务。一些人自己不动脑筋忧国忧民，反而看不惯别人来干。正所谓'干的不如看的'。这便是障碍。故，要倡导一种风气，号令天下都来重视、支持、参与国家强盛的大事。臣归结为一个请求：请两宫太后恩准，尽快把海军办起来。眼下是要花点钱，但没有海军，受洋人欺辱，最终还是既丢了钱，丢了地，还丢了中国人的面子。要办海军，并立即奏效，就得先买一些兵舰，然后设法来仿造。两宫太后中兴圣清，功昭日月。如果再能亲手建立起一支海军，便是前无古人，功垂清史，世世代代都要为您们的恩泽而争相歌颂。太后啊，就下定决心干吧！"

李鸿章一口气说完想说的话，两宫太后凝神细听，不断颔首。六额驸景寿上前接过李鸿章的奏折，举在眉际，送到了慈禧太后的手中。慈禧太后浏览了一下折子，因所需费用巨大而沉吟起来。

慈安太后忍不住了，她听李鸿章长长的讲话，觉得句句在理。尽管有些话极而言之了，也不失切中要害。她道：

"李鸿章一片良苦用心，所言皆为大清中兴。办海军的事实在是不可以再拖了。西人舰船仍在威胁我们，我们没有退路，只有咬紧牙关，节衣缩食，省下来银子办海军。"

慈禧并没有急于表态，她命人去传军机大臣们，一块儿来养心殿商议。看这东西两宫太后的情状，李鸿章预感到：事情有门了。

不一会，末席军机大臣李鸿藻挑帘，奕䜣、文祥、宝鋆、沈桂芬鱼贯而入，跪在李鸿章左侧。

"六爷，李鸿章在这里已跟我们姐妹俩详禀过了。他主张立即兴办海军，并当场递了个折子上来，每年需拨款四百万两银子。尽管这笔费用惊人，但毕竟是正事。若办成了，海防无忧了，意义很大。召集你们军机，是想共同商议一下，帮助出出主意。你们谈谈想法吧！"

奕䜣首先接过奏折匆匆看了一遍。他已心中有数，故作初知，看了奏折才回道：

"禀太后，李鸿章提议兴办海军，与臣的想法是不谋而合了。此事应当旨准，尽快实施。这些年来，臣在总理各国事务衙门里，也吃够了西人的窝囊气。他们倚仗自己兵强器利，肆意欺凌我们大清，民众义愤，朝野上下也怒火满腔。现在唯有先把海军办起来，自立自强，方才能重振大清国威。每年四百万两的花销，想想办法还是可以凑齐的。拟从关税和厘金中抽出一部分，下拨到南、北洋两位大臣名下，由他们具体操办。整个过程，由臣与李鸿章共同过问，保证落实。"

慈禧太后满意地点点头，对李鸿章道："朝廷在十分困难的情况,下决心准了李鸿章的奏请。这是一件开天辟地的大事，只能设法办好，争取事半功倍。李鸿章回直隶后，抓紧选将练兵，把队伍先组织起来。舰船购买到手，就把海军办起来，打出去。好让沿海的洋人们看看，我大清朝也有自己的海军了。"

今年已是五十三岁的李鸿章，由此迈入了他毕生事业的又一个转折点：办海军，兴洋务。

回到贤良寺，他摆下一桌酒宴，庆贺自己的计划得到了朝廷的批准。薛福成等一班幕僚高兴得落下了滚滚热泪。李鸿章决定先把北洋水师营务处组建起来，紧接着买兵舰，再接着开办天津水师学堂，最后使兵员到位，宣告中国北洋水师正式成立。

回到天津，李鸿章召集会议，按以上步骤开始实施。又一个好消息传来：由自己推荐的沈葆桢赴金陵就任两江总督了。沈葆桢到达金陵当天就给李鸿章来信，一是表示谢意，二是建议推荐丁日昌督办船政。但李鸿章对丁日昌这位老部下已另有考虑：他到福建就任巡抚了。于是，李鸿章把淮系成员吴赞诚、黎兆棠推荐为船政大臣。丁日昌很快给李鸿章写来了《海军水师章程》共六条。他提出海军应统一指挥，分区设防，最终创立北洋、东洋、南洋三支海军，每军各设提督一人。北洋提督驻防天津，负责直、鲁两省沿海防务；东洋提督驻吴淞，负责江、浙两省沿海防务；南洋提督驻南澳，负责闽、粤两省沿海防务。三支海军统属李鸿章调遣，各军备大兵船六艘，炮船十艘，每半年在海面上会操一次，以待配合作战。

李鸿章拍案惊喜,道:"丁日昌的脑瓜不笨,与我想到一块儿了!"但清廷的旨意下来了:"先就北洋创立水师一军,俟力渐充,就一划三。"李鸿章领旨后,笑道:"亦罢,亦罢。先把北洋水师办起来,然后一分为三也可!"

沈葆桢帮了他一把,将应分在南洋使用的二百万两白银统解北洋李鸿章名下,由李鸿章统一调度使用。这样,每年四百万两的海军费用尽归李鸿章了。

李莲英红眼了,在慈禧太后跟前几次放李鸿章的水,说:"李鸿章这下发财了。每年四百万两能用出二百万两就不错了,其余将要下他的腰包了。"慈禧道:"过两年我再把这银子收回来。先让李鸿章过过花钱的瘾再说。"

天津的水师营务处筹建起来了,李鸿章任命了道员马建忠主管营务处。他又向朝廷奏调提督丁汝昌统领北洋海军,并建议将原来三角形的国旗改为了长方形,以纵三尺横四尺为大小,质地仍旧,章色不变。他还奏请朝廷设立海军衙门,以醇亲王奕譞为海军事务总理,自己和庆郡王奕劻任会办。奕譞和奕劻都在京城,总理海军事务的实权其实操纵在李鸿章手中。

经李鸿章亲自修改,《北洋海军章程》拟定并经朝廷批准颁布了。规定:北洋海军设提督一名,提督衙门建在威海刘公岛上。另设总兵两员,分左右两翼,各自统带铁甲舰,为领队翼长。副将以下各官,根据各自舰艇的大小,职务的轻重,按品级分别安排。总兵以下官员,不另设衙门,都住到舰上。

根据李鸿章提议,朝廷发来上谕,命丁汝昌为北洋海军提督,林泰曾为左翼总兵,刘步蟾为右翼总兵。北洋海军正式成军。在各位赴任时,李鸿章把他们亲自送出天津城,道:"你们各自去好好干吧!我们办海军,就是要与洋人抗衡,一争高低。各位注意,尤其是要防御近在咫尺的小日本。其长崎距我口岸不过三四天的航程。他们随时会进犯我们,比英、法、美国对我们的威胁更大。因此,我们的海军要把目光盯住日本,有备无患。"

李鸿章购买的第一批炮船已经驶入天津港口。这是他通过洋商在英国定造的蚊船,一共四艘。蚊船进港的当天,李鸿章登船巡视,为之分别取名为"龙骧"、"虎威"、"飞霆"、"策电"。洋商吹嘘说这四艘蚊船精致灵捷,堪称一流。然而,第二批四艘蚊船到货后,李鸿章才发觉自己因不了解船舰性能,吃亏上当了!这四艘蚊船是替南洋沈葆桢订购的,其性能、造形、炮火威力明显优于第一批货。他将前一个订货洋商大骂一通,灵机一动:将第二批船留在北洋海域,而将前四艘船调往南洋。这四艘新船取名为"镇西"、"镇东"、"镇南"、"镇北"。第三批蚊船一共两艘,取名为"镇中"、"镇边",也编入北洋海军,合队操练。

在李鸿章的统管之下,一共有十艘蚊船了。合队操练不久,问题都来了。李鸿章大骂:"这些贼娘养的洋商们,都不是个东西!老子东拼八凑弄来点血汗钱,买了他们这一堆破玩意!均系钢片镶做,三天两头出故障!唉!"李鸿章虽然气得在签押房里大骂,却不敢过分声张。他怕朝廷得知,说他白费了银子!的确,这十艘蚊船不仅吨位太小,质量问题尤其严重。他以海军急需大吨位炮船为由,向朝廷提出再购买铁甲船数只。朝廷批准了,并没有追究第一次购船的失误,但令其通过中国驻德国公使李凤苞会同科学家徐建寅安排此事。李鸿章立即致函这两位行家全面考察欧洲舰船状况,委托他们根据中国海域需要,代购铁甲船。最后决定向德国伏尔铿厂订造两艘铁甲船,并派员出洋驻厂监造。

李鸿章吃一堑,长一智了。两艘大吨位铁甲船驶进天津港口后,李鸿章亲往检查验收,取名为"定远"号和"镇远"号。他称之为姊妹舰。每艘吨位为七千余吨,六千匹马力,航速十四点五节。上面各装大小火炮二十多门,鱼雷发射管三具,另配备舰载鱼雷艇两艘。

他是在大沽口岸登上"定远"号的,高兴极了。坐在指挥舱里,他下令"镇远"号及其他蚊船全部起锚,展轮出洋,全速驶向海面。他要亲自检验这些船的航速。

是日,正赶上北风呼啸,海涛汹涌,巨浪腾空。而李鸿章坐在指挥舱中,却感到船行平稳得就像仍坐在他的签押房里一样。他下令数船开往旅顺,进行一次试航,据此核计水程。结果出来了:与原合同规定的各项参数几乎没有相差。

李鸿章竖起了大拇指,下令奖赏有关督造人员。

就在花大价钱买船的同时,李鸿章的另一只手早已打了出去:他要造船。自己的同年、两江总督沈葆桢不幸在任上去世了。这不仅使他悲痛万分,更令他忧心忡忡。老对头左宗棠到底还是坐上了两江总督的交椅。朝廷随着左宗棠的到任,把正在加紧仿造西洋炮船的沪、宁两局划归南洋大臣左宗棠管辖。其实慈禧太后是见李鸿章兵权太重,又统管海军,开始暗中实施一个"扬左抑李"的计划。李鸿章也感觉出来了。他自言自语道:"我不是曾国藩!"这言下之意是不会听任分权的。

在将沪、宁两局划归了左宗棠以后,李鸿章争取到了对沪、宁两局的报销、督察之权。慈禧太后心想,给你李鸿章这点权力,且是会同左宗棠办理,该是没有劲撑的吗?但李鸿章自有他的权术。他虽人在天津,但沪、宁两局之中原淮军的亲信、旧部很多。他便通过这些人对沪、宁两局进行控制、指挥。

左宗棠也不示弱,委派自己的亲信潘露总理沪、宁两局,并派手下陈鸣志随同赴沪协办。左宗棠是要把沪、宁两局紧紧抓在自己手中,尽最大可能摆脱淮系李鸿章的插手。

但潘露、陈鸣志虽是左宗棠派遣,却又不敢公开顶着李鸿章。李鸿章三天两头地调遣沪、宁两局的能工巧匠去天津局帮忙,一帮忙就回不来了。他还为潘露派来一位助手,让他总理两局事务。这个人名叫沈葆靖,与李鸿章有近三十年的交往。此人到了沪、宁两局,自然把左宗棠搁在一边,只听李鸿章的。经过一番"手术",沪、宁、津三局实际上都控制在李鸿章手中了。三局共设立了火药厂、枪子厂、炮弹厂、水雷厂和生产熟钢与钢材的炼钢厂。李鸿章不断下令改进工艺,淘汰了旧式前膛枪、后膛枪,生产先进的奥国漫利夏枪、德国新毛瑟枪等。大炮则生产开花子轻钢炮、来福子熟大炮、英式阿姆斯特郎新式大炮。

各种兵船生产也上了档次。先期制造的六艘木壳兵轮下水之后,仿造德国蚊船制造的"海安"、"驭远"两轮也很快编入水师。不久,"金瓯"铁甲兵轮和"保民"铁甲兵舰也相继制造成功。从扩大门类考虑,李鸿章分别从英、德两国又购进了"济远"、"缒远"、"来远"、"靖远"、"超勇"、"扬威"号巡洋舰和一批鱼雷艇。他令自己的船厂仿照制造,终于诞生了大清自己制造的"平远"、"广甲"巡洋舰及鱼雷巡洋舰"广乙"、"广丙"两艘。另有练船"康济"、"威远"、"海镜"和通信、运输船各两条。

北洋海军得到了最快速度的发展,成为一支朝气蓬勃的海上武装。

有了大批战船,还须有海军基地,即屯泊船舰的港口、检修船舰的船坞以及相应的炮台。第一座船坞是在天津大沽建成的。接着,旅顺口、威海等地也兴建了船坞。以船坞为基础,逐步扩建成庞大的海军基地。

李鸿章在一张纸上写了这些话:"水深不冻,往来无间;山列屏嶂,以避飓风;路连腹地,便运粮粮;土无厚淤,可濬陷澳;口接大洋,以勤操作;地出海中,控制要害。"

丁汝昌从他手中接过这张字条时,一时给弄糊涂了。李鸿章打了个手势,请丁汝昌坐下说话。李鸿章道:

"这些日子来,我详细地做了许多比较,即在哪里兴建我们的海军基地?我写的这张字条你拿去考虑一下吧!这些就是我要求的条件。建基地必须符合我提出的这些条件。因此,在北洋海滨一带,是找不到这样的地形了。胶州澳一带倒是条件很好,但地处山东以南,显得偏远了。大连呢?口门过于宽阔,难以布置。只有威海口、旅顺口两处比较适合。进可以战,退可以守,你去办吧!"

丁汝昌领命去了,按李鸿章的条件,一一对照,果然符合。于是,船坞建起来了,水、陆两路炮台建起来了。各炮台互相犄角,被人们称作"东海屏藩"。时人赋诗赞颂威海口的海防工程,道:

　　意匠经营世无敌,人工巧极堪夺工。
　　有此已是固吾围,况是众志如城坚。

旅顺口和威海口两个北洋海军基地建成后,李鸿章亲往视察,只见两地都坚固无比,叹道:"此乃渤海之锁钥,天津之门户。"丁汝昌请中堂大人为他的衙门留下墨宝,李鸿章抓笔写了两句话:"水师为海防急务,人才为水师根本。"写毕,搁笔而去。在场的部将、幕僚们由衷赞叹,会意地笑了。

李鸿章对前呼后拥的人们说道:"我北洋海军有了舰船,有了基地,还必须拥有一流的人才。我再告诉大家两句话:'用人最是急务,储才尤为远图'。因此,各位必须一手抓器,一手抓人。我已令福建设立了船政学堂,管带、大副、二副、管理轮机炮位的兵勇,必须参加那里的培训,不合格就革职!"

"定远"舰管带刘步蟾、"镇远"舰管带林泰曾、"致远"舰管带邓世昌、"靖远"舰管带叶祖珪、"经远"舰管带林永升、"济远"舰管带方伯谦、"来远"舰管带邱宝仁、"超勇"舰管带黄建勋、"扬威"舰管带林履中、"平远"舰管带李和、"广乙"舰管带林国祥、"广丙"舰管带程壁光等首批三百余北洋海军将领,都是李鸿章点了名册送往福建船政学堂培训的。

这日,天津大沽炮台来报:由江宁制造局马格里督造的大炮发生大量自爆,整座炮台成为一座废墟。李鸿章闻报,大骂出口,下令撤了马格里之职。

"贼娘养的,这些洋人也有吃干饭的!从今以后,在各制造局、兵船之上,一律起用我们自己的人管理、监督。把他妈的洋人们逐步给我赶走!"

大幅度辞退洋指挥、洋工匠,大沽炮台事件只是一个导火线。李鸿章早就想动这个手了。但由于船舰的构造、维修十分复杂,一时还要仰赖洋人。天津制造局在崇厚主政期间,请的是英国人密妥士主管技术、生产。结果,所制造出来的军械、舰船都是依样葫芦,一成不变。外国的新军械、新舰船出来了,李鸿章又成了落伍者。一个新思路在他头脑中形成:培养自己的能工巧匠,把洋人撤下来!

请洋人容易,只要花钱就可。要赶他们走,却没有那么容易了。洋人做梦都想控制李鸿章,控制已经发展起来的北洋海军。

英、德两国政府出面了:要求清政府使用由他们推荐的海军顾问和教官。英国驻华公使威妥玛在李鸿章辞退英国技工后,立即致电本国政府,称:李鸿章推行的军事改革,损害了英国政府的利益。英商赫德乘机向总理衙门呈递了一份《试办海防章程》,建议由他来总管中国的南北海防,添购快船、蚊船,分驻大连湾、南关两处,由南、北洋各派监司大员与他所选的洋将会同督操。总理衙门不知洋人包藏的险恶祸心,认为赫德的建议可行。奕䜣致函李鸿章征求意见。一向对奕䜣尊重有加的李鸿章顿时怒火万丈,在自己的总督衙门里骂起娘来了。

奕䜣遭到李鸿章反对后,为赫德安排了一个职位:总税务司。赫德是想控制兵权,岂肯去什么税务司?他直接找李鸿章了,要求北洋海军全部聘用英国军官担任教官,并以中断军械、舰船供应相威胁。李鸿章一面拒绝赫德的无理要求,一面又开了个口子:同意在北洋海军聘任一位总教官,且由英、德两国轮换。赫德被迫同意了:第一任总教官是葛雷森,第二任、第四任是琅威理、第六任是马格禄。法国人百龄充当北洋海军第三任总教官,汉纳根为第五任。这几任洋教官的月薪高达七百多两白银,李鸿章咬咬牙:给! 他要花钱买个安稳,不让他们插手指挥。

北洋海军开办得红红火火了。正当李鸿章信心百倍,想请慈禧、慈安两宫太后亲临天津巡视时,朝廷一道圣旨下来:慈禧太后已不能出宫,她得了血崩,已卧床不起。令各省督抚进献良医,为太后诊病!

这日,正当李鸿章在为找名医发愁时,薛福成进了签押房。得知李中堂为何发愁之后,薛福成道:"中堂大人若能信得过,我兄现任山东泰武临道薛福辰可为西太后治病!"

"此话当真?"

"我还能以我兄弟两个人的脑袋开玩笑吗?"

李鸿章大喜,立即把薛福辰推荐上去。这薛福辰虽久于官场做官,却很懂医道。他为慈禧太后诊了脉,发现慈禧患的病并非血崩,而是产后失调。

他心里想:慈禧太后怀孕分娩已隔二十年有余,如今哪里能谈得上产后失调呢? 莫非是新近小产引起的。既是小产,他又是谁? 薛福辰不敢再想了。如此宫中秘密,谁敢挑明了说? 说出来就要掉脑袋。

薛福辰在宫中诊病期间听说,李中堂的大哥李瀚章因举荐名医进京,将慈禧太后诊断为过去产后失调,系旧病复发,都招惹了麻烦:被举荐的名医未出宫就被秘密处死,李瀚章也遭到下旨谴责,要不是看在李鸿章的面子上,湖广总督一职定然保不住了。

薛福辰思考良久,拿定了主意:仍诊断为血崩,开的药方,则按产后失调办理。慈禧太后吃了两剂药,果然奏效。不出半月,面色红润了,精神转好了。慈禧还是那句话:"李鸿章就是会办事!"薛福辰也因此赏了三品顶戴,并赐给福字、荷包和扳指等物件。朝廷还传旨:嘉奖李鸿章。

慈禧久病初愈,见那成堆的奏折一律是密密麻麻的蝇头小楷,立刻头也昏了,眼也花了。她想再养半个月的身体,把这些杂事推给慈安太后去办,也好看看她到底会玩出什么花样。慈安无奈,日日视朝,大事不敢轻易做主,还得等慈禧日后商议。她也明白,慈禧为她得病之前所发生的几件事心中有火,但却说不出来。安德海的死就不用说了。李莲英顶替安德海当了慈禧宫中的总管之后,男女之间的丑闻又传到了慈安耳朵里去了。慈安背着慈禧把李莲英训斥了一通,并立了几条规矩。这李莲英悄悄告诉了西太后,此为第一不快。慈禧看中了如意馆画工首领管劬安,以学画为名,召他进入长春宫,朝夕伴驾,不料有一回正在恣意淫乐,被慈安太后撞见了。慈安愤然而去,弄得慈禧十分难堪。还有一个被慈禧召进宫唱戏的男旦,有一次于大白天与慈禧在暖阁里宣淫,再次被慈安太后撞见,结果,这个男旦当晚就被人杀了。那个管劬安也在同一晚上人头落地。慈禧宠幸的一个御医,刚有些接触,仅与慈禧并肩坐在床头调情被人发现,突然也不明不白地死了……慈禧不敢追问这几个人的死因,但心中猜测,甚至认定:一定是慈安授意干的。

  慈禧身体康复了,便又思念起那些男人来。但她又不敢不严加设防。她渴望过挥霍淫荡、无拘无束的生活,但慈安成了她最大的障碍,处处受着慈安的管束,慈禧心中岂能不恨她这个"姐姐"? 这一回小产之后,由于不敢正式找御医调治,引起产后大出血,险些送了性命,于是心中更恨慈安,必欲除之而后快。她想刁难一下慈安,好了身子也不视朝,以此让慈安明白:她在生气! 以后少管我西边的事情!

  慈安在料理朝政上,的确力不从心,便将荣寿固伦公主接到身边,命她代阅奏折,凡是循例请安、谢恩等日常回话,都批个"知道了"。但许多自己一人拿不定主意的,却不知如何下手了。她期望慈禧能早点结束调养,来养心殿视朝。

  这日,荣寿固伦公主得到一个消息:"西边的太后病早好了,每天笙管齐奏,西皮二黄,戏班子进出不断。昨天唱完戏,她留下一个男戏子,到下半夜都紧闭房门,未见出去。说不定现在还在床上寻欢呢!"

  慈安太后听得满脸通红,怒气上来,朝窗外喊了一声赵荣兴。赵荣兴跟了慈安太后,又领了十几个内监,手持棍棒,直奔长春宫。此时已是上午九点钟光景,长春宫里果然房门紧闭。从门缝看西暖阁的罗帐,仍然低合着。玉钩晃动。龙凤床前,摆着一双花盆底绣鞋,一头放着一双男人的黑布鞋。慈安看得真切,那帐中的情景依稀可辨。她面红耳赤,转身离开长春门,对赵荣兴吩咐道:"你派人在这儿守住,抓住了,往死里打!"

慈安起轿到了养心殿,立即传六王爷奕䜣,叔嫂单独会面,为避闲话,将公主留在殿中作陪。不一会,奕䜣来了,跪下后,抬头一看,只见慈安太后两眼泪光闪闪,似悲似怒。奕䜣暗吃一惊。慈安道:

"六爷,我先问你一件事:你可听说文宗显皇帝临终前写过一纸密诏留给我收存吗?"

奕䜣回得干脆,磕头答道:"听说过了,但不知详情。"

慈安的泪珠儿断了线似的,从腮边淌了下来。她从袖口中摸出一张明黄色的御笺,让公主递给奕䜣。

奕䜣展开咸丰皇帝的遗诏,预感到事情不妙,心中猜到了慈安太后的用意。他道:

"太后对臣有何吩咐?请明示。"

慈安含泪道:

"如今的慈禧太后、当年的懿贵妃已经骄横不法了。自从垂帘以后,凡事独断,这也罢了。但她再三不知检点,也屡诫不听。我刚才亲自去了她那个西暖阁,所见情形令人作呕。现在已经忍无可忍,我只得请出先帝遗诏,过问一下这件事了。事先跟六爷你通个气,明天召集御前、内阁、军机及各位王公大臣,宣读遗诏,把懿贵妃废了。遗诏还要赐她一死,我们就免她一死,你看怎么样?"

奕䜣不是耍滑头的人。但这一次他不仅惊骇不已,而且想躲过这件事了。他清楚,如今的慈禧已不是请他暗中相助,杀肃顺的慈禧了。她已大权在握,王公大臣谁不怕她?两宫太后,慈安是不可依靠的。万一失败,自己一家老小都将掉脑袋。因此,平时气宇轩昂的奕䜣,这会儿只知道磕头,却吓得语无伦次。

慈安见奕䜣毫无信心,顿时心灰意冷,绝望了。奕䜣羞惭内疚地退出养心殿后,她流泪回到钟粹宫。就在这时,慈禧的妹妹醇王嫡福晋差人送来了两盒紫藤饼和玫瑰饼,说是给慈安太后尝新鲜的。

荣寿固伦公主道:"太后,这饼子不能吃!您要设防呀。西边的已知道您上午去查长春宫,一定会下毒手的。"

慈安也有一种预感,但在自己的计划没有得到奕䜣支持后,她不想再活了。公主上前抱住饼盒不让她吃,她却坚持要吃。刚吃完还没有什么感觉,可是过一会她就浑身痉挛,不省人事了。在场的大小太监及荣寿固伦公主慌成一团,刚把慈安太后抬到御床上,太后就咽气了。可怜她多年来只作了慈禧太后的陪衬,还没等到对慈禧太后动手,却反被慈禧取了她一条性命。

慈安身亡的消息在宫中传开后,慈禧立即差李莲英去传军机大臣及毓庆宫皇上的启蒙师傅翁同龢等人。此时军机中,文祥与沈桂芬已经病故,户部尚书景廉、户部左侍郎王文韶及左宗棠先后补入军机。他们听了慈禧的传谕,都觉得慈安太后死得蹊跷。尤其是奕䜣,虽不敢公开质疑,但心中已经有数。

大家进入钟粹宫,只见西暖阁御床上慈安太后遗体已换衣小殓完毕,脸上罩着黄绫龙凤面幕。慈禧默默坐在门边的椅子上,为慈安服丧。原来,她上午听说慈安太后带了一帮内侍们气势汹汹到她的长春宫来过,便知留男戏子在自己宫中伴宿的事情已经败露。她索性一不做,二不休,匆匆令李莲英护送男戏子出宫后,利用醇王福晋差嬷嬷送来的四盒糕点,乘机下了毒手。

慈禧此时是又喜又怕。喜的是眼中钉、肉中刺终于拔掉了,今后再也不受人管束,一手遮天了。怕的是宫中由此会纷纷猜测,怀疑她下了毒手。毕竟做贼是要心虚的。奕䜣仅无意中看了她一眼,就把她吓得面如土色,慌忙低下头去。

慈禧紧张了好一会,大声哭了起来。新任军机大臣左宗棠信以为真,磕头安慰道:"太后一定要节哀。不知大行皇后得了什么病,应该着御医进宫诊视,也好查明原因,对天下人有一个交代。"

左宗棠这话把慈禧又吓了一跳,心想:好呀,好呀,我如今"扬左压李",你却说话如此犯忌,便冷冷地斥道:"人都不在了,还查什么?查出来病根,你能治吗?!"

奕䜣慌忙磕头道:"太后说得对,不必使御医进宫了,还是张罗着办丧事要紧。"

慈禧满意地点点头,示意从简办慈安的丧事,并不允许与咸丰皇帝合葬,要在别处另行安葬。两宫太后并存的局面由此告终,慈禧一个人独断专行的时代来临了。

一场绝望的斗争，一种狠毒的手段，一个骇人的结局。李鸿章获悉这个结局之际，尽管也惊出了一身冷汗，但他很快镇静下来。他试着想从自己所从事的事业与宫中的明争暗斗、是是非非隔开来，不再去想它，而只管干好自己的事情就行了。尤其在得知左宗棠进入军机处之后，他是以一种失望的心态看待朝廷，看待宫中这些骇人事件的。只不过，他与曾国藩的不同点在这里又得以体现：他不会躺倒不干。他甚至想干得更好，以此作为抗争的表示。然而，他却忽视了一个显而易见的常识：他的命运已拴在了慈禧太后那条破烂不堪的旧船上，他能挣脱了吗？

　　慈禧太后已经不可能来检阅他的海军了。也罢！他邀请了英、法、美、俄、日等国人士及他的部下们、同僚们来进行一次最隆重的检阅。他以胜利者的姿态，把他数年来的心血摆在人们的面前，让大家欣赏：他的舰队，他的海军基地，他的学校，他的要塞和船坞，他的海军将士和枪炮。礼炮齐鸣，彩旗招展，仿佛在向他的过去和未来致敬。这是李鸿章事业的极盛时期，到处都是全新的彩色。

　　但是，乌云已经渐渐聚集而来，要把他的声望连同他辉煌的事业一起，掩盖起来。

创办海军

785

第二十四章 替罪羔羊

　　李鸿章满怀必胜的信心亲赴大沽、旅顺、威海卫检阅了他的北洋海军。坐在"定远"号军舰上，他下达了起航命令。三十五艘军舰列队出发，劈波斩浪，扯开了中国有史以来最雄壮的一次海上的呐喊。

　　他眯起眼睛，在这不平静的蓝色的海洋上回想着已经闯过来的历程：同治元年在上海创办了上海洋炮局；次年又在苏州设立大炮局，日产一千五百发炮弹，使之成为当时中国最先进的军火工厂；同治四年，他一手创办的江南制造总局以生产步枪、火炮、弹药、战船而闻名天下；同治十一年，中国最大的轮船航运公司正式挂牌了。如今，北洋海军的诞生更为他的不懈追求挥写了最精彩的一笔，他怎能不陶醉呢？

　　提督丁汝昌和洋教官琅威理分站在自己两旁，犹如这"人"字形排开的舰队阵容，自己才是领头人、开创者。身后是"致远"、"靖远"、"广甲"、"超勇"等巡洋舰，再往后看不清了，但李鸿章依稀辨得各舰上的黄龙旗随海风飘扬，几百门巨炮已卸去炮衣，昂首虎踞。各舰上浓烟滚滚，弥散在波涛汹涌的黄海上空。就好像在向世界宣示："中国有了自己的海军了！列强们，大清不容侵犯！"

　　今天的李鸿章头戴双眼孔雀花翎镂金花金座珊瑚顶红缨凉帽，身穿超一品四爪正蟒补服，满面春风地来到了甲板上。慈禧太后未能亲临检阅，却派来了她的总管太监李莲英随船参观。他来是另有重任：要从李鸿章手中把海军经费，用变魔术的手法挪用到为慈禧修建颐和园的工程上。

　　李鸿章抚摸着颔下已经花白的胡须，仍沉浸在一种难以抑制的兴奋之中。李莲英抓住机会，凑到李鸿章耳边道："李中堂，您的海军已十分强大了，大清国今非昔比了，现在开始该歇一歇了。省出一点银子，老佛爷修颐和园正急等着哩。"

　　李鸿章正在兴头上，连连点头道："说得好，可以歇一歇了。你回去叫老佛爷放心。"他当然记得,慈禧太后在这之前已几次召见他,暗示他不要再买船、造船了,从每年四百万两的军费中抽出二百万两供她修园子,直至建成颐和园为止。李鸿章自知这事违拗不过去,又拖了两年,答应自明年起,一定兑现。

检阅回到天津后,李鸿章亲笔给已出任两江总督的曾国荃写信,告诉他:慈禧太后多次催促,自己已经答应下来,恭亲王既已被罢去了一切差使,礼亲王世铎继任领班军机大臣,他是只顾讨好太后而不管海军死活的人。因此无人再出面阻拦动用海军经费了。不如顺从太后,免遭申斥……

此时的李鸿章的威望已达到了顶峰,曾国荃也不敢违抗了。他在金陵的总督衙门里对幕僚们道:"少荃早已是裤头改汗衫——上去了。连朝廷中重大军机要务都得先同他商量了以后,才能下旨。试想,两江不听他的行吗?"

黄海阅兵以后,李鸿章的海军因军费大部分被挪用,再也无力添置新船了。有了这支海军,大清安稳了好几年。海军的发展停下来了,颐和园却很快修建起来了。慈禧太后也还算知道好歹,感念李鸿章为她的颐和园工程出了大力,赏给了他三眼花翎。这项殊荣,使他成为清朝两百多年来的汉大臣中的第一人。

李鸿章的目标很多。海军暂停发展了,他由"求强"转向了"求富"。考察古今国势,他终于悟出了"必先富而后能强"的道理。自从开办轮船招商局以后,他已把目光盯在了以"求富"为目的的民用经济项目上来了。

内阁学士宋晋递上了一道奏折,说李鸿章又是造船,又是办矿,靡费太多,应下旨制止。慈禧太后岂知其中的真伪?谕令李鸿章三思而后行。

李鸿章一扬脸,骂道:"一群白痴!迂腐之见,该回家带孙子去了!"他上奏朝廷:公司必须办,煤矿必须开,轮船必须造,铁路必须修!他以办煤矿为例:闽、沪、宁各厂日需外煤极多,一旦中外关系紧张,列强对中国采取禁运措施,各铁厂及所有的轮船都将"费工坐困"、寸步难行。中国煤铁矿藏十分丰富。外商早已垂涎三尺,我们利源自开,才可富国强兵。

宋晋这一状没有告赢，李鸿章的轮船公司和炼钢、采矿工程却轰轰烈烈上马了。到光绪三年，轮船公司已拥有各类轮船三十三艘，总吨位达到二万四千五百八十四吨。沿海和内河之上，都有他的客、货轮在经营，每年的水脚收入在二百万两左右。这笔收入，成了李鸿章最大的财源。

受聘于李鸿章幕下主办轮船公司的唐廷枢从开平考察回来了。李鸿章设下大宴为其接风。唐廷枢道："中堂大人，受您派遣前往开平勘察煤、铁矿资源，收获很大哩！正如中堂大人所言，那地下埋金藏银啦！"

李鸿章大喜，当即拍板："由你着手组建开平矿务局，天津道丁寿昌和海关道黎兆堂协办，马上就干！贼娘养的，我就不信洋人能挖出来煤、铁，我们挖不出来！"不久，中国自己的第一船煤炭送进了紫禁城，开矿当年，就日产两千吨煤炭。

上海机器织布局是李鸿章在中国创办的第一个棉纺织工厂。建议是由黎兆堂提出的。李鸿章马上批准，派幕僚魏纶先走马上任。但他赴上海后，由于筹股无着只好作罢。李鸿章果断易人，改派四川候补道彭汝琮为总办，太古洋行买办、候补郎中郑观应会办，于光绪十五年试产成功。此后因大火焚毁工厂，损失总价值七十余万两的机器和布匹。李鸿章命盛宣怀招集商股一百万两，在原织布局旧址上新设华盛纺织总厂，另在上海、宁波、镇江等处开设了十个分厂，先后都开车生产了。大量精纺细布一下改变了朝廷官员的穿戴形象。

漠河金矿，是李鸿章奉旨创办的一个官督商办企业。这漠河地处东北的边境，北隔黑龙江，同沙俄毗邻。李鸿章着眼于开矿与边防，一举两得，跟黑龙江将军恭镗遴联手，派员前往勘察。勘察结果令李鸿章欣喜，立即奏准由道员李金镛总办漠河金矿。李鸿章筹集经费十五万两使之破土动工，很快正式开采。次年，李金镛在金矿生病，李鸿章指定该矿提调袁大化代理局务，又注入资金，使黄金年产量达两万八千多万两。同时，驻军到位，使漠河成了中国东北的边陲重镇。

中国的电报业和铁路，也是由李鸿章最先倡办的。他看到洋人在上海架设电线，瞬间就能与国内互通信息，便萌动先在自己的地盘上试用电报的想法。他下令在大沽北塘海口炮台与天津之间架设电线，试办电报,很快获得成功。不久,他与淮军各路人马、北洋海军舰队的联系,由原六百里加急传递文书改为电报通讯了。慈禧太后岂知电报为何物?召见李鸿章询问。李鸿章解说其中奥秘之后,慈禧来了精神,大加赞赏。第一条天津至镇江至上海的电报线路建成了,天津电报总局首先挂牌,盛宣怀总办,郑观应襄理局务。接着,贯穿苏、浙、闽、粤四省的电报线路敷设完毕,上海电报总局也办起来了。这项任务仍由盛宣怀担当,郑观应、谢家福、经元善会办,先后又招商集股架设了津京线、长江线、桂滇线、陕甘线。自光绪六年始,逐步使线路布满各省,瞬息万里,官商称便,一片颂扬之声。

李鸿章成了开创事业的先锋、主导。然而倡导修建铁路却使他历尽坎坷,被折腾得精疲力竭。一八七五年,即光绪元年,他乘赴京叩谒同治梓宫之机,求见了六王爷奕䜣。他对奕䜣道:"修建中国第一条铁路已势在必行。我打算先修建清江至京城的铁路,以便实现南北转输,并将会由此给中国带来大变。"

奕䜣叹了口气,道:"李中堂,你的想法很好,本王爷亦从心里赞成。但我却不敢做主呀!"

"那就请王爷奏明太后……"

奕䜣摆手道:"你还是不了解太后呀,她想为自己花钱的地方太多,怎么会批了你又来投资修铁路呢?不要自找麻烦了吧!"

李鸿章让奕䜣泼了一盆冷水,感慨系之。他暗自叹道:"从此再也不提修铁路的事了!"

可是,光绪二年丁日昌受命当了福建巡抚,李鸿章又不死心了。他认为有了机会,令丁日昌上疏建议:在台湾修建铁路,以此防外安内。他自己也奏明朝廷,坚持要搞一条铁路出来。朝廷被迫同意了,要李鸿章"审度地势,妥速筹策"。

在台湾修铁路,朝廷的批准只是一纸空文。钱从何来?李鸿章令丁日昌在福建自筹,丁日昌苦笑一声,只有把此事暂搁一边。李鸿章并没有停止计划,他仍想把江浦至北京之间的铁路修起来。他上疏慈禧,大讲修铁路会给漕务、赈务、商务、矿务、重捐、旅行及军务等等带来的好处,认为唯有把铁路修起来了,才能沟通南北,搞活军、政。

内阁学士张家骧得知李鸿章又要重新提起修铁路一事,也给朝廷递了一道奏折,指出三点弊端:恐洋人深入内地,借端生事;恐民众不赞成,徒滋纷扰;恐花钱太多,半途而废。

朝廷由此犹豫起来。李鸿章将刘铭传从北京传到天津,要他做好准备,总办修建铁路一事。然后,一连发出几封私函,给奕譞、张佩纶、刘坤一等人,请求他们给予支持。但朝廷最终还是下旨否决了此事。

李鸿章是极有韧性的人。他看准了的事情便要非办不可。朝廷来旨:"铁路断不宜开!"他火了,偏要我行我素,先修起来再说。以造成事实迫使朝廷就范。他命唐廷枢在开平煤矿修筑唐山至胥各庄的铁路,以便运煤。这段铁路很快建成了。李鸿章这才奏明朝廷,把铁路说成"马路"。朝廷事后知道这就是铁路,又听说果然利大于弊,便借汤下面,顺水推舟,着奕譞与李鸿章以海军衙门的名义办理此事。

李鸿章以开平煤矿铁路为基础,成立了开平铁路公司。阎庄与大沽之间的铁路接着动工,然后又修进了天津城,再连接通州,组建津沽铁路公司。然而,就在李鸿章要把铁路修进通州,直达北京时,他遭了翁同龢、孙家鼐、恩承、徐桐、屠仁守等数十名京官的强烈反对。这些人或找奕譞,或上疏慈禧,说李鸿章此举后果不堪设想。李鸿章铁了心坚决顶住,据理力争,指名道姓大骂这些京官狗屁不通,批驳得淋漓痛快,泼辣透辟。

清廷在看了李鸿章的奏折后,作出决断,肯定修建铁路"为自强要策",但却搁置了津通铁路的修建。慈禧担心,把铁路修进通州了,洋人会利用铁路涌向北京。李鸿章无可奈何,只当做女人无知,苦笑而已。

时值沙俄加紧修建东方铁路。消息传来,李鸿章立即上奏朝廷。从国防考虑,朝廷旨准李鸿章督办,修筑关东铁路与之抗衡。这条铁路由林西直通沈阳到吉林。另由沈阳造一条支线至牛庄到营口。修建这么多铁路,李鸿章依靠的是垫借官款和招商集股。但工程太大,靠官款和招商已不能解决问题。他首次把借用外债提上了议程。这条建议是淮军将领刘铭传提出的,李鸿章立即上疏朝廷给予支持,先后八次从怡和洋行、华泰银行、德华银行、汇丰银行借款。由于大多数银行以金镑计算利息,银价猛跌,汇率剧变,不可避免地遭到了外国资本的高利盘剥,甚至使各业主权受到侵蚀。

在李鸿章已经把洋务运动推进到"富强相因"阶段的同时,由于扩展海军的银子被慈禧太后挪用,海军发展暂停,他便投入了较多的精力倡导改革科举和兴学育才。在李鸿章身边,薛福成就是一个典型。他怎么也忘不了,收复金陵以后那场由自己监临的江南乡试,薛福成以一个落榜少年的身份写成了"两江治理八条"。薛福成虽然科场失意,但才学超人。这些年来,在自己的幕府办理洋务,兴学育才,立下了汗马功劳,远比翰林院中一些老夫子强得多。

自创办淮军开始,李鸿章就主张用人选才不拘一格。他断言:"用人最是急务,储才尤为远图。"他冒着被慈禧革职的危险,上奏朝廷,道:"多年来,朝廷坚持以章句取士而堵塞了士大夫趋向西学的门径,应力开风气,破拘挛之故习,求制胜之实济,以支撑天下危局。"他指出,"科目即不能骤变,时文即不能遽废,而小楷试帖,太蹈虚饰,甚非作养人才之道,理应弃之。"他呼吁,"考试功令稍加变通,另开洋务进取一格,以资造就。凡有海防的省份,均应设洋学局,以通晓时务大员主持其事,分为格致、测算、舆图、火炮、机器、兵法、炮法、化学、电器学数门,此皆有切于民生日用军器制作之原……"

李鸿章进而提出了"变科目"与"易官制"相结合的"变法"口号。当时,是八股取士制度支撑着腐朽的官僚体制,跻身显贵、不谙世事、醉心利禄之徒,大都出身于科甲正途。因而,李鸿章向朝廷提出:"学兼汉宋,道贯中西。"

光绪四年,贵州候补道罗应旒上疏建议在不改变现行科举制度的前提下,另辟途径,造就精通实学和西学的人才。主张"改京师太学及直省书院为经世书院,令举贡、生员有心经世之学者以充学生","学有成者,由掌院与督抚视其才之大小保奏录用"。朝廷令李鸿章等人"妥议具奏",李鸿章明确给予了支持,而其他人都坚决反对。李鸿章不仅上疏支持,还在直隶试行。他还在众大员反对潘衍桐、谭宗浚提出的"开艺科、课西学"的情况下,站出来给予支持,顶住各方面压力,在直隶另开洋务进取一格,设立洋学局。天津水师学堂及武备学堂为北洋海、陆两军培养了一大批"文理通畅,博涉西学"的将佐。

他继而效法西方设立了威海水师学堂、旅顺鱼雷学堂、天津电报学堂、天津西医学堂等。这些学生毕业后,他又上奏朝廷,为学堂人员力争"由科甲进身",视同科举,定以登进之阶。这个突破、开创性之举,在全国引起强烈震动,使千百年来的科举之制受到最严重的冲击。中国历史上首次实行西学与原中学同考、同等看待、同等录用。八股取士的藩篱被李鸿章冲开了一个缺口。

选派学子出洋留学一事业已正常展开,到光绪元年,就已经有一百二十名幼童分批横渡大洋到美国潜心攻读学问去了。曾国藩撒手人寰,李鸿章独立支撑,按年度拨付的银两由他一手筹措,准时送到学士们手中。他还在美国哈德福特城购地盖楼,建成了留学事务所。然而厄运却悄悄向这些"终日饱吸自由空气"的留美学生们袭来:官僚士大夫们不干了,他们认为这是"古来未有之事",带头发难的是老翰林陈兰彬。光绪元年,朝廷命陈兰彬、容闳出任驻美正副公使,派区谔良、容增祥、吴子登为留学生监督。吴、区二人与陈兰彬串通一气,大骂容闳纵容学生,任其放荡淫乱。陈兰彬据此要求朝廷撤掉李鸿章开办的留学事务所,撤回留美学生。奕䜣也听任谗言,给予支持。李鸿章顶住压力,设法挽救濒临绝境的留学事业。他连续写信鼓励容闳,饬令吴子登,指示陈兰彬会同容闳"设法整顿,以一事权,庶他日该童等学成回华,尚有可以驱遣之处,无负出洋学习初意也"。

但陈兰彬、吴子登却我行我素,拒不执行李鸿章的命令。他们撇开李鸿章直接奏请朝廷,得到批准。不久,除中途辍学和在美病故的学子外,剩下九十四名留美学子分三批凄然回国了。

李鸿章怒火万丈,当容闳带着遗憾面见李鸿章时,李鸿章拍案而起:"你有负本部堂的重托,为何把这些学子都弄回国,使我的计划半途而废?!"

容闳莫名其妙,答道:"此乃由公使陈兰彬奉上谕而行,鄙人是坚决反对的。再说,我人在美国,与中堂您相隔万里。朝廷下的旨意,我还以为是您赞成的。我身为副职,哪有能力挽回此事?若一意孤行,违旨抗谕,不是掉脑袋的事吗?"

李鸿章仍然怒形于色,道:"龟孙儿的!为什么这么长时间不向我禀报。纵使你身居四万五千里之外,写封信总是可以的吧?若是你及时把事情报告了本部堂,就不会有今天全体回国的后果!"

容闳这才后悔自己没有把在国外的这场争斗及时报告给李鸿章,悔之晚矣!

已开展多年的选派留学士子一事由此告终,李鸿章心中闷闷不乐。他令容闳将这些归国的学子召集起来,择优在他的洋务企业、北洋海军和直隶衙门里任用。他将这些人派遣到几家造船厂、兵工厂和轮船公司里。这些企业收效不错,但因为借了洋债经营,大油水被洋行捞去了。

他又想起了多年前同洋人打交道的情景。那个英国海军上校谢立德·阿思本,一个头发都快要落光的英国人,却成了李鸿章的冤家。这个英国人初次见到李鸿章,他没有想到李鸿章是一个十分不听话的中国官员。

就说眼前这位英军上校吧,自打受聘来到中国以后,一直忙于游山玩水,根本没有把训练中国水师、督造中国战舰的要务放在心上。但他却又从未忘记过伸手要钱花。

是日,他找丁汝昌要不到钱,就直奔天津来找李鸿章了。

不巧的是,李鸿章到武备学堂去了。这位上校倒也有耐心,在总督衙门大门口静等。一直等到下午,肚子饿得咕咕叫,仍不见李鸿章轿队的踪影。遭此冷遇,实在是出乎这位洋上校的意料之外。他于是直闯衙门,推门寻找,一连推开了十几道门,气得哇哇直叫。

正叫着,忽听大门口呼报:"中堂大人回来了!"

李鸿章在上百名亲兵、侍仆的护卫下下轿进了衙门大院。他看见十几道门全被这个洋上校推开,十分不高兴地拿眼瞪着谢立德·阿思本。洋上校看出李鸿章生气了,不敢再度撒野,马上躬身施礼。李鸿章首先坐下,很不耐烦地抬抬手,居高临下地说了声:"坐!"

"中堂阁下……"洋上校略通汉语,可刚一开口,便又见李鸿章大手一挥,打断了他的话。他骂问道:"贼娘养的!游山玩水够了,找老子要钱来了?"李鸿章说着,招招手,让侍仆们帮他脱去了外衣,坐在椅子上,用眼盯着阿思本。

"我北洋海军买船,雇你们洋人来是为了帮我的将士们熟悉操作和维修,指导训练。可是你一来中国就游山玩水,不在船上蹲,整天地东游西逛,不务正业。丁汝昌早就告诉过本部堂了。既然无功,怎能受禄?扣发你的赏银才是对的!"

"中堂大人,我来中国当教官,是有身份的。你们朝廷的总理衙门都敬我三分,岂由您说扣钱就扣钱的?"阿思本忍无可忍之后,十分不快地说。

"噢,总理衙门敬重你,那又怎样?你去找总理衙门要钱呀!"李鸿章说着,捧起侍仆递上来的水烟壶,一个侍仆为他装烟,一个为他上火。他只伸着脖子,一呼一吸,仍用眼盯着阿思本。

"我只能找北洋海军要钱,没有钱,我吃什么?!"阿思本急了。

李鸿章吐出一口烟,慢悠悠地答道:"我这北洋海军里只能让干事的人有饭吃,没有喂狗的钱!不想干了,那就歇作(合肥语),你以为你缺井呢(合肥语)!我们合肥有句谚语,叫做'猴子不上树,多打三遍锣',本部堂看你是打锣也不上树,小捣姊姊的!叫老子白养你呀?!"

阿思本腾地站起来,怒气冲冲地威胁道:"李中堂,如果您执意不付我的酬金,我就要到朝廷告您。那时可别后悔哟!"

李鸿章把水烟壶重重地砸在桌子上,也愤怒起身,道:"你少到本衙门搞脏(合肥语)!你也不瞧瞧你是哄东西(合肥语),有能耐告去吧!看你能奈何我吗?!"

这位英国海军上校终未能奈何了他。相反,此事传出,对洋人们倒是一个警告,上船做事变得积极多了。

李鸿章回想起这件事,又联系到眼下忍受着洋人高利贷的盘剥,时笑时怒,不觉累了……

"洋人啊,洋人!"李鸿章叹道。他真的被这帮贪得无厌、亡中国之心不死的洋人们搅得操碎了心。就说那小日本吧,同治十年时,自己跑来了。那个日本的大藏伊达宗城一进天津,就在他的签押房里坐着不走了。他声称中日两国正在遭受着西方列强的欺凌,有着相似的命运,应该联合起来,共同对付西方列强。李鸿章动心了,答应可以谈谈。

这年秋天,天津正值秋高气爽、景色迷人之际,他们真的来了。伊达宗城与李鸿章对坐。李鸿章对付洋人已是轻车熟路,一开始就闭目养神,做起了"痞子"状。

伊达宗城憋了一会儿,急了,道:"李中堂大人!"他干咳了一声,清了清嗓子,"贵国已同意与我们会谈。我们要求通商,与贵国建立一个友好合作条约,还有劳中堂大人呀!"

李鸿章抬起了头,问道:"你们就来了两个人?"他用手指着坐在他旁边的外务大丞柳原前光问。

伊达宗城答道："是的,这不是很好吗?"

"就来两个人与我大清国谈判,是不是太无礼了?"李鸿章拉长了脸道。

"李中堂大人,你们大清国幅员辽阔,人口众多,是大大的;而我们日本地盘小,人口少,是小小的。我俩到这里来,就如同小孩子找大人,由于小,人是不应该很多的。"

这个比方打得尽管有些蹩脚,但李鸿章还是高兴了,被逗笑了。他道:"哈哈,你们是小小的!"李鸿章伸出大拇指,表示自己;又捏住小指头对着他们,发出了轻蔑的笑声。可是,他却没有注意到,伊达宗城的眼里却暗藏了一种仇恨的目光。

李鸿章以主人的口气又问:"你们此来有什么要求吗?"

"我们拟定了一个草案。"说着,他示意柳原前光递上草案,道,"请中堂大人过目。"

李鸿章接过草案,并未细看。而是把这个草案甩给了坐在后面的天津海关道陈钦,让他细细看下去。

伊达宗城道:"贵国与西方各国所订的条约,我国政府已研究过了。我方希望贵国能按照以前签约的惯例,允许我国在中国内地通商并享受与西方国家相同的最惠国待遇。"

李鸿章一惊,道:"什么?你们没有搞错吧?我们与英、法、俄已签的那些条约,是鉴于当时的特殊情况,本是一种不平等的条约。而日本距中国太近,通商也不能有来无往。中日立约断不能与西方国家尽同!"

"那么,依照李中堂的意思,你们在通商问题上是要搞两个政策了?我国政府认为,贵国既然与西方有了成例,就应该允许我国利益均沾。对日本只可划一,不可另搞一套。"伊达宗城说。

"啪!"李鸿章手一挥,把他的水烟壶碰落到地上了,这一声响把日本代表吓了一跳。李鸿章道:"对不起,与西方各国等同划一,我国政府是不能答应的。否则,日后恐难免再有一场鸦片战争!"

李鸿章声色俱厉,抓住对方的无理要求——批驳,最终迫使日本放弃写入最惠国条款;规定双边享有领事裁判权;互相承认协定关税;两

795

国商民准许在对方指定的通商口岸贸易……

决定签字的前一天,双方又坐到了一起。日方递上已修改好的条约草案,请李鸿章过目。李鸿章一看就心中起火,已经讲好了不准行的条款又写上去了:"日本国可运货物到中国内地,也可到内地购买货物……"李鸿章抓起笔,在这一条款的两个"可"字之前分别加了一个"不"字,然后递还给伊达宗城。这便又触到了日本代表的痛处。伊达宗城把头儿直摇,道:"李中堂大人这两个'不'字一加,就等于取消了这一条款,其实是不应该废除的。"

李鸿章道:"我这两个'不'字,是万万少不得的。我也承认,加上了它,比取消还厉害呀!"

中日《修好条约》和《通商条约》签订了。这个条规和章程同以前清政府与西方列强历次签订的条约相比,是开天辟地的。所有条款比较合理,反映了清政府同日本修好的真诚愿望和中日双方平等互利的地位。

条约的副本上呈朝廷。那些原准备说三道四的老官僚们无话可说了。因为他们还从未有见过像这样一个合理、公平的条约。慈禧太后倒是很谨慎地告诉李鸿章:与小日本通商,切不可小觑于他们,应当处处留心防备。

李鸿章对慈禧的提醒很高兴。慈禧太后显然是把自己当成了"自己人"。李鸿章能在别人不太注意的点点滴滴中体悟出新的东西。

李鸿章成功了,这也是有生以来代表大清国与他国签订的第一个条约。条约副本传到日本之后,日本不满意了,他们本意是要通过签约多占一些便宜。可是李鸿章的水烟壶实在倒的是个时候,一下子把伊达宗城吓回了东瀛。

伊达宗城只好以刀剖腹,谢天皇而死。

消息传来,李鸿章大惊。他这才对日本精神有了认识。他暗想:日本这"刀"的精神、武士的精神,恐怕会使这个民族成为不可小觑的民族的。

伊达宗城血迹未干,日本的外务卿副岛种臣又接过了天皇的武士刀,奔赴天津来了。他此来要找的,自然还是李鸿章。

日本要求修约——尽管已经正式签字。他们要求取消两国遇事调处条款和清政府在日本口岸对本国商民的领事裁判权,还要求进入中国内地,进行他们的"自由贸易"。

李鸿章由此对日本人的印象坏透了:自己签过字,现在又想推翻重来,没门!

谈判桌上,李鸿章决意"坚守前议,不稍松动",对日本方面的修约要求一概拒绝了。可是,李鸿章却不知:副岛种臣这边在与李鸿章谈判,另一边已打通了朝廷。慈禧派出王爷,直接插手谈判。主意是朝廷拿,字却要李鸿章签。令李鸿章更为吃惊的是:日本不仅要求中国答应前一次提出的全部条件,而且提出了对台湾的领土要求。

李鸿章惊呆了,已经看出日本政府对慈禧、对各位军机做了手脚,撇开他李鸿章,把中国的朝廷收买了。但他仍然据理力争,坚决不答应所谓的把台湾改成他们日本冲绳县的要求。

替罪羊。李鸿章在心里叫苦:自己要当一只替罪羊了!

羊会叫的。但谈判到最后,朝廷把他会"叫"的权利都剥夺了。他只能在谈判桌上表现出一副誓不认输的样子。但他那枚鲜红的直隶总督大印却要盖在那个他坚决反对的条约上。这是李鸿章最痛苦的。

自这个条约修改以后,在中国各城市、口岸的市场上,除去英、法、美、德、俄等国的商人,又多了一些身材矮小的日本人。日本人个头小,鬼点子多,比西方列强对中国百姓的盘剥更为厉害。因此,日本人进入中国内地,全国范围内立即形成抗议浪潮。

挨骂的,自然就是李鸿章。更让李鸿章有苦难言的是那个慈禧太后,在全国抗议与日本通商之后,慈禧一看不妙,装出了一副与己无关的样子。她立即召见李鸿章、左宗棠、马建忠等近百位文武要员,开口就道:"如今外国人来我国的越来越多了,听说日本人也进来了。诸位对此有什么想法呀?"

养心殿顿时乱了套,嘈杂声四起。左宗棠第一个发表看法,道:"外国列强侵我大清,本不该只顾和解。和来和去,人家用枪炮来抢我们的少了一些,但在谈判桌上,并不见我们的损失比以前少。甚至有过之而无不及。臣担心有些重臣把屁股坐歪了,歪到日本人那边去了!"

马建忠也忍不住了,不像左宗棠这样影射李鸿章,而是直接点名道姓,道:"李中堂与日本人修约,依全民众看,是彻底的卖国行为。小日本可以收买李鸿章,李鸿章却不可以在出卖了自己以后,把全国同胞也出卖了呀?!"

李鸿章气得牙根都疼,扭头向马建忠和左宗棠瞪了一眼,眼睛里流露出两道凶光。他估计慈禧太后会替他洗冤了,声明此事系他奉命行事。因此,他强忍着怒火,保持冷静,一言不发。

一些人把李鸿章骂够了,慈禧太后这才说话:"李鸿章呀,我早就提醒过你,日本人滑头而又野性十足,尽量少与之打交道。你却偏偏做了主张,惹得万民不得安生,积怨四起。办洋务,搞通商是对的,但须慎之又慎。好了,这回也不追究你失职之处了。回天津后,继续用心治理军、政要务,求富求强,不要让日本人惹出什么乱子来。跪安吧!"

李鸿章知道替罪羊是当定了,慈禧此次召见群臣,为自己洗干净了身子,却对李鸿章倒打一耙了。众大臣很纳闷:李鸿章既是如此失职,慈禧太后为何免予追究了呢?

奕䜣心中有数,知道李鸿章委屈得想哭,有意在府中设宴,给予安慰,道:"中堂,孟圣云,'天将降大任于斯人也,必先苦其心志。'太后这回是有意调教你呢!心中有怨,忍一忍吧。太后有数,暗地里不会亏待你的。"

李鸿章叹气,只有叹气,一句话说不出来。他能马上站出来,把慈禧太后及军机们得罪了吗?惹火了他们,不仅自己性命不保,还会株连九族的。

日本人取得了在中国内地通商的权利之后,更不把这大清朝廷放在眼里了,于是渐渐肆无忌惮起来。他们在大清的地盘上,以做生意为幌子,一再进行不法活动。李鸿章心中有气,采取了睁一只眼闭一只眼的方式。一次,有个日本人因为做赔了生意,大为恼火,竟然开枪打死了一名商人。这个商人原来也是日本人,因在中国久了,已加入了中国国籍。因此,日本商人就等于打死了中国人。此事发生以后,引起了很大纠纷。李鸿章下令,把日本商人抓起来送到日本领事馆去了。这桩人命案就这样了结了。不久,人们发现那个被抓的日本商人,又出现在天津的交易场所上。

日本莫名其妙地公然设立"台湾事务局"了,还任命了陆军中将西乡从道为"台湾事务都督",派三千六百兵勇,乘坐三艘军舰和五条轮船到台湾驻扎去了。

要说这点儿兵力,搞一次演习还差不多,真正打起来,根本不是李鸿章北洋海军的对手。

刘铭传来报:"李中堂,日军在台湾琅玡登陆!"

"打!"李鸿章脱口而出,真正是自作主张,一下子从福建调动五千名水兵,又令刘铭传率六千五百人乘军舰赶赴台湾。

北洋水师组建后赴前线打仗,这还是第一次。将士们摩拳擦掌,决心打一个日本兵人仰马翻。

却不料,刘铭传率兵到达台湾之后,这一仗却没有打起来。朝廷一道圣旨直送刘铭传,廷寄李鸿章:"不可轻动,争取求和!"

果然,朝廷直接通知柳原前光到天津来了。要找的,仍然是李鸿章。他这已是三登总督府了,李鸿章对这个秃脑袋的新任日本公使记得清清楚楚。

柳原前光这会儿就坐在李鸿章的对面。李鸿章有意把身子朝后面仰一仰,不拿正眼瞧这个柳原前光。烟点着了,还是那只水烟壶。李鸿章悠悠吐出一口烟雾,直喷对手,呛得这个日本公使"咳、咳"地好难受。

柳原前光干坐着等李鸿章把烟抽完,这才开腔:"李中堂!"

李鸿章并不理睬,又要了一碗漱口水,鼓漱了一口,然后将水直喷在柳原前光的脚前。他正愁着一肚子火气找不到地方发呢!正好柳原前光来了。李鸿章仍没有开口讲话的意思,又要了一袋烟点着了。儿子李经方早就告诉过日本人:"我父亲抽烟时,不喜欢别人讲话!"其实李鸿章哪有这个规矩?只不过故意捉弄一下日本人罢了。

柳原前光见李鸿章又一袋烟抽完了,怕他再点,赶快切入正题:"李中堂大人!我大日本帝国出兵台湾,是为了保一方安定。因已经与贵国修好,不想把事情闹大。此次受贵国朝廷之邀,特来向李中堂讨一个公道。"

"公道?"李鸿章将铜质水烟壶重重地往桌上一砸,道,"少跟老子屁磨(合肥语)!你们出尔反尔,得寸进尺,又来讨公道。龟孙儿的,怎么个讨法?"他与洋人谈话,最喜用合肥土语,翻译不翻就是了。

"中堂大人,我们要一些出兵费。贵国答应了,我们马上撤兵。"

"呀呀呸!"李鸿章火得要死,道,"台湾系我大清领土,我又没有请你们去。你们擅自闯入台湾，分明是侵犯。老子没有叫你赔款就算客气了，反而要老子掏钱，亏你说得出口！"

"只恐怕您不赔款，我国政府是不会撤兵的。而且还会增兵开往贵国相关口岸的！"

"告诉你，老子要钱没有，要打仗，我李鸿章等着！送客！"李鸿章说完自己起身走了。

谈判就这样破裂了，朝廷十分恼火，另派军机与日本代表在北京签订了《北京专条》，同意"捐赠"白银五十万两给日本政府。并写明：中国承认日本出兵台湾属于"保民义举"。清廷哪里知道，日本兵到台湾后提心吊胆，弹尽粮绝，在签订《北京专条》之前，就被迫退离台湾了。留在台湾的只是几十面飘动在山头之间的太阳旗。

李鸿章拒签《北京专条》一时间成了黎民百姓称颂的对象。天津街头一些民间艺人很快把李鸿章与柳原前光谈判过程编成故事，在大街小巷说唱，讲得神乎其神。

李鸿章听报，亲自走上街头听唱，心头暖乎乎的。《北京专条》签订后，李鸿章获悉，以愤怒的心情上奏朝廷，道：

"日本乃蕞尔小邦，竟以虚弱之力攻我大清之强，实乃自不量力。以我海军，并敌之虚弱，一战可灭之；然未经炮火，我大邦反倒赔款，只惹世人耻笑、列强耻笑。日本区区小国，得此一战，久之诚为中国永远大患。观目下形势，若不增购船炮，训练水师，大国亦不免亡国之险……"

李鸿章这一次是豁出去了，一份奏折写得措辞异常激烈，令许多文武大臣由衷钦佩起来。但《北京专条》已无法挽回了。

福建船政学堂有十三名学士联名给李鸿章写来一封信，他们要毕业了。"浩渺大国，何处是我家？"他们请求到李鸿章的北洋水师里效力。李鸿章在信上读到了这样的火热的语言："四载韶华，千秋大志，何以成人？李中堂大人英才冠盖华宇，可知我等心切？我等忧急？空有一腔血，化作长河灯……"

来信的最后署名是：刘步蟾、林泰曾、蒋超英、方伯谦、严宗光、何心川、林永升、叶祖珪、萨镇冰、黄建勋、江懋祉、邱宝仁、邓世昌。

李鸿章激动得流泪了，他觉得这封信的分量很重，重得让他喘不过气来。北洋海军能有这些热血男儿,何愁不胜?压力、希望,交织在李鸿章的心头。他的耳边许多天里都在响着一种呐喊、一种呼唤。

日月如梭,寒尽暑来,时光交替。

晚期的大清帝国如同一条被风浪颠荡着的破船,却乘载着世界上最多的子民,慢慢地、艰难地向前航行着。

光绪年间依然是不平静的。整个中国在一种异常灰暗的色彩中隐现着。历史,将已经发生过的许许多多事情深深地镌刻在纪念牌或耻辱柱上,以此警示后人。

李鸿章依然在直隶总督、北洋大臣任上,他的面前充斥着更多的艰辛与苦涩。一批又一批学子毕业了,胸怀拳拳之志扑向了北洋水师。可是,由于经费紧张,北洋水师的阵容十多年里依旧如故。

光绪六年时,老太太病故,令李鸿章痛不欲生。然而,由于军务繁忙,他拖延了归期。当他急匆匆赶回合肥时,老母的遗骸已经下土,与父亲葬在一处。他只为老母磕了几天响头,烧了几天纸钱就急忙要往衙门赶了。他离开期间,直隶总督暂由老部下张树声署理。而就在这时,他期待的"二十年内或不至生事"的迷梦被法国打向越南的炮火粉碎了。由于越南与中国存在着宗主和藩属关系,清朝皇帝要越南国王接受"册封",并定期派人到京"朝贡",故,中国对越南就负有了保护责任。法国打越南,就等于打中国。李鸿章从合肥刚一回到天津,就情不自禁地被卷进了中法纷争的旋涡。

一八八二年四月,法军攻陷越南河内,日趋严峻的形势促使朝廷不得不采取备战措施。到五月底,滇粤陆军出防域外,广东兵轮、福建兵轮也驶往中国南疆海域了。

李鸿章回到天津原任上后,朝廷马上指令李鸿章与法国驻华公使宝海举行会谈。李鸿章明白:朝廷是在一手备战,一手议和,而却把希望放在了议和上。

李鸿章的总督衙门成了大清外交的主战场,他不容推辞。更何况他也赞成朝廷的两手准备。宝海于十一月二十四日抵达李鸿章的衙门,谈判开始,宝海以中国军队先从越南撤军为谈判先决条件,李鸿章则坚持法国必须声明:它对越南毫无侵占土地之意。李、宝协议初步形成,朝廷也表示满意。但到了一八八三年一月,法国内阁变动。被公认为"狂热的殖民主义者"的茹费理出任内阁总理,他一贯藐视中国而主张对华采取强硬措施。

宝海因对李鸿章作出让步而被撤职,法国单方面宣布李、宝会谈作废。李鸿章十分恼怒,表示要以武力一决雌雄。朝廷也受到李鸿章果断态度的影响,旨命李鸿章前往广东督办越南事务,节制广东、广西、云南军务,统一指挥。朝廷实在是找不到合适人选,认为唯有李鸿章才有威望担此重任。

李鸿章心想:我已是六十岁人了,只能坐镇衙门,帮朝廷出出主意,哪还能像年轻时一样,被随意差遣呢?他拒赴前敌,同意到上海指挥督战。清廷无奈,只好照允。

李鸿章六月六日到上海,八日就上奏朝廷,要求朝廷对法国采取强硬手段:"只要海陆军配合,扬长避短,并非不可与法国决以胜负。只要坚持持久战,法国必将知难而退……"

朝廷就好像是一个脑筋不正常的人,正当李鸿章调兵遣将之际,又一道圣旨下来,令李鸿章速回天津原任,再以外交手段与法国求和。

李鸿章奉旨回到天津才知:直隶已经离不开他李鸿章了。他离开才二十六天,衙门事务已乱成了一堆麻。他一手料理衙门事务,一手与法国代表胜利古在天津谈判。谈判尚未正式拉开帷幕,越南方面传来消息:他们已被迫同法国签订了《顺化条约》,使越南完全沦为法国殖民地了。中国对越南的宗主关系已不复存在。

李鸿章仍想以自己的能力夺回部分损失,提出以河内为界,越南北部归中国,河内以南归法国,即大致以北纬二十一度为分界。法国已吃上嘴的肥肉岂肯吐出?李鸿章无奈了。

到这年十二月中旬,以法军大举进攻大清驻越南的山西清军为标志,中法战争正式爆发。中国军队在越南战场上失利,朝廷无力再战,只好令李鸿章答应法国要求,于次年五月十一日签订了《中法会议简明条款》,亦称《李福协定》。主要内容是:中国承认法越已订立的条约;同意在中越边境开埠通商;中国军队撤回边境;法国保证不再向中国索取赔款。

条约如此屈辱,李鸿章数月谈判争取到的就是这么最后一条。即便他绞尽脑汁、费尽心机,他仍然又一次遭到了主战派孔宪毂、邓承修等二十余位要员联名上奏的指责。接着又有御史四十七人会同翰林院弹劾李鸿章。

替罪羊！李鸿章再次成为替罪羊时，想弹劾他更不会那么容易。慈禧心中有数：那些不怪李鸿章，他已尽力了！那么怪谁？最后谁也不怪。要怪，只能怪洋人太强大！

大清朝内外交困，紫禁城里的各种大典却一个接一个办个不停。慈禧太后五旬大寿的庆典刚刚办过不久，到一八八九年（光绪十五年）皇帝年届十九岁时，又办了他的完婚大典。完婚刚毕，接下来是皇帝亲政大典。李鸿章作为大清朝的台柱子，少不了场场参加。他的心情并没有因为这些庆典有多少好转，更多地生出的是不满和担忧。

慈禧太后为光绪皇帝举行婚礼是最下工夫的，一连欢庆三天三夜。朝中上下欢喜异常，个中原因倒不是替皇帝贺喜之故，主要是慈禧太后在光绪皇帝婚礼的前三天，便接二连三地以自己的名义下旨，对文武官员大加封赏，甚至对死去的王公也加封谥号，对外国驻京师的使者则大摆宴席款待。举国上下，好似热闹非凡了。

慈禧太后用心良苦，"太平盛世"是她最喜欢称道的事，不惜花费一切。在大清十一个皇帝中，数光绪皇帝的婚礼办得最为气派，花费最大。据不完全统计：这个婚礼共花销黄金四万一千两，白银四百八十三万两，铜钱二千七百五十八吊。何其惊人！李鸿章心想：若把这笔钱拿出来办海军，国家就没有忧愁了。而迄今为止，北洋海军已经十三年没有添过一船一炮了。军中战船将近一半已在带"病"使用，多数已锈迹斑斑了。

自从慈禧要修颐和园开始，海军军费就一直扣在宫中不给动用了。如今园子修成了，添置战舰的经费仍然分文没有。李鸿章怎能不担忧？已红得发紫的太监李莲英专以察言观色为能事。他留心李鸿章，知道他心中不满。按照李莲英的逻辑，对宫中庆典不满，便是对老佛爷不满，便是与他李莲英为敌。这样的人就是眼中钉、肉中刺，是该设法整治一下的。

这位起先靠为慈禧太后梳头起家的太监炙手可热，在慈禧身边二十年了。由于他摸透了太后的脾性，深得慈禧欢心，时人号为"九千岁"。但凡想往上爬的，只要肯在他身上花本钱，多半可以谋个好职位。

803

他为自己树立起了大批党羽,也成为日后"后党"的中坚。

恰恰李鸿章与他合不来。原因是李鸿章一贯看不起他,一见他那个阴阳不合的劲儿,直想吐。人往往就是这样,看不惯了便难以沟通了。

李莲英深知李鸿章不好惹,因为他同样是慈禧的心腹和依靠。从内心讲,他愿与李鸿章串通一气。但一相情愿不行。每当他脑海里闪出李鸿章对他那充满鄙视、傲气的神态时,他就恨不得吃了李鸿章。

朝野上下都知道"二李之争"了。慈禧太后对于二李,都是一样的器重和需要。她明白,自己少不得李鸿章。这是一个难得的帅才,没有他,便没有水、陆两军,没有直隶之治,也没有外交斡旋了。李莲英呢?是一个贴心的人,是自己花了大量心血培养的"家狗",同样不能割舍。

每当李莲英讲到李鸿章如何如何,慈禧总是板起脸来,装做未听。久而久之,李莲英也就不再自讨没趣。而李鸿章每当碰见李莲英,架子一摆:"哼!你能通天,又能拿老子怎样?!"

李莲英虽不能拿李鸿章个人怎样,但对于李鸿章想办的洋务、海军等重大事情,却时时可以从中捣乱,叫他办不成。光绪皇帝婚礼和亲政典礼前,李鸿章深感北洋海军不行了,四方筹集了三百万两白银,准备再购两艘大铁甲战舰,于是连续上奏,却让李莲英盯上了。李鸿章终于领教了李莲英的本事,可是,一切都为时过晚了。此是后话,暂且不表。眼前刚经历的这场"帝后之争",就让李鸿章够烦恼的了。

光绪皇帝并不因慈禧太后为他大办婚事而感到高兴。因为在选皇后的过程中,西太后大做了手脚,把自己的亲侄女、桂祥的女儿立为了皇后。光绪最不喜欢慈禧娘家的这个侄女。他心想:堂堂大清皇帝,竟不能将自己意中人立为皇后,岂不笑话!

但慈禧自己做主定了,又将她那拉氏姊妹俩选进宫来,给光绪做妃子。姐姐被封为瑾嫔,妹妹为珍嫔,姐妹俩同日晋升为妃。

光绪结婚,憋了一肚子气,自然与皇后感情不和,而对珍妃却感情深厚。皇后醋意大发,找慈禧太后哭诉,慈禧火了,下令毒打珍妃。如此便在几人中造成矛盾并日渐深化。

一八八九年三月四日,光绪十五年二月初三日,光绪在太和殿举行亲政大典。表面上看起来,慈禧是归政了,而实际上一如既往:皇帝是一个摆设,实权掌握在慈禧手里。凡大臣呈递给皇帝的奏折,必须一式两份,其中一份递给太后;皇帝下旨,均经太后旨准后才能下达。

受了李莲英的挑拨,加之慈禧太后信任李鸿章,使李鸿章莫名其妙地卷进了这场宫中争斗中去了,引起了光绪皇帝对李鸿章的忌恨。李鸿章有苦难言:历年的海军军费三千万两白银,加之李鸿章自己使用的"海防捐"数百万两,统统流进昆明湖去了。皇上有气,无法跟慈禧太后算账,却可以找李鸿章的麻烦。他亲政后的第一件事,就是追究李鸿章这一责任。

李鸿章也正在为此心中恼火哩!心想:你找我的麻烦,我找谁去?在李鸿章的眼里,你光绪皇帝只不过是个懵懂顽童、慈禧的摆设而已!我李鸿章从见过道光皇帝始,已是四朝元老,你大清朝现在还有几个?!

李鸿章盘算过了,纵然李莲英从中使坏,纵然你光绪皇帝瞧我别扭,也未必能把我"李合肥"怎样?大不了回乡享清福去!因此,他对光绪的责难泰然处之。

却不料,福无双至,祸不单行。

事情还得从光绪的师傅翁同龢说起。此人是典型的帝党成员,由于他跟随皇上,教皇上读书业已十几年了,总希望他教的皇上能成为名副其实的一国之君。他见皇上与李鸿章的矛盾已公开化以后,跳出来当皇帝的帮凶,处处找李鸿章的麻烦,把李鸿章挂到嘴边骂。

这日,光绪皇帝又把李鸿章从天津召到了京师。养心殿里,四顾无声。光绪皇帝因偶染伤寒,呆坐在上头,一言不发。李鸿章坐在前排,身后的几位陪站大臣心里想的是"多一事不如少一事",也没有人开口。

很长时间了,李鸿章心中大为不悦:自己已快是古稀之人了,能这样无休止地站下去吗?有什么事要讲,你这个毛头小伙子倒是讲呀!你们终日花天酒地,可知我李鸿章身兼数职,公务繁忙?

李鸿章两腿站得发麻时,翁同龢开口讲话了。他清了一下嗓子,以示自己地位之尊,道:"今日召见各位,我先讲几句。如今皇上亲政了,举国欢腾,此为真龙出水、乌云见日之喜事。圣上之尊,万民当尽仰之,以大国为荣,以帝王为至圣,扬我中华万古之盛。为臣者,皆当以社稷大业为己任,为国尽忠,为皇上尽孝,为事业尽才……"

李鸿章尽量在克制自己,听翁同龢这话中的口气,如皇上一般,不禁也干咳了两声，以示不耐烦。

翁同龢看了李鸿章一眼，李鸿章冷眼投向了他。只听他又说："为臣者，当以本国利益为重，切莫唯洋人之命是听。想我中华数千年至今，大国泱泱，世界之上，他国皆敬仰有加。而不幸的是，朝中上下已有多人违之，热衷于什么洋务，奴颜婢膝，卖国求荣，已给我朝带来许多被动……"

李鸿章又咳了两声，心想你还在吹什么牛皮？书呆子一个，全不知数千年已大变。不办洋务，你能有那十年的安稳吗？！

不料翁同龢越说越带劲，越说越露骨，矛头直指李鸿章："尔今北洋水师，不肯立足于本国，却一心想找洋人买战船。买那么多船怎么样呀？日本打不过，法国打不过，那白花花的银子全扔到水里去了。到头来，又是签一纸和约，丧权辱国。不知到底是何居心？！"

"你此言差矣！"李鸿章实在憋不住了，朗声断喝。

这一声不要紧，一直耷拉着脑袋的陪站大臣们全把头抬起来。在他们看来，这回接上火了，有好戏看了。

李鸿章一字一板地说："你问我有何居心，我倒是想问你一句，你口口声声为社稷、为朝廷，请问你又为我大清社稷做过哪一件实事？天下之事，你到底知道多少？身为臣子，不为朝廷做实事，请问你是何居心？！"

翁同龢的脸红了，一时语塞。他眼珠转了半天，道："你……你李中堂可不能居功自傲呀！"

李鸿章道："我大清国威浩荡，与洋人相斗，老臣我已尽力了。之所以签约，不是你可以定夺的。你系局外之人，我倒希望你能争取成为局内人。那就不用看着人家吃豆腐，你喊牙快了。皇上今天正好高坐在上，你可以当面奏请皇上，把我的差事给你干。这样，我便有了接班的了，也省得你待在一旁干着急了。"

光绪皇上的威严，比慈禧太后差得太远。李鸿章并不顾礼仪皇威，话中带刺，照说不误。讲了这一段话后，他下意识地瞅一眼皇上，见他已挺直了腰板，气色也好多了，正在关注着他们之间的舌战。仅这一瞅，使李鸿章真切感到：他平时小看年轻的皇上了。此刻他俨然如同判官，眉宇间英气逼人。

光绪皇帝终于开口了:"你们二位都不要再吵了。朕今日召见众大臣,是因有一事相商。这便是要诸位群策群力,以革新内政。我大清近几十年来,已沦丧如此。依朕的看法,弊端很多,不忍细想。朕亲政以后,希望对内政立即革新,不知诸位意下如何?"

这话使李鸿章怦然心动,但话题急转,还须细细想好了再说。所以并未急于讲话。

光绪皇帝见大家都在思考,接着说:"这些年能够带给我们思考的问题太多了。军机大臣翁同龢所言,也有一些道理。我们逢战必和,逢强必退,有辱大清,还搞垮了财力。朕听说李中堂多年致力于自富、自强,要自强,先要从自身做起,把国家的事当做自己的事去干,方可有成。朕说的革新内政,就是要立足于文武百官的共同努力,使每位大臣各在其位,各司其职,莫以闲职散居。大清之下,如今到底有多少挂名无事的闲官呢?我看没人能说准吧?朕要各位都回去想一想,想好了就递折子上来,以供朕亲政以后参考……"

李鸿章从光绪皇帝的话里看到,他其实还是有一些志向的人。但是,这种志向有没有条件实现呢?如今是慈禧不坐在帘子后面了,大话是可以讲的。但真正干起来,那太后能放手吗?李鸿章为光绪皇上的命运担忧。

出了养心殿,他又想到翁同龢了:这个龟孙儿的,竟敢与我李鸿章争斗!他带着一肚子气,直奔颐和园来了。

慈禧"归政"以后,整天在颐和园里看戏、乘船、烧香、拜佛。除此以外,便是乐于接见大臣,听他们发牢骚。光绪皇帝每月去五六次颐和园专程看望慈禧太后。请安时,皇帝也不能直接进入太后的大殿,必须先由太监禀报,获准后方可进入。太后若想返回宫中,届时有太监禀报,皇上要在宫门跪迎。这样威风的太后,怕是在历史上绝无仅有的。

李鸿章谒见太后,叙说了翁同龢在养心殿大耍威风、否定十余年来的政绩,甚至有影射太后的情况。慈禧太后大怒,道:"我早就料到了。来人!"

翁同龢很快被慈禧太后传见了。翁同龢赶到了颐和园,进了谐趣园。慈禧太后却带了李鸿章、李莲英去捉红鲤鱼。李鸿章坐在一角的石凳上,无心赏鱼,正在思考一个严峻的问题,顺带看看这翁同龢的

807

笑话。

远远听见一句:"翁同龢求见太后!"

慈禧对李莲英道:"快去看看,谁来这里捣乱,搅我的雅兴。"

李莲英"喳"了一声,来到门口,见了翁同龢,道:"你到这里来干什么?!"

"回公公的话,是太后传微臣来此的。"

李莲英道:"既是太后传你来的,不到宫门口等候,到这儿何为?"

翁同龢想发作,但还是忍了。他知道这是李鸿章告了他的状,现在叫自己到宫门口去等,而太后现在分明还在这里,自己要等多久呀?他拿定主意,就在这谐趣园门外等候。

李鸿章看在眼里,高兴在心里。慈禧太后又玩了好长一会,这才盼咐:"回宫!"

大小太监、宫女几行人护卫着慈禧。刚到谐趣园门口,翁同龢上前就磕头,叫道:"翁同龢参见太后!"

"噢,你来了,随我一道回宫吧!"

慈禧说完,目不斜视地坐进了十六人大轿,朝前走了。

翁同龢犹豫了一会,还是跟着轿队步行走着。

李鸿章站在谐趣园门口,看着远去的轿队,忽然感觉到了一种沉重。大清国像这样折腾下去,恐不会太久了。整了一下翁同龢,心情有了一时的痛快。冷静下来想想国家的前途、民族的前途,他顿生许多伤感和悲哀。

不知在昆明湖边转了多长时间,李鸿章来到了颐和园大门旁边。

正在这时,他看见翁同龢也朝大门口疾步走来了。只见他衣冠不整,满身泥浆,狼狈不堪。李鸿章突然有些幸灾乐祸,上前一把拦住翁同龢,问道:"这不是松禅兄吗?怎么弄成这么一副落水狗一般的模样?"

翁同龢抬头一见是李鸿章,破口大骂:"王八蛋!今天你整我,老子叫你日后定不得好死!"

看着翁同龢狼狈而去的背影,李鸿章叹了一口气,自言自语道:"太后呀太后……"

转眼到了光绪二十年,十月初十是慈禧老佛爷六十大庆。才过了年，光绪皇帝命军机处、内务府筹办庆典，举行了甲午恩科会试，取中了状元张謇等三百余人为进士。这批进士也被邀请参加庆典。这天，光绪皇帝将率领文武百官、王公大臣到园中贺寿。各省、府地方官员备下寿礼，提前送给皇太后过目。

　　正当老佛爷的六十大寿庆典即将正式举行时，谁知一声霹雳，彻底搅乱了这喜庆的气氛，使老佛爷的圣寿竟在烽烟的笼罩下惨淡度过。举国惊讶，朝野上下恐慌不安！

809

第二十五章　祸起朝鲜

李鸿章正在为慈禧太后六十寿典筹办贺礼，一个令他万分惊讶的消息传来：与大清国唇齿相依的朝鲜内乱兴起，小日本加快了进犯朝鲜的步伐。光绪皇帝经太后恩准的一道圣旨下来，即命李鸿章全权处理朝鲜事变！

李鸿章吃惊归吃惊，接命后丝毫不敢怠慢，立即令直隶提督、淮军部将叶志超，太原总兵聂士成率淮军三千人马开赴朝鲜，平定内乱。

与越南一样，自古以来的朝鲜与中国就维持着一种宗主藩属关系。朝鲜国王是接受大清皇帝册封的，现在他有难了，伸出求援之手，光绪皇帝不能撒手不管。而李鸿章尤感此事非同小可。越南丢给法国人当殖民地了，国境毗连的朝鲜不能再从大清朝手上丢掉。

叶、聂二位在李鸿章的总督衙门领命以后，信心十足。叶志超道："我们当年随李中堂大人剿长毛，灭捻匪，什么仗未见过？区区小国内乱，就那么几个小蟊贼，怕是淮军人马一到，就吓跑了。"

十几年未打仗了，他们也深知这是一场为大清国、为李鸿章争面子、树形象的战役，只能打胜，不能失败。聂士成激动地对李鸿章说："中堂大人呀，这一回将士们手都痒了，早就想把队伍拉出去练练手了。您可不能像上回刘铭传打台湾一样，看着就要与小日本接上火了，却一道命令送到前线，叫我们撤兵呀！"

李鸿章此时的心情是他的手下们无法捕捉的。他没有丝毫的兴奋和激动，恰恰相反，心中充满了不祥之感。近在咫尺的日本诸岛，军国主义已经迅速膨胀。他们不惜重金，大办海军，军事装备和作战能力早已今非昔比。而目标只有一个：中国和它的附属国。朝鲜内乱刚起，中国军队未到，据报：日本已经出兵了。可以说，日本进犯朝鲜，绝非仅仅针对朝鲜，而是针对大清帝国的。由日本人插手进来，其中包含的危急却是叶志超、聂士成二位所始料不及的。

按照李鸿章的部署，淮军一踏上朝鲜领土后，所到之处，秋毫无犯，于街巷、村落中贴榜安民，誓树大国风范，也乘机过一把"大国将军"的官瘾。

可是，突变的情况令这二位大国将军目瞪口呆：就在他们刚刚把大清国的旗杆树在大营门前时，就马上面临被摧折的威胁了。淮军登陆仁川的次日，探兵来报："日军一万多人也在仁川登陆了！"

这个消息传到天津，坐镇遥控指挥的李鸿章只觉得眼前一黑，几乎站不住了。他预感到光绪二十年这个甲午年，在他的政治生涯中定是个灾难性的年头了。他掉进了日本早已为他预设的战争陷阱中去了。

仅两天的工夫，日本兵占领了汉城，掳走了朝鲜国王，并在汉城以南的牙山口外丰岛附近的海面，偷袭中国运兵船，租用的英国商船"高升"号被击沉，一千多名中国士兵以步枪抵抗，最后全部遇难。中日战争已是不可避免了，帷幕业已拉开。

李鸿章急得半死，电问驻扎朝鲜总理交涉通商事宜的袁世凯："你不是说日本已答应不发兵吗？！"袁世凯又能怎么回答这位管着他的中堂大人呢？对于一个不讲信义、出尔反尔的日本国，袁世凯无言以对，只好叩首领罪。

没有人比李鸿章再清楚日本对中国和朝鲜的野心了。早在一八七五年，日本就在朝鲜蓄意制造"江华岛事件"，以测量海口为由，炮轰朝鲜炮台，并攻城杀民，胁迫朝鲜与之订立通商条约。李鸿章代表大清政府提出抗议，日本派外务少辅森有礼来华与李鸿章谈判。在日本看来，朝鲜作为中国的附属国徒有虚名，不应干涉日本对朝采取的军事行动。李鸿章当然坚决拒绝，表示宗主藩属关系不变。李鸿章与森有礼在保定和谈未果，朝鲜那边已被迫与日本签订了《江华条约》，承认朝鲜为"自由之邦"。日本由此开始把中国排除在外，凡事直接与朝鲜交涉了。

李鸿章在这样的被动情形下动了一个脑筋：派出官员专程赴朝，劝导朝鲜与英、法、美等国立约通商，以此牵制日本。

朝鲜的退休元辅李裕元给李鸿章来信了，他是李中堂的崇拜者。李鸿章大喜，因这李裕元是朝鲜国王李熙的叔父，虽已退休，声威犹存。李鸿章立即给他复信，请他代做国王的工作，尽快实施以英、法、美牵制日本的政策。

811

事情很快产生效果，美国首先派薛斐尔出使朝鲜，商谈立约。英国也主动与朝鲜联系。日本惊慌了，掉过头来找李鸿章，鼓动李鸿章重提与朝鲜的藩属关系，说："西方列强与朝鲜立约应通过中国。"李鸿章想乘机挽回局面，亲自出马与美国代表薛斐尔会谈。但谈了五轮下来，美国却不认这个账了。他们在与朝鲜签订的《朝美条约》中，只字不提朝鲜是中国的属邦，一脚把中国踢到旁边去了。

　　李鸿章生气，但他以此牵制日本的目的达到了。

　　不料，封闭、弱小的朝鲜从此不平静了。列强们纷纷进入，国家和民众利益遭受盘剥，老百姓不干了。城市贫民发动起义，袭击外国领事馆，杀死洋人，还冲进王宫，闵妃化装出逃，国王的父亲李昰乘机入宫，掌握实权，史称"壬午兵变"。原国王李熙请求中国干预，出兵镇压兵变。李鸿章派遣丁汝昌、马建忠率三艘军舰及吴长庆的六营人马东渡，帮助镇压兵变。淮军抵达朝鲜，诱捕了李昰，杀死"乱党"多人，并把李昰解送到了天津。

　　李鸿章要直接插手朝鲜了，力争踢开日本，恢复与朝的藩属关系。他主张从中国派员以"国监"身份去参与管理朝鲜。日本不干了，找李鸿章谈判。李鸿章权衡大局及两国实力，与日本全权代表伊藤签订了《天津条约》，规定：中日两国都撤出朝鲜，让朝鲜"自治"。李鸿章在条约签订后使出两招：把仍关在中国的兵变主谋李昰送回朝鲜，以此利用李昰钳制朝鲜宫廷；任命袁世凯去朝鲜"总理交涉通商事宜"。

　　袁世凯到汉城后，成立公署。其随员有唐绍仪、刘永庆等二十余人。谁知此人崇尚权术，骄横专断，事事干涉朝鲜内政，再次引起朝鲜、日本两国不满。他向李鸿章保证：日本是不会也没有能力插手朝鲜事务了，更不会派兵。李鸿章轻信了。

　　一八九四年四月，朝鲜爆发了东学党起义，矛头直指国王。大清朝廷和日本同时得到这个消息。日本认为这是进占朝鲜的绝好机会，因此在李鸿章发兵的同时，日本调集首批一万多兵力开赴朝鲜。就在日军已起程时，袁世凯依据主观推测，仍电告李鸿章：日本不会出兵。

　　严峻的现实令李鸿章有些措手不及了，他一面与日本驻京公使和驻津领事交涉，试图通过自己个人的力量劝说日本退兵，一面又选派一千多名淮军乘坐英国商船增援先头部队，但刚到朝鲜丰岛附近就被日舰击沉了。

日军对中国运兵船的轰击却不料反而使李鸿章冷静了。这回他是一反常态，不仅没有像往常那样拍案而起，反而退缩了。

他想到北洋水师不少战船已快成废铁了，海军总兵、管带一个个弃船登岸，住在城里妻妾成群了。淮军将领们大多数年老体弱，暮气至极，打起仗来，恐怕不是日军的对手了。日军新练陆军现役七万人，预备役二十万人，把李鸿章吓住了。至于藩属，越南已让法国抢去了，缅甸又沦于英国，何必再为一个朝鲜孤注一掷呢？万一把海、陆主力拉上去，打不过日本，落个全军覆灭，那么大清国就彻底完了。还是为自己的国家保存仅有的这一点实力吧！

他希望通过自己的外交斡旋劝日本退兵；其次是盼望列强插手此事，牵制日本。

丁汝昌、周馥等冲进他的衙门催李鸿章增兵。那个跟陆铭彤进了李鸿章幕府的书法大家吴大澂都沉不住气了，道："中堂大人原本是命我去朝鲜的，我因念及自己外交知识短缺，才推让给了袁世凯。不料此人为人阴险，素不知以国事为重，轻信日本人之言，把中堂您都带着上当了。现在情形危急，按兵不动，已经派去的弟兄们后果不堪设想啊！"

李鸿章只是听着，一言不发，脸色十分难看。他正在思考袁世凯这个人。其祖父之弟袁甲三与自己在安徽协办团练时有过交往，相处还不错。袁世凯是投靠到淮军吴长庆门下才有今天的。因他的叔父袁保庆与吴长庆是结义兄弟，而且袁世凯的祖父与吴长庆父亲是同年进士，有了这些关系，吴长庆对袁世凯便不能说别的了。

袁世凯进了淮军，就有了巴结和讨好李鸿章的机会了。光绪七年，李鸿章命吴长庆去朝鲜，袁世凯也跟着去了，生活五年之久。这样一来，作为出使过朝鲜的人，自然应对朝鲜十分了解，所以在又一次派遣赴朝大员时，就想到了袁世凯。就是这次出使朝鲜，使他袁世凯获得了跻身政坛的资本。

各方面都在催李鸿章赶快增重兵赴朝，袁世凯也再三来电请求了。李鸿章只当做没有这回事。他不但不增兵，还准备令叶志超、聂士成退兵，以保存实力。

已二十三岁的光绪皇帝正值年轻气盛，他先主张出兵的。但慈禧太后支持李鸿章撤兵,希望大事化小,小事化了,不要影响到她六十寿庆。光绪皇上毫不气馁,争取朝廷中主战派支持,使慈禧最终也被迫同意对日宣战。

六月二十八日,正是炎暑免褂的季节。李鸿章在督衙花厅中会见从京师赶来的"帝师"、自己的老对头翁同龢。宾主宽衣坐定后,翁同龢兴奋地说道:

"李中堂,区区日本小国,螳臂挡车,猖狂太甚。太后与皇上决定,令你七月初一始,对日宣战。皇上特命老臣前来天津,专程向中堂传谕。务必立即向朝鲜增派重兵,全力把日本人的气焰打下去,不获全胜,决不收兵!"

李鸿章愕然,大怒道:"朝廷是发疯了?!本部堂正在积极进行外交斡旋,已初显成效。如今说打就打,战船不行,兵员不足,军饷全无,粮草无济,怎么能与已经壮大起来的日军争雄呢?!"

翁同龢传达完了圣旨,讲风凉话了:"哈哈,我还记得中堂大人当年上奏朝廷,说自己的北洋海军已经强大无比,大清可保平安了。怎么今天讲起了丧气话呀?"

"那是什么时候了?自那以后,朝廷不是十多年无战事吗?!但后来这十几年,我们未添一船一炮。这十几年中,日本人投资了多少钱?添了多少船?扩大多少兵?你只管坐在屋角上闭目养神,可知道这些情况?"李鸿章不客气地回答了他。

翁同龢自知这里不是北京,把李中堂惹火了,弄不好出不了天津。所以,他摆手道:"好了,好了,我们老哥俩都别吵了。皇上圣旨已下,你赶快出兵吧!"

李鸿章颓然跌坐在炕沿上,忽然像是缓过劲来了,朝门外喊道:"请于师爷!"

被唤作"于师爷"的名叫于式枚,字晦若。光绪六年的进士,庶吉士散馆以后来到直隶总督幕下,主持奏牍事务。原来替李鸿章主拟奏折的幕僚薛福成已被李鸿章保举为浙江宁绍道台了。如今幕中文牍之事由于式枚主办。

不一会儿,身材瘦弱的于式枚来到花厅。李鸿章当着翁同龢的面吩咐道:

"你赶快拟几个调兵的电报,马上发出去。听清了:命提督衔总兵马玉昆率武毅军两千兵勇从旅顺出发;命高州镇总兵左宝贵统领奉军三千五百人、盛京副都统丰升阿率奉天练军一千五百人,均从奉天出发,立即赶赴朝鲜。再以我的檄令,命大同镇总兵卫汝贵统领盛军六千人从天津出发,循水、陆两路增兵朝鲜。以上各军均受现任总统诸军的叶志超节制。兵到开战,不得有误!"

　　于式枚用笔记下了,再重述了一遍。李鸿章点了点头,随即退下拟稿去了。

　　李鸿章这是当面做给翁同龢看的。官场险恶,让他回京复旨去。送走了翁同龢,李鸿章关上签押房外门,垂首合目,沉思良久。如今既已打了,就要尽量打好。

　　窗外,鸣蝉之声不断,天气闷热得让人难以忍受。李鸿章心中泛起一阵酸楚,料定对日一战将要毁了自己一生的脸面。从一个壮志拳拳的少年,赴京应试,一晃五十年过去了。半个世纪里,大清发生了多少事情呀?而这些事情,自己多半都参与了,可以说为了朝廷鞠躬尽瘁。自道光,经咸丰、同治,到眼下的光绪皇帝,已是历经四朝。就是这样一个四朝老臣七十二岁了,还要带兵打仗,他有着多少无奈呀?谁又能懂?谁又能理解他?!过去自己是唯西太后命是听,那时是她一个人说了算。如今是皇帝要当家,太后也要当家,一朝二君,一个主战,一个主和。皇帝与太后已明显不和,政见分歧,把朝中文武百官也分成了两派。跟光绪皇帝的叫"帝党",跟着太后站在一边的叫"后党"。自己本意上是哪个党也不想参加,但跟西太后打交道这么多年了,不是后党成员,也是后党成员了。李鸿章正处于两党夹缝的位置,皇帝对他要拉,太后更要拉,左右为难,实属无奈。胞弟鹤章、蕴章、凤章、昭庆四个人都撒手人寰了。每一个人离去,都给他带来过悲痛欲绝的折磨。他感受到了人间最可怕的孤独。

　　光绪皇帝又要召见他了。开口就是埋怨,说李鸿章出兵太晚,有抗旨不遵之嫌,兵力出得也不足,太胆小了一点。

　　他跪在地上,道:"皇上息怒,臣实在是为了保存大清实力着想呀!"年事已高、身高体胖的李鸿章一趴到地上,就很难站起来了。由于贫血,眼前时常一片漆黑。光绪皇帝从心里还是很敬重李鸿章的,更清楚这是一个功劳非凡的重臣。有时想整他是因为他过去不把自己放在眼里，只听太后的。

皇帝道："朕也知你有难处。但对日宣战非同小可，日本小国欺人太甚。从即日起，中堂再行挂帅，立即对北洋海军周密布防，一举破敌，不得有误！"

"臣遵旨。"李鸿章无力地答应着。在皇帝面前，是不容他讲丧气话的。

光绪皇帝亲笔起草了对日宣战书，措辞极为犀利："……着沿江沿海各将军督抚及统兵大臣，整饬戎行，遇有倭人轮船驶入各口，即行迎头痛击，悉数歼除，毋得稍有退缩……"

这是光绪二十年七月初一日。

同日，日本明治天皇也颁布了宣战诏书，大有一拼到底的势头。两国宣战，俄、英、美、德、意、荷等国先后宣告中立，坐山观虎斗。

对于各国中立，李鸿章大为不满，骂道："贼娘养的，都背信弃义了。平时里跟老子谈来谈去，说是支持我大清。现在都缩头了！"李鸿章凭窗而立，牵挂着前方战事。他当时组建这支北洋海军，可以说就是为了防御日本。如今真的开战了，他深知这支海军的装备已大不如以前。而朝野上下却都把目光投向这支海军，押下了赌注。

他想到了不久前孙中山给他的书信，请求他全力革新政治。这位毕业于香港西医书院的逸仙先生对李鸿章寄托着满心希望，认为在眼下的中国，唯有李鸿章才能有实力也有能力推进改革政治的进程。他认为：中国之所以积贫积弱，"固患于能行之人少，尤患于不知之人多"。他由衷叹服这位逸仙先生的见解。但改革政治，老朽无力了。李鸿章想：若老朽再年轻十岁，便不会拒绝这位爱国才子的请求了。对着铜镜照一照自己，李鸿章深知自己已经失去了往昔那种指点江山、睥睨万物的豪气；保养得还算不错的脸上笼罩着一片倦怠无奈的阴云。一把胡须已经彻底白了，脊背也开始微微弯曲，脚步不再有力了，甚至不听使唤，踉踉跄跄了。

李鸿章苦恼的不仅仅是兵力不支，船舰破旧，更为空虚的财力而揪心。这些年来，大清的财力虽户部掌握，他也是参与筹划的。每年国库收入大抵在八千八百万两上下，数目不小，但仅与日本相当。而日本的地域和人口才相当于大清的一个行省呀！就这点钱，要花的地方无数：宫廷的俸禄、清军的饷银、西北平乱、十八省的拨款、偿还外债、皇上和太后的挥霍……每年不见增收却见增支，朝廷有六部九卿詹翰道科一大堆衙门都张口要饭吃。若不是早年由自己坚持增设厘金之税，恐怕国库早就空了。

或东或西地想了许多，李鸿章摇头叹息不止。生逢末世，即使他肩扛半壁江山，孜孜于办洋务、建工厂、开矿山、兴经济，又如何能挽狂澜于既倒，扭转乾坤呢？

"禀中堂，朝鲜发来急电！"

电文一打开，李鸿章差点儿一头跌倒在窗前："日军狂攻平壤，聂士成英勇反击，打退日军数次；左宝贵于军中身先士卒，不幸阵亡。叶志超临阵退缩，纵马狂退几百里至鸭绿江，致使平壤失陷。"电文下面的署名：袁世凯。

"气死我了！"李鸿章三两下撕碎电文，大吼道，"叶志超呀叶志超，你把我的老脸都丢尽了！我没脸见人啦！"

好像在一夜之间，日本这个民族成熟了。而大清国却好似在一夜之间衰落了。李鸿章只知此仗艰辛，却不料败得这么快，这么惨！这便是李鸿章一手指挥的中日甲午战争。这又是一场持续较量了二十年的战争。

李鸿章知道，不出几日，皇上、太后都会传他，骂他无能的。他看了一眼放在案头上的三眼花翎，蓦地有一种要失去它的感觉。

就在这时，朝廷的人事发生了一些变动。帝党为削弱后党，做出了决策：

重新起用恭亲王奕䜣；擢升翁同龢、李鸿藻为军机大臣。

恭王已是年近八旬，翁同龢则精力旺盛，一上台就把矛头直接指向李鸿章。李鸿章仍然不理他那一套，前线局势要紧，他顾不上朝廷将要对他怎样了。

原来，就在光绪二十年七月二十五日，在日本海军发动丰岛偷袭的同一天，另一支日本军在大岛义昌少将指挥下，由汉城龙山出发，南下进攻李鸿章大军。在牙山，中国军队同时遭遇海战，并且大都丧生了。

几处战场的消息传来，叶志超心惊肉跳，将士们士气低落了。再次

817

大战之前，在朝鲜的清军大营里，笼罩的是一种近乎绝望的气氛。

七月二十六日凌晨二时左右，聂士成率本部两千余人驰赴成欢扎营，构筑工事。当晚，日军南下大队人马已进至振威。振威距成欢仅三十余里。聂士成派探兵侦察，发觉自己兵力根本不是日军的对手，请叶志超派援兵支援。次日午前，叶志超将江自康一千兵马派来成欢。这时，两军前锋已经接火。

日军混成旅团由大岛义昌亲自指挥，分两路向南推进。进军的线路是：旅团主力沿汉城至公州大道从正面南下，另组成东路支队，由铜雀津、龙仁县、安城郡向稷山推进。二十八日，日军逼近距成欢仅十四里的素沙场。大岛义昌在素沙场重新布置，着手准备对成欢的中国军队发动进攻。

这时，叶志超已获悉日军已逼近成欢，率小队人马速来成欢与聂士成磋商战守之策。总的方针是：以防守为主。于是，叶志超令自己在牙山的人马退往公州，使公州、成欢距离拉大，各自为阵了。本来数量就有限的兵力，益加分散，这就成了一个战败的布阵。

聂士成在成欢的兵力部署分为左、右两翼。左翼阵地在成欢西北大约四里地的牛歇里高地上。他们在高地上构筑了堡垒工事两座，由江自康扼守。任务是阻击日军由成欢进攻牙山的道路，配备了炮队，向北可控制距牛歇里约四里外的银杏亭高地，东可俯瞰汉城至全州大道。

右翼阵地以成欢东面的月峰山为依托，沿山修筑堡垒三座。控制成欢东、北两个方向的谷地。他们还在北面丘陵上修了两座堡垒，从正面控制汉城至公州的大道。

这个防御阵势，实际上也是一分为二，主阵地不明显，月峰山一线的防守尤为薄弱。更主要的是：它们只立足于防，而无攻的准备。

日军大岛义昌早把这个布防探得一清二楚。他判断：如果以主力沿汉城至公州大道正面进攻，自己在过了安城渡后，必须要经过成欢至安城渡之间的一片水田和沼泽地。而那里不仅道路泥泞难行，同时若遇夹攻，也找不到掩蔽之处，危险极大。如果从清军左翼牛歇里阵地前方的银杏亭高地发起进攻，可能会受到李鸿章炮兵的轰击，蒙受损失。并且，即便攻占牛歇里后，再转向进攻成欢，还要经过那片水田和沼泽地，又是危险。

经过权衡利弊,再三比较,大岛义昌决定以少部分兵力佯攻清军左翼阵地,吸引清军主要兵力。自己率主力向月峰山一带阵地迂回,主攻清军右翼阵地。而且,这一行动还放在天黑以后进行。得手以后,争取在天亮后全歼清军。

当天夜里十一时左右,日军动手了。大岛义昌的右翼佯攻,自己亲率的左翼作为主力,由步兵九个中队、一个炮队和一个骑兵队组成,进攻清军右翼月峰山阵地。他的右翼为牵制兵力,沿汉城至公州大道出击。

是夜,天地间一片漆黑,浓云蔽空。在这样的条件下进军,日军的速度受到影响。左翼兵马在次日凌晨五时,才抵达成欢北面约八里地的都监里。右翼于二十八日后半夜两时从素沙场出发,向成欢正面进犯。一小时后,日军前卫部队已越过安城渡,过了沼泽地,到达了佳龙里附近。后队尚未越过沼泽。埋伏在佳龙里附近的清军发现日军了,见日军辨不清方向,正派人到老百姓家敲门问路。清军突然发起进攻。由于事出不意,加以四野漆黑,迷了方向,顿时乱成一团,拥塞在路中。日军死伤惨重,不知清军来自何方,甚至互相开枪对射,数人被挤入河中溺水而死。

日军右翼队司令官武田中佐见状,急命本队向右迂回,攻击清军右翼。但因沼水泛滥,不辨道路,纷纷落入沼泽之中,愈陷愈深。有一支二十九人的小队全部溺毙于沼泽之中。

天亮以后,日军组织反扑,见清军人数原来很少,拼命狂轰滥炸。清军以寡敌众,抵抗了一个多小时,最后弹药用尽,被迫撤退。凌晨五时许,日军攻占了结龙里。

这是日军右翼的情形。他们攻占了结龙里后,按原计划向清军左翼牛歇里前方的银杏亭前进。六时许,日军逼近牛歇里北方高地,双方激战打响了。聂士成不知来攻的这支日军并非主力,只是佯攻。他见牛歇里打响,亲督自己的主力前来参加战斗。这样,月峰山的清军兵力就更少了。而日军的重点正是进取月峰山。

大岛义昌见清军中计,月峰山主力已被引开,十分欢喜,一阵小跑冲到阵前,指挥抢攻月峰山。双方枪弹炮火,互轰互射,流星万道,横飞半空。日军的一颗山炮榴霰弹击中了清军阵地的第一号堡垒,使聂士成的兵勇死伤很多。聂士成冲出营垒，拼死还击，击伤日军第二大队长桥本昌世少佐，击毙日军多人。但由于清军炮兵主力远在左翼牛歇里，不能及时支援，使月峰山右翼阵地第二号堡垒也被日军攻陷了。至此，月峰山阵地首先失守，不久，牛歇里阵地也丢失了。清军余部被围在成欢街道附近，四面受敌。聂士成指挥突围，成欢也最终被日军占领。

聂士成率余部退奔天安，与叶志超会合。二人商量，准备退向公州。两军到公州后，叶志超说："公州不是可守之地，还是绕道去平壤吧！会合大军之后，再作商议。"途中，叶志超电告李鸿章：自己的清军以少胜多，毙敌两千余人。他未报告真实情况，而是绕道向北，躲避日军，行程一千余里，费时月余，才到达平壤。叶志超畏敌怯战，鼓舞了日军的士气。而清军内部，既有矛盾，又无精神，已成败局。

其实各军刚到朝鲜时，内部矛盾就出来了。李鸿章命叶志超任"总统"节制各军，许多将领不服。一时如炸了窝的蜂群，沸沸扬扬起来。盛军记名提督卫汝贵就公开叫喊："叶志超不配！"他原以为是要让他当"总统"的。因为他的盛军是入朝四军中最大的一支部队，有马步十三营，计六千多人。二则他本人也不是泛泛之人。早年追随刘铭传加入淮军，多次荣立战功，官至总兵。他与李鸿章有同乡之谊，李鸿章移督天津后，就让他留驻津城，统领北洋防军。决定让叶志超当"总统"的上谕下来，他大骂叶志超。李鸿章获悉，自天津发出电报，要他消除私见，顾全大局，和衷共济，协力抗敌。无奈卫汝贵依然心胸狭窄，不愿受制于叶志超。

卫汝贵也已经是虚岁五十九的人了，以一名赳赳武夫，成为一名总兵，也算是混得有滋有味了。而且这些年在淮军中钱也捞足，在家乡买房置地，娶了六房夫人。开赴平壤后，他的元配夫人给他寄来家书一封，告诫他："君起家戎行，致位统帅，家既饶于财，宜自颐养，且春秋高，望善为计，勿当前敌。"

夫人劝他遇敌避走，多想家里的财产、自己的岁数和身份。到平壤后，他果然听起了女人的话，置军令于不顾，东躲西藏，畏难不前。岂料他夫人这封家书于后来从平壤溃逃时，被日兵捡到。日本人将此信视作奇闻，在日本各家报刊上登载出来，大肆渲染，一时成为笑谈。

李经方此时出任驻日公使。他见到那些日本报纸登出这封信，于回国之时带给了父亲李鸿章。

"丢脸，丢脸，卫汝贵又一次丢了我的老脸了！"李鸿章怒不可遏。

李鸿章岂知：除卫汝贵外，马玉昆率领的两千毅军也对叶志超不满。这支军队的创立者是悍将鲍超手下的宋庆，因而继承的是"以恩相结，以死相报"的"霆军"的传统。作为统领该军的大将，非在该军中根深蒂固者不能胜任。所以，进入朝鲜后，叶志超岂能指挥得了？加之马玉昆劝说不力，全军我行我素的现象严重。

至于四路大军中的另外两支队伍就更是磕不得、碰不得了。丰升阿的练军虽有两千人，却是原八旗的底子，脆弱至极。丰升阿又系旗人身份，根本不把汉人提督叶志超放在眼里。而左宝贵的奉军因属绿营练军系列，没有战斗力不说，还目中无人。

驻守平壤的各路将领此时是各怀心思。因此后来的人们分析认为：李鸿章此战最大的错误是错用了一个人。

成欢一战大败，为清军在整个朝鲜战场上的形势笼罩上了一层阴影，这是开局之败，出师不利。李鸿章在成欢失守的第二天，就照会各国驻华公使，严厉谴责日本军队，并宣布召回驻日本公使、领事，宣布与日本彻底断交。

坐在凉椅上，李鸿章在大骂叶志超、卫汝贵为他丢脸的同时，也找出了自己的又一个失误："小看日本了！"他尽管也深知日本近年来发展极快，但在骨子的深处仍有轻敌意识，影响了重拳出击计划的形成。

幕僚杨士骧来报："朝鲜叶志超来电！"

李鸿章接过电文一看：叶志超以诸将不服从指挥为由，请求辞去"总统"之职。

李鸿章押下了这封电报：临阵易将，兵家大忌。明知错了，也只好将错就错了！他令立即复电：不准所请！并告示在朝鲜诸将，切勿各存己见，不服调遣。影响大局，从重追究！

朝鲜那边，政局发生变化：原国王发出诏书，把全权委任给了生父大院君李昰。大院君着手做的，就是惩治闵氏一族。新政府的首脑是金宏集，金允植和鱼允中也作为成员，组成了"金允内阁"。这个新内阁对中日甲午之战抱观望态度。中国军队去为他们平乱，他们却袖手旁观了。他们暗下决定：谁打赢了，就跟谁跑。现在胜负难测，所以对中日两军都不亲不疏。

在平壤的清军四大主将依然故我。

叶志超辞职未准，自言自语道："那我也只好做一天和尚撞一天钟了。如果城丢兵败，大家都逃脱不了责任。"

在平壤二十多天了，由叶志超提议：几位主将轮流坐庄，天天互请，以期在酒桌上拉拢各位，增强感情。谁知把酒临风尚可，一谈备战御敌又不听调遣了。

李鸿章又一道电令："坚扎营垒，先成守局。"中堂的话还是要听的，所以各军才勉强动了起来：在环城四周修筑了二十五座堡垒；在城南大同江北岸构筑了一道四米高、四里地长的高墙，墙下布雷，堡上架炮，算是按李鸿章命令办了。

却不料，让叶志超丢面子的事又来了。

九月十二日，日军前锋抵达平壤外围，一场恶战就在眼前了。叶志超发布了自己入朝以后的第一道命令：马玉昆毅军、卫汝贵盛军防守平壤城南朱雀门至静海门一线；左宝贵的奉军防守城北牡丹台高地至玄武门一线；芦榆防军驻守城西门至七星门一线；丰升阿练军作为预备队。叶志超自己无防守任务，坐镇城中，统一指挥。

这个布防也算说得过去。而他自己却在这节骨眼上又一次提出辞职。他辞职的密电被左宝贵得知了。

九月十四日晚，日军已在城外筑垒，准备攻城。叶志超召集各路将领开会，以兵力不足为由，提出不战而撤，暂退辽东。

众将领默不作声。过了一会儿，左宝贵怒色满面地站了起来，道："我反对不战而退。叶大总统如果坚持要退，你们退好了。我军在平壤死而无憾。"

身为山东汉子的左宝贵，他当年投靠围攻金陵的绿营兵大营，由此步入行伍。光绪元年，他率部跟随刑部尚书崇实赴奉、吉两省查办案件，以后便被留在奉天驻防了。此人性格刚毅、果敢，在军中口碑较好。他的总兵之职是李鸿章保举的，所以十分景仰李鸿章。

左宝贵一踏上朝鲜的领土，就主张不能被动防守，应主动击破日军，打下他们的气焰。但叶志超一直拒绝采纳他的建议。左宝贵在今晚的会议上又与叶志超唱起了对台戏，把他弄了一个大红脸。但他也不敢轻易发作,还要看马玉昆、丰升阿、卫汝贵三人的态度。他知道在这样的场合里,是无法一手遮天的,所以只好强忍怒火,等待其他三位将领表态。

令叶志超尴尬的是,除他一人之外,其余将领都反对撤离平壤。因此,会议的结果是:继续坚守平壤。

左宝贵多了一个心眼。他知道叶志超已提出"回国养病",其实就是找借口逃跑。因此,他暗中做了布置:让自己一部分亲兵留守在叶志超所住的房子周围,阻止他离城逃跑。

谁知就在散会以后仅五六个小时,即九月十四日午夜过后,日军突然向平壤发动了总攻。这个时间是叶志超万万没有料到的。

月在中天,今日又恰是阴历八月十五日,按中国人的传统习俗,该是合家团圆的日子。四路大军的戒备松懈,不少人还喝了酒,"举头望明月,低头思故乡"哩!

日军精心选择了这个夜晚,也精心拟定了攻城计划。他们兵分四路,总兵力为一万六千人。左路为野津道贯中将率领的五千四百人进攻平壤西南面;中路是大岛义昌少将的第九混成旅团计三千六百人,作为偏师吸引叶志超大军的注意力,掩护其他三路攻城,又作支援。

右路是少将立见尚文所部,共两千四百人,负责从东北方向进攻平壤。

北路是元山混合支队,共四千七百人。任务是切断叶志超北撤义州的退路,然后参与攻城。

日军作战部署极为周密,采用的是闪电战术,利用最短的时间包围平壤。为了迅速,总指挥川上操六命令日军丢掉辎重,轻装前进。

但日军的计划也是很危险的。大兵团作战,合则力重,分则势单。如此分兵,兵力过于分散了,行进途中又缺乏通讯保障,联系困难,各军都是单独行动。若叶志超能选择其中一路,主动出击,歼一路再转入进攻另一路,日军必败。野津道贯看出了这个危险,向军部提醒。

川上操六大笑道:"中国军队自入朝以后就一直是被动防守,不会主动向我军出击的。放心去打吧!"

后来的事实不幸被日本人言中了。中国军队据一地而不动,丝毫没有主动进攻的迹象。日军围定平壤以后全军欢腾。

战斗在三个战场上同时打响：大岛义昌首先按牵制计划在大同江南岸船桥里一带与马玉昆、卫汝贵接火。清军依据堡垒，拼死抵抗。日军与清兵展开白刃肉搏，中国兵来劲了。其中不少东北壮汉大显身手，杀得日兵人仰马翻。战至下午三时左右，日军人困马乏，大岛义昌身受重伤，能够逃命者不及三分之一。其余全部毙命。

平壤北城战场是此次战役的主战场，仅日军就投下兵力七千八百人，矛头直指牡丹台。左宝贵深知这个地方的重要性，誓死率军在此坚守。但日军不仅人多，而且炮火轰得猛烈，五个小时炸毁左宝贵四座堡垒。左宝贵大军死伤惨重，陷入孤立无援的境地。他决心以身殉国，穿上了黄马褂，戴上花翎红缨帽，不顾子弹横飞在城楼上来回督战。他亲自点燃大炮，向日军轰击。不久，一颗炮弹在他脚边落地开花，又一颗子弹击中他的左胸。他倒下了，在异国他乡流尽了最后一滴血。

又是月色迷蒙，枪炮声暂时停了下来。远处可见轮廓模糊的村落和山丘，还有日军林立的营帐。山丘上许多树木还在燃烧，铅色的烟雾在城内外飘荡。

仍坚守在平壤城头的清军将士们以血色的双眼注视着城外的日军营垒。他们或许还没有意识到，一场灭顶之灾正悄悄向他们袭来。

一整天的战斗，清军有胜有负，但牡丹台和玄武门丢失了，加之左宝贵战死，这些消息令叶志超骇惧万分。他在房内来回踱步，不敢与众将士商量，决定弃城逃跑。他传令马玉昆、卫汝贵各军做好迅速撤军的准备，并在各自阵地上挂出白旗，派一个朝鲜人送他的书信给日军，要求停战谈判。

早上八时刚过，电闪雷鸣，天气骤变，片刻工夫就下起了倾盆大雨。

日军见清军各营垒外已挂出白旗，估计叶志超要采用缓兵之计，利用雷雨机会弃城逃跑。

川上操六狂吼一声："准备截击，全歼敌军！"日军紧急行动，对清军张网以待了。川上操六在营帐上大笑："叶志超呀，你跑就跑吧！还送信、挂旗通知我一声，是故意让我布防截击呀！"

果然，在上午九时许，万余名清军成群结队从七星门和静海门蜂拥而出，由义州大道向北仓皇撤退。

清军不知日军已在雨中完成了全线埋伏。只顾逃命的清军将士恰如惊弓之鸟,不久就进入了日军的埋伏圈。枪炮从四面突然响起,队伍大乱,但不管往哪个方向跑,都有日军截击。看着看着,清军就尸积如山了。

到九月十六日晨,清军被击毙一千五百人,自相践踏或溺水而死两千人,被俘六百八十三人。而日军在伏击中仅死伤一百八十人。

日军大摇大摆地进了平壤城。叶志超率余部北逃,狂奔五百里不敢扎营。他一口气逃到鸭绿江方才停了下来。

眼前已是大清国的地盘了,江那边就是中国的九连城。义州,是叶志超歇脚定神的地方。他转动了脑袋瓜,盘算如何向上司李鸿章做一个交代。想来想去,办法只有一个:谎报军情,夸大日军兵力,掩饰败绩,甚至要编造一些战功。

李鸿章还能说什么呢?对于他来说,前线的一切都是看不见、摸不着的。凭他督战多年的经验,他随便就可以戳破叶志超战役报告中的破绽。但这回,他宁可信其真,不愿信其假。于公、于私、于部将们本人,他的职责就是尽力保护。他宁愿让他们关起门来互相鞭打一顿,也不想把那些丢脸的事儿捅到朝廷去。于是,给朝廷的战役报告维持了叶志超所奏原样:

"倭兵三四万分扑平壤,我军奋勇迎敌,力战五昼夜,弹尽粮绝……"

叶志超一手造成的平壤大溃败,就这样屁事没有了。剩下的都由李鸿章来处理了:给叶志超一个"力疾督战"的美名,并"加恩免其议处"。

既然是见面了,李鸿章就有机会从其他将领口中得到真实情况了。日本军那边也有战报:九月十六日,日军立见尚文率朔宁、元山两支队从玄武门开进平壤城时,眼前的景象让他们惊呆了:大街小巷到处都是清兵逃跑时丢弃的大炮、枪支、帐篷。无人看管的战马东游西荡。战后经日军清点,共被缴获大炮三十五门,连发枪支五百五十支,单发后膛枪六百一十支,各种子弹五十六万发,马车一百五十六辆,战马二百五十匹,帐篷一千零九十二顶,金砖银锭一千二百七十二斤,粮食四千七百石……

"米西!米西的!"断了粮草整整一周时间的日军将士是在缴获了

清军的大批粮食以后,才饱餐一顿的。来自日本方面的消息还证明:叶志超如果在平壤坚守不撤,最终的失败定是日军。因为日军断了给养已达一周,大多数将士已坚持不下去了,饿死在阵地上的已有八十余人。

李鸿章拍案而起,尽管已是平壤溃败两个月以后了。他查实:奉军营官守备杨建胜首先打开城门逃跑;统带盛字左军四川重庆镇总兵孙显寅出险不停,逃奔沙河;统带仁字营记名提督江自康,驻城外北山,带头撤队……叶志超自始至终贪生怕死,罪不可恕。尤其是最后打出白旗,把已无胜仗希望的日军救了。

李鸿章是暴怒了。他随手抓起一堆电文,撕得粉碎。他一脚踢翻茶几,十几只茶杯碎了一地。人们只见他面色铁青,胡须乱颤。他大骂道:"贼娘养的!一群废物,一群饭桶,一群蠢猪……"

骂着骂着,他好像还是不解气,又抓起正在"滴答、滴答"响着的自鸣钟高高扬起,重重摔下。他哭了,气得呜呜大哭起来。这是一个极讲脸面、好胜心极强的老人,他的哭是少有的。但,他到底还是忍不住大哭起来。

幕僚们吓得大气不敢出一下,还是站在一旁的袁世凯斗胆上前,道:"中堂大人呀!我给您下跪啦!您可不能置自己的身体于不顾呀!"

袁世凯劝着,真的抱住李鸿章的大腿跪下了,也跟着呜呜哭开了。边哭边说:"朝中无人了,曾国藩大人也不在了,唯有您是大清的支柱了。若为这一帮饭桶气得伤了身子,这可怎么得了呀!"

李鸿章得了袁世凯动情的安慰,抹一把眼泪,叹道:"这些年没有打仗了,不料我的淮军已衰败到这等程度了。这是天意吗?是老天安排好了的吗?我为这支淮军忙前忙后,操碎了心,花了那么多钱。但养兵千日,却不指望用,出国丢人去了!竟让那小小岛国,欺我泱泱中华大国,让老夫怎么能咽下这口气呀?!"

众人见李鸿章渐渐平静了一些,这才敢纷纷围坐过去,三言两语地劝个不停。

几天后,平壤溃败过程中的临阵脱逃人员都受到了革职或拿问处罚。叶志超最终还是难逃一死,于十一月二日被革职拿问。三声炮响以后,立即人头落地。

朝廷这边该怎么热闹，还照样怎么热闹，丝毫未因入朝战败而受到影响。李鸿章应召入宫，这么一个日理万机的老中堂被召进太和殿。李鸿章拿眼一扫，黑压压一片地上聚集了京城内外的文武百官。他们一个个喜气洋洋，要举行一个隆重的会议，讨论慈禧太后的徽号之事。

礼部拍了慈禧一个马屁，上奏："众位大臣经过慎重集议，奏上太后徽号为：慈禧端佑康颐昭豫庄诚孝恭钦献崇熙皇太后。"

慈禧太后得此尊崇，实在是大清有史以来开天辟地的稀罕事。

山呼万岁，文武百官只会这么喊。而李鸿章如坐针毡。他有满心的事务干不完。他的陆路兵勇在朝鲜遭受重创，北洋海军将士们呼声阵阵，要求出海作战。这支海军从组建以来还没有打过一仗呢！丁汝昌身为海军提督，第一个站出来请战，要向小日本讨还血债。光绪皇上也很支持，谕令丁汝昌出海搜寻，见到日本战舰就打。

在李鸿章看来，光绪皇帝的谕令太过于孩子气了。出海征战，哪能是那样的随心所欲、不讲外交规矩、盲目去打呢？他严肃批评了丁汝昌，不许他再做请战之类的蠢事。他有新的计划，跟督战淮军时一样，他从来不把自己的计划在实施之前跟部下们挑明。这会儿，他给丁汝昌下达一道命令，要北洋水师护送淮军刘盛休所部开往义州。丁汝昌唉声叹气，大发牢骚，道："李中堂把我们北洋海军当做海上运输队使唤了！"

发过牢骚后，丁汝昌还得服从顶头上司李鸿章的命令，今天运淮军，明天运军火，后天运粮食。他率北洋舰队不停地穿梭于塘沽、仁川、旅顺、威海到义州之间。这一次要把刘盛休的四千名淮军从大连送到大东沟去。

丁汝昌无法抗拒李鸿章。他是仰仗这位老中堂才当上提督的。其中很重要的一个背景是：他系安徽凤阳人，就是出过"真龙天子"的那个凤阳。但自从朱元璋当上了明朝开国皇帝后，凤阳便开始十年九旱，人们四处讨荒要饭了。家境贫寒的丁汝昌讨饭到合肥旁边的庐江，帮人打短工糊口。其父母在大旱之年已被饿死，十八岁的丁汝昌投靠了太平军，在程学启手下当了兵勇。程学启改投湘军，后又来到李鸿章手下效力，丁汝昌这便又成了淮军中的一员。八年的"长毛"生涯是丁汝昌最忌讳的话题，始终是他一块心病。一八七四年淮军裁军，原打算要裁

827

减掉他仅有的三营马队。后来多亏了李鸿章救了他,将他作为加强海防的人才选招进了北洋海军。他由此才开始了长达十六年的海军生涯,他能统率北洋舰队,唯有李鸿章才是他真正的恩人。所以,光绪皇帝的圣旨,他可以暂且搁在一边,李鸿章的话却不可以不听。

他的北洋海军是李鸿章的骄傲和掌上明珠,也是大清朝廷的炫目的装饰。没有人想到可以利用这支舰队来争夺至关重要的制海权。连他李鸿章也只是把它作为一般的近海防御力量而已。

别的不说,单就丁汝昌管的"镇远"、"定远"两艘铁甲舰来讲吧,它们算是北洋海军的"当家舰"了。但比起日本现在的战舰,相差太远了:船体笨重得出奇,速度慢,吃水过深,一般的江口和港湾无法进入。"济远"、"经远"、"来远"等,船体倒是轻了一些,但速度还不如"镇远"、"定远"快。当时定购时为十八海里,因年久失修,加之缺乏保养,现在最快只能开到每小时十五六海里了。其他舰船的速度下降更多。而在日本海军里,最快速度的战舰已达到二十三海里,最慢的每小时也能跑二十海里。日本的老式军舰已全部淘汰,中国十几年来,未添置一艘新舰,钱都挪用到修园子去了。不料光绪皇上在了解到日本海军发展情况后,竟严厉追究起北洋海军的责任来:"十几年了,海军一艘兵舰未买,钱都花到哪里去了?!"

光绪皇帝的矛头是指向丁汝昌的。李鸿章从保护部下出发,主动承担了责任,道:"丁汝昌多次请求购置新舰,是臣阻止了,未准他办理。"

这便是李鸿章的面子,光绪皇帝不好再追问了。他或许也隐约知道,一追便追到慈禧太后身上去了。结论只能是:颐和园建起来了,北洋海军落伍了。

一八九四年九月十五日,也正是日军围攻平壤,叶志超准备弃城逃跑的那个中秋之夜。丁汝昌奉李鸿章之命率北洋舰队主力各兵舰从威海基地出发,护送淮军刘盛休所部开赴义州。当各兵舰补充完煤、水等以后,舰队起航,已是月上中天了。

皓月当空,整个海面波平浪静。舰队在月光下呈"一"字形摆开,缓缓向前。

丁汝昌毫无心思欣赏海面上这如银的月色,远远近近的许多事情使他陷入了深深的忧虑之中。他能以眼前这支缓缓移动的舰队而自豪吗？他朝着日本所处的海域望去，深深地叹了一口气。

那还是在北洋海军正式宣告成立前夕，李鸿章为了向日本人显示大清国的海军实力，命他率新购的六艘主力舰巡游朝鲜东海岸，然后顺路往日本访问并检修船舰。他的舰队是在一八八六年八月一日驶抵日本，在长崎靠岸的。那时他多神气?！可以明白地说：李鸿章竭力组建这支舰队，就是冲着你们小日本来的！

日本常备舰队司令伊东佑亨率他的全体部属到港口恭迎丁汝昌，打躬作揖，就差要给中国人下跪了。丁汝昌那会儿若是心血来潮，一个手势打出去，数炮齐轰，就能立即让伊东佑亨停在港口上的那几艘小舰成为一堆废铁。日本人怎能没有这种担心呢？所以在日本与中国的海域之间，就从来看不见日本的兵舰。那时他们奉行的是"多一事不如少一事"，离李鸿章的舰队远一点。

这是丁汝昌率舰队第一次与日本海军晤面。大国来访，小国忙得团团转，盛情接待，尊为上宾，日本人表现出了最大可能的恭顺。他们邀请中国海军将士登岸观光。

这是一个少见的民族。尽管日本军方和当局无比热情，但老百姓自有他们的主张。三三两两的中国海军兵勇出现在日本街头时，一场意外发生了：手执棍棒、石块的日本百姓把中国人团团围住，高喊着"打死中国人"。于是，棍棒和石块雨点般地落在了中国海军将士们的身上。上岸观光的中国兵勇手无寸铁，岂是愤怒民众的对手？结果，竟有五人被当众活活打死在日本街头，三人失踪，四十四人受伤。连上前阻拦的一名日本警察也被自己的同胞打死。

丁汝昌震惊了："全队紧急回舰，做好战斗准备！"依照怒火满腔的中国兵勇们的请求，丁汝昌应下令对日本港口来一次狂轰滥炸，然后扬长而去才好。但，丁汝昌忍住了。他从日本人的千千万万双目光里，看出了这个民族对相邻大国的征服欲望，更看出了他们对中国人的可怕的仇视。那一次他就断言：对这个小日本不得不防！

丁汝昌派出代表找日本海军交涉，日本方面按伤亡人数给予北洋海军一次性的抚恤赔偿。丁汝昌从长远外交关系出发，也只好恪守中国的"和为贵"传统了。

十分不愉快地离开日本港口前,丁汝昌当着日本海军舰队司令的面,挥笔写下两句诗,道:

同车合书防外侮,敢夸砥柱作中流。

他期望日本人放弃仇视中国的意识,与相邻的大清帝国携起手来,共同抵制西方列强的欺侮。

然而,那时的日本对中国是又恨又怕。这是一个不甘寂寞的民族,丁汝昌的希望只能是"野地里烤火———一面热"。从那以后,中国海军停止发展了,日本人却在大踏步前进。他们压根就没有打算与中国"和为贵",正式决定将中国列入"假想的敌人",一切以防御直至最终吃掉中国为重点。日本海军大臣西分从道在帝国会议上提出了《第二期扩充军备案》,建议增加海军军费,大力购买新式战舰,尽快完成对华战争准备。他们还高薪聘请了法国技术总监埃米尔·贝尔顿,新制造"严岛"、"松岛"、"桥立"三艘战舰。这三舰主要用来对付中国"镇远"、"定远"铁甲舰的。日本天皇带头从个人收入中捐出款项,以示对海军支持。

在日本海军里,流行一句话:"一定要打沉'镇远'、'定远'号!"每遇海军聚会,呼喊的口号也是这句话,以至连日本的小孩也玩起了捕捉"镇远"、"定远"的游戏。在百姓中间,慈禧太后的知名度不如这两艘北洋水师的战舰,日本民众不知中国皇帝是谁,却知道李鸿章、丁汝昌的大名。

而中国信息的封闭却使得朝廷上下对日本的这些阴谋全然不知。李鸿章创立起来的电报业投入营运后,才让北洋海军的将士们对日本的战备略知一二。日本迎头赶上来了!不久又传来消息,日本一次就新增十一艘军舰,总拥有量大大超过北洋海军了。丁汝昌连连上书李鸿章,要求立即添置战舰和设备。但李鸿章有苦难言:慈禧挪用了海军费用,园子修成了以后,仍然扣着购船款不拨。他自筹的三百万两还让李莲英略施小计捐给了慈禧太后。李鸿章为此曾几次请求太后和总理衙门,要求返还一部分海防费用,但都被拒绝了。

今年是慈禧六十大寿,年初就开始筹备,总理衙门大臣庆亲王奕勋、礼亲王世铎被任命为庆典总办大臣,什么事都搁下了,一切为太后大寿庆典让路。筹办庆典的班子一百余人,各有分工。而两位亲王的主要任务就是筹款,拟诏发文命令各省督抚进贡捐献。李鸿章那三百万两银子算是塞到黑洞里去了,既然不算他捐献,便成了太后自己支配使用的"私房钱"了。他还得另办贺礼。

李鸿章在督衙里大发牢骚:"贼娘养的!好像慈禧太后的庆典比战争更来得重要。总办大臣原来是个愣头青(合肥语),地方上拿不出钱来就派人去坐等催要,像什么玩意呀?!"

丁汝昌屡次请求购船未被批准,知道李鸿章有难处,他除了发愁,别无能耐。

令丁汝昌更忧愁甚至愤怒的是,丰岛海战失利、"高升"号被日本海军打沉以后,朝廷在不断地找他的麻烦。

"高升"号是一艘英籍商船,它是李鸿章租来向朝鲜运兵的。租用的条件相当苛刻,途中若失事,一切损失由中国承担。李鸿章还是咬咬牙租下来了。他以为中日战争已在眼前,唯有英籍商船,日本人才不敢碰它。船上满载北塘防军一千一百一十六人,大炮十四门及大量枪支弹药和军饷、粮油。当"高升"号驶抵丰岛附近时,被日本"浪速"号军舰拦截。日本海军大尉人见善五乘小艇登上"高升"号,见满船尽是中国兵勇,立即返回"浪速"号战舰。

"高升"号的全体船员和将士们未能想到:指挥"浪速"号的日军舰长是一贯好斗、勇于冒险的东乡平八郎。当他获悉"高升"号上运的全是中国兵勇时,像发了疯一般,置一切后果于不顾,公然要打沉这艘英籍商船。

"高升"号被迫接受检查后刚刚起航,突然一枚鱼雷从"浪速"舷侧的发射管中喷吐而出,击中"高升"号腹部。接着,一声雷鸣,底舱爆炸,浓烟四起,火光冲天。"高升"号笼罩在火海之中。船上的惨叫声在海面上回荡。日本人好像是受了那一阵阵惨叫声的刺激,又射出六颗右舷炮。"高升"号开始急骤下沉,桅杆和船尾高高翘起,怒指苍天,横劈大海。

中国士兵们纷纷跳海了。"浪速"号上的日军全部出动,用步枪向游荡在海面上的中国士兵射击,海水被中国人的鲜血染红了。

831

"浪速"号舰长东分平八郎由此名声大噪,用中国士兵的鲜血换取了日本海军少将的头衔,不久又统率日本特遣舰队进攻中国台湾。最后,他成了日本联合舰队司令,被疯狂的日本人誉为"海军之神"。

丰岛事件传到北洋海军里,将士们震怒了,上书李鸿章,要求雪耻,为死难的弟兄们报仇。丁汝昌流下了愤怒的泪水,一声令下,率舰队主力开赴朝鲜海面,要找日本舰队决一死战,讨还血债。然而,他的舰队在海上转了整整十天,没有见到日本军舰的影子。

日军采取的是避实就虚之策:明知丁汝昌舰队在那里,偏偏躲开,却派出几艘游击舰驶入威海,放枪放炮,打几下就走。他们还放出风声,说马上要攻击山海关、秦皇岛、旅顺基地等等。

李鸿章分析这些传言,认为很有可能。北洋海军连同那几个基地都是他的命根子。在他看来,保不住这些,大清朝也完了。他担心基地被毁,更担心舰队受损,还担心日军乘虚攻入辽西走廊,直犯内地,指向京城。总之,他担心太多了,直惊得浑身是汗,紧急电令丁汝昌打道回府,不要在海上东游西闯,给他添乱子了。

丁汝昌失望地回来了,回到了他的衙门。李鸿章既给了他许多安慰,又给他泼了冷水:盲目出战,后果不堪设想!

年轻的光绪皇帝与李鸿章的态度正好相反:他要求北洋海军不惜一切,打沉几艘日本军舰,灭一灭小日本的威风。他不相信丁汝昌率主力舰队在海上搜寻了十天,竟找不到日本舰船的影子,就这么空手而归了。他更不能想象日本舰队在打沉了"高升"号、理亏在先,还敢主动找上门来,在中国的威海耀武扬威。

光绪皇帝是一百个不相信,连续电问李鸿章:你们在编造吧?他下旨责问丁汝昌:你真的去海上搜寻日本战舰了吗?恐怕是在衙门里睡了十天的大觉吧?!不敢去碰日本海军吧?!朝廷中的一些主战派不明底细,在光绪身边一个劲地上烂药,迁怒于丁汝昌,指责他畏敌怯懦,躲在刘公岛上,不敢与日军较量。

光绪皇帝越想越气,竟当着庆亲王及几位大臣之面,把茶碗重重地摔在地上。庆亲王与大臣们惊得面如土色:他们还从来没见过光绪皇帝气成这样呢!

发了一通大火之后,他到底还是平静下来了。越过李鸿章,直接下旨给丁汝昌：率领北洋舰队，日夜在威海、大连、旅顺等海域加强巡逻，严行扼守。不许让日本的一船一舰闯入渤海。有胆敢来犯者，坚决打沉它！

或许是年轻了一些，这道圣旨下来仅隔两天，光绪的气又上来了，再下两道圣旨：一道给李鸿章，严谕这位中堂在海军将领中重新选拔一名帅官，顶替丁汝昌；另一道以丁汝昌畏葸无能、巧猾避敌之罪，将他革职。

跪接了这道革职圣旨之后，丁汝昌惊得目瞪口呆。他回想自己统率北洋海军以来经历的千难万险，一颗心寒透了。当天，他就要起程回乡。早些时候，他已将家由庐江搬到巢县去了，妻儿们正盼着他回去过普通人的日子哩！

但他没有走成。还是老中堂李鸿章留住了他。这位老中堂接到圣旨以后，也是满心的不服，当即上奏光绪，道："论海军功罪，应以各口能否防护疏失为断，似不应以不量力而轻进转相苛责。"他愤然指出：就目前来看，在海军中能胜过丁汝昌的统帅还没有出现哩！且当前大战在即，临敌易将，是军中大忌，万万使不得！他要求暂免处分丁汝昌，让他继续带兵打仗。

光绪到底还是很在乎李鸿章的。得罪了这位中堂，那半壁江山就没有人能替他扛起来了。李鸿章尽管话讲得不恭不敬，还得给他面子，保留了丁汝昌的位子。

丁汝昌当这个海军统帅，是受罪的。他已陷入了一种进退两难、不能去打又不能不打的夹缝中了。一头是光绪皇帝叫他打，一头是顶头上司李鸿章不让他去打，保存实力，留得青山在，不怕没柴烧！

丁汝昌明白：李鸿章或许是有些道理的。但老是待在那里不打，还要战舰干什么？所以，他觉得皇帝的主张也是可行的。现实就是：他在两难之间，只能无所作为了。他的精力不得放在战场上，而只能放在官场上了。

丁汝昌对自己也有个实事求是的估价，他好像还不是一个合格的帅才。除了为人有些懦弱外，海战经验更是谈不上的，甚至还严重缺乏船舰、海洋知识。但他认为自己是忠于他的这支舰队，并愿意为之做出最大奉献的。只要国家需要，他搭上自己一条性命也在所不辞。

现在,既然大任在肩,按照李中堂的命令,他要确保完成这次运送四千名淮军到达大东沟的任务。天色微明了,经过大半夜的航行,大东沟已遥遥在望了。

"准备靠岸,让陆军登陆!"丁汝昌下达了命令。他想以最快的速度把将士们送上岸,然后卸下武器装备。他不敢让他的舰队在这个地方耽搁太久,危险太大。四千将士,下船的速度倒快,但要卸船的东西太多,沿岸上已堆积如山。士兵们来来往往,抓紧时间搬运。

丁汝昌手举着望远镜,向远方的水面上观察,隐约可见巨舰矗立,灯火荧荧。他预测到一场战争风暴就在眼前了。两天前他得到报告:日本海军司令已下达命令,寻机与北洋海军进行决战。日本联合舰队已经出动,正在大同江口一带搜寻北洋舰队。

九月十六日午后五时左右,日本海军第一游击队合同"赤城"、"西京丸"等兵舰,一共十二艘,由渔隐洞出发,向黄海北部一带驶出。日本这支舰队以第一游击队为先导,联合舰队主力队继之,"赤城"、"西京丸"随主力舰于右侧航行。太阳落山以后,日本舰队突然改变方向,朝海洋岛而来。他们这时并没有发现丁汝昌运送淮军的舰队,但两国舰队实际上已相距很近了。

九月十七日清晨,朦胧的夜色已经褪去,朝霞自东方海面跃出,为波涛镀上了一层金色。到早上七时许,中国运兵舰船卸完了武器弹药、粮油和被服。四千将士沿岸扎营,丁汝昌完成了任务,心情稍稍轻松了一些。

丁汝昌下达命令:开始做出发前准备!水勇们各自回船,将舰上舢板全部撤除,仅留下六桨小艇一只,以免在突如其来的海战中引起火灾。为此,他们还把所有易燃的木料、器具等集中到一处堆放。各舰上的十二寸口径的克虏伯炮也统统撤除了,仅保留舰首、舰尾六寸火炮,以免本舰在发射重炮时引起强烈的空气震荡,威胁炮手安全。所有的舰船在出发前都涂上了银灰的颜色,以使敌人在远距离外不易识别,而甲板四周堆起了几尺高的沙袋和煤袋,供士兵们作掩体使用。

按照规定程序,各舰进行了适应性训练。到午前十点三十分,准备完毕,训练结束,舰上的伙房正在烧午饭。正在这时,"镇远"号报告:"西南方向的海面上发现一股浓烟,料是日本舰队开来!"

丁汝昌并不吃惊,还在卸船时他就发现远处似有舰队与他们擦肩而过。只不过,由于北洋舰队停泊在岸边卸船,未被发现。但到底还是要与敌舰遭遇了。

他下意识地环视一下自己舰队的阵容。此次护航并运送淮军将士,丁汝昌是花了血本的。除调用了"定远"、"镇远"、"靖远"、"经远"、"致远"、"来远"、"济远"、"平远"八艘主力舰之外,丁汝昌把"扬威"、"超勇"、"广甲"、"广丙"四艘老式巡洋舰和"镇南"、"镇中"两艘炮舰,四艘鱼雷艇也拉了出来,构成了北洋海军创建以来规模最大的一次结队行动。

从昨天到现在,丁汝昌基本上没有合眼。对周围海面的动静,他不敢有丝毫的麻痹大意。他最大的担心就是在他舰上的大军还未登陆,装备还未来得及卸下时,突然与日本舰队相遇。那样的话,北洋舰队会因为无暇顾及而陷入被动挨打境地,要吃大亏的。所以,在进入大东沟时,他除了安排两艘炮舰和四艘鱼雷艇直接参加运输外,还命令"平远"、"广丙"两艘兵舰停泊在不远处的海面上担任警戒任务。丁汝昌自己率十艘主力战舰在大东沟外十二海里处下锚。他不停地用望远镜看着,终于等到任务彻底完成的时候了。

他要求提前开午饭,吃过午饭就起程,争取在天黑前返回旅顺海军基地。

十一点钟,各舰伙房里响起了叮叮当当的碗盆磕碰声,甲板上飘来了饭菜的香味。

丁汝昌在这个时候得报,发现日本兵舰!他急速来到船头。总教习汉纳根紧跟着来到他的身旁。这是李鸿章特意请来的普鲁士军队的一名退役军官。汉纳根是一八七九年跟着他的岳父——天津海关税务司德璀琳来到中国的。李鸿章明知他不懂海军,把他聘来,只是想为北洋海军壮点门面。让他在船头一站,会让日本人看到:瞧,北洋海军有洋军官在为它效劳。李鸿章认为:这样才能使日本海军有所忌惮。

这会儿汉纳根也举起了望远镜。"定远"号舰长刘步蟾也登上了高高的船头,与丁汝昌、汉纳根并排站着,向西南方向的海面望去。

三个人都从望远镜里看清了:一队冒着滚滚煤烟的军舰正排着整齐的单纵队形,向大东海方向疾驶而来。而且,从桅杆上悬挂的国旗可以看出:那是日本的太阳旗。

丁汝昌的心已吊到嗓子眼了,他十分紧张地下达了命令:"舰队升火、起锚,准备迎战!"

大东沟是一段狭窄的水域。北洋海军运输舰船窝在这里十分危险。丁汝昌命令下达后,各舰船纷纷起锚,离开大东沟,向海域中央缓缓驶去。日本舰队本该早些时候就发现北洋舰队停泊地点的。但由于北洋舰队各舰船的火烟囱浓烟滚滚,以致好大一片海面变得灰黑,根本辨不清舰船停泊的具体位置。他们甚至看不出舰队就在不远处停泊,还以为是船只在航行中丢下的黑烟。于是,日本舰队全速向前追赶,等到海面清晰起来,才发现前方并没有舰队。日本舰队紧急掉头,直到上午十点二十三分,打头阵的日舰"吉野"号才发现北洋舰队。但对具体舰船数量仍没有看清。

日本舰队小心翼翼地在有浓烟的这一带海域进行侦察、搜寻。到十一点三十分后,发现这里的舰船至少十艘以上。

司令官伊东佑亨丢下望远镜,锁紧了眉头。此刻他是又高兴又害怕。高兴的是终于发现了北洋海军庞大的阵容,找到了一个有可能把北洋舰队一网打尽的难得的机会。害怕的是:自己舰队尚没有把握取得胜利,一旦打响,日本海军可能要面对寡不敌众的局面。从这一点上讲,他反倒希望他所发现的舰船数量少一点为好。在望远镜里,他首先发现的是"定远"、"镇远"号战舰。他知道这两艘战舰很有些威力,炮火凶猛,是不可小视的。

但无论如何,这场规模最大的海战是不可避免的了。为了筹划、寻找决战的机会,伊东佑亨觉得自己等得太久了。尽管是一场冒险,他也绝不会放弃这次机会。

所有日本水兵们都张大了嘴巴。因为他们已逐渐看清了他们所面对的,至少有十八艘战舰!日本水兵的心情不免紧张起来,这是他们自组建成联合舰队以来的首次大战。此战成败得失,不仅将直接关系到日本海军的命运,也关系到整个日本的命运。

伊东佑亨并没有急于动手。正因为此战关系重大,他宁可多推迟一些时间,也要尽可能地准备充分一些。他首先下达的命令是:"开饭!"据他的推断,此战一旦打响,就一定是一场最艰苦的持久战,绝对不会速战速决。他要让他的水兵们都吃饱了肚皮再投入战斗。

　　北洋海军呢？面对的不仅仅是一场恶战，而是蒙上了浓重阴影的民族历史和那一段不能被人忘却的屈辱……

第二十六章 喋血黄海

丁汝昌没有吃饭。

伊东佑亨没有吃饭。

柔和的黄海上的季风,正夹带着苦涩的咸味阵阵吹来。两个敌对的将领在各自酝酿着自己的大战。宁静只是暂时的。当士兵们吃完午饭后,他们各自下达了命令:准备战斗!

伊东佑亨看出了他的部下们的紧张情绪,让每个士兵们吸一支烟,以此平定心神。他令"赤城"、"西京丸"两艘战舰移到舰队左侧的非战斗行列,躲避战火。

日本舰队排定了阵式:一共十二艘战舰,以"吉野"、"高千穗"、"秋津洲"、"浪速"四艘快速巡洋舰组成的第一游击队为先导,以"松岛"、"千代田"、"岩岛"、"桥立"、"比睿"、"扶桑"六艘战舰组成一队在后,一律成纵队形排开,直冲丁汝昌的舰队而来。日本海军少将坪井航三以"吉野"号为旗舰,负责指挥打先锋的第一游击队;伊东佑亨以"松岛"号为旗舰,兼顾主力队,负责整个舰队指挥;军令部长桦山资纪则坐镇"西京丸"号,调遣后队作为支援。

丁汝昌站在"定远"号上。这是北洋海军的旗舰。他令舰队呈犄角鱼贯阵,即双纵排列,缓缓前行。当他发现日本舰队单纵队鱼贯而来时,他下令改变队形:让"镇远"号和自己所在的"定远"号居中,令其他舰船分处两舰左右侧,排成一个雁形队列。各舰相距四百米左右,以每小时七海里的舰速向日本舰队迫进。

伊东佑亨见机会来了,他见北洋舰队主力舰在队形的中部,而把"超勇"、"扬威"二舰放在右翼最外侧,心中一喜。他知道这两艘舰威力很差,没有进攻性。丁汝昌这样安排,好像是用它们来保护主力舰,充当"替死鬼"。在日本人看来,北洋海军是害怕的,以防御为要。

两支舰队相距只有两里多了,短兵相接,一触即发。日本人首先行动：以第一游击队向左进攻"超勇"和"扬威"，以便先破北洋海军的右翼兵舰，以期旗开得胜，壮一下声势。

丁汝昌反应灵敏，识破了日本舰队的意图，令全队向右移转四度，使"超勇"、"扬威"两舰避开日舰火力，而以自己的主力舰与敌舰首先对阵。

旗舰"定远"号的六分仪在不停地测量着与日本舰队的距离。到十二点五十分时，两国舰队相距只有一里半了，双方都能看清对方。

突然，丁汝昌的旗舰"定远"号的右舷炮塔喷出一团白烟，接着便听到一声巨响。这是一座三十公分半的主炮射出的炮弹，炮弹向上偏了一些，从"吉野"号战舰的枪杆上掠过，落在离它几十米远的海面上爆炸了。水柱腾空，高达二十多米。

"定远"开炮了，"镇远"号也发炮轰击日舰，其他各舰紧跟着发出了雄师般的怒吼。顷刻间，数十发炮弹飞向敌舰，打中了日军先锋舰一艘。

日本舰队虽然出现了惊慌，但并未乱阵脚。丁汝昌发现，日本舰队没有急于开炮，而在中国海军的猛烈炮火下不断变换着队形。

"注意保持距离！"

"注意控制速度！"

伊东佑亨不停地吼着，对他的舰队下着命令。他又喊道："敌人舰队是要以'人'字形队列与我们作战。无论如何，我舰队必须以严整的单纵队形迎上去！"

这单纵队形实际上就是"一"字形。以"一"字排开的队形在最初不具有最大攻击性，仅前锋舰可以发炮还击，鱼贯在后面排开的军舰无法发挥攻击作用。但一旦两舰队接近后，整个舰队可以居"人"字形队列一翼，全队齐上，进行轰击。而"人"字形队列的另一翼无法发挥攻击作用。若组织轰击，炮弹只能从自己的军舰上方掠过，再炸敌舰。因此，这便是难度极大近乎于不可能之事。

而丁汝昌从来也没有见过这种队形。他是严格按照《船阵图说》中的方法选择的。那书上说："轮船攻战，以犄角阵为最便，因其三船分布，弥缝互承，船上之炮前后左右皆可轰击敌船，不至为本军船只所蔽也。"所以，在丁汝昌的印象中，唯有"人"字形队列是最佳的阵式。他平时组织舰队训练,也是按这种队形进行的。

但是,当他看到日本舰队"一"字形冲来时,很快意识到自己的阵式将有近一半力量使不上了。敌人舰队鱼贯移到自己的一侧,另一侧的舰船就有力使不上了。所以,在打出了几十发炮弹,仅一弹击中敌舰后,他急于要调整自己的队形了。如果不作调整,北洋舰队将更加处于劣势。他目前只是在舰船数量上大于日本舰队,而总吨位却比日本舰队参战的总吨位少九千四百八十三吨。最主要的是在火炮数量上,北洋舰队与日本舰队相差明显。参战的日本舰队拥有各种口径的大炮二百六十八门,而北洋舰队只有中小口径的大炮一百七十三门,比日本少九十五门。在舰船的速度上,北洋舰队更是相差较大。不仅如此,伊东佑亨还采用了单纵列阵形。这种队形对北洋舰队的"人"字形阵式构成威胁。

丁汝昌已发现自己的队形是被动的,立即下达命令:"变成雁行小队!"这个队形比原来稍有变化。即:每一小队中,前舰为队长,僚舰位于前舰后面约四十五度线上,相距四百米左右。每个小队之间的间距是一千二百码。所有小队构成了两列横队迎敌。丁汝昌之所以这样改变队形,目的是要发挥各舰舰首的火力,让所有舰船都能发挥攻击作用。北洋舰队的重炮都设置在舰的头部。最有威力的是"定远"、"镇远"两舰,各装配了重炮八门,舰尾装的则是小口径轻炮,射程较近。远距离攻击性较差。

丁汝昌边调整队形,边组织开炮。"定远"舰的重炮又射出一弹。随着"轰"的一声巨响,重炮上方的舰桥被震塌了,铁支架断裂,整座舰桥砸在甲板的炮位上。丁汝昌此时正手持望远镜在舰桥上观察敌舰,一下子重重地摔在了甲板上,腰部摔伤,一只手也鲜血直流。兵勇们赶快将主帅扶进舰舱,清洗伤口。忽听"轰隆隆"的成串巨响,丁汝昌得知:"日本舰队向我们开炮了!"丁汝昌忍着伤口疼痛来到甲板上,见敌舰队犹如一条黑色铁链似的伸展过来。他知道,自己的舰队已进入日本舰队的射程之内。此时只有抓紧时间发炮,抢先命中敌舰,才可能减少被动。

丁汝昌的血仍在流,刚裹上的纱布立即就被鲜血浸透了,滴在甲板上。他顾不上这些了,一个接一个的命令下达了。于是,数炮齐轰。日本舰队的炮火也很猛烈。刹那间,两军大小火炮,连环轰发,炮声隆隆,硝烟弥漫。世界军事史上以蒸汽机为动力的两国舰队的激烈交锋开始了。

北洋舰队一面在开炮还击,一面继续变换队形。但在猛烈的炮火之下,变换队形的速度很慢。两国舰队相距越来越近,炮火越来越猛。在紧急情况下,丁汝昌以"定远"、"镇远"两艘铁甲舰打前阵,抵抗日舰炮火,掩护后续各舰由一个"人"字形变成几个犄角雁行小队。但这种队形直到战斗结束也没有调整成功。

日本第一游击队由四艘军舰组成。他们一面以猛烈炮火射击,一面加快了速度,很快横排在北洋舰队阵前,左转舵,改道疾驶,绕攻北洋舰队右翼的"超勇"、"扬威"二舰。

这两艘军舰此时位于北洋舰队右翼的末端。它们是李鸿章最早从英国购进的老式巡洋舰,舰龄已达十三年之久。当时买来时,舰重一千三百五十吨,一八八一年下水,舰速十五节。由于建造年代较早,而且整体上是以木质结构为主,只是在木头外面包着一层铁皮,不堪一击。在北洋海军里,早就准备淘汰这两艘军舰了,所以一直没有下工夫维护。因为无钱购买新舰,它们却又一直未被淘汰下来。这次参加海战,"超勇"、"扬威"二舰实际上只是滥竽充数,因舰速跟不上被远远地甩在了整个舰队的后面。

伊东佑亨早在远处就看到它们了,打算先吃掉这两艘老舰。于是,他命令绕开北洋舰队的主力舰,向"超勇"、"扬威"开炮。若能立即打沉它们,不仅破了丁汝昌的右翼,而且能挫伤中国海军的士气,长自己水兵的威风。

"超勇"、"扬威"二舰也毫不示弱,见日本第一游击队的四艘战舰冲它们驶过来了,索性主动迎战上去。海战是没有退路的,只有向前!两舰明知自己会舰毁人亡,也要跟日本舰队拼一个鱼死网破。

"轰隆"一声巨响,一颗炮弹在日舰"吉野"号的甲板上爆炸了。这一炮是"定远"号打出的。丁汝昌站在望台上带伤指挥,以"定远"号的火炮支援已入险境的两艘弱舰。这一炮虽未能对"吉野"号造成严重损伤,但却把日本海军少尉浅尾重行和一个日兵炮手炸得血肉横飞,另有九名日本水兵被横飞的弹片击伤。

"定远"、"镇远"号继续支援,向"高千穗"号开炮,终于让这艘日舰身中数炮,八英寸多厚的钢板被穿了三个大洞,整个"高千穗"一片狼藉,士兵慌成一团,扑火堵洞。

日本舰队目标不改,第一游击队仍咬住"超勇"、"扬威"不放,猛烈轰击。终于,中国的这两艘老舰招架不住了。它们已被日军舰击中数炮,许多处被击穿起火,舰体倾斜,海水灌进了船舱,船体渐渐下沉了。到下午二时二十分,"超勇"号发射了沉没前的最后一发炮弹,然后沉入海底了。不一会,"扬威"号也因弹痕累累,伤势太重,被迫驶离战场,触礁而毁。舰长林履中登上高台,愤然纵身跃入大海,随波而没。

"超勇"、"扬威"号被日本舰队击沉,日本舰船上欢呼声阵阵。他们并没有等两舰完全沉没,第一游击队就立即转舵绕向了北洋舰队的又一侧后端,组织了新的攻势。伊东佑亨想发挥自己的快速优势,调第一游击队与主力舰队对敌舰构成夹攻之势。

很快,日本舰队调整完毕,战局正在按着他们的计划展开。

"信号?信号没有了!"北洋舰队各舰上的兵勇们都在呼喊。此时北洋舰队已腹背受敌,遭受着两面夹攻,但却突然看不见旗舰"定远"号上的信号指令了。

原来,丁汝昌所在的"定远"号上的望台已被日舰的排炮击毁。正在望台上督战指挥的丁汝昌的右脸和脖颈被严重烧伤,已不能指挥战斗了。加之没有了信号装置,别人也无法代替指挥,整个北洋舰队失去了联络,群龙无首。各舰只有各自为阵,单舰作战了。这使得北洋舰队陷入更加危急之中。

"致远"号的管带邓世昌站出来了。在硝烟弹雨之中,他命令"致远"号冲上了前阵,代替旗舰,组织战斗了。

邓世昌是广东番禺人,生下来就是一个火暴脾气,为人心直口快,说话没有深浅,却敢作敢为。他心中的喜怒哀乐都挂在脸上,手下人都还挺喜欢他的。他是福州船政学堂的第一期学员,学的是航海专业。中国人对海洋并不陌生,但对航海却一无所知。邓世昌自接触上这一门全新的学科后,攻读刻苦。他与其他学员一样,先学习了英语。不通英语,是无法成为海上骄子的。战舰系洋人制造,海上往来的各类舰船也以洋人的为多,不会英语,便无法出海。学了英语,再学天文。海之万里,波涛滚滚,茫茫大海之上须辨方向,须识气候,能测天度,预知海程的远近。还要学习地舆,海风的大小,火力的多寡,航行的时速,必须一一计算。邓世昌还主攻了驾驶,学会了制图。他在船政学堂一待就是七年,各门功课十分优秀,被李鸿章亲自点将,到了北洋海军中充任管带。

从此,邓世昌开始了自己漫长而又辉煌的海军生涯。李鸿章为北洋海军军官们的擢升定下了三条途径:一是要有战功;二是接船、选船有功;三是训练有功。北洋海军自组建以来没有经历过海战。所以,各舰的管带都是靠接船、造船或训练有功被提升的。邓世昌也不例外。一八八〇年底,他以副管带身份伴同丁汝昌赴英国接引"超勇"、"扬威"两舰,七年后再度赴英,把"致远"号从英国安全开到了天津大沽口,随即被正式确定为"致远"号的管带,一直至今。

下午三时刚过,日本舰队打过来一发炮弹,击中"定远"号腹部。炮弹将"定远"号炸开一个大洞,一团火焰由内向外蹿出,十分危急。一看便知,日舰打过来的是穿甲弹,"定远"号兵勇们集中全力堵漏扑火,在炮位上的炮手们也只好退出炮位,扑救满船的火灾。

日本舰队负责夹攻的第一舰队发现"定远"号火力顿减,立即大胆地靠近"定远"号,数炮齐射,想把它打沉。

"冲上去,掩护旗舰!"邓世昌发出了命令。

"定远"号的大火被暂时扑灭了,但"致远"却在冲杀中被日舰轮番炮轰,遭到重创。邓世昌是豁出去了,全然不顾自己的战舰危在旦夕,依然冒着炮火继续冲向敌舰。

"致远"的正前方,是日本的"吉野"号在阻击。两个月来,这"吉野"出尽风头了:在丰岛炮击"济远"的是它,拦截"操江"的是它,一个小时前击沉"超勇"、"扬威"的是它。现在,数炮打中"定远"、"致远"的还是它!

邓世昌把愤怒的目光投向"吉野"号。他吼叫着,用大手挥舞着,决心与"吉野"号以死相拼。

"吉野"号舰长坪井航三愣住了:看那"致远"号的情状,是要以舰相撞,不顾一切了。北洋水师中竟有这样视死如归的勇士,让坪井航三目瞪口呆,更让他的部下们胆战心寒。

眼看"致远"号就要撞过来了,一旦相撞,两舰必然同归于尽。坪井航三失声吼叫起来:"快!快集中炮火,阻止'致远'!"刹那间,第一游击队四艘兵舰一齐把侧舷速射炮对准了"致远"。

"轰、轰、轰!"十几颗炮弹几乎是同时打中了"致远"号的腹部。有一颗鱼雷打中"致远"号锅炉,引起爆炸,并致使舰身断裂。站在望台上指挥的邓世昌被气浪抛进海中。三时半开始,"致远"号右舷倾斜,在东经一百二十三度三十四分、北纬三十九度三十二分的黄海海面上沉没。全舰官兵除七人幸免于难,其余全部壮烈殉国。

邓世昌坠海后,随从刘忠跳入海中以救生圈相救,使之浮出海面。"假如遇到不测,誓与日舰同沉!"早在战前,邓世昌就抱定了誓死的决心。眼看着自己心爱的战舰沉没了,他悲愤至极。这是他亲自赴英接回来的战舰。"致远"就是他的荣誉,他的生命。现在再也看不到他的战舰了,他的心在滴血。恨只恨未能撞到"吉野",却被日舰打沉,他不由得仰天长叹:出师未捷,只有以死来报效国家了。他在舰上养了一条爱犬,邓世昌为它取名叫"太阳"。这"太阳"见主人落水,也从甲板上跃入海中,游向邓世昌。狗通人性,它用嘴咬住了邓世昌的手臂,想把邓世昌拖向其他战舰。邓世昌用力挣脱,"太阳"又咬住了他的发辫。

邓世昌流泪了。但他已经决心与自己的战舰、与全舰官兵共存亡,他同样要拒绝爱犬的搭救,双手抱住"太阳"的头,将"太阳"闷在水中。之后,自己也溺于波涛之中。这年,他才四十六岁。

"致远"号沉没后,北洋舰队腹背受敌。提督丁汝昌在舱内听说邓世昌及官兵们牺牲,挣扎着站了起来,走出舰舱,坐在甲板上指挥督战。但不一会,他连坐都坐不住了,便命右翼总兵刘步蟾代替他督战。

刘步蟾果然是好样的,领命登台出阵,指挥各舰与日本舰队作战。广大官兵顽强抵抗,英勇无畏。许多兵勇们已身负重伤,但仍然坚持战斗。

北洋舰队的"镇远"号战舰"咬"住日本的"西京丸"号了,带伤的"定远"号也转舵冲了过来,对"西京丸"炮击夹攻。"定远"连发两炮,一炮打中它的右船舷,一炮落在它的上甲板上。通往舵机的蒸汽管被击毁,使"西京丸"号舵机失灵。

"西京丸"慌了,立即发出"我舵故障"的信号,以此向它的旗舰求救。

"定远"、"镇远"通过它发出的信号得知"西京丸"舵机失灵,又向它连打十几炮,使它弹洞累累,终于起火了。"西京丸"航速大减,只好用手舵代替舵机航行。

就在这时,北洋舰队的"平远"、"广丙"及一艘鱼雷艇领命前来助战,共同向"西京丸"发起进攻。它们把"西京丸"包围了,在五百米的近距离内环攻敌舰,使"西京丸"的火势愈来愈猛。"福龙"号鱼雷艇冲向"西京丸",连发三颗鱼雷,可惜因相距太近,鱼雷从舰底水中通过。随舰队出海巡视的日本海军军令部长桦山资纪正率幕僚们在吊桥上观战,看到"西京丸"陷入危境,吓得面如土色。当他看到中国鱼雷艇射出的鱼雷没有爆炸,知是从舰底深水通过,这才轻松了一些。

"西京丸"在日本其他舰船的掩护下逃出了包围圈,冲向北洋海军的"济远"号。"济远"号管带方伯谦见状大骇,慌忙转舵逃遁。

这个方伯谦为人阴险狡诈,向来贪生怕死。十几年来没有打仗,尚看不出他怕死的一面。黄海大战一开始,只见他的战舰东躲西藏,不敢近距离与敌舰交战,远距离发了几炮,打的全是空炮。这时见"西京丸"发疯似的冲过来,急令逃跑还不算,又令部下将好端端的大炮用铁锤砸坏,以此作为临阵先逃的借口。

大炮砸坏了,他挂起了"本舰重伤"的信号,然后就驾舰逃离了炮火的轰击。只是他逃脱了今天,却逃不了明天的厄运。黄海大战不久,李鸿章治了他一个临阵逃脱罪,被处军前极刑。

"广甲"与"济远"号是一个雁形小队。"济远"号率先逃离战场,"广甲"号管带吴敬荣看到眼里。他认为这就等于有了先例,心想:你能跑,我不能跑吗?于是,他也下令转舵逃跑。因害怕日本舰队追击,一时慌不择路,刚跑到大连湾三山岛外,就触礁搁浅了。吴敬荣手段更卑劣:令部下一把火把"广甲"号烧了,想造成起火假象,然后率众官兵弃舰登岸。最后,它被日舰用重炮摧毁,成了一堆烂铁。

日本舰队要来集中火力围攻位于北洋舰队右翼的"经远"号了。四五艘炮舰逼近"经远"号,管带林永升却临危不惧,镇定自若地指挥全舰奋勇抗敌。他一面组织扑火,一面命令炮手们坚守岗位,发炮还击。他站在望台上,大有以死相拼之势。突然一发炮弹落在他脚下爆炸,林永升顿时肢体破碎,英勇牺牲。"经远"的火势越烧越猛,舰体也逐渐向左舷倾斜,慢慢下沉。在舰毁人亡的紧急关头,"经远"号官兵仍继续沉着应战,一直坚持到全舰沉没。全舰官兵二百余人,除十六人获救外,全部壮烈牺牲。

黄海大战转入第二阶段,北洋舰队已先后失去了六艘舰船。四艘沉没,两艘逃遁,战斗力锐减。而日军来了精神,火力更加凶猛。刘步蟾无奈,决定由进攻转入防御,设法突围了。

下午三时以后,坚持战斗在第一线并具有作战能力的,实际上只有"定远"、"镇远"、"来远"、"靖远"四艘战舰了。而日本因三艘弱舰受到重创,被迫退出海战,仍有九艘战舰参加战斗。无论从舰船数量、吨位、火炮数量等哪一方面比较,日本舰队的力量都超过北洋舰队一倍以上。战局对中国的水兵们更加不利了。

日本舰队调整了布局,以"松岛"、"千代田"、"岩岛"、"桥立"、"扶桑"五舰包围"定远"和"镇远",原第一游击队的四舰去专攻"来远"和"靖远"。这样,便把北洋海军的战舰一分为二,把战场也分成了两块。日本舰队的主要目标就是要打沉"定远"、"镇远"两艘大型铁甲舰。他们深知:这是李鸿章的"王牌舰",是整个北洋海军的依托,打沉了这两艘军舰,北洋海军也就完了。所以,他们集中了五艘主力舰,炮弹狂飞,围攻不止。

"定远"、"镇远"号的官兵们也是铁了心不能丢脸,一边寻找突围机会,一边组织炮火反攻。刘步蟾表现出色,临危不惧,指挥着"定远"号不停地变换航向,让敌舰难以瞄准。"镇远"号管带林泰曾、大副杨用霖则率舰奋力出击,始终与"定远"号保持着互相依恃的犄角骈列阵形,与敌周旋。两舰在周旋中多次被日舰击中起火。官兵们及时扑救,有条不紊。"镇远"号十二寸巨炮的炮手正在向敌舰瞄准,突然飞来一颗炮弹,将这个炮手炸得粉碎,肢体和头骨四处飞扬。但其他炮手毫无惧色,稳坐炮位,继续炮轰敌舰。

三时三十分时,"定远"号发出一炮,命中了日本旗舰"松岛"号右舷下甲板第四号炮位。这一炮打得精彩,引起了堆积在甲板上的弹药爆炸。霎时间,只听"松岛"号传来雷电般的崩裂声,全舰惨叫声不绝于耳。片刻工夫,"松岛"号就开始倾斜、下沉。烈焰之下,一百一十三名日本舰队官兵尸体横飞,坠入海底。

伊东佑亨遭此一击,只好挂起了"不管旗",让"桥立"号代替"松岛"行旗舰之责。

当"定远"、"镇远"与五舰鏖战之时,"来远"、"靖远"也不辱使命,坚决抵抗着"吉野"、"浪速"等四艘巡洋舰的狂轰滥炸。苦战多时,两舰均受重伤,都发生了底舱进水现象。"来远"舰尾部已中弹起火,尾炮被毁,只有舰首的大炮还可以勉强还击。

"来远"、"靖远"号带着重创边打边退。不到下午五时,已退到大鹿岛附近。不远处就是一片沙滩了,官兵们终于占据这一块有利的地形,一面奋力灭火抢修,一面用舰首主炮轰击追赶而来的敌舰。

日本人傻眼了,第一游击队害怕搁浅,不敢驶近浅滩,只好开炮乱打。"来远"、"靖远"两舰为了牵制第一游击队,据有利地形而加大火力,直到把第一游击队拖到海战结束。

下午五时左右,日本海军不得不停战了。

伊东佑亨立在望台上发呆了:"比睿"号、"赤城"号、"西京丸"号已不知去向;第一游击队又追赶"来远"、"靖远"而去,脱离了本队。他眼下的五舰中,"松岛"号已完全丧失作战能力,船体仍在下沉。"扶桑"号早已遭受重创。另外三舰虽然伤势不重,但已不是"定远"、"镇远"的对手。炮弹也不多了,日军士气开始低落。

伊东佑亨思考再三,决定返航。黄海的海面已笼罩在暮色里。日本舰队突然掉转队形,喷吐着浓烟离去了。

伊东佑亨在返航时脸上布满了遗憾之色,因为,他最想击沉的"定远"、"镇远"号还在!李鸿章的北洋舰队还在!

丁汝昌、刘步蟾在日本舰队离去以后,率北洋舰队返回了大连湾。

返航的路上,在北洋舰队参加海战的各位将领中,此刻没有谁再比刘步蟾心情沉重了。他在设想着中堂李鸿章得知黄海大战后的情景:是愤怒地骂娘,是惊得昏死过去,还是呆呆的,如同傻子一般,没有感觉了?刘步蟾唯独没有想到这位老中堂会哭。

但刘步蟾自己在返航的途中却哭了。这次意外海战,其实绝大部分过程都是由自己指挥的。海战开始不久,丁汝昌就被震落摔伤,后虽然坚持了一会,但大多数指挥责任已经落到了自己的肩上。

刘步蟾是北洋舰队右翼总兵兼管带,当然的第二号人物。丁汝昌负伤,他的责任便更加重大。他十分清楚这次海战的意义:不仅关系到北洋舰队的兴衰存亡,关系到李鸿章、丁汝昌、自己和全体北洋将士的形象,甚至关系到大清帝国的命运。所以,刘步蟾在接替丁汝昌指挥作战后,尽了十二分的努力。尤其在最后设法保护"定远"、"镇远"号方面,指挥得当,把敌舰打得遍体鳞伤,终于使两艘"当家舰"返回港口。

他是福建侯官人,十五岁就考入福州船政学堂,成为这个学堂的第一批学员。一八七六年受李鸿章派遣,与林泰曾、方伯谦、严复、林永升、叶祖珪、萨镇冰等十二人赴英国学习舰船驾驶,成为大清帝国第一批留学生。此后,又到英国海军旗舰"马那多"号上实习,一八七九年通过英国海军部考试后回国。

回国后,他更是潜心钻研军舰技术,翻译了大量外国海军资料,整理自己的心得笔记,写成《西洋兵船炮台操法大略》一书,明确提出:海军发展的方向是大炮巨舰,自成一军。李鸿章对此赞扬不已,按照他的建议才定购了"定远"、"镇远"这两艘大型铁甲舰。李鸿章派他前往德国伏尔铿船厂监造,这也是中国人第一次出国监造战船。而在此之前,北洋舰队的战船大都是通过英籍总税务司赫德从英国购进的,而蒙受了愚弄和盘剥,花了大笔钱,买回来的舰船却不堪一用。即所谓的"蚊子船",只不过木质船外面包了一层铁皮。而且炮大船小,头重脚轻。像"镇东"、"镇西"等,总吨位只有四百,仅舰首一炮就重达三十五吨。这样的设计,不用说进攻敌舰了,自己一放炮,就整个船身晃荡得厉害,好像要散了架似的。船一买回国时,李鸿章见了就发火:"每条船三百多万两银子,扔到水里去了!这些洋奸商,贼娘养的!"

李鸿章自己不是造船、用船的内行。但他会用人,脑瓜一转,把刘步蟾这样的行家派出国去现场监造。所有用料、设计必须得到中国代表的同意。这下果然有了效果,"定远"、"镇远"两艘大型铁甲舰完全符合设计要求建成下水了,并成为北洋海军实力的象征。

刘步蟾来到李鸿章的北洋水师,在海军建设方面也作出了重要贡献。几千年来,中国人只知道陆地上厮杀,对大海一无所知,因而忽视了来自海上的威胁。李鸿章发现了征战大海的意义,下决心买了不少舰船,但真正建设起一支海军,还得从零开始。他发现了刘步蟾是个学者型的人才,让他多方面提出规划,献计献策,参与草拟了《北洋海军章程》,使北洋水师训练从此有章可循。刘步蟾事事躬亲,为人表率,在同批学员中进步较快,成了仅次于丁汝昌的重要将领。

刘步蟾在性格上与邓世昌有些相似:心直口快,敢于直抒己见。他们一批留学生刚刚回国时,李鸿章亲自会见他们,对他们的总体评价是:"文秀有余,威武不足。"但对刘步蟾却是一个例外,李鸿章赞赏他锋芒毕露、敢于抗争的精神。

一次,刘步蟾求见李鸿章,开门见山地说:"北洋海军自成军以来再无发展,水兵们也老了。请中堂大人上奏朝廷,据理力争,按年定期添置'定远'、'镇远'级别的战舰,尤其要更换舰炮。否则,东邻日本终将成为中国之大患!"

李鸿章笑着问道:"日本的舰炮如何呢?你把他们的与我们的比较一下说说。"

刘步蟾道:"禀大人,自从英国人发明了速射炮以后,日本海军就立即大量购买,并马上装备到自己的舰艇上去了。这种火炮的最大优点就是发射速度快。十二公分口径的速射炮,发射速度是每分钟八至十发;十五公分口径的速射炮每分钟能打五至六发。而我们的舰炮呢,一律是旧式后膛炮,发射速度慢得急死人了!由于后膛炮的炮弹仅是一个弹头而无弹壳,施放时必须先将弹头填进炮膛,然后再根据估计的射程远近,加一定数量的火药,最后才来引火发射。这样,每分钟能打一发就不错了。就是说,现在日本每拥有一架舰炮,就等于我们的五至十架大炮。不仅如此,他们大炮的命中率也大大高于我们。中堂大人,若不添置新式装备,我们迟早要吃大亏的!"

李鸿章紧锁了眉头,道:"你的分析很有道理,事实也正是如此。其实这些情况本部堂也略知一二。我何尝不想一年买几艘大船,再添一批最新式的大炮呢?但苦于手中无钱,还……"李鸿章说到这里,自己打住话头不说了。他老于官场,深知此事的厉害所在,是不能把慈禧太后挪用海军经费、朝廷对自己猜忌等真话讲出来的。

然而,北洋海军所要经历海上大战的失败的结局却由此决定了。黄海大战中,北洋海军遭受了巨大损失,五艘战舰被击沉,尤其是"经远"、"致远"两艘装甲巡洋舰的沉没,严重削弱了北洋海军的战斗实力。

849

还有黄建勋、邓世昌、林履中、林永升四位管带在黄海大战中阵亡,其损失更是无可挽回。

伊东佑亨最后被迫撤离战场,刘步蟾真想一追到底。他已下达命令:"全速追击!"他是不甘心这样的结局呀!

但他们主炮手衣衫破烂、满脸血污地跑来报告:"炮弹打光了!还剩下一点废炮弹了。"

"什么?"刘步蟾放下手中的望远镜,睁大了眼睛。然后猛地一跺脚,叹了一口气。他不能再说什么了。他深知,北洋海军的军械装备,除鱼雷、水雷是从外洋购买外,舰炮所用的弹药大部分为江南、天津两家制造局生产。这些军工厂是官督商办,制造技术落后,管理混乱。总办张士珩是李鸿章的外甥,他常常自恃这一点,大肆贪污,中饱私囊,只顾数量,不图质量。结果,运到舰船上的弹药有相当一批系臭弹、劣弹。有些炮弹铜箍或大或小,填不进炮膛。有些炮弹弹面已布满锈孔,未等射出,就在炮膛内爆炸了,还有一些炮弹引信拉火不过引,眼看已射中敌舰,却好似一块砖头,不见爆炸。甚至在一些炮弹内,装的不是火药,而是沙子!

刘步蟾清楚这些情况,以前在训练过程中,已因炮弹质量问题,发生过多起人身伤亡事故。许多人因张士珩是中堂大人的外甥,不敢报告此事。刘步蟾大胆向李鸿章建议:将江南和天津制造局划归北洋舰队管辖。但李鸿章表示无能为力,强调其中人事、经费、职责矛盾解决不了。

眼睁睁看着伊东佑亨率舰队匆忙撤退了。刘步蟾干急无汗,道:"如果能有几门速射炮,如果再多一些穿甲弹,我们就有可能叫伊东佑亨逃不成了!"

下午五点半以后,归队的"来远"号代替旗舰升起了收队旗。归途中,刘步蟾独自站在甲板上,目送着夕阳缓缓西沉,海面上升起了淡淡的雾气,还有涌动在潮水之间的尸体、崩碎的木板及杂物,在海面上漂荡着……

一场海战沉寂下来,刘步蟾的心情也沉寂下来。在兵勇们的搀扶下,丁汝昌忍着浑身的疼痛倚在被炸成了几段的舰栏杆旁边,抬头望着自己战舰沉没的地方:那里聚集着一大块的油污还没有散去,战舰和兄弟们的尸体就在海底,他流泪了。参战的官兵死伤了八百多名,这是整个北洋海军五分之一的兵力,培养至今多不容易呀!尤其是损失了一批舰长,恰恰是北洋海军中最优秀的人才,有钱也买不来了!

返回到大连湾了。丁汝昌、刘步蟾含泪致电李鸿章,详细汇报黄海之战的过程。

天津富丽堂皇的直隶总督衙门里,连日来笼罩着异常阴郁的紧张气氛。幕僚们、仆人们连同李鸿章的家人们,都在轻手轻脚地走路,细声细语地说话。他们不敢惊动李鸿章闷闷不乐的沉思,恐怕引发他强压在内心中的怒火。近来他常发脾气,而且是莫名其妙,所有在他身边的人都是知道的。

他最多的时候是独坐在书房里,一言不发,两眼茫然地望着窗外。在他的脸上,已布满了苍老的皱纹,原来胖胖的脸庞也变得瘦长了。灰白的胡须从下巴处好似愤怒地突出起来,让人初看上去,好像他这一辈子都没有顺心过。

黄海大战的消息他起初并没有确切知道。但他有预感,料定就在近日必有一场大战。光绪皇帝既然是直接下旨给丁汝昌,命他搜寻日本舰队,择机决战,那还能找不到机会?李鸿章自言自语道:"小日本是愁着找不到北洋舰队呢!"

袁世凯来求见中堂大人了,李鸿章正在烦闷之际,把他呵责了一顿。袁世凯仍然满脸堆笑地劝道:"中堂大人呀,您不必这么忧心忡忡。依我看,只要丁汝昌与刘步蟾这次能破釜沉舟,与日本人誓死一战,说不定能打败日本的……"

李鸿章用手一挥,打断他的话说:"你知道个屁!老夫我问问你,弓箭长矛能敌得过快枪钢炮吗?想当年,长毛李秀成号称几十万大军,我淮军由六千五百人起家,不就是借助了洋枪洋炮把他几十万大军剿灭了吗?当今天下,谁有我熟悉北洋海军?这仗其实是无法打的。我的意思是先添置了新式舰船、设备和大炮以后,再择机一举重挫日军,但现在好了,是知其不可为而为之了。这样硬着头皮开战,我能不忧心忡忡吗?!"

袁世凯被训得面红耳赤,再也不敢多言了。

九月十七日下午,也就是黄海大战正激烈的时候,李鸿章仍呆坐在

851

书房里。中午,莫如兰送过来一碗汤,两道小菜,他只吃了几口,汤也只喝了一半。窗外的花园里有一片很大面积的池水,太阳在水面上折射出万道金光。书房门口两旁及红漆回廊之下,摆放着十几盆遒劲古朴的盆景,其中一盆就是从他的花园里移栽过来的。李鸿章命人把它摆在回廊的尽头,他每日散步,每日看它几次。这是一棵苍松,高约四尺有余,根部木质皲裂,劲骨毕露,但顶部却绿意如墨、郁郁葱葱。它是曾国藩离开天津去金陵时送给李鸿章的。当时恩师说:"少荃呀,我把此树取了个名字,叫做'老而弥坚'。我老了,将此松赠予你,为的是让你见树如见人啦!"

李鸿章今天再看这棵苍松,丝毫感觉不出它那沉郁刚拙的神韵了。他自言自语道:"什么'老而弥坚'?恐怕我已是'老而弥柔'了!大清帝国也是'老而弥散'了!"他踱到了回廊尽头,在这盆苍松下伫立良久。他想到:自从告别翰林院投身戎武之后,基本上还是顺风顺水,一路升迁。剿长毛、灭捻军,建立奇功无数,我已经为国家竭尽全力了。求富求强,兴办洋务,搞成了许多自古以来的"第一"!第一个军工厂,第一批留学生,第一个炼钢厂,第一个纺布局,第一个矿务局,第一条铁路,第一个电报局,第一个轮船招商局,第一支海军⋯⋯在这些"第一"中,自己花力气最大,下工夫最深的当然要数北洋海军了!但有了这支海军又能怎么样呢?它未能帮了自己什么忙,甚至更不能挽救大清帝国日渐衰落的危局。

这些年来,自己所倚仗的就是北洋海军,难道它在这次征战中注定要一败涂地吗?那样的话,这支海军完了,自己最后的一搏也就完了。没有想到自己辉煌了大半生,老来却不可避免地走上了下坡路,与这个日薄西山的大清朝一起,恐怕要被钉在历史的耻辱柱上了!

李鸿章在回廊上踱着慢步,忽听身后传来一阵杂沓的脚步声。李鸿章强打精神,立即收起痛苦的表情,换上一张威严的脸面,扭过头一看,来了好几个人。他们是:袁世凯、李经方、薛福成、伍廷芳等。

从这些人紧张的神情里,李鸿章已猜出了其中的不祥。几人走到他跟前时,却没有人先开口说话了,都在你看着我,我看着你。最后在李鸿章的催问之下,袁世凯壮起胆子报告说:"中堂大人,丁汝昌、刘步蟾率舰队在大东沟口外的黄海之上,遭遇日本联合舰队的猛烈袭击。

双方一场激战刚刚结束,北洋舰队被击沉战舰五艘,八百多名官兵伤亡,邓世昌等四名管带也以身殉国了。但'定远'、'镇远'号保住了,现已返回大连湾。日方损失也不小,但来电讲得不明确。"

袁世凯说完,李经方向父亲递上刚收到的急电。李鸿章在接电报纸时,一双手明显在发抖。他细细地但又是面无表情地看完了电报,就一屁股瘫坐在回廊的栏杆上,失声痛哭起来:"不出我所料,大难临头了!几位出色的管带都还年轻,乃国之栋梁,军之依托呀!奈何非得遭此亡命之难呢?!邓世昌呀,黄建勋呀,林履中呀,林永升呀,'经远'呀……你们都是我的儿子呀!"

李鸿章呜呜哭得伤心。李经方上前搀父亲,让他回屋休息。

"休息?现在还有心休息吗?我的官兵们死伤这么惨重,我的'经远'不在了,我的林永升不在了,叫我如何能够安生哪?!"

在李鸿章的眼里,"经远"的管带林永升就如同他儿子一般。这个林永升,是第一批出国留学人员。北洋海军购进了"经远"号巡洋舰,李鸿章当时看了就喜欢上了。他想到了亲生儿子经远,因为其他舰船多数都带一个"远"字,便将他喜欢的这艘巡洋舰取名叫"经远"了。在已有的军舰中,"经远"、"致远"是仅次于"定远"、"镇远"的强舰了。为了把这些舰分配到自己手中,北洋海军的骨干们经过了互不相让的争夺。而争夺最激烈的就是"经远"。将士们明白:李鸿章有个儿子叫经远。

林永升与林泰曾几乎吵起来了。他们为了能当上"经远"号管带,当着李鸿章的面大吵大闹。对于这两个人,李鸿章在心里都比较喜欢。在性格上,林泰曾木讷寡言,但说话掷地有声,且极有主见。手下人都很服他,说他有大将风度。而林永升呢?血气方刚,无私无畏,在兵勇们中间也很有威信。

李鸿章权衡半天,拿不准主意。他征求丁汝昌、刘步蟾意见,岂料他二人也由于"经远"含义中多了一层特殊所指,都恳请李鸿章定夺。李鸿章最终还是从他们个人发展和前途上考虑,选择了林永升。

林永升领命以后,一下跪倒在李鸿章面前,道:"我知道经远是您的儿子,我林永升蒙大人之厚爱,当了'经远'的管带,我定要像您儿子一样,对您忠心不二!"

李鸿章着实感动了,他也道出了实话:"在我的舰队中,'经远'号不是最大、最强的兵舰,但也不是最弱、最小的。最大的舰船如'定远'、'镇远'号,因其大而强,目标也大,最容易成为敌舰攻击的目标,所以危险性大。而太小、太弱的舰,不被重视,可有可无,我也看不上。我之所以把你安排在由我以亲生儿子之名命名的'经远'号上,既想求它平安无事,又想叫它发挥作用,望你能体悟我的用意。"

如今,恰恰是在他看来最安全又如人意的"经远"号沉没了,犹如自己儿子一般的林永升也阵亡了,李鸿章不仅感到了一种不吉利的兆头,而且把它与自己、与家庭的命运联系起来了。他怎能不为之恐慌不安,伤心流泪呢?七十二岁的李鸿章顿时涌起了一种"白发人送黑发人"的感觉。

秋风萧瑟的旅顺口军港里,营务处衙门内座无虚席。丁汝昌是最后一个到来的。他头上和腰间都裹满了白纱布,但人们仍能从他的目光中看出异样严肃的神情。

刘步蟾、林泰曾、严亚复、叶祖珪、何心川、蒋超英等一大群管带、副管带们都端坐在衙门会议厅里。丁汝昌扫了一眼,只见在座的各位没有一个不挂彩的。大家的神情都很严肃,知道李鸿章电令已到,今天要将方伯谦押赴刑场了。

所谓刑场,就是几十米开外的一块空地。

李鸿章的电令是昨晚收到的,上午就要将方伯谦绑赴刑场。行刑前,丁汝昌先召集一个会议,传达李鸿章的指示,做了一番悲愤的讲话。全体军官一致支持将方伯谦绳之以法。

上午十时,方伯谦被两个高大的亲兵押进了会议厅。他用两眼瞄了一下在场的各位,双腿抖得站不住了,脸色变得惨白,浑身汗水,就好像刚从黄海里捞出来的一般。

丁汝昌强忍着悲愤,十分平静地叫了一声:"方伯谦,你临阵逃脱,死期已到,还有什么话要说?"

方伯谦明知求饶也没有用了,但还是本能地跪下了,声嘶力竭地哭喊起来:"丁军门饶命,各位管带饶命,我知错了。"

方伯谦挣脱亲兵,跑到各位管带面前,一个一个地跪去磕头。他多么希望这些老同学、老同事一齐站出来,替他讲几句好话,求一个人情。可是,他所看到的都是鄙视的面孔,没有一个人对他表示同情。

严亚复想站起来搀他一把,被林泰曾一把拉住了。林泰曾道:"你知道错就好,还算死得明白。我等都与你有旧,纵想保你一命,无奈上命难违呀!"

陈开胄板着脸道:"何止是上命难违?还有众气难消呢,你是罪当该死呀!"

丁汝昌道:"既是这样,你在临行前有什么话留于后世,可写在白绫之上。"说着,他示意亲兵拿来一段白绫和笔墨递上。方伯谦用发抖的右手在白绫之上写下了歪歪扭扭的四个大字:"莫效我也!"

众人离开会议厅,一起来到船坞旁的那块空地。这儿已围上了上千的兵勇,见新兵们把方伯谦押来,主动闪开一条通道。方伯谦一步也走不了了,让亲兵们拖着来到了行刑之地。

他躺在泥地上,面如白纸一般,早已吓昏了过去。

"斩!"丁汝昌扭过头,不忍看他这副惨相,但仍然下达了命令。

刚才义愤填膺的官兵们不少都闭上了双眼,刀起头落,人们都听到了方伯谦那最后的一声惨叫。

一个颇具才华,又经多年培养的将领,就这样为自己的生命画上了可耻的句号。他让许多善于思考的人们从一个侧面看出了北洋海军悲剧性的缩影。

将方伯谦斩首的电报送到了李鸿章手里,李鸿章一屁股坐在沙发里。他用双手掩面,轻轻地抽泣。一次海战,失去了五艘战舰、五位将领,北洋海军里能用的人才还有多少?

又是夕阳西下的时分,书房里被镀上了一抹暗红色。他不再落泪,抓紧要办两件事。一是给朝廷上一道奏折,急送北京,陈述自己对下一步的看法。他写道:

"北洋人一隅之力,搏倭人全国之师,自知不逮。唯有严防渤海,力保沈阳,然后厚集兵力,再图大举。请另派重臣,督办奉天军务。"

在李鸿章看来,已经强大起来的日本把中国作为进攻目标已成定局,而日本人对中国开战,本应由中国各方面协力奋战,才好把握。现在倒好,一切责任落到我李鸿章一个人肩上了!朝鲜的战争派去的绝大部分是他的淮军;黄海之战也只有惨淡经营的北洋舰队来应付。因此,日本人倒好像不是同整个大清国开战,而是与他李鸿章一人开战了！那么多文武百官，那么大一个大清国，面对日本和其他列强们的欺辱，只有李鸿章一人站出来拼死战斗，好像这些都与文武百官、与各省地方全无关系，一个个若无其事还不算，还来指手画脚，说三道四，评头论足！

李鸿章在奏折中写出了满腹牢骚。北洋舰队虽已遭到重创，但他仍要把牢骚传上去，让当皇上的、做太后的想想：李鸿章已经尽力了，之所以没有大获全胜，是其他各方面都坐视不管，没有尽力的缘故。

他还必须指出：此次黄海之战，北洋舰队尽管与日本实力相差悬殊，但小日本并没有占到多少便宜。他们虽然在激战中没有被击沉战舰，但不少战舰都已被他的北洋舰队打得只剩下一个空壳了，个别战舰几乎要报废。日本的舰队此次是逃离战场的，回到他们自己的港口之后，怕他们自己人笑话自己，在海边搭建起了一个个大棚子，将浑身是弹洞的战舰藏进棚子里，组织力量进行修复。

李鸿章要告诉朝廷：总的看来，黄海之战，双方损失相当，可以说是打一个平手。但日本人不会甘心，会卷土重来的。因此，他强烈要求朝廷，拨下专门经费，尽快买船买炮，以应付不测。

写完奏折，他要办的又一件事是催促丁汝昌、刘步蟾赶快修复战舰。丁汝昌回电说：自己目前伤势严重，有些力不从心。但仍表示，力争在三十五天左右，把所有战舰修好。

李鸿章明白了：也就是说，在今后三十五天之内，北洋舰队是无法担当防御之责了，战斗力等于零！若日本或其他列强在这期间来犯，便只能听任他们长驱直入了。

他额头上惊出了一层细汗，越想越害怕。此时，真正能为大清帝国操心力事的，仍然是他李鸿章一个人！他没有可等可靠的地方，一切全由自己盘算。由此，他又想到了一些急需要办的事情。

武器弹药严重不足了，光靠江南、天津的制造局是不行的。他也知道自己的外甥总办军火制造事务漏洞太多，存在问题较大。但他又不能不对外甥网开一面。他想到了两江总督刘坤一，马上给他发一个电报，有劳他尽快多弄一些武器弹药送来！再一封电报是发给两广总督李瀚章。兄弟之间，遇上这样十万火急的事情，就不必客气了。他向大哥开口就要六千支步枪，只能多不能少，快快送来！

李瀚章收到弟弟求援电报，自然比办什么事都上劲。他甚至把劲头使得太过了，竟急得要动用"闱姓捐"了。所谓"闱"者，本是宫廷侧门之意，也指科举考场。科举规定：乡试在各省举行，考中后成为"举人"。举人参加北京的会试，会试合格，金榜题名，便是"进士"。因此，会试才真正成为了每个举人一生中的关键，谁的结果会怎样？无法知晓。但人们可以推测，可以评议，于是，人们便对谁能考中与否下了赌注，这便是"闱姓捐"。

　　这种非官方的"闱姓捐"，其实是一种赌博，朝廷早已明令禁止。但李瀚章苦于筹集不到资金为胞弟买枪时，便想到了这一招。他想搞一次"闱姓捐"，不管是什么样性质的赌博，眼下是为了国家防御大事急需，能弄到一大笔钱就行。他打算由官办赌场的收入充当军费，以解李鸿章之急。

　　李瀚章只考虑这是防御急需，却没有想到两广地区的士绅、民众的反应强烈。他是李鸿章的大哥，仅凭这一点，一般事情便多了一层倚仗，可以说一不二。但恰恰又正因为这一点，他李瀚章也受到连累：李鸿章权势很大，但对立面也多。这些政敌们斗不过李鸿章，却可以攻击他的哥哥。当李瀚章把"闱姓捐"的提案一亮出来后，立即就遭到了朝野上下和地方官员的强烈反对。一些人在旁边煽风点火，一些人明火执仗，把李瀚章逼到了唯有辞官才得解脱的地步。

　　消息传来，李鸿章深感内疚，更是对一些人满腔怒火。这天，他坐在自己的签押房里，正在思考对策，忽听通报：

　　"户部尚书翁同龢大人专程自京来访。"

　　老对头来了，定是无事不登三宝殿，其事也定不会好到哪里去，说不定是专门来找茬的。他曾当过三年军机大臣，现在又出任户部尚书，身处光绪皇帝左右，成为不可小视的朝廷重臣之一。

　　李鸿章估计：在这样一个时期，由这样一个人物专程从北京赶到天津，当然是为公事、大事、要事而来，且很可能是代表光绪皇帝出面，非同小可。

　　两人不冷不热地见了面，照常是互相讽刺夹带着客套一番。翁同龢自我介绍来天津的使命：原来他是奉慈禧太后之命，将西太后的命令传达给李鸿章，再把李鸿章的看法和主张带给慈禧太后，仅此而已。

857

翁同龢郑重传达西太后的话了,他道:"朝鲜和黄海两战,水、陆兵勇为何这般无能,败得这么惨,李鸿章干什么去了?!"

翁同龢一再声明,这是太后的原话,他本人没有半字的添改。但翁同龢的语气和神态使李鸿章感到,这位传话者心中舒服极了,慈禧对李鸿章的斥责从他嘴里说出,他是痛快的。

但李鸿章精明绝顶是出了名的。在朝野上下,人们对李鸿章有一句评语,叫做"张目而卧"。意思是说他戒备森严,连睡觉都睁着眼睛。没有什么事情能瞒过他的双眼,他也从来没有过不去的沟坎。这确实十分贴切。他在官场上几十年了,经过了数不清的大风大浪,做人、做官的功夫都很精深,火候老到,一般人是别想跟他周旋的。

李鸿章身为文华殿大学士已有二十年。在此之前,还任过协办大学士三年,武英殿大学士三年。翁同龢算什么?连大学士的边都还未曾沾过,岂在李鸿章的话下?

但他这一次是奉慈禧太后之命而赴天津,李鸿章绝不是那种喜怒形于色、荣辱发于声的人,自然该客套的还要客套,坚持把翁同龢推在了上首就座,听他表演似的学着慈禧太后的斥责。

翁同龢问:"你对太后的懿旨作何感想?"

"水、陆两战来得突然,既已如此,臣无可辩白。"李鸿章知道他现在回答什么,马上就要由翁同龢传给太后的,所以才淡淡地这么回答,但心中却很有火气,不便说出而已。李鸿章拿定主意:对翁同龢,话说得越少、越简练越好,免得他见了太后添油加醋。

"沈阳是陪都,你知道吗?"

"臣清楚!"李鸿章答道。

大清朝现在的国都虽在北京,但满人入关前,曾有一个时期把沈阳作为国都。顺治帝以前的太宗和太祖陵墓均在沈阳。所以,大清朝在北京建都后便把沈阳列入陪都。李鸿章自然知道这些。

"你既然知道这些,就当知沈阳的重要。一旦沈阳受到骚扰,你能担当得起吗?!"

李鸿章一听,这话肯定不是慈禧太后的原话,定是翁同龢假传懿旨了。于是毫不犹豫地回道:"翁大人,须知我李鸿章没有三头六臂,就这么一点舰船装备,就这么一点兵力。沈阳地方自有兵力也十分薄弱,老臣我没有那个把握。辅佐国政的大臣并非我一个,大家都有责任,你翁大人也应想想办法才是!"

这话把翁同龢的气焰灭下去不少,他预感到再那样以训斥的口气讲下去,恐怕要自我难堪,于是缓和了口气道:"那么,李中堂!西太后的意思是想征求一下你的意见,能否借助俄国防守日本呢?"翁同龢这句话是真实表达了慈禧太后的意思,但他自己却不赞成这样做。因为陆、海两战失利,这时候求助俄国,一则有失大清国的脸面,二则因为自己失利才去求人,俄国人会乘机卡中国人的脖子,敲诈中国的。翁同龢主张稍等一下,等中国军队取得一些胜利,再去向俄国人伸手,那要好得多。

但翁同龢到底没有把自己的主张讲出来。一讲出来,李鸿章或许会反其道而行之,捅到太后那里,会让太后感到翁某在另搞小动作。

李鸿章见他言犹未尽,接过话就说:"翁大人恐怕另有心思吧? 但我也要实言相告,俄国公使因病回国,至今没有归任。老臣与俄国的参赞倒是有一些交情,对俄国人的心思把握比较透彻。俄国人对日本侵占朝鲜非常气愤,认为已涉及到他们的利益了。他们的喀西尼伯爵也因此经常向我提及,表示了对日本人的不满。我的看法是,可以派一个特使去一趟俄国,找俄国公使谈一谈。能争取俄国支持,牵制一下日本,当然对我们有利。"

"好了,你的话我听清了,回北京后会一字不差地奏明太后。"翁同龢说完就告辞了。

翁同龢走了,李鸿章压在心上的一块石头落地了。他以为朝廷会因大哥搞"闹姓捐"一事发怒,来找李鸿章麻烦的。但翁同龢此来,只字未提"闹姓捐"的事情,而主要是商量"以俄制日"策略,李鸿章由此看出:自己在西太后那里,面子还是大的。

坐在签押房里,李鸿章突然像被钉子戳了一下似的,猛然起身,在房间里踱起步来。与翁同龢密谈,从开始到结束,他都未作认真的分析、推测,漫不经心地应付了差事,没往心里去。但翁同龢走了以后,他突然悟出了一些非同小可的道理,感到翁同龢此来的背景很大,可能是有一只无形的黑手向他伸来了。

翁同龢是九月三十日乘坐京津线火车直达天津的,西太后背着光绪皇帝,秘密安排这次"翁李密谈"。

慈禧原来是打算对朝廷事务撒手不管了。自诛杀肃顺,垂帘听政以后,她深感自己无力改变中国内乱甫定、外患频仍的命运,想把这个烂摊子推给年轻的光绪,自己在一旁享享清福,所以,她才大量地挪用了李鸿章的海军军费。可惜待颐和园修好以后,不过问朝政成了她转瞬即逝的想法。人在颐和园中,她对权力的控制不但没有放弃,反而比以前更加独断专行。东太后被谋害了,小小年纪的光绪当然不在她的眼里。她是一个有着强烈权欲的女人。多年来她已看准了:朝廷要办的其实主要是两件事,一件是人事,一件是仪式。仪式是要讲究排场,讲究脸面的,是做给别人看的,以显示出皇家的高贵和尊严。人事才是关键,是整个朝廷运转的核心内容。她知道抓住了人权,就等于控制了枢纽。她要抓的中心就是人事,诸如各地官员、文武大臣的晋升和外放,没有她的恩准,光绪说了屁事不顶。

中日战争爆发后,大清朝廷的政局也开始动荡起来。她知道事情不妙,说不定又是一场灾难。所以她洞若观火,看出光绪皇帝在一帮少壮派官员、"帝党"成员们的鼓噪下,是铁了心要坚决打下去的,要与日本人杀一个鱼死网破。既要打仗,就要看李鸿章的了。她多年来已十分了解李鸿章,知道李鸿章在打与不打的问题上,心思是复杂的、矛盾的。作为中兴大臣、沙场老将,如今的朝廷里是没有任何人可以替代这位中堂的,但李鸿章老了,许多事以"稳"字当头。淮军也不如当年了,如同绿营、八旗兵一样,贪图享受者多了起来,暮气重了。北洋海军是李鸿章的资本,没有把握,他是不愿意把这笔资本抵上去的。

慈禧太后由此才对李鸿章戒心又起,怕他以自己的军权左右朝政。所以,当一帮政客对李鸿章说三道四、光绪皇帝严责李鸿章时,她是睁一只眼,闭一只眼,甚至还是暗中支持。

慈禧太后希望抑制李鸿章的势力,仅仅是一个方面。她把这次战争与李鸿章联系起来,对他心存怒火。自从垂帘听政后,她一直想热热闹闹办一次大寿庆典。可是,四十大寿时遇上日本入侵台湾,五十大寿时遇上中法战争。如今六十大寿了,本指望好好办一下,中日战争又爆发了。

一想到这些战争,慈禧太后便把怒火集中到了李鸿章一个人身上了。她责怪李鸿章安排不周,不应该听光绪的那一套,轻易出兵。应该想到请俄国人从中牵制一下,或许就没有朝鲜战争和黄海之战了。那么,打起来也罢,你那淮军和北洋舰队怎么就那么无能呢?如果李鸿章的水、陆兵勇厉害一些,结果可能要好得多。

九月二十九日,慈禧太后私下召见了翁同龢一人。在翁同龢的记忆里,被慈禧太后单独召见还是第一次。翁同龢很有点受宠若惊的感觉,心中欢喜。

慈禧太后的中心意思是想与日本罢战言和,要李鸿章通过俄国人从中斡旋,把事情谈下来。但慈禧本人却不想背上一个首倡议和的骂名,想拿李鸿章来当替罪羊。但让谁去交代给李鸿章呢?显然太后是不能出面的,她想到了翁同龢。翁同龢是皇帝一派的,由他出面布置李鸿章,会使文武大臣们误以为罢战议和的主意是光绪皇帝定的,与自己无干。慈禧这个心思算是用绝了。

但翁同龢马上识破了慈禧的用意,从心里来讲,不愿意牵扯到这件事情中去,来与光绪皇帝、李鸿章共同背这个罢战求和的黑锅。于是,他当场对太后提出:

"启奏太后,臣为皇帝的近臣,不敢以罢战求和而遭国人唾骂。况且议和之事,关系重大,臣恐怕不堪重任。还有一点就是李鸿章,他与臣久已不和,若是由我出面,他会反感,恐怕要把事情办砸了的。还望太后另择重臣前往天津。"

慈禧太后就差一点发火了,她那面部表情已布满了不悦之色,但她还是缓缓但又不容反驳地说道:

"食君之禄,忠君之事,岂能随意推辞?翁同龢,这事就是你去办了。你系皇上近臣,难道我不清楚吗?你快快去找李鸿章吧!"

翁同龢不敢推辞了,只好暗暗叫苦。

李鸿章在翁同龢走了以后,才反应过来:慈禧太后是要让他当替罪羊。与翁同龢一样,他也只好暗自叫苦。他拒绝不了,而且有苦难言。俄国公使喀西尼从俄国来中国了,他赶快登门造访,说明来意。

李鸿章认为目前也只有听任慈禧太后摆布了。他太了解中国目前的情形了。加之长期以来,倡导洋务,经办外交,他深知中国与日本、与西方列强之间差距很大,但他又认为中国可以在短时间内赶上他们,走向强大。这当中自然需要一个重要条件，那就是：和。多年来，他毫不松懈地为中国引进了许多人认为是离经叛道的东西，甚至不顾遭受骂名，的确促进了中国近代化进程。他希望天下能够太平，但中国与日本在平壤、黄海之战爆发后，他估计到日本会乘势侵入中国，特别可能会趁水、陆之战的余威，由鸭绿江下游九连城、安东一带渡江，由东边一举入侵东北。

这是多么可怕的事情呀！东北是朝廷的"龙兴之地"，若日本正如自己推测的那样，打进东北了，自己定将是一生功名尽弃，弄不好还要脑袋搬家了。

所以，在接到慈禧要他求助俄国人，与日本罢战议和的懿旨后，明知要背骂名，还是求到了喀西尼。他没有想到，这位俄国公使立即收起了笑脸，耸了耸肩膀，道："中日正在用兵动武之时，加上日本又明确占着上风，局势不利于贵国，俄国不便卷入你们两国的纷争。很抱歉！"

俄国公使把李鸿章晾在了客厅里，借故躲开了。

李鸿章虽然"贼娘养的"骂个不停，但也毫无办法。他能够做的，只有建议朝廷立即加强东北方面的防守。朝廷根据李鸿章提出的战略方针，采取了相应措施，集中兵力加强对辽东地区的防御，批准了李鸿章关于在奉天、直隶、山东、河南等省募集新军三十个营的奏请，任命宋庆节制前敌各军。朝廷还破天荒地表示：一切军费由户部拨给。

这宋庆其实已经七十五岁了，朝廷要他火速率所部毅军由旅顺进驻九连城，联络各军，策划防御。除黑龙江将军依克唐阿一军外，均归宋庆节制。

宋庆原是山东人，曾在袁甲三手下干过，打过太平军，曾获得过"毅勇巴图鲁"的称号。所谓"巴图鲁"，满语是勇敢的意思。朝廷对军功显著者，才授予这个称号。所以，宋庆的部队由此被人称作"毅军"了。李鸿章熟知这个同辈人，当年给安徽亳州的知州宫国勋当过仆从，那正是与捻军作战最激烈的时期。捻军的一个将领孙之发前来诈降，计划在清军内部策动起义。这消息被宋庆得知了，他向宫国勋报告，并亲手杀死了孙之发，由此立了大功。宫国勋让他接管孙之发所部，成了带兵的人。

宋庆从一个仆从一跃而成为一军之将，是同治元年的事了。三十年过去,有趣的是,他所率领的兵勇绝大多数都是安徽人,与淮军联系十分密切。因此,一般人都把他的毅军看成是淮军的一个旁系。毅军一直驻扎在旅顺,这次得令到达九连城,行动迅速,仅十多天工夫便在九连城扎下了大营。到达九连城的当天,他就接到了圣旨:要他统率前敌各军。

他高兴极了,立即与依克唐阿商量了鸭绿江的防务问题,决定将主力配备在安东至九连城一带;调拨一路兵勇守卫大东沟至大孤山一线。到一八九四年十月下旬,集中在九连城附近鸭绿江右岸的清军总兵力已达八十个营头,计二万八千余人。

朝鲜的义州是重要的军事基地,与中国的九连城隔江相望。九连城东临鸭绿江,北枕瑗河,瑗河于九连城北流入鸭绿江。在河口的东面、江流的西部,有一座山,形如蹲虎,名为虎山,它成了九连城的天然险要。从九连城沿鸭绿江右岸上溯,依次为安平河口、薄石河口、苏甸河口、长甸河口。九连城西南、鸭绿江下游的安东县,再向西南便是鸭绿江口的大东沟了,再西则为大孤山。九连城西通凤凰城,东达朝鲜义州,为中朝交通要道。从攻守的角度看,九连城虽不如平壤那样险峻,却在前面拥有几百米宽的江水,江水很深。城东北的瑗河,宽也有七十余丈,凭赤手空拳很难横渡。

毅军在到达九连城后,日夜赶修防御工事。作为辽东前线的最高指挥官宋庆,他是下了决心要死守鸭绿江防线的。他的顶头上司是李鸿章,按中堂的部署,宋庆以九连城为中心,将兵力分作左右两翼进行布防。左翼防线自九连城至长甸河口,由黑龙江将军依克唐阿指挥;右翼防线为九连城至大东沟一线,由宋庆自己驻防。他在九连城至虎山、栗子园附近新筑大小堡垒四十余座,还建造了一批炮台。其中沿九连城以北的高地上,炮台连着炮台,以此瞰制瑗河口那一片低洼地带。再从九连城东北高地沿瑗河右岸至九连城东南的老龙头,长约六里地上,修筑了一连串环堡,堡内设置炮位,并在其后方高地上构筑炮台数座,以两层防线控制鸭绿江的江面。

宋庆是下了工夫的,堡垒和炮台都比较坚固。堡垒外通濠沟,沟内设置障碍,看起来是万无一失了。

李鸿章对宋庆到前线以后的表现很满意。他要操心的不仅仅是堡垒和炮台,他还要考虑为前线筹集粮草、军械和军饷。李鸿章把这个任务交给了袁世凯。

"你还磨蹭什么?赶快把粮草、枪炮送到九连城去!"

袁世凯此时已十分沮丧。他深知给养问题在下一步的战斗中显得十分重要,是决定战斗能否胜利的重要因素。但这个差事既辛苦又不讨好,好似"幕后英雄",令他有些不太情愿。所以,自李鸿章让他担负了为前线补充军械给养运送的任务以后,他仍然住在北京,迟迟不见行动。

他开始的打算是从海上向义州、九连城一带运送武器和粮食。但一经侦察,他办不到了。黄海之战后,黄海的制海权已落入了日本人手中。

"你本来就应该考虑到这一点,从海上运输是很愚蠢的办法!"李鸿章的女婿张佩纶直率地批评袁世凯。袁世凯想:我的办法不好,你又能有什么好办法呢?站在旁边说三道四,谁不会呢?一气之下,他真想甩手不干了。但李鸿章责问起来了,而且口气强硬,不干不行了。于是,袁世凯和周馥一起,匆匆赶到奉天去了。周馥此行,戴上了一顶前敌营务处总理的帽子。他也深知其难,劲头不大。

他与袁世凯都是硬着头皮上任。既然海上走不通,只能在内陆省份采购粮食,然后靠人力往前线运送。这样办起来,速度当然快不了。李鸿章大骂起来:

"贼娘养的!没有能耐就跟老子明说!等到你们把武器和粮食运到前线去,日本人恐怕早已打过鸭绿江了!"

李鸿章近来好似吃了枪药似的,一肚子火气。周馥和袁世凯明白,李鸿章的日子不好过了,以翰林院侍读学士文廷式为首的三十五名翰林们联名向朝廷上奏,要弹劾李鸿章。他正在遭受着他一生以来所遇到的最猛烈的围攻,李鸿章被搅得焦头烂额。

一场针对李鸿章的政治风暴就在前线局势最紧张的时候开始了。他们瞅准的就是李鸿章出兵失利、外交被动的时机,要把李鸿章狂轰滥炸一下,再把他赶下台。

带头发难的是翰詹道科的御史清流行,而打头阵的则是有"名士"、"才子"之称的文廷式和张謇。

江西萍乡出了个文廷式,也的确不简单。早年他曾陪广州将军长善的子侄志锐、志钧一起读书。此人学业优秀,在光绪八年参加了顺天乡试,高中第三名,使得他一时才名震动公卿。七年后,即光绪皇帝"大婚"时进京参加会试,更是光彩照人,考取内阁中书第一名。一年后,中式恩科考生,复试一等第一名,殿试第一甲第二名,得赐进士出身。这一年他三十四岁。他被分派的差事让人羡慕,当起了光绪宠妃瑾嫔、玢嫔的老师。

张謇与文廷式齐名,比文廷式大三岁。他是江苏南通人,早年曾在淮军吴长庆手下当过幕僚,后驻扎朝鲜。一八八五年参加顺天乡试得中第二名后,结识了时称"清流"的黄绍箕、盛昱、丁立钧等人。甲午战争前夕,张謇进京参加会试,金榜题名,高中甲午状元。

这是一批壮志满怀、自命不凡,以"名士"、"清流"自居的少壮派人物。他们也的确才华横溢,饱读诗书,更怀有满腔的爱国热情。但是,对于实践,他们就显得苍白无力,徒托空言了。对于国家,深感危机重重,步入官场后对慈禧的"后党"的所作所为极为不满。他们是支持年轻的皇上的,常在一些场合为光绪打抱不平,把希望寄托在光绪身上。

这批少壮人物表面上鄙视权力,看不起朝中老臣。但骨子里又渴望得到更大的权力,以自己取代老臣们,来呼风唤雨。他们真正的目标是慈禧太后,却又不敢碰她,那就只能选择很受慈禧太后赏识的李鸿章了。

李鸿章是内阁首辅,排在前列的重臣。他多少年来权倾朝野。能把李鸿章赶下台,定会赚来许多名声,而且也为少壮派们铺平了道路。

但单凭"秀才造反",恐难成大事。因此,在老臣中要有人为他们撑腰掌舵。于是翁同龢就与他们不谋而合了。翁同龢已经几次出任会试的主考,按照科场惯例,谁是主考官,这一科中榜者今后就是他的门生了。翁同龢恰恰利用了手中的录取权和向皇上进言的便利,把这些人都延揽到自己控制的圈子里来了。他要利用他们的单纯,把他们变成供自己使用的"枪"。他通过自己的言传身教,要让这批才子们明白:李鸿章是太后倚为柱石的重臣,也是战事不利、国家衰败的祸首,鸣鼓攻之,是最有价值的事情。他永远忘不了那一件无法说破的私怨:翁同龢的哥哥翁同书在安徽任巡抚时,曾被曾国藩上疏严劾,他哥哥因此受到发配新疆充军的惩处。翁同龢事后得知：曾国藩那道奏折就是李鸿章执的笔。那道奏折出语惊人，无懈可击，才使得翁同书落此一难。每次想到这件事，翁同龢对李鸿章恨得咬牙切齿。

围攻李鸿章的机会终于成熟了。他看到李鸿章已内外交困，是报一箭之仇，是雪恨的时候了。

光绪皇帝很得体地支持了围攻李鸿章。他想以此给慈禧太后一个信号：我已经成长起来了，应该独立行使皇上的职权了！我就是要整整你的人，让你有所触动。

于是，由翁同龢暗中操纵，文廷式和张謇出面联络多人，向李鸿章发起进攻。文廷式率先上书光绪皇帝，接着张謇也递上奏折，指责李鸿章贻误战机，要求朝廷严惩李鸿章。礼部右侍郎志锐也写上奏折，弹劾李鸿章衰病昏庸，请求朝廷另选高明取代李鸿章。

两天后，御史长麟出奏，又把矛头对准了李鸿章的得力干将丁汝昌等，说北洋舰队"畏葸无能，巧滑避敌"，应赶快将丁汝昌一撤到底。

长麟要弹劾丁汝昌后，文廷式再次出动，不几日后又递上奏折，一是继续请求皇上严惩李鸿章，二是把李鸿章女婿张佩纶"挖"了出来，把张佩纶与丁汝昌硬性绑在一起，请求皇上对他们严责。

翁同龢和李鸿藻也公开出面了，主张对李鸿章及其亲信们一要严责，二要拔去花翎，褫去黄马褂。在这种声势下，文武大臣一下汇聚了三十五人，联名上奏光绪皇帝，痛责李鸿章几年来疏于戒备，掣肘诸将，任用私人，不设粮台，删改电奏，欺瞒朝廷等。最后定论：李鸿章已经昏庸无能，丧心亡国，请予罢斥。

光绪皇帝已拿定主意以摧毁李鸿章向慈禧表示一种抗争，见了三十五人联名上奏的折子感到正中下怀，于当天就下旨：将丁汝昌再次革职，戴罪图功。接着又下诏将李鸿章爱婿兼幕僚张佩纶驱逐回籍。罪名是他曾在北洋衙署中干预公事。

李鸿章对于文廷式等弹劾他的事情很清楚。四朝元老了，朝廷内外也有他的许多耳目。他在签押房里大骂起来："一帮黄口小儿，竟想与老子较劲！"他朝地下猛地啐了一口。当他得知光绪又将丁汝昌革职，且将张佩纶驱逐回乡，他恨不得扇光绪一个嘴巴。他暗暗拿定主意，对这一切不予理睬，我行我素。

张佩纶不能走！这不仅因为他的父亲张来结是自己在安徽办团练初期的旧交，也不仅因为张佩纶已成了自己的爱婿，而是因为：他知道自己岁数大了，在北洋海军那里管不了几天了，一旦交出了军权，论公要承前启后，确保后继有人；论私要有人替他遮掩弥缝。所以，必须安排一个使自己非常放心的人进去。但这个人选不容易物色，一要有资历，二要有才气，三要与自己见解相同，风格相近，四要与自己关系密切。把许多人放在一起比来比去，李鸿章认为只有女婿最为合适。他是要张佩纶将来不仅能管辖北洋海军，而且能全面接自己的班。

可是，光绪竟要将张佩纶驱逐回乡了！他闭上眼睛，稳了稳情绪，从容不迫地拿起了软笔，既要请慈禧太后拉他一把，又要借助于反面的力量，告诉朝廷：围攻李鸿章，正中了外国列强们和日本人的意哩！如此亲痛仇快，你光绪皇帝在办傻事！他一挥而就，给光绪皇帝上了一道长长的奏折，对那些人对他的攻击及对张佩纶、丁汝昌的责难一一反驳。李鸿章的顾问、美国人毕德格在美国休假期满返回中国途经日本时，曾与日本外务省官员商谈过中日战事。李鸿章要把日本人与毕德格的谈话记录节选呈报皇上。节选的谈话是：

日本官员问："中国皇上以及各枢府是否仍以李中堂为依靠，对他信任无疑？"

毕德格答："李中堂勋业冠绝，从过去到现在一直对朝廷忠诚恭顺。他虽有震主之功，却不改忠君之志。所以，大清朝廷一直把李中堂视为依靠，让他掌握军权、外交大权。这些岂不是皇上对他极其信任的依据？"

日本官员道："可是，中国在朝鲜和黄海水、陆两战失利，李中堂督师无功，皇上对他积渐生疑了。听说要夺去他一切恩赏，严责李中堂了。"

毕德格答："他虽然督师无功，但已经是竭尽全力了。中国许多年来没有把防御外国入侵当做大事重视起来，朝廷没有一支强大的军队，有一些队伍也是分散在各省，各自为政，兵权掌握在督抚手中。朝廷的兵部堂官并无实权调动部队。兵力分散了，集中不起来，所以抗拒外国入侵便无力了。而你们日本改用西方的办法控制军队，陆、海军皆归部臣节制，所以就能通力合作，积渐为雄。这便跟中国不一样了。这一次朝鲜、黄海两战，中国失利，大清朝廷把所有责任都归咎于李中堂一人，又要革除他的职位，又要严责他，还有人甚至联名弹劾他。朝廷这样做无异于自毁长城，对大清朝有百害而无一利。试问大清朝廷：当今不用李中堂，还有什么人能与东洋抗争，与西人一比高低？"

日本官员道："中国朝廷如果罢斥了李中堂，不仅西方各国高兴，我们日本更高兴。那样的话，我们就更容易战胜中国军队了。"

……

李鸿章把以上这个记录稿原样呈报朝廷，不仅是想给朝廷一个压力，从而终止对自己的严责和围攻，更主要的是借外国人之口，表达自己想讲而又不敢讲的话，巩固自己在朝廷中的地位。

慈禧太后说话了：严斥李鸿章，罢免丁汝昌，驱逐张佩纶，这些都没有经过她的恩准，因而"暂不可动，待中日战后再加以整顿"。慈禧要保李鸿章，因为她看出"帝党""倒李"，目的就在于削弱她"后党"的势力，杀鸡给猴看，是冲着她太后来的。因此，她当然不会坐视不管。

李鸿章终于走出了这场"倒李"的危机。他打起精神，准备好好干它一场，袁世凯从前线发来了电报："已将九连城转运站迁至凤凰城，窃以为办事诸多不便。"

"九连城可能要失守了！"李鸿章在签押房里大声说着。他是十分敏感的：袁世凯有着特殊的嗅觉。他把转运站后撤到凤凰城，说明前线的日军已经逼近了，而九连城可能守不住，所以狡猾的袁世凯才要后撤。

既然光绪皇帝连同那些"倒李"派没有动了自己一根毫毛，李鸿章就要一如既往地承担他的责任了。看到前线防守情况不妙，他心中一惊，抓起笔来亲拟一道电文。他在电文中告诉前线的将士们，翁同龢、文廷式之流的"倒李"行动失败了，李中堂还是李中堂！如今大战在即，全体前方将士要在宋庆的统率之下，誓死血战一场，重振军威，让那帮只会说三道四、不干实事的人们看看：真正能捍卫大清的，还是我们！

电文发出了，李鸿章的心情却久久不能平静，他在关注着前线，预测着未来。

第二十七章 疯狂辽东

宋庆在九连城行营里坐卧不安。他派出的探兵们已经回来,报告的消息是:日军在朝鲜境内已经大举向鸭绿江边推进,大批粮食、武器弹药等,都运到了义州。在义州城外,接连架起了二十门重炮,炮口直接指向九连城。

宋庆反复研究了九连城的防守部署,对聂士成、宋得胜、马金叙等将领说:"看来日军的第一个目标就定在九连城了。我研究以后的结论是,虎山位于鸭绿江、瑗河之间,若能坚守住虎山,居高临下,便可以有效地遏制日军的进攻。守住九连城就有了把握。"说着,他扫了一眼诸位将领,突然大喊一声,"谁能守住虎山,本帅将有重赏!"

马金叙首先站出来,自告奋勇,愿与虎山共存亡。宋庆十分高兴,准了他以后,命令聂士成率精兵驻扎虎山的旁边,作为马金叙的后援;宋得胜为策应,共同加强虎山的防守。

站在义州的阵地上,日本第一军司令、陆军大将山县有朋,此时露出了得意的微笑。展现在他眼前的是一条三百多米宽的河床。鸭绿江水正缓缓地流淌着。他站在一个军亭上,可以清楚地看见对面的中国九连城,旌旗招展,兵勇穿梭,堡垒和炮台挺立。

山县有朋把瘦削的脸盘转向他身边的将士们,踌躇满志地挥手向江对岸一指:"你们将是大日本帝国有史以来第一批踏上中国领土的军人!"

他的手下们都会意地笑了。早在三百年前,他们的国家就把中国的北京当做他们的首都来设想了,三百年后的今天,他们才真正开始着手实践自己的计划。一八九四年十月二十四日,他们的最高指挥官山县有朋下达了命令:口号是:"饮马鸭绿江!"开始向中国的鸭绿江防线进攻!

他们已侦察清楚了:朝鲜水口镇与鼓楼子附近的这一段江水很浅,

869

容易徒涉。因此,山县有朋决定先攻九连城上游的清军左翼防线,攻下中国的安平河口,以此牵制和迷惑清军,然后让主力人马从浅水区过江。

当日午前,山县有朋的步军第十八联队开始从朝鲜的水口镇江边渡江了。与此镇相对的是中国的鼓楼子,清军倭恒额、依克唐阿的部队在此驻守。日军十八联队渡到江中央时,驻扎在鼓楼子的清军才发现,赶快开枪射击,阻止日军过江。日军的炮兵亮相了,从水口镇向江对岸的清军阵地数炮齐轰,掩护陆军过江。

鼓楼子的清军炮台也打出了愤怒的炮弹,在江心处和日军阵地上炸开了。但过江的日军渐渐增多,密密麻麻地涉水冲来。清军出动了一支骑兵,向正在渡江的日军发起进攻,以此想把渡江的日军打退。但日军反攻激烈,清军骑兵非但没有打退日军,却让日军把自己打退了。

午后一时半左右,驻守鼓楼子和安平河口各堡垒的清军经过一阵猛烈抵抗后,仍然没有能阻止住疯狂的日军渡江。大批日军登上了中国的江岸。清军开始后撤,安平河口被日军攻占了。日军没想到:清军的防线竟是这样不堪一击,日军几乎是轻而易举地成了鼓楼子、安平河口的主人。

日军另一支部队负责主攻九连城。战斗尚未打响。他们见清军兵力众多,堡垒林立,不敢轻易接火,退到安平河口附近扎营,以待援军。

江对面的义州还有一支日军部队正在紧张筹备各种架桥材料,计划在夜间搭成浮桥,把义州与中国的虎山连接起来,攻占虎山,占领鸭绿江上游。

鸭绿江在这一段由于泥沙的冲积,在河床上形成了三个支流。东西两侧支流约六十米宽,江流很浅,不需搭桥就可以涉过。但中流很宽,达一百五十米以上,水也很深,一般在三米左右。当地人称之为中江。在中江西侧有一南北狭长的沙洲,当地人称之为中江台。日军就是准备在这里的北侧架设浮桥过江。

十月二十四日晚九时,日军行动了。他们先派一个步兵大队作掩护,挑选一名水性好的工兵泅水摸到江对岸,把一根长绳子固定下来,作为架设浮桥的桥索。谁知这个工兵抗不住江水凛冽,未到对岸就没命了。于是另一个工兵接着干,终于游过了鸭绿江,将绳头系在岸边的一棵老柳树上。开始架桥了,仅一夜之间,这儿的中江江面上和东侧支流上就架起了两座浮桥,直达对岸。这么大的工程,驻守在对岸上的清军竟毫无察觉。日军喜不自胜。

与此同时,日军第六联队已于午夜时分乘船摸到了虎山东侧,在山下埋伏起来。浮桥架成后,第五旅团的大迫尚敏率本部人马作为右翼,在凌晨四时起从浮桥上过江,与第六联队会合。会合后共同向清军在虎山的东方高地发起进攻。第三师团桂太郎率本部于早晨六时也越过浮桥,负责从正面进攻虎山阵地。日军各路人马发起进攻时,在义州的日军炮队给予配合,用重炮轰击虎山的山头。

天刚放亮,日军首先开炮。清军马金叙、聂士成站在阵地上往山下一看,只见日军已密密麻麻地布满了山坡。聂士成大骂夜间巡逻兵勇们瞎了眼睛,日军已大批过江打到自己阵地跟前,竟然一无所知!

"全体进入阵地,向日军猛打!"清军将士并未慌张,在聂士成一声狂吼以后,很快各就各位,用枪炮向山坡下扫射。清军居高临下,日军被打得连滚带爬退下山去。

聂士成传令栗子园的防兵到前沿阵地支援。各炮台、堡垒火力很猛,日军一时间被打得满山坡的尸体。

虎山位于九连城东北方向,山高一百多米,山势险峻难攀,是清军在鸭绿江防线的制高点。一旦失守,右翼防线将无险可守,九连城就会立刻处于日军居高临下的炮火射程之内。

所以,清军投入了较大火力坚决抵抗,但山县有朋也铁了心要拿下虎山。他把渡江部队全部调了过来,想来一个速战速决。

宋庆在九连城坐不住了,亲赴虎山督战。他令马金叙、聂士成挑选精兵坚守第一道防线,又调马玉昆率毅军三千人渡瑷河驰援虎山守军。回到九连城以后,他站在望台上向鸭绿江望去,百思不得其解:整个江面三百多米宽,日军一夜之间使之联成一线。那浮桥好似横卧在江面上的一条巨龙,在他的眼前晃动着。他想下令炮轰浮桥,但是晚了:日军已完成渡江,并对虎山形成了包围之势。

此时,榴霰弹带着刺耳的啸声,划破晨雾,从大江对岸射出,在虎山的清军堡垒上炸开。日军步兵又发起了冲锋,在炮火的掩护下向山头游动。

坚守山头阵地的是马金叙的六百"铭军",他们已打退了日军的三次冲锋,全部炮管因连续发射已变得通红,几乎不能再用了。他们急需重炮,也急需兵力支援。以六百兵员对付满山坡的日军,显得有些寡不敌众了。

宋庆通过望远镜看得清清楚楚,于是急令刘盛休率铭军支援。但这次支援也晚了一些,日军大迫尚敏所率领的右翼队已抢占了虎山东面的高地,并从侧后向虎山阵地发起进攻。这便使清军腹部受敌,形势十分危急。

宋庆见状,又急令宋得胜率两千人马赶往虎山支援。山县有朋也不示弱,派立见尚文率领左翼队绕到虎山西侧,截击前来支援的清军。宋庆见日军左翼队出动,命令九连城的大炮向其开炮。但由于距离较远,命中率极低。一时间,山上山下的清军伤亡惨重。

立见尚文的左翼队到达虎山西侧了,清军援兵由此被截断。马玉昆、宋得胜等只好向栗子园撤退。日军左、中、右三路人马乘势由虎山东、西两侧和正面向虎山发起总攻。虎山守军虽孤立无援,炮火不济,但仍然顽强反击,毫无退却之念。

日军一次次被打退,又一次次冲了上去。马金叙全身受伤二十多处,连自己的胞弟也督队阵亡了。但他仍顽强地支撑着自己,忍着巨大的心中悲痛和肉体伤痛指挥反击。日军在总攻中也伤亡惨重。

到上午十一时三十分,清军因兵员大减,又孤立无援而丢掉了虎山阵地。但仍有四百余人坚守在虎山北面阵地上。一个小时后,北方阵地也被日军攻占,虎山全部失守了。日军占领虎山,乘势沿瑷河西上,夺取了九连城以北的栗子园、苇子沟附近的瑷河两岸。据此,他们要进犯栗子园、苇子沟了。清军驻守在这些地方的将士们奋勇反抗,猛烈轰击日军,又造成大批日军死亡。

到下午一时左右,山县有朋亲率他的第五师团自义州支援前线,并把他的司令部设在虎山之上。这个被称作"日本近代陆军之父"的山县有朋由此冲破了李鸿章苦心设置的鸭绿江防线。

眼下就要对九连城发动进攻了。他计划:二十六日凌晨,由桂太郎率第三师团从栗子园迂回到九连城西面的蛤蟆塘,主攻九连城侧背;由野津道贯指挥第五师团沿瑷河右岸,进攻九连城北面和东面。另派一支人马去进攻安东县,以牵制清军对九连城的支援。

　　日军在中国这块土地上度过了他们的第一个夜晚,又是一个拂晓时分,战斗打响在九连城内外。日军以最猛烈的炮火轰击城头,炸弹在城中的街巷中落地开花。但炮火轰了约半个小时,不见城中有丝毫动静。山县有朋一惊,不知清兵玩的什么花招,速派兵越过城墙到城中侦察。结果大出他意外:九连城已无一兵一卒,整个儿是一座空城。

　　山县有朋这才反应过来:清军已于昨天深夜弃城而去。原来,九连城的清军见虎山失陷后,纷纷惊慌起来。刘盛休率铭军首先扔掉枪械,纵火焚烧营帐,向南仓皇而奔。宋庆三番五次制止,但刘盛休根本不听,连夜跑到了凤凰城。日军不费一枪一弹进了九连城。山县有朋在宋庆的"总统府"设立了自己的司令部。更令山县有朋欣喜的是:入城后,他们尽得了清军扔下的七十四门大炮、四千四百支步枪、四百多万发子弹和五千多石粮食。

　　为了牵制清军而分兵进攻安东县的日军,同样没有遇到任何抵抗,这儿的清军早已逃向大东沟和大孤山去了。

　　李鸿章苦心经营的鸭绿江防线至此彻底土崩瓦解。李鸿章没有料到他的军队早已成为了不堪一击的饭桶。形势对他极为不利。日本陆军自占领平壤,海军在黄海与北洋舰队一战后,使日本实现了"把清军逐出朝鲜、扶植朝鲜独立"的作战方针,借助于控制朝鲜、拥有黄海制海权的优势,扩大他们的地盘,实施陆军由朝鲜和渤海攻入中国的计划,最后与中国军队在华北平原进行主力决战,把战火大规模地烧进中国领土。

　　所以,突破李鸿章的鸭绿江防线只是日军计划中的一小部分。就在他们跨过鸭绿江的同一天,日本第二军在中国的辽东半岛东侧的花园口也开展了大规模的登陆行动。

　　两翼合作,共同进军。参加登陆行动的第二军由他们的第一师团、第十二混成旅团组成。由陆军大将大山岩统领,充任司令官。山县有朋统领的是第一军,大山岩的第二军与第一军分为左右两翼,同时侵入中国。日本总的作战计划是:山县有朋从朝鲜义州渡江入侵中国东北的辽东地区;大山岩的第二军作为左翼,从辽东半岛登陆,攻占金州、旅顺、大连湾,入侵辽南地区。两军配合,共同进占中国东北,为下一步大

疯狂辽东

873

举侵入华北平原打基础、做准备。眼下,他们是要把整个东北地区变成日军的根据地。

　　大山岩,曾在法国留学四年,专攻军事指挥专业的军官。他虽然在资历上不如山县有朋,但在日本也功名显赫,被天皇赐予了最高爵位,与山县有朋在爵位上是平起平坐的。

　　他是一名下级武士的儿子。大海环抱、风浪肆虐的日本岛国,以自己特殊的地理环境培养出他们冒险好斗、凶残暴戾的性格。当年的武士们在日本手执倭刀,打家劫舍,横行无阻。刀剑是武士们的通行证。大山岩自小就继承了他父亲的这一血统,终于伸手抓住了军刀,侵入中国来了。他也由此果然成名,成了一场震惊世界的大屠杀的元凶。

　　登陆之前,他派遣一批特务进入中国内地,组织了庞大的间谍网,搜集了大量情报,绘制了一张精确的中国地图。一个叫波尔纳的欧洲人曾得到这份地图,中国的村镇、道路、地形乃至水井的位置,都标得十分清晰详细。

　　现在,大山岩正站在这张地图前,向他的第一、二师团和第十二混成旅团宣布着他的理想:"经略满洲,决战直隶,入主北京!"

　　师团长山地元治中将、旅团长长谷川好道等"叭"的一个立正姿势,答道:"现在是实践您的理想的时候了!"

　　在大山岩的率领下,五十多艘运兵船装载着两万多名日本陆兵出发了。运兵船居中,两侧是联合舰队的护航兵舰,浩荡西行。

　　行动是保密的。这支船队开向哪里,士兵们并不清楚,不过这并不重要。在他们眼里,中国的清兵无论是哪里的,都不过是一杆鸦片烟枪、一把大刀或是一根锈蚀的鸟枪,耷拉的辫子,松垮的战袍——这便是中国军人的形象! 他们的船舱里还贴着这样的宣传画。

　　伫立在舰桥上的大山岩此时的心情并不轻松。他知道船舱里的那些宣传画是对中国军人的恶意丑化,为的是鼓舞他的将士们。而真正踏上中国领土后,他对他的登陆能否成功是不敢打包票的。

　　一天一夜的航行,到十月二十四日七时二十五分,他的舰队已驶抵花园口水域。

　　大山岩用血红的眼睛盯着他手下的师团长、旅团长们,短促而坚定地命令他们:"满洲就在我们的脚下了,登陆!"

晨光之下，几十艘小汽船从大船上放了下来，迅速向岸边冲去。跟在这些小汽船后面的，是上百艘舢板船。

眼前这花园口只是一个小小的海湾，地处今天的大连市庄河县境内。虽只是海湾，但水面宽阔，沙底平坦，涨潮时海滩水位可达三米，运兵船可以直驶岸边。而就在这么一个重要的港口，清军也没有设防，又一次让日军如入无人之地。日本登陆的船只顷刻间把花园口海湾塞满了，如同蝗虫一般在水面上蠕动着。第一师团长山地元治是登陆第一人，他的身后人喊马嘶，川流不息。日军士兵们肩扛手抬，把大炮、弹药、营帐搬上岸去。

海滩上，几门野炮陷了进去，成群的日本士兵上前去推，但野炮纹丝不动。

按照计划，日军分三批登陆。参加登陆的总兵员达二万五千人，军马两千七百四十匹，军械无数。自十月二十四日晨登陆，到十一月六日方才全部登陆完毕，长达十四天之久！

这么长时间，中国的军队在干什么呢？其实在日军登陆的第一天，当地清军就得到报告。驻守在花园口东侧二十里的捷胜营马队营官荣安最先知道日军进犯的消息。他在上午八时就派出骑兵前往侦察。途中，骑兵队在碧流河西岸与日本间谍钟崎三郎等人不期而遇，被清军马队押回了营队。

次日，荣安把日本大批人马登陆的消息报到金州副都统连顺那里，并将日本间谍押送金州重审。

从日本间谍口中讲出的消息令连顺目瞪口呆。这回不仅是金州危急，连旅顺、大连湾等都将面临劫难了！

又是一个次日，连顺才用电报把日本的计划报告自己的上司——坐镇沈阳的奉天将军裕禄，并请求快速派兵增援金州等地。

裕禄虽然很快回电了，可令人失望的是：他并不认为日军会攻占金州、旅顺等地。他道："这分明是倭匪想分兵窜扰，想包抄鸭绿江防兵的后路，不要理他们！"

裕禄大错特错了，他想象不出日本此举所包藏的祸心，也不向李鸿章报告，更不派援兵，失去了阻截日军的时间。

连顺捧着奉天将军的电文哭笑不得。依靠他手下一点兵勇，根本

875

挡不住日本两万五千兵勇的登陆。他又无权调动友邻部队，急得万般无奈，只好硬着头皮向大连、旅顺的守军求援了。

在旅顺的北洋前敌营务处兼船坞工程总办龚照屿收到了连顺的电报。他回电说："大军调防，龚某不敢擅传，况旅顺也兵单吃紧，无力北援！"龚照屿因金州是奉军防地，事不关己，所以拒绝增援。

连顺失望极了，联络金州驻防总兵徐邦道、大连湾总兵赵怀业联名致电盛宣怀，请求增援。

盛宣怀接电后不敢怠慢，赶紧将电报呈送李鸿章。李鸿章接过电报，只见写道：

"貔子窝至花园口共长九十里，倭匪现在所居地方尚不甚大。倘听其滋蔓，不结实抵御，倭兵势将分路来攻，设有不测，我等因罪不容辞，而大局也将更难收拾。大连湾不保，旅顺更危，何妨乘此机会，合力图谋，局势或易挽回。"

李鸿章大惊，但他好像也拿不定主意了。因鸭绿江战火已起，约三万五千兵马都被拖在那一带战场上。如今旅顺、金州等又在告急，他已无兵可调。如果放弃驻守，让日军乘虚而入，那后果更不堪设想。

于是，李鸿章紧急发电，令旅顺、金州等地加强防守，在日军来路上多设地雷埋伏即可。

李鸿章或许真的老了，或许是让疯狂的日本人给气糊涂了——连顺、徐邦道、赵怀业也这么猜想。李鸿章的回电让前线守将们更加失望。

李鸿章知道自己这个回电要使守将们伤心的，但他也有难言之隐。

慈禧太后已传下话来："谁要让我的六十大寿庆典过得不痛快，我就叫他也不痛快！"言下之意，大寿庆典是压倒一切的大事。十一月七日就是她的生日了，朝廷已下旨，令各地督抚五日内将太后六旬万寿的贡礼送到北京。慈禧在这之前曾给李鸿章一个暗示："你是疆臣之首，所送贡物当应符合身份，别让其他督抚们笑话！"

李鸿章明白，慈禧是要他带一个头，所贡之物必须在价值、式样、成色、外观等方面拔尖，排第一号的。他为此已伤了几个月的脑筋了，想好了，又推翻，一直不知道进贡什么好。最后，他只有命人下江南，赴西北，甚至托洋人购买稀罕之物，自己一件件比较，总想讨慈禧太后一个欢心。

挑选贡礼还在其次,重要的是不能让战事搅了太后的寿典。但他没有料到,日本人早已得到这个情报,知道中国朝廷集中在忙太后的寿典,选定在这个期间,跨过鸭绿江,又大举登陆中国的。

李鸿章暗暗叫苦,明知战事吃紧,也不敢在这节骨眼上奏报朝廷。在官场几十年,他把皇家的事情看透了。从来都是:皇帝的家事就是国事,甚至比国事还重要。战局不利,最后总有说辞,且可以弥补。但若让来自日本的战事冲击了太后的家事,胜仗打得再多也无济于事。反过来,太后或许因为你不关心她的家事而有意捣毁了你想办好的国事。整个国家都是她的,有什么办法呢?

他想到了不久前受太后之托前往俄国祝贺沙皇加冕。当时莫斯科霍登广场上人山人海。但由于组织不善,造成两千多人因挤压死伤。

坐在贵宾席上的李鸿章看到这死伤枕藉的惨景,便问身旁的俄国财政部大臣维特:"你们会把挤压死伤的惨案禀奏沙皇吗?"

维特答道:"是的,这么大的事情不报不行呢!"

李鸿章道:"在我们那儿,兵荒马乱、水灾旱灾、鼠疫泛滥,各地督抚们是不敢随便奏上去的。因为他朝廷只喜欢听好的,你要跟他说天下太平。否则,他就会斥你无能,罢你的官,弄不好还要株连九族。所以,督抚们都学会了讲假话,学会了吹捧奉承。"

维特惊道:"这是多么丑陋的官场习气呀!像这样下去,中国落在别国的后头也就不足为奇了!"

李鸿章从俄国出访回来,一直在想着维特的这两句话。维特的话是对的,但自己又能有什么法子呢?太后、皇上是这个国家的主人,一切得按他们的心思去办,要设法让他们舒心。否则,纵是四朝老臣,也没有好果子吃。丢了官亦罢,事情还是办不成。换一个人上来,或许情形更糟糕。

"也罢,也罢!又一场大战已经开始了,自己设法应付吧。可不能搅了太后的寿典。"李鸿章自言自语道。

但应付这场战争,最大的难处在于没有兵源了。他本来可以把北洋舰队投入作战的。但黄海上那场恶战使这支舰队受到重创,现在拉上去,不仅无济于事,说不定连这点仅有的老本也毁于一旦了。

但日本陆军已经登陆，北洋舰队总不可以坐视不管。李鸿章命令丁汝昌带领几艘战舰，加强旅顺口一带海域的巡逻，给自己的军队壮胆，也让日军有所忌惮。如果日军真的来攻，舰队就依傍炮台进行还击，阻止日军进犯旅顺。

给丁汝昌的电报发出去以后，李鸿章又投入了为慈禧太后操办大寿庆典的事务中去了。而日军完成了花园口登陆以后，蜂拥南进。各地清军则好像都是"事不关己"，无动于衷，坐在城楼上观看事态进展，打着自己的小算盘。战争，就要在这种官场的劣根性中输得精光了！

中国军队的互相推诿、空谈、观望，正是已登陆的日军所期望的。而日本人却不敢有丝毫的懈怠，他们选中的第一个目标就是拿下金州。

金州位于金州湾东侧辽东半岛的蜂腰部，城南陆地最窄的地方仅八里地，往南距旅顺口一百里，北距复州一百六十里，东面有一座大和尚山，可作为屏障。因此，从地理位置上讲，旅顺是渤海的咽喉，而金州则为旅顺的门户。而金州城的构造也非同一般，东西走向六百米长，南北宽七百六十米，城墙系清一色的方砖砌成，高达六米，顶部宽四米。城墙外围还挖了壕沟，壕中埋下了地雷、铁蒺藜。整座金州城依山傍海，素有"辽东半岛雄镇"之誉。

大山岩命令他的日军第一师团分三路向金州发起进攻。十一月三日，这支队伍从貔子窝出发，步兵大佐河野率第十五联队及先遣大队负责牵制清军，在金州外围吸引清军与之作战；由第一旅团长乃木希典少将指挥第一联队作为正面进攻部队，向清军东路阵地发起进攻；日军师团长山地元治中将则率领第二、第三联队组成师团本队，迂回到金州东部和北部地区，沿金州至复州大道南下，从背面向清军进攻。各队遵照大山岩的命令：尽快扫清金州外围的清军，于十一月六日晨，也就是慈禧太后生日的前一天发动总攻。

在金州的城内和外围，主要有两支清军：一是连顺统带的捷胜营步队一营、马队两哨共七百人。二是徐邦道的拱卫军，拥有步队三营、马队两营、炮队一营共两千人马。徐邦道原来在天津军粮城驻扎。中日战争爆发后，李鸿章出于补充兵源的目的，令徐邦道招募新兵，扩编成拱卫军。因此，这支部队名为两千人，其实都是刚丢下农具穿上士兵号衣的新兵。且刚刚组建不过月余，大多数新兵连枪支都还不会使用，武器发下来才几天。

徐邦道此时驻扎在大连湾。日军进攻金州前,徐邦道还算精明,把队伍拉上了金州东面的大和尚山,占领有利地形。十一月五日与日军交火,双方展开激战。日军利用炮火优势,掩护步兵反复冲锋,但多次被新扩编的拱卫军打退。

此时,日军第一师团本队在金州城北的八里庄与清军左翼部队展开主攻。驻守八里庄的是铭军怀字营两哨人马,只有三百人。就是这点队伍还是连顺亲自到大连湾苦苦哀求、叩头作揖才借来的。但人马太少,不足抵抗。日军炮火猛烈,刚打了一会,这三百人马就溃逃到金州城内来了。

八里庄失守,右翼防线在大和尚山也站不住脚了。徐邦道撤离大和尚山,退到阎家楼。在阎家楼又与日军遭遇,再退到金州城里来了。

金州城就这样很快变成了一座孤城。

日军按计划,于十一月六日早上八时整向金州发起总攻。第一师团从东、北、西三面对金州城狂轰滥炸,一时间烟火腾空,人喊马叫,地动天摇。日军共投放三十六门大炮轰击城墙,打得城墙砖瓦乱飞。连顺、徐邦道在城头上来回督战,用仅有的几门野炮组织还击。城中的百姓也被动员起来了,拥上城头助战,打得十分艰苦。

仅半个小时后,清军的炮火便被压了下去。日军在城外叽里呱啦地喊叫着,手舞刀枪向城里冲锋。日军的敢死队在炮火掩护下越过了壕沟,冲到城门下。他们装药,起爆,只听"轰隆"一声巨响,金州的城门被炸开了。

北门、东门相继失守。日军蜂拥入城,与清军和百姓展开巷战。刚到十一点,清军守城无望,只好突围而去。通往大连、旅顺的门户就这样洞开了。

李鸿章一道电令严斥赵怀业。但也只是严斥而已。明天就是太后寿典,他有什么办法?

而负责进攻金州的山地元治此时在他的指挥部里却在不停地对他的部下竖着大拇指。指挥部临时设在临近海岸的一排民房里。房子坐西朝东,一共四大间,木栅圈起的院子里拴了一匹枣红马。这是山地元治的坐骑。此马还是从日本出征前小松宫彰亲王送给山地元治的。山地元治把亲王的赏赐视为荣誉,侵入中国领土以后,自然是更加卖力。

金州已陷,山地元治将他的指挥部搬到城里来了。他刚在指挥部里坐定,就听说有一个中国人,名叫刘雨田,同其父一起拉了十辆车的粮食和蔬菜等来向日军献礼了。山地元治喜不自胜。

原来,中国人中间也有这样的败类:刘雨田本是金州一带游手好闲的无赖,化名为"郑永昌"的日本间谍神尾光臣找到他时,一点小恩小惠就把他收买了。他主动为日军带路,一心只想在帮助日军打败清军后,到日本那个花花世界里去享受。他早就听一些到过日本港的渔民说:日本的小娘们风流美丽,刘雨田是做梦也想去日本开开眼界。所以,他充当了日军的向导,帮助日军轰炸了金州的城门。这会儿见日本人进了金州城,便动员其父把家中所有吃的东西装上马车,要献给日本人了。

山地元治赠他一把军刀,他不知羞耻地系在腰间。日军第一旅团长乃木希典也写下一首诗赐给刘雨田,道:"辕门献礼表归顺,明代遗民刘雨田。"只是这个民族的败类最终还是受到了正义的处决。

攻占金州的当晚,日军马不停蹄,立即布置了从北面进攻大连湾的计划,确定七日拂晓,也就是慈禧太后六十大寿这一天,分三路挺进。第一路以步兵第三联队、骑兵一小队及炮兵两个中队组成右路支队,由第二旅团长西宽二郎少将指挥,沿旅顺大道进发,目的是截断旅顺来援的清军之路。步兵第十五联队、骑兵一小队及工兵一中队组成中央支队,由河野通好大佐率领,进攻老龙岛炮台,这是第二路。第三路由步兵第一联队、骑兵一小队及工兵一中队组成,由乃木希典少将指挥,进攻和尚岛炮台。其余的日军部队作为预备队,暂在金州城南驻扎待命。

日军的第二个目标大连湾,位于辽东半岛最南端。其左右是山,东南面临海。湾的中央有两半岛突伸湾中,左为和尚岛,右为老龙岛。李鸿章自光绪十四年起,就投入巨资,在大连湾修建了海岸炮台五座,配备各种口径的大炮二十二门。大连湾的后路建有徐家山陆路炮台一座,配备大炮十六门。还有分散在各处的营炮,大连湾共有大炮一百二十门之多。作为李鸿章重要的军港,在这里储存各种炮弹二百四十六万发,子弹三千三百八十一万颗,真正是"严城巨防"。

大连湾此时驻扎清兵三千三百人,垒坚炮锐,军储丰富,且凭险据守,理应能拒敌于大连湾之外。至少可以把日军拖在大连湾——这是李鸿章的估计和希望。

日军攻打大连湾的总指挥山地元治早已通过间谍侦探到了第一手资料。他的结论是:大连湾可能会成为对日军的"绞肉机"。他没有把握能胜这一仗。因此,日军决定速战速决,打不下来就撤。

他过高地估计清军的实力了。当日军严格按计划小心翼翼向大连湾推进时,一个令全体侵略者目瞪口呆的现实是:这儿的三千多清军早已闻风而逃了,全部阵地空无一人,只剩下数不清的大炮、粮食等战利品。

继叶志超、卫汝贵、方伯谦之后,大连湾的守将赵怀业成了李鸿章大出意料的又一个逃跑者。且他逃得最彻底,丢下全部武器弹药,一口气逃到了旅顺口。

"文官三只手,武官四只脚",清廷里流传出来的这句话也是对赵怀业之流的辛辣讽刺。自从日军从花园口登陆后,他没有丝毫的备战,一直准备的是:逃。部下们偷偷喊他"赵不打"。

奉命从海上赶来大连湾助战的日本联合舰队,料定这大连湾是最难啃的一块硬骨头,所以一下开来了十七艘战舰。舰队司令伊东佑亨还没有进入大连湾海域,就命令各舰全副戒备,炮弹上膛。但一进入大连湾时,伊东佑亨简直不敢相信自己的眼睛:湾头上,早有一面太阳旗在晨光中猎猎飘扬。

山地元治站在和尚岛坚固的炮台上对部下们说:"有这样精良的西式炮台,若是由我日军防守,只需一个中队就可以挡得住百万之敌!"

这句话传回日本,各家报馆纷纷刊登。

大连湾失陷的电报雪片似的飞来,李鸿章正在北京参加慈禧太后六十大寿庆典。太后说了:"谁让我的生日过不好,我就叫他活不好!"

李鸿章把大连湾失陷一事报到军机处。军机处岂敢上奏?军机大臣们手捏着前方电报面面相觑,一个个都没了主意,把电报压了下来。日军占领大连湾时,慈禧太后正在颐和园里接受恭贺。这里一下集中了全国各地督抚要员、朝中大臣数百名。按康熙、乾隆年间形成的惯例,慈禧太后受贺以后,还要乘"金辇",沿途所经过的街道全部装修一

881

新,分六十段搭扎了经坛、经棚、经楼、灯楼、戏台等,鼓乐齐鸣,演戏歌唱。仅这一工程,就耗费了七百余万两白银。

大连湾易主的当天,慈禧太后在颐和园仁寿殿设宴招待前来敬献贡品的王公大臣及各省封疆大臣。李鸿章几次从腰中摸出电报,想递上去,但他又一次次收了起来。军机处都不敢上奏,自己这时候去禀报,不是明摆着要招惹杀身之祸吗?李鸿章把目光投向已经年迈的总理大臣恭亲王身上,乘私下场合向他亮了亮前线的电报。恭亲王却比众大臣更清楚这里面的轻重利害关系。所以他在抬了抬眼皮之后,赶快把头扭过去,坐在那里装糊涂,端着茶碗一口接一口地吹气,就是不搭话。

李鸿章实在无奈,只好开口:"王爷,前线战事日紧,不知朝廷有何打算?"

恭亲王只含糊答道:"军机上也收到电报了,再等几天好吗?这会儿扫太后的兴,不大合适。我们再商量。"

李鸿章道:"我看此事还要抓紧奏明太后和皇上,拿一个说法。"

翁同龢不知何时凑了过来,接过李鸿章的话说:"我看前线的事情还是先奏明皇上,听听皇上的意思,请皇上转呈太后。这样,我们做大臣的也就没有责任了。"

李鸿章道:"还是先奏报太后,至少应同时向皇上和太后奏明。否则……"

奕䜣听出了李鸿章的意思,那就是说皇上年轻气盛,满心想建立自己的文治武功,先奏了皇上,他一定是大发脾气,坚决主战。而太后实际上在操纵实权,处理起来要稳妥一些。故,他打断李鸿章的话说:"同时奏报甚好。不过这几天不能提这个事,等大典过去了,再作商议。"

李鸿章理解恭亲王的处境,也知道恭亲王的态度。多少年来,慈禧并没有真正地信任过他,几次罢免了他的职位。这回中日开战,慈禧又把他用起来,不外乎是想以他的声望和身份牵制皇帝身边的人,也让他在反反复复又升又降中明白:她太后才是大清朝真正的当家人,想用他就用他,不想用他就一脚踢开。这次起用他,太后还有一个意思:是要借用他与西洋各国驻华领事、公使们周旋,以便请列强们出面调解中日争端,议和停战。所以,恭亲王在处理日军已进犯中国辽东半岛一事时,格外小心谨慎,必须秉承太后的旨意行事。总的原则是,力争议和,不能主战。

但李鸿章却心急如焚。别的大臣们可以对日本的入侵袖手旁观,没有责任。而他却兵权在握,万一日军真的打到旅顺,进而闯到直隶来了,危及北京,那自己便罪责难逃了。于是他仍然以请求的口气对恭亲王说:"王爷,若等几天后再奏,恐怕就晚了。日军正在日夜向内地推进,时不我待呀!我看是不是等太后和皇上在看完戏休息时,找个太后正高兴的机会,把日军已大举登陆的事情禀报一下。只要话讲到了,相信太后可以谅解我们的。"

恭亲王思索了片刻,道:"看来也只有这么办了。不过,这次奏报,我一人恐怕不行,还必须与李中堂你一起启奏。如果太后怪罪,人多要好一些。"

李鸿章点了点头。

军机大臣孙毓汶来了,恭亲王见了他又想到一招:请他出面去找宫内大总管李莲英。让李莲英从中帮忙盯着太后的情绪。太后什么时候高兴了,立即透个信过来。

恭亲王深知孙毓汶的重要性。这是太后很喜欢、很信任的人。孙毓汶之所以能由一个只负责四川地方乡试的小官,一跃而成为兵部的尚书,直至军机大臣,完全是因为讨了太后的欢心。慈禧把孙毓汶弄到自己身边后,孙毓汶立即与李莲英义结金兰之好,使自己在朝中站稳了脚跟。这些日子来,恭亲王只要遇到难办的事情,就叫孙毓汶去试探,一般都不费吹灰之力办妥了。

现在的李鸿章是耐着性子坐在宴会厅里喝酒。好不容易才散了宴席,太后、皇上又到颐和园大戏楼看戏去了。

李鸿章远远地注意到了,太后看戏看得十分高兴,几次派李莲英往台上送赏钱。李鸿章心想:这下或许有门了,可以把电报呈上去了。

演完前两出戏,太后、皇上要休息一下。果然李莲英来到军机大臣和李鸿章的坐厢里,笑眯眯地对恭亲王及众大臣们说:"六王爷和各位大臣不是说有要事启奏吗?我看这会儿去正合适。太后心情极好。"

孙毓汶起身迎到李莲英面前,道:"多谢李公公,今后我们少不了要感谢你的。"

李莲英道:"为王爷、中堂及各位大人们效力,还敢言谢吗?应该,应该哩!"说着,他故意拿眼投向恭亲王和李鸿章。李鸿章并不搭话,只微微点了点头。

大家起身,跟着李莲英来到慈禧和光绪的身旁。慈禧此时正在与光绪皇帝又说又笑,看样子心情的确不错。

恭亲王带头,李鸿章随后,再后面是翁同龢、孙毓汶等。恭亲王略施小计,把几位都邀上了,一块来启奏,这叫做"法不治众",看她太后能把这么多重臣怎么样。

众大臣突然上前,一起给太后、皇上跪下施礼。

"都起来吧!"太后挥挥手,脸上挂着笑容。

但恭亲王、李鸿章等并不起身,反而又一阵磕头、请安。

慈禧有些明白了。大臣们每每久跪不起,定有重要军政大事奏报。她脸上的笑容突然退去了大半,冷冷地道:"诸位大臣有什么事?就赶快讲吧!第三出戏更好看,马上就要开演了。"

恭亲王低着头,瞅了一下李鸿章。李鸿章见他没有率先奏报的意思,只好又磕了三个头,道:

"启奏皇太后、皇上,前方发来电报,称日军已占领大连湾了。臣防守不力,罪不可恕。但臣自己不敢做主,奏请皇太后、皇上决断。"

"什么?小日本占领我大连湾了?何以如此突然?那些守将们干什么去了?都死光了吗?!"光绪皇帝首先跳起来,明显失态了,一连串责问着李鸿章。

慈禧太后瞪了皇上一眼,示意他坐下,不要激动。她低声地问了一声:"六王爷,依你看日本人在三天之内能打到北京来吗?"

"他们纵然会飞,三天内也不会进入北京。何况还有那么多地方守军挡在那里。"恭亲王回答说。

"这不就得了?只要三天之内打不到北京,不要搅了我的六十大寿,过后就好办了。你们商量商量吧!但要把嘴放严一点,不要传得人心不安。谁弄得我的大寿过得不愉快,我是不会放了他的!"慈禧坚决地说。

光绪皇帝瞪大了眼睛,他想去召集群臣商议一番,做出安排,但被慈禧太后制止住了。光绪深深叹了一口气,狠狠地跺了一下脚,像泄了气的皮球,落在了他的御座上。

恭亲王、李鸿章等失望地退了出来,刚走出几步,就听前面戏台上的锣鼓又"哐锵、哐锵"地响了起来。第三出戏开始了。"三庆"、"四喜"、"春合"、"和春"五十多个戏班子都还没有亮相,这戏还有的看哩!接下来是《地涌金莲》、《宝塔庄严》。戏台下面有五口大井,从井里可以用绞盘绞出东西来,比如鱼、龙、莲花、宝塔等,以增加真实感,让看戏者目眩神迷。

这戏要看三天三夜,每天至少近十个小时,慈禧一点不累,越看越上劲,能忘记一切。而恭亲王、李鸿章在这时看戏是活受洋罪,心中火烧火燎,但却不让走开。走开便等于搅了慈禧太后的寿典。这可如何是好?

借回到贤良寺休息的机会,李鸿章连夜给旅顺驻军发电:要求坚决把日军堵在旅顺之外,若有闪失,还要严惩!

所幸的是,日军不费一枪一炮得了大连湾之后,并没有马上向旅顺发起进攻。他们要休整一周,借机庆贺一下他们的胜利。山地元治已给日本国内发回捷报,很有把握地将旅顺划入了他们的占领区。在庆功大会上,山地元治频频举杯,称他的军队是世界上最勇猛的军队,所向无敌。

到十一月十二日,山地派出一支九十五人侦察小队,从不同位置潜入旅顺,侦察清军的防御和地形。这九十五人分成三组。第一组三十人由山本小队长率领,大摇大摆地来到旅顺东南方向的刘家沟、岔沟和鞍山岭侦察。第二组由冈村中队长带领,负责侦察黄海北岸的小平岛。第三组由川崎中队长带领,共四十五人,侦察目标是三涧堡及清军水师营地至松树山以西的清军营垒。

这里毕竟是中国。这些日军侦察兵因为地形不熟,陷入了困境。川崎想了一个办法:派兵进入村庄,从老百姓中间寻找向导。过了一会,士兵终于请来了两个年轻的当地人。谁知这两个年轻人把四十五名日军领着转了两个多小时,最后又转回原地了。川崎大怒,挥刀杀害了他们。直到太阳落山,川崎所率的这一小组才摸到松树山,逐渐接近了清军营地。

疯狂辽东

885

冈村的小组在龙王塘与驻守的清军交上了火,一名日本兵被当场击毙。在回大连湾的路上,他们还遭到了一群中国百姓的伏击。这批老百姓用菜刀、铁锹为武器,与日军侦察兵周旋了一个多小时。

但日军还是完成了细致的侦察任务。十一月十七日,日军完成了进犯旅顺的准备。

这天上午八点整,日军集合完毕。第一联队第二大队留在金州驻守,第十五联队留在大连湾,其余是全体出动,由高家窑出发,向旅顺开路。东方平八郎率海军舰队从水路同时出发,配合陆军攻打旅顺。

日军的行动分为三个纵队:由秋山好古少佐率骑兵一大队及第六大队一中队为搜索骑兵队打前锋;山地元治亲率第一师团本队和第十二旅团为右翼纵队;左翼步兵第十四联队由益满德次中佐率领,另有部分骑兵、工兵和炮兵配合,由金州出发,经苏家屯、辛寨子、马兰沟一带,到黄泥川、龙头集结,负责进攻旅顺东北的鸡冠山。

先锋队和右翼纵队则由西路经南关岭、贾家屯、许家窑、泥河子等地,进攻旅顺西北的椅子山、案子山一带的清军。

驻守在旅顺的清军有前兵三营、庄字军五营、马队一哨、桂字军五营、和字军四营计八千多人。另外,因金州失败后及大连湾后撤过来的清军还有三千六百人也在旅顺。加上捷胜营部分兵力,使旅顺的守军总人数达到一万二千七百人。如此众多的兵力,应该可以守住旅顺的。况且,李鸿章亲临旅顺数次,在建造堡垒炮台上,下的工夫比在大连湾还大。

十七日,进攻旅顺的日军右翼纵队率先与先锋队抵达土城子东北约二十八里处。遵照李鸿章的命令,徐邦道会同姜桂题、程允和所部计五千人到这里截击日军。山地元治一惊:这还是日军自登陆以来,清军首次主动迎战哩!

十八日晨,日军先锋队抵达土城子以北了。这里也有清军马步二百余人在此驻守。秋山好古见清军兵力较少,下令进攻。但就在这时,他发现清军来了大批援军,转眼间多了六百多清兵。秋山好古见势不好,掉头就跑。但清军已分东西两路包抄过来。一路清军由正面进攻日军,一路则居高临下,向日军猛轰。

日军先锋队只好后撤,幸有步兵三队赶来相救,才使得秋山好古的先锋队冲出包围。日军刚到土城子东面的周家屯时,忽又遇一支清军迎头打了过来,使日军先锋队又陷入困境。刚巧,日军第三联队第一大队在丸井正亚的率领下到达土城子东北约十八里地的双台沟了,秋山好古闻报,立即派出快马前往求援。丸井正亚立即率部赶来,但刚到周家屯附近时,也被清军团团围住,救援无望了。

日军先锋队已遭重创,面临被全歼的危险。丸井少佐闻报,设法从周家屯突围,率二、四两个中队来增援先锋队,与清军展开激战。

中午时分,清军在长岭子南面架起两门大炮,向被围的日军轰击。清军的步兵和马队也从左侧向日军发起进攻。日军见势不妙,准备冒险突围逃命。但徐邦道率骑兵已经截住了日军退路,将日军分割成几段,一阵猛打猛冲,使日军伤亡惨重。两个多小时后,日军余部才突围败退到双台沟以北去了。

这是一次洗刷耻辱的重大胜利。土城子反击战,鼓舞了清军的士气,灭了日军的威风。

次日,日军第二军三路纵队全部进入了旅顺清军的防御阵地。他们不敢盲动了,在人烟稀少的旷野上游荡了整整两天,不知从何处向清军发起进攻。直到二十一日,才决定分左右两翼及先锋队重新展开攻势。参加此次总攻的日军共达一万五千人,拥有各种大炮七十八门。

清军的阵势为:东线松树山、二龙山和东鸡冠山一带,由徐邦道、姜桂题驻守,总计有十四营两哨的兵力;西线案子山、椅子山一带由程允和的和字营一千五百人防守;白玉山东麓至旅顺城的通道上,由卫汝成的成字步队五营和马队一哨驻守。连顺、赵怀业的残部作为预备队留守旅顺城。海防一带及黄金山的各个炮台由黄仁林防守;海口两岸的威远炮台、馒头山炮台由张光前驻守。

日军确立的主攻方向是案子山、椅子山炮台,他们要先啃下这两块硬骨头。战斗一开始,日军就动用了三十多门大炮猛轰案子山炮台。清军还击也很勇猛,一时间炮声隆隆,烟尘滚滚,大有山崩地裂之势。相比较起来,还是日军的炮火激烈得多。在日军炮火的掩护下,西宽二郎指挥步兵、骑兵向案子山靠拢,发动冲锋。但守军和字营官兵用炮火猛打,几次把日军打得如雪球似的滚下山脚。日军由正面冲不上去,只好迁回到案子山西侧,将兵马隐藏在山林死角地带,架炮向山顶猛轰。但从低向高处开炮,命中率极低。清军凭借有利地形,加大火力向日军俯射,使日军死伤多人。

日军玩命了,组成敢死队,一批接一批往上冲。二百米、一百米,只距离五十米了,日军终于一跃而上了,清军因寡不敌众,最终丢了案子山炮台。

日军攻下了案子山,接着全力围攻松树山。战斗刚打响,一颗炮弹落在清军设在炮台下的火药库里,引起巨响,大火燃烧,子弹四处飞射,使清军阵地大乱,慌忙向二龙山撤退。山地元治未费大劲就捡了个松树山炮台,欢喜得连蹦带跳。

几乎就在同时,日军长谷川少将指挥的混成二旅团在二成山阵地上与清军激战。日军第二中队首先冒死往二成山冲锋。清军居高临下,打退了日军多次冲锋,因而使日军伤亡惨重。日军拼命了,指挥官下达了"踏尸猛进"的命令,一下冲到了离清军炮台三百米处。日军伏地轰击了一会,又发起冲锋。谁知炮台周围埋下了许多地雷,炸死炸伤日军多人。

一批倒下了,又一批冲上去,疯狂的日军不断增兵,终于在上午十一时三十分夺下二城山阵地,清军撤退而去。

旅顺东北部的战斗打得也异常艰苦。清军在李鸿章的严令之下顽强抵抗,击毙日军前兵第十四联队第一大队长花岗正贞少佐。但不久,日军攻占了二龙山炮台后,很快使徐邦道所部陷入被动。日军援军不断增加,到中午时分,攻下了鸡冠山炮台。接着,清军大坡山、小坡山及蟠桃山炮台相继失陷,徐邦道只好率清兵退到旅顺城里了。

清军中又出现了贪生怕死的败类:驻守白玉山的卫汝成预备队,因卫汝成自己率亲兵逃跑,丢下所部无人指挥,士兵们也放弃了阵地,纷纷向海边炮台撤退,使日军不费力气地得到了白玉山炮台。到上午十一时五十分,旅顺口后路所有炮台全部被日军攻得。至此,旅顺成了一座孤城。

大山岩是在十二时二十分发布总攻旅顺城命令的。日军留下很少的兵力驻守攻占的炮台,调动全部主力从四面向旅顺城围攻。攻城之战最初是在城东的黄金山打响的。清军在这山上共架设大炮二十多门,其中有二十四公分远射程克虏伯重炮三门。这是李鸿章特意为旅顺城配备的。此炮可以做环形转动射击,技术先进,火力猛烈。在此炮的轰击下,城外攻军一时陷入被动,靠近不了城区。但主将黄仁林见后路失陷,立即恐慌起来,丢下士兵们不管,自己一个人溜了。士兵们无人指挥了,最后一哄而散,丢了黄金山阵地。

日军得了黄金山炮台,很快攻占了模珠礁和人字墙阵地。但城中将士仍顽强抵抗,直到日落天黑后,突然阴云密布,风雪交加。守将徐邦道、张光前、姜桂题、程允和等估计旅顺城难守了,才乘茫茫黑夜之机出城向北,取道南关岭退往复州。在撤退过程中,被城外日军发现,遭到截击。一部分将士没有来得及出城,被堵在城中。他们只好丢下武器,装扮成百姓,藏匿于百姓家中。但日军进城后,不分男女老幼,大肆屠杀,最后大都未能逃脱一死。

旅顺城血流成河,尸积如山。

李鸿章经营十四年之久的旅顺口就这样落入日军之手。

旅顺口失陷李鸿章的内心引起了强烈的震撼。这种震撼几乎达到了致命的程度。那天寒风阵阵,枯叶飘飞,他正坐在书房的暖炉旁批阅公文。他边批阅着公文,边陷入沉思,设想着旅顺及鸭绿江边的战事,心情渐渐沉重起来。仆役们看惯了他这张脸,高兴与不高兴时大不一样。这会儿见他紧锁两道眉毛,不言不语的,一个个都小心翼翼,生怕弄出什么声响来,惹得李鸿章脾气大作。

李鸿章其实并没有注意到仆人们的表情变化,他只在想内廷里连日传来的责难:好像中日之战,失败的就是他李鸿章一人,与朝廷、与其他一切大臣毫无关系。他由此感到:北京紫禁城那班亲贵、重臣们,其实都是骑在自己头上的。尽管他们中绝大多数人的职位都比自己低,但由于在皇上、太后身边,讨巧的事情都归他们了,而吃亏的事情便落在了他这里。他想:我李鸿章是用血汗甚至是以生命为代价才换来今日的一切的。虽然重兵在握,权倾朝野,但终究不如那些只靠祖宗的世袭,或只靠诗文写得好,巧于应变的家伙们!中日交战正处危急之中,那班人要做的就是写一道奏折,指手画脚,或说三道四。他们毫无费力之举,只管慷慨陈词,对别人发号施令。而打仗呢?还得找我李鸿章。不仅要我李鸿章去打,还得要打赢。打不赢便要骂人了:"昏庸无能,怯懦畏敌!"但谁又来给前线以实际的支持呢?要钱没有,要兵没有。又想马儿跑得快,又想马儿不吃草,我李鸿章如何能办到?!

李鸿章正在想着这些,签押房突然送来急电:旅顺失守了!

一种从未有过的失败感、耻辱感攫住了他的心,他差点儿昏死过去。他无法相信自己苦心经营十四年之久的"铁打的堡垒"就这样土崩瓦解了。旅顺一失,他也想象不到战局还会发展到什么地步?自己还要面临什么样的厄运?

年老了,爱哭了,他的晚年已经历了几次痛心裂肺、无法制止的号啕大哭了。好像只有大哭一场,才能缓解积郁在他心中的哀怨,排除他满头脑的火气。对于旅顺一战,他是有布置、有准备的。每一处重要阵地的守将都是他亲自点名的。现在,他彻底失望了,甚至是绝望了。

他的绝望其实还不仅仅在于前线的战事。

自大连湾失守后,慈禧太后的寿典刚刚结束,光绪皇帝就成立了督办军务处,恭亲王任督办,庆亲王任帮办,翁同龢、李鸿藻、荣禄、长麟任会办。光绪皇帝是想以这个机构的成立,收回李鸿章的大部分军权,作为指挥全国军事的中枢,统一进行战事部署,部队调遣、武器配备等。这本身就是在军事上不再信任李鸿章了,他也不再是可以指挥各地军队的统帅了。

他对此深感失望,一辈子的资本由此可能赔得精光。他料定,旅顺失守的消息一传进朝廷,身后马上会有一帮人对他使绊子、捅刀子。这还不算,光绪也不会轻饶他的。果然,就在旅顺失陷的第二天下午,光绪皇帝降旨:对他严加处分,摘去顶戴,革职留任,以观后效!

至此,他能不绝望吗?

哭了整整一天以后,他抹了一把泪水,不再哭了。他自言自语道:"也罢,也罢,无官一身轻,回合肥老家过几年平常人的日子吧!"

但,他是走不了的。北京方面几乎很快传来了消息,令李鸿章对大局形势无法袖手旁观了:慈禧太后得知旅顺失陷后,在仪鸾殿单独召见了军机大臣。这回她没有让皇帝参加,三言两语,在草草询问了一下战事后,突然扯出一个与战事不沾边的话题,几乎是吼道:"按本朝的家法,后妃不准干预朝政。瑾、珍二妃有此劣迹,该当何罪?"

恭亲王及众军机大臣们都惊呆了:好好地商量战事,怎么突然转了话题,责问起皇帝的后宫之事了? 且光绪又不在场,谁敢回答这个问题?

慈禧太后见大家都吓得不敢吭声,把冷冷的目光投向翁同龢。翁同龢更是吓得不轻,赶快把头低了下去。作为光绪皇帝的师傅,他不仅知道瑾、珍二妃是皇帝最宠爱的女人,还知道自中日开战以来,二妃的确就前线战事向皇上、文廷式及自己有过不少进言。慈禧的耳目众多,或许对此已经了如指掌了。今天扯出二妃过问朝政,显然表明:她是要通过惩治二妃,敲山震虎,直接亲自插手战事了。

翁同龢猜准了。此时的慈禧对前一段战事已经不满,认为是皇上及主战派瞎胡闹的结果。如果说在这之前她也曾主张过开战的话,那么,现在她却要下决心求和了。既要求和,就必须首先罢斥围在皇帝身边的主战大臣们,为求和停战扫清障碍,以免被人临事掣肘。从谁开刀呢? 她想到了自己早已心存不满的瑾、珍二妃了。

这会儿见翁同龢也不表态,她果断地亮开了嗓门:"着即缮旨,将瑾、珍二妃降为贵人!"

这还不算,没过两天,满汉书房又被慈禧太后宣布撤销了。

须知,满汉书房在紫禁城里是皇上读书的地方,始设于康熙十六年。后来慢慢演变成皇帝的智囊机构,除了在此撰拟文令外,还秉承皇上旨意,拟进诏旨。两个书房的官员都是科举正途,翰林出身的。光绪亲政后,把满汉书房当成了他与主战派们发牢骚的地方,经常把他身边的"清流"们召集于此,抒发胸臆,商议要事,听任一帮大臣们煽动鼓噪。所以,慈禧太后才决心取消满汉书房,对皇帝和主战派大臣们来一个釜底抽薪,杀鸡儆猴。

这两招对主战的光绪震动极大,他不得不考虑自己的进退了。因此,他不敢再多言,生怕招惹不测。主战派们也立即缄默不语了,慈禧太后开始充当了未来局势的总导演。

李鸿章从慈禧太后这些动作中体会出了她的意图。他预感到自己又将身背骂名,忍辱负重地干下去了。然而,来自旅顺一战的耻辱却在他心头久久地挥之不去。

旅顺那边的情形让这个四朝元老心如刀绞一般。

日军全面占领旅顺口是十一月二十一日。山地元治一进城,就疯狂地下达了一个令全世界都为之震惊的大屠杀命令："除妇女老幼外，统统格杀勿论！"

于是，一场灭绝人性的大屠杀开始了。

担任屠城任务的部队是主攻旅顺的日军第一师团和第二旅团。刽子手的领头人是乃木希典少将和西宽二良少将。屠杀是从东城原清军分统马玉昆的练兵场教场沟开始的，挨门挨户，一户不漏，见人就杀。

大屠杀持续了三天三夜。杀红了眼的日军根本不分男女老幼了，使整个旅顺城笼罩在血光刀影之中。到处是枪声和中国百姓的惨叫声。他们手无寸铁，只能任其屠杀，惨不忍睹，史无前例。

教场沟两岸，到处是挥舞着刀枪的日本兵，到处是挣扎着、惨叫着的中国百姓。他们哪管什么"妇女老幼"？！从屠杀一开始，教场沟里就漂浮起数不清的妇女儿童残缺不全的尸体。接下来是四十八间房和通天间，还有那儿的和顺戏班的戏子们，无一幸免。血红的屠刀杀向天后宫、太极观、火神庙、灵神庙，三官庙的和尚、道士、尼姑们也全部惨死在日本人的刀枪下。沿街店铺的店主、店员们被洗劫一空后，也是一死，尸体被吊在店铺里。妇女被奸污杀害后，裸体扔在街道上。许多街道横七竖八地尽是尸体。刽子手们踏尸而过，以致许多尸体被踩成了肉泥。

大山岩凶神似的站在街头，眼看自己的部下们烧杀奸掠，捧腹狂笑。这个自称被西方文明武装起来的将军，骨子里流淌的是法西斯的血液。他出生于鹿儿县的萨摩藩武士之家，继承了他父亲那种下级武士的好战、残暴性格，而人性全无。

在中国这块土地上，他正在指挥着一场泯灭人性的大屠杀。旅顺城里两万民众已被杀光了，他把屠刀一挥，命令他的士兵们杀到城外。旅顺周围的人们连同他们祖孙多少代居住的村庄一起，统统从这个地球上消失了……

李鸿章是从《申报》上读到日军在旅顺屠城的具体报道的。前方的电报已向他报告，他当时就吓昏了过去。醒来以后，女婿张佩纶手拿了一叠报纸从他的床边走过。李鸿章喊住了他，要过了从上海发送过来的各种报刊。当他把目光停留在两个外国通讯社记者联合采写的那篇洋洋万言的报道上时,他又一次经历了心灵的戳痛。外国记者的字里行间,流淌着无辜的鲜血和女人的震怒。李鸿章看得心惊胆战,在他眼前展现的是一幅幅血淋淋的罪恶的画卷。

李鸿章读后,老泪横流,怒火满腔。但他又能如何呢?他内疚,他恨自己,他一拳砸在自己的大腿上。

第二十八章　北洋挽歌

日本人攻入旅顺，并在此制造了骇人听闻、灭绝人性的特大惨案，共有两万多无辜百姓被疯狂的日军杀害，城中绝大多数女人被强暴。李鸿章派出得力人员前往西洋各国驻华机构，得到的结论是：各国对日军侵入中国领土制造惨案反应十分强烈，表示震惊和谴责。李鸿章感到这是一个机会，可利用这个机会争取西洋各国对日本进行干涉，以此结束战争，使民众不再遭受战争之害。

李鸿章觉得，他现在要干的事情，就是抓住这个机会，替大清朝裹伤止血了。

他估计，慈禧太后一定要他来干这件事，躲是躲不过去的。当今的外交，没有他李鸿章，谁也办不成。那些王公大臣讲大话可以，干这样的事情，一定很糟。他想好了：必须把那些主战派推到前台去，让他们无事可成地表演一番，然后再由自己来收拾残局。

慈禧太后与恭亲王议和的主意已定，三番五次地催促李鸿章主办谈判。李鸿章恨不得把脖子缩到肚子里去，他不愿背这个骂名。实在推脱不了之后，他想到派一个代表到日本去，自己不能露面。

但派谁去呢？他踌躇了几天。派自己的幕僚去，人微言轻，日本方面恐怕不会理睬；派规格高一点的人去，目标太大，风声也大，弄不好会授人以柄。李鸿章想到了一个人，他是一个德国人——天津海关税务司德璀琳。此人出面去日本最合适，一不招惹风声，二则有可能把中日双方都拉到会谈中来。只要西洋国家介入，牵制日本的效果就能产生。

四天后，德璀琳抵达神户。就像一个外出游玩的闲人，他只带了一名年轻的翻译和一名随员踏上了陌生的土地。一路打听，德璀琳找到了日本兵库县知事，请他把李鸿章的亲笔信转交给伊藤首相。他们一行三人在一家小客栈住下了。

这是少见的程序。正式的外交文书，应经过外交大臣转呈总理在日本官方看来,李鸿章的亲笔信毕竟不是国书,没有携带国书的人官方是不能接待的。何况,德璀琳到底还是一个身份不清的人,究竟怎样接待?日本官方在踌躇。

日本内阁书记官伊东代治到神户来了。在伊藤首相看来,德璀琳此来,虽然身份暧昧,但使命清楚,他除了打探媾和,别无他事。

伊东代治一到神户并没有会见德璀琳,而是向兵库县知事传达了政府的意图:对大清政府暂不予理睬,要给中国以最严重打击后,提出苛刻的停战条件,夺取最大的侵略利益,方可答应停战。

李鸿章的这个特使吃了闭门羹,被晾在一边没人管了。德璀琳在神户的小客店里待了十多天,日本方面既不接待,更不通报情况,完全无声无息了。德璀琳请求会晤伊藤首相,遭到拒绝。非但如此,连李鸿章的亲笔信都被退回了。

两天后,伊东书记官在兵库县知事官邸同德璀琳进行了短暂的会晤,且是非正式的。他一会就走了,只有兵库县知事出面向德璀琳宣布日本政府的文件。在一间装饰优雅的会客厅里,知事与德璀琳相对而坐,知事说:

"你受大清国李中堂之托来到日本,转递李鸿章写给伊藤首相的私函,我已打电报请示了。政府已下了训令,这训令的内容恐怕会令你们失望,但我也不得不如实转达给你。"

知事笑着说了几句开场白,德璀琳从这话中感觉到了不妙。但仍笑着点头,表示洗耳恭听。知事说:

"我们认为你不是大清国的正式使节,只作为李鸿章的私人代表,没有全权。所以,伊藤首相不能接见你,也不能向你表达我国政府的主张,只能让你白跑一趟了。"

德璀琳道:"我此次带来了直隶总督、北洋大臣李鸿章阁下的亲笔信,而我作为他的特使,应该能与贵国政府进行对话的。李鸿章大人的地位和权力,不用我提醒,贵国政府应当是清楚的。"

知事果断地答道:"李鸿章阁下在清政府所扮演的角色,我们当然清楚。他的亲笔信应有必要的交接手续。你不具备正当手续的条件,所以我们不能接受,更不可能与你进行正式的对话。"

德璀琳道:"我此来也没有指望与你们进行正式谈判,只希望通过非正式会谈,把贵国的意见带回去向李中堂报告。"

"哈哈哈!"兵库县知事大笑起来,说,"很对不起,我想非正式会谈都是不可能的事。要不,我再向上面请示一下,劳你宽住几日了。"

德璀琳没有再等下去,他接到了李鸿章要他"火速回津"的电报。临离开日本前,他将李鸿章的亲笔信在日本邮寄给了伊藤首相,于次日乘船返回天津来了。

在李鸿章看来,德璀琳去日本虽然吃了闭门羹,但仍然是有作用的,起码是知道了日本对媾和的态度极其强硬,想继续把战争打下去。还有一条:将来议和时,若不履行正式手续,日本政府便不会理睬。

在日本广岛战时大本营的指挥部里,一张中国地图挂在墙上。标志着侵华日军在辽东半岛进攻的红色箭头迅速向南延伸着。日本国指挥这场战争的大大小小官员们,个个心花怒放。日本列岛陶醉在一片胜利的狂喜的气氛之中。

在中国的第一军司令长官山县有朋已向大本营报来了一份征服中国的计划,提供三种方案供大本营决定:

第一方案:在山海关附近登陆,占领进攻北京的桥头堡,也就是攻占旅顺的第二军进行第二次登陆作战。

第二方案:控制辽东半岛,在不结冰的海岸设置兵站基地。

第三方案:立即攻克奉天(沈阳市),由奉天打到北京去,俘虏大清朝皇帝。

大本营的官员们一见这个计划,备受鼓舞。日本议会也一改以前对政府吹毛求疵的面孔,只用了五分钟,就在第七届议会上一致通过由政府提出的请求:批准增拨临时军费一亿五千万日元,并募集军事公债一亿日元,支持侵华战争。

"这是日本人最心齐的一刻!"欧洲评论家们为之惊叹不已。

现在该是对山县有朋的三条战略构想进行表决的时候了。日本的将军、大臣、参谋们在细细推敲这个计划时,发现这是一个十分冒险的计划。三种方案任选其一都很难办到。若采取第一种方案,李鸿章的北洋舰队尚在威海卫港内,渤海北岸冬季气候不明,向直隶进军必须重新派出军队,因而不可行;第二方案因日军在金州以东营地不足,造成行军困难,且与大本营作战方针不符,也不可行;第三方案实施起来,马上会出现运输困难,冒险进攻,随时会成为孤军,更不可行。

伊藤首相做出了新的决定:

命令山县有朋的第一军在十一月九日退至九连城附近,在瑷河与大洋河之间建立冬季营地,休整待命,做好来年春雪融化后进攻直隶的准备。

山县有朋在自己的计划被全盘否决后十分恼火。从平壤到鸭绿江,从花园口到金州,再到旅顺,连续的轻而易得的胜利使山县有朋和他的部下们都陶醉在意外的喜悦之中。山县有朋引为自豪,觉得自己功大无比了。他相信自己军队那种势如破竹的战斗力和武士精神,更相信李鸿章的北洋海军及陆路各军已经不堪一击。因此,他断然反对大本营让他休整的命令。他急切地希望自己能成为第一个闯进北京城的日本将军。他是一个行事果断、性格桀骜,一旦下定了决心就不顾一切的人。山县坚决按照自己的计划行事了。于是,他在大山岩的第二军攻陷旅顺的三天后,独断地下令:向海城发起进攻!他还决定,在攻下海城后立即进攻山海关。

十二月一日,他的部队由安东向岫岩集中,开始进攻海城。

消息传回日本国内的大本营最高统帅部,伊藤大为恼火,道:"这是对最高统帅部的公然冒犯!"他要求大本营立即制止山县有朋自作主张的独断行为。

伊藤所担心的不仅是天寒地冻,取胜困难,他更担心若从山海关进攻北京,必然会引起清廷的恐慌,弄不好会使中国朝廷立即崩溃。走到这一步,日本便骑虎难下,失掉了媾和的对手,你还能与谁签约呢?既不能签约,即便把整个中国扫荡一遍,好处又能捞到多少呢?日本毕竟是一个小国,能经营的范围有限,清廷倒了,那就糟了。日本必定陷入进退两难的尴尬境地。没有可以缔结各种有利条约的清政府,列强们也不方便了。所以,只要日军真的进入山海关,列强们定不会坐视不管。那样,日本就要前功尽弃,甚至成为众矢之的。

作为军事家的山县有朋在对全局形势的把握上,要比作为政治家的伊藤差多了。他看不到这些后果,他只知道命令他的部队不顾一切往前冲。他要进攻的海城是辽南的一个战略重镇,位于鞍山与盖平之间,地处交通要冲。日军要想北窥奉天,西出锦州、山海关,都必须经过

897

海城一带。山县有朋正是看准了它是军事重镇,所以才急欲占领。

李鸿章对这一地区也早有部署,在海城附近的牛庄、田庄台、盖平、鞍山至辽阳一带集结重兵数十万人,摆开了大决战的架势。大本营乃至伊藤首相认为:若山县有朋此时进攻海城,必与李鸿章的清军主力激烈交战,谁输谁赢实难料定。中国兵员充足,而日本的援兵实在有限,没有把握打赢此仗。所以,日本大本营要坚决制止山县有朋的冒险行动。

伊藤上奏明治天皇,请求将山县有朋召回日本,以此制止山县有朋抗拒军令的独断行为。

把一个战功显赫的司令官以抗拒军令为由而撤职,这是不妥的。所以,伊藤首相给了山县有朋一个面子,只请奏将他召回国内,实际上是免去了他的职务。

明治天皇接受了伊藤的请奏,决定"因病"必须更换出征中国的这个最高司令官。

十二月八日,天皇侍从武官中村觉中亲自乘船前往安东,向山县有朋宣读了天皇的诏书:

"朕不见卿久矣。今又闻卿身染疾病,不胜轸念。朕更欲亲闻卿述敌军之全部情况,卿宜迅速还朝奏之。"

山县有朋明白:天皇的诏书虽只字未提他抗拒军令之事,更没有责难,但召回他的原因就因为他没有听伊藤首相的话。跪接了天皇的诏书后,虽出师未半,也不能不回国了。十二月十四日,专门护送山县有朋回国的"西京丸"军舰驶抵日本宇品港。在港口,他受到了狂热的欢迎,锣鼓震天,彩灯高悬。伊藤首相亲往码头迎接。

山县有朋却是闷闷不乐的,他为自己失去了攻占北京的机会而遗憾。面对迎接他的大小官员,他只挥了挥手就钻进了车厢里。

战时大本营"监军"兼陆军大臣的职位已由明治天皇为他安排好了。

天皇任命野津道贯中将为山县有朋的后任,接管第一军。

颇具讽刺意味的是:山县有朋虽然被撤换下来了,他进攻海城的命令却无法撤销。对海城的进攻仍然要按山县有朋已下达的命令进行。

十二月九日,第一军第三师团长桂太郎率军由岫岩进犯析木城。

日本人的冒险精神令李鸿章忧心如焚。在他身边，缺少的正是具有冒险精神的将领。光绪皇帝看着御案上的前线告急电文雪片一般地飞来，他更是惊慌不已。

他还能指望谁？他想到了湘军。

其实，这个年轻的皇上对湘军并不了解，只是从慈禧太后、六王爷和李鸿章的口中零零碎碎地听说了一些。还是在他出生的前两年，湘军主帅曾国藩就已不在人世了。光绪皇帝甚至不清楚，打败了太平军后，原来的湘军已裁撤无几，所剩下的一点人马已是七零八散，且将士们也早已暮气沉沉，垂垂老矣，如何还能再赴前敌？因此，当光绪皇帝把自己所要重新起用湘军的主张拿出来征求李鸿章意见时，李鸿章差一点捧腹大笑，但毕竟没有笑出来。他只是摇摇头。

翁同龢凡事要与李鸿章拧着劲。当他得知李鸿章不赞成起用湘军时，坚决地站出来支持光绪皇帝，并说："我对湘军出征迎战日军充满信心！"

"太后会同意让湘军出征吗？"光绪担忧地对翁同龢说。

光绪的担忧是有道理的。不久前，太后已贬抑了瑾、珍二妃，强令撤销满汉书房。这足以说明慈禧太后已从幕后走到了前台，直接干预中日战争了。她要议和，这一点路人皆知。光绪因此绝望了，所以他一天到晚提心吊胆过日子。原来的那些"帝党"成员，有不少已闻出了气味，与光绪皇帝疏远了，不敢再上书言战了。唯有御史安维峻冒死上奏，参劾李鸿章派出私人代表德璀琳通日主和，写信给日本伊藤首相，卑躬至极，要求杀李鸿章以牵制皇太后。安维峻在奏折中也承认李鸿章是受了皇太后的指使，道："议和出自皇太后，太监李莲英实左右之！"

安维峻可谓大胆直言，这一下子得罪了三个人：太后、李鸿章和李莲英。李鸿章听说安维峻要奏杀自己，大骂他狗屁不通，道："贼娘养的！老子的头多少人要拿去，至今仍长在我的脖子上，你一个安维峻就想要老子的头吗？恐怕要掉脑袋的是你安维峻！"

李鸿章将自己给日本伊藤的亲笔信抄件送到太后和光绪皇帝面前，请他们给一个"说法"。李鸿章显然是觉得自己冤枉，并非有卑躬之意。只见李鸿章所写的是：

"为照会事，照得我大清成例，与各国交际，素尚平安。现与贵国小有龃龉,以干戈而易玉帛,未免涂炭生灵。今拟商定彼此暂饬海陆两路罢距。本大臣奉谕旨:'德璀琳在中国当差有年,忠实可靠,着李鸿章将应行等办事宜详细告知德璀琳,令其迅速前往东洋妥办,并随时将现议情形由李鸿章密速电闻等因,钦此。'遵即令头品顶戴德璀琳立即驰赴东京,奉送照会。应如何调停,复我平安旧例之处,应请贵总理大臣与德璀琳筹系,言归于好,为此照会,烦请查照施行。顺至照会者。"

李鸿章道:"仅此而已,本是例行的客套,全无求荣之意,竟成了安维峻要拿问小臣的罪证。请太后、皇上替我做主!"

慈禧道:"李鸿章呀,你也不要太感到冤枉了。安维峻不仅想要你的命,也想要我的命呢!如今是皇上亲政了,就交给皇上处置吧!"

光绪吓出了一身冷汗。他明白:依太后的意思,有十个安维峻也该杀头了。但他必须救安维峻一命,幸好他在前一天就预感到李鸿章会来宫廷找麻烦,于是以革职发配充军之刑,把安维峻送往新疆了。

慈禧太后及李鸿章听说安维峻已被处罚,尽管不足解恨,但也只好作罢。

现在要起用湘军,光绪皇帝的担忧早被翁同龢看出来了。因而翁同龢很有把握地说:"皇上,您现在起用湘军,正合太后的心意。太后也是主张以湘挤淮的。李鸿章的淮军这些年桀骜难制,飞扬跋扈,现在把湘军用起来,正好可以压一压淮军的势力,也可以正好利用中日战争,消耗一下淮军的兵力。"

"那么,谁来出任湘军主帅呢?"光绪问。

翁同龢道:"启奏皇上,两江总督兼南洋大臣刘坤一可以担当此任。"

光绪犹豫了,他知道刘坤一当家理财尚可,带兵打仗未必是一把好手。但用人之际,光绪皇帝也想不出他人了。光绪拿不准的是:把刘坤一从两江调赴前敌,他会干吗?

光绪的担心是有道理的。黄海大战后,李鸿章感到急需加强北洋舰队实力,于是想到调南洋舰队到北洋助战。但李鸿章又不便贸然请调,让盛宣怀出面,向朝廷求助。朝廷考虑到战事危急,下旨调"南瑞"、"开济"、"寰泰"三舰北上。谁知刘坤一竟一口婉拒,说:"前敌与饷源均关大局,不敢不兼筹并顾。再三思考,各船实难暂离。"

经他这么一驳，朝廷自然不便相强。李鸿章恼火，但也只得暂作罢论。光绪想到了这件事，所以才担心刘坤一不会服从调遣的。

翁同龢道："皇上不必犹豫，刘坤一早来了几份言战的奏折，表示要保卫疆土，责无旁贷。应该相信他不会口是心非，只说不做的。"

光绪愿意试试，经太后批准后，于十二月二十二日下了圣旨，谕令刘坤一立即招募湘军旧营，率领北上助战。并任命他为前敌统帅，全权节制关内外防剿各军。

同日，刘坤一复电，称自己已年老体衰，不熟悉东北情形也不便节制关内外各省将军、巡抚，请朝廷收回成命。

果然不出光绪的预料，他不愿离开两江地盘。他还有一层不能为外人道的考虑：就是怕在山海关一带与淮军发生矛盾，从而引起李鸿章不快。时至今日，他还是很在乎李鸿章的威望与权势。

光绪皇帝又想到了李鸿章，希望他能在此时挂帅上阵，亲赴前敌。但对于李鸿章，他知道自己更是搬不动了。于是，皇上再次发出上谕，颁给刘坤一钦差大臣关防，授权他有先斩后奏大权："各营将弁如有不遵调遣，不受约束者，即按军法从事，以一事权！"

光绪亲政以来，还是头一回破了这个先例。刘坤一思考再三，如果再不上任，就是不识抬举了。他只好上表谢恩，领命挂帅了。

光绪二十一年元月下旬。

刘坤一从金陵抵达天津，二月九日进抵山海关。他所带的四十营湘军也已先期赶赴到山海关外，与宋庆、依克唐阿等部会合。这样，驻扎在辽阳、通化、盛京、营口、鞍山、锦州、田庄台及山海关、津沽一带的清军总兵力就达到了四百多营，计二十万人。

李鸿章将刘坤一送出天津城时道："这是近百年来我朝最大的一次用兵。兵力不可谓不多，声势不可谓不壮，皇上的决心也不可谓不大。老兄此番重任在肩，没有理由退缩啰！"

刘坤一听出了李鸿章的言下之意，叹道："我也只能尽力而为，打胜打败，心中没底呀！这一次人数虽多，仅仅是换了一块'湘军'的牌子，还是那些老爷兵，能创造出奇迹来吗？！"

这话更增添了李鸿章对刘坤一此行的忧虑。

日本大本营得到海城的报告后，有人主张立即收缩战线，将第三师团向海城一带撤退,以此救援海城。但山县有朋极力反对撤退,认为这样做会"内招国民诽议,外张敌军之势",从而影响日军的士气。实际上,他是害怕暴露他的冒险主义的指挥错误。

由于山县有朋的坚持,大本营只好命令第二军:至少派一个混合旅团迅速向盖平方向靠近,援助在海城的第三师团。

第二军急于进占山东半岛,很不情愿驰援海城。但迫于大本营的命令,不得不抽调部分兵力北上去进攻盖平。但同时严令:该部任务只限于牵制当面之敌,阻止其进攻第三师团的侧背;不准在北线寻找清军决战,并注意金州的防守。

日军对进占海城的第三师团的处境已经很悲观了。各方面的支援慢慢腾腾,直到一八九五年一月三日,乃木希典指挥的第一旅团才从普兰店出发,向盖平进犯。

这盖平位于辽东半岛之北的盖州河北岸,东连岫岩,北接海城,西临田庄台和营口,南通熊岳城、复州,是南进金州、旅顺,北通辽阳、海城,西出营口、锦州的交通要道。

一月十日早晨五点半,乃木希典指挥他的第一旅团分左、中、右三路向盖平发起进攻,到上午九时四十分,无能的清军又被日军打败,退出盖平,向大石桥、营口方向退却。

盖平失陷,海城的日军不再孤立无援了。这海城战略地位日显突出,成了日军第一、二两军的联络点,也成了向北京进军的重要基地,对日军占据辽东半岛,控制全局形势,意义十分重大。现在的海城日军不再惊慌失措了,而且对于集结在辽南田庄台、营口、牛庄一带的清军两翼构成了极大威胁。

光绪皇帝紧张了。李鸿章也连连上奏,奉天的将军裕禄也再三请求,希望尽快收复海城。清廷下了决心,急令依克唐阿、长顺、宋庆各军,从一八九五年一月十七日至三月三日,先后对据守在海城的日军发动了五次大规模的进攻,但始终未能得手。刘坤一大军集结在山海关一带,朝廷不敢调集,怕有损北京的安全。

这五次进攻,清军以数倍于日本的兵力收复一个小小的海城,竟惨遭失败,李鸿章心灰意冷了,朝廷对李鸿章这支淮军也大大失望了。因为进攻海城的各部,基本上都是淮军的底子,而五战五败,则把淮系军队连同李鸿章的北洋水师一起所共有的畏葸无能暴露无遗。淮军名声狼藉，北洋水师也身价大跌。李鸿章节制半壁江山的兵权将由此旁落便顺理成章了。

　　日本大本营见清军如此无能，海城等地如此易于得手，便将计就计了。山县有朋神气了，他不再承认他的作战方案是一个冒险行动。伊藤提出了一个新的扩大侵略的计划——进攻山东半岛。

　　大本营受了前线胜利的鼓舞，决定继续拒绝与中国和谈，对清政府实施更严厉的打击，以便将来在和谈中进行更大的勒索。所以，进攻山东半岛计划很快实施起来。

　　日本内阁总理大臣伊藤看中了威海卫，还想借机攻占台湾，彻底把台湾划入日本的版图。依照这个计划，运兵并配合作战由日本的联合舰队承担，让日本的海军在继黄海大战后再显身手，再立新功。他们的目标是：占领威海卫，封锁直隶湾，消灭李鸿章的北洋海军，迫使清政府彻底投降。

　　为了完成这个计划，日军大本营以大山岩指挥的第二军第二师团及由国内调出的第六师团，编成"山东作战军"，由海路运输，在山东半岛登陆。

　　登陆地点选在山东半岛西南方向的荣成湾龙须岛。荣成湾西距威海卫海路三十里，湾口宽阔，能避强烈的西、北风。该海湾为泥底，非常适于受锚。北岸还有一块长约两里地的沙滩，汽艇可驶至岸上，舢板也可以直接冲上岸去。沿岸丘陵起伏，适于掩护陆军登陆。日军通过侦探，认为这是一个最好的登陆地点。

　　日军计划于一八九五年一月十九日行动，分三批运送登陆部队和军需物资。伊东佑亨下达了命令：联合舰队主力在护卫运兵船到达登陆地点前，先派小分队上岸切断岸上电线；登陆前一天，派第一游击队从海上对登陆地点周围的清军炮台进行炮击，捣毁这一带的防卫设施，并牵制清军；在护航运兵途中，如与敌舰遭遇，由第三游击队任护卫专责，专攻北洋舰队，不要影响其余各舰航行和登陆。登陆时，由第三、第四游击队担任掩护，其余各舰在成山角一带停泊或游弋，防止北洋舰队偷袭。白天派出侦察舰监视，夜间派鱼雷艇警戒。

　　按照伊东佑亨的计划，"吉野"、"秋津洲"、"浪速"三舰提前一天行驶到登州一带,对岸上进行炮击,声东击西,转移清军的视线,制造在登州一带登陆的假象,牵制清军兵力。

同时,日舰"高千穗"号也开到了威海卫港外,监视北洋舰队行动。

一月十九日中午,日舰第一批十九艘军舰,满载日军一万五千人由大连湾出发,于二十日中午到达了荣成湾。在这之前,日军先遣舰"八重山"、"摩耶"等四艘舰船已经到达,岸上电线已经切断。大批部队登陆时,被清军发现,但岸上守军力量单薄,虽开炮阻止登陆,但不一会就被日舰打退。清军西逃后,日军尚不敢贸然登陆,继续向岸上盲目发炮达两个多小时,见没有清军来了,才敢登陆。

先头部队,登陆就向西开拔,一面攻占成山角灯塔,一面占领电信局。午后三时,日军先头部队已到达荣成县。这儿的地方官员及驻守的清军早已逃之夭夭,日军一枪未发就占领了荣成县城。

日军大队人马开始登陆,由于滩多水浅,大军舰无法靠岸,兵员和辎重上岸均依靠驳船。到次日,第一批部队一万五千人才全部登陆。两天后,第二批、第三批舰队也到达荣成湾,三批共运送三万四千六百人,战马三千八百匹,全部上岸。

日军第二军司令大山岩是最后一个上岸的。他一上岸就住进了荣成县城,并在这里设立了"山东作战司令部"。他下达的第一道命令是:"进攻威海卫!"

"倭匪在荣成湾登陆了!"

这个消息在一天之内从威海传到济南,又从济南传到天津,传到北京。通过电报,日本人攻占荣成县的消息如同一枚炸弹,在李鸿章的总督衙门里炸开,在紫禁城里炸开,也在全体中国人的心头炸开。最令李鸿章和大清朝廷担心的事情终于发生了!

日军在荣成湾登陆后,丁汝昌按李鸿章指令坚守威海基地,文武百官们恼火了,光绪皇帝更是火冒三丈,大骂他不敢出港迎战,眼睁睁看着日军登陆。

"贪生怕死,屡次不敢迎战,丁汝昌罪该万死!"

"丁汝昌带头宿妓聚赌,刘公岛成了妓院了!"

光绪皇帝盛怒之下发来一道圣旨,道:

"海军提督丁汝昌,统率海军多年。自倭人肇衅以来,迭经谕令统带师船出海援剿,该革员畏葸迁延,节节贻误。旅顺船坞是其专责,复不能率师援救,实属怯懦无能,罪无可恕,着即行起解,逮拿刑部治罪!"

跪接了这道圣旨,丁汝昌泪流满面。旅顺危急时,他曾亲往天津请求李鸿章:准予率舰驶援。但被李鸿章坚决拒绝。李鸿章要造就一种"猛虎在山"之势。在他看来,若经一战,北洋舰队必败。一败,就再也没有什么力量使日本舰队害怕的了。丁汝昌理解他的上司李鸿章,甚至也同意李鸿章的看法。

但年轻的光绪皇帝不这么想,他不管下一步如何,只希望兵来将挡,能打就打。所以,当他得知丁汝昌在威海按兵不动时,自然又恼火至极,下了逮拿他的圣旨。

光绪皇帝要逮拿的是丁汝昌,真正的矛头是指向李鸿章的。李鸿章背后有慈禧太后撑腰,他不便拿李鸿章怎样,但却有权惩治一个海军提督。丁汝昌,成了光绪皇帝与李鸿章争斗过程中的牺牲品了。

接到光绪皇帝要将丁汝昌逮拿刑部的圣旨,北洋舰队的官兵们纷纷站了出来,给朝廷和李鸿章联名致电,恳请朝廷收回成命。

李鸿章当然不会坐视不管,相反,他比任何人都更加焦虑。威海正在危急之中,战时易将,必然致使军心大乱。他电请光绪皇帝暂缓处置丁汝昌,让其在军中戴罪立功。

光绪皇帝这会一硬到底了,只是在口气上轻了几分:"丁汝昌仍遵前旨!俟经手事件完成,即行起解,不得再行渎情!"

李鸿章对官场上的事摸透了。他接到光绪的这道圣旨后,心中有了底。于是示意丁汝昌:"查经手事件所包甚广,防务也在其内,应令丁提督照常办理,勿急交卸。"

一月二十五日,日军主帅大山岩下令向威海卫攻击前进了。二十九日,日军左翼纵队占领了威海卫东南二十余里的温泉场;右翼纵队占领了距南帮陆路炮台仅几里地之遥的九家屯,开始对威海卫南帮炮台后路进行包围。很显然,威海卫成了日军的主攻目标,他们正在一步步逼近。

丁汝昌陷入困境:两个主子,两种根本不一致的命令不断向他下达。光绪皇帝在三天中给他下了四道圣旨,一会儿叫他配合陆路防军堵截日军,一会儿又叫他设法保全舰队。而李鸿章也好像乱了方寸,前一天令他出海拼战,若战不能胜,就把舰队拉到烟台去。过了一天,他的命令又变了。李鸿章来电命令:北洋海军与陆军合力坚守,以待援军,不得出洋海战。令丁汝昌不得轻离威海一步,如违令出战,虽胜亦罪!

丁汝昌不知道该听谁的,更不知该听他们其中的哪一道命令。

他茫然了。当然,他也明白:中国的传统历来是谁官大听谁的,按道理应该听皇帝的。然而,他的舰队的直接指挥者是李鸿章。李鸿章已丢掉了大部分兵权,可是,指挥北洋海军的兵权至今未丢掉。从感情上讲,丁汝昌倒更愿意听李鸿章的,而不想跟着一个年轻气盛的皇上跑。

李鸿章要他合力坚守,以待援军的命令,丁汝昌已经拿定主意要执行。他下决心死守威海了。

他认为威海不易被攻破。一是因为这里工事坚固,大炮众多而精良,是清一色的洋炮,日本舰队无法向他靠近;二是有陆路大军配合,很容易对日军形成夹攻之势;三是光绪和李鸿章都不会对他这里坐视不管,一遇危急,定会增派援军相救。

还有一层意思是丁汝昌不愿想也不敢对部下们讲的。这就是:北洋舰队想走也走不掉了!日本联合舰队早已集中优势舰船,在威海口外围布下了天罗地网,一旦出海,就会被张网以待的日本舰队一网打尽。因此,死守威海成了丁汝昌唯一选择。他知道这是一步死棋,但也只能在死中寻找活路了。

他与刘步蟾彻夜难眠,商讨办法。他们的方针是:水陆相依,以待援师。但是,有一点很叫他们心中无底:威海的陆军将领们能与北洋舰队同舟共济吗?

那么,丁汝昌、刘步蟾所担心的这个陆军将领是谁呢?他就是与丁汝昌同属一个派系的原淮军道员戴宗骞。

同治六年,二十六岁的戴宗骞因乡试落榜而弃文从武。他给李鸿章写了一份《平捻十策》的建议书,由此而得到李鸿章的赏识,进入了淮军幕府赞襄军务,帮李鸿章起草文书。同治十一年,他又上书朝廷,建议疏浚河道,兵农合一。朝廷采纳了他的建议,由李鸿章主持在天津新农镇开垦六千亩稻田,获得成功。戴宗骞也由知县擢为知府。不久,又经李鸿章保奏,已升任道员的他率绥、巩两军进驻威海,与丁汝昌搞到了一起。

李鸿章考虑到:丁、戴二人都系淮军宿将,又同是安徽老乡,因此才把他二人安排到了一起。八九年来,两人相安无事,互不干涉,但中日战争爆发后,他俩的关系突然变得紧张起来。

戴宗骞规定:绥、巩两军新兵入伍,须先扣发饷银三个月,存到统领粮库作为购粮基金,到士兵离营回乡后再予发还。这实际上是一种克扣兵饷的行为,在各军中相沿成习。结果,人们不愿再到绥、巩两军中当兵,以致戴宗骞本人自统的绥军正营,还不足三百人。他的各军中缺额严重,不少甚至缺额一半,而兵饷却按全额申领。这又是一笔糊涂账。因此,士兵们背后骂他"活剥皮"。

旅顺失陷,山东半岛局势紧张起来,士兵们的不满情绪也一天高过一天。胆小的士兵不辞而别,卷起铺盖走人;胆大的开始公开索饷。日军在荣成湾登陆前几天,戴宗骞的手下发生了几起哗变事件。

丁汝昌从威海防务出发,加之同是李鸿章起用的缘故,亲自登门,劝戴宗骞在大战之前把扣下的兵饷发了,以此稳定军心,以免影响陆海两军防务。

"我看你是多管闲事,自己的舰队不也就是那个样子吗?倒管起我陆军的事情来了!"戴宗骞很不讲情面地说。

的确,按北洋章程,海军提督的辖区是刘公岛和北洋舰队,而与刘公岛一水相连、密不可分的威海南、北帮炮台的管辖权在陆军,丁汝昌管不了。因此,戴宗骞才说出那番话,抱怨他管得太宽了。

戴宗骞对丁汝昌的劝说不予理睬。丁汝昌无奈,本着陆海本是一体的原则,从自己舰队的款项中挪借了一部分银子,给巩军垫了两个月的军饷。他希望通过自己的努力,把炮台稳定住,积极配合舰队作战。

丁汝昌这一举动或许多少感动了戴宗骞。戴宗骞在战前对丁汝昌也进行了一次回访,推心置腹地商讨陆海两军作战计划。戴宗骞说:"威海的防御弱点在陆路,如何有效地抵御日军从陆路进攻,将直接关系到整个威海基地的安危。"戴宗骞看丁汝昌听得很感兴趣,接着说,"依我之见,要想守住威海,以战为守是必须的。我们只顾防守,没有主动的出击迎战,最终还是被动的。守是守不住的。如果不能把日军堵在境外,而让日本人冲进了山东腹地,威海势必要造成被日军合围之势。所以,与其束手待毙,不如先发制人,打出去才有望保威海。"

戴宗骞言下之意,有些是针对北洋舰队的。丁汝昌也承认戴宗骞讲得有些道理,但已经是办不到了。

戴宗骞此来还有一个意思:他要求把威海的陆上防务交给丁汝昌兼管,自己率威海陆军主力去打游击。

丁汝昌一愣,他好像才明白戴宗骞回访他的真正意图,不免更加担忧起来。日军侵入中国以来,一直采取速战速决的战略方针。如果清军能够实行机动有效的游击战、运动战,利用中国军队熟悉地形地貌的优势,阻止日军的进攻,这当然是一个好办法。

但是,如果应有这一支部队,那也应该是山东的防军,而不应该是威海的炮台部队。南、北帮炮台的兵力,本来就少得可怜了,哪有什么多余的人可以抽出来去打游击呢?戴宗骞提出把炮台主力拉出去,这就意味着放弃炮台,他自己倒是轻松了,想到哪里去,就往哪里去。把炮台交给丁汝昌,丁汝昌怎么办?由此,丁汝昌感觉出了戴宗骞不怀好意,甚至是想临阵出逃。

丁汝昌理所当然地拒绝了戴宗骞的建议,认为威海炮台兵力已经过少,后路更是难以为继,总须陆海两军齐心协力,坚决固守,才有希望。否则,陆路炮台失守,海军舰队势难独撑危局,后果不堪设想。

戴宗骞的目的没有达到,十分不高兴地走了。不料又一件事情引起戴宗骞大为恼火,戴宗骞还向李鸿章告了丁汝昌一状。

原来,在威海的南帮炮台中,龙庙嘴炮台的布防有严重问题。这个炮台被圈在了防御墙之外,一旦后路被抄,势难坚守,且必将为日军所利用。为此,丁汝昌提出陆海两军共同保护此炮。若万不得已,赶快拆卸,炮栓、钢圈底归鹿角嘴炮台,以免被日军攻占后,利用这个炮台掉过头来打中国军队。丁汝昌担心战斗一打响,此炮台陆军士兵们会闻风丧胆,派了十几名海军士兵,安插于守台的士兵之中,准备一旦遇到紧急时,拆毁大炮。

丁汝昌这个安排,事先没有跟戴宗骞商量。戴宗骞得知后怒火满腔,一状告到李鸿章那里。李鸿章早已听说丁、戴二人不和,很是担忧。这次戴宗骞告状,李鸿章只能把丁汝昌狠狠训斥一顿。然后分别给他二人发电报,极力调和。

然而,他二人积怨已深,非李鸿章三言两语所能化解。

威海陆海两军主将严重不和,这便为保卫威海之战种下了祸根。"三分天灾,七分人祸",历史写下的教训是深刻的。

一八九五年一月二十五日,正是中国人举家欢庆的大年三十,日本"山东作战军"登陆以后,立即向陆路推进。

日军北路以第六师团为主力,由陆军中将黑木为桢任总指挥,从鲍家村、崮山后进逼威海南帮炮台;南路大军以第二师团为主力,由陆军中将佐久间马太为总指挥,沿桥头、温泉汤、虎山等地绕道逼近南帮炮台西侧,以此切断威海炮台守军的退路,与北路共同对清军形成夹攻之势。

针对南帮炮台的总攻打响了。时间:一月三十日的黎明时分;地点:摩天岭。

从晨光中望去,摩天岭是威海南炮台唯一的制高点了,如巨人挺拔,很有气势。环视四方,这摩天岭当是整个威海在陆路的防御体系中最关键,也是最险要的一处要冲了。"山东作战军"司令大山岩早就瞄准了这一目标。的确,如果首先能把摩天岭攻下来,日军便等于拥有了"制空权"。因为,用摩天岭上的大炮可以对它的北面的杨枫岭、百尺所、所城北、莲子顶、龙庙嘴等清军炮台进行瞰制性炮轰,基本上是想打哪里就打哪里。

当日军的炮弹在摩天岭阵地上炸开的时候,戴宗骞作为陆路守将才意识到自己失策了。他万万没有想到,日军会把进攻的矛头首先指向了这里。

李鸿章两年前来威海口基地视察时,曾一再提醒:摩天岭是威海陆路防御的支撑点,要大修炮台,多多架炮!然而,当时谁都没有把李中堂的话听到肚子里去,以为李中堂说说而已,他一走,事情就放在一旁去了。戴宗骞骨子里的想法是:日本人还会打到山东来吗?不会的。

旅顺失守了,戴宗骞才紧张起来,想到了李鸿章曾经做过的吩咐。于是,抽调了几十个兵勇在摩天岭顶巅的一块平地上临时赶修了一个炮台,架上了八厘米口径的行营炮八门。炮小了,也少了,而炮台周围的环形墙筑得更糟糕,全部是土垒成的,用脚都可以蹬倒。土墙每隔十几步留一个垛口,用做炮手射击之用。唯一可抵挡一阵子的是:环形土堆外围控有深壕,壕内外布置了鹿砦和地雷阵地。

也正是由于戴宗骞对这个要冲重视不够,所派驻守此炮台的全部是新兵,一共五百人,被称作"巩军新右营"。营官周家恩倒是老人,口碑较好,素有"硬汉子"之称。

一天清早,远处村落里响起了新年的爆竹声,日军总攻摩天岭的大炮声也"轰隆隆"地响起来了。岭下的坡面上,出现了蚂蚁一般的日军。担任主攻的日军第六师团主力第十一旅团,有步兵第十三联队、第二十三联队第一大队、骑兵第六大队和山炮第六大队。总人数五千之多,相当于守军兵力的十倍!这十一旅团长是在日本军界号称"一代良将"的大寺安纯少将。

"硬汉"对"良将"。而"硬汉"寡不敌众。

战斗一打响,大寺安纯就大喊大叫地把他的部队分成了左、右两翼,左翼担任主攻,右翼则从正面佯攻,以牵制摩天岭炮台的火力。同时,日军炮队向岭上开炮,以此掩护日军往岭上冲锋。

周家恩一声令下:"给我狠狠地打!"一时间,岭上炮台的八门大炮吐出了愤怒的火焰。只见阵地上炮口低俯,向着山谷坡面上的日军猛烈射击。隆隆的炮声震得地动山摇,一颗颗炮弹在日军的队伍里炸开了花。

就在这时,丁汝昌指挥他的"定远"、"镇远"、"来远"三艘军舰从海面上为炮台助战。"镇远"虽受重创,不能出海,但舰上的大炮是好的,且口径大,威力猛,三舰数炮齐轰,在摩天岭的半山坡上炸得精彩,给岭上的守军很大支援。片刻工夫,摩天岭阵地前成了血与火的海洋,把日军打得无处藏身,死伤较大。

大寺安纯像是疯了一般,在岭下对退下来的士兵乱骂乱砍,逼着他的士兵们向岭上硬冲。日军从山下乱放炮,对岭上进行狂轰,有些炮弹没有落到守军阵地上,反而在自己的队伍里炸开了花。守军在阵地前设置的地雷发挥作用了,许多日军士兵误踩了地雷,轰然在脚下爆炸,一股浓烟腾空而起,顿时又使日军死伤一片。

日军的大小军官们由于恼羞成怒,一个个亲自挥刀,带头冲锋,并分别驱赶着士兵们拼死猛冲。

日军在缓慢向岭上推进。他们为这种前进方式付出的代价是沉重的。在清军水、陆交叉炮火的打击下,侵略者每推进一步,就会有一批人倒下去。以五千兵力对付岭上的五百守军,大寺安纯有些承受不住了,额头上的青筋突起,双眼充血,看样子再冲不上去,他就会抽刀自杀的。在他们眼前,倒下去的全是日军的尸体。如此重大伤亡,是中日开战以来所极少碰到过的。他没有想到战斗会出现这样的场面,只怕是冲上山岭了,也算是失败。他吼叫起来:"赶快选一批敢死队!"

不一会儿,敢死队组织起来了。队员们个个头缠白布,腰悬军刀,手端着步枪,齐声喊叫着向山岭上冲去。

大寺安纯在摩天岭下手举着望远镜,只见他的敢死队接近了炮台的第一道防线了,队员们还在向上冲。他高兴地大叫起来:"好样的!好样的!"就在他话音刚落时,忽听两声巨响,两股黑烟腾空而起,敢死队的队员被炸得横飞起来。日军踩响了清军的地雷。而这种地雷是串在一起的连环雷,只要踩上一个,其他也接连着爆炸。这一招是大寺安纯所始料不及的。他从望远镜里看得清楚:他的敢死队员们没有一个爬起来,都报销了。

大寺安纯急得直跺脚,士兵们躲在掩体里或大树后面,没有人再敢向上冲了。大寺安纯在山岭转了一会儿,决定改变打法。他注意到摩天岭两侧有两个不太高的小山包,处于山顶炮台与山脚之间。他命令士兵们先占领两个小山包,然后集中炮火,掩护部队进行短距离冲锋。这个办法果然有效,两个山包都无清兵防守,日军很容易登上了小山包,然后从两侧山包向山顶炮台发动冲锋,很快冲了上去。

周家恩果然是一条硬汉子,面对潮水一般的日军,顽强抵抗。就在日军踏上炮台后,周家恩手挥大刀,大吼一声,扑向日军。一阵乱刀挥舞,一场激烈的肉搏,全炮台五百将士全部阵亡,但也让侵略者尸横遍野。

这是一次了不起的战斗,也是威海陆路防御战中最为壮烈的一幕。日军组织了三次总冲锋,五千人马竟让五百清兵统统打退了。其中分股的小冲锋不断,日军一直没有得手。而周家恩所率的清兵,没有一个不是顽强坚持到最后的。周家恩身中数弹,仍用大刀砍死了三个日本兵。最后的肉搏,有一百多个日本兵被守军砍死在阵地上。

大寺安纯见摩天岭已被日军占领,得意扬扬中也表现出了几分尴尬。他爬上了炮台,向他身后的日军《二六新报》随军记者远藤飞云叹了一声:"唉,竟然付出了这么大的代价!不过,摩天岭现在属于我了!"

　　不料,他话音未落,就在他不远处突然一声巨响,弹片横飞,又炸死了六七个士兵。

　　这场战斗并没有就此结束。丁汝昌在望远镜看见了日军攻上了炮台,急令他的战舰将大炮齐刷刷地转向了摩天岭,向山顶猛烈开炮。刹那间,整座山头硝烟再起,火光冲天,打得满山日军无处躲藏。

　　大寺安纯正在发呆,突然又一颗炮弹飞来,正好打中他的前胸,弹片四飞,又削去了随军记者远藤飞云的半个脑袋。

　　大寺安纯一命呜呼,给中日战争创造一项纪录:他是自开战以来第一个被中国军队击毙的日本将军。这个消息传出,日军一片哀鸣,而中国军队则一片欢腾之声。

　　日军并没有因为大寺安纯毙命而停止军事行动。他们虽然受到了北洋舰队的猛烈轰击,但摩天岭阵地毕竟已在日军手中。他们得到这个优势炮台后,以居高临下的炮火掩护右翼部队向杨枫岭进攻。杨枫岭守军在副将陈万清的指挥下,以一营的兵力抗击数倍于己的日军,激战了三个多小时,打退了日军一次又一次的冲锋,使日军又一次伤亡惨重。

　　这场战斗是从上午八时打响的,一直到十一时,日军都没有冲上杨枫岭。日军见冲锋造成伤亡太大,在最后一次被清军打退后,集中了所有炮火猛轰杨枫岭炮台。炮台周围的树木全被炮弹击中而起火,弹药库也被击中,发生爆炸,使守军被烈火包围起来,将士们伤亡过半,被迫撤离了炮台。杨枫岭由此才被日军占领。

　　与此同时,在南帮陆路炮台南侧的虎山阵地也陷入了日军的重重包围之中。日军计划攻克虎山炮台,然后由虎山向北推进,切断南帮炮台的清军退路,对清军形成南北夹击之势。最后实现其包围并歼灭威海卫南岸清军的阴谋。

　　丁汝昌焦急万分,率"靖远"、"镇南"、"镇北"、"镇西"、"镇边"等舰驶至南岸杨家滩附近,用几艘军舰的排炮向日军发动攻击。丁汝昌打得猛烈,日军抵挡不住,仓皇败走。正被日军包围的守军在陈万清的率领下,乘机向西出击。但日军人马越来越多,向虎山发动总攻。坚守虎山炮台的将士们宁死不当俘虏,砸碎大炮、枪支后,全部跳海殉国了。

日军攻占南帮陆路炮台后,立即对龙庙嘴、鹿角嘴、皂埠嘴南帮的三座海岸炮台进行了海陆夹击。防守南帮海岸炮台的是巩字军,守将是总兵刘超佩。刘超佩是李鸿章的一个远房亲戚,在这十分紧急的关头,他却为李鸿章丢尽了脸,充当着一名贪生怕死的懦夫。当日军刚对南帮陆路炮台发起进攻时,他就吓得屁滚尿流,赶忙乘坐早已准备好的汽艇跑到刘公岛上一个贩卖鸦片的安徽老乡家中躲藏起来。丁汝昌率舰队驶离刘公岛向岸边进发,配合陆路守军轰击日军时,刘超佩觉得刘公岛仍然危险很大,再次乘汽艇上岸,向烟台逃命去了。刘超佩逃走,这三座海岸炮台便群龙无首了。但士兵们见日军潮水般地涌来,却无人想到逃命,凭借手中的枪炮,对疯狂的日军自发组织还击。

南帮海岸炮台是德国人汉纳根亲手设计修建的。这些炮台存在着严重缺陷。首先,所有大炮都对着海面,向陆地的一面没有防卫措施,好像专为对付海上来敌而设置的。但此时日军是从陆路而来,炮台显得心有余而力不足,而日军对炮台进攻十分容易。其次,最东面靠海的皂埠嘴炮台东侧有一块高地,影响了炮台视线,炮台上的大炮难以控制高地以外的地区,降低了炮台应有的威力。再之,最西边的龙庙嘴炮台深缩于港内,离港口较远,对保卫港口基本不起作用。而且,这个炮台距离鹿角嘴、皂埠嘴两个炮台也较远,日军由陆路来攻,炮台无法防守。一旦这个炮台为日军所得,日军就可以利用龙庙嘴炮台向刘公岛和港内的北洋舰队、日岛等进行炮轰。龙庙嘴炮台的守军力量也过于薄弱,总共才四十人。丁汝昌最不放心的就是这座炮台,早在日军进攻南帮炮台之前就致电李鸿章,道:

"南岸龙庙嘴炮台守兵单薄,敌若由后路抄入,此台难守,则刘公岛水师受敌……"

正如丁汝昌预料的这样,日军进攻海岸炮台,果然首先从龙庙嘴炮台开始。四十名清兵虽然奋力抵抗,但因众寡悬殊,最后全部阵亡,很快使龙庙嘴炮台沦入敌手。

日军得此炮台后,立即拥有了绝对优势,利用清军丢下的大炮,向鹿角嘴炮台疯狂轰击。炮台的外长墙被日军轰倒了,日军从长墙缺口处蜂拥而上。鹿角嘴炮台未配备近射武器,将士们眼睁睁看着日军冲上来,无法抵抗,也全部阵亡了。

海岸仅有的三座炮台丢失了两座,剩下只有皂埠嘴炮台了。而皂埠嘴炮台此时面临的是日军的水陆两面夹击,十分被动。

皂埠嘴炮台拥有五门重炮,是威海卫防御体系中威力最大的利器。日军组织进攻南帮海岸炮台,目的就是在占领它们后,由此向刘公岛和北洋舰队发动进攻。日军的目标越来越明显:他们最终要吃掉丁汝昌的北洋舰队,以消除日本人多年来的心头之患。

正在皂埠嘴炮台的守军们组织还击的时候,丁汝昌挑选了一批敢死队员,支援皂埠嘴炮台,并准备在炮台即将失陷时,炸掉大炮,以免资敌。丁汝昌恼火的是:已经丢失的炮台守军将士们,为什么不在失守之前,把炮台炸掉?现在好了:陆路日军正是利用了从杨枫岭、龙庙嘴、鹿角嘴等炮台上夺取的清军大炮,反过来猛击清军,造成了"炮资敌、敌杀我"的可悲局面。

眼看皂埠嘴炮台又守不住了,丁汝昌的敢死队在日军占领炮台前,将地雷引线点燃。当日军蜂拥进入炮台,正在炮台上悬挂太阳旗时,地雷轰然爆炸。一声巨响,把刚刚登上炮台的日军连同大炮一起,炸飞在了半空中。但丁汝昌的二十五名敢死队员也只有八人回到了战舰上。

南帮海岸炮台全部失陷后,日军又向北帮炮台发起了进攻。日军是想扫除一切障碍,最后一举对刘公岛和北洋舰队发起总攻。北帮炮台由戴宗骞的绥军六营驻守。开战前夕,戴宗骞已将炮台存银八千余两运往了烟台,令其子携这批银两返回安徽寿州老家去了。他自己早已想寻机逃走,但丁汝昌已派兵暗中盯住了他,逼迫他留在营地里。

此时北帮炮台在日军刚来进攻时,就已经溃散了两营。虎山之战,戴宗骞又解散两营,实际上在开战后,只剩下两营官兵了。日军组织对北帮炮台冲锋,清军阵地竟没有打一炮,这两营清兵只顾逃命了。戴宗骞只留下十几个亲兵护卫他,放了一阵空枪,也拔腿就跑。

丁汝昌看在眼里,为了不使北帮炮台再为日军所利用,在日军发动冲锋时,再派敢死队登上北帮炮台,炸了大炮,并将正在逃窜的戴宗骞截往刘公岛。当他看到丁汝昌那怒不可遏的目光时,自知死罪难逃,在刘公岛服毒自杀了。

日军不费一枪一炮占领了北帮炮台,刘公岛和北洋舰队成了日军的主攻目标了。日军连日里四处组织进攻,死伤无数,为的就是最终吃掉丁汝昌的北洋舰队。

　　一八九五年二月二日,日军在占领了南、北帮炮台后,又进占了威海卫城。陆路战事由此告一段落,侵略军的所有枪炮都对准了刘公岛、日岛和海港内的北洋舰队。丁汝昌想起了李鸿章的嘱托,暗自下了决心:与日军决一死战,决不退缩!

　　现在是日本联合舰队司令伊东佑亨露一手的时候了。此时他站在"松岛"号旗舰上,手举望远镜向他将要发起海上进攻的目标看去,不觉露出了得意扬扬的神情。但是,当他把目光停留在海港内庞大的北洋舰队舰群上的时候,不免又在心头滋生出些许焦虑。他能像大山岩的陆路兵勇们那样,最终攻占了全部目标吗?丁汝昌也像戴宗骞那样贪生怕死,不堪一击吗?

　　从日军在荣成湾登陆时起,伊东佑亨用他的联合舰队对丁汝昌的北洋舰队实施海上封锁已经半月之久了。北洋舰队既不投降,也不出海迎战,只是利用刘公岛和日岛的海岸炮台,采取水陆相济的办法,进行着顽强的抵抗。丁汝昌这一招令伊东佑亨为之头痛,他又不敢像陆军那样,一阵冲锋,打到港内去。他已探知在港内和刘公岛外围,丁汝昌布下的水雷正等待他的联合舰队哩!他不敢向海口内驶近一步,只好天天在威海口外徘徊不定。

　　伊东佑亨深知,丁汝昌的北洋舰队虽然在黄海大战中遭到了重创,但并没有被彻底击垮,它仍然是一支颇具战斗力的舰队。他深知这支舰队在李鸿章心目中的分量,因而想原封不动地得到这支舰队,让这些军舰为日本的扩张侵略服务。日本确定的下一个假想的敌人是俄国。日本人之所以还不敢公开与俄国人抗衡,就因为日本的联合舰队还斗不过俄国舰队。那么,如果能把丁汝昌的舰队夺到手,修整以后编入日本舰队,俄国佬就要甘拜下风了。

　　因此,还在山东半岛战役的准备阶段,日本海军方面就提出了此次的作战方针:围困威海,务必避免日舰受损,也不使敌舰沉没,待北洋舰队弹尽粮绝时,迫其投降,接收全部战舰!

　　伊东佑亨正在实施这一计划,早在三个月前,他亲赴金州,面见大山岩时,就与他商定了诱降北洋舰队的具体办法。日本海军教官高桥作卫也参加了商讨,并负责起草对北洋舰队及丁汝昌的劝降书。大山岩亲自修改了给丁汝昌的劝降书。

劝降书由英国军舰"塞班"号转交到丁汝昌手上。前有日本舰队拦截,后有陆路炮台轰击,日本人这样做,也是看到了北洋舰队的困境和丁汝昌个人的艰难处境。不过,与丁汝昌见过两次面的伊东佑亨对劝降是不抱多大希望的。他深知丁汝昌是一个极重民族气节的中国军人。唯独有点希望的是:光绪皇帝正要将丁汝昌逮拿刑部,日本人寄希望他一气之下投靠日本。

丁汝昌把日本的劝降书上交到李鸿章那里了。李鸿章为丁汝昌的民族气节击掌称赞,为北洋舰队鼓劲。他下令:"立即将所有军舰的炮口瞄准日本舰队!"

劝降无效,日本人毫不犹豫地决定强攻了。伊东佑亨率领他的联合舰队向北洋舰队发起了第一次进攻。

这天上午十时整,日本舰队本队和第一、第三、第四游击队共出动十六艘战舰,排成单纵阵列,进逼威海港南口和北口。第三游击队的"筑紫"号战舰更是急不可耐,自告奋勇,率先闯向海口处。

丁汝昌立在甲板上,手举着望远镜下达了作战命令。威海港内一声汽笛长鸣,"定远"号战舰首先打出了愤怒的第一炮。

这就是作战的命令。北洋舰队的舰群立即打出重炮,刘公岛、日岛的各个炮台也群炮齐轰,旋飞的炮弹激起浪花四溅。炮弹与空气摩擦,发出咝咝的怪叫声,在海面的上空掠过。威海港内外顿时笼罩在硝烟火海之中。在丁汝昌的指挥下,各舰和炮台打得有力,打出了气势。伊东佑亨睁大了眼睛发呆,不知如何是好。

好一会,他好像才清醒过来一样,下令:"全体后撤!"伊东佑亨有些胆怯了,他看到威海港火力凶猛,担心舰队受损,才让信号兵打出撤退旗语。

日本舰队十六艘战舰开始掉转方向,可是晚了:刘公岛炮台打来一颗炮弹,击中了日舰"筑紫"号左舷,穿透了中甲板,打死水兵三人,弹片飞进,击伤日本水兵五人。巨大的响声过后,只见舰上的烟囱被炸裂了一道口子,浓烟喷涌而出,刹那间遮蔽了整个舰身。浓烟呛得水兵们无处躲藏。

刘公岛和日岛上的炮火太猛烈了,共有十三门二十八厘米口径的巨炮和四门二十四厘米口径的地阱炮。这些炮射程也很远,如果不是伊东佑亨下令撤退,要受伤的定不止"筑紫"号一艘战舰了。

"第三游击队守住海口,其余战舰暂时退到荣成湾锚地待命!"伊东佑亨再次下达命令。他要调整进攻策略,另寻打法。日军舰队第一次进攻无功而返了。而且,他们始终没有能靠近港口一步,是灰溜溜地败退。

夜幕降临后,威海口才开始风平浪静。丁汝昌站在甲板上,望着荣成湾那边的点点星火,盘算着黎明后的又一场海战该如何打。南、北帮炮台都被日军攻占了,他的北洋舰队失去了陆路炮火的支援,刘公岛和日岛成了舰队唯一的依托。北洋舰队尽管初战告捷,但明白以后的战况定是不容乐观。他还是那句话:以死相拼!

伊东佑亨怀着沉重的心情返回到锚地。通过一天的激战,证实了他对北洋舰队的估计:它仍然是一支颇具战斗力的舰队。看来,光靠他联合舰队在水上挑战,立刻吃掉北洋舰队是完全不可能的。他连夜与大山岩的司令部取得了联系,请求陆军以猛烈炮火给予配合,把北洋舰队的威风打下去。

这也是很合乎常理的,大山岩立即表示同意,并为此做了精心的部署。他命令日军炮兵部队连夜修整从清军手中夺过来的大炮。到次日晨,龙庙嘴炮台两门二十四厘米口径的大炮、一门十五厘米口径的轻炮修好了。鹿角嘴四门、皂埠嘴一门二十四厘米口径的大炮也修复完毕。数门大炮在天亮时分全部把炮筒对准了北洋舰队。

这是一八九五年二月三日清晨,日本联合舰队本队和第一、二游击队的所有舰船在威海口外会合了。上午九时整,三队战舰排成了单纵阵列,向刘公岛东泓炮台发炮。炮台上的清军们还在吃早饭,一见日本战舰来攻,丢下碗筷就投入了战斗。占领了海岸炮台的日本陆军部队也集中了炮火,参加轰击。日军炮台的主攻目标是丁汝昌的北洋舰队。

日军水、陆协同作战,炮火自然比前一天猛烈得多,而且是两面夹击。丁汝昌也很清楚:他们舰队所面临的是一次危难,决不可被敌军的气势打下去。一旦北洋舰队失去了气势,失败很快会降临到他的头上。

丁汝昌咬紧牙关,发出了一道又一道命令,组织殊死的抵抗。到午后一时,北洋舰队打出的一颗炮弹再次击中了日舰"筑紫"号。炮弹穿透甲板,又打死打伤六个日兵水兵。一小时以后,日舰"葛城"号也被中国炮手打中,使之舰体损坏。

第二天的战斗持续了一天,直到火红的太阳缓缓坠落在西边海面上的时候,两军才暂时停火。而灰溜溜撤退的依然是伊东佑亨的日本联合舰队。

又一次的失败使伊东佑亨丧气极了。他真想抽刀剖腹自杀算了。在大山岩面前,他再也不好张口请求什么了。他左思右想,知道在大白天里从正面用军舰进攻,想消灭北洋舰队已经是不可能的了。即便能够侥幸取胜,也必然是要付出极大代价的。怎么办?他想到了利用鱼雷艇,采取夜间偷袭的手段,给北洋舰队打一个出其不意。

鱼雷艇夜战,是他的联合舰队的拿手好戏。几年来,他的舰队曾为此进行过多次训练。但是,他也知道,夜间偷袭并非轻而易举,难度较大,风险也不小。尤其是刘公岛东、西两个海口封锁得都十分严密,水底下还布有木栏和水雷,一不小心就会艇毁人亡。在白天的海战中,伊东佑亨曾注意到了刘公岛东海口上的那些拦坝,都是以长约丈许的五寸见方的木材编排而成的,以铁链相连,对口外纵向排列。为防止风浪的冲击,每十根方木下面都布下了一根铁锚,锚于海底。东口拦坝以日岛为中心向南北延伸,南侧直达龙庙嘴、鹿角嘴之间的海岸边缘,长约八里地。北端拦坝直达刘公岛,也有四五里地长。刘公岛南端留有一个十分狭窄的通道,宽不过百米,且无航标,在夜间闯入这个通道十分困难。靠南岸,拦坝与海岸紧挨在一起,没有间隙。而且在岸边上,还布满了岩石暗礁,根本驶不过去。

又是一个漆黑的夜晚,天上没有月光,只有繁星点点。伊东佑亨独自一人站在甲板上,思忖良久。他终于想起来了:别看这些木质拦坝设计巧妙,但破坏起来却难度不大。只要派出一支小队,让水兵们用铁斧砍断拦坝,通道就出来了。

伊东佑亨拿定了主意,决定冒险一试。就在二月三日这天半夜时分,两只鱼雷艇载着十个日本水兵消失在夜幕之下。他们偷偷地摸进了港内,用铁斧又砍又砸,谁知只需四五斧子就砍断了一根铁索,没过多大工夫,三根铁索全部被砍了下来,与方木脱离开来。方木随波流走了,铁索坠入了海底。谁知这砍砸声惊动了港口内的守军,一阵乱枪扫射,偷袭者匆匆而退。

次日夜间,伊东佑亨决定多派鱼雷艇,分段对拦坝进行破坏。日艇以六号艇为先锋,依次为二十二号、五号、十号、二十一号、八号、十四号、九号、十八号、十九号等共十艘,成鱼贯纵阵由阴山口出发,沿南岸边上航行。通过拦坝时,二十一号、八号、十四号艇在龙庙嘴炮台附近触礁,第十八号艇被拦坝卡住,动弹不了,其余各艇则通过了拦坝。可是,就在向右转弯时,被北洋舰队的夜间警戒艇发现。夜空中突然响起报警信号,几只警戒艇一边报警,一边向日军鱼雷艇开火,刺耳的子弹旋飞声打破了凌晨海面上的寂静。

日本海军第二十二号艇驶至刘公岛煤库南侧。他们发现了一艘北洋舰队的军舰停泊在不远的地方。二十二号艇慌忙向中国军舰发射鱼雷。然而,北洋舰队的这艘军舰上的瞭望哨也发现了它。但是,由于天还不亮,瞭望哨的哨兵还没有搞清正在驶来的鱼雷艇是自己的,还是日军的。

"你们是哪里的?!"哨兵大声喝问着。

日本鱼雷艇慌了,艇长匆忙下令掉头,可是,刚逃出一段,这只鱼雷艇就在龙庙嘴附近撞上了暗礁,艇身倾覆,水兵们全部被扣在了冰冷的海水之下。

"嗖!"一枚火箭腾空而起。

港内的北洋舰队大小舰船顿时慌作一团,纷纷开动机关炮,向着海面上一阵扫射。这是盲目地瞎打,因为大多数中国战舰并没有发现敌方的鱼雷艇,本能地就开炮轰击了。

港内的混乱恰恰给日本鱼雷艇提供了可乘之机。更糟糕的是,北洋舰队的鱼雷艇小队此时正从日本鱼雷艇队的左右两侧驶来。他们是听到枪炮声后特意赶来察看的。两支鱼雷艇队几乎混在一起了,而北洋的鱼雷艇队还把日本的鱼雷艇当做自己的了。其中,日本九号艇公然与北洋鱼雷艇队并行着。影影绰绰之中,"定远"号战舰犹如一个庞然大物,就横亘在日本九号艇的正前方。这九号艇发现了"定远"号,艇长一阵狂喜,悄悄脱离中国鱼雷艇队的队列,从侧翼靠近"定远"号。

在九号艇的前面,还有日本的三号和十号鱼雷艇,它们都混过了港内的警戒线。

丁汝昌气得真想扇自己两耳光。因为他万万没有想到:日军鱼雷艇队会在夜间如此大胆地闯入了港内,对北洋舰队实施偷袭。但正是这支鱼雷艇队把他们舰队搅乱了,而且乱得几乎不可收拾。舰与舰之间,不辨方向,开炮乱打,许多次都险些误伤了自己的战舰。

当三只日本鱼雷艇悄悄向"定远"号靠近时,丁汝昌正在"定远"号上气得跺脚。他看见各舰炮火齐鸣,下令:"命令各舰暂停开炮,观察一下,找准目标再打!"

几分钟后,港内才恢复了宁静。

"日本鱼雷艇向我舰冲来了!"这是"定远"号哨兵发出的惊呼。

"开炮!快开炮!"丁汝昌急忙下达命令。

可是,这时已经晚了。日军十号艇、九号艇已经逼近"定远"号,一枚鱼雷从十号艇上射出。一声巨响,"定远"号被击中了,但被击中的是它的尾部。

十号鱼雷艇袭击成功,掉头就跑,全速向威海口外逃奔。

驾驶九号艇的是日本海军大尉真野岩次郎。他发现十号艇发射的鱼雷并没有击中"定远"号的要害部位,大骂一声:"笨蛋!看我的!"于是冒着被中国舰队炮火击中的危险,向"定远"号冲了上去。距"定远"号战舰只有五十米了,他来了一个艇身左旋,施放了艇首的一枚鱼雷。

"快撤!"真野岩次郎喊叫着,也慌忙掉头就跑。慌忙之中,他也顾不上观察鱼雷艇的运行路线,在转舵的刹那间,被一发炮弹击中机舱,真野岩次郎连同他的鱼雷艇一起,被炸成了两断。

几乎就在同时,"定远"号战舰剧烈地抖动起来。震耳欲聋的爆炸声令丁汝昌心头猛地一紧:"不好,'定远'中雷了!"

舰上所有的将士们都被这突如其来的打击惊呆了。连中两雷,"定远"号会怎样?凭借大家根据舰体抖动的程度估计,这枚鱼雷不仅击中了要害,而且可能是毁灭性的。

丁汝昌以最快的反应命令士兵们关闭防水门,立即投入抢救战舰的战斗。但是,一切都来不及了,当士兵们钻进底舱一看,凶猛的海水已从升降口喷涌而入了。不一会,海水竟由底舱涌上了甲板,整个舰体开始倾斜了。

"砍断锚链,驾舰撞滩!"丁汝昌表现出非凡的沉着和勇气,果断地指挥着。

"定远"号响起一阵全速的马达轰鸣声,伴着滚滚煤烟,一溜歪斜着舰体,撞在铁码头东侧的沙滩上搁浅了。

即将要沉没海底的"定远"号战舰保住了。但它却再也不能下水了,卧在沙滩上,就像一座耸立的大楼,更像一个不屈的斗士,炮筒依然怒指大海。

丁汝昌悔恨不已,为他的两条最具威力的铁甲舰失去机动性而流下了伤心的眼泪。"镇远"早因误擦暗礁不能出海,如今"定远"号也成了一条"死舰",北洋海军的战斗能力大大削减,今非昔比了。他没有想到:自己苦心经营的海军基地,最终竟然成了自己舰队的乱葬场!

伊东佑亨得知"定远"号被打成了"死舰",高兴极了。次日晚上,他又故技重演,命令他的鱼雷艇队继续偷袭北洋舰队。他从夜袭中尝到了甜头,把夜袭当做他歼灭北洋舰队的主要作战手段了。

这是二月六日下半夜,海面上风平浪静。日本鱼雷艇队在港外绕了一圈后,再次摸到港内来了。日军出动的是第一艇队的六艘鱼雷艇。为了收到最大的偷袭效果,第一艇队司令饼原平二少佐在五号下午,曾率领他的艇队全体成员从阴山口登陆,沿海岸步行到龙庙嘴,详细观察了威海港内的地形和北洋舰队各舰所处的位置,画成作战地图,进行模拟演练。第一艇队为这次夜袭做了充分准备。

一钩上弦月缓缓移到山后面的时候,饼原平二指挥他的艇队出海了。进入阵地前,他还在海口外重新观察一遍。凌晨二时许,二十三号、十三号、十一号、七号及"小鹰"号鱼雷艇排成了单列纵队,从威海南口被破坏的防卫拦坝驶向了港内。

丁汝昌的防备明显加强了,巡逻艇队昼夜不息地在港内巡视。夜幕降临后,各舰也都使用了探照灯,一束束光柱在如墨的海面上照来照去。然而,或许是人的目力不济,北洋舰队的探照灯两次从日本鱼雷艇队上方划过,却没有发现日本艇队。相反,日本艇队却借助探照灯光轻易地找到了北洋舰队各舰所处的位置。

日艇"小鹰"号首先发现了中国的"来远"号,在距离二百五十米左右的地方,向"来远"号发射了一枚右舷鱼雷。紧接着,二十三号、十一号艇也向自己已捕捉到的目标发射了鱼雷。

"轰!轰!轰!"三声巨响掀起冲天海浪。人们惊呼:"'来远'、'威远'、'宝筏'号中雷了!"

"威远"是北洋海军的巡练舰,而"宝筏"号是通讯舰。它们与"来远"号巡洋舰一起,不一会儿工夫便被升腾的烈焰包围起来。渐渐地,三艘军舰翻转了舰体,缓缓沉入了海底。

日艇十三号选定的目标是"镇远"号。但该艇几次寻找,都没有见到"镇远"号的踪影。天色渐渐亮了,日本鱼雷艇队立即会合返回锚地去了。

这次夜袭对日本海军来说,战果是辉煌的。他们击沉北洋海军三艘军舰,加之使"定远"成为"死舰",这不能不令伊东佑亨高兴得手舞足蹈。

丁汝昌深深地悲痛着,自己心爱的战舰在他看来,比自己的性命还重要。尤其是"定远"、"来远"号战舰,都是黄海大战中的英雄舰。它们多年来威震敌胆,成为中国海军的形象。"来远"号巡洋舰在黄海大战中受伤最重,几乎被炸成了废舰。当其他舰船从黄海驶回威海口基地时,它却被留在旅顺船坞里大修。不等全部修复,因旅顺危急,又勉强开回威海口基地。丁汝昌曾蹲在"来远"号上三天三夜不下来,带领各岗位将士们精心维护,使它刷新如初。然而,英雄的"来远"舰却永远躺在海底了。丁汝昌含着泪水看着它那紫红色的舰底在水面上挣扎了许久,好似在向它的主人呼救。漂浮在海面上的一块巨大的油污聚集了两三天,就好像不肯散去。那是"来远"号的血啊!还有那些英勇无畏的将士们,也同他们的战舰一起沉入海底。被击沉的三舰上的将士,获救者仅二十多人。

日本鱼雷舰队的损失也是惨重的:有两只艇被击沉,一只被击伤,四只艇触礁。

伊东佑亨判断:北洋舰队的实力已经锐减,总攻北洋舰队的时间到了。二月六日,他召集了一个会议,决定从二月七日早晨七时开始,对威海守军和北洋舰队实施总进攻,全歼北洋舰队。

"二月七日,历史将记住这一天!北洋舰队将从这个海面上永远消失了!"伊东佑亨挥动着大手为他的部下们鼓劲。为了确保成功,他请求威海南帮炮台的陆路日军给予火力支援,并改变了原来轮番进攻、强行突入的办法,决定从两翼进攻,先攻取炮台的新办法。

这一次是倾巢出动,所有舰船全部上阵。总攻以第二、三、四游击队为左翼,炮击日岛;以本队及第一游击队为右翼,专攻刘公岛。

七日早晨七时出发,到七时二十分,联合舰队本队"松岛"、"千代田"、"严岛"、"桥立"四艘战舰在前开路,第一游击队"吉野"、"高千穗"、"浪速"、"秋津洲"继后,已经到达了刘公岛附近。与此同时,第二游击队的"扶桑"、"比睿"、"金刚"、"高雄"四舰和第三游击队的"大和"、"武藏"、"天龙"、"海门"、"葛城"五舰以及第四游击队的"筑紫"、"爱宕"、"摩耶"、"大岛"、"鸟海"五舰,也已经驶抵距日岛四千多米处。

日岛地处刘公岛东侧,是海湾中的一个礁石小岛,只有十四亩地大小。日岛上装备有二十厘米口径的地阱炮两门,十二厘米口径的平射炮两门和六点五厘米口径的平射炮四门。日岛炮台与刘公岛上的东泓、迎门洞、旗顶上等炮台共同构成了威海港最前沿的一道防线,也是北洋舰队自己控制的唯一的一道防线。如果这道防线被日军攻破,北洋舰队将失去最后的阵地依托,只有被围打了。

日军因此才决定先攻取刘公岛和日岛防线,然后才来收拾舰队。丁汝昌自然更知道刘公岛、日岛阵地的重要。所以,在日本舰队来攻时,立即率领六艘炮舰给予全力支持,封锁威海南、北两个海口,决心拼死保护炮台。

伊东佑亨乘坐旗舰"松岛"号而来,跟随他的是联合舰队本队和第一游击队。队形是单纵队。日本舰队打出第一炮的时间是早上七时三十分,目标对准了刘公岛炮台。

刘公岛的守军在丁汝昌舰队炮火的支持下,顽强不屈,奋勇还击。炮战开始不到十分钟,刘公岛的炮火就击中了日军旗舰"松岛"号的舰桥,并击穿该舰的烟囱,炸伤日本兵三人。三十分钟后,"严岛"号速射炮的炮盾被击碎,舰上的甲板和传令管被击坏,该舰日军官兵因此死伤六人。不久,"浪速"舰上的煤库也被来自刘公岛上的炮弹击穿。日本联合舰队本队和第一游击队遭此打击,气焰为之一挫。

日岛方面的炮战比刘公岛打得更为激烈,炮声轰鸣,硝烟蔽海。守卫日岛炮台的三十名水兵打得十分英勇顽强。守将是"康济"舰管带萨镇冰。

这萨镇冰长得一副书生模样，清秀、高挑，是蒙古族人。他在此时的北洋海军里，是个典型的小字辈。一八六九年萨镇冰考入福州船政学堂，成为李鸿章拍定的第二届学员时，年仅十一岁。五年后，他从该学堂毕业，被李鸿章派往"扬威"舰上当见习生，随船到过新加坡、菲律宾和日本。一八七六年福州船政学堂选派第一批学员出国深造时，萨镇冰又被李鸿章派往英国格林威治皇家海军学院学习，学的是航海驾驶专业。回国后，历任"澄庆"号炮船大副、天津水师学堂教官、"威远"炮舰舰长。从一八八七年始正式接任"康济"号巡练舰舰长。此后在辛亥革命中，他一度曾出任中华民国海军总长、福建省省长。一九四九年中华人民共和国成立后，他又被邀请担任中国人民政治协商会议全国委员会委员兼中央人民政府人民革命军事委员会委员。当然，此为后话。

这场保卫战一开始，是丁汝昌把他调往日岛的。为了加强日岛炮台的防御力量，丁汝昌要他挑选了三十名水兵进驻日岛，由萨镇冰负责指挥炮战。

二月七日早上七点半，日本海军共出动十三艘战舰对日岛进行重炮轰击。地处不远的南帮炮台的一部分日军陆上炮火也对日岛组织了夹攻。萨镇冰毫不示弱，他带领三十名年轻的水兵拼命还击。吼着，叫着，炮弹不停地打着。这些炮都没有配备炮镜，开炮的水兵们一定要到炮台上面去打炮，十分危险。三个人操作一门炮，谁也离不开。日军舰队一颗炮弹正好落在二号炮位正前方爆炸，三位炮手的身体都受了重伤，但他们仍然坚守在炮位上，忍着剧烈的疼痛继续开炮，终于打中了日舰"扶桑"号，打死日本水兵两人，打伤五人。"筑紫"号也被日岛的炮火击中甲板，使日军官兵多人伤亡。

这场战斗进行到早上八点左右，双方炮战打得仍很激烈。突然，日军皂埠嘴炮台打来一炮，击中了日岛炮台的火药库。这声巨响地动山摇，火药库爆炸使日岛阵地陷入瘫痪，地阱炮架倒了，厨房和军官营房也被炸毁，炮弹也炸尽了。

"日岛已不可守，赶快撤离!"丁汝昌下达了命令，三只北洋小艇把将士们接到了刘公岛上。

一整天的炮战到天黑时分才暂告结束。北洋海军打退了日本舰队的多次进攻，日岛炮台丢失了，但刘公岛仍在北洋海军手里。丁汝昌拖着疲惫的身子回到指挥舱时，突然有人来报："'左一'鱼雷艇管带王平率鱼雷艇队出逃，被日军第一游击队全歼了！"

丁汝昌瘫倒在椅子里，半天说不出话来。过了好一会儿，他才长叹道："天哪！怎么会这样？！"

原来，就在日军舰队全部出动对北洋舰队实施总攻前，丁汝昌想对日军舰队来一个以牙还牙：命令"左一"号鱼雷艇管带王平率北洋舰队主要鱼雷艇摸进日本舰队的锚地，对日本联合舰队进行偷袭。王平领命后，把北洋舰队的十艘鱼雷艇带出了海口。但王平却没有驶往日本舰队的锚地，暗中与"福龙"号鱼雷艇管带蔡廷干等人密谋，决定逃跑。于是，就在日本舰队闯入海口，与停泊在不远处的中国鱼雷艇队擦身而过时，王平见势不妙，下令逃往烟台。这一逃不要紧，十艘鱼雷艇的紧急启动声惊动日本舰队。已冲入西海口的第一游击队发现了北洋海军的鱼雷艇队，立即转舵就追。结果，这十艘鱼雷艇有的被击沉，有的触了礁。艇上将士大多数葬身大海，或者被日军生擒。仅三人身穿救生衣逃到了烟台。

这个损失是惨重的。北洋海军因此失去了绝大多数鱼雷艇。丁汝昌怎么能不忧心忡忡呢？他怎么也忘不了，为了组建这支鱼雷艇队，他曾多次向他的上司李鸿章请求，终于得到批准。甲午战争前，李鸿章为北洋舰队配备了大小鱼雷艇十三艘。它们是一八八六年、一八八八年间分别从英国、德国购进的。直到今天，这支鱼雷艇队无论在性能上，还是在航速上，都不亚于日本的鱼雷艇队。北洋舰队的鱼雷艇都是携带两枚鱼雷，威力很猛，航速也都在十五节以上。其中，"左一"号鱼雷艇的航速高达二十四节。李鸿章当时的主张是：要配备就配备最好的。有了这支先进的鱼雷艇队，北洋舰队的警戒任务落到了实处，机动性也大大增强。

但是，丁汝昌悔恨不已的是：他怎么就没有想到提前利用这支鱼雷艇队去夜袭日本海军呢？他在自己已被日本的鱼雷艇队袭击之后，才想起以牙还牙。而就是这一次，因为错用了一两个人而葬送了他的全部鱼雷艇!

　　他悔恨自己没有那样的卓见奇谋。他虽然三番五次地向李鸿章请求,但是,已经组建多年的鱼雷艇队却成了一种摆设,几乎没有发挥过什么应有的作用。唯独的一次对敌舰的攻击行动就是在黄海大战中,他的"福龙"号鱼雷艇成功地袭击了日本海军的"西京丸"号战舰。这艘用商船改建的代用军舰"西京丸"号,最高时速是十五节。"福龙"号鱼雷艇之所以能袭击成功,因为它的时速高达二十三节。在黄海大战中,"福龙"本来可以击沉"西京丸"的,但因为艇手的发射技术太糟,虽重创了"西京丸",最终还是让它逃跑了。

　　丁汝昌躺在椅子上站不起来了,两眼发直,陷入了极其痛苦的思索之中。"定远"中雷,"来远"、"威远"、"宝筏"三舰沉没,鱼雷艇队又全队覆没。如今决战就在眼前,北洋舰队腹背两面受敌,七号一天虽是拼死抵抗,却也是苟延残喘,无力扭转即将来临的败局了。陆上的接济已经失去了,军心也开始出现动摇,王平率队逃跑就是一个最严重的信号。

　　想起这个王平,丁汝昌现在恨得牙根都痒了。这可不是一个没出息的管带呀!在北洋舰队中,所有的鱼雷艇管带都是花了一大笔钱从船政学堂培养出来的。其中有不少还是喝过洋墨水的,漂洋过海,在"大鼻子"们那里学过几手的。这王平就是其中之一,他经李鸿章批准去美国留学,专攻航海专业。回国后,从普通的士兵一直积功升为管带。在那场黄海大战中,王平驾驶鱼雷艇,救起许多落水的北洋将士;威海之战刚开始的时候,他受命冒着炮火袭击,在日军攻占南帮炮台的最关键时刻,率领士兵炸毁了对北洋舰队威胁最大的皂埠嘴炮台。为此,丁汝昌报告李鸿章,赏他戴上了花翎,由此成了深受丁汝昌器重的重要将领之一。所以,丁汝昌才把偷袭日本舰队的作战任务交给他。丁汝昌对王平是充满信心的。

　　现在的丁汝昌两眼冒火,但已无可挽回了。更令丁汝昌愤怒不已的是:他的"福龙"号、"左一"号、"右三"号、"镇二"号四艇一夜之间成了日本舰队的鱼雷艇了。第一游击队缴获了这四艘鱼雷艇,把它们分别编成了"福龙"号、第二十六号、第二十七号、第二十八号!

　　王平没有死,王平侥幸逃生了,到了烟台。而"福龙"号艇艇长蔡廷干却成了日本海军的俘虏。他被日军抓到了"松岛"号上,一阵拳打脚

踢之后,他向日本舰队供出了北洋舰队的所有情况:

问:"戴宗骞现在在哪里?"

答:"几天前服毒自杀了。"

问:"丁汝昌现在何处?"

答:"这些天一直在'镇远'号战舰上。"

问:"'镇远'铁甲舰如今运行得怎么样?"

答:"几个月前触礁了,现在无法运行,等于是一艘'死舰'了。与中雷的'定远'号差不多。"

问:"威海港内有多少鱼雷艇?"

答:"一共是十三艘。左右艇队共有六艘,福建舰队所属一艘,旅顺口水雷局所属两艘,威海基地所属四艘。现在已有十艘全部被你们击沉,或触礁,或被你们缴获了。"

问:"现在的刘公岛上共有多少陆军?"

答:"两千至三千人。"

问:"原来张文宣所指挥的护军只有三个营,共一千五百人。何来两千至三千?"

答:"二月一日因战事紧急,从岛外又调来两个营头。所以,我估计超过两千人。"

问:"北帮炮台是清军陆路部队逃跑时炸毁的吗?"

答:"不是的。是丁汝昌派海军去破坏的。"

……

蔡廷干的叛变使刘公岛和北洋舰队在日本人那里再无机密可言了。然而,事情并没有就此完结,还有更可耻的事情在后头。

蔡廷干被俘后,被日本舰队在审讯完毕后送往日本大阪,关押在大阪的一座寺院中。他原是李鸿章派往美国的海军留学生,授业老师是诺思罗普博士。蔡廷干被关押在日本期间,正好他的授业老师游访日本。更巧的是,第二军司令大山岩大将的夫人也是诺思罗普的学生。蔡廷干请求见到了诺思罗普,并请诺思罗普穿针引线巴结上了大山岩的夫人。蔡廷干要求暂留日本。他不是因临阵脱逃、叛变告密而无脸再见江东父老,而是害怕回国后被大清朝廷斩首处死。一八九五年八月,中日双方交换战俘,在日方送还的清军官弁名单中,果然没有蔡廷干的名字。他是在何时通过何种途径回国的,人们都蒙在鼓里。可笑的是,在李鸿章死后近十年,即一九一〇年(宣统二年),蔡廷干摇身一变,竟然又成了大清帝国海军部军制司的司长!

二月八日,白天无战事。日本海军可能也需要休整了。然而正是在这个风平浪静的一天,威海港内的水陆两军的士兵们开始哗变了。

曾在"定远"号上供职的洋人泰莱在自己的日记中写下了如下情形:

"二月七日,晚七时,闻水兵违抗命令而上岸。约八时,陆军也不听命令而登舰。二月八日,终于度过了一个焦虑之夜。陆军里的混乱情况最为严重。他们扬言不再作战,或齐集防波堤下,或占据小船,或登上'镇远'舰,要求载他们离开刘公岛。我们都相信,他们所说的不再作战是真话。溃乱表现在士兵,而首倡者却是北洋陆军的一些军官,其中的主谋则是李鸿章聘请的洋顾问……"

原来,继德国退役陆军军官汉纳根离开北洋舰队后,天津海关税务司德璀琳向李鸿章推荐了英国人马格禄充任北洋舰队的总教习。这个马格禄根本不懂海战,接受李鸿章的聘书纯属一种不负责任的敷衍。他更是把这场关乎中国命运的战争当成了自己发财冒险的捷径。英籍雇员泰莱在他的《甲午中日海战见闻记》中写道:

"马格禄不过是一个本地的货艇主之流,他虽为沿海航行之船主,而出于颇有声望之家门,只是他早已人过中年,且终日以沉湎于酒而著名。这是一个老奸刁猾之徒,他纯粹是把中日战争作为自己的一个莫大机会而跃跃欲试,争上总教习之位。然而以这种人担任北洋舰队总教习,实在是最为残酷、最为愚蠢的。对于丁提督,此事尤为残酷。"

李鸿章不明真情,以月薪三百两的重金聘请了一个终日沉溺于醉乡的酒徒。威海之战打响后,他连甲板都不敢登,整天躲到刘公岛上喝酒作乐。眼看北洋舰队大难临头了,他立即开始在少数中国军队官兵中策动哗变,要士兵拒绝参加战斗,采取威胁手段,诱导官兵们登岸逃跑。马格禄看出了这场战争的结局,一切都是为了自己能够逃命。

还有两个洋人,一个叫宴汝德,一个叫浩威。他们在策划兵变逃跑方面,比马格禄显得更加无耻和卑鄙。

宴汝德和浩威都来自美国,而且到北洋舰队效力不过两个月。他们在来华途中曾被日本人扣留过，实际上私下里已经有了一种不可告人的交易，也就是帮助日本人在北洋舰队内部提供情报和策动兵变。被日本人放行来到中国后，他俩找到了李鸿章的顾问毕德格，极力吹嘘他们有毁船却敌的绝技，希望毕德格把他俩推荐给李鸿章。毕德格听信了他们的吹嘘，积极向李鸿章举荐，终于被李鸿章聘用，派往北洋舰队效力。李鸿章满怀希望地指靠他们用"绝技"却敌哩！

李鸿章轻信了他俩的骗人伎俩，并把他俩的所谓"绝技"发电报给了朝廷军机处。他俩的"绝技"是什么呢？一、在口岸建造炮台，精强水师不能攻入；二、运兵登岸，敌不能看见；三、打沉敌船，停泊开行皆能打沉；四、活捉敌船，使之不受伤；五、经过敌炮台，使敌不能看见；六、经过敌设水雷处，无险；七、使雷艇靠近战船，敌不能看见；八、改制商船如同精强战船一般；九、四十八点钟时候，能将炮台口岸布置严密，并不用炮台、水雷；十、能毁近水炮台。

十条"绝技"，一个彻头彻尾的大骗局。宴汝德、浩威到达威海北洋舰队基地后，所有"绝技"只字不提了。不仅没有"绝技"，甚至对海战中的许多常识性问题也一筹莫展。他们却厚着脸皮向丁汝昌要求：如果北洋舰队要用他们的"绝技"，必须先支付一万美金。

丁汝昌虽对他们尚未露一手的"绝技"表示怀疑，但由于系李鸿章派遣，也不愿妄自否定，便请求李鸿章决断。

李鸿章此时是病急乱投医，战争正值危急时刻，还有什么可挑拣的？他来一个宁可信其有，回电给丁汝昌："无论其办法有无把握，不妨试验，留之必有用处。"

宴汝德、浩威当上了丁汝昌的顾问以后，迟迟不愿意遵循李鸿章的电令来试验他们的"绝技"。丁汝昌逼急了，他们仅根据简单的机械原理，搞一次所谓的"喷水试验"。这个试验就是在艇尾上安装一部喷水机，鱼雷艇在海面上行驶时，会在尾部喷出水来。

丁汝昌问："我要这些鱼雷艇喷水有什么用呢？"

宴汝德、浩威无言以对。

威海之战激烈起来，丁汝昌再也没有精力来试验他俩的"绝技"了。而宴汝德却借口去美国为北洋舰队采购药品，携带大量定金跑了。浩威仍留在北洋舰队里，他要办的只有一件事：冒充丁汝昌的名义，给日本人写下了投降书,并鼓动官兵们哗变投敌。

现在的局面已让洋人们从北洋舰队内部搅得不可收拾了,贪生怕死的厌战情绪在军中迅速蔓延。

马格禄、浩威等洋人与几个北洋官兵密谋了几天的结果是:由海军教习泰莱和炮兵教习德国人瑞乃尔出面,对丁汝昌实施劝降,劝降不成,再采取果断行动。

二月八日大清早,日本联合舰没有再露面,泰莱和瑞乃尔却露面了。他们来到北洋海军寓所,求见丁汝昌。丁汝昌接见了他们。这两个洋教官首先向丁汝昌描绘了北洋舰队目前所处的危险境地,又夸大其词地推算了日本舰队所拥有的实力,最后劝道:

"可战则战,否则,士兵不愿战,则投降也不失为一个适当的步骤。而且,事已至此,再打下去,徒然多伤生灵;以船舰让敌,全岛军民还有望能够保全……"

丁汝昌拍案而起:"我早就知道你们这些贪生怕死的洋人们在我军中不会起好的作用!你们煽动军民哗变,谋划投降,这是本提督坚决不会答应的!告诉你们,本提督只要还有一口气,就要率众将士坚持到最后!"

泰莱、瑞乃尔被愤怒的丁汝昌痛骂一阵子后,夹着尾巴退去了。但他俩走出了丁汝昌的房间之后,编造谎言,说丁汝昌有意投降,但迫于上司李鸿章的压力,不敢公开表示。他听任将士们自作主张。于是,一场由中国海陆兵勇出面的哗变发生了。

二月九日早上八点整,日本联合舰队又一次全体出动,对北洋舰队组织进攻了。这已是日本军队对北洋舰队发动的第六次总攻。威海北岸的日本陆军炮台架起了十二门大炮,直指刘公岛。南岸也有日军的七门大炮,参加对刘公岛发动的排轰。

日本舰队主攻北洋的舰船,不一会就把丁汝昌的"靖远"号打成重伤,搁浅在沙滩上。丁汝昌亲自督战,率刘公岛部分将士奋力抵抗。然而,将士们太疲惫了,准备投降的一帮士兵又在东躲西藏,坚持在前沿阵地上的将士伤亡惨重。刘公岛上的医务人员紧缺,医疗设备更是简陋,药品已尽,伤员们得不到应有的治疗,重伤即面临死亡。加之弹药消耗无从补充,紧急请调援军,也不见踪影,刘公岛面临绝境了,北洋舰队也走到了尽头。

就在这时,北洋水陆士兵的哗变达到了高潮。加之泰莱、马格禄、浩威在背后煽动,一批官兵成群结队,你推我拥,有的提枪,有的手举大刀,冲进了丁汝昌的提督衙门。他们是要来威逼丁汝昌投降或逃跑。

"姓丁的,你若坚持打下去,就是死路一条了!"有人指着丁汝昌大喊起来。

"丁军门,北洋舰队已经山穷水尽了,赶快向日军投降吧!"后面的人也在狂叫。

"你率领我们逃命吧!再迟一点,跑都跑不掉了!"有人这样说。

"你如果不放我们走,我们就只好先杀了你再逃了!"一些士兵们表现出了公开强硬的逃跑态度。

丁汝昌心中充满了一种愤怒,又夹带着深深的伤感。望着这些已被连日的炮火硝烟熏烤得黧黑的脸庞,望着他们满身泥土、普遍瘦弱下来的身躯,当丁汝昌充满血丝的双眼停留在他们身上时,丁汝昌想大骂出口,但却没有骂出声来。他倒并不在乎士兵们一哄而上把他杀了,即便杀了自己,他也不会退缩的。他此时半晌无语是因为他脑海中闪现出了往日一幕幕挥之不去的镜头:当他们还在乡下日出而作、日落而归时,是丁汝昌把他们招募到一起,一个个帮他们校正步伐、指点操练要领,又一个个送他们进入炮台,或登上军舰。多少年来,他善待将士胜过善待兄弟。当他们取得一点点成绩时,也正是他丁汝昌三番五次地向李鸿章大人请求,上奏朝廷,保举他们升官,给予奖赏。他还经常从自己的薪俸中拿出一些钱来,接济家境困难或遇到了天灾人祸的将士们的家庭。他对于这些将士不仅是充满了感情,也是寄予了无限厚望的。他们中许多人还很年轻,不少人前途远大。丁汝昌正在潜心培养,希望他们能成为国家的栋梁之材呀!

然而如今,一些人怎么变得这么快,当面对残酷战争带来的考验时,经受不住了,想着活命而不顾一切了。

丁汝昌尽管心中气愤,但却没有轻易责怪这些已经冲动起来的将士们。因为他觉得,比起那些坐在京城里或衙门里指手画脚、夸夸其谈的所谓才子们,自己的将士们能坚持到今天,已经不容易了。在生与死面前,他的将士们比那些说得好听而不辨实际的大员们不知道要好多少倍！中日战争打到今天这个分儿上，哪能只怪北洋的将士们打得不好呢？朝廷连同自己的上司李鸿章，都有一份推卸不了的责任。自己当然也有许多失误，甚至是错误，不能全怪眼前这些将士们呀！

牛昶昞站在一旁，劝说着丁汝昌不要生气，把道理好好跟弟兄们讲一讲。丁汝昌现在也只能从国家的角度，从李鸿章对北洋舰寄予厚望的角度，给大家晓以大义了。他奉劝各位不要听信洋人们的煽动，齐心协力，拼死一战，让历史记住这场战争。他当场宣布："如果到正月十七日，也就是二月十一日，朝廷的援兵还不能到达，届时大家自有生路！"

"为什么非要等到正月十七日不可呢？"有些士兵们在下面嘀咕，但又不敢大声来问。

又有人小声问："自有生路是什么意思，是放大家逃跑，还是向日本人投降？"

丁汝昌听到了这些话，但他未做回答。他不能回答，只有把这些答案放在自己肚子里来揣摩。从目前的情况来看，固守威海是一个错误，而且得不偿失。北洋舰队在此坚守，下的无疑是一着死棋。要想让北洋舰队起死回生，走出绝境，唯有大批援军来救，对日军形成内外夹攻之势，才有希望救出这支已遭重创的海军舰队。

丁汝昌几乎把全部希望都寄托在援军来救这一点上了。在援军未到之前，他只有率众将士设法保住已失去作战能力的铁甲舰了。"定远"和"镇远"号虽受重创，但还有希望修复。如果落入敌手，后果就不堪设想了。以这样的铁甲舰资敌，实在是后患无穷。在这一点上，从朝廷上下到李鸿章，乃至丁汝昌，意见都是惊人的一致。在他们看来，威海万一丢失了，还可以夺回来，但铁甲舰一旦被弄到日本去，就是彻底地易主了、资敌了。

李鸿章几乎是一天一份电报，一再申明铁甲舰系大清帝国万里海疆的唯一屏障，必须全力保全，不惜牺牲一切。还在日军在荣成湾登陆之前，李鸿章就明确电告丁汝昌："若水师至力不能支撑时，不如出海拼战，即战不胜，或能留铁甲舰退往烟台。"

南帮炮台失守，北洋舰队腹背受敌时，李鸿章仍电令丁汝昌："万一刘公岛不保，要设法挟舰冲出，或烟台，或吴淞，勿被倭全灭，稍赎重愆！"

丁汝昌何尝不想率队冲出港外呢？但是，日军水陆两军早已把北洋舰队里三层、外三层地包围起来了，冲出港口必是全军覆灭。自己的舰队航速慢，舰只少，火力弱，一出海便是四面遭击。留在港内坚守当然也是死路一条，但还可以等待援兵。若这时能兵从天降，以强大的火力扫平陆路日军，夺回被日军占领的各个炮台，这样，接济有了，兵源有了，北洋舰队凭借陆路大军做后盾，还有希望击退日本舰队。

山东巡抚李秉衡来电了，丁汝昌高兴得半宿没合眼。但李秉衡也只是提供了一个看起来还很遥远的希望。须知，此时的北洋舰队那才真正是度日如年哩！坚持一天也不容易的。李秉衡告诉丁汝昌：北洋舰队若能坚持二十天，大队援军就可以到达。同时告诉了另一个消息：李鸿章已请求朝廷火速发兵，命北上的贵州总兵丁槐率五营、徐州镇总兵陈凤楼率五营、皖南镇总兵李占椿率步队十五营火速赶往山东来了，他们是专程来救援北洋舰队的。

丁汝昌屈指一算，自收到李秉衡电报之日算起，二十天恰好是正月十七日，即二月十一日。所以，丁汝昌才公开许诺，要士兵们坚守阵地到这一天，方才可以自有生路。

丁汝昌是在屈指渴盼援军的到来。李鸿章自然也十分关切，可叹的是，除北洋舰队属于他直接指挥外，其他陆路兵勇的指挥大权已经旁落，李鸿章也是干急无汗呀！

大批援军能准时到达威海沿岸吗？在李鸿章看来，这还是一个难解之谜。而丁汝昌对援军如期到达，是坚信不移的。他怎么也没有想到，所谓的大队援兵，对北洋舰队来说，只是天上的馅饼：陈凤楼马队五营，一月二十二日就已经到达潍县，李秉衡再三致电催行，称："北洋舰队已十万火急，盼公来如望云霓！"但，这陈凤楼一到潍县就按兵不动了，直到一月二十六日才拨出两营先行一步。但此时慈禧太后突然插上一手，电令李鸿章：加大天津沿海防守！李鸿章深知慈禧太后是怕日军窜入天津，威胁北京，所以把这两营人马调往天津了。

李占椿呢？他们步队十五营也早已进入山东境内。但是，前锋三营人马刚抵诸城，士兵们突然哗变，统兵官员全部被杀，由此使全军人心不稳，迟迟没有向威海靠近一步！

丁槐的五营人马见迟迟没有部队东进的迹象，也把脖子一缩，躲着威海不敢前进了。

丁汝昌根本无法设想这以后的现实：直到威海陷落，所期盼的援军也到底没有出现。大清的军队已腐败到这个地步，北洋舰队最后全军覆灭，便是不足为奇的了。

丁汝昌终于忍不住要问问援军的进展情况了，他与牛昶昞、张文宣等联名写信给登莱青道台刘含芳，告知刘公岛已成为孤岛一座，北洋舰队危在旦夕之间：

"昌（丁汝昌）等现唯力筹死守，粮食虽可敷衍一月，唯弹药不允，断难持久。求速将以上情形飞电各帅，切恳速饬各路援兵，星夜前来解此围困，以救水陆百姓十万人生命，臣特昌等感大德矣。"

稍稍平息了将士们"逼官"哗变以后，丁汝昌是在数着手指头过日子。二月九日夜，丁汝昌与刘步蟾商定：在"定远"号铁甲舰的中央部位装上火药，准备在万不得已时炸毁此舰，以免资敌。刘步蟾率士兵们把火药装好以后，刘步蟾绝望了。他是这艘铁甲舰的管带，又是右翼总兵。"定远"舰落到今天这个地步，他悲痛欲绝，连夜服毒自杀了。临死之前，他安排好全舰将士转移岛上，并交代："'定远'号若自爆不彻底，要用水雷将舰体轰散，以免被日军捞获。"他同"定远"号一起，结束了自己的生命，以自杀殉国了。

听得一声巨响，又得知自己的得力助手刘步蟾身亡，丁汝昌遭受的打击是致命性的。

二月十日，日军水陆进攻的火力明显加大。一些贪生怕死的将士又来"逼官"投降了。丁汝昌见援军仍无踪影，而他许诺的最后期限就在眼前。他沉思良久之后，用自己沙哑颤抖的声音下达命令："诸将候令，同时沉船！"

但是，一些怯懦无能、毫无骨气的将领得令后，暗自另搞一套：他们担心徒手受降，没有战舰拱手送给日军，性命一定难保。所以，他们拒绝执行"同时沉船"的命令。

二月十一日，这便是援军应该到达的最后期限了。日军从上午九时开始，对威海港内的北洋舰队进行水面强攻。日军采取了狂轰滥炸的方法，想尽早结束这场战斗，摧毁北洋舰队。丁汝昌率兵拼死还击，想把一切可以利用的火力全部打到敌舰上去。就在这一天，英勇的水兵们仍击中了日军"天龙"号军舰,打死副舰长中野大尉等官兵四人,伤其四人。日本"葛城"号军舰也被丁汝昌的火力击中,打死打伤舰上人员七名。日本"盘城"号也被击成重伤。

然而,所有的弹药都将尽了,再打下去,北洋舰队全军官兵只有徒手被擒了。就在这时,丁汝昌收到烟台密信,得知山东巡抚李秉衡已由烟台逃往莱州,援兵不可能到来了。丁汝昌此时反而镇定下来,召集诸位将领开会,决定最后的行动。大家认为:既然援军无望来援,与其坐以待毙,不如率残余几艘舰船拼命突围而去,或许可以幸存几舰,开到烟台去。这样,总比全军覆灭要好。

丁汝昌不考虑生命问题了。他已从多方面分析了突围的问题,得到的结论是:只要舰船驶入海口,不可能突围而去,必然要被日军缴获。所以,他再次命令:赶快沉船,赶快把"镇远"号炸掉。

但是,诸位将领已各怀心思,没有人肯动手来炸船。一些士兵和水手们甚至拔出了腰刀,威胁丁汝昌:"不许炸船!"

"老天呀,我已经尽了最大的努力了!"丁汝昌自言自语地说着。丁汝昌的想法是:哪怕有万分之一的可能性,都要争取战斗下去,与日本舰队拼一个鱼死网破。

一些洋人们又出面了,想极力劝说丁汝昌投降。马格禄说:

"丁提督呀,事情已经走到了今天这个地步。您所许诺的援兵连人影儿都不见,已无退路了。那么,我们犯不着都去死嘛!在威海大战中,正如您自己所言:您已经尽了最大努力了,没有什么可以引为自责的了。应当受到惩罚的,是那些只顾逃命而丢掉炮台的陆军将领们,是那些说话不算数的巡抚们,是那些见死不救、袖手旁观的援兵们。您和您的舰队已经孤立无援,实在无法再打下去了。这是举世公认的事实。我想还是要活下去,只有活下去,才有卷土重来之机。尤其是您,完全可以不必寻死,投降之后,会受到国际法保护的。"

丁汝昌瞪了马格禄一眼。

马格禄又说:"要不然,若您能逃生上岸,我陪同您到美国去。清政府已正式委托美国政府办理中日媾和之事。丁提督能到美国,中日两国政府都不会追究的。您清楚日本与美国的关系,那是好在心里的。怎么样?"

丁汝昌摇了摇头。

但丁汝昌还是想到了活。他如其他人一样，心头上也有一种求生的欲望在涌动。他想到了那一年率舰队到日本作友好访问，那时自己是多么威风呀！尽管与日本的民众在街头发生了一场不愉快，但日本的官方，尤其是海军方面是异常热情的。一次次会谈，一场场宴会，让他切实感受到了作为一个中国海军将领的无限自豪。正是这个率联合舰队围攻自己的伊东佑亨，那会儿是多么的温顺恭敬呀！威海大战开始以来，这个伊东佑亨多次致函，劝说自己投降。他也确信自己投降以后，是会有一条生路的。但是……

丁汝昌对"投降"二字不仅鄙视，而且从心里面痛恨。

二月十一日又要过去了。这一天是日本的纪元节，联合舰队在举行遥祭仪式之后，发动了对刘公岛的第七次总进攻。

就在这一天，他接到了李鸿章发自天津的电报。这是他这一生最后一次收到李中堂的电报了。电报上说："水师苦战无援，昼夜焦系，丁汝昌同马格禄等可带舰乘黑夜冲出威海，向南奔赴吴淞，只要能保住铁甲舰，其他舰船或损或沉，不至于资敌，就能符合皇帝之意。丁汝昌必不会再被治罪。十万火急，望速图之。"

这份电报是刘含芳派人从水路、陆路历尽千难万险才送到丁汝昌手中的。然而，仅李中堂的这份电报能帮他多少忙呢？若能冲出重围，若能把铁甲舰带出去，还用您李中堂讲吗？丁汝昌自言自语道："我缺的不是主意，更不是命令。我缺的是援军！你们的援军上哪儿去了？难道那么多陆路大军都死光了吗？！"

一想到援军迟迟不到，丁汝昌就火冒三丈。但他能有什么办法？若是一切都不顾了，一气之下，还真不如投降日军算了！

但是，一种前所未有的耻辱感早已穿透了丁汝昌的心。他的心在滴血，他不愿再伤害自己不屈的人格和自尊心。更何况，北洋舰队是他的生命，是他的信仰和灵魂的寄托。这里的一船一舰，一枪一炮，无不铸造着他的全部心血。如今，既然北洋舰队要不复存在了，他的人生之旅也该就此一结。即便可以苟且偷生，但活着还能有什么意义呢？

"镇远"号左翼总兵、舰长林泰曾忧愤自杀了，"定远"号右翼总兵、舰长刘步蟾也去了。这是两位名副其实的左膀右臂，都是用生命实践了自己的人生诺言的。

那么,丁汝昌自己呢?他在想着。

早在黄海大战之前,他就抱定了拼死一战的决心。半年前,他就派人把儿子、媳妇送回安徽老家,明确告诉他们:"我已以身许国!"威海被围之前,他派士兵把舰队所有重要文件送到烟台,表示了"誓以必死"的打算。几天前,他还给老中堂李鸿章发出电报,表示:死守阵地,舰没人尽而已!伊东佑亨多次来信劝降,他给伊东佑亨的回答是愤怒的炮声。所以,几天来劝降者络绎不绝,甚至以武力相威逼,丁汝昌怕死吗?他对持刀向他挥舞的士兵说:"你们要杀汝昌就快点动手吧!我岂会吝惜这把骨头?!但我要让你们明白,当你挥刀向我砍来时,会发现我的骨头不是软的。眼下只有战斗,投降之事决不能在我还活着的时刻发生!"

大义凛然,崇高的威严,令任何一个失去信心的士兵们都不敢对丁汝昌真的下毒手。

但是,现在已到了了结一切的时候了。

丁汝昌看着围在自己身旁的将士们,目光里充满了一如既往的信任和赞许。

丁汝昌微笑着看了一眼这些与自己朝夕相处的将士们,一字一顿地说道:

"与舰队共存亡,这是我的职责!"

说完,他退回屋里,掩上房门。

他喝下了满满一杯鸦片。

这鸦片的药力是在缓慢发作的,恍恍惚惚之中,他好像看见了牛昶昞闪进门来。丁汝昌突然想起了一件大事:提督大印还在抽屉里!

牛昶昞正是为这件事进门来的,他找到了提督大印,说要将这枚大印毁掉。否则,丁汝昌死后,难免会有人要利用这枚大印,并盗用丁汝昌的名义,向日军投降。牛昶昞这么说。

黎明之前,丁汝昌咽下了最后一口气。这天是一八九五年二月十二日。凌晨四时许。

深冬里的太阳出来了,升起在威海的东方。那太阳鲜红鲜红的,像鲜血一般。

937

牛昶昞并没有毁印,他欺骗了已奄奄一息的上司丁汝昌。丁汝昌一死,牛昶昞成了掌印人。他把提督大印交给了洋人浩威。而且,牛昶昞等人事后为了推卸责任,竟串通一气,将主降的罪名强加在了丁汝昌的头上。根据呢?也就是所谓投降书上盖了这枚提督大印。既然丁汝昌投降了,所以在他死后,李鸿章也气愤不已。皇上下了圣旨:"丁汝昌既降而死,朝旨褫职,籍没家产。"

难道是没有正义、没有公理了吗?可叹丁汝昌的儿孙们因此被逼得走投无路,还要背着一个本不存在的骂名。直到宣统二年,威海等地绅民和广东水师提督萨镇冰联名上书朝廷,强烈要求为丁汝昌昭雪,朝廷才恍然大悟,准予已死多年的丁汝昌恢复名誉,并恢复原官原衔。

与丁汝昌同时自杀的还有记名总兵张文宣。张文宣的死给李鸿章以很大打击,这不仅因为张文宣曾是北洋舰队里最出色的炮手,更因为他是李鸿章的亲外甥。为了这个衰落的朝廷,李鸿章付出的也太多了。

威海之战的最后一幕由主降派和洋人们在操纵着。丁汝昌自杀殉国,反而使这帮败类和洋人们看到了一线生机。

此刻,这帮人欢天喜地地聚集到牛昶昞在刘公岛上的家里。牛昶昞却不愿意执掌大印,他虽然渴望投降求生,可是又不愿意承担投降的罪名。于是,大家一致推选新任署理左翼总兵、"镇远"号舰长杨用霖出面主持投降事宜。

杨用霖严词拒绝:"人生自古谁无死,留取丹心照汗青!"他高声朗诵着文天祥的千古绝唱,愤然离开牛昶昞家,回到了自己的舰上。一声枪响传来,杨用霖也不屈地去了。

新任"镇远"号舰长林泰曾也自杀了。

面对这些悲愤而死的英灵,牛昶昞等人胆怯至极,活着的北洋将士们愕然了。一些人没有勇气与这些不屈的身躯告别。

浩威站了出来,他没有丝毫的犹豫,他只要活命。这个骗子加无赖提出:盗用丁汝昌的名义向日军投降。而且,他亲自起草了强加在北洋将士们和丁汝昌头上的投降书。

他为了达到这个无耻目的,要求所有人对丁汝昌的死严格保密。日本随军记者在事后详尽报道了他们向日军投降的情形,道:

"这一天午前八时三十分,一炮舰'镇北'前樯悬白旗,后樯悬黄龙旗,拖一舢板自东南口驶出。将士们异口同声:'这是中国军队的请降使者。'炮舰至英、德两国军舰旁抛锚,有九人改乘舢板,我鱼雷艇驶近舢板,拖向我旗舰。舢板前是白旗,尾部树一黄底黑龙旗。舢板接近后撤去白旗,摇橹靠上'松岛'舰,有二人悄然登上左舷梯,舢板则退至'松岛'舰旁停住。转瞬间,我十余艘鱼雷艇自各处岩石后驶出,在敌炮舰周围游弋,颇有剑拔弩张之势。不久,第一游击队司令官被传呼至旗舰,然后返回……"

投降书是由"广丙"号舰长程璧光送出的。伊东佑亨接受了投降书,只见这份盗用了丁汝昌名义的投降书写道:

　　本军门始意决战至船没人尽而后已,今因欲保全生灵,愿停战事,将在岛上现有之船及刘公岛炮台、军械献与贵国,只求勿伤害水陆中西官员兵勇民人等命,并许其出岛而去。是所切望。如蒙允许,则请英国水师提督为证。

落款是"丁汝昌"的大名,提督大印也清晰地盖在上面。

伊东佑亨冷笑了几声,立即召集幕僚们开会,商讨接受投降事宜。这正是日本人所期望的。他们其实也无力再战了,不仅粮草接济不上,弹药也将用尽了。然而,中方主动投降了。

会上,坪井首先建议:"军舰、炮台等要接收,中国军队的军官们却要统统抓起来!"

伊东佑亨摇了摇头,道:"丁汝昌是大清国的海军名将,自居北洋水师提督以来,辛苦经营,二十年如一日。今虽然被迫投降,但也绝不是可以任意受侮辱的将军。为促成此事,应以不激怒丁汝昌为前提。否则,李鸿章陆路援军一来,战败的可能是我们自己。"

伊东佑亨深知他们舰队的处境,不知丁汝昌已含愤而死,故作此表示。

"我请求把北洋的战舰、炮台统统收下,然后把投降的清军官兵统统押到日本去。"联合舰队参谋长说。

伊东佑亨点了点头。

下午三时左右,程壁光带着伊东佑亭给丁汝昌的受降书返回了刘公岛,还带回了伊东佑亭赠予丁汝昌的香槟酒等数种礼物。

浩威、牛昶昞等抢着要看伊东佑亭的复信,只见写道:

拜读贵翰,敬悉一是,小官因拟于明日收纳现属台端所有之舰船、炮台及其他全部军用品,至其时刻方法等细节,小官于明晨台端对本书作确答时协商。军用物品一切缴交小官之后,小官当令我舰船一艘平安护送台函中所指定之员及台端一同至被双方认为妥善之地点。但,既如前述,按小官个人之意见及关怀,希望台端前来我方,暂在我国等待战争之结束,此不但为台端一身之安全计,相信为台端之将来亦应如此也。同时,小官保证台端在日本必能受到充分待遇。但倘若台端必欲返回乡里,小官当随台端之希望。至于台端欲以英国舰队司令长官为保证人一项,小官认为并无必要,盖台端军人之名誉,实小官所坚信不准者也。兹将搁笔,小官希望台端于明朝十时以前对本书作一确答。

此函上有伊东佑亭的签名。

"交收期限定在明天十时之前,恐难办到。"牛昶昞提出异议,大家也认为太紧了。

于是,大家推举程壁光再到"松岛"号上跑一趟,请求伊东佑亭宽限三天。

丁汝昌已死的事实,大家认为已瞒不住了。程壁光再次乘"镇边"号炮舰到日本舰队停泊地点时,下半旗,并由浩威执笔,冒充丁汝昌写了一封复信。程壁光在见到伊东佑亭时诡称昨夜丁提督写完复信后自杀了。复信写道:

伊东军门大人阁下:顷接复函,深为生灵感激,承赐珍品,际此两国交争,不敢私受,谨以璧还,并道谢忱。来函约以明日交军械台舰等类,因兵勇须卸缴军装,收拾行李,为时过促,恐有不及,请展限至正月二十二日起,阁下进口,分日交收各件,决不食言。专此具复,并请台安,诸希裁察。丁汝昌顿首。

伊东佑亨看见退回来的香槟酒等礼物,听说丁汝昌在写完上述复信后自杀,不禁一怔。于是给北洋海军写下一份复函,道:

小官顷接华历一月十八日水师提督丁汝昌来函,但据此函前来的使者口述,水师提督丁汝昌业已自杀,不胜哀悼。关于缴交军舰炮台及其他军器,申请展限至华历一月二十二日一事,当在所开条件之下予以承认。

其条件即,限于本日下午六时由一负责中国士官前来我旗舰,就上述军舰炮台及其他军器之缴交,并就放还在威海卫之中国人及外国人事项订定确实条约若干项。

小官致已故水师提督丁汝昌的最后一函说,缴交时刻及其他细节当于明日与贵提督协商协定,兹该官既已逝去,此等细节希与负有代理丁提督和小官协商任务的官吏协商。

兹并须言明,为此项协商前来我旗舰的士官应为中国人,不得为外国人。凡是中国人,小官将予欢迎。

伊东佑亨这一招让牛昶昞等一帮又想当婊子,又想立牌坊的人滑不过去了。当天下午五点二十分,北洋海军以牛昶昞为投降谈判代表,在程壁光的陪同下来到日本舰队旗舰"松岛"号上。

牛昶昞自我介绍道:"丁提督临死时,把后事托付给了马格禄。现在,刘公岛陆海两军都由马格禄执掌。马格禄不是华人,不参与议事。我在刘公岛,职位仅次于丁提督,受降事宜,与我讨论即可。"

直到此时,这牛昶昞还是满口谎言。当他听到日军要把投降的官兵统统押送到日本时,顿时慌了手脚,道:"交出刘公岛、军械、军舰,我完全同意。只是不要把投降的官兵们押往日本,请贵军能垂恩典,允许他们回到烟台。"

伊东佑亨抬起眼皮扫了牛昶昞一眼,觉得眼前这个代表自称在职位上仅次于丁汝昌,而水平比丁汝昌差了十万八千里。伊东佑亨认识丁汝昌多年了，不觉把牛昶昞与丁汝昌比较了一下，冷冷笑道："倘若丁提督还在，他是知道目前日中两国，仍处于战争状态。因此，你不觉得你提的要求过分了一些吗？"

牛昶昞不敢吭声了。

次日下午三时半，牛昶昞、程壁光再次前往日舰停泊地点，向日本舰队交出了中国将官、洋员名册及陆军编制表，并报告了担任武器、炮台、舰船委员的姓名。

看到伊东佑亭在翻阅这些资料时得意扬扬的神情，牛昶昞小心翼翼地问道："昨夜所议，中国将士和外国人都不大同意，他们请求贵军能垂恩典，准许已降的兵员由海路返回烟台，与家人团聚。这也是望外之幸呀？"

伊东佑亭没法不同意这个请求。否则，上万军民统统押送日本，他的政府也不会允许的。伊东佑亭故作为难状，沉思良久，一拍大腿，答应了牛昶昞的请求，但要求所签《威海降约》各条款，中方要全部答应下来。

牛昶昞大喜过望，当即站起身来，向伊东佑亭深深鞠了一躬，随后，在由日军起草的《威海降约》上签下了自己的名字。

伊东佑亭手捧着这个降约，如同欣赏一件艺术品似的，眯起双眼轻声读了起来：

一、中西水陆文武各官，须开明职衔姓氏，西人须开明国名姓名，其文案书职及兵勇人等，须开一总数，以便分别遣还中国。

二、中西水陆文武官员，须各立誓，现时不再与闻战事。

三、刘公岛一切器械，应聚集一处，另开清折，注明何物在何处。岛中兵士，由驻岛日兵护送登岸。

四、请牛道台代承交付兵舰炮台之任；唯须于十五日正午以前将舰中军器、台上炮位，开一清账，交于日舰，不可遗漏一件。

五、中国中西水陆各官弁，许于十五日正午以后，乘"康济"轮船，照第十款所载，开返华界。

六、中西各官之私物，凡可以移动者，悉许随带以去，唯军器则不论公私，必须交出，或日官欲加以搜查，亦无不可。

七、向居刘公岛华人，应劝令安分营生，不必畏惧逃窜。

八、日官之应登刘公岛收取各物者,自十六日九点钟为始,若伊东提督欲求其速,可先令兵船入港内等待,彼时中西各官,仍可安居本船,俟至十六日九点钟为止,一律迁出,其在船之水师水手等,愿由威海遵陆而归,可听其便,其送出之期,则分各兵一律从十五日正午为始。

九、凡有老幼妇女之流,欲离刘公岛者,可自乘中国海船,从十五日正午以后,任便迁去;但日本水师官弁,可在口门内稽查。

十、丁军门等各官灵柩,可从十六日正午为始,或迟至二十三日正午以前,任便登"康济"兵船离岛而去。伊东提督又许"康济"不在收降之列,即由牛道台代用,以供北洋海军及威海陆路各官,乘坐回华,此缘深敬丁军门尽忠报国起见;唯此船未离刘公岛之前,日本水师官来拆卸改换,以别于炮船之势。

十一、此约既定,战事即属已毕;唯陆路若欲重战,日舰必仍开炮,此约即作废纸。

牛昶昞签了以上降约,无耻表演并未结束。

十六日,他又向伊东佑亨写了一封信,感谢日军不受"康济"舰之恩,并进而提出要求返还"广丙"舰。

伊东佑亨一阵冷笑,随手将牛昶昞的来信扔给了随军记者。不多日后,日本的大小报刊上登出了牛昶昞的信:

"……'广丙'舰属广东舰队,因此没有参加战斗。去年春末,李鸿章中堂校阅海军,即调'广甲'、'广乙'诸舰共来北洋,及校阅完毕,将要回粤,赶上两国战事爆发,因而暂时留居北洋。现在,'广甲'、'广乙'已经沉坏,粤东三舰只残留'广丙'一舰了。广东军舰不关今日战事,若全舰沉坏,将有何面目见广东总督?愿贵官垂大恩,收其兵器铳炮,以虚舰返还,则感贵官功德无量。"

日军岂会返还"广丙"舰?一时间,在日本全国上下,将牛昶昞此信传为笑谈。

二月十七日,北洋挽歌已近尾声。上午八时半,日军舰队以"松岛"号为首舰,本队"千代田"、"桥立"、"严岛",第一、三、四游击队紧随其后,排成单纵陈列,大摇大摆地开来了。这儿便是北洋舰队的大本营,是禁区,然而却让日本海军以主人的姿态进驻了。

刘公岛上,升起了一面太阳旗,日军各舰的桅顶上,也高悬着日本的太阳旗。下午一时,北洋舰队的"镇远"、"济远"、"平远"、"广丙"、"镇东"、"镇西"、"镇南"、"镇北"、"镇中"、"镇边"等十艘舰船被迫降下了黄龙旗,升起了太阳旗。由此,这些曾作为大清朝廷海防依靠的兵舰被编入了日本联合舰队。

下午四时,"康济"舰一声汽笛哀鸣,缓缓驶离威海港。

四天后,五千一百二十名北洋水陆将士和十三个洋人全部凄然登岸。

"康济"舰最后一趟载的是丁汝昌、刘步蟾、杨用霖、沈寿昌等人的灵柩。天空中,飘下一阵冷雨。

日本联合舰队降半旗、鸣礼炮,为死难者送行。潇潇细雨突然间密集起来。人们说:"那是北洋将士屈辱的泪。"

李鸿章的梦,在这场冷雨中彻底破碎了。等待他的,是更大的耻辱。

第二十九章　屈约遗恨

天津总督街陡然间冷静多了。北洋舰队覆灭,电报少了,登门者也少了多半。过了好长一会,才听到有脚步声上楼来。李鸿章扭头一看,原来是经方手捧着一个兵部的大信封,上面还用火漆烙了一片羽毛,一看便知这是军机处的加急谕旨。

经方面带忧虑之色,对父亲说:"六百里加急,军机处来的。"

李鸿章叹了一口气,道:"不用拆看就应该可以推测出来。北洋舰队完了,朝廷要拿我开刀了。做好准备,回合肥老家去吧。我还真想回去看看那包公祠,那逍遥津,那大蜀山哩。一八八二年时,由我私人出资两千八百两白银,把毁于兵火的包公祠修好了。对合肥的其他名胜古迹,我也投资不少,听说家乡人还为我竖碑纪念哩!"

李鸿章说着,李经方已用剪刀挑开了大信封的封口,抽出军机咨文,自己先迅速地瞄了一眼,突然惊呼道:"父亲大人,这不是拿我们开刀的圣旨,恰恰相反,是赏还您三眼花翎、黄马褂,作为头等全权大臣,择日赴日本商定和约哩!"

李鸿章大惊,李经方却不能理会。在李鸿章看来,这比拿他革职处分还糟糕几倍。

李鸿章愤怒万分,拍案而起,随手抓过烟壶,重重地砸在案桌上。他吼道:"现在命我去签订丧权辱国的条约,不去,就是不去!谁要去谁去。我是坚决不去日本的!"

经方在一旁劝道:"父亲,您怎么就知道去签订的一定是丧权辱国的条约呢?说不定是真正的和约,条件不会太苛刻呢?"

"你懂什么?这个事我比任何人都清楚。中国是战败了,不是打了胜仗了。日本之所以向中国兴师动众,最后一招就是这个。天哪!这个差事无论如何不能落到我的头上呀!"

经方仍然坚持说道:"父亲不要生气,我看不一定会是丧权辱国的和谈。若是那样,就不用谈了。日本人写个东西递过来,由小日本说了算不就行了。朝廷何必还要任命您为头等全权大臣坐到谈判桌上去呢?"

李鸿章瞪着双眼,像要吃人似的,骂道:"贼娘养的,我看你真是个糊涂蛋!远的不说了,就从我已经历过来的一系列所谓的和谈说起:道光二十一年一月二十五日,英国战舰闯进香港,在船长拜尔秋的率领下,耀武扬威地占领了我们的领土。而此时离给英国以条约为依据占领香港的《中英南京条约》的签订,还有一年零七个月的时间。钦差大臣琦善在人家生米煮成熟饭以后,不是照样私许割地,默认那个《穿鼻条约》了吗?此后签订的《南京条约》,使道光皇帝都痛不欲生,深感愧对祖宗。十二年后,英国驻华公使伙同法国、美国公使,又一次向大清朝廷发出了照会,要求修改《南京条约》、《黄浦条约》、《望厦条约》,增加了更加苛刻的条款。血气方刚的咸丰皇帝让洋人把手枪抵在了咽喉上,清军不战自败,英法等联军兵临京城,一把火烧了圆明园,竟在最后又'烧'出了一个《北京条约》。九龙司割让了,还赔偿英法联军军费八百万两。奕䜣王爷被迫在中英、中法、中俄《北京条约》上签字,大清国遭受了极大的勒索。咸丰八年五月二日由奕山执笔与俄国人签订的《瑷珲条约》使大清国丧失了外兴安岭以南的广大地区,掠夺了我东北大片沃土。这个《瑷珲条约》墨迹未干,仅仅十五天后,俄国熊又以武力相威胁,故技重演,陈兵谈判,使大清国土再失,《中俄天津条约》使我们一次丢失了四十四万平方公里的国土!同治十年,沙皇俄国乘我们新疆发生内乱,一举攻占了伊犁。大清特使崇厚视立权为儿戏,信口许诺,导致《伊犁条约》签了下来。大清国又是割地,又是赔款,几乎要整个国家倾家荡产了。光绪十年,由我和法国人签订的《中法新约》,虽经我据理力争,与以前所有条约比较起来,真正体现了我国的利益,那也仅仅是胜利者给失败者的一种安慰。你看看,你看看呀!自乾隆盛世以后,大清朝日落西山,仅列数以上条约,有哪一个和谈是谈出来的?有哪一个条约不是丧权辱国呀?此次更是刀架在脖子上了,去日本能有中国人好果子吃吗?说不定更加苛刻。蒙受奇耻大辱,遭后人唾骂,我李鸿章弄不好还要搭上一条老命。所以,朝廷在这个时候给我官复原职,赏还顶戴花翎,还我黄马褂,实在是把我老夫装扮一下,让我替他们受过，把我向火坑里推呀！"

李鸿章所担心的事终于来临了。朝廷连下三道圣旨，严限他五日内到京听训。听谁的训？皇上、太后有话要向李鸿章当面交代。

他又住进了贤良寺。二十五年来，他究竟在贤良寺住了多少回？李鸿章自己也说不清了。贤良寺给他的总体印象不错，条件优越，照顾周到，小桥流水，环境幽静。但这一次住进贤良寺，他的感觉糟透了，处处不顺眼，事事不顺心，动辄就"贼娘养的"骂个不停。

他呆呆地坐在炕沿上，设想着将要由他来主演的一出屈辱戏，这或许是他有生以来最不愿干的一件事。窗外寒风在吹，树在簌簌作响，他感到了他人生最大的一场暴风雪就在眼前了。

刚刚赴日本和谈未成而灰溜溜回到北京的张荫桓、邵友濂面带着一脸的尴尬来拜望这位老中堂了。张、邵二人向李鸿章详细讲述了这次东渡日本的全部情况。只有一点，是他们在回国时才醒悟过来的：中国政府和谈使团，遇上了一个吃里爬外的和谈顾问！

李鸿章愤然道："这些年来，我大清国一有与外国交涉事宜，这些列强们动不动就搬出国际公法来吓唬我们，老朽我处置外交事务这么多年来，听够了他们宣扬的那一套。他们常常指责我大清朝廷不明事理，不懂公法，是个十足的法盲。而他们自己呢？一再侵略我们，攻城略地，签订和约，割我大清土地，掠夺我们的财富，好像都是在'依据公法'行事。公法是他们的'保护神'吗？非也！"

张荫桓道："中堂大人所言极是。国际公法成了他们侵略和凌辱中国的武器，我们在被侵吞、被宰割，我们反而有罪了！这叫什么国际公法？！"

李鸿章叹气道："唉！什么国际公法呢，那都是列强们围坐在一起制定的。受欺凌的国家在制定公法过程中没有发言权。而在执行过程中，又是由他们来执行。你看，这个所谓的国际公法事实上就是强盗的玩偶和工具。这些强盗们论势不论理，我要把这个情况向皇太后、皇上讲清楚。其实这么多年来我已不断地在讲，只可惜有些人根本不愿听，有些人听不懂，听懂了也无济于事。大清朝的强国富民之梦已经破灭，没有实力跟他们一争高低，只有听他们指责你，侵害你，盘剥你了！"

"这些洋人们，我们对他们敬如上宾，他们对我们却吃里爬外，拿我们当猴耍。"张荫桓说。

原来,张、邵等人去日本求和,朝廷为他们花高价请了一个法律顾问。他就是美国人科士达。

科士达是律师出身,曾参加过美国南北战争,获上校军衔,并历任驻墨西哥、西班牙和俄国公使。他卸任以后,成了中国驻美国公使馆的法律顾问。由于这一层关系,大清朝廷才聘请他担任中日和谈的法律顾问。

但科士达与日本却有着很深的关系。就在陆奥宗光担任驻美公使期间,科士达与陆奥宗光便处成了关系密切的朋友。日美在修约谈判过程中,科士达曾为日本人四处奔走,说服美国政府不要过多地侵占日本利益,使日本政府对科士达大为感激。

一八九四年十二月底,科士达接到大清朝廷聘请他担任中日和谈中方法律顾问的电报后,高兴得跳起来。他想到的第一件事就是去拜访日本驻美公使栗野慎一郎。

"您来得不巧,公使今天一大早就外出了。"日本驻美公使馆的门卫告诉他。他并不罢休,在当天晚上又来到日本驻美公使馆,与栗野慎一郎进行了半夜的密谈。

很快,栗野慎一郎给他的政府发出了密电,道:"我们秘密进行了推心置腹的谈话。科士达向我保证,此次虽应清国之聘东行,但因与陆奥大臣有亲交之谊,对日本所怀之友谊将一如既往。"

陆奥笑了。精明绝顶的陆奥对科士达的保证并不信任,他当即电告栗野慎一郎:

"虽然,我认识到,作为我的私人朋友,科士达会在一些事情上对我们有所方便这一事实。但我认为,让我的一位私人朋友站出来站在我们的敌人一边,是很失策的。因此,如有可能,我特别希望能阻止他来。为达此目的,需要花费必要的费用,我不会反对的。务望尽最大的努力,千方百计地阻止他协助中国的全权代表,应让他充分了解,在取得如此巨大成功的战争中,目前日本所处的地位和具有的伟大雄心,是很重要的。即使三个月前,当英国政府做出努力时,日本尚不愿接受以朝鲜独立、战争赔款作为终止敌对行动的条件,时至今日更加不可能了。因此,极为明显,在今日取得双倍胜利之时,日本至少要多得些东西。

事实上,中国尽其最大努力而给予者,在日本看来仍是不够的。科士达应该记住这些,这是很重要的。但务须小心,勿以官方身份,而以个人意见告诉他。"

收到陆奥的电报,栗野当天就秘密拜访了即将前往中国的科士达,把陆奥的指示作为自己的意见告诉了科士达。科士达心领神会,日本人对他给予了巨额数字的金钱,彻底收买了科士达。科士达对栗野一再表示:"我认为日本政府当前所采取的种种措施是极为得当的。日本国家的富强将由此开始,这是我早已充分了解的。因此,我对清国之处境将给予相当的忠告,并全力斡旋,以使中国付出代价,使日本满意而答应媾和。"

栗野放心了,陆奥在了解到科士达的表态后也满意了。

科士达从美国起程,栗野亲自送到码头,与他握手道别。科士达带着日本人对他的托付来到了中国。他果然不负日本人的希望,在随同张荫桓、邵友濂赴日期间,不断将中国代表方面的主张及计划情况向日本密报,并积极将日本方面的意图灌输给中国代表,多次指责中国代表及大清朝廷办事不妥。

遗憾的是,张荫桓、邵友濂虽然已经察觉到科士达吃里爬外的丑恶行径,但并未说服朝廷对他实施防范。以致在李鸿章作为全权大臣赴日和谈时,所聘的法律顾问仍然是科士达。在和谈期间,这个科士达与日本人一个唱白脸,一个唱红脸,科士达暗中配合日本人牵制李鸿章,演起了双簧戏。事后,他对自己在中日和谈中所发挥的作用沾沾自喜,道:"假如不是我从中斡旋,和谈就完了,日本政府绝对捞不到他们所期望得到的种种好处。"

和谈结束后,恭亲王奕䜣竟然付给科士达一笔十五万两白银的酬劳。他回国前,途经东京,又向日本人伸出了双手。伊藤在东京亲切会见了他,并给了一笔好处费。

李鸿章事后叹道:"家中不和,外人欺辱;若想人尊,必先自强自重!"

李鸿章待在北京贤良寺里,仍在盘算着如何能躲开这个难以肩任的差事。北洋舰队覆灭的阴影,仍然萦绕在他的心头。失去了这支舰队的支撑,他就如同失去了精神的依靠,实在没有信心在未来的途中挺起胸膛前行。

而事情却是不容商量地定了下来。还是在二月十二日,在光绪皇帝和满朝文武都无计可施时,慈禧太后在养心殿东暖阁召见军机大臣,专门研究与日本议和之事。

慈禧太后道:"既然日本人已指明让李鸿章赴日和谈,那就派李鸿章去吧!要免于对李鸿章的革职留任处分,赏还他的黄马褂和三眼花翎,一切恢复,令他立即来京请训,做好赴日准备。"

奕䜣一惊,道:"太后圣明。只是这恐怕与皇上的意见不符。就在不久前,已有人提出让李鸿章主办这次和谈,但皇上否决了。"

慈禧太后把脸一扬:"我既然召见你们,做出安排了,就能当得了这个家。皇上那边由我来说,不用你们管!"

奕䜣听出了太后的不乐意,不敢吭声了。

次日,一道圣旨急送天津。再次日,又是两道谕旨送来,李鸿章还是不愿进京。他电告恭亲王奕䜣:"此时议和,简直就是乞降。想单单以口舌相争,老朽无法办到。"

在奕䜣面前,李鸿章是不客气的,心中有话也敢讲。对此,奕䜣已经估计到李鸿章不会轻易接受的。

消息在直隶总督衙门里传开,众幕僚们也反对李鸿章出面与日本人议和。连他的总税务司赫德也鼓动李鸿章拒绝承担这个使命。他说:"中堂大人,您此去将会招天下人之怨。东渡签约,是一件既危险又屈辱的差事,是沉重而不得人心的任务。和约一旦签订,不仅国人会大骂您是卖国奸臣,那些满朝文武也会把罪责强加在您头上的。尽管他们知道这件事让谁去都一样!"

李鸿章道:"此中利害,老朽我比你们看得还清楚。"平壤战败,那个新科状元张謇还不明底细,就跳出来要弹劾他主和误国;旅顺失守后,御史安维峻等也上奏皇帝,说李鸿章的儿子李经方竟娶了一个日本女人,并在日本购置了房产,寄存了一笔钱财,早就想投靠日本,背叛朝廷了。皇上对此大为恼火,李鸿章极力申辩,说那是经方在日本任上期间,自由恋爱的女人。而日本女人跟日本的侵略军们并不是一码事。至于买了一处房子,并不豪华,是他夫妻俩生活居住的场所。存了点钱也是事实,既要生活,就必须花费,这是正常的。但光绪皇帝哪里肯听他的辩解？依然又一次摘去了他的三眼花翎，革职留用。当时他并不在乎，因为他手中仍掌握着大量军队，北洋舰队还在，洋务要靠他，外交也要靠他。他知道革去他的职务只是一种形式，丝毫不影响他大权在握，呼风唤雨。可是现在不同了，他的军队完了，根基也垮了，对洋务与外交的控制大权不少也已经旁落，朝廷不在乎他了。给他留一个位子，也仅仅是面子。这次如果再去日本乞降签约，成与不成都难以保住乌纱帽了，弄不好老命也要丢掉。丁汝昌当年率舰队访问日本，街头遭击，一贯仇视中国人的日本人见到中国人就要攻击，他李鸿章是记忆犹新的。他为此担心不已。况且，自道光皇帝开始，五十年来，有哪个与洋人打交道的大臣们有好下场的？又有哪一个不在死后仍然身败名裂？林则徐发配伊犁，耆英赐死当场，崇厚被定斩监候，曾纪泽郁郁而终，郭嵩涛投闲归里，死后慈禧还不准给他立传……自己岂不是在步这些人的后尘吗？

　　七十三岁了，李鸿章深知自己已经不能经受折腾了。他只觉得心里发凉，沟壑纵横的前额上冷汗直冒。

　　没有退路了，退路已经被慈禧太后堵死了："星速来京请训，切勿刻迟！"李鸿章觉得，如果自己再拒绝下去，慈禧太后便会把他撕成两半了。自己岁数大了，倒也不太紧要。而自己的儿孙们、亲戚们及那些仰仗自己谋了一官半职的朋友们就或许会受到连累。忍着一点吧！个人受些委屈，哪怕真的丢了老命，只要能保全家族、不要让别人受连累，也就得了。

　　"掉脑袋也只有去日本了。"他对儿子经方说。

　　李经方把父亲送到了北京，在贤良寺里陪伴着老父。

　　光绪皇帝在乾清宫召见了他，军机大臣全班人马同时陪见。光绪皇帝显得成熟多了，在打量了一会李鸿章后，问：

　　"李鸿章，你久办外交，又曾出访过好几个国家，对当前中日议和有何打算？"

　　李鸿章行了礼后，答道："皇上圣明，臣以为日本来我国逞威撒野，为的主要是两条，一是要我割地，二是向我索银。如果不满足他们这两条，和谈嘛，那是谈不下去的。"

　　李鸿章向光绪皇帝讲出日本和谈的两个前提，是有根据的。美国驻华公使已向李鸿章透露:"日本希望赴日和谈的全权大臣,必须有割地大权,否则就不必去日本了!"

光绪皇帝又问:"李鸿章,你既然已经估计到日本政府议和是为了割地,为了索银,那么,你认为他们想要什么地方?要我们赔多少银子?"

李鸿章答道:"眼下国外都在猜测,日本一是要台湾,二是要辽东半岛,这两个地方都能抢到手最好,如果两者只得其一,日本最想要的可能是台湾。而臣以为,日本人的胃口总不能大到这样的程度吧?狮子大张口是可能的,但依他们区区一个小国,能一口吃下我台湾吗?强大的英国才占了一个香港,我想日本人总不会比英国人胃口更大吧?关于赔款的数目,请皇上恕罪,臣无法猜得准。但有一条可以肯定,他们要的不可能是一个小数目。可能很大,大到户部乃至各省地方都无法承受。日本眼下还很穷,有些老百姓生活过得还不如我国平民。他们此次是准备大捞一把,想通过掠夺我大清国的财富而富裕起来。臣是猜想,皇上明察。"

光绪皇帝始终没有打断李鸿章的分析。相反,正是李鸿章这段分析才使得皇上感觉到:李鸿章虽然老了,但脑子不乱,思路仍然清晰,分析问题有理有据,不禁点头道:"李鸿章,朕的想法与你一样,朕也以为小小的日本,总不能侵吞我大片疆土吧?因此,对此尚不可定论,要走一步看两步。朕还要问你,如果在割地和赔款两个方面,朕只准他日本人一条,依你看准他们哪一条好呢?"

"回皇上,那当然是宁肯多赔几个钱,也不能割地的。损失一点钱,我们苦一点也能过。而丢了疆土,我们就成了千古罪人了。"李鸿章说。

光绪皇帝又点点头,以从前对李鸿章少有的和善目光看着他,又道:"那么,宁肯多赔钱,日本人的索银总数会是多少呢?"

李鸿章思索着:当年《南京条约》的赔款额是二千一百万两;第二次鸦片战争的赔款总额是一千六百万两;光绪元年日本进攻台湾,军费总赔偿是五十万两。相比较之下,日本人的胃口大不过英国人和法国人。想到这里,他战战兢兢地回答道:"启奏皇上,我以为此次日本人索银,数字尽管很大,但也不会大于当年英、法两国提出的数字吧?如果再多,户部也掏不起了。"

军机大臣孙毓汶、徐用仪一直心思沉重,听到这里,才表示了他们的看法。他俩认为:这次求和,如果清廷不准割地,恐怕是谈不下去的。

李鸿章也有这个估计。皇上却出其不意地提出一个新想法:"依朕的希望,此时若能集中水陆兵力,与日本人狠狠打一仗,使日军重挫一场,或许事情就好谈多了。"

李鸿章沮丧极了,答道:"启奏皇上,北洋舰队覆灭之后,臣不敢再对现在的水陆兵勇有所粉饰了。目前受重创的不是日军,而是我们自己的各路兵勇。如果再打,臣不敢妄言取胜。"

光绪皇帝默然了,摆摆手,让大家跪安而出。李鸿章扭头看一眼年轻的皇上,怪可怜的,一个人端坐在宝座上紧锁着眉头。

李鸿章与各位军机大臣们一同来到军机处议事厅。军机大臣们见李鸿章紧锁眉头,一个个小心翼翼地开始讨论起来。

翁同龢道:"赔款总是胜于割地。李中堂此行,要设法破了日本人要求割地愿望。"

孙毓汶、徐用仪还是那个分析:不割地,恐怕日本人是不答应开议的。

大家在割地与不割地的问题上争论不休。对于不割地而势必将导致谈判破裂后的战争问题,却没有一个人敢站出来提及。他们都怕沾上了这个话题,甩都甩不掉了。

争论了好一会,奕䜣仍想请李鸿章谈谈对策。李鸿章道:"我在想,日本人如果坚持割地条款,势必就要引起俄、英、法等国不安了。这些列强们也一定不希望把中国的地盘变成日本人的。因此,我认为可以先探一探这些国家的意见,并争取他们来牵制日本,利用他们的力量,迫使日本收回割地之议。"

奕䜣和翁同龢当即表示同意。李鸿章不是等闲之辈。他深知,以屈辱的条件签署条约,肯定要招来劈头盖脸的辱骂。尤其是"帝党"成员,更须提防。翁同龢是其中的核心人物,李鸿章争取事事让他表态,把他的话记录在案,日后作为证据。一则证明自己并非软弱、卑怯,二则以此证实自己的主张都是经过研究并获得过"帝党"成员们支持的。

此时既然奕䜣和翁同龢都主张先探探列强们的意思,李鸿章道:"事不宜迟,说去就去!"他第一站直奔英国驻华公使馆。

953

但是,李鸿章对英国人彻底失望了。

英国驻华公使欧格纳表示:英国政府业已宣布中立,自然不便对中日议和之事有所干预,也不能说三道四。

李鸿章仍不死心,建议:"我们把台湾抵押给英国,由英国代为管理如何?"在李鸿章看来,把台湾暂存英国名下,日本就不敢动它了,总比彻底地、永久性地割让日本要好。

但是,欧格纳还是笑嘻嘻地拒绝了。英国为何对这桩送上门的好事都丝毫不动心呢?原来,英国政府在这之前对台湾做了一次考察,认为台湾没有什么战略价值,最多只值两千万英镑。台湾若被日本所占,对英国并无损失,他们犯不着为了台湾而得罪日本人。他们更怕把日本推进俄国的怀抱。

李鸿章又到了德国驻中国公使馆。德国人的态度更令李鸿章大吃一惊,他们说:"在我国政府看来,中日之战如果再打下去,或是清廷迁都,或是干脆把台湾割让给日本,别无办法!"

迁都,就是放弃北京,迁至西安。这是下决心抗战,但能否保全领土,仍没有百分之百的把握。德国人的意思实际上只有一条:你们把台湾割让给日本吧!用领土换取平安。

李鸿章去征求俄国人的意见,请求牵制日本。俄国人对台湾更没有兴趣,既不愿意代管,也不愿过问中日和谈之事。俄国人希望中国永远衰落下去,并将祸水南引,让中国南方乱起来,把列强们的注意力都吸引过去,他们好乘机吞并满洲。不过,只是俄国人此时还没有料到:日本人早已在单方制定的和约中,把辽东半岛列入了日本的版图之内。就如同英国人此时还没有看出台湾的重大战略价值一样,他们都将在稍后一段时间内,对自己现在采取的袖手旁观态度而后悔不已,真正是吃日本人亏了。

大清朝廷在冷静思考以后,觉得只有割让领土才能真正解决问题,于是,明确给李鸿章授予了割让领土的全权。

李鸿章在朝廷允准割让领土之后,仍不甘心,他想争取以不割让领土为前提展开和谈。在北京贤良寺里,他给驻国外的中国公使们分别发去急电,命令他们去做所在国的工作,一方面争取第三国站出来干预日本对中国的侵吞,一方面看看有没有哪个国家出面来代管台湾。

几天后，中国驻外的公使都分别给李鸿章回电了。总的情况是：各国都反应冷淡，仍然不愿意插手此事。

西方及周边各国袖手旁观的态度伤透了一个中国老臣的心。坐在贤良寺的暖炕上，李鸿章真想大哭一场。多年来经办外交，李鸿章对这些国家的公使们是敬如上宾的，诚心待人，换取的是什么呢？在中国危难之时，一个个都坐视不管了，甚至还想乘机大捞一把。

该起程去日本了。他要挑选随员，便请已去上海的张荫桓给他推荐人选。

张荫桓复电举荐两个人：徐寿朋和李经方。

徐寿朋当然很合适，有胆有识又精通国际公法。李经方是李鸿章的儿子，曾为驻日公使，日语、英语都讲得地道，也是最佳人选之一。张荫桓在电报中还特意加了一句："去日本时，陆奥外相曾几次询问李经方。"

就这样定下来吧。

临出发前，慈禧太后称病不出面了。她也知道这是一件要遭后人唾骂的事情，一脚踢给了光绪皇帝："国家大事由你做主，不用再事事都来找皇额娘商量了！"

生性懦弱的光绪明知太后在推卸责任，但也有口难言。他只觉得两眼一阵发黑，半晌缓不过气来。在与李鸿章起程前的最后一次见面中，他讲不出一句话，只向李鸿章挥挥手，请他赶快上路。

然而，李鸿章却有话要讲："启奏皇上，据日本方面透出来的风声说，日本此次议和，不仅仅是要台湾，而且还要我们割让辽东半岛哇！"

光绪惊得更说不出话来，只拿眼死死盯住李鸿章，像呆了一样。

李鸿章心酸了，他可怜起这位孙子辈的皇上。既是皇上无话可说了，他便打道回府，着手在天津进一步挑选媾和使团的其他人选。

一八九五年三月七日，李鸿章回到天津后，首先给离得较远的马建忠发了急电。十三年前，朝鲜发生壬午军变时，正是李鸿章派遣马建忠赶赴朝鲜，逮捕了大院君，并将他押到中国来了。对于中日战争，马建忠是最知底细的，而且曾在中法战争媾和过程中当过李鸿章的助手。当年马建忠留学法国，专攻法律，并在巴黎取得律师资格。他还为鸦片税收一事，同驻印度的英国总督办有过交涉。在朝鲜期间，他也有过与外国使团斡旋的成功经历。

慈禧太后和光绪皇帝都讲话了：李经方是要去日本的。于私来讲，他可以照顾业已年迈的老父的生活。于公来讲，李经方在日本政界的熟人、朋友很多，明白对日事务。他的品级也很高，要出任李鸿章的参议。这一职务，使他实际上成了副全权大使。由这一对父子出面议和，齐心协力，成功的希望要大得多。

罗丰禄是李鸿章做主挑选的。他长期在李鸿章身边充任幕僚之长，是直隶衙门里一踩直晃的人物。就才能和见识来看，他的特点是善于妥帖处理细微的杂务，既得体，又热心，人缘很好。他出任参赞，比李经方低一个档次。

此外还有伍廷芳、于式枚等人，一律作为使团成员。

三月十四日清晨，李鸿章率庞大的和谈使团登上了专门租来的德国商船"公义"号。

李鸿章一抵天津码头，眼睛就盯在了船头、船尾那醒目的"公义"二字，胸如大海的波涛，翻滚不息。

离春暖花开的时节已经不远，但一场来自西伯利亚的寒流却席卷了整个华北大地。就在李鸿章登舟赴日的这个清晨，阴霾低垂，天津港口好像变得沉默而孤独了。没有鲜花，没有仪式，甚至没有送行的队伍。李鸿章率领他的赴日使团缓缓离港东渡。一声汽笛长鸣，就如同这位老人沙哑的哀号声。只见他的两行浊泪从苍老的眼眶中流下来，在皱纹密布的脸颊上凝结成一条线。

这是委屈的泪，好像在他生命的长河中，必定要经受一场足以毁灭他一生荣誉的委屈。他个人受这场委屈也就罢了，而古老的大清国更是屈辱难当。站在船头，老人面向西边在悲叹。这悲叹像一个阴影，与寒流融汇在一起，俯伏在大清国的旷野之上，城市和乡村之上。

李鸿章将含泪的双眼投向渐渐远离的土地。他想，古老的大清帝国仍旧那么庞大，大得不可思议，以致令西方列强和小小的日本都垂涎三尺。衰落的帝国再也不是可以傲视世界的中央之国了。小日本的几万人马就可以杀进辽东，再占山东半岛而如入无人之境。而代之受过的却是一个曾经为它付出大半生精力和才华的老者。李鸿章实在无法平静地面对这个残酷的事实。自己这个意外的结局好像就如同眼前的寒流一样,既不可避免,又难以抵抗。

人到弯腰时,不得不弯腰了。日本的马关红石山就在眼前,一百多人的和谈使团将在这里登陆,去红石山下安德天皇旁边的接引寺下榻。这是日本方面指定的地点。在两国之间保持联系的,是美国驻北京和东京的公使。

日本外相陆奥几天前还在东京,欧洲各国的动向极其微妙,为收集更多、更准确的消息,各国记者已云集东京。日本政府宣布与李鸿章会谈的地点定在马关时,记者们才一窝蜂地往马关来。

陆奥从驻日的美国公使那里接到李鸿章已经起程的通知后,立即从东京前往广岛。在大本营,陆奥和伊藤首相又一次从天皇手里接过了全权办理大臣的诏命。

陆奥乘三月十七日的夜车去马关,伊藤则从宇品港乘船于十九日午后到达马关。他们在马关等候中国使团的到来。

载着清政府和谈使团的挂着黄龙旗的德国商船,几乎与伊藤首相同时抵达马关。日本的"太湖号"领航进港,但仍在船上待了一天,到第二天下午才获准上岸。

"这是什么鬼天气!"李鸿章骂了一声,推开舷窗。直到中午,雾气还从海面上缓缓飘来,使整个港口乃至这座小城时隐时现。浓浓的雾气里,精巧的佛塔和古式的铁灰飞檐也隐隐绰绰,刺耳的钟声从不远处阵阵传来。

李鸿章的心情烦躁透顶,在船舱里踱来踱去,整个情绪就如同这鬼天气一样。

今天是与日本议和全权大臣正式会晤的日子。日本方面对和约的内容只字不露,他的所有判断都来自他的揣摩。外交谈判,既不能知彼,一时间就不知如何下手了。

"但能争回一分,即少一分之害!"临上岸之前,他召集了使团成员会议,这样告诉他的随员们。他想,如果能在日本提出的和约的规定下,据理力争,挽回哪怕是一点点损失,也算是不辱使命了。会谈地点就在马关的春帆楼。这座楼房依山傍水,环境清幽。在会谈之前,日本方面对春帆楼进行了全面的修整,从正厅到楼上的走道都铺上了嫣红色的地毯,装饰得豪华。

下午三点,李鸿章率李经方、罗丰禄、伍廷芳、马建忠及东文翻译卢永铭和罗庚龄,步入了会议大厅,在会议桌西向坐下。日方出席会谈的也是七人:伊藤首相、陆奥宗光及内阁书记官伊东已代治、外务书记官井上胜之助、外务大臣秘书中田敬义和翻译陆奥广吉、楢原陈政。他们在会议桌东向坐下。

双方没有任何客套的问候,一坐定就交换验看了对方的全权证书。李鸿章让罗丰禄宣读拟请停战的英文备忘录。罗丰禄一字一顿地念道:"于开议和约之始,拟请两国水陆各军即行一律停战,以为彼此商议和约让步……"

李鸿章想为大清国首先争得一份暂时的安宁。他在罗丰禄读完备忘录后,板着面孔向日方指出:"立即停止战争,应该是中日双方会谈的前提。否则,我们双方仍在开战中,必将会严重影响到会谈。这也是根据国际惯例,交战国双方必须首先同意停战,才能进入正常的和平谈判阶段。谅我方要求是合情合理的,也是国际公法之规定!"

伊藤暗暗吃惊:李鸿章果然厉害!一开始就给日方一个下马威,让日方措手不及。日方以胜利者姿态出现,尚未考虑到李鸿章一张口就提出这个要求。因此,伊藤笑道:"此事容我方明日作答。中日双方今天是第一次会面。我本人与李中堂已经是十年未见了,不妨先闲谈几句。"

李鸿章道:"十年未见,贵国已经今非昔比。老夫我已早过古稀,仍东渡来此,也算得是对首相的一次拜访吧。所以,借此机会,我想请贵国首先休战。"

伊藤点上一支烟,慢慢吸了一口,皱了皱眉头,把上次与张荫桓、邵友廉会谈的旧话重提起来,道:"李中堂,上次张、邵二人来我国没有完成使命,持节空自归去,我们甚感遗憾。但当时贵国全权证书既不完备,又似乎没有诚心修好的表示。由此我想到一个问题,李中堂此次亲自出马,该不会没有诚心修好的打算吧?"

李鸿章徐徐答道:"我以为伊藤首相这是明知故问。我国政府从来都是恪守修好原则,如无修好之心,大清皇帝便不会派我率使团东渡来此。我本人也是这样,如不是诚心想为大清国求得一份安宁,也不会来到日本。在我看来,中国与日本是亚洲的两个大国,相距很近,利害攸关。贵国近年来发展很快,已跻身于强国之列,实在令人羡慕不已。然如伊藤及其他大臣所知,我国虽待革除之弊端很多,但实行之中不如意的事情往往十之八九。我国当在一些方面向贵国学习,与贵国携手,共图进步。这样才能与欧洲争衡,防止白色人种的东侵。我想,贵国大概也应该有这个愿望。今虽一时交战,终不可不恢复和平。已经过去的一些战争,已对两国民众造成了极大伤害,民众需要和平安宁啦!"

李鸿章与张荫桓不同,他是四朝元老,又是内阁首相,在气势上、口才上都是有口皆碑的,连日本方面也不得不佩服。李鸿章讲到这里本准备暂停一下,让日方代表有说话的机会,但突然想到上次张、邵二人跑一趟日本却没有捞到说话机会,便干咳了一声,继续说道:

"这次中日之战,虽给两国民众都带来痛苦,但从国家军事方面来看,得到了两点可喜的验证。其一,证明欧洲人那种陆海军作战方式及攻击技巧,并非是白种之民所独擅,黄种人也可以运用,并以其独特的创造力获取成功;其二,贵国之长足进步,使我国从长夜之迷梦中觉醒,得益匪浅,看到了自己与贵国的差距,由此将发愤努力,迎头赶上来。因此,中日之战,将会成为促进我国的发愤图强的起点,国家步入强盛的起点。现在倘能谋取两国永久和平,以其唇齿相依关系携手共进,不仅可以为两国发展提供良好的条件,也会对整个亚洲的和平、稳定和发展作出应有贡献。放眼东亚,最大的国家是我大清帝国。我国虽是老大,诚能完备其海陆军队,开发其无尽的宝藏,并与贵国相互合作,才有可能如同巨人一般地站起来,与欧洲列强分庭抗礼。只要我国与贵国联合起来,实现这个目标绝非难事。"

李鸿章侃侃而谈,伊藤不想听也得听下去。伊藤是谈判桌上的老手,对李鸿章一番宏论的含义焉能不知。他想把李鸿章的思路尽可能拉到自己设置的框架中来,在李鸿章收住话题之后,只淡淡地回答道:

"当年我去天津拜会中堂阁下时,已经就这些问题交换过意见。但那已经是十年前的事了。如今时过境迁,这些事岂能一成不变?"

伊藤是要叫李鸿章碰一个软钉子,以此告诉他:当时是当时,当时日本还很弱小,所以希望与中国和平合作。现在不同了,明显弱小下去的是你们中国,而日本已成了战胜国,不想再坚持当年的主张了。因此,今天你李鸿章重提十年前的旧话,早已过时了。

其实李鸿章对此又何尝不懂呢？当年伊藤赴天津，与李鸿章大谈和平，乞求合作，他就压根儿没有相信。他不相信日本这个民族，能与中国真心谋求睦邻友好。十年前不信，现在就更不相信了。但既然是奉了太后和皇上之命来日本求和息战，他明知是一段毫无指望的空谈，但也不得不这样谈开来。

陆奥始终一言不发，伊藤是第一代表，他也不便插话。只是在第一次会谈结束后，他才在私下场合对李鸿章的讲话发表了评论。他道："李鸿章的谈论虽然是今日东方政界人士的老生常谈，但是他如此高谈阔论，目的无非是借此引起我国的同情，间用冷嘲热讽以掩盖其战败者的屈辱地位。尽管他狡猾而机敏，却也可爱，到底不愧为中国当代的一个杰出人物。"

第二天，日方请李鸿章一行人移住到接引寺公馆。他原来坚持在谈判期间一直住在船上，但日方一再相邀，也只好听从了伊藤的安排，不便执意坚持自己的主张了。

下午，第二次会谈在日方安排下正常进行。在李鸿章的要求下，伊藤把一份答复中方停战的复议交给了李鸿章。复议如下：

> 大日本帝国全权办理大臣体察目前军务情形，并顾虑因停战所生局面，兹将停战要款胪列如下：日本军队应占守大沽、天津、山海关，并所有该处之城池堡垒，驻上开各处之清国军队，须将一切军器、军需交与日本军队暂管；天津山海关间之铁路当由日本国军务官管理；停战期限内日本国军队之军需军费，应由清国支补。

李鸿章面对日本提出的这个停战条件惊呆了。一股愤怒的火焰在心中升腾。他想骂娘了，骂这个强盗也不如的日本。当他提出让日本停战的要求时，在心理上是做了充分准备的，估计日本方面会提出对已占领地点暂时不撤、给予军需补助等要求。他万万没有想到，日本人会提出如此苛刻的条件，彻头彻尾的蛮不讲理。

压了压怒火，他当着日方代表的面反复重复一句话："太苛刻了，太不像话了！太苛刻了，太不像话了！"他请伊藤、陆奥等设身处地为中国方面及他李鸿章本人考虑一下。他生气地说：

"贵方所指之天津、大沽、山海关三地，实为我京都之咽喉，直隶之锁钥，如果贵军占领这三处要地，中国则反主为客，岂不令人有身在异国领土之感受？而且，这三处都归直隶所辖，身为直隶总督，这样的停战条件，岂不让我丢尽了脸面？大清国自己的领土、自己的铁路和军事设施，为何要交给贵国军队代管呢？伊藤、陆奥大人，试问设身处地，你们将何以为情？"

伊藤看着李鸿章气得通红的脸，回道："两国相争，各为其主。国事与交情，互不相干！"

伊藤心中估计：李鸿章要骂日本是强盗了。如果他敢骂，伊藤便会回他一句："强盗就强盗吧！"但细察李鸿章的表情，气归气，到底还是压住了火气。伊藤接着说："况且，李中堂东渡之时，两国并没有停战，我军正在大踏步推进。因而也请李中堂为我想一想，我们在没有停战之时，答应李中堂的要求，先议停战。这本身就是给了李中堂的面子，做了让步了。但停战是有条件的，我认为我们的条件并不苛刻。"

李鸿章道："贵国要求我们真心求和，我以为贵国也应拿出一些真心议和的姿态。比如说你们已经提出的停战条件，这是以极苛刻的条件迫使我方放弃停战要求，是不是呢？"

李鸿章一言道破日本方面的"天机"。他们就是要让李鸿章彻底打消停战的念头，直接进入议和条款的谈判，争取速战速决。在中国战场上，日军已无力再战。所谓"大踏步推进"只是吓唬中国而已。所以，他们要趁日军在中国战场上气势未减之际，尽快完成条约的签订。所以，伊藤建议道：

"既然停战条件李中堂不能接受。这也无妨，我们就直接进入和约条款的谈判吧。"

李鸿章也知道停战一事只有暂时搁在一边了。于是道："我可以同意先行开始和约条款谈判，但中国方面提出的停战要求，还请伊藤、陆奥二位大人尽快给予商议，算是我个人请求二位大人从中帮忙了。"

在李鸿章看来，久拖不决，对中国是不利的。北京已经来电：辽东的日军正在向营口、辽阳逼近。如若再拖下去，这两地可能会失陷。这样，就更会抬高日本方面提出的要价。那么，让日军不战而进占天津、

961

大沽、山海关，就等于要中国让出北京。大清国由此将名存实亡。李鸿章处于进退两难的境地。

其实，李鸿章并不了解另一个现实：把会谈拖下去，对日本方面是更加不利的。大清朝廷也不了解这个现实。中日战争已进行八个月了，日本军队虽然在辽东、山东半岛节节获胜，但对日本经济和物质上的损耗也是惊人的。这是其一。其二，日本方面在吹牛：要向北京进逼。而俄国正在盯着日军的行动呢！俄国人一直图谋把满洲划入自己的势力范围，日军在辽东无止境推进，俄国人就不能坐视不管了。对于来自俄国的干预，日本人很清楚，因而提心吊胆。他们深知自己在冒险，俄国人已开始向远东调遣军队，大有与日军一触即发之势。除此以外，美国人也在不断提醒日本：在中国所进行的这场战争要适可而止，不可无限期地拖下去！来自世界列强的种种迹象表明：其他国家要干涉中日战争的危险已愈来愈大，英国、法国等也不希望日本人在中国抢夺的地盘太多。而一旦日本成了众矢之的，日本陆军派往中国的五个主力师团与国内的联系就将被彻底切断。那时，已进入中国的大批日军想回国也办不到了，很快会面临被全歼的危局。因此，伊藤与陆奥才定下了逼迫李鸿章直接进入议和条款谈判的策略。

可惜李鸿章被日本人的假象吓唬住了。来自朝廷的情报恰恰帮了日本人的忙，说日军气势空前，随时可能进攻北京。

李鸿章请求道："让我再考虑几天，四天以后给予明确答复。"

伊藤道："三天，只能是三天。越快越好。"

返回接引寺，李鸿章立即把日本提出的停战条件电告总理衙门，并告知：据日本报纸报道，日本又向大沽海面增派二十艘兵船，征清大都督小松亲王即将亲赴旅顺督师作战。

李鸿章上当了。日本对大沽既无兵船可派，小松亲王更没有去旅顺。这是日本报纸有意报道出来的假信息。他们是想借此恫吓讹诈李鸿章和中国政府。

李鸿章的电报让光绪皇帝大为震惊，当即吓得面色灰白。苛刻的停战条件和大沽危急的假象令光绪皇帝不知所措。他自言自语道："不能再拖了，不能再拖了！"但怎样结束这场战争？他只有去请皇额娘定夺了。

慈禧太后正在宁寿宫看戏,光绪直奔宁寿宫,却被李莲英挡在门外:"老佛爷贵体未复,心神不佳,不能见驾,皇上请回去吧!"

慈禧太后深知此事棘手,只能躲在幕后。她要把卖国求和的责任一脚踢给光绪和李鸿章。光绪怔怔地站在宁寿宫大门外,两眼一阵发黑。

无奈之下,光绪召见了庆亲王奕劻,军机大臣孙毓汶、徐用仪:"你们几个立即分头去与外国公使们商量一下,求一个对策来!"

几个人分头去了。当天,外国公使们的意见报到了光绪皇帝这里。出奇的是,英、法、德、俄驻华公使们对日本提出的停战条件都不感兴趣,而一致认为应该先把日本方面的和约条款搞清楚。

于是,光绪皇帝要军机处赶快给李鸿章发电:"停战条件万难应允,总以先得议和条款为要!"

三月二十四日,中日双方开始了第三次会谈。李鸿章正式提出撤回停战之议,希望日方尽快出示和约条款,以便中方及早研究答复。

伊藤得意地笑了,他在谈判桌上更加明显地摆出了一副战胜者的姿势,气焰也比前两次会谈更加嚣张,开口就道:"不知李中堂是否知晓,就在昨天,三月二十三日,我强大的日军猛烈进攻了你们的澎湖岛,守军或死或降,澎湖岛已被日军攻陷了。而且,目前正在向纵深推进!"

李鸿章尴尬极了。坐在这里的谈判桌上,他是多么希望大清国的军队能打一两场胜仗呀?!"无能的清军!"他在心里真想痛骂一场。战场上连连失利,让李鸿章在谈判桌上直不起腰来。

满脸得意的伊藤见李鸿章收回了停战要求,答应第二天向中方提供议和条款的全部内容。

然而,一波未平,一波又起。

伊藤以极其傲慢而又强硬的口气把话锋一转,突然把台湾问题搬了出来,道:"我大日本最新决定,向台湾进发。但现在尚未接到来自台湾方面的消息,不知现在的台湾是否已经在我日军猛烈的炮火轰击之下了!"

伊藤说得轻松,李鸿章却听得心惊肉跳。他想:这日本人的胃口果然不小,看来国外早有的一些传闻并非是空穴来风。

但李鸿章仍然表现得异常镇定,反问伊藤:"几日前议及停战,贵大臣不肯轻许。看来你们是早有准备,就是为了进占我台湾岛吧?"

"绝非如此。我大日本军队是刚刚才做出决定的!"伊藤狡黠地一笑,慌忙回答道。

李鸿章看出伊藤不讲真话了,眼珠一转,道:"贵国军队要进攻我台湾岛,恐怕英国不会袖手旁观的。假如英国军队也要在台湾问题插上一手,试问贵国政府将如何打算?"

伊藤一惊,但很快恢复镇静,答道:"英国政府早已恢复中立,我们以为他们不会插手台湾问题的。"

李鸿章笑了,道:"不!依我看伊藤大人是过于乐观了。英国的利益中心在中国南疆,你们攻打旅顺、威海,英国人是可以袖手旁观的。而目前贵国要的是台湾,那正是英国人利害攸关的所在。你们打到他们的眼皮子底下了,他们能坐视不管吗?"

伊藤摆手道:"利害攸关者并不是英国,而仅仅是中国。"

李鸿章摇了摇头,道:"非也!须知,英国人就在香港,台湾与香港很近哩!"

伊藤冷笑在心:李鸿章分明是想以英国干预来吓唬日本,也未免天真了一些。台湾固然离已被英国占领的香港很近,同样不是也离日本很近吗?于是伊藤回道:"台湾地近香港又有何妨?日本进攻的是敌对之国的领土,我们会处理好与英国的关系的!"

李鸿章明知这样的提醒对疯狂的日本来说,是不会产生明显效果的。但他仍然不甘心,于是索性把话儿挑明了说:"据我所知,英国是反对别的任何国家进占台湾的!"

伊藤大笑起来,一种笑不出来的大笑。笑了一阵后,他说:"他们要反对别国进占的岂止台湾?不论贵国版图内的什么地方,他们都是只希望自己割取,而反对别国进占的。但,现在是我国要去进占,有哪一个国家来出面干预呢?"

伊藤话一出口,就知道大话吹过头了。其实日本最担心的就是别的国家实行武力和舆论干涉。李鸿章是极力想把第三国的干涉拉进谈判中来,以此牵制日本。他这样做,对日本人来说,是哪壶不开提哪壶。伊藤此时则想尽力向李鸿章表达一个意思:日本是不害怕任何国家干涉的,他们也只是嘴上说说而已,真正让列强们出面用武力干涉,恐怕就没有人干了。仅就台湾来说,英国人的确是反对别国进占的。但日本去进占,情况就不同了。如果真的要英国与日本开战,英国马上会处于劣势。因为英国离台湾太远,而日本近在咫尺。日本估计:英国是不会轻易插手这场战争的。

伊藤为自己的强硬态度而兴奋不已,他看到谈判桌上的李鸿章已被逼到了绝处。伊藤心想:李鸿章呀李鸿章,你自己国家的实力不行,军队不行,凭借第三国可能会有的干涉能吓唬住谁呢?你就别指望有谁会帮中国的忙了,死了这条心,赶快无条件投降吧!

李鸿章的确近似绝望了,他为此做出的努力几乎无效。他该怎么办?无奈之下,他援引美国前总统格兰德"不可轻言战事"的话,指出日本对中国发动的侵略战争非仁人所为,是惨无人道的。他点了旅顺惨案,说日本人在中国滥杀无辜,奸淫烧杀,使千千万万个中国家庭家破人亡,有目共睹,举世震惊。

伊藤却把发动战争的罪责推与中国,但被李鸿章驳得无言以对。

第三次会谈就这样不欢而散了。

然而,一场突发事件发生了。

离开春帆楼,是三月二十四日下午四时十五分。李鸿章是乘轿离去的,要返回住地接引寺。

轿子是用蓝色丝布做成的,四面镶有一尺见方的玻璃。李鸿章坐在轿子中,可以看到外面,外面的人也自然可以看见里面坐着的人。

在日本的街头,坐这样的轿子是难受的。一路上到处是拥挤围观、指指点点的日本人。从这些人的脸上,李鸿章读出了日本人对中国的鄙视和仇恨。李鸿章实在弄不清楚:中国自古以来,从没有欺凌过这个民族,即便在以前强盛时,也没有动过这个民族一个手指头,为何这个民族似乎是天生要与中国为敌呢?

望着街头两旁的日本人对他乘坐的轿子指指点点,李鸿章是既恼怒又凄凉。他不禁自言自语道:"悲哀衰落的大清国哟,我成你被人耻笑的展览品了!"

李鸿章催促轿夫加快步伐,赶快离开这令人生厌的街头。轿夫们小跑起来,前面不远就是接引寺了。

突然,从街道左侧的人群中间闪出一个青年。他如同猛虎扑食一般,直冲蓝色大轿奔来。他满脸凶相,手中还挥着一把手枪。轿夫们愣神了:居然有人敢冲撞中国政府头等全权大臣的专轿?

他不仅是冲撞,还举起了手枪。坐在轿子里的李鸿章也看得清楚:这个青年是想刺杀自己的。

李鸿章本能地将身子向后靠去,想躲开这个日本青年的视线。但是稍晚了一点:枪声响了,一颗子弹打来,击中了李鸿章。李鸿章在剧烈的疼痛之中,还分不清子弹击中了自己头部的什么位置。他只知道自己被击中了,一股鲜血喷了出来,溅在已经破碎的玻璃上。他仰倒在轿座上。

子弹是从轿外约两米远的地方穿过玻璃窗击中他的。李鸿章的左眼眼镜被击碎,弹丸击中他的左颊,深入到左眼下侧。李鸿章用手捂住左眼,满手都是自己的鲜血,身上的袍服有几处已被鲜血浸透。

"必死无疑了。"李鸿章心想。但他心神还算镇定,并没有昏迷。只是在轿子被抬回接引寺后,他才感到晕眩难支,昏死过去。

金边眼镜掉在轿座上,左边残留的镜片是鲜红的。所幸的正是这只镜片,减弱了子弹的势头,而没有伤到眼球。

李鸿章遇刺时,李经方并不在现场。他是使团参议,而且在担任驻日公使时结识了陆奥,双方都是老熟人。因此,第三次会谈结束后,陆奥把李经方留了下来,商讨第四次会谈的具体事项。李经方呢?也正好想借此机会,向陆奥探听一下日方的打算。所以,李鸿章坐蓝色大轿回接引寺时,李经方仍留在春帆楼。罗丰禄、伍廷芳、马建忠等人是乘坐人力车跟在大轿后面的,对已经发生的这场刺杀看得清清楚楚。

暗杀李鸿章的凶手名叫小山本太郎,其父在群马县当过县议会议员。本太郎进过庆应义塾,但不久就退学了。他拜评书艺人伊藤痴游为师,学了一段时间。不久,他又因无心钻研技艺,回到家中。这时,他加入了一个叫神刀馆的右翼团体。当时还没有"右翼"一词,所以一般人都把这个团体称作"壮士团体"。

这个群马县的二十六岁的本太郎事先了解到中国的头等全权大臣将要乘轿从春帆楼而来,沿阿弥陀寺町向西,转过外滨町的拐角,进入他下榻的接引寺。于是,他提前躲在外滨町的拐角处。这里有日本的宪兵队,过桥的对面又有日本的警察派出所。从常识来看,是最不易出事的地方。

然而,正是在这个警戒森严的地段,小山本太郎还是抓住了行刺的机会,他出手了。

李鸿章被小山本太郎疯狂的子弹击中时,儿子李经方正在春帆楼用日语同陆奥交谈。李经方的日语讲得十分流利。在这一点上,唯有曾国藩的长子曾纪泽可以与之一比高低。

春帆楼的走廊上突然骚动起来,有许多人在奔跑,大声喊叫。虽然下午的会谈结束了,但在如此重要的外交场所,大声走动都是不允许的。安排在春帆楼的人,都是经过专门挑选并且训练有素的卫兵、警察和外务省官员,他们是不会随意大声喧哗的。

"出了什么事?"李经方或许得到了一种感应,他抬头问陆奥。

陆奥也感到奇怪,一脸不理解的表情。

一阵急促的脚步声过来了,门是被人猛地推开的。这里居然会有人来不及敲门就闯了进来的事情发生?陆奥刚要厉声斥责,但一抬头看见来人,他愣住了。从来人的脸部表情上,陆奥已经意识到一定有极不寻常的事情发生了。

破门而入的是陆奥的部下,外务省的官员。只见他脸色苍白,好像是跑了很远的路才赶到这里的。他进屋以后,上气不接下气,僵立在那儿,许久不说话,只是呆呆地看着陆奥,又瞅瞅李经方。

陆奥问:"发生了什么事?"

"李鸿章中堂大人在十五分钟前,被暴徒用手枪击伤!"

"什么?!"陆奥和李经方几乎同时惊叫起来。

陆奥愣了好长时间,然后才反应过来,连忙询问李鸿章的伤势如何。

"是左颊中弹,现在正在抢救,我方医生已经赶赴接引寺了。"

"凶手呢?"陆奥问。

"当场被捕,是群马县的小山本太郎。"

陆奥把脸转向李经方,道:"请阁下速回行馆,看护令尊大人。我这就去见总理大臣伊藤。发生这样不幸的事件,我表示万分歉憾。不过,请中方代表放心,我们一定会严惩凶手的!而且,将以最快的速度让你们满意。"

李经方的嘴角在抖动,泪水已经滚落下来。他顾不上再听陆奥安慰什么,不打招呼就独自奔出春帆楼。

不一会,伊藤博文首相和陆奥宗光外相及内阁书记官长伊代治也赶到了接引寺。

李鸿章已经苏醒过来,子弹也已经取出,终于脱离了生命危险。

他双目都被包缠住了,听到伊藤和陆奥在他的床边向他表示道歉,致以问候,李鸿章说的第一句话是:"在日本,发生这样的事件,我在思想上多少是有准备的!"

李鸿章清楚地记得:四年前,在日本的大津,有个叫津田三藏的暴徒袭击了俄国的皇太子。有人说,对外国政界要人搞行刺是日本民族的风气。

伊藤和陆奥低下了头。他们承认,在今天的日本,国内的主战派气焰十分嚣张。特别是在日军内部,主战的呼声一浪高过一浪,他们要求政府,不占领北京不可与大清国言和。小山本太郎正是在这样的歇斯底里的战争气氛的影响下,决定行刺中国谈判代表的。他被当场捉住后就宣称:"日军放弃占领北京,是日本民族的耻辱,目前同中国只有打仗,绝对不可言和!"

李鸿章在日本遇刺的事件发生以后,世界舆论哗然。这一恶性事件很快使日本政府陷入了被动。一片谴责日本和同情中国的呼声响起来了。

一个国家,在一个交战国的议和代表到来进行谈判的时候,其国人对议和代表进行刺杀,这是国际上公认的极端野蛮和极端丑恶的行径,不可饶恕。日本国内由此立即呈现出一派狼狈紧张的局面。两年后,陆奥在他的回忆录中谈到此事,依然心有余悸。他写道:

"我观察内外人心所向,认为如不采取善后措施,即有发生不测之危机。内外形势,已至不许继续交战的时机。若李鸿章以负伤作借口,中途归国,对日本国民的行为痛加非难,巧诱欧美各国,要求他们再度居中周旋,至少不难博得欧洲二三强国的同情。而在此时,如一度引出欧洲列强的干涉,我国对中国的要求亦将陷于不得不大为让步的地步。当然,如果从纯理论上讲,可能有人认为这桩事件完全是一个暴徒的犯罪行为,与我国政府或国民根本没有丝毫关系,只要对该罪犯科以应有的刑罚，就毫无其他责任。然而现在正在交战中的两国，特别是在战胜者的我国国内，对待敌国使臣，自应给予相当的保护和礼遇，此为国际公法的通例；而此种事变如果一旦激起社会之感情，当然不是以座上一片理论所能清除。而况位高望重之李鸿章大人，以古稀高龄初次出使异国而遭此凶变，显然容易引起世界的同情。如若某一强国想乘机进行干预，完全可以李鸿章大人负伤为最好的借口……"

陆奥站在李鸿章的床前，最担心此事会引发第三国出面干预。他当天连夜与伊藤商量对策。陆奥提出：现在对日本来讲，仅靠给予中国使臣的优渥待遇和外交的情谊，恐怕是无法让中国方面感到满意的，也无法向国际社会表示日本的歉意。因而，必须采取最具有现实意义的措施，以挽回日本的被动局面。

陆奥还说："现在最主要的是避免李鸿章中堂提出回国。如果他提出回国，我国则没有理由挽留，谈判便由此中断。一旦中断谈判，日军则又不宜坚持久战，必然招致强国的干涉。所以，应该立即无条件地宣布暂时停战。"

伊藤也正在思考这个问题。他当即表示同意。于是，伊藤立即致电广岛大本营的文武重臣，向他们征求意见。战时大本营的西乡从道、川上操六和桦山资纪一致反对停战，唯有军界元老山县有朋意外地表示支持停战，或许是因为他刚从中国战场上回国不久，对日军在中国战场上所能承受的战争期限心中有数的缘故。

三月二十五日夜，伊藤专程赶往广岛，向睦仁天皇禀报李鸿章遇刺及应采取的对策。睦仁天皇派出特使前往马关接引寺，看望李鸿章。伊藤则在广岛四处游说，说动了日本军界的首脑们。日本在权衡利弊得失之后，终于批准了伊藤、陆奥的停战协议。

这是古稀高龄、位高望重的李鸿章险些用一条性命换来的让步。

由天皇侍从武官带领军医总监和宫内御医们也到接引寺来了，天皇的皇后亲手为李鸿章制作了一条绷带，护士们当场换下了李鸿章裹满了大半张脸的绷带，让他没有受伤的右眼露在外面。

他可以看到围坐在他病床上的日本官员和御医们。李鸿章淡淡地重复着已经表达过的意思，说：

"我这次奉大清皇上之命到日本来。临行时，我的中外朋友们都警告我,不要到日本去,这个民族与世界上的其他民族是不一样的!来日本可能会遇到谋杀。但是,美国、英国、法国的公使则对我说,你肩负重任,只管放心去吧!我们保证你去日本以后,不会遇到任何危险。你们看,我的中外朋友们的担心应验了,而那些公使们却把牛皮吹破了!"

李鸿章说得很痛快,日本各方面人士却羞红了脸。日本人现在的目标只有一个,那就是想方设法把李鸿章稳住,不让和谈中断,以最大努力平息国际舆论的谴责。

军医总监石黑和佐藤、陆军二等军医正古宇田、内务技师中滨博士等,共同组成了一个强大的医疗班子,一天二十四小时守卫在李鸿章的病床前。

日本警方怕再出纰漏,几乎到了神经过敏的程度,警戒声势相当浩大,里三层外三层地把接引寺布上了岗哨。

山口县知事原保太郎与县警部长后藤松吉郎立即递上请罪书,但仍不能抵消罪过,很快被撤职了。

伊藤首相和陆奥外相当面向李鸿章承诺:日本决定在和谈之前无条件休战。但由于日军正在进攻台湾,仅台湾不在休战之列。

同一日,日本山口地方法院以预谋杀人未遂罪判处凶手小山本太郎无期徒刑。

李鸿章感到了一丝欣慰。他转过脸来,对伊藤、天皇特使、陆奥等前来探伤表示感谢。接下来他说的几句话把日本方面的官员们吓得半死:"我的随员们在劝告我,让我搬回到船上去住。他们说日本的土地是不安全的,难免还会有新的暴力事件发生。另外,原定的谈判我无法出席了……"

伊藤和陆奥急得心跳加剧。伊藤拍胸脯表示已加强警力,确保中方全体人员的安全,请老中堂无论如何也要在接引寺休养。陆奥则请求把和谈继续进行下去,建议由李经方全权代理出席。

李鸿章沉思了好一会儿,应允了。伊藤、陆奥等这才一块石头落了地。但来自欧美等国的谴责舆论通过日本驻外使馆不断地传到日本国内来了。

国际舆论普遍视日本为"恶人"。他们说日本"胜于武器之战,败于道德之战"。也有的国家表示,日本"戴着文明的假面具,时时暴露出野蛮本性"。

　　一张王牌握在李鸿章手中。他想：自己是可以带着来自各国的同情,从日本撤回本国的。中方是因为日本的野蛮行径中断谈判的,铁证如山,日本难以自圆其说。无论是哪个国家站出来评论,谈判破裂的责任也应该在日本。

　　但是,李鸿章却没有勇气亮出这张王牌。日军蓄意制造的种种扩大战争的假象把李鸿章蒙骗住了,也把大清朝廷和一大堆文武百官蒙骗住了。最主要的是把那个慈禧太后吓唬住了。中国方面获悉:日本的小松亲王刚刚亲自挂帅出征中国,他把日本近卫师团和北海道屯田兵全部动员起来,大举向中国出兵了。

　　但李鸿章和大清朝廷的当家人有所不知的是:小松亲王如此不遗余力向中国派兵,却使日本的本土上几乎没有军队了。日本自身的防务已空虚到了极点,这个情报早有驻日本的各国公使馆报给了各自的国家。这时如果有哪个国家站出来向日本大喝一声,日军就得赶快从中国撤退。

　　还有一个重要情报也让中国方面蒙在鼓里:俄国为了防止日本人无休止地侵占辽东半岛,已向中俄边界调集了三万兵力,这支部队是针对日军的。日本方面为此心惊肉跳,中国的大清朝廷和李鸿章竟也全然不知。

　　李鸿章现在想的是赶快进入实质性谈判,掌握日本拟定的和约的具体内容,尽早完成朝廷交给的这个差事,快快回国,离开这个令人毛骨悚然的国家。朝廷军机处也连连来电,催促李鸿章尽快了结此事,结束中日战争。

　　于是,李鸿章在刚刚脱离危险后,就不想再躺下去了。他要带着伤痛重新恢复谈判。在他看来,这样才是为自己的国家贡献最后一份力量了。李鸿章为国家、为大清朝廷的满腔热血对日本人来说是求之不得的。

　　这天晚上,李鸿章的面颊经几次换药之后感觉稍稍好了一点,没有前几天那种火烧火燎的剧痛了,只是钝痛在折磨着他,头脑感到有些阵痛。李经方让厨师为父亲煮了两碗燕窝稀饭,由仆人一口一口地喂他。他却挥挥手,让身边的人都退下去。他不愿让别人看着自己头裹纱布的狼狈样子,他更担心随员们受他这副狼狈样子影响,振作不起精神。所以,他有时尽管很痛苦,也坚持忍着,装做若无其事的样子。

李鸿章知道饥饿了。躺在病床上几天没有吃上正经饭,肚子觉得空空的。仆人用汤勺把稀饭送到他的嘴边,他吃力地张开嘴,把冒着热气的稀饭咽到肚子里去。两碗燕窝稀饭不一会吃完了,李经方很高兴,李鸿章自己也觉得身上有气力了,精神好了许多。他提出要下床,医生不允许,但他坚持要到椅子上坐一会。

坐在宽大的沙发椅上,他伸出两只手想活动一下筋骨。但是仍不可以大幅度活动,神经挣得伤口痛。于是他老老实实地靠在沙发椅上闭目养神。他想着几天来发生的一切,打算给朝廷写一篇奏折。但受过这场意外的惊吓以后,他的脑子无论如何也集中不起来,思想跑得很远,一会儿东,一会儿西,有点乱糟糟的。

他能给朝廷写些什么呢?对于紫禁城乃至北京的整个官场,他摸得太透了。光绪皇帝年轻气盛,空有一腔热血。本性的柔弱,使他注定支撑不起这么大的江山。有时看起来,年轻的光绪还是很有个性的,但是一见到慈禧太后,他就像老鼠见了猫一样。十几岁时,光绪一听到打雷声都害怕,只想往人怀里钻。

李鸿章想起一个宫廷秘闻:光绪皇帝结婚时,慈禧太后派人听闱。听到了半夜,只听得洞房花烛中的皇后长叹一声:"唉!这是怎么啦?这都是你们祖宗作的孽,这是你们爱新觉罗氏的家病。"阳刚不起,老之将至。曾国藩在早年曾悄悄对李鸿章讲过一句话:"牝鸡司晨,国之不祥。"果然,从咸丰皇帝到同治皇帝,再到现在的光绪皇帝,不仅自己不祥,给整个大清国都带来不祥了。

对于一个没有指望的朝廷,李鸿章还能讲些什么呢?自己为大清朝廷已经贡献出毕生的精力,因为国家的衰落腐败,使李鸿章个人遭受了屈辱和残害,怨气顿时从心头升腾起来。

三月三十日,李经方代表父亲与日本方面签订为期三周的停战协定六款。

四月一日,中日双方代表重开谈判。这是议和以来的第四次会谈。李鸿章因伤痛没有出席。陆奥把日本提出的媾和条约方案亲手递给了李经方,并要求中方在四日内给予答复。

条约方案主要包括:清政府承认朝鲜之独立自主;清政府向日本割让奉天南部、台湾、澎湖列岛;清政府赔偿日本军费三亿两白银;中国向日本增开顺天府、沙市、湘潭、重庆、梧州、苏州、杭州七处通商口岸;日本商民运进中国各口岸的货物要减税并免除厘金,日本可在中国开设工厂,进行开采,从事各种制造业,并输入机器等权利。

李经方目瞪口呆了。这份条约正是与自己私交甚好的陆奥主持起草的,它也正是连日来中方代表们苦苦渴求得到的东西,而陆奥等人却一直守口如瓶,秘而不宣。如今亮相了,但李经方只扫了一眼,仿佛觉得它上面写满的其实就是一句话:"战争就是掠夺!"李经方不敢耽搁,立即将这个条约草案送回接引寺,给父亲过目。

因为左眼受伤的缘故,李鸿章十分吃力地看完了并不太长但字字揪心的条约,半晌无言。但是李经方突然发现,老父的一双青筋突暴的手已经抖个不停,全身也好像痉挛起来了。

良久,李经方才听到父亲在喃喃低语:"我办理大清国外交二十年了,还从来没有见过如此苛刻的条约。日本人是强盗呀!"他对李经方道:"赶快电告总理衙门,并让朝廷将日本的这个苛刻至极的条约内容迅速密告英、法、俄三国公使,请他们做出尽快的反应。"

李鸿章口述着给总理衙门的电文:"日本所索兵费过奢,无论如何中国万不能从……且奉天等为满洲腹地,中国亦万不能让……"李鸿章提出了自己这些主张。自己虽为全权大臣,但此类重大条款内容,必须由总理衙门奏明皇上、太后才能定夺。

发走了电文,李鸿章又主持起草了一个"说帖"递给日本方面,希望就条约内容同日本方面交涉。

仍然是李鸿章口述,道:"……以赔费太多,让地太广,通商新章与两国订约不符,要求日本方面重新考虑……"

这个"说帖"写了数千言,对日方提出的苛刻内容一一加以驳斥。"说帖"由李经方直送伊藤和陆奥。但日方蛮横无理,当日就给李鸿章发来照会,胁迫中国面对媾和条约做出全面明确的答复。否则,立即进攻北京。

四天的最后期限已经过去了,大清朝廷议论多日没有一个结果。

日本人逼着李鸿章,李鸿章在等着朝廷的指令。

北京的大清朝廷内部,此时正在对日本的媾和条约争论不休。文武大臣看法不一。光绪皇帝之意:"总在速成。"奕䜣、孙毓汶等人断言"战"字不能再提,主张割让台湾,保全奉天。翁同龢则力陈台湾不可割弃,"恐从此失天下人心"……几种意见无法统一,光绪皇帝便难以做出抉择。

直到四月七日,朝廷才经慈禧太后恩准电告李鸿章:"南北两地,朝廷视为并重,非至万不得已,极尽驳论而不能得,何忍轻言割弃。先将让地以一处为断,赔费应以万万为断……"

李鸿章接电后,又口述"说帖",与日方交涉。李鸿章还提出了中国方面的和约修正案,一起送到了春帆楼。

"笔意精到,仔细周详,将自己想说的话尽情说出来了,不失为一篇好文章啊!李中堂果然才高艺精,佩服!"陆奥一边看着李鸿章的"说帖",一边赞不绝口。

"但是,李中堂错了!我们不会被一篇好文章打动的。你看中国的李中堂,除承认朝鲜自主外,让地、兵费、通商权利这三项实质性内容,都被他否定了!"陆奥对伊藤首相说。

伊藤讲得更为干脆:"要让李鸿章和他的大清国明白自己所处的地位!"

陆奥表示同意,恶狠狠地击掌说道:"与其在空洞的理论上与李鸿章纠缠不休,还不如在事实面前使他自己就范!"

但是,日本人也只是自我打气而已,他们可以采取的军事行动很有限。商量来商量去,决定先从使团的第二号人物李经方身上动脑筋。

四月八日,伊藤派人到接引寺邀请李经方到他的梅坊行馆面谈。坐在伊藤豪华无比的客厅里,伊藤满脸堆笑,对李经方说:"我们的媾和条件早在一个星期前就已提出,中国使臣至今还在同我们绕圈子,对实质性问题为什么一概加以婉拒呢?"

伊藤很快收起了笑脸,气势汹汹地威胁起来:"此次停战,是我极力坚持的,完全是看在李中堂遭遇到不幸的面子上。军部大臣们也是由我出面,一个个做工作,他们才勉强同意的。现在离休战期限还有十一天,如果因为贵方浪费时日,以致再动干戈,恐怕这不是彼此双方所愿意看到的吧？"

李经方哭丧着脸，答道："请首相大人体谅一下。现在我父子二人的处境都极为艰难，朝廷从来没有见过这么一份苛刻的条约，我父亲也认为赔款和割地两项关系过于重大。他希望，在双方作出正式书面答复之前，再坐到一起磋商一下。"

"李中堂大人的心思我们是清楚的。他是想逼我们一步步退让，最后只允许割让辽东、台湾两处中的一个地方。但我方是万万不会同意的！"伊藤不容李经方插话解释，突然伸出一只手，猛地向下一劈，道，"南北两地缺一不可，都必须割让给我们！"

看着伊藤这个蛮不讲理的样子，李经方觉得，如果再辩解下去，他会下令抓人了。日本人什么事干不出来？老父的伤口还没有好呢！他吓呆了。

伊藤知道自己有些失态，稍稍缓和了一下口气，接着说："此次战争，我国所用兵费甚多，为出兵中国花了那么多钱，叫你们赔偿三万万两白银，那算是客气的了。即使有可能减少一点，那也绝不会太多。这是我国文武大臣经过反复商量所确定的数目。看在李中堂德高望重、亲赴日本谈判的分上，我才把实情告诉你们。所以，请你们不要抱太大的希望。"

李经方战战兢兢、呆呆地望着伊藤。但他在心里却想：你们日本出兵中国，又不是我大清朝廷请你们去的。而是你们擅自闯入，杀我同胞，占我城乡，凭什么要我们承担你们的军费？！然而这话他咽到肚子中去了，说出来的话是："首相大人，三亿两白银对我大清朝廷是一个天文数字哩！朝廷的户部，十年也没有这个收入哩！你让我们拿什么赔你呀？"

"这些我们不管！"伊藤又一次凶相毕露了，几乎是吼叫起来，"哪怕你们中国卖人、卖地，也要把钱赔给我们。我希望中国的全权大臣能够认真考虑现在两国之间的形势，这就是，日本是战胜国，中国是战败国！中国有句俗话，叫做'胜者为王，败者为寇'，这个含义你们应该比我们懂！"

说着，伊藤站起身来，疾步走到窗前，伸手推开了面朝海港的那扇窗户。他把李经方喊到窗前，往海港一指，道："你看！我们的军舰正在整装待发!"

李经方看见了,海港里仅停泊着三艘吨位不大的战舰,伊藤拿李经方当小孩来吓唬了。但伊藤却继续威胁道:"如果这次谈判不幸因你们拒绝我们的条件而破裂,只需我在这间客厅里一声令下,就会有六七十艘兵船驶往你父亲管辖的直隶,从天津登陆,人山人海、漫无边际的日军将向北京冲锋,一举捣毁你们的紫禁城。到那一天,我就会成为你们北京的主人之一!还有一条,既然谈判破裂,中国的使团全体人员就回不了中国了。在日本的安危我无法保证。即使李中堂乘船强行离开日本,我想,他出不了日本的海域,就会葬身大海了!"

伊藤赤裸裸的恫吓,其表情和语调完全不像一个首相,而是一个活生生的老痞子。李经方本来红润的脸盘顿时变得惨白。他在心中暗暗为老父、也为自己叫苦。

"上茶!"直到这时,伊藤才好像恢复了人性,想到应该为自己请上门的客人泡一杯热茶了,于是吩咐了仆人。

李经方哪还有心思在这个鬼地方喝茶?他谢绝了上茶,哆哆嗦嗦地告诉伊藤:自己的父亲已经年过古稀,本来是极不情愿当这个全权大臣的,老人家又正值养伤期间,不要对他进行过分的威胁。他答应伊藤:回到接引寺后,尽快与老父商量一下,争取马上给日本方面一个答复。

临走时,李经方又道:"希望首相大人不要以过激语言激怒我的父亲,他的脾气十分不好。激怒了他,很可能会导致谈判破裂。"

李经方缺少了骨头,在恫吓面前的表现,比他的父亲李鸿章相差太远了。

所以,在送走了李经方后,伊藤得意扬扬骂了一句:"胆小如鼠的草包!"伊藤想:我的目的达到了,就让一个胆小的草包去攻老奸巨猾的父亲吧!

李经方回到接引寺,绘声绘色地把伊藤的恫吓当做日本方面的"内部消息"报告了李鸿章。李鸿章此时正在为朝廷含糊不清、空洞无物的指令而生气。听了李经方的报告,两股怒火集中到一块儿了。他猛地高举起薄如羽翼的景德镇上等瓷茶碗,重重地摔在地板上，大骂道："贼娘养的！国将不国了，山河已经破碎，朝廷上下还在互相推诿！贪得无厌的日本人，卑鄙下流，想要我老朽一条命，拿去好了！"

四月十日，双方举行又一次会谈。

李鸿章亲自出马了。他头缠绷带走进了春帆楼。双方代表坐定后，伊藤首先开了腔。他先向李鸿章带着伤痛参加会议表示敬佩，然后切入正题，道：

"根据李中堂大人送达我方的和约修正案，大日本帝国政府进行了认真的研究，也提出了一个和约改定条款。根据这个条款，中国应将下属领土永远割让给日本：一、盛京省南部地方，从鸭绿江起，溯江抵安平河口，以此划线直抵凤凰城、海城及营口，并包括这三座城市；二、辽东湾东岸及黄海北岸在奉天省所属的各个岛屿；三、澎湖列岛、台湾全岛及所属各岛屿。此外，赔款总额减为二万万两。其他原条款不变。"

伊藤刚一念完和约内容，马上把日方的条款修改稿推到李鸿章面前，笑着说："李中堂大人不必多加申辩了。我们一条一条商议，你只要答'允'或'不允'即可！"

李鸿章闻之一怔，明显带了火气，道："怎么？为何不许申辩？那样的话，还叫什么谈判？又怎么能言'商议'呢?！"

伊藤道："中堂大人如果真的想商议，要申辩，那你就只管开口好了，但我要告诉中堂的是，无论你怎么申辩，我方主意已定，不会再做让步了！"

李鸿章摇了摇头，仍坚持道："你们出兵中国，中国因此劫难无尽。现在要我们拿出两亿两白银，恐怕难以办到！"

伊藤微微一笑，道："日本政府也知道你们暂时拿不出这些钱。但事在人为，你们可以借洋债嘛。李中堂送给我们的修正案上说，若赔款一万万两，借洋债需二十年才能还清。既是如此，那就延至四十年还清好了。这样下了决心，就可以筹到两万万两了。据我所知，时间越长，洋债的利息还越低呢！"

"心狠手辣的日本人！"李鸿章暗自骂了一句，然后提高声音，说，"自中日开战以来，中国军队之所以难以再展当年雄风，原因之一就是国库早已空虚。如今说一万万两,是必须借洋债的。中国要因此背上二十年的沉重包袱,你们还觉得时间短吗?"

伊藤又笑了一下,但脸上略显尴尬之色,道:"中国之地,十倍于日本;中国之民,四亿多人。这便是财源,一个无穷的财源。试想,这次要贵国赔偿两亿两白银,按人口计,每人不过半两白银,此难何在?而且,中国不是提倡'国家兴亡,匹夫有责'吗?现在国家有难了,所有民众都应做出一点牺牲才是。"

李鸿章笑道:"伊藤首相为我们的民众所算的这笔账,大概也包括中国的妇孺儿童、老弱病残在内吧?甭说人均半两白银,许多家庭连一个铜板也拿不出来哩!即便有少数勉强可过者能拿出半两银子,但他们自己不活啦?孩子不养啦?老人不要啦?"

李鸿章说得很动感情,从他仅露在外面的一只眼中,已经看见有一颗晶亮的泪珠要滚落下来。伊藤一时无言以对。李鸿章接着说:"日本现在又要割地,又要赔款,还要占我大量通商口岸,这是逼人太甚,欺人太甚。"

李鸿章再也压不住火气了,他用一只拳头重重地砸在谈判桌上,道:"就拿营口为例吧,中国在那里设关收税,它是中国饷源的重要之地。满洲大地,货物大都由此出口。你们又要中国赔款,又要夺关以得地税,还要在我国各重要通商地减免税收和厘金。如此一来,中国岂不是更加贫瘠?你们是成心要搞垮中国啊!"说到这里,李鸿章又砸了一拳,以此发泄火气。

这次针锋相对的会谈持续了两个多小时。伊藤摆出了吓唬人的架势,告诉李鸿章:"日本对这个条约是不会更改了。广岛已集结了六十艘兵船,兵马齐备。之所以还没有开赴中国,仅是双方已签订了暂时停战协议而已……"

伊藤这一着立即奏效,李鸿章由此开始让步了,声音也开始显得有气无力了。

"赔款还请减去五千万两,台湾仍然不能割让。"

"如果中堂大人坚持不允割让台湾,我们就只好派兵攻取台湾了!"伊藤这句话不是恫吓,而是事实。日军已攻占了澎湖岛,正在向台湾推进。

李鸿章道:"中日两国比邻,不必如此大动干戈。两国总归是要和好的。"

伊藤也缓和了一下口气,说:"赔款割地,犹如欠债,债还清了,两国自然就会和好。"

伊藤突然站起身来,看样子是要结束这场太累、太长的谈判了。

李鸿章看到伊藤起身,也立即站了起来,他又向伊藤追了一句话:"无论如何还请日本方面把赔款的数额再减一点。"

"无法再减了!"伊藤微笑着摇摇头。

日本给中国方面三天的考虑时间。

李鸿章心想:"还考虑什么?既然寸步不让了,中国还有什么能力去考虑推翻这个令人难以接受的条约呢?"

次日,伊藤派人送来一封他写给李鸿章的亲笔信,声明昨天日方递交的改正和约条款是最终决定的条款,中国的选择只有"允""否"二字,不必再做商议了。

李鸿章立即下令将伊藤的改正和约条款及其声明原文照抄,电送北京的总理衙门和朝廷军机处。他请求朝廷:"我已力竭计穷,恳速请旨定夺。"同时,李鸿章告知北京:据伊藤称,广岛已派出运兵船三十艘驶往大连湾。如果中方再商改条款,日本即照停战协定中和议决裂办法行动。

在李鸿章的催促下,朝廷于四月十四日给李鸿章复电了:"奉旨:原冀争得一分有一分之益,如竟无可商改,即照前约与之定约。钦此。"

谕旨既下,签订和约也只是一种形式、一个手续了。

四月十五日,中日双方举行最后一次谈判。如果不计李鸿章因受伤未能出席的那次谈判,这次应该是第五次谈判。

这天的会谈整整进行了五个小时。李鸿章再三争辩,伊藤毫不松口。陆奥在记述当时情景时这样写道:

> 会见的时间虽长,散会时已到上灯时间,而其结果,他唯有完全接受我方的要求。李鸿章自到马关以来,从来没有像今天会晤这样不惜费尽唇舌进行辩论的。他也许已经知道我方决意的主要部分不能变动,所以在本日的会谈中,只是在枝

节问题上斤斤计较而已。例如最初要求从赔款两万万两中削减五千万两,看见达不到目的,又要求减少两千万两。甚至最后竟向伊藤全权哀求,以此少许之减额,赠作回国的旅费。此种举行,大抵是出于"争得一分有一分之益"的意思。也实在难为这位老中堂了……

四月十七日上午十一时四十分,《马关条约》在春帆楼里正式签字。日方代表执笔签字的是伊藤,中方自然是李鸿章。这个条约共有十一个条款,主要内容是:一、清政府承认朝鲜独立自主;二、清政府将辽东半岛、台湾全岛及其附属各岛屿、澎湖列岛永久性割让给日本;三、清政府赔偿日本军费库平银两亿两,分八次交清;四、清政府开放沙市、重庆、苏州、杭州为商埠,日本船只可以沿内河驶入以上各口岸;五、日本臣民可以在各通商口岸设厂制造工业品,并免征一切杂税。

朝廷最想抵制的是割让辽东半岛。清王朝兴起于东北,进入北京之前,奉天(沈阳)是他们的京都。那里还有大清王朝的宫殿,人们称之为"奉天故宫"。郊外还有太祖努尔哈赤的福陵和太宗皇太极的照陵。这两个皇帝是清朝江山的创业之主呀!

日本要求割让的北限,是辽河一线,紧贴着奉天之南。

努尔哈赤迁都奉天之前,都城设在辽阳。根据日本的方案,辽阳便处在割让之列了。这就是说,大清朝的第一个首都都割让给日本人了。

辽东半岛为日本人所占有,旅顺就变成了直布罗陀了。这就使日本能控制渤海,随时可以进攻北京。清廷认可的是割让鸭绿江西岸以凤凰城为中心的部分与朝鲜接壤的领土。但日本岂能满足于这么一小块地方?

就在李鸿章四月十一日收到伊藤最后通牒式信件的同时,他还收到了来自天津的电报,是德璀琳打来的。德璀琳告诉李鸿章:"前任德国驻中国公使来电称,列强对中国割让领土问题颇为关注,皆认为日本要求不当,中国不必急于议和。"

次日,伊藤也接到日本驻俄国公使的密电:"俄国陆海军联合委员会讨论了阻止日军进攻北京的问题,结论是以俄法联合舰队共同准备达成其目的。"这份电报令日方人员心急如焚,伊藤感到,如果不能尽快签约,事情可能会发生不利于日本的变化了。

但李鸿章还是被日本方面大举增派援兵的军事行动吓住了。北京也无可奈何,只好如此了。四月十四日夜里和四月十五日午后,光绪皇帝下令两次发电给李鸿章,批准签约。北京是怕误事,发生不虞,所以才重复发电。

李鸿章在马关期间,为发电报就花去一万五千美元。

一八九五年四月十八日,《马关条约》签订的第二天,在日本马关港口。李鸿章呆呆地在这里站了好长一会儿。一场浓雾是从广岛方向的海面上缓缓飘来的,李鸿章站在浓雾中,他回首望一眼马关小城,实在看不清、猜不透这座小城、这个岛国。

这次赴日谈判、签约,对李鸿章的打击实在是太大了。他以古稀之年,负显赫盛名,屈尊就驾到日本,却不料日本人步步紧逼。不仅如此,还居然挨了一枪,心中实在不是个滋味。他算把日本人看透了,一个半开化的海盗的聚集地而已!与这种野蛮的人打交道,他觉亏了自己,甚至亏了整个大清国了。

眼睁睁看着日本的潮雾,离开日本之前,又有一股怒火涌上心头。旁边有几个走来走去的日本警察在说话。他听不懂,但仍然觉得十分气闷。在日本这些天,他不想看日本的景色,不想听日本人说话。尽管是第一次来到日本,他没有做过一次参观游览活动,只想快快地离开这个国家。

今天早晨,他起得很早。天刚亮,他就要上船。因为潮雾很大,轮船不能航行,他还是早早地来到码头,不想在接引寺多待一分钟。

没有人来码头送行,伊藤没来,陆奥没来,外务省的其他官员也没有来码头。他要悄悄地走,不想以自己的屈辱面对他们的狂喜。

日本的所有人的确都沉浸在和约签署的狂喜之中了。他们或许是忘记了李鸿章今天要率他的随员们回国了。

坐在自己的船舱里,李鸿章心潮起伏。就在昨天,他在伊藤、陆奥冷酷而得意的目光的俯视中,用颤抖的手在《马关条约》上签下了自己曾经辉煌过的名字。而今天,这个名字与一场彻底的民族灾难连在了一起,与屈辱连在了一起。

他知道,条约签订了,一场侵略战争结束了,而大清国更为深重的

981

苦难、辛酸和屈辱开始了。

　　这场灾难首先表现为经济上的大崩溃。两亿两白银，加上不久后"赎还"本来就是中国国土的辽东半岛而赔付的三千万两，再加上日本以"中国库存银两成色分量有问题"，要求大清朝廷"贴实足色"而敲诈增赔的五千万两，中国实际上被日本抢去两亿八千万两白银！

　　还由于支付这笔赔款是要大举借债的，借债就须支付高额利息。为了这次赔款，大清政府不得不向俄、英、法、德借债了。自一八九五年七月起，仅三年时间的借债总额就高达三亿两，扣除回扣，又被债主们敲诈去四千万两。借债加国库收入，几乎全部交给了日本。与此同时，大清政府为借外债被迫承担了最苛刻的条件：借款本息必须在三十六年或四十五年内还清，不得提前，也不得推后，以海关、税收、铁路、矿山等权益作为抵押。中国为此要支付的借款本息超过了六亿两白银！

　　而小日本呢？这个人口不足五千万、国土面积也不足中国十分之一的岛国，在这场八个多月的战争中一下子就掠得了相当于四亿多日元的暴利。这笔暴利，相当于日本全国六年的全部财政收入！而且，这还不包括从中国战场上掠走的一亿多日元的战利品。

　　李鸿章已经感到：经济上始料不及的成功令日本人为之陶醉和癫狂。日本，成了这个世界上空前绝后的"战争暴发户"了！从此，日本国民的民族优越感也将空前膨胀起来。在血与火之中，狭隘、自恋、充满血腥敌意与扩张欲的"大和魂"，徘徊游荡于世界的东方。

　　躺在船舱的软床上，他一整天不吃不喝。到日本一趟，又老了许多，李鸿章闭上双眼，用枕头塞垫在耳朵旁。他仿佛听见了孔夫子在颜回死后的哀号："天丧予，天丧予，天丧予。"他喃喃道："这就是命数吗？"

　　睁开眼睛后，望望船舱外，从西天隐隐透出几丝阳光来。"那儿就是我可怜的国家吗？"他仍然自言自语道。

　　是的，那是中国，此时却成了上帝的弃儿，任由列强们宰割玩弄，鲸吞蚕食！李鸿章滚下床沿，吃力地步出船舱，走上船头。天津，已隐约就在眼前了。但不知为何，他没有丝毫归国的欢喜，心情却由此变得更加沉重。沉沦的灭顶之灾困扰着这位可怜的老人。宿命的失败，卑屈、失落、浮躁的心灵，立刻扩散到他的全身；往日的自尊、自信、自豪之情被一个《马关条约》打击摧残干净了。

李鸿章被李经方搀扶着，摇摇晃晃地倚靠在船栏上。血一样的太阳出来了，李鸿章在心底里问自己："这太阳属于大清国、属于我吗？"

第三十章　衔命西行

遮天蔽日八个多月的甲午风云过去了，悲哀、屈辱笼罩在一八九五年的神州大地上。《马关条约》敲响了一个朝代的丧钟，从而也震撼了亿万炎黄子孙的心灵。

李鸿章自日本回到了天津，脸上的绷带还在，他又病倒了。

迎接他归来的是风涌全国的抗议浪潮。千千万万个民众走上街头，被震动着、激愤着。他们奔走呼号，痛哭流涕。要求拒和废约，迁都再战的口号声淹没了整个北京城。正在北京参加会试的各省举人一千三百多人大骂李鸿章赴日签约是卖国行为。其中有一个叫康有为的举人上书光绪皇帝，不仅大骂，而且发出改良政治、挽救民族危机的强烈呼吁。台湾举人汪春元上书都察院，强烈抗议割让台湾，表述了台湾民众"如其生为降虏，不如死为义民"的决心。督抚公卿们也接连给光绪皇帝上了一百余道奏折，要求皇上拒绝批准《马关条约》。湖广总督张之洞的奏章尤其激烈，甚至要求严办签约全权大臣李鸿章和他的长子李经方。"杀李鸿章以谢天下"的呼声很高。

在天津的病床上，李鸿章也清楚地听到了大街上传来的这样的口号声。李鸿章委屈得流泪了："老朽死不足惜。只是我已经为大清国尽力了……这个结局能怪我吗？！"

光绪皇帝此时的处境比李鸿章好不了多少。围绕废除条约还是批准条约的问题，他一时被推到了最前沿。光绪皇帝举棋不定，茶饭不思，面色憔悴，痛苦到了极点。

眼看规定的换约期限已近。到了五月二日，军机大臣们都应召来到他的宝座前。清政府所聘的法律顾问、美国人科士达也参加这次军机大臣会议。科士达的一段话把光绪皇帝吓唬住了，他说：

"现在的条约已经不是李鸿章大人的条约了，而是皇帝所签的条约。因为在签字前，李中堂把每一个字、每一个情况都发电报告了北京,皇帝根据军机处的意见,才授权签字的。假如现在拒绝批准这个条约的话,那在文明世界面前,皇帝将因此丢掉体面。对于皇帝的不体面,军机们是要负责任的。"

奕䜣、孙毓汶、徐用仪等都主张批准《马关条约》,不可废约拒和。光绪皇帝在大殿里快步走来走去,绕大殿十几周方才被迫挥笔,批准条约,并在《马关条约》上盖上国玺。五月八日,光绪命钦差换约大臣伍廷芳、联芳等前往烟台,与日本全权办理大臣伊东在烟台顺德饭店完成了互换条约手续,《马关条约》正式生效了。

抗议浪潮更加高涨了,这一次不是针对李鸿章,而是矛头直指批准换约的光绪皇帝。光绪无奈,于五月十七日明发朱谕,向全国臣民痛陈万不得已的苦衷。

与此同时,从日本方面传来一个消息,令全国民众稍稍得到一些安慰。日本外相陆奥被迫宣布:"日本帝国政府根据俄、德、法三国政府之友谊的忠告,约定放弃辽东半岛之永久占领。"

原来,就在《马关条约》签订后第六天,俄、德、法三国公使一起来到日本外务省。外务省次官林董慌忙恭迎。

这三国公使向日本政府递交了一份备忘录,称:

……兹查阅日本国向中国所要求之媾和条件,对辽东半岛归日本所有一节,不但认为有危及中国首都之虞,同时亦使朝鲜国之独立成为有名无实。以上实对将来远东永远之和平发生障碍,因此,……兹特劝告日本国政府放弃占有辽东半岛一事。

这三国不仅是口头上恫吓日本,大批军舰同时出现在日本附近的海面上,大有一触即发之势。

日本人从喜悦中惊醒过来,犹如被人突然泼来一盆冷水,吓得手足无措了。天皇在广岛紧急召开御前会议,深知由于对华战争,国内防务十分空虚,被拖得精疲力竭,根本无力与这三个国家兵戎相见。日本想拉拢英、美两国做自己的后盾,表示把辽东半岛的营口提供给英、美两国做自由港。然而,英、美两国拒绝了,他们从中日和谈中已经看出日本人所包藏的祸心,担心其在华势力过分膨胀,也主张日本放弃辽东半岛。至此,日本才不得不吐出已经到嘴的这块肥肉。

李鸿章几个月的外交斡旋由此见了效果。"以夷制夷"是他多年努力的结果。他回天津后,一边养病,一边不停地往来于俄、德、法三国公使之间,竭尽最后的努力,终于促成了此事。

两个月后,光绪皇帝下旨,把李鸿章召入京师,让他入阁办事。他坐了二十五年之久的直隶总督、北洋大臣的宝座让给别人了。

贤良寺,是他每一次进京所居住的地方。此次入阁办事,正式住进了贤良寺。"唉,由此超脱滚滚红尘之外,休养生息,倒也算惬意!"他叹道。他想到要回合肥老家,但皇上、太后不允。他到底还是首席大学士嘛,多年来空戴了这顶帽子,现在才算实际到位了。

初入贤良寺,基本上是闲居。与往日的世事纷争相比,李鸿章这时才有了些许返璞归真的感慨。

"可惜呀,太晚了,自己太老了。"李鸿章对妻子、子孙们说。然而李鸿章是深得老来养生真谛的。紧紧张张一辈子,现在才可以手捧一杯清茶慢慢地品,坐在园林之中,侍弄花草,欣赏珍禽异兽。他甚至想要种一小块菜地,把家乡合肥的苋菜种成功。正值七八月的季节,他让仆人们翻了一小块空地,他亲自动手平整,把种子撒上去,很快就出苗了。远远看过去,那里就好像是一块紫红的毯子铺在了地上。

一连许多天里,他就守在菜地旁,心情平静如枯井无波无澜。只有当随从、仆人和家人们围坐在他身边时,有了与人说话的机会,他才多了几分感慨。这时候,他会谈笑风生,看起来也其乐融融。他说:"我少年科举,壮年戎马,中年封疆,晚年洋务,一路扶摇,遭遇不谓不幸。自问亦未有何等殒越,乃无端发生中日交涉,才致一生事业,扫地无遗!"

说到这里,他多少有了一种失落感,禁不住老泪盈眶,心中不是滋味。他接着说道:"我办了一辈子的事,练兵也,海军也,皆属纸糊之虎,何尝能实在放手办理?不过勉强涂饰,虚有其表,无有其实,不揭破犹可敷衍一时,如破屋一间,裱糊匠东补西贴,居然成一净室。虽明知为纸片糊裱,然究竟不知里面是何等材料;即有小小风雨,打成几个窟窿,随时补葺,亦可支吾对付。乃必欲爽手扯破,又未预备何种修葺材料、何种改造方式,自然真相破露,不可收拾。然裱糊匠又何术能负其责?"

李鸿章讲的是肺腑之言,幕僚、随从们佩服不已。其实李鸿章一生成就辉煌,他能反思出其中的一些弊端,正表明中堂大人的不凡。他毕竟是经历了太多的人生风雨、太多的坎坷。身为人臣,苦衷太多,无奈太多,说不清、道不明的纷争太多,有时只能是"哑巴吃黄连,有苦说不出"。

如今是奉旨入阁办事,其实就是保留文华殿大学士头衔,以全勋臣脸面。他在北京没有片瓦,只得借住贤良寺。一生难得有这个清闲的日子,他极少外出访亲拜友。门生故吏,大多纷纷叛离,或死或走了,绝少客人来访,倒也自在。只是闲得久了,犹如从云端跌落地面,他的心情怎么能始终平静呢?他感受到世态炎凉,忧谗畏讥,苦闷无聊。所以,伤感起来,也不免唉声叹气的。而种种苦恼主要还是来自这个衰落的国家、这个无能的朝廷。此类彷徨苦闷终日交织、缠绕,煎熬于胸。他找不到解脱苦闷之路,只有重新捡起他的养生之术,保持以前在军营中的习惯,早晨六七点钟起床,少许吃些早点后,就开始批阅公文。公文很少,一会便干完了,然后开始练字、看书。

到了中午,练字练得一头大汗,洗一把脸,开始吃饭。他的饭量很大,无非山珍海味之类。饭后还要喝一碗稠粥,饮一杯清鸡汁。过一会儿再饮一盅以人参、黄芪等配制出来的铁水。然后,他脱去长衫,短衣负手,开始在廊下散步。李鸿章从走廊的这头,走到那一头,每天往返几十次,并让一个仆人在一旁记数,到了三千步时,仆人就会大声禀报:"够矣!"这时,他才会缓缓停下来,伸伸脖子,弯弯腰,然后掀帘而入,在一个宽大的椅子上坐下来。

这时,会有一个仆人递上一条热毛巾,让他擦一把脸。又端过来一盅铁酒,让他一仰脖子饮下。他开始闭目养神了,静静躺在椅子里,将双脚蹬在一个踏板上。仆人过来了,不管他是睡着了,还是醒着,极讲程序地给他按摩两腿。按摩结束,他仍然闭着眼,许久后才睁开双眼,又伸胳膊伸腿地甩几下子,走到桌边喝一杯清茶。

他做完了这些以后,还要睡午觉。午觉的时间是一两个小时。当仆人通报"中堂大人已起"之后,幕僚们这才可以掀帘入室,同他忙一会公务,说古道今,谈天说地。

李鸿章的晚餐食量很少。依他的话说，叫做"早上吃好，中午吃饱，晚上吃少"。他的晚餐少而随便，烧什么，吃什么。吃完以后，看一会书，有时也练一会字，或写上几封信函，然后就上床睡觉。极有规律的生活，使他在投闲京师不久，身体就胖了起来，脸庞红润了，精神也好了。

　　他在贤良寺寓所度过了他一生中难得的悠然清闲的岁月。就像大潮退去以后的宁静，也预示着又一次潮水的来临。他想象不到的是：以自己七十三四岁高龄的老臣，却始终在清政府的政务政要中，仍然如日中天，扮演无可替代的角色。他可谓呕心沥血，为大清帝国殚精竭虑，鞠躬尽瘁了。同时，他对清宫秘要更可谓谙熟于心，养成了一种特有的嗅觉。他预感到自己是在养精蓄锐，以备非常之用。尽管是老了，太老了，也或许能做人生的最后一搏。

　　一八九六年，光绪二十三年。

　　日本由于在甲午战争中从中国捞取了太多的利益，一跃而成为新兴的军事强国。而俄国不甘落后，侵略野心也迅速膨胀，竭力向远东扩张势力。日俄矛盾日益突出，英国与日本却在逐渐靠拢。他们的共同目标仍然是软弱无能的中国。列强们争先恐后地向中国这块土地猛扑过来，亡国大祸迫在眉睫了。

　　李鸿章虽然闲居京师，但对这些形势，他不仅在了解，而且在研究。他隐约感到，这些空前的民族危机与他紧密相连，说不定哪一天，朝廷还是要将他搬出来的。

　　李鸿章是主张"联俄制日"的。瞧，俄国人不声不响地来了。就在李鸿章住进贤良寺仅月余后，俄国人未经清政府旨准，擅自派员赴中国东北勘测路线，准备要修建一条横贯东北、连接莫斯科、海参崴的西伯利亚大铁路。一八九五年十一月，俄国人向中国驻俄大使许景澄提出"俄人成立一公司，承造此路，与中国订立合同"的要求，他们名义上是中俄联办，实际上是要独占东北，控制这一地区。不久，俄国外交部电令其驻华公使喀西尼与中国的总理衙门商办此事。俄国人还准备了一笔款子，专门让喀西尼贿赂"清帝亲信近臣"。

　　但是，俄国人考虑到北京众目睽睽，不利于秘密谈判，于是提出：借沙皇尼古拉二世将要举行加冕典礼之机，决定在彼得堡与中国代表秘密会谈。

沙皇尼古拉二世加冕典礼定于一八九六年五月举行，各国均派特使前往致贺。光绪皇帝拟派布政使王之春前往。

俄国人闻讯提出抗议，说："皇帝加冕，俄国最重之礼也。故从事斯役者，必须是中国最著名之人，有声誉于列国者方可。王之春人微言轻，不足担当此责。可胜任者，独李鸿章中堂大人耳。"

俄国人直接点名请李鸿章前往，光绪皇帝只好决定：届时改派李鸿章为专使赴俄。

其实，决定让李鸿章出任"钦差头等出使大臣"赴俄，不只是屈从于俄国点名请他，而是基于"联俄制日"战略考虑的。光绪皇帝早有此意，但他怕李鸿章借口年事已高不便出使，拒绝到俄国去。李鸿章虽闲住贤良寺，但对王公大臣仍是一副不卑不亢的架势，连皇帝也要让他一分。现在既然是俄国人要点名请李鸿章去，光绪皇帝谅李鸿章也不好坚辞，朝廷正好可以利用一下。俄国人很敬重李鸿章，而朝廷上下"联俄制日"呼声很高，让李鸿章从中斡旋此事，当然是最佳人选了。

《马关条约》签订后，旧恨新仇，使中国上下产生了强烈的反日情绪。与咄咄逼人的日本不同，俄国人毕竟公开出面，干涉日本，迫使日本向中国归还了辽东半岛。这其中虽是李鸿章暗中活动的结果，但朝廷内外对俄国人开始有了好感。连一贯对李鸿章抱有成见的张之洞、刘坤一、翁同龢等这回也为李鸿章投了赞成票，上奏朝廷，要求李鸿章出马，与俄国结成同盟，以此抵制日本。

李鸿章投闲京师半年了，光绪皇帝终于下旨把李鸿章召到了勤政殿前。李鸿章此时尚不知光绪皇帝对他作何打算，加之久未觐见，不免有些忐忑不安："老臣叩见吾皇万岁，万万岁！"

"李爱卿免礼，平身。"光绪笑嘻嘻地说。

"老臣蒙皇上恩准，投闲京师，日子过得也还平安宁静。不知皇上今日召见老臣，有何事训示？"李鸿章声音洪亮地说。多少年来，李鸿章还是第一次听皇上称他为"爱卿"的，估计有难事要与他商量，故主动问上了。

光绪摇头笑道："李爱卿，你不是投闲京师，而明明是另有重任嘛。朕考虑你多年披肝沥胆，功勋卓著，加之年事已高，有意让你消闲几日,养养身子。瞧,你比出使日本前,不是气色好多了吗?"

李鸿章道:"感谢皇上圣恩,老臣永志不忘。若能准老臣开缺还乡,回合肥安度晚年,老臣将更加感谢不尽!"

聪明的李鸿章欲擒故纵,他已猜出皇上要请他办差了,所以干脆提出还乡,以表明自己姿态。

光绪皇帝明显慌了手脚,急忙道:"李爱卿忠心报国,朕心中有数。虽因《马关条约》招致许多非议,朕不也是同样遭到世人抱怨了吗?日本人亡我之心不死,我们总得寻求个对策才好。朕记得你数年前就提出'联俄制日'的主张,今天看来可以付诸实践了。朕准备命你为'钦差头等出使大臣'赴俄,参加沙皇加冕典礼,借机与俄国人密商,订立密约,结成联盟,共同对日,爱卿以为如何?"

"皇上圣明。此事关系重大,也理当如此。只是老臣年老体弱,加之路程遥远,恐完成不了朝廷重托,还是请皇上另择高明吧。"李鸿章其实已喜上心头,但依然故作姿态。

光绪当然不准,降旨慰勉,把事情定下了。李鸿章立即拜命,上疏谢恩。

圣旨下来了,李鸿章在贤良寺的寓所顿时热闹起来了,王公大臣们一个接一个登门拜访,翁同龢也竟然弯下腰来,上门找李鸿章商谈密结外援之事。

一八九六年二月二十八日,慈禧太后召见李鸿章。李鸿章请训陛辞,太后屏退左右,单独同李鸿章密谈了半日之久。

三月十二日,李鸿章上奏皇上、太后:"我唯有勉竭愚诚,敷宣德意,以期永敦于和好,希望能仰答于朝廷知愚之恩。"同日,李鸿章进宫辞别皇上、太后。光绪念其垂老远行他国,恩赏其公子李经述三品之衔,以便一路侍奉。长子李经方,谙熟与洋人交涉事宜,也由光绪皇帝恩准,一并随侍左右,同赴俄国。

李鸿章叹道:"还是皇上、太后想得周到。我老了,最惧孤独。此行有二子相随,作为左膀右臂,老朽知足了。"

李鸿章在两个儿子的陪同下,带随员、仆人、厨师、医生共四十五人离京了。他们第一站抵达天津。这是李鸿章待了二十五年的地方,天津旧日部下同僚们争先恐后前来车站迎接,重叩起居,隆礼以待。直隶总督王夔石,顺天府尹兼督办铁路大臣胡芸楣,京兆及天津司、道等百余名地方要员有迎有送。天津税务司德璀琳、北洋大学堂总教习丁家立,分别为中堂大人排着队设筵,既洗尘,又饯行。

连日酒宴,李鸿章开怀畅饮,以释情怀。比原定计划已经推迟一天起程了,酒宴还是吃不完。天津的大街小巷,勾起李鸿章无尽的回忆,顿时感慨万千。往事历历在目,他对这座美丽的城市充满了感情,道:"二十五年了,不知此行还能否再见天津?"

直到"海晏"号轮船的船长来催行时,李鸿章才恋恋不舍地辞别天津同僚,迤逦南下,驶往上海。海面上碧波万顷,白鸥飞翔。那海天连接之处,让李鸿章分不清前方究竟是云还是雾,是海还是天。他突然觉得仿佛有某种阴影相伴左右,有些头晕目眩了。

次日,李鸿章的坐船驶进上海港,各炮台及中西兵舰均鸣炮致礼。还有早已排列成行的水兵在海滨齐放排枪,以示欢迎。"海晏"号驶经陆家嘴时,水师炮艇数炮齐放,一时间震耳欲聋。

李鸿章满面红光,站在船头向各处频频挥手。他是中国海军的创始人、缔造者,尽管这是一支不怎样的队伍。各国兵舰大都鸣炮站桅,以示敬意。驻守在吴淞口的各营兵士,队列整齐,跪接江滨,其场面壮观、气氛热烈,令李鸿章没有下船就激动得热泪滚滚。

当年率近七千淮军进驻上海的情景又浮现在眼前……上海的文武要员、中外人士两百多人先后登船迎接。"海晏"停泊的码头内外,早已是三步一岗、五步一哨,警卫森严。

在上海地方官员和各国领事们的簇拥之下,李鸿章离舟登岸。他双手抱拳,拱手作揖。只见他双目炯炯有神,仪表威严,冠飘三眼花翎,身穿御赐黄马褂,神采飞扬地健步而行,根本看不出这已是七十五岁高龄的老人。

码头上已摆满了绿呢、蓝呢大轿,大道两旁夹道欢迎者已排成了人墙。未上轿之前,李鸿章就被英、法、德国的使臣们团团围住了。他们向李鸿章双手捧送各自政府的邀请函,请李鸿章访问欧美。在他们眼里,李鸿章是中国规格最高的代表,能把他邀请到自己的国家去,好处就大了。

李鸿章迟疑不决了。离京时,他也曾有过经由法、德两国转赴俄国的打算。但是，俄国人担心李鸿章首先出访法、德，有损于中俄交涉。所以，便由喀西尼出面，与李鸿章商定路程：乘法国轮船从上海出发，穿越红海和苏伊士运河，在埃及塞得港换乘俄国轮船，由地中海进入黑海，到达俄国港口城市敖德萨，然后乘专车前往莫斯科。对这个路线，李鸿章欣然表示赞同了，如今怎么好随意更改？

加拿大总督之英把电报打到上海，邀请李中堂改乘加拿大公司轮船，不取分文舟金，以表示对李鸿章的仰慕之情。

一番你吵我争之后，李鸿章决定乘法国邮船。但这趟邮船在李鸿章到达上海次日就要开船，怎奈时间太过仓促，再加上船舱里已进去了一个日本贺使山县的伯爵，他不干了。李鸿章道："日本人与我大清不共戴天，我岂可与日本人同船而渡？！"

李鸿章要在上海稍作勾留了。消息传出，各国驻沪领事们立即做出反应，纷纷上门晋谒，再次邀请李鸿章出访他们的国家。对各国来访者，李鸿章下令："鸣炮致礼！"于是，从早到晚，在李鸿章所下榻的公馆门前炮声不绝于耳。

前台湾巡抚邵筱村也前来拜会李鸿章了。李鸿章破例鸣炮，道："台湾割让，纯属迫不得已。但在你跟前，我便是罪人了！"

沪上招商、织布、电报三局，都是李鸿章一手创办起来的。这三局首先联合盛情邀请，在上海味莼园宴请李鸿章及全体出使人员。晚上，上海道黄幼农率地方一批文武要员，就地在味莼园再次摆下公宴，招待李鸿章一行。接着，李鸿章一一拜答外国驻上海各领事馆的领事们。法国总领事吕班君出面，在其住处摆下大宴，接待李鸿章。

就在这时，已回乡养病的前两广总督李瀚章也到上海来了。李鸿章高兴得热泪横流，几年未见到大哥了。美国总领事佑尼干抓住这个机会，在理查客馆设宴，为李氏兄弟、伯侄们相见致以庆贺。李鸿章与大哥共叙天伦，嘘寒问暖，非常亲热。

李鸿章拉着大哥李瀚章的手说："大哥呀，兄弟六人中就剩你我了。鹤章、蕴章、凤章、昭庆早已作古了。今日能得见大哥一面，足慰弟之平生了。"说着，李鸿章又落泪不止。李经方、李经述在一旁相劝，李鸿章方才稍安。美国人的接待是精心安排的，一同赴宴的还有美国海军提督、上海地方要员、各国驻沪领事。美国总领事还邀请了若干名流、美女作陪,用心良苦,盛况空前。

随后是俄国总领事聂鼎在领事馆设宴,双方杯盏相撞,气氛融洽。李鸿章在酒席间专门与聂鼎就此次访俄进行了交谈,就双方合作及结盟事宜初步谈出了意向。聂鼎还就俄国的风土人情、名胜古迹等作了粗略介绍。

离沪登程前,上海绅士、前陕西布政使王竹鸥、方承基,李鸿章的同乡张心铭、刘世玮、黄镇心等,邀请李鸿章兄弟俩及所有随行人员参观了皖中官绅会馆,并在味莼园为李鸿章一行设宴钱行。

接连不断的来访、宴请,使李鸿章累得不轻。他毕竟是七十五岁的老翁了,怎么能经得起如此折腾?他渐渐感觉到体力不支,招架不住了。这天晚上从味莼园回到公馆,躺在床上就不想动了。不一会儿,觉得恶心,直想呕吐。李经方、李经述慌作一团,忙叫来医生诊治。医生把脉、看舌,断定为连日劳顿,外加气候差异造成的不适,生理功能紊乱了。医生当即连夜配药,亲自熬制,侍候李鸿章服下。至下半夜,恶心、呕吐的症状消失了。

李经方、李经述担心父亲登程后支撑不住,劝父亲推迟两天上路。李鸿章摆手道:"如再住两天,我恐怕就上不了路了。"他决定赶快起程,躲开沪上过度的热情。

一八九六年三月二十八日,李鸿章率李经方、李经述、于式枚、罗丰禄、柯乐德、德璀琳等四十五人,乘法国邮船"爱纳司托西蒙"号,从上海放洋,开始了周游列国之行。

邮船上高悬龙旗及头等钦差大臣旗。上海各级官员及国外驻沪领事、友人等夹道相送,官兵们罗列成阵,鸣枪鸣炮为李鸿章送行。

大哥李瀚章登船与胞弟话别。李鸿章拉着大哥的手说:"我奉皇上、太后之命率团出使,目的只有一个,联络西洋,牵制东洋。"为了这个使命,皇帝在李鸿章离开上海前发来秘密电报,要他另加出使西洋四国任务。这样,在各国间看起来,李鸿章此行纯属环游欧美,而不是专赴俄国。掩人耳目,朝廷也会动脑筋了。

邮船展轮而去,已驶出吴淞口了,一缕缕青烟冉冉升腾于广阔的大海之上。上海已被远远地甩在身后,但仍然可以听见兵营鸣枪、军舰鸣炮的声响。

993

英国方面最早探知李鸿章的邮船将经过香港。英国政府立即电告香港总督,指示盛情接待中国这个头等钦差。可是,此时香港正在流行疫病,港方出于保证李中堂的身体不受感染,不敢让邮船靠岸。可惜香港各界隆重的迎宾仪式已经准备就绪,蔚为壮观。他们得知李鸿章不能登岸,怅然若失。

一路风光地出了大清万里海疆,到达了新加坡。驻新加坡英国总督下令以中国各地迎接头等钦差大臣的礼节鸣炮欢迎。驻新加坡的大清政府领事乘船到海口外迎接李中堂。李中堂在新加坡只能逗留半日,英总督抢在前面,设盛宴款待李鸿章一行。中国钦差大臣有史以来第一次成为英国总督的座上宾,让使团一行人感到脸上有了光彩。然而,几乎所有的使团成员都在纳闷:难道太阳要从西边出来了?一个刚刚因为《马关条约》而受尽屈辱的李中堂,为何转眼间成了中外人士渴盼的人物?

现在,人们还看不清,连李鸿章自己也未必能揭示真谛。李鸿章只管远涉重洋,行他的万里路。

李鸿章在出洋途中,在所经过的各口岸,都要飞电向朝廷报告平安。朝廷也在关注着李鸿章的行程。

四月二十二日,李鸿章率领的使团到波赛。波赛王爵吴克德托密斯受俄方指派,先期到这里迎接,并随船陪同李鸿章一行进入俄国境内。俄国对李鸿章的来访做了精心安排,在李鸿章一进入俄国境内后,即派水陆提督和各地的地方要员恭敬迎送。

四月二十七日,李鸿章抵达俄国敖德萨,此地为李鸿章一行的到来举行了隆重的欢迎仪式。李鸿章电告北京总理衙门说:"初抵敖德萨,俄水陆提督及地方文武官员对我接待之礼节甚为恭敬。……俄皇帝命外交部电催,趁此余暇,先赴彼得堡递国书接见。"

英国人十分关注李鸿章访俄,派出多名记者跟踪来访,报道俄国人对李鸿章的高规格接待。但他们此时还蒙在鼓里,俄国人为何如此一反常态地盛情接待一位中国使臣呢?

沙皇已秘密做出部署,决定在举行加冕仪式之前,在彼得堡与李鸿章进行秘密谈判。所以,他们没有让李鸿章先到莫斯科,而是在彼得堡恭迎李鸿章。

李鸿章与其两个公子商议，认为事已至此，唯有悉听尊便。于是，李鸿章一行于四月三十日乘俄方专列抵达彼得堡。清廷驻俄公使许景澄在彼得堡迎接李鸿章，并将中国使团一行人安排住进了富商巴劳辅私人的府邸。巴劳辅十分熟悉中国习俗，当晚为这位早已过了七十四岁的李中堂补办了隆重的祝寿典礼，巴劳辅率全家人为来自中国的尊贵客人献花敬酒。李鸿章十分开心，不胜感激，竟忘记自己是身在异国他乡。

沙皇没有露面，指派他的特使与李鸿章进行先期接触。这个特使就是维特，他也是个中国通，一切遵从中国礼仪，一步步把李鸿章推进了预设的陷阱里。

但李鸿章也是十分警觉的。五月三日，维特再次会晤李鸿章，提出了"借地修路"问题。维特以俄国"支持中国领土完整性"的承诺为诱饵，迫使李鸿章对俄国人"借地修路"这种侵害中国主权的要求做出让步。维特说："中国东北这条铁路，如果是自办，恐十年无成。我们来推荐公司承办这条铁路。"

李鸿章不以为然，道："你们推荐公司，实际上就成了俄方单方承办，这与大清国主权有妨碍了。如果各国纷纷效仿，我们就将没有领土完整了！"

维特在与李鸿章的交锋中碰了钉子。维特无奈，建议沙皇接见李鸿章，由沙皇亲自提出要求。沙皇答应了。

五月四日，沙皇在皇村接见了李鸿章。李鸿章向沙皇面呈了国书，他还给沙皇带来了一份礼物：这是清政府专门在法国定制的，名谓"宝星"，上面遍缀金刚钻石及金银珠宝，价值白金万两。清政府想以此表示睦邻友好之谊。除了这座宝星之外，李鸿章还向俄国沙皇献上了中国的大烛一对、白璧一双、色丝顾绣大红毯一幅、古铜瓶一对、嵌宝的珐琅碟等物。这些礼物华贵异常，令沙皇欢喜不已。

李鸿章又向沙皇三揖，致词晋颂，道："我代表大清皇帝申谢俄国沙皇拒日夺辽之美意，敬贺俄皇加冕之上仪，更愿永敦和睦！"

沙皇起身致谢，答道："俄皇答谢大清皇帝，也感谢头等钦差大臣出使俄国。"

从皇村出来，一辆五马金朝车已在等候李鸿章。他刚走到车门前,就被一帮记者团团围住,大家纷纷向李中堂提问,打探李鸿章访俄的意图。

李鸿章笑道:"与各国使臣一样,专贺沙皇加冕,顺便游历各国,以资博考,为他日回华图谋整顿吏治,裨得良法。仅此而已!"

三天后,沙皇再次秘密接见李鸿章。这次安排更为谨慎,除士兵警卫林立外,另让李经方在前厅把守。李鸿章缓步跟随沙皇进入小殿,对面而坐,畅谈起来。沙皇道:

"我国地广人稀,无意侵占他国尺寸疆土。中俄交情历史悠久,如今更加亲近。修建贵国东北铁路,实为来日调兵迅捷之便。此事不仅惠加俄国,更有益于贵国。贵国自办此路恐怕力不从心吧?不如令在沪的俄华银行代为承办,妥立章程,并由贵国节制,料无什么偏差。各国在这一点上早有先例,劝请酌办。此条约唯求互助。一旦贵国遭英、日等国侵扰,俄国即可以利用这条铁路资助贵国。"

李鸿章将俄国沙皇的意图电告总理衙门。李鸿章自己对此不加肯定,请朝廷辨识定夺。总理衙门召集翁同龢、张荫桓会同奕䜣、奕劻等商议,同样没有结论。奕䜣电示李鸿章提出看法。李鸿章认为:中国的目的是想与俄国建立共同抗日的军事联盟,而俄国借地修路,有干涉中国主权之嫌。双方各有目的,相互利用。然而,问题的焦点是:中国如果不答应"借地修路",沙皇就不会同意与中国缔结军事同盟,那么,"联俄制日"就要落空。

北京回电,认为李鸿章的分析切中要害,符合事实,要李鸿章讨价还价,与俄国人展开深入谈判。

"谈何容易啊!"李鸿章叹道。

五月十八日,谈判地点转至莫斯科,李鸿章率随行人员到了莫斯科。李鸿章首先参加了沙皇尼古拉二世的加冕典礼,并应邀入宫庆贺。他被安排在各国专使的首班就座,还被授予头等宝星两枚,一大一小,全部用钻石嵌成。俄国人对李鸿章的接待,优礼有加,始终高看一眼。为的自然是拉拢李鸿章。

典礼进行过程中,李鸿章率随员晋谒了俄皇及皇后,中国使团成员作了三次揖拜,然后离开皇村,偕同俄国礼官乘其国车,前往亚历山大故宫。上驷院有官骑在前引导,又有骑兵作为后卫,浩浩荡荡。到了故宫,这里早已准备好了丰盛的筵宴,满桌的山珍海味、珍禽异兽。李鸿章吃惊地发现:这丰盛的菜肴,全部是按中国传统方式制作的,清一色的中国菜。这让李鸿章及所有随员大开眼界。原来,在沙俄宫廷中,竟也不乏中国高厨。

连日来谈判进展缓慢,双方仍在僵持之中。夜晚回到住处,李鸿章无法睡得安稳。回想一年多前的马关谈判,可谓前车之鉴,令李鸿章一阵心痛,额上冒着细汗。这次与俄国密谈,虽然他本人备受俄方尊重,但李鸿章仍然担心俄国人居心不良,使中国在最终有丧国权。这样,李鸿章就要再次成为千秋罪人了。

隔着宽大的玻璃窗,李鸿章抬头望见夜空中的点点繁星,李鸿章怎么也睡不着。上午,他已给北京的总理衙门拍去电报:"时促事烦,请求及早请旨,电复遵办。"朝廷到底对中俄密谈抱什么态度?俄国人"借地修路"真的无碍国权吗?中国与俄国的军事联盟到底有什么分量?这些都令李鸿章不安。

次日,朝廷经过与翁同龢、张荫桓、奕䜣、奕劻、李鸿藻、荣禄等人商议后,给李鸿章回电了:"着李鸿章为全权大臣,与俄国外交部大臣画押。约内字句均按照所改签订。"

朝廷这是批准了李鸿章与俄国人签约了。李鸿章心中一下轻松了许多。既是经这么多文武要员商量定议,若在今后出现偏差,责任也不在自己一人了。

俄国人已拟定了一份《中俄密约》。这份密约是由俄外交部大臣罗拔诺夫亲自起草的。其中第一款规定中俄军事同盟必须共同对付"日本国或与日本同盟之国"。但俄国财政大臣维特给沙皇建议:"这条规定会使俄国承担不必要的风险,或许会招致欧洲列强们的反对。我认为应该删去这项条款。"沙皇表示同意,并责令罗拔诺夫予以更改。

六月二日夜,李鸿章召集全体随从人员,商讨对俄签约事宜,并将俄方提供的密约草案提交会议讨论。大家在讨论中虽也觉得条约的一些内容对清政府不利,但却认为基本可行。于是,会议通过了这个密约。

翌日,李鸿章同俄外交部大臣罗拔诺夫、财政大臣维特分别代表两国政府出席了签订仪式。仪式由罗拔诺夫主持。他首先做了一个简短的讲话，道：

"经过中俄双方代表的共同努力，中俄军事同盟条约就要正式诞生了。今天恭请中国政府头等钦差大臣李鸿章中堂出席这个具有重要意义的签约仪式，本大臣深表谢意并深信，中俄条约的签订，必将会促进两国关系健康发展，并将给远东及亚太地区带来和平、富强的曙光。"

仪式上响起了一阵热烈的掌声。维特接着罗拔诺夫的话站起身来说道："连日来，本大臣同中国的李鸿章中堂大人进行了多次友好的接触和会谈，深为李中堂的才识所倾倒。我们也深知李中堂此来与俄国缔结同盟条约的诚意。本大臣也感到，本条约的各项规定，完全符合双方利益，着眼于长远发展，并坚信中俄军事同盟条约会使两国获益无穷。"

又是一阵掌声。李鸿章在掌声中缓缓起身，道：

"本大臣受大清皇帝之命专贺沙皇加冕大典，幸得俄皇俄后及各位大臣盛情款待，在此一并深表谢忱。本大臣也认为，中俄建立军事同盟，实为两国共同利益之所在。为了使这个条约更臻完美无缺，本大臣特建议做一些修正，第一款中'如侵占俄国亚洲东方土地'宜改为'属地'；第二款之末尾宜增"如非敌国，不在此例"八个字；第四款'议于'应改为'中国国家允于'其后应添上'中国'二字；第五款中"无论和时或战时，俄国可用上款所开之铁路运兵、运粮、运军械"一句应删去；第六款'届时……'一句也应删去。"

李鸿章提出修改的都是事关中国主权和利益分配的关键所在。双方争论不休，唇枪舌剑，各不相让。最终还是按照李鸿章意见对条约做了部分修改。李经方担任谈判的中方翻译，也算绞尽脑汁，在父亲严厉的目光关注下，对条约进行了语言文字上的修饰和加工。在此次出访的所有人员中，懂俄文的仅李经方一人。在李经方的笔下，一份被李鸿章认可的最终的条约修改稿完成了。

此时，双方可以进行最后一道程序：签字了。中俄双方代表最后一次把《中俄密约》细看一遍。只见维特突然面带吃惊之色，将主持仪式的罗拔诺夫叫到一旁，小声道：

"沙皇已令你删去'或与日本同盟之国'这一句，为何到现在还没有删去？"

罗拔诺夫猛地在自己的前额上拍了一巴掌,说:"哦,真糟糕,我忘记对秘书交代了,忘记要他们把这个条款改写成初稿的那个样子了!"

不过。罗拔诺夫到底是一位外交高手,处事不惊,随机应变。他看了一下手表,时间已经是十二点一刻了。他对着门外拍了几下巴掌,马上就有几个侍役进来。他然后面朝李鸿章道:"中堂大人,现在已经过了十二点了,肚子饿了。让我们先去吃午饭,吃饱了肚子以后再来签字。"

李鸿章点头同意。于是大家纷纷起身离去,罗拔诺夫乘机做了安排,留下两个秘书,将条约文本作了重新修改,誊录一遍。这样一来,餐后摆在谈判桌上的已经不是刚才那两份条约文本了,而是一个有一款已被改动的文本了。

已七十五岁高龄的李鸿章做梦也没有想到,自己经过一番讨价还价而谈下来的条款,在他吃了一顿饭之后,已被俄国人以江湖骗子式的"掉包计"给调换了。午饭后,李鸿章以为摆放在原座位上的条约就是原来的那份,抓笔签下了自己的名字。

《中俄密约》共六款,主要内容是:日本如侵犯俄国远东或中国、朝鲜领土时,中俄两国共同出兵并互相接济粮食、军火;战争期间,中国所有口岸均应对俄国军舰开放;中国允许俄国在黑龙江、吉林两省修筑铁路直达海参崴等。

这个密约在中俄共同御敌的幌子下,不仅使俄国人骗取了在中国东北修建过境铁路的特权,而且为其海陆军队侵入中国领土打开了方便之门。

密约签订后,中俄双方均严守秘密。李鸿章在俄国四十多天时间里,与俄皇尼古拉二世、外交部大臣罗拔诺夫、财政大臣维特进行过多次密谈。此间与朝廷军机处的来往密电,也全部采用特殊密码,由军机大臣亲自翻译,呈递光绪和慈禧御览后,不再存入军机处档案,故后人很长时间里无从获悉具体内容。慈禧太后为不使此条约成为国人唾骂的根据,将密约作为绝密件,存于原清政府,后转入中华民国外交部档案库里。

传说李鸿章顺利在这个密约上签字,同维特用重金贿赂李鸿章有关。此后出版的《俄国在满洲》一书中,说维特答应:"如果建筑铁路一事顺利成功,将付给李鸿章三百万卢布。"又有一本书上说,"李鸿章带着这个签了字的条约和袋子里的两百万卢布返回北京。"

其实,在中俄密约签字后的第二天,俄国财政部办公厅主任罗曼诺夫与华俄道胜银行董事长乌赫托姆斯基、总办罗启泰签署了一份《协定书》,决定由俄国拨出三百万卢布作为"抵偿与中东铁路租让权有关的费用的特别基金"。后人捕风捉影,俗称"李鸿章基金"。维特奏明沙皇后,在《协定书》上写下了"同意"二字。此乃李鸿章通过最后努力,为大清帝国争得的一份收益。这笔款子由银行方面作为铁路修建费用,记入中东铁路公司的账上。李鸿章回北京后就有谣言传出,说他收受了俄国人的重金贿赂。俄国当事人维特获悉后,当即发表声明,否认有向李鸿章行贿之事。

密约的签订,绝非李中堂一人所能决断。上至光绪、慈禧,再到李鸿章、翁同龢、奕䜣、奕劻、张之洞等等,无不寄希望于列强之间的互相制衡,以致陷入引狼拒虎的怪圈。

李鸿章及大清朝廷的当家人们没有料到:此时中国"联俄","联"的竟是一个背信弃义的国家。

按照《中俄密约》的规定,横贯中国东北的铁路修筑起来了,然而俄国人对大清帝国没有实行实质性的"保护"及"援助"。密约墨迹未干,德国人强租中国胶州湾,李鸿章两次找俄国公使求援。沙皇尼古拉二世给德国皇帝威廉拍电报云:"我既不能赞成,也不能不赞成您派遣舰队到胶东去。"俄国人实际上睁一只眼,闭一只眼,不反对德国侵占胶州湾,反而以"保护中国"为名先占旅顺。至此,李鸿章对沙皇俄国在谈判桌上的漂亮言辞之下所掩盖的卑鄙野心已经有了觉察。但生米已经煮成了熟饭,悔之晚矣!

李鸿章如同在《马关条约》签订后一样,很快成为万世诟骂的人物了。世上没有不透风的墙,《中俄密约》渐渐为世人所知。山东巡抚李秉衡、河南巡抚刘树棠等上疏反对;要弹劾李鸿章的奏章、规谏之书札、讥刺之诗歌一时间如雪片一般飞来。李鸿章在遭受无情的谩骂,成为众矢之的。

李鸿章怎能视而不见、充耳不闻呢?

沙俄侵占旅顺，又占大连，英国借口保持势力均衡，又强租威海卫军港。李鸿章硬着头皮找俄国人，找英国人，大发脾气，据理申辩。英国人强词夺理："中堂大人无辩论之必要。阁下如能以您之辩才令俄国交还旅顺、大连，则英国决不要租借威海卫！"

继而，法国人强占广州湾，英国又以均衡势力之说强租九龙。面对纷至沓来的无穷的索要，光绪皇帝竟毫无抗拒之策，把一切怨恨集中到李鸿章身上，说他联俄误国，招致如此瓜分大清之祸。

李鸿章叹道："饭入千人口，罪过一人担，老朽无奈呀！"他回味俄国之行，那是俄国人点名道姓、大清皇帝下旨要他去的呀！自始至终，你皇上、太后及满朝文武大员都是支持"联俄制日"，主张签订密约的嘛，何故在俄国人食言之后，把脏水都泼到我李鸿章一个人的头上呢？！

六月十五日，李鸿章率随行人员离开俄国，乘火车到达德国访问。车停柏林，中国驻德国大臣许竹筼及其他官员列队在柏林车站的站台上恭迎李鸿章的到来。德国御前大臣、九门提督及柏林卫队，奉德国皇帝之命也前来车站迎候李鸿章，并为之准备四轮六马之车等在站内。

李鸿章等一行人下车，中方官员上前鞠躬施礼，德国官员脱帽握手致意。提督率德国骑兵列队夹道护卫，前往柏林那著名的恺撒大旅馆。德国人对李鸿章的来访极为重视，对他的接待周到、细致，既恭敬，又隆重。德国人甚至十分细心地研究了李鸿章平常的嗜好，知道他喜欢吃什么东西，看什么颜色，听什么音乐，一一投其所好，做了安排。

李鸿章不久前才爱上抽雪茄烟，一进恺撒大旅馆的豪华卧房里，上等的雪茄烟就已经摆放在案台上了。他喜欢玩画眉鸟，打开通往甬道的房门，已有两只画眉鸟笼挂在了甬道上。李鸿章还注意到：寝室的墙壁上，高悬着两个巨大的镜框。左边镜框里的照片是李鸿章，右边的是俾斯麦。这俾斯麦历任德国三皇之宰相，是俾斯麦缔造了德国。所以，德国人对俾斯麦的敬重往往高于对皇帝的敬重。德国人把李鸿章当做中国的俾斯麦看待了。

六月十四日，李鸿章率部分随员驱车到耐芝堂拜见了德国皇帝威廉二世，向其呈递国书，并致颂词。李鸿章到达耐芝堂时的仪式是隆重的,红楼大门前,不仅仅仗兵林立,众文武官员也侍立两旁,恭迎李鸿章等人进入大堂。李鸿章、李经方、李褒德、罗丰禄等拾阶而上,挺身阔步,向威廉二世行了三揖之礼。李鸿章的颂词抑扬顿挫,德国皇帝不断点头称赞。

威廉二世高兴地听完了李鸿章的颂词之后,从案头取过早已备好的答词,亲自向李鸿章诵读。

与德国皇帝的晤面是愉快的,登车返回恺撒大旅馆后,李鸿章又专门拜访了德国外长马歇尔。李鸿章目的是要与马歇尔商讨增加洋货关税事宜,以期给大清国增加一份收益。

李鸿章对马歇尔说:"贵国给予我的盛情接待,本大臣深表谢忱。近年来德国与我国贸易与日俱增,本于互利之原则,关税也应该适当增加。我们希望中德两国在互惠互利基础上共同发展,永久合作。"

马歇尔道:"阁下的建议值得考虑。德国人赞同贵国的主张。但是,远东地区的商务,英国人份额最大,故,一切商务应以英国人意志为转移,别国似无能为力。"

德国实际上是在与英国人攀比,那意思就是告诉李鸿章:你们若能把英国人的关税增加上去,我们就同意增加。

预期的关税问题没有能得到解决,李鸿章是一心的不高兴。刚刚从马歇尔处返回凯撒大旅馆,马歇尔跟着也来了。他是来向李鸿章做礼节性的拜访,并代表德国皇帝向李鸿章赠送了"红鹰大十字头等宝星"。而且,德国人还给李经方、李经述各赠送了一尊宝星。李鸿章的情绪这才渐渐好转了。

同日下午,李鸿章率全体使团成员晋谒了德皇威廉一世皇陵及皇祖母之陵。李鸿章向皇陵敬献了两只精美的花圈。

翌日,德国御前大臣传德国皇帝、皇后之意,特请李鸿章前往波斯坦德国新宫,参加由德国皇帝、皇后举办的欢迎茶会。这个茶会规模空前,所有驻德使臣及德国政府的文武要员都陪同出席了茶会。中方使团全体成员被邀请在主席台上就座。茶会之后举行了隆重的阅兵大典。德国人是有意要向这位来自中国的靠军事起家的李鸿章展现他们的实力。

阅兵大典是在御教场举行的。李鸿章与威廉二世并排坐在阅兵台上。李鸿章端坐在一张虎皮椅上，显得不卑不亢。

只听御林军总统领一声令下，各军列队齐出，一个个方阵整齐划一，高呼口号，正步向前。接着，台下的德军举行了实弹和练武表演，一时间枪声大作，震耳欲聋。李鸿章感叹道："苟使臣有此军十营，于愿足矣，况更多多益善，尚何妖魔小丑之足为华患哉?!"

同日，李鸿章由德国官员陪同，同登朝车，参观了附近的来复枪厂。仅该厂就有工人六千名，机器四千台，规模宏大，李鸿章眼界大开。该厂高薪聘请了美国人麦新做顾问，李鸿章与之进行了亲切的交谈。有一个车间是专门制造手枪的，李鸿章驻足细看。该厂厂长娄君向李鸿章介绍说："此手枪于临阵之际，也可以改作长枪使用，极为灵便。"李鸿章抓起一支枪，在娄君厂长指点下果然使此枪由短变长。李鸿章对此枪给予了高度评价，表示："回国后向贵厂大批购买此枪。"

六月十九日，德国宰相何恩禄举行盛大宴会，以欢迎中国使团为主题，所邀贵宾多达近两千人。李鸿章却无心大吃大喝，他在想着一件事：要去一趟司坦丁造船厂。当年雄冠北洋舰队的"定远"、"镇远"两舰，正是该厂所造。何恩禄理解李鸿章的心情，在宴会上当场表示：愿意亲自陪同参观。

李鸿章到底没有能止住自己涌动的泪水。司坦丁造船厂的一切勾起了他对甲午海战的回忆。北洋舰队全军覆灭，丁汝昌至死不降，历历在目。想到他曾引以自豪的两艘铁甲舰从这里出厂而如今舰去人亡时，他的心中翻江倒海，悲凉万分。

从司坦丁造船厂前往德国基尔军港，李鸿章的心情仍然十分沉重。这个军港为波罗的海与北海之间的咽喉所在，有一条人工运河与之相接。李鸿章一行来到此港，引起各国普遍关注。分析家认为：李鸿章来到基尔军港，必定有其特殊使命，因而纷纷派出记者采访。

有舆论认为中德之交由于李鸿章的来访日趋密切，李中堂是为了谋求商务合作。李鸿章对采访者一概不拒。尽管已是风烛残年，但仍旧精神饱满，坦诚布公，对答如流。有人就《中俄密约》、东北铁路等发问，李鸿章笑着回答说："中俄并无什么密约，有妄言予往俄都觐面画诺者，误之甚者也。予之往俄，专为联络邦交起见，与今之来德无异。若论俄国铁路而经过中国东北一事，则的确有之。但那无碍于华地，也

衔命西行

1003

无损于华权也。"

还有记者问中国想增加关税一事,李鸿章答道:"中国的确有此意,将借之以还对各国的借款。同时,也是为了争得应有收益。"

李鸿章在西方各国极负盛名,连光绪皇帝都为之惊叹:"世界不知中国皇帝之名,却知李鸿章嗜好矣!"光绪皇帝因之更加隐隐不快。

六月二十七日,李鸿章到达了前任宰相俾斯麦的故乡。李鸿章对普鲁士这位铁血宰相景仰已久,德国人将自己与他相提并论,这就更加引起了李鸿章对这位人物的兴趣。俾斯麦故乡离汉堡港不远,那天丽阳高照,风平浪静。只见李鸿章身穿黄马褂,头戴三眼花翎,步履轻盈地到了俾斯麦的官邸。周围民众听说"东方俾斯麦"李鸿章来访,有许多从数十里以外特意赶来,想一睹这位中国四朝元老的风采。一时间人山人海,夹道围观者绵延好几里地,犹如蜂屯蚁聚一般。

俾斯麦早已穿戴整齐,迎候于大门之外。二人遥遥相见,互相施礼,然后都快步走近,紧紧地握手,一见如旧识。

宾主入座,亲切交谈。

俾斯麦与李鸿章互致问候,然后切入正题。俾斯麦问:"李中堂是大国位尊望重之名臣,何故愿意屈临敝地,与我这个辞职宰相一会?"

李鸿章看了俾斯麦一眼,笑而答道:"久闻阁下大功大德,几乎到了神妙不测的地步。所以,老朽我早有心愿,想会一会你。"

俾斯麦答道:"阁下亦早已成就奇勋也!办军队,搞洋务,富国强民,开创大清帝国数不清的第一,佩服,佩服!"

李鸿章笑道:"若与阁下相比,差之十万八千里呀!"

俾斯麦发现李鸿章果然谈吐不俗,命人安排了点筵,边吃边谈。中方随从人员、翻译及各国新闻报馆记者在一旁边听边记。

李鸿章说:"我这次专程来拜访阁下,有一事乞垂请诲哩。"

俾斯麦问:"什么事情?"

李鸿章道:"欲中国之复兴,请问可用什么办法?"

俾斯麦笑答:"这个问题令我为难了。德国离中国较远,我既没有去过贵国,又缺少研究,没有发言权呢。"

李鸿章道:"那么,请问何以胜政府?"

俾斯麦答道:"为人臣子,总不能与政府相争。故各国大臣,遇到政府有龃龉之处,非俯首以从命,即直言以纳诲耳。"

李鸿章问:"但则为政府言,请问何以图治?"

俾斯麦道:"我认为应以练兵为立国之基,舍此别无长策。"

李鸿章点点头,道:"中国之患,不是缺少兵源,而是缺少可以带兵打仗的将领,还缺少练兵打仗之法。我在三十多年来,总想把这个道理给国人讲清楚,但收效甚微。这次来德国,亲眼见到贵国军队演练,心中赞叹不已。不久回国后,必将仿照贵国军制,以练新兵。但我们还需聘请教习,请贵国给予支持。"

俾斯麦道:"练兵之法,更有进者。一国立定一军,不必分驻全国,只须选择重镇扼要之处,群聚屯扎。不论何时何地,若需兵力,一闻军令,立即成行,然又不可不预备军行之路。想来阁下对此运筹已熟矣。"

李鸿章听到这话,犹如被蚊虫叮咬了一口。中国用兵,败在驻兵分散,各自为阵,无法集中统一调配。李鸿章叹道:"若能再退回二十年,若再节制军权,定要克服这一弊端了!"

这两位老臣交谈了很长时间。有记者主动请求为两位老臣合影留念,他们欣然应允。

分手时,俾斯麦取出一本册子来,其中已留下世界许多著名人物的签名、题词。俾斯麦请李鸿章留下墨宝,李鸿章挥笔写下了自己的大名。

七月二日,李鸿章应克虏伯炮厂的邀请,到该厂参观。该厂成立时,所有雇工不过百人,此时却拥有将近十万工人。李鸿章惊叹不已,想到自己创办的几个制造局,与这个炮厂相比,自觉望尘莫及。

李鸿章在德国期间,之所以不顾年老体弱,到处走访、参观,正是因为他比较了解德国。他深知德国是欧洲强国,很想知道其发达之术,探讨一下它富强的奥秘。他对德国军械制造技术羡慕不已,想尽可能探其一二,用以匡扶大清社稷。而德国军火商和贸易界把李鸿章当成了世界上最大的买主,希望通过李鸿章进一步打开中国市场。因而商会宴请,工厂参观接连不断。

七月四日,李鸿章一行离开德国,前往荷兰。次日,中国使团到达荷兰首都海牙。荷兰国王先期派前驻华公使赶往德国克累弗迎接。

李鸿章一行乘火车到达海牙，受到荷兰官方的热烈欢迎。当天晚上，李鸿章一行应邀出席了荷兰政府为他举行的宴会和歌舞晚会。他品尝着西方风味佳肴，欣赏着"珠喉玉貌、并世无双"的歌舞，飘然欲仙，即席赋诗，道：

> 出入承明四十年，忽来海外地行仙。
> 华筵盛会娱丝竹，千岁灯花喜报传。

七月六日，李鸿章率众进入荷兰王宫，觐见荷兰国王及王太妃和女幼公主，呈递国书，并敬呈大清皇帝所馈赠的礼品：古瓷、古铜器皿、丝绸、名茶等。荷兰国王赠给李鸿章"金狮子大十字宝星"。所有中方随员也都获得了赠品。

次日，李鸿章率团到达阿姆斯特丹，这里是荷兰通商大港。七月八日，李鸿章就急匆匆地离开了荷兰，前往比利时首都布鲁塞尔。荷兰和比利时在李鸿章眼中，都是小国，因而不被他重视。他只想走一个过场，完成礼节性访问，尽快前往法国巴黎。

李鸿章是七月十三日到达巴黎的。还没有下车，李鸿章就看见车站内悬出彩旗和中国的龙旗。站台内外已遍设步兵护卫，李鸿章从中看出了法国人的异常热情。他获悉：马上就是法国的国庆节了，有许多重要的活动在等待他这位中国使臣来参加呢！

次日，李鸿章拜访了法国外交部长汉诺多，并晋谒了法国总统福尔。到达爱丽舍宫时，李鸿章拾级而上，向福尔总统鞠躬施礼，呈递国书，并代表光绪皇帝致词。

福尔听完李鸿章的颂词，喜溢眉宇，致词答谢。

当晚，李鸿章一行同福尔总统乘船观看了巴黎焰火之戏，并出席了由法国外交部举办的盛大宴会。

次日始，李鸿章与俄国全权代表罗启泰、法国外交部长汉诺多分别就"借地修路"和"照镑收税"问题举行了会谈。罗启泰受维特派遣专程到巴黎来会见李鸿章的。俄国人准备先派员前往黑龙江、吉林勘路测量，请求中国发给护照。李鸿章答应下来，立即电请北京总理衙门照办。接着，经总理衙门同意，《合办东省铁路公司合同章程》正式签字了。

　　李鸿章与汉诺多就"照镑收银"一事进行磋商,汉诺多表示认可,但随即提出两项先决条件:"必须各国皆允,越南陆路不改,请由驻京各使公议";允许"法员襄助福州船政局,划定一处未定的中越边界"。李鸿章看出了汉诺多的狡诈,公开提出异议。

　　就借款问题也想做些调查。七月十八日,李鸿章参观了巴黎大银行,看了金库。巴黎银行的金库当时拥有的黄金储备量居世界之首,李鸿章印象极深。在银行参观过程中,银行总办见识很广,与李鸿章娓娓而谈。李鸿章乘机切入正题,道:"本国今欲多借巨款,但不欲与国政相关。如若径向大银行商借,不知可否?"

　　银行总办答道:"站在本银行的立场上,我表示愿意向贵国贷款,且利息也不会高。"

　　李鸿章心中一喜,道:"那么,我们今天可以谈一谈这件事吗?"

　　总办露出为难之色,道:"今天有所不便。银行有通例,必当议有规约,以告众人。"

　　李鸿章幽默地说:"我国借款之后,若不能如期偿还,贵国会不会发兵舰以索国债呢?"

　　总办好像没有听懂李鸿章话中的含义,答道:"兵舰是皇家的,银行岂可借兵舰讨债?"

　　李鸿章一笑而别,临行前淡淡说了一句:"我国将来兴办实业,再来向贵行大举借款吧。"

　　李鸿章在法国马不停蹄地参观了报馆、学校、博物馆、工厂、矿山等。巴黎的博物馆占地面积令李鸿章吃惊,相当于中国一个小县城的规模。这里珍藏着世界各地的奇珍异宝,让人目不暇接。其中还陈列有中国大量的古玩、佛教文物、金银制器等。当年收藏在圆明园里的许多珍宝,如今却陈列在这里了。李鸿章仿佛觉得,这里是强盗的收藏,李鸿章因而愧疚之至。

　　一八九六年八月一日,李鸿章一行离开法国,越过多佛尔海峡,第二天便进入英国境内。负责送李鸿章一行的法国轮船停泊在南安普敦港口,英国方面派员迎接,进入英国。在英期间,李鸿章晋见了英国维多利亚女皇。这个大名鼎鼎的女皇端坐在金漆靠椅上,穿一身黑色衣裙,头披一块白纱,左肩系一条白罗带,下悬一只金盒。她的左侧肃立的是太子太孙妃、皇族爵妃及宫主、郡主、县君、乡君等一班贵女;右侧站的是太子、太孙及亲贵上公;她的身后则是宫中奉事的男子,站成一行。

李鸿章由英国首相兼外交部尚书沙里士保陪同,进入正殿。只听沙里士保启奏道:"大清国宰相、头等钦差大臣李鸿章到!"

女王弯腰以示欢迎,李鸿章向女王三鞠躬,然后手执颂词,用汉语朗诵一遍。李经方接着用英语宣读道:"上启大君主,使臣奉本国大皇帝钦命,航海至大英国,敬问大君主起居万福,万寿无疆。今日使臣得觐玉容,更蒙礼接,实属三生有幸。更愿两国之交,永敦辑睦。"

接着,李鸿章次子李经述手捧金龙黄缎大御封国书,递给沙里士保,由沙里士保再转递女王。女王致词答谢,道:"卿跋涉长途,远适我国,朕甚喜卿之至。卿言中英辑睦,正合朕意。"译官翻译一遍后,女王起身,弯腰相送。

次日,李鸿章拜访了英国前首相格莱斯顿,并同外交大臣索尔兹伯就"照镑加税"问题进行了会谈。李鸿章深知:只要英国同意给中国增加关税,其他国家就没有拒绝的理由了。索尔兹伯则主张:此事可等到两国修约时再议,他个人会尽力促成此事。

会谈没有取得实质性突破,但李鸿章在英国的参观访问收益良多。他首先到下议院,英国方面已为他特设了一个座位,他旁听了议员们讨论国事。下午,他又到上议院,观看了院中特设的"君主御座",并同许多议员们进行了交谈。

朴次茅斯港给李鸿章留下了非常深刻的印象。他前往参观时,正值英国一年一度大阅海军。这天港口内外聚集了一百多艘军舰。李鸿章应邀乘坐御舟,驶出海港。所有军舰分列两行,鸣笛致意。水兵们整齐地肃立于甲板之上,军容威武。李鸿章恍如在梦中一般。他实在不敢想象,仅在一个朴次茅斯港,就有这么多军舰,而他竭尽全力几十年,也没有让他的北洋舰队多添一舰。他想:清廷国势,果然难以与这些列强们抗衡了。北洋舰队屡战不力,最终失败,亦不足为奇了!

李鸿章怀着复杂的心情参观了英国的造船厂、枪炮厂、钢铁厂、电报局和几家银行。一处处令这位老人感叹不已。在伦敦汇丰银行,李鸿章一行受到热烈欢迎。银行在水晶宫为李鸿章举办了盛大招待会，英国各界名流三百余人参加，一顿饭耗资六千英镑，折合大清三万多两白银。伦敦商业总局更是别出心裁：召开由一千多人参加的欢迎大会；伦敦华人会馆也特设盛筵，邀请英国官方人士作陪。宾主举杯畅谈，礼极备至，罗丰禄代表中堂致词答谢。

英国大亨们慷慨解囊，不仅是出于对李鸿章的敬重，更为了通过李鸿章拓宽中国市场。他们称李鸿章是"中国大臣之领袖"，建议大清采取"通商兴国"之策。李鸿章表示愿意尽力推动此事。

在英国访问了二十二天后，李鸿章离英赴美，横渡大西洋，于一周后抵达纽约。美国人比照前年西班牙公爵访美时的礼节接待李鸿章。李鸿章率使团进入纽约港时，炮台鸣十九响礼炮；过美国北西洋海军驻泊处，美国海军鸣二十一响礼炮以示欢迎。美国各报界视李鸿章访美为绝大新闻，纷纷抢先登上李鸿章的座船进行采访。李鸿章登岸后，美国水陆官兵，擎枪列队，敬礼致意。数万名美国民众手执中、美两国旗帜涌上街头。

七月三十日，李鸿章率使团全体成员到格兰特总统墓上敬献了花圈。八月二十一日，李鸿章由纽约赶往华盛顿访问。当时美国总统克利夫兰正在休假，听说中国特使李鸿章中堂来访，递交国书，特地赶回华盛顿，接待李鸿章，并进行了交谈。当晚，清廷驻美领事、公使及各级官员和大小商人集资宴请了李鸿章和全体使团成员。

美国基督教会诸位领袖前来拜会李鸿章，感谢美国在华教友受到了中国的保护，李鸿章不卑不亢，推心置腹地谈出了自己的观点，对美国基督教多年来远涉重洋，在中国各地兴办医院、学校，组织募捐赈灾表示赞赏，同时也指出少数传教士刺探情报、干涉内政、侵犯官权的不良行为。李鸿章认为，无论是孔子之道还是耶稣之道，都是大同小异的，"二教相近"。他说："唯一则'己所不欲，勿施于人'；一则'己所欲者，必施于人'！"

九月一日，李鸿章在美国举办记者招待会。面对上千名各国记者，李鸿章不客气地批评了美国前几年掀起的禁止华工风潮。有记者想钻钻这个年迈老翁的空子，问道："李中堂刚从英国而来，请问英国与美国比较起来，哪个更好一些呢？"李鸿章笑着答道："君本隶英籍者也。美国之才皆从英出,孰优孰绌,岂使者所能定哉?"

次日上午十点,李鸿章抵达费城。他参观了著名的独立厅。费城地方当局在此举行了盛大的欢迎仪式,互致颂词。费城市民们都在各自家门口悬旗表示欢迎。费城官员导游各处名胜,全城人以一睹中国名人为生平幸事。下午,李鸿章重回华盛顿,发生了一件小事:因昨日李鸿章批评美国排挤华工时,曾涉及到爱尔兰人。于是,现在的爱尔兰籍的人们就相约不给李鸿章抬轿子。李鸿章心中未免不愉快。

九月三日,李鸿章想参观华盛顿山陵,因下雨未能成行。下午微晴,他看到城内街上到处是水泥建筑物,光滑如镜,十分高兴。只见街头行人多数都是骑自行车往来,道路干净,很觉得新奇。有人要送他一辆自行车,他接收后说:"我已年迈,又从未骑过这玩意儿,在中国,尚无这样的水泥路可供往来,罢了!罢了!"他让李经方骑了一圈,并命人把这辆自行车带回中国。自此以后,中国才有了这辆自行车的仿制品,进而在中国的城市中间,渐渐出现了自行车这种既简单又方便的交通工具。

美国华侨对李鸿章的到来表示了极大热情,几乎家家悬旗欢迎。华侨们联合起来,准备设宴接待,却因李鸿章因手指被车门挤伤不能到场。华侨们大失所望,在李鸿章离开纽约去费城那天,由纽约华商五十多人公送银瓶一座,略表对李鸿章的一片心意。

离开美国前,李鸿章想到:华侨需要本国的支持,应郑重看望一下他们。他特地前往华人街,顿时触动了乡情,两眼流泪。毕竟离开中国的时间不短了。他突然来了食欲,让华人餐馆做几道中国菜来吃吃。他没有想到美国人对他的一举一动都十分注意,纷纷围观李鸿章进餐。只见李鸿章吃得有滋有味,再细看那一桌的饭菜,热气蒸腾,色香味俱佳,真正是前所未见,闻所未闻,大为惊奇。美国人一个劲地问李鸿章的随从:这是什么?那叫什么?问得随员们应接不暇。老实说,有些菜,他的随员们也说不上名来,只好统称为"杂烩"。李鸿章曾对他的部下们说过:他多次招待洋人,为了避免浪费,把上顿吃剩下的几种菜放在一起再烧,便是"杂烩"了,洋人们竟然吃得连声赞叹。

美国人如同探得了秘宝一样,争相传告:李鸿章的大杂烩最好吃。于是,"李鸿章大杂烩"作为中国美食的代称不胫而走。美国人掀起了一阵"中国菜热",华人餐馆业为之大盛。仅纽约一地,在李鸿章离开美国不久,就出现了三四百家"李鸿章杂烩店"。中国菜向来讲究色香味俱美。"什锦"式的大菜更是无丽不臻,山珍海味,万般皆备。中国菜以及"李鸿章的杂烩"从此风靡世界了。

结束了在美国各地的访问,九月五日,李鸿章一行离开华盛顿前往加拿大,在美、加交界处,参观了著名景观尼亚加拉大瀑布。到达加拿大后,同样参观游览了一番,然后从多伦多转往西海岸的温哥华。九月十四日,中国使团搭乘美国太平洋轮船公司的远洋客船,横渡太平洋,踏上了归途。

客船途经日本横滨,李鸿章拒不登岸。他说:"日本是我终身不履之地!"

十月三日,李鸿章回到了他久别的天津。此次古稀之旅,他从三月二十八日离沪至十月三日返津,历时一百九十天,行程九万里,遍访欧美五大强国和一些小国,创造清代出游之最,实属自古以来的罕见之举。

在天津港,他对迎接他归来的文武官员说:"忽从西海,重复东华,去日几何,辄有东坡还朝如梦中之慨!"

李鸿章出访欧美各国的真正感受却不在于此。他郑重谈道:"此次欧美之行,其扼要处在于,实在彼国上下一心,以至于通力合作,故能无事不举,积富为强。而我国则政杂言庞,而生财之道又弗如远甚。每于纵观之际,时增内顾之忧。"李鸿章对自己"以夷制夷"的思想充满自信。他沉浸、陶醉在甜蜜的梦中。

他对天长叹:大清国呀,老臣为你竭尽全力了,以致早过古稀之年,还远涉重洋,报效于你!老臣一趟欧美之行,可保你十年平安哩!

梦,一个很快破灭的梦。

尾声　人生尽头

　　李鸿章出访归来,他对自己这次欧美之行充满自信,认为此次欧美之行必将产生积极效果,可保大清帝国十年平安无事。

　　然而,风云突变,俄国熊变了模样:《中俄密约》签订不过年余时间,俄国人翻脸不认人了,向清政府下达最后通牒,要永占旅顺、大连,并严限期限表态,要中国"即行办理"。

　　一八九八年三月二十七日,李鸿章奉旨同沙俄重新进行谈判,订立《旅大租地条约》。五月七日,又订《续订旅大租地条约》。这两个条约主要内容是:

　　　　俄国租借旅顺、大连及附近海面,租地内军政大权归俄国所有,中国不得在租借地内驻军,租借期为二十五年;租地之北,划一"隙地";不经沙俄同意,中国人不得入内;此地区内之土地、路矿及一切通商利益,不得租让他国;允许俄国从东三省修筑一条铁路支线以达旅顺、大连,铁路所经地区之铁路权利,不得转让别国⋯⋯

　　李鸿章手捧着这些条约,顿觉无地自容。所谓的"盟国"也竟然如此贪欲无限,大出意料,自己被俄国人骗了!他这时才感到所谓"联俄制日"、"以夷制夷"、"可保十年无事"早已是个空想,以至于现在都成了对自己的讽刺!李鸿章就好像被人重重地在脸上打了一巴掌。

　　他哀叹道:"胶澳议租专条业已画押,此案遂已归束。俄人复请租旅大,横生波澜,环伺纷争,方未有艾,徒恃笔舌,如何能够支持?"李鸿章就此有了新的体味,又说,"一味迷恋于痴痴向西人讨教自强求富之良方济世,无异于与虎谋皮、缘木求鱼而万万不可得的。"

　　李鸿章醒悟了,但他也无计可施了。一个七十五岁高龄的老人遇上这些"受谤之辱",其自身价值当然丧失殆尽。他无力再为朝廷冲锋陷阵,朝廷因而也不再需要他了。当他环游欧美满怀喜悦心情回到北京后,他却受到了朝廷的意外冷落。一八九六年十月二十四日,光绪下旨:命李鸿章为总理衙门大臣上行走。这是一个徒有虚名的位子,标志着他由此一落千丈,大权旁落了。总理衙门大臣分为三类,即总理各国事务亲王、郡王、贝勒;总理衙门大臣,由军机大臣兼任;总理衙门大臣上行走,由内阁、各部院满汉堂官内特简。李鸿章属于第三类,最无实权。

就在光绪皇帝任命他为总理衙门大臣上行走的同一天,朝廷又以李鸿章擅入圆明园为由,将他"着交部议处"。原来,李鸿章访欧美归来,自天津往北京途中,曾便道经游圆明园,凭吊废墟遗址。秋风乍起,吹起他零乱稀疏的白发。他看到被列强们毁坏的名园已成颓败之境,一时悲从中来,老泪横流。加之联想到自己晚年的遭遇,忍辱负重,更是伤感万分。

殊不知此时慈禧和光绪皇帝正在主持修复圆明园,每隔几天就要到这里督视一番。因而这里虽为废墟,却成禁地了。李鸿章数月出访,不知底细,贸然入游,便算犯下大罪了。部议的结果是:革职。

他已记不清在这一辈子中,有多少次准备返回故里了。但每一次都没有真正获准回去。这一次也不例外。光绪皇帝前一天对他下了革职的圣旨,次日又改为:"罚俸一年,不准抵消!"

李鸿章又投住贤良寺了。整日公务全无,只有同一班幕僚们枯坐庭院,说今道古,消忧解闷。经方、经述仍陪伴左右,日子过得也还自在。只有当独自冥思苦想时,才觉得凄然难耐。

到了一八九八年十一月十三日,慈禧太后忽然想起了已是近七十七岁高龄的李鸿章,下旨派他前往山东,主持治理黄河的水患工程。

次日,李鸿章以满腔怒火上奏朝廷,坚辞不去。理由是:山东黄河连年溃决,积弊已深,即使设法筹办,因自己年事已高,没有把握了,请另派大员负责此事。

慈禧不允,再次下旨,令李鸿章总办。他只有勉为其难了,于十二月十一日乘火车抵达济南,随员有吴廷斌、于式枚、孙宝瑞、袁大化等人。时值三九严寒,风雪交加。李鸿章以将届八旬的老迈之躯,徒步跋涉于泥泞之途，亲往黄河上下游督促勘测，内心的感受和身体的苦痛可想而知了。

一张黄河全程地图绘出来了，并写出了《勘筹山东黄河会议大治办法折》，提出了十条根治办法，要求先培修堤岸、购地迁民、疏通海口等，可谓远近兼顾，标本兼治。李鸿章完成了前期准备工作，历时四个月，行程两千余里，终于奉旨回京了。

大哥李瀚章病逝的噩耗传来，李鸿章痛哭了几天，心情悲凉至极。他仍处于悲痛之中时，慈禧太后又一道圣旨送到贤良寺，命他出任商务大臣，前往全国各通商口岸考察商务。李经述叹道："父亲呀，朝廷是要将您的一点油水榨干哩！"

李鸿章这时却不以为然了，回道："没有几年活了，能为这个国家多做一件事情，在所不辞。"但他尚未成行，因慈禧想废掉被软禁于瀛台的光绪皇帝，派荣禄来找李鸿章。荣禄道："太后懿旨，命你暂缓出行，出面到各国驻京使馆探听情况，以资太后废帝之主张。若是各国无意反对，太后就下手了。"

李鸿章一惊，深知此事重大，在晚年不能再卷入帝后之争了，于是回道："我已久为闲人，长时期不与外人交往了。如今身无实职，有哪个洋人还能与我通报实情？"

荣禄回宫后原话照传，慈禧从话中体悟一番，于一八九八年一月任命李鸿章接任谭钟麟的两广总督之职。李鸿章频繁接待各国使节，闲聊中探得：除俄国外，其余所有国家都反对废除光绪皇帝。

李鸿章为光绪帮了一个大忙，慈禧太后不得不将废帝之事搁置下来。一八九九年一月二十八日，李鸿章正式离京前往广东，在广州就职视事了。

慈禧派出许多杀手前往香港和日本，捉不到康有为、梁启超。于一八九九年二月十一日传旨，命李鸿章铲平康、梁在广东的祖坟。李鸿章明拖暗抗，迟迟不做安排。李经述从京城给父亲发来急电：慈禧为李鸿章拒不平坟十分恼火，将要追究。李鸿章再无借口，只好下令平了康、梁两家的祖坟上报。

一九〇〇年春夏之交，在北京、天津、保定三角地带，爆发了声势浩大的义和团运动，锋芒直指外国侵略者。外国驻华公使们胁迫大清朝廷剿灭义和团,慈禧太后摇摆不定。孙中山站出来了,乘势而上,谋求与李鸿章合作,争取两广独立,建立一个共和国。孰知一九〇〇年五月二十八日,英、俄、日、法、德、美、意、奥八国联军以义和团危害外国侨民安全为借口进犯北京。大敌当前,清廷内部意见分歧,有的主张开战,有的主张求和。

慈禧太后一反常态,于六月二十六日发出对外宣战书。她想利用义和团惩治一下列强们。慈禧召李鸿章立即进京,李鸿章虽表示"遵旨北上",但却没有离开广州一步。他已看出:"群小把持,慈禧回护,必酿大变。"于是,他会同刘坤一、张之洞联衔会奏,提出应付时局的具体办法:一、清廷明降诏书,令各省督抚、将军按以往之条约,确保各省洋商及传教士之生命财产之安全;二、请求清廷明谕降旨,对德国公使被杀事件深表惋惜;三、请求朝廷下令各省,清查开战区外各省洋人、传教士被义和团杀死之人数、财产,由清政府赔偿、抚恤;四、请求清廷下令直隶督抚、统兵大员,如有义和团"扰害良民",严加镇压。

晚年的李鸿章糊涂了,给慈禧太后献上了一个"安内才可攘外"的馊主意。

一九〇〇年七月十七日,李鸿章终于奉旨离粤。但他未去北京,却到了上海。他身穿蓝短衫登上"安平"轮,靠在小藤榻上,李鸿章心潮翻滚。他意识到此番奉旨进京,等待自己的绝不会是烟花美景,而必将是满目疮痍。但他仍然决定北上了。但船抵上海,他决定暂缓进京,给慈禧上奏,道:"连日盛署驰驱,感冒腹泻,衰年孱躯,眼食俱废……"他要求太后赏假二十天,暂住上海。

李鸿章接到李经述从德州发来的电报:天津失守,直隶总督逃走,北京已成瓮中之鳖。得知这个消息,李鸿章就更是不能尽快北上了。慈禧准予李鸿章在沪休养二十天。

在上海的第十天,李鸿章接到慈禧懿旨,措辞婉转,大有系全国之力于李鸿章一身之倾向,道:"此时危局,唯李鸿章可挽之耳。"

李鸿章苦笑道:"老朽哪有那个本事哟!大势已去,纵是三头六臂也绝无回天之力了。"李鸿章捧着太后的懿旨,从中读出了太后的内疚之情:颐和园工程、六十寿典所耗财力太大,以致北洋舰队一日不如一日,陆军的军需全无,才导致今日之败啊!

"她居然也有醒悟之日？"李鸿章喃喃道，心中好似得到了些许安慰。他也清楚：慈禧急于把他召进北京，是想让他出面与八国联军周旋，以期退兵。李鸿章电复慈禧："当今之群雄并起之局面，非臣区区绵力之所能挽回，望酌派亲信晓事之王公大臣，与诸国会同筹议。臣老之将至，恐为国不能尽力……"

　　军机处将李鸿章复电转给慈禧。慈禧见了一声不吭。她也上了岁数，转摇羽扇多年，又迷恋佛事，早已泯了是非之心，只觉得有些悲凉，对李鸿章拒绝她的指派也只好忍气吞声了。

　　果不出李鸿章所料，到八月十四日，八国联军如潮水一般地涌进了北京城，次日占领北京全城。稍前几天里，东北已被俄国攻占。百年帝都、直隶和东北广大地区又遭涂炭，百姓遭烧杀淫掠无数。慈禧太后带着一直被她软禁的光绪皇帝西逃而去。仓皇之中，一把羽扇掉在车轮下，被轧得粉碎。慈禧在逃亡中，于八月二十四给李鸿章发来懿旨，任命李鸿章为全权大臣，令他"将应办事宜，迅速办理"，且朝廷"不为遥控"。一个大清帝国交到李鸿章一人之手了，而太后、皇上躲到开封去了。

　　李鸿章没有退路了，短短半月，大清国已危如累卵，紫禁城无数宝藏已落入强盗们之手，花了几千万两白银修起来的颐和园可能将成为灰烬，半壁江山尸横遍野……李鸿章只能把生与死置之度外，冒着极大危险于九月十五日从沪北上。俄国人又想拉拢李鸿章，要派军舰护送他赴津，他拒绝了，乘招商局的"安平"轮起程了。

　　在上海的日子里，他深居简出，时刻关念着北方的局势。北京失守，使他的心如灌了铅一般沉重。此时上路，他虽无把握可以挽救大清，扭转局势，但却决心豁出一条老命，竭尽全力。九月十八日，他抵达塘沽，住进了海防公所。次日，慈禧以光绪皇帝的名义又在他头上加了一个头衔：直隶总督。十月一日，又给他钦差大臣关防。他一生以来，还从未有同时戴过这么多顶"帽子"。

　　朝廷是迫不得已而为之，李鸿章也深知，这些"帽子"只有一个意义：议和签约。这种事，他已做过太多太多。而这一次，却比以前任何一次都难：他李鸿章这根老胳膊，能拧得过八国联军的大腿吗？以年近八旬之身出面，自有两种结果，成或不成。而成，无非又是割地，又是赔款；不成,则自己身家性命难保,等待他的可能就是万刃分尸。

但是,在这样的时候,大清朝或许只有他出面才有可能办好这件事情。前面就是通往地狱之门的冥途,他也只好走下去了。

十月十一日,他在八国联军的枪炮声中进入北京,住进了老地方贤良寺。李经方闻讯赶来,父子俩久别重逢,抱头失声痛哭。首先映入这一对父子眼帘的是一片劫后的惨景:北京城被蹂躏不堪。断壁之下,到处可见横七竖八的尸体。八国联军对北京城分段占领,实行殖民管治。经李鸿章力争:唯西城外这个贤良寺被承认为"中国地方",其余全部被八国瓜分。即便是全权大臣的住所,贤良寺门外也出现了俄兵把守。李鸿章道:"老朽成了受到礼遇的俘虏了!"

李鸿章到达北京的消息传出去了,八国联军万分欣喜。在许多国家看来,这些年来,中国唯有李鸿章才是"幕后的皇帝",是最有资格也有实权代表大清国讲话的。所以,李鸿章出面调停,八国立即为他大开了方便之门。

十一月十五日,李鸿章拜访了八国联军统帅瓦德西。瓦德西虽对李鸿章十分敬重,但为了捞取更多的好处,却卖起了关子:"如今是八国来华,各国间利益互有冲突,各不相让。我虽名为八国统帅,但在利益上是做不了主的,还须找各国商量,力争在华利益均等。"

李鸿章已探知:八国已密议了一个要旨,正是"利益均等"。说来可怜,以李鸿章首相身份,向来受惯了外国公使们的趋走奉承。如今国破兵败,他就是一身的头衔也不值钱了。为了笼络感情,李鸿章此时反而对瓦德西赔上笑脸,道:"我希望力保京津,其他议和条款都好商量,只是不要太苛刻。"

瓦德西道:"对不起中堂大人了。八国联军已决定在直隶过冬。因此,请你的清军尽快撤出直隶!"

"尊敬的大帅阁下!"李鸿章突然亮开嗓门,道,"我中华地大物博,人口众多当数世界第一。只怕八国要求条件过苛,会引起极大民愤。那时大清朝廷垮了,而你们恐怕也收拾不了这个残局了。无人与你们议和,你们又能捞到什么呢?"

这话使瓦德西猛地一惊。但他还是故作镇静地说:"我们早已看到,贵国虽然民众最多,但犹如一堆土豆,散了阵,没有抵抗力。义和团人多吧？不是一击就败吗？"

说到这里，瓦德西向李鸿章跟前凑了凑，压低声音说："李中堂，我这次带来了德国皇帝陛下的密谕，德国政府切愿中国昌盛和平，以利两国邦交敦睦。但贵国皇太后、皇上没有统治中央大国的能力，应该废除。如果李中堂阁下有意继承皇位，德国政府将联合其他强国共同推戴你为中国皇帝，再派出相当兵力，协助你训练新军，稳定局势。据我们所知，八国之中除英国外，都愿推尊阁下为帝。望阁下切勿错过这个千载难逢之机。"

李鸿章一到天津时，天津税务司德璀琳已向他透露了外国公使们打算拥他为帝的消息。他当时只当是笑话，不以为意。不料现在还真的被瓦德西讲出来了。此事张扬出去，将有灭门之祸。李鸿章到底是外交老手，听了这话以后淡淡一笑，指着坐在一旁的儿子李经迈说："本部堂已年近八旬，死在眼前了。你看我的儿子像皇帝吗？哈哈，他们都懂外语，却没有一个像皇帝的！"

瓦德西耸肩笑了一笑，只好作罢。

次日，李鸿章命人把外交照会送给各国公使，通知各国开始商议条约。李鸿章本人也接连拜会了十一国的公使，终于累得病了。躺在炕上，他顿觉精疲力竭，神气全无，四肢听任仆人摆布，口中喘息不止。经迈是几天前到北京的，加上经方，都慌张不已，立即请来颇通医术的明静大和尚，让他调治。明静见中堂大人面容憔悴，却又两颊绯红，吃惊不小，立即诊脉开方。可是，京师大劫，百姓逃散，店铺关门，硬是一整天没有配上药。直到次日，还是明静大和尚亲自送药，给李鸿章煎熬，让中堂服下，才使他稍稍好转。

这日，新任德国公使突然来贤良寺拜会李鸿章。经迈陪老父出来，邀入客厅坐下谈话。德国公使告诉李鸿章："议和条款经由各国公使与驻华统兵军官先行商酌，所以还得等两个月后才有可能拿出草案。"

李鸿章叹道："等就等吧，反正由你们摆布好了！"

瓦德西唆使各国军队对华采取强硬措施，派兵四出攻略了：南至正定，北至张家口，东至山海关，很快都成了联军的地盘。李鸿章焦急万分，抱病与各国公使进行紧急磋商，催促尽快提出方案，尽快停战。十月四日，法国首先提出备忘录，要求惩凶、赔款、在北京驻扎军队、毁掉炮台、禁止输入武器、占领大沽至北京的铁路线等，作为议和初步条件。十月十六日，英、德两国也提出了条件，主要包括赔款和开放所有重要口岸及中国内河航道。俄国则提出监理东三省，同时把中国东北周边地区交由俄国驻军，"以环绕之势呵护中国"。

李鸿章气愤至极，大骂列强们的无耻要求，但却无力抵挡。他只有互传信息，在八国联军之间制造矛盾。一时间，各国为谋求最大利益开始出现了分歧，争得沸沸扬扬。李鸿章频繁往来于各国公使之间，期望他们各自做出让步，至少应保全中国领土、保住大清朝廷。没日没夜地奔波，使李鸿章又一次病倒了。所幸有经方、经迈守在病床前，精神上得到一些安慰。但这次一病，比以前哪一次都重。几日里言语模糊，吐字不清，似醒似睡。李经方出面找了洋医，诊断为年迈劳累所致，心力衰竭。调养几日后，才见好转，勉强可以行走了。

八国联军这边，因利益相争，吵得不可开交。李鸿章心中痛快，暗想：你们去吵吧！吵好了再来议和，我正好可以从中压低条件。

果然，李鸿章不急于议和，列强们却急了。他们只好同意李鸿章的要求："保持中国领土完整和行政完整；承认清政府，让两宫回銮；不再深究所谓'惩祸首'（指义和团）等。"李鸿章至此由被动变为主动，他隐约感到：这是各国政府给他个人的一个面子。难怪李鸿章有这个想法，在他生病期间，英、法、美、日等国都派人登门看望并送来大量补品。俄国还派来专门医生、护士，守候左右，照顾十分周到，连经方、经迈都插不上手。李鸿章在晚年影响之大，备受洋人推崇，连他自己也深感吃惊，朝廷上下更受震动。

到了十二月二十四日，这是西方人眼中的平安夜。奕劻受慈禧委派到了贤良寺，来会同李鸿章主持议和谈判。李鸿章带上奕劻到西班牙驻京使馆，会晤英、法、美、意等十一国公使。西班牙公使葛络代表十一国将《议和大纲》交给了李鸿章和奕劻，要求中方尽快呈递皇上。他们期望得到中方最快的答复。

在这样的场合里，奕劻充当了一个笑面佛，对议和过程和条款的内容一概不通。李鸿章则不会唯唯诺诺，一副威严、郑重的样子，被十一国公使称为"大中华之风"，深得好感。李鸿章仰靠在沙发里把《议和大纲》粗看了一遍，然后随手甩给奕劻。洋人们注意到李鸿章脸部表情由晴转阴了。李鸿章对《议和大纲》很不满意。"大纲"规定：外国使臣在中国被杀，应由中国派亲王谢罪，并在遇害之所，树立铭志之碑；出事的城镇，停止科考五年；永远禁止军民人等参加仇视各国的各种组织……

李鸿章压住火气，思忖再三，觉得自己无法决断，便将《议和大纲》电奏皇帝和太后，由他们做主。

慈禧太后看罢《议和大纲》，也十分生气，大骂李鸿章老奸巨猾，将难题一脚踢给了她。她道："李鸿章不置可否，岂不让朝廷白养了一个全权大臣！"慈禧给李鸿章发电，希望他能够再费些力气，把洋人的条件再降低一些。

就在慈禧这份电报还没有到李鸿章手上时，李鸿章与奕劻联名给慈禧又发了一封急电：请求朝廷尽快答应洋人要求，并说八国联军统帅瓦德西又要出兵，是他们竭力相求，才暂缓了三日，方才稳住。

李鸿章两头难以做人了：一边是十一国公使相逼，一边是慈禧太后抱怨，骂他是饭桶了。李鸿章得知慈禧对这个调停结果不满，愤然给慈禧又发一电："大清已无回天之力，请问谁能轻易成功？"

十二月二十七日，慈禧太后复电李鸿章："所有十二条大纲应即照允。唯其中利害轻重，详细条目，设法婉商磋磨，尚冀稍资补救。"

慈禧这便是批准了《议和大纲》，李鸿章心中有底了。洋人由此被李鸿章稳住了，不再向非占领区扩大，一时平安无事。不料朝廷内部又出了乱子，一些文武大臣见局势稳定，便开始表现自己了。他们中一些人认为：如此草率地答应联军条件，遗患无穷，大清利益受损。湖广总督张之洞提出："大纲固不能改，细目必当切商。"他要求朝廷暂缓回銮、建立行都，以防止列强用武力挟制朝廷。

刚被任命为"电商大臣"的刘坤一怨愤之情，跃然纸上。他向太后上奏，说李鸿章自赴欧美之时便有卖国求荣之嫌。否则，各国政府为何如此相信一个年近八旬的老朽！因此，他主张不仅要防列强，更要防李鸿章从中搞鬼。

这些异议的提出正中慈禧的下怀。她想推卸责任，让李鸿章成为"公敌"，当她的替罪羊。列强们见大清朝廷有反悔之意，又兴风波，通知李鸿章：如果再犹豫下去，各国马上用武。此时李鸿章虽然得到慈禧太后的应允，但没有急于签约，想吊吊洋人的胃口，尽可能把条件降低一些。洋人们等不及了，又以武力相威胁，李鸿章被迫在《议和大纲》上签字画押，并于次日将这份正式议定书交给了各国公使。

已是一九〇一年一月中旬了。《议和大纲》刚刚签订，慈禧就翻起了干支表，要择日回京了。但八国联军仍在北京，老佛爷不敢靠近京城一步。她令李鸿章劝联军撤兵，李鸿章四处哀求，瓦德西却在此时又提出了已经搁置很久的话题：一是"惩祸首"，二是落实赔款。瓦德西列出了一个曾支持过义和团的官员名单：载勋、载漪、载澜、董福祥、毓贤、英年、赵舒翘、启秀、徐承煜……八国联军要求大清朝廷务必立即查办这些人，否则，决不议和，更不撤兵。

"这些列强们在得寸进尺，让我一个老朽如何是好呀?!"李鸿章叹道，不禁一阵剧咳，就着痰盂吐出了好多浓痰，痰中夹带着鲜红的血丝。咳到最后，吐出的不是痰，而是鲜红的浓血了。经方、经迈慌忙取了温茶，让父亲漱口，劝道：

"父亲，您就躺下休息吧，干脆别管那些难办的事了。慈禧太后要联军退兵，让她自己跟洋人讲好了，您实在不能再为这些鬼事情两头受气了！"

李鸿章被搀扶着上了床，盖上一条薄被，上气不接下气地说："孩子们呀，你们不要管我了，我想早一点死了就好。你们的大伯已死了，淮军老将刘省三已死了。看来，我不死也不行了。什么时候咽了这口气，慈禧太后就不找我的麻烦了。"

经方、经迈流着眼泪去给老人家请医生。各国公使闻讯，都害怕李鸿章突然真的死了，那样的话，大清朝廷就找不出合适的全权代表与他们议和了。所以，洋医生一批又一批地来到贤良寺，为李鸿章治病。吃了几天药，李鸿章的咳血症暂时止住了，但仍然时好时坏，昏睡在床上的时间居多。

李鸿章病重，八国联军并没有放弃他们得寸进尺提出的附加条件。要求惩处的名单传到了慈禧太后手中，慈禧吓得双手发抖。她恐怕洋人们把她列入名单，所以一个个名字细看，确认没有自己时，方才一块石头落下去，放心了，顿时来了精神，道："我大清国有救了，我们可以重回紫禁城了！只要按照洋人的意思严惩几个曾支持过义和团的人，一

1021

切就没事了。"

慈禧于一九〇一年二月十三、十四日连下两道懿旨,宣布严加惩办"祸首":赐载勋自尽,载漪、载澜监禁新疆,将毓贤就地正法,董福祥革职缓办,英年、赵舒翘定为斩监候,启秀、徐承煜先革职查明实据,再予以重处……

一九〇一年二月,光绪二十七年八月,李鸿章的身体一日不如一日,但仍然坚持从病榻上爬起来,勉强支撑着病体处理议和之事。近来的议和进度十分缓慢,联军强行在直隶不撤兵,他已无奈。

现在该是把赔款一事提到议程上来的时候了。洋人追得紧迫,李鸿章也的确重病在身,他也不能再出面招骂名了,躺在病床上当一次幕后指挥,派那桐、周馥等人前往德国驻京使馆商洽。结果,他们所带回的赔款数目让李鸿章差点儿一口气接不上来,他惊得昏死过去:白银总数四亿五千万两,加利摊还,以三十九年为期,年息四厘,以关税、盐厘、常关收入抵押。大清国再一次"倾家荡产"了!

从昏迷中醒来之后,李鸿章虽有全权,但不敢承诺,电告慈禧。不料慈禧自有她的算盘:"我还能活几年?只要能求得几年安宁,赔偿是大清国后人的事!"于是,马上给李鸿章来电:"除我国财政不许洋人干涉外,款项分期付清,可以接受,望从速办理,以便回銮。"

慈禧迫不及待地想回她的紫禁城,她的颐和园了。她也老了,要过几年清静日子了。而李鸿章见老佛爷如此慷慨,心如刀绞。

朝廷已答应赔款,然而列强们又开始为争夺中国的地盘吵了起来。俄国人早已看中了东三省,大有势在必得的决心。东北人民不干了,纷纷走上街头抗议。俄国又遭到英、日强烈反对,只得同意在形式上暂时保留清政府地方政权,实际上由俄国人在此经营,实行军事强占。而对蒙古、新疆以至中国整个北方,必须划为俄国人的势力范围。俄国人提出了书面十二条,一方面强逼大清朝廷,一方面向只有一口气的李鸿章展开攻势:愿出五十万卢布作为感谢费用,请求李鸿章促成此事。

李鸿章岂肯在行将就木之时为一点恩惠折腰?他坚辞俄国人的"好意",暗中致电英、美、德、日各国,直陈俄国人十二条,让俄国人的贪欲和野心暴露于光天化日之下,请他们出面调停,牵制俄国。这一招果然奏效,其他国家获悉俄国人的计划,顿兴风波,一起把矛头指向俄国人。俄国人被迫让步了,宣布"暂缓提议此事"。

李鸿章竭尽最后一点努力,他觉得为自己苦难的民众做了一件好事。列强们得知俄国人的野心后,屡次敦促李鸿章与俄国人交涉,要俄国人从中国领土上撤走。这事谈何容易?李鸿章刚刚才把俄国人"出卖了",这会儿再出面与他们交涉,能办到吗?

但他还得硬着头皮去做这件事情,交涉、谈判一直拖到七月初才进行。此次由张之洞、刘坤一出面,由于二人措辞过厉,不善于外交斡旋,使谈判久拖没有结果。

李鸿章焦急万分,但虚弱的身体已不允许他再风风火火干一场了。连日来所受的刺激太大、太深,又开始吐血了,李鸿章终于奄奄一息了。他知道自己大去之日就在眼前,想在有生之年为大清再做一件事情。

慈禧太后感动了,听说李鸿章抱病视事,立刻来电:"着李鸿章中堂多多保重。"

仅此一句电文,令李鸿章老泪纵横,他想:这慈禧虽昏聩至极,但对于有功之臣,尤其是对自己,仍然是有关切之情的。都是老人了,多年来的恩恩怨怨、是是非非,不计较也罢,统统带到黄土堆里去吧!

九月七日,奕劻陪同李鸿章正式与十一国政府签订了《最后议定书》,即《辛丑条约》。这个条约共十二款,另有附件十九个,其主要内容是:中国向十一国共赔偿白银四亿五千万两,加上年息、本息等,实际总数达九亿八千万两;准许各国在北京到山海关的铁路沿线十二个战略要地派兵驻扎;大沽炮台以及大沽到北京的沿线炮台,一律削平;天津周围二十里之内不许中国军队进入;将东郊民巷划为使馆区,北京人不准入内,皆由外国军队驻扎;永远禁止中国人成立参加"与诸国仇视"的各种组织,违者一律处死,地方官员所管辖的地区如再出现类似"违约行为",必须立即镇压惩办,否则即行革职,永不叙用;按外国的意愿修改与各国的通商行航条约;改总理衙门为外交部,班列六部之首位。

一份《辛丑条约》给四亿民众的头上套了一个沉重的枷锁。九月二十二日,李鸿章给朝廷上了一份《和议合同画押折》,其中写道:

"臣等伏察数十年内,每有一次构衅,必有一次吃亏。上年事变之来尤为仓促,创深痛钜,薄海惊心。今议和已成,大局少定,仍望朝廷坚持定见,外修和好,内图富强,或可渐有转机,譬诸多病之人,善自医调,犹恐或伤元气,若再好勇斗狠,必有性命之忧矣……"

李鸿章因不遵医嘱,抱疾前往西班牙使馆,在《辛丑条约》上签字,返回贤良寺后就吐血不止,饮食不进。经方、经迈侍候左右。

快信、快电向各处发出,不几天,经述、经远、经进也都相继赶到了贤良寺。儿孙们守在病榻前,一连几天以泪洗面。慈禧太后闻讯,从开封发来专电,赞扬他力疾从公,忠爱性成,给他赏假二十日,安心调理,期望就痊。

李鸿章的书房里,由他手书的"虚怀若谷"的大字条幅仍高悬于东墙之上。李鸿章拉着李经方的手说:"儿呀,此生谁料?汝等要切记老父的'虚怀若谷'四个字。一生再有功绩也切莫骄人。否则,败者必已也。我这辈子,世人褒贬不一,或许还会在死后遗臭无穷哩!当然,这些都生不带来,死不带去,没有什么可多虑的。我自以为,今生没有损国泯心之处。即便真有,也属迫不得已。"

李鸿章说着,命李经方笔墨侍候,代父笔录七律一首,道:

劳劳车马未离鞍,临事方知一死难;
三百年来伤国步,八千里外吊民残;
秋风宝剑孤臣泪,落日旌旗大将坛;
海外尘氛犹未息,请君莫作等闲看。

李鸿章自知去日无多,嘴里喃喃自语:"赐我荣宠者太后也!断我名声者太后也!……恩师曾公在唤我了……"说完,突然"咳、咳"不止,不一会"哇"的一声吐出一口鲜血来。这口血很猛,溅在地上,立即染红了一片地……

李鸿章昏过去了。恍惚之中,李鸿章觉得有数千只手在指着他:"卖国贼!"昏迷中,人们看他两只眼眶满含着泪水。刚替他抹去,又流出来了。

一九〇一年十一月七日,即光绪二十七年九月二十六日,天还未明,黑云沉沉,贤良寺的梵钟突然"当……当……当"地响个不停,这是凄凉悲恸的报丧的钟声。

李鸿章含泪而去,走完了他辉煌而又夹带着屈辱的人生之路。

一九九九年九月写于合肥
二〇〇八年五月修订

后　　记

　　这些年陆续写了一些长篇,如《叶卡特琳娜女皇》、《洪秀全》、《四魔现行记》、《洪仁玕传》、《刘铭传》、《李鸿章》等,加上全国各地报刊已刊发的小东西,总文字量超过 800 万字。其中的绝大多数文字,都还是我在企业工作时偷偷摸摸写成的。说"偷偷摸摸",因为那些年我的主业是抓经营、抓管理,写小说是"不务正业",只能是在听报告、出差和下班以后干。所以,几百万字的东西虽然是出版了,但正如鲁迅自嘲的那样:"我只是在深夜的街头摆着一个地摊,所有的无非几个小钉,几个瓦碟,但也希望,并且相信有些人会从中寻出合乎他的用处的东西。"

　　2002 年底来到专业作家岗位上以后,原本想可以名正言顺地写自己喜欢写的东西了,不料几个小头衔往肩膀上一搁,数不清的会议、活动和行政事务缠身,反而写不成书了。于是只好利用零碎时间对自己出过的书作一些圈圈点点的修改,希望有机会重新出版,使这些书变得像模像样一点。这期间有省外的多家出版社在我的《李鸿章》脱销后,多次跟我联系过,有些已经进入照排阶段。但我有一个心愿:盼望能有一本自己的皖版图书。正好在省里召开的一个研讨会上,我与安徽文艺出版社的总编辑裴善明先生坐在了一起。交谈中我说出了我的想法,善明先生与我一拍即合,决定立即组织人马进行操作。

　　感谢安徽文艺出版社的领导和编辑们;感谢一编部岑杰主任和秦雯同志;感谢所有关心、支持和帮助我的朋友。我还要特别感谢裴善明总编辑,他在看了《李鸿章》的书稿后,决定亲自担任这本书的责任编辑,令我不能不为之动容。为一本书当责任编辑,据了解在他当总编辑的许多年里是不多的事。他为这本书付出很多,从封面设计到内文照排,从宣传策划到市场推广,他都一一过问,并提出了一些令我感动的主张。我在想,出版社的领导和编辑们能与写作者坦诚相见,为他觉得好的作品竭力推导，自然会深得写作者的珍惜与尊重。好的出版社、出色的编辑、茁壮成长并壮大的熠熠生辉的写作者们，各自贡献出力量，这才成就了中国新时期以来蓬勃发展的文学事业。

《大清重臣李鸿章》由安徽文艺出版社出版了。我没打算要写《后记》，但出版社希望我写几句。从当专业作家以来，我为别的文友们著书立说写过不少《序言》，但为自己的书写这类文字，对于我还是第一次。因为我不知道谈什么。是谈自己写作的甘苦，还是谈我笔下人物的不凡人生？若要谈，绝非是区区几段文字所能尽述的。也经常有人问我：你写这么长的文字很辛苦吧？李鸿章这个人到底怎么样？说实话，这些问题我都不知怎么回答。若硬要我回答，我只好说：我喜欢写他，李鸿章是我极为感兴趣的一位晚清重臣。我是通过写他而认识了这么一个人，知道了他许多鲜为人知的故事。

所以，我写李鸿章因为感兴趣而没觉得苦；我不是通过自己的百万文字去展现李鸿章，而是通过写他认识了他和他所处的那个时代。我一直固执地认为，我的小说独立于我，是我的作品引领我走进了陌生的时代。我写过各种各样的人物。我从不设定应该写哪些人，我也并不是只写自己熟悉的人。只是在某些时候，对某些人产生了浓厚的兴趣，才写。我不知道这种指导思想下的写作好不好，反正我一直这样。因为我感到：这样写东西，乐多苦少。我的笔下认识的人越多，认识的世界越大，自己的世界便丰富了。

孔夫子云，人有三大美德：仁慈、智慧和勇敢。《大清重臣李鸿章》不可能包罗万象。所以我把李鸿章定位在一个"真"、一个"善"上。我不会刻意地贬损这位合肥历史上的著名人物，我也不会超越历史事实去褒扬拔高他。展开的是一幅晚清历史的长卷，他和他那个时代的人们是这幅长卷上或悲或喜或成或败的人。今天的人们通过那段历史、那群人物的故事，或许能受到一些启发。历史是一面镜子。

是为后记。

裴章传

2008年9月